ANDREAS FRANZ

Letale Dosis
Der Jäger

Zwei Romane
in einem Band

Knaur Taschenbuch Verlag

Diese Titel erschienen im Knaur Taschenbuch Verlag
bereits unter den Bandnummern 61713 und 62742.

Besuchen Sie uns im Internet:
www.knaur.de

Vollständige Taschenbuchausgabe August 2006

Redaktion *(Letale Dosis)*: Marie-Luise Bezzenberger
Redaktion *(Der Jäger)*: Dr. Gisela Menza
Umschlaggestaltung: ZERO Werbeagentur, München
Umschlagabbildung: Photonica / Lynn Saville
Satz: Ventura Publisher im Verlag
Druck und Bindung: Clausen & Bosse, Leck
Printed in Germany
ISBN-13: 978-3-426-63299-4
ISBN-10: 3-426-63299-3

2 4 5 3 1

Für meine Frau Inge und meine Kinder Bernd,
Andreas II, Alexandra, Judith und Manuel,
die mit Gold nicht aufzuwiegen sind.
Für HKvS, einen Freund, wie man ihn nur einmal
im Leben findet. Und für meine Mutter,
die mir mit ihrem unerschütterlichen Glauben
und ihrer grenzenlosen Liebe schon früh gezeigt hat,
daß es Gott gibt.

... Ihr gebt den Zehnten von Minze, Dill und Kümmel
und laßt das Wichtigste im Gesetz außer acht:
Gerechtigkeit, Barmherzigkeit und Treue ...
Matthäus 23,23

Prolog

Sie hörte es bereits an den Schritten, die langsam die knarrenden Stufen zu ihrem Zimmer heraufkamen. Sie wußte, es war wieder soweit, er würde versuchen, so leise wie möglich die Tür zu öffnen, sich blitzschnell ins Zimmer drängen und die Tür genauso schnell wieder hinter sich schließen. Bis vor wenigen Minuten noch hatte sie Radio gehört, ein paar Eintragungen in ihr geheimes Tagebuch gemacht, das sie so gut versteckt hielt, daß keiner es bis jetzt gefunden hatte. Eintragungen, die ihr ein wenig halfen, über das, was ihr widerfuhr, einigermaßen hinwegzukommen. Seit vier Jahren war das Tagebuch ihr ständiger Begleiter, dem sie all ihre Wut und Verzweiflung und Ohnmacht, all ihren Schmerz und all die Demütigungen, die ihr zugefügt wurden, anvertrauen konnte. Heute hatte sie nicht viel zu schreiben gehabt, nur ein paar Zeilen mit ihrer Vorahnung, doch sie wußte, die nächste Eintragung würde länger und voller Tränen sein, Tränen, die nicht mehr über ihre Wangen flossen, sondern die sie still in sich vergoß. Tränen, die mittlerweile einen tiefen See voll Leid gefüllt hatten. Und manchmal fragte sie sich, ob sie jemals eine Zeit erleben würde, in der dieser See allmählich austrocknete. Sie glaubte an Gott, so wie alle in diesem Haus vorgaben, an Gott zu glauben. Doch sie wußte inzwischen,

daß die andern nur logen und betrogen, daß Gott in ihrem Leben keine wirkliche Rolle spielte, denn hätte er das getan, hätten sie *das* nicht zugelassen.
Aber sie glaubte an Gott, wußte, er stand ihr selbst in der größten Not bei, und wenn sie Gott auch nie gesehen, nicht einmal seine Stimme gehört hatte, sie wußte, er war da und sie konnte jederzeit zu ihm kommen und all ihren Ballast bei ihm loswerden. Und manchmal verspürte sie in Momenten tiefster Traurigkeit und Verzweiflung, wie eine sanfte Hand sie berührte, die ihr die Kraft gab, dies alles zu erdulden.
Sie hatte die Tür abgeschlossen, weil sie schon beim Abendbrot gespürt hatte, was später am Abend geschehen würde, wenn alle andern schliefen; wie er sie immer für kurze Momente ansah, Blicke, die sie schon tausendmal gesehen hatte, die wie Speerspitzen in ihr Herz drangen. Er hatte ihr verboten, das Zimmer abzuschließen, er hatte gesagt, niemand in diesem Haus bräuchte sich einzuschließen, es sei denn, jemand hätte etwas zu verbergen, doch das wäre nicht gut, denn Gott würde so etwas nicht gutheißen.
Sie war acht gewesen, als ihr Vater das erste Mal nachts in ihr Zimmer geschlichen kam, und sie würde nie den unbeschreiblichen Schmerz vergessen, den er ihr zugefügt hatte. Sie hatte damals schreien wollen, damit alle hörten, was geschah, doch er hatte ihr den Mund mit brutaler Gewalt zugehalten. Schließlich hatte er gesagt, dies wäre nur der Anfang, und sie dürfte unter keinen Umständen irgend jemand etwas davon erzählen, sonst würde das furchtbare Strafgericht Gottes über sie kommen, und was das bedeuten würde, wüßte sie – keine Möglichkeit, eines Tages an der Seite Gottes zu wohnen, in seiner Herrlichkeit und seiner allmächtigen Güte. Sie hatte ihm in dieser Nacht versprechen müssen, nie ein Wort darüber zu verlieren, und sie hatte es versprochen, denn

sie wollte nicht ungehorsam sein. Es folgten Hunderte von diesen Nächten, in denen sie innerlich schrie und flehte und Gott anbettelte, ihr doch zu sagen, warum er zuließ, daß ihr das angetan wurde. Aber sie war noch viel zu jung, um wirklich zu begreifen, was mit ihr geschah.

Sie saß im Schneidersitz auf dem Bett, nur die kleine Lampe neben dem Bett brannte. Sie hatte die Hände gefaltet, ihr Blick war zur Tür gerichtet. Die Schritte verstummten, kein Knarren mehr. Es war kurz nach elf und eigentlich hätte sie längst schlafen wollen, doch weil sie wußte, was passieren würde, war sie extra aufgeblieben. Sie sah, wie die Klinke heruntergedrückt und wieder losgelassen wurde. Sie rührte sich nicht, starrte nur wie gebannt auf die Tür. Ein weiteres Mal bewegte sich die Klinke nach unten, wurde von außen gegen die Tür gedrückt. Leises Klopfen, sie bewegte sich nicht von der Stelle. Dann klopfte er wieder, diesmal etwas lauter und es klang wütend, doch noch immer leise genug, daß niemand sonst im Haus etwas davon mitbekam.

»Mach bitte sofort die Tür auf«, sagte er in zischendem Flüsterton. »Du weißt, ich kann auch anders!«

»Ich will schlafen«, sagte sie. »Es ist spät.«

»Wenn du hättest schlafen wollen, dann hättest du schon vor zwei Stunden das Licht ausgemacht. Also, mach auf!«

Sie wußte, wenn sie seinem Befehl nicht nachkam, würde es beim nächsten Mal noch schlimmer kommen. Sie erhob sich von ihrem Bett, ging wie in Trance zur Tür, drehte den Schlüssel, zog ihn schnell ab und steckte ihn in die Hosentasche.

Er stand vor ihr, ein großer, mächtiger Mann, dessen Augen sie scharf und unerbittlich ansahen. Er schubste sie in die Mitte des Zimmers, schloß die Tür hinter sich. Seine Augen waren zu Schlitzen verengt, als er mit seinem typischen Gang auf sie zukam und direkt vor ihr stehenblieb.

»Habe ich dir nicht schon tausendmal gesagt, du sollst diese

Tür nicht abschließen?! Sollte das noch einmal vorkommen, werde ich dich leider bestrafen müssen. Hast du mich verstanden?«
Sie nickte nur.
»Warum bist du noch nicht ausgezogen? Ich denke, du wolltest schlafen.«
»Ich wollte mich gerade ausziehen«, erwiderte sie leise und mit gesenktem Blick.
»Dann tu es, meine Kleine«, sagte er plötzlich sanft und streichelte mit einer Hand über ihr Gesicht. »Ich werde so lange hierbleiben und aufpassen, daß du auch wirklich ins Bett gehst. Komm, zieh dich aus.« Er setzte sich auf die Bettkante. Sie gehorchte, knöpfte die Jeans auf, streifte sie von den Beinen und legte sie auf den Stuhl. Danach zog sie das Sweatshirt über den Kopf mit dem dichten, braunen Haar. Sie trug jetzt nur noch ein Trägerhemd und einen Slip und weiße Tennissocken.
»Du willst doch nicht etwa mit Strümpfen ins Bett gehen, oder?« fragte er. »Das ist sehr ungesund.«
»Nein«, erwiderte sie mechanisch und zog auch die Socken aus. Sie ging zum Bett, schlug die Decke zurück und legte sich hinein. Er wandte seinen Kopf in ihre Richtung, wartete, bis sie die Bettdecke bis zu ihren Schultern gezogen hatte. Er legte sich neben sie, streichelte über ihr Gesicht, sie fühlte Ekel in sich aufsteigen. Sie schloß die Augen, um ihn nicht sehen zu müssen.
»Weißt du, du bist meine süße Kleine. Ein Mädchen wie dich habe ich mir immer gewünscht. So zart und rein und makellos.« Seine Hand glitt tiefer, berührte ihre noch kleinen Brüste, massierte sie. Sie hielt die Augen geschlossen, nur so war es einigermaßen zu ertragen. Sie spürte, wie er zwischen ihre Schenkel faßte und ihren Slip und wenig später den Reißverschluß seiner Hose herunterzog. Dann war er mit einem Mal

über ihr, sein Glied drang ruckartig und schmerzhaft in sie ein. Erst bewegte er sich langsam, schließlich immer schneller und schneller, bis er ejakulierte und sich kurz darauf zur Seite drehte. Er atmete wie immer schwer, sah sie von der Seite an, sagte: »Mach dich sauber und zieh dich wieder an. Du mußt morgen früh aufstehen. Du schreibst doch morgen die Englischarbeit, oder?«
»Ja«, sagte sie leise.
»Ich hoffe, du hast gut gelernt. Ich will keine Versager in meiner Familie haben. Und Gott hat uns, vor allem aber dich, mit so vielen Talenten ausgestattet, daß es deine Pflicht ist, gute Arbeiten zu schreiben. Klar?«
»Ja.«
»Gut, dann mach mir keine Schande. Es wäre schlecht, wenn ausgerechnet du …« Er winkte ab, lächelte auf einmal. »Nein, meine Kleine wird mir keine Schande machen. Das weiß ich. Wenn du gelernt hast, wird Gott schon dafür sorgen, daß alles gutgeht. Gute Nacht.«
Er verschwand, wie er gekommen war – leise, nur die Stufen knarrten ein wenig. Sie ging ins Bad, befreite sich von dem Schmutz, zog frische Unterwäsche an und legte sich ins Bett. Es war weit nach Mitternacht, als sie endlich einschlief.

14. Juni, 20.30 Uhr

Sie hatten zu Abend gegessen, und anschließend, wie immer Montags, eine Bibelstunde in dem weiträumigen Wohnbereich abgehalten. Trotz der seit Tagen anhaltenden Hitze, die sich wie eine riesige Glocke über die Stadt gelegt hatte, war es angenehm kühl in dem vollklimatisierten Haus. Joseph, der jüngste Sohn, las gerade ein paar Verse aus dem Matthäus-Evangelium vor, in denen Jesus seinen Jüngern sagt, wessen Glaube auch nur so groß wie ein Senfkorn ist, dem wird es möglich sein, zu einem Berg zu sagen: ›Rück von hier nach dort!‹, und er wird wegrücken‹, als das Telefon läutete. Alle blickten auf, bis der Vater sich nach dem dritten Klingeln erhob und den Hörer abnahm.

»Rosenzweig«, meldete er sich. Er hörte einen kurzen Moment zu, schließlich drückte er einen Knopf und legte den Hörer auf. Er wandte sich seiner Familie zu, sagte: »Ich muß nur kurz hoch ins Arbeitszimmer, ein wichtiges Gespräch. Ich bin gleich zurück.«

Mit langsamen, bedächtigen Schritten stieg er die Treppe hinauf, ein großgewachsener, schlanker Mann mit fülligem, grauem Haar. Im ersten Stock angelangt, ging er bis zum Ende des Flurs und öffnete die Tür, hinter der sich sein Arbeitszimmer befand. Er betrat es, schloß die Tür hinter sich, begab sich zum Schreibtisch, nahm den Hörer ab. Er sagte nur »Ja«, und »Sicher, gleich, ich dich auch« und »Bis morgen«.

Nach dem Telefonat setzte er sich auf seinen braunen Ledersessel, zog die rechte obere Schublade auf, holte die Spritze und das kleine Glas heraus, schraubte den Deckel ab, steckte die Nadel in die helle, opake Flüssigkeit und zog die Spritze auf. Er öffnete zwei Knöpfe an seinem Hemd, stach die Nadel unter die Haut über der Bauchdecke und drückte den Inhalt aus der Spritze. Er zog die Nadel heraus, blieb sitzen, legte die Spritze zusammen mit dem Glas zurück in die Schublade.

Er wollte gerade sein Hemd zuknöpfen, als er sich mit einem Mal an den Brustkorb faßte; er wollte schreien, rang nach Luft, sein Herz schien seinen Körper verlassen zu wollen. Seine Augen waren unnatürlich geweitet, er war nicht fähig, sie zu bewegen, nicht fähig, zu schlucken, seine Augenlider gehorchten nicht mehr, seine Augen waren starr auf einen Punkt im Zimmer gerichtet. Und was er sah, sah er doppelt. Er schmeckte das Blut, das aus irgendeiner winzigen Wunde in seinem Mund trat, sah, wie Blut aus seiner Nase auf den Schreibtisch tropfte. Er wollte sich von seinem Platz erheben, doch seine Beine gehorchten nicht, genauso wenig wie seine Hände, mit denen er zum Telefon greifen wollte. Sosehr er sich auch anstrengte, er vermochte kaum noch zu atmen, ein bleierner Gürtel, der immer enger um seine Brust gezogen wurde. Er schmeckte Blut, er sah Blut, spürte, wie alles in ihm sich allmählich auflöste. Er wollte schreien, seine ganze panische Angst hinausschreien, doch außer einem kaum hörbaren Krächzen drang kein Laut aus seiner Kehle. Er wußte, daß etwas Furchtbares mit ihm geschah, daß der Tod nur eine Frage von Minuten oder gar Sekunden sein würde. Doch er wußte nicht, warum er starb, warum er sterben mußte. Er versuchte ein weiteres Mal, aufzustehen, befahl seinen Beinen, ihn zu stützen, statt dessen sank er langsam nach vorn, sein Kopf schlug auf die Schreibtischplatte, ein Zittern und Zucken raste durch seinen Körper, ein letzter, verzweifelter Versuch, Luft zu bekommen, dann hörte sein Herz auf zu schlagen. Hans Rosenzweig war tot.

Als er auch nach einer Viertelstunde nicht wieder im Wohnzimmer erschien, ging Marianne Rosenzweig nach oben, um nach ihrem Mann zu sehen. Sie klopfte an die Tür, und als niemand antwortete, betrat sie das Zimmer. Das erste, was sie sah, war das zu einer Grimasse verzerrte Gesicht mit den weitaufgerissenen, starren Augen, das Blut, das aus seinem Mund und der Nase gelaufen war und sich über den Schreibtisch verteilt hatte. Sie schluckte schwer, trat näher an den Schreibtisch, sah ihren Mann an. Kaum eine Regung zeichnete sich in ihrem Gesicht ab. Sie sagte nur leise und fassungslos: »O mein Gott, warum?« Sie wagte nicht, noch einen Schritt näher an ihn heranzugehen, sie sah ihn nur an, regungslos, unfähig, sich zu bewegen. Nach einem Moment löste sie sich aus ihrer Starre; ohne etwas berührt zu haben, begab sie sich wieder nach unten, blieb vor ihren Söhnen stehen, sagte mit schwerer, bedächtiger Stimme: »Jungs, ihr müßt jetzt stark sein. Ich glaube, euer Vater ist tot.«
»Was?« fragte der dreizehnjährige Joseph entsetzt und ließ die Bibel auf den Tisch fallen. »Papa ist tot?«
»Ich fürchte ja. Es sieht fast so aus, als hätte er einen Herzinfarkt gehabt. Ich werde gleich Schwester Fink anrufen.«
»Dürfen wir nach oben gehen und …«
»Nein«, sagte Marianne Rosenzweig bestimmt. »Ihr geht nicht nach oben. Euer Vater ist tot, und ich möchte nicht, daß ihr ihn so seht.« Sie ging zum Telefon, nahm den Hörer in die Hand, wählte die Nummer von Dr. Laura Fink, ihrer Hausärztin. Nur der Anrufbeantworter meldete sich mit der Ansage, welcher Arzt in dieser Nacht Bereitschaftsdienst hatte. Sie legte auf, bevor die Ansage zu Ende war, griff nach ihrem braunen Telefonbuch, in dem sie die Privatnummer von Laura Fink notiert hatte, ein Vorzug, der nur einigen auserwählten Patienten vorbehalten war. Aber sie kannten sich schon

so lange, daß sie ohne Bedenken bei ihr anrufen konnte. Sie meldete sich nach dem dritten Läuten.

»Fink.«

»Guten Abend, Laura. Hier ist Marianne Rosenzweig. Ich bitte dich … ich meine … könntest du so schnell wie möglich herkommen? Ich glaube, mein Mann ist tot.«

»Dein Mann? Wie … Einen Moment, ich ziehe mir nur schnell was über und werde so in zehn Minuten dasein.«

Laura Fink traf um kurz nach neun bei den Rosenzweigs ein. Die beiden Söhne Joseph und der achtzehnjährige Aaron saßen mumiengleich auf der Couch und blickten die junge Ärztin hilfesuchend an.

»Wo ist er?« fragte Dr. Fink, eine mittelgroße, eher unauffällige Erscheinung mit kurzen, braunen Haaren und einer fast knabenhaften Figur, die sie unter einem T-Shirt, Jeans und Leinenschuhen versteckte.

»Oben, in seinem Arbeitszimmer. Komm mit.« Marianne Rosenzweig schloß die Wohnzimmertür hinter sich und bat sie, ihr in den ersten Stock zu folgen. Sie öffnete die Tür, Laura Fink blieb kurz stehen, kniff die Augen zusammen, holte tief Atem und ging langsam auf den Schreibtisch zu, dessen halbe Platte mit Blut bedeckt war. Die Ärztin klappte wortlos ihre Tasche auf, holte eine Taschenlampe heraus, leuchtete in die Augen des Toten, dann zog sie Gummihandschuhe über und suchte nach dem Puls, der nicht mehr vorhanden war.

»Seltsam«, sagte sie nach einem Moment des Überlegens kopfschüttelnd und sah Marianne Rosenzweig an, die starr wie eine Statue in der Mitte des Raumes stand und mit ausdrucksloser Miene die Augen auf ihren Mann gerichtet hatte. »Wie du sicherlich weißt, war dein Mann noch vor einer Woche bei mir, um sich einem Generalcheck zu unterziehen. Bis auf seine Diabetes war er körperlich völlig in Ordnung, seine

Blutwerte lagen im Normbereich, und auch sonst konnte ich keinen körperlichen Defekt wie zum Beispiel einen Herzfehler feststellen. Wir haben allerdings kein EKG gemacht, dazu bestand absolut kein Anlaß.« Sie stand jetzt direkt neben dem Toten, schüttelte erneut den Kopf. »Es ist dieser erhebliche Blutverlust, den ich mir beim besten Willen nicht erklären kann. Es gibt zwar einige eher seltene Krankheiten, die derartige Blutungen auslösen können, doch keine davon kommt bei deinem Mann in Frage. Wie gesagt, seine Laborwerte waren, bis auf den Blutzuckerspiegel, absolut in Ordnung, weshalb mir diese massiven Blutungen sehr rätselhaft sind. Wann hast du ihn gefunden?«
Marianne Rosenzweig blickte schnell auf, räusperte sich, sagte: »Bitte? Ah, Entschuldigung, ich bin etwas durcheinander. Vor etwa zwanzig Minuten. Wir hatten unseren Bibelabend, dann klingelte das Telefon, er ist in sein Zimmer gegangen, hat aber gesagt, er wäre gleich wieder da. Als er nach einer Viertelstunde nicht wieder herunterkam, wollte ich einfach sehen … Und dann habe ich ihn gefunden.«
»Und was hat er hier gemacht?«
»Ich nehme an, er hat sich wie immer nach dem Abendessen sein Insulin gespritzt.«
»Mit dem Pen?« fragte Laura Fink, die Stirn in Falten gezogen.
»Nein, seiner ist vor ein paar Tagen kaputtgegangen, und er hatte noch keine Zeit, sich einen neuen zu besorgen. Deshalb mußte er wieder die Spritze nehmen.«
»Und wo ist das Insulin?«
»Er bewahrt es in der rechten oberen Schreibtischschublade auf. Warum fragst du?«
Dr. Laura Fink zog die Schublade heraus, nahm das Glas mit der opaken Flüssigkeit zwischen zwei Finger, roch daran, schüttelte den Kopf. Sie stellte das Glas auf den Tisch und

nahm die Spritze, betrachtete sie eingehend und legte sie schließlich neben das Glas. Sie blickte Marianne Rosenzweig ratlos an, zog die Handschuhe aus, fragte: »Wie geht es dir? Brauchst du irgend etwas, zur Beruhigung, meine ich?«
Sie bewegte kaum merklich den Kopf, in ihren Augen war eine unendliche Leere. »Nein, ich brauche nichts. Was geschieht jetzt mit ihm?«
»Ich werde auf dem Totenschein vermerken ›Todesursache ungeklärt‹ und dann die Polizei rufen …«
»Polizei?« fragte Marianne Rosenzweig ungläubig. »Warum die Polizei?«
»Nun, so leid es mir tut, aber ich kann die Todesursache deines Mannes nicht bestimmen. Zumindest fehlen mir dazu die Mittel. Ich bin nur eine einfache praktische Ärztin. Es muß herausgefunden werden, woran dein Mann gestorben ist.«
»Er ist tot, reicht das denn nicht?«
»Leider nein. Du siehst doch selber, daß hier kein natürlicher Tod vorliegt. Ich kann auf den Totenschein nicht einfach schreiben: ›Tod durch Herz- und Kreislaufversagen‹, denn diese Todesursache ist nur sekundär, schließlich ist jeder Tod letztendlich eine Folge von Herz- und Kreislaufversagen. Woran er primär gestorben ist, das muß eine Autopsie ergeben. Dein Mann hatte ungewöhnlich massive Blutungen, und jetzt müssen Gerichtsmediziner klären, wodurch diese Blutungen hervorgerufen worden sind. Und außerdem sollten das Insulin und die Spritze untersucht werden …«
»Heißt das, er wird aufgeschnitten?«
Laura Fink blickte achselzuckend zu Boden, schließlich nickte sie und antwortete: »Es wird sich leider nicht vermeiden lassen.«
Marianne Rosenzweig wandte sich ab, den Blick zur Tür gerichtet. Mit einem Mal begann sie leise zu schluchzen. Die

Ärztin kam zu ihr, legte eine Hand auf ihre Schulter. »Hör zu, vielleicht wäre es doch besser, wenn ich dir etwas Valium geben würde. Es beruhigt, und vor allem wirst du damit heute nacht einigermaßen schlafen können.«
»Schlafen!« stieß sie mit bitterem Lachen hervor. »Wie soll ich jetzt schlafen? Wir hätten in genau einer Woche unseren zwanzigsten Hochzeitstag gefeiert. Aber er, was macht er? Er macht sich aus dem Staub …! Nein, entschuldige, das wollte ich so nicht sagen. Er kann ja nichts dafür. Irgendeinen Grund für seinen Tod wird es schon geben. Finde diesen Grund heraus. Auch wenn mir der Gedanke, daß mein Mann aufgeschnitten wird, alles andere als angenehm ist.«
»Ich kann dich verstehen, Marianne. Aber egal, was ist, er wird nicht wieder lebendig. Und ich sage dir ganz ehrlich, ich möchte auch gerne wissen, woran er gestorben ist. Eine Frage – wie hat er sich das Insulin in der Regel injiziert, in den Arm, ins Bein, in den Bauch?«
»Ich weiß nicht, ich war nie dabei. Er hat nur einmal kurz erwähnt, daß er es meistens in den Bauch … Aber sieh doch selbst nach.«
»Tut mir leid, aber ich darf deinen Mann nicht bewegen, bevor die Polizei nicht alle Spuren gesichert hat.« Sie begab sich wieder zu dem Toten, bückte sich, sagte, ohne ihn zu berühren: »Du hast wohl recht. Die Knöpfe seines Hemdes sind noch offen.«
»Und?« fragte Marianne Rosenzweig, die sich wieder umgedreht hatte.
»Wie schon gesagt, eine Untersuchung in der Rechtsmedizin ist unumgänglich.«
»Was denkst du, woran er gestorben ist? Du vermutest doch etwas, oder?«
»Ich kann es nicht sagen, aber es könnte ein toxischer Schock gewesen sein.«

»Toxischer Schock? Was bedeutet das?«
»Es könnte, wohlgemerkt, es könnte Gift im Spiel gewesen sein. Was unter Umständen auch die Blutungen erklären würde. Aber erst eine Obduktion wird Klarheit bringen, was die Todesursache angeht.«
»Gift?!« Marianne Rosenzweig lachte schrill auf. »Wie soll Hans an Gift kommen?« fragte sie mit ungläubigem Blick. »Das ist absolut lächerlich, geradezu absurd!«
»Vielleicht irre ich mich auch …«
»Das tust du ganz bestimmt. In diesem Haus gibt es kein Gift, hier gibt es nicht einmal Tabak oder Alkohol, wie du weißt.«
»Natürlich weiß ich das, es ist auch nur eine Vermutung«, sagte Laura Fink und räusperte sich verlegen. »Um ganz ehrlich zu sein, ich weiß nicht, was die Todesursache ist. Aber ich werde jetzt die Polizei rufen und warten, bis die Beamten da sind. Alles weitere liegt dann nicht mehr in meinen Händen. Es tut mir leid, aber ich habe bestimmte Vorschriften … und wenn ich die nicht einhalte … Und du möchtest bestimmt nichts zur Beruhigung?«
»Nein«, erwiderte Marianne Rosenzweig, und mit einem Mal traten Tränen in ihre Augen und rollten langsam über die Wangen. Sie hatte den Blick zu Boden gerichtet, die Hände ineinander verkrampft. »Gott hat mir zwanzig wunderbare Jahre mit meinem Mann geschenkt, und Gott hat ihn jetzt zu sich ge-rufen … Auch wenn Hans gerade in der Mitte seines Lebens stand … Aber die Wege des Herrn sind für uns Menschen eben unergründlich. Ich werde darüber hinwegkommen, denn ich weiß, er wird auf mich warten, bis auch meine Zeit gekommen ist. Und eines Tages werden wir wieder vereint sein. Eine große, glückliche Familie. Er war ein guter Mann und ein liebevoller Vater.« Sie hielt kurz inne, sah Laura Fink an, lächelte auf einmal und fragte: »Ist es nicht schön zu wissen, daß es ein Leben nach dem Tod gibt?«

Die Angesprochene zuckte die Schultern. »Natürlich. Und egal wie lange es dauert, bis deine Zeit gekommen ist, er wird auf dich warten. Die ersten Tage oder Wochen werden nicht einfach für dich sein, aber du weißt ja, es gibt viele, die dir über diese schwere Zeit hinweghelfen werden.«

»Ja, das weiß ich. Und ich glaube fest daran, Hans eines Tages wiederzusehen. Wer Glauben hat, dem ist nichts unmöglich.«

»Sicher. Aber ich muß jetzt telefonieren. Kann ich das von hier machen?«

»Bitte, dort steht das Telefon.«

Laura Fink nahm den Hörer ab und wählte den Notruf 110 der Polizei. Als am andern Ende abgenommen wurde, meldete sie sich. »Hier ist Dr. Fink. Ich möchte Sie bitten, einen Wagen in die Weinbergstraße in Sindlingen zu Dr. Rosenzweig zu schicken. Ich habe hier einen männlichen Toten mit unklarer Todesursache.« Nach dem kurzen Gespräch legte sie auf, schaute zur Uhr.

»Der Wagen wird in wenigen Minuten hier sein. Ich warte solange.«

»Gehen wir nach unten«, sagte Frau Rosenzweig und begab sich zur Tür. Die junge Ärztin klappte ihre Tasche zu, nahm sie in die Hand und folgte Marianne Rosenzweig ins Wohnzimmer. Sie warteten fast schweigend auf den angeforderten Wagen, der bereits zehn Minuten später eintraf. Die beiden Streifenbeamten, ein etwa fünfunddreißigjähriger Mann und eine Endzwanzigerin, betraten das Haus. Laura Fink begleitete sie in das Büro des Toten. Der Mann kratzte sich am Kopf, fragte mit belegter Stimme: »Wie ist er gestorben?«

»Keine Ahnung, deshalb habe ich Sie ja gerufen. Die Todesursache ist nicht klar ersichtlich. Herr Rosenzweig litt an Diabetes, hat sich wohl auch Insulin gespritzt, doch Insulin bewirkt keine derartigen Blutungen.«

»Da müssen wir wohl die Kollegen vom KDD holen.«
»KDD?« fragte Dr. Fink.
»Kriminaldauerdienst. Ist hier irgendwas verändert worden?«
»Von mir nicht. Und soweit ich weiß, von Frau Rosenzweig auch nicht. Zumindest weist die Art und Weise, wie ich den Toten vorgefunden habe, darauf hin, daß er nicht bewegt worden ist. Der Blutstrom aus Nase und Mund verläuft sehr gleichmäßig.«
»Gut, dann werden wir die Kripo und die Spurensicherung rufen und den Tatort sichern. Mehr können wir auch nicht tun. Sie müssen allerdings hierbleiben, bis die Kollegen da sind. Sie werden wohl die eine oder andere Frage haben.« Und an seine Kollegin gewandt, sagte er: »Ruf doch mal über Funk beim KDD an. Und die sollen sich beeilen.«
Als die junge Beamtin den Raum verlassen hatte, fragte der Polizist: »Und was ist Ihre Vermutung?«
»Unter Umständen Gift, aber«, Laura Fink zuckte die Achseln, »beurteilen kann ich das nicht.«
»Okay, dann warten wir mal auf die andern.«
Nach weiteren zwanzig Minuten trafen die Beamten des KDD sowie die Spurensicherung und ein Fotograf ein.
»In Ordnung«, sagte einer der Beamten, ein noch junger Mann in Jeans und kurzärmeligem Hemd, nachdem er der Ärztin fast die gleichen Fragen gestellt hatte wie der Streifenbeamte, »dann werden wir als erstes den gesamten Raum fotografieren. Die Spurensicherung wird danach ihre Arbeit erledigen. Ich fürchte, wir müssen auch die Mordkommission einschalten. Irgendwie riecht's hier gewaltig nach Mord, um nicht zu sagen, es stinkt. Mal sehen, wer heute Bereitschaft hat.« Er ging zum Auto, funkte die Zentrale an und bat um Unterstützung der Mordkommission. Wieder in Rosenzweigs Büro, sagte er: »Sie werden in etwa zwanzig Minuten

hier sein. Wir sollen den Toten aber unter gar keinen Umständen anrühren.«
Laura Fink begab sich nach unten zu Frau Rosenzweig, sagte: »Es tut mir leid, was mit deinem Mann geschehen ist, aber ich wollte dir nur sagen, daß gleich auch noch ein paar Beamte von der Mordkommission kommen werden.«
»Das macht jetzt auch nichts mehr«, erwiderte Marianne Rosenzweig schulterzuckend. »Vielen Dank für deine Mühe. Wie und wann werde ich erfahren, woran mein Mann gestorben ist?«
»Ich denke, man wird die Todesursache recht schnell herausfinden. Vielleicht weiß man ja schon morgen früh etwas mehr. Womöglich ergibt sich ja allein schon aus der Untersuchung des Insulins etwas.«
»Woran ist Papa gestorben?« fragte Aaron, der ältere der beiden Söhne.
»Das weiß man noch nicht«, erwiderte seine Mutter.
»War es wegen seiner Zuckerkrankheit?«
»Frag mich nicht, aber morgen …«
»Ich werde Papa sehr vermissen …«
»Wir alle werden ihn vermissen. Aber ihr wißt ja, wir sehen ihn eines Tages wieder. So, und jetzt werde ich Bruder Schönau anrufen und ihm erzählen, was passiert ist.«
»Du bist sehr traurig, nicht?« sagte Aaron.
»Ja, ich bin traurig, sehr traurig sogar«, erwiderte Marianne Rosenzweig und strich ihm liebevoll mit der Hand übers Haar. »Und ich glaube, meine Traurigkeit wird in den nächsten Tagen noch schlimmer werden. Wir müssen jetzt zusammenhalten und gemeinsam diesen Weg der Trauer gehen.«
Sie umarmte ihre Söhne, lächelte ihnen aufmunternd zu, auch wenn ihr im Augenblick zum Heulen zumute war, ging zum Telefon und wählte die Nummer von Bruder Schönau. Sie sprach eine Viertelstunde mit ihm; er fragte, ob er vorbei-

kommen solle, doch sie wollte es nicht, nicht jetzt, wo das Haus von Polizei nur so wimmelte. Morgen früh vielleicht.

Montag, 22.15 Uhr

Julia Durant, Hauptkommissarin bei der Kripo Frankfurt, schlug den ihr von einer Kollegin so warm empfohlenen sogenannten Krimi zu und warf ihn auf den Tisch. Sie ärgerte sich über die vierundvierzig Mark, die sie für diese endlose Langeweile ausgegeben hatte; sie wußte, wenn es nicht spätestens nach fünfzig Seiten einigermaßen spannend und interessant wurde, würde auch der Rest des Buches eine einzige Quälerei sein. Sie hatte keine Ahnung, nach welchen Kriterien andere ihre Bücher auswählten, aber es waren mit Sicherheit nicht die gleichen, nach denen sie vorging. Für sie mußte ein Buch spannend, die Charaktere plastisch und die Handlung nicht zähflüssig wie Haferschleim und an den Haaren herbeigezogen sein, sie mußte sich statt dessen in die Gedanken- und Gefühlswelt der Protagonisten hineinversetzen und die Handlung miterleben können, als wäre sie direkt dabei. Das hatte sie jedoch bisher nur bei ganz wenigen Büchern vermocht, Bücher, die sie derart in ihren Bann zogen, daß sie gar nicht bemerkte, wie schnell die Zeit verflog, und enttäuscht war, wenn der Roman nach fünfhundert Seiten plötzlich zu Ende war.
Sie hatte die Beine hochgelegt, nahm die Fernbedienung in die rechte Hand und zappte sich durch ein paar Kanäle, bis sie bei Viva hängenblieb und sich einen Live-Mitschnitt von Bryan Adams ansah. Sie zündete sich eine filterlose Gauloise an, trank einen Schluck aus der Dose Bier, das jetzt warm und fade schmeckte. Sie erhob sich, schüttete den restlichen Inhalt in den Ausguß und ging zum Kühlschrank, um sich eine

neue herauszuholen. Sie riß den Verschluß auf, stellte die Dose neben die Couch, nahm einen tiefen Zug an der Zigarette, schnippte die Asche in den Aschenbecher, sah kurz zum Fernseher, dann zum Fenster. Es war nicht ihr Tag gewesen; Büroarbeit, lange liegengebliebene Berichte fertigstellen, um halb fünf nach Hause fahren. Sie war kurz einkaufen gewesen, hatte ein wenig aufgeräumt, obgleich ein gründlicher Hausputz längst überfällig war. Die Fenster gierten nach Wasser, die Gardinen waren seit dem letzten Herbst nicht gewaschen worden, das letzte Mal, daß sie einen Staubsauger zur Hand genommen hatte, lag zwei oder drei Wochen zurück. Doch die seit nunmehr zwei Wochen anhaltende Hitze lähmte sie, und selbst jetzt, um diese Zeit, war es noch immer so warm und stickig in der Wohnung, daß sie bezweifelte, diese Nacht gut schlafen zu können.
Sie hatte ihren Vater anrufen wollen, doch der war wieder einmal nicht zu Hause, danach hatte sie es bei Susanne Tomlin in Südfrankreich versucht, aber auch dort hatte niemand den Hörer abgenommen, als letztes versuchte sie es bei Werner Petrol, auch hier nur der Anrufbeantworter. Sie hatte leichte, stechende Schmerzen in der linken Schläfe. Es war nicht viel Aufregendes passiert in den letzten sechs Wochen, einige Routineeinsätze, ein versuchter Mord an einer Prostituierten im Sperrbezirk nahe des Hauptbahnhofs, die nie wieder ein normales Leben würde führen können, da der Täter ihr das Gesicht und die Brust zerschnitten hatte, sowie ein Raubmord an einer dreiundachtzigjährigen Frau, die allein in einem winzigen Haus in einem alten, heruntergekommenen Viertel gelebt hatte und von deren Mörder bislang jede Spur fehlte. Was den Fall jedoch besonders grausam und sinnlos machte, war die Tatsache, daß die alte Frau vor ihrem Tod von ihrem Peiniger noch vergewaltigt worden war und es sich nach Meinung des Polizeipsychologen bei dem Mör-

der um einen Mann handelte, der nicht nur äußerst gewaltbereit war, sondern auch sexuell extrem perverse Neigungen hatte.
Der erste Fall war kaum lösbar, da er sich innerhalb eines Milieus abgespielt hatte, in dem eigene Regeln und Gesetze herrschten, und Julia Durant und ihre Kollegen Hellmer und Kullmer bei ihren Befragungen auf eine Mauer des Schweigens stießen. Selbst die junge Frau, die längst außer Lebensgefahr war, aber für den Rest ihres Lebens deutliche Zeichen der Tat in ihrem Gesicht und an ihrem Körper tragen würde, gab vor, sich an nichts erinnern zu können. Also würde man diesen Fall bald zu den Akten legen.
Sie rauchte die Zigarette zu Ende, drückte sie aus, nahm die Bierdose und ging damit zum Fenster, das weit offenstand. Es war beinahe windstill, der nächtliche Himmel wolkenlos, aus den Bäumen drang noch vereinzelt das zaghafte Zwitschern von Vögeln. Aus einem Nachbarhaus erklang Klaviermusik, von irgendwoher kamen laute, sich zankende Stimmen. Sie wollte gerade einen Schluck nehmen, als das Telefon klingelte. Nach dem dritten Läuten hob sie ab, meldete sich. Sie hörte dem Beamten vom KDD zu, sagte nur, sie würde in etwa einer Viertelstunde mit einem Kollegen da sein. Sie trank die Dose halbleer, stellte sie in den Kühlschrank, rief kurz bei Hauptkommissar Frank Hellmer an, zog sich Jeans, eine blaue Bluse und Tennisschuhe an, nahm ihre Handtasche vom Sofa, machte den Fernsehapparat aus und verließ die Wohnung. »Scheißbereitschaft«, murmelte sie verärgert, während sie die Treppe hinunterging.
Hellmer, der seit knapp einem Jahr mit seiner Frau Nadine in einer noblen Villa in Hattersheim wohnte und nur ein paar Minuten zum Ort des vermeintlichen Verbrechens brauchte, war bereits da. Er stand zusammen mit den Beamten des KDD auf dem Flur.

»Und?« fragte sie ihn. »Was ist passiert?«
Er zuckte die Achseln. »Wenn ich das wüßte. Es sieht auf jeden Fall nicht nach einem natürlichen Tod aus. Aber schau's dir selber an.«
Julia Durant betrat zusammen mit Hellmer den Raum, in dem drei Kollegen von der Spurensicherung bei der Arbeit waren.
»Wer hat ihn gefunden?« fragte sie, während sie sich auf den Schreibtisch zubewegte.
»Seine Frau.«
»Und wann?«
»Vor etwa anderthalb Stunden. Sie hat sofort ihre Hausärztin angerufen, die allerdings gleich die Polizei verständigte. Tja, und jetzt sind wir hier.«
»Wo ist die Ärztin?« fragte sie und warf einen langen Blick auf den Toten, dessen Gesicht in einer Lache aus geronnenem Blut lag.
»Ich bin Dr. Fink«, sagte die Frau, die jetzt hinter der Kommissarin stand.
Sie drehte sich zu ihr um, musterte die junge Frau, die zwar kein schönes, aber ein hübsches und sehr markantes Gesicht hatte, einen Augenblick, fragte: »Sie haben nichts berührt?«
»Nein. Ich habe lediglich seinen Puls gefühlt und ihm in die Augen geleuchtet. Alles andere wollte ich Ihnen überlassen.«
»Und, haben Sie eine Vermutung? Ich meine, was die Todesursache sein könnte?«
»Sicher, aber es ist nur eine Vermutung. Die extreme Blutung kann auf verschiedene Faktoren zurückzuführen sein, doch keine der, sagen wir ›normalen‹ Möglichkeiten, trifft auf Herrn Rosenzweig zu …«
»Wie kommen Sie darauf?«
»Nun, Herr Rosenzweig war bei mir in Behandlung, er litt seit etwa drei Jahren unter Diabetes mellitus und hat sich regelmäßig den notwendigen Untersuchungen unterzogen. Er

war, bis auf seinen erhöhten Blutzuckerspiegel, ein kerngesunder Mann. Er war erst letzte Woche bei mir. Deshalb ...«

Wieder wurde sie von der Kommissarin unterbrochen. »Welche normalen Faktoren können zu derartigen Blutungen führen?«

»Es gibt verschiedene Ursachen. Zum Beispiel eine extrem verminderte Zahl der Thrombozyten, das heißt der Blutplättchen, die für die Blutgerinnung verantwortlich sind, eine akute Bauchspeicheldrüsenentzündung, Leukämie, und einiges mehr. Doch bei der letzten Untersuchung lagen Herrn Rosenzweigs Blutwerte absolut im Normbereich. Seine Thrombozytenzahl war normal, es gab auch keinerlei Hinweise, die auf eine ernsthafte innere Erkrankung hindeuteten. Deshalb kommt mir dieser Tod, der offensichtlich durch Verbluten eingetreten ist, bei ihm mehr als merkwürdig vor. Ein potentieller Herzinfarkt oder ein Schlaganfall kann nie mit Sicherheit ausgeschlossen werden, wenn man lediglich die üblichen Laborwerte zugrunde legt. Aber Herr Rosenzweig ist weder an einem Herzinfarkt noch an einem Schlaganfall gestorben.«

»Und an was ist er Ihrer Meinung nach gestorben?«

»Es gibt bestimmte Toxinmischungen, die derartige Blutungen auslösen können ...«

»Was für Toxine?«

»Nun, zum Beispiel Schlangengifte. Es gibt unter anderem einige sehr hochwirksame Schlangengifte, die ganz erheblich in die Blutgerinnung eingreifen und das Blut praktisch ungerinnbar machen. In solchen Fällen kommt es dann zu einer sogenannten Verbrauchskoagulopathie, bei der selbst geringste, mit bloßem Auge kaum sichtbare Wunden plötzlich anfangen zu bluten. Das können winzige Risse in der Haut sein, die man sich beim Rasieren zugezogen hat, oder mikroskopisch kleine Wunden in der Mundschleimhaut. Es kann

aber auch, wie hier, zu starkem Nasenbluten kommen oder zu schweren inneren Blutungen. Ich würde sagen, Herr Rosenzweig ist sowohl innerlich als auch äußerlich verblutet.«
Julia Durant fuhr sich mit der linken Hand über den Mund, ließ einen Moment verstreichen, bevor sie ihre nächste Frage stellte. »Also, halten wir fest – Rosenzweig hat sich letzte Woche dem normalen Routinecheck bei Ihnen unterzogen, bei dem nichts Auffälliges festgestellt wurde, wie Sie sagen. Das einzige, woran er litt, war Diabetes, richtig?«
»Ja.«
»Okay, dann werden wir uns den Toten mal aus der Nähe anschauen.« Die Kommissarin ging um den Schreibtisch herum, ging in die Hocke und betrachtete den Toten. »Sein Hemd ist offen«, sagte sie, worauf Laura Fink antwortete: »Er ist, wie seine Frau sagt, gegen halb neun in sein Zimmer gegangen und hat sich das Insulin gespritzt. Danach hat er das Glas mit dem Insulin und die Spritze wieder in die Schreibtischschublade gelegt.«
»Und wieso ist beides jetzt auf dem Tisch?« fragte Julia Durant, den Blick auf die Ärztin gerichtet.
Sie machte ein etwas verlegenes Gesicht. »Ich habe beides herausgeholt und daran gerochen, konnte aber nichts Ungewöhnliches feststellen. Tut mir leid, wenn ich etwas falsch gemacht habe. Ich hatte allerdings Handschuhe an, falls Sie nach Fingerabdrücken suchen. Meine befinden sich nicht darauf.«
»Schon gut. Wir werden sowohl den Glasinhalt als auch die Spritze untersuchen lassen. Und selbstverständlich eine Obduktion vornehmen lassen.« Sie sah Hellmer an, sagte: »Hilf mir mal, ihn richtig hinzusetzen.« Hellmer und Durant faßten den Toten an der Schulter und setzten ihn aufrecht hin.
»Was ist das?« fragte sie und deutete auf eine fast schwarze, runde Stelle von etwa zehn Zentimetern Durchmesser an der

Bauchdecke. Dr. Fink kam zu ihr, befühlte die Stelle, schüttelte den Kopf, meinte lakonisch: »Um die Einstichstelle hat sich eine Gewebsnekrose gebildet.«
»Und was heißt das im Klartext?«
»Das heißt, daß das Gewebe hier abgestorben ist. Was im Prinzip meine Theorie nur erhärtet, daß wir es hier mit Gift zu tun haben. Und zwar mit einem äußerst wirksamen Gift. Herr Rosenzweig hat sich meiner Meinung nach alles, nur kein Insulin gespritzt.«
»Scheiße!« quetschte Julia Durant durch die Zähne. »Könnte es Selbstmord gewesen sein?«
»Unwahrscheinlich«, sagte Laura Fink kopfschüttelnd. »Rosenzweig war nicht suizidgefährdet. Er gehörte nicht zu denen, die sich das Leben nehmen. Schon gar nicht auf eine solche Weise ...«
»Sind Sie auch noch Psychologin oder Psychiaterin?« wurde sie von der Kommissarin etwas unwirsch unterbrochen.
»Nein«, erwiderte Laura Fink ruhig, als hätte sie den Ton nicht bemerkt, »aber ich kenne, oder besser kannte Herrn Rosenzweig seit vielen Jahren. Er war erfolgreich, angesehen, führte ein harmonisches Eheleben, soweit ich das beurteilen kann, und er war ein sehr engagiertes Kirchenmitglied. Außerdem, wie soll er denn an das Gift gekommen sein, wenn es denn Gift war?«
»Gut, schließen wir also Suizid aus. Dann war es Mord.« Sie sah die Ärztin an, sagte: »Danke für Ihre Hilfe. Ich denke, alles weitere werden wir der Gerichtsmedizin und dem Labor überlassen. Und dann sind wir gefragt. Sie können gehen. Es könnte aber sein, daß wir in den nächsten Tagen noch ein paar Fragen haben.«
Laura Fink verabschiedete sich und wollte gerade den Raum verlassen, als die Kommissarin sie zurückhielt. »Einen Moment noch«, sagte sie und machte ein nachdenkliches Ge-

sicht. »Ich kenne Leute, die unter Diabetes leiden, und kaum einer von denen benutzt heutzutage noch eine Spritze. Es gibt doch so einen Apparat, der …«

»Sie meinen einen Pen. Tja, ich habe mich auch gewundert, daß er ihn nicht benutzt hat, aber Frau Rosenzweig sagte mir, seiner sei vor ein paar Tagen kaputtgegangen, und er sei noch nicht dazu gekommen, sich einen neuen zu besorgen. Er wollte das aber in den nächsten Tagen tun. Nun, er hatte das Insulin sicherlich noch bereitliegen, schließlich kann es immer mal vorkommen, daß ein empfindliches Gerät wie der Pen kaputtgeht, und man will ja kein Risiko eingehen. Aber hätte er ihn jetzt schon gehabt, ich bezweifle, daß ein Verbrechen dieser Art, wenn es denn eines war, möglich gewesen wäre. Aber was nützen jetzt noch Spekulationen. Er ist tot, und Sie müssen herausfinden, ob es Suizid oder Mord war. Gute Nacht.«

»Nur noch eine Frage«, sagte Durant, »wieviel Insulin spritzt sich ein Diabetiker in der Regel?«

Laura Fink zuckte die Schultern, sagte: »Das hängt vom Schweregrad der Krankheit ab. Aber in der Regel etwa einen bis anderthalb Milliliter. Warum?«

»Nur so. Sie können gehen.«

Julia Durant sah Hellmer an. »Dann werden wir uns mal um seine Frau kümmern.« Und an die beiden Männer in den grauen Anzügen gewandt: »Sie können ihn abtransportieren. Er kommt in die Rechtsmedizin.« Sie schürzte die Lippen, sah sich noch einmal im Raum um, sagte: »Komm, es gibt ein paar Fragen, die wir Frau Rosenzweig stellen müssen. Ach ja«, fuhr sie fort und deutete auf einen der Männer von der Spurensicherung, »die Flasche mit dem Insulin oder was immer da drin ist, kommt noch heute nacht ins Labor. Ich will morgen früh wissen, was das für'n Zeug ist. Fingerabdrücke von der Flasche und der Spritze sind doch schon genommen, oder?«

»Ja, natürlich.«
»Und wie viele Abdrücke habt Ihr gefunden?«
»Auf der Flasche zwei nicht identische.«
»Zwei? Ich hätte wetten können, daß nur die von Rosenzweig drauf sind. Dann werden wir doch gleich mal die Abdrücke seiner Frau und die der Söhne nehmen. Macht das doch mal bitte schnell, bevor wir da unten ein paar Fragen stellen. Obwohl, es könnte natürlich auch der Apotheker oder eine Angestellte …« Sie machte eine Pause, überlegte, sagte: »Stop mal alle, bevor ihr geht, ich will erst sehen, wer von der Rechtsmedizin heute nacht Bereitschaft hat.« Sie nahm ihr Handy aus der Tasche und wählte eine Nummer. Nach einer Weile wurde sie verbunden.
»Morbs«, meldete sich eine barsche Stimme. Durants Gesicht hellte sich auf, als sie seine Stimme vernahm.
»Guten Abend, Professor Morbs, hier ist Durant vom K11. Das ist fast schon mehr als ein Zufall, daß ausgerechnet Sie heute nacht Dienst haben. Wir haben hier nämlich eine männliche Leiche, und die Todesursache ist im Augenblick noch völlig unklar. Der Mann ist an extremen Blutungen gestorben, nachdem er sich angeblich Insulin gespritzt hat. Die Hausärztin der Familie sagt, es könnte Gift, unter Umständen Schlangengift, im Spiel gewesen sein. Sie sind doch Spezialist für Gifte, vor allem Schlangengifte, und Sie haben doch auch schon mehrere Bücher darüber geschrieben. Hätten Sie nicht Lust, sich den Toten mal vor Ort anzuschauen?«
»Was für Blutungen?«
»Nase, Mund, Haut … Ach ja, um die Einstichstelle hat sich eine Gewebsnekrose gebildet, was laut Aussage der Ärztin ebenfalls ein Indiz für …«
»Sie hat wahrscheinlich recht«, wurde sie von Morbs unterbrochen. »Lassen Sie den Toten in die Gerichtsmedizin bringen, damit ich ihn mir gleich mal ansehen kann. Ich mach

mich sofort auf den Weg. Und wenn noch etwas von dem angeblichen Insulin da ist, lassen Sie's auch mitbringen.«
»Das heißt, Sie werden noch heute nacht …«
»Was glauben Sie denn?! Ich hab doch sonst nichts zu tun!«
»Und wann, glauben Sie, werden Sie sagen können …«
»Woher soll ich das wissen? Vielleicht morgen früh, vielleicht übermorgen, vielleicht in einer Woche. Sie werden schon warten müssen, bis ich mit meiner Arbeit fertig bin. Also, ich mach mich auf den Weg.« Morbs legte auf, ohne eine Erwiderung abzuwarten.
Julia Durant grinste Hellmer an. »Unser Giftspezi hat Dienst. So stell ich mir eine gute Zusammenarbeit vor. Und jetzt gehen wir runter, der Familie ein paar Fragen stellen.« Sie begab sich mit Hellmer hinunter ins Erdgeschoß, wo Marianne Rosenzweig und ihre beiden Söhne im Wohnzimmer saßen. Es war ein großer, in sanftes, indirektes Licht getauchter, abgestufter Raum, eingerichtet mit einer erlesenen, blauen Ledergarnitur und einer maßgefertigten, etwa sechs Meter langen und knapp drei Meter hohen Schrankwand, die sich rechtwinklig an der Wand entlangzog. Dicke Teppiche schluckten beinahe jeden Schritt. Etwa in der Mitte des Raumes gelangte man über zwei Stufen in den hinteren Teil, wo sich ein Kamin befand und, wie Julia Durant vermutete, echte Bilder großer Meister an den Wänden hingen.
»Frau Rosenzweig«, sagte die Kommissarin und trat einen Schritt näher, »wir haben uns noch nicht vorgestellt, ich bin Hauptkommissarin Durant und das ist mein Kollege Hellmer. Wir würden Ihnen gern noch ein paar Fragen stellen, wenn es Ihnen nichts ausmacht.«
Marianne Rosenzweig erhob sich und kam auf die beiden Beamten zu. Sie war eine kleine, zierliche Frau, die ein schlichtes, aber elegantes Sommerkleid trug; keine Schönheit, doch eine auffallende Erscheinung mit markanten Gesichtszügen,

brünettem, bis auf die Schulter fallendem, leicht gewelltem Haar, grünen Augen und vollen, sinnlichen Lippen. Das einzige, was die Ebenmäßigkeit ihres Gesichts störte, waren die Falten um die Nase und die leicht heruntergezogenen Mundwinkel, die ihr ein etwas bitteres Aussehen verliehen und ihr Alter nur schwer schätzen ließen.

»Bitte, nehmen Sie doch Platz«, sagte sie mit leiser Stimme und deutete auf zwei Sessel. »Möchten Sie mit mir allein sprechen oder sollen meine Söhne dabei sein?«

»Vielleicht wäre es ganz gut, wenn wir uns zunächst allein unterhalten würden.«

»Aaron, Joseph, geht bitte solange auf eure Zimmer …«

»Wir haben später vielleicht auch noch ein paar Fragen an euch«, sagte die Kommissarin. Aaron und Joseph verließen wortlos den Raum und schlossen die Tür hinter sich. Julia Durant und Frank Hellmer setzten sich Frau Rosenzweig gegenüber. Bevor sie eine Frage stellen konnte, sagte Frau Rosenzweig: »Warum haben Sie von mir und meinen Söhnen Fingerabdrücke genommen?«

»Nun, die Spurensicherung hat Fingerabdrücke von mindestens zwei Personen auf der Flasche gefunden. Reine Routine.«

»Das heißt dann doch aber auch, daß Sie unter Umständen meine Söhne oder mich verdächtigen, mit dem Tod meines Mannes etwas zu tun zu haben. Oder irre ich mich da?«

»Frau Rosenzweig, der Tod Ihres Mannes ist sehr mysteriös. Und unsere Aufgabe ist es, herauszufinden, wer alles die Flasche angefaßt hat, außer Ihrem Mann natürlich. Haben Sie die Flasche heute berührt?«

»Nein, nicht daß ich wüßte. Ich habe mit seinem Insulin nichts zu tun. Warum also sollte ich es anfassen?«

»Gut, mehr wollten wir im Augenblick dazu auch nicht wissen. Die Auswertung der Fingerabdrücke wird bis morgen er-

ledigt sein. Doch jetzt zu etwas anderem. Frau Rosenzweig«, sagte die Kommissarin, »erzählen Sie mir doch bitte, wie sich der heutige Abend bei Ihnen abgespielt hat.«
Marianne Rosenzweig, die einen sehr gefaßten Eindruck machte, legte den Kopf ein wenig zur Seite, sah die Beamten an. Sie zuckte die Schultern, überlegte einen Moment, bevor sie antwortete: »Nun, mein Mann kam wie jeden Montag gegen neunzehn Uhr von der Arbeit, dann haben wir zu Abend gegessen und anschließend im Familienkreis eine Bibelstunde abgehalten. Ich weiß nicht genau, aber es war etwa halb neun, als das Telefon klingelte. Mein Mann ging ran und hat den Anruf in sein Arbeitszimmer umgestellt. Dann ging er nach oben und hat sich nach dem Telefonat wohl das Insulin gespritzt.«
»Wer hat angerufen?« fragte Hellmer neugierig.
»Keine Ahnung, mein Mann hat nichts gesagt. Aber hier rufen sehr oft Leute an, die meinen Mann sprechen wollen, und wenn ich jedesmal fragen würde, wer dran ist … Na ja, mein Mann war sehr beschäftigt, nicht nur beruflich, sondern auch in der Kirche. Sein Leben bestand im Prinzip nur aus Arbeit.«
»Was hat Ihr Mann beruflich gemacht?«
»Er ist – er war Unternehmensberater. Aber fragen Sie mich um Himmels willen nicht, was er da genau getan hat, ich habe mich ehrlich gesagt aus seinen beruflichen Angelegenheiten rausgehalten, ich hätte es sowieso nicht verstanden.«
»Hatte er sein eigenes Unternehmen?«
»Er hatte einen Kompagnon, mit dem zusammen er das Geschäft leitete. Und dann natürlich noch dreißig oder vierzig Angestellte. Aber wie gesagt, was seine Geschäfte anging, da kannte ich mich nicht aus.«
»Gut, Sie haben aber auch etwas von kirchlicher Arbeit erwähnt. Können Sie mir mehr darüber sagen?«
Marianne Rosenzweig lächelte auf einmal. »Wir gehören der *Kirche des Elohim* an, wenn Ihnen das etwas sagt. Es ist eine

Kirche, in der jeder gefordert ist, einen Teil seines Lebens ehrenamtlich Gott zu weihen. Was nichts anderes heißt, als daß jeder eine bestimmte Berufung ausübt.«

»Ich habe von dieser Kirche gehört«, sagte Julia Durant. »Welche Funktion hatte Ihr Mann dort inne?«

»Er war einer der Berater des Regionshirten.«

»Regionshirte? Können Sie mir das etwas näher erläutern?«

»Der Regionshirte ist die oberste Autorität in der Region Kassel-Frankfurt-Mannheim. Das heißt, alle Gemeinden von Kassel über Frankfurt bis hinunter nach Mannheim gehören zu seinem Bereich. In Zahlen ausgedrückt, etwa zehntausend Mitglieder.«

»In Ordnung, belassen wir's dabei. Was mich viel mehr interessieren würde – hatte Ihr Mann Feinde?«

»Feinde? Keine Ahnung. Im Beruf vielleicht, es gibt immer Neider, die einem den Erfolg nicht gönnen, auch wenn man sich den hart erarbeitet hat. Aber wenn Sie Namen von mir hören wollen, damit kann ich nicht dienen. Und in der Kirche, nein. In der Kirche hat man keine Feinde. Es sind gute Leute, auch wenn es wie überall ein paar schwarze Schafe gibt. Aber die meisten sind gut und gottesfürchtig.«

Julia Durant lehnte sich zurück, öffnete die Handtasche, holte die Schachtel Gauloises heraus und wollte sich gerade eine anzünden, als Frau Rosenzweig sie freundlich zurückhielt.

»Bitte, aber wir rauchen nicht, und ...«

Die Kommissarin errötete leicht und steckte die Zigarette mit einem Murmeln wieder zurück.

»Entschuldigung, ich ...«

»Schon gut. Es gibt ein paar Grundsätze, auf die wir Wert legen, und dazu gehört, daß wir nicht rauchen, keinen Alkohol trinken und überhaupt auf Genußmittel jeder Art verzichten. Ich verlange nicht, daß Sie das verstehen, doch bis jetzt hat es noch keinem von uns geschadet.«

Hellmer grinste nur, während Julia Durant sich eine Bemerkung verkniff. Statt dessen sagte sie: »Auch wenn es vielleicht zu persönlich erscheinen mag – aber wie war Ihre Ehe?«
Für den Bruchteil einer Sekunde zuckte Marianne Rosenzweig zusammen, ihr Blick wurde mit einem Mal kühl und abweisend. Mit Nachdruck sagte sie: »Wir haben eine ausgesprochen harmonische Ehe geführt. Ja, eine sehr harmonische Ehe. Wir hätten in Kürze unseren zwanzigsten Hochzeitstag gefeiert, doch leider ist etwas dazwischen gekommen. Nun, das Leben ist nicht berechenbar, ebensowenig der Zeitpunkt des Todes. Aber mit dem Tod haben Sie sicherlich mehr Erfahrung als ich. Ich habe noch nicht viele Menschen sterben sehen.«
»Hat Ihre Ärztin mit Ihnen über die mögliche Todesursache Ihres Mannes gesprochen?«
»Ja, das hat sie allerdings. Ich bin sehr überrascht und kann es kaum glauben. Warum sollte mein Mann sich Gift spritzen? Wenn er sich hätte umbringen wollen, dann hätte er doch sicherlich eine weniger qualvolle Methode gewählt, oder?« fragte sie und betrachtete dabei ihre schlanken, wohlgeformten Hände.
»Glauben Sie denn, daß Ihr Mann sich umgebracht hat?« fragte Hellmer und blickte die ihm gegenübersitzende Frau direkt an, die seinen Blick jedoch nicht erwiderte.
»Nein, ich wüßte nicht, warum er das getan haben sollte. Es gab keinen Grund, es gab absolut keinen Grund. Ich kann einfach nicht glauben, daß er tot ist.«
»Nun, Frau Rosenzweig, wir werden abwarten müssen, was die Obduktion und die Analyse des Insulins ergibt. Sollte sich allerdings herausstellen, daß sich in dem Fläschchen kein Insulin befunden hat, sondern ein hochwirksames Gift, dann wirft das natürlich die Frage auf, wie das Gift, wenn es

Selbstmord war, in seinen Besitz gekommen ist, oder, sollte es Mord gewesen sein, wer das Gift in seinem Schreibtisch deponiert hat. Wobei auch hier die Frage ist, woher der Täter das Gift hatte. Und noch eine Frage beschäftigt mich; warum ist das Unglück ausgerechnet zu einem Zeitpunkt passiert, wo sein Injektionsapparat defekt war und er wieder eine normale Spritze benutzen mußte? Wer hatte alles Zugang zum Schreibtisch Ihres Mannes?«
Marianne Rosenzweig blickte auf, kniff die Augen zusammen und schien durch Hellmer hindurchzusehen. Sie schüttelte kaum merklich den Kopf. »Er selbst, ich, die Kinder und unsere Haushälterin. Aber ich habe sein Arbeitszimmer in den letzten Mo- naten nicht mehr betreten. Es war so eine Art Refugium für ihn, von dort führte er seine Telefonate, dort hat er den größten Teil seiner kirchlichen Arbeit erledigt, zumindest was das Administrative anging, und dorthin hat er sich zurückgezogen, wenn er einfach seine Ruhe haben wollte. Worauf wollen Sie eigentlich hinaus?«
»Wir gehen davon aus, daß Ihr Mann Opfer eines Gewaltverbrechens wurde. Und wenn diese Vermutung zutrifft, dann werden wir noch einige sicherlich unangenehme Fragen stellen müssen. Und um noch einmal auf Ihre Ehe zurückzukommen, auch wenn es jetzt vielleicht etwas hart klingt – hatte Ihr Mann ein Verhältnis? Jetzt, oder vielleicht früher einmal?«
Marianne Rosenzweig sah Julia Durant erst verwundert über die ungewöhnliche Frage an, dann wurde ihr Blick mit einem Mal eisig. »Hören Sie, ich sagte Ihnen bereits, unsere Ehe war sehr harmonisch! Mein Mann hatte kein Verhältnis, er hatte so etwas nicht nötig, wenn Sie verstehen, was ich meine. Außerdem ist Keuschheit und die damit verbundene eheliche Treue eines der obersten Gebote in unserer Kirche. Ehebruch kommt gleich hinter Mord und wird unweigerlich mit

Ausschluß bestraft, es sei denn, der Ehebrecher bereut seine Tat. Genügt Ihnen das?«

»Vor wem muß er die Tat bereuen? Vor Gott?«

»Natürlich vor Gott, aber auch vor den Menschen. Es gibt so etwas wie ein Kirchengericht, das entscheidet, ob jemand wegen Ehebruchs oder anderer sexueller Verfehlungen ausgeschlossen wird oder ob er nur für eine Weile nicht am gemeinschaftlichen Kirchenleben teilhaben darf. Für Sie mag das altmodisch und überholt klingen, aber Gottes Gesetze und Gebote haben sich zu keiner Zeit geändert. Und wir leben in einer sehr verderbten Welt, und gerade heute ist es mehr denn je notwendig, sich von dem fernzuhalten, was so oft als gut und für den Menschen nützlich angepriesen wird. Sehen Sie sich doch einmal die Filme an, die im Fernsehen gezeigt werden! Es gibt doch nur noch Sex und Mord.« Sie hielt einen Moment inne, bevor sie fortfuhr: »Nun, wir haben unseren Fernsehapparat abgeschafft. Man muß sich die Welt mit all ihren Perversionen nicht Tag für Tag ins Haus holen«, sagte sie mit einer Bitterkeit, die Julia Durant aufhorchen ließ. »Nein, das muß man wirklich nicht. Unsere Kinder sollen mit Werten aufwachsen, die heutzutage kaum noch etwas gelten oder gar gelehrt werden. Und damit meine ich vor allem moralische Werte.«

»Sagen Sie mir doch bitte noch etwas genauer, wie dieses Bereuen vor den Menschen aussieht. Gesteht man öffentlich seine – Sünden – ein, oder wie darf ich das verstehen?«

»Es kommt drauf an. Manchmal ja, manchmal nur vor den Ältesten der Gemeinde.«

»Kommt so etwas nicht einer Steinigung gleich? Nur weil jemand gefehlt hat, muß er vor andern quasi einen Seelenstriptease hinlegen und sich rechtfertigen?«

»Gott hat es so gesagt, und Gottes Wort allein zählt. Sie kennen offensichtlich unsere Kirche nur vom Namen her, die

Grundsätze aber sind Ihnen fremd. Würden Sie die kennen, würden Sie sie auch verstehen. Aber ich weiß nicht, was das mit dem Tod meines Mannes zu tun haben soll.«
»Entschuldigen Sie, es war reines Interesse. Frau Rosenzweig«, fuhr die Kommissarin fort, »wir werden vermutlich schon morgen vormittag das Ergebnis der Obduktion haben. Wir werden dann noch einmal auf Sie zurückkommen. Ihre Söhne werden wir dann unter Umständen auch noch befragen. Das wär's fürs erste. Wenn Sie mir jetzt noch die Adresse der Firma Ihres Mannes geben könnten.«
»Die Firma heißt *Rosenzweig & Partner*. Sie befindet sich im Messeturm.«
»Ach ja, bevor ich's vergesse, wie alt war Ihr Mann?«
»Fünfundfünfzig. Und ich bin neununddreißig, falls das Ihre nächste Frage sein sollte. Ich war gerade neunzehn, als wir geheiratet haben«, sagte sie kühl. »Neunzehn und unschuldig und naiv.« Nach dem letzten Wort stockte sie sofort, sah die Beamten kurz und verlegen an.
»Was meinen Sie mit unschuldig und naiv?« fragte Julia Durant.
»Nun, ich denke, ich muß diese Frage nicht im Detail beantworten, oder? Es reicht, wenn ich die Antwort kenne. Haben Sie sonst noch Fragen?«
»Nein, für heute nicht. Danke für Ihre Zeit und auf Wiedersehen.«
Julia Durant und Frank Hellmer standen auf und verabschiedeten sich. Frau Rosenzweig begleitete sie zur Tür. An ihren Wagen angekommen, sagte die Kommissarin, nachdem sie sich eine Gauloise angezündet hatte: »Der hat sich nicht selbst umgebracht. Das war kaltblütiger Mord. Da verwette ich meinen Arsch drauf.«
»Ich auch«, erwiderte Hellmer. »Nur wird es verdammt schwierig werden, das auch zu beweisen.« Und nach einer

kurzen Pause: »Ist dir was an der Frau aufgefallen?« fragte er.
»Was meinst du?«
»Als sie von dieser Kirche sprach und diesen ach so hohen moralischen Werten, da kam sie mir irgendwie weltfremd, abwesend vor. Und ich weiß nicht, als sie auf die eheliche Treue ihres Mannes angesprochen wurde, hat sie sich für einen Moment recht merkwürdig verhalten.«
»Inwiefern?« fragte Julia Durant, den Blick zu Boden gerichtet, und nahm einen langen Zug an der Zigarette.
»Auch wenn du mich vielleicht für spinnert hältst, aber ich glaube nicht an dieses Märchen, das sie uns aufgetischt hat, von wegen der ach so harmonischen Ehe. Irgendwas bei den beiden stimmte nicht.«
»Nein«, erwiderte die Kommissarin mit einem Lächeln, »ich halte das nicht für spinnert. So ähnliche Gedanken sind mir in dem Moment auch durch den Kopf geschossen. Ich denke mal, wenn wir ein bißchen rumschnüffeln, werden wir schon rausfinden, ob sie die Wahrheit gesagt hat. Aber«, fuhr sie fort, nachdem sie ihre Zigarette mit dem Schuh ausgetreten hatte, »heute nacht werden wir das nicht mehr klären. Und außerdem bin ich zu müde, um mir noch lange Gedanken darüber zu machen. Wir sehen uns morgen früh. Bis dann.« Sie wollte gerade in ihren Corsa einsteigen, als Hellmers Stimme sie zurückhielt. Er kam auf sie zu, blieb dicht vor ihr stehen und sagte: »Was sagt denn deine Intuition – würdest du ihr einen Mord zutrauen?«
»Keine Ahnung. Sie ist ziemlich undurchschaubar, zumindest im Moment noch. Wer weiß, vielleicht war es doch Selbstmord. Mach's gut.« Sie setzte sich in ihren Wagen, startete den Motor und fuhr los.
Auch Hellmer machte sich auf den Weg nach Hause, er hielt den linken Arm aus dem geöffneten Seitenfenster. Die Nacht

war schwülwarm und sternenklar, kaum noch ein Auto begegnete ihm auf der Sindlinger Straße, die sich zwischen Feldern entlang bis nach Okriftel zog. Links, etwa hundertfünfzig Meter entfernt, zog sich der Main dahin, rechts konnte man bei Tag die sanft geschwungenen Kuppen des Taunus sehen. Es war kurz nach halb eins, als er zu Hause anlangte, er parkte den Wagen vor der Garage, schloß ihn ab und ging ins Haus. Seine Frau Nadine war noch wach, sie lag im Bett, die Beine angezogen und las. Sie blickte auf, als er ins Schlafzimmer kam, sah ihn schweigend an. Er zog sein Hemd und die Hose aus, sie fragte: »Und, was war?«
»Weiß nicht, auf jeden Fall etwas ganz Seltsames. Ich denke, die Sache wird uns mehr Kopfzerbrechen bereiten, als wir uns im Moment vorstellen können. Ich geh nur schnell duschen. Bis gleich.«
Nadine Hellmer sah ihm nach, bis er im Bad verschwunden war, dann las sie weiter. Als er nach zehn Minuten zurückkehrte, legte sie das Buch auf den Nachtschrank, wandte ihm das Gesicht zu.
»Was gibt es denn so Seltsames?« fragte sie.
Frank Hellmer legte sich, nur mit einem Slip bekleidet, aufs Bett. »In Sindlingen ist so ein reicher Typ ziemlich übel verreckt. Und wenn die Hausärztin mit ihrer Vermutung recht behalten sollte, dann hat er sich statt Insulin Schlangengift gespritzt. Der Kerl ist einfach verblutet.«
»Und was glaubst du? War es Selbstmord?«
Hellmer schüttelte den Kopf. »Kaum. Ich hab jedenfalls noch nie davon gehört, daß sich jemand auf derartige Weise umgebracht hat. Außerdem gibt es bis jetzt keinen einzigen Hinweis darauf, daß er irgendeinen Grund gehabt hätte, sich das Leben zu nehmen.«
»Na ja, was soll's, ich will jetzt schlafen. Kann ich ein bißchen in deinen Arm kommen?«

»Hab ich jemals nein gesagt?« fragte Hellmer grinsend. Nadine rutschte auf seine Seite, kuschelte sich an ihn und schon wenige Augenblicke später atmete sie tief und gleichmäßig. Bei Frank Hellmer dauerte es etwas länger, bis auch seine Augen zufielen, er hatte einfach das unbestimmte Gefühl, daß hinter dem Tod von Hans Rosenzweig eine Menge Dreck steckte. Und es alles andere als einfach werden würde, seinen Tod aufzuklären. Aber heute nacht wollte er nicht mehr darüber nachdenken, er wollte nur noch schlafen. Es blieben ihm nur wenige Stunden, bis er wieder im Büro sein mußte.

Dienstag, 0.55 Uhr

Julia Durant ging, nachdem sie die Wohnung betreten hatte, an den Kühlschrank, holte die noch halbvolle Dose Bier heraus und trank sie in einem Zug leer. Auf dem Anrufbeantworter war eine kurze Nachricht von Werner Petrol, der sich entschuldigte, sie nicht schon im Laufe des Tages angerufen zu haben, aber er hätte viel Arbeit gehabt und wäre nicht zum Telefonieren gekommen. Sie zog sich bis auf die Unterwäsche aus, wusch sich Hände und Gesicht und putzte sich die Zähne. Sie war müde, aber innerlich aufgewühlt. Sie nahm noch eine Dose Bier, riß den Verschluß auf, stellte sich ans offene Fenster. Kaum mehr ein Geräusch drang von der Straße nach oben, am Himmel waren, obgleich es wolkenlos war, nur wenige Sterne zu sehen. Sie trank in kleinen Schlucken, rauchte eine Zigarette. Seit sie bei der Mordkommission war, hatte sie es schon mit einigen seltsamen Morden und Todesfällen zu tun gehabt, doch was sie an diesem Abend gesehen hatte, gehörte in die Kategorie der äußerst bizarren Fälle. Sie leerte die Dose Bier, stellte sie auf den Wohnzimmertisch, drückte die Zigarette aus. Sie löschte das Licht, setzte sich aufs Bett, hielt den Kopf zwischen den Händen, schloß die Augen. Sie dachte daran, daß sie wieder einmal allein würde einschlafen müssen. Seit einem halben Jahr hatte sie einen festen Freund, und obgleich sie sich irgendwann einmal geschworen hatte, niemals eine Beziehung mit einem verheirateten Mann einzugehen, so hatte ihr Werner Petrol nur einmal tief in die Augen zu sehen brauchen, um diesen Schwur zu brechen. Er hatte ein Haus in Eltville, wo auch seine Familie wohnte, aber er besaß auch ein luxuriöses Penthouse in Frankfurt, in dem er sich drei bis vier Tage in der Woche aufhielt. Er war ein angesehener Mann, Chefarzt des St.-Valentius-Krankenhauses, einer psychiatrischen Klinik in der Nähe von Eltville im Rheingau. Anfang Vierzig, groß, schlank und sportlich, und er hatte jenes Charisma, von dem Frauen in der Regel angezogen werden wie Bienen vom Nektar. Sie hatte ihn in *ihrer* Bar kennengelernt, wohin sie immer dann ging, wenn ihr die Decke auf den Kopf fiel und ihr Körper nach einem Mann verlangte. Am nächsten Tag hatte er sie angerufen und sie zum Essen eingeladen, obwohl sie nicht damit gerechnet hatte, jemals wieder etwas von ihm zu hören. Seitdem sahen sie sich regelmäßig, meist abends und nur selten am Wochenende, weil er dann seiner Familie gehörte. Doch nicht mehr lange, wie er seit jenem ersten Essen beteuerte, denn er hatte vor, sich von seiner Frau zu trennen. Als er ihr einmal ein Bild von ihr zeigte, wußte sie, warum. Sie sah aus wie ein biederes Hausmütterchen, mit mindestens zwanzig Kilo Übergewicht und jenem ausdruckslosen Gesicht, das man leicht und gern übersieht. Er hatte ihr erzählt, wie schlimm seine Ehe sei, daß er seine Frau nicht mehr anfassen mochte, andererseits waren da die drei Kinder, die alle noch zur Schule gingen und von denen das jüngste gerade zehn Jahre alt war. Er sagte, eine Trennung würde nicht einfach werden, vor allem, da seine Frau psychisch nicht die stärkste

sei und er die Sache deshalb sehr behutsam angehen lassen müsse.
Irgend etwas in Julia Durant wehrte sich gegen diese Beziehung, doch Petrol war ein phantastischer Liebhaber, auch wenn er bisweilen etwas außergewöhnliche Wünsche hatte, und sie hatte seit ihrer Scheidung vor fünf Jahren keine feste Beziehung gehabt, ihr Sexualleben sich auf fünf oder sechs One-Night-Stands im Jahr beschränkt. Die Sache mit Petrol aber war etwas anderes, sie verstanden sich nicht nur im Bett hervorragend, sie gingen auch hin und wieder ins Theater oder in ein Konzert oder bummelten durch die Straßen, und vor allem konnten sie sich prächtig unterhalten. Sie wußte nicht, ob es Liebe war, was sie für ihn empfand, aber es war zumindest Zuneigung. Worüber sie sich immer wieder Gedanken machte, war, weshalb er weiterhin fast jedes Wochenende bei seiner Familie verbrachte, wo er sich doch angeblich von seiner Frau trennen wollte. Sie hatte ihn schon einige Male gefragt und einmal sogar um eine klare Stellungnahme gebeten, doch er brachte jedesmal derart überzeugende Argumente vor, daß ihr nichts anderes übrigblieb, als ihm zu glauben.
Auch wenn ihr Kopf sagte, Petrol würde sich wahrscheinlich nie von seiner Frau scheiden lassen, so sprach ihr Bauch oder, wie sie es nannte, ihr Unterleib eine andere Sprache. Und insgeheim wußte sie, daß der Tag kommen würde, an dem ihre Beziehung ein Ende haben würde. Aber sie wollte nicht darüber nachdenken, sondern alles auf sich zukommen lassen. Und manchmal dachte sie auch, nicht der Typ für eine feste Partnerschaft zu sein. Ihre erste und einzige Ehe war eine Katastrophe gewesen, sie jung und verliebt, er erfahren und hinter jedem Rock her, und es hatte immerhin sieben Jahre gedauert, bis sie sein wahres Gesicht erkannte.
Morgen würde sie Petrol wiedersehen, sie würden die Nacht

miteinander verbringen und ihr Hormonhaushalt würde danach wieder in Ordnung sein. Sie legte sich hin, zog die dünne Bettdecke bis zum Bauch und drehte sich auf die Seite. Für einen Moment dachte sie an Rosenzweig und wie erbärmlich sein Tod gewesen sein mußte, doch dann verdrängte sie diese Gedanken wieder und sagte sich, am Morgen wäre noch genug Zeit, diesen Fall zu behandeln. Sie wälzte sich eine halbe Stunde unruhig von einer Seite auf die andere, selbst die dünne Decke war zu warm. Schließlich, nach einer halben Ewigkeit, hüllte Schlaf sie ein.

Dienstag, 1.12 Uhr

Marianne Rosenzweig war noch einige Zeit, nachdem die Beamten gegangen waren, unruhig im Wohnzimmer auf und ab gegangen, schließlich rief sie, obgleich es bereits nach Mitternacht war, eine gute Freundin an, Vivienne Schönau, mit der sie etwa eine Stunde redete. Nach dem Gespräch warf sie einen langen Blick ins Wohnzimmer, knipste das Licht aus, begab sich ins Bad, wusch sich, zog das Nachthemd an und ging ins Schlafzimmer. Sie legte sich ins Bett, das auf einmal viel zu groß für sie war, sie rutschte auf die andere Seite, wo ihr Mann immer geschlafen hatte, vergrub ihr Gesicht in seinem Kissen, dem noch etwas von seinem Duft anhaftete. Sie wollte beten, aber ihr fielen keine Worte ein, gähnende Leere in ihrem Kopf. Sie lag lange wach, drehte sich auf die Seite, und mit einem Mal begann sie zu weinen. Erst bei Anbruch der Morgendämmerung schlief sie ein, wachte aber schon nach zwei Stunden wieder auf. Sie fühlte sich wie gerädert, ihr war übel, ihr Kopf schmerzte. Im Bad erbrach sie zähen, grünen Schleim. Als sie in den Spiegel schaute, glaubte sie, das Gesicht einer alten Frau vor sich zu sehen.

Dienstag, 7.45 Uhr

Hauptkommissar Berger, der Leiter der Mordkommission, war bereits seit einer dreiviertel Stunde im Büro, als kurz hintereinander die Kommissare Kullmer und Hellmer hereinkamen.

»Guten Morgen, meine Herren«, sagte Berger und lehnte sich in seinem Stuhl zurück. Seine Augen waren rotunterlaufen, Schweißperlen standen auf seiner Stirn, es roch nach Alkohol. Er verschränkte die Arme hinter dem Kopf und sah Hellmer an.

»Ich habe gehört, Sie hatten gestern abend zu tun? Erzählen Sie.«

Hellmer setzte sich Berger gegenüber, zündete sich eine Marlboro an, inhalierte, blies den Rauch an die Decke. Er schlug die Beine übereinander, zog die Stirn in Falten, sagte: »Tja, das war'n Ding. Kollegin Durant und ich sind nach Sindlingen gerufen worden, wo ein gewisser Rosenzweig an heftigen Blutungen gestorben ist, nachdem er sich angeblich Insulin gespritzt hat. Die Hausärztin meint, es deute alles darauf hin, daß der Mann sich ein absolut tödliches Gift gespritzt hat. Mehr kann ich im Augenblick auch nicht sagen, nur so viel, daß zum Glück Professor Morbs Bereitschaft hatte und er die Leiche noch heute nacht untersuchen wollte. Es spricht einiges dafür, daß Rosenzweig sich statt Insulin Schlangengift injiziert hat. Mal sehen, was die Obduktion und die Analyse des Fläschchens ergeben.«

»Selbstmord?« fragte Berger, ohne seine Haltung zu verändern.

»Ziemlich unwahrscheinlich. Wer sich umbringen will und sich ein solches Gift verabreicht, der ist nicht ganz klar im Kopf. Aber laut Aussage dieser Dr. Fink, der Hausärztin, und auch von Frau Rosenzweig war der Mann in keiner Weise suizidgefährdet. Er hatte keine lebensbedrohliche Krankheit, es ging ihm finanziell blendend, sie führten eine, wie seine Frau behauptet, glückliche Ehe und auch sonst sind weder irgendwelche physischen noch psychischen Defekte bekannt. Was im Prinzip nur einen Schluß zuläßt, der Mann ist ermordet worden.«

»Haben Sie schon einen Verdacht?«

»Nein, obwohl, es kommen nur sehr wenige Personen in Frage, die das Insulin durch Gift ersetzt haben könnten. Wenn Gift im Spiel war, wohlgemerkt.« Er nahm einen weiteren Zug an der Zigarette, schnippte die Asche in den Aschenbecher, als die Tür aufging und Julia Durant hereinkam.

»Morgen«, murmelte sie und hängte ihre Tasche über den Stuhl, holte eine Schachtel Zigaretten heraus und zündete sich eine an. »Und, schon was von Morbs gehört?« fragte sie.

»Du siehst nicht gerade aus wie jemand, der eine besonders gute Nacht hatte«, sagte Hellmer grinsend.

»Ah, leck mich! Ich hab keine Lust, über meine Nacht zu reden. Hat sich Morbs schon gemeldet oder nicht?«

»Bis jetzt nicht. Aber wir können ja mal anrufen und den neuesten Stand der Dinge erfragen.«

»Ich bitte darum«, sagte die Kommissarin.

Hellmer nahm den Hörer und wählte die Nummer der Rechtsmedizin. Er stellte den Lautsprecher an, damit alle mithören konnten. Ein Kollege von Morbs war am Apparat.

»Hier Hellmer, Mordkommission. Könnte ich bitte mit Professor Morbs sprechen?«

»Einen Moment, ich hole ihn.«

Es dauerte etwa eine Minute, bis Morbs am Telefon war.

»Morbs.«

»Hellmer. Können Sie schon irgend etwas über die Todesursache von Rosenzweig sagen?«

»Das kann ich allerdings. Ich wollte Sie sowieso gleich anrufen. Also, Rosenzweig ist an starken äußeren, vor allem aber inneren Blutungen gestorben. Wir nennen das eine Verbrauchskoagulopathie, die fast immer zum Tod führt. Da der Mann laut seiner Hausärztin noch vor einer Woche vollkommen normale Blutwerte hatte, kommt aufgrund der Blutungen und der Gewebsnekrose hier in allererster Linie Schlangengift in Frage, wobei ich jedoch noch nicht sagen kann, welches Gift verwendet wurde …«

»Sind nicht alle Schlangengifte gleich?« unterbrach ihn Hellmer.

»Guter Mann, man unterscheidet in der Regel zwischen zwei Arten von Schlangengift mit unterschiedlichen Wirkungsweisen; die eine greift in die Blutgerinnung ein, das heißt, das Blut wird ungerinnbar und führt zu den hier vorliegenden starken Blutungen, die andere basiert hauptsächlich auf Neurotoxinen, die zu einer Lähmung des Zentralnervensystems führen. Und jetzt muß man auch wieder unterscheiden zwischen Giften mit einer besonders hohen Toxizität und solchen, die weniger toxisch sind. Und es gibt einige Giftschlangen, vor allem in Australien, bei denen beide Faktoren vorkommen, die neurotoxische und die in die Blutgerinnung eingreifende Variante. Die letztgenannten Schlangen gelten auch als die für den Menschen gefährlichsten. Allerdings kommt es auch immer auf die Menge des injizierten Giftes an und …«

»Und was heißt das genau? Ich meine, wieviel Gift wird von einer Schlange abgegeben?«

»Nun, ich sehe, Sie kennen sich mit Schlangen nicht besonders gut aus, aber es gibt Schlangen, die nur ein paar Mikrogramm Gift injizieren, das heißt nur ein paar Millionstel Gramm, wobei diese Menge aber unter Umständen schon genügen kann, einen Menschen von etwa fünfundsiebzig Kilogramm innerhalb weniger Minuten bis zu einigen Stunden nach erfolgtem Biß zu töten. Andere Schlangen wiederum müssen zwei oder drei Milliliter verabreichen, um einen Menschen in einer bestimmten Zeit zu töten. Ich lasse gerade den Restinhalt der Flasche auf vier spezielle Gifte untersuchen, die schon in geringsten Mengen zu einem raschen Tod führen können; das Gift der Sandrasselotter, *Echis carinatus* oder *Echis coloratus*, das zu den wirksamsten uns bekannten Schlangengiften zählt und das von seiner Zusammensetzung her zu den bei Rosenzweig aufgetretenen Symptomen führt; das der asiatischen Kettenviper, *Vipera russelli*, das ebenfalls derart heftige Blutungen auslösen kann, sowie *Dendrotoxin* sprich Mambagift und das *Taipoxin* des australischen Taipans, die beide unbehandelt zu letalen Lähmungen des Zentralnervensystems führen. Außerdem hat das Gift des Taipans die außerordentliche Eigenschaft, nicht nur auf das Zentralnervensystem zu wirken, es verfügt außerdem über gerinnungshemmende Faktoren, die auch die bereits genannten Blutungen herbeiführen können. Wichtig ist vielleicht noch zu sagen, daß Schlangengifte besonders schnell wirken, wenn beim Biß eine Vene getroffen wird, und das Gift dadurch extrem schnell in die Blutbahn gelangt, oder wenn es, wie Insulin, subkutan, also unter die Haut injiziert wird. Erfolgt die Injektion intramuskulär, so ist es eher unwahrscheinlich, daß die Wirkung derart verheerend ist, es sei denn, es wird eine überdurchschnittlich hohe Dosis verabreicht und ein wichtiges Blutgefäß getroffen. Ich denke aber, wir werden das Gift noch heute bestimmen und bis zum späten Nachmittag genau sagen können, welches Gift Verwendung gefunden hat. Solange müssen Sie sich leider noch gedulden.«

»Aber Sie schließen Gift nicht aus, oder?« fragte Hellmer.

»Ich schließe es nicht nur nicht aus, der Mann ist definitiv an Gift gestorben. Seine Thrombozytenzahl war praktisch null, wenn man bedenkt, daß ein gesunder Mensch etwa hundert-

fünfzig- bis vierhunderttausend Kubikmillimeter hat. Sie haben das wahrscheinlich gar nicht gesehen, aber Rosenzweig hatte am ganzen Körper riesige Hämatome, sein Magen und sein Darm waren mit Blut gefüllt, außerdem hatte er Gehirnblutungen. Die Frage ist nicht, ob er an Gift gestorben ist, sondern an welchem Gift. Aber wir arbeiten dran. Und wie gesagt, ich melde mich, sobald ich Näheres weiß. Noch irgendwelche Fragen?«
»Nein, im Augenblick nicht. Vielen Dank für Ihre Hilfe und daß Sie sich für uns die Nacht um die Ohren geschlagen haben.«
»Keine Ursache. Bis später.«
Hellmer legte den Hörer auf, sah in die Runde, grinste. »Unser lieber Morbs. Ist so richtig in seinem Element. Aber gut, der Mann kennt sich mit Giften aus, und jetzt will er uns natürlich beweisen, wie gut und vor allem wie schnell er ist.«
»Also Gift«, sagte Kommissarin Durant und nickte nachdenklich. Sie streckte den Rücken, legte den Kopf in den Nacken, schloß für einen kurzen Moment die Augen. »Dann brauchen wir jetzt den Vergleich der Fingerabdrücke von der Flasche und der Spritze und ob einer dieser Abdrücke mit dem eines der Familienangehörigen übereinstimmt. Was ist eigentlich mit dem Bericht der Spurensicherung? Haben die sich noch nicht gemeldet?«
Berger schüttelte den Kopf. »Bis jetzt nicht. Aber bitte, hier ist das Telefon. Rufen Sie an.«
Ein Beamter meldete sich bereits nach dem zweiten Läuten.
»Hier Durant, Mordkommission. Es geht um den Fall Rosenzweig in Sindlingen. Sind die Fingerabdrücke schon verglichen worden?«
»Augenblick, ich hole den Kollegen.«
Julia Durant rollte die Augen, wartete, zündete sich eine weitere Gauloise an.

»Entschuldigung, daß es so lange gedauert hat ... Ja, wir haben die Fingerabdrücke auf der Flasche mit denen von Frau Rosenzweig und ihren Söhnen verglichen. Auf der Flasche sind nur die von ihm und seiner Frau.«
»Danke, das war's schon«, sagte sie und legte auf. »Scheiße! Große, gottverdammte Scheiße! Sie hat gestern abend steif und fest behauptet, die Flasche nicht angerührt zu haben. Und jetzt?« Sie zuckte die Achseln, sagte: »Dann müssen wir sie uns wohl oder übel noch mal vornehmen. Okay, Hellmer und ich fahren jetzt nach Sindlingen. Sobald wir zurück sind, sehen wir uns zu dritt mal in der Firma von Rosenzweig um. Und dann dürfte der Tag auch schon wieder rum sein.«
Auf dem Weg zum Parkplatz fragte Hellmer: »Glaubst du, daß ...«
»Im Augenblick glaube ich noch gar nichts. Und wenn sie tausendmal die Flasche angefaßt hat, so beweist das noch längst nichts. Auch wenn sie gestern gesagt hat, sie hätte sie nicht berührt, so kann das einfach an der Aufregung gelegen haben. Die Ärztin hat sie schließlich auch in der Hand gehabt, wenn auch mit Handschuhen, hat sie dann aber auf den Tisch gestellt. Und wer weiß, vielleicht hat Frau Rosenzweig ja in Gedanken die Flasche berührt, konnte sich aber später nicht mehr daran erinnern. Auch wenn natürlich die Möglichkeit besteht, daß es nicht so war. Du weißt, was ich meine.«
»Ich hoffe nur, du hast unrecht. Und irgendwie glaube ich auch nicht, daß die Frau mit dem Tod ihres Mannes etwas zu tun hat. Aber fragen wir sie einfach noch einmal.«

Dienstag, 9.10 Uhr

Sie brauchten im morgendlichen Verkehr etwa eine halbe Stunde, bis sie vor dem Haus der Rosenzweigs anlangten.

Auf der Fahrt dorthin hatten sie die Seitenfenster heruntergekurbelt, die Sonne brannte bereits jetzt mit unbarmherziger Kraft von einem wolkenlosen, blaßblauen Himmel. Sie sprachen kaum ein Wort, jeder hing seinen eigenen Gedanken hinterher. Kurz nachdem sie geklingelt hatten, wurde ihnen die Tür geöffnet. Aaron, der ältere der beiden Söhne, stand vor ihnen. Er war blaß und wirkte übernächtigt. Er trug ein T-Shirt und Jeans, er war barfuß.
»Guten Morgen. Wir möchten bitte noch einmal mit Ihrer Mutter reden«, sagte Julia Durant. Der junge Mann nickte nur und ließ die Beamten an sich vorbei eintreten. »Sie ist im Wohnzimmer.«
Zwei Männer und eine Frau saßen Frau Rosenzweig gegenüber. Sie hoben die Köpfe, als Durant und Hellmer hereinkamen.
»Guten Tag, Frau Rosenzweig«, sagte die Kommissarin, worauf sich die drei Fremden von ihren Sitzen erhoben. Einer der Männer kam auf sie zu. »Sie sind von der Polizei?« fragte er und reichte erst Julia Durant, dann Frank Hellmer die Hand. Ohne eine Erwiderung abzuwarten, fuhr der kleine Mann mit dem schütteren, dunkelblonden Haar, dem Designeranzug und den italienischen Schuhen, den die Kommissarin auf Anfang bis Mitte Fünfzig schätzte, fort: »Ich bin Walter Schönau, der Herr dort hinten ist Herr Heimann und die Dame ist Frau Reich. Wenn wir stören, gehen wir natürlich wieder.«
»Sind Sie Freunde des Hauses?« fragte die Kommissarin.
»Nun, wir sind Freunde und gehören auch der gleichen Kirche an wie Frau Rosenzweig. Frau Reich ist übrigens nicht nur eine Freundin des Hauses, sie ist auch so etwas wie der seelische Beistand von Frau Rosenzweig.«
Marianne Rosenzweig, die wie ein Häufchen Elend auf der Couch saß, die gefalteten Hände auf den Knien, sah die Poli-

zisten aus leeren Augen an, unter denen sich tiefe Ränder gebildet hatten.
»Sie brauchen nicht zu gehen, dennoch würden wir uns ganz gerne erst einmal allein mit Frau Rosenzweig unterhalten. Aber es wäre nett, wenn Sie uns nach dem Gespräch noch kurz zur Verfügung ständen.«
»Selbstverständlich«, sagte Schönau mit einem kühlen Blick aus seinen stechenden, grauen Augen und nickte seinen beiden Begleitern kurz zu, woraufhin sie das Zimmer verließen und die Tür hinter sich schlossen. Julia Durant und Hellmer nahmen auf zwei Sesseln Platz. Die Kommissarin meinte, stumme Tränen bei Marianne Rosenzweig zu sehen.
»Was führt Sie her?« fragte sie und schaute kurz auf, bevor sie den Blick wieder auf ihre Hände richtete. »Haben Sie herausgefunden, woran mein Mann gestorben ist?«
»Ja, und deswegen sind wir auch hier«, sagte Hellmer mit ernster Miene und beugte sich vor. »Ihr Mann ist, wie bereits gestern von Ihrer Ärztin vermutet wurde, an Gift gestorben ...«
»An Gift?« fragte sie und lachte schrill und unwirklich auf. »Tatsächlich? Was für Gift?«
»Nach dem, was wir von unserem Gerichtsmediziner vorhin erfahren haben, kommt nur Schlangengift in Frage. Haben Sie eine Erklärung, wie ein solches Gift in den Besitz Ihres Mannes gelangt sein könnte?« fragte er weiter.
Marianne Rosenzweig sah Hellmer ungläubig an. »Nein«, sagte sie und schüttelte energisch den Kopf. »Woher soll ich das wissen?« Sie lachte bitter auf, zog die Mundwinkel nach unten. »Schlangengift! Das klingt so absurd, so lächerlich ... und doch so unglaublich grausam. Ich verstehe es nicht.«
»Nun, wir verstehen es auch nicht. Genauso wenig, wie wir verstehen, daß außer den Fingerabdrücken Ihres Mannes

auch Ihre auf dem Glas gefunden wurden. Können Sie uns das erklären?« fragte Hellmer eindringlich.
»Nein«, erwiderte Marianne Rosenzweig mit zitternder Stimme. »Das kann ich nicht. Soll das etwa heißen, *ich* hätte meinem Mann das Gift untergemischt? Verdächtigen Sie etwa mich, meinen Mann ermordet zu haben? Du meine Güte, in was für einer Welt leben wir eigentlich?!«
»Wir leben in einer schrecklichen Welt, Frau Rosenzweig. Sie haben uns doch gestern abend erst von dieser Welt erzählt. Und Sie haben außerdem gesagt, Sie hätten das Arbeitszimmer Ihres Mannes seit Monaten nicht mehr betreten. Wie kommt es dann, daß Ihre Fingerabdrücke auf der Flasche waren, wo er doch in der Regel den Pen benutzt hat, und es wohl in den wenigen Tagen kaum eine Gelegenheit gegeben haben könnte, die Insulinflasche anzufassen?«
»Sie unterstellen mir tatsächlich, meinen Mann ermordet zu haben«, flüsterte sie und sah Hellmer ungläubig an. »Ich habe noch nie in meinem Leben die Hand gegen eines meiner Kinder erhoben, ich habe noch nie einem von Gott geschaffenen Wesen ein Leid zugefügt. Und ich beteuere Ihnen, mit dem Tod meines Mannes nichts zu tun zu haben. Aber bitte, sperren Sie mich ein, wenn Sie meinen, das mit Ihrem Gewissen vereinbaren zu können …«
Julia Durant unterbrach die erregte Frau und fuhr beschwichtigend fort: »Frau Rosenzweig, wir haben nicht vor, Sie einzusperren. Wir wollen lediglich wissen, wie Ihre Fingerabdrücke auf die Flasche gekommen sind.«
»Ich weiß es doch nicht. Gestern abend, als Laura kam, ich meine die Ärztin …«
»Sie sind per du mit Frau Dr. Fink?«
»Sie gehört auch zu unserer Gemeinde. Wir kennen uns seit vielen Jahren … Auf jeden Fall hat sie das Fläschchen aus der Schublade genommen und es auf den Tisch gestellt. Ich kann

mich zwar nicht erinnern, aber es könnte sein … ich meine, ich stand unter Schock oder so etwas, und vielleicht habe ich die Flasche angefaßt, aber wenn, dann sicher nicht, um mich damit verdächtig zu machen. Fragen Sie Dr. Fink, vielleicht hat sie ja gesehen, ob ich … Ach, ich weiß es einfach nicht. Außerdem, es war ja keine neue Flasche, es war eine Flasche, die er in Reserve hatte für den Fall, daß sein Pen einmal kaputtgeht. Vielleicht ist das eine Erklärung?«
»Vielleicht. Seit wann genau war der Pen kaputt?« fragte die Kommissarin.
Marianne Rosenzweig hob die Schultern, sagte: »Ich glaube seit Donnerstag abend. Ja, es war Donnerstag, als er abends das erste Mal wieder eine normale Spritze nehmen mußte. Da er von Freitagmorgen bis Samstagabend geschäftlich unterwegs war, hat er mich gebeten, in der Apotheke einen neuen Pen zu besorgen. Ich habe das aber am Freitag vor lauter Terminen vergessen, und als ich am Samstag zur Apotheke ging, hieß es, sie müßten erst einen bestellen. Sie müssen wissen, es ist eine kleine, nicht sonderlich gut ausgestattete Apotheke, aber wir kennen die Leute, seit wir hier wohnen und … Ich bin aber gestern nicht dazu gekommen, und mein Mann hat noch gestern abend gesagt, er würde ihn sich heute vor der Arbeit selbst abholen. Mehr kann ich dazu nicht sagen.«
»Was sind das für Termine, die Sie haben oder hatten?«
Frau Rosenzweig lächelte zum ersten Mal an diesem Morgen. »Sie haben zum Teil mit der Kirche zu tun, zum Teil sind es persönliche Termine.«
»Inwiefern persönlich?«
»Muß ich auf diese Frage antworten?«
»Sie müssen natürlich nicht, aber es wäre vielleicht besser, wenn Sie es täten.«
Die Frau wandte den Blick wieder zu Boden, zögerte einen Augenblick, schließlich sagte sie: »Ich treffe mich etwa

zweimal in der Woche mit Bekannten, Freundinnen, um genau zu sein, und diese Treffen dauern in der Regel mehrere Stunden. Dann besuche ich jeden zweiten Tag meine Mutter, sie lebt in einem Seniorenheim in der Nähe von Gießen. Ich pflege das Grab meines Vaters und passe ab und zu auf die Enkelkinder meines Mannes aus erster Ehe auf. Reicht Ihnen das?«

»Ihr Mann war schon einmal verheiratet?«

»Ja, aber diese Ehe liegt mehr als zwanzig Jahre zurück. Es war eine kurze und schreckliche Zeit für ihn.«

»Und was haben Sie am Freitag gemacht?«

»Da war ich bei meiner Mutter, wie immer montags, mittwochs und freitags.«

»Sie sprachen aber vorhin von mehreren Terminen, die Sie am Freitag hatten.«

»Hören Sie immer so gut zu?«

»Das gehört zu unserem Job.«

»Ich hatte auch noch einen Termin bei einer Psychologin.« Es schien ihr schwerzufallen, diesen Satz über die Lippen zu bringen.

»Warum haben Sie das nicht gleich gesagt?«

»Warum?« Sie zuckte die Schultern, machte ein verlegenes Gesicht. »Ich dachte, Sie würden sich bestimmt fragen, wozu braucht eine Frau wie ich, die so fest an Gott glaubt, eine Psychologin? Ich brauche aber eine, und sie hilft mir.«

»Es gibt viele Menschen, die psychologische Hilfe in Anspruch nehmen. Deswegen braucht man sich nicht zu schämen.«

»Ich tue es aber, ich schäme mich, weil ich nicht die Kraft aufbringe, mein Leben und meine Defizite selbst in den Griff zu bekommen. Wenn Sie verstehen, was ich meine.«

»Wie heißt diese Psychologin?« fragte Julia Durant.

»Sabine Reich. Es ist die junge Frau, die draußen wartet.«

»Und darf ich fragen, weshalb Sie sich einer Behandlung unterziehen?«
»Was macht es schon, wenn ich es Ihnen sage – ich leide seit etlichen Jahren unter unerklärlichen Angstzuständen, ich habe manchmal das Gefühl, als wolle eine übermächtige Kraft mich von innen heraus zerstören. Ich habe gefleht und gebetet, Gott möge mir die Kraft geben, diese Angst zu überwinden, mich dieser Macht zu stellen, aber der einzige Weg, den er mir gezeigt hat, war der zu Frau Reich. Und ich denke, Gott wirkt bisweilen durch andere Menschen. Sie ist ein Segen für mich.«
»Die beiden Männer sind Mitglieder Ihrer Kirche. Frau Reich aber nicht, oder?«
»Doch, sie gehört auch unserer Kirche an. Sie lebt allerdings noch nicht lange in unserem Bereich. Es war auch mehr Zufall, daß ich auf sie gestoßen bin. Ich dachte mir jedenfalls, was könne mir Besseres passieren als eine Psychologin, die auch noch die gleichen Glaubensgrundsätze vertritt wie ich. Habe ich damit Ihre Frage ausführlich genug beantwortet?« fragte sie mit leicht ironischem Unterton.
Julia Durant nickte. »Das haben Sie. Macht es Ihnen etwas aus, wenn wir Frau Reich nachher ein paar Fragen stellen?«
»Was meinen Sie damit? Wollen Sie wissen, ob und wie die Therapie angeschlagen hat? Ja, das macht mir etwas aus. Es ist eine Angelegenheit zwischen mir und Frau Reich.«
»Nun, Sie haben uns bereits gesagt, daß Sie unter Angstzuständen leiden …«
»Richtig, und mehr werde ich dazu auch nicht sagen. Nicht einmal …« Sie stockte, zögerte, kniff die Lippen zusammen. Sie schluckte schwer, sah die Beamten nur an.
»Nicht einmal was?« fragte Hellmer schließlich.
»Vergessen Sie's. Gibt es noch etwas?« fragte Marianne Rosenzweig mit einem Mal kühl und abweisend.

»Nein, im Augenblick nicht. Aber sobald wir Neues erfahren, werden wir Ihnen Bescheid geben.«
»Was kann es schon noch Neues geben?«
Hellmer neigte den Kopf ein wenig zur Seite, sagte: »Nun, zum Beispiel, durch welches Schlangengift Ihr Mann getötet wurde …«
Frau Rosenzweig schüttelte nur den Kopf. »Als wenn mich das interessieren würde! Hören Sie, mein Mann ist tot, und mir ist im Augenblick völlig egal, durch was für ein Gift er gestorben ist. Er ist tot, und er wird nicht wieder lebendig, wenn ich weiß, was für ein Gift der Mörder meinem Mann in die Flasche getan hat.«
Die Kommissarin warf einen kurzen Blick auf Hellmer, der sich zurückgelehnt hatte und sich im Zimmer umsah.
»Frau Rosenzweig, ist Ihnen irgend etwas darüber bekannt, daß Ihrem Mann gedroht wurde? Ich meine, gab es vielleicht Anrufe, die er oder Sie sich nicht erklären konnten? Oder Schreiben ohne Absender mit eindeutigen Drohungen?«
Marianne Rosenzweig schüttelte den Kopf. »Nein, ich weiß nichts von irgendwelchen Drohungen. Es gab einmal vor zwei oder drei Jahren jemanden, der ein paarmal hier angerufen und meinen Mann beschimpft hat … Was genau er aber gesagt hat, weiß ich nicht, mein Mann hat es mir nicht gesagt.«
»Es war aber ein Mann?« fragte Julia Durant weiter.
»Wenn ich ehrlich bin, kann ich nicht einmal diese Frage beantworten. Ich kann mich nicht erinnern, daß er speziell von einem Mann oder einer Frau gesprochen hat. Es könnte ein Mann, es könnte aber auch genauso gut eine Frau gewesen sein.«
»Eine letzte Frage noch – sind Sie, wie gestern abend, auch heute noch der Meinung, daß Selbstmord bei Ihrem Mann ausgeschlossen werden kann?«

»Wissen Sie, es gibt eine Menge Leute, denen ich einen Selbstmord zutrauen würde. Aber mein Mann, nein. Es gab nichts, weswegen er einen derartigen Schritt hätte unternehmen sollen. Und er war auch nicht der Mann, der sich ohne einen Abschiedsbrief einfach so auf und davon gemacht hätte. Soviel Anstand hätte er besessen. Er ist umgebracht worden, und ich habe nur eine Bitte, finden Sie heraus, wer ihn getötet hat.«

»Frau Rosenzweig, Ihr Mann ist gestern abend gestorben, und außer ihm waren nur Sie und Ihre beiden Söhne im Haus. Es wird sehr schwer werden, denjenigen zu finden, der ihm das Gift untergeschoben hat. Es sei denn, er war es selbst.«

Julia Durant und Frank Hellmer erhoben sich, während Marianne Rosenzweig sitzen blieb. »Wir werden uns jetzt noch kurz mit Frau Reich und den beiden Herren unterhalten und anschließend Ihren Söhnen ein paar Fragen stellen. Auf Wiedersehen.«

Frau Rosenzweig erwiderte nichts, sah Hellmer und Durant nur mit leerem Blick an. Sie nickte.

Schönau, Heimann und Frau Reich saßen auf dem geräumigen Flur und unterhielten sich. Von den beiden Söhnen Aaron und Joseph war nichts zu sehen. Die Unterhaltung verstummte sofort, als die Kommissare auf den Flur traten.

Schönau stand auf, fragte: »Und, wissen Sie schon, wie Herr Rosenzweig ums Leben gekommen ist?«

»Ja, aber wir würden uns jetzt gerne kurz mit Ihnen unterhalten. Sie sagen, Sie sind Freunde des Hauses. Das heißt ja wohl, daß Sie Herrn Rosenzweig gut kannten, oder?«

»Das würde ich so sagen. Hans und ich waren seit bald dreißig Jahren befreundet«, sagte Schönau. »Und weil ich ihn so gut kannte, ist es mir schleierhaft, wie jemand auf die wahnsinnige Idee kommen konnte, ihm Gift in sein Insulin zu mischen.«

»Darf ich Ihren Worten entnehmen, daß Herr Rosenzweig Ihrer Meinung nach keine Feinde hatte?« fragte Julia Durant. Schönau senkte den Blick, überlegte einen Moment, bevor er antwortete: »Feinde! Du meine Güte, wer hat keine Feinde? Es gibt immer Neider oder Konkurrenten, doch ich kann mir beim besten Willen niemanden vorstellen, der zu einer solch grausigen Tat fähig wäre.«

»Herr Schönau, es gibt nichts auf dieser Welt, was nicht möglich wäre. Und keinen Menschen, der unter bestimmten Umständen nicht zu einem Mörder werden könnte. Aber vielleicht können wir uns einen Moment ungestört unterhalten?« Sie sah kurz Hellmer an und sagte: »Wenn du und Herr Heimann vielleicht in der Zwischenzeit ...« Hellmer nickte nur.

»Natürlich«, sagte Schönau und warf Heimann und Reich einen kurzen Blick zu. »Gehen wir doch hinaus in den Garten.« Auf dem Weg nach draußen sprach keiner ein Wort, erst in dem großzügig angelegten Garten mit der ausgedehnten Rasenfläche sagte Schönau: »Frau Rosenzweig hat uns vorhin erzählt, was gestern geschehen ist. Sie ist nicht so stark, wie es vielleicht im ersten Augenblick den Anschein hat. Es hat sie sehr mitgenommen, und ich denke, wir werden uns in der nächsten Zeit viel um sie kümmern müssen. Sie weiß einfach nicht, was sie von der ganzen Sache halten soll. War es nun Mord, oder hat er seinem Leben doch selbst ein Ende gesetzt?«

Die Kommissarin blieb stehen, Schönau ging noch einige Schritte, wandte sich dann um.

»Hätte er denn einen Grund gehabt, sich das Leben zu nehmen?« fragte sie.

»Nein«, erwiderte Schönau kopfschüttelnd. »Er hatte keinen. Er war ein gläubiger Christ und ein liebevoller Ehemann und Vater. Er lebte in materiellem Wohlstand, ohne dabei die

wahren Ziele in diesem Leben aus dem Auge zu verlieren. Sein Auge war stets auf die Herrlichkeit Gottes gerichtet, und er gehörte zu den wenigen, vor denen ich wirklich großen Respekt und auch Hochachtung habe. Wo immer er war, er lebte das Evangelium, das Christus uns gelehrt hat. Er war ein großartiger Mensch.«
Julia Durant konnte sich ein Lächeln nicht verkneifen, sie verzog kurz den Mund, ging auf Schönau zu, blieb direkt vor ihm stehen. Er war eine Idee kleiner als sie. »Er war also ein großartiger Mensch. Er hatte keine direkten Feinde, und er war ein Christ, wie er im Buche steht. Hab ich das richtig verstanden?«
»Ich höre sehr wohl den spöttischen Unterton aus Ihrer Frage heraus«, sagte Schönau, »doch es ist genau so, wie Sie sagen. Wenn jemand das Christentum würdig vertrat, dann er. Er war ein Ausnahmemensch. Von mir aus können Sie mich für überdreht halten, aber ich stehe dazu. Er war etwas Besonderes. Und er war immer für andere da, wenn man ihn brauchte.«
»Was sind Sie von Beruf?« fragte die Kommissarin und wechselte das Thema.
»Ich bin Bankier. Warum interessiert Sie das?«
»Bankier. Dann gehört Ihnen die Schönau Bank?«
»Ja, sie befindet sich seit vier Generationen in Familienbesitz. Und ich denke, daran wird sich auch in der fünften Generation nichts ändern.«
»Hatten Sie und Herr Rosenzweig auch beruflich miteinander zu tun?«
»Dann und wann. Aber meist beschränkte sich unser Kontakt auf die Kirche. Wir haben uns jeden Sonntag gesehen und ab und zu auch unter der Woche. Wissen Sie, die *Kirche des Elohim* ist eine Herausforderung für jedes Mitglied. Jeder, der sich taufen und sein altes Leben hinter sich läßt, geht eine

gewisse Verpflichtung ein. Und jeder weiß vorher, was ihn oder sie erwartet, bevor er oder sie im Wasser untergetaucht wird zur Vergebung der Sünden und um als neuer Mensch wieder hervorzukommen. Aber wir sind sicher nicht hier, um über die Kirche zu sprechen; wahrscheinlich kann man nicht bei der Polizei arbeiten und gleichzeitig an Gott glauben ...«
»Mein Vater ist Priester, das heißt, er war es. Er ist jetzt im Ruhestand. Und ich glaube an Gott und weiß, daß es Dinge zwischen Himmel und Erde gibt, die wir mit unserem normalen Verstand nicht begreifen können. Aber das nur am Rande. Wenn Sie so fest davon überzeugt sind, daß Herr Rosenzweig Opfer eines Verbrechens wurde, wer könnte Ihrer Meinung nach dann als Täter in Frage kommen? Frau Rosenzweig? Oder einer der Söhne? Oder die Haushälterin? Oder jemand, den wir noch nicht kennen?«
Schönaus Stimme wurde mit einem Mal schneidend. »Hören Sie, Frau Kommissarin, lassen Sie Frau Rosenzweig und ihre Söhne aus dem Spiel! Keiner von ihnen hätte das geringste Motiv, den Ehemann oder Vater zu beseitigen. Das ist geradezu lächerlich. Doch wie es scheint, gehört ein derart pervertiertes Denken zu Ihrem Beruf, oder? Jede noch so absurde Möglichkeit einzubeziehen und dann unter Umständen eine löchrige Indizienkette zusammenzuflicken, nur um einen Täter zu haben! Nein, verwerfen Sie diesen Gedanken ganz schnell! Keine der von Ihnen aufgezählten Personen kommt auch nur im entferntesten für eine solch verwerfliche Tat in Frage. Sehen Sie sich die arme Frau doch an! Sie hat die ganze Nacht kein Auge zugetan, sie ist völlig aufgelöst. Bevor Sie kamen, hat sie fast eine Stunde lang nur geweint, und ich versichere Ihnen, es waren keine Krokodilstränen. Ich habe sie so noch nie gesehen. Sie hat zwar alles, was sie braucht, um gut zu leben, aber ist es ein gutes Leben, wenn der Mensch, der einem alles bedeutet, mit einem Mal nicht mehr

da ist? Wenn man nachts ins Bett geht und plötzlich allein darin schlafen muß, nachdem man zwanzig Jahre lang dieses Bett geteilt hat? Nein, das ist kein gutes Leben, auch wenn sie sich mit der Zeit daran gewöhnen wird. Und wir werden alles tun, um ihren Schmerz über diesen entsetzlichen Verlust so gering wie möglich zu halten. So, und wenn Sie jetzt keine weiteren Fragen mehr haben, dann würde ich gern noch einmal nach Frau Rosenzweig sehen«, er warf einen Blick auf seine Armbanduhr, »und dann in die Bank fahren.« Er griff in die rechte Innentasche seines Anzugs, holte eine Karte hervor und reichte sie der Kommissarin. »Hier, sollten Sie noch irgendwelche Informationen benötigen, meine Adresse und Telefonnummer. Sie können mich selbstverständlich auch in der Bank erreichen.«
»Nur noch eine Frage – kennen Sie sich mit Schlangen aus?«
Schönau lächelte überheblich. »Schlangen? Ich kenne nur die eine aus der Heiligen Schrift, nämlich jene, die Adam und Eva verführte, woraufhin sie aus dem Paradies ausgestoßen wurden. Schlangen interessieren mich nicht, nur Fische. Warum fragen Sie?«
»Nur so. Im Augenblick deutet alles darauf hin, daß Herr Rosenzweig durch Schlangengift ums Leben kam.«
»Na ja, Frau Rosenzweig hat einige Andeutungen in diese Richtung gemacht, sie sprach von der Möglichkeit, daß Gift … Aber das ist doch Theorie, oder?«
»Es ist keine Theorie, sondern inzwischen erwiesen. Wir müssen nur noch herausfinden, von welcher Schlange das Gift stammte.«
»Ist das jetzt nicht egal? Ich meine …«
»Belassen wir's fürs erste dabei. Danke für Ihre Mühe. Wir werden vielleicht wieder von uns hören lassen.«
Sie betraten das Haus, wo Hellmer immer noch mit Heimann beschäftigt war. Julia Durant ging auf Sabine Reich zu und

bat sie, kurz mit ihr sprechen zu dürfen. Sie stand wortlos auf, folgte der Kommissarin in den Garten.
Sie war etwa so groß wie Julia Durant, hatte halblanges, kastanienbraunes Haar, das in der Sonne rötlich schimmerte, große, dunkle Augen, die etwas Warmes hatten, und einen sanft geschwungenen Mund mit einer vollen, sinnlichen Unterlippe. Sie trug eine lockere, dunkelblaue Sommerbluse und Jeans, eine sportliche und gleichzeitig sehr frauliche Erscheinung, die nach *Roma* duftete. Julia Durant schätzte ihr Alter auf etwa dreißig Jahre, eine ausgesprochen hübsche, junge Frau, die, so vermutete sie, eine geradezu magnetische Anziehungskraft auf Männer haben mußte. Auf die meisten zumindest. Auf Kullmer auf jeden Fall.
»Frau Reich«, sagte Julia Durant, als sie im Garten waren, »ich habe nur ein paar Fragen an Sie.« Sie holte die Schachtel Zigaretten aus ihrer Tasche, fragte: »Macht es Ihnen etwas aus, wenn ich rauche?«
»Nein«, erwiderte Sabine Reich lachend, sie hatte eine angenehme, warme Stimme, »mir macht es nichts aus. Ich gehöre nicht zu denen, die … Aber lassen wir das. Was wollen Sie von mir wissen?«
»Frau Rosenzweig sagte mir, sie sei bei Ihnen in Behandlung. Sie sind Psychotherapeutin?«
»Ja, unter anderem. Ich mache Psychoanalyse und natürlich auch Psychotherapie. Aber wenn Sie etwas über die Therapie von Frau Rosenzweig wissen wollen, so muß ich Sie leider enttäuschen. Ich unterliege, wie Sie wissen, der Schweigepflicht. Es sei denn, Frau Rosenzweig gibt ihr Einverständnis.«
Julia Durant hatte sich eine Gauloise angezündet. Nach dem ersten Zug sagte sie: »Sie hat mir erzählt, daß sie unter Angstzuständen leidet und deswegen Ihre Hilfe in Anspruch nimmt. Mich würde interessieren, welcher Art diese Angstzustände sind und woher sie rühren.«

»Tut mir leid, darauf kann und darf ich Ihnen keine Antwort geben.«
»Wußte Herr Rosenzweig über die Therapie Bescheid?«
»Ich weiß es nicht, ich denke aber schon. Warum?«
»Nur so. Und Herr Rosenzweig, hat er sich auch schon einmal von Ihnen behandeln lassen?«
Sabine Reich lachte auf, schüttelte den Kopf. »Der – niemals! Rosenzweig hätte sich lieber eine Kugel in den Kopf gejagt, bevor er zu einem Therapeuten gegangen wäre. Ich denke aber auch, daß er nicht unbedingt einen nötig hatte. Ich kannte ihn zwar nicht besonders gut, wir haben uns fast nur sonntags in der Kirche gesehen, doch mein Eindruck von ihm war der eines gestandenen, gradlinigen Mannes, der jederzeit genau wußte, was er wollte und was er tat. Im Gegensatz zu einigen andern, denen es vielleicht ganz gut täte, wenn sie mal eine Therapie machen würden.«
»Was meinen Sie damit?« fragte die Kommissarin nach einem weiteren Zug an der Zigarette.
Sie gingen langsam nebeneinander über den Rasen, Sabine Reich hatte die Hände hinter dem Rücken verschränkt, den Blick zu Boden gerichtet. »Wissen Sie, Frau Rosenzweig ist beileibe nicht die einzige, die unter Angstzuständen leidet. Es gibt viele Kirchenmitglieder, die unter Angst, Depressionen, Paranoia, sogar Schizophrenie leiden, denen ihr – nennen wir es Credo – es aber nicht erlaubt, sich in die Hände eines geschulten Therapeuten zu begeben. Die meisten hängen noch der antiquierten Vorstellung an, alle Probleme ließen sich allein mit der Hilfe Gottes lösen. Nur die wenigsten sind bereit einzusehen, daß Gott nicht immer und überall sein kann, sondern er Möglichkeiten hier auf der Erde geschaffen hat, damit den Kranken geholfen werden kann. Es gibt sogar viele, die körperlich krank sind und sich weigern, einen Arzt aufzusuchen, die meinen, daß es ausreiche, ein paar Brüder kommen

und die Hände auflegen zu lassen, und damit wären alle Schmerzen und Krankheiten beseitigt. Es gibt schon ein paar seltsame Typen in der Kirche. Doch es ist sehr, sehr schwer, die Leute davon zu überzeugen, daß Ärzte, egal welcher Fachrichtung, auch einen Zweck auf dieser Erde erfüllen. Und es ist vor allem schwer, gegen antiquierte Vorstellungen anzukämpfen.«

»Und warum gehören Sie dann dieser Kirche an? Ich meine …«

»Das Evangelium ist wahr, das Problem sind die Menschen und was sie daraus machen. Das Problem ist Heuchelei und Lüge. Es gibt viele Probleme, zu viele, um sie alle aufzuzählen. Lassen Sie es mich so formulieren«, sagte sie und sah die Kommissarin mit einem unergründlichen Lächeln an, bevor sie fortfuhr: »In der Kirche gibt es einen liberalen Zweig, einen konservativen und einen ultrakonservativen. Ich gehöre dem liberalen an.«

Julia Durant nahm einen letzten Zug an der Zigarette, ließ sie auf den Boden fallen und drückte sie mit der Schuhspitze aus. »Und welchem gehörte Rosenzweig an?«

Wieder lächelte Sabine Reich, sie ließ einen Augenblick verstreichen, bevor sie antwortete: »Eher dem konservativen. Vielleicht in einigen Bereichen auch dem ultrakonservativen. Es hing wohl ein wenig von seiner Tagesform ab.«

»Und Schönau?«

»Ultra«, sagte sie immer noch lächelnd.

»Frau Reich, halten Sie es für möglich, daß Herr Rosenzweig Selbstmord begangen hat?«

Sabine Reich überlegte einen Moment, verzog kurz die Mundwinkel, sagte kopfschüttelnd: »Nein, er war einfach nicht der Typ dafür. Er war sehr ausgeglichen und ruhte in sich selbst, wie es so schön heißt. Für mich ist Selbstmord so ziemlich ausgeschlossen. Wodurch sich für mich natürlich wiederum die Frage stellt, wer dann für seinen Tod verantwortlich ist. Diese Frage beschäftigt mich, seit ich von seinem Ableben erfahren habe.«

»Seine Frau?«

»Nein«, sagte Sabine Reich energisch. »Sie ist eine stille, er-gebene Ehefrau. So, wie sich das für ein gutes weibliches Mitglied der Kirche gehört.«

»Was heißt das, still und ergeben? Unterwürfig?«

»Die Frau soll dem Manne untertan sein, so heißt es jedenfalls. Tja, sie hat es wohl nie anders gelernt, schließlich gehört ihre Familie schon seit vier oder fünf Generationen der Kirche an. Wenn man so erzogen wird, was kann man da schon anderes erwarten? Aber sie ist eine liebe, herzensgute Frau. Das sage ich Ihnen als ihre Therapeutin und weil ich sie auch in der Kirche nie anders erlebt habe. Aber was sich genau innerhalb der Familie abgespielt hat, darüber kann ich Ihnen natürlich nichts sagen.«

»Und die Söhne?«

»Joseph und Aaron? Im Leben nicht. Sie kommen beide nach der Mutter, sie sind sehr stille, fast verschlossene Jungs, die … ja, sie sind so still, daß man sie kaum bemerkt. Nein, keiner von beiden wäre dazu fähig. Ich hatte manchmal den Eindruck, als ob sie ihren Vater fast abgöttisch geliebt hätten. Und er sie. Und außerdem, welches Motiv sollten Frau Rosenzweig oder ihre Söhne gehabt haben? Ich glaube, Sie werden den Täter außerhalb des Hauses suchen müssen. Fragen Sie mich aber um Himmels willen nicht, wo.«

An den Bäumen angelangt, die die Grenze des Grundstücks markierten, machten sie kehrt und gingen zum Haus zurück.

»Gibt es noch andere Mitglieder der Kirche außer Frau Rosenzweig, die bei Ihnen in Behandlung sind?«

»Natürlich gibt es die. Auch wenn die Schamgrenze bei den meisten sehr hoch liegt. Bisweilen glaube ich, sie sind der

Meinung, etwas Ungesetzliches, Abnormales zu tun, wenn sie zu mir kommen, um sich mit ihren Problemen und Sorgen an mich zu wenden. Doch wenn sie einmal diese Hemmschwelle überwunden haben, dann merken sie sehr schnell, daß es weder ungesetzlich noch abnormal noch in irgendeiner Weise unvereinbar mit den Grundsätzen der Kirche ist. Aber es ist zu neunundneunzig Prozent die jüngere Generation bis etwa vierzig, die meine Hilfe in Anspruch nimmt. An die Alten ist kaum ranzukommen. Aber das ist nicht mein Problem. Ein sechzig- oder siebzigjähriger Mensch ist ohnehin kaum noch therapierbar.«

»Gut, Frau Reich, das soll's für jetzt gewesen sein. Ich bedanke mich bei Ihnen, und sollte ich noch irgendwelche Fragen haben, dann melde ich mich.«

»Sicher. Aber ich hätte noch eine Frage – wissen Sie schon Näheres, wie genau Herr Rosenzweig umgekommen ist? Es heißt, es könnte Gift im Spiel gewesen sein.«

»Das ist richtig. Wie es aussieht, hat er sich statt Insulin Schlangengift injiziert.«

»Schlangengift? Ich kenne mich mit Schlangen nicht weiter aus, aber ist das nicht ein sehr qualvoller Tod?«

»Es ist ein qualvoller Tod. Und die alles entscheidende Frage ist, woher kam das Gift und wer hat es in die Flasche getan beziehungsweise hat die Flaschen vertauscht? Eine Frage, die, wie es aussieht, nicht so leicht zu beantworten sein wird.«

»Ich hoffe, Sie finden die Lösung bald. Und wenn ich Ihnen irgendwie helfen kann …«

Sie waren wieder am Haus angelangt, Hellmer wartete vor der Tür und rauchte. Nachdem Sabine Reich wieder im Haus war, sagte Julia Durant: »Und, hast du Informationen, die weiterhelfen könnten?«

»Ich hab mit diesem Heimann gesprochen und noch ein paar

Worte mit den Jungs gewechselt. Ich denke, dieser Fall wird eine harte Nuß.«
»Was ist dieser Heimann für ein Typ? Er hat auf mich keinen sonderlich sympathischen Eindruck gemacht«, sagte Julia Durant.
»Dein Eindruck täuscht nicht. Er kommt mir aalglatt vor. Es war eine einzige große Laudatio, die er auf Rosenzweig gehalten hat. Rosenzweig scheint demnach ein wahrer Supermann gewesen zu sein. Und wie war es bei dir?«
»Genau das gleiche. Vor allem Schönau. Nur die Reich war ein bißchen zugänglicher. Sie gehört, wie sie selbst sagt, dem liberalen Zweig der Kirche an. Aber wenn man allen glauben kann, einschließlich dieser Laura Fink, dann haben die Rosenzweigs eine Bilderbuchehe geführt, waren glücklich, er ein erfolgreicher Geschäftsmann, in keiner Weise suizidgefährdet, ein in sich ruhender Mann, und so weiter, und so weiter. Und natürlich ist Frau Rosenzweig über jeden Zweifel erhaben. Und die Kinder auch. Scheiße! Komm, wir gehen zum Wagen.«
Sie liefen schweigend zum Auto, stiegen ein, kurbelten die Fenster herunter, um die stickige, heiße Luft zu vertreiben. Julia Durant zündete sich eine weitere Zigarette an, Hellmer startete den Motor.
»Weißt du«, sagte sie und fuhr sich kurz mit der Zunge über die Lippen, »wenn dieser Rosenzweig wirklich der Supermann war, als der er von allen hingestellt wird, warum mischt dann jemand Gift in sein Insulin?«
»Und was sagt deine Intuition heute?« fragte Hellmer grinsend.
Ebenfalls grinsend erwiderte die Kommissarin: »Sie sagt mir, daß Laudatio hin, Supermann her, Rosenzweig irgendwo einen schwarzen, vielleicht sogar einen rabenschwarzen Fleck hatte, einen so großen schwarzen Fleck, daß irgend je-

mand es für nötig befunden hat, ihn zu beseitigen. Und ich denke, wir sollten einmal Rosenzweigs Leben auf das genaueste durchleuchten. Mal sehen, ob wir nicht etwas finden. Und ich bin sicher, wenn wir lange genug suchen, werden wir auch fündig werden. Du weißt ja, wie das geht, ein bißchen an der Fassade kratzen wirkt manchmal schon Wunder. Aber komm, fahren wir zurück in unser geliebtes Präsidium, dann werden wir eine Kleinigkeit essen und uns danach ein wenig in Rosenzweigs Büro umhören. Mal sehen, ob auch dort alle Rosenzweig für einen ehrenwerten Supermann halten. Halten? Gehalten haben? Ach, egal. Jetzt erst mal weg hier.«

Dienstag, 11.15 Uhr

Als Julia Durant und Frank Hellmer das Büro betraten, saß nur Kullmer hinter seinem Schreibtisch und tippte einen Bericht in den Computer. Er sah kurz auf, speicherte den Text, lehnte sich zurück, fragte: »Und, wie ist es gelaufen?«
»Beschissen«, erwiderte Hellmer und setzte sich. »Alle, mit denen wir gesprochen haben, gehören dieser *Kirche des Elohim* an. Wenn man all dem, was die erzählt haben, glauben kann, dann war dieser Rosenzweig so was wie ein Heiliger ohne Heiligenschein. Reich, aber immer im Dienste seines Nächsten. Scheiße, wer's glaubt! Keiner wird auf so eine Weise ins Jenseits befördert, wenn er nicht einen gewaltigen Haufen Dreck am Stecken hat. Aber wir fahren ja nachher noch in seine Firma. Wo ist übrigens der Chef?«
Kullmer lehnte sich zurück, steckte sich einen Kaugummi in den Mund. »Ist nur mal kurz raus. Wird wohl gleich wieder hier sein. Und ihr seid überzeugt, daß es sich um Mord und nicht Selbstmord handelt?«
»Absolut. Es spricht nichts, aber auch gar nichts für einen

Selbstmord. Es mag ja Perverse geben, die die unmöglichsten Sachen anstellen, um sich umzubringen, aber Rosenzweig gehörte nicht dazu, da sind wir uns sicher.«
»Na gut, vor ein paar Minuten hat Morbs angerufen. Er hat das Gift schneller identifizieren können, als er gedacht hat. Berger hat alles aufgeschrieben. Hört sich jedenfalls nicht sehr gut an.«
»Was ist es denn?« fragte Julia Durant neugierig.
»Keine Ahnung, irgend so ein Schlangengift. Fragt Berger. Und wann fahren wir in die Firma von Rosenzweig?«
Julia Durant schaute zur Uhr, halb zwölf. Sie sah Kullmer kurz an, sagte: »Kurz nach zwölf, nachdem wir eine Kleinigkeit gegessen haben.« Sie hatte den Satz kaum beendet, als Berger hereinkam. Er hievte seinen massigen Körper auf den Stuhl, blickte Durant und Hellmer an.
»Was hat Ihre Befragung ergeben?« fragte er und steckte sich eine Zigarette an.
»Wir haben noch einmal Frau Rosenzweig, ihre Söhne und drei Mitglieder aus ihrer Kirche befragt, die gerade bei ihr waren, um ihr so was wie seelischen Beistand zu leisten. Im Prinzip haben wir keine besonderen Erkenntnisse gewonnen. Außer der, daß Rosenzweig ein höchst integrer Mensch war, und seine Frau ihm in nichts nachsteht.«
»Ist das Ihre Meinung oder die der Befragten?«
»Natürlich die der Befragten«, sagte die Kommissarin und nahm ebenfalls Platz. »Die würden Stein und Bein schwören, daß Rosenzweig niemals Selbstmord begangen hätte, daß aber auch seine Frau niemals in der Lage wäre und, und, und … Sie kennen das ja.«
»Aber Sie wissen, wir müssen im Augenblick noch immer beide Theorien im Auge behalten, Selbstmord und Mord. Morbs hat mich vor ein paar Minuten angerufen und mir die Giftanalyse durchgegeben. Moment, ich hab's aufgeschrie-

ben – es handelt sich um zwei verschiedene Sorten Gift, und zwar um das des australischen Taipans und das der Sandrasselotter. Wie er sagte, eine geradezu verheerende Kombination. Zum einen werden die Nervenfunktionen völlig lahmgelegt, zum andern die Blutgerinnung aufgehoben. Die Frage ist natürlich, wie kam der- oder diejenige an diese Gifte? Wie Morbs sagte, ist es fast ein Ding der Unmöglichkeit, in Deutschland an Taipangift zu kommen, weil es hier angeblich weder einen Zoo noch eine Zoohandlung gibt, die diese Schlangen hat oder in der man sie kaufen kann. Zudem gehört der Taipan zu den geschützten Arten, und seine Ausfuhr aus Australien steht unter Strafe. Sandrasselottern hingegen werden hier und da sogar von Privatpersonen gehalten, wobei man aber nicht nachvollziehen kann, wer das im einzelnen ist.«

Julia Durant zündete sich eine Gauloise an, inhalierte und blies den Rauch zur Decke. Sie sah Berger an, dann zum Fenster hin. »Ich möchte noch einmal persönlich mit Morbs sprechen. Wir haben es hier also mit zwei absolut tödlichen Giften zu tun. Das heißt, wenn wir von Mord ausgehen, dann wollte der Täter vollkommen sicher gehen, daß Rosenzweig auch wirklich stirbt ... Verrecken wäre wohl der bessere Ausdruck.«

Berger ging auf die letzte Bemerkung nicht ein, sagte nur: »Wenn es Mord war, dann haben Sie wohl recht.«

Julia Durant griff zum Telefon, wählte die Nummer der Gerichtsmedizin. Sie ließ sich mit Morbs verbinden, der wenig später am Apparat war.

»Morbs«, meldete er sich mit seiner bekannt barschen Stimme.

»Hier Durant. Professor Morbs, ich habe eben erfahren, daß Sie die Gifte identifizieren konnten. Können Sie mir Näheres dazu sagen?«

»Wenn Sie konkreter werden könnten …«
»Entschuldigung. Sie haben Taipangift und, Moment, Sandrasselottergift gefunden. Wie schwer ist es, an diese Gifte heranzukommen?«
»Fast unmöglich. Zumindest, was den Taipan betrifft. Sicher gibt es immer wieder Personen, die illegal unter Schutz stehende Tiere einführen, doch bei einer Schlange wie dem Taipan ist es nicht einfach, ihn den langen Weg von Australien hierher zu transportieren. Die Transporttemperatur der Schlange darf nämlich nicht für längere Zeit unter zwanzig Grad Celsius sinken, sonst fällt sie in eine Art Starre und geht unter Umständen ein. Und wie ich schon Ihrem Kollegen sagte, gibt es meines Wissens nach in Deutschland keine Taipane. Weder in Zoos noch in Zoohandlungen.«
»Und wie kann man dann an dieses Gift gelangen?«
»Wer töten will und dabei einen bestimmten Plan vor Augen hat, wird immer eine Möglichkeit finden, das dafür notwendige Mordinstrument auch zu besorgen. In diesem Fall das Gift.«
»Halten Sie als Gerichtsmediziner denn Selbstmord in diesem Fall für möglich?«
»Nein. Wir haben eine ausführliche Autopsie durchgeführt und zum Beispiel keinerlei Hinweise auf schwere körperliche Erkrankungen vorgefunden, was ja oftmals der Grund dafür ist, daß jemand seinem Leben ein Ende setzt, weil er nicht länger leiden will. Auch war sein Gehirn ohne Befund. Außer seinem Diabetes war Rosenzweig gesund. Der Mann ist meiner Meinung nach auf eine sehr raffinierte Weise getötet worden. Eine Weise, wie ich sie in meiner jetzt fast dreißigjährigen Laufbahn als Mediziner noch nicht erlebt habe. Noch Fragen?«
»Eine noch. Wieviel Insulin spritzt sich ein Diabetiker in der Regel? Ich meine, ich habe diese Frage auch schon der Haus-

ärztin gestellt, würde aber gern von Ihnen noch eine Bestätigung haben.«

»Einen Milliliter, vielleicht auch anderthalb, es kommt auf die Schwere der Erkrankung an. Aber glauben Sie mir, ein Milliliter reines, das heißt vakuum- oder gefriergetrocknetes *Taipoxin* beziehungsweise *Echis-Gift* subkutan injiziert ist eine hundertprozentig tödliche Dosis, da Schlangengift in frischem Zustand zu etwa fünfzig bis neunzig Prozent aus Wasser besteht. Denn in einem bis anderthalb Milliliter finden sich je nach Konzentration etliche Milligramm Gift. Und wenn ich Ihnen sage, daß eine *Echis carinatus* bei einem tödlich verlaufenden Biß nur einen kleinen Tropfen abgibt und man diesem Tropfen jetzt auch noch das Wasser entzieht und die verbleibenden Toxine gefriertrocknet, dann können Sie sich vorstellen, was allein ein Milligramm bewirkt. Ähnlich verhält es sich bei dem Taipan, der allein aufgrund seiner Größe und der Länge seiner Giftzähne mehr Gift injiziert und dessen Gift unter allen uns bekannten Schlangengiften zu denen mit der höchsten Toxizität zählt. Sie müssen wissen, eine Sandrasselotter wird zwischen einem halben Meter und höchstens achtzig Zentimeter lang, der Taipan hingegen bis zu drei Metern. Aber ich möchte noch etwas besonders hervorheben – es gibt zwei verschiedene Arten des Taipans, den in Nord- und Nordost-Australien und Nordguinea beheimateten normalen Taipan, *Oxyuranus scutellatus*, und dann noch den in Zentralaustralien heimischen Wüstentaipan, *Oxyuranus microlepidotus*, dessen Gift noch um ein vielfaches stärker ist und dessen genaue Zusammensetzung bis heute nicht eindeutig identifiziert werden konnte. Wir sind noch nicht ganz sicher, welche dieser beiden Taipanarten in Frage kommt, auffällig ist nur, daß aus dem *Taipoxin* vor allem die sogenannten Phospholipasen A_2 herausgefiltert wurden, die zu den Neurotoxinen zählen und, einmal injiziert, extrem stark auf die präsynaptische Membran der Nervenendplatte wirken, was letztendlich zu einer vollständigen Lähmung der gesamten Körpermuskulatur und zum Tod durch Atemlähmung führt. Aber um die Sache abzuschließen, es ist nicht einfach, an derartige Gifte zu gelangen, es ist aber auch nicht unmöglich.«

»Eine letzte Frage noch – angenommen, Rosenzweig wäre ein Gegengift gespritzt worden, hätte er dann überlebt?«

»In diesem Fall kaum. Wobei es in Deutschland ohnehin kein Taipan-Antiserum gibt. Aber wir haben es hier wie gesagt mit zwei völlig unterschiedlichen Toxinen zu tun, und …. Ach, was soll's. Und jetzt viel Spaß bei der Suche nach dem Mörder. Es wird mit Sicherheit nicht einfach für Sie werden.«

»Wir werden ihn trotzdem finden. Vielen Dank für Ihre Mühe und die schnelle Arbeit. Wiederhören.« Julia Durant legte den Hörer auf, preßte die Lippen aufeinander, nahm einen letzten Zug an der Zigarette, drückte sie im Aschenbecher aus.

»Also, Sie haben es gehört, Morbs schließt Selbstmord aus. Und ich auch, wenn ich ehrlich bin. Und außerdem wissen wir jetzt eine ganze Menge über die Zusammensetzung und Wirkungsweise von Schlangengiften, zumindest von einigen«, setzte sie grinsend hinzu. »Auch wenn das meiste von dem, was Morbs mir erzählt hat, für mich böhmische Dörfer sind … Phospho … Scheiße!«

»Und Sie?« fragte Berger, ohne auf die letzte Bemerkung von Durant einzugehen, den Blick auf Hellmer gerichtet.

»Ich schließe mich meiner Kollegin an, ich schätze auch, es war Mord. Kaltblütiger, überlegter Mord. Wobei wir noch nicht den Hauch eines Motivs haben. Aber wir werden eines finden. Vielleicht schon heute nachmittag, wenn wir die Mitarbeiter von Rosenzweig befragen.«

Berger wollte gerade eine weitere Frage stellen, als das Handy von Julia Durant klingelte. Sie holte es aus der Tasche, meldete sich.

»Hallo, hier ist Werner …«

»Moment, ich geh mal kurz raus.« Sie ging auf den Flur, schloß die Tür hinter sich. »Was gibt es?« fragte sie mit gedämpfter Stimme.

»Bist du gerade sehr beschäftigt?« fragte Werner Petrol.

»Ziemlich. Wir bearbeiten gerade einen reichlich bizarren Todesfall. Ich war deswegen die halbe Nacht auf den Beinen.«

»Dann fällt unser Treffen heute abend aus?« fragte er. Es klang enttäuscht.

»Nicht unbedingt, aber ruf mich doch so gegen sechs noch mal kurz an. Ich denke nicht, daß ich heute abend arbeiten muß. Aber ich habe Bereitschaft, das weißt du ja.«

»Ja, ja, sicher. Ich melde mich später wieder. Bis dann, und denk dran, du fehlst mir.«

»Hattest du wenigstens ein schönes Wochenende bei deiner Familie?« fragte sie mit dem ihr eigenen, zum Teil bitterbösen Sarkasmus, den sie dann und wann aufblitzen ließ.

»Nein, es war nicht schön. Ich fühle mich nur wohl, wenn ich mit dir zusammen bin. Es gibt keine Frau auf dieser Welt, die ich mehr liebe als dich, das weißt du doch.«

»Wenn das wirklich so ist, dann weißt du ja, was du zu tun hast. Ich bin keine Spielzeugpuppe, Werner. Und ich will bald mal Fakten sehen und nicht andauernd hingehalten werden.«

»Mein Gott, was bist du heute gereizt! Hab ich dir irgendwas getan? Oder ist es nur wegen diesem blöden Fall?«

»Keine Ahnung, es sind wahrscheinlich mehrere Sachen auf einmal. Bis nachher.« Sie drückte den Aus-Knopf, blieb ein paar Sekunden mit dem Rücken an die Wand gelehnt stehen,

den Kopf in den Nacken gelegt, die Augen geschlossen. Sie spürte das Pochen ihres Herzens, wünschte sich, jetzt zu Hause zu sein und einfach zu schlafen. Sie hatte leichte, stechende Schmerzen in der linken Schläfe, sie würde gleich eine Aspirin nehmen, damit die Schmerzen nicht schlimmer wurden. Sie löste sich von der Wand, ihre Beine waren schwer, sie drückte die Klinke hinunter und trat wieder ins Büro. Sie nahm ein Aspirin, hoffte, die Wirkung würde bald einsetzen und der Schmerz nicht stärker werden.
Sie sagte: »Kommt, gehen wir was essen und dann zu Rosenzweig & Partner. Bin mal gespannt, was seine Mitarbeiter uns zu sagen haben.«

Dienstag, 12.00 Uhr

Durant und Hellmer aßen jeder eine Currywurst mit Pommes frites und tranken Cola, während Kullmer einen Hamburger und ein Glas Wasser zu sich nahm. Nach dem Essen machten sie sich gemeinsam auf den Weg zum Messeturm, in dem Rosenzweigs Firma untergebracht war. Sie gingen die wenigen hundert Meter vom Präsidium zum Messeturm zu Fuß. Das große Thermometer am Platz der Republik zeigte zweiunddreißig Grad, der Himmel war fast wolkenlos. Auf dem Weg besprachen sie, welche Fragen gezielt gestellt werden sollten. Rosenzweigs Büro lag im dreiundzwanzigsten Stock. Nachdem sie sich angemeldet hatten, fuhren sie mit dem Aufzug nach oben, wo sie bereits von einer Mitarbeiterin empfangen wurden. Eine attraktive junge Frau mit langen, blonden Haaren und tiefblauen Augen, die einen kurzen, grünen Rock und eine fast durchsichtige beige Bluse trug, die leicht über den großen, festen Brüsten spannte. Sie sah die Beamten neugierig an; Kullmer war nicht in der Lage, seinen

Blick von der beachtlichen Oberweite mit dem großen, dunklen Warzenhof abzuwenden. Julia Durant registrierte es amüsiert, verkniff sich aber ein Lächeln. Sie stellte sich und ihre Kollegen vor, die junge Frau sagte: »Ich heiße Claudia Neumann und bin die Sekretärin von Dr. Rosenzweig. Es war schrecklich für uns alle zu erfahren, was mit ihm geschehen ist. Dr. Köhler, der Partner von Dr. Rosenzweig, ist heute leider nicht im Haus, er wollte die ganze Woche über in London bleiben, wir haben ihn allerdings bereits über das Geschehen unterrichtet, weshalb er schon morgen zurückkommen wird. Aber kommen Sie doch bitte mit hinein, Sie werden sicherlich einige Fragen haben. Und wenn schon die Mordkommission hier vorbeischaut …«
Claudia Neumann ließ den Satz unbeendet und ging mit wippendem, fast aufreizendem Schritt vor ihnen durch die Glastür in den großzügig aufgeteilten Bürotrakt, die Tür schloß sich fast lautlos hinter ihnen. Es war angenehm kühl. Die junge Frau blieb stehen, sagte: »Was kann ich also für Sie tun?«
»Wir sind hier, um Ihnen und auch den andern Mitarbeitern ein paar Fragen zu stellen. Es wird sicherlich eine Weile in Anspruch nehmen, läßt sich aber leider nicht vermeiden. Ich fange am besten gleich mit Ihnen an, während meine Kollegen und später auch ich nacheinander alle im Augenblick Anwesenden befragen. Wo können wir uns ungestört unterhalten?« fragte Julia Durant.
»In meinem Büro. Wenn Sie mir bitte folgen wollen.« Sie war- tete, bis die Kommissarin eingetreten war, schloß die Tür hinter sich. Sie deutete auf einen Stuhl vor ihrem Schreibtisch, sie selbst nahm hinter dem Tisch Platz. Julia Durant sah sich kurz in dem freundlich eingerichteten Büro um, dem drei hohe Hydrokulturpflanzen eine beinahe gemütliche Atmosphäre verliehen.
»Darf man hier rauchen?« fragte sie und fügte gleich hinzu,

auf die geschlossene Tür rechts neben sich deutend: »Ist dort das Büro von Dr. Rosenzweig?«
»Ja, warum?«
»Ich würde gern nachher einen Blick hineinwerfen und es dann versiegeln. Wir werden uns das Büro morgen genauer ansehen.«
»Muß das sein?« fragte Claudia Neumann.
»Leider ja. Sobald der Verdacht auf eine Straftat besteht, müssen wir leider auch das Büro von Ihrem Chef durchsuchen, um so möglicherweise Hinweise auf das Tatmotiv und vielleicht sogar auf den Täter zu finden.«
Claudia Neumann nickte, erwiderte: »Kann ich verstehen. Und im übrigen können Sie ruhig rauchen, ich rauche selbst.«
»Okay«, sagte die Kommissarin, nachdem sie sich eine Zigarette angesteckt hatte, »dann wollen wir mal in medias res gehen. Ihr Name ist also Claudia Neumann. Darf ich fragen, wie alt Sie sind?«
»Einunddreißig. Warum?«
»Nur so, für die Statistik. Seit wann arbeiten Sie für Dr. Rosenzweig?«
»Seit knapp sieben Jahren. Ich habe Betriebswirtschaft und Englisch studiert und bin sofort danach in dieses Unternehmen gekommen.«
»Und Sie haben von Anfang an sozusagen als rechte Hand von Dr. Rosenzweig gearbeitet?«
»Nein, die ersten zwei Jahre war ich ausschließlich im kaufmännischen Bereich tätig, habe hier und da im Außendienst gearbeitet, aber seit fünf Jahren arbeite ich direkt mit Dr. Rosenzweig zusammen.«
Julia Durant nahm einen Zug an ihrer Zigarette, ließ den Rauch lange in den Lungen, bevor sie ihn durch die Nase ausblies. »Erzählen Sie mir etwas über Ihren Chef. Was für ein

Mensch war er? Was wissen Sie über sein Privatleben, über seine Vorlieben, über seine Schwächen? War er in Ihren Augen gerecht, hat er bisweilen zu Jähzorn geneigt, ich möchte mir einfach ein Bild von ihm machen können.«

Claudia Neumann lehnte sich zurück, sie faltete die Hände über dem Schoß, schaute einen Moment auf ihre langen, schlanken Finger mit den dunkelrot lackierten Nägeln, schließlich drehte sie sich mit ihrem Stuhl und sah aus dem Fenster, wo sich weit hinten am Horizont schemenhaft der Taunus abzeichnete.

»Was für ein Mensch war er?« wiederholte sie leise die erste Frage der Kommissarin. Sie seufzte auf, drehte sich wieder um, die großen, blauen Augen auf Durant gerichtet. »Er war ein sogenannter Workaholic. Ohne Arbeit machte das Leben keinen Sinn für ihn. Er brauchte die Arbeit, wie andere ihre Hobbies oder überhaupt ihre Freizeit brauchen. Und wie das bei solchen Menschen oftmals üblich ist, können es andere einem nie wirklich recht machen.«

»Wie hat sich das geäußert?«

»Er wurde schon ab und zu mal laut und heftig, aber ich habe mich mit der Zeit an seine Launen gewöhnt. Im Prinzip war er aber ein recht umgänglicher Mensch, womit ich nicht sagen möchte, daß er einfach war. Dr. Köhler ist völlig anders. Mit ihm kann man über alles reden, und er gibt einem nie das Gefühl, in irgendeiner Form etwas Geringeres zu sein als er. Bei Dr. Rosenzweig war es manchmal genau umgekehrt. Bei ihm habe ich schon das eine oder andere Mal geglaubt, daß er sich für etwas Besseres hielt. Aber das war sein Problem und nicht meines. Ich habe meine Arbeit erledigt, so gut ich konnte, und ich denke, er war im großen und ganzen recht zufrieden mit mir. Sonst hätte er mich wohl nicht so lange in diesem Büro behalten«, fuhr sie mit einem Lächeln fort, das sicher fast jeden Mann um den Verstand bringen konnte.

»Und sein Privatleben? Was wissen Sie darüber?«
Claudia Neumann zuckte die Schultern. »Wenig. Er hat eigentlich nie über sein Privatleben gesprochen. Ab und zu hat seine Frau hier angerufen oder einer seiner Söhne, aber ich weiß im Prinzip nichts. Sein Privatleben war so etwas wie ein Geheimnis. Tut mir leid, wenn ich Ihnen da nicht weiterhelfen kann.«
Die Kommissarin drückte ihre Zigarette aus, lehnte sich zurück. »Das macht nichts. Wie ist denn so im allgemeinen das Betriebsklima? Gibt es vielleicht jemanden, der mit Rosenzweig überhaupt nicht auskam oder umgekehrt?«
Wieder ließ die junge Frau eine Pause verstreichen, bevor sie antwortete. Sie zündete sich eine Zigarette an, nahm zwei Züge, sah Julia Durant durch den Rauch hindurch an.
»Bevor ich dazu etwas sage, würden Sie mir vielleicht eine Frage beantworten? Wie ist Dr. Rosenzweig gestorben? Hier kursieren die wildesten Gerüchte, seit wir heute morgen die schreckliche Nachricht erhalten haben.«
»Genau wissen wir es auch noch nicht, aber es deutet alles darauf hin, daß er ermordet wurde.«
»Und wie?«
»Darauf kann ich Ihnen leider noch keine Antwort geben. Nicht, bevor wir genau wissen, ob es Selbstmord oder Mord war. Könnten Sie sich denn vorstellen, daß er Selbstmord begangen hat?«
Claudia Neumann schüttelte den Kopf und sagte: »Nein, jeder, nur der nicht. Der hing am Leben wie ein Ertrinkender am Strohhalm. Unmöglich. Wenn Sie wählen müssen zwischen Mord und Selbstmord, dann war es Mord.«
»Wobei ich wieder bei der Frage wäre, ob es jemanden hier gibt …«
»Schon gut«, unterbrach sie die junge Frau, »natürlich gibt es Mitarbeiter, die weniger gut mit Dr. Rosenzweig auska-

men. Die einfach seine Art nicht ertragen konnten, seinen Befehlston, wenn er sagte, dies und jenes müsse unbedingt noch heute erledigt werden und es schon achtzehn Uhr war oder später. Und es gibt sicher einige, die er besonders getriezt hat.«

»Namen?« fragte Julia Durant mit hochgezogener Stirn.

»Wenn ich Namen nenne, dann heißt das aber noch lange nicht, daß sie gleich Mörder sein müssen. Ich gehe davon aus, daß Sie meine Information absolut vertraulich behandeln.«

»Selbstverständlich. Es geht auch nicht darum, jetzt auf Gedeih und Verderb jemanden zu finden, der ihn umgebracht haben könnte, ich möchte mir einfach nur ein Bild von Rosenzweig machen. Und dazu zählt, sowohl seine positiven als auch seine negativen Eigenschaften kennenzulernen. Mehr nicht.«

»Ich kann Ihnen mindestens drei Mitarbeiter nennen, die nicht sonderlich gut auf ihn zu sprechen sind oder waren. Da ist zum einen Herr Günther aus der Finanzbuchhaltung, dann Herr Kastner aus der Personalabteilung, und Frau Gröben, die Sekretärin von Dr. Köhler. Von deren Problemen mit Dr. Rosenzweig weiß ich ganz sicher.«

Julia Durant zündete sich eine weitere Zigarette an, fragte: »Und um was für Probleme handelte es sich dabei?«

Claudia Neumann fuhr sich mit der Zunge über die Lippen, zuckte die Achseln. »Da bin ich überfragt, zumindest was Details angeht. Ich weiß lediglich von Herrn Kastner, daß er mit Rosenzweigs Personalpolitik nicht einverstanden war. Ihn hat wohl auch die Unnachgiebigkeit gestört, die mein Chef manchmal an den Tag legte. Ich kann mich an einige Gelegenheiten erinnern, wo die beiden mächtig aneinander geraten sind und es dabei durchaus recht laut zuging. Einmal hat Rosenzweig ihm sogar fristlos gekündigt, hat die Kündigung dann aber aus irgendwelchen unerfindlichen Gründen

wieder zurückgenommen. Das liegt nicht einmal ein Jahr zurück. Auch war er in keiner Weise kritikfähig, wobei andererseits seine Kritik an anderen bisweilen überzogen hart ausfiel.«
»Übte er diese Kritik auch an Ihnen?«
»Natürlich. Wenn er einen schlechten Tag hatte, was nicht selten vorkam, dann stand ich oft in der Schußlinie. Doch wie gesagt, ich habe es hingenommen und mir nur meinen Teil gedacht. Abends, wenn ich das Büro verlasse, lasse ich auch den Job hinter mir. Ich denke positiv.«
Julia Durant stützte den linken Arm auf die Lehne und fuhr sich mit der Hand nachdenklich übers Kinn. »Komisch, wenn ich Ihnen so zuhöre, kommt mir Rosenzweig gar nicht mehr wie ein Heiliger vor.«
»Heiliger?« fragte Claudia Neumann lachend. »Ein Heiliger war der bestimmt nicht. Er war ein gewiefter Geschäftsmann, der mit allen Wassern gewaschen war; er konnte manchmal sogar ziemlich rücksichtslos vorgehen. Ich denke, das Bild von einem Heiligen sollten Sie schleunigst vergessen. Wie kommen Sie überhaupt darauf?«
»Wissen Sie etwas über seine Kirche?«
»Was für eine Kirche?« fragte die junge Frau erstaunt.
»Schon mal was von der *Kirche des Elohim* gehört?«
»Natürlich. Hat er der etwa angehört?«
»Ja, er gehörte dieser Kirche an, und alle, mit denen wir heute morgen gesprochen haben, haben nur Lobeshymnen auf Rosenzweig gesungen.«
»Da kann ich ja nur lachen! Zum einen erstaunt mich, daß Rosenzweig überhaupt christliche Anwandlungen hatte, zum andern, daß offensichtlich keiner hier davon gewußt hat. Ich habe ihn immer für einen überzeugten Atheisten gehalten. Aber so kann man sich täuschen. Nur eines kann ich Ihnen sagen, ein Heiliger war der ganz sicher nicht. Dazu war er zu

machtbesessen. Sehen Sie sich doch nur den Namen der Firma an …«
»Rosenzweig & Partner?«
»Genau, Rosenzweig & Partner. Das Merkwürdige ist doch, daß Rosenzweig und Köhler zu je fünfzig Prozent am Unternehmen beteiligt sind, aber nur Rosenzweigs Name wird im Titel genannt.«
»Und was meint Köhler dazu?«
»Keine Ahnung. Die Firma existierte ja schon lange, bevor ich hier angefangen habe. Ich kann mir aber nicht vorstellen, daß er besonders glücklich darüber ist. Nur, es besteht eben ein Unterschied zwischen den beiden – Rosenzweig war ein knallharter Geschäftsmann, der, um es salopp auszudrücken, auch mal unkonventionelle Wege beschritten hat, um zu seinem Ziel zu gelangen, während Köhler zwar auch nicht ohne ist, aber mit seinen Geschäftspartnern und Kunden immer fair umgeht.«
Julia Durant nahm einen weiteren Zug an der Zigarette, bevor sie fragte: »Was meinen Sie mit unkonventionellen Wegen?«
Claudia Neumann holte tief Luft, setzte ein ernstes Gesicht auf.
»O ja, ich weiß, man soll das Andenken eines Toten nicht beschmutzen, und das habe ich auch nicht vor. Aber ich denke mir, wenn Rosenzweig mit andern in einer bisweilen ziemlich, sagen wir ›offenen‹ Weise umgehen konnte, dann kann ich mir diese Offenheit jetzt auch erlauben.« Sie zuckte die Schultern, fuhr fort: »Es gab bestimmte Dinge, bei denen er es mit dem Gesetz nicht so genau genommen hat. Aber das scheint in der heutigen Geschäftswelt Usus zu sein.«
»Er nahm es mit dem Gesetz nicht so genau? War er in irgendwelche kriminellen Machenschaften verwickelt?« fragte die Kommissarin neugierig.

»Nun, kriminelle Machenschaften würde ich es nicht nennen, aber es gab da so Geschichten mit der Steuer, wenn Sie verstehen. Vor knapp vier Jahren hatten wir ein Tief und haben rote Zahlen geschrieben. Es wurde sogar gemunkelt, daß die Firma unter Umständen Konkurs anmelden müßte. Rosenzweig hat es aber geschafft, aus rot wieder schwarz zu machen, indem er Gelder am Finanzamt vorbei ins Ausland transferiert hat. Ich glaube, nicht einmal Köhler wußte davon.«

»Und woher wissen Sie es?«

»In meiner Position bekommt man Einblicke in gewisse Dinge. Es werden bestimmte Schriftstücke aufgesetzt, Telefonate geführt, Transaktionen getätigt und so weiter. Er hat einige wichtige Sachen zwar allein gemacht, doch ich habe zufällig einmal ein Papier in die Hände bekommen, aus dem klar hervorging, daß ein sehr hoher Betrag auf ein Luxemburger Konto überwiesen wurde. Und ich denke, das war nicht das einzige Mal. Wenn Rosenzweig gewußt hätte, was ich alles wußte, er hätte mich vermutlich umgebracht.«

»Sie meinen wirklich, er hätte Sie umgebracht?« fragte Julia Durant zweifelnd und zog an ihrer Zigarette.

»Na ja, das ist vielleicht übertrieben, aber mit Sicherheit hätte er mich hochkant rausgeschmissen.«

»Aber Sie hätten ihn mit Ihrem Wissen doch auch erpressen können?«

»Ein anderer hätte es vielleicht gemacht, aber ich nicht. Ich zähle nicht zu den Mutigen dieser Welt.«

»Diese Luxemburger Transaktion war vor vier Jahren, sagen Sie. Und wie hoch war der Betrag?«

»2,2 Millionen.«

»Ein ganz schöner Batzen Geld. In welchem Bereich liegt denn der Umsatz der Firma im Jahr?«

»Kommt drauf an, aber so zwischen vierzig und fünfundvier-

zig Millionen. Wobei man nicht vergessen darf, daß der Mietpreis hier verdammt hoch ist.«
»Und wie ging es dann weiter?«
»Wie gesagt, wir haben ab da wieder schwarze Zahlen geschrieben und das Finanzamt hat es nicht gecheckt, obwohl wir vor zwei Jahren eine Buchprüfung hatten. Die Firma stand absolut sauber da. Ich weiß auch nicht, wie er das gemacht hat. Aber auf jeden Fall muß irgendwer die Bilanzen geschönt haben.«
Julia Durant drückte ihre Zigarette aus und zündete sich gleich eine neue an. Sie inhalierte, überlegte, sah dabei kurz zu der jungen Frau, die ihr gegenüber saß und ihren Blick erwiderte. Plötzlich fragte sie aus einem Gefühl heraus: »Sagen Sie, kennen Sie einen Walter Schönau?«
Wieder lächelte Claudia Neumann. »Natürlich. Die *Schönau Bank* ist unsere Hausbank. Wir haben zwar noch andere Konten, doch das meiste läuft über diese Bank. Warum fragen Sie?«
»Ich habe Walter Schönau heute morgen kennengelernt. Er gehört auch der Kirche an. Hatten die beiden regelmäßigen Kontakt?«
»Weiß ich nicht. Aber wenn sie in der gleichen Kirche waren, dann ja wohl zwangsläufig.«
»Und diese Transaktionen, von denen Sie sprachen, liefen die über Schönau?«
»Auch da muß ich leider passen. Aber ich könnte mir schon vorstellen, daß Schönau seine Finger mit im Spiel hatte. Es hat ja schon einmal das Gerücht gegeben, daß Schwarzgelder bei oder mit Hilfe von Schönau gewaschen wurden. Aber das ist wie gesagt nur ein Gerücht.«
Julia Durant lächelte auf einmal, sagte: »Sie sprechen nicht sonderlich freundlich über Ihren ehemaligen Chef. Hat das Gründe?«

»Ich sage nur die Wahrheit. Und glauben Sie mir, es macht mir nicht das geringste aus, so hart das auch klingen mag. Um genau zu sein, Dr. Rosenzweig war manchmal ein echter Kotzbrocken, den kaum einer richtig ausstehen konnte. Wir waren immer heilfroh, wenn er auf Geschäftsreise ging, dann hatte man nämlich das Gefühl, mal wieder tief durchatmen zu können.«
»Eine letzte Frage noch – hatte Rosenzweig jemals ein Verhältnis mit einer andern Frau?«
Claudia Neumann lachte wieder auf, erhob und stellte sich ans Fenster, sah hinunter auf die Straße, wo die Menschen und die Autos wie Spielzeug wirkten. Nach einer Weile drehte sie sich um, lehnte sich gegen die Fensterbank und stützte sich mit beiden Händen auf. »Hatte Rosenzweig ein Verhältnis?« Sie lächelte spöttisch, mit einem Mal wurde ihr Blick ernst. »Es kann sein, ich weiß es aber nicht. Und ich werde den Teufel tun und mir den Mund verbrennen. Denn auch das sind nur Gerüchte, nichts weiter. Und ich gebe nichts auf Gerüchte, sondern nur auf Fakten. Und ich habe diesbezüglich keine Fakten für Sie.«
»Und die Gerüchte, wie lauten die?«
»Tut mir leid, kein Kommentar. Versuchen Sie's bei meinen Kollegen oder Kolleginnen, vielleicht wissen die mehr. Aber bitte, lassen Sie mich aus dem Spiel. Ich könnte durch eine solche Aussage in Teufels Küche kommen.«
Julia Durant erhob sich von ihrem Stuhl, holte eine Karte aus ihrer Tasche und reichte sie Claudia Neumann. »Wenn Ihnen noch etwas einfällt, was für unsere Ermittlungen von Bedeutung sein könnte, rufen Sie mich an. Ich bedanke mich für Ihre Hilfe.«
»Gern geschehen.«
»Ach ja, ich hätte doch noch eine Frage – kennen Sie jemanden, der ein Motiv gehabt haben könnte, Rosenzweig umzubringen?«

Die junge Frau schüttelte leicht den Kopf, schien zu überlegen, sagte: »Nein, auch wenn er ab und an unausstehlich war, so kenne ich von den Mitarbeitern hier niemanden, dem ich so etwas zutrauen würde. Aber man steckt ja nie in den Menschen drin.«
»Das ist wahr. Aber ich würde mich jetzt gerne mit Herrn Kastner unterhalten. Würden Sie mir freundlicherweise sein Büro zeigen?«
»Ich begleite Sie dorthin.«
»Aber vorher würde ich gern noch einen Blick in Dr. Rosenzweigs Büro werfen.«
Claudia Neumann öffnete die Tür, sagte: »Bitte schön, sehen Sie sich um.«
Julia Durant betrat den etwa dreißig Quadratmeter großen Raum, in dessen Mitte ein wuchtiger, kieferfarbener Schreibtisch stand. An zwei Wänden befanden sich Regale, von denen eines mit Büchern, das andere mit Akten gefüllt war, auch hier gab es wie bei Claudia Neumann Hydrokulturen, dazu aber noch eine braune Ledergarnitur mit einer Couch und zwei Sesseln und einem Glastisch. An der dritten Wand standen drei ebenfalls kieferfarbene Aktenschränke.
»Haben Sie oder einer Ihrer Kollegen seit heute morgen hier etwas angefaßt?« fragte die Kommissarin.
»Nein, warum?«
»Es ist einfach wichtig.« Sie ging zum Schreibtisch, wollte eine Schublade herausziehen, doch sie ließ sich nicht öffnen.
»Gibt es einen Schlüssel für den Schreibtisch?«
»Natürlich gibt es den, aber Dr. Rosenzweig hat ihn immer mitgenommen. Genau wie die für die Schränke.«
»Und Sie haben keinen Zweitschlüssel?«
»Tut mir leid, nein.«
»Seltsam«, murmelte Durant, »es hätte doch immerhin mal sein können, daß Dr. Rosenzweig krank wurde oder auf Ge-

schäftsreise war und dringend ein paar Unterlagen aus seinem Büro brauchte. Gab es nie eine Gelegenheit, wo er Sie anrief und Sie bat, dieses oder jenes aus seinem Büro zu holen?«
»Nein, nicht seit ich hier bin.«
»Ich kann nur hoffen, wir finden die Schlüssel bei ihm zu Hause, sonst werden wir den Tisch und auch die Schränke aufbrechen müssen.«
Claudia Neumann zuckte nur die Schultern, die Kommissarin verließ Rosenzweigs Büro wieder. »Aber abschließen können Sie das Büro doch, oder?«
»Nein«, erwiderte Claudia Neumann verlegen lächelnd, »auch dafür habe ich keinen Schlüssel.«
»Und wer garantiert mir, daß heute oder morgen früh keiner das Büro betritt?«
»Ich. Bevor ich das Haus verlasse, schließe ich meine Tür ab, und nur ich habe einen Schlüssel dafür.«
»Haben Sie mal ein Blatt Papier für mich? Ich möchte nur kurz etwas schreiben und es an die Tür von seinem Büro kleben und zwar mit Uhu oder einem Pritt-Klebestift. Das ist so gut wie ein Siegel.«
Sie schrieb *Polizeisiegel, Betreten verboten, Julia Durant, Hauptkommissarin,* gab auf vier Ecken des Papiers etwas Klebstoff und befestigte eine Hälfte am Rahmen, die andere an der Tür.
»So, das müßte genügen. Wenn Sie mich jetzt bitte zu Herrn Kastner bringen würden.«

Kastner saß hinter seinem Schreibtisch und machte von Hand ein paar Notizen. Er blickte auf, als die beiden Frauen sein Büro betraten.
»Herr Kastner, das ist Kommissarin Durant von der Kripo. Sie würde sich gerne mit Ihnen unterhalten.«

»Selbstverständlich«, sagte Kastner und schoß von seinem Stuhl hoch. Julia Durant schätzte ihn auf Anfang Vierzig, er war eher klein, hatte aber eine jugendliche Ausstrahlung, trug Jeans und ein kurzärmeliges, weißes Hemd, dessen zwei oberste Knöpfe offenstanden. Er kam hinter seinem Schreibtisch hervor und reichte der Kommissarin die Hand. Das einzige, was ihr negativ auffiel, waren seine Augen, die etwas Verschlagenes hatten, und der seltsame Geruch im Raum, eine Mischung aus Alkohol und Zigaretten.
»Kastner. Wenn Sie bitte Platz nehmen wollen«, sagte er mit leicht geröteten Wangen. Claudia Neumann machte kehrt und schloß die Tür hinter sich.
»Was kann ich für Sie tun?« fragte er. »Es ist wirklich furchtbar, daß …«, er schüttelte den Kopf.
Julia Durant machte ein ernstes Gesicht, sagte: »Sicher ist es das, doch Sie brauchen sich nicht zu verstellen, denn nach dem, was ich bereits erfahren habe, war Rosenzweig nicht sonderlich beliebt.«
Kastner errötete noch mehr, räusperte sich, versuchte sich locker zu geben, doch es gelang ihm nicht. »Aber ich möchte Ihnen nur ein paar Fragen stellen. Seit wann arbeiten Sie für Rosenzweig & Partner?«
»Seit zwölf Jahren.«
»Und wie war Ihr Verhältnis zu Dr. Rosenzweig?«
»Ich hatte kein Verhältnis zu ihm. Tut mir leid, das sagen zu müssen, doch Rosenzweig und ich sind uns aus dem Weg gegangen, soweit das möglich war. Das heißt, ich bin ihm aus dem Weg gegangen. Manchmal ließ es sich aber leider nicht vermeiden, daß wir aneinandergeraten sind.«
»Und wie sah dieses Aneinanderraten aus? Haben Sie mit ihm gestritten, diskutiert, sind laute Worte gefallen?«
»Mit Rosenzweig zu diskutieren war praktisch unmöglich.

Er ließ keine andere Meinung gelten als die eigene. Wenn Sie wissen wollen, wie ein Tyrann aussieht, dann brauchen Sie nur Rosenzweig zu nehmen. Er war das Abbild eines Tyrannen«, sagte Kastner verächtlich. »Ganz im Gegensatz zu seinem Kompagnon, Dr. Köhler. Mit dem kann man immer reden.«

»Wenn Sie mit Rosenzweig gestritten haben, worum ging es dann meistens?«

Kastner zuckte die Schultern, blickte an Durant vorbei zur Wand. Er zögerte einen Moment, schließlich sagte er: »Ich bin vor zwölf Jahren in dieses Unternehmen gekommen, um die Personalabteilung zu übernehmen. Als Rosenzweig das Einstellungsgespräch mit mir geführt hat, machte er einen freundlichen, großzügigen Eindruck. Doch das sollte sich schnell ändern. Kaum hatte ich hier angefangen, hat er an fast allem herumkritisiert, was ich tat. Dabei lag die Entscheidung, wer eingestellt wurde oder nicht, im wesentlichen bei mir. Oder auch, wer gehen mußte. Natürlich mußten bei wichtigen Einstellungen Rosenzweig und auch Dr. Köhler ihr Einverständnis geben, aber Rosenzweig wollte die absolute Kontrolle über alles haben. Nun, ich bin nicht leicht einzuschüchtern, deshalb bin ich einen konsequenten Kurs in meinem Job gegangen. Sehen Sie, hier arbeiten insgesamt vierundvierzig Leute. Und ich bin sozusagen die erste Anlaufstation, wenn jemand Probleme hat, sei es mit einem Kollegen oder einer Kollegin, wenn es um eine Gehaltserhöhung geht und so weiter. Eigentlich ist mein Aufgabenfeld sehr weit gefächert. So habe ich zum Beispiel auf Wunsch einiger Mitarbeiter durchgesetzt, daß Raucher und Nichtraucher getrennt arbeiten. Ich habe ein detailliertes Konzept vorgelegt, das von der Belegschaft sehr positiv aufgenommen wurde. Nur Rosenzweig war wieder einmal nicht damit einverstanden. Er hat mich noch am gleichen

Tag in sein Büro beordert, um mir seine Meinung zu dem Konzept darzulegen. Ich weiß nicht mehr genau, was alles gesagt wurde, auf jeden Fall endete es in einem Riesenkrach. Ich habe ihm wohl auch ein paar unschöne Dinge an den Kopf geworfen, woraufhin er mir fristlos gekündigt hat. Gut, sagte ich mir, wenn er es so will, soll er es haben. Ich habe einen befreundeten Anwalt angerufen und mich noch am selben Abend mit ihm besprochen. Er hat mir einige sehr nützliche Tips gegeben, und … Na ja, schon am nächsten Morgen hat Rosenzweig die Kündigung zurückgenommen.«

»Was für Tips waren das?«

»Ich glaube nicht, daß die Ihnen bei der Klärung Ihres Falles von Nutzen sein werden. Ich bin jedenfalls immer noch hier, und ich denke, in Zukunft wird die Arbeit um einiges streßfreier sein.«

»Hatten Sie Rosenzweig mit irgend etwas in der Hand?« fragte die Kommissarin mißtrauisch.

Kastner zögerte mit der Antwort, wieder röteten sich seine Wangen, ein Zeichen von Nervosität. Doch er schüttelte den Kopf, sah Julia Durant für den Bruchteil einer Sekunde an und sagte, ohne die Kommissarin dabei noch einmal anzusehen: »Nein, ich habe Rosenzweig nicht erpreßt, falls Sie darauf hinaus wollen.«

Julia Durant glaubte ihm nicht, sein rotes Gesicht machte sie mißtrauisch, die Art und Weise, wie er den letzten Satz sagte, etwas kehlig und gepreßt, den Blick zu Boden gerichtet, als scheute er den direkten Augenkontakt, seine verkrampfte Haltung. Sie spürte, Kastner hatte etwas gegen Rosenzweig in der Hand gehabt, das diesen sofort veranlaßt hatte, die Kündigung rückgängig zu machen.

»Waren Sie jemals bei ihm zu Hause?« fragte sie.

»Der Himmel bewahre, nein. Keine zehn Pferde hätten mich

jemals zu ihm nach Hause gebracht. Ich war froh, wenn ich ihn nicht zu Gesicht bekam.«

»Dann kennen Sie auch seine Frau und die Kinder nicht?«

»Nein, überhaupt nicht. Warum wollen Sie das wissen?«

»Nur so, Routine. Ich habe bereits Frau Neumann gefragt und frage jetzt auch Sie, ob Ihnen irgend jemand einfällt, der von Rosenzweig vielleicht so sehr gereizt wurde, daß er ihn umgebracht hat? Ein betrogener Ehemann, eine verschmähte Geliebte? Wissen Sie etwas über Rosenzweigs Affären?« Diesmal formulierte sie die Frage bewußt anders als bei Claudia Neumann.

»Mir ist keine Affäre bekannt. Und auch sonst, ich meine, er war nicht gerade das, was man sich unter einem Musterchef vorstellt, doch man konnte immer darauf gefaßt sein, daß er im nächsten Moment explodiert. Ich kann Ihnen da nicht weiterhelfen.«

»In Ordnung. Dann haben Sie vielen Dank, daß Sie sich Zeit für mich genommen haben, ich werde Sie jetzt wieder Ihrer Arbeit überlassen und mich mit meinen Kollegen besprechen. Auf Wiedersehen.«

»Wiedersehen«, murmelte Kastner und machte die Tür hinter der Kommissarin zu. Drinnen lehnte er sich gegen die Tür, schloß die Augen, seine Schläfen pochten, er hatte dicke Schweißperlen auf der Stirn, obgleich es in dem Raum angenehm kühl war. Er ging hinter seinen Schreibtisch, zog die unterste Schublade hervor und nahm eine unter Akten versteckte Flasche Wodka heraus. Er schraubte den Verschluß ab, trank in schnellen Schlucken, wischte sich den Mund mit dem Handrücken ab und legte die wieder verschlossene Flasche zurück in ihr Versteck. Er atmete ein paarmal kräftig ein und wieder aus, lehnte sich zurück, die Hände hinter dem Kopf verschränkt und dachte nach.

Dienstag, 14.30 Uhr

Die meisten Mitarbeiter von Rosenzweig & Partner waren von Hellmer, Kullmer und Durant befragt worden, es fehlten nur noch zwei, eine Dame aus dem Schreibbüro und Frau Gröben, die Sekretärin von Dr. Köhler. Hellmer und Kullmer unterhielten sich mit Jessica Wagner aus dem Schreibbüro, einer jungen Frau von höchstens zweiundzwanzig Jahren. Sie hatte ein ausgesprochen hübsches Gesicht, das umrahmt war von dunkelbraunem, welligem, bis weit über die Schultern fallendem Haar, große, dunkle, feurige Augen und einen lolitahaften Ausdruck, der offensichtlich besonders Kullmer auf- und gefiel. Julia Durant begab sich zu Frau Gröben, einer Mittvierzigerin, die gerade ein Telefonat auf französisch führte. Die Kommissarin blieb in der Tür stehen, wartete, bis das Telefongespräch beendet war, sah, daß ein Aschenbecher auf dem Tisch stand und zündete sich eine Gauloise an. Amelie Gröben lächelte etwas verkniffen und bat Julia Durant, Platz zu nehmen.

»Guten Tag, Frau Gröben. Wie Sie sicherlich schon wissen, bin ich von der Kriminalpolizei und hätte ein paar Fragen an Sie.«

»Ich stehe Ihnen zur Verfügung«, sagte die dunkelblonde Frau mit den grünen Augen, die einen gelben, bis über die Knie reichenden Rock und eine weiße Bluse trug. Sie war eine sehr gepflegte Erscheinung, die jünger aussah, als sie in Wirklichkeit war. Sie hatte die Ellbogen auf dem Tisch abgestützt und drehte einen Kugelschreiber zwischen den Fingern. »Wenn ich nur noch Ihren Namen erfahren dürfte?« sagte sie immer noch lächelnd.

»Tut mir leid, wenn ich mich nicht vorgestellt habe, ich bin Hauptkommissarin Julia Durant. Frau Gröben, Sie haben ja inzwischen längst von Dr. Rosenzweigs Tod gehört. Können

Sie mir etwas zu seiner Person sagen? Was für ein Mensch er war, wie Sie zueinander standen ...«
Das Lächeln verschwand augenblicklich aus dem Gesicht der Angesprochenen. Sie zog die Stirn in Falten, blickte auf ihre Finger, die noch immer den Kugelschreiber hielten, schließlich lehnte sie sich zurück, schluckte und sah die Kommissarin an.
»Zu seiner Person?« Sie zuckte die Schultern. »Nachdem Sie und Ihre Kollegen nun schon fast die gesamte Belegschaft befragt haben, werden Sie sicher wissen, was für ein Mensch Dr. Rosenzweig war. Ich habe dem eigentlich nichts weiter hinzuzufügen.«
»Woher wissen Sie, was die andern gesagt haben?«
»Eine Kollegin hat es mir vor ein paar Minuten erzählt.« Sie verzog für den Bruchteil einer Sekunde verächtlich die Mundwinkel, sagte: »Ich glaube kaum, daß ich andere oder neue Informationen für Sie habe.«
»Nun, das mag sein, trotzdem würde ich gerne von Ihnen, die Sie mit am längsten für Rosenzweig & Partner arbeiten, Ihre persönliche Meinung über den Toten hören.«
Frau Gröben schloß kurz die Augen, schüttelte kaum merklich den Kopf. »Mit ihm oder für ihn zu arbeiten konnte die Hölle sein. Man mußte einfach jede Sekunde aufpassen, was man sagte, wie man es sagte ... Und trotzdem war man nie sicher vor seinen Launen. Ich bin seit bald zwanzig Jahren hier, und für mich ist Rosenzweigs Tod, so hart es auch klingen mag, kein Verlust. Ich denke, Dr. Köhler wird die Firma auch allein leiten können, vor allem aber wird hier endlich Ruhe einkehren. Zweifelsohne war Rosenzweig ein begnadeter Geschäftsmann, der bei den Kunden ein außerordentliches Ansehen genoß, nur hier, in diesen Räumen, hatte er dieses Ansehen längst verspielt. Ich glaube, kaum einer mochte ihn, nicht einmal die Schleimer, die sich einen Vorteil erhofften,

indem sie ihm den Speichel von den Schuhen leckten. Das war auch das einzige, was Rosenzweig gefiel, Speichellekker, denn Speichellecker kriechen auf dem Boden und man kann sie leicht treten. Und um auf Ihre andere Frage zurückzukommen – wir standen nicht zueinander, wir standen gegeneinander. Ich habe seine Art nie akzeptiert und habe es ihn auch einige Male recht deutlich spüren lassen. Ich bin sicher, er hätte mich nur allzu gerne schon vor Jahren fristlos gefeuert, doch ich war und bin die Sekretärin von Dr. Köhler, und nur der kann mich rausschmeißen.«

Julia Durant lächelte in sich hinein, ohne etwas auf die Ausführungen von Frau Gröben zu erwidern. Statt dessen fragte sie: »Und Frau Neumann, wie ist Ihr Verhältnis zu ihr? Sie müssen natürlich nicht auf diese Frage antworten, aber es würde mich dennoch interessieren.«

»Frau Neumann ist eine ganz nette Person. Mich wundert es, daß sie es so lange als Rosenzweigs Sekretärin ausgehalten hat. Bevor sie kam, haben die Damen etwa im Halbjahres-Zyklus gewechselt. Aber das hat wahrscheinlich mit Frau Neumanns besonders … offenherziger … Art zu tun, wenn Sie verstehen, was ich meine.« Sie machte eine kurze Pause, bevor sie süffisant lächelnd fortfuhr: »Nun, welcher Mann befindet sich nicht gern in der Umgebung einer derart attraktiven jungen Frau, die über solch überaus hervorstechende körperliche Merkmale verfügt? Sie weiß eben ihre weiblichen Reize gezielt einzusetzen. Und Rosenzweig war schließlich auch nur ein Mann. Manchmal hat er sie auch mit auf Geschäftsreise genommen.«

»Interessant. Was meinen Sie konkret damit, daß Rosenzweig auch nur ein Mann war?«

»Na ja, es gibt Gerüchte. Ob an denen etwas dran ist oder nicht, kann ich nicht beurteilen. Aber wie heißt es doch so schön, in jedem Gerücht steckt ein Körnchen Wahrheit.«

»Könnten Sie vielleicht noch etwas deutlicher werden? Hatte Dr. Rosenzweig vielleicht ein Verhältnis mit einer Kollegin? Mit Frau Neumann?«
Frau Gröben zog die Stirn in Falten, lächelte vielsagend und sagte: »Vielleicht, vielleicht auch nicht. Wie gesagt, es sind nur Gerüchte.«
»In Ordnung, dann wollen wir auch nicht auf Gerüchte hören. Wie mir gesagt wurde, kommt Dr. Köhler schon morgen aus London zurück. Wie kam er mit Rosenzweig aus? Schließlich waren sie Partner.«
»Fragen Sie ihn selbst, wenn er wieder da ist. Ich möchte nicht für ihn sprechen.«
»Gut, dann habe ich im Moment keine weiteren Fragen. Ich wünsche noch einen schönen Tag, und ich oder einer meiner Kollegen werden morgen noch einmal reinschauen.« Julia Durant stand auf und verließ das Büro. Hellmer und Kullmer standen auf dem Gang und unterhielten sich leise.
»Kommt, laßt uns gehen und draußen eine Bilanz ziehen. Mal sehen, ob eure genau so ausfällt wie meine.«

Dienstag, 15.30 Uhr

Sie bestiegen den Aufzug, fuhren ins Erdgeschoß und traten ins Freie, wo die Hitze sie wie ein Keulenschlag traf.
»Also«, begann die Kommissarin, »was haben eure Befragungen ergeben?«
Hellmer zündete sich eine Marlboro an, inhalierte und stieß den Rauch durch die Nase aus. Er machte ein abschätzendes Gesicht, sagte: »Von wegen Heiliger! Wenn es stimmt, was seine Angestellten über ihn sagen, dann war Rosenzweig ein eiskalter Geschäftsmann. Aber er war angesehen. Auf jeden Fall scheint er aber genau das Gegenteil von dem gewesen zu

sein, was die Leute aus seiner Kirche über ihn sagen. Die Frage ist nur, ob wir damit auch ein Mordmotiv haben.«

»Und Sie?« fragte Julia Durant an Kullmer gewandt.

»Genau das gleiche. Im Prinzip war Rosenzweig der bestgehaßte Mann in seiner Firma. Details waren aber aus den Leuten nicht rauszukriegen.«

»Habt ihr irgendwas von einem Gerücht gehört, nachdem Rosenzweig ein Verhältnis gehabt haben soll?«

»Nein«, sagte Hellmer und schüttelte den Kopf. »Warum fragst du?«

»Weil zwei der Sekretärinnen von einem solchen Gerücht gesprochen haben. Nur wollten sie keinen Namen nennen, weil es eben nur ein Gerücht sei. Doch ich erinnere an Frau Rosenzweig, die uns gestern abend klipp und klar zu verstehen gegeben hat, daß Ehebruch gleich hinter Mord käme und unweigerlich mit Ausschluß aus der Kirche geahndet würde, es sei denn, der Sünder bekennt seine Tat öffentlich. Was aber, wenn Rosenzweig nicht der moralische Saubermann war, als der er sich nach außen hin dargestellt hat? Zumindest in der Kirche? Ach ja, bevor ich's vergesse, ein Saubermann war er ohnehin nicht, denn vor vier Jahren hat er, als seine Firma kurz vor dem Konkurs stand, einige Millionen am Finanzamt vorbei nach Luxemburg geschafft und so das Unternehmen vor dem Ruin gerettet. Und jetzt ratet mal, wer die Hausbank von *Rosenzweig & Partner* ist? Die *Schönau Bank*, dessen Vorsitzender und Inhaber der ehrenwerte Walter Schönau persönlich ist. Jener Walter Schönau, den wir heute morgen bei Frau Rosenzweig angetroffen haben. Ich möchte wetten, daß auch er bei dieser illegalen Transaktion seine Finger im Spiel hatte. Und ich bin gespannt, was Schönau zu sagen hat, wenn ich ihm ein bißchen fester auf den Zahn fühle.«

Hellmer nahm einen letzten Zug an seiner Zigarette und ließ sie auf den Bürgersteig fallen. »Du meinst, Schönau deckt seinen Freund Rosenzweig? Oder er hat gar gemeinsame Sache mit ihm gemacht? Das würde dann allerdings in der Kirche wie eine Bombe einschlagen. Nur bräuchten wir handfeste Beweise, daß sowohl Rosenzweig als auch Schönau Dreck am Stecken haben. Und die zu beschaffen, wird schwer werden.« Er blieb stehen, fuhr sich mit der rechten Hand über das Kinn, sagte, nachdem auch die beiden andern stehengeblieben waren: »Außerdem suchen wir doch eigentlich nach einem Mörder und nicht nach Beweisen für Rosenzweigs mangelnde Integrität.«

»Ach komm, diesen kleinen Spaß gönnen wir uns zwischendurch. Ich bin ziemlich sicher, der Fall wird so oder so bald gelöst sein.«

»Wenn du meinst«, sagte Hellmer, und Kullmer fügte hinzu: »Ich will Ihnen ja keinen Dämpfer versetzen, aber was ist, wenn das, was man über Rosenzweig sagt, schlicht und ergreifend gelogen ist? Sie wissen doch, es gibt viele Neider, wenn man erfolgreich ist. Und ein paar von den Leuten, mit denen ich gesprochen habe, gehören nicht unbedingt zu denen, mit denen ich gern zusammenarbeiten möchte. Insgesamt erscheint mir das Betriebsklima etwas sehr frostig.«

»Ach, kommen Sie, mehr als vierzig Angestellte können doch nicht lügen!«

»Und was, wenn doch?«

»Sie meinen das wirklich ernst?«

»Was heißt ernst. Man muß zumindest jede Möglichkeit in Betracht ziehen. Wir sollten einmal Leute befragen, die nicht direkt mit Rosenzweig zu tun hatten, Geschäftspartner und Kunden, Nachbarn.«

»Stimmt. Er war sehr angesehen bei seinen Geschäftspartnern, und scheinbar nicht nur dort. Das hat jedenfalls seine Sekretärin gesagt, auch wenn sie sonst kaum ein gutes Haar an ihrem Chef gelassen hat. Eine auffällige Erscheinung übri-

gens, wie ich finde. Oder was meinen Sie?« fragte die Kommissarin und warf Kullmer einen leicht spöttischen Blick zu. »Ihre Kragenweite? Oder besser gesagt – Oberweite?«
»Hahaha! Mir wird gleich schlecht vor Lachen«, erwiderte Kullmer gereizt.
»Na ja, ich meine ja nur. Sie hat zumindest ein paar höchst bemerkenswerte körperliche Vorzüge. Und das ist Ihnen doch sicher nicht entgangen?«
»Können wir vielleicht von etwas anderem reden? Ich habe, falls es Sie interessiert, seit einem Jahr eine feste Beziehung, werte Hauptkommissarin Durant! Und ich habe nicht vor, diese Beziehung aufs Spiel zu setzen.«
»Schon gut, tut mir leid. Ich verspreche, ich werde Sie nie wieder auf dieses Thema ansprechen. Und jetzt erstatten wir noch kurz Berger einen Bericht, und danach fahre zumindest ich nach Hause. Und morgen wird Rosenzweigs Büro durchsucht. Einer von euch kümmert sich am besten noch heute darum, ob die Schlüssel für den Schreibtisch und die Schränke bei ihm zu Hause sind.«

Dienstag, 17.10 Uhr

Julia Durant verließ das Präsidium um kurz nach fünf. Die Kopfschmerzen waren verschwunden, ebenso die leichte Übelkeit, die sie den ganzen Tag über verspürt hatte. Sie wollte noch ein paar Lebensmittel und etwas zu trinken einkaufen, die Wohnung in einen einigermaßen vorzeigefähigen Zustand bringen und ein Bad nehmen. Zu Hause angelangt holte sie die Post aus dem Briefkasten, zwei Rechnungen, zwei Werbebriefe, die sie gleich in den Papierkorb vor dem Haus warf, sowie ein Brief von ihrer Freundin Susanne Tomlin aus Südfrankreich. Sie steckte den Brief und die Rechnungen in die Einkaufstaschen, lief die Treppe hinauf zu ihrer Wohnung, öffnete die Tür und kickte sie mit dem Absatz wieder zu. Die Hitze hatte sich mittlerweile in jeder Ritze der Wohnung festgesetzt, die Vorhänge blähten sich auf wie Segel, als der immer noch heiße Südwind gegen sie blies. Sie stellte die Taschen in der Küche ab, nahm den Brief von Susanne Tomlin, riß den Umschlag auf und las. Es ging ihr gut, wie immer, und wie immer zu dieser Zeit fragte sie, ob Julia Durant nicht Lust hätte, während der Sommerferien Urlaub in dem traumhaften Haus am Mittelmeer zu machen. Sie zuckte die Schultern, murmelte ›Mal sehen, was sich machen läßt‹, legte den Brief auf den Tisch. Sie wollte gerade die Taschen auspacken, als das Telefon läutete. Sie nahm den Hörer nach dem zweiten Klingeln ab.

»Hallo, Schatz, ich bin's, Werner. Ich sollte mich gegen sechs melden, hier bin ich. Wie sieht es heute abend aus? Kannst du vorbeikommen?«

»Kannst du nicht herkommen? Ich war gerade einkaufen und könnte uns auch was zu essen machen.«

»Kein Problem. Wann soll ich da sein?«

»Ich will nur noch schnell ein bißchen aufräumen und ein Bad nehmen. Sagen wir halb acht?«

»Einverstanden. Halb acht bei dir. Bis nachher, ich freu mich schon.«

»Bis dann. Tschüs.«

Sie legte auf, überlegte einen Moment. Eigentlich hatte sie keine Lust, heute abend mit Werner Petrol zusammenzusein, sie war müde und erschöpft und durchgeschwitzt, und im Augenblick nicht in der Stimmung für große sexuelle Kapriolen, was sich jedoch, wie sie aus der Vergangenheit kannte, sehr schnell ändern konnte. Doch wenn er kam, endete es immer im Bett, und meistens war es auch schön und sie fühlte sich hinterher gut und ausgeglichen. *Was soll's,* dachte sie, packte die Einkaufstaschen aus, verstaute die Milch, die Butter, die Salami und die Teewurst sowie die beiden Sechserpack Bier im Kühlschrank und legte die Bananen und die Tomaten in den Obstkorb, obgleich ihre Mutter früher immer gesagt hatte, daß Obst und Gemüse nicht nebeneinander gehörten. Das Glas Gurken, die Dose Tomatensuppe und das Brot stellte sie in den Vorratsschrank, in dem sich außer vier Dosen Thunfisch nichts befand.

Sie ging ins Bad, ließ Wasser einlaufen, prüfte die Temperatur und begab sich zurück in die Küche, um das Geschirr vom Vortag und das vom Frühstück zu spülen. Als sie fertig war, schaute sie nach dem Wasser, goß den Rest vom Schaumbad dazu, warf die leere Flasche in den Abfalleimer, räumte das Wohnzimmer auf, in dem verstreut Unterwäsche, Blusen, eine Jeans und Schuhe lagen, die sie bis auf die Jeans und die Schuhe in den jetzt überquellenden Wäschekorb schmiß, zuletzt leerte sie den Aschenbecher, wischte mit einem Tuch darüber, warf drei leere Bierdosen in den Abfallkorb und stellte den Aschenbecher zurück auf den Tisch. Sie drehte das Wasser ab, ging ins Schlafzimmer, machte das Bett und öffnete das nach Norden gerichtete Fenster, sah sich noch einmal kurz um und fand, sie hätte für heute ihren hausfraulichen Pflichten Genüge getan, holte eine Dose Bier aus dem Kühlschrank, riß den Verschluß auf und trank sie in großen Schlucken bis zur Hälfte leer. Sie nahm die Dose mit ins Bad, stellte sie auf den Wannenrand und entkleidete sich. Als sie nackt war, warf sie einen langen Blick in den Spiegel, fand sich bis auf den Bauch einigermaßen ansehnlich und stieg in die Wanne. Sie lehnte sich zurück, das Wasser tat ihr gut, sie schloß die Augen, griff blind nach dem Bier und nippte jetzt nur noch daran, bis die Dose leer war. Sie warf einen Blick auf die kleine Quarzuhr neben dem Waschbecken, Viertel vor sieben. Sie wusch sich, blieb

noch fünf Minuten im Wasser sitzen, bevor sie aus der Wanne stieg und sich abtrocknete. Sie sprühte sich etwas Deo unter die Achseln, legte einen Hauch von Lippenstift auf, zog frische Unterwäsche und eine kurze Hose an, die ihre braunen Beine sehr vorteilhaft zur Geltung brachte, danach ein eng geschnittenes, weißes Oberteil, das ihren Busen wie eine zweite Haut umspannte. Sie bürstete ihr dunkles, halblanges Haar, warf einen letzten Blick in den Spiegel. Sie nickte zufrieden, bis auf die leichten Ränder unter den Augen war sie mit ihrem Aussehen zufrieden.
Sie ging in die Küche, schnitt vier Scheiben Brot ab, schmierte dünn Butter darüber und belegte die Scheiben mit Salami, Gouda und Thunfisch, schnitt zwei Tomaten klein, die sie zusammen mit ein paar Cornichons und Zwiebelringen auf einen Extrateller legte. Sie stellte zwei Teller auf den Wohnzimmertisch, legte Messer und Gabel dazu, anschließend schaltete sie den Fernseher ein. Der Wetterbericht war der gleiche wie seit Tagen, Hitze am Tag, wolkenloser Himmel und schwülwarme Nächte. Sie drückte Kanal einunddreißig, MTV. Sie ging noch einmal in die Küche, holte einen Topf aus dem Schrank, schüttete die Tomatensuppe mit Nudeln und Klößchen hinein und dazu noch einmal die gleiche Menge Wasser. Sie verrührte alles mit einem Schneebesen und stellte den Topf auf den Herd. Sie wollte sich gerade setzen, als das Telefon erneut klingelte.
»Durant.«
»Hallo, Julia, hier ist dein Vater. Wie geht es dir?«
Sie lehnte sich zurück, legte die Beine auf den Tisch, antwortete: »Es geht. Ich habe in den letzten Tagen ein paarmal versucht, dich zu erreichen, aber …«
»Ich war verreist. Du kennst mich doch, seit ich nicht mehr arbeite und allein in diesem Haus lebe, muß ich einfach ab und zu raus. Und jetzt wollte ich mich eigentlich nur zurück-

melden. Das nächste Mal sage ich Bescheid, bevor ich wegfahre. Versprochen.«
»Du solltest es lieber nicht versprechen, denn ich kann mich erinnern, dieses Versprechen nicht zum ersten Mal zu hören«, sagte sie grinsend. »Wo warst du denn?«
»Eine Woche Nordsee. Das Wetter hätte zwar besser sein können ...«
»Hör mir auf mit diesem verdammten Wetter. Ich kann die Hitze hier bald nicht mehr ertragen. Und da oben war es kühl?« fragte sie zweifelnd.
»Kühl, und ab und zu hat es geregnet. Aber nun zu dir, was macht die Arbeit?«
Durant seufzte auf, steckte sich eine Gauloise an. »Es ist schon komisch, aber du fragst mich jedesmal dann nach meiner Arbeit, wenn gerade etwas passiert ist. Hast du einen sechsten Sinn?«
»Vielleicht. Aber was ist denn passiert?«
»Du weißt ja, eigentlich dürfte ich mit dir gar nicht darüber sprechen, aber ich weiß auch, daß du es für dich behältst. Na ja, gestern abend ist so ein reicher Typ auf eine recht merkwürdige, um nicht zu sagen, perverse Weise ums Leben gekommen. Auch wenn wir Selbstmord nicht ganz ausschließen können, so liegt die Wahrscheinlichkeit dafür bei weniger als einem Prozent. Wir sind alle überzeugt, daß er umgebracht wurde. Und heute haben wir den ganzen Tag damit zugebracht, alle möglichen Leute zu verhören, einschließlich der Belegschaft seines Unternehmens.« Sie nahm einen weiteren Zug an ihrer Zigarette, fuhr fort: »Es ist schon seltsam, mit was für Fällen man bei der Mordkommission so konfrontiert wird. Im Fernsehen zeigen sie fast immer nur, wie jemand erschossen oder erstochen wird, aber die Wirklichkeit sieht oft ganz anders aus. Tja, was soll's.«
»Wie ist er denn gestorben?«

»Gestorben?« fragte Julia Durant und lachte auf. »Der ist nicht gestorben, der ist im wahrsten Sinn des Wortes krepiert. Eigentlich wollte er sich Insulin spritzen, aber irgend jemand hat ihm eine sehr hohe Dosis Schlangengift, genaugenommen zwei verschiedene Sorten Schlangengift, unter das Insulin gemischt. Der Mann ist innerlich und äußerlich verblutet. Und das Komische daran ist, daß eines dieser Gifte in Deutschland laut Auskunft unseres Rechtsmediziners überhaupt nicht zu haben sein dürfte, weil diese Schlange zu den geschützten Tierarten zählt und nicht aus Australien ausgeführt werden darf. Und irgend jemand war auch noch so schlau, die wirksamsten Teile des Gifts zu extrahieren. Wir stehen vor einem Rätsel, wie du dir unschwer vorstellen kannst.«
»Das ist allerdings das erste Mal, daß ich von einem solchen Mordfall höre. Und ihr habt noch keine Spur?«
»Nein, wir haben alle befragt, die wir heute geschafft haben, jetzt müssen wir noch Geschäftspartner und eventuell Mitglieder aus seiner Kirche befragen …«
»Was für eine Kirche?« fragte Durants Vater neugierig.
»Hab ich das noch gar nicht erzählt? Der Tote gehörte der *Kirche des Elohim* an, was dir sicherlich ein Begriff ist. Mit drei Leuten aus dieser Kirche haben wir heute morgen bereits gesprochen, wobei sie uns den Ermordeten als eine Art Heiligen darstellten. Seine Mitarbeiter waren allerdings ganz anderer Meinung. Wir wissen noch nicht, was wir davon halten sollen. Erzähl du mir doch mal was von dieser Kirche, damit ich beim nächsten Mal nicht unvorbereitet bin.«
»Viel weiß ich nicht, außer daß es sich um eine fast auf der ganzen Welt verbreitete Kirche handelt, die sehr stark missionarisch tätig ist, ähnlich wie die Zeugen Jehovas oder die Mormonen. Ansonsten hört man wenig über diese Kirche, obgleich sie in den etwa zweihundertfünfzig Jahren seit ih-

rem Bestehen einen beachtlichen Zulauf erfahren hat. Soweit mir bekannt ist, sind Mitte des achtzehnten Jahrhunderts einige Deutsche unter der Führung eines gewissen Schmidt oder Schmied nach Amerika ausgewandert, weil sie dort das Gelobte Land vermuteten, vor allem aber, weil sie ihre Ruhe haben wollten, denn hier wurden sie vor allem von den Protestanten heftig unter Druck gesetzt, von denen sie sich abgespalten hatten. In Amerika begann dann ihre Blüte, sie wurden immer größer und mächtiger, mußten aber auch dort in der Anfangszeit zahlreiche Verfolgungen erdulden. Ein großes Problem war die Polygamie, die aber seit weit über hundert Jahren auch von der Kirche her nicht mehr erlaubt ist. Aber viel mehr kann ich dir leider nicht sagen.«
»Schade, ich hatte gehofft, du wüßtest mehr über sie.«
»Ich habe mich nie viel mit Sekten beschäftigt. Wozu auch, ich hatte genug in meiner eigenen Gemeinde zu tun. Ich hoffe, es dauert nicht zu lange, bis ihr den Mörder schnappt.«
Julia Durant wollte gerade noch etwas fragen, als es an der Tür klingelte. Sie sagte: »Du, ich muß Schluß machen, es hat geklingelt. Ich ruf dich an. Und paß gut auf dich auf. Bis bald.«
Sie legte den Hörer auf und ging zur Tür. Sie drückte auf den Knopf der Sprechanlage, fragte, wer da sei. Es war Werner Petrol. Sie öffnete die Tür. Nur wenige Sekunden später stand Petrol vor ihr. Er hatte wieder dieses jungenhafte Grinsen, trug eine helle Sommerhose und ein grünes Lacoste-Hemd. Er neigte den Kopf ein wenig zur Seite, sah Julia Durant tief in die Augen, trat noch einen Schritt näher und drückte ihr einen Kuß auf die Lippen.
»Hallo, mein Schatz«, sagte er mit sonorer Stimme und betrat die Wohnung. »Wie war dein Tag? Anstrengend, wie ich vermute.«
»Wie kommst du darauf?« erwiderte sie und zündete sich

eine Zigarette an. Sie setzte sich aufs Sofa, die Beine hochgelegt.
»Nur so, du siehst etwas müde aus. Oder macht dir die Hitze zu schaffen?«
»Keine Ahnung. Vielleicht ist heute nur nicht mein Tag. Hast du Hunger? Ich hab uns was zu essen gemacht.«
»Eine Kleinigkeit könnte ich vertragen«, sagte er, setzte sich auf die Tischkante und streichelte über Julia Durants nackte Beine. Sie sah ihn von unten herauf an, zog an der Zigarette und blies ihm den Rauch ins Gesicht.
»Du rauchst zuviel«, sagte er mit gespieltem Ernst. »Irgendwann ruinierst du dich noch damit.«
»Na und?« erwiderte sie schnippisch. »Es ist mein Leben. Und wenn es dir nicht gefällt, kannst du gehen. Du weißt ja, wo die Tür ist.«
»Wow, Madame scheint sehr gereizt zu sein. Was machen wir denn dagegen?« fragte er und blickte sie herausfordernd an. »Ich wüßte da ein phantastisches Mittel, und … schließlich habe ich dich seit fünf Tagen nicht mehr gesehen.«
»Ist das mein Problem? Ich bin immer verfügbar, nur du nicht. Und ich sage dir ganz ehrlich, ich spiele dieses Spiel nicht mehr lange mit. Irgendwann ist Schluß. Ich habe von deiner Hinhaltetaktik die Nase voll.«
Petrol setzte sich neben Durant, legte einen Arm um ihre Schulter. Sie mochte es, von ihm berührt zu werden, doch sie wollte es ihm heute abend nicht zeigen. Sie gab sich abweisend.
»Komm, versteh mich doch. Ich habe dir schon ein paarmal zu erklären versucht, daß ich alles Menschenmögliche tue, um diese auch für mich höchst unbefriedigende Situation endlich zu bereinigen. Aber gut Ding will nun mal Weile haben. Sei nicht böse, bitte«, sagte er lächelnd.
»Bitte, komm mir nicht schon wieder mit diesem Dackel-

blick. Seit wir zusammen sind, erzählst du mir von deiner furchtbaren Ehe, wie unwohl du dich bei deiner Frau fühlst, du hast sogar schon gesagt, du würdest dich vor ihr ekeln, und trotzdem bist du mehr mit ihr zusammen als mit mir. Ich weiß nicht, aber irgendwie paßt da was nicht. Und schon als wir uns kennengelernt haben, hast du mir gesagt, daß deine Ehe zerrüttet wäre und du bereits einen Anwalt beauftragt hättest, alles für eine Scheidung notwendige in die Wege zu leiten. Und was ist bis jetzt passiert? Komm, sag's.«

»Du bist ein echter, ein waschechter Skorpion, was?« sagte Petrol mit einem Anflug von Zynismus und nahm seinen Arm von ihrer Schulter. »Und heute hast du so richtig schön deinen Stachel ausgefahren, um zuzustechen. Aber bitte, tu dir keinen Zwang an. Ich kann dir nur eines sagen – ich liebe dich und sonst keine andere Frau. Ich habe, seit ich dich kenne, meine Frau nicht mehr angerührt, geschweige denn eine andere. Das schwöre ich dir. Du bist die Frau, für die ich alles geben würde …«

»Nur deine Ehe würdest du nicht aufgeben«, unterbrach sie ihn mit beißendem Spott und sprang auf. »Ihr Männer seid doch alle gleich! Ihr glaubt, mit ein paar schönen Worten und ein bißchen Zärtlichkeit ließen sich alle Probleme aus der Welt schaffen. Aber das zieht nicht bei jeder Frau. Vor allem nicht bei mir. Nicht mehr, hast du mich verstanden? Entweder sehe ich bald Ergebnisse oder wir …« Sie stockte, drückte ihre Zigarette aus, drehte sich zu ihm hin, blickte ihm in die Augen.

»Oder wir?« fragte er mit ernster Miene.

»Wir werden uns nicht mehr sehen. Ich bin sicher, du wirst sehr schnell eine andere Dumme finden, die dir die Story von dem ach so gebeutelten Ehemann abnimmt. Nur eines solltest du ganz schnell aus deinem Hirn streichen – ich bin nicht

dumm.« Sie steckte die Hände in die Taschen der Shorts, sah auf ihn hinunter, lächelte spöttisch. »So, und jetzt habe ich Hunger. Die Suppe steht schon seit einer ganzen Weile auf dem Herd, Herr Professor.«
»Bist du jetzt zufrieden?« fragte er beleidigt und stand ebenfalls auf.
»Zufrieden?« Sie wölbte kurz die Lippen, grinste ihn an. »Zufrieden, nein. Aber es mußte einfach mal raus. Und wenn du nicht blöd bist, hast du verstanden, was ich meine.«
»Skorpione! Irgendwer hat mir mal gesagt, Löwe und Skorpion paßten nicht zusammen. Er hat wohl recht gehabt.«
»Ich gebe zwar nichts auf diesen Humbug, aber ... Ißt du jetzt mit oder nicht?«
»Mir ist der Appetit vergangen. Hast du ein Bier?«
»Im Kühlschrank. Bedien dich.«
Petrol holte sich eine Dose Bier und trank sie in einem Zug aus. Er zerdrückte die leere Dose mit der rechten Hand und warf sie in den Abfalleimer. »Okay, eine Kleinigkeit zu essen kann ich doch vertragen. Und ich schwöre dir, ich werde dir beweisen, daß ich es ernst mit uns meine. Wenn ich dir nicht innerhalb der nächsten drei Monate die Beweise vorlege, gehe ich freiwillig. Einverstanden?«
»Drei Monate und keinen Tag länger ... Weißt du«, sagte sie, während sie die Suppe in die Tassen füllte, »ich habe eine verdammt beschissene Ehe hinter mir, ich bin von meinem Mann von vorn bis hinten belogen und betrogen worden. Und ich habe keine Lust, noch einmal so etwas durchzumachen. Lieber gehe ich in ein Kloster und lebe im Zölibat. Es liegt an dir, es nicht so weit kommen zu lassen.«
»Ich habe es dir versprochen. Und jetzt bitte ich dich, den Rest des Abends nicht mehr davon zu sprechen.«
»In Ordnung«, sagte sie und brachte die Suppentassen zum Tisch, »und du tu mir einen Gefallen, iß mit und spiel nicht

die beleidigte Leberwurst, das steht dir nämlich nicht. Vor allen Dingen kann ich diesen Dackelblick nicht ab.«
Petrol nahm die Teller mit den belegten Broten und den Tomaten, Gurken und Zwiebeln und kam hinterher. Er setzte sich neben Durant und begann zu essen. Während des Abendbrots schwiegen sie. Danach räumte Julia Durant den Tisch ab, schaltete den Fernseher aus und die Stereoanlage an, legte eine CD von Whitney Houston ein und drehte den Regler auf Zimmerlautstärke.
Es war kurz nach neun, die Sonne hatte sich hinter dem Taunus zur Ruhe gesetzt, und mit ihr auch der Wind. Sie zog die Vorhänge zurück, hoffte, die Nacht würde einigermaßen erträglich werden. Sie stand einen Moment am Fenster, die Arme aufgestützt, als Petrol von hinten kam und sie umarmte.
»Es ist ziemlich warm in deiner Wohnung. Ich würde das nicht aushalten«, sagte er.
»Klar, wer sich eine Klimaanlage leisten kann ...«
»Wenn du willst, lasse ich eine installieren. Obwohl, es wird bestimmt nicht mehr lange dauern, bis wir zusammenziehen.«
Sie erwiderte nichts, sie wußte, sie würde nie mit Petrol zusammenziehen. Er war ein Lügner und er hatte Angst. Aber er war ein charmanter Lügner.
Dämmerung brach über Frankfurt herein, der Horizont war ein Farbenspiel aus gelben und roten Tönen, als das Telefon klingelte. Julia Durant löste sich aus der Umarmung und nahm den Hörer ab.
»Durant«, meldete sie sich.
»Entschuldigen Sie, daß ich so spät noch anrufe, aber ich möchte mit Ihnen reden.«
»Wer ist denn da?«
»Neumann, Claudia Neumann. Haben Sie einen Moment Zeit?«

»Schießen Sie los.«
»Ich habe keine ruhige Minute mehr gehabt, seit Sie bei mir im Büro waren. Und ich denke, bevor Sie es über andere Kanäle erfahren, sage ich es Ihnen lieber selbst …« Sie hielt inne, schien zu überlegen, wie sie das, was sie sagen wollte, in passende Worte fassen konnte.
»Was möchten Sie mir sagen?« fragte die Kommissarin ruhig.
»Sie haben mich doch gefragt, ob ich von einem Verhältnis von Dr. Rosenzweig weiß. Ja, ich weiß, daß er eins hatte, es ist nicht nur ein Gerücht. Ich kann Ihnen auch den Namen dieses Verhältnisses nennen …«
Wieder stockte sie, wieder ließ sie eine Weile verstreichen, bis Durant sie fragte: »Und, wie ist der Name?«
»Ich war das Verhältnis. Es tut mir leid, wenn ich es Ihnen nicht schon heute nachmittag gesagt habe, aber …«
»Ach, wissen Sie, ich habe es fast geahnt. Aber es ist gut, daß Sie es mir sagen. Und ich schlage vor, wir unterhalten uns morgen früh über Details. Wenn Sie die Unterhaltung nicht in Ihrem Büro führen möchten, dann können Sie auch aufs Präsidium kommen, oder wir gehen einen Kaffee trinken. Wie es Ihnen am liebsten ist. Sie haben sicher eine Menge zu erzählen, oder?«
»Vielleicht. Können Sie um neun ins Café Krämer kommen? Es ist nur zwei Häuser vom Marriott Hotel entfernt. Man kann sich dort gut unterhalten. Und bitte, kommen Sie allein.«
»In Ordnung, um neun im Café Krämer, und ich werde allein sein. Bis morgen und danke, daß Sie mich angerufen haben.«
Claudia Neumann legte wortlos auf. Julia Durant blickte einen Moment versonnen auf den Hörer, ein leichtes Lächeln umspielte ihren Mund. Dann legte auch sie auf und setzte sich auf die Couch.

»Wer war das?« fragte Petrol und kam näher.
»Hat etwas mit unserm aktuellen Fall zu tun. Betriebsgeheimnis.«
Petrol hob zwei Finger, sagte: »Ich schwöre, keiner Menschenseele auch nur ein Sterbenswörtchen zu verraten. Ich bin Arzt und an meine Schweigepflicht gebunden.«
»Ein andermal. Ich habe jetzt keine Lust.«
Durant und Petrol verbrachten die Nacht miteinander, er war so zärtlich und einfühlsam wie lange nicht mehr. Sie genoß seine Berührungen, seine Lippen, wie er in sie eindrang und seinen Höhepunkt immer wieder geschickt hinauszögerte. Es war nach Mitternacht, als sie das Licht löschte und neben Petrol einschlief. Sie mußten beide um sieben Uhr aufstehen, doch während sie nur eine Viertelstunde zum Präsidium brauchte, mußte er eine dreiviertel Stunde fahren, bis er in der Klinik war. Sie schlief tief und traumlos.

Mittwoch, 7.45 Uhr

Petrol hatte die Wohnung bereits um kurz nach sieben verlassen. Julia Durant frühstückte, nachdem er gegangen war, Cornflakes und trank eine Tasse Kaffee, kleidete sich danach an, zog die Vorhänge zu, ließ aber die Fenster offen und ging die Treppen hinunter, holte die Zeitung aus dem Briefkasten und stieg in ihren Opel Corsa. Auf der Fahrt ins Präsidium rauchte sie eine Zigarette, sie hatte die Fenster heruntergekurbelt und genoß den jetzt noch angenehm milden Wind, der ihr Gesicht umwehte. Sie fühlte sich frisch und trotz der nur sechs Stunden Schlaf ausgeruht. Sie stellte den Wagen im Präsidiumshof ab und lief hinauf in ihr Büro.
Berger und Kullmer saßen bereits hinter ihren Schreibtischen, kurz nach ihr traf Hellmer ein. Sie stellte sich ans

Fenster und sah hinunter auf die Mainzer Landstraße und den Platz der Republik und fragte sich, wann die seit Jahren andauernden Bauarbeiten endlich beendet sein würden. Den ganzen Tag über war der Platz der Republik ein schier undurchdringliches Nadelöhr, besonders schlimm aber war es während des morgendlichen Berufsverkehrs, wenn die Pendler in die Innenstadt drängten.

»Ich hatte gestern abend einen interessanten Anruf«, sagte sie nach einer Weile und drehte sich um. »Ich werde mich um neun im Café Krämer mit einer Dame treffen, die mir bestimmt einige interessante Details über Rosenzweig berichten wird.«

»Und um was geht's, wenn man fragen darf?« sagte Berger, der Durant von der Seite anschaute und dessen Atem wieder, wie fast jeden Morgen seit zwei Jahren, streng nach Alkohol roch.

»Nun, ich habe gestern einige Leute gefragt, ob Rosenzweig eventuell ein Verhältnis hatte. Aber keiner wollte mit der Sprache rausrücken, lediglich zwei seiner Mitarbeiterinnen sagten, es gäbe Gerüchte. Gestern abend hat mich allerdings eine der Frauen angerufen und behauptet, es wäre nicht nur ein Gerücht, sondern sie hätte auch Fakten. Und wie es aussieht, hat sie noch mehr anzubieten, als nur Fakten über eine außereheliche Beziehung von Rosenzweig. Ich lasse mich überraschen. Eins ist auf jeden Fall klar, Rosenzweig mag zwar in seiner Kirche ein Moralapostel gewesen sein, ansonsten haben ihn moralische Grundsätze einen feuchten Dreck geschert. Aber solche Sachen sind wir ja inzwischen gewohnt, ich erinnere nur an den werten Stadtdekan Domberger. Aber das ist Schnee von gestern.«

»Und wie ist der Name der Person, mit der Sie sich gleich treffen werden?« fragte Berger weiter. »Oder ist das ein Geheimnis?«

»Nein, es ist kein Geheimnis. Sie heißt Claudia Neumann und war Rosenzweigs Sekretärin.«
»Die mit den ...«, Kullmer grinste und machte eine eindeutige Geste mit den Händen.
»Genau die«, erwiderte Durant ebenfalls grinsend und fügte spöttisch hinzu: »Aber haben Sie mir nicht erst gestern gesagt, daß Sie seit längerem in einer festen Beziehung leben? Ich meine, so etwas gehört zu haben.«
»Hab ich vielleicht gesagt, daß ich irgendwas mit der Kleinen anfangen will? Hinsehen wird doch wohl noch erlaubt sein, schließlich stellt sie ihre Dinger ja praktisch öffentlich zur Schau.«
»Sie werden sich allein mit ihr treffen?« fragte Berger, ohne auf das Geplänkel zwischen Durant und Kullmer einzugehen.
»Natürlich. Ich glaube kaum, daß sie mit einem Mann über diese Sachen reden würde.«
»Hat sie denn schon angedeutet, wer mit Rosenzweig eine Affäre hatte?« fragte Hellmer und kratzte sich am Kopf. Er holte eine Zigarette aus der Brusttasche seines Hemdes, ließ das Sturmfeuerzeug aufflammen.
»Nein«, log die Kommissarin und steckte sich ebenfalls eine Zigarette zwischen die Lippen, Hellmer gab ihr Feuer. »Ich denke, ich werde es gleich erfahren.« Sie warf einen Blick zur Uhr, zog an ihrer Gauloise, schnippte die Asche in den Aschenbecher. »Ich schlage vor, Hellmer und Kullmer kümmern sich derweil um Rosenzweigs Büro, und es wäre gut, wenn ihr später noch mal bei Frau Rosenzweig vorbeischauen und fragen könntet, wann und wie oft die Haushälterin ins Haus kommt. Sollte sie gerade da sein, ihr wißt ja, was zu tun ist. Und wenn es heute noch klappt, nehmen wir uns ein paar der Geschäftspartner vor. So, wenn ich zu Ende geraucht habe, mache ich mich auf den Weg. Ich werde die paar Meter zu Fuß

gehen. Ich kann nicht sagen, wie lange ich mit der Neumann sprechen werde, doch ich denke, ich bin spätestens gegen elf, halb zwölf wieder hier. Meine Herren«, sagte sie und drückte die Zigarette aus, »ich verabschiede mich. Wir sehen uns später, und dann weiß ich hoffentlich mehr. Bis nachher.«

Mittwoch, 8.55 Uhr

Julia Durant betrat das kleine Café, blieb in der Tür stehen, sah sich um. In der rechten hinteren Ecke erblickte sie Claudia Neumann, die einen kurzen, blauen Rock und eine gelbe Bluse trug und vor einer Tasse Tee saß. Sie hielt eine Zigarette in der Hand, die Schachtel Dunhill lag auf dem Tisch. Die Kommissarin ging auf sie zu, sagte »Hallo« und setzte sich der jungen Frau gegenüber. Sie machte einen übernächtigten und sehr nervösen Eindruck, ihre Finger, die die Zigarette hielten, zitterten kaum merklich. Bis auf drei weitere Gäste, die jeder für sich an einem Tisch saßen und frühstückten und dabei Zeitung lasen, waren sie allein.
»Hallo«, erwiderte Claudia Neumann den Gruß. Im Gegensatz zu gestern wirkte sie gehemmt und unsicher. Sie hielt die Zigarette in der linken Hand, mit der rechten rührte sie im Tee. »Möchten Sie etwas essen?« fragte sie verlegen lächelnd. »Ich kenne kein Café, in dem es bessere Croissants gibt. Sie haben aber auch belegte Brötchen, und natürlich Kuchen. Ich lade Sie ein, ich finde, ich bin es Ihnen irgendwie schuldig.«
Julia Durant lächelte ebenfalls und schüttelte den Kopf. »Nein, Sie sind mir gar nichts schuldig. Und ich habe gerade erst gefrühstückt, ich habe keinen Hunger. Aber einen Kaffee könnte ich vertragen.«
Claudia Neumann winkte eine Kellnerin heran, bestellte ein

Kännchen Kaffee für Durant und ein Croissant für sich. Nachdem beides auf dem Tisch stand, fragte die Kommissarin: »Also, wollen wir?«
»Es muß wohl sein. Und es ist mir auch egal, wer davon erfährt und ob es mich den Job kostet, es war in letzter Zeit ohnehin nur noch ein ständiges Katz- und -Maus-Spiel zwischen einigen Angestellten und mir. Und die Gröben wußte auch Bescheid, zumindest vermute ich es, denn die Art, wie sie sich mir gegenüber verhalten hat, na ja … Von mir aus kann alle Welt erfahren, was zwischen Rosenzweig und mir war.«
»Eine Frage, bevor Sie anfangen – sind Sie verheiratet, oder leben Sie in einer festen Partnerschaft?«
Claudia Neumann schüttelte den Kopf. »Weder noch. Ich lebe allein. Ab und zu habe ich einen Freund, aber … ich weiß nicht, manchmal habe ich einfach das Gefühl, nicht bindungsfähig zu sein. Ich muß irgend etwas an mir haben, was die Männer vergrault.«
»Ihr Äußeres ist es aber bestimmt nicht«, sagte Julia Durant. »Ich würde sagen, es ist beeindruckend. Meine Kollegen jedenfalls … Sie sehen prima aus.«
»Danke«, erwiderte die junge Frau und errötete leicht. »Aber wir sind nicht hier, um über mein Aussehen zu sprechen. Ich denke, wir sollten es schnell hinter uns bringen.« Sie blickte auf ihren Tee, nahm den Löffel heraus und legte ihn neben die Tasse. Sie drückte die Zigarette aus und zündete sich gleich eine neue an, ein Zeichen für ihre Nervosität.
»Gut, dann erzählen Sie doch einfach, was zwischen Ihnen und Rosenzweig gewesen ist.«
Claudia Neumann nahm die Tasse, führte sie zum Mund und nahm einen Schluck. Sie stellte die Tasse zurück und begann: »Ich habe ja gestern schon gesagt, daß ich seit sieben Jahren bei *Rosenzweig & Partner* beschäftigt bin. Die ersten zwei

Jahre war es ein ganz normales Arbeitsverhältnis, ich hatte auch nicht den Eindruck, als ob Rosenzweig – oder Hans – etwas von mir wollte. Eines Tages aber mußte er geschäftlich nach Berlin, und weil seine damalige Sekretärin gekündigt hatte, hat er mich gefragt, ob ich nicht Lust hätte, ihn zu begleiten, er hätte ein paar wichtige Verhandlungen zu führen und bräuchte dafür jemand, der mitschrieb. Ich habe mir nichts weiter dabei gedacht, schließlich ist es nicht unüblich, daß ein Chef seine Sekretärin mit auf Geschäftsreise nimmt. Im Flugzeug hat er sich noch völlig normal benommen, aber als wir ins Hotel kamen, waren bereits zwei Zimmer für uns reserviert und zwar die Zimmer 418 und 419, ich erinnere mich noch ganz genau daran. Wir haben also Tür an Tür gewohnt, und das Fatale war, daß es auch noch eine Verbindungstür zwischen den Zimmern gab.
Im Prinzip hätte er mich für diese Reise gar nicht gebraucht, das habe ich aber erst dort gemerkt. Noch am gleichen Abend haben wir in einem Nobelrestaurant gegessen, und etwas an der Hotelbar getrunken …«
»Alkohol?« fragte Julia Durant zweifelnd, die sich noch gut daran erinnerte, daß Frau Rosenzweig gesagt hatte, Alkohol und Tabak seien in der Familie und für Kirchenmitglieder tabu.
»Ja, wir haben jeder zwei oder drei Martinis getrunken. Später hat er mich gefragt, ob wir in den Blauen Salon gehen wollen, dort würde eine Kapelle spielen und wir könnten tanzen. Ich wußte nicht genau, wie ich die Situation einschätzen sollte … Jedenfalls war es weit nach Mitternacht, als wir auf unsere Zimmer gingen. Er hat mich gebeten, noch ein Glas Wein mit ihm zu trinken, was ich eigentlich gar nicht wollte, aber er hat mich praktisch dazu gedrängt. Wir haben also Wein getrunken und mit einem Mal rückte er mit der Sprache raus. Ich sehe ihn noch vor mir sitzen, als wäre es gestern, wie

er das Glas zwischen den Fingern hielt und einen fast kümmerlichen Eindruck machte. Er hat gesagt, er hätte mich schon die ganze Zeit, seit ich in der Firma arbeitete, beobachtet, und ihm wäre aufgefallen, daß ich ausgesprochen flexibel sei. Und daß die Chancen für mich sehr gut ständen, auf der Karriereleiter sehr weit nach oben zu klettern.« Sie hielt inne, trank einen Schluck Tee, überlegte.

»Und dann hat er Ihnen ein Angebot gemacht?« fragte Julia Durant.

»Allerdings. Er hat auch gar nicht lange um den heißen Brei herumgeredet, er sagte, ich würde ihm gefallen, seine Ehe wäre ein einziger Trümmerhaufen, er hätte seit Monaten nicht mehr mit seiner Frau geschlafen und, und, und … Na ja, er wäre eben ein Mann, und er bräuchte ab und zu ein wenig Aufmerksamkeit. Es sollte auch nicht zu meinem Schaden sein.« Sie schüttelte den Kopf, fuhr fort: »Ich hatte von solchen Sachen bisher nur gehört oder gelesen, aber ich hätte nie für möglich gehalten, daß ich selbst eines Tages in eine solche Situation geraten könnte. Ich war auch etwas angetrunken, und wenn man zuviel getrunken hat, sieht die Welt ohnehin immer etwas schöner aus, also, um es kurz zu machen – ich habe mit ihm geschlafen.« Sie seufzte, lächelte dabei etwas versonnen, bevor sie fortfuhr: »Er war kein schlechter Liebhaber, weiß Gott nicht, er hatte eben Erfahrung. Die ganze Sache ging vier Jahre; vier Jahre, in denen wir regelmäßig sexuellen Kontakt hatten. Ein paarmal sogar im Büro, nachdem alle gegangen waren … Überhaupt liebte er es ab und zu an außergewöhnlichen Orten, wenn Sie verstehen«, sagte sie lächelnd, bevor ihr Gesicht wieder ernst wurde. »Während der vier Jahre hat er mich mit Geschenken überhäuft, Schmuck, Parfüm, Möbel, eine sündhaft teure Stereoanlage, er hat mir sogar ein Auto gekauft. Ich war sein Objekt der Begierde und er hat es sich etwas kosten lassen, dieses Objekt auch zu besitzen. Vor einem Jahr war mit einem Mal Schluß. Er hat gesagt, wir sollten die Sache beenden, hat aber keinen Grund angegeben. Was sollte ich machen? Er hatte den Anfang bestimmt und auch das Ende. Kurz darauf habe ich erfahren, daß er ein Verhältnis mit einer andern Kollegin angefangen hatte, ein junges Ding von gerade mal zwanzig Jahren, die im Schreibbüro sitzt. Wie es scheint, hat er, je älter er wurde, immer jüngeres Fleisch gebraucht. Nun, ich habe keine Szene gemacht und auch sonst den Mund gehalten, schließlich war ich zu keiner Zeit verliebt in ihn gewesen. Einmal hat er mir angeboten, meinen Arbeitsvertrag zu kündigen und mir eine stattliche Abfindung zu zahlen und mich bei einem befreundeten Geschäftspartner zu gleichen Konditionen unterzubringen. Ich habe ihn gefragt, warum, worauf er antwortete, daß er mich liebte und mir mit der andern nicht weh tun wolle, aber er könne nun mal nichts für seine Gefühle. Ich habe ihm gesagt, er bräuchte sich keine Gedanken zu machen, ich würde seinen Gefühlen nicht im Weg stehen. Deshalb bin ich noch immer bei der Firma. Und was ich gestern gesagt habe, daß er bisweilen unausstehlich war, das stimmt nur bedingt. Er war kein so übler Kerl, wie die andern ihn alle hinstellen, ich habe gestern nur ins gleiche Horn gestoßen, obwohl ich dazu gar nicht berechtigt war. Es tut mir leid. Ich glaube, Hans war ein gefühlsmäßig sehr zerrissener Mann, der einfach mit sich selber nicht klarkam. Und ja, ich bedaure seinen Tod. Er hat sich mir gegenüber stets fair und korrekt verhalten. Und zu einer Affäre gehören immer zwei. Ich hätte damals in Berlin genauso gut nein sagen können.«

»Und Sie hatten kein schlechtes Gewissen, wo Sie doch wußten, daß er verheiratet war und Kinder hatte?«

»Mein Gott, am Anfang schon, doch irgendwie habe ich ihm die Geschichte von seiner kaputten Ehe geglaubt. Und solange seine Frau nichts davon mitbekam … Bestimmt denken

Sie jetzt von mir, daß ich eine – Hure – bin ...« Sie zuckte die Schultern, wieder dieser verlegene Gesichtsausdruck. »Vielleicht bin ich auch eine, ich weiß es nicht.«
»Nein, das denke ich nicht, Frau Neumann. Ich habe einige Jahre bei der Sitte gearbeitet und sehr viel mit Huren zu tun gehabt ... Sie sind keine.« Julia Durant zündete sich eine Zigarette an, ließ einen Moment verstreichen, dachte *wie sich doch die Geschichten ähneln* – Neumann und Rosenzweig, ich und Petrol! Sie fragte: »Und seine illegalen Transaktionen?«
»Ich schwöre Ihnen, darüber weiß ich nichts, außer dem, was ich Ihnen gestern gesagt habe. Das hat er allein gemacht, oder zusammen mit Schönau, und vielleicht sogar auch mit Köhler. Ich habe darüber keine weiteren Informationen.«
»Und die junge Dame aus dem Schreibbüro – weiß sie von Ihrem früheren Verhältnis mit Rosenzweig?«
»Nein. Das hätte er nie getan, ich meine, er hätte nie mit ihr darüber gesprochen. Auf seine Verschwiegenheit konnte man sich jederzeit verlassen. Ich denke, er hatte auch vor mir schon einige andere Affären, doch hat er sich mir gegenüber nie darüber geäußert. Was das betraf, war er ein Gentleman. Wollen Sie etwa mit ihr sprechen?«
»Ich bin am Überlegen. Ich müßte es so deichseln, daß sie mir freiwillig alles erzählt. Ich halte Sie da natürlich völlig raus. Gibt es noch etwas, was Sie mir über ihn sagen können?«
»Nein«, sagte Claudia Neumann kopfschüttelnd, »das war's eigentlich.«
Julia Durant lehnte sich zurück, rauchte und überlegte. Schließlich sagte sie: »Da fällt mir noch etwas ein. Sie haben gestern von diesem Kastner gesprochen. Diese Sache mit seiner fristlosen Kündigung, die am nächsten Tag schon wieder zurückgenommen wurde. Was glauben Sie, könnte der

Grund dafür gewesen sein? Wußte er vielleicht von Ihnen und Rosenzweig und hat ihn damit erpreßt?«
Claudia Neumann nickte, während sie sich eine Zigarette anzündete. »Wie es aussieht, ja. Nur, ich kann es nicht beweisen. Doch ich erinnere mich, wie er mich danach ein paarmal recht seltsam angeschaut und dabei so komisch gegrinst hat. Und einmal, bei der letzten Weihnachtsfeier, da war er betrunken, kam zu mir, legte einen Arm um mich und sagte mit einem widerlich schleimigen Grinsen, was Rosenzweig kann, das könnte er schon lange. Ob ich nicht Lust hätte, es auch mal mit ihm zu probieren. Ich habe ihn einfach stehengelassen. Später ist er besoffen in der Ecke eingeschlafen. Ich konnte diesen Kastner von Anfang nicht ausstehen, er ist einfach ein Widerling. Wissen Sie, in Gedanken ist der bestimmt schon oft mit mir ins Bett gestiegen, aber in Wahrheit ist er nur ein kleiner Wichser. Er muß von uns gewußt haben und hat allem Anschein nach dieses Wissen als Druckmittel gegen Hans eingesetzt. Ich habe einfach keine andere Erklärung.«
»Ich werde mit Ihrer Kollegin aus dem Schreibbüro sprechen und vor allem auch noch einmal mit Kastner reden. Und vielleicht können Sie mir noch etwas über Schönau sagen?«
Sie lachte kurz und trocken auf, sagte: »Schönau ist ein Schwein. Gibt nach außen das Bild eines ehrenwerten, über jeden Zweifel erhabenen Mannes ab, in Wirklichkeit ist er einfach nur ein mieser Typ. Ich kann mich an einen Empfang in den Privaträumen seiner Bank erinnern, wo er plötzlich mit einem sehr jungen Mädchen, das höchstens fünfzehn Jahre alt war, für eine halbe Stunde verschwunden ist. Schönau ist später wieder zu uns gestoßen, das Mädchen habe ich nicht mehr gesehen. Und das war mit Sicherheit nicht seine Tochter, denn so, wie er sie angefaßt hat, faßt man keine Tochter an. Mehr kann ich über ihn nicht sagen.«

»Wie kamen Sie auf diesen Empfang?«
»Hans. Es waren einige Geschäftskunden eingeladen, die meisten davon sind ohne Begleitung gekommen, es wurde viel getrunken und … na ja, auch das ist Vergangenheit.«
»Und die *Kirche des Elohim* sagt Ihnen bestimmt nichts?«
»Nur der Name. Aber daß Hans Mitglied dieser Kirche gewesen sein soll, ist mir völlig neu. Er hat überhaupt kaum über sein Privatleben gesprochen, ich glaube, das meiste habe ich damals, ganz zu Beginn, in Berlin erfahren. Danach hat er sich in Schweigen gehüllt.«
»Nun, nicht nur Rosenzweig war Mitglied dieser Kirche, Schönau ist es auch.«
»Schönau?« fragte Claudia Neumann ungläubig und steckte sich eine weitere Zigarette an. »Dieser Dreckskerl soll ein Christ sein? Im Leben nicht!«
»Es ist aber so. Oder sagen wir besser, er gehört der Kirche an, ein Christ ist er sicher nicht, wenn es stimmt, was Sie sagen. In dieser Kirche gelten nämlich sehr hohe moralische Grundsätze, Ehebruch kommt gleich hinter Mord … Damit hat Rosenzweig aber auch ganz klar die Richtlinien der Kirche gebrochen.«
»Ich weiß nichts über diese Kirche und mit welchen Grundsätzen er in Konflikt stand. Ich weiß nur, wir hatten etwas miteinander, und das liegt jetzt schon über ein Jahr zurück. Alles andere interessiert mich nicht.«
Claudia Neumann trank ihren Tee aus und rauchte die Zigarette zu Ende. Sie holte ihr Portemonnaie heraus und zahlte. Gemeinsam verließen sie das Café. Auf der Straße reichte Claudia Neumann der Kommissarin die Hand und sagte: »Ich bin froh, daß ich das hinter mir habe. Danke.«
»Ich habe zu danken. Und sollte Ihnen noch irgend etwas einfallen, lassen Sie es mich wissen. Ach ja, ich wollte eigentlich noch mit in die Firma und Kastner und die-

ser jungen Dame – wie heißt sie gleich? – ein paar Fragen stellen.«
»Jessica Wagner. Kommen Sie doch einfach mit.«
»Meinen Sie nicht, daß es etwas auffällig ist, wenn Sie und ich zusammen …«
»Ich sagte doch schon, mir ist scheißegal, was jetzt passiert. Wenn ich meine Kündigung kriege …«, sie zuckte die Achseln und fuhr fort, »ich finde ganz schnell eine neue Stelle. Rosenzweigs persönliche Sekretärin gewesen zu sein, öffnet mir praktisch jede Tür. Gehen wir.«

Mittwoch, 10.05 Uhr

Als sie in den Aufzug stiegen, der sie in den dreiundzwanzigsten Stock bringen sollte, fragte Claudia Neumann: »Ich würde aber zu gern noch eine Frage von Ihnen beantwortet haben – wie ist er gestorben?«
Julia Durant überlegte, sah Claudia Neumann einen Moment mit prüfendem Blick an. Schließlich sagte sie: »Ich darf es Ihnen eigentlich nicht sagen, aber … Sie müssen mir versprechen, mit keinem Menschen darüber zu reden. Schließlich handelt es sich hier um einen Mordfall.«
»Versprochen. Ich gehöre nicht zu denen, die tratschen und Gerüchte in die Welt setzen.«
»Ihnen war doch sicher bekannt, daß Rosenzweig Diabetiker war, oder?«
»Ja.«
»Nun, er wollte sich am Montagabend eine Insulinspritze setzen, hat sich aber statt des Insulins Schlangengift gespritzt. Sein Todeskampf hat zwar nicht lange gedauert, aber sein Sterben war doch sehr qualvoll.«
»Mein Gott, Schlangengift! Wer macht denn so was?«

»Offensichtlich jemand, der Rosenzweig nicht sonderlich wohl gesonnen war. Und diesen Jemand gilt es zu finden.«
»Ich hoffe inständig, Sie kriegen diesen verfluchten Schweinehund. Niemand hat einen solchen Tod verdient.«
Der Aufzug hielt mit einem sanften, kaum merklichen Ruck, die Tür öffnete sich beinahe lautlos. Claudia Neumann steckte die Chipkarte in den dafür vorgesehenen Schlitz, worauf die Tür leise summte. Bevor sie die Tür aufmachte, sagte sie flüsternd: »Wo Kastner sitzt, wissen Sie ja bereits. Jessica Wagner arbeitet im letzten Büro rechts. Auf Wiedersehen und viel Erfolg.«
Julia Durant wollte erst mit Kastner sprechen. Sie klopfte an, ein deutliches »Herein« kam von drinnen. Sie trat in das Zimmer, in dem wie gestern der Geruch von Zigarettenrauch und Alkohol in der Luft lag. Kastner hatte leicht gerötete Augen, er rauchte eine filterlose Rothändle. Auf seinem Computer lief der Bildschirmschoner.
»Guten Morgen, Herr Kastner«, sagte die Kommissarin und nahm unaufgefordert auf dem Stuhl vor seinem Schreibtisch Platz. Sie holte ebenfalls eine Zigarette aus ihrer Tasche. »Sie werden sich wundern, daß ich noch einmal hier auftauche, aber ich habe noch ein paar Fragen an Sie.«
»Bitte, schießen Sie los«, sagte Kastner, der Julia Durant durch den Rauch hindurch musterte. »Ich habe nichts zu verbergen.«
»Gut, um so einfacher wird es für mich. Sie haben mir gestern erzählt, daß Rosenzweig Ihnen wegen eines Disputs einmal fristlos gekündigt hätte, diese Kündigung aber schon am nächsten Tag wieder zurückgenommen hat. Dürfte ich den Grund für diesen für Rosenzweig sicherlich ungewöhnlichen Sinneswandel erfahren?«
»Wieso, hat das etwa was mit seinem Tod zu tun?«
»Beantworten Sie bitte nur meine Frage, anstatt mir mit Ge-

genfragen zu kommen. Sie sagen, Sie haben nichts zu verbergen. Rosenzweig ist tot, also, was hindert Sie, mir den Grund zu nennen?«
Kastner drückte seine Zigarette im überquellenden Aschenbecher aus, stützte beide Ellbogen auf die Tischplatte, faltete die Hände und berührte mit den Spitzen der Zeigefinger seine Nase.
»Ich habe Ihnen doch gesagt, ich hatte mich mit meinem Anwalt besprochen. Er hat mir ein paar Tips gegeben und ...«
»Ach, kommen Sie! Sie und ich wissen beide, daß das nicht stimmt!« unterbrach ihn die Kommissarin barsch. »Ich will jetzt die Wahrheit von Ihnen hören. Und sollten Sie sie mir nicht sagen, werde ich es tun. Also, was ist?«
»Kein Kommentar«, sagte Kastner und lehnte sich zurück, die Arme demonstrativ über der Brust verschränkt.
»In Ordnung«, sagte Julia Durant und erhob sich. »Dann lassen Sie mir keine andere Wahl. Hatte Rosenzweig ein Verhältnis? Oder gar mehrere?«
»Keine Ahnung.«
»Doch, er hatte eins. Ich weiß es. Und Sie wußten es auch die ganze Zeit über. Wie haben Sie es herausgefunden?«
Kastner überlegte, suchte nach den passenden Worten, sagte: »Ich wußte überhaupt nicht, daß ...«
Durant winkte unwirsch ab, beugte sich nach vorn und stützte sich mit beiden Händen auf dem Schreibtisch ab. Kastner errötete noch mehr, er wich dem Blick der Kommissarin aus.
»Sie haben es gewußt. Und wenn Sie mir nicht augenblicklich sagen, was Sie wußten und woher, werde ich Sie wegen des dringenden Verdachts festnehmen, mit dem Tod von Dr. Rosenzweig etwas zu tun zu haben. Also, ich höre!«
Kastner sank in seinem Stuhl zusammen, stammelte kaum hörbar: »Ich habe lediglich bemerkt, daß er und seine Sekretärin immer direkt nebeneinander liegende Zimmer gebucht

hatten. Mit Verbindungstür, versteht sich. Nun, ein Gentleman schweigt natürlich, es sei denn, er wird herausgefordert. Reicht Ihnen das?« fragte er und verzog bei den letzten Worten verächtlich die Mundwinkel.

»Und damit hatten Sie ihn in der Hand. Wahrscheinlich haben Sie immer noch die kopierten Belege seiner Hotelrechnungen, die Sie seiner Frau übergeben hätten, falls er die Kündigung nicht zurückgenommen hätte. War es so?«

»Und wenn schon! Ich bin noch hier, er nicht mehr. Aber wenn Sie mir jetzt einen Mord in die Schuhe schieben wollen, nein, werte Kommissarin, dann liegen Sie total schief. Wer immer Rosenzweig auf dem Gewissen hat, ich war's nicht!«

»Habe ich das behauptet? Ich wollte nur wissen, was für ein Mensch Sie sind. Jetzt weiß ich's.« Sie sah ihn abschätzend an, verzog die Mundwinkel zu einem bösen Lächeln.

»Gar nichts wissen Sie!« schrie Kastner erregt. »Rosenzweig, dieses Arschloch, hat sich immer einfach alles genommen, was er wollte – und auch bekommen! Die Gefühle anderer interessierten ihn einen Dreck! Er …«

»Bevor Sie weitersprechen, Herr Kastner, wenn Sie Probleme mit Frauen haben, dann ist das ganz allein Ihre Sache. Es tut mir nur leid, wenn jemand wie Sie zu Erpressung greifen muß, um damit Macht zu demonstrieren. Einen schönen Tag noch – und trinken Sie nicht soviel, es ist nicht gut für die Leber und macht außerdem impotent.«

Kastner sah ihr mit zu Schlitzen verengten Augen nach, bis die Tür hinter ihr ins Schloß gefallen war. Er zog die unterste Schublade heraus und holte die Flasche Wodka hervor. Er nahm einen tiefen Schluck, schraubte sie wieder zu und legte sie zurück unter die Akten. »Gottverdammtes Miststück!« fluchte er und zündete sich mit zittrigen Fingern eine Zigarette an. »Dich müßte man mal so richtig durchficken!«

Jessica Wagner tippte gerade einen Bericht ab, als die Kommissarin in das Büro trat, in dem noch drei weitere Frauen an Computern saßen und schrieben. Alle vier blickten gleichzeitig auf.
»Jessica Wagner?« sagte Julia Durant und ging auf die junge Frau mit den langen, dunkelbraunen Haaren und den dunklen, feurigen Augen zu. Ihr Gesicht hatte etwas Mädchenhaftes, ihre Ausstrahlung etwas Prickelndes, zumindest was Männer betraf.
»Ja, bitte?« fragte die Angesprochene mit unschuldigem Augenaufschlag und sanfter, weicher Stimme.
»Hauptkommissarin Durant. Ich würde Ihnen gerne ein paar Fragen stellen. Gibt es hier irgendwo einen Raum, wo wir uns ungestört unterhalten können?«
»Das Konferenzzimmer. Aber ich habe doch schon gestern Ihren Kollegen alles gesagt, was ich weiß.«
»Nun, meine Kollegen haben aber nicht die gleichen Fragen gestellt, die ich habe.«
Jessica Wagner erhob sich, kam hinter dem Schreibtisch hervor und bat die Kommissarin, ihr zu folgen. Sie war eine Spur größer, ihr Gang leicht und schwebend, ihr Po bewegte sich im Rhythmus ihrer Schritte.
»Hier ist das Konferenzzimmer. Was möchten Sie von mir wissen?« fragte sie und stellte sich mit dem Gesicht zum Fenster.
Durant drückte die Tür ins Schloß, sagte: »Frau Wagner, wie standen Sie persönlich zu Dr. Rosenzweig?«
»Diese Frage habe ich bereits Ihren Kollegen beantwortet.«
»Um ehrlich zu sein«, sagte Durant, »das glaube ich nicht. Zumindest haben Sie nicht alles erzählt. Sie haben jetzt die Gelegenheit dazu.«
Jessica Wagner drehte sich um. »Was wissen Sie denn?«
»Hatten Sie mit Dr. Rosenzweig eine sexuelle Beziehung?

Wenn ja, wie lange hat diese gedauert und welche Gegenleistung haben Sie dafür erhalten?«
Jessica Wagner sah Durant ungläubig an, schüttelte den Kopf. »Ich hätte nicht gedacht, daß irgend jemand dahinterkommen würde. Aber gut, wir hatten ein Verhältnis. Und wenn Sie wissen wollen, wann wir das letzte Mal miteinander geschlafen haben – es war am Montag, hier im Haus. Wenige Stunden, bevor er starb.«
»Wann genau?«
»Irgendwann zwischen halb vier und vier.«
»Aber da haben doch noch alle gearbeitet, oder?« fragte Julia Durant überrascht.
»Ach, wissen Sie, wenn man unbedingt will, findet sich immer eine Gelegenheit, es zu tun.«
»Und wie lange ging diese Beziehung schon?«
»Ein Jahr.«
»Sie wußten aber, daß er verheiratet war?«
»Natürlich. Aber das zwischen uns war rein sexuell. Ich weiß nicht, ob er in mich verliebt war, ich war es jedenfalls nicht. Ich habe einen festen Freund, der natürlich nichts von der Sache weiß und es auch nicht wissen sollte. Ich weiß, was Sie jetzt sagen wollen; er hätte mein Vater sein können, aber das hat mir nichts ausgemacht. Es ist nur schade, daß es so zu Ende gehen mußte. Ich glaube, er war ein sehr einsamer Mann. Auch wenn er nach außen immer ein wenig hart und ungeheuer selbstbewußt auftrat, so war er doch in Wirklichkeit ein sehr verletzlicher Mensch. Er hat mir manchmal sogar ein wenig leid getan. Wa-rum, kann ich nicht sagen, es war einfach so … Ja, und er hat sich die Beziehung mit mir eine Menge kosten lassen.« Nach einer kurzen Pause fuhr sie fort: »Wollen Sie das jetzt an die große Glocke hängen?«
»Nein, ich wollte einzig und allein herausfinden, was für ein

Mensch Rosenzweig war. Ich denke, ich habe eine Antwort darauf erhalten. Danke schön.«
»War's das schon?« fragte Jessica Wagner etwas erstaunt.
»Ja, mehr wollte ich nicht wissen. Ist Dr. Köhler eigentlich im Haus?«
»Er müßte in seinem Büro sein.« Sie kam auf Julia Durant zu, blieb vor ihr stehen, sagte: »Darf ich fragen, wann die Beerdigung sein wird?«
»Keine Ahnung, aber ich denke, man wird Sie rechtzeitig davon unterrichten. Aber ich will Sie jetzt nicht länger von Ihrer Arbeit abhalten. Sie haben mir übrigens sehr geholfen.«

Dr. Köhler stand gerade bei Frau Gröben, als Julia Durant an die Tür klopfte. Er drehte sich um, ein mittelgroßer Mittfünfziger mit Halbglatze, der einen dunkelblauen Anzug trug und auf den ersten Blick einen sympathischen, offenen Eindruck machte.
»Ja, bitte?« fragte er.
»Das ist …«, wollte Frau Gröben bereits sagen, als die Kommissarin ihr ins Wort fiel: »Hauptkommissarin Durant von der Mordkommission. Dr. Köhler?«
»Ah ja, treten Sie doch bitte näher.« Und an seine Sekretärin gewandt: »Keine Anrufe, bitte.« Er reichte Durant die Hand, sein Händedruck war fest, aber nicht zu fest. Er bat sie, ihr in sein Büro zu folgen.
»Bitte, nehmen Sie doch Platz. Kann ich Ihnen etwas zu trinken anbieten? Nur Alkohol gibt es hier nicht.«
»Bei *Ihnen* vielleicht nicht«, konnte sie sich nicht verkneifen zu sagen, »aber ich kenne hier jemanden, der offensichtlich Probleme damit hat.«
»Wer?« fragte Köhler mit zu Schlitzen verengten Augen. »Von mir aus kann jeder soviel trinken, wie er will, nur hier im Büro ist es verboten.«

»Schauen Sie sich einfach mal um, es ist gar nicht so schwer, die betreffende Person zu finden. Es ist nur ein Tip. Aber ich bin nicht hier, um mit Ihnen über Alkoholiker zu sprechen. Mich interessiert vielmehr, wie Sie und Dr. Rosenzweig miteinander auskamen. Seit wann Sie sich kannten, wann Sie beschlossen haben, diese Firma zu gründen und so weiter.«
Köhler setzte sich auf den Stuhl neben Julia Durant, fuhr sich mit dem Zeigefinger über die Lippen. »Wir kannten uns von der Uni. Wir haben beide Betriebswirtschaft studiert, haben im selben Jahr promoviert und uns eigentlich ganz spontan dafür entschieden, nicht für andere zu arbeiten, sondern unsere eigenen Chefs zu sein.«
»Und wie kommt es, daß es *Rosenzweig & Partner* und nicht *Rosenzweig & Köhler* heißt?«
Köhler lächelte fast verschmitzt, bevor er antwortete: »Als wir die Firma gründeten, haben wir uns alle möglichen Namen überlegt, doch keiner hat uns so richtig gefallen. Natürlich war eine unserer ersten Überlegungen, sie *Rosenzweig & Köhler* zu nennen, doch mir, wohlgemerkt *mir* gefiel das nicht. Köhler ist ein langweiliger Name, den man eher mit Kohle und Schmutz in Verbindung bringt. Wir wollten aber etwas Dynamisches haben. Also nannten wir uns *Rosenzweig & Partner.* Mein Name muß nicht unbedingt im Firmenlogo stehen, ich bin zu fünfzig Prozent beteiligt, das genügt mir.«
»Und wie war das Verhältnis zwischen Ihnen und Dr. Rosenzweig?«
»Verhältnis, du meine Güte. Das hört sich so intim an. Wie gesagt, wir waren Partner, wir hatten Aufgabenteilung und -trennung, und keiner schrieb dem andern vor, was er zu tun hatte. Es war ein beinahe ideales Arbeitsverhältnis. Ich muß dazu vielleicht noch sagen, daß ich sehr viel unterwegs bin, ich schaue nur zwei- oder dreimal im Monat hier rein, wäh-

rend Hans etwa fünfzig Prozent seiner Zeit hier im Haus verbracht hat. Sie müssen wissen, wir haben sehr viele Kunden, nicht nur in Deutschland, sondern auch in Österreich und der Schweiz, sogar in Frankreich und Italien. Und Kundenpflege ist das A und O unseres Geschäfts. Nicht umsonst zählen wir mittlerweile zu den Top Five in Europa.« Er hielt inne, den Blick zu Boden gerichtet, schlug die Beine übereinander, schüttelte kaum merklich den Kopf. »Ich frage mich nur, wie es jetzt ohne ihn weitergehen soll. Ein Mann wie er ist schwer zu ersetzen. Und das sage ich nicht nur, weil er tot ist, sondern weil er das gewisse Etwas hatte, dieses untrügliche Gespür fürs Geschäft. Im Gegensatz zu mir, der ich ein absoluter Kopfmensch bin, handelte er bisweilen einfach aus dem Bauch heraus oder, wie Sie es vielleicht nennen würden, intuitiv. Das war vielleicht auch ein Grund für unseren Erfolg.«

»Aber hatten Sie vor einigen Jahren nicht auch einmal eine Durststrecke? Wie ich gehört habe, stand die Firma kurz vor dem Konkurs.«

»Das ist nur bedingt richtig«, erwiderte Köhler lächelnd. »Ich gebe zu, wir hatten ein Loch, doch es war nicht so schlimm, wie es vielleicht von andern dargestellt wird. Um Konkurs anzumelden, hätten wir schon noch sehr viel tiefer sinken müssen, sehr, sehr viel tiefer, wenn Sie verstehen. Nein, das stand zu keiner Zeit zur Debatte.«

»Hatten Sie auch außerhalb der Firma Kontakt miteinander?«

»Selten. Schauen Sie, ich bin eingefleischter Junggeselle. Ich habe ein Haus in der Nähe von Bad Nauheim, und wenn ich einmal zu Hause bin, dann will ich auch entspannen. Außerdem hatte Dr. Rosenzweig auch noch eine recht zeitintensive ehrenamtliche Tätigkeit inne, weshalb sich unsere Beziehung fast ausschließlich auf die Firma beschränkte.«

»Eine letzte Frage noch – wie beliebt war Dr. Rosenzweig?«

Wieder lächelte Köhler, schaute Julia Durant von der Seite an, sagte: »Ich weiß nicht, ob er überhaupt beliebt war, denn er war ein absoluter Powermensch, und wenn er einmal eine Entscheidung getroffen hatte, dann mußte diese auch sofort umgesetzt werden. Das kommt natürlich bei wenig flexiblen Menschen nicht sonderlich gut an, aber er war nun einmal so, es gehörte einfach zu seinem Wesen. Und der Erfolg der Firma spricht letztendlich für sich.«
»Und Sie, mochten Sie ihn?«
»Wenn man sich fast fünfunddreißig Jahre lang kennt, stellt sich diese Frage nicht mehr. Ich wußte, wie ich ihn zu nehmen hatte, und umgekehrt war es genauso … Aber gestatten Sie mir eine Frage – wie ist er gestorben?«
Julia Durant wurde von dieser Frage überrascht, sagte: »Gibt es denn diesbezüglich keine Gerüchte?«
»Nein, deshalb würde ich es ja gern von Ihnen erfahren.«
»Alles deutet darauf hin, daß Dr. Rosenzweig ermordet wurde, deswegen wurde ja auch die Mordkommission eingeschaltet. Details kann und darf ich leider nicht bekanntgeben, während die Ermittlungen laufen.«
»Und haben Sie schon eine heiße Spur?«
»Es gibt eine Menge Spuren, die wir verfolgen, und irgendeine davon wird uns über kurz oder lang zum Täter führen. Dr. Köhler, ich will Ihre Zeit nicht länger in Anspruch nehmen, ich bedanke mich für Ihre Hilfe und hoffe, Sie werden einen einigermaßen adäquaten Ersatz für Dr. Rosenzweig finden.«
Sie erhob sich und reichte Köhler die Hand. Er stand ebenfalls auf, hielt ihre Hand lange in seiner, sagte: »Ich hoffe, Sie finden den- oder diejenige bald, die ihm und seiner Familie das angetan hat. Lassen Sie es mich wissen, wenn Sie die Person haben. Auf Wiedersehen.«
Köhler begleitete Durant nach draußen, hielt ihr die Tür auf und blieb stehen, bis sie in den Aufzug stieg. Mit einem lei-

sen Surren setzte er sich in Bewegung. In der Halle kamen ihr Hellmer und Kullmer entgegen.
»Und?« fragte sie, »habt ihr die Schlüssel?«
»Sie waren in seinem Aktenkoffer. Und die Haushälterin kommt viermal in der Woche, Montag, Dienstag, Donnerstag und Freitag. Wir können also erst morgen mit ihr sprechen.«
»Okay. Viel Spaß beim Wühlen«, sagte sie grinsend und ging davon.

Mittwoch, 11.15 Uhr

Auf der Straße zündete sie sich eine Gauloise an, dachte über das Gehörte nach. Sie ging mit gemäßigten Schritten – eine schnellere Gangart ließ die Hitze nicht zu – zum Präsidium. Berger war allein im Büro, blickte auf, als sie eintrat.
»Puh, das ist vielleicht eine Hitze«, stöhnte sie und setzte sich.
Ohne auf diese Bemerkung einzugehen, fragte Berger: »Und, was hat Ihr Gespräch ergeben? Neue Erkenntnisse?«
»Ja, einige. Rosenzweig hatte vier Jahre lang ein Verhältnis mit seiner Sekretärin. Er hat sich dieses Verhältnis auch einiges kosten lassen, wie die junge Dame mir erzählte. Vor einem Jahr wandte er sich dann einer noch jüngeren Kollegin zu, die im Schreibbüro arbeitet. Beide haben mir völlig unabhängig voneinander gesagt, daß Rosenzweig im Grunde ein einsamer, aber großzügiger Mann war. Auch sein Partner, Dr. Köhler, mit dem ich mich eben noch unterhalten habe, hatte eigentlich nur Positives über ihn zu berichten. Aber es gibt offensichtlich viele Neider in dieser Firma, vor allem einen, der hinter das Verhältnis zwischen Rosenzweig und dieser Neumann gekommen ist und ihn damit erpreßt hat. Rosenzweig hatte ihm einmal fristlos gekündigt, am

nächsten Morgen aber die Kündigung plötzlich wieder zurückgenommen, was eigentlich völlig im Widerspruch zu seinem sonstigen Handeln stand. Aber wenn dieser Kastner sein Wissen an Rosenzweigs Familie weitergegeben hätte, dann wäre das für Rosenzweig ein Skandal ohnegleichen gewesen, wenn man bedenkt, wie hoch die moralische Latte in der *Kirche des Elohim* hängt. Er wäre nicht nur bei seiner Frau unten durch gewesen, er hätte wohl auch in der Kirche die Koffer packen müssen. Deshalb hat er sich erpressen lassen.«

Berger hatte sich mit dem Stuhl zum Fenster hin gedreht, blickte hinaus, drehte einen Stift zwischen den Fingern.

»Haben Sie schon einmal darüber nachgedacht, daß seine Frau vielleicht doch von den Eskapaden ihres Mannes wußte, und daß wir damit eventuell ein Motiv hätten? Wer weiß, wie lange und mit wie vielen Frauen er sie schon betrogen hatte, sie hat diese Demütigung einfach nicht mehr ausgehalten, und irgendwann ist bei ihr eine Sicherung durchgebrannt. Und wenn wir den Faden weiterspinnen, dann haben wir als Mordwaffe Gift, eine Waffe, die bevorzugt von Frauen eingesetzt wird. Und wer hatte schon Zugang zu seinem Schreibtisch, außer er selbst und seine Frau? Würde das ausreichen, um sie vorläufig festzunehmen?« fragte Berger und drehte sich wieder um.

Julia Durant zuckte die Achseln, sah Berger nachdenklich an.

»Ich weiß nicht so recht, aber ich habe zweimal mit ihr gesprochen, und irgend etwas sagt mir, sie hat es nicht getan. Nur, wer dann? Auf der andern Seite haben Sie recht, sollte sie von seinen Affären tatsächlich gewußt haben, dann hätten wir auch ein Motiv für die Tat.« Sie rieb sich mit der rechten Hand über die Stirn, schloß die Augen, legte den Kopf in den Nacken. Nach ein paar Sekunden sagte sie: »Trotzdem bleibe ich vorläufig dabei, sie war es nicht.«

»Spricht hier wieder einmal Ihre Intuition?« fragte Berger grinsend.
»Vielleicht. Sie hätten die Frau selbst sehen müssen, dann wüßten Sie, was ich meine. Sie ist keine Mörderin, zuviel spricht dagegen. Zum einen gehört ihre Familie schon seit etwa vier Generationen dieser Kirche an, zum andern bedeutet ihr selbst diese Kirche eine Menge, und sie würde um nichts in der Welt ihr Seelenheil aufs Spiel setzen, schon gar nicht durch ein solches Verbrechen. Sie gehört eher zu jener Sorte Frauen, die alles, egal was es ist, schweigend und ohne zu murren erdulden. Vorausgesetzt, sie wußte, was ihr Mann so trieb. Aber es könnte eine Möglichkeit geben, das herauszufinden. Ich weiß nicht, ob ich es gestern erwähnt habe, aber Frau Rosenzweig befindet sich zur Zeit in psychotherapeutischer Behandlung. Die Therapeutin heißt Sabine Reich und gehört ebenfalls dieser Kirche an. Ich könnte sie zumindest fragen, ob Frau Rosenzweig jemals von der Untreue ihres Mannes gesprochen hat. Wenn ja, dann müßten wir sie uns noch einmal vornehmen, wenn nein, dann könnten wir unter Umständen schweren Schaden anrichten, wenn wir sie mit etwas konfrontierten, wovon sie bis jetzt überhaupt nichts weiß. Wissen Sie, durch meine Erfahrung, was die Kirche im allgemeinen betrifft …«
»Sie meinen, weil Ihr Vater Priester ist oder war?«
»Genau. Ich habe eine Menge Menschen kennengelernt, für die das Kirchenleben so eine Art Lebensinhalt geworden ist. Und weil Frau Rosenzweig seit ihrer Geburt zu dieser Kirche gehört und diese Kirche somit auch ihr Lebensinhalt wurde, erzwungen oder nicht, so ist sie doch das Auffangbecken schlechthin, wenn man Probleme hat. Wir könnten ihr einen ungeheuren Schlag versetzen, wenn wir etwas sagen, was sie gar nicht hören will und möglicherweise auch gar nicht hören

muß. Deswegen will ich vorher mit dieser Psychologin reden. Verstehen Sie das?«

»Was ist das für eine Frau, diese Psychologin?«

»Ganz nett, locker, zählt sich zum liberalen Zweig der Kirche. Sie dürfte so zwischen dreißig und fünfunddreißig sein, sieht ganz gut aus und scheint nicht alles so bierernst zu nehmen. Ich ruf mal schnell bei ihr an und will sehen, daß ich gleich bei ihr vorbeifahre.« Sie stand auf, holte das Branchenverzeichnis, suchte unter der Sparte Psychologen den Eintrag von Sabine Reich, notierte die Nummer und schlug das Buch wieder zu. Sie nahm den Hörer vom Telefon, wählte die Nummer.

»Reich.«

»Hier Durant, von der Kripo. Wir haben uns gestern …«

»Ich weiß. Was gibt es? Ich bin gerade mitten in einer Sitzung.«

»Tut mir leid, wenn ich störe, aber ich müßte Ihnen noch ein paar Fragen stellen. Wann ist Ihre Sitzung denn zu Ende?«

»Um zehn vor zwölf. Danach habe ich Mittagspause. Wenn Sie wollen, können Sie vorbeikommen oder mich noch einmal anrufen.«

»Ich würde lieber vorbeikommen. Ihre Praxis ist in Höchst, ich könnte so gegen zwölf bei Ihnen sein.«

»In Ordnung, ich warte auf Sie.«

Julia Durant sah Berger an, sagte: »Dann werde ich mich mal auf den Weg machen.«

»Tun Sie das. Und viel Erfolg.«

Durant nahm ihre Tasche und lief mit schnellen Schritten zu ihrem Corsa, der in der prallen Sonne stand und dessen Inneres sich auf über fünfzig Grad aufgeheizt hatte. Sie schloß die Tür auf, wartete einen Moment, bis sie einstieg, startete den Motor und fuhr vom Hof. Um zwei Minuten vor zwölf parkte sie den Opel vor der Praxis von Sabine Reich.

Mittwoch, 12.00 Uhr

Die Kommissarin gelangte durch die offene Tür ins kühle Treppenhaus, ging fünf Stufen nach oben, wo sich hinter der linken von drei Türen die Praxis befand. Sie klingelte, hörte Schritte näher kommen, die Tür wurde geöffnet.
»Kommen Sie rein«, sagte Sabine Reich lächelnd und ließ Julia Durant an sich vorbei eintreten.
»Wollen Sie sich hier mit mir unterhalten, oder würde es Ihnen viel ausmachen, mit mir essen zu gehen, ich habe nämlich einen Bärenhunger und seit heute morgen um sieben nichts mehr gegessen. Ich habe ein Stammlokal gleich um die Ecke. Dort gibt es die garantiert besten Spaghetti Bolognese in der ganzen Stadt.«
»Gern. Normalerweise hole ich mir mein Mittagessen an der Imbißbude, und das ist wohl auf die Dauer nicht das richtige.«
»Genau, und deswegen kommen Sie heute mit mir zum Italiener.«
Das kleine, schmucke Lokal war etwa zur Hälfte besetzt. Über dem Tresen hingen leere Chianti-Flaschen, es roch verführerisch nach südländischen Gewürzen und Parmesankäse. Sie setzten sich an einen runden Tisch genau gegenüber der Tür, wo sie einigermaßen ungestört waren. Aus unsichtbaren Lautsprechern klangen leise italienische Schlager, der Kellner, ein freundlicher, junger Mann, reichte ihnen die Karte. Julia Durant bestellte ein kleines Bier, Sabine Reich Orangensaft. Als der Kellner mit den Getränken kam, bestellten sie beide die so angepriesenen Spaghetti Bolognese und je einen italienischen Salat mit Mozzarella.
Während sie auf das Essen warteten, sagte Sabine Reich: »Was gibt es denn so Wichtiges, weswegen Sie sich mit mir treffen müssen?«

»Auch wenn Sie mir vielleicht nur ungern Auskunft geben, ich hätte einige Fragen zu Frau Rosenzweig.«
»Was für Fragen? Wenn es um die Therapie geht, dann sind mir aufgrund meiner Schweigepflicht die Hände gebunden, das wissen Sie.«
»Es gibt aber auch Ausnahmen. Eine ist zum Beispiel, wenn durch eine Aussage eine Person von einem Mordverdacht entlastet wird.«
Sabine Reich machte ein ernstes Gesicht, beugte sich ein wenig nach vorn, sagte: »Augenblick, soll das etwa heißen, daß Sie Frau Rosenzweig für eine kaltblütige Mörderin halten?«
»Im Augenblick soll das gar nichts heißen, es könnte aber sein, daß dieser Verdacht sich erhärtet. Vor allem mein Vorgesetzter sieht gewisse Zusammenhänge, die gegen Frau Rosenzweig sprechen. Sie könnten mir jedoch helfen, ein klareres Bild von ihr zu bekommen, indem Sie mir einfach ein paar Fragen beantworten. Ich denke, es ist auch in Ihrem Sinn, Ihre Patientin von jeglichem Verdacht zu befreien.«
»Natürlich. Aber Details aus meinen Sitzungen ...«
»Ich will keine Details aus Ihren Sitzungen mit Frau Rosenzweig. Ich will nur ihr Leben und ihre Situation ein wenig besser kennenlernen. Und vor allem möchte ich sie nicht mit etwas konfrontieren, wovon sie eventuell nichts weiß. Das ist alles. Und wie Sie wissen, unterliege auch ich einer Schweigepflicht. Ich habe jedenfalls meinem Boß gesagt, daß ich Frau Rosenzweig keinen Mord zutraue. Ich habe meine Gründe dafür.«
Sabine Reich lächelte auf einmal, fragte: »Was für Gründe? Weibliche Intuition?«
Julia Durant lächelte jetzt ebenfalls. »Das gleiche hat mich mein Boß vorhin auch schon gefragt. Kann sein.«
»Es ist auf jeden Fall interessant zu erfahren, daß auch die Polizei nicht nur mit Kopf und Technik, sondern ab und zu

auch mit dem Bauch arbeitet. Sind Sie eigentlich schon lange bei der Mordkommission?«
»Seit vier Jahren. Vorher war ich bei der Sitte. Und davor in München. Mein Vater lebt in einem kleinen Ort in der Nähe von München. Er ist Priester im Ruhestand …«
»Sie kommen aus einer Pfarrersfamilie? Dann haben Sie in Ihrem Leben sicher schon viel über Gott gehört, oder?«
»Zwangsläufig.«
»Und was sagt Ihr Vater dazu, daß seine Tochter einen derart gefährlichen Beruf gewählt hat?«
»Anfangs war er nicht besonders glücklich darüber, er hätte mich wohl lieber als Krankenschwester oder irgendwo im Büro gesehen, aber inzwischen hat er sich damit abgefunden. Wir haben einen sehr guten Kontakt, vor allem seit meine Mutter gestorben ist. Und außerdem ist der Beruf gar nicht so gefährlich, wie man die Leute glauben machen möchte. In den jetzt fast zehn Jahren bei der Kripo habe ich nur zweimal die Waffe gezogen, ohne jedoch schießen zu müssen. In der Öffentlichkeit wird das Bild eines Kriminalbeamten meist stark verfälscht. Es wird immer so hingestellt, als bestünde unser Alltag aus nichts als Prügeleien, Schießereien und wilden Verfolgungsjagden, was absoluter Blödsinn ist. Und die meisten denken natürlich, Leichen würden unseren Weg pflastern, woran das Fernsehen nicht ganz unschuldig ist. In Wirklichkeit besteht der Polizeialltag aus eher langweiliger und langwieriger Ermittlungsarbeit, Akten durchwühlen, alte Fälle bearbeiten, na ja, was eben in einem Polizeibüro so anfällt.«
Der Kellner kam mit dem Salat, stellte die beiden Teller auf den Tisch, Sabine Reich und Julia Durant begannen zu essen.
»Also«, fragte Sabine Reich kauend, »was wollen Sie von mir wissen?«
»Zuallererst, was für ein Mensch ist Frau Rosenzweig?«

Sabine Reich wartete mit der Antwort, bis sie den Mund leer hatte, überlegte, sagte dann: »Sie ist eine eher stille, introvertierte Frau. Es ist schwer, irgendwelche Gefühlsregungen bei ihr auszumachen, und ich habe zehn Sitzungen gebraucht, bis sie überhaupt etwas zugänglicher wurde. Sie wirkt auf mich, als hätte sie eine riesige Mauer um sich gebaut, ohne Fenster und ohne Türen, hinter der sie ihr ganz eigenes Leben lebt. Ich kenne die Ursache dafür nicht, aber ich denke, ich werde sie noch herausfinden. Das einzige, was ich sicher weiß, ist, daß sie seit einigen Jahren unter Angstzuständen und Panikattacken leidet, dies aber nie publik machen würde, aus Angst – was für ein Hohn –, die andern in der Kirche könnten sie dafür auslachen. Mich wundert sowieso, daß sie mit Ihnen darüber gesprochen hat. Der einzige Grund, den ich für diese Offenheit sehe, ist, daß Sie nicht zur Kirche gehören, also ist es auch egal, ob sie es Ihnen sagt oder nicht.«
»Aber Dr. Rosenzweig kannte das Problem seiner Frau?«
»Ich vermute fast, sie ist auf sein Drängen hin zu mir gekommen. Freiwillig hätte sie es wohl nie getan. Aber wie gesagt, es ist nur eine Vermutung. Vielleicht hatte er aber auch gar keine Ahnung.«
Sie hatten den Salat aufgegessen, der Kellner brachte die Spaghetti und nahm die leeren Teller mit.
»Frau Reich, nennen Sie mir einen triftigen Grund, weshalb Frau Rosenzweig ihren Mann nicht getötet haben kann.«
»Frau Durant, Sie wissen so gut wie ich, daß jeder Mensch in Ausnahmesituationen zu einem Mord fähig ist. In jedem von uns schlummert ein Mörder. In dem einen mehr, im andern weniger. Aber die einen leben ihre Aggressionen oder ihren Frust aus, die andern fressen alles Leid, das ihnen zugefügt wird, in sich hinein. Frau Rosenzweig hat es sicher nicht immer leicht gehabt in ihrem Leben, ihre Kindheit war geprägt von einem überaus dominanten Vater und einer Mutter, die

sich ihrem Mann bedingungslos unterwarf. Dazu kam der Druck der Kirche, dem sie sich zu keiner Zeit widersetzen konnte. Außerdem hat sie einen Mann aus der Kirche geheiratet, der in etwa die gleiche Dominanz an den Tag legte wie ihr Vater. Sie hat früh gelernt, was es in der Kirche bedeutet, eine Frau zu sein. Erst seit vielleicht zwanzig Jahren beginnen die Verkrustungen aufzubrechen, und die jungen Leute, zu denen ich mich trotz meiner vierunddreißig Jahre auch noch zähle, fangen an, nicht mehr nur die Kirche als das allein Seligmachende zu sehen. Sie hinterfragen gewisse Dinge, werden offener, was nicht zuletzt auch auf die Medien zurückzuführen ist. Ich glaube, vor dreißig oder vierzig Jahren hätte ich mich dieser Kirche nicht angeschlossen, weil ich von jeher ein etwas rebellischer Mensch bin und dort kein Forum gefunden hätte. Aber mittlerweile gibt es viele Gleichgesinnte, und es macht mir Spaß, den Alten hin und wieder Kontra zu geben.«

»Und was können Sie mir noch über Frau Rosenzweig sagen?«

Sabine Reich schien einen Moment zu überlegen, bevor sie mit einem zarten Lächeln, das sie noch hübscher machte, antwortete: »Sie ist die gutmütigste Frau, der ich je begegnet bin. Egal, wann man sie braucht, sie wird ihre Hilfe niemals verweigern. Ich möchte Ihnen eine Geschichte erzählen, die sich vor etwa zweieinhalb Jahren abgespielt hat. Ein abgerissener, zerlumpter Bettler stand plötzlich vor ihrer Tür. Fast jeder andere Mensch hätte die Tür gar nicht erst aufgemacht oder sie gleich wieder zugeschlagen. Dieser Mann, dreckig und stinkend, stand also da und bat um eine Kleinigkeit zu essen und etwas zu trinken. Frau Rosenzweig hat ihm aber nicht nur diesen Wunsch erfüllt, sie hat ihn sogar ins Haus gebeten, damit er sich an den Tisch setzen konnte, auf einen dieser sündhaft teuren Chippendale-Stühle. Sie hat ihm eine richtige Mahlzeit aufgetischt, damit er satt wurde. Als er fertig gegessen hatte und schon gehen wollte, hat sie ihn gefragt, wo er denn schlafen wolle. Er sagte, er wisse es nicht, aber er würde schon irgendwo einen Platz finden. Und wissen Sie, was Frau Rosenzweig daraufhin gemacht hat? Sie hat ihm angeboten, die Nacht in einem der Gästezimmer zu verbringen. Sie hat ihm Badewasser eingelassen, seine schäbige Kleidung in die Mülltonne geworfen, bei einem Bekannten angerufen, der ein Bekleidungsgeschäft hat und neue Kleidung für ihn bestellt. Der Mann hat nicht nur diese eine Nacht bei den Rosenzweigs verbracht, sondern er hat fast einen Monat bei ihnen gewohnt. Wie sich herausstellte, war er durch höchst unglückliche Umstände zum Bettler geworden, denn eigentlich hatte er eine hervorragende Ausbildung genossen, hatte sogar als Rechtsanwalt gearbeitet, doch eines Tages war ihm ein fataler Fehler unterlaufen, der seine Karriere ruinierte. Und nicht nur das, auch seine Frau, gewohnt, in relativem Wohlstand zu leben, verließ ihn mit den beiden Kindern, verbreitete Lügen über ihn, die jeder glaubte, verkaufte das Haus und alles was dazugehörte und ließ sich mit den Kindern in einer andern Stadt nieder. Und so ging es rapide bergab mit ihm. Hätte er die Rosenzweigs nicht gehabt, würde er heute wahrscheinlich nicht mehr leben.«

»Woher kennen Sie diese Geschichte?« fragte Julia Durant zweifelnd.

»Nun, dieser Mann ist heute ein Mitglied unserer Kirche, er hat wieder einen guten Job in einer Anwaltskanzlei, und vor allem hat er seinen Lebensmut wiedergefunden. Er selbst hat diese Geschichte einmal in der Gemeinde erzählt. Und genau deswegen würde ich meine Hand für Frau Rosenzweig ins Feuer legen, daß sie mit dem Mord an ihrem Mann nichts zu tun hat. Jemand, der soviel Nächstenliebe hat, bringt nicht den eigenen Mann um. Sie wäre vielleicht fähig, Hand an

jemanden zu legen, der ihren Kindern etwas angetan hat, doch … nein, jeder, nur sie nicht.«
»Und was hat Dr. Rosenzweig von der Hilfsbereitschaft seiner Frau gehalten?«
»Keine Ahnung, aber ich denke, es hat ihm nicht viel ausgemacht. Er war im Prinzip auch hilfsbereit, wenn auch auf eine andere Art; er hätte dem Mann wahrscheinlich auch etwas zu essen gegeben, ihm dann noch einen Hunderter in die Tasche gesteckt und sich nicht weiter drum gekümmert, was aus ihm geworden wäre.«
Julia Durant wandte sich wieder ihrem Essen zu, ließ eine Weile verstreichen, bevor sie sagte: »Wir sind uns doch einig, daß alles, was wir hier besprechen, absolut vertraulich ist, oder?«
»Das sagte ich vorhin schon. Und so, wie ich mich auf Sie ver-lasse, so können Sie auch mir vertrauen. Kein Wort nach außen.«
»Okay, dann möchte ich Ihnen eine sehr wichtige Frage stellen. Hat Frau Rosenzweig Ihnen gegenüber jemals etwas von außerehelichen Beziehungen ihres Mannes erwähnt?«
»Bitte?« fragte Sabine Reich mit ungläubigem Blick und ließ die Gabel sinken. »Rosenzweig und außereheliche Beziehungen? Sind Sie da sicher?«
»Sie hat also nie gesagt, ihr Mann würde sie betrügen?«
»Nein, und ich kann es mir auch nicht vorstellen. Ist das ein Gerücht oder Fakt?«
»Es ist Fakt. Ich habe mit zwei Frauen gesprochen, mit denen Rosenzweig über mehrere Jahre hinweg intensiven sexuellen Kontakt hatte. Und jetzt verstehen Sie vielleicht, weshalb ich mit Ihnen sprechen wollte. Wenn Frau Rosenzweig nämlich von seinen Affären gewußt hat, dann könnten wir hier ein Motiv haben. Die Frage ist nämlich, wie lange läßt sich eine Frau demütigen? Und ich weiß aus Erfahrung, es gibt kaum

eine schlimmere Demütigung, als wenn der eigene Mann permanent fremdgeht. Das wäre nicht das erste Mal der Grund für Mord unter Eheleuten.«
»Nein«, sagte Sabine Reich entschieden, »sie wußte es nicht. Und selbst wenn sie es gewußt hätte, auch dann wäre sie nicht zu einer solchen Tat fähig gewesen. Sie ist nicht der Typ dafür, und das sage ich Ihnen als ihre Therapeutin. Sie hätte es stillschweigend hingenommen und auf den Tag gewartet, an dem er alt genug gewesen wäre, sich nicht mehr nach andern Frauen umschauen zu müssen. Und ich bitte Sie, der Tod ihres Mannes ist schon Belastung genug, erzählen Sie ihr nicht auch noch von seinen Eskapaden. Ich glaube, das würde sie nicht mehr verkraften, sie würde zerbrechen. Vertrauen Sie weniger Ihrem Kopf als Ihrem Bauch.« Sie schob den noch halbvollen Teller zur Seite, trank einen Schluck von ihrem Orangensaft. »Ich bin wirklich sehr überrascht, das von Rosenzweig zu hören. Sonntags gab er sich immer ganz anders. Aber auch die Mitglieder dieser Kirche erliegen, wie Sie sehen, dann und wann der Versuchung des Fleisches. Aber deswegen würde ich Rosenzweig nie verurteilen. Ich weiß nämlich, daß seine Frau sexuell eher zurückhaltend ist, wie sie mir selbst gesagt hat. Aber sie hat ihren Mann geliebt, das spürte man immer wieder. Es war einfach die Art, wie sie von ihm sprach, immer voller Hochachtung und Respekt. Sie hätte ihm nicht weh tun können.«
Julia Durant schob die letzte Gabel in den Mund, trank den Rest von ihrem Bier, steckte sich eine Zigarette an.
»Ich danke Ihnen, Frau Reich, Sie haben mir sehr geholfen. Ich denke, ich werde meinen Chef überzeugen können, nichts gegen Frau Rosenzweig zu unternehmen. Es sei denn, es sollten noch weitere belastende Fakten auftauchen, was ich aber nicht glaube.«
»Sie werden den Täter woanders suchen müssen«, sagte Sa-

bine Reich und erhob sich. »Frau Rosenzweig ist wie eine Auster, nach außen, vor allem Fremden gegenüber, mit einer etwas rauhen Schale, doch in ihrem Innern steckt eine kostbare Perle.«
Julia Durant wollte gerade ihr Portemonnaie hervorholen, als Reich abwinkte. »Lassen Sie stecken, ich bin hier Stammgast und zahle meine Rechnung immer am Ende des Monats. Das Essen geht auf mich.«
»Danke sehr. Vielleicht kann ich mich einmal revanchieren.«
»Mal sehen. Ich muß jetzt aber zurück in die Praxis, um eins ist mein nächster Termin. Schönen Tag noch, und wenn Sie noch Fragen haben, hier ist meine Karte, da steht auch meine Privatnummer drauf. Tschüs.«
Julia Durant blieb noch ein paar Sekunden auf dem Bürgersteig stehen und sah der jungen Psychologin nach, die ihr immer sympathischer wurde. Schließlich ging sie durch die sengende Mittagssonne zu ihrem Wagen, stieg ein und startete den Motor. Sie fuhr zurück ins Präsidium.

Mittwoch, 13.25 Uhr

Hellmer und Kullmer waren bei Berger im Büro, als Julia Durant eintraf. Sie waren gerade dabei, die Bürodurchsuchung auszuwerten, Durant hörte sich den Rest an. Sie hatten nur kurz Akteneinsicht genommen, aber auf den ersten Blick nichts Verdächtiges finden können. Ein paar Fachleute waren inzwischen hingeschickt worden, die die Akten besser und vor allem mit geschulterem Blick würden sichten können. Berger wandte sich Durant zu, fragte: »Und Sie, haben Sie bei dieser Reich mehr über die Rosenzweig in Erfahrung bringen können?«
»Ich glaube, wir können Frau Rosenzweig von der Liste der

Tatverdächtigen streichen. Ihre Therapeutin sagt, daß diese Frau niemals zu einer solchen Tat fähig wäre. Sie hat mir einiges aus ihrem Leben geschildert, und es macht, nachdem ich mir das alles angehört habe, wenig Sinn, sie weiter zu verdächtigen. Das ist alles.«

»Gut, aber dann erklären Sie mir doch bitte, wie dieses Gift ins Haus gelangt ist? Rosenzweig wird es ja wohl kaum selbst dort deponiert haben, oder?« fragte Berger leicht ungehalten.

»Nein, natürlich nicht ...«

»Was ist eigentlich mit der Haushälterin?« fragte Berger.

»Die ist erst morgen wieder da«, sagte Hellmer schnell und trank einen Schluck aus der Coladose, die er sich aus dem Automaten auf dem Flur gezogen hatte.

Julia Durant schlug die Beine übereinander, ihr war heiß, die Luft im Büro stickig. Sie kniff die Lippen zusammen, schüttelte den Kopf. »Wenn man nur herauskriegen könnte, wie das Gift ins Haus kam! Wenn wir das wissen, haben wir auch den Täter.«

»Bist du da ganz sicher?« fragte Hellmer und blickte Durant an. Sie erwiderte seinen Blick, zog die Stirn fragend in Falten.

»Na ja«, fuhr er fort, »was, wenn Rosenzweig die Flasche selbst ins Haus gebracht hat, im guten Glauben, daß darin sein Insulin wäre? Ich meine, was, wenn das Gift schon vorher drin war?«

»Dann hätte er es am Montag besorgt, auf dem Weg von der Arbeit nach Hause«, sagte die Kommissarin und fuhr fort: »Aber das halte ich für ziemlich ausgeschlossen, denn wie mir Frau Wagner aus dem Schreibbüro berichtet hat, hatte sie mit ihm noch in der Firma Geschlechtsverkehr, und das zu einer Zeit, als noch die meisten Angestellten anwesend waren. Und er kam, wie Frau Rosenzweig sagte, gegen neunzehn

Uhr nach Hause. Hätte er das Insulin in einer Apotheke besorgt, dann hätten die ihm mit Sicherheit kein Schlangengift gegeben. Nein, das halte ich für ausgeschlossen.«
»Und du bist sicher, seine Frau hat nichts von seiner Umtriebigkeit gewußt?«
»Ziemlich. Und wenn schon, sie war es nicht!« sagte sie mit energischem Tonfall. »Hier hat jemand auf unglaublich raffinierte Weise gearbeitet. Der wußte genau, daß wir ihm nur sehr, sehr schwer auf die Schliche kommen werden. Wenn überhaupt. Ich meine, man muß ja erst mal jemanden finden, der einem konzentriertes Schlangengift besorgt, dazu noch von einer Schlange, die es in Deutschland überhaupt nicht gibt. Dann muß es dem Insulin beigefügt werden, ohne daß der Benutzer es merkt.« Sie machte eine Pause, überlegte, fuhr dann fort: »Hat es eigentlich jemals in der neueren Kriminalgeschichte einen ähnlichen Mord gegeben? Es wäre vielleicht ganz gut, wenn wir das herausfinden könnten. Denn wenn es so etwas schon mal gab, könnte es ja unter Umständen sein, daß der Täter einen solchen Mord kopiert hat. Können Sie mal nachsehen, ob Sie was finden?« fragte sie Kullmer.
»Kein Problem. Das wird aber einige Zeit dauern.«
»Ist mir klar. Was mich aber immer noch beschäftigt, ist die Frage, was hat Rosenzweig so Furchtbares getan, daß jemand ihn umgebracht hat? Daß er in den Augen des Täters nur noch den Tod verdient hat?«
»Die Neumann oder die Wagner?« fragte Hellmer.
»Kaum. Die hatten keinen Haß auf ihn. Eher dieser Kastner, der Personalchef. Aber der ist ein widerlicher Typ, ein Möchtegern-Macho und ein versoffenes Arschloch. Zugegeben, er hat Rosenzweig erpreßt, aber er hätte ihn nicht umgebracht, dazu fehlen ihm einfach die Kaltblütigkeit und der Mumm. Wie gesagt, er ist Alkoholiker und … Vergessen wir ihn einfach.«

»Was«, fragte Kullmer, »wenn jemand die Flaschen vertauscht hat? Ich meine, ein Diabetiker spritzt sich ja nicht nur einmal am Tag Insulin, sondern drei-, vier-, fünfmal. Er hat es mit ins Büro genommen und irgendwer hat die Flaschen einfach ausgetauscht. Das wäre doch immerhin eine Möglichkeit, oder?«
»Aber wer im Büro hätte denn wissen können, daß sein Pen am Donnerstag kaputtgegangen ist und er wieder zur Spritze greifen mußte? Das ist mir etwas zu hypothetisch. Nein, ich bin überzeugt, die ganze Sache hat sich bei ihm zu Hause abgespielt, aber seine Frau hat damit nichts zu tun. Es wäre auch viel zu offensichtlich, sie hätte sich vorher ausmalen können, wenn sie einen solch perfiden Plan gehabt hätte, daß wir ganz schnell auf sie gekommen wären. Die Fälle, in denen Frauen mit Gift gearbeitet haben, waren meist viel subtiler angelegt. Hier ein bißchen Arsen, dort ein bißchen Rattengift, und das alles über einen Zeitraum von Wochen oder Monaten. Erst klagt das Opfer eine Weile über Übelkeit und Kopfschmerzen, dann über Kreislaufprobleme, bis es zu spät ist. Für mich ist klar, daß Rosenzweig in irgend etwas verwickelt war, was ihn letztendlich das Leben gekostet hat. Nur was?«
»Ein Päderast oder Pädophiler?« fragte Hellmer.
»Unwahrscheinlich. Auch wenn seine Liebschaften jung waren, so waren sie doch immerhin schon mündige Frauen. Er hat nicht wahllos in der Gegend rumgevögelt, und schon gar nicht mit Kindern.«
»Organisiertes Verbrechen?«
»Dann hätten sie ihm einfach eine Kugel ins Genick gejagt. Nein, erst wenn wir seine wirklich dunkle Seite kennen, haben wir womöglich einen Ansatzpunkt. Aber die zu finden, mein Gott, das wird eine verdammt harte Nuß. Seine dunkle Seite sind aber nicht seine Liebschaften, da bin ich mir sicher. Er hat sie zwar geheimgehalten, der Hauptgrund dafür

liegt aber auf der Hand – die Kirche. Er war auch nur ein Rädchen im großen Getriebe dieses religiösen Vereins, und für ihn war es natürlich wichtig, den Schein der moralischen Integrität zu wahren. Und deswegen war er für Kastner auch erpreßbar. Und wenn auch kaum einer von Rosenzweigs Mitgliedschaft in der Kirche wußte, Kastner wußte es. Er hat aber den Mund gehalten, bis Rosenzweig ihm die Kündigung auf den Tisch geknallt hat.«
»Und wie wollen Sie jetzt weiter vorgehen?« fragte Berger, der sich aus seinem Sessel hievte, zur Kaffeemaschine ging und sich einen Kaffee einschenkte. Er stellte sich ans Fenster und schaute hinaus.
»Spurensuche.« Sie seufzte auf, holte sich ebenfalls einen Kaffee und trank in kleinen Schlucken. »Wir müssen das Leben von Rosenzweig bis ins kleinste Detail durchleuchten, bis wir die Tür finden, hinter der sein großes Geheimnis verborgen liegt. Ich werde auf jeden Fall noch einmal mit seiner Frau sprechen, mich ein wenig mit ihr über die Kirche unterhalten, sie in einen Small talk verwickeln und versuchen, sie auf diese Weise zum Reden zu bringen. Und ich möchte das ganz allein machen, denn ich denke, wenn wir wieder zu zweit bei ihr auftauchen, macht sie gleich die Schotten dicht. Sie ist, zumindest was die Polizei angeht, sehr mißtrauisch. Wenn man allein schon bedenkt, daß sie glaubt, wir würden sie für eine kaltblütige Mörderin halten. Ich will nur, daß sie mir vertraut und vielleicht dadurch Dinge preisgibt, die sie höchstens ihrer besten Freundin erzählen würde. Ich muß es einfach versuchen.«
»Viel Glück«, bemerkte Kullmer, der lässig auf seinem Stuhl hockte, die Beine übereinander geschlagen und einen Kaugummi zwischen seinen Zähnen knetete.
»Und Sie versuchen herauszufinden, ob es schon mal einen oder mehrere ähnliche Todesfälle gegeben hat.«

»Klar, was bleibt mir anderes übrig? Aber für Sie tue ich doch alles«, sagte er grinsend.
»Das ist mir aber ganz neu. Ist mir da etwas entgangen?«
»Kann schon sein.«
»Also gut, ich schau mal nach, ob die Rosenzweig jetzt zu Hause ist, und du«, sie deutete auf Hellmer, »gehst noch einmal alle Aussagen der Personen durch, mit denen du gesprochen hast beziehungsweise mit denen wir zusammen gesprochen haben. Schreib alles auf und mach dir Notizen, und wenn dir irgend etwas nur ein bißchen merkwürdig vorkommt, markier es. Ich weiß, du brauchst gar nichts zu sagen, es ist ein Scheißjob.«
Sie trank ihren Kaffee aus, stellte den Becher auf den Tisch, stand auf. »Ich fahr jetzt mal raus zu Frau Rosenzweig. Sollte es nicht zu spät werden, komme ich noch mal im Büro vorbei, sonst wißt ihr ja, wo ihr mich erreichen könnt.«
Julia Durant nahm ihre Tasche, öffnete die Tür und war gerade auf dem Weg nach draußen, als Frank Hellmer ebenfalls aufstand und ihr folgte. Er machte die Tür hinter sich zu, ging ein paar Schritte neben der Kommissarin her, blieb mit einem Mal an der Treppe stehen und sagte mit strahlendem Blick: »Hör mal, ich wollte dir was sagen. Ich meine, wir verstehen uns ganz gut, und ich denke mir, du solltest die erste sein, die es erfährt – Nadine ist schwanger.«
Durant sah Hellmer für einen Augenblick nur an, dann machte sie einen Schritt auf ihn zu und umarmte ihn.
»Herzlichen Glückwunsch. Nach der Fehlgeburt habt ihr sicher eine ganze Weile mit euch gerungen, ob ihr es noch einmal probieren sollt, oder?«
»Ja, schon. Aber letztlich wollten wir es beide. Sie hat mich vorhin angerufen und mir gesagt, der Schwangerschaftstest sei positiv. Ich weiß nicht, womit ich das verdient habe, eine solche Frau, wir brauchen nicht jeden Pfennig umzudrehen,

und jetzt auch noch ein Kind. Ehrlich, ich könnte schreien vor Freude.«
Julia Durant grinste und sagte: »Dann tu's doch. Aber erst, wenn ich draußen bin. Muß ja nicht gleich jeder mitbekommen, daß mein Mitarbeiter eigentlich in die Klapsmühle gehört. Aber Spaß beiseite, ich freue mich für dich und Nadine. Und hoffentlich geht diesmal alles klar. Sie soll gut auf sich aufpassen.« Mit einem Mal wurde ihr Blick ernst und melancholisch, sie sagte mit einem gezwungenen Lächeln, das Hellmer nicht verborgen blieb: »Ich muß jetzt aber los. Richte ihr einen schönen Gruß von mir aus.«
»Mach ich«, sagte Hellmer, dessen Gesicht plötzlich auch ernst geworden war. Er sah seiner Kollegin hinterher, wie sie die Treppe hinunterlief und vermutlich darüber nachdachte, daß der Wunsch, ein Kind zu haben, für sie nie in Erfüllung gehen würde..
»Scheiße«, sagte er leise zu sich selbst.

Mittwoch, 14.45 Uhr

Walter Schönau hatte gerade seine Sitzung mit dem Aufsichtsrat der Bank beendet, er saß allein in seinem großen Büro mit den wuchtigen Schränken und dem riesigen Schreibtisch aus massiver Eiche. Er blickte auf den neben dem Bücherschrank stehenden Tisch, der mit Geschenken überhäuft war, als das Telefon klingelte, dessen Nummer nur wenige Personen kannten. Normalerweise wurden Anrufer über seine Sekretärin zu ihm verbunden, doch es gab bestimmte Leute, die nicht erst mit Frau Bergmann sprechen wollten.
»Hallo, Dr. Schönau«, sagte die Stimme am andern Ende der Leitung. »Happy birthday to you, alter Knabe. Wie geht's dir heute?«

»Danke, bis auf leichte Herzschmerzen kann ich nicht klagen. Freut mich, daß du anrufst, aber ich hatte gedacht, wir würden uns nachher im Büro sehen? Ist was dazwischen gekommen?«

»Hmh, nur ein bißchen. Ich habe noch einen wichtigen Termin, und es könnte sein, daß es später wird. Wie lange wirst du im Büro sein?«

»Auf jeden Fall, bis alle gegangen sind. Das weißt du doch. Wann sehe ich dich?«

»So kurz nach sechs?« fragte der Anrufer.

»Aber nicht später. Ich muß schließlich auch meiner Frau erklären, warum ich ausgerechnet heute so spät nach Hause komme. Sie hat für heute abend Gäste eingeladen und … na ja, du weißt doch, wie das ist. Ich kann mich da nicht einfach ausklinken. Aber wir können ja nachher noch besprechen, ob du auch zur Feier kommst oder nicht. Du bist ja schließlich niemand Fremdes«, sagte er grinsend.

»Mal sehen. Auf jeden Fall wird heute noch jemand vorbeikommen und ein Päckchen für dich abgeben. Du mußt es aber gleich aufmachen, sonst geht es kaputt.«

»Was geht kaputt? Du machst mich ganz neugierig.«

»Laß dich überraschen. Es waren auf jeden Fall die schönsten Exemplare, die ich auftreiben konnte. Bis nachher, entweder in deinem Büro oder bei dir zu Hause. Mach's gut …«

»Moment noch, sollten wir uns nicht vorher sehen, was ich sehr bedauern würde, wann wird denn das Päckchen kommen?«

»Ich denke, so zwischen halb und sieben. Solange solltest du aber unbedingt im Büro bleiben. Ich habe versucht, den Kurier für früher zu bestellen, aber du kennst das ja … So, und jetzt muß ich wirklich Schluß machen, sonst komme ich mit meinen Terminen überhaupt nicht mehr klar. Ciao, und bis später.«

Schönau legte den Hörer auf, lächelte vor sich hin, obgleich der Schmerz wieder einsetzte. Er betätigte die Sprechanlage und bat seine Sekretärin, ihm ein Glas Wasser zu bringen. Nach einer Minute stand das Glas vor ihm, er zog die mittlere Schublade seines Schreibtischs auf, holte ein Päckchen Tabletten heraus, steckte zwei auf einmal in den Mund und spülte sie mit dem Wasser hinunter. Er hoffte, der Eisenpanzer um seine Brust würde sich allmählich lockern, die Schmerzen aufhören. Er drehte sich ein wenig mit dem Sessel, drückte noch einmal auf den Knopf der Sprechanlage, bat Frau Bergmann, in der nächsten halben Stunde keine Anrufe durchzustellen. Dann lehnte er sich zurück, den Blick auf das vier Meter breite und zwei Meter hohe, in die Wand eingelassene Meerwasseraquarium gerichtet. Der Anblick der sich im Wasser bewegenden Fische beruhigte ihn jedesmal aufs Neue. Auch wenn er die Namen der meisten Fische nicht kannte, so faszinierten sie ihn einfach, ihre zum Teil leuchtenden und bei Nacht bisweilen phosphoreszierenden Farben, die Stille, die von ihnen ausging, die keine Hektik und keinen Streß kannten, die einfach nur ihre Runden drehten. Nach wenigen Minuten löste sich der Eisenpanzer, er konnte wieder tief durchatmen. Noch zwei Wochen, dann würden sie ihm einen Bypass legen, und damit die immer häufiger werdenden Anfälle verschwinden. Er hatte Angst vor dem Eingriff, auch wenn Laura Fink sagte, eine solche Operation wäre heutzutage ein Kinderspiel. Aber sie hatte auch gesagt, wenn er sich der Operation nicht unterziehen würde, wäre sein Leben über kurz oder lang in ernster Gefahr. Sie sprach von einem möglichen schweren Herzinfarkt und den Folgen, sollte er ihn überleben. Und er wußte, das Leben wäre dann nicht mehr lebenswert. Doch heute hatte er Geburtstag und er wollte nicht darüber nachdenken, was in zwei Wochen war. Er wollte diesen Tag einfach nur genießen, und er hoffte, der

Rest des Nachmittags würde so verlaufen, wie er es sich vorgestellt hatte. Nach einer halben Stunde sagte er Frau Bergmann Bescheid, daß er wieder zur Verfügung stehe.

Mittwoch, 15.15 Uhr

Marianne Rosenzweig war nicht allein zu Hause, eine sehr gepflegte Dame in einem beigen Sommerkostüm war bei ihr. Sie tranken Kaffee, ein paar Plätzchen standen auf dem Tisch.
»Darf ich vorstellen, Hauptkommissarin Durant, Lieselotte Heimann«, sagte Marianne Rosenzweig und deutete auf die Frau, die die Kommissarin aus grünen Augen kühl und distanziert musterte und lediglich ein »Guten Tag« murmelte.
»Heimann? Ich habe gestern einen Herrn Heimann kennengelernt. Sind Sie verwandt?« fragte Durant und trat näher.
»Wir sind verheiratet«, sagte Lieselotte Heimann kurz angebunden. »Soll ich gehen?«
»Sie brauchen nicht zu gehen«, sagte Durant, »aber wenn Sie mich ein paar Minuten mit Frau Rosenzweig allein lassen würden …«
»Ich werde ein bißchen in den Garten gehen, Marianne. Du kannst ja auch rauskommen, wenn ihr fertig seid.« Sie stellte ihre Tasse auf den Tisch, erhob sich und verließ den Raum, eine Wolke schweren Parfüms wehte hinter ihr her, zu schwer für diese Hitze.
»Nehmen Sie Platz«, sagte Marianne Rosenzweig und deutete auf einen Sessel. Sie wirkte heute noch nervöser, tiefe Ringe lagen unter ihren Augen, ihre Hände zitterten leicht.
»Wie geht es Ihnen heute?« fragte die Kommissarin, während sie sich setzte.
»Ich würde übertreiben, wenn ich sagen würde, es geht mir

gut. Ich habe seit Montag praktisch nicht mehr geschlafen. Im Augenblick erscheint alles einfach nur sinnlos. Möchten Sie auch einen Kaffee? Ich habe allerdings nur Caro-Kaffee, wir trinken keinen Bohnenkaffee. Sie können natürlich auch Wasser oder einen Fruchtsaft haben.«
»Nein danke, machen Sie sich keine Mühe. Ich will mich auch nicht lange aufhalten.« Sie machte eine kurze Pause, sortierte ihre Gedanken, sagte: »Frau Rosenzweig, meine Kollegen und ich sind gestern und heute noch einmal sämtliche uns bisher vorliegenden Fakten durchgegangen, und ich muß Ihnen leider sagen, daß Sie im Augenblick als Hauptverdächtige gelten, das Gift in das Insulinfläschchen Ihres Mannes getan zu haben. Ich muß allerdings hinzufügen, daß ich die Auffassung meiner Kollegen nicht teile. Ich persönlich halte Sie nicht für eine Mörderin.«
Marianne Rosenzweig nickte nur müde, verzog den Mund zu einem undefinierbaren, apathischen Lächeln. »Natürlich bin ich die Hauptverdächtige, das weiß ich selbst. Sie haben meine Fingerabdrücke, wer sonst sollte in diesem Haus außer mir und meinen Söhnen Zugang zum Arbeitszimmer meines Mannes haben, wer außer mir kommt überhaupt in Frage? Ich bin mir durchaus bewußt, daß ich schlechte Karten habe.« Sie hielt inne, nahm einen Schluck von ihrem Kaffee, behielt die Tasse in der Hand. »Aber ich war es nicht. Ich hätte so etwas nie gekonnt. Wissen Sie, ich habe Hans geliebt, auch wenn ich ihm diese Liebe vielleicht zu selten gezeigt habe, oder auf eine andere Weise, als er es sich vorgestellt hat.«
»Was meinen Sie damit?« fragte Julia Durant.
Marianne Rosenzweig seufzte auf, schüttelte den Kopf. »Wissen Sie, ich hätte ihm eigentlich noch so viel zu sagen gehabt, aber das wirklich Wichtige schiebt man immer weiter vor sich her, und dann ist es auf einmal zu spät und man kann das, was man sagen oder tun wollte, nicht mehr sagen oder

tun. Ich war bestimmt keine sonderlich gute Ehefrau, zumindest nicht die Ehefrau, wie sie sich die meisten Männer wünschen – Heilige und Hure in einem. Ich war keine Heilige, und schon gar keine Hure. Nicht einmal für ihn. Obwohl ich genau wußte, welche Bedürfnisse er hatte.«
Julia Durant hatte sich das Gespräch schwieriger vorgestellt, hatte nicht gedacht, daß Marianne Rosenzweig so offen mit ihr sprechen würde.
»Was meinen Sie, was für Bedürfnisse hatte er Ihrer Meinung nach?«
Frau Rosenzweig blickte zur Seite, ein paar Tränen lösten sich aus ihren Augen und liefen ihr über die Wangen. Es dauerte einen Moment, bis sie weitersprechen konnte, sie nahm ein Taschentuch, wischte die Tränen ab, schneuzte sich kaum hörbar. »Wissen Sie, ich bin in einem Elternhaus groß geworden, in dem Keuschheit und Anstand und Sittlichkeit sehr groß geschrieben wurden. Nicht einmal das Wort Sexualität durfte in den Mund genommen werden, dieses Wort allein hatte schon etwas Verwerfliches an sich. Wenn einer meiner Brüder oder meine Schwester oder ich ein schlimmes Wort sagten, wurde uns im wahrsten Sinne des Wortes eingeprügelt, nie wieder so etwas zu sagen. Unsere Sprache habe rein und ehrfürchtig zu sein – aber die Schläge waren es nicht, obgleich ich sie noch heute manchmal zu spüren glaube. Und dann lernte ich als junges Ding, ich war noch nicht einmal achtzehn, Hans kennen, einen Mann, der bereits eine Ehe hinter sich hatte. Er hatte etwas an sich, das mich von Anfang an faszinierte. Seine Ruhe und seine Gelassenheit, ich habe mich bei ihm einfach geborgen gefühlt. Wir haben geheiratet, als ich neunzehn war, gegen den Willen meiner Eltern, für die Hans viel zu alt war. Nun, ich habe versucht, ihm das zu geben, was er sich wünschte, aber ich habe es nie geschafft. Ich habe ihm zwar zwei

Söhne geboren, doch im sexuellen Bereich hat es bei uns zu keiner Zeit gestimmt. Und ich weiß, er war unzufrieden damit, auch wenn er mich das nie spüren ließ. Und manchmal habe ich mich tatsächlich gefragt, ob er nicht irgendwo eine Geliebte hatte«, sie lächelte auf einmal und wirkte so zart und zerbrechlich, daß Julia Durant sie am liebsten in den Arm genommen hätte. »Ja, Sie haben mir diese Frage vorgestern gestellt und ich habe darauf geantwortet, niemals … Aber ich wußte die ganze Zeit über, daß er seine sexuelle Aktivität unmöglich vergraben haben konnte. Ich weiß nicht, ob er eine Geliebte hatte, ich hätte es auch nicht wissen wollen, es hätte einfach mein Weltbild zerstört, und ich wollte weiter in meiner kleinen, beschränkten Welt leben. Ich weiß nur eines, Hans war kein schlechter Mensch. Er war immer gut zu mir und zu den Kindern.«

»Hat Ihr Mann Ihnen denn jemals gezeigt, daß er sich mehr von Ihnen wünschte?«

»Nicht direkt. Er hat ein paarmal versucht, meine körperlichen Blockaden zu durchbrechen, aber es ist ihm nicht gelungen. Ich denke, mir ist dadurch vieles entgangen. Ich meine damit viele schöne Dinge.«

»Frau Rosenzweig, haben Sie irgendeinen Verdacht, wer Ihrem Mann statt Insulin Schlangengift in die Flasche getan haben könnte?«

»Das ist es ja, ich zermartere mir seit vorgestern abend ununterbrochen den Kopf darüber, doch ich komme zu keinem Ergebnis. Sosehr ich mich auch drehe und wende, ich finde niemanden, dem ich so etwas zutrauen würde. Und deswegen werde ich wohl am Ende auf der Strecke bleiben und das ausbaden müssen, was ein anderer angerichtet hat. Diese Welt ist keine gerechte Welt, nicht wahr?« fragte sie mit traurigem Blick.

»Im Moment brauchen Sie überhaupt nichts auszubaden. Ich führe die Ermittlungen in diesem Fall, und ich bestimme, ob und wann jemand verhaftet wird. Wir lassen gerade das Büro Ihres Mannes durchsuchen, vielleicht finden wir dort ein paar Hinweise, die uns zum wahren Täter führen. Es kann aber auch sein, daß die Untersuchungen sich noch lange hinziehen werden.«

»Frau Durant, sagen Sie, Sie waren doch sicher schon bei meinem Mann im Büro und haben die Angestellten befragt. Was sagen die über ihn?«

»Es gibt unterschiedliche Aussagen. Einige hielten ihn für einen harten Geschäftsmann, einige hatten kaum eine Meinung und wieder andere haben recht positiv von ihm gesprochen.«

»Wer hat positiv über ihn gesprochen – Frau Neumann?« fragte sie mit einem leicht bitteren Unterton.

»Unter anderem. Warum betonen Sie gerade Frau Neumann?«

»Wissen Sie, ich habe sie nur einmal ganz kurz gesehen und irgendwie gedacht, daß sie vielleicht ... na ja, Sie können sich denken, was ich sagen will. Wissen Sie etwas darüber? Sie können es mir ruhig sagen.«

»Nein«, log Julia Durant und sah Marianne Rosenzweig an, die ihren Blick erwiderte und die Antwort mit einem seltsamen Lächeln hinnahm, so, als durchschaute sie diese wohlgemeinte Lüge.

»Macht nichts, ich will es auch gar nicht wissen. Wenn er etwas mit ihr gehabt hätte, dann wäre es ohnehin nur eine sexuelle Beziehung gewesen. Es ist egal. Es ist egal, so wie alles im Augenblick egal ist. Ich weiß nicht, wie es weitergehen soll.«

»Sie haben noch Ihre beiden Söhne ...«

»Die können mir aber nicht den Mann ersetzen. Und auch meine Freunde können es nicht. Alle sagen, dort, wo er jetzt ist, hat er es besser und es geht ihm gut und eines Tages werde ich ihn wiedersehen. Aber wann wird das sein? In mir ist momentan nur eine tiefe Leere, und ich weiß nicht, wie ich diese Leere jemals wieder füllen soll. Er war nun mal der wichtigste Mensch in meinem Leben.«

»Sie werden es schaffen, Frau Rosenzweig, da bin ich sicher ...«

»Aber meine Angst, ich habe manchmal das Gefühl, sie bringt mich um. Er hat mir Halt gegeben, wenn ich mich schlecht gefühlt habe, und ganz gleich, wo er war, er war da. Ich weiß nicht, ob Sie das nachvollziehen können, aber ich habe ihm blind vertraut. Ich habe ihn wirklich geliebt, und ich hoffe, ich werde ihn eines Tages wiedersehen ... Und jetzt habe ich Ihnen die Ohren vollgequatscht, und Sie wollten es wahrscheinlich gar nicht hören.«

»Doch, Frau Rosenzweig, ich wollte es hören. Ich wollte mit Ihnen sprechen und herausfinden, wie Sie zu Ihrem Mann gestanden haben. Jetzt weiß ich es. Und es beruhigt mich. Danke für das Gespräch. Und sollte Ihnen noch irgend etwas einfallen, was mir weiterhelfen könnte, hier ist meine Karte. Sie können mich jederzeit anrufen. Und jetzt will ich Ihre Zeit nicht länger beanspruchen, Ihre Freundin wartet bestimmt schon auf Sie.«

Marianne Rosenzweig lächelte, sagte: »Sie kann warten. Wir sehen uns so oft ... Wissen Sie eigentlich schon, wann die Beerdigung stattfinden kann?«

»Die Autopsie ist abgeschlossen und ich denke, Sie können die Bestattung für Anfang nächster Woche einplanen.« Julia Durant erhob sich, reichte Frau Rosenzweig die Hand, verabschiedete sich, blieb in der Tür noch einmal stehen und sagte: »Sie brauchen keine Angst zu haben, ich meine, ich jedenfalls glaube nicht, daß Sie etwas mit dem Tod Ihres Mannes zu tun haben. Auf Wiedersehen.«

Marianne Rosenzweig blieb in der Eingangstür stehen, bis

Julia Durant in ihren Wagen gestiegen war. Die Kommissarin fuhr los, zündete sich eine Gauloise an, kurbelte die Scheibe herunter und dachte nach. Sie nahm das Handy aus ihrer Tasche und wählte die Nummer des Präsidiums. Berger war selbst am Apparat.

»Sie war es nicht«, sagte Durant. »Ich habe noch keinen Menschen kennengelernt, der sich so gut hätte verstellen können. Es ist einfach unmöglich, daß sie ihren Mann umgebracht hat, dazu hing sie viel zu sehr an ihm.«

»Aber sie ist und bleibt vorläufig unsere einzige Verdächtige«, sagte Berger.

»Sicher. Aber nur so lange, bis wir den wahren Täter gefunden haben. Und wir werden ihn finden, mein Wort darauf. Ich komme übrigens nicht mehr ins Präsidium, ich fahre gleich nach Hause.«

»Dann sehen wir uns morgen.« Berger wollte gerade auflegen, als Durants Stimme ihn zurückhielt.

»Ach ja, haben unsere Experten sich schon aus Rosenzweigs Büro gemeldet?«

»Bis jetzt nicht. Scheint wohl etwas länger zu dauern. Schönen Abend noch.« Berger legte auf. Julia Durant drückte den Aus-Knopf, als das Handy gleich darauf piepte. Werner Petrol.

»Kannst du heute abend vorbeikommen?« fragte er.

»Heute abend? Ich dachte, mittwochs bist du immer länger in der Klinik.«

»Normalerweise ja, nur heute ist eine Ausnahme. Ich bin ab halb sieben in meiner Wohnung. Wenn du Lust hast …«

»Mal sehen. Ich ruf dich auf jeden Fall vorher an …«

»Ich komme eigentlich nur wegen dir. Wir könnten essen gehen, oder ins Kino …«

»Kino ist schlecht, weil ich Bereitschaft habe. Essen gehen ist okay. Aber wie gesagt, ich ruf vorher an.«

»Dann bis nachher, und … ich sehne mich nach dir. Ich hoffe, du weißt das.«
»Bis später.« Sie beendete das Gespräch abrupt. Sie hatte eigentlich vorgehabt, den Abend allein zu verbringen, bei ein oder zwei Dosen Bier, die Beine hochgelegt und dabei fernzusehen. Sie würde sich überlegen, ob sie den Abend mit Petrol verbringen wollte. Bis sie zu Hause anlangte, dachte sie unentwegt an das Gespräch mit Marianne Rosenzweig. Wie es schien, war sie tatsächlich die Frau, als die sie Sabine Reich geschildert hatte – auf eine gewisse Weise rein und unschuldig, und unendlich naiv. Und sie tat ihr irgendwie leid.

Mittwoch, 17.54 Uhr

Walter Schönau war seit etwas über einer Stunde allein in seiner Bank, er hatte noch ein paar Briefe unterschrieben, die seine Sekretärin morgen wegschicken würde.
Nachdem er das erledigt hatte, drückte er einen Knopf auf dem Telefon, kurz danach meldete sich seine Frau: »Schönau.«
»Hallo, Vivienne, ich bin's. Ich wollte dir nur kurz sagen, daß ich ein klein wenig später komme als geplant, aber ich habe vorhin einen Anruf bekommen und muß noch auf ein dringendes Paket warten …«
»Moment mal, um acht kommen die Gäste!« fuhr Vivienne Schönau ihm verärgert ins Wort. »Gäste, die du selbst zu deinem Geburtstag eingeladen hast.«
»Bitte, reg dich nicht auf, ich warte nur noch auf das Paket und fahre dann sofort nach Hause. Ich verspreche dir, nicht später als acht da zu sein. Nicht böse sein, okay?«
»Dich möchte ich einmal pünktlich erleben«, sagte sie. »Aber wenn du um acht nicht hier bist, fangen wir ohne dich an, nur damit du das weißt.«

»Einverstanden. Aber ich werde da sein.«
Nach dem kurzen Gespräch lehnte er sich zurück, drehte sich mit dem Sessel und betrachtete sein Aquarium. Er war stolz darauf, erfreute sich jeden Tag aufs neue an den Fischen, sie vermittelten ihm die Ruhe, die er häufig nicht hatte und erst bekam, wenn er ein paar Minuten auf das Wasser und die beruhigenden Bewegungen darin schaute. Er warf einen Blick zur Uhr, kurz vor sechs. Er schüttelte den Kopf, glaubte nicht mehr, daß sein Besucher kommen würde. Kaum hatte er den Gedanken zu Ende gebracht, klingelte es. Er betätigte die Sprechanlage.
»Hallo, Liebling, ich bin's.« Schönaus Gesicht hellte sich auf, er erhob sich, ging mit langsamen Schritten ins Erdgeschoß zur Hintertür und öffnete sie.
»Schön, dich zu sehen«, sagte er und umarmte sie. »Komm, gehen wir nach oben.«
»Und, wie war dein Tag, ich meine, man wird schließlich nur einmal fünfzig?« fragte sie, setzte sich auf die Schreibtischkante, holte eine Schachtel Zigaretten aus der Tasche und zündete sich eine an. Mit lasziven Bewegungen führte sie die Zigarette zum Mund, inhalierte, blies den Rauch in Schönaus Richtung.
»Du sollst doch nicht rauchen«, sagte Schönau grinsend. »Du ruinierst noch deine Gesundheit damit.«
Ebenfalls grinsend erwiderte die Angesprochene: »Und du sollst auch nicht die Ehe brechen oder sonst irgend etwas tun, was gegen die Gebote verstößt. Du kommst nämlich in die Hölle dafür.«
»Ich weiß, ich weiß, ich bin ein schlechter, durchtriebener Mensch. Aber so ist das nun mal mit den fleischlichen Gelüsten, sie lassen mich einfach nicht los. Und dabei bin ich schon fünfzig, ein Alter, in dem man meinen müßte, doch etwas ruhiger und ausgeglichener zu sein. Aber du faszinierst

mich eben. Kann ich etwas dafür, wenn du wie ein Vulkan in mein Leben trittst?«

»Ach, Liebling, wir beide wissen doch ganz genau, was gut, und auch, was richtig ist. Laß die andern reden, die sind auch nicht viel besser. Ich sage mir jeden Tag aufs neue, man lebt nur einmal. Und solange man kann, sollte man das Leben auch genießen, wenn man die Chance dazu hat.« Sie stand auf, kniete sich vor Schönau, legte die Hände auf seine Oberschenkel, sah ihn von unten herauf mit aufforderndem Blick an, während seine Augen in ihren tiefen Ausschnitt mit den vollen Brüsten tauchten.

»Du hast Geburtstag, und dafür werde ich dir heute jeden Wunsch erfüllen. Wie hättest du es denn am liebsten? Sag es und ich bin bereit.«

»Mach mit mir, was du willst«, sagte er erregt und blickte ihr in die Augen.

»Die Praktikantinnenstellung, wie immer?« fragte sie schelmisch grinsend.

»Ich habe aber keine Zigarre, und wir sind auch nicht auf der Toilette.«

»Du brauchst keine Zigarre, bleib einfach sitzen und entspann dich.« Mit behenden Bewegungen knöpfte sie seine Hose auf, streichelte über sein schon jetzt leicht erigiertes Glied. »Dein kleiner Mann wird allmählich erwachsen«, sagte sie und drückte ein wenig fester auf seinen Penis. Sie nahm ihn zwischen die Finger, massierte ihn, stülpte schließlich ihren Mund darüber. Schönau schloß die Augen, er stöhnte, seine Hände griffen in ihre Haare, suchten nach ihrer Brust.

»Ich will dich ficken«, sagte er leise. »Bitte, laß mich dich ficken.«

»Das geht heute leider nicht«, sagte sie bedauernd und sah ihn für einen Moment an, »du kannst mich nicht ficken, ich habe meine Tage. Ich war wohl etwas voreilig, als ich gesagt

habe, ich würde dir jeden Wunsch erfüllen. Tut mir leid. Das nächste Mal wieder.«
»Schade. Dann mach weiter, ich liebe es, wenn du … Oh, mein Gott!«
Sie streichelte seine Hoden, spürte und hörte seine Erregung. Es dauerte nicht einmal fünf Minuten, bis Schönau ejakulierte. »Mein Gott«, sagte er mit gerötetem Gesicht, »wie machst du das bloß? Du brauchst mich nur zu berühren, und schon fühle ich mich wie ein junger Kerl.«
»Du bist doch auch nicht alt«, sagte sie und wischte sich mit einem Taschentuch erst den Mund, danach mit einem anderen seinen Penis ab. »Du kannst es noch oft haben. Und beim nächsten Mal darfst du mich auch wieder ficken.«
Sie warf einen kurzen Blick zur Uhr, zwanzig nach sechs. »Ein kleines Vorab-Geburtstagsgeschenk. Ich hoffe, es hat dir gefallen.« Sie strich den schwarzen Lederrock gerade, unter dem sie schwarze Nylons trug, knöpfte ihre weiße Bluse zu, stand auf und zündete sich eine weitere Zigarette an. Es klingelte.
»Das wird wohl dein Geburtstagsgeschenk sein«, sagte sie, während sie inhalierte. »Geh schon, mach auf. Ich warte solange. Ich will schließlich dein Gesicht sehen. Und während du nach unten gehst, gehe ich mal kurz aufs Klo.«
Schönau erhob sich, ging nach unten, vergewisserte sich aus reiner Vorsicht durch den Türspion, wer draußen stand, öffnete schließlich die Tür. Ein junger, muskulöser Mann mit langen, aber gepflegten Haaren stand vor ihm und hielt ein großes, ziemlich schweres Paket in Händen. Schönau bat ihn, das Paket nach oben in sein Büro zu tragen und auf den Schreibtisch zu stellen. Als der junge Mann sich zum Gehen wandte, holte Schönau einen Zehnmarkschein aus seiner Jackentasche und reichte ihn dem Boten. Er ließ die Tür offen, wartete einen Moment, faßte sich mit der linken Hand ans

Kinn, lächelte vor sich hin, überlegte, was sich wohl unter dem Papier befinden mochte. Während er nachdachte, kam sie wieder zur Tür herein, machte sie hinter sich zu. Sie hatte die Lippen nachgezogen und etwas Lidschatten aufgelegt. Sie lehnte sich, die Hände hinter dem Rücken verschränkt, an die Tür, ein undefinierbares Lächeln umspielte ihre Lippen.
»Was ist da drin?« fragte er neugierig wie ein kleines Kind.
»Mach es auf. Es ist nur für dich. Ganz allein für dich. Ich habe mich exzellent beraten lassen und mich schließlich dafür entschieden. Es wird dir gefallen.«
»Also gut«, sagte er, »dann will ich doch mal sehen, was das für eine große Überraschung ist.« Er machte einen Schritt nach vorn, riß die Verpackung ab und blickte auf einen mit etwa zehn Litern Wasser gefüllten Plastikbehälter, in dem bewegungslos zwei wunderschön gezeichnete, etwa zwölf bis fünfzehn Zentimeter lange, kegelförmige Meerestiere lagen. An dem Behälter klebte ein Zettel, auf dem nur stand: *Herzlichen Glückwunsch zum Geburtstag, Liebling. Das sind die schönsten Exemplare, die ich für Dein Aquarium auftreiben konnte. Ich hoffe, sie gefallen Dir.* Keine Unterschrift. Er legte den Zettel auf den Schreibtisch, grinste sie an.
»Was ist das?« fragte er.
»Gefallen sie dir nicht?« fragte sie zurück.
»Doch, sie sind einfach prächtig … Du bist in jeder Beziehung einfallsreich.«
»Ich dachte mir, sie könnten eine wahre Zierde und Bereicherung für dein Aquarium sein. Es ist eigentlich verboten, sie einzuführen, aber ich habe einen Weg gefunden. Du kennst mich ja, ich finde immer einen Weg, wenn ich mir etwas in den Kopf gesetzt habe. Nun mach schon, setz sie in dein Aquarium.«
Einen Moment betrachtete er die regungslosen Wesen, er zog

das Jackett aus, krempelte den rechten Ärmel hoch und griff ins lauwarme Wasser. Er nahm eines der Tiere vorsichtig am vorderen, dickeren Ende in die Hand, um es nicht zu verletzen, betrachtete es eine Weile, meinte, kurz hintereinander ein paar leichte Stiche in den Zeigefinger zu verspüren, stieg auf den Stuhl und setzte das Tier in sein Aquarium zu den Fischen.

»Stechen die?« fragte er stirnrunzelnd.

»Sie sind harmlos, keine Sorge«, bemerkte sie lachend. »Sie ernähren sich von winzigen Fischen, die sie auf diese Weise aufspießen.«

»Sie sind doch hoffentlich nicht giftig?« fragte er etwas mißtrauisch.

»Liebling«, sagte sie und löste sich von der Tür, kam auf ihn zu und legte beide Arme um seinen Hals. »Ich würde bestimmt nicht hier stehen und zusehen, wenn … Ach, du bist dumm.«

»Schon gut«, erwiderte er und holte gleich darauf mit der gleichen Behutsamkeit das zweite Tier aus dem Behälter, diesmal einige kaum spürbare Stiche in seine Hand. Auch dieses Tier ließ er in das warme Wasser seines Aquariums gleiten, blieb noch ein wenig davor stehen, um sich an dem Anblick zu erfreuen, schließlich drehte er sich um, seine Augen leuchteten, er ging zu ihr, nahm sie in den Arm, sagte: »Danke. Das ist wirklich das schönste und ausgefallenste Geschenk, das ich heute bekommen habe. Du bist in jeder Hinsicht eine äußerst phantasievolle Frau. Ganz anders als Vivienne, und das weißt du. Ich liebe dich.«

»Ja«, sagte sie und löste sich aus seiner Umarmung, setzte sich wieder auf die Schreibtischkante und zündete sich eine weitere Zigarette an. »Ich muß gleich gehen«, fuhr sie fort.

»Und was ist mit heute abend?« fragte er. »Kommst du auch? Ich will dich wenigstens sehen.«

»Ich werde kommen, aber etwas später. So gegen neun. Einverstanden?«
»Einverstanden«, sagte er, schien einen Moment zu überlegen, beschloß, den Plastikbehälter auf der Toilette zu leeren. Er griff danach, berührte den Behälter, doch er spürte ihn nicht. Seine rechte Hand war taub. Allmählich breitete sich dieses Gefühl über den ganzen Arm aus, sein Herz begann wie wild in seinem Brustkorb zu hämmern, als wollte es ihn zersprengen, er mußte sich hinsetzen, weil ihm schwindlig wurde. Mit letzter Kraft schaffte er es bis zum Sessel, fiel hinein. Er schloß die Augen, fühlte eine große Müdigkeit in sich aufsteigen, aber er wollte nicht einschlafen, nicht jetzt, nicht heute. Heute war doch sein Geburtstag, und bei ihm zu Hause warteten eine Menge Gäste auf ihn.
Er sah sie an, flüsterte kaum hörbar: »Was ist los mit mir? Mir ist so komisch, als müßte ich ersticken. Was ist das?«
Sie drehte sich auf dem Tisch, inhalierte, blies den Rauch in seine Richtung, ihr Blick war kalt und unbarmherzig. »Tja«, sagte sie mit zynischem Lächeln, »ich schätze, die Party heute abend wird ohne dich stattfinden. Schade, denn ich werde da sein. Und du wirst mich auch nicht mehr ficken können. Es ist vorbei … Liebling! Aus und vorbei.«
»Du hast mich angelogen«, flüsterte er, wollte aufstehen, doch seine Glieder gehorchten nicht mehr. »Das war Gift.« Seine Zunge wurde immer schwerer, er vermochte kaum noch zu sprechen.
»Du brauchst keine Angst zu haben, es dauert nicht lange«, sagte sie kühl. »Nicht, wenn man ohnehin schon ein angeknackstes Herz hat. Ich habe extra große Exemplare besorgt, ich dachte mir, warum soll mein Schatz so lange leiden? Ein paar Minuten noch, ich werde so lange warten. Wann kommt die Putzkolonne noch mal? Um sieben? Wir haben jetzt kurz nach halb, ich denke, in fünf Minuten werde ich gehen. Schau

dich noch einmal um, es wird das letzte Mal sein.« Sie machte eine kurze Pause, drückte ihre Zigarette aus und zündete sich gleich eine neue an. »Du bist übrigens genau so ein Schwein wie Rosenzweig. Du und deine verdammte Scheinheiligkeit. Wenn du dich jetzt sehen könntest, die Erbärmlichkeit in deinem Gesicht und deinen Augen. Ist das die Erbärmlichkeit, die jemand zum Schluß zeigt, wenn er mit dem Teufel im Bund steht?«

Er hörte nicht mehr hin, dachte an seine Frau und dann an Gott, er betete und flehte und schrie tonlos zum Himmel, er möge ihm helfen, ihn leben lassen, er würde auch alle seine Sünden bereuen, wiedergutmachen, was wiedergutzumachen war, aber nicht einschlafen, bitte nicht, dachte er, denn er wußte, es würde ein sehr, sehr langer Schlaf werden. Wenn doch nur jemand kommen und ihm helfen würde, aber er war allein mit seiner Mörderin in dem großen Haus, und das Telefon schien so unendlich weit weg. Er wollte schlucken, doch der Speichel floß nicht in seinen Magen, sondern aus den Mundwinkeln, selbst dieser einfache Reflex funktionierte nicht mehr. Er wollte tief Luft holen, Sauerstoff, so hoffte er, würde ihm das Leben wieder zurückgeben. Doch ein tonnenschweres Gewicht lag auf seiner Brust, das Atmen fiel ihm zusehends schwerer, seine Atmung war nur noch oberflächlich. Er öffnete die Augen wieder, er konnte sie nicht bewegen, er meinte, alles doppelt zu sehen. Ein weiterer verzweifelter Versuch, nach dem Telefon zu greifen, doch seine Arme reagierten nicht mehr auf seine Befehle. Er saß zehn Minuten in fast völliger Starre, und während diese Starre seinen Körper bis in den letzten Winkel erfaßte, so war sein Geist noch in der Lage, zu denken.

Sie hatte ihn umgebracht, genau wie seinen Freund Rosenzweig. Sie hatte ihn in Sicherheit gewiegt, ohne daß er auch nur das geringste bemerkt hatte. Er hätte jeden für einen Mör-

der gehalten, nur sie nicht. Wie oft hatten sie miteinander geschlafen, wie oft hatte sie ihm ihre Liebe bezeugt. War das alles nur gespielt? Gehörte das alles zu einem Plan, den sie beharrlich verfolgte? Er wußte es nicht, und er würde es auch nie herausfinden. Er wußte nur, daß sie dasaß und seinem Todeskampf gelassen zusah, und daß seine Qual immer unerträglicher wurde. Dicke Schweißperlen traten auf seine Stirn, er hatte furchtbare Angst, eine Panik überwältigte ihn, die er so noch nie erlebt hatte. Seine Körperfunktionen waren fast vollständig gelähmt. Nach fünfzehn Minuten wurde er bewußtlos, nach weiteren fünf Minuten hörte sein Herz auf zu schlagen. Um 18.43 Uhr war Walter Schönau tot.
Sie zog sich Handschuhe an, nahm einen nassen Lappen aus einem mitgebrachten Plastikbeutel, öffnete Schönaus Hose, holte seinen Penis heraus, wischte ihn ab. Sie nahm einen Zettel aus der Tasche, legte ihn auf den Tisch, den andern klebte sie wieder an den Behälter. Sie füllte den Inhalt des Aschenbechers in eine kleine Tüte, wischte ihn sorgfältig ab, genau wie den Schreibtisch und die Türklinke. Sie hatte nichts weiter berührt, sah sich noch einmal um, warf einen letzten Blick auf den toten Schönau, verließ das Büro, faßte die Klinke mit einem Taschentuch an. Sie hatte keine Spuren hinterlassen. Sie lächelte, während sie nach unten ging.

Mittwoch, 19.35 Uhr

Julia Durant war zu Werner Petrol gefahren, obgleich sie den Abend ursprünglich allein verbringen wollte. Sie hatte den Schweiß des Tages unter der Dusche abgewaschen, sich frische Unterwäsche angezogen. Noch immer hatte die Sonne nichts von ihrer Kraft eingebüßt, kaum ein Luftzug war zu spüren. Petrol erwartete sie bereits, er trug eine weiße Som-

merhose und ein gelbes Lacoste-Hemd. Er begrüßte sie mit einem Kuß.
»Und, gehen wir essen?« fragte er.
Sie sah ihn an, zuckte die Schultern, sagte: »Aber nur essen. Danach fahre ich wieder zu mir. Ich hatte einen sehr anstrengenden Tag.«
»Schade, ich dachte, du würdest heute ausnahmsweise mal bei mir übernachten. Na ja, vielleicht überlegst du es dir ja noch«, sagte er mit diesem Lächeln, in das sie sich vor einem halben Jahr verliebt hatte. Sie wußte, es war ein Lächeln, mit dem er wahrscheinlich schon viele Frauen rumgekriegt hatte. Genau wie sie. Sie verzog kurz die Mundwinkel, versuchte ebenfalls ein Lächeln, doch es mißlang.
»Ich glaube kaum«, sagte sie und stellte ihre Tasche neben den Sessel. Sie ging ans Fenster, von wo aus sie einen herrlichen Blick über das in die abendliche Sonne getauchte Frankfurt hatte. Sie zündete sich eine Zigarette an, inhalierte, dachte nach. Seit sie am Nachmittag bei Marianne Rosenzweig gewesen war, ging ihr diese Frau nicht mehr aus dem Kopf. Petrol trat hinter sie und faßte sie sanft bei den Schultern.
»Was ist los mit dir? Was geht in deinem Kopf vor?« fragte er.
»Ich sagte doch schon, wir arbeiten an einem sehr kniffligen Fall. Und ...«, sie löste sich aus seinem Griff und stellte sich in die Mitte des Zimmers. »Ich möchte jetzt nicht darüber reden. Laß uns gehen.«
»Okay, gehen wir. Auf was hast du Appetit, chinesisch, japanisch ...«
»Such du aus.« Wieder sah sie ihn mit unergründlichem Blick an, sagte mit einem Mal: »Wir müssen aber mit zwei Autos fahren. Ich habe Bereitschaft und ...«
Sie drückte ihre Zigarette aus, nahm ihre Tasche vom Boden,

als das Handy klingelte. Sie meldete sich. Es war ein Kollege vom KDD. Sie verengte die Augen zu Schlitzen, sagte nur »Ja« und »Ich bin in einer Viertelstunde da«. Sie blickte zur Uhr, Viertel vor acht.
»Tut mir leid, unser Abend fällt aus. Ich muß los.«
»Hey, was ist passiert?« fragte Petrol und faßte sie bei den Schultern.
»Was glaubst du wohl?« fragte sie ungehalten.
»Ein Mord?«
»Vielleicht, vielleicht auch nicht. Die Kollegen warten schon auf mich. Mach's gut, wir sehen uns morgen.«
Sie hauchte ihm einen flüchtigen Kuß auf die Wange und eilte hinaus. Schönau, dachte sie, warum Schönau?
Sie brauchte genau zwölf Minuten, bis sie vor der *Schönau Bank* hielt. Zwei Streifenwagen parkten vor dem Eingang, ein Beamter stand davor. Sie wies sich aus und betrat das Gebäude. Zweiter Stock, hatte der Beamte gesagt.
Auf dem Flur standen und saßen fünf Frauen und drei Männer, einige von ihnen rauchten schweigend, andere unterhielten sich leise. Eine junge Frau hatte ein verweintes Gesicht, ihre Hände zitterten, während sie die Zigarette zum Mund führte. Durant vermutete, daß diese Frau den Toten gefunden hatte, sie würde sie nachher befragen. Außer den Kollegen vom KDD waren auch die Leute von der Spurensicherung und der Fotograf schon da, ebenso Dr. Laura Fink, die links vom toten Schönau stand und die Kommissarin ratlos anblickte.
»So schnell trifft man sich wieder«, sagte Durant lakonisch. Sie machte ein paar Schritte auf die Ärztin zu, sah sie an und warf dann einen Blick auf den Toten. »Was ist passiert? Und warum sind Sie hier?«
»Um auf Ihre erste Frage zu antworten, ich weiß es nicht. Es ist auf jeden Fall anders als bei Rosenzweig. Kein Blut. Und

die Antwort auf Ihre zweite Frage – ich wurde von Ihren Kollegen angerufen, die wohl meine Nummer im Notizbuch von Dr. Schönau gefunden haben.«

»Haben Sie hier irgendwas angefaßt?« fragte Durant und ging näher an den Toten heran.

»Nein.«

»Und die andern? Ich meine, wer immer ihn gefunden hat?«

»Keine Ahnung, aber wie es aussieht, haben sie gleich bei der Polizei angerufen.«

Die Kommissarin sah sich im Zimmer um, ihr Blick blieb auf dem Plastikbehälter haften, der zur Hälfte mit Wasser gefüllt war. Sie las den am Behälter angebrachten, mit Maschine geschriebenen Zettel, keine Unterschrift. Dann den Zettel, der auf dem Tisch lag. *Kinderficker* stand darauf.

»Was war in diesem Behälter?« fragte sie leise zu sich selbst, doch Laura Fink hatte die Frage gehört.

»Fische?« fragte sie zurück.

»Wahrscheinlich.« Durant kniff die Augen zusammen und ging zum Aquarium. »Lauter hübsche, kleine Fische. Können Fische eigentlich Menschen umbringen? Ich meine, solche Fische?«

»Ich bin keine Expertin«, sagte Laura Fink, »aber natürlich gibt es Fische, die giftig sind.«

»So giftig, daß sie einen Menschen töten können?«

»Es gibt aktiv giftige Meerestiere und passiv giftige. Solche, die durch einen Biß oder einen Stich töten, und solche, deren Verzehr zum Tode führen kann. Ich denke da an den japanischen Fugu, der …«

»Schönau hat aber mit Sicherheit keinen japanischen Fisch gegessen, oder?« fragte Durant kühl.

»Nein.«

»Also müssen wir die Todesursache herausfinden.«

Durant nahm ihr Telefon zur Hand, wählte die Nummer der

Gerichtsmedizin. Morbs hatte genau wie sie noch immer Bereitschaft. Sie sagte: »Tut mir leid, Sie wieder stören zu müssen, aber wir haben hier einen Toten. Ich möchte Sie bitten, in die *Schönau Bank* in der Neuen Mainzer Straße zu kommen und eine Leichenschau vor Ort vorzunehmen.«
»Was ist mit dem Toten?« fragte Morbs in seiner typisch schroffen Art.
»Das sollen Sie uns sagen. Kommen Sie bitte, und wenn es geht, sehen Sie sich die Fische hier im Aquarium an. Sie kennen sich doch auch mit Giftfischen aus, oder?«
»Ich habe Bücher darüber geschrieben. Aber ich bezweifle …«
»Wann können Sie hier sein?«
»In zwanzig Minuten. Ich muß mir nur schnell was überziehen. Und bitte nichts anrühren.«
Durant steckte ihr Handy wieder in die Tasche, wandte sich der Ärztin zu, die am Fenster stand und auf die unter ihr liegende Straße blickte, die von hohen und noch höheren Häusern gesäumt war, von denen sich etliche noch im Bau befanden. Die Kommissarin stellte sich zu ihr, fragte, ohne sie dabei anzusehen: »Sie sind oder waren die Hausärztin von Rosenzweig und auch von Schönau, richtig?«
»Richtig.«
»Und jetzt sind innerhalb von zwei Tagen zwei Ihrer Patienten eines offensichtlich unnatürlichen Todes gestorben. Haben Sie eine Erklärung dafür?«
Laura Fink zuckte die Schultern, sah Durant ratlos von der Seite an. »Nein, es tut mir leid, ich habe keine. Und ich kann mir auch nicht vorstellen, wer das getan haben könnte, wenn das Ihre nächste Frage sein sollte.«
»War Schönau ein regelmäßiger Patient von Ihnen?«
»Das kann man wohl sagen. Er litt unter Angina pectoris, es war vorgesehen, daß er sich in nächster Zeit einer By-

pass-Operation unterziehen sollte. Seine Anfälle haben an Häufigkeit und vor allem Intensität immer mehr zugenommen, und einer dieser Anfälle hätte leicht zum Tod führen können.«

»Angina pectoris? Könnte das unter Umständen auch hier der Fall gewesen sein?«

»Keine Ahnung, ich habe ihn ja nicht untersucht. Aber mein Gefühl sagt mir, daß es kein Anfall war. Erst Rosenzweig, dann er … Das ist doch schon mehr als merkwürdig. Und dann noch dieser Zettel da an dem Behälter, und vor allem der andere auf dem Tisch. Und seine offene Hose …«

»Haben Sie eine Vermutung, von wem die Zettel stammen könnten?«

»*Liebling!* Das hört sich an, als hätte er eine Geliebte gehabt. Aber Schönau und eine Geliebte?« Laura Fink schüttelte ungläubig den Kopf und lachte leise und zweifelnd auf. »Das kann ich mir nun beim besten Willen nicht vorstellen. Da hat sich einer einen üblen Scherz erlaubt. Sicher, er hatte Geld und Einfluß, aber der Mann war ausgepowert und …« Sie hielt inne, kniff die Lippen zusammen.

»Und was?« fragte Durant.

»Es macht einfach keinen Sinn. Schönau war nicht der Typ für eine Affäre. Und seine Mitgliedschaft und vor allem seine Position innerhalb der Kirche verboten es ihm. Es würde mich auf jeden Fall sehr wundern. Und das andere, das mit dem Kinder …«

Julia Durant konnte sich ein leichtes, zynisches Lächeln nicht verkneifen, sagte nur: »Da kann man mal sehen, es gibt eben doch Dinge zwischen Himmel und Erde, von denen wir keine Ahnung haben. Und in die Seele und die dahinter verborgenen Abgründe vermögen wir nicht zu blicken.«

»Hallo«, sagte eine bekannte Stimme von der Tür her. Hellmer kam auf Durant zu und blieb direkt vor ihr stehen. »Ganz

schöne Scheiße, was?« quetschte er zwischen den Zähnen hervor. »Das ist doch kein Zufall, oder?«
»Glaub ich auch nicht«, sagte Durant und sah Hellmer an. »Da steckt System dahinter. Nur was für eines? Befrag doch mal draußen die Leute von der Putzkolonne. Morbs wird auch gleich hier sein.« Sie ging zu einem Kollegen vom KDD, während Hellmer sich auf den Flur begab.
»Wer hat euch informiert, und wann?« fragte sie und sah den jungen Mann, der sie um einen Kopf überragte, von unten herauf an.
»Die Streife, um kurz nach sieben. Es ist ein Notruf eingegangen, woraufhin gleich jemand hergeschickt wurde. Sie haben auch sofort die Ärztin verständigt, nachdem sie ihre Nummer in seinem Notizbuch gefunden haben.«
Julia Durant begab sich wieder zu Laura Fink, die noch immer am Fenster stand und auf die Straße blickte.
»Ist er verheiratet?« fragte sie.
»Ja. Und er hat heute Geburtstag. Seinen fünfzigsten.« Laura Fink zuckte die Schultern, fuhr fort: »Aber das haben Sie ja sicherlich schon gelesen. Heute abend sollte eigentlich bei ihm zu Hause eine große Party steigen. Daraus wird wohl nichts.«
»Und seine Frau, weiß die schon Bescheid?« fragte die Kommissarin.
»Ich habe sie nicht angerufen, das wollte ich Ihnen überlassen. Aber wenn Sie wollen, ich meine, ich kenne Frau Schönau schon seit Jahren, eigentlich seit ich ein Kind war.«
»Nein, nein, wir übernehmen das. Aber hat sie sich bis jetzt nicht gemeldet und gefragt, wo ihr Mann bleibt?« fragte Durant, die Stirn in Falten gezogen. »Man wird schließlich nur einmal fünfzig, und wenn so eine große Feier angesetzt ist, dann ...«
»Schönau war ein Arbeitstier. Ich habe ihm oft genug gesagt,

er soll ein wenig kürzer treten, aber er hat alle meine Warnungen in den Wind geschlagen. Selbst an einem solchen Tag mußte er noch ins Büro, als wenn die Bank nicht auch einmal einen Tag ohne ihn auskommen würde. Sein Problem. Ich denke, seine Frau ist oder war es gewohnt, daß ihr Mann nicht immer pünktlich war. Aber was soll's, das geht mich nichts an.«

Kaum hatte Laura Fink den letzten Satz beendet, als das Telefon klingelte. Julia Durant nahm den Hörer ab, meldete sich mit einem »Ja?«.

»Hier ist Frau Schönau. Ist mein Mann noch im Büro?« fragte sie mit einem unverkennbaren französischen Akzent.

»Frau Schönau, mein Name ist Durant von der Kripo Frankfurt. Ich würde gern innerhalb der nächsten Stunde bei Ihnen vorbeikommen ...«

»Könnte ich bitte mit meinem Mann sprechen?« fragte die Frau am anderen Ende mit aufgeregter Stimme. »Was tun Sie überhaupt in seinem Büro?«

»Frau Schönau, Sie können im Augenblick nicht mit Ihrem Mann sprechen ... Um genau zu sein, Ihr Mann ist tot.«

»Bitte was? Sie scherzen doch, oder? Mein Mann ist doch nicht ...«

»Frau Schönau, Frau Dr. Fink steht neben mir, und sie wird gleich zu Ihnen kommen. Wir sehen uns nachher. Und bitte, bleiben Sie zu Hause.«

»Wir haben jede Menge Gäste hier, und wir warten alle ganz gespannt auf ihn. Wir haben nämlich etwas Besonderes mit ihm vor. Es kann doch nicht sein, daß ... nein, das kann nicht sein!« Sie begann zu schluchzen.

»Dr. Fink wird es Ihnen gleich erklären. Auf Wiederhören.«

Julia Durant legte auf, kleine Schweißperlen hatten sich auf ihrer Stirn gebildet, obgleich es in dem Raum kühl war.

»Tun Sie mir bitte einen Gefallen, fahren Sie hin und spre-

chen Sie mit Frau Schönau. Natürlich nur, wenn es Ihnen nichts ausmacht. Und ich wäre Ihnen dankbar, wenn Sie dort bleiben würden, bis mein Kollege und ich nachkommen.«
Laura Fink nahm ihren Arztkoffer und verließ den Raum. In der Tür stieß sie beinahe mit Morbs zusammen. Er warf Durant einen kurzen Blick zu und beugte sich gleich über den Toten mit den weit aufgerissenen Augen.
»Was haben Sie vorhin gemeint, als Sie von Giftfischen sprachen?« fragte er, während er den Toten aus der Nähe betrachtete.
»Der Behälter auf dem Tisch, das Aquarium, ich dachte mir, es könnte da einen Zusammenhang geben«, sagte Durant, die sich jetzt, nachdem der Fotograf seine Arbeit beendet hatte, eine Zigarette ansteckte.
Morbs leuchtete mit einer kleinen Lampe in die starren Augen des Toten, befühlte sein Kiefergelenk, ob schon die ersten Anzeichen für eine einsetzende Leichenstarre zu erkennen waren. Er schüttelte den Kopf, besah sich Schönaus rechten Arm, an dem der Ärmel bis über den Ellbogen hochgekrempelt war. Er öffnete die verkrampfte Hand, hielt einen Moment inne, sagte dann: »Hier, schauen Sie. Er wurde ein paarmal in die Handfläche und den Finger gestochen. Kleine schwarze Punkte. Wir könnten es hier tatsächlich mit einem unnatürlichen Tod zu tun haben. Einen Moment bitte«, sagte er und stellte sich vor das Aquarium. Sein Blick ging langsam von oben nach unten, bis er auf dem sandigen Boden hängenblieb. Er verharrte einen Augenblick regungslos, winkte mit der rechten Hand, sagte: »Kommen Sie her, ich glaube, wir haben die Übeltäter. Hier …« Er deutete auf zwei wie Steine wirkende Wesen, die sich zum größten Teil im Sand vergraben hatten.
»Was ist das?« fragte Julia Durant. Sie nahm einen letzten Zug an der Zigarette, blickte um sich, entdeckte den Aschen-

becher auf dem Schreibtisch, kniff die Augen zusammen, überlegte. *Frau Rosenzweig hat gesagt, als Mitglied der* Kirche des Elohim *würde man nicht rauchen und auch keinen Alkohol trinken, von anderen Dingen ganz zu schweigen …* Sie wandte sich wieder Morbs zu, behielt die Kippe in der Hand, bis auch der letzte Rest verglüht war. Morbs drehte sich um, ging zum Schreibtisch, nahm den Brieföffner, rollte den rechten Ärmel hoch, stellte sich auf einen Stuhl und versuchte, die beiden Wesen aus dem Sand zu holen. »Ich würde diese Viecher um nichts in der Welt mit bloßen Händen anfassen«, sagte er keuchend, während er den Sand aufwühlte. Nach einigen Versuchen war er erfolgreich, er nickte nachdenklich.

»Wie ich schon vermutete – *Conus geographus* und *Conus magus*, wenn ich mich nicht irre. Kegelschnecken. Sie sind die einzigen Tiere in diesem Aquarium, die einen Menschen mit ihrem Gift töten können. Sie leben ausschließlich in tropischen Gewässern, sind meist nachtaktiv, stehen zum größten Teil unter Naturschutz, na ja … Und wenn ich mir den Behälter und die Einstiche an Schönaus Hand anschaue, dann gehe ich davon aus, daß das hier die gesuchten Killer sind. Aber Sie müssen zugeben, schön sind sie, oder?« fragte er und grinste Durant an.

»Schnecken können einen Menschen umbringen?« fragte Durant zweifelnd.

»Was glauben Sie, was es alles für Tiere gibt, die einen Menschen umbringen können! Manchmal reicht schon ein einziger Stich, um jemanden zu töten. Es gibt mehr als dreihundert *Conus*-Arten, doch diese beiden zählen zu den gefährlichsten. Ihr Gift gehört zu den wirksamsten uns bisher bekannten Toxinmischungen. Es wirkt fast ausschließlich auf das zentrale Nervensystem und kann innerhalb weniger Minuten bis zu mehreren Stunden nach dem Einstich zu letalen

Lähmungen führen. Dazu kommt hier noch, daß beide Tiere außergewöhnlich groß sind und somit auch entsprechend mehr Gift verabreichen als kleinere Exemplare. Und es gibt, im Gegensatz zu Giftschlangen, kein Antiserum. Vergiftungen durch Kegelschnecken müssen symptomatisch behandelt werden, zum Beispiel durch künstliche Beatmung. Es gibt wie gesagt belegte Fälle, bei denen ein einziger Stich genügte, um einen gesunden, durchtrainierten Mann innerhalb weniger Minuten zu töten. Haben Sie etwas von Schönaus Ärztin erfahren, ich meine, was seinen Gesundheitszustand betrifft?«
»Er sollte sich in Kürze einer Bypass-Operation unterziehen, weil er unter Angina pectoris litt …«
»Ach, du meine Güte! Der Mann war körperlich also ohnehin schon geschwächt. Dann erklärt das auch sein schnelles Ableben. Ich nehme an, sein Todeskampf hat nicht länger als zehn oder fünfzehn Minuten gedauert.«
»Zehn oder fünfzehn Minuten können ganz schön lang sein, wenn man den Tod vor Augen hat, oder?« sagte Durant, die Morbs ungläubig anschaute und den Kopf schüttelte.
»Sicher, aber was sind schon diese paar Minuten?« erwiderte er achselzuckend. »Ich muß mir den Mann genauer ansehen, aber nicht hier. Lassen Sie ihn ins Institut bringen.« Er wandte sich wieder vom Aquarium ab, sagte weiter: »Und übrigens, die Schnecken auf keinen Fall anfassen. Diese hübschen Tierchen stechen so blitzschnell zu, daß Sie es gar nicht merken. Ach ja, sollte ich recht behalten, was sehr wahrscheinlich ist, dann haben Sie ein Problem.«
»Und was für eines?« fragte Durant spitz.
»Na ja, zwei unnatürliche Todesfälle innerhalb von zwei Tagen und das jeweils durch tierisches Gift … Das stimmt doch nachdenklich, oder? Gibt es zwischen den beiden eigentlich irgendeine Verbindung? Oder kennen Sie jemanden, der so

leicht Zugang zu diesen Giften hat beziehungsweise sich so gut mit Giften auskennt?«
»Sie haben sich gekannt. Um genau zu sein, sie haben sich sogar recht gut gekannt. Und das andere herauszufinden, wird eine harte Nuß werden.«
»Dann ist es wirklich ein Problem. Ich mach mich dann mal auf den Weg ins Institut und bereite alles für die Sektion vor. Und viel Erfolg bei Ihren Ermittlungen.«
»Danke, daß Sie gekommen sind.«
»Kein Problem. Vor allem, wenn es sich um *solche* Fälle handelt«, sagte Morbs und grinste wieder. Durant kannte ihn glücklicherweise schon seit einigen Jahren und wußte um seinen bisweilen schwarzen Humor, den nicht jeder verstand. Doch Morbs war in seinem Element, er hatte unzählige Artikel über Gifte in den wichtigsten Fachmagazinen der Welt veröffentlicht, sieben Bücher geschrieben. »Wissen Sie«, sagte er und sah Durant mit seinen kleinen, eisgrauen Augen an, »es kommt nicht oft vor, daß ich solche Leichen auf den Tisch bekomme. Immer nur darüber zu schreiben ist auf Dauer langweilig. Und jetzt haben wir schon die zweite Giftleiche. Abwechslung bereichert das Leben und die Arbeit. Und jetzt noch einen angenehmen Abend«, sagte er, nahm seine Tasche und begab sich nach draußen. Durant folgte ihm, sagte plötzlich: »Professor Morbs, tun Sie mir einen Gefallen und stellen Sie fest, ob Schönau vor seinem Ableben Geschlechtsverkehr hatte. Und wenn, ob Speichelspuren oder Scheidensekret oder …«
Morbs winkte ab: »Schon gut, schon gut, ich weiß, worauf ich zu achten habe. Und ich werde Ihnen umgehend Bescheid geben, wenn ich etwas gefunden habe. Einverstanden?«
»Einverstanden«, sagte Durant lächelnd und blieb neben Hellmer stehen. Er hatte sich ein paar Notizen gemacht.
»Und?« fragte sie.

»Die junge Frau dort hinten hat ihn gefunden. Der Vorarbeiter hat gleich die Polizei gerufen. Mehr kann ich nicht sagen.«
»Also gut, dann fahren wir mal zu Schönau nach Hause. Mal sehen, was seine Frau so zu sagen hat.«
Sie gab letzte Anweisungen an die Kollegen von der Spurensicherung, sagte, daß der Aschenbecher untersucht werden sollte, wenn es sein mußte, mit dem Mikroskop. Danach folgte ein kurzer Wortwechsel mit den Männern vom KDD, bevor sie mit Hellmer das Gebäude verließ. Auf dem Weg zu ihren Autos schwiegen sie. Die Hitze hatte sich in den Häuserschluchten gestaut, kein Windhauch regte sich mehr. Unterwegs hielten sie kurz an, Durant kaufte sich an einem Kiosk eine Dose Cola. Sie brauchten eine Viertelstunde, bis sie vor der noblen Villa auf dem Lerchesberg hielten.

Mittwoch, 21.13 Uhr

Durant parkte ihren Corsa direkt hinter Hellmers Wagen. Sie stiegen aus, gingen aufeinander zu. Die Sonne war gerade dabei, sich hinter dem Taunus zur Ruhe zu begeben. Aus Gärten, die hinter hohen Zäunen und Hecken verborgen waren, drangen Stimmen, es wurde gelacht, laut geredet, leise Musik spielte. Der Duft von gegrilltem Fleisch zog in unsichtbaren Schwaden durch die Luft; Julia Durant merkte auf einmal, daß sie seit dem Mittag nichts gegessen hatte. Sie war hungrig und nervös, sah Hellmer an, sagte: »Bringen wir's hinter uns.«
Sie betätigten die Türglocke neben dem wuchtigen, schmiedeeisernen, fein verzierten Tor. Sekunden später öffnete sich das Tor wie von Geisterhand, die Kommissare traten hindurch, ebenso lautlos schloß sich das Tor hinter ihnen. Sie

gingen etwa zwanzig Meter bis zu dem im Kolonialstil erbauten weißen Haus, das sich markant von den anderen, meist gleichförmigen Villen, unterschied. Eine etwa dreißigjährige, schlanke Frau in einem grauen Kleid, mit dunklen, kurzen Haaren und schmalen, leicht nach unten gebogenen Lippen stand plötzlich vor ihnen.

»Sie sind von der Polizei?« fragte sie mit leiser Stimme.

»Durant, und mein Kollege Hellmer. Frau Schönau …«

»Sie werden bereits erwartet. Wenn Sie mir bitte folgen wollen?« Sie ging vor ihnen her in die prächtige Eingangshalle, an deren hinterem Ende sich zwei Treppen befanden, die sich in einem leichten Bogen nach oben wanden und sich im ersten Stock vereinten. Grünpflanzen reckten sich zum Teil meterhoch auf, in der Mitte der Halle stand ein kleiner, marmorner Springbrunnen. Die Luft war kühl und gut zu atmen, es roch angenehm und edel. Sie gingen bis zur linken Treppe und dann durch eine breite Tür, die den Blick auf einen gewaltigen Wohnraum freigab, der mit schlichten, doch erlesenen Möbeln ausgestattet war und die Hand und den Geschmack eines stilsicheren Menschen verriet.

Laura Fink saß auf einer weißen Ledercouch neben Vivienne Schönau, die die Beamten mit diesem speziellen Blick ansah, den Durant und Hellmer schon zur Genüge kannten – leer und stumpf. Sie war eine aparte Frau, mit langen, gewellten, roten Haaren, grünen, katzenhaften Augen und einem vollen, weichen Mund, der normalerweise etwas Sinnliches hatte. Jetzt aber wirkte er blaß und traurig. Sie hielt ein Taschentuch in der rechten Hand, ihre Augen waren rotumrändert. Julia Durant schätzte sie auf nicht älter als fünfunddreißig. Außer den beiden Frauen hielt sich niemand sonst in dem Raum auf.

»Frau Schönau«, sagte Julia Durant und trat näher, »wir haben vorhin miteinander telefoniert. Ich bin Hauptkommissarin Durant, und das ist mein Kollege Herr Hellmer. Dürfen wir uns setzen?«

»Bitte«, sagte Frau Schönau, worauf die Beamten auf zwei Ledersesseln, die schräg gegenüber der Couch standen, Platz nahmen.

»Sagen Sie, wer tut meinem Mann so etwas an?« fragte sie. Ihre Finger krampften sich noch fester um das Taschentuch. »Heute hat er seinen fünfzigsten Geburtstag, und ausgerechnet an diesem Tag muß er sterben. Warum?« fragte sie mit Tränen in den Augen.

»Auf diese Frage hätten wir auch gern eine Antwort. Aber so leid es uns tut, wir müssen Ihnen jetzt trotzdem ein paar Fragen stellen. Meinen Sie, das geht?« Vivienne Schönau nickte nur.

»Danke. Ich weiß nicht«, sagte die Kommissarin und beugte sich nach vorn, »was Ihnen Frau Dr. Fink bisher gesagt hat …«

»Ich habe Frau Schönau nicht viel gesagt. Das Wesentliche wollte ich Ihnen überlassen. Wenn Sie verstehen, was ich meine«, unterbrach sie Laura Fink schnell. »Ich habe ihr auch etwas zur Beruhigung gegeben, sie war völlig aufgelöst, als ich hier ankam. Ich habe erst einmal dafür gesorgt, daß alle Gäste das Haus verlassen haben. Ich habe ihnen gesagt, sie sollen ihre Geschenke mitnehmen und einfach gehen, Frau Schönau bräuchte jetzt Ruhe.«

»Das war das Beste, was Sie machen konnten. Danke. Ich möchte Sie aber bitten, uns jetzt einen Augenblick mit Frau Schönau allein zu lassen. Trotzdem würde ich nachher gerne noch kurz mit Ihnen sprechen.«

»Ich warte in der Halle«, sagte Laura Fink, erhob sich und ging nach draußen.

Nachdem die Tür sich hinter ihr geschlossen hatte, fragte Durant: »Frau Schönau, ist Ihr Mann öfter länger in der Bank geblieben? Ich meine, Schalterschluß ist um vier, und ich denke mir, die meisten Angestellten werden die Bank bis etwa fünf Uhr verlassen haben. Oder?«

»Er blieb meist bis halb sechs oder sechs. Selten länger. Außer bei wichtigen Besprechungen, da konnte es auch einmal acht oder neun Uhr werden. Ich habe mich deshalb auch gewundert, daß er ausgerechnet heute später kommen wollte. Das war sonst nicht seine Art, vor allem nicht, wenn wir Gäste hatten. Man konnte sich auf seine Pünktlichkeit verlassen. Zumindest meistens.« Sie hielt inne, holte tief Luft, begann zu schluchzen. Julia Durant ließ ihr Zeit, bis sie sich wieder einigermaßen beruhigt hatte. Bevor sie eine weitere Frage stellen konnte, fragte Vivienne Schönau: »Sagen Sie mir, wie ist er gestorben? Mußte er lange leiden? Ist er genauso gestorben wie Herr Rosenzweig?«

Durant schüttelte den Kopf. »Nein, nicht wie Herr Rosenzweig. Aber wie es aussieht, ist er auch durch Gift ums Leben gekommen. Irgend jemand hat ihm ein wunderschönes Geschenk gemacht, ein wunderschönes, tödliches Geschenk.«

»Was für ein Geschenk?« fragte Frau Schönau mit ihrer weichen, warmen Stimme, die Augen fragend auf die Kommissarin gerichtet.

»Nun, irgendwer hat ihm etwas für sein Aquarium geschenkt, und ...« Durant hielt einen Moment inne, fragte dann: »Sagen Sie, wie gut kannte Ihr Mann sich mit Fischen aus?«

»Er liebte Fische. Er hat oft gesagt, wie sehr ihn ihr Anblick beruhigen würde.«

»Sie haben aber meine Frage nicht beantwortet. Kannte er zum Beispiel die Namen der Fische?«

»Ein paar schon«, antwortete Vivienne Schönau, »aber eigentlich hat er die Auswahl der Fische und die Pflege der Aquarien Experten überlassen ...«

»Was für Experten?«

»Er hat eine Firma beauftragt, regelmäßig die Aquarien zu warten. Das in seinem Büro und das in seinem Arbeitszimmer. Aber ich glaube nicht, daß er genau wußte, was für Fische er hatte. Sie sollten einfach nur schön aussehen, das war für ihn wichtig.«
Genauso wichtig wie dein Aussehen, dachte Hellmer, der von der ihm gegenübersitzenden Frau fasziniert war. Ihre Art zu sitzen, zu sprechen, die kaum merklichen Bewegungen, das war keine anerzogene Eleganz, das schien ihr von der Natur mitgegeben worden zu sein. Eine Frau, in der Schönau ein perfektes Vorzeigeobjekt gehabt hatte.
»Aber verraten Sie mir doch bitte, was für ein Geschenk mein Mann bekommen hat?«
»Wie es aussieht, ist er länger in der Bank geblieben, weil er wußte, daß er noch dieses eine Geschenk bekommen würde …«
»O ja, stimmt, ich habe ihn angerufen und gefragt, wann er endlich kommt, er sagte aber nur, er müsse noch auf ein dringendes Paket warten. Er hat aber versprochen, pünktlich um acht hier zu sein. Wir wollten heute feiern und morgen für eine Woche in unser Haus in der Provence fahren. Dort wollte er sich in Ruhe auf seine Operation vorbereiten, denn seine Angina pectoris hat ihm in letzter Zeit sehr zu schaffen gemacht … Und was war in dem Paket?«
»Wir, vor allem aber der Gerichtsmediziner, nehmen an, daß ihm zwei Kegelschnecken geschickt wurden …«
»Kegelschnecken? Was ist das? Es hört sich nicht gefährlich an.«
Julia Durant lächelte kurz, bevor sie antwortete: »Nun, ich hatte bis vor einer Stunde auch noch nichts von diesen Tieren gehört. Ich kann Ihnen nur sagen, es sind sehr, sehr schöne Tiere, und sehr gefährliche dazu. Und es sieht so aus, als ob der Absender des Pakets wußte, daß auch Ihr

Mann mit diesen Tieren nicht vertraut war. Es muß sich also demzufolge um jemanden handeln, der Ihren Mann sehr gut kannte. Jemand, der Ihren Mann haßte. So sehr, daß er ihm diese Schnecken schickte. Können Sie uns sagen, ob Ihr Mann Feinde hatte und uns unter Umständen auch Namen nennen?«
Vivienne Schönau schüttelte den Kopf. »Nein, ich weiß nichts von Feinden, und deshalb kenne ich auch keine Namen. Es tut mir leid.«
»Das dachte ich mir«, murmelte die Kommissarin und lehnte sich zurück. Sie legte einen Finger auf den Mund, sah Hellmer an, dessen Blick auf die parkähnliche Anlage hinter dem Haus gerichtet war, die jetzt im abendlichen Dämmerlicht lag.
»Frau Schönau, ich muß Ihnen jetzt einige Fragen stellen, die zu stellen mir nicht leicht fällt, doch es muß sein.« Wieder wartete sie einen Moment ab, versuchte im Gesicht von Frau Schönau zu lesen, schließlich fragte sie: »Wie war Ihre Ehe? War sie harmonisch oder gab es öfter mal Streit?«
Frau Schönau senkte den Blick, ein kaum merkliches Lächeln huschte für Sekundenbruchteile über ihre Lippen. Ihre Nasenflügel bebten leicht, sie sagte: »Unsere Ehe? Wissen Sie, wir sind seit dreiundzwanzig Jahren verheiratet, wir haben uns in Paris kennengelernt, als ich noch Ballettänzerin war. Wir haben drei Kinder, und irgendwann kommt die Zeit, da hat man sich nicht mehr so viel zu sagen. Ich kenne keine Ehe, in der es nicht so ist. Man spricht miteinander, man fährt gemeinsam in Urlaub, und doch führt jeder irgendwie sein eigenes Leben. Harmonisch? Ich weiß nicht, ob unsere Ehe harmonisch war. Vielleicht, vielleicht auch nicht. Aber warum … Ich meine, was hat unser Privatleben …?«
»Darauf komme ich gleich zurück. Aber kann ich Ihren Worten entnehmen, daß Sie nicht sonderlich glücklich waren?«

»Sagen wir so, ich habe mich mit meinem Leben abgefunden. Ich habe alles, was ich brauche.«
»Dann verraten Sie mir doch bitte, ob es Anzeichen dafür gab, daß Ihr Mann eventuell eine außereheliche Beziehung hatte.« Vivienne Schönau blickte Julia Durant direkt an, sie neigte leicht den Kopf zur Seite, für einige Sekunden herrschte Stille. Schließlich sagte sie: »Sie meinen, ob mein Mann eine Geliebte hatte?«
»Ja.«
»Wie Sie wissen, gehören wir der *Kirche des Elohim* an, und da ist es nicht recht, mit einem andern Menschen als dem Ehepartner sexuell zu verkehren.« Wieder bebten ihre Nasenflügel, sie senkte den Blick erneut, ihre Finger krampften sich wieder in das Taschentuch, sie erhob sich, stellte sich ans Fenster, den Rücken den Beamten zugewandt. Sie blickte hinaus in die Dämmerung, sagte: »Nein, es gehört sich nicht, einen Geliebten oder eine Geliebte zu haben. Aber es gibt leider auch in der Kirche Menschen, die es mit diesem Gebot nicht so genau nehmen.«
»Gehörte Ihr Mann zu diesen Menschen?« hakte Julia Durant nach.
Wieder verstrichen einige Sekunden, bis Vivienne Schönau, den Blick immer noch aus dem Fenster gerichtet, mit einem Anflug von Bitterkeit antwortete: »Ja. Ja, ich glaube schon. Aber ich kann es nicht beweisen. Ich konnte es nie beweisen, doch eine Frau spürt, wenn ihr Mann sie betrügt. Und ich mußte immer seinen Worten glauben, wenn er sagte, er wäre nur mir treu. Aber ich weiß, daß er gelogen hat. Ich wußte immer, wenn er eine andere Frau hatte. Ich habe es ihm angesehen … und ich habe es gerochen. Männer sind so dumm! Sie sind wie Elefanten, wenn sie fremdgehen. Frauen sind viel schlauer, wenn es darum geht, eine verbotene Beziehung geheimzuhalten. Warum auch immer.«

»Haben Sie in letzter Zeit das Gefühl gehabt, Ihr Mann hätte eine Geliebte?«
»Um ehrlich zu sein, ich habe aufgehört, mir darüber Gedanken zu machen. Obwohl ich es mir nicht vorstellen kann. Seine Krankheit, ich meine, es ist eher unwahrscheinlich, daß er ausgerechnet jetzt eine hatte. Aber ich würde nicht meine Hand dafür ins Feuer legen.« Sie drehte sich um, eine schlanke, wohlgeformte Frau von etwa einem Meter fünfundsechzig; sie stützte die Hände auf der Fensterbank ab. »Aber es gibt doch sicher einen Grund, warum Sie das fragen, oder?«
»Ja, den gibt es. Wir haben nämlich einen Zettel an seinem Geschenk gefunden. Darauf steht, *Herzlichen Glückwunsch zum Geburtstag, Liebling. Das sind die schönsten Exemplare, die ich für Dein Aquarium auftreiben konnte. Ich hoffe, sie gefallen Dir.* Keine Unterschrift, der Zettel wurde mit Maschine geschrieben. Haben Sie Ihren Mann jemals Liebling genannt?«
»Non, jamais. Niemals. Früher, vor vielen Jahren, als wir noch eine wirklich glückliche Ehe führten, habe ich ihn manchmal ›cheri‹ genannt, aber das ist lange her. Später habe ich ihn nur noch mit seinem Vornamen angeredet. Er war einfach nicht mehr mein ›cheri‹. Er war nur noch Walter. Es tut mir leid, wenn ich so von meinem Mann spreche, aber warum soll ich jetzt lügen? Früher oder später würden Sie sowieso herausfinden, daß unsere Ehe keine wirkliche Ehe mehr war. Das einzige, was uns noch zusammenhielt, waren die Kirche und die Kinder.«
Julia Durant legte den zweiten Zettel auf den Tisch. Vivienne Schönau betrachtete ihn mit zu Schlitzen verengten Augen, sagte leise und doch beherrscht: »*Kinderficker* ... Heißt das, mein Mann hat ...« Sie schüttelte ungläubig den Kopf, drehte sich um, ballte die Fäuste, schloß die Augen, legte den Kopf

in den Nacken. »Ich kann es nicht glauben, ich kann *das* nicht glauben.«

»Gab es jemals Anzeichen dafür, Frau Schönau? Ich meine, hatten Sie jemals den Verdacht, Ihr Mann könnte sich an Kindern vergangen haben? ... Vielleicht sogar an Ihren eigenen?«

»Nein«, sagte sie mit entschlossener Miene. Sie machte eine Pause, holte tief Luft, ihre Haltung entspannte sich. »Aber ich würde auch dafür meine Hand nicht ins Feuer legen. Ich würde für nichts, was ihn angeht, die Hand ins Feuer legen. Früher einmal, ja. Aber jetzt ...« Sie schüttelte den Kopf. »Es tut mir leid, ich hoffe, Sie verstehen, was ich meine.«

»Uns wurde gesagt, Ihr Mann hätte zu den sehr konservativen Männern in der Kirche gehört ...«

Zum ersten Mal an diesem Abend lachte Vivienne Schönau auf, trocken und gewürzt mit einer Prise Sarkasmus. »O ja, in der Kirche war mein Mann das Abbild eines guten Ehemannes und vor allem eines treuen Mitglieds. Die meisten Menschen hatten großen Respekt vor ihm, aber ich frage mich manchmal, ob sie Respekt vor ihm hatten oder vor seinem Geld und seiner Macht. Er konnte gut reden, er war ein perfekter Rhetoriker, der alle Tricks kannte, um Menschen mit Worten um den Finger zu wickeln ... oder sie einzuschüchtern. Ich glaube, es gibt kaum jemanden in der Kirche, der jemals hinter seine Fassade geblickt hat. Nein, das hätte er nicht zugelassen. Nicht einmal ich war dazu in der Lage. Ich wußte nicht, was wirklich in seinem Kopf vorging.« Sie atmete tief ein, seufzte auf, sagte: »Bestimmt fragen Sie sich jetzt, warum ich auf einmal so von meinem Mann spreche. Ich weiß es selber nicht. Vorhin, als Laura mir gesagt hat, daß er tot ist, war ich natürlich entsetzt, es ist schon seltsam, wenn plötzlich jemand stirbt, mit dem man mehr als das halbe Leben verbrachte. Aber irgendwer muß einen Grund gehabt haben, meinen Mann umzubringen, das wird mir immer klarer. Und es ist bestimmt kein Zufall, daß erst sein bester Freund und zwei Tage später er selbst tot ist. Mais, c'est la vie.«

»Waren die beiden oft zusammen?« fragte Hellmer.

»Sie haben sich sehr oft getroffen, meist in der Kirche, aber auch beruflich. Sie waren eben Freunde. Wenn der eine Probleme hatte, hat der andere ihm geholfen, egal um was es ging.«

»Auch im geschäftlichen Bereich?«

»Keine Ahnung. Doch ich denke, auch da. Und letztendlich waren sie beide Berater des Regionshirten.«

»Moment«, sagte Julia Durant mit zu Schlitzen verengten Augen, »Ihr Mann war kirchlich in der gleichen Position wie Rosenzweig?«

»Ja, so kann man es sagen. Sie kennen die Struktur der Kirche nicht, oder?«

»Nein, aber ich würde gern mehr darüber wissen.«

»Nun, an der Spitze der Kirche steht der *Global President,* dem ein *Ältestenrat* aus fünf Ältesten zur Seite steht. Dann gibt es ein Gremium aus insgesamt hundertvierundvierzig Brüdern, das sogenannte *Gremium der Hundertvierundvierzig,* deren Aufgabe es ist, jeweils etwa zwei oder drei Regionen weltweit zu überwachen, sie regelmäßig zu besuchen und, wenn es Probleme gibt, diese mit dem *Regionshirten* zu besprechen, notfalls aber auch mit dem *Global President.* Dann gibt es noch einige andere wichtige Gremien, doch das ist für Sie, glaube ich, nicht so interessant. Der *Regionshirte* ist die höchste Kirchenautorität in einer bestimmten Region. In Deutschland gibt es insgesamt fünf Regionen, also fünf Regionshirten. Diesem Regionshirten unterstehen sämtliche anderen Autoritäten in seinem Gebiet, wie zum Beispiel die *Gebietssupervisoren* und die *Gemeindehirten.*«

»Interessant. Aber lassen Sie mich noch einmal auf die

Freundschaft zwischen Ihrem Mann und Herrn Rosenzweig zurückkommen – gibt es vielleicht noch einen dritten oder gar vierten Freund? Was ist mit dem Regionshirten, wie war das Verhältnis zu ihm?«

»Nun, ich möchte nicht unbedingt behaupten, daß es ein freundschaftliches Verhältnis war, aber sie haben sehr gut zusammengearbeitet. Mehr kann ich nicht sagen.« Vivienne Schönau löste sich vom Fenster, fuhr fort: »Aber entschuldigen Sie meine Unaufmerksamkeit, möchten Sie etwas trinken? Orangensaft, Wasser?«

»Nein danke. Wir wollen Sie auch nicht viel länger belästigen. Aber eine Frage noch – wie stehen Sie zu Frau Rosenzweig?«

»Wir sind befreundet, wir telefonieren ab und zu miteinander, manchmal fahre ich zu ihr, manchmal kommt sie her. Ich mag Marianne, sie gehört zu den wenigen Menschen, die ihren Glauben wirklich leben. Und ich denke, für sie war es viel schlimmer, ihren Mann zu verlieren, als für mich. Sie hat sehr an ihm gehangen.«

»Ja, das sagte sie mir heute nachmittag auch ... Sie sagen, Sie haben drei Kinder. Wo sind sie?«

Wieder lächelte Frau Schönau. »Unser ältester Sohn Jean-Pierre studiert in Harvard Molekularbiologie, unsere beiden Töchter Janine und Chantal sind in einem Internat am Bodensee.«

»Salem?« fragte Hellmer.

»Ja, Salem.«

»Haben Sie schon mit ihnen gesprochen?«

»Sie meinen, ob ich ihnen schon gesagt habe, daß ihr Vater tot ist?« Sie schüttelte den Kopf. »Nein, aber ich werde nachher bei Jean-Pierre anrufen. Und morgen früh fahre ich nach Salem, um meine Töchter zu holen. Sie sollen es von mir persönlich erfahren, nicht über das Telefon. Jean-Pierre hatte nie

ein besonderes Verhältnis zu seinem Vater, bei Janine und Chantal war das etwas anders … Ich werde auf jeden Fall anfangen, mein Leben neu zu gestalten. Ich denke, es warten eine Menge Aufgaben auf mich.«
»Warum«, fragte Hellmer, einer plötzlichen Eingebung folgend, »sind Ihre Töchter in Salem? Und seit wann?«
»Ich habe es so gewollt«, erwiderte sie und kniff die Lippen zusammen. »Ich wollte, daß unsere Töchter in Salem zur Schule gehen. Sie sind Zwillinge, zwölf Jahre alt. Sie sind seit zwei Jahren dort.«
»Gab es einen Auslöser dafür?« fragte Durant.
»Wofür? Daß sie eine der besten Schulen besuchen?« Sie schüttelte den Kopf. »Nein, ich wollte lediglich, daß sie auf eine gute Schule gehen. Und das war die beste, die uns angeboten wurde«, sagte sie und wirkte dabei auf einmal kühl und abweisend.
Durant und Hellmer erhoben sich. »Vielen Dank für Ihre Auskünfte und Ihre Offenheit. Wir werden bestimmt in den nächsten Tagen noch die eine oder andere Frage haben. Auf Wiedersehen.«
»Auf Wiedersehen. Und auch wenn mein Mann nicht der Mann war, den ich mir in den letzten Jahren gewünscht habe, so hoffe ich doch, daß Sie seinen Mörder bald finden werden. Ein Mord ist ein sehr schweres Verbrechen, und es gibt nichts, was ein solches Verbrechen rechtfertigen würde. Wenn Sie meine Hilfe brauchen, ich stehe Ihnen jederzeit zur Verfügung. Warten Sie, ich gebe Ihnen meine Karte, da steht auch die Handynummer drauf.«
Julia Durant nahm sie, steckte sie in die Tasche, reichte Vivienne Schönau im Gegenzug ihre Visitenkarte.
»Ach ja, Frau Durant, kommen Sie auch aus Frankreich oder haben Sie Vorfahren, die in Frankreich gelebt haben?«
Durant lächelte Vivienne Schönau an, die ihr immer sympa-

thischer wurde. »Mein Großvater kam aus Frankreich. Wir stammen von einer alten Hugenottenfamilie ab.«
»Da gibt es sicherlich viel Material, was Ihre Vorfahren angeht.«
»Unser Stammbaum reicht zurück bis ins sechzehnte Jahrhundert. Einige von ihnen sind in der Bartholomäusnacht umgekommen.«
»Ja, das war eine schreckliche Sache. Es heißt, die Seine war rot vor Blut, als die Hugenotten massakriert wurden. Aber das ist lange her, sehr lange.«
»Ja. Wir haben das zum Glück nicht miterleben müssen. So, jetzt müssen wir leider gehen; wir möchten uns vorher aber noch ein wenig mit Frau Dr. Fink unterhalten.«
»Natürlich. Sie können das gern im Wohnzimmer machen, ich gehe solange nach oben, ein paar Kleinigkeiten für die Fahrt morgen packen. Laura, kommst du bitte rein, die Polizisten möchten mit dir sprechen.«
Vivienne Schönau verließ den Raum, Laura Fink kam herein, machte die Tür hinter sich zu.
»Und, war Ihre Befragung zufriedenstellend?« fragte sie mit kühlem Lächeln.
»Wie man's nimmt. Frau Schönau ist auf jeden Fall etwas aufgeschlossener als Frau Rosenzweig.«
»Wäre es nicht schlimm, wenn alle Menschen gleich reagieren würden? Jeder hat im Leben seine ganz persönliche Prüfung durchzustehen, der eine verkraftet es besser, der andere weniger gut. Aber wir sind nicht hier, um zu philosophieren. Was wollen Sie wissen?«
»Setzen wir uns doch wieder«, sagte Durant. »Sie haben vorhin erwähnt, daß Sie Frau Schönau schon seit Ihrer Kindheit kennen. Was für eine Frau ist sie?«
»Ich verstehe zwar Ihre Frage nicht ganz, aber Vivienne ist charmant, freundlich, ehrlich und bisweilen sehr direkt. Und

sie ist eine außergewöhnlich schöne Frau. Es gibt nur wenige, die es mit ihrer Klasse aufnehmen können. Hätten Sie gedacht, daß sie schon sechsundvierzig ist? Ich finde, sie sieht phantastisch aus.«
»Sechsundvierzig? Dafür sieht sie wirklich toll aus. Sagen Sie, gibt es in Ihrer Kirche eigentlich nur reiche Leute, Akademiker und schöne Menschen?«
Laura Fink lachte auf, sagte: »Nein, zum Glück nicht. Sie haben die Ausnahmen erwischt. Rosenzweig, Schönau, Frau Reich, ich – wir nagen natürlich nicht am Hungertuch, aber die meisten Mitglieder sind ganz normale Menschen, Arbeiter, Angestellte, es gibt auch ein paar Künstler. Wie gesagt, es gibt Ausnahmen, aber die sind nicht die Regel.«
»Da bin ich ja erleichtert«, sagte Durant grinsend. »Ich dachte schon, ich wäre im Club der Millionäre gelandet. Aber Spaß beiseite, wir wissen inzwischen mit ziemlicher Sicherheit, woran Schönau gestorben ist. In dem Behälter, der auf seinem Schreibtisch stand, haben sich aller Wahrscheinlichkeit nach zwei sogenannte Kegelschnecken befunden, die von Professor Morbs, unserem Rechtsmediziner, eindeutig identifiziert wurden …«
»*Conotoxin*«, murmelte Laura Fink nachdenklich. Sie verzog leicht die Mundwinkel, sagte: »Das ist ein Nervengift, und zwar ein extrem wirksames.«
»Sie kennen sich auch *damit* aus?« fragte Durant mit hochgezogenen Augenbrauen.
»Ich habe Medizin studiert und einen Teil meines Studiums der Toxikologie gewidmet. Ich kenne übrigens einige der Bücher von Professor Morbs. Es gibt wohl kaum jemanden, der sich besser mit der Materie auskennt als er … Es ist schon fast perfide, jemanden auf diese Weise umzubringen. Mich wundert nur, daß Schönau diese Schnecken nicht kannte.«

»Seine Frau sagte, er hätte sich nicht mit Namen abgegeben, ihn interessierten nur die Fische selbst.«

»Kegelschnecken sind keine Fische, sie zählen zu den Mollusken oder, auf deutsch, Weichtieren. Unbedarfte Menschen, die nichts über sie wissen und sie einfach nur schön finden, spielen mit ihrem Leben, wenn sie diese Tiere anfassen. Zumindest einige von ihnen sind hochgiftig. Allerdings findet man die wirklich gefährlichen ausschließlich in den tropischen und subtropischen Gewässern des Indopazifiks. Tja, Sie haben es wohl mit einem sehr raffinierten Giftmörder zu tun.«

»Oder einer Mörderin«, sagte Hellmer trocken und musterte die Reaktion von Laura Fink eingehend. »Sie sind bestimmt nicht die einzige Frau, die sich mit solchen Tieren auskennt.«

»Nein, aber es gibt bestimmt nicht viele Frauen, die so viel über diese, sagen wir, exotischen Gifte und Toxine wissen ...«

»Aber vorhin, in Schönaus Büro, sagten Sie, Sie seien keine Expertin, soweit ich mich erinnern kann. Sie sind aber offensichtlich doch eine ...«

»Ich bin keine Expertin. Ich kenne mich zwar in den Grundlagen der Toxikologie aus, habe während meines Studiums im Labor gearbeitet, habe zugesehen, wie bestimmte Gifte synthetisiert wurden, um sie zum Beispiel im medizinischen Bereich einzusetzen, aber ich bin deswegen noch lange keine Expertin. Wenn Sie einen Experten haben wollen, dann nehmen Sie Professor Morbs. Ich habe noch nie eine Kegelschnecke zu Gesicht bekommen, ich habe lediglich Bilder von ihnen gesehen.« Sie machte eine Pause, holte einen Kaugummi aus ihrer Hosentasche, wickelte ihn aus und steckte ihn in den Mund. Fast provozierend fragte sie: »Und, zähle ich jetzt zu Ihren Hauptverdächtigen? Nur weil ich ein bißchen über Gifte Bescheid weiß? Vergessen Sie's, ich habe

damit nichts zu tun. Egal, was jemand getan hat, ich könnte niemanden umbringen. Und ehrlich – hätte ich Ihnen all das erzählt, wenn ich die Morde begangen hätte? Wohl kaum, oder?«
Durant sah erst zu Boden, dann blickte sie Laura Fink an. »Wo haben Sie Ihre Praxis?«
»Hier«, sagte sie, griff in ihre Tasche und reichte Durant ihre Karte. »Hier stehen meine Sprechzeiten drauf sowie meine Telefonnummer …«
»Aber nur die von der Praxis. Was, wenn wir Sie außerhalb Ihrer Sprechzeiten anrufen möchten oder müssen?«
»Ich schreib Ihnen meine Privatnummer auf. Ich wohne im gleichen Haus, in dem sich auch die Praxis befindet. Noch Fragen? Wenn nicht, dann würde ich jetzt gern nach Hause fahren, ich habe einen sehr anstrengenden Tag hinter mir. Sie wissen ja, wo und wie Sie mich erreichen können. Gute Nacht.«
»Gute Nacht, Frau Dr. Fink«, sagte Julia Durant und sah der jungen Frau hinterher, die sich mit schnellen, ausholenden Schritten auf den Ausgang zubewegte. Sie blieb plötzlich stehen, wandte sich um, sagte: »Übrigens, nennen Sie mich einfach nur Frau Fink oder Laura. Ich lege keinen Wert auf den Titel.« Ohne eine Erwiderung abzuwarten, verschwand sie nach draußen.
»Sie könnte eigentlich ganz hübsch sein«, sagte Hellmer leise, »wenn sie sich nicht wie ein halber Mann geben würde.«
»Sie ist hübsch«, bemerkte Durant, »vielleicht weiß sie es nur nicht. Oder sie will es nicht wissen.«
»Was?« fragte Hellmer und zog die Stirn in Falten.
»Vergiß es. Komm, wir machen uns auch auf den Weg. Ich könnte eine Mütze voll Schlaf vertragen.«
Am Auto angelangt sagte Julia Durant, während sie sich eine Zigarette anzündete: »Diese beiden Morde werden uns noch

eine Menge Kopfzerbrechen bereiten. Wir haben es hier mit jemandem zu tun, der genauestens über die Lebensweise der Opfer Bescheid wußte. Und bei Rosenzweig ist mir jetzt noch rätselhafter, wie das Gift in seinen Schreibtisch kam. Scheiße, und gute Nacht.«

»Nacht, und schlaf gut. Und träum süß von niedlichen Kegelschnecken!«

Julia Durant hielt den ausgestreckten Mittelfinger der linken Hand aus dem Fenster, startete den Motor und fuhr los. Hellmer grinste, stieg in seinen BMW und steckte sich eine Marlboro an. Er drückte eine Taste auf dem Autotelefon, seine Frau Nadine meldete sich nach dem zweiten Läuten.

»Hallo, Schatz. Ich bin jetzt unterwegs. Bis gleich, und – ich liebe dich.« Er drückte die Aus-Taste, legte die neueste CD von Beautiful South ein, drehte den Zündschlüssel und gab Gas. Er genoß den warmen Fahrtwind, die laute Musik. Er freute sich auf zu Hause.

Auf Nadine, mit ihr zusammen einzuschlafen.

Mittwoch, 23.40 Uhr

Als Laura Fink nach Hause kam, stellte sie ihren Wagen in der Garage ab, schloß das Tor von innen mit der Fernbedienung und ging durch eine Tür in der Garage ins Haus. Sie stellte ihren Arztkoffer im Flur ab und begab sich in den ersten Stock. Sie war müde und erschöpft, warf einen Blick auf den Anrufbeantworter, auf dem zwei Nachrichten waren, eine von ihrer Mutter und eine weitere von Sabine Reich, ihrer besten und auch einzigen Freundin. Sie sagte, sie solle sie anrufen, sobald sie zu Hause sei, sie selbst wäre bestimmt noch bis ein Uhr wach. Es war warm in der Wohnung, sie schaltete die Klimaanlage ein, die sie im vergangenen Som-

mer hatte einbauen lassen. Innerhalb weniger Minuten sank die Temperatur um einige Grad.
Laura Fink stand eine Weile unentschlossen vor dem Telefon, überlegte, wollte schon den Hörer in die Hand nehmen, ließ es dann aber, holte sich statt dessen aus der Küche eine Banane und einen Joghurt, setzte sich auf die Couch und aß. Danach stellte sie sich für einen Moment auf den Balkon, atmete die warme Nachtluft ein, hinter den meisten Fenstern in diesem Wohnviertel war es bereits dunkel, von irgendwoher drangen leise Stimmen zu ihr. Das ferne Summen eines startenden Flugzeugs, ein Auto, das näher kam. Sie ging zurück ins Wohnzimmer, dessen verspieltes Laura-Ashley-Design eine gemütliche, warme Atmosphäre ausstrahlte, schaltete den Fernsehapparat an, um sich noch für ein paar Minuten zu entspannen. Sie sah auf den Bildschirm, nahm aber nicht wahr, was dort gezeigt wurde. Ihre Gedanken kreisten unablässig um Rosenzweig und Schönau, die beiden Männer, die sie so lange und so gut gekannt hatte. Ein kurzer Seufzer kam über ihre Lippen, sie ging ins Bad, zog sich aus und stellte sich unter die Dusche und ließ etwa fünf Minuten lang lauwarmes Wasser über ihren Körper laufen. Gerade als sie den Mischhebel drückte, klingelte das Telefon. Nackt und naß nahm sie den Hörer von der Gabel, meldete sich mit einem schlichten »Ja?«.
»Hallo, Laura. Hier ist Sabine. Hast du meine Nachricht schon abgehört?«
»Ja«, sagte Laura Fink, »ich bin aber gerade erst heimgekommen. Was gibt es denn? Ich bin ziemlich erschlagen.«
»Ich hab das von Schönau gehört. Du weißt ja, in der Kirche verbreitet sich so was wie ein Lauffeuer. Ich wollte einfach mal von dir wissen, was da los war.«
»Er ist umgebracht worden.«
»Und, weiß die Polizei schon Näheres?«

»Nein, gar nichts. Sie wissen lediglich, daß Gift im Spiel war. Aber darüber reden wir morgen. Laß mich einfach schlafen.«

»Okay, dann bis morgen. Und schlaf gut.«

»Bis morgen.« Laura Fink legte auf, ihre Haut war inzwischen trocken, nur ihre Haare waren noch etwas feucht. Sie ging ins Schlafzimmer, zog sich einen Slip und ein leichtes Trägerhemd an und legte sich ins Bett. Sie hatte die Nachttischlampe angeschaltet, die wie immer die ganze Nacht über brennen würde. Seit sie ein kleines Kind war, konnte sie nicht schlafen, wenn es völlig dunkel war. Sie faltete die Hände, betete, wie sie es jeden Abend vor dem Schlafen tat. Die Klimaanlage surrte leise, Laura Fink zog die Bettdecke bis über die Schultern und drehte sich auf die Seite. Sie schloß die Augen, doch es dauerte eine Weile, bis die Bilder des vergangenen Tages allmählich verblaßten und ihr Körper und ihr Geist endlich Ruhe fanden. Nach zwei Stunden wachte sie wieder auf, schweißgebadet wie so oft, gequält von dem *einen* Alptraum, der sie seit Jahren verfolgte. Sie setzte sich auf, ihr war schwindlig, ihr Herz schlug wie ein Hammer gegen ihre Brust. Sie mahnte sich zur Ruhe, murmelte: »Ich kenne das, ich kenne das, es ist nicht schlimm.« Ihr Herzschlag begann sich allmählich zu beruhigen, ihre Atmung wurde gleichmäßiger. Sie ging auf die Toilette, setzte sich danach wieder aufs Bett, ihr Mund und ihre Kehle waren trocken. Sie nahm die Flasche Wasser, die neben ihrem Bett stand, trank ein paar Schlucke. Sie fuhr sich mit beiden Händen durch das naßgeschwitzte Haar, legte sich hin. Sie starrte an die Decke, sagte leise: »Vater, bitte hilf mir. Laß mich nicht allein. Du kennst meine Sorgen und meine Nöte, und du weißt, daß ich dich brauche. Ich will ein Werkzeug in deiner Hand sein und alles tun, was du von mir verlangst. Aber bitte, bitte verlaß mich nicht.« Sie rollte sich in die Decke. Sie schlief ein.

Mittwoch, 23.45 Uhr

Julia Durant stellte ihren Corsa in der Nähe des Hauses ab, nahm ihre Tasche, stieg aus und schloß den Wagen ab. Sie überquerte die Straße, zwei junge Männer in Jeans und T-Shirt kamen ihr in etwa fünfzig Meter Entfernung auf dem Bürgersteig entgegen, ihr Gang provozierend, die Haltung verhieß nichts Gutes. Die Kommissarin tat, als ignorierte sie die beiden, in Wirklichkeit war sie in jeder Faser ihres Körpers gespannt, steckte die rechte Hand in die Tasche, entsicherte die Pistole und umfaßte den Griff. Es hatte in den letzten drei Wochen mehrere Überfälle auf Frauen gegeben, von denen drei erst zusammengeschlagen und dann vergewaltigt und ausgeraubt worden waren, und das letzte wahrscheinliche Opfer, ein siebzehnjähriges Mädchen, galt noch immer als vermißt. Als die Männer und Julia Durant fast auf gleicher Höhe waren und sie rechts an ihnen vorbeigehen wollte, machte einer der beiden plötzlich einen Schritt nach rechts und versperrte ihr den Weg. Er war etwa einsachtzig groß, schlank, mit blonden, kurz geschnittenen Haaren und höchstens zwanzig Jahre alt. Er grinste sie an, sagte leise, mit schmieriger Stimme: »Hey, Süße, haste mal Feuer?«
Julia Durant sah ihn an, registrierte aber aus den Augenwinkeln jede Bewegung des andern, der noch jünger schien und sich seitlich von ihr aufgebaut hatte und einen etwas debilen Eindruck machte.
»Nein, tut mir leid.«
»Schade«, sagte der Blonde und faßte die Kommissarin bei der Schulter, »aber vielleicht haste ja was anderes für uns. So'ne hübsche Tuss und nachts so ganz allein auf 'ner einsamen Straße, tz, tz, tz, das sollte jemand wie du nicht machen.« Seine Hand glitt tiefer, berührte ihren Busen.
»Du hast geile Titten. Wie wär's mit 'nem flotten Dreier?«

»Soll ich um Hilfe schreien?« fragte Julia Durant kühl.
»Bevor du auch nur einen Ton rauskriegst, stopfen wir dir das Maul. Und anschließend noch was ganz anderes. Kapiert?!« Er lachte meckernd, plötzlich wurde seine Stimme scharf und schneidend: »Also, halt die Klappe. Los, da rüber!« befahl er und deutete mit dem Kopf auf den Spielplatz, der jetzt im Dunkel lag.
»Kann ich vorher noch eine rauchen?« fragte sie.
»Ich denk, du hast kein Feuer?« fragte der Blonde mißtrauisch.
»Für mich schon.« Sie machte einen schnellen Schritt zurück, zog die Pistole aus der Tasche und richtete sie erst auf den Blonden, dann auf seinen dunkelhaarigen Kumpel, der bis jetzt kein Wort gesagt hatte.
»So, ihr beiden, ihr nehmt jetzt die Pfoten hoch und stellt euch mit dem Gesicht an das Auto. Hier in meiner Hand hab ich das Feuer. Wenn einer von euch auch nur einen Mucks macht, könnt ihr diesem Leben adieu sagen. Also, wird's bald?!«
»Hey, Lady, das war nicht so gemeint. Steck das Ding da wieder weg und wir tun so, als wenn nichts gewesen wäre, okay?« sagte der Blonde und hob wie entschuldigend die Hände.
»Ey, Scheiße, Mann, die Alte macht keinen Spaß. Los, hauen wir ab«, sagte sein Kumpel.
»Keiner haut hier ab. Ans Auto und die Hände aufs Dach. Und das alles schön langsam. Ich habe nämlich nach diesem verflucht anstrengenden Tag keine Lust mehr auf große Debatten. Und glaubt ja nicht, daß ich Spaß mache. Die ist geladen!«
Der Blonde, der jetzt etwa zwei Meter von Durant entfernt dastand, schien zu überlegen, dann machte er mit einem Mal einen Satz nach vorn. Die Kommissarin drückte ab, ein lauter

Knall hallte durch die Nacht, die Kugel zertrümmerte das linke Schultergelenk des Angreifers, der mit einem Aufschrei zu Boden fiel. Durant richtete die Pistole gleich auf den andern, der sofort die Hände in die Höhe streckte und die vor ihm stehende Frau mit angstgeweiteten Augen ansah. Ein paar Lichter in den umstehenden Häusern gingen an, Fenster wurden aufgemacht, eine Stimme rief: »Da ist was passiert!«
»Angst, Kleiner?« fragte sie, ohne Notiz von den Anwohnern zu nehmen, während der Angeschossene auf dem Boden lag und vor sich hin wimmerte. »Wißt ihr, ihr hättet euch lieber jemand anderes für eure Spielchen aussuchen sollen. Wenn ich mich vorstellen darf, Hauptkommissarin Durant von der Mordkommission. So, und jetzt mit dem Gesicht ans Auto und die Hände auf den Rücken.«
Der Dunkelhaarige folgte wortlos dem Befehl, Durant holte die Handschellen aus der Tasche und ließ sie an den Handgelenken zuschnappen. Sie nahm das Handy, wählte die Nummer der Einsatzzentrale, forderte einen Streifenwagen und einen Krankenwagen an. Danach beugte sie sich zu dem Blonden hinunter, sagte: »Und, wo ist jetzt dein Mut?«
»Sie hätten mich umbringen können!« jammerte er.
»Hätte ich. Aber ich habe Schießen gelernt. Und vielleicht hast du gar nicht so unrecht damit, ich meine, vielleicht hätte ich dich besser umbringen sollen. Ihr seid doch die beiden, nach denen gefahndet wird, oder?«
»Halt's Maul, alte Bullenschlampe!«
»Wo ist eigentlich das Mädchen, das ihr umgebracht habt?«
»Keine Ahnung, wovon Sie reden! Wir haben niemanden umgebracht.«
»Komisch, eure Beschreibung paßt irgendwie. Na ja, spätestens bei der Gegenüberstellung wird sich zeigen, ob ihr für die drei Vergewaltigungen verantwortlich seid. Ein paar Jahre werden's auf jeden Fall werden. Und sollte noch Mord

dazukommen, tja, ihr könnt euch ausmalen, wie lange ihr dann einsitzt. So, und jetzt steh auf und stell dich zu deinem Kumpel.«

»Ich verblute, Mann, ich kann nicht aufstehen!«

»Du verblutest nicht, Arschloch! Dann bleib eben liegen, bis der Krankenwagen kommt, Schlappschwanz.« Sie ging zu dem andern, stellte sich neben ihn, steckte sich eine Zigarette an. Sie blies ihm den Rauch ins Gesicht, sagte: »Tust du eigentlich immer alles, was er von dir verlangt? Hältst du ihm auch seinen Schniedel beim Pinkeln?«

Keine Antwort.

»Was ist mit dem Mädchen, das seit einer Woche vermißt wird? Es wäre besser, du sagst es, denn ihr wurdet gesehen. Was ist passiert?«

»Halt's Maul«, schrie der Blonde, »halt bloß dein Maul, sonst reiß ich dir die Eier ab!«

»Hat er sie umgebracht? Die andern drei habt ihr doch nur geschlagen und vergewaltigt. Warum auf einmal ein Mord?«

»Weiß nicht. Sie hat angefangen zu schreien, und dann hat Gregor zugeschlagen. Sie ist mit dem Kopf auf die Werkbank geknallt und hat sich danach nicht mehr gerührt.«

»Du Arschloch! Du gottverdammtes, verfluchtes Arschloch! Ich mach dich fertig, wenn ich aus dem Krankenhaus raus bin!«

»Ich hab sie nicht angerührt, Ehrenwort.«

»Na ja, wir wollen mal nicht untertreiben. Vergewaltigt hast du sie doch auch, oder?«

»Aber nicht geschlagen. Ich hab nie eine von ihnen geschlagen. Das war immer er. Er konnte nur, wenn er sie geschlagen hat und sie darum gebettelt haben, am Leben bleiben zu dürfen.«

»Ich mach dich kalt, du alte Drecksau! Du wirst dir wünschen, nie geboren worden zu sein, du Wichser, du elender!«

Das Polizeiauto und der Krankenwagen trafen fast gleichzeitig ein. Der Blonde wurde auf eine Bahre gehievt, festgeschnallt und in den Krankenwagen geschoben, von wo er noch immer wüste Beschimpfungen in Richtung seines Kumpels schickte. Der andere wurde in den Streifenwagen gesetzt. Zu den Streifenbeamten sagte Durant: »Die Kollegen vom KDD sollen sie verhören. Das sind die beiden, nach denen seit einem Monat gefahndet wird. Die vermißte Siebzehnjährige ist aller Wahrscheinlichkeit nach tot. Der im Krankenwagen ist nach Aussage des andern der Täter. Er muß streng bewacht werden. Das war's von mir, ich mach mich jetzt vom Acker, alles weitere sollen die Kollegen übernehmen. Bis dann.«

Durant ging zum Haus, schloß auf, die Treppenhausbeleuchtung ging von allein an. Mit müden Schritten stieg sie die Treppen hinauf, an ihrer Wohnungstür klebte ein Briefumschlag. Sie riß ihn ab, betrat die Wohnung, knipste das Licht an. Sie warf die Tasche auf die Couch, legte den Umschlag auf den Tisch, holte eine Dose Bier aus dem Kühlschrank, trank sie in einem Zug leer. Sie zündete sich eine Gauloise an, stellte sich ans Fenster, sah hinunter auf die Straße, die fast immer ab zehn Uhr abends wie ausgestorben war. Einen Moment verharrte sie, zog an der Zigarette, blies den Rauch aus dem Fenster. *Ich habe zum ersten Mal auf einen Menschen geschossen*, dachte sie. *Ein paar Zentimeter tiefer, und er wäre tot.* Sie wollte den Gedanken nicht weiterdenken, drehte sich um und setzte sich auf die Couch. Sie nahm den Umschlag, holte den Brief heraus, in dem nur stand, *Ich liebe Dich. Und es tut mir leid, wenn ich Dir in letzter Zeit weh getan habe. Ich verspreche Dir, ich werde mich in Zukunft mehr um Dich kümmern. Ruf mich doch bitte morgen an, ich brauche Dich. Dein Werner.*

Sie legte den Brief neben sich, schüttelte wütend den Kopf,

dachte, *wozu brauchst du mich? Zum Bumsen? Scheißmänner!*
Sie drückte die Zigarette aus, erhob sich, ging ins Bad, wusch sich Hände und Gesicht, betrachtete sich kurz im Spiegel und hoffte, es würde bald einen Tag geben, an dem sie mal wieder acht oder neun Stunden schlafen könnte. Sie löschte das Licht, legte sich in Unterwäsche ins Bett und rollte sich auf die Seite. In ihrem Kopf waren unzählige wirre Gedanken, Rosenzweig, Schönau, die beiden Männer, die sie vergewaltigen wollten. Um kurz nach eins fielen ihr die Augen zu. Sie schlief bis um Viertel nach sechs, als sie von einem furchtbaren Traum aus dem Schlaf gerissen wurde. Sie hatte Mühe, sich zu orientieren, ihr Atem ging schwer, als läge ein bleiernes Gewicht auf ihrer Brust. Sie schaute zur Uhr, legte sich wieder hin und wartete, daß es sieben wurde, die Zeit, zu der sie immer aufstand. Sie fühlte sich miserabel, ihr Kopf schmerzte, ihr war übel. Sie hatte das Gefühl, es würde ein schlechter Tag werden. Doch sie wollte, daß es ein guter wurde. *Es liegt an dir*, sagte sie leise zu sich selbst, *es liegt ganz allein an dir.*

Donnerstag, 7.50 Uhr

Polizeipräsidium. Lagebesprechung. Berger machte einen mürrischen, übernächtigten Eindruck, Julia Durant fühlte sich nach der viel zu kurzen Nacht wie gerädert, nur Hellmer und Kullmer, die kurz nach Durant kamen, schienen guter Dinge zu sein.
»Also«, sagte Berger, nachdem er sich eine Zigarette angesteckt hatte, und sah Durant an, »was haben Sie zu berichten? Außer Ihrer unheimlichen Begegnung mit den beiden Männern letzte Nacht. Die beiden haben übrigens gestanden. Gute Arbeit, Frau Durant.«

»Nicht der Rede wert«, sagte sie und fuhr fort: »Zu berichten gibt es nicht viel. Außer, daß Schönau, wenn auch nicht auf die gleiche, so doch auf eine ähnliche Weise wie Rosenzweig ermordet wurde. Der- oder diejenige scheint einen bestimmten Plan zu verfolgen, ein Plan, den wir aber bis jetzt noch nicht durchschauen …«
»Wie genau ist er umgebracht worden?« fragte Berger und nahm einen weiteren Zug an seiner Zigarette.
»Wir haben Morbs an den Tatort geholt, und der sagte, daß Schönau durch das Gift von Kegelschnecken getötet wurde.«
»Schnecken?« fragten Berger und Kullmer fast synchron. »Wie geht denn das?«
»Ich wollte es auch nicht glauben, aber diese Schnecken leben im Meer, in tropischen Gewässern, wie Morbs sagt. Und ausgerechnet die zwei gefährlichsten ihrer Gattung sind, wie es scheint, Schönau geschickt oder vielleicht sogar persönlich gebracht worden. Von einem oder einer Unbekannten. Hier«, sagte sie, holte die Zettel aus ihrer Tasche und reichte sie Berger. Er nahm sie in die Hand und las.
»*Liebling. Kinderficker*«, murmelte er und fuhr sich mit einer Hand übers Kinn. »Eine Frau?«
»Natürlich scheint es auf den ersten Blick eine Frau zu sein. Aber was, wenn der Mörder damit nur eine falsche Fährte legen wollte? Immerhin sind die Zeilen mit Maschine geschrieben. Bei einem handgeschriebenen Brief könnte man leicht von einem Graphologen bestimmen lassen, ob der Verfasser eine Frau oder ein Mann ist, aber so …« Durant zuckte die Schultern.
»Wenn es – theoretisch – ein Mann war, dann könnte das doch auch heißen, daß Schönau unter Umständen schwul war, oder zumindest bi«, sagte Kullmer, der einen Kaugummi auswickelte und in den Mund steckte.
»Könnte sein. Das würde auch zu der Meinung von Frau

Schönau passen, die sagte, daß ihr Mann ab und an ein Verhältnis hatte. Mit wem, konnte oder wollte sie nicht sagen, es schien sie auch nicht weiter zu interessieren. Die Ehe der beiden stand offensichtlich zumindest in den letzten Jahren unter keinem sonderlich guten Stern. Obwohl die Frau ein echtes Superweib ist, schön, elegant, gepflegt und intelligent. Aber vielleicht sollten wir sie einmal etwas genauer zu ihren Vermutungen befragen. Auf jeden Fall hat Schönau, laut Aussage seiner Frau, die mit ihm kurz vor seinem Tod noch telefoniert hatte, auf ein Paket gewartet. Er hatte ihr nämlich gesagt, es würde etwas später werden, eben wegen dieses Pakets. Nur hat er ihr nicht verraten, von wem es stammt.« Sie machte eine Pause, stand auf, schenkte sich einen Kaffee ein, fuhr dann fort: »Ach ja, noch was Interessantes – seine Hose war offen, und sein kleiner Mann schaute gut sichtbar für jeden von uns aus dem Hosenschlitz. Ja, und außerdem, als ich gestern in Schönaus Büro ankam, war schon jemand vor mir dort, den ich bereits von Rosenzweig kannte – Laura Fink, die Ärztin, auch ein Mitglied dieser Kirche, wie Sie ja wissen. Und die kennt sich erstaunlich gut mit Giften aus.«
»Inwiefern?« fragte Berger, die Augen zu Schlitzen verengt.
»Sie wußte sofort den Namen des Gifts, das diese Kegelschnecken abgeben.«
»Interessant. Was wissen Sie über die Frau?«
»Relativ wenig – bis jetzt. Aber ich habe mir vorgenommen, sie ein bißchen näher unter die Lupe zu nehmen. Wobei«, Durant schüttelte den Kopf und sah Hellmer ratlos an, »mir noch immer nicht klar ist, wie das Gift in Rosenzweigs Schreibtisch gekommen ist. Ich meine, seine Frau scheidet inzwischen mit größter Wahrscheinlichkeit aus, es sei denn, sie hat auch Schönau auf dem Kieker gehabt. Was ich mir aber nicht vorstellen kann. Nur, wie ist das Gift überhaupt in Rosenzweigs Haus gelangt? Das ist die vielleicht entschei-

dende Frage, deren Beantwortung uns mit einem Schlag den Täter liefern würde. Andererseits, was haben Rosenzweig und Schönau verbrochen? Ihre Affären allein können unmöglich der Grund sein. Da steckt etwas ganz anderes dahinter, etwas, das wir im Augenblick nicht einmal erahnen können. Ich schätze, es liegt noch eine Menge Arbeit vor uns, bis wir den Fall gelöst haben.«

Berger drückte seine Zigarette aus und zündete sich gleich eine neue an. Er stand auf, stellte sich ans Fenster, in das die morgendliche Sonne mit voller Wucht schien. Mit zusammengekniffenen Augen sah er hinunter auf die Straße, wo der Berufsverkehr seinen Höhepunkt erreicht hatte. »Verfluchte Hitze!« murmelte er, fuhr fort: »Und wie sieht Ihr Plan für heute aus?«

»Wir müssen natürlich die Angestellten der Bank vernehmen«, sagte Durant. »Das sollten aber andere erledigen, denn ich würde mich gern noch einmal mit der Ärztin und Frau Schönau unterhalten, wobei ich Frau Schönau wohl erst am späten Nachmittag erreichen werde, weil sie heute morgen an den Bodensee gefahren ist, um ihre beiden Töchter abzuholen. Aber vorher würde ich gern noch von Morbs das vorläufige Ergebnis der Autopsie einholen.«

Durant griff zum Telefonhörer, wählte den Anschluß von Morbs in der Rechtsmedizin.

»Guten Morgen, Professor, hier Durant. Gibt es schon Ergebnisse?«

»Für Sie mag es vielleicht ein guter Morgen sein, ich möchte nur noch in mein Bett und schlafen. Aber um Ihre Neugier zu befriedigen – es gibt Ergebnisse. Meine Sekretärin hat sie gerade getippt und wird sie gleich durch den Computer schikken. Sollten Sie noch Fragen haben, dann rufen Sie mich zu Hause an, aber um Himmels willen nicht vor heute nachmittag um drei. Irgendwann brauche auch ich meinen Schlaf.«

»Wie lange bleiben Sie noch im Büro?« fragte Durant.
»Höchstens zehn Minuten. So lange bin ich noch erreichbar.« Er beendete grußlos das Gespräch. Julia Durant blickte grinsend den Hörer an, legte auf.
»Typisch Morbs. Aber der gute Mann hat sich schließlich zwei volle Nächte wegen uns um die Ohren geschlagen, auch wenn ich den Eindruck hatte, daß es ihm nicht sonderlich unangenehm war. Was hat er gestern abend noch gesagt – nur Bücher darüber zu schreiben wäre auf Dauer langweilig.«
Hellmer hatte sich an den Computer gesetzt und wartete auf den Autopsiebericht. Nachdem er von der Rechtsmedizin durchgeschickt war, druckte er ihn aus, nahm ihn in die Hand und überflog ihn. Julia Durant stellte sich hinter Hellmer und las mit.
»Wow«, stieß sie hervor, »genau wie Morbs schon vermutet hat, Todesursache Atemlähmung und Herzversagen durch *Conotoxin*. Und da, verdammt, ich hab es geahnt, er hat vor seinem Tod noch gebumst. Moment«, sie hielt inne, las weiter, sagte: »Scheiße, große, gottverdammte Scheiße! Der Kerl hat zwar kurz vor seinem Tod noch gebumst, es gibt aber keinerlei Spuren von Scheidenflüssigkeit und auch keine Speichelspuren an seinem Schwanz. Keine Fremdhaare, nichts. Aber Spuren an seinem Pimmel und den Schamhaaren, die offensichtlich von einem Waschlappen stammen.« Sie richtete sich auf, trank ihren Becher leer, zündete sich eine Zigarette an.
»Spuren von einem Lappen. Da gibt's für mich eigentlich nur eine Erklärung – irgendwer hat ihm entweder einen runtergeholt oder ihm einen geblasen und mit dem Lappen alle Spuren abgewischt. Und ob Fusselspuren, dazu noch von einem Waschlappen, irgendeine Aussagekraft haben, wage ich zu bezweifeln.«
»Sie hat ihm einen geblasen, bevor sie ihn ins Jenseits beför-

dert hat«, bemerkte Kullmer lässig. »Sie hat gewußt, was sie tat. Sie hat ihm im wahrsten Sinn des Wortes einen schönen Abgang verschafft«, fuhr er dreckig grinsend fort.
»Und wenn es gar keine *Sie* war?« fragte Hellmer nachdenklich. »Was, wenn Schönau in Wirklichkeit ein verkappter Schwuler war?«
»Kaum«, warf Julia Durant ein und schnippte Asche in den Aschenbecher, »dann wäre der Mörder von Rosenzweig auch ein Mann. Aber Rosenzweig …« Sie stockte, griff zum Telefon, wählte die Nummer von Morbs. Er war noch da.
»Hören Sie, Professor«, sagte sie schnell, »Rosenzweig ist doch nicht darauf untersucht worden, ob er kurz vor seinem Tod Geschlechtsverkehr hatte, oder?«
»Nein, warum?«
»Kann man das jetzt noch feststellen?«
»Sicher. Ich bräuchte nur einen Abstrich aus seiner Harnröhre oder seiner Blase zu machen, oder vielleicht finden sich ja sogar eindeutige Spuren an seinem Penis oder in den Schamhaaren …«
»Ah«, unterbrach sie ihn und faßte sich an die Stirn. »Tut mir leid, Sie gestört zu haben, aber Sie brauchen ihn nicht weiter zu untersuchen. Er hatte Geschlechtsverkehr, ich weiß es. Eine seiner Mitarbeiterinnen hat es mir erzählt, ich hab's nur vergessen.«
»Moment, Frau Durant, man könnte aber feststellen, ob er mit einer oder zwei Frauen Verkehr hatte.«
»Was meinen Sie?«
»Na ja, sollten Scheidensekret, Speichel oder Analspuren von nur einer Person an seinem Penis sein, okay, dann könnte es sein, daß er wirklich nur mit einer Dame verkehrt hat. Es gibt aber auch die Möglichkeit, daß wir zwei Sorten finden, das heißt zum Beispiel eine Sorte Scheidensekret und eine andere Sorte Speichel oder Spuren, die auf Analverkehr hin-

weisen – von zwei verschiedenen Personen. Es kommt immer darauf an, wonach man sucht und wie man es sucht. Natürlich sollten wir auch nach Fusselspuren suchen.«
»Könnten Sie das für uns herausfinden?«
»Natürlich könnte ich das. Aber wie gesagt, ich werde jetzt nach Hause fahren und schlafen. Aber zu Ihrer Beruhigung, ich werde Professor Bock fragen, ob er die Untersuchung übernehmen kann. Sie kennen ihn ja, er arbeitet absolut zuverlässig. Wenn Sie allerdings unbedingt auf meine Arbeit Wert legen, müssen Sie sich schon bis morgen gedulden.«
»Nein, nein, es ist schon in Ordnung, wenn Professor Bock das macht. Hauptsache, wir finden heraus, ob Rosenzweig nur mit seiner Mitarbeiterin oder auch noch mit einer andern Person Verkehr hatte. Wann können wir mit dem Ergebnis rechnen?«
»Heute mittag. Professor Bock wird Sie informieren, sobald er das Ergebnis vorliegen hat. Und jetzt bitte ich Sie, mich endlich in Ruhe zu lassen.«
»Okay«, sagte Julia Durant nach dem Telefonat und rieb sich über die Nase, »Sie haben's gehört, heute mittag wissen wir, ob Rosenzweig noch mit jemand anderem gebumst hat. Denn laut Aussage dieser Jessica Wagner hatte sie zwischen halb vier und vier mit ihm Verkehr. Vielleicht hatte er danach ja noch mal mit jemand ... Das würde zumindest bedeuten, daß er ein sehr potenter Mann war.«
»Ich würde vorschlagen, wir warten das Ergebnis ab. Außerdem glaube ich nicht, daß uns diese Erkenntnis sehr viel weiter bringt«, sagte Berger. »Auch wenn Rosenzweig noch mit einer andern Person gebumst hat, wissen wir immer noch nicht, wie das Gift in seinen Schreibtisch gelangt ist. Wir wissen zwar, daß Schönau zumindest einen Samenerguß hatte, wir wissen aber nicht, wer ihn dazu gebracht hat. Wir drehen uns im Kreis, zumindest vorläufig noch. Meine Dame,

meine Herren, ich würde sagen, Sie machen sich an die Arbeit.«
»Einen Moment noch«, sagte Julia Durant, »hat die Spurensicherung sich schon gemeldet?«
»Bis jetzt nicht. Aber ich kann mal anrufen und nachfragen.«
»Das wäre nett. Ich habe da nämlich eine Vermutung.«
»Und die wäre?« fragte Hellmer.
»Daß der- oder diejenige nicht nur die Spuren an Schönaus Pimmel beseitigt hat, sondern auch sämtliche anderen Spuren, wie zum Beispiel Fingerabdrücke. Mir ist nämlich aufgefallen, daß ein Aschenbecher auf Schönaus Schreibtisch stand. Soweit ich aber informiert bin, hat Schönau nicht geraucht, weshalb also sollte er einen Aschenbecher in seinem Büro haben?«
»Für Besucher?« sagte Kullmer.
»Kaum. Sie wissen doch, ein eingefleischter Nichtraucher wie Schönau wird nicht zulassen, daß in seiner Gegenwart geraucht wird. Es sei denn, es handelt sich um jemand, der sein äußerstes Vertrauen genießt und dem es ausnahmsweise gestattet ist, in seinem Büro zu rauchen. Nach außen war Schönau ein absoluter Saubermann, vor allem in seiner Kirche, in Wirklichkeit aber hatte er es faustdick hinter den Ohren und hat sich einen Dreck um irgendwelche Glaubensgrundsätze geschert. Wenn ihr nachher in die Bank fahrt, fragt doch mal, ob Schönau es geduldet hat, wenn jemand rauchte, oder ob es ein striktes Rauchverbot gab.«
»Okay, machen wir«, sagte Hellmer.
Berger rief bei der Spurensicherung an, bevor die Beamten das Büro verließen. Nach einer Minute legte er wieder auf, sagte zu Julia Durant: »Sie haben richtig vermutet, es wurden winzige Aschepartikel gefunden, der Aschenbecher wurde aber mit einem feuchten Tuch abgewischt, ebenso wie ein Großteil des Schreibtischs und die Türklinken. Es gab aber

immer noch genügend Fingerabdrücke, doch ich bezweifle, daß auch nur einer davon zum Täter gehört.«
»Dachte ich mir«, sagte die Kommissarin schulterzuckend und nahm ihre Tasche. »Dann werd ich mich mal auf den Weg machen.« Sie warf einen Blick zur Uhr, halb neun. Gemeinsam mit Hellmer und Kullmer ging sie nach unten. Sie stieg in ihren Corsa, während ihre Kollegen einen Dienstwagen nahmen. Als erstes wollte sie bei Laura Fink vorbeischauen, danach zur Schönau Bank fahren, um Hellmer und Kullmer bei ihrer Arbeit zu unterstützen. Es gab einige wichtige Fragen, auf die sie hoffentlich befriedigende Antworten erhalten würde.

Donnerstag, 9.00 Uhr

Marianne Rosenzweig traf pünktlich bei Sabine Reich ein. Sie fühlte sich nicht sonderlich gut, seit dem Tod ihres Mannes konnte sie kaum noch schlafen, zuviel war in ihrem Kopf, wie etwa die Gedanken und Fragen, was für ein dunkles Geheimnis er mit in sein Grab genommen haben könnte. Sie wirkte blaß, machte einen übernächtigten Eindruck, den auch das Make-up nicht kaschieren konnte.
»Guten Morgen, Schwester Rosenzweig«, wurde sie von Sabine Reich begrüßt. »Wie geht es Ihnen heute?«
»Bescheiden, aber das sehen Sie ja selbst. Ich glaube, ich habe in den letzten drei Nächten insgesamt nicht mehr als sieben oder acht Stunden geschlafen. Im Augenblick habe ich das Gefühl, durch eine Nebelwand zu laufen.«
»Kommen Sie rein und setzen Sie sich. Möchten Sie etwas trinken? Einen Tee, Wasser, Orangensaft?«
»Nein danke, ich habe gerade eben erst gefrühstückt, was man so frühstücken nennt. Es fällt mir einfach schwer, nach

einem solch furchtbaren Ereignis zu meinem normalen Lebensrhythmus zurückzukehren.« Sie betrat das Therapiezimmer, nahm in ihrem Sessel Platz. »Zwanzig Jahre war ich mit ihm verheiratet, und ich habe immer mehr das Gefühl, ihn überhaupt nicht gekannt zu haben. Ich glaube, er hat mir viel verschwiegen. Warum sonst hätte jemand ihn umbringen sollen? Sagen Sie mir, warum?«
Sabine Reich hatte sich ihr gegenüber auf den andern Sessel gesetzt, eine Tasse Tee stand vor ihr. Sie hatte die Beine übereinandergeschlagen, sie trug eine weiße Bluse und einen blauen, knapp über dem Knie endenden Rock, der, als sie sich setzte, noch ein wenig weiter nach oben rutschte.
»Was glauben Sie denn, was er Ihnen verschwiegen haben könnte?« fragte Sabine Reich.
»Ich weiß es nicht. Aber ein Gefühl sagt mir einfach, daß es so war. Ich glaube wirklich, ich habe ihn nicht gekannt. Ich kannte nur sein Äußeres, sein Inneres hat er vor mir verborgen. Er war liebenswürdig, immer um mich bemüht, auch wenn es mit den Jahren etwas weniger wurde. Er war den Kindern ein guter Vater, ich konnte mich auf ihn verlassen, wir haben über vieles gesprochen, er hat mir sein Herz ausgeschüttet, wenn es einmal im Geschäft nicht so lief, wie er sich das vorstellte, und das gleiche konnte ich bei ihm tun. Und doch, es muß etwas gegeben haben, das er mir nicht erzählt hat.«
»Und was?«
»Ich zermartere mir seit drei Tagen den Kopf deswegen, und ich komme zu keinem Resultat. Manchmal denke ich, er hatte vielleicht doch eine Geliebte. Ich hätte es sogar verstanden, auch wenn es für eine Frau immer eine Demütigung ist, wenn der Mann fremdgeht. Aber ich habe ihn geliebt, und selbst wenn er eine Geliebte hatte, dann ist das doch noch lange kein Grund ...« Sie schüttelte den Kopf. »Ich verstehe das

alles nicht. Warum mußte er so grausam sterben? Warum? Und der schlimmste Gedanke von allen ist, wer hat das Gift in seinen Schreibtisch getan? Und wie? Ich habe unsere Haushälterin eingehend befragt, aber sie sagt, sie hätte sein Zimmer nie betreten, weil er es ausdrücklich so gewünscht hatte. Und ich glaube ihr, sie arbeitet schließlich schon seit mehr als fünfzehn Jahren bei uns. Ich weiß nicht, in meinem Kopf ist ein riesiges Karussell, das sich immer schneller dreht.« Marianne Rosenzweig machte eine Pause, atmete tief ein, schloß kurz die Augen, betrachtete dann ihre Finger, die wie zum Gebet gefaltet auf ihrem Schoß lagen.

»Und was macht Ihre Angst? Ist es schlimmer geworden?«

Marianne Rosenzweig lachte kurz auf, sagte: »Um ehrlich zu sein, ich habe in den letzten Tagen und Nächten keine Zeit gehabt, darüber nachzudenken.«

»Das ist doch gut; ich meine, es ist natürlich nicht gut, daß Ihr Mann tot ist, aber Sie können sehen, daß Angst oftmals mit einer gewissen Unausgefülltheit einhergeht. Womit ich nicht sagen will, Ihr Leben sei nicht ausgefüllt, aber manchmal setzen wir unsere Prioritäten falsch. Ich hatte eigentlich, nach unserer letzten Sitzung, einen bestimmten Plan, was wir heute machen würden, doch ich denke, wir sollten heute nicht nach Plan vorgehen. Erzählen Sie mir etwas über Ihre Gefühle, darüber, wie Sie im Augenblick fühlen und denken. Was Sie bewegt, vielleicht sogar, wie Sie sich Ihre Zukunft vorstellen. Sind Sie damit einverstanden?«

Marianne Rosenzweig nickte, fragte: »Wir machen heute nicht die übliche Behandlung?«

»Nein, wir sollten damit jetzt einige Zeit warten. Im Moment ist es wichtig, daß Sie eine klare Linie in Ihr Leben bekommen, daß wir vielleicht gemeinsam darüber sprechen, wie Sie Ihre Zukunft sehen.«

»Um ehrlich zu sein«, sagte Frau Rosenzweig, krampfte die

Hände ineinander und verzog die Mundwinkel. Sie wollte die Tränen unterdrücken, es gelang ihr nicht ganz. Einige lösten sich aus ihren Augenwinkeln, liefen über die blassen Wangen. Sie begann zu schluchzen, schüttelte den Kopf, das Schluchzen ging in einen Weinkrampf über. Sabine Reich machte sich einige Notizen, blickte auf die ihr gegenübersitzende Frau. Nachdem sie sich beruhigt hatte, nahm Marianne Rosenzweig ein Taschentuch, wischte sich die Tränen vom Gesicht, schneuzte sich die Nase, sah mit rotgeränderten Augen auf ihre Therapeutin.

»Es tut mir leid«, sagte sie, doch Sabine Reich lächelte nur verständnisvoll und winkte ab. »Es tut mir leid, wenn ich mich habe gehenlassen. Aber ich sehe im Moment keine Zukunft. Es ist alles so leer und trostlos. Ich habe Gott angefleht, mir beizustehen, aber ich habe gerade jetzt das Gefühl, der einzige Mensch auf dieser Welt zu sein. Der einzige Mensch in einem tiefen schwarzen Loch ...«

»Sie haben vorhin aber von einer Nebelwand gesprochen ...«

»Ist das nicht das gleiche?«

»Sie haben Ihre Söhne. Und Sie sind noch nicht einmal vierzig. Sie haben noch eine Zukunft vor sich. Sie sehen blendend aus, die Welt kann Ihnen zu Füßen liegen. Es liegt an Ihnen.«

Marianne Rosenzweig lachte trocken und kehlig und irgendwie bitter auf. »An mir?! Welche Welt soll mir denn zu Füßen liegen? Die Welt der Kirche? Seit ich geboren wurde, kenne ich keine andere Welt als die der Kirche. Ich bin so unselbständig wie ein neugeborenes Baby. All die Jahre über bin ich wie eine Marionette gewesen, habe getan, was andere mir gesagt haben, habe nicht aufbegehrt, auch wenn mir bisweilen danach zumute war, aber ich war feige, einfach feige. Und jetzt soll mir auf einmal die Welt zu Füßen liegen? Das schaffe ich nicht.«

»Warum haben Sie nicht aufbegehrt? Hatten Sie Angst, an-

dere vor den Kopf zu stoßen, oder hatten Sie Angst vor Ihrer eigenen Courage? Angst davor, von den andern schief angesehen zu werden?«
Marianne Rosenzweig schüttelte kaum merklich den Kopf. »Ich weiß es nicht, vielleicht von allem etwas. Sie kennen ja meine Kindheitsgeschichte, Sie wissen, wie ich groß geworden bin, aus was für einem Elternhaus ich stamme, wie ich erzogen wurde, wie ich meinen Mann kennengelernt habe. Aber eines weiß ich ganz sicher, die Welt wird mir nie zu Füßen liegen, dafür bin ich einfach nicht der Typ. Ich müßte so viele meiner Eigenschaften ändern, ich müßte meinen Lebensstil ändern, und das kann ich nicht. Ich werde weiter meinen Aufgaben und Pflichten in der Kirche nachkommen, wahrscheinlich mehr denn je, werde versuchen, Aaron und Joseph eine gute Mutter zu sein und mein Leben so einzurichten, daß ich ohne einen Mann auskomme.«
»Schwester Rosenzweig, über Ihre Kindheit und Ihre Erziehung haben wir schon ausführlich gesprochen. Ich dachte, dieses Thema wäre abgehakt. Und kein Mensch verlangt, daß Sie von heute auf morgen Ihre Eigenschaften ändern oder Ihren Lebensstil. Und Sie sind eine liebenswürdige, intelligente Frau, die irgendwann ...« Sabine Reich hielt inne, nahm die Tasse vom Tisch und trank einen Schluck von ihrem Tee.
»Die irgendwann ...«
»Nun, ich will jetzt nicht irgend etwas Falsches sagen, doch der Tag wird kommen, an dem auch für Sie wieder ein Mann interessant werden könnte. Die Zukunft ist nicht nur heute und morgen, die Zukunft ist auch in zwei oder fünf oder zehn Jahren. Und Sie können es schaffen, das weiß ich. Ihr geistiges und seelisches Potential ist groß. Und als Ihre Therapeutin sage ich Ihnen, es wäre falsch, das Augenmerk allein auf die Kirche zu richten, was nicht heißen soll, daß Sie sich davon abwenden sollen. Es ist aber wichtig, ein Gleichgewicht

zwischen dem Leben und der Kirche zu schaffen. Die Kirche allein ist nicht das Leben, oder sollte es zumindest nicht sein. Wenn wir unser ganzes Leben nur auf die Kirche ausrichten, sind wir auf eine gewisse Weise gefangen. Und das ist nicht der Sinn des Evangeliums.«

Marianne Rosenzweig sah Sabine Reich mit großen Augen an. »Die Kirche war aber fast vierzig Jahre lang mein ganzes Leben.«

»Und Ihre Ängste, Ihre Depressionen? Was glauben Sie, was ist die Ursache dafür? Hat die Kirche Ihnen dabei helfen können?«

»Das hört sich fast blasphemisch an«, erwiderte Frau Rosenzweig mit einem zaghaften Lächeln.

»Mag sein. Soll es aber nicht. Ich möchte Ihnen nur klarmachen, daß dieses Leben aus mehr besteht als nur der Kirche. Nicht mehr und nicht weniger. Ich glaube an Gott, Sie glauben an Gott. Aber hat er uns verboten, ins Kino zu gehen oder zu tanzen oder einfach nur Freude zu haben? Hat er uns verboten, zu lachen, zu weinen, einmal den ganzen Frust aus uns herauszuschreien? Sie haben all die Jahre über Ihre Sorgen und Nöte, Ihre Probleme und vor allem Ihre Frustrationen in sich hineingefressen, Sie haben sich nie die Blöße gegeben, einmal aus der Haut zu fahren, Sie haben einfach nur funktioniert … wie man es Ihnen beigebracht hat. Und jeder, der mit Ihnen zu tun hatte oder hat, ist froh, auf einen solchen Menschen zu treffen, denn ein solcher Mensch ist leicht manipulierbar, läßt sich wunderbar lenken und ist letztendlich nur eine Marionette, wie Sie eben selbst sagten. Das aber, Schwester Rosenzweig, haben Sie nicht verdient. Kein Mensch hat es verdient, eine Marionette in den Händen anderer zu sein. Sie sollten anfangen zu agieren, anstatt nur zu reagieren. Leben Sie, genießen Sie das Leben. Ich weiß, es ist noch früh, so wenige

Tage nach dem tragischen Verlust Ihres Mannes, aber ich möchte Ihnen gerade heute aufzeigen, welche Möglichkeiten Sie haben. Machen Sie etwas aus Ihren Fähigkeiten, fangen Sie wieder an, Klavier zu spielen ...«

»Es ist lange her ...«

»Aber nicht zu lange. Und vor allem, denken Sie auch einmal an sich. Nicht nur die andern sind wichtig, sondern in allererster Linie Sie selbst. Ihre Wünsche und Ihre Bedürfnisse sollten an erster Stelle stehen. Sie werden sehen, wer Ihre wahren Freunde sind, wenn Sie selbstbewußt auftreten und nicht mehr zu allem Ja und Amen sagen. Sagen Sie auch einmal Nein, vertreten Sie Ihren Standpunkt, auch wenn er vielleicht in den Augen anderer revolutionär erscheint. Es liegt an Ihnen, Ihrem Leben einen neuen Sinn zu geben. Der Tod ist immer ein Neuanfang, ganz gleich, ob es der eigene Tod ist oder der eines uns nahestehenden Menschen. Und wenn es um Selbstbewußtsein geht, ich kenne eine Menge Wege, die helfen, es zu stärken.«

Marianne Rosenzweig lächelte, sagte: »Ich glaube, es ist zu früh für mich, darüber nachzudenken. Ich muß erst mit der Vergangenheit abschließen, bevor ich darüber nachdenken kann, mein Leben neu zu gestalten. Aber ich weiß, Sie haben im Grunde recht. Ich habe mich all die Jahre über tatsächlich wie eine Marionette gefühlt, vor allem in den letzten drei, vier Jahren. Meinen Sie denn, ich kann das abstellen? Meinen Sie wirklich, ich werde eines Tages mein eigener Herr sein und all den Ballast, der auf meinen Schultern lastet, abstreifen können? Glauben Sie das?«

»Ich glaube es nicht nur, ich bin sogar überzeugt davon, vorausgesetzt, Sie denken in erster Linie einmal an sich. Sie haben etwa die Hälfte Ihres Lebens damit zugebracht, für andere dazusein, die andere Hälfte sollte Ihnen gehören. Genießen Sie das Leben, Sie haben es verdient. Was nicht heißen soll,

jetzt von einem Extrem ins andere zu verfallen, das heißt von absoluter Selbstlosigkeit in absoluten Egoismus. Wichtig ist, wie ich bereits betont habe, ein Gleichgewicht zu schaffen, und wenn Ihnen dies gelingt, werden sich Ihre Lebensängste in nichts auflösen. Sie werden keinen Therapeuten mehr benötigen. Ihre Zukunft liegt in Ihrer Hand. Und mit Gottes Hilfe werden Sie es schaffen.«
Sabine Reich nahm einen weiteren Schluck von ihrem Tee, stellte die Tasse zurück auf den Tisch. Für eine Weile sagte keine der beiden Frauen etwas, Marianne Rosenzweig schien zu überlegen, betrachtete dabei unentwegt ihre Hände. Das Telefon klingelte, Sabine Reich erhob sich, ging an den Apparat, meldete sich.
»Reich.«
»Hallo, ich bin's …«
»Ich bin mitten in einer Sitzung. Kannst du in zwanzig Minuten noch mal anrufen?«
»In Ordnung, das läßt sich machen. Bis gleich dann.«
Sabine Reich begab sich zurück zu ihrem Platz, sah Marianne Rosenzweig an.
»Verzeihen Sie die Unterbrechung, ich habe vergessen, den Anrufbeantworter einzuschalten.«
»Macht nichts, ich glaube, ich sollte jetzt sowieso besser gehen.«
»Sie haben schon wieder Angst, stimmt's? Wovor?«
»Vor der Zukunft – und vor meiner eigenen Courage.« Frau Rosenzweig veränderte zum ersten Mal während dieser Sitzung ihre Haltung, fuhr sich mit einer Hand über die Stirn. »Es stimmt, was Sie gesagt haben, es kommt vor, daß ich meine ganze Unzufriedenheit aus mir herausschreien und dieser Ungerechtigkeit endlich ein Ende setzen möchte. Nur, ich konnte es nie, ich konnte bis vor kurzem nicht einmal weinen. Ich weiß nicht einmal mehr, ob ich als Kind je ge-

weint habe. Ich weiß nur, irgendwann kamen die Ängste. Und ich bin ihnen so hilflos gegenübergestanden, weil sie so ungreifbar, so unbegreiflich sind. Sie kamen wie aus dem Nichts und immer, wenn ich sie greifen wollte, griff meine Hand ins Leere. Aber zum Glück habe ich ja Sie gefunden. Es ist schon seltsam, als ich Sie traf, wußte ich, was ich zu tun hatte. Sie haben mir sehr geholfen. Danke.«
Sabine Reich winkte ab, sagte: »Danken Sie nicht mir, danken Sie IHM, seine Wege sind manchmal wirklich unergründlich.«
»Das ist wahr.«
»Und wenn irgend etwas ist, Sie haben meine Privatnummer. Sie können mich jederzeit anrufen, sollten irgendwelche Probleme auftreten. Nehmen Sie eigentlich zur Zeit Medikamente?«
Marianne Rosenzweig schüttelte den Kopf. »Nein, ich will auch keine. Ich möchte mich nicht von solchen Dingen abhängig machen. Wenn Sie verstehen, was ich meine.«
»Natürlich. Aber Schwester Fink würde Ihnen sicherlich etwas verschreiben. Es gibt inzwischen hervorragende angstlösende Medikamente, die zum Beispiel Verspannungen beseitigen, aber nicht abhängig machen. Und solche Medikamente stehen auch nicht in irgendeinem Widerspruch zu den Grundsätzen der Kirche.«
»Trotzdem, ich komme schon klar. Vielen Dank für Ihre Hilfe. Ich werde jetzt gehen, es gibt noch eine Menge zu erledigen bis zur Beerdigung meines Mannes.« Frau Rosenzweig stand auf, strich ihren Rock glatt, reichte Sabine Reich die Hand.
»Auf Wiedersehen.«
»Wissen Sie schon, wann die Beerdigung stattfinden wird?« fragte die Therapeutin, während sie Marianne Rosenzweig zur Tür begleitete.

»Nein, ich habe noch nichts gehört. Ich denke, es wird wohl Dienstag oder Mittwoch nächster Woche sein.«
»Dann bleibt es bei unserem Termin am Montag?«
»Ich denke schon. Sollte irgendwas dazwischenkommen, melde ich mich.«
Sabine Reich schloß die Tür hinter ihr, lehnte sich von innen dagegen, kniff die Lippen zusammen, sah zur Uhr, ging zurück in ihr Zimmer. Sie setzte sich hinter den Schreibtisch, legte die Notizen in die Patientenakte, stützte die Arme auf, legte die Hände aneinander, berührte mit den Fingerspitzen ihre Nase. Sie dachte über die vergangene halbe Stunde nach. Um fünf vor zehn klingelte erneut das Telefon. Sie nahm ab, meldete sich.
»Kannst du jetzt sprechen?« fragte die männliche Stimme.
»Jetzt ja. Was gibt es denn so Wichtiges?« fragte Sabine Reich.
»Nichts, ich wollte nur deine Stimme hören. Und außerdem würde ich dich gern wieder einmal sehen.«
»Und warum? Du hast dich seit über einer Woche nicht gemeldet, ich dachte schon, es gibt dich überhaupt nicht mehr«, sagte sie mit einem Anflug von Spott.
»Ich hatte wahnsinnig viel um die Ohren, das mußt du mir glauben. Ich war drei Tage zu einem Kongreß in Hamburg, das wußtest du auch, und danach habe ich mir noch vier Tage Sylt gegönnt. Ich bin erst seit Montag wieder im Lande. Wie wär's heute abend? Wir könnten essen gehen und hinterher zu dir.«
»Heute abend«, sagte sie und überlegte. »Ich weiß nicht, aber gib mir doch eine Stunde Zeit, ich ruf dich nachher an.«
»Sag ja«, bettelte der Anrufer.
»Ich sag doch, ich ruf an. Aber ich werde es schon irgendwie einrichten können. Allerdings sollten wir uns auch mal über gewisse Dinge unterhalten, zum Beispiel über das Halten von

Versprechungen. Du weißt doch hoffentlich, was ich meine, oder?«
»Ja, natürlich. Und es tut mir leid, daß ich dich am Dienstag einfach versetzt habe …«
»Obwohl wir fest verabredet waren. Und der werte Herr hat es nicht einmal für nötig befunden, sich wenigstens bei mir zu entschuldigen. Ich habe bei dir zu Hause angerufen, Anrufbeantworter, ich habe deine Handynummer gewählt, Mailbox … Ich weiß nicht, was ich davon noch halten soll. Du hättest dich wenigstens am Montag mal melden können.«
»Hätte ich, und wie gesagt, es tut mir leid, ich hatte soviel um die Ohren …«
»Ihr Scheißtypen habt immer soviel um die Ohren, und es ist ja auch so ein wahnsinniger Zeitaufwand, mal kurz zum Hörer zu greifen und anzurufen. Aber lassen wir das, es hat ja eh keinen Sinn. Ich melde mich nachher, darauf kannst du dich verlassen. Ich muß jetzt aber Schluß machen, mein nächster Patient kommt gleich.«
»Ciao, und bis nachher.«
Sie legte auf, ein undefinierbares Lächeln umspielte ihre Mundwinkel, sie nahm einen Stift, schrieb etwas in ihr Notizbuch, klappte es wieder zu und wartete. Kurz darauf klingelte es, sie erhob sich, ging zur Tür. Ein junger Mann von dreiundzwanzig Jahren stand vor ihr. Sie bat ihn herein, er ging vor ihr in das Zimmer. Ein Problemfall, mit vierzehn Alkohol, mit fünfzehn Drogen, mit siebzehn die erste Entziehungskur, der drei weitere folgten. Jetzt war er, trotz seiner jungen Jahre, ein physisches und psychisches Wrack, er litt unter Wahnvorstellungen, manisch-depressive Schübe wechselten sich ab mit schwersten Depressionen, vor etwa einem Jahr waren bei ihm eine chronische Bauchspeicheldrüsenentzündung sowie Leberzirrhose im

Anfangsstadium festgestellt worden. Ein schier unlösbarer Fall, ein junger Mann aus bestem Haus, der sein Leben selbst ruiniert hatte.
Oder zumindest fast selbst.

Donnerstag, 9.10 Uhr

Julia Durant hielt vor der Praxis von Laura Fink, zog ein letztes Mal an ihrer Zigarette, drückte sie im Aschenbecher aus und stieg aus dem Wagen. Die Praxis befand sich in einer kleinen Straße in Höchst, in einem schmucken Wohnviertel, das zum größten Teil aus Reihenhäusern und einigen Villen und Bungalows bestand. An der Eingangstür hing ein Schild *Dr. med. Laura Fink, prakt. Ärztin, Naturheilverfahren, alle Kassen. Sprechstunden montags und freitags 9–12, dienstags, donnerstags 8–11 und 16–18 Uhr, mittwochs 9–12 und nach Vereinbarung*. Die Kommissarin trat durch die nur angelehnte Tür und gelangte in den Vorraum, wo eine junge Frau saß, die telefonierte. Sie blickte kurz auf, Julia Durant blieb vor dem Tresen stehen. Nach dem Gespräch fragte die junge Frau: »Ja, bitte?«
»Durant. Ich würde gerne Frau Dr. Fink sprechen.«
»Haben Sie einen Termin?« fragte die junge Frau, die, wie Durant vermutete, sicher zwanzig Kilo Übergewicht hatte, dabei aber nicht unansehnlich wirkte.
»Nein. Ich bin von der Kripo Frankfurt und …«
»Ach so, es geht wohl um die Fälle Rosenzweig und Schönau. Die Frau Doktor ist aber im Moment leider beschäftigt.«
»Trotzdem würde ich gern kurz mit ihr sprechen. Fünf Minuten, nicht länger.«
»Einen Augenblick bitte«, sagte die junge Frau mit einem leicht pikierten Gesichtsausdruck und betätigte einen Knopf

der Sprechanlage. »Hier ist eine Dame von der Polizei und möchte Sie sprechen …«

»Soll warten, bis ich mit dem Patienten fertig bin.«

»Sie können solange im Wartezimmer Platz nehmen, Frau Doktor wird sich gleich um Sie kümmern.«

»Danke«, sagte Julia Durant und setzte sich ins Wartezimmer, in dem sich außer einer älteren Frau, die ihr keine Beachtung schenkte, niemand aufhielt. Sie nahm ein aktuelles Frauenmagazin vom Tisch und blätterte darin, ohne wirklich hineinzuschauen. Es war angenehm kühl in dem Zimmer, leise Musik spielte aus versteckten Lautsprechern. Das Fenster war geöffnet und gab den Blick auf einen großen Garten frei, der aus einer kleinen Rasenfläche und vielen Blumenbeeten, Sträuchern und Bäumen bestand. Durant erhob sich, legte die Zeitschrift zurück, stellte sich ans Fenster. Sie ließ ihren Blick über den Garten schweifen, atmete die frische, von den Bäumen gefilterte Luft ein, drehte sich wieder um, betrachtete das Wartezimmer. Außer zwei hohen Grünpflanzen gab es nur fünf Stühle, einen Tisch und einen Garderobenständer, doch die Einrichtung bestand aus feinstem Holz. Sie blieb am Fenster stehen, die Hände auf die Fensterbank gestützt, und wartete. Nach etwa zehn Minuten erschien Laura Fink, sie trug eine leichte Sommerjeans, Turnschuhe und eine blaue Sommerbluse. Sie wirkte ernst, sah die Kommissarin an, sagte: »Kommen Sie bitte mit, aber ich habe nicht viel Zeit.«

Julia Durant folgte ihr ins Sprechzimmer, das anders eingerichtet war als die Sprechzimmer der Ärzte, die sie bisher kennengelernt hatte. Auch hier helle Naturholzmöbel, selbst der Medikamentenschrank bestand aus diesem Material. Es war ein freundlicher, großzügiger Raum, der nichts von der Sterilität und Unpersönlichkeit anderer Arztpraxen hatte. Laura Fink nahm hinter ihrem Tisch Platz und deutete wort-

los auf einen Stuhl. Nachdem die Kommissarin sich gesetzt hatte, sagte Laura Fink: »Was verschafft mir die Ehre?«
»Nur ein paar Fragen. Es dauert auch nicht lange. Wir wissen jetzt genau, wie Schönau umgekommen ist.«
»Na, da bin ich aber neugierig«, sagte Laura Fink und lehnte sich zurück.
»Wie gut kennen Sie sich wirklich mit Giften aus?« fragte Julia Durant und sah die Ärztin an.
»Ich denke, diese Frage habe ich Ihnen bereits gestern abend beantwortet. Aber«, sagte sie weiter und neigte den Kopf ein wenig zur Seite, »wie ist er denn umgekommen? War es *Conotoxin?*«
»Es war *Conotoxin.*« Die Kommissarin machte eine Pause und sah ihr Gegenüber an. Laura Fink wirkte entspannt, erwiderte den Blick gelassen. »Frau Fink, mich würde interessieren, wie Ihre Tätigkeit als Ärztin aussieht. Draußen steht, Sie sind praktische Ärztin und darunter Naturheilverfahren.«
Laura Fink lächelte beinahe gönnerhaft, bevor sie antwortete: »Das eine schließt doch das andere nicht aus, oder? Man muß nicht jedes Wehwehchen und jede Krankheit mit harten Bandagen bekämpfen, es gibt auch eine sogenannte sanfte Medizin. Und ich behalte mir vor, die Mittel zu verabreichen, die ich für angemessen halte. Es ist von Fall zu Fall verschieden. Natürlich gibt es Patienten, die der Meinung sind, nur die wirklich harten Kampfmittel, wie ich sie nenne, könnten ihnen helfen, wobei sie nicht sehen, daß solche Mittel meist mehr Schaden anrichten, als Gutes zu bewirken …«
»Es gibt doch aber Krankheiten, die …«
»Natürlich gibt es die. Einen Patienten, der mit Krebs oder einem schweren Herzfehler zu mir kommt, werde ich selbstverständlich nicht mit Naturheilmitteln behandeln, es sei denn, er besteht unter allen Umständen darauf. Und ich hatte schon Fälle, in denen auch bei Krebs sanfte Medizin ihre

Wirkung nicht verfehlt hat. Wobei jedoch häufig auch noch andere Faktoren bei der Heilung eine Rolle spielen.«
»Und die wären?«
»Die Psyche zum Beispiel. Jemand, der sich seiner Krankheit nicht ergibt, sondern sie mit allen ihm zur Verfügung stehenden geistigen und seelischen Mitteln bekämpft, jemand, der vielleicht gerade die Liebe seines Lebens trifft oder jemand, der einfach sagt, ich kann noch nicht abtreten, bei solchen Leuten sind die Heilungsaussichten um einiges besser als bei Patienten, die einfach innerlich aufgeben. Es gibt viele Beispiele in der Medizin, die dafür zeugen, daß Heilung von selbst nach wissenschaftlicher Meinung unheilbaren Krankheiten unter bestimmten Voraussetzungen möglich ist. Oftmals gibt es sogar sogenannte Spontanheilungen, wo ein Krebs innerhalb weniger Tage verschwindet, ohne daß man sich dieses plötzliche Verschwinden erklären könnte.«
»Interessant … Arbeiten Sie auch mit Giften?«
Laura Fink lachte auf, schüttelte den Kopf. »Ich weiß ja schon die ganze Zeit, worauf Sie hinauswollen, aber ich kann Sie beruhigen, ich bin keine Giftmischerin. Es gibt zwar Medikamente, in denen Giftstoffe enthalten sind, allerdings in einer derart geringen Dosis und in Verbindung mit andern Stoffen, daß sie ausschließlich einen lindernden oder heilenden Effekt haben. Es gibt zum Beispiel Medikamente zur Vorbeugung von Schlag-anfällen, die Schlangengift enthalten, zum Beispiel das der südamerikanischen Lanzenotter oder der malayischen Puffotter. Diese Medikamente dienen dazu, das Blut zu verdünnen und eventuell vorhandene Blutgerinnsel aufzulösen, damit es eben nicht zu einem Schlaganfall kommt. Möchten Sie jetzt noch mehr über Gifte erfahren?« fragte sie mit einem spöttischen Aufblitzen in den Augen.
»Nein, ich denke, das reicht …«
»Gut, dann kann ich mich jetzt weiter um meine Patienten

kümmern. Ich habe einen sehr genauen Zeitplan, den Sie mir heute ein wenig durcheinander gebracht haben.«
»Ich hätte schon noch ein paar Fragen«, sagte Julia Durant und blickte zur Uhr, kurz nach halb zehn, »aber vielleicht können wir ja nachher noch einmal miteinander sprechen? Nach Ihrer Sprechstunde?«
»Ich werde so gegen halb eins fertig sein. Schauen Sie dann noch mal rein. Sollte die Tür schon zu sein, klingeln Sie einfach. Wenn Sie mich jetzt bitte entschuldigen wollen.«
Laura Fink stand auf, kam hinter dem Schreibtisch hervor, blieb vor Julia Durant stehen. Die Kommissarin ging zur Tür, öffnete sie, wandte sich noch einmal um, sagte: »Dann bis nachher.«
Das ist dein Reich, Laura Fink, dachte sie im Hinausgehen. *Dein kleines, goldenes Reich.*
Vor der Tür steckte sie sich eine Zigarette an und begab sich mit langsamen Schritten zum Auto, das jetzt in der prallen Sonne stand. Durant schloß die Tür auf, kurbelte das Fenster herunter, das Thermometer im Wagen zeigte fast fünfzig Grad an. Sie setzte sich, ließ die Tür offen stehen, rauchte und dachte nach. Und sie legte sich ein paar Fragen zurecht, die sie Laura Fink später stellen wollte. Ein paar Fragen über diese Kirche, ein paar Fragen zu der Person Laura Fink. Und wie ihr Verhältnis zu Rosenzweig und Schönau gewesen war. Und, und, und … Sie schnippte die Zigarette auf die Straße, startete den Motor und fuhr los. Ihr Ziel war die Schönau Bank. Sie war gespannt, was sie dort erwartete.

Donnerstag, 10.35 Uhr

Hellmer und Kullmer hatten schon mehrere Personen zu Schönau befragt, doch die Bank beschäftigte mehr als hundert Angestellte, so daß es einige Zeit in Anspruch nehmen würde, alle zu vernehmen. Julia Durant stand auf dem langen Flur mit dem roten Teppich, Hellmer kam gerade aus einem Zimmer. Er hatte ein rotes Gesicht, schüttelte den Kopf. »Was ist los?« fragte die Kommissarin grinsend. »Hat sich jemand vor dir ausgezogen oder dir ein unmoralisches Angebot gemacht?«

»Bah, bah, bah, mir kommen gleich die Tränen vor Lachen«, erwiderte er mit ernster Miene. »Aber was ich bis jetzt über Schönau gehört habe, du meine Güte, da könnte fast jeder ein Motiv für seinen Tod haben. Na ja, nicht jeder, aber einige zumindest.«

»Wie meinst du das?«

»Ich habe in den letzten anderthalb Stunden mit fünf Leuten gesprochen, und jeder von ihnen hatte etwas an ihm auszusetzen.«

»Na und? Zeig mir den Chef, der bei seiner Belegschaft nicht unbeliebt ist! Und jetzt lassen sie's eben alle raus. Unzufriedenheit ist noch kein Motiv. Gibt es denn konkrete Hinweise, daß einer von ihnen seine Finger im Spiel gehabt haben könnte?«

»Nein«, sagte Hellmer kopfschüttelnd. »Es ist nur … Ich weiß einfach nicht, hier in diesem Laden stimmt irgendwas nicht. Nur was, kann ich nicht sagen.« Er zuckte die Schultern, sah Julia Durant hilfesuchend an.

»Wen habt ihr bis jetzt befragt?«

Hellmer zückte seinen Notizblock, nannte Namen.

»Auch schon seine Sekretärin? Und was ist mit dem Aufsichtsrat?«

»Seine Sekretärin kommt heute etwas später, sie hat einen Arzttermin. Sie müßte eigentlich gleich hier sein. Und Kullmer beschäftigt sich gerade mit dem Aufsichtsrat.«

»Gibt es Hinweise auf sexuelle Verfehlungen? Ich meine, hat irgend jemand irgendwas in dieser Richtung geäußert?«

Hellmer machte ein nachdenkliches Gesicht, fuhr sich übers Kinn, sagte: »Ansatzweise, aber direkt hat keiner was gesagt. Doch du solltest vielleicht selbst einmal mit einer Frau Rita Jung sprechen, die hat auf mich einen etwas verwirrten Eindruck gemacht. Es wußte übrigens bis heute morgen keiner etwas von dem Mord an Schönau.«

»Jung, okay. Wo sitzt sie?«

»In dem Zimmer, aus dem ich eben rausgekommen bin.«

»In Ordnung, ich rede mit ihr. Und Schönaus Sekretärin überlaßt ihr bitte auch mir.«

Julia Durant klopfte an die Tür, ein leises Herein. Sie betrat ein helles, freundliches Zimmer, in dem eine etwa vierzigjährige Frau am Fenster stand und auf die Straße blickte. Sie drehte sich um, sobald die Kommissarin die Tür hinter sich geschlossen hatte. Sie hatte aschblondes, kurzes Haar und trug eine Brille, die ihr klares und ebenmäßiges Gesicht vorteilhaft zur Geltung brachte. Sie hatte lange, schlanke Finger und eine beneidenswerte Figur, die durch das helle Sommerkleid stark betont wurde. Auf Durant machte sie einen eleganten, aber auch distanzierten Eindruck.

»Es tut mir leid, Frau Jung, Sie noch einmal belästigen zu müssen, aber mein Name ist Durant von der Kripo. Ich weiß, mein Kollege hat sich eben mit Ihnen unterhalten, aber ich hätte trotzdem noch ein paar Fragen an Sie. Gestatten Sie?« fragte die Kommissarin und setzte sich auf einen Stuhl.

»Ich habe doch schon alles gesagt. Was wollen Sie noch von mir?« Sie wirkte nervös, ihre Bewegungen waren fahrig; Hellmer hatte recht gehabt.

»Sagen Sie, was ist Ihre Aufgabe in der Bank?«

»Ich bin die Leiterin der Kreditsicherung, aber das hat Ihr Kollege alles schon notiert.«

»Hat mein Kollege Sie auch nach Ihrem Verhältnis zu Dr. Schönau befragt?«
Für einen Moment herrschte Stille, Frau Jung wandte den Blick ab, drehte sich um und sah wieder auf die Straße.
»Was für ein Verhältnis meinen Sie? Wenn Sie meinen, ob wir gut miteinander ausgekommen sind, dann kann ich mit einem klaren Ja antworten.«
»Seit wann sind Sie in der Bank?«
»Ich habe hier mein Praktikum absolviert, habe danach Jura studiert und bin anschließend wieder hierher zurückgekommen.«
»Und seit wann arbeiten Sie hier?« fragte Julia Durant noch einmal.
»Seit genau zwölf Jahren. Ich habe mein Studium im Alter von fünfundzwanzig Jahren beendet und bin seitdem hier angestellt.«
»Und Sie sind tatsächlich gut mit Dr. Schönau ausgekommen? Gab es nie Konflikte, Meinungsverschiedenheiten, Streit? War alles, was Sie taten und wofür Sie verantwortlich waren, für ihn in Ordnung?«
Rita Jung hatte ihre Haltung nicht verändert, schaute weiter aus dem Fenster. Sie zuckte die Achseln, sagte: »Natürlich gab es auch einmal Meinungsverschiedenheiten, aber … Es war jedenfalls nie so schlimm, daß dies ein Grund gewesen wäre, alles hinzuschmeißen.«
»Frau Jung, ich nehme an, Sie wissen, welcher Glaubensgemeinschaft Dr. Schönau angehörte?«
Die Angesprochene wandte sich um, löste sich vom Fenster und setzte sich hinter ihren Schreibtisch. Mit einem Mal lächelte sie, undefinierbar und fern. Sie nahm einen Stift vom Tisch und drehte ihn zwischen den Fingern. Sie sagte: »Ja, er war Mitglied der *Kirche des Elohim.* Warum fragen Sie?«
»Warum lächeln Sie dabei?«

»Nur so. Ich gehöre nämlich der gleichen Kirche an, Sie brauchen mich also nicht zu fragen, ob ich nähere Informationen dazu habe. Ich kenne die Kirche, ich bin in ihr aufgewachsen, Religion und alles, was dazugehört, bestimmte einen Großteil meines Lebens.«
»Bestimmte?«
»Sie sind eine sehr gute Zuhörerin, gratuliere. Ich habe vor etwa vier Jahren einen Schlußstrich gezogen, mich hat alles einfach nur noch angekotzt. Reicht Ihnen das?«
»Was hat Sie angekotzt? Die Religion, die Leute, was?«
Rita Jung zögerte einen Moment, sagte schließlich: »Die Religion weniger, oder sagen wir besser, das Evangelium. Es ist wahr und unumstößlich. Aber es ist ein Trauerspiel zu sehen, was die Menschen daraus machen. Doch ich möchte jetzt nicht ins Detail gehen. Ich bin zwar noch Mitglied, aber nur auf dem Papier. Auch wenn ich immer wieder bedrängt werde, doch in den warmen Schoß der Kirche zurückzukehren, so konnte mir bis jetzt keiner einen plausiblen Grund nennen, der mich umgestimmt hätte.«
»Dann waren Dr. Schönau und Sie nicht nur beruflich mit-einander verbunden, sondern auch kirchlich, wenn ich das recht verstehe. Erzählen Sie mir doch bitte etwas über Dr. Schönau, ich möchte mir einfach ein klares Bild von ihm machen.«
»Warum fragen Sie nicht seine Frau Vivienne? Sie kennt ihn mit Sicherheit viel besser als ich.«
»Nun, ich habe seine Frau gefragt, und ich frage Sie. Ein Bild kann ich mir erst machen, wenn ich mit mehreren Personen gesprochen habe. Also, was für ein Mensch war er?«
»Er war ein korrekter, gradliniger Mann, der seine Meinung sehr deutlich zu vertreten wußte. Sowohl hier in der Bank als auch in der Kirche. Er war kein sonderlich umgänglicher Mensch, er hatte seine Ecken und Kanten. Wenn man aber

wußte, wie man ihn zu nehmen hatte, konnte man mit ihm klarkommen.«

»Und Sie wußten es?« fragte Julia Durant.

»Ich denke schon.«

»Sie sind verheiratet?«

»Ich war verheiratet. Mein Mann hat sich vor vier Jahren von mir getrennt. Ich wollte es nicht, aber es ließ sich nicht vermeiden. Tja, so ist das Leben.«

»Gehört Ihr Exmann auch der Kirche an?«

»Ja, er ist ein überzeugtes Mitglied. Genau wie Schönau es war«, sagte Rita Jung mit undefinierbarem Lächeln. »Und Rosenzweig übrigens auch. Gibt es einen Zusammenhang zwischen den beiden Morden?«

»Es könnte sein, aber eine genaue Antwort kann ich Ihnen dazu noch nicht geben. Frau Jung, können Sie sich vorstellen, wer einen Grund gehabt haben könnte, Dr. Schönau umzubringen?«

Wieder war dieses seltsame Lächeln in ihrem Gesicht, das Julia Durant nicht zu deuten wußte. »Es muß wohl einen Grund gegeben haben, sonst hätte der- oder diejenige es nicht getan. Ich denke, jeder Mensch hat gewisse Seiten an sich, weswegen er umgebracht werden könnte. Aber um auf Ihre Frage zu antworten – mir fällt konkret niemand ein. Aber sagen Sie, wie ist er überhaupt umgebracht worden?«

»Auch diese Frage kann ich Ihnen im Moment leider nicht beantworten. Wir stecken noch mitten in den Untersuchungen.«

»Er ist also nicht erschossen oder erstochen worden?«

»Nein, weder das eine noch das andere. Haben Sie Kinder?«

»Eine Tochter. Sie lebt allerdings bei ihrem Vater. Warum wollen Sie das wissen?« Julia Durant registrierte, wie sich der Körper von Rita Jung für Sekundenbruchteile anspannte.

»Reine Neugier. Gab es jemals ein Fehlverhalten von Dr. Schönau Ihnen gegenüber?«
»Wenn Sie mir Fehlverhalten genauer definieren würden, könnte ich Ihnen unter Umständen eine Antwort darauf geben.«
»Gab es zum Beispiel Situationen, in denen er sich unangemessen verhalten hat?«
»Unangemessen, was meinen Sie damit?«
»Ach, kommen Sie, Sie wissen doch, was ich meine. Hat er sich Ihnen jemals in ungebührlicher Weise genähert? Hat er Sie jemals sexuell belästigt?«
»Nein«, kam es wie aus der Pistole geschossen. »Er hat sich mir nie in ungebührlicher Weise genähert.«
»Das war's schon, Frau Jung. Ich bedanke mich und wünsche noch einen angenehmen Tag. Moment, eine Frage habe ich noch – arbeiten hier außer Ihnen noch mehr Personen, die der Kirche angehören?«
»Ich bin, beziehungsweise war, außer Schönau die einzige.«

Auf dem Flur blieb Julia Durant stehen, lehnte sich gegen die Wand. Sie atmete ein paarmal tief ein und wieder aus. Schließlich lenkte sie ihre Schritte zum Büro von Schönau. Frau Bergmann, seine Sekretärin, war inzwischen eingetroffen. Sie stand mitten im Raum, wirkte völlig verstört.
»Frau Bergmann?« fragte die Kommissarin und trat näher.
»Ja, bitte?« Ihre Stimme zitterte.
»Durant, von der Kripo. Ich sehe, Sie haben inzwischen erfahren, was passiert ist. Können wir uns unterhalten?«
»Ja, natürlich, nehmen Sie Platz. Es ist furchtbar, einfach furchtbar. Er hatte doch gestern Geburtstag! Wer macht nur so etwas Schreckliches? Was geht nur in den Köpfen dieser kranken Menschen vor?«
»Das weiß ich nicht. Ich weiß nur, daß irgendwer Dr. Schö-

nau getötet hat. Und vielleicht können Sie mir helfen, ein wenig Licht in das Dunkel um seinen Tod zu bringen. Sie sind, oder besser gesagt, waren seine Sekretärin. Erzählen Sie mir doch bitte, wie sich der gestrige Tag abgespielt hat. Ist irgend etwas Außergewöhnliches passiert, ich meine, abgesehen von seinem Geburtstag? Hat jemand angerufen und wollte Ihren Chef sprechen, hat aber seinen Namen nicht genannt? Erzählen Sie mir einfach von gestern.«

Frau Bergmann senkte den Kopf, blickte auf ihre Hände, überlegte. Sie sagte: »Ich kam morgens um halb acht ins Büro, Dr. Schönau war bereits da. Er ist meistens schon gegen sieben gekommen und selten vor halb sechs oder sechs gegangen. Es war ein ganz normaler Morgen, er hat etwas blaß ausgesehen, ich glaube, sein Herz hat ihm wieder zu schaffen gemacht. Die Belegschaft hat ihm zum Fünfzigsten gratuliert, einige Boten haben Geschenke von Geschäftsfreunden gebracht, meist Blumen. Er hat mich gebeten, sie gleich aus dem Zimmer zu entfernen, weil Dr. Schönau Blumen nicht ausstehen konnte. Um zwölf ist er essen gegangen, um eins war eine etwa einstündige Aufsichtsratssitzung, ab kurz nach zwei hielt er sich in seinem Büro auf, bis ich gegangen bin.«

»Irgendwelche ungewöhnlichen Anrufe?«

»Nein, zumindest nicht über meine Leitung. Sie müssen wissen, Dr. Schönau hatte einen separaten Anschluß, der seiner Familie und ein paar auserwählten Personen vorbehalten war. Nicht einmal ich kenne die Nummer, obgleich ich schon seit fast dreißig Jahren hier arbeite, länger als Dr. Schönau selbst. Sein Vater war mein erster Chef, müssen Sie wissen. Ein herzensguter, liebenswürdiger Mann. Dr. Schönau hat leider nicht viel von ihm geerbt.«

»Das hört sich nicht sehr schmeichelhaft an. Wie war Dr. Schönau denn so?«

»Ach, wissen Sie, ich will nicht schlecht über einen Toten sprechen, und außerdem, er war kein schlechter Mensch, es kam mir nur manchmal vor, als würde ihn das, was er hier tat, nicht sonderlich glücklich machen. Ich glaube, das war auch der Grund für seine Krankheit. Wenn man so lange mit einem Menschen zusammenarbeitet, lernt man alle Seiten von ihm kennen. Ich hatte immer das Gefühl, daß diese Bank und dieser Beruf nicht das waren, was er sich vom Leben erhofft hatte. Und jetzt ist er tot.«

»Was glauben Sie denn, was er sich vom Leben erhoffte?«

»Er hat nie darüber gesprochen, ich habe es nur gefühlt. Irgendwie war er ein einsamer Mann, ständig auf der Suche nach irgend etwas, das er letztendlich doch nicht fand. Ich hoffe, Sie verstehen mich, ich kann es einfach nicht besser ausdrücken.«

»Ich verstehe Sie schon, Frau Bergmann. Darf ich Ihnen eine ganz persönliche Frage stellen, mit der Bitte, sie absolut vertraulich zu behandeln?«

»Fragen Sie ruhig.«

»Ich habe mich, bevor ich zu Ihnen kam, mit Frau Jung unterhalten. Gab es zwischen Ihrem Chef und Frau Jung Differenzen?«

Zum ersten Mal während des Gesprächs überzog ein leichtes Lächeln das Gesicht von Frau Bergmann. Sie nickte. »Differenzen? Ja, vielleicht. Aber ich möchte mir nicht den Mund verbrennen und etwas sagen, was ich später vielleicht bereue …«

»Sie brauchen keine Angst zu haben, von mir erfährt kein Mensch auch nur das geringste von dem, was Sie mir anvertrauen. Sie könnten mir jedoch unter Umständen helfen, etwas klarer zu sehen.«

Frau Bergmann zögerte, stand auf, öffnete die Tür zu Schönaus Büro, blickte hinein. Sie sagte: »Wenn Sie mit Frau

Jung gesprochen haben und eine einigermaßen gute Menschenkenntnis besitzen, dann werden Sie sicherlich bemerkt haben, daß sie mehr mit dem Körper als mit dem Mund redet. Sie ist eine ausgesprochen attraktive Frau, die an jedem Finger zehn Männer haben könnte …«
»Worauf wollen Sie hinaus?« fragte die Kommissarin interessiert. »Hatte sie vielleicht ein Verhältnis mit Schönau?«
»Kommen Sie immer so direkt auf den Punkt? Aber gut, es wird hier und da gemunkelt, die beiden hätten etwas miteinander gehabt. Das liegt allerdings schon mehr als zehn Jahre zurück. Mehr kann ich dazu nicht sagen. Es sind wie gesagt Gerüchte. Ich weiß nur, daß das Verhältnis zwischen Dr. Schönau und Frau Jung seitdem etwas angespannt war.«
»Etwas?«
»Mal mehr, mal weniger.«
»Verstehe. Aber es heißt auch, in jedem Gerücht steckt ein Körnchen Wahrheit. Könnten Sie sich denn vorstellen, daß Dr. Schönau und Frau Jung ein Verhältnis hatten?«
»Ob Sie es glauben oder nicht, ich habe mir nie Gedanken darüber gemacht. Meine Devise lautete immer, nie über das Leben anderer nachzudenken oder gar darin rumzupfuschen. Diese Bank ist mein Arbeitsplatz und meine Aufgabe war es stets, meinem Vorgesetzten gegenüber loyal zu sein. Sobald ich abends mein Büro verlasse und nach Hause fahre, existiert die Bank nicht mehr, sondern nur noch meine Familie. Ich denke, ich habe mir dadurch eine Menge Ärger erspart.«
»Da mögen Sie recht haben. Sagen Sie, Dr. Schönau hielt sich doch oft noch im Büro auf, wenn außer dem Pförtner keiner mehr im Haus war. Wenn ein Besucher kam und derjenige nicht vom Pförtner gesehen werden wollte, gab es dann eine Möglichkeit, auf andere Weise ins Haus zu gelangen?«
»Es gibt einen Hintereingang, an dem sich eine Klingel befindet, die zu einer Sprechanlage in Dr. Schönaus Büro führt.

Ich bin sicher, daß es den einen oder anderen Besucher gab, der diesen Weg wählte, aus welchen Gründen auch immer. Wozu sonst hätte es diesen Hintereingang geben sollen?«
Julia Durant erhob sich, reichte Frau Bergmann die Hand. »Ich bedanke mich für Ihre Zeit, und sollten wir noch Fragen haben, werden wir uns an Sie wenden. Auf Wiedersehen.«
Julia Durant trat aus dem Büro auf den Flur, wo Hellmer und Kullmer standen und sich unterhielten. Sie stellte sich zu ihnen, sagte: »Und, wie weit seid ihr?«
»Bis jetzt bei etwa zwanzig. Und du«, sagte Hellmer, »hast du aus der Jung noch was rausgekriegt?«
»Aus ihr selber nicht viel, aber dafür aus Frau Bergmann. Aber laßt uns nicht hier darüber sprechen. Außerdem muß ich gleich wieder weg, noch mal zu Laura Fink. Sie hatte vorhin kaum Zeit, und ich soll um halb eins wiederkommen. Irgend etwas stimmt mit ihr nicht, doch ich komme noch nicht drauf, was es sein könnte. Aber laßt uns doch kurz draußen besprechen, was ihr so rausgefunden habt.«
Sie liefen die zwei Stockwerke nach unten, kamen am Pförtner vorbei und traten auf die Straße. Hellmer und Durant zündeten sich jeder eine Zigarette an.
»So, dann mal los, ich habe nicht viel Zeit. Was habt ihr für mich?«
»Es ist komisch«, sagte Kullmer, der einen Kaugummi zwischen den Zähnen bearbeitete, »aber hier ist es nicht viel anders als bei Rosenzweig. So richtig leiden mochte Schönau keiner. Aber Hinweise auf irgendwelche Motive – Fehlanzeige.« Er zuckte die Schultern, spuckte den Kaugummi auf den Bürgersteig.
Julia Durant wollte gerade etwas sagen, als ihr Handy klingelte. Sie meldete sich, Berger war am Apparat.
»Ich wollte nur kurz fragen, wie es bei Ihnen läuft? Wo sind Sie jetzt?«

»Ich bin bei Hellmer und Kullmer in der Bank. Ich muß aber gleich weiter zu Dr. Fink. Sie hatte vorhin Sprechstunde und kaum Zeit.«
»Weswegen ich anrufe – Bock hat die Leiche von Rosenzweig untersucht und gesagt, es deute im Moment alles darauf hin, daß auch Rosenzweig vor seinem Tod noch einmal sexuellen Kontakt hatte. Seine Leute haben wie bei Schönau Spuren von einem Lappen identifiziert.«
»Aber sonst nichts?«
»Doch, Scheidensekret und recht eindeutige Spuren, die auf Analverkehr hinweisen.«
»Dann sollten wir diese Jessica Wagner fragen, welche Art von Verkehr sie mit Rosenzweig hatte und ob sie ihm hinterher den Schniedel mit einem Lappen abgewischt hat. Ich werde das nachher erledigen, wenn ich bei Fink fertig bin.«
Julia Durant behielt das Handy in der Hand, nahm einen weiteren Zug an der Zigarette, warf sie dann auf die Straße.
»Das war der Chef. Könnte sein, daß Rosenzweig am Montag nicht nur mit seiner Angestellten, sondern auch noch mit jemand anderem gebumst hat. Ich werde auf jeden Fall später die Wagner fragen, welche Sexualpraktiken sie und Rosenzweig bevorzugt haben. Und ob danach ein Waschlappen zum Einsatz gekommen ist.«
»Kann ich das nicht machen?« fragte Kullmer grinsend. »Ich würde zu gerne wissen, was für Vorlieben die Kleine hat.«
»Ihnen wird sie's auch gerade erzählen. Nee, nee, Sie kommen mir da bloß auf dumme Gedanken«, erwiderte Julia Durant ebenfalls grinsend. »Außerdem, mir klingt da immer noch was von einer festen Beziehung in den Ohren.«
»Na und? Man kann sich doch wenigstens mal Anregungen holen. Aber bitte, vielleicht brauchen Sie's ja nötiger.«
»Kaum, Herr Kullmer. Ich bin zufrieden, wie es ist.«
»Zufriedenheit ist immer der Tod einer Beziehung.«

»Ich bin zufrieden«, warf Hellmer grinsend ein und steckte sich eine weitere Zigarette an. »Ich bin sogar sehr zufrieden, und ich habe nicht das Gefühl, als ob die Beziehung zwischen meiner Frau und mir langweilig wird. Ganz im Gegenteil.«
»Ja, ja, du und Nadine. Spät zusammengefunden, aber dann richtig, was? Was soll's, ich hau jetzt ab. Wir sehen uns später im Präsidium. Ich glaube aber kaum, daß ich vor vier im Büro bin. Seht ihr mal zu, ob ihr noch irgendwelche verwertbaren Infos bekommt. Bis dann.«
Hellmer kam ihr nachgerannt, sagte, bevor sie einstieg: »Ach übrigens, Nadine läßt fragen, ob du heute abend nicht Lust hättest, bei uns zum Abendessen vorbeizukommen. Wie sieht's aus? Wenn wir schon Bereitschaft haben, ich meine, wir wären wenigstens gleichzeitig am Tatort.« Er grinste.
»Gerne. Und wann?«
»So gegen sieben?«
»Halb acht wär mir lieber, ich weiß nämlich nicht, wie lange ich heute nachmittag noch brauche, und ich würde mich gern vorher etwas frisch machen.«
»Einverstanden, halb acht. Ich sag Nadine noch Bescheid, daß du kommst. Tschüs.«
Kaum saß Julia Durant im Auto, als das Handy erneut klingelte. Sie drückte auf die Empfangstaste, meldete sich.
»Hallo, Liebling, hier ist Werner. Ich wollte nur mal deine Stimme hören.«
»Werner, ich habe keine Zeit. Wir stecken mitten in diesem ziemlich verzwickten Fall und …«
»Ja, ich hab schon gehört, diese Giftmorde.«
»Woher weißt du davon? Wir haben bis jetzt der Presse gegenüber nichts von Gift verlauten lassen.«
»Ach komm, du weißt doch, ich kriege alle Informationen, die ich will. Ich erzähl das auch nicht weiter, ich wollte nur

wissen, woran du gerade arbeitest, weil du keine Zeit mehr für mich hast.«

»Wir können uns heute abend nicht sehen, falls du das fragen wolltest«, sagte sie und startete den Motor.

»Das trifft sich gut, denn heute abend ist es auch für mich schlecht, da muß ich nach Eltville, es gibt ein paar Probleme mit dem Haus. Aber was ist mit morgen?«

»Ich denke, freitags mußt du immer bei deinem lieben kleinen Frauchen sein, genau wie samstags und sonntags«, sagte Durant mit beißendem Sarkasmus.

»Ach Schatz, komm, du weißt genau, daß das nicht immer so ist. Morgen bin ich in Frankfurt und wahrscheinlich auch am Samstag. Laß uns was Schönes unternehmen. Das ausgefallene Essen nachholen, vielleicht ins Kino gehen …«

»Ich habe immer noch Bereitschaft, und das weißt du …«

»Okay, dann kein Kino. Aber bei mir zu Hause könnten wir's uns gemütlich machen. Und wenn du weg mußt, dann hab ich eben Pech gehabt. Ich liebe dich doch, und ich möchte doch auch endlich aus dieser leidigen Situation raus, und …«

»Und was?«

»Ich weiß nicht, ich fühl mich einfach nur wohl, wenn ich bei dir bin.«

»Manchmal kommst du mir vor wie ein kleines Kind, weißt du das? Gar nicht wie der Chefarzt einer großen Klinik, Professor Petrol.«

»Hör zu, Julia, ich bin kein kleines Kind, aber du machst mich verrückt. Wenn ich nur an dich denke, dreht mein …«

»Dreht dein was?«

»Du weißt schon, was ich meine. Wir sind füreinander geschaffen, wir haben uns lediglich unter etwas unglücklichen Umständen kennengelernt. Aber ich hab's dir versprochen, ich werde einen Schlußstrich ziehen. Nächste Woche gehe ich zum Anwalt, um alles Nötige in die Wege zu leiten.«

»Ich glaub's dir erst, wenn ich es schwarz auf weiß sehe. Vorher sind das für mich nichts als Worthülsen.«
»Morgen abend?« fragte Petrol noch einmal.
»Ja, aber wir telefonieren vorher noch. Im Augenblick kann ich mich auf keine bestimmte Zeit festlegen.«
»Gut, ruf mich an, ich bin ab sechs in meiner Wohnung. Und noch was – ich liebe dich, wie ich noch keine Frau vorher geliebt habe. Und das ist keine Worthülse.«
»Schon gut. Bis morgen dann – und einen schönen Abend bei Weib und Kind.«
»Du kannst wohl deine zynische Ader nie unterdrücken, was?«
»Doch, wenn ich will. Aber ich bin halt ein Skorpion, und Skorpione haben nun mal die Angewohnheit, ab und zu ihren Stachel auszufahren. Ich kann eben nicht anders. Und jetzt tschüüüss!« Sie drückte auf Beenden und steckte das Telefon in die Halterung. Grinsend fuhr sie an die Ampel am Baseler Platz, die gerade auf Rot umsprang. Sie würde ihn schon noch in die Knie zwingen. Aber wollte sie das wirklich?

Donnerstag, 12.40 Uhr

Julia Durant hielt vor dem Haus von Laura Fink, hinter einem dunkelblauen Jaguar Sovereign. Sie stieg aus, ließ ihre Zigarettenkippe auf die Straße fallen, ging zu dem jetzt geschlossenen Gartentor und betätigte den Klingelknopf. Der Summer war kaum zu hören, die Kommissarin drückte das Tor auf. Sie stieg die vier Stufen zur Eingangstür hoch, die sie jetzt ebenfalls nur aufzudrücken brauchte. Laura Fink kam auf sie zu, bat sie, ihr nach oben in die Wohnung zu folgen. Sie machte ein ernstes, besorgtes Gesicht.
»Kommen Sie bitte mit ins Wohnzimmer, ich möchte Ihnen

meinen Vater vorstellen. Er ist vor ein paar Minuten gekommen; er ist ziemlich aufgeregt, und …«, sie zuckte die Schultern, »seien Sie vorsichtig, was Sie sagen, seine Nerven liegen ziemlich blank.« Sie betraten das geräumige, im Laura-Ashley-Stil eingerichtete Zimmer, in dem zarte Pastellfarben dominierten.

»Vater, das ist Hauptkommissarin Durant von der Polizei. Zeig ihr, was du bekommen hast.«

Der grauhaarige, großgewachsene, asketisch wirkende Mann erhob sich und blickte die Kommissarin aus stahlblauen Augen an. Er trug einen dunkelblauen Sommeranzug, ein weißes Hemd mit Krawatte und bordeauxrote Schuhe. Er reichte ihr die Hand, sein Händedruck war kräftig, aber nicht unangenehm, seine Ausstrahlung war die eines Geschäftsmannes. Durant hatte viele davon kennengelernt, seit sie bei der Polizei arbeitete, erfolgsverwöhnt, unnachgiebig, hart. Er stellte sich vor: »Karl-Heinz Fink, ich bin, wie Sie bereits gehört haben, der Vater von Frau Dr. Fink. Meine Tochter hat mir eben erzählt, daß Sie die Fälle Rosenzweig und Schönau bearbeiten. Hier, das lag vorhin in meinem Briefkasten.« Er hielt einen Zettel in der Hand, den er Durant gab.

Hallo, Hirte,
wie geht es Dir, nachdem Deine beiden treuen Kumpane so mir nichts, dir nichts ins Jenseits abgehauen sind? Schlecht? Es ist jammerschade, wie schnell und wie grausam das Leben zu Ende gehen kann, findest Du nicht? Und mit einem Mal fragt man sich, wer wird wohl der nächste sein? Stellst Du Dir diese Frage inzwischen auch schon? Oder kennst Du die Antwort bereits? Ich kenne sie, aber ich würfele noch. Es gibt so viele Namen, mal sehen, auf welchen der Würfel fällt.

Ach ja, Dein Name – steht er auf meiner Liste oder nicht? Was glaubst Du?
Es ist übrigens sehr heiß zur Zeit. Du hast doch, soweit ich weiß, in Deinem Haus eine funktionierende Klimaanlage. An Deiner Stelle würde ich sie in nächster Zeit Tag und Nacht laufen und die Fenster nicht zu weit offenstehen lassen, es gibt viel giftiges Getier, das ständig auf der Lauer liegt, große Beute zu machen.
Aber für heute soll's das gewesen sein. Ich wünsche Dir und Deiner Familie einen guten und erholsamen Schlaf. Adieu und bis bald.
Jemand, der Dich nie vergessen hat und den Du nie vergessen wirst.

»Das lag also in Ihrem Briefkasten. Kam das Schreiben mit normaler Post, oder hat es jemand eingeworfen?«
»Nein«, sagte Fink und schüttelte den Kopf, »es kam mit der Post. Was hat das zu bedeuten?«
»Die Frage kann ich nicht beantworten. Was meinen Sie denn?«
»Ich bin in Gefahr, das steht doch hier schwarz auf weiß. Irgendein Verrückter will mich auf die gleiche Weise beseitigen wie Schönau und Rosenzweig«, sagte er mit bebender Stimme und angstvollem Blick. »Was können Sie dagegen tun? Ich brauche doch Polizeischutz!«
Julia Durant setzte sich unaufgefordert in einen Sessel, legte einen Finger auf den Mund, sah Fink an, sagte kühl: »Wie stellen Sie sich Polizeischutz vor? Daß Sie rund um die Uhr bewacht werden? … Sogar wenn Sie auf die Toilette gehen? … Tut mir leid, das wird nicht möglich sein. Wir können zwei Beamte vor Ihrem Haus postieren, mehr können wir nicht tun.«

»Du meine Güte, jemand hat es auf mich abgesehen, ich kann es nicht fassen! Ich kann es einfach nicht fassen! Und Sie sagen, Sie können nichts weiter tun, als zwei Beamte vor meinem Haus zu postieren! Was hätte das denn Rosenzweig genützt, oder Schönau, wenn nur das Haus bewacht worden wäre?! Nichts, gar nichts! Der Mörder arbeitet wie ein Phantom«, sagte er mit vor Erregung gerötetem Gesicht. »Soll ich mir jetzt vielleicht Bodyguards zulegen?«

»Es liegt an Ihnen, ob Sie das möchten oder nicht. Wir können Personenschutz nur bedingt zur Verfügung stellen. Außerdem sagt dieser Brief noch gar nichts aus. Es gibt Menschen, die es lieben, makabre Scherze zu machen, vor allem nach solchen Verbrechen. Wenn Sie wirklich in Gefahr wären, dann glaube ich kaum, daß Sie einen Brief erhalten hätten. Weder Rosenzweig noch Schönau sind vorgewarnt worden, zumindest wissen wir nichts davon. Ich weiß jedoch aus Erfahrung, daß Serientäter fast nie ihre Strategie ändern. Dennoch werde ich den Brief analysieren lassen, werde Ihnen aber auch einige Fragen stellen müssen.«

»Fragen, Fragen! Die einzige Frage, die für Sie interessant sein müßte, ist doch, wer hat meine beiden Freunde auf dem Gewissen? Was für ein kaputtes Hirn hat sich derart perfide Morde ausgedacht? Haben Sie denn schon Hinweise, ich meine verwertbare Hinweise?«

»Hören Sie, Herr Fink …«

»Dr. Fink, wenn schon!« fuhr er die Kommissarin ungehalten an.

»Gut, Dr. Fink. Wir tun im Augenblick alles in unserer Macht Stehende, brauchbare Hinweise zu sammeln, die uns zum Täter führen. Und ja, es gibt bereits erste Spuren, die allerdings anders aussehen, als Sie sich das vielleicht vorstellen«, sagte sie hart. »Und entweder beantworten Sie mir jetzt ein paar

Fragen, oder ich werde mich kurz mit Ihrer Tochter unterhalten, wie ich es ohnehin vorhatte, und dann wieder gehen. Es liegt an Ihnen.«
Fink sah die Kommissarin aus zu Schlitzen verengten Augen an, lehnte sich zurück, schlug die Beine übereinander, sein Gesichtsausdruck wurde mit einem Mal arrogant, ein herablassendes Lächeln um die Mundwinkel, ein kurzes Aufblitzen in den Augen.
»Was wollen Sie wissen?«
»Zum Beispiel, wer es auf Sie und Ihre Freunde abgesehen haben könnte.«
Fink lachte kurz und trocken auf: »Wenn ich das wüßte, werte Dame, hätte ich längst die Polizei informiert, das können Sie mir glauben. Ich habe keine Ahnung!«
»Sie sind, wie ich annehme, auch Mitglied in der *Kirche des Elohim*. Welche Funktion üben Sie dort aus?«
»Ich bin der Regionshirte, wenn Ihnen das etwas sagt.«
»Ich bin mittlerweile über die Struktur der Kirche informiert worden. Demnach sind Sie also der … Vorgesetzte? … von Herrn Rosenzweig und Herrn Schönau?«
»So kann man das nicht nennen. Sie waren meine Berater, so etwas wie einen Vorgesetzten finden Sie im Berufsleben, nicht in einer Kirche, deren Mitglieder ihr Leben Gott geweiht haben. Wir sind alle Brüder und Schwestern, aber natürlich muß alles seine Ordnung haben, wie Sie sicherlich verstehen werden.«
Laura Fink saß die ganze Zeit über auf einem Hocker an der Theke, die den Wohnbereich von der Küche trennte, und beobachtete die Unterhaltung aus etwa fünf Metern Entfernung. Sie hatte ein Glas Wasser vor sich stehen, an dem sie ab und zu nippte.
»Dr. Fink, eine Frage muß ich Ihnen noch stellen – gibt es irgend etwas in Ihrem Leben, das jemanden veranlassen könn-

te, Ihnen einen solchen Brief zu schicken? Etwas aus Ihrer Vergangenheit vielleicht?«
Fink antwortete nicht sofort darauf, sondern wandte den Blick zu seiner Tochter, sagte: »Laura, wärst du bitte so lieb und würdest die Kommissarin und mich einen Augenblick allein lassen?« Die Worte kamen leise aus seinem Mund, und doch waren sie scharf wie ein Rasiermesser. Durant sah kurz zu Laura Fink, die von ihrem Hocker aufsprang und wortlos den Raum verließ. Fink beugte sich nach vorn, die Ellbogen auf den Oberschenkeln abgestützt, die Hände gefaltet, er hatte die Stirn in Falten gezogen, das Licht in seinen Augen war kalt. »Werte Frau Kommissarin, meine Vergangenheit ist so weiß wie das Leinentuch, in das der Leichnam Christi gewickelt wurde«, sagte er betont langsam. »Es gibt keine Flecken darauf. Auf was wollen Sie eigentlich hinaus?«
»Nun, Dr. Fink, sollte der Brief tatsächlich von dem Mörder Ihrer beiden Berater geschrieben worden sein, dann muß dieser Mörder ein Motiv haben …«
»Ein Motiv, daß ich nicht lache! Geisteskranke brauchen kein Motiv, um zu morden. Sie morden, weil sie krank im Kopf sind, das sollten Sie eigentlich wissen.«
»Dr. Fink, es gibt zwar Fälle in der Kriminalgeschichte, in denen sogenannte Geisteskranke Morde verübt haben. Doch ich versichere Ihnen, hier handelt es sich nicht um einen Geisteskranken. Der Täter geht in unseren Fällen sehr gezielt und planvoll vor.«
»Was interessiert mich das?! Mich interessiert, wer es auf mich abgesehen hat! Und ich verlange, daß die Polizei alle ihr zur Verfügung stehenden Mittel einsetzt, um diesem grausigen Spuk endlich ein Ende zu bereiten. Sie sollten wissen, der Polizeipräsident gehört zu meinem engsten Bekanntenkreis, ebenso wie einige andere höchst einflußreiche Personen.«
»Der Polizeipräsident hat viele Bekannte«, erwiderte Julia

Durant mit gelassener Kühle. »Wollen Sie mir damit vielleicht etwas Bestimmtes sagen?«
»Strengen Sie Ihren hübschen Kopf an, vielleicht fällt Ihnen ja etwas ein. Und die Öffentlichkeit wird sicher alles andere als erfreut sein, zu erfahren, daß die Polizei nichts unternimmt, um unbescholtene und rechtschaffene Bürger vor einem Wahnsinnigen zu beschützen. Sie sollten einmal darüber nachdenken.«
»Wissen Sie«, sagte die Kommissarin, beugte sich vor und sah Fink direkt in die Augen, »wenn Sie mir drohen wollen, schneiden Sie sich ins eigene Fleisch. Entweder Sie helfen bei der Aufklärung der Morde und verhindern dadurch einen potentiellen Mord an sich selbst, oder Sie tun etwas Unüberlegtes und verscherzen sich dadurch sämtliche Sympathien der Polizei. Und im übrigen, ich kenne unseren Polizeipräsidenten selbst recht gut, und ich kenne vor allen Dingen seinen Standpunkt, was gute und saubere Polizeiarbeit angeht. Vergessen Sie das bitte auch nicht.«
Fink machte eine abfällige Handbewegung. »Ich sehe schon, Sie sind nicht auf meiner Seite. Aber so leicht lasse ich mich nicht unterkriegen, das garantiere ich Ihnen.« Er erhob sich, blieb einen kurzen Augenblick mitten im Raum stehen, nickte schließlich, sagte: »Ich werde jetzt zurück in meine Kanzlei fahren. Ich nehme an, Sie werden mich wissen lassen, wenn Sie etwas herausgefunden haben.«
»Sie werden es erfahren, entweder durch uns oder durch die Medien.«
»Guten Tag; ich hatte mir ehrlich gesagt mehr von Ihnen erhofft.«
»Und ich mir von Ihnen. Darf ich das Schreiben behalten? Ich würde es gern auf Fingerabdrücke und andere Spuren unter-suchen lassen. Haben Sie auch noch den dazugehörigen Umschlag?«

Fink griff in seine Anzugjacke, holte den Umschlag hervor, reichte ihn Durant. Sie nahm ihn, steckte ihn zusammen mit dem Brief in die Tasche. Fink verließ ohne ein weiteres Wort das Haus. Nachdem er gegangen war, stand Julia Durant auf und ging zu Laura Fink, die wieder in den kombinierten Wohn-/Eßbereich kam, sich auf den Hocker setzte und einen weiteren Schluck aus ihrem Glas nahm. Obgleich sie versuchte, sich locker zu geben, bemerkte die Kommissarin eine gewisse Verstörtheit.

»Ist Ihr Vater immer so?«

Laura Fink zuckte die Schultern: »Manchmal. Er kann es nicht ertragen, wenn er nicht unter allen Umständen seinen Kopf durchsetzen kann. Machen Sie sich nichts draus, er wird sich in dieser Beziehung nie ändern. Ich habe seine Launen vierunddreißig Jahre lang ertragen müssen, jetzt hat er nur noch meine Mutter, die … Ach was, es ist unwichtig.«

»Neigt Ihr Vater zu Jähzorn?«

»Manchmal.«

»Entschuldigen Sie die indiskrete Frage, aber wie ist Ihr Verhältnis zu Ihrem Vater?«

»Wir gehen uns aus dem Weg, soweit das möglich ist. Manchmal läßt sich ein Zusammentreffen aber nicht vermeiden, wie heute. Sie hätten ihn sehen sollen, als er vorhin kam und mir den Brief zeigte. Zum ersten Mal, seit ich denken kann, habe ich so etwas wie Angst in seinen Augen gesehen. Er ist jetzt zweiundsechzig, aber eine solche Angst habe ich bei ihm noch nicht erlebt.«

Julia Durant setzte sich ebenfalls auf einen Hocker, Laura Fink fuhr sich mit einer Hand durchs Haar, den Blick zu Boden gerichtet. »Möchten Sie auch etwas trinken? Wasser, Saft?«

»Ein Glas Wasser wäre nicht schlecht. Danke.«

Laura Fink griff über die Theke, holte die Flasche und ein

Glas und schenkte erst der Kommissarin, dann sich selbst ein.
»Was macht Ihr Vater beruflich?«
»Er ist Rechtsanwalt. Vielleicht sagt Ihnen der Name *Fink, Schwarzhaupt & Bögner* etwas. Eine der großen Kanzleien in Deutschland. Sie haben ihren Hauptsitz in Frankfurt, aber auch Dependancen in Berlin, Hamburg, Düsseldorf und München.«
»Warum hat Ihr Vater Sie vorhin rausgeschickt, als ich ihm die Frage nach seiner Vergangenheit stellte?«
Laura Fink zuckte die Schultern, sagte mit gesenktem Blick: »Keine Ahnung, er ist eben so. Fragen Sie ihn selbst, vielleicht bekommen Sie eine Antwort.«
»Das werde ich zweifellos noch tun …«
»Glauben Sie denn, sein Leben ist in Gefahr?« fragte Laura Fink, ohne aufzusehen, und fuhr mit einem Finger über den Glasrand.
»Es könnte sein. Auch wenn der Täter mit diesem Brief seine gesamte Vorgehensweise ändern würde. Denn bislang ist uns nicht bekannt, daß die Morde vorher angekündigt wurden … Wären Sie bereit, mir etwas über Ihren Vater zu erzählen?« fragte Julia Durant vorsichtig.
»Es kommt drauf an, was Sie wissen wollen. Wenn es zu persönlich wird, denke ich, sollten Sie ihn besser selbst fragen.«
»Frau Fink, Sie kennen oder besser kannten sowohl Rosenzweig als auch Schönau. Sie sind Ärztin und an eine Schweigepflicht gebunden. Versprechen Sie mir, mit keinem Menschen über das zu reden, was ich Ihnen jetzt sage?«
Laura Fink nickte, sah Julia Durant an. »Selbstverständlich.«
»Ich verlasse mich darauf … Beide Männer wurden, wie Sie wissen, auf eine sehr außergewöhnliche und sehr raffinierte Weise getötet. Meine Kollegen und ich haben inzwischen

einiges aus dem Leben der beiden herausgefunden, das so gar nicht mit den Grundsätzen Ihrer Kirche zusammenpaßt. Können Sie sich vorstellen, was das ist?«
»Nein, tut mir leid. Was ist es denn?«
»Sie hatten beide, zumindest was ihr Privatleben anging, alles andere als eine saubere Weste. Und einer von beiden war auch im beruflichen Bereich nicht ganz koscher.«
Laura Fink strich wieder mit ihrem Finger über den Glasrand, ein kaum merkliches Lächeln huschte über ihr Gesicht.
»Ja, und? Wer von uns hat schon eine absolut saubere Weste? Jeder hat Fehler und Schwächen, selbst die Leute in der Kirche.«
»Nun, ich weiß, daß jeder Mensch Fehler hat, doch bei Rosenzweig und Schönau war es doch ein klein wenig anders. Sagen Sie, haben Sie je davon gehört, oder wurde gemunkelt, daß sie Affären hatten?«
Julia Durant beobachtete die nächste Reaktion von Laura Fink, die nur den Kopf schüttelte.
»Gerüchte hört man allenthalben, ich gebe nichts darauf. Hatten sie denn welche? Affären, meine ich?«
»Wie es aussieht, ja. Und unter Umständen liegt darin auch ein mögliches Motiv des Täters …«
»Glaube ich nicht«, sagte Laura Fink schnell. »Selbst wenn die beiden im kirchlichen Sinn unmoralisch gehandelt haben sollten, so heißt es doch, soll man sich erst von seinen eigenen Sünden reinwaschen, bevor man daran geht, sich über die der andern herzumachen.«
»Aus Ihren Worten entnehme ich, daß Sie den Täter im kirchlichen Bereich sehen.«
»Aus meinen Worten können Sie gar nichts entnehmen. Ich habe keine Ahnung, ob es jemand aus der Kirche ist oder nicht.«
»Kommen wir noch einmal auf Ihren Vater zurück. Was

könnte den Schreiber veranlaßt haben, ihm diesen Brief zu schicken?«

»Sie haben doch vorhin schon gesagt, es könnte sich um einen makabren Scherz handeln …«

»Und wenn nicht? Was, wenn Ihr Vater tatsächlich der nächste auf der Abschußliste ist? Was, wenn der Täter es auch auf ihn abgesehen hat?«

»Dann hat mein Vater Pech gehabt. Und vermutlich etwas zu verbergen, von dem ich nichts weiß«, erwiderte Laura Fink ungewöhnlich kühl und teilnahmslos.

»Das hört sich nicht sehr liebevoll an …«

»Wenn Sie meinen …«

»Hat Ihr Vater eine reine Weste? Ich meine, mir hat er gesagt, als ich ihn auf seine Vergangenheit angesprochen habe, diese sei so weiß wie das Leinentuch, in das Christus gewickelt wurde. Wenn er es sagt, muß ich es ihm glauben, ob ich will oder nicht.«

»Glauben Sie es denn?«

Julia Durant schüttelte kaum merklich den Kopf, sagte: »Um ehrlich zu sein, nein. Ich weiß nicht, warum, aber er hatte sicherlich einen Grund, Sie rauszuschicken, bevor er mir die Frage beantwortete. Es muß etwas geben, das einen andern dazu bringt, ihm dieses Schreiben zu schicken. Was meinen Sie, warum hat er Sie aus dem Raum geschickt? Es ist Ihr Haus, Sie bestimmen, wer geht und wer bleibt, oder?«

»Ich wollte einfach höflich sein. Mein Vater ist ein schwieriger Mann, und in seiner gegenwärtigen Situation wollte ich nicht …«

»Schon gut, Sie brauchen sich nicht zu rechtfertigen. Aber mal anders gefragt, an wen könnte ich mich denn wenden, um etwas über die Vergangenheit Ihres Vaters herauszubekommen, wenn nicht aus Ihnen?«

»Warum wollen Sie unbedingt in der Vergangenheit von

Menschen herumwühlen? Ist nicht die Gegenwart das einzige, das zählt? Lassen Sie doch die Toten ruhen.«
»Was soll das heißen?«
»Ich meine damit nur, die Vergangenheit ist tot, die Gegenwart lebt, mit jeder Sekunde, mit jeder Minute, mit jedem Atemzug. Und kaum sage ich das, ist es schon wieder Vergangenheit.«
»Aber es ist die Vergangenheit, die den Täter nicht ruhen läßt, Frau Fink. Soll ich Ihnen das an Ihren Vater gerichtete Schreiben noch einmal vorlesen? Vor allem der letzte Satz macht mich nachdenklich – *Jemand, der Dich nie vergessen hat und den Du nie vergessen wirst.* Es hat mit der Vergangenheit Ihres Vaters zu tun, ob Sie es sich eingestehen wollen oder nicht. Und manchmal wird die Vergangenheit zu einer grausamen Realität. Fällt Ihnen wirklich nichts ein, was mir ein klein wenig weiterhelfen könnte?«
Laura Fink sah die Kommissarin an, ihr Blick schien durch sie hindurchzugehen und wirkte auf einmal unendlich fern und traurig. Nach einer Weile sagte sie: »Nein, ich kann nichts sagen. Wie gesagt, fragen Sie ihn. Oder meine Mutter oder meine Brüder. Fragen Sie in seiner Kanzlei nach, in der Kirche, nur bitte, lassen Sie mich aus dem Spiel. Ich werde Ihnen zu meinem Vater keine Auskunft geben. Es tut mir leid.«
»Haben Sie solche Angst vor ihm?«
Ein bitterer Zug um die Mundwinkel verriet Laura Finks Gedanken. Sie zuckte die Achseln, sagte leise: »Ich möchte nur in Ruhe gelassen werden. Es ist allein sein Leben. Ich bitte Sie, das zu respektieren.«
»Okay, ich werde es respektieren. Aber wenn Sie mir schon nichts über Ihren Vater sagen wollen, dann vielleicht zu Rosenzweig und Schönau?«
»Was wollen Sie wissen?«

»Was für Männer waren sie? Ihr Vater ist knapp über sechzig, Rosenzweig und Schönau waren auch nicht mehr die Jüngsten. Rosenzweig und Schönau sind tot, es schadet also nichts, wenn Sie mir ein klein wenig über sie erzählen. Sie waren schließlich ihre Hausärztin.«

»Frau Durant, was ich über die beiden weiß, habe ich Ihnen bereits gesagt. Es gibt nichts weiter, was für Sie von Interesse sein könnte.« Laura Fink rutschte von ihrem Hocker, trank das Glas leer, hielt es in der Hand. »Und wenn es Ihnen nichts ausmacht, aber ich möchte mich noch ein wenig ausruhen, bevor die Sprechstunde wieder anfängt. Die letzten Tage waren sehr anstrengend.«

Julia Durant trank noch einen Schluck von ihrem Wasser, stellte das Glas auf den Tresen. Als sie Laura Fink gegenüberstand, sagte sie: »Wahrscheinlich haben Sie einen Grund, weshalb Sie mir nicht helfen möchten oder können. Aber wenn Sie es sich noch anders überlegen sollten, Sie wissen, wo Sie mich erreichen können. Ich möchte einfach verhindern, daß noch ein dritter Mord geschieht.«

»Das ist Ihr Beruf«, sagte Laura Fink, ihre Stimme klang traurig. »Und mein Beruf ist es, die Kranken zu heilen. Es gibt so viele Kranke auf dieser Welt. Wenn Sie mich jetzt bitte entschuldigen wollen.«

Laura Fink drehte sich um und begab sich zur Treppe, die nach unten führte. Am Treppenabsatz blieb sie stehen, blickte sich noch einmal um. Durant nahm ihre Tasche, folgte der Ärztin ins Erdgeschoß. Bevor sie das Haus verließ, fragte sie leise, so daß keiner außer Laura Fink es hören konnte: »Sagen Sie, Sie haben vorhin von Ihren Brüdern gesprochen. Wie alt sind sie, was machen sie?«

»Meine Brüder sind beide jünger als ich; Stephan ist dreißig und Jürgen achtundzwanzig. Was Jürgen macht, kann ich nicht sagen, er ist, soweit ich weiß, arbeitslos. Er hat sich von meinen Eltern losgesagt. Stephan ist freischaffender Künstler. Wollen Sie ihre Adressen?«

»Wenn Sie so freundlich wären.«

»Warten Sie, ich schreibe es Ihnen auf. Hier«, sagte Laura Fink und reichte Durant kurz darauf den Zettel, »die Adressen. Sie brauchen nicht einmal sehr weit zu fahren. Ob Sie Jürgen allerdings antreffen, wage ich zu bezweifeln, er hält sich nicht oft zu Hause auf. Manchmal kommt er zu mir, wenn es ihm schlecht geht, manchmal sehe ich ihn wochenlang nicht. Viel Glück bei Ihrer Suche.«

Die Sprechstundenhilfe machte ein paar Eintragungen auf Karteikarten, zwei Patienten saßen im Wartezimmer, obgleich die Sprechstunde erst in mehr als einer Stunde begann. Sobald die Kommissarin die Tür öffnete, die ins Freie führte, schlug ihr die Hitze wie eine Faust ins Gesicht. Am Auto angelangt, holte sie eine Zigarette aus ihrer Tasche und zündete sie an. Sie kurbelte die Fenster herunter, blieb eine Weile an den Wagen gelehnt stehen, inhalierte, blies den Rauch durch die Nase, dachte nach. Sie war sicher, es gab etwas im Leben von Karl-Heinz Fink, das ihn zur Zielscheibe des Mörders machte. Und Laura Fink kannte diese Stelle im Leben ihres Vaters. Aber sie sprach nicht darüber. Oder wollte nicht darüber sprechen. Oder sie hatte Angst, es zu tun.

Als sie ihre Zigarette zu Ende geraucht hatte, warf sie die Kippe auf die Straße und stieg in den Corsa. Sie nahm das Telefon, wählte die Nummer von Vivienne Schönau. Das Hausmädchen meldete sich, sagte, Frau Schönau würde gegen fünf wieder zu Hause sein. Julia Durant schaute zur Uhr, Viertel vor zwei. Sie beschloß, einen kurzen Abstecher ins Präsidium zu machen, danach zu Jessica Wagner zu fahren und es später noch einmal bei Vivienne Schönau zu probieren. Auf der Fahrt zum Büro kreisten ihre Gedanken unablässig um Laura Fink. Was verheimlichte sie, und warum hatte sie vorhin ein paarmal fast ängstlich gewirkt?

Donnerstag, 14.45 Uhr

Berger war allein im Büro, er schwitzte, hatte den obersten Knopf seines Hemdes geöffnet und die Krawatte gelockert. Eine Zigarette glimmte im Aschenbecher vor sich hin, die Luft in dem Raum war stickig und heiß. Er schaute auf, als die Kommissarin eintrat, machte noch einige Notizen, lehnte sich zurück. Er verschränkte die Arme vor dem Bauch, sah Durant fragend an.

»Und, Erfolg gehabt?« fragte er.

»Wie man's nimmt. Aber wie es aussieht, hat auch Schönau zumindest vor einigen Jahren ein Verhältnis mit einer seiner Mitarbeiterinnen gehabt. Ob er in letzter Zeit eine Geliebte hatte, kann ich nicht sagen, aber im Prinzip spricht alles dafür. Seine Frau verneint es nicht, dazu das Schreiben ...«, sie zuckte die Schultern, »doch es wird sehr schwer werden, die Person herauszufinden, mit der er es getrieben hat. Und was mich natürlich auch stutzig macht, ist diese Bemerkung von wegen *Kinderficker.* Sollte das zutreffen, müßten wir unter Umständen einen ganz schön tiefen Sumpf trockenlegen. Interessant wurde es aber bei dieser Laura Fink, der Ärztin. Als ich dort ankam, um mit ihr zu sprechen, war ihr Vater da. Er hat einen sehr nervösen Eindruck gemacht und mir dieses Schreiben in die Hand gedrückt, das er heute vormittag mit der Post erhalten hat. Hier«, sagte sie und reichte den Brief über den Tisch.

Berger nahm ihn und las. Dann legte er ihn mit ausdrucksloser Miene auf den Schreibtisch, sagte: »Das nächste Opfer?«

»Wie es aussieht, ja. Ich habe Fink befragt, ihn vor allem auf

seine Vergangenheit angesprochen, woraufhin er zum einen seine Tochter aus dem Raum geschickt hat und zum andern ziemlich aggressiv reagierte. Er hat Polizeischutz verlangt, den ich ihm natürlich nicht zusichern konnte. Später wollte ich von seiner Tochter etwas über ihren Vater wissen, doch die hat vollständig abgeblockt, ich hatte fast das Gefühl, als hätte sie Angst, auch nur ein falsches Wort zu sagen …«
»Was für ein Typ ist dieser Fink?« wollte Berger wissen.
Bevor Julia Durant antworten konnte, ging die Tür auf und Hellmer und Kullmer kamen herein. Sie ließen sich auf ihre Stühle fallen, Hellmer stöhnte. »Puh, ist das eine verfluchte Affenhitze!«
Berger ging nicht darauf ein, sagte: »Frau Durant will mir gerade von ihrem Treffen bei dieser Fink berichten. Fahren Sie fort.«
»Fink ist auf den ersten Blick ein eiskalter Typ. Rechtsanwalt mit mehreren Kanzleien in Deutschland. Aber nicht nur das, er ist der Regionshirte der *Kirche des Elohim*, das heißt, er ist eine der obersten Kirchenautoritäten in Deutschland. Und Rosenzweig und Schönau waren seine Berater. Und ich bin überzeugt, dieser Fink ist nicht sauber. Auch wenn er von sich selbst behauptet, absolut weiß zu sein. Sie hätten einfach dabei sein und seine Tochter während des ersten Teils der Unterhaltung sehen müssen. Obwohl Fink ihr den Rücken zugekehrt hatte, hat sie auf mich gewirkt wie das Kaninchen vor der Schlange …«
»Könnte sie etwas mit den Morden zu tun haben?« fragte Kullmer.
Julia Durant schüttelte den Kopf. »Glaub ich nicht. Aber ich bin überzeugt, sie könnte uns durch bestimmte Aussagen auf die Spur des Mörders führen. Sie ist nicht der Typ, der Leute kaltblütig um die Ecke bringt. Auf mich macht sie einen schüchternen, ängstlichen Eindruck. Sie ist freundlich, lie-

benswürdig – bis zu einem bestimmten Punkt. Und wenn man den bei ihr erreicht, verschließt sie sich wie eine Auster. Ich werde sie auf jeden Fall im Auge behalten und versuchen, herauszufinden, was sie weiß. Für uns gibt es jetzt Aufgabenteilung – wir müssen über mehrere Personen Erkundigungen einziehen. Eine davon ist diese Rita Jung, die scheinbar über einen längeren Zeitraum ein Verhältnis mit Schönau hatte. Sie hat mir gegenüber aber nichts gesagt, lediglich Schönaus Sekretärin hat etwas angedeutet. Vielleicht wäre es auch gut, den Exmann von dieser Jung unter die Lupe zu nehmen, was wir aber besser auf Sonntag verschieben sollten; denn ich habe mir vorgenommen, am Sonntagmorgen einmal diese Kirche zu besuchen. Dann muß noch Fink samt seiner Familie überprüft werden, Laura Fink, Jessica Wagner und Vivienne Schönau. Im Augenblick ist der Kreis noch relativ klein und überschaubar.« Sie zündete sich eine Gauloise an, ließ einen Moment verstreichen, bevor sie sagte: »Im übrigen sagt mir ein Gefühl, daß wir den Mörder in der Kirche finden werden. Zumindest deutet im Moment alles darauf hin.«

»Wie kommen Sie darauf?« fragte Berger mit zu Schlitzen verengten Augen.

»Ganz einfach, Rosenzweig und Schönau waren Berater von Fink, wie wir bereits wissen. Die beiden haben offensichtlich mit schöner Regelmäßigkeit ihre Frauen betrogen, obgleich Ehebruch laut Kirchengesetz unter schwerer Strafe steht. Laura Fink war die Hausärztin der Toten, ebenfalls Mitglied der Kirche, und beide Male schon vor der Polizei zur Stelle. Rita Jung, die, wie es scheint, vor Jahren ein Verhältnis mit Schönau hatte, gehört ebenfalls der Kirche an, wenn auch nur auf dem Papier, wie sie selber sagt. Sie ist geschieden, hat eine Tochter, ihr Mann ist aktives Mitglied. Die einzige, die nicht der Kirche angehört, ist die letzte Geliebte von Rosenzweig, aber die ist nicht die Mörderin. Zum einen ist sie zu jung und zu naiv, zum andern, welches Motiv hätte sie haben sollen, erst Rosenzweig und dann auch noch Schönau zu beseitigen? Und dann der Brief an Fink. Nein, ich bin sicher, wir finden die Lösung in dieser Kirche.« Julia Durant preßte die Lippen aufeinander, sah von Berger zu Kullmer und Hellmer. Sie zog an ihrer Zigarette, blickte zu Boden, sagte: »Ich werde mir jetzt noch einmal Jessica Wagner vornehmen und danach eventuell Frau Schönau noch einen Besuch abstatten. Ich möchte euch in der Zwischenzeit bitten, doch mal etwas über diesen Karl-Heinz Fink herauszufinden. Und der Brief geht ins Labor. Auch wenn ich mir nicht viel davon verspreche, wir sollten ihn trotzdem untersuchen lassen. Sollte noch irgendwas sein, ihr wißt, wo ich zu erreichen bin. Ach ja, wie ist es übrigens bei euch gelaufen?« fragte sie.

»Nett, daß du uns das auch mal fragst«, sagte Hellmer grinsend und zündete sich eine Marlboro an. »Andererseits hättest du dir die Frage auch sparen können – Fehlanzeige. Außer daß eine weitere Angestellte ausgesagt hat, daß Schönau und diese Jung früher ein Verhältnis hatten. Ansonsten – tote Hose.«

»Okay, ich mach mich dann mal auf den Weg. Bis nachher oder bis morgen. Ciao.« Sie drückte ihre Zigarette aus, erhob sich, nahm ihre Tasche und verließ das Büro. Ihre Blase drückte, sie ging zur Toilette. Sie spürte wieder diesen leichten Druck in der linken Schläfe und verfluchte das Wetter. Um fünf nach drei kam sie am Messeturm an.

Donnerstag, 15.05 Uhr

Jessica Wagner stand gerade am Kaffeeautomaten, als die Kommissarin durch die Eingangstür trat.

»Hallo, Frau Wagner«, sagte Durant und ging auf sie zu.

»Gut, daß ich Sie hier treffe, denn ich hätte noch ein oder zwei Fragen an Sie. Können wir uns wieder ungestört unterhalten?«
»Klar, am besten im gleichen Raum wie gestern. Auch einen Kaffee?« fragte Jessica Wagner, die heute einen kaum über den Po reichenden, hautengen Minirock trug und eine fast durchsichtige, weiße Bluse.
»Gern.«
Nachdem sie die Tür geschlossen hatte, ging Jessica Wagner mit aufreizenden Schritten zum Fenster und blickte hinunter auf die Theodor-Heuss-Allee.
»Frau Wagner, die Fragen, die ich Ihnen stellen werde, sind zwar sehr intim, dennoch muß ich Sie bitten, sie so wahrheitsgetreu wie möglich zu beantworten. Es hängt für uns sehr viel davon ab.«
Die junge Frau nickte, schwang sich auf die Fensterbank, ließ ihre schlanken, gebräunten Beine baumeln.
»Sie sagten mir, sie hätten noch am Montagnachmittag mit Dr. Rosenzweig intim verkehrt. Ist das richtig?«
»Ja«, erwiderte Jessica Wagner wie selbstverständlich.
»Würden Sie mir verraten, wie dieser Geschlechtsverkehr ausgesehen hat?«
Jessica Wagner sah die Kommissarin mit erstauntem Blick an, nippte an dem noch heißen Kaffee, stellte den Becher wieder neben sich, sagte: »Hab ich das richtig verstanden, Sie wollen wissen, was Rosenzweig und ich gemacht haben, wenn wir es gemacht haben?«
»Nein, ich will nicht wissen, wie Sie es gemacht haben, wenn Sie es gemacht haben, ich will wissen, was genau Sie am Montag gemacht haben, kurz vor seinem Tod.«
»Um es klar und deutlich auszudrücken, wir haben einfach gebumst.«
Julia Durant lächelte, sagte: »Nun, es reicht mir nicht zu

wissen, daß Sie einfach gebumst haben. Hatten Sie Oral- oder Analverkehr, oder war es ein einfacher Geschlechtsakt, das heißt, daß Rosenzweig sein Glied in Ihre Scheide eingeführt hat und es dabei zum Samenerguß gekommen ist?«

»Ist das wichtig?« fragte Jessica Wagner mit hochgezogenen Augenbrauen.

»Es ist sogar sehr wichtig. Glauben Sie mir, ich würde Ihnen diese Fragen nicht stellen, wenn es nicht von großer Bedeutung wäre.«

Die junge Frau hob die Schultern, überlegte, sagte dann: »Er liebte es französisch. Ich habe ihn oft oral befriedigt und er mich auch, manchmal hatten wir aber auch ganz normalen Geschlechtsverkehr. Am Montag habe ich ihn erst oral befriedigt, danach hatten wir ganz einfach Sex, aber er war so scharf, wahrscheinlich war das Wochenende wieder zu lang gewesen, daß er auch Analverkehr wollte. Dabei ist es ihm auch gekommen.«

»Sie hatten also alle drei Varianten«, sagte Durant nachdenklich und fuhr sich mit einem Finger über die Lippen. »Als Sie fertig waren, haben Sie ihn da irgendwie saubergemacht, zum Beispiel mit einem Waschlappen, oder hat er sich gewaschen?«

»Ich habe gar nichts gemacht«, sagte Jessica Wagner. »Er hat seinen Schw … Penis kurz mit Wasser abgewaschen, das war alles.«

»Abgewaschen und abgetrocknet?«

»Nein, in dem Zimmer, in dem wir es ab und zu getrieben haben, gibt es zwar ein Waschbecken, aber kein Handtuch, das weiß ich genau. Ich weiß noch, wie er ihn gewaschen und anschließend in die Hose gesteckt hat.«

»Danke, das war's schon. Sie haben mir sehr geholfen.«

»Ich verstehe zwar nicht …«

»Das ist im Moment auch nicht wichtig. Ich danke Ihnen für Ihre Offenheit und … Belassen wir's einfach dabei. Schönen Tag noch.«
Die Kommissarin erhob sich und verließ das Zimmer. Sie ging über den Flur zu dem Zimmer von Claudia Neumann, die hinter ihrem Schreibtisch saß und gerade dabei war, eine Akte abzuheften. Sie blickte auf, lächelte Durant an.
»Hallo«, sagte sie und deutete auf den Stuhl vor dem Tisch. »Kann ich noch etwas für Sie tun?«
»Unter Umständen. Nur eine Frage – hat Dr. Rosenzweig bisweilen Anrufe von einer weiblichen Person erhalten, außer seiner Frau und Ihnen bekannten Geschäftspartnerinnen?«
»Da fragen Sie mich viel«, sagte Claudia Neumann und lehnte sich zurück. »Könnten Sie etwas genauer werden?«
»Hat ab und zu eine Frau angerufen, die Sie nicht kennen?«
Claudia Neumann überlegte, schüttelte den Kopf. Sie wollte schon etwas antworten, als sie plötzlich innehielt, Durant ansah und schließlich sagte: »Moment, doch. Es gibt da eine Frau, die in unregelmäßigen Abständen anrief, aber nie ihren Namen nannte, sie hat nur immer gesagt, Dr. Rosenzweig würde auf ihren Anruf warten. Ein bißchen seltsam fand ich das schon, aber Hans hat die Gespräche immer entgegengenommen.«
»Was für eine Stimme hatte die Frau? Können Sie sie beschreiben?«
»Nein, es war einfach eine Frauenstimme.«
»Klang sie eher hell oder eher dunkel, war es eine angenehme, warme oder eher eine schrille Stimme, eher jung oder eher alt, rauchig oder klar?«
»Eher angenehm und klar. Aber ob sie jung oder alt war, kann ich nicht sagen. Vielleicht so zwischen dreißig und vierzig, aber festlegen möchte ich mich nicht. Sie wissen ja sel-

ber, daß Stimmen durch das Telefon ziemlich wenig aussagen. Warum fragen Sie?«
»Sie wissen doch, Polizeiarbeit besteht daraus, ein Puzzleteilchen an das andere zu legen. Und ich hab wieder eins. Vielen Dank.«
»Gern geschehen, wenn das alles war. Ach übrigens, morgen ist mein letzter Tag in diesem Büro.«
»Sie gehen weg?« fragte Durant.
»Nicht ganz, ich ziehe nur um. Dr. Köhler möchte, daß ich für ihn arbeite. Ich fahre nächste Woche in Urlaub und übernehme ab ersten August die Stelle von Frau Gröben. Sie wird das Haus verlassen.«
»Auf eigenen Wunsch?«
»Ich denke, sie wurde diskret aufgefordert, die Firma zu verlassen. Genau wie Kastner, der ist fristlos gefeuert worden. Weshalb, das können Sie sich wahrscheinlich denken. Man hat gestern nachmittag seinen Schreibtisch durchsucht und dabei ein ganzes Schnapsreservoir entdeckt. Und da es im Arbeitsvertrag eine Klausel gibt, die Alkohol am Arbeitsplatz strikt untersagt, und Kastner dazu noch in einer höchst verantwortungsvollen Position tätig war, gab es nur eine Möglichkeit, nämlich ihn zu feuern. Dumm gelaufen, sag ich da nur. Und die Gröben ist natürlich stinksauer, aber sie wird es sicher überleben, bei der Abfindung, die ihr zusteht.«
»Dann viel Glück«, sagte Durant lächelnd. »Vielleicht sehen wir uns ja mal wieder. Machen Sie's gut.«
»Hoffentlich finden Sie den Mörder bald. Ich drück Ihnen beide Daumen.«
»Wir werden ihn kriegen.«
Julia Durant fuhr mit dem Aufzug nach unten, rief über das Handy Berger an. Sie berichtete kurz von der Aussage von Jessica Wagner, nach der es immer wahrscheinlicher wurde, daß Rosenzweig noch einmal Geschlechtsverkehr hatte, be-

vor er am Montagabend nach Hause fuhr. Nach dem Telefonat rief sie bei Vivienne Schönau an, die gerade vom Bodensee zurückgekehrt war. Durant sagte, sie würde in etwa einer halben Stunde bei ihr sein.

Donnerstag, 16.35 Uhr

Vivienne Schönau machte einen abgekämpften Eindruck, als Durant bei ihr eintraf. Sie saß im Wohnraum, bekleidet mit einem gelben, figurbetonten Kleid, die Füße waren nackt, in der Hand hielt sie ein Glas Saft. Ihr fülliges rotes Haar glänzte in der Nachmittagssonne, deren Strahlen durch das hohe, breite Fenster in den Raum fielen.
»Guten Tag, Frau Kommissarin«, sagte Vivienne Schönau und deutete mit einer Handbewegung auf einen Sessel. »Nehmen Sie doch bitte Platz.«
Julia Durant setzte sich, nahm kurz die Eindrücke des Zimmers in sich auf, das sich jetzt, bei Tageslicht, noch luxuriöser und eleganter darstellte.
»Haben Sie dieses Haus eingerichtet?« fragte sie, mit einem Hauch von Bewunderung in der Stimme.
Vivienne Schönau antwortete mit einem feinen Lächeln, das sie noch eine Spur hübscher machte. »Fast. Natürlich hat mein Mann auch seinen Teil dazu beigetragen, aber hauptsächlich, was die Kosten anging. Das Interieur habe ich zum größten Teil ausgesucht. Gefällt es Ihnen?«
»Sie haben Geschmack, auch wenn er für mein Portemonnaie etwas zu anspruchsvoll ist.«
»Sicher wohnen Sie auch ganz schön«, sagte Vivienne Schönau. »Darf ich Ihnen etwas zu trinken anbieten?«
»Einen Saft, bitte.«
Frau Schönau erhob sich, ging zum Barfach, holte ein Glas

heraus und schenkte es dreiviertel voll mit Orangensaft. Sie reichte es der Kommissarin.
»Danke«, sagte Durant und fuhr, nachdem sie einen Schluck genommen hatte, fort: »Sagen Sie, Frau Schönau, wie viele Gemeinden gibt es eigentlich in Frankfurt?«
»Zwei, das heißt, eigentlich gibt es eine in Offenbach und eine in Frankfurt, doch die Grenzen verschwimmen etwas. Aber es gibt noch einige Gemeinden im Taunus, in der Wetterau … Frankfurt ist aber mit etwa dreihundert aktiven Mitgliedern die größte.«
»Und Laura Fink und Sie gehören zur Frankfurter Gemeinde?«
»Ja, warum?«
»Es interessiert mich nur. Der Vater von Laura, gehört er auch zur Gemeinde?«
»Natürlich, aber er ist nicht oft da, er ist viel unterwegs. Als Regionshirte hat er eine Menge Aufgaben.«
»Ich werde wahrscheinlich am Sonntag einmal mit meinem Kollegen vorbeikommen. Wann sind denn die Versammlungszeiten?«
»Unsere Gemeinde versammelt sich von neun bis zwölf. Sie müssen wissen, die Frankfurter Gemeinde wurde vor ein paar Jahren geteilt, denn es wurde einfach zu voll und zu unübersichtlich. Die Gemeinde Frankfurt zwei versammelt sich von drei bis sechs.«
»Sie haben Ihre Kinder abgeholt. Wo sind sie?«
»Sie sind auf ihren Zimmern. Ich habe sie darum gebeten, nachdem Sie angerufen haben.«
Vivienne Schönau hielt inne, trat ans Fenster und sah hinaus. Sie hatte trotz ihrer sechsundvierzig Jahre eine makellose Figur, feste, gerade Beine mit schlanken Fesseln und perfekt geformten Füßen.
»Und, haben Sie etwas über meinen Mann herausgefunden?

Wissen Sie, warum er sterben mußte?« fragte sie, ohne sich umzudrehen.
»Wir haben etwas über ihn herausgefunden, aber noch nicht, warum er getötet wurde.«
»Hatte er eine Geliebte?« fragte Vivienne Schönau und blickte weiter aus dem Fenster auf den großzügig angelegten Garten.
»Daß er eine Geliebte hatte, nehmen wir an, beweisen können wir es bis jetzt nicht.«
»Das brauchen Sie auch nicht, zum einen habe ich es seit mindestens zehn Jahren gespürt, zum andern will ich es gar nicht mehr wissen. Er hat immer vom ewigen Leben gefaselt und davon, daß wir auf immer und ewig zusammensein würden. Aber er hat sich nicht an die Grundsätze gehalten, die er predigte. Wie viele Frauen mag er gehabt haben – eine, zwei, zehn oder mehr? Ich frage mich nur immer und immer wieder – was hat er bei andern gefunden, was ich ihm nicht geben konnte? Er hatte manchmal ausgefallene Wünsche, wenn Sie verstehen, aber ich war immer bereit, sie ihm zu erfüllen. Ich begreife nicht, warum er mir, den Kindern, vor allem aber sich selbst das alles angetan hat. Es ist für mich einfach unverständlich.«
»Glauben Sie denn an dieses ewige Leben?« fragte Julia Durant.
Vivienne Schönau drehte sich um, lächelte verlegen, sagte: »Ich glaube an ein Leben nach dem Tod. Aber ob dieses Leben ewig ist?« Sie zuckte die Schultern, ihre Augen hatten einen traurigen Ausdruck. »Ja, ich habe an ein ewiges Leben geglaubt, an eine ewige Familie, doch jetzt weiß ich überhaupt nichts mehr. Seit gestern abend ist in meinem Kopf ein großes Karussell. Ich habe so viele Jahre gespürt, daß zwischen meinem Mann und mir etwas nicht stimmt, aber ich habe es immer verdrängt. Kennen Sie das? Man verdrängt,

weil man der Wahrheit nicht ins Gesicht sehen will. Man will nicht sehen, wie die Wahrheit wirklich aussieht. Und jetzt ist es zu spät. Ich hätte mit ihm reden müssen, ihn fragen sollen, was ich falsch gemacht habe. Ich habe es nicht getan, und das ist die Strafe dafür.«

»Was ist die Strafe?« fragte die Kommissarin.

»Er ist tot, und ich werde nicht mehr mit ihm reden können. Ich werde ihn nicht mehr fragen können, was falsch gelaufen ist, ob er in beruflichen Schwierigkeiten gesteckt hat, ob es ein Geheimnis gab, das ihn bedrückte, über das er mit mir aber nicht sprechen wollte. Ein Geheimnis, das Rosenzweig und mein Mann miteinander teilten … Ich glaube zumindest, daß es so war. Sie hatten ein Geheimnis, doch sie behielten es für sich. Und es muß ein Geheimnis gewesen sein, das so schrecklich war, daß sie dafür von jemandem umgebracht wurden. Nur von wem?« fragte sie und löste sich vom Fenster und ging zu ihrem Sessel. Sie zog die Beine neben sich auf den Sessel und sah Julia Durant an, als forschte sie in ihrem Gesicht nach einer Regung.

»Und Sie können sich überhaupt nicht vorstellen, was für ein Geheimnis das gewesen sein könnte? Sie waren über zwanzig Jahre mit Ihrem Mann zusammen, hat es da nie etwas gegeben, worüber Sie sich gewundert haben? Ich meine, eine wirklich außergewöhnliche Situation? Vielleicht eine Frau, die ein Kind von ihm erwartete, eine ungewöhnliche geschäftliche Angelegenheit, oder etwas anderes? Zum Beispiel bereitet mir dieses eine Wort Kummer, Sie wissen, wovon ich spreche?«

Vivienne Schönau schüttelte den Kopf. »Sie meinen das mit den Kindern. Nein, nichts Derartiges. Ich sagte doch, es muß so geheim gewesen sein … geheimer als geheim. Und nur er und Rosenzweig wußten davon.«

»Vielleicht noch jemand«, sagte Julia Durant, neigte den

Kopf ein wenig zur Seite und wartete auf die Reaktion von Frau Schönau.
»Was meinen Sie?«
»Nun, Ihr Mann und Rosenzweig waren beide Berater des Regionshirten. Was, wenn er als nächstes Opfer ausgesucht wurde?«
»Warum sollte jemand ... Augenblick, gibt es irgendwelche Hinweise dafür? Bruder Fink ist völlig integer.«
»Können Sie mir etwas über ihn sagen? Über seine Familie?«
Vivienne Schönau kniff die Lippen zusammen, überlegte. »Ich weiß nicht, aber ich glaube, ich bin dazu nicht berechtigt ... Ich meine, Bruder Fink, wir kennen uns schon sehr lange ... Vor allem seine Frau und ich, wir sind fast so etwas wie Freundinnen ... Na ja, Freundinnen ist vielleicht nicht der richtige Ausdruck, wir sind eher gute Bekannte. Ich kann nicht einfach über sie oder ihren Mann reden.«
»Frau Schönau, ich zweifle die Integrität von Herrn Fink in keiner Weise an, aber ich möchte einfach auf Nummer Sicher gehen, daß er nicht das nächste Opfer wird. Wenn es stimmt, was ich vermute, daß nämlich der Mörder nach Plan vorgeht und die ersten beiden Morde nur der Anfang einer Serie waren, dann könnte Fink als nächstes an die Reihe kommen ... Sie würden mir sehr helfen.«
»Gut, wenn Sie es so sagen.« Sie veränderte ihre Haltung ein wenig, griff nach dem Glas, trank einen Schluck. Sie behielt es in der Hand, drehte es zwischen den Fingern, starrte hinein.
»Ich kenne die Finks schon, seit ich in Deutschland bin. Sie waren die erste Familie, mit der ich engeren Kontakt hatte. Ich habe ihre Kinder groß werden sehen, vor allem Laura, die ich sehr mag. Sie ist eine wunderbare junge Frau. Sie ist so völlig anders, ich habe noch nie jemanden getroffen, der auf eine so natürliche Weise an Gott glaubt, wie Laura es tut. Sie

ist einfach ein ehrlicher Mensch.« Sie machte eine Pause, sah auf, ihr Blick ging an Durant vorbei ins Leere.
»Und Frau Fink, die Mutter von Laura?«
»Sie ist eher unscheinbar. Wenn Sie sie sehen, würden Sie nie vermuten, daß sie die Frau eines so mächtigen und einflußreichen Mannes ist. Sie lebt bescheiden und eher zurückgezogen. Sie mag nicht in der Öffentlichkeit stehen.«
»Und er?«
»Er ist ein Arbeitstier. Sehr hart, sehr konsequent, sehr durchsetzungsfähig. Es ist nicht immer leicht, mit ihm auszukommen, zumindest für andere nicht; wer ihn aber näher kennt, vor allem seine Macken, der weiß, wie er zu nehmen ist, und daß vor allem nicht jedes Wort von ihm auf die Goldwaage gelegt werden sollte.«
»Hatten Sie je das Gefühl, daß Laura Fink Angst vor ihrem Vater hat?«
Vivienne Schönau überlegte, sah die Kommissarin an, sagte: »Ich weiß nicht, ob es mir zusteht, darüber zu sprechen, aber Laura und ihr Vater haben nicht das beste Verhältnis. Ich kann aber nicht sagen, warum das so ist. Jedenfalls hat Laura seit zwei Jahren ihre eigene Praxis und hat, soweit mir bekannt ist, nicht sehr viel Kontakt zu ihren Eltern, was immer der Grund dafür sein mag. Aber bei den beiden Söhnen ist das nicht viel anders. Der eine, Stephan, ist Künstler, der andere, Jürgen, ist nur noch auf dem Papier ein Mitglied der Kirche. Es heißt sogar, er wäre ziemlich tief gesunken, Drogen, Alkohol, Frauen. Ich weiß nicht, was er genau macht, ob er überhaupt etwas macht, ich meine, ob er arbeitet.«
»Ich habe Dr. Fink heute nachmittag kennengelernt, und zwar bei seiner Tochter. Sie schien nicht sehr glücklich über seine Anwesenheit zu sein. Ich möchte Sie jedoch bitten, mit ihr nicht darüber zu sprechen.«
»Ich verspreche es.«

»Seit wann haben Fink, Ihr Mann und Rosenzweig zusammengearbeitet? In der Kirche, meine ich.«
»Bruder Fink wurde vor drei Jahren zum Regionshirten ernannt, am gleichen Tag wurden mein Mann und Rosenzweig seine Berater.«
»Und welche Tätigkeiten haben sie davor ausgeübt?«
»Mein Mann war Gebietssupervisor, genau wie Rosenzweig. Fink war Gemeindehirte. Was davor war, kann ich nicht mehr sagen, ich müßte nachschauen.«
»Haben Ihr Mann, Rosenzweig und Fink auch da schon kirchlich zusammengearbeitet?«
»Soweit ich weiß, ja. Sie haben auf jeden Fall immer Ämter innegehabt, wo sie direkt miteinander zu tun hatten.«
»Die Frage, warum die Männer getötet wurden, bereitet uns großes Kopfzerbrechen, Frau Schönau. Wenn wir nur einen winzig kleinen Anhaltspunkt finden könnten, etwas, wo wir ansetzen könnten. Ihnen fällt wirklich nichts ein?«
»Nein, es tut mir leid. Sollte mein Mann neben mir noch andere Frauen gehabt haben, so war das sicherlich eine Sünde. Doch ob das auch ein Grund war, ihn zu töten? Dann hätte Rosenzweig auch eine Geliebte haben müssen, vielleicht sogar die gleiche«, sagte Vivienne Schönau leise. »Aber das ist ja wohl ausgeschlossen. Deshalb kann ich mir kein Motiv vorstellen. Außer, ich wage diesen Gedanken gar nicht zu denken, mein Mann hat tatsächlich mit Kindern … Aber Rosenzweig? Er auch?« Sie schüttelte energisch den Kopf, ihr tizianrotes Haar schien im Sonnenlicht kleine Funken zu sprühen. »Nein, unvorstellbar.«
»Frau Schönau, gestern abend, als ich Sie fragte, warum Sie Ihre Töchter ins Internat gegeben haben, haben Sie sehr schnell geantwortet, daß Sie es so gewollt hatten. Gab es jemals eine Situation, wo Sie das Gefühl hatten, daß Ihre Töchter Ihnen etwas verschweigen, aus Angst vielleicht?«

»Nein. Hätte ich auch nur im geringsten gespürt, daß Janine und Chantal, sagen wir, Probleme hatten, ich hätte sofort mit meinem Mann darüber gesprochen. Es gab aber nichts dergleichen.«
Julia Durant nickte, trank ihr Glas leer, erhob sich. »Frau Schönau, danke für das Gespräch. Ich melde mich bei Ihnen, sobald ich Neuigkeiten habe. Und wenn es irgend etwas gibt, Sie wissen, wie ich zu erreichen bin.«
»Warten Sie, ich begleite Sie nach draußen«, sagte Vivienne Schönau und ging neben der Kommissarin zur Tür.
»Sie werden den Mörder finden?« fragte sie draußen.
»Wir geben uns alle Mühe, doch im Augenblick tappen wir völlig im dunkeln. Auf Wiedersehen.«
Am Auto angekommen, zündete sich Julia Durant eine Gauloise an, der Rauch stieg fast senkrecht in den Himmel. Es war beinahe windstill, kaum ein Mensch war auf der Straße, ein großer, dunkelblauer Mercedes mit getönten Scheiben fuhr langsam an ihr vorbei. Ein Blick zur Uhr, fünf nach halb sechs. Sie stieg ein, nachdem die größte Hitze durch die geöffneten Fenster entwichen war, startete den Motor, schaltete das Radio ein. Sie drückte einige Sendertasten, die Musik sagte ihr nicht zu. Sie legte eine Kassette von Bon Jovi ein, drehte die Lautstärke hoch. Sie hatte wieder einmal viel gehört, aber nichts erfahren. Sie wußte nicht einmal etwas über Fink. Sie fuhr nach Hause, kaufte auf dem Weg drei Dosen Bier, ein kleines Brot, Salami, Tomaten und einen Liter Milch. Sie wollte duschen, sich frisch machen, die verschwitzten Sachen gegen frische tauschen und gegen halb acht bei Hellmer sein.
Zu Hause angekommen wählte sie die Nummer vom Präsidium, Berger war noch im Büro. Er war immer der erste, der morgens kam, und der letzte, der ging. Durant kam es vor, als wäre das Büro sein eigentliches Zuhause.

»Gut, daß Sie sich noch mal melden«, sagte er, »vorhin hat nämlich jemand angerufen, der etwas Interessantes für uns hatte. Halten Sie sich gut fest – vor etwa einem halben Jahr wurde in Großburgwedel bei Hannover ein Mann tot aufgefunden. Nachdem er von den beiden Morden hier bei uns in den Nachrichten gehört hat, sagte der Anrufer, ein gewisser Dr. Öczan, er hätte damals Notdienst gehabt und auf dem Totenschein ›Todesursache ungeklärt‹ vermerkt, da es sich seiner Meinung nach um keine natürliche Todesursache handelte. Und jetzt kommt's – der Tote war Diabetiker, nach Angaben von Dr. Öczan aber in körperlich guter Verfassung, wie er sich vom Hausarzt des Toten am Tag darauf bestätigen ließ. Ihm sei bei der Leichenschau allerdings ein Ödem und eine leichte Verfärbung um die Einstichstelle herum aufgefallen, was normalerweise beim Spritzen von Insulin nicht üblich ist. Die Polizei hat seiner Bemerkung jedoch keine Beachtung geschenkt und ihn nicht obduzieren lassen. Auch wurde weder das Insulinfläschchen beschlagnahmt noch die Wohnung von der Spurensicherung durchsucht. Seine Vermutung ging gleich in Richtung Gift, aber man hat diesen Hinweis einfach ignoriert. Als offizielle Todesursache wurde daraufhin von einem anderen Arzt akutes Herzversagen attestiert.«
Jede Faser ihres Körpers war gespannt, als Julia Durant fragte: »Hat der Tote zufällig der *Kirche des Elohim* angehört?«
»Das wollen wir gerade herausfinden, Kollege Kullmer ist schon am Telefonieren.«
»Wahnsinn!« entfuhr es Durant, die sich nervös eine Zigarette ansteckte. »Sollte der Tote ein Mitglied dieser Kirche gewesen sein, müssen wir eine Exhumierung beantragen. Wie hieß der Tote überhaupt?«
»Thorsten Hauser.«

»Warten Sie, ich frag einfach mal Frau Schönau, ob sie diesen Hauser kennt. Wenn ja, dann war er bestimmt auch ein Mitglied der Kirche.«
»Das ist eine gute Idee«, sagte Berger anerkennend. »Machen Sie das gleich?«
»Sofort.«
»Gut. Sagen Sie mir bitte Bescheid, wenn Sie angerufen haben. Dann brauchen wir uns nicht die Finger wund zu wählen. Und das mit der Exhumierung, ich denke, die sollten wir so oder so beantragen.«
»Hat der Arzt irgendeine Vermutung geäußert, um was für ein Gift es sich seiner Meinung nach gehandelt haben könnte?«
»Nein. Er sagte nur, das Ödem und die leichte Verfärbung, die auf eine Hautunterblutung hinwies, hätten ihn stutzig gemacht, und er hätte die Beamten auch gleich auf diese Auffälligkeit hingewiesen. Er vermutet, es könnte sich um ein Nervengift mit leicht gerinnungshemmenden Faktoren gehandelt haben. Aber wie gesagt, es liegen noch einige Telefonate vor uns, bevor wir in Aktion treten können. Und für die Pathologen dürfte es auch nicht einfach werden, nach über einem halben Jahr die exakte Todesursache herauszufinden, sollte es denn eine unnatürliche gewesen sein.«
»Auf jeden Fall ist es eine Sauerei, wie schlampig damals vorgegangen wurde«, sagte Julia Durant wütend. »Wie viele Morde werden Jahr für Jahr nicht als solche erkannt, weil die lieben Kollegen einfach unfähig oder faul sind?! Ich begreife es nicht und werde es auch nie begreifen!«
»Regen Sie sich wieder ab. Es gibt zum Glück auch noch Ärzte, die ihren Beruf ernst nehmen. Ohne diesen Dr. Öczan hätten wir nie davon erfahren.«
»Okay, ich rufe jetzt sofort bei Frau Schönau an und melde mich dann wieder. Und bevor ich's vergesse, was halten Sie

davon, wenn wir unseren Psycho, Dr. Schneider, mal zu Rate ziehen?«
»Keine schlechte Idee. Ich werde mich gleich morgen früh mit ihm in Verbindung setzen. Mal sehen, vielleicht hat er ja noch einen Termin für uns frei.«
Sie drückte auf die Gabel, ließ wieder los und wählte die Nummer von Vivienne Schönau. Nach dem dritten Klingeln meldete sie sich.
»Schönau.«
»Frau Schönau, hier ist noch einmal Durant. Ich will Sie nicht lange aufhalten, ich habe nur eine Frage – sagt Ihnen der Name Thorsten Hauser etwas?«
»Thorsten Hauser?« fragte sie zurück und es klang erstaunt. »Natürlich kenne ich ihn, oder besser, kannte ihn. Er ist nämlich tot. Aber warum wollen Sie …?«
»Wie gut kannten Sie ihn?« fragte Julia Durant, ohne die unvollendete Frage von Vivienne Schönau zu beantworten.
»Er war ein Mitglied unserer Kirche. Sein Tod kam für uns alle sehr überraschend. Wir kannten uns von verschiedenen Treffen.«
»Wissen Sie auch, was Herr Hauser von Beruf war?« fragte sie, einer plötzlichen Intuition folgend.
»Er war Biologe und Chemiker, ein sehr angesehener Mann in der Fachwelt. Er hat mehrere Bücher geschrieben und ist in Fachkreisen eigentlich sehr bekannt.«
»Biologe und Chemiker«, sagte Julia Durant leise und sagte: »Vielen Dank, Frau Schönau, Sie haben mir sehr geholfen.«
»Gern geschehen, aber warum … Hat es mit den andern beiden Fällen irgend etwas zu tun?«
»Das kann ich jetzt noch nicht sagen. Wie gesagt, Sie haben mir sehr geholfen. Ich wünsche Ihnen noch einen, so weit es geht, angenehmen Abend.«
Sie legte auf, stand einen Moment unschlüssig mitten im

Zimmer. Sie stellte sich ans Fenster und schaute hinaus. Nach fünf Minuten ging sie zurück zum Telefon und wählte Bergers Nummer.
»Er war Mitglied der Kirche – und wollen Sie wissen, was er von Beruf war?«
»Was?« fragte Berger ungeduldig.
»Biologe und Chemiker, und zwar offensichtlich sehr angesehen. Wollen wir doch mal sehen, ob sich daraus nicht ein Bild formen läßt.«
»Das ist doch etwas, wo wir den Hebel ansetzen können. Ich werde noch heute alles in die Wege leiten, um eine Exhumierung durchzukriegen. Hier stinkt nämlich was.«
»Ganz meine Meinung. Bis morgen.« Julia Durant legte auf, nickte zufrieden. Sie stellte die Einkaufstasche auf den Tisch, packte aus. Sie legte die Milch und die Salami in den Kühlschrank, ging ins Schlafzimmer, entkleidete sich und begab sich nackt ins Badezimmer. Sie drehte den Wasserhahn auf, ging noch einmal zurück ins Wohnzimmer, stellte den Fernsehapparat an, Nachrichten auf RTL. Ein Bericht behandelte den mysteriösen Tod eines bekannten Frankfurter Bankiers. Sie legte die Fernbedienung auf den Tisch, wandte sich um, holte eine Dose Bier aus dem Kühlschrank, stieg in die Badewanne, die zur Hälfte gefüllt war, stellte die Dose auf den Wannenrand, legte die Zigaretten daneben. Sie gab Badeschaum dazu, trank einen Schluck von dem Bier, rauchte. Sie stellte das Wasser ab, kurz bevor es überlief.
Sie schloß die Augen, ließ den Tag Revue passieren, dachte über Laura Fink und ihren Vater, über Vivienne Schönau und Jessica Wagner und über den Anruf bei Berger nach. Und je länger sie nachdachte, desto sicherer wurde sie, daß der Tote von Großburgwedel zu den jetzigen Morden paßte. Um kurz nach sieben stieg sie aus der Wanne, trocknete sich ab, sprüh-

te etwas Deo unter die Achseln, bürstete ihr dunkles, volles Haar. Sie zog sich frische Unterwäsche an, Shorts, ein T-Shirt und weiße Leinenschuhe. Sie legte einen Hauch Make-up auf, besah sich ein letztes Mal im Spiegel, schaltete den Fernseher aus, nahm ihre Tasche und verließ die Wohnung. Sie rief kurz bei Hellmer an, sagte, es würde ein paar Minuten später werden. Sie hoffte auf einen netten Abend bei ihm und seiner Frau.

Donnerstag, 19.30 Uhr

Sie fuhr den Wagen in die Auffahrt, parkte direkt hinter Hellmers BMW. Sie stieg aus, betätigte die Türglocke, Hellmer kam und öffnete ihr.
»Komm, wir sitzen draußen auf der Veranda, der Grill ist schon heiß und die Steaks warten nur darauf, von uns verschlungen zu werden«, begrüßte er sie grinsend.
»Ihr hättet euch doch wegen mir keine Umstände zu machen brauchen«, sagte sie, wurde aber gleich von Hellmer unterbrochen.
»Das bißchen Grillen ist doch kein Umstand. Was möchtest du trinken? Wasser, Saft, Wein, Bier? Es gibt fast nichts, was wir nicht haben. Aber setz dich erst mal.«
Nadine Hellmer saß auf einem großen gelben Gartenstuhl und blickte Julia Durant an. Sie hatten sich seit mindestens einem halben Jahr nicht gesehen. Durant ging auf sie zu, reichte ihr die Hand. Nadine sah noch hübscher aus als beim letzten Treffen, sie hatte sich das Haar wachsen lassen, das ihr jetzt bis über die Schultern fiel, ihre Gesichtszüge waren noch weiblicher und anziehender geworden, ihre großen, braunen Augen schienen alles in sich aufzunehmen, ihre Haut war leicht gebräunt. Sie trug ein weißes Trägertop, kur-

ze, weiße Shorts, ihre Füße waren nackt. Ihre fein modellierten Beine konnten andere Frauen neidisch werden lassen, ihre langen, schmalen Finger hielten ein Glas. Eine Frau, nach der sich bestimmt jeder Mann umsah, wenn sie auf der Straße an ihm vorbeiging, eine Frau, deren Ausstrahlung von kaum einer andern übertroffen werden konnte. Bei ihr stimmte einfach alles, das Aussehen, die Figur, ihre warme, weiche Stimme, ihre Art, sich zu geben. Julia Durant wünschte sich in diesem Augenblick, nur ein klein wenig von Nadine zu haben.
»Hallo, und danke für die Einladung.«
»Keine Ursache«, sagte Nadine, stellte das Glas auf den Tisch, erhob sich. »Sie sind immer herzlich willkommen. Dieser Platz ist für Sie«, sagte sie und deutete auf den Stuhl neben ihrem. »Frank ist für das Grillen zuständig, er kann ruhig mal in der Hitze sitzen. Es macht dir doch nichts aus, Schatz, oder?« fragte sie grinsend.
»Nein, in keinster Weise. So, was ist jetzt, was möchtest du trinken?«
Julia Durant setzte sich, sagte: »Ein Glas Wasser. Ich hatte vorhin schon ein Bier, und ich muß schließlich noch Auto fahren.«
Frank Hellmer holte aus der Kühlbox eine Flasche Wasser und schenkte ein. Auf dem Tisch stand ein halbvolles Glas Bier, vor Nadine das Glas Wein.
»Und«, sagte er, während er fünf Steaks auf den Elektrogrill legte, »was hat dein Nachmittag ergeben?«
»Einiges«, antwortete sie und nahm das Glas vom Tisch. In der noch immer herrschenden, drückenden Schwüle war die Kühle des Glases eine Wohltat.
»Du kannst ruhig darüber reden, Nadine weiß von den Fällen.«
Das ist nicht zulässig, Frank Hellmer! dachte sie und trank

einen Schluck. *Wir werden uns morgen mal darüber unterhalten!*
»Du weißt ja, ich war bei dieser Wagner, dann bei Frau Schönau, aber viel ist nicht dabei herausgekommen. Als ich zu Hause war, hab ich noch mal im Büro angerufen und da hat Berger mir etwas gesagt, das mich schon etwas erstaunt hat. Da hat nämlich vorhin ein Arzt aus der Nähe von Hannover angerufen und gesagt, daß vor einem halben Jahr ein recht namhafter Biologe und Chemiker seiner Meinung nach auf unnatürliche Weise ums Leben gekommen ist. Und jetzt rate mal, welcher Konfession dieser Typ angehörte?«
Hellmer drehte sich um, die Grillzange in der Hand, sah Durant an. »Sag bloß, dieser Kirche?«
Julia Durant nickte. »Genau der. Die Schönau kannte den Toten übrigens auch, durch sie habe ich erst erfahren, daß er der Kirche angehört hat.«
»Und was meint der Arzt, woran dieser … wie heißt er eigentlich … gestorben ist?«
»Hauser. Der Arzt hatte Notdienst und hat bei Hauser, der im übrigen genau wie Rosenzweig Diabetiker war, um die Einstichstelle eine leichte Gewebsnekrose festgestellt und auf dem Totenschein ›Todesursache ungeklärt‹ vermerkt. Er vermutete, daß Hauser durch Gift ums Leben kam und nicht, wie kurz darauf von unseren lieben Kollegen aus Niedersachsen behauptet, durch akutes Herzversagen. Jedenfalls ist damals von seiten der Polizei nichts unternommen worden, um eine mögliche unnatürliche Todesursache auszuschließen. Wir werden ihn exhumieren und noch einmal gründlich untersuchen lassen.«
»Wow, das ist ein Hammer! Aber wie paßt das zu unseren Morden?«
»Ganz einfach, die gleiche Konfession, vermutlich auch wieder Gift im Insulin«, sie zuckte die Schultern, »die Spur zum

Täter führt meiner Meinung nach direkt ins Herz der Kirche. Und was mich vor allem zum Nachdenken bringt, ist die Tatsache, daß Hauser eben Biologe und Chemiker war.«
»Wieso?« fragte Hellmer und drehte sich wieder zum Grill, wendete die Steaks, kam zum Tisch und trank von seinem Bier, das inzwischen warm geworden war.
»Na ja, hypothetisch betrachtet könnte er sich ja auch gut mit Giften ausgekannt haben. Und noch hypothetischer hätte er so vertraut mit der Materie sein können, daß er in der Lage war, Gifte in ihre jeweiligen Bestandteile zu zerlegen. Ich glaube, wir müssen die Spur bei Hauser aufnehmen und sie dann weiter nach Frankfurt verfolgen.«
Hellmer setzte sich, sah seine Frau an, dann Durant. Er fuhr sich mit der Hand leicht übers Kinn, sagte: »Angenommen, du hast recht mit deiner Hypothese, dann hat womöglich Hauser Gifte in einzelne Toxine zerlegt und …«, er schüttelte den Kopf. »Ich komm nicht weiter. Es macht keinen Sinn.«
»Doch, macht es«, meldete sich Nadine zu Wort und beugte sich nach vorn, die Ellbogen auf den nackten Schenkeln aufgestützt, die Hände gefaltet. »Paßt auf, Hauser war – hypothetisch – ein Giftexperte. Er war in der Lage, zum Beispiel aus Schlangengift die wichtigsten Komponenten zu isolieren. Manche Toxine sind weniger gefährlich, andere dafür um so mehr. Jemand, vielleicht eine Frau, wußte von seinen Kenntnissen, hat sich an ihn rangemacht, ihm die große Liebe vorgegaukelt, ein paarmal mit ihm geschlafen, ihn gefragt, ob er ihr nicht die Gifte erklären könne, was er bereitwillig tat. Sie hat ihn mit einem seiner Gifte umgebracht und anschließend welche mitgenommen. Und diese Frau ist jetzt in Frankfurt.«
»Woher wissen Sie soviel über Gifte Bescheid?« fragte Julia Durant verwundert.
»Mein Vater ist Schlangenliebhaber, er hält mehrere Schlan-

gen, allerdings keine giftigen. Trotzdem mußte ich mir früher immer anhören, was Schlangen so faszinierend macht und, na ja, einiges davon habe ich behalten. Und außerdem, Frau Durant, ich heiße Nadine, und ich würde mich freuen, wenn wir endlich das blöde Sie weglassen könnten. Wir sind doch etwa im gleichen Alter. Frank und ... na ja, ich komm mir ein bißchen blöd vor, wenn ...«

»In Ordnung, ich bin Julia. Es fällt mir immer schwer, mich mit andern zu duzen, aber in diesem Fall gern.«

Es entstand eine kurze Pause, bis Hellmer sagte: »Nehmen wir den Faden von Nadine noch einmal auf; wir gehen ja bis jetzt davon aus, daß es sich bei dem Täter um eine Frau handelt. Aber«, er sah Nadine zweifelnd an, »glaubst du wirklich, ein Mann wie Hauser läßt sich so einfach um den Finger wickeln? Er war schließlich nicht irgendwer, wenn es stimmt, was Julia sagt.«

Nadine Hellmer lachte auf, ihre Stimme klang warm und weich. »Ihr Männer seid wirklich naiv. Wenn eine einigermaßen hübsche, attraktive Frau an euch vorbeiläuft und mit dem Hintern wackelt, spielt doch gleich euer Unterleib verrückt. Was, wenn die unbekannte Frau, von der wir gerade sprechen, tatsächlich hübsch, intelligent, attraktiv ist? Sie braucht nur zu lächeln, ein bißchen zu schnurren und schon wird der härteste Kerl wie Wachs in ihren Händen. Du hast offensichtlich noch immer keine Ahnung, wie Frauen vorgehen. Worauf schaut ihr denn bei einer Frau? Ich sag's dir – ob der Busen die richtige Größe hat und der Arsch knackig genug ist, das ist alles, worauf es euch ankommt. Und damit will ich weder dich noch irgendeinen andern Mann angreifen, ihr seid nun mal so. Das letzte, worauf ihr achtet, ist, ob die Frau auch genug Grips hat. Wenn aber die Kombination stimmt, Schönheit und Intelligenz, die natürlich nicht zu sehr zur Schau gestellt wird, gepaart mit einem leicht unschuldi-

gen Augenaufschlag, dann seid ihr endgültig verloren. Hab ich recht, Julia?«
Durant grinste und nickte. »Glaub schon.«
»Hahaha«, sagte Hellmer und stand auf. »Wir blöden Männer, was? Aber so blöd sind wir auch nicht, wie ihr euch das immer so vorstellt …«
»Nein, so blöd vielleicht nicht, aber naiv genug, um auf die Körpersprache einer Frau reinzufallen. Ich wollte damit aber eigentlich nur sagen, daß es bei Hauser eventuell so gewesen sein könnte. War er verheiratet?«
Julia Durant sah Nadine an, sagte: »Weiß nicht, aber ich gehe mal davon aus. Wir werden es morgen erfahren.«
»Egal, es macht, glaube ich, keinen Unterschied, ob er verheiratet war oder nicht.«
»Nein«, sagte Durant nachdenklich, »das macht es wirklich nicht. Mir will nur das mit den Kegelschnecken nicht in den Kopf. Sie hat Schönau lebende Kegelschnecken zukommen lassen. Warum hat sie sich nicht ihres Giftvorrats bedient?«
Hellmer sagte, den Rücken den beiden Frauen zugewandt: »Sie ist wahrscheinlich eine überaus intelligente Frau, wie Nadine so treffend bemerkte. Zwei ihrer Opfer bringt sie auf eine ganz simple Weise um, indem sie ihnen Gift unter das Insulin mischt. Das andere Opfer ist herzkrank und Aquarienliebhaber, da reichte es schon, ihm diese Schnecken zu schicken. Dumm ist diese Frau jedenfalls nicht.«
»Wenn es denn eine Frau ist«, sagte Durant und zündete sich eine Zigarette an. »Den endgültigen Beweis dafür haben wir noch nicht.«
»Gut, aber zu neunundneunzig Prozent wissen wir's schon. Was uns fehlt, ist der Grund für die Morde …«
»Und wir wissen auch noch nicht, ob die Täterin selbst auch in der Kirche zu suchen ist oder damit überhaupt nichts zu tun

hat; ob sie vielleicht einmal damit zu tun hatte, enttäuscht wurde oder was immer. Vielleicht wurde sie sogar dermaßen gedemütigt, daß jetzt nur noch Rache angesagt ist.«
»Auf jeden Fall haben wir in den letzten Tagen schon einige attraktive Frauen aus dieser Kirche kennengelernt, ich denke da nur an die Rosenzweig, die Schönau, Reich, und dann noch diese Fink, die zwar nicht sonderlich attraktiv ist, aber sie hat Ausstrahlung«, sagte Hellmer. »Aber ob eine von denen etwas mit den Morden zu tun hat ... Ich wage es zu bezweifeln.«
»Ach ja, da fällt mir ein«, sagte Durant, »am Sonntagmorgen gehen wir in die Kirche. Wir werden uns den Laden mal ein bißchen näher anschauen.«
»Sonntag morgen?« fragte Hellmer mit einem mißmutigen Gesichtsausdruck. »Wann?«
»Um neun fängt die Versammlung an und dauert bis zwölf.«
»Scheiße, ausgerechnet Sonntag. Aber es muß wohl sein, oder?«
»Schatz, es könnte dir bestimmt nicht schaden, wenn du einmal in deinem Leben ein Gotteshaus von innen siehst«, sagte Nadine spöttisch. »Wenn du nach Hause kommst, wird auch ein leckeres Essen für dich auf dem Tisch stehen.«
»Ja, ja, aber jetzt will ich nicht mehr über Rosenzweig oder Schönau oder Hauser sprechen, jetzt wird gegessen und damit basta. Nadine, hol doch bitte den Salat.«
Sie stand auf und ging ins Haus, Hellmer sah ihr hinterher.
»Ist sie nicht wundervoll? Meine Frau!« sagte er leise.
»Du hast verdammt viel Glück gehabt, mein Lieber. Wenn ich mir diese Prachtbude ansehe ...«
»Neidisch?« fragte Hellmer und fuhr gleich fort: »Weißt du, vor einem Jahr hätte ich mir so was nicht mal in meinen kühnsten Träumen leisten können, aber so spielt das Leben. Du weißt nie wirklich, wann du auf der Verlierer- oder auf

der Gewinnerseite stehst. Ich habe auch eine ganze Weile lang gedacht, es würde nie mehr bergauf gehen. Und dann traf ich Nadine wieder. Und ein fast unglaublicher Zufall hat sie mir dann auch in die Hände gespielt. Aber wie hat Einstein schon gesagt – Gott würfelt nicht. Ich bin mir nicht sicher, ob es wirklich Zufall war. Manchmal glaube ich, eine unsichtbare Macht hat ihre Hände im Spiel gehabt.«
»Du hast es wirklich gut getroffen. Und neidisch bin ich nicht, aber manchmal möchte ich schon ein klein wenig besser leben. Aber ich habe die Hoffnung noch nicht aufgegeben.«
Nadine kehrte mit einer Schüssel Salat zurück, stellte sie auf dem großen runden Tisch ab. Sie füllte Salat auf die Teller, Frank Hellmer gab je ein Steak dazu. Eine Weile aßen sie schweigend, bis Nadine sagte: »Ich hab mir übrigens eben was überlegt – könnte ich am Sonntag mit in die Kirche kommen? Vielleicht kann ich ja irgendwie helfen. Sechs Augen sehen mehr als vier.«
Julia Durant grinste nur, sagte: »Ich habe nichts dagegen. Nur bitte, stell den Leuten dort keine Fragen, was die Morde angeht. Überlaß das Frank und mir.«
»Großes Ehrenwort«, sagte Nadine, schnitt sich ein weiteres Stück von ihrem Steak ab, tauchte es in Chilisauce und steckte es in den Mund.
Den Rest des Abends verbrachten sie mit Reden und ab und zu mit Schweigen. Um kurz nach zehn sagte Hellmer: »Was ist, wollen wir eine Runde im Pool schwimmen?«
»Ich habe nichts dabei«, erwiderte Durant bedauernd.
»Das macht nichts«, sagte Nadine, »wir finden bestimmt was Passendes für dich.«
Um kurz vor Mitternacht verabschiedete sich Julia Durant. Als sie im Auto saß und nach Hause fuhr, fühlte sie sich gut wie schon lange nicht mehr. Dieser Abend war nichts Beson-

deres gewesen, aber es waren oft die Kleinigkeiten, die sie glücklich machten.

Donnerstag, 20.45 Uhr

Sie hatten sich bei einem Griechen zum Essen getroffen und waren danach in seine Wohnung gefahren. Er bewohnte eine sündhaft teure Maisonette-Wohnung in einem fünfstöckigen Haus, in dem sich ausschließlich Eigentumswohnungen befanden, und deren Bewohner zum Teil mehr als sechstausend Mark für den Quadratmeter bezahlt hatten. Seine Wohnung war mit hundertachtzig Quadratmetern die größte im Haus, bestand im unteren Teil aus einem großen Wohnbereich, in dem das Auffälligste ein an der Wand angebrachter Plasma-Fernsehapparat war, eine blaue Bang & Olufsen-Stereoanlage sowie zwei bis vor kurzem noch unbekannte Gemälde von Turner, die er bei einer Auktion in London vor zwei Jahren ersteigert hatte. Die Einrichtung bestand aus einem fast in der Mitte des Raumes stehenden blauen Sofa mit zwei dazu passenden Sesseln sowie einem runden Glastisch, dessen Platte auf einem aus Carrara stammenden Marmorblock lag. Dichtgewebte, von Blautönen beherrschte Seidenteppiche aus Persien bedeckten einen Teil des Parkettbodens. Die an den Wohnbereich anschließende Küche war ein Viereck, in dessen Mitte sich eine Spüle und Arbeitsplatte befanden; darüber war ein drehbarer Kranz angebracht, an dem Knoblauchzehen, messingfarbene Töpfe und Pfannen hingen. Die Stufen zum oberen Teil der Wohnung waren aus Holz, das Geländer aus poliertem, glänzendem Stahl. Oben gab es ein exklusives, in glänzendem Schwarz-Weiß gehaltenes Bad mit einer runden Wanne mit Whirlpool, einer etwas verdeckt installierten Toilette, einem Bidet sowie einem etwa zwei

Meter breiten Spiegel, in den zehn Halogenlampen eingelassen waren und unter dem sich ein marmorner Waschtisch und genügend Abstellmöglichkeiten für Kosmetika auf der ebenfalls zwei Meter breiten Marmorplatte befanden. Neben dem Bad lag das Schlafzimmer mit einer Spiegeldecke und einem drei mal drei Meter großen Bett; der Boden war mit dunkelblauem Teppich ausgelegt. Auf der andern Seite befand sich das Gästezimmer, das aber fast nie genutzt wurde, da er allein lebte und sich auch nicht immer hier aufhielt. Dreimal in der Woche kam eine junge Spanierin, um sauberzumachen.
Er ging an die Bar, holte eine Flasche und zwei Gläser heraus, gab Eis hinein und schenkte Maltwhiskey darüber. Eines davon reichte er der Frau, mit der er gekommen war, prostete ihr zu und trank sein Glas in einem Zug leer. Er zündete sich eine Davidoff-Zigarette an, schenkte sich erneut ein, während die junge Frau an ihrem Whiskey nur nippte.
»Und jetzt, Liebling, was machen wir jetzt?« fragte er mit diesem jungenhaften Grinsen, mit dem er schon viele Frauen rumgekriegt hatte. »Wir haben gegessen, wir haben getrunken, fehlt nur noch eins.« Er kam näher, blickte ihr tief in die Augen.
»So«, sagte sie, ihre Augen blitzten schelmisch auf, »was fehlt denn, mein Lieber?«
»Gehen wir nach oben, dann zeig ich's dir.«
»Ich möchte mich vorher etwas frisch machen, wenn du gestattest«, sagte sie, stand vom Hocker auf, schlüpfte aus ihren Schuhen, nahm ihre Tasche und ging barfuß nach oben. Er sah ihr nach, verfolgte jeden ihrer mit einer unnachahmlichen Leichtigkeit ausgeführten Schritte, die ihre Hüften in sanftem Rhythmus schwingen ließen, ihre nahezu perfekten, sonnengebräunten Beine, die sie nach oben trugen. Er trank sein Glas leer, schenkte sich erneut ein und trank aus, bevor sie aus dem Bad kam.

Sie hatte ihr Kleid ausgezogen, trug jetzt nichts als einen winzigen, blauen Seidenslip und einen ihren Busen kaum verhüllenden, ebenfalls blauen BH. Er betrachtete sie von unten, die Makellosigkeit ihres Traumkörpers faszinierte ihn ein ums andere Mal. Er konnte nicht genug von ihr kriegen, und er wußte, daß sie das Zusammensein mit ihm genauso genoß wie er. Sie blieb stehen, lehnte sich an das Geländer, sah ihn mit leicht spöttischem und doch aufforderndem Blick an.
»Kommst du?« fragte sie mit gurrender Stimme. »Ich denke, es wird Zeit für ein Spiel.«
Er nickte, folgte nach oben. Er streichelte kurz über ihren Rücken, drückte seine Nase in ihr dunkles Haar, dessen Duft er so liebte.
»Ich bin gleich zurück«, sagte er und verschwand im Bad. Sie steckte sich eine Zigarette an, ging ins Schlafzimmer, setzte sich aufs Bett, die Beine übereinandergeschlagen. Er kam nach fünf Minuten, blieb einen Moment in der Tür stehen, ließ seine Augen über ihren Körper gleiten. Sie nahm einen letzten Zug an der Zigarette, drückte sie in dem marmornen Aschenbecher aus, der auf dem Nachtschrank stand. Sie ließ sich rückwärts aufs Bett fallen, die Arme nach hinten gestreckt, die Beine leicht gespreizt.
Erst liebten sie sich, wie es die meisten Menschen tun, sie stimulierten sich, spielten miteinander, doch nach etwa einer dreiviertel Stunde sagte er keuchend, den ganzen Körper von Schweißperlen übersät: »Komm, bitte, mach es wie die letzten Male. Ich will die Handschellen, ich will ganz dir gehören. Mach mit mir, was du willst, aber bitte, mach es.«
»Du wirst es nicht bereuen«, gurrte sie, holte die Handschellen aus ihrer Tasche, ließ sie um seine Handgelenke schnappen und befestigte sie an dem Stahlrohr am Kopfende des Bettes. Sie verband ihm die Augen, nahm die Flasche mit dem Babyöl, träufelte etwas davon auf seinen Oberkörper,

rieb ihn damit ein. Sie ließ eine Weile verstreichen, saß über ihm, massierte seine Hoden auf eine besondere Weise. Sein Gesicht verzerrte sich, er stöhnte, riß ein paarmal an den Handschellen. Sie beherrschte ihn, wie sie wollte, sprach kein Wort, ließ nur immer wieder ihre Hände, ihre Haare, ihren Mund über seinen Körper gleiten. Das Spiel dauerte zwei Stunden, bis er erschöpft war. Sie nahm ihm die Augenbinde ab, sah ihn erneut mit leicht spöttischem Blick an.

»Und«, fragte sie, »zufrieden?«

»Du bist der absolute Wahnsinn«, sagte er mit schwerer Stimme. »Wo hast du das bloß gelernt? Wie einfallslos doch dieser Blümchensex ist im Gegensatz zu dem, was man mit dir machen kann.«

Sie schüttelte den Kopf, erwiderte: »Falsch, mein Lieber, es heißt, was *ich* mit *dir* machen kann. Jemanden wie mich wirst du so schnell nicht wieder finden.«

»Ich weiß, ich weiß, und deswegen werde ich alles tun, um dich nicht zu enttäuschen. Und jetzt mach mich bitte los, meine Handgelenke tun schon weh.«

»Gleich«, sagte sie und strich mit dem rechten Zeigefinger leicht über seinen Bauch; er zuckte. »Ist es für dich wirklich am schönsten mit *mir?* Sei ganz ehrlich.«

»Ja, warum fragst du?« sagte er, Schweiß auf der Stirn.

Wieder glitt ihr Finger über seinen Bauch, seine Brust, sie saß breitbeinig auf seinen Schenkeln, strich mit der andern Hand über seinen Unterleib.

»Und es gibt *keine* andere Frau neben *mir?*« fragte sie.

»Nein, warum sollte ich eine andere Frau haben?! *Du* bist die *einzige*. Verdammt, was soll dieses Spiel?« fragte er ungehalten.

»Ich will nur sichergehen, daß du mir auch die Wahrheit sagst. Weißt du, wenn ich wollte, könnte ich dich umbringen; du kennst doch diesen Film mit Sharon Stone und dem Eispickel, ich glaube, er heißt *Basic Instinct*. Und du könntest dich nicht einmal wehren«, sagte sie leise und ihre Stimme hatte einen gefährlichen Unterton. »*Keine* andere Frau? Was machst du eigentlich, wenn ich versuche, dich anzurufen, und du nicht zu erreichen bist oder dich einfach nicht meldest, obwohl ich immer wieder Nachrichten hinterlasse? Sag es mir.«

»Du weißt doch, ich habe viel zu tun …«

»Und wenn der Druck in deinen Eiern zu stark wird, was machst du dann? Vögelst du eine andere, eine Blonde mit dicken Titten und einem Knackarsch? Oder schließt du dich auf dem Klo ein und besorgst es dir selber? Sag mir, was machst du?«

»Mein Gott, was ist denn auf einmal los mit dir? Ist dir heute eine Laus über die Leber gelaufen?«

»Nein, ich finde es nur amüsant, dich zappeln zu sehen, das ist alles. Aber eines laß dir gesagt sein – sollte ich jemals herausfinden, daß noch eine andere Frau im Spiel ist und du mich angelogen hast, dann bringe ich dich um, damit das klar ist.«

»Sag mal, spinnst du?! Was soll dieser Scheiß?«

»Komm, reg dich ab«, sagte sie, nahm den Schlüssel vom Nachtschrank, löste die Handschellen. »Ich dachte mir nur, es wäre mal eine etwas andere Variante unseres Spiels. Du brauchst keine Angst zu haben, ich habe nur Spaß gemacht«, sagte sie lachend.

Er setzte sich auf, blickte sie forschend an, rieb seine Handgelenke. »Du hast mir verdammt noch mal Angst eingejagt, weißt du das?!«

»Was für ein Gefühl ist das, so hilflos zu sein und nicht zu wissen, ob der andere es ernst meint oder nicht? Jagt es dir einen Adrenalinstoß nach dem andern durch den Körper, schlägt dein Herz wie verrückt, schießen dir Gedanken durch den Kopf, welche aus deiner Kindheit und Jugend? Sag, wie ist es?«

»Es ist schon komisch«, sagte er, während sein Herzschlag sich beruhigte. »Du hättest mit mir machen können, was du wolltest, ich …«

»Du wärst hilfloser gewesen als ein neugeborenes Baby. Ich weiß. Ich verspreche dir, *so etwas* nicht wieder zu machen. Großes Ehrenwort. Warum sollte *ich* dich umbringen wollen? Jemanden wie dich finde ich doch nie wieder. Ich meine, wir beide ergänzen uns auf eine fast perfekte Weise, findest du nicht?« Sie machte eine kurze Pause, strich sich eine Haarsträhne aus der Stirn, sah ihn mit undefinierbarem, fast melancholischem Blick an, sagte: »Liebst du mich eigentlich?«

»Das weißt du doch.«

»Du hast es mir aber in letzter Zeit nicht mehr gesagt.«

»Reicht es nicht, wenn ich es dir zeige?«

»Meinst du etwa die Geschenke?« Sie zuckte die Schultern, setzte sich im Schneidersitz hin, verschränkte die Hände. »Sie sind schön und manchmal auch ausgefallen, doch ich verdiene selbst ganz gut und kann mir eine Menge leisten. Nicht ganz so viel wie du, aber ich lebe nicht schlecht.«

»Liebst *du* mich denn?« fragte er.

»Komisch, daß du mich das jetzt auch fragst. Ich stelle mir immer wieder die Frage, was Liebe eigentlich ist, und je mehr ich darüber nachdenke, um so weniger finde ich eine Antwort darauf. Ich mag dich, ich fühle mich zu dir hingezogen, ich mag es, wenn du nach Schweiß riechst, wenn du mich auf deine bestimmte Weise berührst, wenn du mich fickst. Es gibt vieles, was ich an dir mag.« Sie neigte den Kopf zur Seite, verzog den Mund, zuckte die Schultern, sagte mit einem nachdenklichen Lächeln: »Ob ich dich liebe – ich weiß es ehrlich gesagt nicht. Aber ist das so wichtig?«

Er lachte kehlig auf, sagte: »Erst fragst *du* mich, ob *ich* dich liebe, *du* bist eifersüchtig und drohst mir, *mich* umzubringen, wenn ich etwas mit einer andern Frau habe, und dann willst *du* wissen, ob es so wichtig ist, ob du mich liebst! Weißt du eigentlich, was du redest? Wer sagt mir denn, daß du nicht neben mir noch einen andern Mann hast? Daß du dir nicht dein Vergnügen woanders holst, wenn ich nicht verfügbar bin? Wer sagt mir das?«

»Tut mir leid«, sagte sie mit einem entschuldigenden, entwaffnenden Lächeln, »war nicht so gemeint. Ja, es stimmt schon, wenn Eifersucht etwas mit Liebe zu tun hat, dann liebe ich dich wohl. Verzeih mir, aber ich scheine mich momentan gefühlsmäßig in einer chaotischen Situation zu befinden. Und nein, es gibt keinen andern Mann in meinem Leben.«

»Schon gut«, sagte er und stand auf, öffnete eine Seite des begehbaren Wandschranks, holte zwei Gläser und eine Flasche Whiskey hervor und schenkte ein. Er reichte ihr ein Glas, sie tranken.

»Kannst du mir bitte eine Zigarette geben?« bat sie. Er zog die Schublade des Nachtschranks auf, holte ein Schachtel Davidoff-Zigaretten heraus, ging zu ihr, setzte sich neben sie und steckte ihr eine Zigarette in den Mund. Er sah sie von der Seite an, sie hielt den Kopf gesenkt, er meinte, ein paar Tränen über ihr Gesicht laufen zu sehen. Er faßte sie am Kinn, drehte ihren Kopf, so daß er ihr in die Augen sehen konnte, es waren wirklich Tränen, legte seine Arme um ihre Schultern und drückte sie an sich. Er wollte fragen, warum sie auf einmal so traurig war, warum sie weinte, doch etwas hinderte ihn daran; vielleicht hatte er Angst vor dem, was sie sagen würde, vor dem, was danach folgte, vor Fragen, mehr Tränen und nichtgegebenen Antworten. Nach einigen Sekunden löste er die Umarmung, gab ihr Feuer, zündete seine Zigarette an. Durch den Rauch hindurch sah er sie an, ihr Haar, ihr wie von einem Bildhauer gemeißeltes Profil, ihre Brüste, die Beine. Sie war eine Schönheit, eine feurige, hemmungslose Schönheit. Doch an diesem Abend hatte er zum ersten Mal Angst vor ihrem Feuer gehabt. Er überlegte, ob sie fähig wäre, ihn umzubringen, wenn sie von seinem Doppelleben erführe. Innerlich schüttelte er den Kopf, verneinte die Frage. Sie nicht, sie war nicht der Typ für einen Mord, sie war eine kühl kalkulierende Person, die immer genau zu wissen schien, wie weit sie gehen konnte. Sie war dominant und überaus selbstbewußt, und seine Erfahrung hatte ihn gelehrt, daß solche Frauen eine unglaubliche Kontrolle über sich hatten. Sie hatte Kontrolle über andere und über sich selbst. Und solange *er* ihr das Gefühl gab, *ihn* zu kontrollieren, konnte überhaupt nichts schiefgehen. Er durfte sich nur keine Blöße geben, denn er wußte nicht, wie sie dann reagieren würde. Er kannte sie seit drei Jahren und seit dieser Zeit hatte es nicht einen Moment gegeben, in dem sie die Beherrschung verloren hatte, und er hatte auch keine Vorstellung davon, wie es aussehen könnte, wenn dieser Moment eintrat. Würde sie schreien, toben, um sich schlagen, mit Geschirr werfen, oder würde sie …? Nein, er verwarf den Gedanken gleich wieder. Sie war einfach anders, eine Sorte Frau, die man, wenn man Glück hatte, nur einmal im Leben traf. Eine, die sich nicht mit den Millionen anderer Frauen vergleichen ließ, deren Leben aus nichts bestand als der treuen, selbstlosen Hingabe an einen Ehemann, der aufopferungsvollen Liebe zu den Kindern; die nichts kannten als den täglichen, langweiligen Trott zu Hause, in deren Köpfen zwar bisweilen verwerfliche Gedanken herumspukten, die sie aber nie ausleben würden; die einfach nur existierten, ohne zu wissen, warum; die sich zwar insgeheim ein anderes, aufregenderes Leben wünschten, die aber nicht in der Lage waren, diesen Wunsch auch umzuset-

zen. Zu viele solcher Frauen hatte er schon kennengelernt, und deshalb wußte er, was er an ihr hatte. Er hatte nie zuvor eine ausgeglichenere Frau gekannt. Sie war die Frau, die er sich immer in seinem Bett gewünscht hatte.
»Was hältst du eigentlich von diesen seltsamen Morden, die im Augenblick in Frankfurt passieren?« fragte sie wie beiläufig nach einer längeren, mit Schweigen gefüllten Pause.
»Meinst du diese Giftmorde? Ich weiß es nicht, aber für meine Begriffe ist das ein Verrückter, ein genial Verrückter, um es genau zu sagen. Bei demjenigen liegen wahrscheinlich Genie und Wahnsinn extrem dicht beisammen. Allein sich eine solche Methode auszudenken! Andere machen es auf die plumpe Weise, kaufen sich eine Pistole oder ein gutes Messer, aber er, er tötet mit Gift. Auf jeden Fall eine clevere Methode.«
»Und was, wenn es eine Sie ist?« fragte sie und drückte ihre Zigarette aus. »Ich meine, die Theorien in den Medien gehen ja im Augenblick hauptsächlich davon aus, daß es sich um eine Frau handelt.«
»Ich habe bis jetzt keine Ahnung, ob ein Mann oder eine Frau verdächtigt wird. Mord bleibt Mord und da kommt es nicht darauf an, wer mordet und wie, sondern daß man es überhaupt tut. Das Motiv würde mich interessieren, und vielleicht auch noch ein Gespräch mit dem Täter oder der Täterin. Und auch, was die Opfer ausgefressen haben. Aber warum interessiert dich das?« fragte er.
»Nur so«, sagte sie achselzuckend. »Ich wollte nur deine Meinung hören, du Spezialist.«
»Ich bin kein Spezialist, zumindest nicht für solche Fälle«, sagte er grinsend. »Und du, was denkst du?«
»Ich kenne mich mit so was doch überhaupt nicht aus.« Sie warf einen Blick zur Uhr, kurz vor zwölf, sagte: »Ich denke, ich sollte jetzt gehen. Morgen ist ein harter Tag und ich will

wenigstens noch sechs Stunden schlafen. Wann sehen wir uns wieder?«

»Warum bleibst du nicht über Nacht?« fragte er.

»Nein, nicht heute.«

»Nicht gestern, nicht heute, nicht morgen«, sagte er beleidigt, »du hast noch nie hier übernachtet. Warum nicht? Gefällt es dir hier nicht?«

Sie streichelte ihm mit einer Hand übers Gesicht, ihr Blick wirkte wieder traurig, sie sagte leise: »Es gefällt mir sogar sehr gut hier. Aber ich kann einfach nicht. Bitte versteh mich.«

»Erklär es mir, damit ich es verstehe.«

Sie zuckte die Schultern, wandte den Blick ab, sagte: »Laß es doch einfach so, wie es ist. Ich kann es dir nicht erklären …«

»Doch, du könntest es, wenn du wolltest. Aber soll ich dir sagen, was dein Problem ist? Du fürchtest dich, hier zu übernachten, weil du dich in keiner Weise binden möchtest. Du möchtest nicht hier schlafen, weil ich dich dann unter Umständen irgendwann fragen könnte, ob du nicht für immer hier wohnen willst, aber irgend etwas in dir will keine Bindung. Das habe ich vom ersten Augenblick an gespürt, als wir uns kennenlernten. Und jetzt bin ich mir wirklich sicher. Schade.«

Sie lächelte verlegen, sah ihn von der Seite an. »Nein, das ist es nicht. Irgendwann werde ich hier übernachten, und irgendwann werde ich auch für länger bleiben. Nur jetzt im Augenblick geht es noch nicht.«

»Und wann wird der Augenblick sein? Nächstes Jahr, übernächstes, in zehn Jahren?«

»Ich muß gehen«, sagte sie und stand auf. Er hielt ihre Hand fest, blickte ihr in die Augen, sah sie schweigend an.

»Wann sehen wir uns wieder?« fragte sie und löste sich aus seinem Griff.

»Am Sonntag?«
»Was ist morgen, oder am Samstag?« fragte sie.
»Morgen und übermorgen bin ich bei meiner Schwester in Karlsruhe. Sie erwartet ihr drittes Kind, und es sind nur noch zwei Wochen bis zum Termin. Ich will sie vorher noch einmal sehen.«
»In Ordnung, dann muß ich mir eben für das Wochenende etwas anderes vornehmen«, sagte sie und ging ins Bad. Sie ließ die Tür offen, er hörte das Rauschen des Wassers. Er legte sich aufs Bett, starrte in den riesigen Spiegel über ihm. Er grinste. Um zehn nach zwölf begleitete er sie nach unten. Zum Abschied küßte er sie, winkte ihr nach, als sie die Stufen zur Straße hinunterlief. Er sah ihr nach, wie sie in ihren Alfa Romeo stieg, das Verdeck öffnete, die Straße hinunterfuhr, kurz vor einer Ampel hielt, die gleich auf Grün sprang, und dann nach links abbog. Er ging zurück ins Haus, fuhr mit dem Aufzug nach oben, trank noch einen Whiskey, stellte die Stereoanlage an, hörte ein paar Takte Beethoven, schaltete wieder ab und ging zu Bett. Ihr unverkennbarer Duft hatte sich im ganzen Zimmer verteilt, es roch nach ihrem Parfüm, ihrer Haut, ihrem Haar. Um halb neun begann sein Dienst. Wenn er Glück hatte, konnte er etwa sieben Stunden schlafen.

Freitag, 0.45 Uhr

Sie war müde und erschöpft von einem anstrengenden Tag; sie verspürte eine leichte, aber bohrende Übelkeit. Sie räumte noch ein paar Sachen vom Tisch, ging ins Bad, wusch sich, putzte die Zähne. Mit einem Mal begann sie zu würgen, hob den Klodeckel hoch und übergab sich. Ihre Augen tränten von der Anstrengung, sie drückte mit beiden Händen leicht auf den Magen, hoffte, er würde sich beruhigen, statt dessen

aber mußte sie erneut würgen und erbrach zähen, grünen Schleim. Sie betätigte die Spülung, schloß die Augen, sah kleine, helle Lichtblitze. Nach etwa zehn Minuten hörte der Würgereiz auf, sie drehte sich zum Waschbecken um, spülte den Mund mit kaltem Wasser aus, wusch sich den Schweiß vom Gesicht. Sie sah in den Spiegel und glaubte, eine alte Frau darin zu sehen. Sie holte eine Schachtel Tabletten aus dem Arzneischrank, nahm eine mit etwas Wasser. Die Tablette würde nicht nur die Übelkeit vertreiben, sie würde sie auch gut schlafen lassen. Sie verließ das Bad, löschte das Licht. Bevor sie sich hinlegte, nahm sie ihr Tagebuch, machte einige Eintragungen, nur ein paar Zeilen. Sie legte es zurück in die Nachtschrankschublade, legte sich aufs Bett, starrte an die Decke, faltete die Hände über dem Bauch. Einmal mehr fragte sie sich, was in ihrem Leben falsch gelaufen war, das noch so jung und doch schon so alt schien. Das Telefon klingelte, sie ging aber nicht mehr ran, der Anrufbeantworter schaltete sich nach dem zweiten Läuten ein. Sie hörte nicht, wer aufs Band sprach, aber es konnte nichts Wichtiges sein, nichts, das so wichtig war, daß sie jetzt noch aufstand. Sie sagte nur leise: »Vater, bitte hilf mir. Hilf mir, auch diese schwere Zeit durchzustehen. Du weißt, was richtig für mich ist, und nur du kannst mir helfen. Verlaß mich nicht, du bist der einzige, der mir helfen kann.«
Sie drehte sich auf die Seite, rollte sich in die Bettdecke, versuchte, einzuschlafen. Eine Weile lag sie mit geschlossenen Augen, hörte ein Auto unter ihrem Haus vorbeifahren, Musik, die von irgendwoher kam. Sie schlief ein.
Um halb drei wachte sie auf, sie war heiser, spürte dieses Kratzen im Hals, wußte, sie hatte wieder geschrien. Der Alptraum. Er ließ sie nicht los, seit sie ein kleines Kind war. Und sie hatte das Gefühl, als würde er von Mal zu Mal schrecklicher. Sie stand auf, holte sich eine Flasche Wasser aus der

Küche, nahm sie mit ans Bett, drehte den Verschluß auf und trank in kleinen Zügen. Das Kratzen ließ allmählich nach. Sie schaute um sich, stellte die Flasche neben das Bett, legte sich wieder hin. Sie hatte Mühe, einzuschlafen. Sie nahm das Fläschchen mit dem Valium aus der Schublade, schluckte fünf Tropfen mit etwas Wasser. Nach zehn Minuten schlief sie ein. Und als sie am Morgen aufwachte, fühlte sie sich, wie so oft, als hätte sie gar nicht geschlafen. Manchmal haßte sie dieses Leben.

Freitag, 6.50 Uhr

Julia Durant wachte auf, als die ersten Sonnenstrahlen durch das geöffnete Fenster fielen. Es war spät geworden letzte Nacht bei Hellmer und seiner Frau, und sie hatte Mühe gehabt, einzuschlafen. Sie wußte nicht, wie lange sie geschlafen hatte, aber es waren mit Sicherheit nicht mehr als fünf Stunden gewesen. Als sie nach Hause gekommen war, hatte sie noch ein Bier getrunken, eine Zigarette geraucht und sich um eins ins Bett gelegt. Sie hatte unerklärliche Träume gehabt, von denen sie zwar nicht wach geworden war, an die sie sich aber in jeder Einzelheit erinnerte. Merkwürdige, zusammenhanglose Träume, die wahrscheinlich bedeutungslos waren. Fast virtuelle Träume, in denen sie die einzelnen Personen wie per Mausklick einfach austauschen konnte.
Sie blieb noch zehn Minuten liegen, bis der Wecker klingelte, stellte ihn aus, setzte sich langsam auf. Sie zog die Knie an, schlang die Arme darum, legte den Kopf darauf. Ein langer, anstrengender Tag lag vor ihr, ein Tag der Gespräche, ein Tag, der vermutlich keine sonderlich neuen Erkenntnisse über den Tod von Rosenzweig und Schönau bringen würde, außer, es geschah einer jener unglaublichen Zufälle, an die

sie heute aber nicht glaubte. Man würde sich um diesen Hauser kümmern, würde versuchen, über die Staatsanwaltschaft eine Exhumierung seiner Leiche zu erreichen. Es würde nicht einfach werden, da Hauser nicht in Hessen, sondern in Niersachsen gestorben war, doch es gab zwingende Gründe, das Grab öffnen zu lassen, um sicherzustellen, ob sein Tod natürlicher oder unnatürlicher Natur gewesen war.
Um zehn nach sieben stand sie auf, trat ans Fenster, sah hinaus. Ein leichter, jetzt am Morgen noch angenehm frischer Wind umfächelte sie, es war, als würde eine unsichtbare Hand sie sanft streicheln. Einen Augenblick lang genoß sie diese Berührung des Windes, drehte sich um, ging ins Bad. Sie stellte sich unter die kleine, in der Ecke hinter der Badewanne befindliche Dusche, ließ zwei Minuten lang lauwarmes Wasser über ihren Körper fließen, trocknete sich ab, stellte sich nackt vor den Spiegel, kämmte sich das nasse Haar, fönte es trocken, putzte sich die Zähne. Sie zog frische Unterwäsche an, Jeans, eine dazu passende blaue Bluse und schlüpfte mit nackten Füßen in die weißen Leinenschuhe. Sie legte einen Hauch Make-up und etwas Lippenstift auf, gab zwei Spritzer *Shalimar* auf den Hals, ging in die Küche. Sie stellte das kleine, noch aus ihrer Jugend stammende Kofferradio an, kochte Wasser für einen Instantkaffee, gab Cornflakes in eine Müslischale, schüttete etwas Zucker und Milch darüber und begann zu essen. Sie hörte die Kurznachrichten, die hauptsächlich aus Meldungen aus der Politik bestanden, der Wetterbericht sagte für heute Schwüle und Temperaturen von annähernd dreißig Grad vorher, doch müßte im Laufe des Nachmittags mit zum Teil kräftigen Gewittern gerechnet werden, an deren Rückseite kühlere und feuchtere Luftmassen von Westen nach Deutschland strömen sollten.
Warten wir's ab, dachte sie und aß einen letzten Löffel von den Cornflakes, lehnte sich zurück und trank langsam den

noch immer heißen Kaffee. Sie stellte die Tasse wieder auf den Tisch, holte eine Gauloise aus der Schachtel, zündete sie an. Sie fühlte sich gut, trotz des wenigen Schlafs. Um zwanzig vor acht drückte sie die Zigarette aus, nahm ihre Tasche, überprüfte kurz den Inhalt und verließ die Wohnung. Im Briefkasten die *Frankfurter Rundschau*, sie klemmte sie unter den Arm und ging zum Wagen. Um zwei Minuten vor acht hielt sie auf dem Präsidiumshof. Der BMW von Hellmer sowie Kullmers Alfa Romeo standen bereits da. Mit schnellen Schritten überquerte sie den Hof und begab sich nach oben.

Freitag, 8.00 Uhr

Hellmer und Kullmer saßen hinter ihren Schreibtischen, Berger telefonierte. Er winkte Durant heran, sie nahm Platz. Er sagte noch »Ja« und »Danke« und legte auf.
»Erst mal guten Morgen«, sagte er, die Ellbogen auf den Tisch gestützt und sah Durant an. »Das war eben die Staatsanwaltschaft. Sie haben sich noch gestern abend mit Hannover in Verbindung gesetzt wegen diesem Hauser. Die Leiche wird ohne große Formalitäten zur Exhumierung freigegeben. Ist doch schon was, oder?«
»Hoffen wir nur, daß es kein Windei ist. Wenn doch, dann stehen wir ganz schön dumm da«, sagte die Kommissarin und holte sich einen Kaffee. »Andererseits glaube ich jetzt nicht mehr an einen Zufall. Es paßt einfach zu viel zusammen. Die gleiche Kirchenzugehörigkeit, er war Diabetiker wie Rosenzweig, und er war Chemiker und Biologe. Ich denke fast, und das habe ich schon gestern abend gesagt, daß wir da eventuell einen Hinweis finden werden.«
Hellmer und Kullmer waren hinter ihren Schreibtischen hervorgekommen und hatten sich zu Durant und Berger gesetzt.

»Und dieser Arzt … wie heißt er noch mal …?«
»Öczan.«
»Dieser Dr. Öczan, was ist über ihn bisher bekannt? Wie kam er damals zu der Annahme, es könnte sich um einen unnatürlichen Tod gehandelt haben? Konnten Sie noch einmal mit ihm sprechen?« fragte sie.
»Ich habe ihn gestern noch einmal angerufen«, sagte Berger und lehnte sich zurück. »Er ist in der Türkei geboren, hat Ende der Sechziger, Anfang der Siebziger in Deutschland Medizin studiert, ist danach für fünf Jahre nach Afrika gegangen, um dort in einem Urwaldkrankenhaus zu arbeiten. Er sagt, er hätte dort des öfteren mit Patienten zu tun gehabt, die mit Schlangenbissen zu ihm gekommen sind. In dieser Zeit hat er eine Menge Erfahrungen gesammelt, und als er zu Hauser gerufen wurde, hat er sich sofort an seine Zeit in Afrika erinnert. Ich habe ihn gefragt, ob er eine Vermutung hat, um welches Schlangengift es sich bei Hauser gehandelt haben könnte, aber er hat abgeblockt und nur gemeint, es kämen viele Schlangen in Frage, aber auch bestimmte Skorpionarten, deren Stiche derartige Ödeme oder Gewebsveränderungen beziehungsweise Hautunterblutungen hervorrufen könnten. Er schloß aber ganz klar ein Gift mit stark nekrotisierender Wirkung aus, da er bei Hauser lediglich eine leichte Unterblutung um die Einstichstelle ausmachen konnte. Er vermutet eher ein Nervengift mit leicht gerinnungshemmenden und hämorrhagischen Faktoren, da er den Toten mit weit aufgerissenen Augen und in einer recht starren Haltung vorgefunden hat. Ich habe ihn aber trotzdem noch einmal gefragt, welche Schlangen seiner Meinung nach in Frage kommen könnten, worauf er sagte … Moment, ich hab's mir aufgeschrieben … er hat in Afrika eine ganze Reihe von Mamba- und Kobrabissen behandelt, aber auch Patienten, die von Puffottern und anderen Giftschlangen ge-

bissen worden waren. Jetzt fragen Sie mich aber um Himmels willen nicht, was der Unterschied zwischen den einzelnen Schlangen ist. Er sagt, es könnte sich seiner Erfahrung nach möglicherweise um Mamba- oder Kobragift handeln, unter Umständen aber auch um eine spezielle Mischung aus unterschiedlichen Giften, da ihm selbst diese Form von leichter Hautunterblutung nicht bekannt ist. Er hat noch hinzugefügt, daß Hautunterblutungen meist mit einer starken Gewebszerstörung einhergehen, was bei Hauser aber nicht der Fall war. Er möchte aber keine voreiligen Schlüsse ziehen. Er meint aber auch, es könnte unter Umständen schwierig werden, nach über einem halben Jahr das potentielle Gift zu identifizieren. Und er hat gesagt, er hoffe nur, daß er jetzt nichts Unüberlegtes getan habe, er wollte lediglich seiner ärztlichen Pflicht nachkommen.«

»Wenn nur jeder Arzt seiner Pflicht so nachkommen würde!« sagte Hellmer und steckte sich eine Marlboro zwischen die Lippen. »Warum haben unsere lieben Kollegen ihn nicht ernst genommen? Weil er bloß ein lausiger Türke ist? Ich kann mir nur an den Kopf fassen, wenn ich von solcher Schlamperei höre!« fuhr er wütend fort.

»Beruhigen Sie sich wieder«, sagte Berger mit einem seltenen Lächeln. »Er hat getan, was er konnte, und ich denke, wir werden sehr bald wissen, ob Hauser eines natürlichen Todes gestorben ist oder ob er umgebracht wurde. Doch ich bin mir fast sicher, daß eher letzteres in Frage kommt. Wichtig ist jetzt erst einmal, die Person Hauser etwas näher kennenzulernen. Wir kennen ansatzweise seine berufliche Tätigkeit, er war offensichtlich angesehen und ein Mitglied dieser Kirche. Jetzt sollten wir herausfinden, mit was er sich beruflich genau beschäftigt hat, und vor allem, wo und wie sein Stand in der Kirche war. Seine Familie sollte befragt werden, auch wenn ich mir persönlich nicht allzuviel davon verspreche.

Viel mehr interessiert mich sein Lebenswandel, ob er zum Beispiel auch eine außereheliche Liaison hatte, vielleicht ähnlich wie bei Schönau und Rosenzweig ...«

»Moment, wissen wir denn überhaupt, ob er verheiratet war?« fragte Kullmer.

»Nein, bis jetzt nicht«, sagte Berger, »aber Sie werden uns das sicher schon bald sagen können«, fuhr er grinsend fort.

»Alles klar«, sagte Kullmer und erhob sich, »dann werde ich mich mal ans Telefon schwingen und alles über diesen Hauser in Erfahrung bringen, was möglich ist. Und wenn Kommissar Hellmer nichts weiter zu tun hat, könnte er mir vielleicht dabei helfen?«

»Wenn's sein muß«, sagte Hellmer und stand ebenfalls auf. »Dann machen wir uns mal an die Arbeit.«

»Und Sie?« fragte Berger an Durant gewandt.

»Ich schnüffle mal ein bißchen in Finks Leben rum. Seine Söhne interessieren mich, vor allem der eine, der sich von seinen Eltern losgesagt hat. Vielleicht kriege ich aus ihm etwas raus, vorausgesetzt, ich treffe ihn überhaupt an. Ach ja, haben Sie schon mit unserem Psycho Schneider gesprochen? Ist er heute verfügbar?«

»Er will um zwei kommen. Es wäre schön, wenn Sie auch da sein könnten.«

»Sicher. Ich mach mich dann mal auf den Weg.«

»Viel Erfolg.«

Julia Durant nahm ihre Tasche und verließ das Büro. Auf dem Weg nach unten steckte sie sich eine weitere Zigarette an, die vierte an diesem jungen Morgen. Sie setzte sich ins Auto und fuhr zu der Adresse von Jürgen Fink. Er wohnte in Goldstein, in einer Siedlung, die Durant schon von einem andern Fall, der ihr sehr nahe gegangen war, gut kannte. Eine Gegend, in die man nicht unbedingt freiwillig zog. Eine jener Gegenden, in der Menschen wohnten, die man oftmals woan-

ders nicht haben wollte, die von der großen, reichen Stadt wie Unrat dorthin gespuckt worden waren. Sie fuhr über die Friedensbrücke, an der Uni-Klinik vorbei immer geradeaus parallel zum Main, hielt kurz an der Ampel, wo sie links abbiegen mußte, um nach Goldstein zu kommen. Sie bog die nächste Straße rechts ab, dann wieder links und die übernächste erneut links.
Im Heisenrath. Die meisten Parkplätze vor den grauen, schmuddeligen Hochhäusern mit den überquellenden, stinkenden Müllcontainern, waren frei, sie stellte den Wagen ab. Sie ging auf das Haus Nummer zwölf zu, kam an einer Reihe von Briefkästen vorbei, von denen viele demoliert waren, suchte an der Klingelwand den Namen, fand ihn schließlich, drückte den angesengten Klingelknopf. Nachdem sie einige Sekunden gewartet hatte, krächzte eine männliche Stimme aus dem zerdellten Lautsprecher. Durant nannte ihren Namen, kurz darauf ertönte der Türsummer. Sie betrat den Aufzug, die Wände waren beschmiert, der Boden naß, es stank nach Urin. Sie drückte den achten Stock, die Tür schloß sich mit einem lauten Knall. Sie ließ sich von dem schaukelnden, knarzenden Ungetüm in den achten Stock tragen. *Runter laufe ich*, dachte sie und ging rechts um die Ecke, las die Namensschilder an den drei Türen, ging zurück auf die andere Seite.
Jürgen Fink bewohnte die mittlere Wohnung auf der linken Seite. Die Tür war geschlossen, sie klopfte. Ein großer, junger Mann mit langen, dunklen, fettigen Haaren, bekleidet mit einem fleckigen Rippenshirt und einer ausgefransten Jeans öffnete ihr. Er war barfuß, unrasiert, sein Atem roch streng nach billigem Fusel.
»Herr Fink?« fragte Durant.
»Was wollen Sie?« fragte er mißtrauisch zurück.
»Ich würde mich gern mit Ihnen unterhalten. Darf ich reinkommen?«

»Wenn's unbedingt sein muß«, sagte er mürrisch und machte die Tür ganz auf. Er ging vor Durant her ins Wohnzimmer, sie schloß die Tür hinter sich. Die Luft im Raum war abgestanden und muffig, ein unangenehmer Geruch drang in ihre Nase. Auf dem Boden lagen mehrere leere Bier- und Schnapsflaschen, der Aschenbecher quoll über. Es gab keine Vorhänge, die Wände waren kahl, die ehemals weiße Farbe vergilbt, das Fenster verschmiert und seit Monaten oder gar Jahren nicht geputzt. Es gab einen Fernsehapparat und eine kleine Stereoanlage, eine durchgesessene Couch, einen Sessel und einen kleinen Tisch, an der Wand ein Regal mit ein paar zerschlissenen Büchern.
»Wo kommen Sie überhaupt her? Vom Sozialamt? Oder vom Wohnungsamt? Oder hat mein Alter Sie hergeschickt?«
»Weder noch, ich komme von der Kripo und würde gern mit Ihnen sprechen. Ihre Adresse habe ich übrigens von Ihrer Schwester.«
»Von Laura?« fragte er zweifelnd. »Ist irgendwas passiert?« Er ging in die kleine Küche, holte eine Dose Bier, riß den Verschluß auf und trank. »Tschuldigung«, sagte er, »wollen Sie auch eins?«
»Nein danke. Sonst jederzeit, aber nicht, wenn ich im Dienst bin.«
»Wieso hat Laura Sie geschickt?« fragte er weiter und setzte sich auf die von schmutziger Wäsche bedeckte Couch, die Bierdose zwischen den Händen und sah Durant lange und durchdringend an.
»Sie hat mich nicht geschickt, ich habe sie um Ihre Adresse gebeten. Ich möchte mich nur ein wenig mit Ihnen unterhalten, das ist alles. Darf ich mich setzen?« Er nickte nur, die Kommissarin nahm auf dem Sessel Platz.
Jürgen Fink lehnte sich zurück, die Beine gespreizt, er lächelte verächtlich.

»Mit mir unterhalten? Worüber?«
»Ich weiß nicht, ob Sie gehört haben, daß zwei Männer, die Sie sicherlich auch kennen, in den letzten Tagen getötet wurden. Ein Herr Rosenzweig und ein Herr Schönau. Sagen Ihnen die Namen etwas?«
»Klar, warum? Und ja, ich habe davon gehört. Und wenn Sie wissen wollen, ob es mir um die beiden leid tut, dann muß ich leider sagen, nein. Noch was?«
»Ja, zum Beispiel, warum wohnen Sie hier? Ihr Vater …«
»Mein Vater!« spie er höhnisch lachend aus. »Mein Vater kann mich mal! Klar, mein Alter hat Geld, und zwar eine ganze Menge, und ich hab keins. Na und, wen interessiert das?! Sicher, ich könnte es besser haben, finanziell meine ich, aber ich habe mir den Luxus und die Frechheit erlaubt, auf finanziellen Wohlstand zu verzichten. Und möchten Sie auch wissen, warum? Weil ich nicht länger springen wollte, wenn er ›hopp‹ sagte. Jahrelang hat er nämlich ›hopp‹ gesagt, und ich mußte springen. Und er hat auch bestimmt, wie oft und wie hoch ich sprang. Und wenn ich nicht oft und hoch genug gesprungen bin, dann mußte ich eben bestraft werden. So einfach war das.« Er machte eine kurze Pause, nahm einen weiteren Schluck von seinem Bier, sah Durant wieder an, diesmal mit einem nachdenklichen Blick. »Wenn Sie meinen Vater kennen würden, ich meine, richtig kennen, dann wüßten Sie, was ich meine. Er duldet keinen Widerspruch, niemals. Er bestimmt die Regeln, egal, wo und wie, und er ändert diese Regeln, wann immer es ihm beliebt. Allein in seiner Nähe zu sein kann schon zu einer Qual werden. Es tut mir leid, aber mein Vater ist für mich gestorben. Lieber krepiere ich in diesem gottverdammten Loch, als noch einmal *sein* Haus zu betreten.«
»Was hat er Ihnen getan?«
»Mir?« fragte er und senkte den Blick. »Mir eigentlich weni-

ger, aber ...« Er machte eine Pause, trank die Dose leer, stellte sie auf den Tisch. »Fragen Sie doch Laura, oder meinen Bruder Stephan. Oder meine Mutter. Vielleicht bekommen Sie von denen eine Antwort, was er getan hat. Andererseits glaube ich nicht, daß die den Mund aufmachen. Dazu sind sie viel zu feige, außer Laura vielleicht. Denn sie springen immer noch, wenn der alte Herr ›hopp‹ ruft. Sie springen und springen und springen. Denn sie alle haben Angst vor ... IHM. Wenn Sie verstehen, was ich meine.«

»Sie haben Angst vor Ihrem Vater?«

Er lachte höhnisch auf und schlug sich auf die Schenkel. »Klar, vor dem auch. Aber in Wirklichkeit fürchten sie sich vor *IHM* da oben«, sagte er und deutete in Richtung Decke. »Sie fürchten sich vor der großen und unbarmherzigen Strafe des *Allmächtigen*. Und warum fürchten sie sich vor dieser Strafe? Weil mein lieber Herr Vater es ihnen immer und immer wieder einbläut. Sie müssen wissen, mein Vater kennt Gott besser als irgend jemand sonst, oder zumindest besser als die meisten! Er weiß genau, wer und wie Gott ist, daß Gott über jeden unserer Schritte genauestens wacht, und wenn wir auch nur einmal stolpern, dann wird dieser Gott uns mit unnachgiebiger Härte bestrafen.« Er hielt inne, seufzte auf, fuhr nach einer Weile ruhiger fort: »Es hat lange gedauert, bis ich kapiert habe, wie verlogen und bigott die Sprüche meines alten Herrn sind. Er hat mit Gott gedroht, dabei waren es allein *seine* Drohungen ... Das Seltsame ist, ich glaube immer noch, daß es einen Gott gibt, aber der sieht ganz anders aus als der Gott meiner Kindheit und Jugend. Dieser Gott ist gütig und gnädig, er verzeiht und vergibt, und vor allem, er liebt jedes einzelne seiner Kinder. Und verdammt noch mal, er liebt auch mich, egal was ich getan habe!« Die letzten Worte kamen stockend über seine Lippen, er beugte sich nach vorn, fuhr sich mit einer Hand über die Augen.

»Sie trinken viel, nicht?« fragte Durant vorsichtig.
»Ja, leider. Aber ich bin jetzt nicht betrunken, wenn Sie das meinen. Ich wünschte nur, es gäbe für mich einen leichteren Weg aus dieser Welt. Ich saufe, und ab und zu drehe ich mir einen Joint, und das alles nur, um zu vergessen. Aber ich habe längst gemerkt, daß es ein Vergessen nicht gibt. Dieser Schweinehund ist nämlich allgegenwärtig, er verfolgt mich sogar in meinen Träumen. Ich kann ihn nicht abschütteln. Wissen Sie, wovon ich lebe? Von Sozialhilfe, und dann und wann steckt mir Laura ein paar Mark zu. Laura ist die einzige in der Familie, zu der ich ab und zu Kontakt habe, sie ist auch die einzige, die ich bewundere. Ich bewundere sie, weil sie all das, was sie erleiden mußte, so gut weggesteckt hat. Sie ist die einzige, die offensichtlich keinen Schaden genommen hat.«
»Was mußte sie denn erleiden?«
»Fragen Sie sie. Ich bezweifle aber, daß Sie eine Antwort darauf erhalten werden. Sie ist zu stolz, um über das zu reden, was in der Familie vorgefallen ist. Sie ist stolz und stark. Aber sie ist anders stark als mein Vater. Sie ist vielleicht sogar die stärkste von uns allen. Auf jeden Fall aber ist sie die liebenswürdigste. Sie verdammt mich nicht, sie sagt nur ab und zu, daß ich weniger trinken soll, und sie hat verdammt noch mal recht damit. Ja, ich sollte weniger trinken, ich sollte etwas aus meinem Leben machen, aber ich kann nicht.«
»Was arbeiten Sie?« fragte Durant und steckte sich eine Zigarette an.
»Kann ich auch eine haben?« fragte Fink. »Ich muß erst noch los, mir welche besorgen.«
Sie reichte ihm wortlos die fast volle Schachtel, er nahm eine Gauloise heraus und zündete sie an. Er inhalierte tief, blies den Rauch zur Decke.
»Ich arbeite nicht. Es scheint, als gäbe es keinen Platz für

mich in dieser Stadt. Ich habe es probiert, und immer hatte ich das Gefühl, als wäre mein Vater vorher dort gewesen, um dem Chef zu sagen, daß er mich unter keinen Umständen einstellen dürfe. Ich weiß, es klingt verrückt, und das ist es wahrscheinlich auch. Es ist, als ob ich gegen eine Gummiwand laufe.«

»Sie sind doch aber noch so jung und vor allem intelligent. Es muß doch eine Möglichkeit geben …«

Wieder lachte er auf, diesmal klang es resigniert. »Sicher gibt's die, ich habe sie nur noch nicht gefunden. Wissen Sie, ich habe mein Abi gemacht, bin auf die Uni gegangen, um Germanistik zu studieren, was meinem alten Herrn alles andere als zugesagt hat. Er wollte, daß ich etwas Anständiges studiere, Mathematik oder Physik, oder Medizin wie Laura. Germanistik, sagte er, wäre etwas für Waschlappen und Tagträumer, für Leute, die meinen, man könnte damit vielleicht eines Tages Geld verdienen, indem man Gedichte oder Romane schreibt. Dabei wollte ich nichts anderes als Lehrer werden. Doch er hat gesagt, Lehrer wäre heutzutage kein Beruf mehr, man würde kein Geld dabei verdienen. Ich habe trotzdem meinen Kopf durchgesetzt und die Uni besucht. Nach nicht einmal zwei Semestern wollte er mit mir sprechen, er hat gesagt, er hätte das Gefühl, ich hätte mich verändert. Er hat mir eine lange Predigt über das Leben und über Gott und über meine Zukunft gehalten. Und er hat mich gefragt, warum ich nicht mehr in die Kirche käme. Worauf ich antwortete, ich hätte keine Lust mehr, ich habe ihm ins Gesicht gesagt, daß ich es leid wäre, ständig diese Heuchler um mich zu haben.« Er nahm einen letzten Zug von der Zigarette, drückte sie aus, schüttelte den Kopf. »Er ist aufgestanden, hat mich mit diesem eiskalten, stechenden Fink-Blick angeschaut und ist gegangen. Einen Tag später kam ein Brief, in dem er mir mitteilte, wenn ich mich nicht eines Besseren besinnen würde, müßte ich in Zukunft zusehen, wie ich allein zurechtkäme.« Fink seufzte kaum merklich auf, fuhr fort: »Ich habe es darauf ankommen lassen, habe ihn angerufen und ihm gesagt, ich wüßte sehr wohl, was gut für mich ist. Daraufhin habe ich ihn von einer andern, seiner wahren Seite kennengelernt. Er hat mir das Geld für das Studium gesperrt, ich mußte meine kleine Wohnung aufgeben, und er teilte mir unmißverständlich mit, ich sei aus seinem Testament gestrichen, selbst vom Pflichtteil würde ich nie auch nur einen Pfennig sehen. Ich hatte noch ein paar Mark auf dem Sparkonto, das war aber auch alles. Und es gab niemanden, der mir helfen konnte oder wollte. Laura hat selbst noch studiert, Stephan fing gerade an, seinen Lebensunterhalt als Maler zu verdienen.«

Nach den letzten Worten verzog er verächtlich den Mund, machte eine krause Stirn, hob die Schultern, fuhr mit abfällig heruntergezogenen Mundwinkeln fort: »Dagegen hatte mein Vater komischerweise nichts, denn Stephan, mein lieber, guter Bruder Stephan, malt ganz besondere Bilder. Sie müssen wissen, er ist ja sooo unglaublich vergeistigt! Er malt Bilder, die Christus und den Himmel in all seiner Herrlichkeit zeigen, schöne, erhabene, *gott-* und *Fink*gefällige Bilder.« Bei dem letzten Satz lachte er wieder höhnisch auf, fuhr fort: »Er verdient zwar nicht viel damit, aber der Alte unterstützt ihn, wo es nur geht. Er steckt ihm die Scheine in den Arsch, und mein lieber Bruder läßt es sich gutgehen. Er hat ein schickes kleines Haus, eine nette Frau und ein Kind, und er kann tun und lassen, was er will. Schließlich arbeitet er ja für Gott … Wie immer Sie das auslegen möchten.« Er hielt kurz inne, sah auf seine Hände, sagte: »Tja, aber ich bin hier gelandet, lebe von Sozialhilfe und weiß nicht, wie es weitergehen soll. Dabei bin ich erst achtundzwanzig Jahre alt. Und glauben Sie mir, ich würde gerne arbeiten … Und das könnte ich wohl

auch, wenn ich Buße tun und in Sack und Asche zu meinem alten Herrn zurückkriechen würde. Aber den Gefallen werde ich ihm nicht tun. Eher verrecke ich.«
Es verstrich eine Weile, ohne daß ein Wort fiel. Schließlich sagte die Kommissarin: »Herr Fink, es tut mir leid, was geschehen ist. Aber könnten Sie sich vorstellen, wer Ihrem Vater einen Drohbrief schickt, in dem er ihn auf seine Vergangenheit anspricht? Ich habe gestern bei Ihrer Schwester mit ihm gesprochen. Er hat Angst. Er will aber nichts über seine Vergangenheit sagen.«
Fink lachte erneut auf, erhob sich, stellte sich ans Fenster. Er schaute hinunter auf die Straße, steckte die Hände in die Hosentaschen, schüttelte den Kopf.
»Er will also nichts über seine Vergangenheit sagen. Das kann ich mir denken, ich kann es mir sogar lebhaft vorstellen. Und jetzt wollen Sie von mir, dem verstoßenen Sohn, hören, was denn an der Vergangenheit meines Vaters nicht stimmt. Nun, nichts stimmt, gar nichts! Aber Einzelheiten werden Sie von mir nicht erfahren. Ich sage Ihnen nur, wenden Sie sich an ihn. Löchern Sie ihn, vielleicht gelingt es Ihnen ja, ihm ein paar Geheimnisse zu entlocken. Ich werde jedenfalls meinen Mund halten. Mir ist es egal, ob es jemanden gibt, der ihm droht, mir ist es sogar egal, ob ihn jemand umbringen will. Ich würde nicht einmal zu seiner Beerdigung gehen. Ich habe keinen Vater mehr.«
»Das tut mir leid, Herr Fink. Ich meine es wirklich so. Aber wenn Sie schon nicht über Ihre Familie reden wollen, dann sagen Sie mir doch wenigstens bitte, was Sie über Rosenzweig und Schönau wissen.«
Fink drehte sich um, lehnte sich gegen die Fensterbank, kniff die Lippen aufeinander, sein Blick war ernst.
»Ehrlich, ich weiß über die beiden fast gar nichts. Ich bin seit beinahe sieben Jahren nicht mehr in der Kirche gewesen, und

ich kenne sie einfach zu wenig. Laura oder Stephan können Ihnen sicher eine ganze Menge sagen …«
»Aber Sie kennen die beiden doch aus Ihrer Jugend, oder?«
»Natürlich. Aber als Jugendlicher achtet man nicht so sehr auf die alten Herren. Ich weiß nichts«, sagte er, den Blick zu Boden gerichtet. »Ich weiß absolut nichts. Und wenn Sie jetzt bitte gehen wollen, ich möchte allein sein. Ich habe alles gesagt, was ich weiß …«
»Nein, das haben Sie nicht. Ich könnte unter Umständen verhindern, daß ein weiterer Mord geschieht, wenn Sie mir mehr erzählen würden …«
»Ich kann nicht«, sagte er leise, mit flehendem Blick. »Ich kann es wirklich nicht. Bitte, gehen Sie. Sprechen Sie mit Laura oder Stephan. Sprechen Sie von mir aus auch mit meiner Mutter, vor allem aber – reden Sie mit *ihm*. Nur er kennt *alle* seine Geheimnisse. Und womöglich auch die von Rosenzweig und Schönau.«
Er hat Angst, dachte Durant und stand auf. Sie ging zu ihm, reichte ihm die Hand. Seine Handflächen waren verschwitzt, er zitterte. Als sie ihn ansah und sich ihre Blicke trafen, traten Tränen in seine Augen. Er wandte sich ab, fuhr sich mit einer Hand übers Gesicht.
»Hier«, sagte sie und gab ihm ihre Karte. »Wenn Sie mit mir sprechen wollen, rufen Sie mich an. Überlegen Sie es sich. Manchmal hilft es, über den eigenen Schatten zu springen.«
Er nickte nur. Als Durant schon an der Tür war, rief er ihr hinterher: »Ihre Zigaretten …«
»Behalten Sie sie. Ich hol mir neue.«
Sie lief die acht Stockwerke nach unten. Schmierereien an den Wänden, die Betonstufen vollgespuckt und verdreckt, die dicken Milchglasscheiben erinnerten sie an ein Gefängnis, es stank nach Urin, Kot und Erbrochenem. Sie atmete so flach wie möglich, um dem Gestank keine Chance zu geben.

Erst im Freien holte sie tief Luft, ging mit schnellen Schritten zu ihrem Wagen, stieg ein, startete den Motor und verließ das Viertel. Ihr nächstes Ziel war Stephan Fink. Sie hielt an einem Kiosk, kaufte eine Schachtel Zigaretten. Während der Fahrt dachte sie an Jürgen Fink und seine Angst. Sie fragte sich, was wohl das große Geheimnis des Karl-Heinz Fink sein mochte. Und sie bezweifelte, aus Stephan Fink mehr herauszukriegen. Sie würde es trotzdem versuchen.

Freitag, 10.10 Uhr

ie hielt vor dem kleinen Haus in Unterliederbach, stieg aus, sah zum Himmel, der von einer milchigen Wolkenschicht überzogen war. Die Schwüle war erdrückend. Sie ging zum Tor, das offenstand und von dem aus es etwa zehn Meter bis zur Haustür waren. Auf einem kleinen Schild stand der Name Fink. Sie klingelte, es dauerte einen Moment, bis ein großer, untersetzter, dunkelhaariger Mann in der Tür stand, der ihr auf den ersten Blick unsympathisch war, warum, vermochte sie nicht zu sagen; vielleicht war es sein düsterer Blick, vielleicht seine Haltung, vielleicht der harte Zug um den Mund, vielleicht auch alles zusammen.
»Ja, bitte?« fragte er mit ungewöhnlich heller Stimme, den Kopf leicht zur Seite geneigt.
»Durant, Kriminalpolizei«, sagte sie. »Ich würde mich gern einen Augenblick mit Ihnen unterhalten.«
»Worüber?« fragte Stephan Fink mißtrauisch.
»Über die Herren Rosenzweig und Schönau, und über Ihren Vater.«
»Kommen Sie rein«, sagte er und machte die Tür frei. »Geradeaus ist das Wohnzimmer.«
Es war ein nicht sonderlich großer, heller Raum, der von

Sonnenlicht überflutet war. An der Wand hingen Bilder, wie Jürgen Fink sie beschrieben hatte – Christus, Engel, Himmel. Auf dem Wohnzimmertisch lag eine aufgeschlagene Bibel, daneben ein Block und ein Stift. Irgendwie erinnerte sie das Zimmer an einen Raum, den sie schon einmal betreten hatte, vor einigen Jahren; alles wirkte steril, eine seltsame Stille umgab sie, der Raum strahlte trotz der Hitze draußen eine ungewöhnliche Kälte aus. Alles versprühte Heiligkeit, doch war es wirklich Heiligkeit oder nur der Schein davon?
»Nehmen Sie Platz«, sagte Fink und deutete auf einen der beiden weißen Ledersessel. »Meine Frau ist heute vormittag nicht da, sie ist mit dem Kleinen beim Arzt. Sie müssen also mit mir allein vorliebnehmen.«
»Ich wollte sowieso nur mit Ihnen sprechen«, sagte Durant und setzte sich. Fink, der eine helle Sommerhose und ein weißes Hemd trug, nahm schräg gegenüber auf der Couch Platz.
»Also«, sagte er und schaute zur Uhr, als wäre er in Eile, »was gibt es Dringende?«
»Ich komme gerade von Ihrem Bruder. Er ...«
»Er ist ein Säufer und ein Junkie. Das schwarze Schaf der Familie. Von ihm brauchen Sie nicht allzuviel zu erwarten«, sagte Stephan Fink schnell mit kühlem Blick und abfälligem Ton. »Für ihn ist die Welt und alles, was darauf lebt, schlecht und verkommen. Ich würde nicht zuviel auf das geben, was er im Suff von sich gibt.«
»Nun, es mag sein, daß er trinkt, aber ob er ein Junkie ist, kann ich nicht beurteilen, den Eindruck hat er nämlich auf mich nicht gemacht. Und was meinen Sie damit, ich solle nicht zuviel auf das geben, was er sagt? Was hätte er denn Ihrer Meinung nach sagen können?«
Stephan Fink lächelte überheblich, schlug die Beine übereinander, verschränkte die Arme über der Brust. Körpersprache.

»Ich weiß ja nicht, was Sie ihn gefragt haben.«
»Sie haben offensichtlich kein gutes Verhältnis zu ihm, wie mir scheint. Aber Sie sind doch Brüder.«
»Na und? Was bedeutet es heutzutage schon noch, Brüder oder Schwestern zu haben? Brüder töten Brüder, Schwestern töten Schwestern. Er hätte den Himmel auf Erden haben können, statt dessen hat er die Hölle gewählt. Nun, jedem Menschen wurde die Entscheidungsfreiheit gegeben, und die einen machen das Beste daraus, die andern mißbrauchen sie. Jürgen hat sich leider für letzteres entschieden. Aber das ist allein sein Problem. Er hätte eben auf Vater hören sollen.«
»Was hat Ihr Vater denn gesagt?«
»Sind Sie gekommen, um über Familienangelegenheiten mit mir zu sprechen? Ich denke doch nicht, oder? Außerdem ist meine Zeit knapp bemessen.«
»Gut, ich will es so kurz wie möglich machen. Ich weiß nicht, ob Ihr Vater seit gestern mit Ihnen gesprochen hat, aber er hat mir einen Brief gezeigt, in dem ihm recht unmißverständlich gedroht wurde …«
»Ja, ja, ich weiß, mein Vater hat mich gestern abend angerufen. Und er hat auch gesagt, daß die Polizei sich weigere, ihm Schutz zu gewähren. Das stimmt doch, oder?« fragte er mit einem zynischen Grinsen, für das Durant ihm am liebsten eine runtergehauen hätte.
Sie ließ sich ihre Emotionen nicht anmerken, erwiderte statt dessen mit kühler Gelassenheit: »Das ist nur zum Teil richtig. Wir können ihm jedoch keinen Personenschutz gewähren, der ihn rund um die Uhr bewacht. Dafür ist die Polizei nicht zuständig. Aber was ist denn Ihre Meinung, wer hinter diesem Brief stecken könnte?«
»Keine Ahnung. Wahrscheinlich irgendein Verrückter. Vielleicht sogar mein lieber Bruder, dem ist alles zuzutrauen.«

»Sie trauen Ihrem Bruder so etwas zu? Würden Sie ihm auch die Morde an Rosenzweig und Schönau zutrauen?«
»Warum nicht?«
»Und das Motiv?«
»Neid. Menschen, die nichts haben, oder besser gesagt, die alles verloren haben, sind zu allem fähig. Sie blicken voller Neid auf das, was andere besitzen, und wenn sie es nicht bekommen können, dann holen sie es sich einfach. Neid ist eine Eigenschaft des Teufels ... aber was rede ich da, Sie haben sicherlich nicht viel mit Religion am Hut ...«
»Erzählen Sie ruhig weiter, mein Vater ist Priester. Es interessiert mich. Was hat es mit dem Teufel auf sich?«
»Ach, vergessen Sie's. Es ist unwichtig.«
»Aber Sie haben eben Neid als Motiv für die Morde genannt. Und Sie verdächtigen Ihren Bruder. Deshalb würde ich gern mehr dazu von Ihnen hören.«
»Also gut, wenn Sie unbedingt wollen. Der Teufel ist der Vater des Neids. Er hat keinen Körper wie wir, er möchte aber einen haben, doch weil er weiß, daß er nie einen Körper besitzen wird, möchte er, daß wir alle so werden wie er. Schlecht, gemein, hinterhältig, verdorben. Und dazu ist ihm jedes Mittel recht. Schauen Sie, mein Bruder hatte alles, wovon ein Mensch nur träumen kann, eine intakte Familie, ein gutes Zuhause, eine erstklassige Erziehung. Er hätte sich um Geld niemals Sorgen zu machen brauchen, vor allem aber hatte er die Gewißheit, daß unser Vater im Himmel ihm stets zur Seite stand. Doch was machte er? Er hat genau das getan, was der verlorene Sohn in dem Gleichnis tat – er trat das, was ihm gegeben war, mit Füßen, wandte sich von seinen Eltern und Geschwistern und, was am schlimmsten ist, von Gott ab, und jetzt ist er dort gelandet, wo der Abschaum unserer Gesellschaft lebt. Es tut mir leid um ihn, doch helfen kann ich ihm nicht. Und ich bezweifle, daß er es kann. Nein, das ist falsch,

es tut mir nicht leid, es wäre eine Vergeudung von Gefühlen. Er hat dieses Leben gewählt und er muß damit zurechtkommen.«

»Aber ist der verlorene Sohn nicht wieder von seinem Vater aufgenommen worden?«

»Ja, nachdem er bereut hatte. Mein Bruder würde auch alles machen, nur nicht bereuen, denn er ist überzeugt davon, damals richtig gehandelt zu haben, als er sich von der Familie lossagte. Aber Sie konnten sich ja selbst überzeugen, in welch verkommenem Zustand er sich befindet. Er hat sich entschieden, und diese Entscheidung hat ihm das Genick gebrochen. Ich weiß, es hört sich hart an, aber diese Welt ist hart. Und nur die Starken überleben. Das ist das Gesetz der Natur, und diese Gesetze wurden nicht von Menschen gemacht, sondern von Gott. Es ist das Gesetz der natürlichen Auslese. Die Spreu wird vom Weizen getrennt.«

Julia Durant wußte, daß sie einem gerade einmal dreißigjährigen Mann gegenübersaß, doch was er sagte und vor allem, wie er es sagte, glich den Äußerungen alter, innerlich versteinerter Menschen, die nicht mehr nach links oder nach rechts schauten, sondern nur noch geradeaus. Sie war entsetzt, versuchte sich diese Regung aber nicht anmerken zu lassen..

»Trauen Sie Ihrem Bruder wirklich einen Mord zu?«

»Ich sagte doch schon, ich traue ihm alles zu. Er ist doch nicht mehr in der Lage, einen klaren Gedanken zu fassen. Und er will sich für das an ihm begangene Unrecht rächen. Dabei hat ihm kein Mensch etwas getan, er hat sich alles selbst zugefügt. Er leidet, aber er hat dieses Leid selbst gewählt. Und trotzdem will er sich rächen.«

»Hat er Ihnen das gesagt?« fragte Durant mit zu Schlitzen verengten Augen.

»Nein, das braucht er nicht«, erwiderte Stephan Fink mit abfällig heruntergezogenen Mundwinkeln. »Ich kenne genügend Menschen von der Sorte meines Bruders. In ihnen ist Haß und Rache. Aber es wird der Tag kommen, an dem sie der vollkommenen Liebe gegenüberstehen werden, doch die Gegenwart dieser vollkommenen Liebe werden sie nicht ertragen können, denn diese Liebe ist wie ein Licht, heller als die Sonne, und dieses Licht wird die, die im Dunkeln lebten, dorthin zurückschicken, wo sie herkamen, in die vollkommene Finsternis. Und dann wird jeder mit seinesgleichen zusammen sein. Dann wird jeder den Lohn bekommen, den er verdient. Die einen werden in der Herrlichkeit Gottes wohnen, die andern in der des Teufels, Satans, Luzifers. Wenn man in diesem Fall überhaupt von einer Herrlichkeit sprechen kann.«

»Gut«, sagte Durant mit eisiger Kälte, »was haben denn Rosenzweig und Schönau verdient? Oder Ihr Vater? Was gibt es denn in der Vergangenheit dieser Männer, das einen Menschen dazu bringt, sie zu töten oder töten zu wollen?«

»Hören Sie nicht zu – Neid! Und Haß! Haß auf jeden, der sein Auge auf die Herrlichkeit Gottes gerichtet hat, wozu derjenige selbst nicht in der Lage ist.«

»Dann waren Rosenzweig und Schönau also absolut integre Männer, genau wie Ihr Vater, richtig?«

»So wird es wohl sein.«

»Was verstehen Sie denn unter integer?« fragte Durant weiter.

»Nun, ich denke, der Begriff integer ist klar definiert. Aber wenn Sie es genau wissen wollen – integer bedeutet, aufrichtig und ehrlich zu sein und ein gottgefälliges Leben zu führen, wozu es nicht mehr bedarf, als nach den Zehn Geboten zu leben. Und ich weiß, jeder kann das schaffen.«

»Was ist, wenn einer von ihnen Ehebruch begangen hat?«

»Dann hat er eine schwere Schuld und Sünde auf sich geladen.«

»Ist er dann noch integer?«
»Das kann man pauschal so nicht beantworten, es kommt immer auf den einzelnen Fall an ...«
»Seltsam, über Ihren Bruder brechen Sie den Stab, aber ...«
»Kein aber. Er hat sich entschieden und keine Umkehr geübt. Und ich halte ihn für zu allem fähig.«
»Ich aber nicht«, sagte Durant bestimmt und erhob sich. »Ich danke Ihnen für das Gespräch, es war sehr aufschlußreich. Ich wünsche Ihnen noch viel Erfolg bei Ihrer Arbeit. Und vor allem, daß Sie nie auf den falschen Weg geraten. ... Ich finde allein hinaus.«
Sie ging zur Tür, drehte sich noch einmal um, fragte: »Wie stehen Sie eigentlich zu Ihrer Schwester?«
»Laura? Sie ist meine Schwester, alles andere geht Sie nichts an.«
Julia Durant verließ das Haus; sie fühlte unbändige Wut und Ohnmacht in sich aufsteigen, wäre am liebsten zurückgegangen, um diesem arroganten, selbstherrlichen Kerl die Meinung zu sagen. Sie wußte aber auch, es würde nichts nützen. Sie setzte sich ins Auto, zündete sich eine Gauloise an und fuhr los. Sie wollte kurz bei Laura Fink vorbeischauen, auch wenn sie gerade Sprechstunde hatte. Und wenn sie nur einen Termin mit ihr ausmachen würde. Aber sie mußte noch einmal mit ihr sprechen; sie wußte, wenn sie überhaupt etwas über diese geheimnisvolle Familie erfuhr, dann von ihr. Und sie spürte, der Weg zur Lösung dieser Morde führte über diese Familie.

Freitag, 11.20 Uhr

»Tut mir leid, aber die Frau Doktor ist nicht im Haus. Sie wurde zu einem Notfall gerufen ...«
»Wann wird sie zurück sein?«

»Ich weiß es nicht, aber es könnte durchaus noch eine halbe Stunde dauern. Kann ich etwas ausrichten?«
»Ja, sagen Sie ihr, sie möchte mich bitte noch heute anrufen. Sie hat meine Nummer«, sagte Durant.
»Ich werde es ausrichten«, sagte die Frau, wandte den Kopf zur Tür. »Aber ich denke, Sie können selbst mit ihr sprechen, sie kommt gerade.«
Laura Fink machte einen abgekämpften Eindruck, Schweißperlen auf der Stirn, die Augen müde und erschöpft. Sie stellte den Arztkoffer ab, sagte leicht verärgert: »Frau Durant, was gibt es? Sie wissen doch, ich habe bis zwei Sprechstunde. Und wenn auch noch Notfälle wie eben dazwischen kommen … Bitte verstehen Sie mich nicht falsch, aber heute ist nicht mein Tag.«
»Ich möchte nur kurz mit Ihnen reden«, sagte die Kommissarin.
»Wie viele sind im Wartezimmer?« fragte Laura Fink an die Sprechstundenhilfe gewandt.
»Noch zwei. Drei sind gegangen, als Sie zu Frau Hessler gerufen wurden. Sie kommen am Montag wieder.«
»Gut«, sagte Laura Fink, spitzte die Lippen und sah Julia Durant von der Seite an. »Mehr als zehn Minuten kann ich Ihnen aber nicht geben. Sonst müssen wir es auf ein andermal verschieben.«
»Einverstanden«, sagte die Kommissarin und folgte der Ärztin in das Sprechzimmer. Sie schloß die Tür hinter sich, setzte sich auf die Liege.
»Also, was gibt es?« fragte Laura Fink, nachdem sie hinter dem Schreibtisch Platz genommen hatte.
»Ich war vorhin bei Ihren Brüdern. Es waren, gelinde gesagt, nicht sehr erfreuliche Besuche. Können Sie sich vorstellen, warum?«
Laura Fink machte ein ernstes Gesicht, nickte. »Ja, ich kann

es mir vorstellen. Sie sind beide schwierig und sehr unterschiedlich. Wir sind alle sehr unterschiedlich.«

»Aber einer Ihrer Brüder hält große Stücke auf Sie. Aber er will mir nicht verraten, was in Ihrer Familie nicht stimmt. Er sagt immer nur, wie Sie auch, ich solle mich an den oder den wenden. Damit komme ich aber nicht weiter. Wovor muß Ihr Vater sich fürchten? Sagen Sie es mir, ich verspreche auch, mit keinem darüber zu reden, es sei denn, er hat sich einer Straftat schuldig gemacht.«

Laura Fink nahm einen Stift, drehte ihn zwischen den zarten, zerbrechlich wirkenden Fingern. Sie blickte auf ihre Hände, sagte mit sanfter Stimme, ohne die Frage der Kommissarin zu beantworten: »Jürgen. Ja, er sieht in mir wohl etwas Besonderes. Vielleicht, weil ich die einzige bin, die sich ab und zu um ihn kümmert, wenn er nicht weiter weiß. Aber ich habe Ihnen doch schon gestern gesagt, sprechen Sie selbst mit meinem Vater, er weiß besser über sein Leben Bescheid als irgendein anderer.«

»Ihr Bruder Jürgen ist Alkoholiker, das ist Ihnen ja bekannt. Nimmt er auch Drogen, wie Ihr anderer Bruder behauptet?«

Laura Fink schüttelte den Kopf. »Nein, Jürgen nimmt keine Drogen, der Alkohol reicht ihm schon. Es kommt schon vor, daß er sich mal einen Joint dreht … Aber der Alkohol wird über kurz oder lang sein Ende sein. Er läßt sich nur sehr widerwillig von mir untersuchen, doch beim letzten Mal, vor etwa drei Monaten, konnte ich ihn überreden, sich wenigstens einem Routinecheck zu unterziehen.« Sie schüttelte den Kopf, seufzte auf. »Seine Blutwerte sind katastrophal, vor allem seine Leber- und Bauchspeicheldrüsenwerte. Es müßte schon ein Wunder geschehen, damit er *keine* Leberzirrhose bekommt. Ich fürchte, sein Körper wird diese, ja, Mißhandlung, nicht mehr lange mitmachen.«

Julia Durant ging nicht darauf ein, sagte: »Er hat auch nicht sehr positiv über die Kirche gesprochen.«
»Ich kann es ihm nicht verdenken. Seine Erfahrungen mit der Kirche waren alles andere als erfreulich. Er mußte sehr viel leiden.«
»Wie mußte er leiden? Kommen Sie, geben Sie mir doch bitte wenigstens einen Anhaltspunkt. Ich kann sonst nichts für Ihren Vater tun.«
Laura Fink schaute die Kommissarin wieder mit diesem traurigen Blick an, zuckte die Schultern. »Vielleicht ist leiden der falsche Ausdruck. Es gibt Menschen, für die die Kirche so etwas wie ein Auffangbecken ist, wo sie sich wohl fühlen, weil die Kirche ihnen Halt und Zuversicht bietet. Nur für Jürgen – er ist der jüngste von uns und er war immer anders – war sie wohl eine Art Gefängnis. Er war, ich möchte nicht unbedingt sagen, rebellisch, aber er hat nicht immer genau das getan, was unser Vater verlangt hat …«
»Wie die Sache mit dem Studium?«
»Das war nur der berühmte Tropfen, der das Faß zum Überlaufen brachte. Es hat sich schon über viele Jahre hinweg angedeutet, daß Jürgen sich eines Tages von der Familie abwenden würde. So ist es dann auch gekommen. Es tut mir leid um ihn, er hat sich sein Leben sicher ganz anders vorgestellt. Ich denke, jeder hat ein Recht auf ein anständiges Leben, aber Jürgen führt kein anständiges Leben.« Sie hielt kurz inne, faltete die Hände, bevor sie fortfuhr: »Nicht vielleicht, was Sie jetzt denken, ich meine, sein Leben ist aus den Fugen geraten, und ich bezweifle stark, ob er es je schaffen wird, es wieder zu ordnen. Ich verurteile ihn nicht, er tut mir nur leid.«
»Er sagt, Ihr Vater hätte Schuld an seiner Misere. Stimmen Sie dem zu?«
Laura Fink ließ sich mit der Antwort etwas Zeit, schließlich

sagte sie: »Sie haben beide Schuld. Sie sind beide dickköpfig und unbelehrbar. Im Prinzip ähneln sie sich sehr, vielleicht sind sie sich einfach zu ähnlich. Der Unterschied ist nur, unser Vater hat Geld und Einfluß, mein Bruder hat weder das eine noch das andere.«

»Und Ihr anderer Bruder, Stephan, was ist mit ihm?«

Laura Fink zögerte mit der Antwort, sah zum Fenster hin: »Stephan ist genau das Gegenteil von Jürgen. Ihm geht es gut, er hat eine nette Frau, einen kleinen Sohn – und die volle Unterstützung unseres Vaters …«

»Weil er immer gesprungen ist, wenn Ihr Vater ›hopp‹ gesagt hat?« fragte Durant mit beißendem Spott. »Sind Sie auch immer gesprungen?«

»Frau Durant, ich weiß nicht, in was für einer Familie *Sie* groß geworden sind, aber in unserer gab es klare Regeln. Und manchmal ist es wichtig, die eigenen Bedürfnisse hintanzustellen, um zu überleben. Und manchmal muß man auch springen.«

»Frau Fink, ich werde Ihrem Vater wohl kaum helfen können. Sowohl Sie als auch Ihre Brüder hüllen sich in Schweigen. Jeder meiner Fragen weichen Sie geschickt aus. Es kommt mir sogar ein bißchen so vor, als hätten Sie gar nichts dagegen, wenn Ihr Vater der nächste auf der Abschußliste des Mörders wäre.«

»Hören Sie, Sie haben keine Ahnung! Sie wissen nichts über uns und unsere Gefühle …«

»Weil Sie mir nichts sagen! Was ist mit Ihrem Vater?«

»Es tut mir leid, Frau Durant, aber ich habe noch Patienten. Wenn Sie mich jetzt bitte entschuldigen wollen.«

»Sie machen es sich so verdammt einfach! Also gut, ich gehe. Aber sollte etwas passieren, dann möchte ich nicht in Ihrer Haut stecken.«

»Was wissen Sie schon über meine Haut?« fragte Laura Fink

zornig. Sie drückte den Knopf der Sprechanlage, wollte schon etwas sagen, als Julia Durants Stimme sie zurückhielt. »Einen Moment noch«, sagte sie. »Kennen Sie einen Thorsten Hauser?«
Laura Fink zog die Stirn in Falten, sah die Kommissarin fragend an. »Natürlich. Aber Thorsten, ich meine Dr. Hauser, ist tot, seit Weihnachten.«
»Das wissen wir. Und wir haben veranlaßt, daß sein Leichnam exhumiert wird. Denn es deutet alles darauf hin, daß er auf die gleiche Weise wie Rosenzweig und Schönau getötet wurde. Was sagen Sie jetzt?«
Laura Fink lehnte sich zurück, eine unnatürliche Blässe überzog ihr Gesicht.
»Hauser auch? Es hieß doch, er sei an einem Herzanfall gestorben.«
»Hauser war Diabetiker, genau wie Rosenzweig. Der damals gerufene Notarzt stellte um die Einstichstelle, wo Hauser sich das Insulin gespritzt hatte, eine unnatürliche Verfärbung und ein Ödem fest. Nur hat die dortige Polizei diesem Hinweis leider keine Beachtung geschenkt. Dieser Arzt hat gestern im Präsidium angerufen und uns seine Vermutung mitgeteilt. Übrigens ein sehr erfahrener Arzt, was Gifte angeht. Er hat einige Jahre in einem Urwaldhospital in Afrika gearbeitet. Seiner Meinung nach deutet alles auf Schlangengift hin. Aber wie mir scheint, haben Sie Hauser sogar näher gekannt.«
»Hauser«, sagte Laura Fink nachdenklich, ohne auf die letzte Bemerkung der Kommissarin einzugehen. »Das ist merkwürdig. Und es ergibt keinen Sinn.«
»Für Sie vielleicht nicht. Für uns schon, wenn unsere Theorie stimmt. Aber die werde ich Ihnen nicht mitteilen, solange Sie nicht kooperieren. Und ich frage mich immer noch, ob Sie nicht können oder nicht wollen. Ich tippe aber eher auf letzte-

res. Und es täte mir leid, wenn durch Ihr Schweigen und das Ihrer Brüder noch jemand getötet würde. Wie gut kannten Sie Hauser?«

»Da Sie es ja ohnehin herausfinden werden, Herr Hauser und ich waren gut befreundet. Es war allerdings ein rein platonisches Verhältnis, falls Sie das interessiert. Wir waren ein paarmal zum Essen aus, oder im Theater, aber sonst ist nichts zwischen uns gewesen, schließlich war er verheiratet, und es liegt mir nichts ferner, als eine intime Beziehung mit einem verheirateten Mann anzufangen, was allein schon aufgrund meines Glaubens nicht möglich ist. Und jetzt möchte ich mich bitte wieder um meine Patienten kümmern. Auf Wiedersehen.«

»Wiedersehen.«

Julia Durant nahm ihre Tasche und ging. Draußen blieb sie noch einen Moment an den Wagen gelehnt stehen, drehte sich noch einmal um, schüttelte den Kopf. Sie nahm das Handy aus der Tasche, wählte die Nummer des Präsidiums, sagte, sie würde noch eine Kleinigkeit essen und so gegen eins im Büro sein. Berger meinte nur, es gäbe Neuigkeiten über diesen Hauser, was es war, wollte er aber nicht verraten. Erst später im Büro.

Freitag, 13.10 Uhr

Als Julia Durant ins Büro kam, war nur Berger anwesend, Hellmer und Kullmer waren noch zu Tisch. Berger sah auf, schob die Akte, die er gerade bearbeitete, beiseite und lehnte sich zurück. Er hatte die Jalousie heruntergelassen, es war heiß und stickig im Raum. Eine Zigarette glimmte im Aschenbecher. Die Kommissarin wischte sich mit dem Handrücken den Schweiß von der Stirn, hängte ihre Tasche

über den Stuhl und setzte sich. Sie steckte sich eine Zigarette an, für einen Moment schwiegen beide. Schließlich sagte Berger: »Wie ist es bei Ihnen gelaufen?«
Sie winkte ab, machte ein mürrisches Gesicht. »Scheiße war's! Diese Familie Fink ist mir nicht geheuer. Der eine Sohn …«, sie wandte den Blick zur Tür, Hellmer und Kullmer kamen herein, sie wartete, bis sie sich gesetzt hatten, fuhr dann fort: »Ich erzähl gerade von den Finks. Der jüngste Sohn ist Alkoholiker, wohnt in einem dieser erbärmlichen Häuser in Goldstein und ist voller Haß auf seinen Vater. Von seinen Äußerungen weiß ich, daß etwas in der Familie gewaltig stinkt, doch weder er noch sein Bruder oder auch die Schwester wollen mit der Sprache rausrücken. Er hat auch zu keinem außer seiner Schwester Kontakt. Der Vater hat ihn aus seinem Testament gestrichen, er lebt von Sozialhilfe. Der andere Bruder ist Maler, er hat mich mit pseudo-religiösen Sprüchen zugelabert; ein arroganter, widerlicher Typ, der mir eine Moralpredigt halten wollte. Als letztes war ich noch einmal bei Laura Fink, die ebenfalls keinerlei Anstalten gemacht hat, mir auch nur den Hauch einer Information zu geben. Aber, und jetzt kommt's, sie kennt diesen Hauser. Oder besser gesagt, sie kannte ihn, und zwar recht gut. Sie behauptet zwar, es sei ein rein platonisches Verhältnis gewesen, doch wir sollten uns da lieber vergewissern. Mehr gibt es im Augenblick von meiner Seite nicht zu berichten. Und, wie sieht es hier aus?«
Hellmer verschränkte die Hände hinter dem Kopf, streckte sich kurz, stand auf, ging zu seinem Schreibtisch, holte einen Schreibblock, sagte: »Tja, wir waren auch nicht faul. Und es wird dich interessieren, was wir herausgefunden haben. Erst mal was zu seinen persönlichen Daten; Hauser war verheiratet, zwei Kinder, zum Zeitpunkt seines Todes dreiundvierzig Jahre alt, seit über zehn Jahren Diabetiker. Er war Professor

Doktor, und so weiter, und so weiter, und er pflegte einen recht luxuriösen Lebensstil, den er sich allerdings auch leisten konnte. Gearbeitet hat er am *International Institute for Biological and Chemical Research*, auf deutsch Internationales Institut für Biologische und Chemische Forschung, das sich in Hannover befindet. Er war Leiter der Westeuropa Division, das heißt, ihm unterstanden etwa zwölfhundert Mitarbeiter. Und jetzt rate mal, mit was Hauser und seine Leute sich unter anderem so beschäftigt haben?«

Julia Durant machte ein gelangweiltes Gesicht, antwortete lakonisch: »Ich nehme an, mit Giften.«

»Bingo, die Kandidatin hat neunundneunzig Punkte! Natürlich ist die Erforschung und Erprobung von Giften nur einer von vielen Bereichen innerhalb dieses riesigen Instituts, aber das Hauptaugenmerk bei der Giftforschung liegt auf Tiergiften aller Art. Und jetzt kommt's – Hauser hat zwei bahnbrechende Entdeckungen gemacht, was die Wirkungsweise spezieller Gifte und deren Komponenten angeht. Es würde jetzt zu weit führen, das alles im Detail zu erklären, doch sind ihm diese Entdeckungen hauptsächlich bei der Erforschung von Schlangengiften gelungen. So entdeckte er zum Beispiel vor fünf Jahren, daß eine spezielle Komponente der, Moment, hier steht's – Phospholipasen A_2 –, deren Molekülstruktur in den verschiedenen Giften stark variiert und die in vielen Schlangengiften vorhanden ist und bis vor kurzem die meisten Experten vor ein Rätsel gestellt hat, besonders gegen Multiple Sklerose ein wahres Wundermittel sein könnte. Im Gegensatz zu den bisher bekannten Komponenten, die allesamt und ausschließlich destruktiven Charakter haben, könnte diese Komponente positiv auf die bei den Erkrankten sklerotischen Veränderungen im Zentralnervensystem wirken. Das heißt, man könnte mit seiner Entdeckung schon in ein paar Jahren unter Umständen ein Medikament in

Händen halten, mit dem man diese Krankheit, die bis jetzt als unheilbar gilt, heilen kann. Kurz und gut, seine Entdeckung war jedenfalls so sensationell, daß man sogar davon ausging, daß er, sollte sie tatsächlich verwertbar sein, über kurz oder lang den Nobelpreis in Biologie erhalten würde, da diese Entdeckung mit Begeisterung von der Pharmaindustrie aufgegriffen wurde. Er hat bis zu seinem Tod insgesamt fünf Bücher und unzählige Artikel für Fachblätter verfaßt, und er war das, was man landläufig wohl ein Genie nennt; sagt jedenfalls Morbs, von dem wir übrigens auch die beruflichen Informationen über Hauser haben.
Seine kometenhafte Karriere in kurzen Worten – mit siebzehn Abitur, mit zweiundzwanzig Diplombiologe, mit dreiundzwanzig Diplomchemiker, mit sechsundzwanzig Doktor, mit einunddreißig die erste Professur, mit vierunddreißig die zweite. Ein Workaholic, wie eine enge Mitarbeiterin bestätigte, allerdings einer, der ihrer Meinung nach seine Arbeitswut sehr wohl zu dosieren wußte. Dieselbe Dame sagte auch, daß es ihr von Anfang an merkwürdig vorgekommen sei, daß Hauser an einem Herzanfall gestorben sein sollte, weil er nie über körperliche Probleme geklagt hatte. Auch am Tag vor seinem Tod, also am zweiundzwanzigsten Dezember, habe sie ihn noch in bester Verfassung gesehen. Außerdem sprach sie nur positiv über ihn, sie sagte, er wäre ein ruhiger und sachlicher Mensch gewesen, und er hätte sehr sorgfältig darauf geachtet, daß Streitigkeiten jeder Art gütlich beigelegt wurden. Das war's fürs erste. Ach ja, seine Leiche wird heute nachmittag exhumiert und gleich darauf in die Gerichtsmedizin gebracht. Wir haben Morbs schon informiert, er fährt noch heute nach Hannover und wird die Untersuchung in Absprache mit dem dortigen Staatsanwalt selbst vornehmen. Mal sehen, ob er was findet.«
»Der findet was«, sagte Durant gelassen und steckte sich eine

weitere Zigarette an. »Habt ihr was über sein Privatleben herausgefunden? Zum Beispiel, ob er eine Affäre hatte?«

»Nein.«

»Was, nein? Hatte er eine oder wißt ihr's nicht?« fragte sie leicht ungehalten.

»Der Mann hatte, laut Aussage eines seiner besten Freunde, der ebenfalls im Institut arbeitet, überhaupt keine Zeit, sich neben seiner Frau noch eine Geliebte zu halten.«

»Das sagt noch gar nichts. Rosenzweig war angeblich auch ein Workaholic, er hatte angeblich auch eine intakte Familie und keine Zeit für kleine, schmutzige Spielchen nebenbei. Und was war? Er hatte nicht nur eine Geliebte, sondern gleich einen ganzen Harem, auf die Jahre verteilt, versteht sich. Und Schönau genau dasselbe. Und ich möchte wetten, auch Hauser hat seinen Schwanz noch in mindestens eine andere Frau reingesteckt. Workaholic hin, Workaholic her, ob Kirchenmitglied oder nicht, diese Typen finden immer einen Weg, heimlich rumzubumsen. Ich sag's immer wieder, je höher der soziale Status, desto hemmungsloser werden Triebe ausgelebt.« Sie nahm einen Zug an der Zigarette, blies den Rauch durch die Nase aus.

»Wir müssen Fink überprüfen«, sagte sie nach einem Augenblick. »Irgend etwas sagt mir, daß er der Schlüssel zu allem ist. Ich finde einfach keine Erklärung, warum seine Kinder so verschlossen sind. Ich habe das Gefühl, sie hassen ihren Vater, der eine Bruder vielleicht ausgenommen, aber bei Jürgen Fink ist es eindeutig; er hat gesagt, er würde lieber verrecken, als noch einmal einen Fuß in das Haus seines Vaters zu setzen. Und Laura Fink hat zwar schon Andeutungen gemacht, was für ein Typ ihr Vater ist, aber konkret wurde sie noch nicht. Doch ihr ganzes Verhalten, das ich nicht einmal richtig beschreiben kann, läßt mich zumindest vermuten, daß sie ihrem Vater nicht sonderlich wohlgesonnen ist. Und selbst bei

Stephan Fink bin ich mir nicht sicher, ob er wirklich hinter seinem Vater steht oder ob er nur Angst hat, etwas zu sagen, was ihm am Ende zum Nachteil gereichen könnte, finanziell, kirchlich, wie auch immer, was dann natürlich seine Angst erklären würde. Auf mich hat er jedenfalls einen sehr zynischen Eindruck gemacht, was aber unter Umständen nur ein Selbstschutz ist. Wir sollten die Vergangenheit von Fink durchleuchten. Alles, was wir über ihn in Erfahrung bringen können. Dieser Brief an ihn, unterzeichnet mit *Jemand, der Dich nie vergessen hat und den Du nie vergessen wirst*, das ist doch ein ziemlich eindeutiger Hinweis auf seine Vergangenheit.«

Kullmer neigte sich nach vorn, die Hände gefaltet, die Arme auf die Oberschenkel gestützt. Er schüttelte nachdenklich den Kopf, sagte leise: »Angenommen, nicht Fink persönlich ist gemeint, sondern etwas aus der Vergangenheit der Familie?«

»Wie meinen Sie das?« fragte Berger.

»Ich denke nur laut. Im Moment kriege ich den Gedanken nicht ganz zusammen, aber ich überlege noch. Wenn ich fertig bin, sage ich es schon.« Er machte eine Pause, steckte sich einen Kaugummi in den Mund, fuhr fort: »Vielleicht sollten wir nicht nur die Vergangenheit von Fink durchleuchten, sondern auch, aus welchen Verhältnissen er stammt, was sein Vater gemacht hat …«

»Und was soll das bringen?« fragte Hellmer zweifelnd.

»Keine Ahnung«, sagte Kullmer. »Es war nur so eine Idee von mir.«

»Okay«, sagte Durant, »dann machen Sie sich mal an die Arbeit.«

»Mit andern Worten, ich soll nicht nur in Finks persönlicher Vergangenheit dunkle Stellen suchen, sondern auch Infos über seine Eltern einholen?«

»Wenn Sie sich das zutrauen. Ich denke, es wartet eine Menge Arbeit auf Sie. Ich hoffe nur, sie wird nicht umsonst sein.«
Julia Durant warf einen Blick zur Uhr, zehn vor zwei, sagte: »So, dann warten wir mal auf Schneider. Mal sehen, ob der uns was zu unserem Mörder sagen kann.«

Schneider erschien pünktlich um zwei. Er machte wie üblich einen abgehetzten Eindruck, seine kleine, magere Gestalt war schweißüberströmt. Er setzte sich auf den freien Stuhl, schlug die Beine übereinander, sagte mit seiner unverwechselbar schnarrenden Stimme: »Also, meine Dame, meine Herren, was gibt es denn so Dringendes, daß Sie mich unbedingt heute noch sprechen müssen? Das Wochenende wartet nämlich auf mich.«
Berger zündete sich eine Zigarette an, lehnte sich zurück. »Ich habe Ihnen ja bereits in groben Zügen erklärt, um was es geht. Wir hätten gern Ihre Meinung gehört, mit was für einem Menschen wir es bei den beiden Morden zu tun haben.«
Schneider lächelte verkniffen, wischte sich mit einem Taschentuch den Schweiß von der Stirn, sagte: »Wissen Sie, ich kann sicher in vielen Fällen eine Analyse erstellen, doch hier«, er schüttelte den Kopf, »ich glaube nicht, daß ich Ihnen da weiterhelfen kann. Es gibt einfach zu wenig Informationen, mit denen ich etwas anfangen könnte. Oder haben Sie inzwischen mehr für mich?«
»Leider nein«, sagte Berger. »Für uns ist das, gelinde gesagt, ein riesengroßes Rätsel. Wir haben auf Ihre Hilfe gehofft.«
Schneider wollte gerade etwas erwidern, als das Telefon klingelte. Berger nahm den Hörer ab, meldete sich, reichte ihn nach wenigen Sekunden an Durant weiter. Sie nahm ihn, sagte »Ja«, schrieb etwas auf einen Zettel und beendete das Gespräch mit »Ich komme gleich«.
Sie legte den Hörer auf, warf einen Blick in die Runde, kniff

die Lippen zusammen, sagte schließlich: »Das war der werte Dr. Fink senior. Er klang etwas nervös und hat mich gebeten, so schnell wie möglich in sein Haus zu kommen. Er hat soeben ein mysteriöses Päckchen bekommen, und einen netten Brief dazu.«

»Was für ein Päckchen und was für ein Brief?« fragte Hellmer.

»Er wollte es mir nicht sagen, aber er klang sehr besorgt.« Sie grinste ihre Kollegen vielsagend an, nahm ihre Tasche und ging zur Tür. »Tut mir leid«, sagte sie, »aber ich muß los. Und ich denke, es ist an der Zeit, diesem Fink mal ein bißchen fester auf den Zahn zu fühlen. Entweder bis später oder bis Sonntag in der Kirche«, sagte sie an Hellmer gewandt.

Sie lief über den langen Flur und ging hinunter zu ihrem Wagen. Der Himmel hatte sich zugezogen, die Schwüle war noch unerträglicher geworden, kein Windhauch regte sich. Von Westen zogen dunkle Wolken herauf, die, wie Durant hoffte, endlich den ersehnten Regen mit sich bringen würden. Sie öffnete die Tür ihres Corsa, kurbelte beide Fenster herunter, wartete einen Moment, setzte sich hinein. Das Thermometer im Wageninnern zeigte erneut fast fünfzig Grad an, die Luft drückte wie ein bleiernes Gewicht auf ihre Brust. Sie startete den Motor und fuhr los.

Freitag, 14.40 Uhr

Fink wohnte in Niederrad, direkt gegenüber der Galopprennbahn, in einem wuchtigen, alten Haus, hinter dem sich ein parkähnliches Gelände erstreckte. Von vorn war das Haus von einem etwa drei Meter hohen Schmiedezaun geschützt, dazu gab es eine Videokamera und für Laien kaum sichtbare

Bewegungsmelder. Julia Durant blieb ein paar Sekunden vor dem Tor stehen, rauchte die Zigarette zu Ende, warf sie auf den Bürgersteig. Über der Klingel waren die Initialen *K H F* angebracht, sie drückte auf den Knopf. Kurz darauf kam Fink aus dem Haus, sein Gesicht wirkte ernst und ausdruckslos, er öffnete das Tor. Er trug eine helle Sommerhose und ein weißes Hemd, dessen oberster Knopf offenstand.
»Danke, daß Sie gekommen sind«, sagte er mit gedämpfter Stimme, die plötzlich ganz anders klang als noch am Tag zuvor. »Wenn Sie mir bitte folgen wollen.«
Das Vordach über der Eingangstür wurde von zwei mächtigen Pfeilern gestützt, fünf Stufen führten hinauf. Nachdem die Kommissarin eingetreten war, schloß Fink die Tür hinter sich, sagte: »Gehen wir in mein Büro, dort sind wir ungestört.«
»Weiß Ihre Frau Bescheid?« fragte Durant.
»Warum?«
»Ich will es nur wissen.«
»Das hier geht meine Frau nichts an. Sie würde sich nur unnötig Sorgen machen, und die will ich ihr ersparen. Sie ist psychisch nicht sonderlich auf der Höhe. Kommen Sie.«
Sie gingen über die breite Treppe, die sich in einem weiten Bogen nach oben zog, in den ersten Stock, schritten über den dunklen Flur zu einer offenstehenden Tür.
»Bitte«, sagte Fink und ließ die Kommissarin an sich vorbeitreten. Das Büro machte einen düsteren Eindruck, sämtliche Möbel waren aus dunkelbraunem Holz, vor dem Fenster war ein Gitter. Julia Durant fühlte sich wie in einem Gefängnis, und wenn es einen Ort gab, an dem sie sich niemals wohl fühlte, dann in einem Gefängnis. Sie hatte schon oft Häftlinge besucht und war jedesmal froh gewesen, wenn sie wieder im Freien war.
»Hier«, sagte er und deutete auf ein geöffnetes Paket auf sei-

nem Schreibtisch. »Das hat vorhin der Paketmann gebracht, kurz nachdem ich nach Hause gekommen bin.«
»Was ist da drin?« fragte Durant und trat näher an den Schreibtisch.
»Sehen Sie selbst nach.«
Sie warf einen Blick hinein, konnte aber nichts Ungewöhnliches entdecken.
»Und?« fragte sie und sah Fink an.
»Sie müssen das Papier hochheben.«
Julia Durant griff in den Karton, nahm das Papier heraus. Darunter befand sich eine männliche Puppe, in deren Herz eine Nadel steckte. Sie schwieg einen Moment, ließ ihren Blick durch das Zimmer schweifen, schließlich sah sie Fink an.
»Gibt es einen Absender?«
»Ja, sonst hätte ich das Paket nicht geöffnet. Hier, von Eberhard Griese. Das ist ein guter Bekannter, besser gesagt, ein ehemaliger Kollege von mir. Nur, Griese hat mir dieses Päckchen nicht geschickt, ich habe ihn gleich angerufen, zumindest habe ich es versucht, doch seine Frau hat mir gesagt, daß er seit einer Woche im Krankenhaus liegt und gar nicht in der Lage wäre, ein Paket abzuschicken.«
»Was hat er und wo liegt er?«
»Er hatte einen Herzinfarkt und liegt noch immer auf der Intensivstation des Höchster Krankenhauses. Und es ist sehr fraglich, ob er sich je wieder erholen wird. Jemand hat seinen Namen als Absender benutzt, jemand, der es auf mich abgesehen hat«, sagte er mit bebender Stimme.
Durant klappte den Deckel zurück, der Paketaufkleber war mit Maschine beschrieben worden.
»Diese Puppe«, sagte Fink weiter, »das ist doch eine Voodoo-Puppe, oder? Die schickt man doch jemandem, den man umbringen will.«

»Das kann sein. Sie haben mir aber auch etwas von einem Schreiben gesagt.«
»Hier«, sagte Fink, nahm ein Blatt Papier vom Schreibtisch und reichte es der Kommissarin.

Hallo, Hirte,
Du siehst, es gibt für mich immer eine Möglichkeit, an Dich heranzukommen. Denk dran, Deine Uhr ist fast abgelaufen. Aber den Zeitpunkt bestimme ich. Und vorher will ich Dich leiden sehen, ich will sehen, wie Du Deine letzten Tage verbringst. Fragst Du Dich nicht manchmal, wie schön Dein Leben doch hätte zu Ende gehen können? Du hättest noch viele, viele Jahre haben können, und eines Tages wärst Du vielleicht ruhig und friedlich in Deinem Bett eingeschlafen. Leider hast Du einen anderen Weg gewählt, einen grauenhaften, schmerzvollen Weg, und ich werde Dir helfen, diesen Weg auch zu Ende zu gehen. Nicht der Tod ist das Schlimme, sondern das Sterben. Dein Sterben.
Bis bald, und Du weißt, ich denke immerfort an Dich.

»Darf ich mich setzen?« fragte Durant.
»Bitte«, sagte Fink und deutete auf einen Sessel links vom Schreibtisch. Er selbst stellte sich ans Fenster, die Hände in den Hosentaschen und blickte hinaus auf den Park.
»Sie müssen mir Polizeischutz geben«, sagte er nach einer Weile, ohne sich umzudrehen. »Sie sehen doch, ich bin in akuter Lebensgefahr.«
»Ich habe bereits gestern gesagt, daß das nicht möglich ist. Wir können Ihnen keine Beamten als Bodyguards zur Verfügung stellen. Es gibt aber genügend private Organisationen, die dafür bestens ausgerüstet sind.«

»Du meine Güte, es muß doch eine Möglichkeit geben, mich vor diesem Wahnsinnigen zu schützen! Ich habe Angst!«
»Herr Fink, ich meine Dr. Fink, es könnte unter Umständen eine Möglichkeit geben, Ihnen zu helfen, die Voraussetzung dafür ist natürlich, daß Sie uns helfen. Quidproquo, eine Hand wäscht die andere.«
Fink drehte sich um, lief nervös durch das Zimmer, fuhr sich mit einer Hand übers Gesicht, er schwitzte, obgleich es kühl in dem Raum war.
»Und wie soll diese Hilfe aussehen? Ich habe doch nichts verbrochen! Ich habe keinem Menschen ein Leid zugefügt, das müssen Sie mir glauben! Aber natürlich, Sie glauben mir nicht, Sie denken, ein Mann wie ich müsse unbedingt Dreck am Stecken haben, weil ja die Schönen und Reichen angeblich immer Dreck am Stecken haben. Aber bei mir werden Sie nichts finden!«
»Dann tut es mir leid, aber ich kann Ihnen nicht helfen. Vielleicht handelt es sich bei dem Absender ja um einen Trittbrettfahrer.«
»Daß ich nicht lache! Das glauben Sie ja wohl selbst nicht! Rosenzweig ist tot, Schönau auch. Und ich soll der nächste sein. Aber ich will noch leben, verstehen Sie, ich will leben! Aber da draußen gibt es jemanden, der nicht will, daß ich weiterlebe. Kapieren Sie das nicht?!«
»Dr. Fink, ich habe heute vormittag mit Ihren Söhnen gesprochen ...«
»Ach, du meine Güte«, sagte er mit dem gleichen Zynismus, den sie schon bei Stephan Fink kennengelernt hatte, und winkte ab. »Jetzt wollen Sie bestimmt auf Jürgen, meinen lieben Sohn, hinaus. Was hat er Ihnen denn über mich erzählt? Was hat Ihnen dieser Säufer vorgejammert? Wie erbärmlich ich ihn behandele? Wie schlecht es ihm geht? Vergessen Sie alles, was er Ihnen gesagt hat, er ist nicht zurechnungsfähig.«

»Was glauben Sie denn, was er gesagt hat?« fragte Julia Durant.
»Wir haben ein gespaltenes Verhältnis. Er hat es vorgezogen, sein Leben so zu gestalten, wie er es für richtig hielt. Und ich habe ihn gewähren lassen. Und jetzt ist er dort, wo er hingehört. Ich weiß, das klingt hart aus dem Mund eines Vaters, doch irgendwann entscheiden die Kinder selbst, was sie aus ihrem Leben machen. Und er hat den denkbar schlechtesten Weg gewählt. Ich übernehme jedenfalls keine Verantwortung mehr für ihn. Laura und Stephan sind ganz anders, sie haben den rechten Weg gewählt.«
»Sie haben meine Frage nicht beantwortet – was glauben Sie, was er gesagt hat?«
»Ach kommen Sie, es ist sinnlos, über ihn zu reden. Ich will es auch nicht.«
»Und Laura und Stephan? Was denken Sie, haben die gesagt?«
Fink verengte die Augen zu Schlitzen, sah Durant von oben herab an, sein Gesicht wurde rot.
»Würden Sie mir einen Gefallen tun und sich setzen, ich mag es nicht, wenn ich zu jemandem aufblicken muß.«
Fink nahm wortlos hinter seinem Schreibtisch Platz, lehnte sich zurück.
»Also, Dr. Fink, gehen wir in medias res. Ich werde Ihnen jetzt einige Fragen stellen, und ich erwarte klare Antworten von Ihnen. Wenn Sie nicht sterben wollen, dann helfen Sie mir.«
»Also gut, fragen Sie.«
»Noch einmal die gleiche Frage wie gestern – gibt es irgend jemanden, den Sie im Verdacht haben, der für die Morde an Rosenzweig und Schönau und für die Drohungen Ihnen gegenüber in Frage kommen könnte?«
»Nein! Nein, nein, und noch mal nein! Und ich kann mir

beim besten Willen nicht vorstellen, daß die beiden sich auch nur das geringste haben zuschulden kommen lassen. Wenn ich ihnen ein Leumundszeugnis ausstellen müßte, es wäre tadellos. Und ich kannte die beiden schon seit Jahrzehnten.«
Julia Durant legte die Hände aneinander und berührte mit den Fingerspitzen die Nase. Sie hätte Fink am liebsten gesagt, was sie von Rosenzweig und Schönau wußte, doch sie verkniff sich eine Erwiderung.
»Dr. Fink, gab es in Ihrem Berufsleben jemals Vorfälle, bei denen sich vielleicht jemand derart auf den Schlips getreten fühlte, daß er jetzt anfängt, seine Rache auszuleben?«
»Hören Sie, Frau Kommissarin, ich bin seit fünfunddreißig Jahren in einer äußerst verantwortungsvollen Position tätig, und natürlich gibt es dann und wann Situationen, in denen Handlungsbedarf besteht. Doch ich versichere Ihnen, ich habe jederzeit jede Maßnahme, egal in welcher Richtung, sorgfältigst abgewogen. Fragen Sie meine Mitarbeiter, sie werden es Ihnen gern bestätigen.«
»Und in der Kirche? Ich meine, sowohl Rosenzweig und Schönau als auch Sie hatten beziehungsweise haben eine exponierte Position inne. Könnte es jemand aus der Kirche sein?«
Fink schüttelte den Kopf, lachte auf. »Nein, niemals! Die *Kirche des Elohim* ist eine straff geführte Organisation, wobei das Hauptaugenmerk auf das Wohl der Mitglieder gerichtet ist. Ich lade Sie gerne ein, einmal eine unserer Versammlungen zu besuchen, um sich selbst ein Bild davon zu machen. Sollten Sie der Meinung sein, daß es sich bei uns um eine kleine, verbiesterte Sekte handelt, dann muß ich Sie leider enttäuschen. Bei uns herrscht das Motto vor, Menschen sind, damit sie Freude haben können. Wir sind weder die Zeugen Jehovas noch die Mormonen oder die 7-Tage-Adventisten, noch haben wir etwas mit den Scientologen zu tun,

wir sind die *Kirche des Elohim* ... Wissen Sie eigentlich, was diese Kirche alles tut? Nein, natürlich nicht, woher auch, aber ich werde es Ihnen verraten. Wenn irgendwo auf der Welt eine schwere Naturkatastrophe passiert, oder eine Hungersnot ausbricht oder irgend etwas anderes, wodurch Menschen in Not geraten, dann sind wir zur Stelle. Wir sind aber nicht die Caritas oder die Welthungerhilfe, die sich gerne in den Mittelpunkt stellen und mit ihren guten Werken prahlen, wir helfen im stillen. Wir haben einen Fonds, der speziell für Notleidende da ist und der immer dann angezapft wird, wenn Hilfe vonnöten ist. Dabei kann es sich um Einzelpersonen handeln, die unverschuldet in Not geraten sind, sei es durch Arbeitslosigkeit oder den Verlust eines Ehepartners, oder um ganze Völker, die auf unsere Hilfe angewiesen sind. Wir helfen, es weiß nur keiner, weil wir nicht stolz und überheblich sind. Denn wenn es etwas gibt, das Gott nicht gutheißt, dann ist es Stolz.«

»Und wie finanzieren Sie das alles?«

»Sie können es in der Bibel nachlesen, Maleachi drei. Dort steht, daß wir den zehnten Teil unseres Ertrags Gott geben sollen. Und da Gott das Geld nicht persönlich in Empfang nehmen kann, gibt es Stellvertreter von ihm auf Erden, die dieses Geld verwalten und für sogenannte humanitäre Zwekke verwenden.«

»Schön«, sagte Durant lächelnd, »daß Sie mir ein paar Details aus der Kirche genannt haben, aber damit haben Sie nicht meine Frage beantwortet. Es gibt doch sicher auch bei Ihnen Menschen, die sich ungerecht behandelt fühlen, oder irre ich mich da?«

»Es gibt in jeder Gemeinschaft, ganz gleich wie gut oder schlecht sie ist, Menschen, denen man nichts recht machen kann. Das gleiche trifft auch auf unsere Kirche zu. Aber Mörder werden Sie bei uns nicht finden.«

»Seltsam, nirgends gibt es auch nur den geringsten Hinweis auf eine Unstimmigkeit, und doch wurden bis jetzt zwei scheinbar honorige Männer aus Ihrem Bekanntenkreis ermordet …«
»Sparen Sie sich Ihren Zynismus«, wurde sie von Fink schroff unterbrochen. »Sie waren nicht scheinbar honorig, sie waren es tatsächlich …«
»Nein, Sie waren es nicht«, sagte Julia Durant hart. »Es sei denn, unsere Definition dieses Wortes ist nicht die gleiche …«
»Was meinen Sie damit? Was haben Sie herausgefunden?« fragte Fink mit leiser, aber schneidender Stimme.
»Tut mir leid, ich kann und darf Ihnen keine Auskunft über den Stand unserer Ermittlungen geben. Und jetzt frage ich Sie zum letzten Mal, gibt es etwas in Ihrem Leben, das Sie mir sagen sollten? Etwas, das uns und Ihnen hilft, einen weiteren Mord zu verhindern? Etwas, das uns helfen könnte, die bereits begangenen Morde aufzuklären? Wie sieht es zum Beispiel mit *Ihrer* ehelichen Treue aus?«
Fink schoß nach vorn, die Augen zu kleinen Schlitzen verengt, er atmete ein paarmal kräftig ein und wieder aus, seine Nasenflügel bebten, sein Blick war der eines wilden Stieres. Er sagte fast flüsternd und unmißverständlich scharf: »Worauf wollen Sie eigentlich hinaus? Was geht Sie überhaupt mein Privatleben und vor allem meine Ehe an?«
»Im Zuge speziell dieser Ermittlungen eine ganze Menge …«
»Meine Frau und ich sind seit achtunddreißig Jahren verheiratet, wenn Ihnen diese Auskunft genügt …«
»Nein, das tut sie nicht«, erwiderte Durant kühl, den Blick direkt auf Fink gerichtet. »Achtunddreißig Jahre Ehe bedeuten nicht zwangsläufig, daß man keine Affäre hat oder hatte. Haben oder hatten Sie jemals eine?« fragte Durant ein weiteres Mal, den Kopf leicht zur Seite geneigt. Sie registrierte jede

Geste, jede Mimik, jede Reaktion von Fink. Er ließ sich mit der Antwort Zeit, faltete die Hände wie zum Gebet, blickte zu Boden. Er schüttelte den Kopf, antwortete mit fester Stimme: »Nein, ich hatte und habe keine außereheliche Beziehung ... Wir führen eine glückliche Ehe und sind eine ebenso glückliche Familie ...« Er stockte mit einem Mal und sah Durant erschrocken und beinahe verlegen an.
»So, eine glückliche Familie«, sagte sie mit spöttischem Unterton. »Eine glückliche Familie, die ihren jüngsten Sohn verstößt? Oder habe ich da etwas falsch verstanden?«
»Das mit Jürgen steht auf einem andern Blatt. Sagen wir es so, wir könnten eine glückliche Familie sein, wäre er nicht abtrünnig geworden. Doch der Rest hält zusammen. Ich kann nichts dafür, wenn uns ein Sohn verlorengegangen ist. Wie gesagt, es war seine Entscheidung.«
»Und wenn er wieder zurück wollte?«
»Meine Tür steht ihm jederzeit offen«, beeilte sich Fink zu versichern.
»Unter welchen Bedingungen?« fragte Durant weiter.
»Das geht Sie nichts an«, erwiderte Fink erregt. »Das ist allein eine Sache zwischen mir und meinem Sohn.«
»Okay. Sie müssen wissen, wie Sie *Ihr* Leben gestalten und inwieweit *Sie* in das *Ihrer* Kinder eingreifen. Eines kann ich jedoch sagen – helfen werde ich Ihnen in Ihrer derzeitigen Situation nicht können, denn Sie haben bislang keinerlei Anstalten gemacht, mir auch nur einen Schritt entgegenzukommen. Mir scheint fast, Sie nehmen Ihren möglichen Tod in Kauf, aus welchen Gründen auch immer. Sie sollten sich mal die Frage stellen, ob das, was Sie mir verheimlichen, es wert ist.«
»Ich verheimliche Ihnen nichts!« schrie Fink mit hochrotem Kopf. »Was bilden Sie sich eigentlich ein, Sie ...!«
Julia Durant erhob sich, warf noch einmal einen Blick in den

Karton. Sie lächelte süffisant, sagte: »Ich habe gehört, daß echte Voodoo-Priester damit tatsächlich töten können. Sie sollten sich die Puppe an die Wand hängen, damit Sie sie immer vor Augen haben. Vielleicht überlegen Sie es sich ja noch, Sie wissen ja, wie ich zu erreichen bin.« Sie hielt kurz inne, bevor sie abschließend sagte: »Und wenn es möglich ist, dann möchte ich jetzt noch kurz mit Ihrer Frau sprechen.«

»Warum?« fragte er mißtrauisch.

»Ich möchte ihr nur ein paar Fragen stellen.«

»Worüber?«

»Dies und das. So wenig, wie ich ihr von unserem Gespräch etwas sagen werde, so wenig werde ich Ihnen sagen, was ich von Ihrer Frau will.«

»Ich hätte mich nie auf Sie einlassen sollen«, sagte Fink und kam hinter seinem Schreibtisch hervor. »Aber bitte, wenn Sie unbedingt wünschen, meine Frau sitzt auf der Veranda. Sie brauchen nur die Treppe runterzugehen und geradeaus durch den Wohnraum. Sie werden sie nicht übersehen.«

»Danke und auf Wiedersehen. Und einen schönen Tag noch.«

Frau Fink saß, wie ihr Mann sagte, auf einem Liegestuhl auf der Veranda und las ein Buch. Sie blickte auf, als die Kommissarin plötzlich wie aus dem Nichts neben ihr stand. Sie legte das Buch auf die Schenkel, sah Julia Durant an.

»Frau Fink?«

»Ja, bitte?« Sie hatte eine weiche, zarte Stimme, ihre Haare waren grau und streng zurückgekämmt, tiefe Falten hatten sich um die Nase und den blutleeren Mund mit den schmalen Lippen gegraben, vor allem aber in ihren Hals. Ihre einst grünen Augen waren matt und auf eine seltsame Weise leblos, sie blitzten nicht einmal auf, als sie die Fremde ansah.

»Ich bin Kommissarin Durant von der Kriminalpolizei. Dürfte ich mich kurz mit Ihnen unterhalten?«
»Geht es um Bruder Rosenzweig und Bruder Schönau?« fragte Frau Fink und setzte sich aufrecht hin.
»Ja, um die auch …«
»Ist irgendwas mit meinem Mann?« fragte sie weiter.
»Ihr Mann hat nicht mit Ihnen darüber gesprochen?«
»Über was?« fragte sie emotionslos.
»Können wir uns ungestört unterhalten? Ich meine, unter vier Augen?«
»Gehen wir eine Runde durch den Garten. Auch wenn ich mir nicht vorstellen kann …«
»Lassen Sie uns gehen, ich möchte nicht, daß Ihr Mann uns hört. Ich glaube, er wäre nicht sehr erfreut darüber.«
Frau Fink stand auf, legte das Buch auf den Liegestuhl. Sie war etwas kleiner als Durant, ihre Bewegungen waren schwerfällig. Mit langsamen Schritten gingen sie in den Garten, kamen auf eine ausgedehnte Rasenfläche, zur Linken befand sich ein etwa fünfzehn mal zehn Meter großer Swimmingpool.
»Sie haben ein schönes Anwesen«, sagte Julia Durant anerkennend. »Aber es macht sicher viel Arbeit.«
»Wir haben ein paar Bedienstete, die sich um das Haus und den Garten kümmern. Aber das ist es doch nicht, worüber Sie sich mit mir unterhalten wollen, oder?«
»Nein, es geht um Ihren Mann. Er hat mich zwar gebeten, nicht mit Ihnen darüber zu sprechen, aber manchmal muß ich solche Bitten leider ignorieren. Um es kurz zu machen, er hat Morddrohungen erhalten, und ich möchte wissen, warum. Können Sie mir etwas dazu sagen?«
»Morddrohungen?« fragte Frau Fink erstaunt. »Ich verstehe nicht …«
»Nun, Rosenzweig und Schönau sind bereits tot, wie Sie wis-

sen. Und Ihr Mann scheint auch auf der Liste des Mörders zu stehen. Nur weigert er sich leider, mir bei meinen Ermittlungen behilflich zu sein. Deswegen wende ich mich an Sie.«
»Und wie kann ich Ihnen helfen?«
»Erzählen Sie mir etwas über Ihre Familie, Ihre Ehe, Ihre Freunde und Bekannten, über die Arbeit Ihres Mannes. Was Ihnen so einfällt.«
»Streichen wir Freunde, denn wir hatten nie welche. *Er* wollte nie welche haben. Ich weiß bis heute nicht, warum, doch ich habe mich damit abgefunden. Bekannte«, sie zuckte kaum merklich die Schultern. »Wir haben viele, aber es sind wie gesagt nur Bekannte. Und nach achtunddreißig Jahren etwas über unsere Ehe zu sagen … Wir sind verheiratet, wir leben, uns fehlt es an nichts … ich kann mich nicht beklagen.« Die letzten, mit einer gehörigen Portion Bitterkeit versehenen Worte ließen Julia Durant aufhorchen. Doch sie sagte nichts.
»Und unsere Familie – Laura ist Ärztin, Stephan Künstler, und Jürgen, unser Jüngster, ist leider abgerutscht …«
»Warum?«
»Entschuldigen Sie, aber ich möchte nicht darüber sprechen. Es ist eine Sache zwischen meinem Mann und ihm, und es steht mir nicht zu, eine Meinung dazu zu haben.«
»Sie sind doch aber die Mutter. Und Jürgen ist auch Ihr Sohn.«
»Aber mein Mann ist der Patriarch der Familie, und als solcher hat er das Sagen. Auch wenn es mir in der Seele weh tut, wenn ich sehe, wie Jürgen leidet. Doch ich habe nicht die Kraft und auch nicht die Macht, etwas für ihn zu tun. Außerdem ist er alt genug, um zu wissen, was er tut. Ich fürchte, ich kann Ihnen nicht helfen.«
»Gibt es so etwas wie ein Familiengeheimnis, von dem ich wissen sollte? Ein Geheimnis, das jemanden dazu bringen

könnte, Morde zu begehen? Ein Geheimnis, über das niemand bis jetzt mit mir reden wollte, obgleich ich fast sicher bin, daß es eins gibt.«
Frau Fink schluckte schwer, sie hielt den Blick zu Boden gerichtet, während sie neben der Kommissarin über den Rasen lief. Die Wolkendecke hatte sich noch weiter zugezogen, von fern war erstes Donnergrollen zu vernehmen. Es war nur noch eine Frage von Minuten, bis das Gewitter Frankfurt erreicht haben würde.
»Es gibt keine Geheimnisse bei uns«, sagte Frau Fink nach einer Weile. »Sie irren sich, wenn Sie das glauben sollten.«
»Ich irre mich also«, sagte Durant. »Dann sind die Drohungen gegen Ihren Mann also rein zufällig und haben keinen realen Hintergrund?«
»So wird es wohl sein. Welche Geheimnisse hatten denn Rosenzweig und Schönau? Hatten sie welche?«
»Wenn Sie es genau wissen wollen, ja, sie hatten welche.«
Frau Fink lachte kurz und trocken auf, sagte: »Tja, man kann eben nicht in die Menschen hineinschauen. Jeder baut irgendwann eine Fassade um sich, und je älter man wird, desto undurchdringlicher wird sie. Und welche Geheimnisse sich dahinter verbergen, vermag nur der zu sagen, der diese auch hütet, ganz gleich, wie schrecklich die auch sein mögen.«
»Frau Fink, ich bitte Sie, helfen Sie mir.«
»Ich kann nicht«, sagte sie, drehte sich um und sah Durant flehend an. »Bitte, gehen Sie und lassen Sie mich allein. Ich möchte nicht mit Ihnen über Dinge reden, die nur unsere Familie etwas angehen. Entschuldigen Sie mich bitte.«
»Warten Sie einen Moment, bitte.« Frau Fink blieb stehen, den Rücken Durant zugewandt. »Wovor haben Sie Angst? Vor Ihrem Mann?«
Sie ließ sich mit der Antwort ein paar Sekunden Zeit. Durant

spürte jedoch die Anspannung der vor ihr stehenden Frau.
»Ich habe keine Angst, ich wüßte nur nicht, was ich mit Ihnen noch besprechen sollte.«
»Sie haben Angst, das spüre ich. Und sollten Sie das Bedürfnis verspüren, doch mit mir reden zu wollen, dann rufen Sie mich an. Hier ist meine Karte, ich bin jederzeit für Sie zu sprechen.«
»Sie werden vergeblich auf meinen Anruf warten«, sagte Frau Fink und nahm die Karte.
»Auf Wiedersehen.«
Julia Durant ging zum Haus zurück, warf einen Blick nach oben, wo Fink am Fenster stand und mit starrem Gesichtsausdruck zu ihnen herunter sah. Sie begab sich zum Auto, zündete sich eine Zigarette an, schaute zur Uhr, kurz vor vier. Sie verspürte ohnmächtige Wut, schloß kurz die Augen, inhalierte tief, behielt den Rauch lange in den Lungen, bevor sie ihn wieder ausstieß. Es gab Tage, da haßte sie ihren Beruf, wünschte sie sich, eine einfache Sekretärin in einem stinknormalen Büro zu sein. Eine Frage hämmerte in ihrem Hirn – welches Geheimnis teilten Rosenzweig, Schönau und Fink? Zwei waren schon tot, und es war nur eine Frage der Zeit, bis auch Fink den Gang alles Irdischen antreten würde. Sie setzte sich in den Wagen, stellte Hitradio FFH ein, Die Zwei Beiden. Das erste Lied nach den Nachrichten war Bryan Adams und Mel C mit ›When you're gone‹. Sie drehte auf volle Lautstärke, sie wollte auf dem Weg nach Hause nicht mehr über Fink und die andern nachdenken. Für heute hatte sie die Schnauze voll. Die ersten Blitze zuckten über den Himmel, gefolgt von gewaltigen Donnerschlägen. Der Verkehr war dicht und zähflüssig. Sie hielt vor einem Penny Markt, kaufte ein paar Kleinigkeiten ein und kam um kurz nach fünf vor ihrer Wohnung an. Die ersten dicken Regentropfen platschten auf die Straße.

Freitag, 17.10 Uhr

Julia Durant holte die Post aus ihrem Briefkasten, zwei Briefe, eine Rechnung, das neue GEO. Sie lief die Treppen nach oben, ihr war heiß, ihre Füße waren geschwollen. Sie schloß auf, trat ein, kickte die Tür mit dem Fuß zu. Sie stellte die Einkaufstasche auf dem Boden ab, warf die Handtasche auf die Couch, rannte zum weit offenstehenden Wohnzimmerfenster, schloß es, rannte ins Schlafzimmer, um auch dort das Fenster zu schließen. Die Tropfen waren von einer Sekunde zur andern in einen heftigen Schauer übergegangen, in einem fort erhellten grelle Blitze den dunklen Himmel, ließen krachende Donnerschläge das Haus erzittern. Sie nahm die Tasche, stellte sie auf den Küchentisch, packte aus. Sie dachte über den vor ihr liegenden Abend mit Petrol nach, der erwartete, daß sie ihn besuchte. Daß sie mit ihm zu Abend aß, mit ihm Musik hörte, mit ihm schlief. Es würde das gleiche sein wie immer, und irgendwie langweilte sie der Gedanke, den Abend und die Nacht mit ihm zu verbringen. Andererseits hatte sie das Bedürfnis nach körperlicher Zuwendung, und sie gestand sich ein, mit noch keinem Mann so gern geschlafen zu haben wie mit ihm. Er war einfallsreich, bisweilen ein bißchen ausgefallen in seinen Wünschen, doch er war ein guter Liebhaber. Aber das allein reichte ihr nicht, sie sehnte sich nach einem Mann, der immer für sie da war, dem sie ihre Sorgen anvertrauen konnte, der ihr zuhörte, wenn es ihr einmal nicht so gut ging. Und sie spürte mit der ihr eigenen untrüglichen Intuition, daß Petrol sich nie scheiden lassen würde, sosehr er dies auch immer beteuerte. Und sie war es leid, immer auf Abruf bereit zu stehen, zu kommen, wenn der gnädige Herr einmal Zeit für sie übrig hatte.

Sie zuckte die Schultern, machte den Kühlschrank zu, steckte sich eine Zigarette an, öffnete eine Dose Bier. Sie setzte sich auf die Couch, nahm die Post in die Hand, legte die Beine auf den Tisch. Die Stromrechnung legte sie ungeöffnet neben sich, ein Brief war von ihrem Vater, der andere von einer ehemaligen Schulkameradin, die sie für Anfang September zum alljährlichen Klassentreffen in ihren Heimatort einlud. Sie las den Brief ihres Vaters, der zwar nur selten schrieb, doch wenn er es tat, dann waren es fast nie weniger als sechs Seiten. Sie lächelte, ließ ihre Gedanken für einen Augenblick in die Vergangenheit schweifen, als sie noch ein Kind war und ihr Vater und ihre Mutter ihr all das gaben, was sich ein Kind nur wünschen konnte. Es waren aber weniger die materiellen Dinge, an die sie sich erinnerte, es waren mehr die Abende zu dritt, wenn sie zusammen im Wohnzimmer oder auf der Terrasse saßen und über Gott und die Welt philosophierten. Ihre Eltern hatten ihr nie das Gefühl vermittelt, nur ein Kind zu sein, sie hatten sie immer an ihrem Leben teilhaben lassen. Und dafür war sie ihnen unendlich dankbar. Sie hatte fast nie einen Grund gehabt, sich über ihre Eltern zu beschweren, sie konnte jederzeit mit jedem Problem zu ihnen kommen, und sie hatten ihr immer das Gefühl vermittelt, ernst genommen zu werden. Und die Zeit, die, als sie noch ein junges Mädchen war, nicht schnell genug verfliegen konnte, war doch schneller an ihr vorbeigezogen, sie war eine junge Frau geworden, hatte ihren ersten großen Liebeskummer erlebt, hatte ihre Mutter qualvoll dahinsiechen und schließlich sterben sehen, und sie würde nie das Leid und die Trauer ihres Vaters vergessen, der den Menschen verloren hatte, der ihm am meisten bedeutete. Fast neun Jahre waren seit dem Tod ihrer Mutter vergangen, die noch nicht einmal fünfzig Jahre alt gewesen war, als man sie zu Grabe trug. Julia Durant war gerade sechsundzwanzig gewesen, hatte ein Jahr zuvor ihre Ausbildung auf der Polizeiakademie als Jahrgangsbeste abgeschlossen und war gleich beim Sittendezernat in München

gelandet. Sie dachte an ihre erste wirklich große Liebe, die sie auch geheiratet hatte. Doch die anfänglich scheinbar gute Ehe hatte sich zu einer Katastrophe entwickelt, weniger in seinen als in ihren Augen. Erst nach sechs Jahren wurden ihr die Augen geöffnet, wurde ihr hinter vorgehaltener Hand mitgeteilt, worin die vielen Überstunden ihres Mannes bestanden – im Durchbumsen seiner Mitarbeiterinnen in der Werbeagentur, die er leitete. Es war weniger die Tatsache selbst, daß er es mit anderen Frauen getrieben hatte, es war mehr die Schmach und die Demütigung, die sie in ihrem tiefsten Innern empfand. Jeder hatte es seit langem gewußt, nur sie nicht. Nachdem sie ihn aus der Wohnung geworfen und die Scheidung eingereicht hatte, wollte sie mit Männern nichts mehr zu tun haben. Sie war überzeugt, das Gehirn und die Gefühle der Männer steckten ausschließlich in ihrem Schwanz, und wenn sie es einmal nicht mehr aushielt, wenn ihr Hormonpegel auf einen gefährlichen Niedrigststand sank, dann zog sie sich etwas Aufreizendes an, ging in *ihre* Bar, suchte sich einen Mann aus, der ihr gefiel, verbrachte die Nacht mit ihm und vergaß ihn gleich wieder.
Nur bei Petrol war es anders. Er war charmant, gutaussehend, und er hatte das gewisse Etwas, das Frauen magisch anzog. Und weiß der Geier, warum, aber er hatte sie gewählt, auch wenn es eine rein sexuelle Beziehung war. Doch zumindest hielt er ihren Hormonhaushalt in Ordnung.
Sie nahm einen Schluck von ihrem Bier, zündete sich eine weitere Zigarette an. Sie schaute zur Uhr, Viertel vor sechs. Sie überlegte, ob sie Petrol anrufen sollte oder nicht, doch sie ging ja keine Verpflichtung ein, wenn sie ihn anrief, sich danach frisch machte, etwas Besonderes anzog und zu ihm fuhr.
Sie stand auf, schnippte im Vorübergehen Asche in den Aschenbecher, stellte sich ans Fenster, sah hinaus, wo das

Gewitter mit unverminderter Wucht tobte. Der Regen prasselte, vom böigen Wind getrieben, gegen das Fenster, auf dem Fensterbrett hatte sich bereits eine kleine Lache gebildet. Sie fluchte still vor sich hin, hatte sie doch die Hausverwaltung schon mehrmals auf diesen Mangel hingewiesen, nur war bislang von deren Seite keine Reaktion erfolgt. Es war noch nicht einmal jemand bei ihr gewesen, um sich diese Undichte anzusehen. Sie nahm einen letzten Zug von der Zigarette, drückte sie im Aschenbecher aus, ging zum Telefon. Sie wählte die Nummer von Petrol, der schon nach dem zweiten Läuten abhob.

»Hallo, ich bin's, Julia. Ich wollte mich nur mal melden ...«

»Kommst du?« unterbrach er sie.

»Wann beliebt es denn dem Herrn, daß ich komme?«

»So schnell du kannst.«

»Ich dusch nur noch und zieh mir was Frisches an. Ich bin irgendwann zwischen halb acht und acht bei dir. Bis nachher.«

»Ich liebe dich, Julia, und ich freue mich auf heute abend.«

»Bis dann.« Sie legte auf, holte ihre nachtblauen Dessous aus dem Schrank, die er so an ihr liebte, und ein kurzes, enggeschnittenes Minikleid. Sie trank das Bier aus, stellte sich unter die Dusche und ließ lauwarmes Wasser über ihren Körper laufen. Sie fönte sich das Haar trocken, legte etwas Make-up auf, besprühte sich mit *Chanel No.5*, zog sich an. Sie überlegte, ob sie vorher noch etwas essen sollte, verwarf den Gedanken aber gleich wieder, denn mit Sicherheit würden sie essen gehen, wie sie es jedesmal taten, wenn sie sich trafen.

Um kurz nach sieben war sie zum Gehen bereit. Das Gewitter hatte sich verzogen, die Wolkendecke war aufgerissen, die Straßen dampften. Sie sah sich noch einmal in der Wohnung um, schwor sich, morgen aufzuräumen, zu saugen, Staub zu wischen, Wäsche zu waschen, vielleicht sogar die Fenster zu putzen, und sollte sie die finale Putzwut überfallen, dann auch noch den Kühlschrank abzutauen und das Bad zu reinigen. Mal sehen, dachte sie vor sich hin grinsend, während sie ihre Tasche nahm und zur Tür ging. Sie drückte gerade die Klinke herunter, als das Telefon klingelte. Sie überlegte einen Moment, schließlich nahm sie den Hörer ab.

»Ja, bitte?«

»Hier Berger. Stör ich?«

»Nicht direkt, aber ich bin gerade auf dem Sprung, jemanden besuchen«, sagte sie.

»Keine Angst, ich will Ihnen den Abend nicht verderben, aber ich denke, Sie sollten wissen, was Morbs mir eben aus Hannover mitgeteilt hat. Die schon etwas angegriffene Leiche von Hauser wurde gegen Mittag exhumiert und sofort in die Gerichtsmedizin gebracht. Und wie es aussieht, scheint dieser Dr. Öczan recht zu haben, daß Hauser vergiftet wurde. Morbs und ein Kollege aus Hannover werden versuchen, das Gift noch am Wochenende zu bestimmen. Ich wollte es Ihnen nur sagen.«

»Wir wußten es doch schon vorher«, sagte Durant.

»Sagen wir, wir ahnten es. Was hat denn Ihr Besuch bei diesem Fink ergeben?«

»Oh, Mist«, entfuhr es Julia Durant, »ich wollte noch anrufen und kurz darüber berichten, aber ich war so genervt, daß ich es vergessen habe. Also, Fink hat eine Voodoo-Puppe geschickt bekommen und ein Anschreiben dazu. In der Puppe steckte eine Nadel, das Schreiben war eine knallharte Morddrohung. Das Problem ist nur, daß Fink angeblich keine Ahnung hat, wer ihn auf dem Kieker haben könnte. Aber ich glaube dem Kerl so wenig wie einem Bauern, der behauptet, seine Kühe könnten fliegen. Und seine Frau ist verschlossen wie eine Auster. Ich hab keine Chance, an die beiden ranzukommen. Aber ich weiß genau, daß sie mir etwas ganz Wesentliches verheimlichen. Nur was? Ich komme jeden-

falls nicht dahinter. Es ist verdammt frustrierend. Aber wenn Fink nicht aufpaßt, ist er das nächste Opfer.«
»Das wäre dann leider nicht zu ändern. Wir können nur dann jemanden beschützen, wenn er sich kooperativ zeigt. Lassen Sie sich deswegen den Abend nicht verderben. Wir sehen uns am Montag.«
»Werd ich nicht.«
Sie legte auf und verließ gleich darauf die Wohnung. Sie wollte einen ungestörten Abend verbringen, und sie hoffte, das Handy würde nicht gerade im ungünstigsten Moment klingeln. Sie hoffte auf eine ruhige … wilde Nacht.

Freitag, 19.40 Uhr

Als Julia Durant ihren Wagen vor dem Haus von Petrol parkte, hatte der Himmel aufgeklart, kaum noch eine Wolke war zu sehen. Ein angenehm frischer Wind war aufgekommen, der die Hitze der vergangenen Tage allmählich vertrieb. Sie stieg aus, schloß ab, ging auf das Haus zu und klingelte, kurz darauf ertönte der Türsummer. Sie betrat die Eingangshalle, fuhr mit dem Aufzug in das oberste Stockwerk, in dem sich Petrols Wohnung befand. Er stand in der Tür, er hatte wieder diesen ganz speziellen Gesichtsausdruck, der ihn so unwiderstehlich machte. Er hauchte ihr einen Kuß auf die Wange, sie ging an ihm vorbei in die Wohnung. Leise klassische Musik drang aus den großen Lautsprechern, die Klimaanlage war eingeschaltet, die Abendsonne schien durch die leicht getönten Scheiben in den riesigen Raum, der durch seine geschmackvolle, großzügige Einrichtung äußerst stilvoll wirkte.
»Schön, daß du gekommen bist. Du siehst wie immer phantastisch aus«, sagte er mit anerkennendem Nicken. »Genau

die Farbe, die ich an dir so liebe. Blau steht dir besonders gut. Möchtest du etwas trinken? Champagner, Wein?«
»Jetzt nicht«, sagte Durant und stellte ihre Tasche auf den Glastisch. »Um ehrlich zu sein, ich habe Hunger.«
»Dann laß uns gleich essen gehen. Ich kenne einen Spanier in der Innenstadt, klein, aber ungeheuer fein. Ich habe schon einen Tisch für uns reserviert.«
Sie nahmen Petrols Mercedes, fuhren fast schweigend zu dem Lokal, das sich in einer winzigen Gasse gleich bei der Goethestraße im Herzen von Frankfurt versteckte, wo sich die exklusiven und sündhaft teuren Geschäfte befanden, in denen einzukaufen sich Petrol, nicht aber Durant leisten konnte.
Der Inhaber des Lokals kam sofort auf Petrol zu und begrüßte ihn und Durant, geleitete beide zu dem reservierten Tisch. In dem alten Gemäuer hatte sich der Atem Spaniens festgesetzt, jedes Detail paßte zum andern, ein würziger Duft zog in unsichtbaren Schwaden durch den Raum. Aus versteckten Lautsprechern spielte spanische Folkloremusik, auf den Tischen standen Kerzen und kleine Blumengestecke. Von den zehn Tischen waren sechs besetzt, Gespräche wurden in gedämpfter Lautstärke geführt, es herrschte eine friedliche, stille Atmosphäre.
Julia Durant holte die Schachtel Zigaretten aus der Tasche, zündete sich eine an, nahm einen tiefen Lungenzug. Durch den Rauch hindurch sah sie Petrol an, der die Speisekarte studierte.
»Was möchtest du essen?« fragte er.
»Ich war noch nie beim Spanier«, erwiderte sie. »Such du etwas für mich raus. Du scheinst hier ja sozusagen Stammgast zu sein.«
»Ich komme öfter hierher, wenn es die Zeit erlaubt. Hier habe ich wenigstens meine Ruhe.«

Der Chef, ein kleiner, runder Mann mit wachen, freundlichen Augen, stand plötzlich neben ihnen, sagte in gebrochenem Deutsch: »Was möchten Sie trinken, Professor Petrol?«
»Bringen Sie uns bitte einen Rotwein, Sie wissen schon, die Flasche.«
»Natürlich. Und haben Sie auch schon gewählt, was Sie essen möchten?«
»Ich würde sagen, da meine Begleiterin noch nie spanisch essen war, nehmen wir die Spezialität des Hauses, Paella. Du mußt wissen, Julia, es gibt niemanden außerhalb Spaniens, der eine bessere Paella macht, als Enrique.« Und grinsend fügte er leise hinzu: »Auch wenn er eigentlich gar kein Spanier ist, sondern Italiener und in Wirklichkeit Enrico heißt.«
Enrique nahm mit einem dezenten Lächeln die Speisekarten vom Tisch und entfernte sich beinahe lautlos. Kurz darauf kehrte er mit der Flasche Rotwein zurück, schenkte erst Petrol einen Schluck ein, er probierte, nickte, Enrique schenkte beide Gläser voll.
Petrol nahm sein Glas in die Hand, prostete Durant zu. »Auf dein Wohl«, sagte er. »Es ist schön, mit dir zusammenzusein. Ich hoffe, es wird bald mehr von diesen Abenden geben.«
»Das liegt bei dir«, sagte Durant mit einem kühlen und etwas spöttischen Lächeln und nahm einen Schluck. »Ganz allein bei dir.«
»Ich weiß, ich weiß«, sagte er mit einer eindeutigen Handbewegung, »aber laß uns bitte nicht jetzt darüber reden. Nur soviel, ich tue alles in meiner Macht Stehende, um endlich nur noch für dich da zu sein. Und jetzt laß uns den Abend genießen.«
Durant drückte ihre Zigarette im Aschenbecher aus, lehnte sich zurück. Sie sah Petrol in die Augen, ihr Blick war ernst und nachdenklich. Sie hätte ihm gern etwas gesagt, gern mit ihm über ihre Gefühle gesprochen, doch etwas hinderte sie

daran, denn obgleich Petrol Psychologe und Psychiater war, so trennte er Beruf und Privatleben sehr streng voneinander, war er, wenn es um private Dinge ging, zugeknöpft und verschlossen. Sie sagte nichts, weil sie wußte, daß er ihre Gefühle nicht verstand oder nicht verstehen wollte.

»Wie war dein Tag?« fragte er.

»Viel Arbeit, wenig Erfolg. Das ist nun mal die Regel in diesem Job.«

»Und, hat sich in diesen mysteriösen Mordfällen schon etwas ergeben?« fragte er.

»Bis jetzt leider nicht. Aber wir bleiben am Ball.«

»Habt ihr wenigstens schon einen Verdächtigen?«

»Du weißt, ich darf über meine Fälle nicht reden, solange sie nicht abgeschlossen sind.«

»Und du weißt, ich bin genauso an meine Schweigepflicht gebunden wie du. Komm schon, ich bin einfach neugierig. Und ich verspreche dir, kein Sterbenswörtchen von dem zu verraten, was du mir erzählst. Wie es heißt, sind die beiden durch Gift ums Leben gekommen. Ist da was dran?«

»Du weißt es doch eh schon, woher auch immer. Aber wenn du's genau wissen willst, ja, es war Gift im Spiel.«

»Und was für welches? Arsen, Zyankali?«

»Weder noch. Es handelt sich um Tiergifte …«

»Hm, da hat sich jemand etwas ganz Besonderes einfallen lassen«, sagte er fast anerkennend. »Eine sehr ausgefallene Idee, wie ich zugeben muß.«

»Ausgefallen ja, nur wir haben bis jetzt nicht den geringsten Hinweis auf den Täter. Weder im privaten noch im beruflichen Umfeld der Opfer gibt es Unstimmigkeiten.«

»Es heißt doch aber auch, die beiden gehörten dieser *Kirche des Elohim* an …«

»Das ist richtig.«

»Ich kannte auch mal jemanden, der diesem Verein angehört

oder angehörte, ich weiß nicht, was sie jetzt macht. Allerdings ist diejenige nicht gerade das, was man ein Mustermitglied nennt, sie raucht und trinkt ganz gerne mal einen, und auch sonst ist sie nicht ohne. Ich bin ganz ehrlich, ich habe mit Gott und Religion nicht viel am Hut. Für mich sind das alles nur Phantasien. Wenn ich mir vorstelle, wie viele Patienten ich hatte und habe, die durch Religion krank geworden sind! Krank durch Fanatismus und falsch verstandene Loyalität irgendwelchen Leuten gegenüber, die sich als Messias verstehen«, sagte er verächtlich. »Nein, Religion ist nicht mein Ding. Sollte es aber tatsächlich einen Gott geben, dann werde ich ihn spätestens dann kennenlernen, wenn ich abtrete. Aber ich hoffe, das wird noch eine Weile dauern.«
»Man kann nie wissen«, erwiderte Julia Durant mit vielsagendem Lächeln. »Aber«, fuhr sie fort und nippte an ihrem Wein, »du bist doch Psychologe, fast schon eine Koryphäe auf deinem Gebiet. Was glaubst du, um was für einen Menschen es sich bei dem Täter handeln könnte? Könntest du aufgrund von Fakten ein Persönlichkeitsprofil des Mörders erstellen?«
»Unter Umständen«, sagte er mit leichtem Zweifel in der Stimme und neigte den Kopf ein wenig zur Seite. »Dazu müßte ich aber alle Fakten kennen. Ich weiß bis jetzt nur das, was ich in der Zeitung gelesen habe. Wißt ihr denn schon, ob es sich um einen Mann oder eine Frau handelt?«
»Zu neunundneunzig Prozent eine Frau. Zumindest deutet alles darauf hin.«
»Und diese Frau bringt ihre Opfer mit tierischem Gift um?«
»Wenn du's genau wissen willst, einmal mit hochkonzentriertem Schlangengift, einmal mit Kegelschneckengift.«
»Oh, Kegelschnecken! Alle Achtung, die Frau versteht etwas von ihrem Handwerk. Ich habe mal einen Fernsehbericht darüber gesehen, und da haben sie auch gesagt, daß einige

dieser Viecher dem Menschen sehr gefährlich werden können. Hat sie denn mit den Männern etwas gehabt? Ich meine, gibt es Hinweise, daß sie eine Affäre mit ihnen hatte?«
»Beim zweiten Opfer scheint es ziemlich sicher zu sein, beim ersten tappen wir völlig im dunkeln. Obgleich dieser Typ auch kein Kostverächter war. Seine Affären, von denen wir zwei kennen, waren jung und ausgesprochen attraktiv. Ob er allerdings auch etwas mit seiner Mörderin hatte, können wir noch nicht sagen.«
»Na ja«, sagte Petrol mit ungewohnt ernstem Tonfall und lehnte sich zurück, drehte das Glas zwischen seinen Fingern. »Ich kenne jemanden, der sich sehr gut mit Giften aller Art auskennt. Übrigens auch eine Frau. Es ist ein Hobby von ihr, wobei sie jedoch keinen praktischen Umgang mit Giften pflegt, sondern sie dieses Hobby rein theoretisch betreibt. Von ihr habe ich einiges darüber gelernt. Und euch ist ja wohl auch bekannt, daß Frauen beim Morden bevorzugt Gift einsetzen. Was hast du noch an Informationen, damit ich mir ein Bild machen kann?«
Julia Durant zuckte die Schultern. »Das war's leider auch schon. Außer vielleicht, daß ein recht einflußreicher Mann, der auch dieser Kirche angehört und mit den beiden Opfern direkt zusammengearbeitet hat, zwei eindeutige Schreiben erhalten hat, in denen ihm mit dem Tod gedroht wird. Außerdem bekam er eine sogenannte Voodoo-Puppe zugeschickt, in deren Herz eine Nadel steckte. Der Mann hat panische Angst. Das ist alles, was wir bis jetzt haben. Und die Medien hängen uns natürlich ganz schön im Nacken.«
»Kann ich mir vorstellen. Aber für ein Persönlichkeitsprofil oder ein, wie ihr es nennt, Täterprofil reichen diese Informationen beileibe nicht aus. Dazu braucht auch der gewiefteste Psychologe mehr Details, Spuren vom Fundort, Lage der Leiche und so weiter. Ich kann mich nur erinnern, daß wir

einmal eine Patientin hatten, die ihren Mann über den Zeitraum eines halben Jahres systematisch vergiftet hat. Er hatte eine Affäre nach der andern, trank, verprügelte sie regelmäßig, machte auch vor Vergewaltigung nicht halt. Das schlimmste für sie war jedoch, daß er sich auch noch an ihrer gemeinsamen Tochter vergangen hat, und als die Frau dahinterkam, brannten bei ihr alle Sicherungen durch. Sie war einfach nicht mehr gewillt, diese unglaubliche Demütigung hinzunehmen. Seine Affären, seine Trinkerei, seine Schläge, das alles hätte sie verkraftet, doch der Mißbrauch der eigenen Tochter, nein, das war zuviel für sie. Wir hatten sie zwei Jahre in der geschlossenen Abteilung, danach wurde sie aufgrund eines von mir und zwei anderen Psychologen erstellten Gutachtens freigelassen. Sie stellt keine Gefahr für andere dar, sie hat sich auch, soweit mir bekannt ist, nichts mehr zuschulden kommen lassen.«

»Wie alt ist diese Frau jetzt?«

»Sie müßte so um die Vierzig sein. Die Sache liegt auch schon mehr als fünf Jahre zurück. Ich weiß nur, sie hat fast fünfzehn Jahre lang die Hölle auf Erden erlebt und irgendwann keinen Ausweg mehr gesehen. Es ist furchtbar, was manchmal mit Menschen gemacht wird. Aber komm, laß uns von was anderem reden.«

Enrique brachte die Paella, sie füllten sich auf, begannen zu essen. Eine Weile schwiegen sie, es kamen weitere Gäste, schließlich waren alle Tische besetzt. Sie unterhielten sich, doch das meiste bestand aus Belanglosigkeiten. Um zehn verließen sie das Lokal und fuhren zurück in die Wohnung von Werner Petrol.

Sie tranken noch einen Cognac, saßen auf der Couch, hörten Musik. Petrol umarmte Julia Durant, küßte sie. Sie liebten sich auf der Couch und auf dem Teppich, schließlich trug er sie nach oben ins Schlafzimmer, wo sie noch eine weitere

Stunde verbrachten. Es war kurz vor halb zwei, als Werner Petrol sich erschöpft auf die Seite rollte.
»Du bist eine ganz schöne heiße Frau«, sagte er und blickte Julia Durant grinsend von der Seite an. »Und ganz schön anstrengend dazu.«
»Kannst du etwa nicht mehr?« fragte sie spöttisch lächelnd. Sie war nackt, setzte sich auf, zündete sich eine Gauloise an.
»Hahaha«, sagte er. »Ich bin doch keine Maschine. Schließlich haben wir in nicht einmal drei Stunden vier ...«
»Du vielleicht, ich nicht«, sagte sie und packte noch eine Prise mehr Spott in ihre Stimme.
»Was soll das heißen?« fragte er.
»Na ja, du bist viermal gekommen, ich mindestens sechsmal«, meinte sie grinsend. »Es war ganz nett.«
»Ganz nett, ganz nett! Wie sich das anhört! Wenn du sechs Orgasmen hattest, dann müßtest du eigentlich zufrieden sein.«
»Hab ich etwa das Gegenteil behauptet? Laß mir doch den Spaß, ich will dich einfach ein bißchen ärgern. Aber ja, mein Herr, es war eine wunderbare Nacht mit dir ... Und wann ist endlich die Scheidung?«
»O mein Gott! Warum mußt du immer alles im schönsten Augenblick verderben?«
»Werner, ich sage es zum letzten Mal, entweder ganz oder gar nicht. Du hast die Wahl. So gern ich mit dir schlafe, soviel Spaß es mir auch macht, ich habe keine Lust mehr, ständig in Wartestellung zu sein. Kannst oder willst du das nicht verstehen? Wenn du deine Frau nicht mehr liebst, wenn eure Ehe so zerrüttet ist, wie du immer sagst, was hindert dich dann daran, endlich einen Schlußstrich zu ziehen? Sag es mir, damit ich es verstehen kann.«
Schweigen.
Sie lachte kurz und trocken auf, schüttelte den Kopf. »Das ist

typisch für dich. Wenn es ernst wird, schweigst du. Du bist ein angesehener Arzt, du kannst Freud und Jung und wie sie nicht alle heißen wahrscheinlich im Schlaf herunterbeten, du kannst mit deinen Patienten reden, dir ihre Sorgen und Nöte anhören, kannst ihre Krankheiten lindern oder gar beseitigen, aber wenn es um dich oder uns geht, dann benimmst du dich wie ein verstocktes, kleines Kind. Rede doch mit mir! Sag mir, wenn dir etwas an mir nicht gefällt, wenn ich etwas falsch mache, ich kann es verkraften. Ich kann aber nicht verkraften, wenn du nicht mit mir sprichst. Du sagst, du liebst mich, aber was ist das für eine Liebe, die daraus besteht, daß wir ab und zu telefonieren, uns ein-, vielleicht auch zweimal in der Woche sehen, du mir beteuerst, wie sehr du dich nach mir sehnst, ich aber zu keiner Zeit das Gefühl habe, daß du wirklich Interesse an mir hast – außer zum Bumsen. Ich will aber keinen Mann, der mich nur zum Bumsen braucht, ich will einen, mit dem ich abends zusammen einschlafe und morgens mit ihm aufwache. Ich will einen, der mir das Gefühl gibt, mich nicht nur körperlich zu begehren, sondern der mich liebt, mit all meinen Fehlern und Schwächen. Einen, der es ertragen kann, wenn ich morgens mit dem linken Fuß aufstehe, der es erträgt, wenn ich Überstunden schieben muß, weil ein Fall das eben erfordert, einen Mann, der mich einfach so nimmt, wie ich bin. Und so schwierig bin ich nun auch wieder nicht, das weißt du.«

»Liebst du mich denn?« fragte er.

»Ich bin dabei, es herauszufinden. Im Augenblick schlafe ich gern mit dir. Aber das allein ist keine Liebe. Ich gehöre nicht zu den Frauen, die meinen, im Bett ließen sich alle Probleme lösen. Weißt du, ich habe eine verdammt beschissene Ehe hinter mir, und ich habe keine Lust, mich noch einmal in eine zu stürzen, wenn ich nicht ganz sicher bin, daß der Mann mich auch wirklich liebt.«

»Ich liebe dich, Julia.«
»Das hast du schon zu oft gesagt, Werner. Wenn es wirklich so wäre, hättest du schon längst einen Schlußstrich unter deine ach so tragische Ehe gezogen. Sag es mir lieber nicht mehr, zumindest so lange nicht, bis ich nicht einen handfesten Beweis dafür in Händen halte.«
»Willst du Schluß machen?« fragte er.
»Das habe ich nicht gesagt. Wir können uns weiter sehen, telefonieren, essen gehen, miteinander schlafen. Mehr aber auch nicht. Ich lebe mein Leben und du deines. Und vielleicht ist das nicht einmal die schlechteste Lösung.«
»Wirst du heute nacht hierbleiben?«
Julia Durant schüttelte den Kopf, sah Werner Petrol an. »Nein, ich ziehe mich jetzt an und fahre nach Hause. Ich habe mir für das Wochenende viel vorgenommen.«
»Schade«, sagte Petrol, »aber wohl nicht zu ändern.«
»Du sagst es.« Sie stand auf, zog sich an, während Petrol liegenblieb und ihr dabei zusah.
»Kommst du noch mit nach unten?« fragte sie und nahm ihre Tasche.
»Klar. Einen Augenblick.« Er schlüpfte nackt in eine Jeans, zog ein T-Shirt über und begleitete Julia Durant nach unten. Er machte die Haustür auf, legte seine Arme um Durant, drückte sie an sich. Er küßte sie auf den Mund, fuhr ihr zum Abschluß mit einem Finger über die Nasenspitze. Er lächelte, als er sagte: »Ich weiß, du willst es nicht hören, aber ich liebe dich wirklich. Und wie gesagt, ich werde es dir beweisen.«
»Schön. Du kannst mich ja heute nachmittag anrufen. Ciao.«
»Einen Moment noch, bitte. Hier«, sagte er mit seinem jungenhaften Lächeln und zog etwas aus seiner Hosentasche. »Mach die Augen zu, mir zuliebe.«
Julia Durant schloß die Augen, sie spürte, wie seine warmen Hände sich um ihren Hals legten.

»Jetzt kannst du sie wieder aufmachen«, sagte er.
»Was ist das?« fragte sie. »Ich kann es nicht sehen.«
»Du bist doch eine Frau. Und Frauen haben bekanntlich immer einen Spiegel dabei.«
Sie holte den kleinen Spiegel aus der Handtasche, sah hinein.
»Du bist wahnsinnig«, stieß sie überwältigt hervor. »Das muß ein Vermögen gekostet haben. Ist das ein echter Stein?«
»Es ist eine echt goldene Kette und der Anhänger hat einen Einkaräter in der Fassung. Gefällt es dir?«
»Ich sage doch, du bist wahnsinnig ... Danke«, sagte sie verlegen.
»Für dich ist mir nichts zu teuer, glaub mir. Und ich will dich nicht kaufen oder bestechen, ich will dich nur lieben dürfen.«
»Du darfst mich lieben, ich habe es dir nie verboten. Aber Geschenke allein sind kein Liebesbeweis. Du weißt, was ich mir wünsche. Und jetzt gute Nacht.«
Er wartete, bis sie an ihrem Wagen und eingestiegen war. Sie startete den Motor, er winkte noch einmal und blickte ihr hinterher, bis die Rücklichter um die Ecke verschwanden.
Er bemerkte nicht die junge Frau, die in einem dunklen Hauseingang auf der andern Straßenseite stand und die Abschiedsszene beobachtet hatte. Die Frau warf die ausgerauchte Zigarette zu Boden, wartete, bis Petrol die Haustür hinter sich zugemacht hatte, ging ein paar Meter bis zu ihrem Cabrio. Auf der Heimfahrt dachte sie nach.

Samstag, 9.20 Uhr

Julia Durant wurde vom Telefon geweckt. Mit noch geschlossenen Augen drehte sie sich auf die Seite, griff nach unten zum Hörer.
»Ja?« murmelte sie schläfrig.

»Berger hier. Habe ich Sie etwa aus dem Bett geholt?«
»Können Sie hellsehen?« sagte sie mit schwerer Stimme. »Was gibt es denn so Wichtiges?«
»Tut mir leid, ich wußte nicht, daß Sie noch schlafen ... Ich bin gerade im Büro und ...«
»Ich schlafe ja nicht mehr. Aber Sie rufen doch nicht mitten in der Nacht an, wenn es nicht dringend ist, oder? Und außerdem, was machen Sie heute eigentlich im Präsidium?«
»Ich habe nichts Besseres zu tun. Ich wollte Ihnen nur sagen, daß Morbs eben angerufen hat. Volltreffer, Hauser ist keines natürlichen Todes gestorben. Obgleich er schon ein halbes Jahr unter der Erde liegt, konnte das ihm verabreichte Gift identifiziert werden. Es handelt sich eindeutig um Schlangengift. Hausers Frau und seine beiden Töchter wurden bereits gestern abend von unseren Kollegen in Hannover vernommen. Seine Frau wurde auch auf ein eventuelles Verhältnis ihres Mannes angesprochen, doch sie beharrt darauf, nie etwas Derartiges bemerkt zu haben. Außerdem hätte seine Arbeit das gar nicht zugelassen. Ich wollte es Ihnen nur sagen.«
»Danke. Weiß Hellmer schon Bescheid?«
»Nein, ich dachte, Sie könnten es ihm ja sagen.«
»Mach ich. Aber erst will ich mal richtig wach werden.«
»Schon gut, ich will auch nicht länger stören. Und ich verspreche Ihnen, Sie heute nicht mehr um Ihre wohlverdiente Ruhe zu bringen.«
»Versprechen Sie lieber nicht zu viel, ich habe immer noch Bereitschaft.«
»Ja, okay. Ich meinte nur, na ja, ich hoffe, Sie werden nicht wieder irgendwohin gerufen. Schönen Tag noch.« Er legte auf, ohne eine Erwiderung von Durant abzuwarten.
Sie hielt den Hörer in der Hand, legte sich auf den Rücken, die Augen geschlossen. Sie war müde und hätte am liebsten

noch ein paar Stunden geschlafen. Doch wenn sie einmal wach war, konnte sie nicht mehr einschlafen. Sie hatte es oft genug probiert, es hatte nie geklappt. Sie hatte leichte Kopfschmerzen, ihr war übel, der Rücken tat ihr weh. *Scheiße*, dachte sie, denn die Kopfschmerzen, die Übelkeit und die Rückenschmerzen waren ein eindeutiges Indiz dafür, daß ihre Periode unmittelbar bevorstand. Sie sah kurz zur Uhr, halb zehn. Sie legte den Hörer auf die Einheit, setzte sich auf. Sie dachte kurz an den vergangenen Abend, der einerseits ganz schön gewesen war, andererseits wußte sie jetzt endgültig – es war nicht mehr nur ein Gefühl oder eine Ahnung –, daß die Sache mit Petrol bald ein Ende haben würde. Und sie war nicht gewillt, eine Beziehung nur wegen Sex aufrechtzuerhalten. Es gab Tausende von Männern, die mindestens genauso gut im Bett waren, aber auch andere Qualitäten aufwiesen, wie zum Beispiel Treue. Vermutlich bedeutete ihm seine Frau doch mehr, als er zuzugeben bereit war, und wahrscheinlich gehörte er zu jenen Männern, die sich nicht entscheiden konnten, die alles, was mit Beziehungen zusammenhing, auf die lange Bank schoben, die Ausflüchte und Ausreden erfanden und meinten, mit ein paar netten Worten und ein paar hübschen Geschenken eine Frau hinhalten zu können.
Aber mich nicht, dachte Julia Durant, *mich hältst du nicht hin. Du hast, verdammt noch mal, deine Chance gehabt, und du hast sie verspielt. Vielleicht gebe ich dir noch drei Monate, vielleicht auch nicht. Du bist ein Scheißkerl, Werner Petrol! Aber die Kette behalte ich trotzdem.*
Sie erhob sich aus dem Bett, streckte sich, ging zum Fenster, zog die Vorhänge auf, stützte sich mit beiden Händen auf die Fensterbank. Die Temperatur war gegenüber gestern um mindestens zehn Grad gesunken, die Sonne ließ sich nur vereinzelt zwischen den Wolken blicken. Sie atmete ein paarmal

kräftig die frische Luft ein, sah hinunter auf die Straße. Nach einigen Minuten ging sie zur Toilette, wusch sich danach mit kaltem Wasser die Hände und das Gesicht, trocknete sich ab. In der Küche aß sie eine Banane, steckte sich danach eine Zigarette zwischen die Lippen. Sie setzte sich auf einen der beiden Küchenstühle, den linken Arm legte sie auf die Stuhllehne, den andern auf den Tisch. Sie schlug die Beine übereinander, fuhr sich kurz mit einer Hand durchs Haar, schnippte die ausgebrannte Glut in den Aschenbecher. *Rosenzweig, Schönau und jetzt auch noch Hauser*, dachte sie. *Nein, verkehrt, erst Hauser, dann Rosenzweig, dann Schönau. Und vielleicht irgendwann in den nächsten Tagen oder Wochen auch noch Fink.*
Sie hatte das Gefühl, der Mörder oder, was viel wahrscheinlicher war, die Mörderin wollte sich mit Fink Zeit lassen. Sie wollte ihn schmoren lassen, ihn weich kochen, ihn derart in Panik versetzen, bis er den Tod praktisch als eine Erlösung sehen würde. *Fink,* dachte sie weiter, *ist der Schlüssel zu allem. Aber warum zum Teufel sagt er nichts? Warum um alles in der Welt verhalten er und seine Familie sich so zurückhaltend und abweisend? Was haben sie zu verbergen?*
Sie rauchte zu Ende, drückte die Zigarette aus. Es war eines der seltsamsten Puzzles, die sie je zusammenzusetzen gehabt hatte. Es war, als würde das Puzzle aus Tausenden winziger Teilchen bestehen, von denen sie bisher nur ganze wenige zusammenhängende gefunden hatte und von denen vielleicht auch ein paar fehlten. Die Opfer gehörten bis jetzt sämtlich der gleichen Kirche an, Rosenzweig und Schönau waren notorische Fremdgänger gewesen, wobei zumindest Vivienne Schönau von der ehelichen Untreue ihres Mannes gewußt zu haben schien. Alle drei waren materiell sehr begütert, gesellschaftlich hoch angesehen, hatten in der Kirche eine hohe Position inne. Ob Hauser eine außereheliche Beziehung ge-

pflegt hatte, war noch nicht bekannt. Doch was war mit Fink? Welche Rolle spielte er in diesem makabren und mysteriösen Spiel? Und was war mit seiner Frau und seinen Kindern? Julia Durant fühlte sich auf einmal so hilflos, sie schüttelte den Kopf. *Und wer ist diese Frau,* dachte sie weiter, *die auf eine derart grausame, aber zugleich subtile und fast schon bewundernswerte Weise tötet? Was bringt sie dazu, Männer, die zwar offensichtlich nicht perfekt, aber allem Anschein nach auch nicht absolut böse sind, zu ermorden? Was ist ihr Motiv?*
Sie fuhr sich ein weiteres Mal mit gespreizten Fingern durchs Haar, schloß die Augen. *Und wie war das Gift in Rosenzweigs Haus gelangt? Hatte es Rosenzweig selbst mitgebracht, im guten Glauben, es handele sich um das für ihn so lebensnotwendige Insulin? Oder war es doch seine eigene Frau gewesen? Aber dann hätte Frau Rosenzweig auch ein Verhältnis mit Schönau haben müssen, und vielleicht sogar eines mit Hauser.* Durant lachte kurz auf, sagte zu sich selbst, *nein, diese Theorie ist einfach unmöglich, sie paßt so ganz und gar nicht zu dieser kleinen, ergebenen Frau, die auf eine gewisse Weise sogar liebenswert ist. Außerdem, warum hätte Schönau ein Verhältnis mit ihr haben sollen, wenn er doch zu Hause eine um ein vieles aufregendere Frau hatte?*
Nein, um das Puzzle zusammensetzen zu können, fehlten ihr noch viele, wesentliche Bestandteile. Nur, wie konnte sie an diese gelangen, wie konnte sie einen Jürgen oder eine Laura Fink davon überzeugen, endlich etwas von dem preiszugeben, was vielleicht den entscheidenden Hinweis auf den Täter liefern würde?
Sie wußte, sie würde auf diese Fragen heute keine Antwort bekommen, sie hoffte irgendwie auf ein Wunder, doch Wunder gehörten zu den Dingen, die ihr bisher nicht widerfahren waren. Sie seufzte auf, sagte sich, *na ja, womöglich habe ich*

schon Wunder erlebt, ich habe sie nur nicht gesehen. Tja, Papa, du hast mir oft genug gesagt, daß nur der die Wunder nicht sieht, der mit geschlossenen Augen durch die Welt läuft. Ich brauche doch nur einen Anhaltspunkt. Nur einen winzigen Anhaltspunkt!
Sie stand auf, ging zum Küchenschrank, holte eine Schale heraus, die Cornflakes, Zucker und Milch und einen Löffel und stellte alles auf den Tisch. Sie brühte sich einen Kaffee auf, begann zu frühstücken. Zu viele Gedanken spukten in ihrem Kopf herum, Petrol, ihre eigene Zukunft, die Morde. Die Verschwiegenheit der Familie Fink, die sie nicht verstand, vor allem nicht, nachdem Fink selbst zwei eindeutige Morddrohungen erhalten hatte. Nach dem Frühstück räumte sie den Tisch ab, stemmte die Hände in die Hüften, sah sich in der Wohnung um. Es war das blanke Chaos, sie erneuerte den Entschluß von gestern, heute ihr kleines Reich in einen vorzeigemäßigen Zustand zu bringen. Sie zog sich eine blaue Jogginghose und ein T-Shirt über, überlegte, womit sie anfangen sollte. Sie öffnete sämtliche Fenster, warf die Schmutzwäsche auf einen Haufen, trennte Bunt- und Weißwäsche, füllte die erste Maschine. Sie räumte die Küche auf, spülte, putzte die Schränke von außen, nahm den Staubsauger, fuhr fast eine halbe Stunde damit durch die Zimmer, stellte ihn zurück in die kleine Abstellkammer. Sie goß die Blumen, die seit mindestens zwei Wochen kein Wasser mehr bekommen hatten und von denen einige schon traurig und resigniert die Köpfe hängen ließen, wischte Staub. Sie bezog das Bett neu, leerte die Waschmaschine, füllte den Trockner. Sie stopfte die Buntwäsche in die Maschine, setzte sich, trank eine Dose Bier, rauchte eine Zigarette. Sie machte das Radio an, tanzte einen Augenblick zur Musik von George Michael. Danach stand sie mitten im Wohnzimmer, blickte um sich, war zufrieden. Die Fenster, ja, wenn sie schon dabei war,

dann würde sie auch die noch putzen. Und wenn sie damit fertig war, würde sie sich über die trockene Wäsche hermachen, die Unterwäsche zusammenlegen, das andere bügeln. Um kurz vor drei blickte sie zur Uhr, sie wollte noch schnell in den Supermarkt fahren, um Zigaretten, Bier und ein paar Kleinigkeiten zu essen besorgen, vielleicht auch noch Blumen für den Wohnzimmertisch.

Als sie um halb sieben ihre Arbeit beendet hatte, ließ sie sich auf die Couch fallen, legte die Beine auf den Tisch, atmete tief durch. Es war lange her, seit sie das letzte Mal so viel Hausarbeit gemacht hatte. Aber es verschaffte ihr ein gutes Gefühl zu sehen, daß jetzt alles sauber und der Schrank und die Schubladen der Kommode wieder voll frischgewaschener und -gebügelter Kleidung waren. Sie fühlte sich erschöpft, aber glücklich. Kaum hatte sie sich hingesetzt, klingelte das Telefon. Werner Petrol.

»Hallo, Schatz«, sagte er. »Ich wollte mich nur mal melden. Wie geht's dir heute?«

»Blendend. Und dir?«

»Ich war heute in der Klinik, ein paar Akten studieren. Ich habe ein bißchen über das Gespräch von gestern abend nachgedacht und würde gern mit dir darüber sprechen. Ich denke, ich könnte dir unter Umständen helfen. Dazu müßten wir uns aber sehen«, sagte er. »Ich habe Sehnsucht nach dir.«

»Tut mir leid, heute geht es nicht. Ich muß nachher noch mal ins Präsidium«, log sie. Außerdem glaubte sie nicht, daß Petrol ihr in irgendeiner Form bei der Klärung dieser mysteriösen Fälle würde helfen können, er wollte sie nur sehen und mit ihr schlafen.

»Heute, am Samstag?«

»Ich habe Bereitschaft, das weißt du doch. Außerdem gibt es ein paar neue Hinweise in unserer Mordsache. Sorry, aber mein Chef hat mich hinbeordert.«

»Und später, ich meine, wenn du im Präsidium fertig bist?«
»Dann werde ich nach Hause fahren, mich ins Bett legen und schlafen. Und zwar allein, ich muß morgen sehr früh raus.«
»Schade, ich hatte mir den Abend anders vorgestellt.«
»Pech gehabt«, erwiderte sie schnippisch. »Aber du solltest wissen, daß ich nicht immer nach deiner Pfeife tanze …«
»Mein Gott, du führst dich auf wie ein kleines Kind …«
»Wenn du meinst. Aber ich hab einfach keine Lust mehr, mich von dir hinhalten zu lassen. Ich hab dir gesagt, ich will Ergebnisse sehen, vorher … Du solltest endlich kapieren, daß ich nicht länger verarscht werden will. Und jetzt entschuldige mich bitte, ich muß mich umziehen und dann los.«
»Wann sehe ich dich wieder?«
»Ruf mich an, aber das tust du ja sowieso meistens. Tschüs, und einen schönen Abend noch. Du kannst ja deine Frau fragen, ob sie Zeit für dich hat.«
»Julia, bitte, warum behandelst du mich so? Was …«
Sie zögerte einen Moment, fuhr dann mit sanfterer Stimme fort: »Wie behandele ich dich denn? Vielleicht merkst du jetzt einmal, wie es ist, wenn man sich nach jemandem sehnt und derjenige ist nicht verfügbar. Und ich kann dir beim besten Willen nicht sagen, wann ich wieder verfügbar bin. Ich muß jetzt aber wirklich Schluß machen. Du kannst mich ja morgen abend anrufen.«
»Ich verspreche dir, ich rufe dich morgen abend an. Sagen wir, um acht?«
»In Ordnung. Bis morgen.«
Sie legte auf, verzog die Mundwinkel, schüttelte den Kopf. Nein, sie würde sich nicht länger an der Nase herumführen lassen. Diese Zeiten waren endgültig vorbei.
Der Himmel hatte sich, nachdem die Sonne am Nachmittag für zwei Stunden hinter den Wolken vorgekrochen war, wie-

der zugezogen, die ersten Tropfen fielen auf die Erde. Julia Durant griff zum Telefon, wählte die Nummer von Hellmer. Seine Frau Nadine meldete sich.
»Hellmer.«
»Nadine?« fragte Durant vorsichtshalber nach.
»Ja.«
»Hier ist Julia. Könnte ich bitte mit Frank sprechen?«
»Moment, er ist im Garten, ich bring ihm das Telefon.«
»Hallo, Julia«, sagte er. »Was gibt's?«
»Ich wollte nur noch mal wegen morgen früh nachfragen. Es bleibt doch bei unserem Kirchenbesuch?«
»Natürlich. Nadine ist schon ganz neugierig. Wann sollen wir denn dort sein?«
»Ich würde sagen, so kurz vor neun. Ich möchte mir den Verein mal in aller Ruhe ansehen und vor allem hören, was die so sagen, nachdem zwei ihrer führenden Köpfe innerhalb weniger Tage umgebracht wurden.«
»Okay, Nadine und ich werden da sein. Bis morgen dann. Und einen schönen Abend noch.«
»Den werde ich haben. Tschüs.«
Sie legte auf, ging in die Küche, machte sich etwas zu essen und setzte sich vor den Fernsehapparat. Sie wollte sich den Film mit Al Pacino ansehen, der so groß in der Fernsehzeitung angekündigt wurde. Und danach zu Bett gehen und hoffentlich eine ruhige Nacht haben.

Sonntag, 8.50 Uhr

Julia Durant und Frank und Nadine Hellmer trafen fast gleichzeitig am Gemeindehaus der *Kirche des Elohim* ein. Von den fast hundert Parkplätzen waren nur noch wenige frei. Julia Durant hatte sich einen dunkelblauen Rock und eine weiße Bluse angezogen, Hellmer kam in einer hellen Sommerhose und Lederjacke, während Nadine ein gepunktetes Sommerkleid trug. Auf dem Parkplatz unterhielten sich einige Leute angeregt, von denen Julia Durant jedoch keiner bekannt vorkam, die meisten aber strömten in das Gemeindehaus.

»Dann wollen wir uns mal unters Volk mischen«, sagte Durant und ging los. »Und noch mal – keine Fragen, wir sehen uns das heute nur an. Wenn einer kommt und wissen will, was wir hier machen, dann geben wir uns allerdings zu erkennen.«

Noch standen viele Gemeindemitglieder auf dem großen, hellen Flur, aus den Wortfetzen, die Durant vernahm, klang deutlich die Besorgnis über die Vorfälle der vergangenen Woche heraus. Kaum einer nahm Notiz von ihr oder ihren Begleitern. Einen Augenblick stand sie unschlüssig da, als ihr von hinten jemand auf die Schulter tippte. Sie drehte sich um, blickte in das freundliche Gesicht von Sabine Reich. Sie trug ein helles Kleid, das knapp über dem Knie endete und ihre nahezu perfekte Figur noch unterstrich. Sie war dezent geschminkt, wobei sie es ohnehin nicht nötig hatte, viel Make-up aufzulegen, da sie ihre Schönheit nicht künstlich betonen mußte.

»Guten Morgen«, sagte sie. »Ich hatte fast damit gerechnet, Sie heute hier zu sehen. Sind Sie neugierig auf die Kirche oder interessieren Sie sich mehr für die Menschen?«

»Eher für letzteres, Frau Reich. Es ist nun mal nicht an der Tagesordnung, wenn zwei Ihrer besten Männer so kurz nacheinander abtreten mußten. Nun, eigentlich sind es inzwischen drei.«

Sabine Reich runzelte die Stirn, sah Durant fragend an. »Wieso drei?«

»Sagt Ihnen der Name Thorsten Hauser etwas?« fragte sie

mit gedämpfter Stimme, um zu verhindern, daß andere von dem Gespräch etwas mitbekamen.
»Schon. Aber er ist seit einem halben oder dreiviertel Jahr tot. Was hat Hauser mit diesen schrecklichen Morden zu tun?«
»Er ist seit ziemlich genau einem halben Jahr tot. Was wissen Sie über ihn?«
»Ich kannte ihn nicht persönlich, ich wußte nur, daß er ein sehr angesehener und renommierter Biologe und Chemiker war. Warum wollen Sie das wissen?«
»Ganz einfach, weil nicht Rosenzweig das erste Opfer war, sondern Hauser. Wir haben seine Leiche exhumieren lassen, und der Befund ist eindeutig. Nur schade, daß wir nicht schon vorher davon gewußt haben.«
»Aber Hauser hat irgendwo in Norddeutschland gelebt. Was hat das mit den Morden hier in Frankfurt zu tun?«
»Weil auch er durch Gift starb. Er war Diabetiker wie Rosenzweig, und er hat sich genau wie er statt Insulin Schlangengift gespritzt.«
»Das ist ja schrecklich! Und wie sind Sie jetzt, ein halbes Jahr nach seinem Tod, darauf gekommen? Ich meine …«
»Das ist unwichtig. Wichtig ist nur die Tatsache, daß Hauser auf die gleiche Weise ums Leben gekommen ist wie Rosenzweig und Schönau. Ich möchte aber im Augenblick nicht, daß Sie mit irgend jemand darüber sprechen. Ich vertraue Ihnen. Außer Ihnen weiß nur Laura Fink von Hausers unnatürlichem Tod.«
»Scheiße«, quetschte Sabine Reich durch die Zähne und machte kurz darauf ein verlegenes Gesicht. »Wer macht so etwas? Und warum?«
»Wenn wir das Warum kennen würden, wäre es vielleicht nur noch ein kleiner Schritt zum Täter.«
»Und was wollen Sie heute hier machen? Leute befragen?«

»Uns umsehen, weiter nichts. Aber sagen Sie, wie ist denn die momentane Stimmung hier?«
»Die Leute sind natürlich sehr betroffen, wie Sie sich bestimmt vorstellen können. Ich habe in den vergangenen Tagen eine ganze Menge Anrufe erhalten, von Mitgliedern, die einfach fassungslos sind. Und natürlich sind solche Mordfälle der ideale Nährboden für allerhand Gerüchte ...«
»Was für Gerüchte?«
Sabine Reich zuckte die Schultern, ein kurzes Lächeln huschte über ihr Gesicht. »Na ja, unsere Kirche wird von vielen Außenstehenden nicht sehr ernst genommen. Wir sind immer noch als Sekte verschrien, obwohl wir keine Splittergruppe einer der großen Kirchen sind, sondern eine eigenständige Kirche mit ganz klaren Zielen und Dogmen. Die einen vermuten, es könnten welche von den Zeugen Jehovas oder einer anderen konkurrierenden Kirche sein, wobei als Hauptgrund immer wieder angeführt wird, daß wir in den letzten dreißig Jahren zu den am schnellsten wachsenden Glaubensgemeinschaften weltweit zählen. Während andere Kirchen, wie die Mormonen etwa, immer mehr Mitglieder verlieren, steigen unsere Mitgliederzahlen rapide an. Aber meiner Meinung nach kommt eine andere Kirche nicht in Frage. Wenn man sich in einem – christlichen – Glaubenskrieg befindet, dann tötet man nicht mit Gift, sondern trägt den Krieg offen und vor allem verbal aus. Es gab auch in den vergangenen Monaten und Jahren keinerlei Hinweise darauf, daß eine andere Glaubensgemeinschaft sich uns gegenüber feindlich verhalten hätte. Deshalb halte ich diese Theorie für an den Haaren herbeigezogen. Der Tod dieser Männer hat einen anderen Hintergrund. Doch welchen?« Sie zuckte ratlos die Schultern und fuhr fort: »Das müssen Sie schon herausfinden.«
»Und gibt es noch andere Theorien?« fragte Durant.

»Sicher, aber ich kann mich nicht an alle erinnern. Wenn es wichtig wäre, wüßte ich es noch und würde es Ihnen auch sagen. Die Leute sind eben aufgeschreckt und stellen, wie sollte es auch anders sein, die wildesten Spekulationen an. Aber ich gebe nichts auf Spekulationen.« Sie schaute zur Uhr. »Wir sollten jetzt aber reingehen, denn man sieht es nicht gerne, wenn die Mitglieder nicht pünktlich auf ihrem Platz sitzen. Möchten Sie lieber vorn oder lieber hinten sitzen?«
»Lieber hinten. Übrigens, meinen Kollegen Hellmer kennen Sie ja schon, die Dame an seiner Seite ist seine Frau Nadine.«
»Hallo«, sagte Sabine Reich und schüttelte Nadines Hand, »nett, Sie kennenzulernen. Aber wir sollten uns jetzt wirklich beeilen, wenn wir noch einen einigermaßen guten Platz erwischen wollen. Ich setze mich zu Ihnen, wenn es Ihnen nichts ausmacht. Wenn Sie Fragen haben …«
Pünktlich um neun wurde es auf einmal mucksmäuschenstill in dem großen Saal. Ein etwa vierzigjähriger Mann, der auf dem Podium neben drei anderen Männern saß, erhob sich und trat an das Pult. Er brachte das Mikrofon in die richtige Position, räusperte sich, sagte: »Guten Morgen, liebe Brüder und liebe Schwestern. Ich begrüße Sie zu unserer Versammlung, die wir mit dem Singen des Liedes Nummer dreiundsechzig beginnen, danach wird Schwester Groß das Anfangsgebet sprechen.«
Der Dirigent stand neben dem Organisten, die Gesangbücher wurden aufgeschlagen, die Gemeinde begann zu singen. Danach trat eine alte Frau von mindestens fünfundsiebzig Jahren in gebeugter Haltung nach vorn, sprach das Gebet.
Nach dem Amen stand Karl-Heinz Fink auf, trat mit ernster Miene ans Mikrofon. Es schien, als habe er die Beamten noch nicht bemerkt. Er sagte mit bedächtiger Stimme: »Liebe Brüder und liebe Schwestern, ich möchte heute kurz zu Ihnen sprechen über das, was in der letzten Woche vorgefallen ist.

Wie Sie inzwischen alle wissen, wurden zwei unserer großartigen Brüder auf äußerst tragische Weise aus unserer Mitte gerissen, wurden ihre Frauen zu Witwen gemacht und ein Unrecht begangen, wie es diese Kirche seit ihrem Bestehen kaum je erlebt hat. Zwar gab es in der Anfangszeit heftige und zum Teil grausame Verfolgungen durch Andersgläubige, doch diese Zeiten sind längst vorbei – dachten wir zumindest noch bis vor einer Woche. Bruder Rosenzweig und Bruder Schönau wurden grausam und heimtückisch ermordet, und die Polizei hat noch keinerlei Anhaltspunkte, wer der Täter sein könnte. Schwester Rosenzweig und Schwester Schönau, unser aller Gebete sind bei Ihnen in diesen schweren Stunden, und Sie wissen, daß Sie jederzeit zu uns kommen können, wenn Sie Hilfe brauchen. Es fällt mir schwer«, sagte Fink weiter, stockte einen Moment, sah zu Boden, rang um Fassung – *jetzt fang auch noch an, ein paar Krokodilstränen zu weinen*, dachte Durant böse lächelnd –, bevor er fortfuhr, »es fällt mir schwer, in diesem Augenblick die richtigen Worte zu finden für das, was ich empfinde. Bruder Rosenzweig und Bruder Schönau waren im wahrsten Sinn des Wortes meine Brüder. Wir kannten uns seit vielen Jahren, zum Teil schon seit unserer Jugend, und deshalb ist dieser Verlust für mich besonders tragisch. Sie waren vorbildliche Männer, treu ergeben unserem Herrn und Gott. Treu ergeben den Grundsätzen, denen sie über so viele Jahre hinweg gedient haben. Treu den Mitgliedern gegenüber, die ihnen anvertraut waren und die, was immer auch ihre Sorgen oder Nöte waren, bei Bruder Rosenzweig oder Bruder Schönau immer ein offenes Ohr, und, wenn nötig, auch Rat und Beistand fanden. Doch eines, liebe Brüder und Schwestern, sollten wir uns stets vor Augen halten«, seine Stimme hob an, wurde kräftig, beinahe donnernd, »die Wege des Herrn sind unergründlich. Wir wissen nicht, warum Bruder Rosenzweig

und Bruder Schönau sterben mußten, doch wir werden es wissen, wenn wir diese Erde verlassen, um wieder mit ihnen vereint zu sein. Wir werden wissen, warum Gott diese Verbrechen zugelassen hat, warum er dem Mörder nicht die verderblichen Gedanken nahm, die letztendlich zu diesen abscheulichen und für uns so unbegreiflichen Taten führten. Brüder und Schwestern, so tragisch dieser Verlust für uns alle, vor allem aber für die Angehörigen sein mag, so möchte ich doch daran erinnern, daß der Herr gesagt hat, daß wir vergeben sollen. Uns steht es nicht zu, zu richten oder gar zu verdammen. Unser Herz soll verzeihen. Und mag es dem einen oder andern auch schwerfallen, so bitte ich doch darum – beten wir für die arme Seele desjenigen, der diese Taten begangen hat. Nur wenn wir im Geiste und im Gebet zusammenhalten, wird Gott uns die Kraft und den inneren Frieden geben, den wir brauchen, um das Geschehene nicht aus dem menschlichen, begrenzten Blickwinkel zu sehen, sondern aus dem Blickwinkel unseres Herrn und Gott. Wie hat Christus doch schon zu seinen Jüngern gesagt – *Frieden hinterlasse ich euch, meinen Frieden gebe ich euch; nicht einen Frieden, wie die Welt ihn gibt, gebe ich euch. Euer Herz beunruhige sich nicht und verzage nicht.*
Seien wir also nicht verzagt oder ängstlich, schauen wir vorwärts, auch wenn unser Verstand nicht begreifen will oder kann, was mit unseren geliebten Brüdern geschehen ist. Aber ich fordere Sie auf, bleiben Sie standhaft im Evangelium, üben Sie Nächstenliebe, richten Sie Ihr Auge immer auf die Herrlichkeit Gottes, und Ihnen kann nichts passieren. Brüder und Schwestern, eine schwere, für manche sogar unerträgliche Woche liegt hinter uns, eine Woche voller Fragen, voller Zweifel, voller Angst. Fragen wie – warum hat Gott das zugelassen? Oder – warum hat er die meuchelnde Hand nicht zurückgehalten? – werden sich viele von uns gestellt haben.

Es gibt keine Antworten darauf. Wie schon gesagt, Gottes Wege sind unergründlich. Halten wir zusammen. Satan ist dabei, seine letzte große Schlacht vor dem Zweiten Kommen des Herrn zu schlagen. Er will uns mit allen Mitteln vernichten, indem er Haß und Neid, Eifersucht und Mord sät. Das Ende dieser Welt ist nahe, ich spüre es. Das Millennium ist nur einen Augenblick entfernt, das tausendjährige Reich wird bald kommen, Christus wird bald kommen und seinen Fuß auf den Ölberg setzen, und dieser wird sich spalten. Kriege und Kriegsgerüchte, Feindseligkeiten, Haß, Neid und Eifersucht werden ein Ende haben. Satan ruft gerade jetzt seine Heerscharen zum letzten großen Gefecht zusammen, doch wir können am Ende die Sieger sein, wenn wir den Anfechtungen Satans widerstehen. Er will uns vernichten, doch das kann ihm nur gelingen, wenn wir ihm Raum dafür geben. Jeder, der die Gebote hält, jeder, der jeden Tag das Zwiegespräch mit Gott sucht, jeder, der sich von Sünde fernhält, wird keine Angriffsfläche für Satan bieten. Ich bezeuge Ihnen, liebe Brüder und Schwestern, daß wir in den letzten Tagen leben. Ich weiß, wir leben in der schwersten und anfechtungsreichsten Zeit seit Bestehen dieser Erde. Doch wir können es schaffen, wenn wir den Herrn zu unserem Führer machen. Ich bezeuge Ihnen dieses, und möge der Herr immer mit Ihnen sein. Amen.« Er machte eine kurze Pause, sagte dann: »Wir werden jetzt trotz allem wie jeden Sonntag in unsere jeweiligen Klassen gehen. Lassen Sie mich zum Abschluß noch für diejenigen sagen, die es noch nicht wissen, die Beerdigung von Bruder Rosenzweig und auch Bruder Schönau findet morgen, Montag, um elf Uhr auf dem Hauptfriedhof statt. Ich bedanke mich für Ihre Aufmerksamkeit.« Er setzte sich wieder, die Frauen und Kinder standen auf und verließen den Raum, während die Männer sitzen blieben. Laura Fink huschte an Durant vorbei, war im Hinaus-

gehen aber so sehr in ein Gespräch vertieft, daß sie die Kommissarin nicht bemerkte. Stephan Fink blieb in der ersten Reihe sitzen.
»Was geschieht jetzt?« fragte Durant.
»Es gibt verschiedene Klassen für Kinder und Jugendliche sowie eine für Frauen und eine für Männer. Um zehn Uhr beginnt die Sonntagsschule, an der die Frauen und Männer über achtzehn Jahre teilnehmen, und um elf Uhr die Andachtsversammlung, wo sich wieder alle hier einfinden. Wenn Sie möchten, können Sie mit mir die Frauenversammlung besuchen, Sie natürlich auch, Frau Hellmer.« Sabine Reich erhob sich, nahm ihre Tasche und wartete auf eine Antwort.
Durant und Hellmer sahen sich an, schüttelten den Kopf.
»Nein danke, wir werden uns ein bißchen die Beine vertreten und nachher zur Andachtsversammlung wieder hier sein. Eine Frage noch, wie viele von den hier Anwesenden sind bei Ihnen in Behandlung?«
»Einige, warum?«
»Nur so, reines Interesse. Wir sehen uns nachher.«
Durant, Hellmer und Nadine gingen hinaus auf den Flur, wo ein paar Männer und Frauen in kleinen Grüppchen standen und sich unterhielten. Nadine sagte, sie müßte einmal kurz für kleine Mädchen, Hellmer setzte sich auf ein breites Sofa neben dem Eingang. Julia Durant ging ins Freie, zündete sich eine Zigarette an und dachte über die Worte von Fink nach, die in so krassem Widerspruch zu dem standen, wie er lebte und mit seinem eigenen Sohn umging. Sie hatte fast zu Ende geraucht, als plötzlich ein Mann neben ihr stand, dessen Alter sie auf etwa fünfzig Jahre schätzte. Er war kleiner als sie, untersetzt, hatte eine Halbglatze und wache, braune Augen. Seine Kleidung und seine Schuhe verrieten, daß er nicht zu den Begüterten dieser Welt zählte.

»Maier, mit ai«, stellte er sich vor. »Sie sind zum ersten Mal hier?« fragte er.
»Ja«, erwiderte Durant und ließ die Zigarette auf den Weg fallen.
»Ich nehme an, Sie sind nicht gekommen, weil Sie am Evangelium interessiert sind, oder?«
»Warum fragen Sie?«
»Na ja, ich …«, er deutete auf die am Boden liegende Zigarette und lächelte verstohlen. »Ich vermute, Sie sind von der Polizei. Sagen Sie mir, wenn ich mich irre.«
»Sieht man mir das an?« fragte Durant lächelnd.
»Vielleicht«, sagte Maier schmunzelnd. »Gehen wir ein Stück?« fragte er.
»Wohin?«
»Einfach nur über den Parkplatz. Ich möchte Ihnen etwas sagen, aber ich will nicht, daß uns jemand dabei zuhört.«
»Sie machen es ja sehr spannend. Aber gut, gehen wir.«
Für einen Moment gingen sie wortlos nebeneinander über den Parkplatz, mit einem Mal sagte Maier: »Bitte versprechen Sie mir, mit keinem Menschen über das zu reden, was ich Ihnen jetzt sage. Diese Kirche bedeutet mir sehr viel. Aber ganz gleich, wie viel mir die Kirche und diese Gemeinschaft auch bedeuten, es gibt Dinge, die sollte man nicht für sich behalten, vor allem nicht in einer Zeit wie dieser.«
Er stockte, und als er keine Anstalten machte, weiterzusprechen, sagte Durant: »Was sind das für Dinge?«
»Es geht um diese Morde – und es geht um Fink. Ich weiß, daß seine Vergangenheit nicht ganz ohne Flecken ist, genauso wenig wie die von Schönau oder Rosenzweig. Ich möchte nun wirklich nicht schlecht über einen Menschen sprechen, doch«, ein verlegenes Lächeln huschte über seine schmalen Lippen, »Fink ist, wie soll ich es sagen, aber mir fällt kein anderes Wort ein, er ist … ein Heuchler … vielleicht ist er aber

auch nur einer geworden, weil es ihm vererbt wurde. Forschen Sie einmal nach, was sein Vater so getrieben hat. Es dürfte nicht schwer für Sie sein, das herauszufinden.«
»Können Sie mir einen Anhaltspunkt geben?« fragte Durant gespannt.
»Ich sage nur Drittes Reich. Und ich bitte Sie inständig, verraten Sie mich nicht.«
»Keine Sorge. Aber sollten wir noch Fragen haben, wie können wir Sie dann erreichen?«
»Haben Sie etwas zum Schreiben?«
Julia Durant holte einen Block und einen Stift aus ihrer Tasche, notierte die Telefonnummer.
»Ich weiß nicht, ob Ihnen dieser Hinweis weiterhelfen wird, aber ich dachte mir, es wäre zumindest einen Versuch wert. Ich verlasse mich auf Ihr Stillschweigen. Mein Name darf unter gar keinen Umständen mit Ihren Recherchen in Zusammenhang gebracht werden.«
»Gut, aber wenn es um Dinge geht, die während des Dritten Reiches passiert sind, dann hat Fink doch nichts damit zu tun, er war zu dem Zeitpunkt ja noch gar nicht geboren beziehungsweise ein kleines Kind.«
»Es heißt aber auch, die Söhne werden für die Sünden ihrer Väter bestraft.«
»Aber eigentlich geht es doch gar nicht um Fink. Seine Berater wurden ermordet. Fink erfreut sich allerbester Gesundheit.«
Maier lächelte vielsagend. »Ja, sie sind tot. Forschen Sie nach, und Sie werden Zusammenhänge erkennen. Mehr kann ich nicht sagen. Vielleicht noch das eine – einer unserer Führer hat einmal vor vielen Jahren gesagt, die Verfolgung der Kirche werde in Zukunft nicht mehr von außen kommen, sondern von innen. Mir scheint, das ist hier der Fall. Auf Wiedersehen.«

»Warten Sie einen Moment, eine Frage noch. In Ihrer Gemeinde gibt es doch einen Herrn Jung. Kennen Sie ihn?«
»Ja, natürlich. Bruder Jung ist ein guter Bekannter von mir. Was ist mit ihm?«
»Mit ihm ist nichts. Soweit ich weiß, wurde seine Ehe geschieden. Ist Ihnen etwas über die Gründe dieser Scheidung bekannt?«
»Ich nehme an, es gab unüberbrückbare Differenzen zwischen ihm und seiner Frau.«
»Können Sie mir mehr dazu sagen? Ich verspreche Ihnen, auch dies absolut vertraulich zu behandeln. Und gleichzeitig bitte ich Sie, nicht mit Herrn Jung darüber zu sprechen.«
Er druckste ein wenig herum, bevor er antwortete: »Es heißt, sie hätte eine Affäre gehabt, was aber nie bewiesen wurde. Außerdem geht das Gerücht, Miriam, die Tochter, sei nicht von ihm, sondern von ihrem Liebhaber, dessen Name mir jedoch nicht bekannt ist. Ich weiß nicht, was an diesen Gerüchten dran ist, aber fragen Sie ihn doch einfach selber. Seine Exfrau ist allerdings nicht hier, sie besucht schon seit vier oder fünf Jahren die Versammlungen nicht mehr; sie kommt nicht mehr, seit ihrem Mann das Sorgerecht für die Tochter zugesprochen wurde.«
»Danke«, sagte die Kommissarin und sah Maier nach, der zum Gemeindehaus zurückging. Hellmer und Nadine kamen ihr Hand in Hand entgegen.
»Und, was hältst du von diesem Fink?« fragte Hellmer. »So, wie du ihn geschildert hast, muß er ein knallharter Bursche sein. Tut mir leid, das sagen zu müssen, aber auf mich hat er einen anderen Eindruck gemacht.«
»Du warst auch nicht dabei, als ich unter vier Augen mit ihm gesprochen habe. Dann wüßtest du, was ich meine. Und noch was – verwechsle niemals das Auftreten eines Christen am Sonntag mit dem während der Woche. Ich spreche

da aus Erfahrung. Sonntags sind sie fast alle gleich, sie setzen sich, bevor sie das Haus verlassen, einen Heiligenschein auf, und nehmen ihn wieder ab, sobald die Kirche vorüber ist. Aber ich hatte eben ein interessantes Gespräch mit einem Herrn Maier. Er meinte, wir sollten mal Finks Vergangenheit väterlicherseits untersuchen. Er sagte nur ›Drittes Reich‹. Und daß wir unter allen Umständen seinen Namen da raushalten sollen.«

»Drittes Reich?« fragte Hellmer zweifelnd. »Was kann er damit meinen?«

»Keine Ahnung. Wir werden es spätestens …« Ihr Handy klingelte, sie nahm es aus der Tasche, meldete sich.

»Ja«, sagte sie, ihr Gesichtsausdruck versteinerte sich von einer Sekunde zur andern. »Mein Kollege Hellmer und ich kommen sofort.«

»Was ist los?« fragte Nadine besorgt. »Du bist ja auf einmal kalkweiß.«

»Das war einer von der Streife.« Sie kniff die Lippen zusammen, holte tief Luft, bevor sie mit belegter Stimme sagte: »Jürgen Fink hat sich das Leben genommen. Er ist aus dem achten Stock gesprungen.«

»Und warum haben sie *dich* angerufen?« fragte Hellmer.

»Vielleicht haben sie meine Karte gefunden, die ich ihm am Freitag gegeben habe. Wir fahren hin.«

»Nadine«, sagte Hellmer, »du fährst am besten nach Hause. Julia bringt mich später heim.« Er gab Nadine einen Kuß, sah ihr kurz nach, wie sie zum Auto ging, kratzte sich am Kopf, richtete seinen Blick auf Durant. »Sag mal, sollten wir nicht auch diese Laura Fink und ihren Vater informieren?«

Julia Durant überlegte, fuhr sich mit einem Finger über den Nasenrücken. »Laura, ja. Ihn will ich vorläufig nicht dabei haben …«

»Und warum nicht?« fragte Hellmer verständnislos.

»Ich habe meine Gründe. Warte hier, ich hole Laura.«
Sie lief mit schnellen Schritten zum Gemeindehaus, fragte einen jungen Mann, wo sich die Frauen versammelten. Er deutete auf eine Tür am Ende des langen Ganges. Julia Durant begab sich dorthin, öffnete vorsichtig die Tür, sah hinein. Sie konnte Laura Fink nirgends entdecken, fragte eine der Anwesenden leise, wo sie zu finden war. Sie wurde in den Keller geschickt, wo sich weitere Versammlungsräume befanden. Laura Fink war gerade damit beschäftigt, eine Gruppe von sechzehn- und siebzehnjährigen zu unterrichten.
»Frau Fink«, sagte Durant leise. »Könnte ich Sie bitte einen Moment sprechen?«
Laura Fink zog die Stirn in Falten, sagte zu den Jugendlichen: »Ich bin gleich zurück«, und trat auf den Flur.
»Ich habe Sie gar nicht gesehen. Waren Sie schon zu Versammlungsbeginn da?«
»Ja, aber das tut jetzt nichts zur Sache. Ich habe eben einen Anruf von der Polizei erhalten. Es geht um Ihren Bruder. Ich möchte Sie bitten, mit meinem Kollegen und mir zu der Wohnung Ihres Bruders zu fahren.«
»Geht es um Jürgen?«
»Ja, leider.«
»Was ist mit ihm?« fragte Laura Fink nervös und pulte an der Haut ihres rechten Daumens herum, bis es blutete. Sie musterte die Kommissarin eindringlich und ängstlich zugleich.
»Er hat sich offensichtlich das Leben genommen. Es tut mir leid.«
Von einem Moment zum nächsten war jegliche Farbe aus dem Gesicht von Laura Fink gewichen. Sie stammelte: »Ich sage nur kurz meinen Schülern Bescheid«, kam gleich darauf zurück, sagte, während sie die Treppen hinaufstiegen: »Und was ist mit meinem Vater und meiner Mutter? Sie sollten auch …«

»Nein, ich möchte das jetzt nicht. Und fragen Sie mich bitte nicht, warum, ich habe meine Gründe dafür. Fahren Sie mit uns oder nehmen Sie Ihren eigenen Wagen?«
»Ich fahre selbst«, sagte Laura Fink mit tonloser Stimme.
Es war Viertel vor zehn, der Himmel war wieder von einer dicken Wolkenschicht bedeckt, als sie losfuhren. Während der Fahrt sagte Hellmer nur: »Warum hat er sich ausgerechnet jetzt umgebracht?«
»Wir werden es hoffentlich bald wissen«, erwiderte Durant lakonisch. Den Rest des Weges schwiegen sie.

Sonntag, 10.05 Uhr

Zwei Streifenwagen und ein Notarztwagen standen vor dem Haus Nummer zwölf in der Straße im Heisenrath. Eine sensationsgeile, gaffende Menge hatte sich um die Absperrung versammelt, ein paar der Umstehenden tranken Bier oder Schnaps, einige wenige machten aber auch einen betroffenen Eindruck. Durant, Hellmer und Laura Fink bahnten sich einen Weg durch die Gaffer, wiesen sich aus, standen mit einem Mal vor der Stelle, wo Jürgen Fink aufgeschlagen war. Dort, wo der Leichnam gelegen hatte, war mit Kreide die Stellung der Leiche auf den Stein gezeichnet worden, eine große Lache allmählich trocknenden Blutes hatte sich über den Boden verteilt. Laura starrte den Fleck wie hypnotisiert an.
»Mein Gott, warum hast du das zugelassen?« flüsterte sie so leise, daß kaum einer sie hören konnte. »Mein Gott, warum Jürgen? Warum ausgerechnet er?«
»Wer hat mich angerufen?« fragte Julia Durant und sah die Beamten der Schutzpolizei an. Ein etwa einsneunzig großer, kräftiger Mann, der etwa in Bergers Alter sein mußte, kam auf Durant zu.

»Das war ich. Ihre Karte lag auf dem Wohnzimmertisch, und ich dachte …«
»Schon gut. Und danke, daß Sie mich verständigt haben. Gute Arbeit. Wann ist es passiert?«
»Wir erhielten um neun Uhr zweiundzwanzig einen Anruf der Zentrale und sind sofort hergefahren. Er ist, wie zwei junge Frauen einstimmig sagen, gegen Viertel nach neun gesprungen. Er hat auch einen Abschiedsbrief hinterlassen, den wir auf dem Wohnzimmertisch gefunden haben. Er ist an Sie persönlich adressiert.«
»Wo sind die beiden Frauen?«
»Dort vorn an der Tür. Die beiden Dunkelhaarigen.«
»Gut, wir werden uns gleich mit ihnen unterhalten. Vorher möchte ich Sie aber noch bitten, eine Blutprobe des Toten nehmen zu lassen, ich will wissen, ob er Drogen oder Alkohol zu sich genommen hat, bevor er gesprungen ist.«
Julia Durant und Hellmer begaben sich zu den Frauen, die an die Tür gelehnt standen und rauchten. Die eine der beiden, die nicht älter als zwanzig Jahre zu sein schien und sehr gepflegt wirkte, zitterte, während sie die Zigarette hielt. Die andere, etwas ältere, machte einen lethargischen Eindruck. Laura Fink hielt sich etwas abseits, verfolgte aber das Gespräch aufmerksam.
»Guten Tag, mein Name ist Julia Durant von der Kriminalpolizei, das ist mein Kollege Hellmer. Uns wurde gesagt, Sie hätten gesehen, wie der Mann gesprungen ist. Können Sie uns ein paar genauere Angaben machen?«
Die jüngere der beiden sagte, nachdem sie einen Zug an der Zigarette genommen und den Rauch durch die Nase ausgeblasen hatte: »Wir waren gerade auf dem Weg zum Bus und haben uns unterhalten. Da haben wir einen Schrei und kurz darauf den Aufprall gehört. Er ist keine fünf Meter von uns aufgeschlagen.«

»Nur einen Schrei und den Aufprall? Er hat nicht vorher auf dem Geländer gestanden und irgend etwas gesagt?«
»Nein, er ist einfach gesprungen. Mein Gott, es war furchtbar«, sagte sie aufgeregt.
»Kannten Sie den jungen Mann?«
»Nein, nur vom Sehen. Wir wohnen im Haus Nummer vierzehn, und hier kennt sowieso kaum einer den andern. Sie wissen schon, Anonymität ist alles«, sagte sie verächtlich. »Es ist eine Scheißgegend, und ich wünsche mir nichts sehnlicher, als endlich von hier wegzukommen. Jetzt erst recht. Manchmal habe ich das Gefühl, die Leute hier sind alle irgendwie durchgeknallt. Aber das ist ja auch kein Wunder, irgendwann muß jeder, der hier wohnt, einen Koller kriegen.«
»Danke, das war's schon. Wir wollen Sie nicht länger aufhalten.«
Julia Durant sah Hellmer und Laura Fink an, sagte: »Kommt, fahren wir hoch und sehen wir uns seine Wohnung an. Macht euch aber drauf gefaßt, daß es nicht sehr ordentlich aussieht.«
»Ich habe schon des öfteren Müllhalden durchsucht. Mich kann so schnell nichts erschüttern«, erwiderte Hellmer grinsend.
Sie fuhren mit dem Aufzug in den achten Stock. Vor der Wohnung von Jürgen Fink war ein Beamter postiert, der sie wortlos passieren ließ, nachdem Durant ihren Ausweis gezeigt hatte. In dem kleinen, engen Flur roch es nach Parfüm, der Boden war, im Gegensatz zu Freitag, gesaugt, Julia Durant warf einen fragenden Blick nach hinten zu Hellmer, zuckte die Schultern. Sie ging vor ihm und Laura Fink ins Wohnzimmer, das aufgeräumt war, keine leeren Flaschen, keine Dosen auf dem Fußboden, auch hier wirkte alles sauber und wohnlich. Sie blieben in der Mitte des Zimmers stehen, schwiegen einen Moment, schließlich sagte Durant zu Hellmer: »Komisch, er hat vor seinem Tod noch einmal gründlich

saubergemacht. Du hättest mal am Freitag hier sein müssen … Ich fasse es nicht.«

»Es gibt Dinge, die können wir nicht begreifen«, sagte Hellmer. »Wahrscheinlich hatte er seinen Tod geplant, er wollte aber, daß, wer immer seine Wohnung betritt, sich diese in einem übergabegerechten Zustand – mein Gott, wie sich das anhört! – befindet. Und du sagst, er war Alkoholiker?«

»Frag seine Schwester …«

»Es stimmt, Jürgen war Alkoholiker«, sagte sie mit bedrückter Stimme, ein paar Tränen lösten sich aus ihren Augenwinkeln. »Aber im Prinzip war er auch wieder keiner. Zumindest haben gewisse Faktoren eine Rolle gespielt, die ihn zu einem Trinker werden ließen. Es war wohl die einzige Möglichkeit für ihn, dieser ungerechten Welt zu entfliehen.« Sie stockte, machte eine Pause, ließ ihren Blick durch das Zimmer schweifen, mit einem Mal zuckte ein undefinierbares Lächeln über ihren Mund. An diesem Vormittag wirkte sie richtig hübsch, eine attraktive, junge Frau, nicht mehr androgyn und unnahbar wie die Tage zuvor, sondern sehr feminin und schutzbedürftig. »Das Leben hat es nicht gut mit ihm gemeint, dabei war er der schwächste von uns allen. Aber so ist das nun mal, die Schwächsten müssen immer zuerst dran glauben, obwohl eigentlich sie die meiste Unterstützung verdient hätten. Diese Welt ist nicht gerecht. Sie haben seine Schwächen gnadenlos ausgenutzt.«

»Wer? Ihr Vater, Ihr Bruder …?«

»Eigentlich jeder. Nicht einmal ich möchte mich völlig davon ausschließen, obgleich ich behaupten möchte, die einzige gewesen zu sein, die sich in den letzten fünf oder sechs Jahren um ihn gekümmert hat. Das soll jetzt um Himmels willen kein Eigenlob sein; es ist nur so, er ist dann und wann zu mir gekommen, hat mich um Hilfe gebeten, und wie kann ich meinem eigenen Bruder Hilfe verwehren, wenn es mir selbst doch so gut geht?« Sie schaute zur Seite, holte ein Taschentuch aus ihrer Handtasche, wischte sich damit über die Augen und schneuzte sich vornehm die Nase. »Nein, was mit ihm passiert ist, ist nicht gerecht. Aber was ist schon Gerechtigkeit? Ich glaube, die Menschen haben diesen Begriff aus ihrem Wortschatz und ihren Eigenschaften gestrichen. Gerechtigkeit ist kein feststehender Begriff mehr, jeder handelt nur noch nach seinem eigenen Gutdünken. Was der einzelne glaubt, allein das zählt. Es tut mir leid, aber ich fühle mich einfach – beschissen.«

»Können wir Ihnen irgendwie helfen?« fragte Julia Durant und legte einen Arm um die junge Frau. Sie schüttelte den Kopf, löste sich sofort aus der Umarmung, als wäre es ihr unangenehm. »Nein, ich glaube, es gibt niemanden, der mir helfen kann. Jürgen war auf sich allein gestellt, und ich bin es auch.«

Julia Durant ging langsam durch das Zimmer; selbst die Flecken an der Wand hatte er beseitigt. Er hatte gesaugt, staubgewischt, Wäsche gewaschen, die über einem Ständer im Bad hing, das ebenfalls blitzte und in dem es frisch duftete. Das gleiche Bild in der Küche und in dem kleinen Schlafzimmer. Sogar die Fenster hatte er geputzt.

»Ich muß gerade an gestern denken«, sagte Durant. »Ich habe den ganzen Tag damit zugebracht, meine Wohnung auf Vordermann zu bringen. Wahrscheinlich haben er und ich zur gleichen Zeit geputzt. Nur, daß er jetzt tot ist und uns nichts hinterlassen hat als diesen Brief.« Sie nahm den Brief vom Tisch, auf dem nur *An Kommissarin Julia Durant persönlich* stand, riß den Umschlag auf, holte das Schreiben heraus. Sie las:

Liebe Frau Durant,
ich möchte mich noch einmal bei Ihnen bedanken, daß Sie am Freitag bei mir waren, um mir zuzuhören. Ich weiß, ich habe Sie nicht sehr fair behandelt, und ich

möchte mich für dieses Verhalten in aller Form entschuldigen. Entschuldigen möchte ich mich aber auch dafür, daß ich Ihnen nicht konkret auf Ihre Fragen geantwortet habe, vor allem was meine Familie betrifft. Und auch jetzt möchte ich weder zu meinem Vater noch zu irgendeinem andern Mitglied der Familie Stellung beziehen; nennen Sie es von mir aus Feigheit. Ich weiß nicht, ob das Leben mich ungerecht behandelt hat oder ob ich einfach nicht geschaffen bin für diese Welt voller Hyänen und Wölfe. Ich weiß nicht, wie meine Zukunft ausgesehen haben könnte, obgleich ich vor Jahren einmal eine Vorstellung davon hatte. Doch es gab Menschen, die meine Vorstellung und meine Ideale zerstört haben.

Ich bitte Sie, klären Sie die Morde an Schönau und Rosenzweig auf. Wenn Sie die Augen aufmachen und in der richtigen Richtung nachforschen, werden Sie auf Details stoßen, die Sie unweigerlich zum Täter, vielleicht sollte ich aber besser sagen, zu den Tätern führen werden. Ich habe mir in meinem Leben nur eines zuschulden kommen lassen – ich war nicht stark genug. Und dafür schäme ich mich. Doch ich wäre niemals in der Lage, einen Menschen zu töten, und ich möchte auch niemals mit den Morden an Rosenzweig und Schönau in Verbindung gebracht werden.

Bevor ich diesen Brief beende, den Sie nach meinem Tod finden werden, möchte ich noch ein paar Worte an meine Schwester Laura richten. Laura, Du warst die einzige, die immer zu mir gehalten hat. Deswegen vermache ich Dir meinen kleinen Bär, dessen Bedeutung nur Du kennst. Bewahre ihn für mich auf und denk ab und zu an mich. Ich habe Dich sehr lieb.

Und an meinen Vater – ob Du es willst oder nicht,

es steht mir ein Pflichtteil meines Erbes zu. Dieses Pflichtteil vermache ich der Organisation gegen den sexuellen Mißbrauch von Kindern. Ansonsten gibt es nichts, was ich irgend jemandem vermachen könnte. Aber über eines sollst Du Dir gewiß sein – ich habe Dich nie gehaßt, höchstens verachtet, doch ich weiß, auch Du bist nur ein Mensch. Und noch eines will ich Dir sagen; ich habe keine Schande über die Familie gebracht, wie Du mir noch am Freitagabend gesagt hast. Den Besuch hättest Du Dir übrigens sparen können, da ich meinem Leben auch ohne Deine unmißverständlichen Drohungen freiwillig ein Ende gesetzt hätte. Aber ich weiß jetzt auch, daß Du mir nicht mehr drohen kannst, wie in all den Jahren zuvor, und ich werde meinem Schöpfer mit einem reinen Gewissen gegenübertreten, denn er wird mich wie einen Sohn behandeln. Wenn jemand Schande über die Familie gebracht hat, dann waren es andere.
Diesen Brief habe ich bei vollem Bewußtsein und mit klarem Verstand geschrieben.
Mit lieben Grüßen, vor allem an Laura, meine über alles geliebte Schwester,
Jürgen Fink

PS: Mama, Dich trifft keine Schuld. Du hast Dein Bestes versucht und auch gegeben. Wir werden uns wiedersehen, in einer besseren Welt. Ich glaube fest daran.

Sie hielt den Brief in Händen, reichte ihn wortlos Hellmer. Sie zündete sich eine Gauloise an, inhalierte, blies den Rauch aus dem offenstehenden Fenster, vor dem sich der kleine Balkon befand, von dem Jürgen Fink in den Tod gesprungen

war. Als Hellmer zu Ende gelesen hatte, gab er den Brief Laura Fink. Während des Lesens begannen ihre Hände zu zittern, sie setzte sich auf die Couch. Sie schluchzte ein paarmal laut auf, Tränen liefen in Bächen über ihr Gesicht. Julia Durant drehte sich um, sah die junge Ärztin an.
»Was hat es mit dem Bären auf sich? Und warum spendet er sein Erbe ausgerechnet dieser Organisation?«
»Der Bär«, sagte Laura Fink mit tränenerstickter Stimme, »hat eine sehr persönliche Bedeutung, etwas, das nur Jürgen und mich etwas angeht. Und warum er sein Erbe dieser Organisation vermacht«, sie sah Durant ratlos aus verheulten Augen an, »ich weiß es nicht.«
»Okay, dann frage ich andersrum. Ist Ihr Bruder jemals sexuell mißbraucht worden?«
Laura Fink schüttelte energisch den Kopf. »Nein, das wüßte ich. Wenn Jürgen überhaupt irgend jemandem bedingungslos vertraut hat, dann mir. Er hat mir immer alles erzählt. Jürgen ist nicht sexuell mißbraucht worden. Wahrscheinlich wußte er einfach nicht, wem er das Geld sonst vermachen sollte.«
»Und Ihr Vater; was glauben Sie, was er am Freitagabend hier gemacht hat? Ihr Bruder schreibt von Drohungen. Waren solche Drohungen an der Tagesordnung? Und wie sahen sie aus?«
»Ich weiß nichts von Drohungen …«
»Ich denke, Ihr Bruder hat über alles mit Ihnen gesprochen?!« fragte die Kommissarin scharf und setzte sich ebenfalls. »Und wenn ich die Worte in dem Brief richtig deute, dann hat Ihr Vater ihm nicht nur einmal gedroht, sondern das scheint zu einer Regelmäßigkeit geworden zu sein. Oder habe ich da etwas falsch verstanden?«
»Du meine Güte, ich weiß es nicht!« schrie Laura Fink aufgebracht. »Fragen Sie doch meinen Vater, ob er Jürgen gedroht

hat! Fragen Sie *ihn*! Fragen Sie ihn, warum Jürgen so plötzlich den Entschluß gefaßt hat, nicht mehr leben zu wollen! Wenn er von unserem Vater schreibt, dann kennt *der* die Antwort und nicht ich!«

»Frau Fink, Ihr Bruder ist tot, er hat sich das Leben genommen, weil er nicht mehr weiter wußte. Jetzt sagen Sie mir erst, wenn er überhaupt jemandem alles anvertraut hat, dann Ihnen, dann wieder behaupten Sie, angeblich nichts von den Drohungen Ihres Vaters zu wissen. Das ist ein Widerspruch in sich.«

»Frau Durant, ich hatte in den letzten zwölf Monaten nur noch sehr wenig Kontakt zu Jürgen, das habe ich Ihnen bereits vor ein paar Tagen gesagt. Das letzte Mal, daß wir uns gesehen haben, war vor etwa vier Wochen, als ich ihn besucht und ihn ziemlich betrunken angetroffen habe. Ich gab ihm Geld, weil er nichts mehr hatte, auch wenn ich wußte, daß er dieses Geld für Alkohol ausgeben würde …«

»Warum haben Sie ihn nicht in eine Klinik eingewiesen? Sie hätten doch die Möglichkeit dazu gehabt.«

»Diese Möglichkeit habe ich nur, wenn eine akute Selbstgefährdung oder die Gefährdung anderer Personen besteht. Das war aber zu keiner Zeit der Fall. Ich kann als Ärztin nicht einfach einen Betrunkenen zum Entzug schicken, solange er noch einigermaßen klar denken kann. Und Jürgen konnte noch klar denken. Es gibt da feine und doch sehr deutliche Unterschiede. Hätte er sich zum Beispiel in einem komatösen Zustand befunden, als ich ihn besucht habe, wäre ich berechtigt gewesen, ihn einzuweisen. Hätte er mit Selbstmord gedroht, oder damit, jemand anderem etwas anzutun, wäre ich berechtigt gewesen, ihn einzuweisen. Doch solange er *nur* betrunken ist, sind mir die Hände gebunden.«

»Hat er jemals Ihnen gegenüber von Selbstmord gesprochen?«

»Jeder spricht irgendwann in seinem Leben einmal davon, am liebsten tot zu sein. Kennen Sie das nicht? Aber Jürgen hat nie einen Hinweis gegeben, daß er vorhatte, sich das Leben zu nehmen. Ich kann mir nur eines vorstellen – sein körperlicher Zustand hat ihm Sorgen bereitet. Er war schon als kleines Kind hypochondrisch veranlagt, und als ich ihm seine letzten Laborwerte vorgelesen und ihm gesagt habe, wenn er nicht umgehend seinen Lebenswandel änderte, wäre es nur eine Frage der Zeit, bis … Wissen Sie, es ist ja egal, ob ich es Ihnen sage oder nicht, jedenfalls lag sein Gamma GT bei vierzehnhundert, normal ist ein Wert zwischen fünf und achtundzwanzig …«
»Gamma GT?« fragte Hellmer stirnrunzelnd.
»Das ist der Leberwert. Jürgen hatte, bedingt durch sein exzessives Trinkverhalten, eine extreme Fettleber, die sich in seinem Fall schnell zu einer Zirrhose hätte entwickeln können. Auch seine Bauchspeicheldrüse war angegriffen, seine Thrombozytenzahl war bei knapp sechzigtausend, was weit unter dem Normalwert liegt. Und so weiter, und so weiter. Jürgen vertrug keinen Alkohol, und es wäre nur eine Frage der Zeit gewesen, bis sein – mißhandelter – Körper aufgegeben hätte. Aber dieses Problem hat sich jetzt auf grausame Weise von selbst erledigt. Vielleicht war es sogar besser so.«
Julia Durant schüttelte den Kopf, griff sich mit zwei Fingern an die Nasenwurzel, schloß die Augen. »Frau Fink, die Morde an Rosenzweig und Schönau waren wohldurchdacht. Auch die Drohungen Ihrem Vater gegenüber deuten darauf hin, daß er in Gefahr ist. Und ich werde einfach das Gefühl nicht los, von Ihnen und Ihrer Familie an der Nase herumgeführt zu werden. Frau Schönau und Frau Rosenzweig haben sich jedenfalls wesentlich kooperativer gezeigt. Hinter den Morden steckt ein System, ich komme aber beim besten Willen nicht darauf, was für eins. Ich bin

nur fest davon überzeugt, daß Ihr Vater auch auf der Abschußliste unseres Mörders steht. Sagen Sie mir, was verbindet diese drei Männer?«
»Sind es nicht eigentlich vier?« fragte Laura Fink mit ironischem Unterton. »Hauser gehört doch auch in diese Reihe, wenn ich recht informiert bin. Oder? Aber Hauser ist schon seit einem halben Jahr tot, und er hat nie in den Frankfurter Bereich der Kirche gehört. Was sagen Sie dazu? Erzählen *Sie* mir etwas über dieses angebliche System.«
»Das kann ich nicht. Noch nicht. Aber es gibt eines, das weiß ich, und das wissen Sie auch. Sie kannten doch Hauser recht gut. Irgendwie führen alle Wege zu Ihnen.«
»Zu mir?« fragte Laura Fink mit wütend funkelnden Augen. »Was um alles in der Welt habe ich mit diesen Morden zu tun?«
»Wenn ich von Ihnen spreche, dann meine ich Ihre Familie im allgemeinen. Rosenzweig und Schönau – Berater Ihres Vaters. Hauser – ein Freund von Ihnen. Es ist schon seltsam.«
»Frau Durant, ich habe keine Lust mehr, mir Ihre Verdächtigungen anzuhören …«
»Das sind doch keine Verdächtigungen …«
»Dann eben Absurditäten. Wenn es Ihnen nichts ausmacht, würde ich jetzt gerne gehen und meine Eltern informieren. Sie sollten wissen, daß ihr Sohn tot ist.«
»Gut, gehen Sie. Den Brief lassen Sie aber bitte hier, schließlich hat Ihr Bruder ihn an mich gerichtet.«
»Bekomme ich eine Kopie?«
»Sie bekommen eine, genau wie Ihr Vater. Es ist ja auch ein Testament. Guten Tag.«
Nachdem Laura Fink gegangen war, sagte Hellmer: »Ich glaube, ich verstehe jetzt, was du meinst.«
»Was?«
»Na ja, daß mit diesen Finks etwas nicht stimmt. Ich möchte

diesen ehrenwerten Herrn zu gerne einmal persönlich kennenlernen und ein paar Takte mit ihm reden. Wenn ich daran denke, wie er vorhin von der Kanzel gesülzt hat und dann diesen Brief lese! Für mich ist dieser Kerl eine verdammte Drecksau.«

»Auf einmal? Na ja, vielleicht verstehst du mich jetzt«, sagte Julia Durant. »Wenn ich nur wüßte, was er ausgefressen hat! Ich werde ihn mir aber ganz sicher noch heute vornehmen. Dieser Brief ist so eindeutig, wie er eindeutiger nicht sein kann. Das Verhältnis zwischen ihm und seinem Sohn war mehr als gespannt, das war ein Pulverfaß ...«

»... das explodiert ist, als der Junge sich vom Balkon gestürzt hat.«

»Es gibt aber noch ein Pulverfaß, und auf dem sitzt Fink persönlich. Ich möchte dich bitten, mich nachher zu ihm zu begleiten. Bei der Gelegenheit kannst du ihn gleich kennenlernen und dir ein Bild von ihm machen. Ich will das nicht mehr allein durchziehen.«

»Und wann?«

»Heute nachmittag. Geben wir ihm zwei oder drei Stunden für seine ohnehin nicht vorhandene Trauer. Danach knöpfen wir ihn uns vor. Vorher will ich noch was essen. Komm, für uns gibt es hier nichts mehr zu tun. Ich bring dich nach Hause.«

»Bleib doch zum Essen«, sagte Hellmer. »Nadine würde sich bestimmt freuen.«

»Schon wieder?« fragte Julia Durant zweifelnd. »Ich meine, ich war doch erst am Donnerstag ...«

»Papperlapapp«, sagte Hellmer und winkte ab. »Nadine mag dich, sie hat es mir noch einmal bestätigt. Komm, gib dir einen Ruck.«

»Okay, wenn du so hartnäckig drauf bestehst. Fahren wir. Die Wohnung lassen wir aber versiegeln, ich möchte mich

morgen hier noch ein bißchen umgucken. Vielleicht finde ich etwas, das uns weiterhilft. Man kann nie wissen. Und wir sollten den Brief kopieren, bevor wir zu Fink fahren.«
»Wir können das bei mir zu Hause mit dem Faxgerät machen«, sagte Hellmer.
Sie nahmen den Wohnungsschlüssel und fuhren nach unten; der Notarztwagen war abgefahren, ein Streifenwagen stand noch auf dem Parkplatz. Die Menge hatte sich weitgehend aufgelöst, nur ein paar verstreute Grüppchen standen noch beisammen und unterhielten sich. Die Kommissarin instruierte einen der Beamten, die Wohnung von Jürgen Fink zu versiegeln. Ein stürmischer, kühler Westwind war aufgekommen, es begann zu regnen. Es war halb zwölf, als sie sich auf den Weg zu Hellmers Haus machten. Während der Fahrt sagte Durant: »Ach übrigens, dieser Maier, mit dem ich mich vorhin auf dem Parkplatz unterhalten habe, du weißt schon, der mit dem Dritten Reich; ich habe ihn nach Jung gefragt …«
»Jung?«
»Rita Jung. Sie hat für Schönau gearbeitet. Wie es aussieht, scheint sich immer mehr zu bewahrheiten, daß sie ein Verhältnis mit ihm hatte. Die Ehe wurde vor vier Jahren geschieden, die Tochter dem Vater zugesprochen. Und jetzt kommt es – Maier sagt, es ginge das Gerücht, die Tochter sei das Ergebnis dieser Affäre. Trotzdem wollte der Vater, der wahrscheinlich gar nicht der Vater ist, sie haben. Komisch, nicht?«
»Rita Jung?« fragte Hellmer. »Könnte sie …?«
»Im Augenblick halte ich alles für möglich. Als ich mit ihr gesprochen habe, hat sie sich nicht sehr freundlich über die Kirche ausgelassen. Und sie ist eine ausgesprochen attraktive Frau. Und wer weiß, vielleicht kennt sie sich ja auch mit Giften aus. Bleibt einfach mal an ihr dran.«

Sonntag, 12.45 Uhr

Sie hatte sich entkleidet, die Sachen auf das Bett gelegt, sie stand nackt vor dem Spiegel, betrachtete sich von vorn und von der Seite, fuhr sich mit einer Hand kurz über ihre wohlgeformten, großen Brüste, den flachen Bauch. Sie wollte duschen, eine Kleinigkeit essen und danach in die Klinik fahren. Nach dem Duschen zog sie sich eine Jeans und eine beige Bluse an, Turnschuhe und einen passenden Blazer. Sie machte sich nur ein Käsebrot, trank dazu ein Glas Milch. Danach zündete sie sich eine Zigarette an, stand dabei am Fenster und schaute hinaus auf den kleinen Garten, der hinter ihrem Haus lag. Sie überlegte, kniff die Augen zusammen, drehte sich um, ging an den Bücherschrank, holte ein kleines Fläschchen heraus, hielt es einen Moment zwischen den Fingern, blickte auf die opake Flüssigkeit. Ein kaltes, böses Lächeln huschte über ihren Mund, das auf eine bizarre Weise jedoch auch etwas traurig und melancholisch wirkte. Sie legte das Fläschchen wieder hinter die Bücher.

Sie verließ das Haus, setzte sich in ihren Wagen, stellte das Radio an, drehte die Lautstärke hoch. Sie hielt bei einem Blumenhändler, der seinen Stand am Straßenrand aufgebaut hatte, kaufte einen Strauß bunter Sommerblumen. Sie brauchte eine knappe dreiviertel Stunde, bis sie am St.-Valentius-Krankenhaus anlangte. Sie stieg aus, schloß ab, ging auf die breite Eingangstür zu. Sie fuhr mit dem Lift in den zweiten Stock zur geschlossenen Frauenstation, klingelte. Ein Pfleger in einem weißen Anzug kam, schloß auf, begrüßte sie lächelnd wie eine alte Bekannte, sie trat ein. Auf dem Gang bewegten sich ein paar meist ältere Frauen, aber auch einige, die nicht älter als dreißig oder vierzig waren, mit schlurfenden Schritten vorwärts, im Aufenthaltsraum saßen einige Patientinnen, die sie

kaum registrierten, die zum Teil dumpf vor sich hin starrten oder undefinierbare Geräusche von sich gaben.
»Wie geht es ihr heute?« fragte sie den Pfleger, der seine Heimat Kasachstan verlassen hatte, um hier in Deutschland mehr Geld zu verdienen.
»Wie immer«, war die Antwort.
Die Frau saß am Fenster und sah hinaus auf den Park, der den Gebäudekomplex umgab. Sie schaute nicht auf, als die Besucherin hereinkam, sie murmelte nur Unverständliches vor sich hin.
»Hallo, ich bin's«, sagte die Besucherin, beugte sich herab und hauchte der Frau einen Kuß auf die Wange. Für einen Moment sah die Frau auf, musterte die andere mit fernem Blick.
»Wie geht's dir? Gut, hoffe ich doch«, sagte die Besucherin, nahm die fast verwelkten Blumen aus der Vase, die auf dem kleinen Tisch neben dem Bett stand, warf sie in den Papierkorb, schüttete das Wasser in den Ausguß, füllte frisches nach. Sie stellte die mitgebrachten Blumen in die Vase, zupfte sie ein wenig zurecht. Die Frau nahm es nicht wahr, ihre Gedanken, wenn sie denn welche hatte, waren weit weg, auf jeden Fall längst nicht mehr in dieser Welt.
Korsakow-Syndrom, hatten die Ärzte vor knapp vier Jahren gesagt; irreversibel, wie sie noch hinzugefügt hatten. Korsakow-Syndrom aufgrund von jahrelangem Alkohol- und Tablettenmißbrauch, das sich erst in Störungen des Kurzzeitgedächtnisses zeigte, schließlich das ganze Gedächtnis befiel und es einfach auslöschte. Die Ärzte sagten, es gäbe nur äußerst selten derart schwere Fälle von Korsakow, doch ihr Fall zählte zu den schwersten. Kurz nachdem die Diagnose feststand, kam noch ein Schlaganfall dazu, den sie nur knapp überlebte. Sie hatten eine Computertomographie ihres Gehirns gemacht, die eindeutig zeigte, daß große und vor allem

wesentliche Teile abgestorben waren. Das Korsakow-Syndrom hätte unter Umständen geheilt werden können, wäre ihr Zustand rechtzeitig erkannt und behandelt worden. Doch die Krankheit hatte schleichend und für andere kaum sichtbar begonnen, und als sie hier eingeliefert wurde, war es bereits zu spät. Das Gehirn war derart in Mitleidenschaft gezogen, daß die Ärzte eine Heilung völlig ausschlossen, obgleich sie anfangs die Hoffnung hatten, daß wenigstens ein Teil ihres Gedächtnisses zurückkehren würde, wenigstens der Teil, der ihre Kindheit und ihre Jugend gespeichert hatte. Sie konnte nicht mehr sprechen, nicht mehr allein essen. Sie agierte nicht mehr, und sie reagierte nicht mehr. Sie lächelte nicht, sie weinte nicht. Es war, als wären sämtliche Gefühle und Regungen abgestorben. Und doch glaubte die Besucherin, daß die Frau immer noch Gefühle und Regungen hatte, doch die schienen so tief vergraben zu sein, und der Weg dorthin mit so vielen Fallen verstellt, daß es unmöglich war, jemals wieder zu ihrem Kern, ihrem Innersten vorzudringen. Sie wußte nicht, ob die Frau Schmerzen fühlte, wenn ihr etwas weh tat, ob sie merkte, wenn sie ihre Blase oder ihren Darm in die Windel entleerte. Sie wußte eigentlich nicht viel von dieser Frau, das meiste aus Briefen und Fotos, die sie gefunden hatte, einiges aus Erzählungen der Ärzte und Pfleger. Sie wußte nur, daß diese Frau, diese versteinerte Mumie am Fenster, vor vielen Jahren angefangen hatte zu trinken, und als der Alkohol allein nicht mehr genügte, auch noch Tabletten schluckte, immer mehr und immer mehr, bis eines Tages ihr Gehirn diese Tortur nicht mehr ertrug und einfach erschöpft seine Arbeit einstellte.

Als sie die Frau zum ersten Mal sah, erschrak sie. Sie hatte sie so lange gesucht, und als sie sie endlich gefunden hatte, war es ein Schock. Sie hatte sie gefunden, doch sie hatte sich diese erste Begegnung anders vorgestellt.

Sie kam jeden Sonntag nachmittag, manchmal auch mittwochs oder donnerstags abends, und jedesmal brachte sie Blumen mit, um der Tristesse des Zimmers ein wenig Farbe zu verleihen. Wenn diese Frau schon vor sich hin vegetierte, dann sollte dies in einer wenigstens einigermaßen angenehmen Umgebung sein.
Sie zog einen Stuhl heran, setzte sich direkt neben die regungslose Gestalt. Sie legte eine Hand auf das welke, von dicken, blauen Adern durchzogene Pergament der andern, streichelte sie, blickte ihr in die Augen, ohne daß dieser Blick erwidert wurde. Die ersten Monate waren schlimm gewesen, sie mußte jedesmal weinen, wenn sie diese Frau, diese sonderbare und doch liebenswerte Kreatur sah, die, einst schön und aufregend, jetzt fahl und leblos war. Sie weinte hier und sie weinte während der Heimfahrt, sie weinte zu Hause. Doch irgendwann hörte das Weinen auf, wußte sie, daß das Weinen keinen Sinn hatte, daß die andere es nicht merkte, daß kein Laut und keine tröstenden Worte über ihre ausgetrockneten, farblosen Lippen kamen. Anfangs hatte sie mit den Ärzten gesprochen, sich Literatur über diese Krankheit besorgt, hatte nach neuen Therapieformen gesucht, doch alles war umsonst. Es gab keine Heilung. Ein totes Hirn blieb tot und konnte nicht mehr zum Leben erweckt werden.
Sie blieb wie immer zwei Stunden, warf einen Blick zur Uhr, Viertel nach vier. Sie streichelte noch einmal über das graue Haar der noch nicht einmal dreiundfünfzig Jahre alten Frau, über ihr Gesicht, ihre Hände. Sie sagte leise und aufmunternd, als würde die andere ihre Worte verstehen: »Tschüs, mach's gut. Ich komme am Mittwoch wieder, wenn es die Zeit erlaubt. Ich hab dich lieb.«
Sie verließ das Zimmer, lief über den Gang, verabschiedete sich vom Pflegepersonal; der Kasache begleitete sie zur Tür, nahm den dicken Schlüsselbund, der an einer Kette am

Gürtel befestigt war, schloß auf. Diesmal nahm sie nicht den Aufzug, sondern die Treppe, stieg in ihr Auto und machte sich auf den Heimweg. Sie dachte nach, sie weinte schon lange nicht mehr. In ihr waren nur noch unendliche Wut und lodernder Haß.

Sonntag, 16.00 Uhr

Julia Durant hatte nach dem Mittagessen bei Hellmers – es gab Rouladen, Kartoffeln und Rotkohl – Berger von Jürgen Finks Selbstmord unterrichtet. Nach dem Telefonat hatten sie noch eine Weile zusammengesessen, Kaffee getrunken, sich unterhalten. Seit dem Mittag regnete es unaufhörlich, pfiff ein kühler, böiger Wind über den Taunus ins Tal. Um vier wählte sie die Nummer von Fink, der nach dem zweiten Klingeln abnahm.

»Hier Hauptkommissarin Durant«, meldete sie sich.

»Oh, wie nett, daß Sie sich melden! Da muß ich also von meiner Tochter anstatt von Ihnen erfahren, daß mein Sohn sich das Leben genommen hat! Und muß außerdem noch hören, daß Sie heute morgen in der Gemeinde waren. Was hatten Sie dort zu suchen? Und was wollen Sie jetzt von mir?«

»Dr. Fink, ist es nicht egal, von wem Sie erfahren, daß Ihr Sohn tot ist? Und zu Ihren Fragen – es geht Sie nichts an, ob ich Ihre heiligen Hallen betrete oder nicht. Soweit ich weiß, ist Ihre Kirche eine öffentliche Einrichtung, oder irre ich mich da? Und was ich von Ihnen will – ein Gespräch. Ihre Tochter hat Ihnen doch sicherlich von dem Abschiedsbrief Ihres Sohnes erzählt, oder nicht?«

»Sie hat erwähnt, es gäbe einen, den Sie aber behalten hätten. Darf ich fragen, warum?«

»Natürlich dürfen Sie das, in etwa einer halben Stunde, wenn mein Kollege und ich bei Ihnen sind. Wir stören doch hoffentlich nicht Ihren Sabbattag, wenn wir um halb fünf bei Ihnen vorbeischauen?«

»Es wird sich wohl kaum vermeiden lassen. Und bringen Sie bitte den Brief mit, ich möchte selbst sehen, was mein Sohn im Suff geschrieben hat.«

»Bis gleich, Dr. Fink«, sagte Durant und legte auf. Sie ballte die Fäuste, sagte: »Dieser verdammte, arrogante Dreckskerl! Sein Sohn ist tot und er hat nichts als blanken Zynismus für ihn übrig. Mein Gott, es gibt nur selten Menschen, denen ich eins in die Fresse hauen möchte, aber Fink gehört ganz sicher dazu.«

»Ach, komm«, sagte Nadine Hellmer und legte einen Arm um sie. »Es hat keinen Sinn, sich über solche Typen aufzuregen. Es ist sein Leben, nicht deines.«

»Aber er ruiniert das Leben anderer, zumindest hat er das bei seinem Sohn geschafft. Dieser Kerl ist ein Kotzbrocken mit einem Heiligenschein. Du hast ihn doch heute morgen selbst reden hören, Nächstenliebe, helfen! Blablabla, kann ich da nur sagen! Dieses gottverdammte Arschloch kann doch das Wort Nächstenliebe nicht einmal buchstabieren, geschweige denn etwas damit anfangen. Dieser Typ denkt nur an sich. Alles andere ist ihm scheißegal. Aber ich schwöre dir, wenn ich die Gelegenheit dazu kriege, mache ich ihn fertig. Ich hab keine Ahnung, was für Typen Rosenzweig und Schönau waren, aber die können nicht halb so schlimm gewesen sein wie Fink. Er ist für mich das Abbild eines Pharisäers, in der Öffentlichkeit den Heiligen markieren, in seinem Innern aber zerfressen von Haß und Vorurteilen.« Sie zuckte die Schultern, schüttelte den Kopf.

»Und was, wenn du dich irrst?« fragte Nadine Hellmer. »Was, wenn das alles nur Fassade ist?«

»Ich wünschte, du hättest recht. Doch ich glaube es nicht;

nicht, nachdem ich zweimal persönlich mit ihm gesprochen und seine Reaktionen getestet habe. Er ist genau so, wie ich ihn beschreibe. Wir müssen jetzt los. Danke noch mal für das Essen und die Gesellschaft. Es war ein schöner Nachmittag.«
»Wir können das gern öfter wiederholen«, sagte Nadine lächelnd. »Du bist jederzeit herzlich willkommen.«

Sonntag, 16.30 Uhr

Als Julia Durant und Hellmer bei Fink ankamen, war der Regen noch stärker geworden. Sie stiegen aus, rannten auf das Haus zu, klingelten. Kurz darauf ertönte der Türsummer, Fink stand in der Tür, die Hände in den Hosentaschen.
»Kommen Sie rein«, sagte er mit kalter Stimme, »meine Frau ist im Wohnzimmer und heult sich die Seele aus dem Leib. Vielleicht ist es besser, wenn wir uns in meinem Arbeitszimmer unterhalten.« Er wollte schon vorangehen, als Durants Stimme ihn zurückhielt.
»Das glaube ich nicht, Dr. Fink. Oder wollen Sie Ihrer Frau den Abschiedsbrief Ihres Sohnes vorenthalten? Schließlich ist ein Teil davon auch an sie gerichtet.«
»Na und? Ich werde ihr den Brief zeigen, sobald sie sich beruhigt hat.«
»Und ich bestehe darauf, mit Ihnen beiden zu reden«, erwiderte die Kommissarin kühl.
Finks Augen verengten sich zu Schlitzen, sein Gesicht wurde hochrot vor Zorn, seine Kiefer mahlten aufeinander.
»Bitte, wenn es unbedingt sein muß. Folgen Sie mir.«
Sie betraten das Wohnzimmer, in dem Gabriele Fink wie ein Häufchen Elend auf dem schwarzen Ledersofa saß, die Hände um ein Taschentuch gekrampft, das Gesicht verheult, der Blick leer.

Fink setzte sich neben sie, deutete auf die Sessel, die etwa drei Meter von der Couch entfernt standen. Durant und Hellmer nahmen Platz.
»Gabriele«, sagte Fink, »die beiden Polizisten sind gekommen, um sich mit uns zu unterhalten. Meinst du, du kannst das verkraften?«
Sie nickte ergeben, wischte sich mit dem Taschentuch die Tränen vom Gesicht.
»Erst einmal unser herzliches Beileid zum Tod Ihres Sohnes«, sagte Durant.
»Sparen Sie sich bitte Ihre verlogenen Mitleidsbekundungen«, sagte Fink unwirsch. »Haben Sie schon einen Anhaltspunkt, weshalb Jürgen sich das Leben genommen hat? Oder war es vielleicht sogar Mord? Zur Zeit findet doch in unserer Kirche ein regelrechtes Gemetzel statt.«
»Nun, ich denke«, sagte Durant, »wir sollten es nicht Gemetzel nennen, und Ihr Sohn war doch schon seit Jahren weg von der Kirche. Außerdem haben wir diesen Abschiedsbrief, den er eigenhändig geschrieben und auch unterzeichnet hat …«
»Und was, wenn man ihm diesen Brief diktiert hat? Man kennt das doch, daß Killer bisweilen auf die perverse Idee kommen, jemanden einen Abschiedsbrief schreiben zu lassen, nur damit ein Mord wie Selbstmord aussieht. Gibt es denn konkrete Hinweise darauf, daß er *nicht* ermordet wurde?«
»Ich bin zwar keine ausgebildete Graphologin, aber ich habe mich damit befaßt. Vor allem der Wortlaut läßt darauf schließen, daß es Selbstmord war. Im Schriftbild finden sich keine Anzeichen für Nervosität oder Angst, es handelt sich um eine klare, deutliche Schrift. Doch wenn Sie darauf bestehen, werden wir den Brief von einem unabhängigen Gutachter analysieren lassen, was allerdings auf Ihre Kosten geschähe.«
Fink verdrehte die Augen. »Und was ist jetzt? Kann ich endlich den Brief sehen?«

»Wir haben Ihnen eine Kopie gemacht«, sagte Durant, stand auf und reichte den Brief über den Tisch.
»Eine Kopie? Ich denke doch, daß uns das Original zusteht.«
»Nein, das tut es nicht, denn der Umschlag und auch die Anrede sind an mich gerichtet. Die Kopie dürfen Sie übrigens für Ihre Unterlagen behalten.«
Fink begann zu lesen, keine Regung zeigte sich in seinem Gesicht. Seine Frau warf einen Blick zur Seite, um mitlesen zu können, doch Fink hielt das Blatt von ihr weg.
Durant griff in ihre Tasche, sagte freundlich lächelnd: »Hier, Frau Fink, ich habe noch eine Kopie, die eigentlich für Ihre Tochter bestimmt ist.«
Sie las, ihre Hände zitterten, ihre Mundwinkel bebten. Fink knüllte den Brief zusammen und warf ihn auf den Boden.
»Was soll dieser Schwachsinn?!« fragte er aufgebracht. »Ich sage Ihnen doch, er war ein Spinner!«
»Mag sein, daß er ein Spinner war. Aber würden Sie uns verraten, was Sie am Freitagabend bei ihm gemacht haben? Oder besser, was haben Sie mit ihm gemacht? Er spricht von unmißverständlichen Drohungen Ihrerseits.«
»Ich habe ihm nicht gedroht, doch er hat alles als Drohung oder Bedrohung aufgefaßt, was mit mir zusammenhing. Seit er soff und Drogen nahm, war er nicht mehr zurechnungsfähig. Und was ich bei ihm am Freitag gemacht habe, das, werte Frau Kommissarin, geht Sie überhaupt nichts an! Das ist eine Sache zwischen meinem Sohn und mir. Nur so viel, ich habe lediglich versucht, ihm ins Gewissen zu reden und ihn zur Vernunft zu bringen. Er sollte endlich erkennen, worin die wahren Werte in diesem Leben bestehen. Aber er wollte mich nicht verstehen, er war so stur und dickköpfig und feige dazu, so feige, daß er sich diesem Leben nicht stellte, sondern sich klammheimlich davongestohlen hat.«

»Und Sie haben sich wirklich nichts vorzuwerfen?« fragte Durant weiter.
»Nein, das habe ich nicht. Fragen Sie doch meine Frau oder meine noch lebenden Kinder.«
»Frau Fink?«
Sie blickte auf, unendliche Leere in ihrem Blick, schüttelte den Kopf.
»Heißt das, Sie stimmen Ihrem Mann zu?«
»Ja«, flüsterte sie.
»Ach ja«, sagte Fink, »das mit dem Pflichtteil, ich denke, ich werde Jürgen diesen letzten Wunsch erfüllen. Zwar wird das Erbe erst nach meinem Tod aufgeteilt, doch ich will in diesem Fall meine Generosität zeigen und dieser Organisation schon jetzt das Geld zukommen lassen.«
»Warum, glauben Sie, hat Jürgen sein Erbe gerade einer Organisation gegen den sexuellen Mißbrauch von Kindern vermacht?«
»Woher soll ich das wissen?« fragte Fink mit selbstherrlichem Grinsen. »Da ist wohl seine soziale Ader durchgebrochen. Er hatte immer etwas für Randgruppen übrig, egal für welche.«
»Gut, belassen wir's dabei. Aber um noch einmal auf die Zurechnungsfähigkeit Ihres Sohnes zurückzukommen – beim Verfassen des Briefes war er zurechnungsfähig. Ich habe nämlich noch heute morgen veranlaßt, daß Ihrem Sohn eine Blutprobe entnommen wurde, um zu klären, ob er vor seinem Tod Alkohol oder Drogen zu sich genommen hat. Das Ergebnis liegt uns seit etwa einer Stunde vor. Der Alkoholgehalt seines Blutes lag bei null Komma eins Promille, Hinweise auf Drogen- oder Tablettenmißbrauch wurden nicht festgestellt. Er hatte offensichtlich mindestens vierundzwanzig Stunden vor seinem Tod keine Alkohol getrunken. Soviel dazu.«
»Was soll's, er ist tot, und nichts und niemand wird ihn wieder

zurückbringen«, sagte Fink, dessen Frau wie eine Mumie, deren Herz noch schlug, auf der Couch saß und ihren Blick zu Boden gerichtet hatte. Durant und Hellmer spürten, daß sie am liebsten etwas gesagt hätte, etwas, das dem widersprach, was ihr Mann sagte, doch sie war eine verängstigte, eingeschüchterte Frau, die offensichtlich keinen Mut und auch keine Kraft mehr hatte, sich ihm entgegenzustellen. Er war der unumschränkte Herrscher des Hauses, und sie akzeptierte dies ohne Murren. »Gibt es sonst noch etwas?« fragte er.
»Eine Frage noch – hat es seit Freitag noch einmal eine Drohung gegen Sie gegeben?«
»Nein, sonst hätte ich Sie das bestimmt wissen lassen.«
»In Ordnung, dann werden wir uns wieder auf den Weg machen.« Durant und Hellmer erhoben sich, begaben sich zur Tür. »Ach ja, wir stehen Ihnen im übrigen jederzeit zur Verfügung, sollten Sie uns etwas zu sagen haben.«
»Ich verstehe zwar nicht, was Sie meinen, doch meine Frau und ich bedanken uns für dieses Angebot. Warten Sie, ich bringe Sie zur Tür.«
»Machen Sie sich keine Mühe, wir wissen, wo der Ausgang ist«, sagte Durant und verließ mit Hellmer das Haus. Der Regen, vom Wind gepeitscht, prasselte nach wie vor in Strömen aus den tiefhängenden dicken, fast schwarzen Wolken.
Im Auto sagte Julia Durant: »Und, wie ist dein Eindruck jetzt?«
Hellmer zündete sich eine Marlboro an, inhalierte, ließ sich mit der Antwort Zeit. Er sagte, während Durant den Motor startete: »Ich bin selten einem solchen Scheißkerl begegnet. Wenn der ein Heiliger ist, dann bin ich Gott höchstpersönlich. Gibt es eigentlich noch eine Steigerung von Arroganz?«
Julia Durant grinste Hellmer an. »Nein, ich kenne keine. Aber dieser Kerl ist mit allen Wassern gewaschen. Ich wette, der hat seine Familie so fest im Griff, daß keiner auch nur

die geringsten Anstalten machen würde, aufzumucken. Sie haben einfach Angst vor ihm. In der Kirche aber ist er ein Heiliger. Einer, der mit Macht predigen kann. Und in seinem Beruf ist er vermutlich ein Chef par excellence. Und er hat Geld, verdammt viel Geld. Und das ist letztendlich das, was zählt. Einfluß und Geld. Fink ist einfach ein widerlicher Scheißtyp.«

»Ich habe seit meiner Heirat auch viel Geld.«

»Das ist was anderes. Nicht alle, die reich sind, sind auch Arschlöcher. Aber einige. Und Fink gehört dazu. Aber ich will jetzt einfach nicht länger über ihn nachdenken. Ich fahr dich nach Hause und werde dann einen geruhsamen Abend vor der Glotze verbringen.«

Sonntag, 18.15 Uhr

Julia Durant hatte sich einen Jogginganzug angezogen, die Beine hochgelegt, eine Tüte Chips neben sich auf dem Sofa, eine Dose Bier auf dem Tisch. Im Fernsehen lief eine Naturreportage. Sie rauchte eine Zigarette, nahm sich vor, gegen acht bei Petrol anzurufen und ihm zu sagen, daß sie sich heute nicht mehr sehen würden. Um Viertel nach acht kam noch ein Film mit Nicholas Cage, der seit *Leaving Las Vegas* zu ihren Lieblingsschauspielern gehörte. Danach wollte sie zu Bett gehen und vielleicht einmal acht Stunden am Stück schlafen, in der Hoffnung, nicht vom Telefon oder irgendwelchen Alpträumen geweckt zu werden. Sie versuchte, sich auf die Reportage zu konzentrieren, doch es gelang ihr nicht, immer wieder kreisten ihre Gedanken um Jürgen Fink und seinen Abschiedsbrief. Um Viertel vor sieben las sie ihn noch einmal, suchte nach etwas, das vielleicht zwischen den Zeilen stand, doch sie fand nichts. Sie las nur das erschütternde

Schreiben eines vom Leben und von den Menschen im Stich gelassenen jungen Mannes. Sie drückte die Zigarette aus, die dritte, seit sie zu Hause war, wollte sich gerade wieder gemütlich zurücklehnen, als das Telefon klingelte.
»Scheiße«, sagte sie leise zu sich selbst und stand auf, nahm den Hörer in die Hand, meldete sich.
»Hallo, Julia, ich bin's«, sagte Werner Petrol. »Sehen wir uns heute abend?«
»Du, um ganz ehrlich zu sein, heute bin ich einfach nur müde. Lieber morgen oder übermorgen. Im Augenblick haben wir alle Hände voll zu tun, und ich war den ganzen Tag auf den Beinen. Nicht böse sein, aber …«
»Julia, du fehlst mir. Und wenn du hier wärst, könnten wir ja zusammen versuchen, ein Täterprofil zu erstellen.«
»Wenn unser Polizeipsychologe das nicht kann, wie willst du es dann können?«
»Ich sagte doch, ich kenne jemanden aus dieser Kirche. Unter Umständen habe ich Informationen für dich, die dir weiterhelfen.«
»Das kann doch auch bis morgen warten. Heute will ich damit nichts mehr zu tun haben. Außerdem habe ich meine Tage.«
»Du fehlst mir wirklich …«
»Das glaub ich dir ja, aber ich kann heute nicht mehr. Bitte versteh das. Morgen abend können wir uns gern sehen.«
»Schade. Ich … Na ja, ich bin ein Blödmann, ich weiß. Aber … Ach was, lassen wir's. Was machst du gerade?«
»Fernsehen. Ich werde früh zu Bett gehen und mich einmal richtig ausschlafen. Und du?«
»Weiß noch nicht. Vielleicht gehe ich nachher noch in eine Bar oder ins Kino. Mir ist langweilig.«
»Und was ist mit deiner Familie? Was sagen die denn, wenn du dich das ganze Wochenende nicht bei ihnen blicken läßt?«

»Hör zu, ich werde meine Frau allmählich darauf vorbereiten, daß sie bald ganz ohne mich auskommen muß. Ich werde für sie sorgen, aber nicht mehr anwesend sein. Was glaubst du wohl, weshalb ich mir diese Wohnung hier gekauft habe?«
»Weiß nicht, sag's mir.«
»Weil ich gehofft hatte, daß eines Tages eine Frau wie du hier einziehen würde. Kapiert?«
»Kapiert schon, nur sehe ich das noch nicht. Du kennst meine Bedingungen, und von denen rücke ich keinen Millimeter ab.«
»Brauchst du auch nicht, ich werde dich nicht zwingen. Aber beweisen werde ich dir, wie ernst ich es meine. Ich liebe dich, und ich brauche dich.«
»Werner, das sind für mich im Augenblick nur Worte. Ich bin leider eine elende Realistin, für die nur Fakten zählen.«
»Liebst *du* mich denn?« fragte er.
Sie zögerte mit der Antwort, schließlich sagte sie: »Ich weiß es nicht. Vor einem halben Jahr habe ich mich in dich verliebt, das stimmt schon. Aber das war nur ein One-Night-Stand ...«
»Ein One-Night-Stand?« fragte er ungläubig. »Wir haben mindestens hundert Mal miteinander geschlafen, falls du das vergessen haben solltest.«
»Gut, dann war es eben ein sechs Monate langer One-Night-Stand. Zufrieden?«
»Willst du Schluß machen?«
»Werner, bitte, ich habe einen furchtbaren Tag hinter mir und bin jetzt nicht in der Stimmung, über dieses Thema zu reden. Ich bin müde, ich habe meine Tage, und ich will heute nur noch meine Ruhe haben. Und ich bitte dich, das zu respektieren. Okay?«
»Okay. Aber sag mir, wenn du nicht mehr mit mir zusammensein willst. Ich kann es verkraften.«

»Natürlich kannst du das«, sagte sie. »Aber um dich zu beruhigen, noch ist es nicht soweit. Und jetzt laß mich einfach weiter fernsehen. Geh in eine Bar oder ins Kino, amüsier dich. Ich wünsch dir einen schönen Abend. Ruf mich morgen an. Ciao.«
»Ciao, und – ich liebe dich. Schlaf gut.«
Sie legte auf, zündete sich eine neue Zigarette an, schloß die Augen, schalt sich eine feige Henne, ihm nicht die Wahrheit über ihre Gefühle gesagt zu haben. Denn in Wirklichkeit waren da keine tiefen Gefühle mehr für ihn. Sie mochte ihn, aber sie liebte ihn nicht mehr. Sie schwor sich, es ihm bald zu sagen. Es würde ein leichtes für ihn sein, eine Neue zu finden, eine, die besser mit ihm zurechtkam. Sie hatte einen schalen Geschmack im Mund, als sie sich wieder auf die Couch setzte, ein paar Chips aus der Tüte nahm und in den Mund steckte. Das Leben von Jürgen Fink war nicht gerecht gewesen. Und ihr Leben? Sie fühlte eine tiefe Melancholie in sich aufsteigen, eine Traurigkeit der Art, die sie früher zum Weinen gebracht hätte. Sie wußte nicht, wie lange es her war, seit sie das letzte Mal geweint hatte. Vermutlich vor neun Jahren, als ihre Mutter starb. Nein, es war, als sie von den Eskapaden ihres Exmannes erfuhr. Sie trank das Bier aus, holte sich ein neues aus dem Kühlschrank und nahm einen kräftigen Schluck. Allmählich fühlte sie sich besser und gelöster. Sie würde den Abend genießen, ganz gleich was immer kam.

Sonntag, 19.45 Uhr

Er hatte sich eine Pizza kommen lassen und aß gerade das letzte Stück, als es klingelte. Er ging an die Tür, sah auf dem Monitor die junge Frau, die einen hellen Trenchcoat und über der Schulter eine gleichfarbige Handtasche trug. Ein Grinsen

überzog sein Gesicht, als er den Türöffner betätigte und die Wohnungstür aufmachte. Er lehnte sich, die Hände in den Hosentaschen, an den Türrahmen, wartete, bis der Aufzug hielt und die Frau heraustrat.
»Das ist aber eine Überraschung«, sagte er und küßte sie. Das ihr so eigene laszive und unergründliche Lächeln umspielte ihren Mund, als sie an ihm vorbei in die Wohnung ging. Sie legte den Mantel ab, unter dem sie nichts als ein bis knapp über den Po reichendes, marineblaues Kleid anhatte, halterlose Strümpfe und die Goldkette, die er ihr zum letzten Weihnachtsfest geschenkt hatte. Sie setzte sich mit aufreizenden Bewegungen auf einen der Sessel, die Beine eine Winzigkeit gespreizt über die Lehne gelegt; das ohnehin kurze Kleid war noch höher gerutscht, er bemerkte, daß sie nicht einmal einen Slip trug.
»Damit hast du nicht gerechnet, was?« sagte sie mit gurrender Stimme und sah ihn herausfordernd an.
»Nein, damit habe ich nicht gerechnet. Du kommst doch sonst nicht so unangemeldet«, sagte er und trat dicht an sie heran. Sie duftete verführerisch, ihr Blick, ihr Körper strahlten eine unbeschreibliche Sinnlichkeit aus, ein brodelnder Vulkan, zum Ausbruch bereit. Knisternde Erotik machte sich in der Wohnung breit.
Sie zündete sich eine Zigarette an. Er stand vor ihr, betrachtete sie, spürte das Verlangen nach ihr von Sekunde zu Sekunde stärker werden.
»Wieso hast du nicht vorher angerufen?« fragte er, unfähig, seinen Blick von ihren festen, gebräunten Schenkeln abzuwenden, zwischen denen sich das dunkle Dreieck erahnen ließ. Er bemerkte nicht das plötzliche spöttische Aufblitzen in ihren Augen.
»Ich habe es ein paarmal versucht, doch entweder war besetzt oder dein Anrufbeantworter war eingeschaltet. Na ja,

und deine Mailbox hörst du ja anscheinend nie ab. Und weil ich mich heute bei diesem beschissenen Wetter so einsam fühle, dachte ich mir, ich fahre einfach mal hin und schaue nach, ob du da bist. Freust du dich denn nicht? Ich habe mich das ganze Wochenende über so einsam und allein gefühlt, und heute habe ich es einfach nicht mehr ausgehalten.«

Er schluckte schwer, sah in ihre großen, rehbraunen Augen. »Natürlich freue ich mich«, sagte er. »Und was wollen wir heute machen?«

Sie lächelte noch eine Spur lasziver, spreizte die Beine etwas weiter, ließ einen Moment verstreichen, genoß seine Blicke, sagte: »Na was wohl? Kannst du dir das nicht denken? Ich will spielen, um genau zu sein – ficken. Du etwa nicht?«

»Du bist immer so umwerfend direkt, und das gefällt mir an dir. Du redest nie um den heißen Brei herum, sondern nimmst dir, was du brauchst. Hab ich recht?« sagte er grinsend.

»Ich nehme mir nur, was andere mir freiwillig geben. Ich will dich nicht zwingen, und wenn du willst, daß ich wieder gehe …«

»Nein, nein«, sagte er schnell und ging zur Bar. »Was möchtest du trinken? Einen Martini oder einen Scotch?«

»Einen Martini.« Sie fuhr sich mit der Zunge über die vollen Lippen, sah ihm zu, wie er die Gläser füllte und auf sie zukam.

»Cheers«, sagte er und hob sein Glas. »Auf einen schönen Abend.«

»Den werden wir mit Sicherheit haben«, sagte sie und trank ihr Glas in einem Zug aus. »Ich war selten so geladen wie heute, ich könnte glatt explodieren. Laß uns nach oben gehen und keine Zeit verlieren. Ich habe schließlich seit drei Tagen keinen Sex mehr gehabt … Und drei Tage können eine verdammt lange Zeit sein.«

Er strich sanft über ihre Beine, griff zwischen ihre Schenkel, spürte die feuchte Wärme an seinen Fingern.
»Gehen wir nach oben, Liebling.«
Sie ließen sich lange Zeit mit dem Vorspiel, küßten sich, streichelten sich. Er ejakulierte, stand kurz danach auf, trank noch einen Scotch, sie rauchte eine Zigarette. Ein paar Minuten vergingen, ehe sie erneut mit *ihrem* Spiel begannen.
Sie sagte: »Ich will es wieder so machen wie beim letzten Mal.«
»Fesseln?« fragte er, während seine Zunge kleine Kreise um ihre Schamlippen zog.
»Fesseln«, erwiderte sie und reckte ihm stöhnend den Unterleib entgegen.
»Aber du wirst mir nicht wieder Angst machen«, sagte er.
»Nein, das war doch nur Spaß. Aber ich liebe es, wenn ich dich beherrsche.«
»Also gut, beherrsch mich. Mach mit mir, was dir gefällt.«
Er legte sich auf den Rücken, die Arme nach hinten gestreckt. Sie beugte sich zu ihrer Handtasche hinab, holte die Handschellen heraus, ließ sie um seine Handgelenke und die Eisenstäbe des Bettes schnappen. Sie nahm einen weichen Schal, band ihn um seine Augen, massierte seine Hoden mit festem Druck.
»Du bringst mich noch um den Verstand«, flüsterte er stöhnend.
»Ja, ich bringe dich um den Verstand«, sagte sie.
»O mein Gott, mit dir zu vögeln ist das Größte.«
Sie setzte sich auf ihn, führte sein großes, hartes Glied ein, bewegte sich schnell auf ihm. Als sie spürte, daß er gleich ejakulieren würde, hielt sie inne, drückte mit zwei Fingern kräftig auf den Schaft, wartete, beobachtete das lustverzerrte Gesicht des Mannes unter ihr. Schließlich fuhr sie fort, mit

langsamen, vorsichtigen Bewegungen. Mit einem Mal hörte sie auf, sich zu bewegen, saß nur noch regungslos auf ihm.

»Warum hörst du auf?« fragte er. »Ich wäre doch gleich gekommen.«

»Ich möchte dich nur etwas fragen«, sagte sie, und ihre Stimme hatte auf einmal nichts Laszives mehr, dafür einen Unterton, der ihm vom letzten Mal vertraut war. »Du sagst, es gibt keine andere Frau in deinem Leben? Stimmt das wirklich?«

»Ja, es gibt keine andere Frau.«

»Warum lügst du mich an, Liebling?« fragte sie sanft und strich mit ihren Fingern über seine Brust.

»Ich lüge nicht!« sagte er. »Und warum um alles in der Welt fängst du wieder mit diesem blöden Spiel an? Du machst doch nur die Stimmung kaputt. Merkst du das nicht? Oder gehört das zum Spiel?«

»Ich mache keine Stimmung kaputt«, sagte sie immer noch sanft, doch mit unüberhörbarer Schärfe, »du bist es, der alles kaputtmacht. Alles, aber auch wirklich alles! Weißt du, ich habe dich geliebt, dir vertraut. Ich habe dir alles gegeben, wirklich alles. Mehr als ich jemals einem Mann zu geben fähig war. Du hast mich von meinen Ängsten und meiner Vergangenheit befreit, du warst es, der mich aus meinem Tief herausgeholt hat. Und dann mußte ich feststellen, daß du mit einer andern Frau rumvögelst. Erklär es mir, damit ich es verstehe.«

»Ich vögele nicht mit einer andern Frau«, sagte er, und in seiner Stimme schwang Angst mit. »Du irrst dich, du irrst dich sogar gewaltig!«

»Nein, mein Lieber, ich irre mich nicht. Weißt du, es gibt Dinge im Leben, die kann ich nicht verzeihen. Niemals! Und deswegen habe ich beschlossen, unsere Beziehung zu beenden. Ein für allemal. Denn du bist leider nichts als ein elendes, rumhurendes Schwein.«

»Ich kann es dir erklären, wirklich, das kann ich!« Schwere Stimme, Schweiß auf der Stirn. »Es ist alles ein Mißverständnis, glaub mir.«
»Nein, es ist kein Mißverständnis. Ich weiß Bescheid über euch beide. Und was immer du sagst, ich glaube es dir nicht mehr.«
»Mach mich los und sieh mich an, bitte!« flehte er. »Laß mich dir erklären …«
»Für Erklärungen ist es zu spät – *Liebling*«, sagte sie hart und unnachgiebig. »Wie gesagt, ich habe dir vertraut wie niemals jemand anderem zuvor. Ich habe nicht gewußt, was Vertrauen ist, bis ich dich kennengelernt habe. Ich habe dir alles über mich erzählt, wirklich alles. Ich dachte, wir wären aus dem gleichen Holz geschnitzt. Ich dachte sogar, wir wären so etwas wie Geschwister, du weißt schon, was ich meine, eineiige Zwillinge, wo der eine immer genau fühlt, was der andere denkt. Nenn es von mir aus Telepathie oder Empathie oder seelische Verbundenheit. Ja, wirklich, ich dachte, wir wären füreinander geschaffen. Und weil ich so naiv war, das zu glauben, habe ich dir vertraut, und dir vor allem alles anvertraut, was ich jetzt, nachdem ich herausgefunden habe, wer und wie du wirklich bist, zutiefst bereue und bedaure. Du warst für mich mein großer Bruder, mein Vater, mein Liebhaber, mein Mann. Auch wenn wir nicht verheiratet waren, unsere Beziehung war etwas ganz Besonderes. Zumindest war ich davon überzeugt.« Sie streichelte wieder über seine Brust, seinen Bauch, sein jetzt schlaffes Glied. Er atmete schwer, sein Körper war schweißüberströmt, obgleich es kühl in dem Raum war. Sie sagte mit ferner, ruhiger Stimme: »Das Dumme ist nur, mit deinem Wissen über mich könntest du mich ruinieren. Und das kann und werde ich nicht zulassen …«
»Mach mich los, mach mich bitte endlich los!« schrie er.
»Du kannst schreien, soviel du willst, es wird dich keiner hö-

ren. Es ist wirklich schade, wenn man sich eine solch sündhaft teure Wohnung zulegt und die nächsten Nachbarn zwei Stockwerke weiter unten wohnen.«

»Von welchem Wissen sprichst du eigentlich?« schrie er wieder.

»Ach, komm, tu doch nicht so unschuldig«, sagte sie mit immer noch sanfter Stimme. »Du hast von den Morden gehört, du kennst meine etwas abartigen Interessen, du weißt einfach zu viel über mich. Du hast es nicht gemerkt, aber ich habe seit Freitag abend jeden deiner Schritte verfolgt ... Wie hast du noch am Donnerstag gesagt – ich fahre zu meiner Schwester nach Karlsruhe. Was für eine rührende, verlogene Geschichte! Und dann kam ich, einer inneren Stimme folgend, am Freitag abend her und habe Licht in deiner Wohnung gesehen. Und ich habe vor allen Dingen *ihr* Auto vor der Tür gesehen. Und ab da habe ich dich nicht mehr aus den Augen gelassen ... Aber ich habe leider noch einen Auftrag zu erfüllen, einen, der meine ganze Konzentration erfordert. Und wenn *du* nicht mehr lebst, wird niemals jemand herausfinden, daß *ich* die Männer umgebracht habe, schon gar nicht die kleine Schlampe, mit der du mich betrogen hast. Wie ist sie denn im Bett? So gut wie ich? Erfüllt *sie* dir auch jeden Wunsch, oder mußt du betteln? Macht ihr Blümchensex, den du doch so verabscheust? Sag's mir. Wie ist sie?«

»Sie ist nur eine Affäre«, jammerte er. »Nichts als eine Affäre! Und sie kann dir nicht das Wasser reichen, du bist in jeder Hinsicht besser als sie.«

»Sie sieht aber nicht schlecht aus, wie ich zugeben muß. Sie sieht sogar recht gut aus, vor allem hat sie ganz ordentliche Titten und einen knackigen Arsch. Und das ist es doch, worauf es euch Männern ankommt. Andererseits, wenn ich in den Spiegel schaue, finde ich meinen Körper eigentlich ganz in Ordnung.«

»Du hast den schönsten Körper der Welt«, stammelte er verzweifelt, in der Hoffnung, die Situation noch retten zu können.
»Spar dir deine Schmeicheleien, sie ziehen nicht mehr. Du wirst leider den gleichen Weg gehen müssen wie Rosenzweig und Schönau und vor ihnen schon Hauser. Ich habe sie dorthin geschickt, wo sie hingehören – in die Hölle. Sie werden schmoren bis in alle Ewigkeit, und es wird niemand geben, der ihre Schreie hört und ihre Qualen lindert. Und du, du wirst ebenfalls gleich zur Hölle fahren.
Weißt du, ich habe seit Freitag ein Meer von Tränen vergossen, als ich dein Lügengebilde entdeckt habe. Tränen über Tränen, und dann kam Wut und schließlich endloser Haß. Du bist so erbärmlich, so ein erbärmliches Stück Dreck! Und dabei hättest du es so gut haben können. Ich hatte wirklich einmal geglaubt, mit dir alt zu werden. Ich dachte sogar, wir würden eines Tages heiraten, ich würde vielleicht sogar ein Kind haben, auch wenn ich nicht mehr die Jüngste bin. Ich habe an dich geglaubt. Wie naiv ich doch war! So verdammt naiv.« Sie stand auf, zündete sich eine Zigarette an, setzte sich wieder auf die Bettkante, strich sich mit einer Hand durch das braune Haar. Sie bückte sich, nahm ein Diktiergerät aus der Handtasche, drückte die Aufnahmetaste und gleich danach auf Pause. Sie wartete, schaltete das Gerät ein, als er zu sprechen begann.
Aufnahme. »Du willst mich also auch umbringen?« fragte er mit kehliger Stimme. »Warum?«
Pause. »Ich habe es dir doch eben erklärt, weißt du nicht mehr? Wie schade um dich, wie schade für mich. Es gibt nicht viele Männer, die so gut ficken können. Aber vielleicht finde ich ja doch irgendwann einen, der für immer bei mir bleibt und mir alle meine Wünsche erfüllt.«
Aufnahme. »Ich liebe dich doch«, sagte er flüsternd. »Ich

liebe dich, wie ich noch nie eine Frau geliebt habe. Das ist die Wahrheit!«

Pause. »Nein, das ist eine Lüge, eine große, gottverdammte Lüge. Oder kennst du den Unterschied zwischen Lüge und Wahrheit schon gar nicht mehr? So, wie ihn Rosenzweig und Schönau nicht mehr gekannt haben, diese verfluchten Heuchler und bigotten Hurensöhne. Sie haben ihre Strafe schon bekommen.«

Aufnahme. »Ich will leben!« flehte er. »Einfach nur leben.«

Pause. »Jeder will leben, Liebling. Aber du hast dein Leben verwirkt. Traurig, aber wahr. Du wirst aber ein schönes Begräbnis bekommen. Ich bin sicher, es werden Hunderte von Menschen zu deiner Beerdigung kommen, sie werden weinen und trauern, man wird Lobgesänge auf dich anstimmen, man wird sagen, durch deinen Tod wurde eine Lücke gerissen, die nicht mehr zu füllen ist«, sagte sie zynisch. »Aber so ist das Leben, man weiß nie, wann der Tod vor der Tür steht. Hättest du je gedacht, ich würde dein Todesengel sein?«

Aufnahme. Er keuchte, stöhnte, riß an den Handschellen, trat um sich.

Pause. »Hast du noch einen letzten Wunsch?« fragte sie und erhob sich vom Bett. »Möchtest du noch etwas trinken oder essen? Ich biete dir in meiner Großzügigkeit sogar eine Henkersmahlzeit an. Wie sieht es aus, möchtest du etwas haben? Oder hast du einen anderen Wunsch? Noch einmal dein Lieblingslied hören? Oder soll ich dir eine Passage aus deinem Lieblingsbuch vorlesen? Sag es, ich erfülle dir jeden Wunsch.«

Aufnahme. »Fahr zur Hölle!« schrie er.

Pause. »Du zuerst«, sagte sie und holte aus ihrer Tasche eine Spritze. Sie zog die Schutzkappe ab.

Aufnahme. »Wie willst du es machen? Mit Gift? Natürlich!« sagte er mit verzweifeltem Lachen, »womit sonst?! Aber be-

vor du mich umbringst, will ich dir sagen, daß ich gestern in meinem Büro war und noch ein paar Akten durchgesehen habe. Ich hatte dich tatsächlich für einen Moment in Verdacht, doch ich wollte es einfach nicht glauben. Hätte ich nur auf meine innere Stimme gehört.«
Pause. »Tja, man soll die innere Stimme nicht unterschätzen. Und vor allem sollte man die Akten nicht mit nach Hause nehmen, Liebling. Und jetzt sag adieu, liebe Welt. Soll ich dir die Augenbinde abnehmen, damit du siehst, wie ich es mache?« fragte sie. »Oder kannst du Spritzen genauso wenig ausstehen wie ich?« Sie schüttelte den Kopf, fuhr fort: »Nein, ich werde dir das nicht antun, du Schweinehund …«
Aufnahme. »Was wirst du mir spritzen?«
Pause. »Ein Neurotoxin. Sehr hochdosiert, es wird nur eine Frage von wenigen Minuten, vielleicht sogar nur Sekunden sein, bis die Atemlähmung eintritt. Du siehst, ich mache es dir leicht.«
Sie beugte sich über ihn, sagte: »Mach's gut, wo immer du gleich sein wirst. Vielleicht sehen wir uns ja mal wieder. Und es stimmt übrigens, was ich gesagt habe – ich habe dich geliebt, und wahrscheinlich liebe ich dich immer noch. Aber ich hasse dich auch für das, was du getan hast.«
Aufnahme. Er schrie, so laut er konnte, spürte den Einstich in seinem Hals, wie sich bereits nach wenigen Sekunden ein unbeschreibliches Taubheitsgefühl ausbreitete, wie seine Atmung immer flacher wurde, sich alles zusammenzog, das Leben allmählich seinen Körper verließ. Er versuchte, sich noch einmal aufzubäumen, doch seine Glieder gehorchten ihm nicht mehr. Er lag ruhig auf dem Bett, ein paar letzte, schwere Atemzüge, dann war er tot.
Sie schaltete das Diktiergerät aus, spulte die Kassette zum Anfang zurück, legte die Spritze in die Tasche, kleidete sich an. Sie zog sich Handschuhe an, nahm ihm die Augenbinde

ab, ging ins Bad, holte einen großen Waschlappen, wusch den Toten ab, vor allem seine Genitalien, seine Hände und seinen Mund. Sie wusch die Handschellen, die Gläser, alles, was sie berührt hatte. Sie leerte den Aschenbecher in einen kleinen Plastikbeutel, saugte den Teppich und das Bett ab, öffnete sämtliche Schubladen und Schränke, begab sich ins Arbeitszimmer, nahm seinen Terminkalender an sich, löschte alle Dateien auf dem Computer, indem sie die Festplatte neu formatierte und selbst versteckte Dateien auf der Festplatte und im Arbeitsspeicher aufspürte und entfernte. Sie nahm die wenigen Disketten an sich, durchwühlte den Schreibtisch, fand schließlich die gesuchte Akte, die auf ihre Identität hinwies, steckte sie ein.

Sie warf einen letzten, fast wehmütigen Blick auf den Toten mit dem starren Blick, legte den Schlüssel für die Handschellen auf den Nachtschrank, ging zum Telefon, nahm den Hörer ab, wählte eine Nummer. Als sich nach dem sechsten Läuten eine Stimme meldete, spielte sie das Diktiergerät ab. Sie legte auf, verließ die Wohnung, die Tür lehnte sie nur an. Auf dem Weg nach Hause hörte sie laute Musik. Sie weinte.

Sonntag, 22.35 Uhr

Julia Durant hatte sich um kurz nach zehn hingelegt, das Fenster war gekippt, zum ersten Mal seit fast drei Wochen war es nicht mehr stickig im Schlafzimmer. Sie zog die Decke bis unters Kinn, drehte sich auf die Seite, schloß die Augen. Es dauerte nur wenige Minuten, bis sie in tiefen Schlaf fiel. Zuerst hörte sie es nicht, schließlich vernahm sie das Klingeln des Telefons wie aus weiter Ferne. Sie öffnete mühsam die Augen, warf einen Blick zur Uhr, kurz nach halb elf, gähnte, stieß einen derben Fluch aus, griff neben

das Bett, nahm den Hörer ab, meldete sich mit schläfriger Stimme. Sie hörte nur eine etwas blechern klingende, männliche Stimme, schließlich schoß sie hoch, erkannte, wer da sprach, schrie, bettelte. Sie begann zu zittern, schrie ins Telefon »Hallo, hallo!«, doch am andern Ende wurde einfach aufgelegt. Sie war mit einem Mal hellwach, ihre Kehle war trocken.
Mein Gott, dachte sie, *laß das nicht wahr sein. Laß es um Himmels willen nicht wahr sein!* Sie wußte, was sie gehört hatte, wollte es aber im ersten Moment nicht wahrhaben. Mit zittrigen Fingern zog sie eine Zigarette aus der Schachtel, zündete sie an. Sie inhalierte tief, überlegte, versuchte ihre Gedanken zu ordnen, es gelang ihr nicht. Sie stand auf, holte eine Dose Bier aus dem Kühlschrank, trank in schnellen Schlucken. *Ich muß Frank anrufen,* dachte sie. *Ich will und kann da nicht allein hinfahren.* Sie ging zum Telefon, wählte seine Nummer. Nadine war am Apparat.
»Nadine, gib mir bitte Frank. Es ist dringend.«
»Ist irgendwas passiert? Du klingst so komisch.«
»Bitte keine Fragen, hol Frank ans Telefon.«
»Moment, er kommt schon.«
»Frank, setz dich ins Auto und komm her …«
»Was ist los?« fragte er.
»Ich erklär's dir später. Beeil dich, bitte.«
»Okay, bin schon unterwegs.«
Julia Durant lief im Zimmer unruhig auf und ab, drückte die Zigarette aus, steckte sich gleich eine neue an. Sie sah an sich herunter, dachte, *ich muß mich anziehen.* Sie zog Jeans und ein Sweatshirt über, schlüpfte barfuß in die Tennisschuhe. Sie ging zur Toilette, wusch sich das Gesicht, bürstete sich das Haar. Sie hatte Angst, Angst vor dem, was sie in wenigen Minuten sehen würde. Sie hätte allein hinfahren können, doch sie brauchte jetzt jemanden, dem sie vertrau-

en konnte, der ihr beistand. Ein weiterer Blick zur Uhr, zehn nach elf. Es klingelte, sie sagte in die Sprechanlage: »Ich komm runter.«
Sie nahm ihre Tasche, zog die Tür hinter sich zu, rannte die Treppe hinunter. Hellmer stand draußen, rauchte.
»Was ist los, Julia?« fragte er besorgt. »Du bist ja kreidebleich! Doch nicht schon wieder ein Mord, oder?«
»Laß uns fahren«, sagte sie nur, »ich bin etwas durcheinander. Können wir deinen Wagen nehmen?«
»Klar. Und wohin soll's gehen?«
»Nicht weit, nur zehn Minuten von hier. Ich zeig dir den Weg.«
Hellmer hielt vor dem großen, hellen Haus, auf das Julia Durant deutete, hinter den meisten Fenstern war es bereits dunkel. Sie stiegen aus, liefen auf den Eingang zu.
»Und jetzt?« fragte Hellmer. »Wie kommen wir rein?«
»Wir müssen klingeln. Drück einfach auf irgendeinen Knopf.«
»Und was soll ich sagen?«
»Mein Gott, sag, daß wir von der Polizei sind. Der Eingang wird videoüberwacht, jeder kann sehen, daß wir keine Gangster sind.«
»Du kennst dich aber gut hier aus«, sagte er und legte den rechten Zeigefinger auf einen der Klingelknöpfe. Es dauerte eine Weile, bis eine weibliche Stimme sich meldete.
»Tut mir leid, wenn wir stören, aber wir sind von der Kripo Frankfurt, Hauptkommissar Hellmer und meine Kollegin Durant«, sagte Hellmer und hielt seinen Ausweis direkt vor die Kamera, die rechts über dem Eingang angebracht war.
»Und was wollen Sie von mir?«
»Von Ihnen gar nichts. Wir müssen nur dringend ins Haus. Wenn Sie bitte so freundlich wären und aufmachen würden.«
Die Frau befolgte die Aufforderung, Hellmer drückte die Tür

auf. Sie betraten die Eingangshalle, der Aufzug stand offen im Erdgeschoß.
»Und wohin jetzt?« fragte Hellmer.
»Fünfter Stock«, sagte Durant mit belegter Stimme.
»Und wer wohnt da?«
»Werner Petrol.«
»Aha. Und ich soll jetzt raten, wer das ist und was passiert ist?«
Der Aufzug hielt, sie stiegen aus. Mit gezielten Schritten ging Julia Durant auf die nur angelehnte Wohnungstür zu. Sie schluckte schwer, meinte, ein Eisenring würde sich immer fester um ihre Brust ziehen. Sie trat ein, Hellmer folgte ihr.
»Mach bitte die Tür zu«, sagte sie. »Und nichts anfassen.« Sie warf einen Blick in den großzügigen Wohnbereich, in dem sich niemand aufhielt. Sie schaute nach oben, die Schlafzimmertür stand offen, das Licht brannte. Mit weichen Knien stieg sie die Treppe hoch, machte am obersten Absatz halt, atmete tief ein. Hellmer stand neben ihr, preßte die Lippen aufeinander. Ohne etwas zu sagen, bewegte er sich auf die offenstehende Tür zu, blieb im Türrahmen stehen. Er schaute in den Raum, verharrte einen Moment, wandte den Kopf, sah Durant an.
»Was geht hier vor?« fragte er leise.
Sie stellte sich zu Hellmer, der seinen Blick wieder auf den Toten gerichtet hatte. Petrol war nackt und mit Handschellen ans Bett gefesselt, seine weitaufgerissenen Augen waren starr zur Decke gerichtet, seine Beine gespreizt. Sie brauchte einen Moment, um diesen Anblick auf sich wirken zu lassen, es war, als drehte sich alles um sie. Es war, als befände sie sich in einem schlechten Film oder in einem Alptraum. Es war, als liefe sie durch eine Nebelwand.
»Wer ist Werner Petrol?« riß Hellmer sie aus ihren Gedanken.

»Er ist Chefarzt im St.-Valentius-Krankenhaus.«
»Ist mir ein Begriff. Und woher kennst du ihn? Und vor allem, woher wußtest du, daß er tot ist?«
Sie antwortete nicht gleich, sondern stellte sich direkt vor das Bett. Sie zog die Gummihandschuhe an, befühlte den Leichnam. Er war noch warm.
»Ich kenne ihn. Ich kenne ihn sogar sehr gut, wenn du das wissen willst.«
»Gehört er dieser Kirche an?«
»Nein«, antwortete sie mit einem Mal ruhig und gefaßt, und ohne aufzublicken. »Werner war alles andere als religiös. Wir hatten seit gut einem halben Jahr eine Beziehung. Er wollte sich sogar für mich scheiden lassen. Hat er zumindest behauptet.«
»Augenblick«, sagte Hellmer mit zusammengekniffenen Augen, »du und er, ihr hattet was miteinander? Ich glaub's nicht, ich kann's einfach nicht glauben!«
»Dann laß es doch!« fauchte sie ihn an. »Es ist aber die reine Wahrheit. Ist es vielleicht seit neuestem für eine Polizistin verboten, einen Freund oder einen Liebhaber zu haben? Ist dieses Privileg nur Männern vorbehalten?« Mit einem Mal konnte sie nicht mehr an sich halten und begann zu schluchzen. »Dieser verfluchte Scheißjob! Ich halt das bald nicht mehr aus.«
»Entschuldige, war nicht so gemeint«, sagte Hellmer und nahm sie in den Arm. Sie ließ es sich gefallen. »Trotzdem solltest du mir einige Fragen beantworten. Zum Beispiel, woher du wußtest, daß er tot ist.«
Sie löste sich aus seiner Umarmung, holte ein Taschentuch aus der Jeans, wischte sich die Tränen aus dem Gesicht und schneuzte sich. Mit gefaßter Stimme sagte sie: »Ich habe um kurz nach halb elf einen Anruf bekommen. Ich hab nur seine Stimme gehört, sie klang aber eher blechern oder synthetisch,

als ob der Mörder seine Stimme auf Band aufgenommen hat.« Sie hielt inne, sah Hellmer direkt in die Augen. Sie bat ihn: »Tu mir einen Gefallen und erwähne den andern gegenüber nichts von Petrol und mir.«
»Und wie soll ich, bitte schön, erklären, wie wir hierhergekommen sind?«
»Ich werde sagen, ich hätte einen anonymen Anruf erhalten und dann hab ich dich informiert. Das reicht doch schon. Bitte, ich hab keine Lust, mir endlose und vor allem sinnlose Fragen anzuhören.«
»Wie du meinst«, sagte Hellmer. »Wir müssen jetzt aber trotzdem die Kollegen holen. Was glaubst du, wie er getötet wurde?«
Durant beugte sich über den Toten, tastete mit ihren Augen seinen Körper ab. Wie oft hatten sie miteinander geschlafen, fünfzigmal, hundertmal? Wie oft hatten seine zärtlichen Hände sie berührt, wie oft war sie schwach geworden, wenn er sie mit seinem ganz besonderen Blick ansah und dabei dieses unvergleichliche Lächeln auf den Lippen hatte? Lippen, die jetzt blaß und farblos waren, seine solariumgebräunte Haut wirkte seltsam matt.
»Hier«, sagte sie nach einer Weile und deutete auf eine leicht verfärbte Stelle an Petrols Hals.
»Hm, sieht aus wie eine Einstichstelle«, sagte Hellmer. »Glaubst du, er ist auf die gleiche Weise umgebracht worden wie Rosenzweig und Schönau?«
»Schaut ganz so aus. Wahrscheinlich wurde ihm ein Nervengift injiziert, denn ich kann keine wesentlichen Gewebsveränderungen feststellen, nur dieses kleine Ödem. Aber warum ausgerechnet er?«
»Diese Frage, meine Liebe, wird uns wohl noch eine Weile beschäftigen. Und so leid es mir tut, das sagen zu müssen, du warst offensichtlich nicht die einzige Frau in seinem Leben.

Ich meine, außer seiner Ehefrau. Oder wie sonst erklärst du dir die Handschellen?«
»Er hat beteuert, er würde nur mich lieben, mich ganz allein. Er hat mich belogen. Er hat mich verdammt noch mal belogen! Gibt es eigentlich irgendwo einen Mann, der mich nicht belügt und betrügt? Scheiße, große gottverdammte Scheiße!« Sie kämpfte erneut mit den Tränen. Hellmer wollte einen Arm um ihre Schultern legen, diesmal ließ sie es nicht zu.
»Das Leben kann manchmal wirklich ganz schön beschissen sein. Ich rufe jetzt aber besser einen Arzt und die Kollegen an. Sie sollen die Wohnung auf den Kopf stellen, mal sehen, ob wir nicht einen Hinweis auf den Mörder finden.«
»Die Mörderin«, verbesserte ihn Durant und wischte sich mit einem Taschentuch die Tränen aus den Augen. »Warum er? Scheiße, ich finde einfach keine Antwort darauf. Ich geh mal kurz vor die Tür, eine rauchen und meine Nerven beruhigen.«
Als sie nach fünf Minuten zurückkam, sagte sie mit jetzt fester Stimme: »Er hat mich gestern und auch heute abend angerufen. Er wollte, daß ich zu ihm komme, er könnte mir unter Umständen bei der Klärung unserer Fälle helfen, oder besser gesagt, er meinte, er könnte eventuell ein Täterprofil erstellen. Ich hatte heute aber keine Lust und sagte ihm, wir würden uns morgen treffen. Ich bin jetzt sicher, daß er die Mörderin kannte. Aber er machte es so geheimnisvoll und wollte auch nicht am Telefon mit mir darüber reden … Ich habe einfach nicht geglaubt, daß es ihm ernst war. Und jetzt ist es zu spät. Ich hätte aber auch im Traum nicht daran gedacht, daß er mir wirklich helfen könnte. Ich bin so eine blöde Kuh, so eine saublöde Kuh! Ich verlasse mich sonst immer auf meine innere Stimme, nur diesmal hab ich es nicht getan. Vielleicht hätte ich ihm sogar das Leben retten können.«

»Es ist nicht deine Schuld, Julia. Du konntest doch nicht ahnen, daß er ...«
»Doch, ich hätte auf ihn hören sollen. Wäre ich zu ihm gefahren, wäre das nicht passiert.«
»Und was, wenn er nur deine Gesellschaft wollte und einen Vorwand dafür gebraucht hat?«
»Glaub ich nicht. Angenommen, er kannte die Mörderin, wußte aber nicht, daß sie wußte, was er wußte, dann ... Aber dieser Mistkerl hat mit ihr gebumst!«
»Und er liebte es ausgefallen«, bemerkte Hellmer lakonisch, auf die Handschellen deutend.
»*Das* haben wir nie gemacht«, erwiderte sie mit rotem Kopf. »Wir ...«
»Schon gut, ich will keine Details wissen ...«
»Du sollst aber wissen, daß ich mich von ihm trennen wollte. Ich war es leid, mir ständig seine Liebesbeteuerungen anzuhören, denen aber keine Taten folgten.«
»Ich denke, er wollte sich scheiden lassen?«
»Er hat es mir immer und immer wieder versprochen, aber mir haben die Beweise gefehlt. Ich habe ihm vorgestern gesagt, Werner, du hast drei Monate Zeit, mir einen handfesten Beweis für deine ernsten Absichten zu geben. Sonst ist Schluß.«
Es klingelte, Hellmer ließ die Beamten ins Haus. Kurz darauf kam der Arzt. Die Spurensicherung nahm ihre Arbeit auf, der Fotograf schoß Fotos aus allen Blickwinkeln, anschließend videografierte er die Wohnung. Der Arzt untersuchte den Toten, sagte: »Allem Anschein nach ein Herzinfarkt«, und wollte gerade den Totenschein ausstellen, als Hellmer ihn zurückhielt.
»Nein«, sagte er und deutete auf Petrols Hals. »Hier, sehen Sie selbst.«
»Tatsächlich. Hab ich doch glatt übersehen. Sieht nach

einem kleinen Ödem aus. Scheint, als hätte man ihm eine Injektion verpaßt. Aber das müssen schon Ihre Rechtsmediziner klären.«
»Vermutlich war es Gift«, sagte Durant kühl. »Sie haben doch sicher von den beiden Mordfällen gehört.«
»Oh, das erklärt natürlich einiges«, sagte der Arzt nachdenklich und räusperte sich verlegen. »Ich hätte gleich drauf kommen müssen, die offenen Augen und …«
»Können Sie Spermaspuren feststellen?«
»Nein, dazu fehlen mir die Mittel. Ich bin nur ein einfacher Hausarzt.«
»Ist schon in Ordnung«, sagte Hellmer. »Sie können ja nicht alles wissen. Vermerken Sie einfach auf dem Totenschein ›Todesursache ungeklärt‹, damit er in die Rechtsmedizin gebracht werden kann. An Ihre Schweigepflicht brauche ich Sie ja wohl nicht extra zu erinnern.«
Der Arzt erwiderte nichts auf diese Bemerkung, füllte den Totenschein aus, reichte ihn Hellmer. Die Gnadenlosen vom Bestattungsinstitut waren inzwischen eingetroffen, packten Petrol in einen Plastiksack, zogen den Reißverschluß zu, trugen ihn aus dem Haus.
»Komm, wir schauen uns mal den Computer an«, sagte Hellmer zu Durant. »Vielleicht finden wir ein paar interessante Eintragungen.«
»Das glaubst du doch wohl selber nicht.«
Hellmer schaltete den PC ein – nichts. Er suchte nach Disketten – Fehlanzeige.
»Tja, du scheinst recht zu haben. Sie hat ganze Arbeit geleistet. Und doch sollten wir mal unsere Computerfreaks ranlassen. Könnte immerhin sein, daß sie wenigstens noch ein paar Fragmente sichern können. Du weißt doch noch, bei diesem Entführungsfall Fiszman haben die Täter auch geglaubt, alles gelöscht zu haben, haben dabei aber die ver-

steckten Dateien übersehen, durch die sie letztendlich überführt wurden.«
»Ich wette, hier gibt es auch keine versteckten Dateien mehr. Diese Frau ist gerissener, als wir uns überhaupt vorstellen können. Sie ist uns immer um eine Nasenlänge voraus. Und sie geht auf Nummer Sicher. Für mich wird die ganze Sache jedenfalls immer undurchsichtiger. Komm, laß uns gehen, wir haben hier nichts mehr zu tun.«
»Wollen wir noch was trinken gehen?« fragte Hellmer.
Julia Durant schüttelte den Kopf. »Heute nicht. Ich will nur noch nach Hause.«
»Meinst du, du wirst schlafen können?«
Sie seufzte auf, sagte: »Ich glaube kaum, aber das ist inzwischen auch egal.«
Hellmer gab letzte Instruktionen an die Männer von der Spurensicherung, verabschiedete sich und veranlaßte, daß die Wohnungstür später versiegelt wurde. Sie fuhren mit dem Lift nach unten, stiegen in Hellmers BMW. Es war fast ein Uhr nachts, als er sie vor ihrem Haus absetzte.
»Ich frage mich eines«, sagte er, als Julia Durant gerade aussteigen wollte, »wieso hat die Mörderin ausgerechnet dich angerufen?«
»Woher soll ich das wissen?« fragte die Kommissarin mit einem Seufzer.
»Wir haben jetzt inzwischen vier männliche Tote, die alle durch Gift umgekommen sind. Und wir haben eine ganze Reihe von Personen verhört. Ich frage mich, woher die Mörderin deine Nummer hat. Du stehst doch gar nicht im Telefonbuch.«
»Ich habe fast jedem, mit dem ich in den letzten Tagen gesprochen habe, meine Karte gegeben. Und da steht auch meine Privatnummer drauf.«
»Auch wenn ich dich jetzt nerve, aber von all den Frauen,

denen du in den letzten Tagen deine Karte gegeben hast, welche käme deiner Meinung nach für die Morde in Frage? Vor allem für den an Petrol?«
»Erst mal alle oder keine.«
»Moment«, fuhr Hellmer fort, »Petrol hatte neben dir und seiner Frau noch ein weiteres Verhältnis, das ist ziemlich ein-deutig. Und ein Mann wie der läßt sich doch nicht mit irgendwem ein. Du bist eine ziemlich ...«, er hielt inne, druckste herum.
»Was bin ich? Komm, sag's.«
»Na ja, ich finde, du hast ziemlich viel Klasse.«
»Danke für das Kompliment. Aber worauf willst du hinaus?«
»Ich meine nur, er wird sich aller Wahrscheinlichkeit nach eine Frau gesucht haben, die ähnliche Vorzüge aufweist, wenn du verstehst, was ich meine. Und davon haben wir doch nicht allzu viele kennengelernt.«
»Zu viele«, sagte Julia Durant. »Und wenn man es genau nimmt, kommt jede einigermaßen gutaussehende Frau, mit der wir in den vergangenen Tagen gesprochen haben, in Frage. Schau dich allein in Rosenzweigs Büro um, oder bei Schönau. Soll ich dir all die Namen aufzählen – Neumann, Wagner, Jung, Reich, Fink ... Wenn du so willst, könnte jede von ihnen, aus welchen Gründen auch immer, ein Motiv haben. Ich sag dir, vergiß es. Wir müssen das Ganze anders aufziehen. Ich weiß nur noch nicht, wie.«
»Und was, wenn wir erst mal nur die Damen aus der Kirche einbeziehen?«
»Alle?« fragte Durant mit hochgezogener Stirn. »Da hätten wir zum Beispiel Sabine Reich – eine Klassefrau, aber ein Motiv? Laura Fink – auf den ersten Blick unscheinbar, doch heute morgen in der Kirche sah sie wirklich gut aus, sehr wandlungsfähig. Wer weiß, was hinter ihrer Fassade für ein Vulkan brodelt? Rita Jung – Mitte Dreißig, aber mit allen

weiblichen Vorzügen ausgestattet, auf die Männer stehen. Nicht zu vergessen Vivienne Schönau – absolute Spitzenklasse. Marianne Rosenzweig – noch nicht einmal vierzig, und gut zurechtgemacht sieht sie bestimmt toll aus. Und wer weiß, wie gut diese Damen im Bett sind? Noch ein paar Namen gefällig?«

»Ja, ja, ja, du hast ja recht, Boß. Unterhalten wir uns morgen noch einmal darüber. Tschüs, und mach dir keinen dicken Kopf. Du schaffst das schon.«

»Tja, ich denke, ich werde es schaffen. Ich schaffe doch alles, ich bin schließlich eine sehr, sehr starke Frau!« sagte sie mit einem Anflug von Sarkasmus. »Mach's gut und bis nachher.«

Sie ging langsam nach oben, schloß auf, lehnte sich von innen gegen die Tür. Übelkeit, Stiche in der linken Schläfe. Ihr war zum Heulen zumute, doch sie konnte nicht weinen, nicht richtig weinen. Dabei hätte sie am liebsten laut geschrien, um sich geschlagen, sich ihre ganze Wut und ihren Frust von der Seele gebrüllt. Statt dessen fühlte sie sich nur leer und ausgebrannt, gedemütigt und mißbraucht. Sie setzte sich aufs Sofa, hörte Musik, rauchte und trank Bier. Sie dachte daran, ihren Vater anzurufen, sah zur Uhr – halb zwei – schüttelte den Kopf. Sie war verzweifelt. Irgendwann in dieser Nacht fielen ihr die Augen zu, und als sie um acht Uhr wach wurde, schmerzte ihr Rücken von der unnatürlichen Lage, die sie auf dem unbequemen Sofa eingenommen hatte. Sie rief im Präsidium an, sagte, sie würde heute eine Stunde später kommen.

Sonntag, 23.20 Uhr

Sie hatte vor dem Hotel Intercontinental angehalten, war in die Bar gegangen, hatte zwei Martinis getrunken, drei Zigaretten geraucht, nachgedacht. Sie fühlte sich elend, nicht allein wegen dem, was sie getan hatte, sondern weil sie wußte, daß sie etwas in Bewegung gesetzt hatte, das nicht mehr aufzuhalten war. Und sie fragte sich, wie lange es wohl dauern würde, bis sie in Verdacht geriet, bis man ihr Leben durchforsten und auf einige Ungereimtheiten stoßen würde.

Ein junger Mann von etwa dreißig Jahren mit langen, blonden Haaren, Designerjeans und italienischen Schuhen setzte sich neben sie, betrachtete sie eine Weile wortlos. Sie sah ihn kurz an, lächelte. Er fragte, ob er ihr etwas zu trinken bestellen dürfe, sie nickte nur. Sie unterhielten sich eine halbe Stunde lang über Belanglosigkeiten, tranken und rauchten, und irgendwann fragte der junge Mann, ob sie Lust hätte, mit zu ihm nach Hause zu kommen.

»Bist du immer so direkt?« fragte sie.

»In der Regel schon. Ich lebe nach dem Motto, das Leben ist zu kurz, um sich die guten Gelegenheiten entgehen zu lassen. Ich verspreche auch, mich danach nie wieder bei dir zu melden.«

»Okay. Aber du erfährst weder meinen Namen noch meine Adresse. Und ich will auch nichts von dir wissen. Das ist die Bedingung. Und wir fahren nicht zu dir nach Hause, sondern nehmen uns hier ein Hotelzimmer.«

»Einverstanden.«

Sie standen auf, er zahlte, fuhr mit dem Aufzug nach unten, kam wenige Minuten später mit dem Zimmerschlüssel zurück. Er ließ eine Flasche Champagner und etwas zu essen aufs Zimmer kommen. Sie blieb bis um kurz nach drei, kleidete sich an, verließ die elegante Suite, während er schlief. Er war ein passabler Liebhaber, doch nicht zu vergleichen mit Petrol. Petrol war einzigartig gewesen, etwas ganz Besonderes. Sie wußte, sie würde nie wieder jemanden wie ihn finden.

Als sie um halb vier vor ihrem Haus hielt, blieb sie noch

einen Moment im Wagen sitzen, legte den Kopf aufs Lenkrad, schloß die Augen. Nach wenigen Minuten stieg sie aus, ging ins Haus, entkleidete sich und legte sich ins Bett. Sie stellte sich den Wecker für acht Uhr. Sie brauchte nicht viel Schlaf, selten, daß sie länger als fünf Stunden schlief. Sie schlief tief und traumlos.

Montag, 9.10 Uhr

Die Beamten der Mordkommission waren, bis auf Kullmer und zwei andere Kollegen, alle schon im Büro, als Julia Durant hereinkam. Sie murmelte ein »Guten Morgen«, hängte ihre Tasche über die Stuhllehne, setzte sich. Sie fühlte sich wie gerädert, ihr war noch immer zum Heulen zumute, am liebsten wäre sie zu Hause geblieben. Sie steckte sich eine Gauloise an, inhalierte tief, ließ den Rauch lange in den Lungen, bevor sie ihn wieder ausstieß.
»Kollege Hellmer hat uns bereits informiert, was letzte Nacht los war. Ich würde gern noch Ihre Version hören«, sagte Berger, der sich zurückgelehnt hatte, die Hände über dem gewaltigen Bauch verschränkt. *Wenn du so weitermachst,* dachte sie, *wirst du eines Tages noch platzen.*
»Ich habe auch keine andere Version als die, die Sie bereits kennen. Was genau wollen Sie wissen?«
»Sie sind angerufen worden?«
»Angerufen ist gut«, sagte sie und verzog die Mundwinkel. »Natürlich wurde ich angerufen, aber der- oder diejenige hat nur gesagt, daß Petrol tot sei. Das war's.«
»Wieso der- oder diejenige?« fragte Berger. »War es nun ein Mann oder eine Frau?«
»Die Stimme war verstellt, sie klang irgendwie synthetisch, so als wenn jemand auf Band gesprochen hätte. Aber es

spricht alles für eine Frau.« Sie warf einen kurzen Blick auf Hellmer, der aus seinem Büro gekommen war und in der Tür stand. Er nickte kurz und für Berger nicht sichtbar. Julia Durant atmete erleichtert auf.

»Und dann sind Sie gleich zu der angegebenen Adresse gefahren und haben diesen Petrol tot aufgefunden.«

»Richtig.«

»Und Sie vermuten, daß auch er mit Gift umgebracht wurde?«

»Es deutet alles darauf hin.«

»Na ja, ich habe mir die Fotos angesehen und denke in die gleiche Richtung. Wie es aussieht, stand der werte Herr auf ausgefallene Sexspielchen. Nun, jeder muß selbst wissen, was er tut. Wir müssen jetzt erst mal das Obduktionsergebnis abwarten. Ich habe Morbs schon angerufen, er wird versuchen, uns noch heute das Untersuchungsergebnis zukommen zu lassen. Kullmer ist übrigens schon um halb acht mit Brecht und Simon los, um sich im St.-Valentius-Krankenhaus umzuhören. Hatte dieser Petrol Familie?«

»Keine Ahnung«, log Julia Durant. »Kullmer wird uns das sicher bald sagen können. Mir ...«

»Entschuldigung, wenn ich Sie unterbreche, aber ich will meinen Gedanken nicht verlieren«, sagte Berger. »Petrol hat doch nicht zu dieser Kirche gehört. Warum, glauben Sie, wurde er umgebracht? Haben Sie schon eine Vermutung?«

»Nein, absolut keine. Es sei denn, er kannte seine Mörderin. Vielleicht hatte er vor, sich mit uns in Verbindung zu setzen, doch die Mörderin ist ihm auf die Schliche gekommen und hat das Verhältnis kurzerhand beendet. Das ist die einzige Erklärung, die ich im Moment habe.«

»Klingt irgendwie logisch«, sagte Hellmer, löste sich von der Tür und setzte sich neben die Kommissarin. Er holte eine Zigarette aus der Brusttasche seines Hemdes, zündete sie an. »Seine Wohnung und die Einrichtung waren jeden-

falls vom Allerfeinsten. Der Mann muß mächtig Kohle gehabt haben.«
Berger ging auf die letzte Bemerkung nicht ein, blickte nachdenklich auf den Tisch, auf dem die Fotos des toten Petrol aufgereiht lagen.
»Und Fink, was ist mit dem?« fragte er.
»Wen meinen Sie, den Vater oder den Sohn, der sich das Leben genommen hat?«
»Das mit dem Sohn ist tragisch, aber mich interessiert eher der Vater. Haben Sie etwas Neues über ihn herausgefunden?«
»Nein, der Kerl ist ein knallharter Typ. Der regiert seine Familie mit eiserner Faust. An den ranzukommen ist so gut wie unmöglich. Hellmer kann das bestätigen. Das einzige, was ihn unter Umständen weich kochen könnte, ist seine Angst. Und die ist offensichtlich. Er hat zwei völlig verschiedene Gesichter – das eine setzt er in der Kirche auf, das andere im Alltag und in der Familie. Ich schätze, jeder, Laura Fink eingeschlossen, hat nicht nur großen Respekt, sondern vielleicht sogar Angst vor ihm. Er gehört jedenfalls nicht zu jenen Menschen, mit denen ich gern Kontakt haben möchte. Ich habe ihm am Freitag unmißverständlich zu verstehen gegeben, daß wir nichts für ihn tun können, wenn er weiter so verschlossen bleibt.«
Berger grinste zum ersten Mal an diesem Morgen, sagte: »Er hat sich übrigens mit unserem großen Boß in Verbindung gesetzt und sich über Sie beschwert. Er meinte, Sie seien ihm gegenüber arrogant und unverschämt aufgetreten und hätten seine Angst nicht ernst genommen. Er verlangt Polizeischutz.«
»Und was hat unser Big Boß dazu gesagt?« fragte Julia Durant ungerührt.
»Er hat ihn wohl erst mal über gewisse Dinge aufgeklärt, was Polizeischutz angeht. Er wollte allerdings wissen, wie das Gespräch zwischen Ihnen und Fink wirklich abgelaufen ist.

Aber Sie haben Glück, daß er Sie kennt und weiß, daß die Adjektive arrogant und unverschämt nicht auf Sie zutreffen. Er hat mir sogar noch gesagt, Sie sollen sich von Fink nicht einschüchtern lassen, er würde ihn schon einige Jahre kennen, und … Ach, was soll's, wenn dieser Idiot nicht kooperieren will, dann muß er eben mit den Konsequenzen leben. Der Polizeipräsident steht jedenfalls voll und ganz hinter Ihnen, wie ich Ihnen ausrichten soll.« Er machte eine Pause, zündete sich eine Zigarette an, sagte: »Glauben Sie denn, daß Fink in Gefahr ist?«
Julia Durant zuckte die Schultern. »Genau kann ich das nicht beurteilen, doch ich nehme es stark an. Die Voodoo-Puppe, die eindeutigen Briefe, all das läßt darauf schließen, daß er als nächstes Opfer auserkoren ist. Aber solange er sich ausschweigt, sind uns die Hände gebunden. Wir bleiben aber auf jeden Fall an ihm dran. Gibt es denn schon irgendwelche Hinweise auf seine Vergangenheit? Ich wurde nämlich gestern in dieser Kirche von einem gewissen Maier angesprochen, der mir etwas vom Dritten Reich zugeflüstert hat. Aber Fink wurde erst kurz vor dem Krieg geboren, weshalb ich keine Verbindung zum Dritten Reich feststellen kann. Allerdings sprach dieser Maier auch davon, daß die Söhne für die Sünden ihrer Väter bestraft werden würden. Was immer er damit gemeint hat.«
»Ich habe schon ein paar Kollegen damit beauftragt, sich um Finks Vergangenheit zu kümmern. Wobei ich mir beim besten Willen nicht vorstellen kann, daß irgend jemand jetzt noch diese perfiden Morde wegen etwas begeht, was vielleicht vor sechzig oder mehr Jahren passiert ist. Wenn *Sie* ein Täterprofil erstellen müßten, wie sähe dies nach Lage der Dinge aus?«
»Puh, schwer zu sagen. Auf jeden Fall eine Frau. Alter zwischen fünfundzwanzig und fünfundvierzig, attraktiv, sexuell

flexibel und aktiv. Hoher Bildungsstand, vermutlich Universitätsabschluß, was aber nicht unbedingt zwingend sein muß, denn ein fundiertes Wissen über Gifte gleich welcher Art kann sich im Prinzip jeder halbwegs intelligente Laie aneignen. Sehr vertraut mit den Lebensgewohnheiten der Opfer, das heißt, sie hat sich dieses Vertrauen offenbar auf eine sehr raffinierte Art erworben. So raffiniert, daß keiner auf die Idee gekommen wäre, ausgerechnet sie für eine kaltblütige Mörderin zu halten. Vermutlich eine freundliche, auffällige, aber nicht zu auffällige Person, jedoch eine, die auf Männer sehr anziehend wirken muß. Eine Frau, die auf jeden Fall mit Schönau und Petrol sexuell verkehrt hat, bei Rosenzweig und Hauser liegen uns darüber keine Erkenntnisse vor, zumindest weiß ich nicht, was die Überprüfung von Hauser bis jetzt ergeben hat …«
»Wenn ich Sie kurz unterbrechen darf – unsere Kollegen aus Hannover haben mit Hausers Frau gesprochen, die Stein und Bein schwört, daß ihr Mann nie eine Affäre hatte. Sie führt verschiedene Gründe dafür an, der wichtigste aber ist, daß sie von sich behauptet, sofort zu spüren, wenn der Mann fremdgeht. Sie hatte, bevor sie Hauser heiratete, schon eine gescheiterte Ehe hinter sich, in der ihr Mann ständig andere Frauen hatte und sie es angeblich immer gewußt hat. Aber ich habe Sie unterbrochen. Fahren Sie fort.«
Julia Durant stand auf, stellte sich ans Fenster, sah hinunter auf die Mainzer Landstraße, hinüber zum Platz der Republik, wo die Bauarbeiten seit Jahren in Gang waren und ein Ende nicht in Sicht zu sein schien. Immer wieder wurde die Verkehrsführung geändert, sehr zum Leidwesen der Autofahrer, da sich vor allem im Berufsverkehr die Autos oft über mehrere Straßenzüge hinweg stauten. Es hatte wieder angefangen zu regnen, der Verkehr quälte sich durch das bis zur Taunusanlage ziehende Nadelöhr.

»Eigentlich bin ich fertig. Es kommen so viele Frauen in Frage; es kann eine aus der Kirche sein, es kann aber auch jemand ganz anderes sein, eine Arbeitskollegin von Rosenzweig oder Schönau oder auch von Fink. Die wohl am schwierigsten zu beantwortende Frage ist wohl, warum sie diese Morde begeht. Und natürlich müßten wir wissen, ob Rosenzweig, Schönau, Hauser und Fink irgend etwas verbockt haben, etwas derart Schwerwiegendes, daß diese Frau einfach durchgedreht ist. Vielleicht ist sie auch nur eine völlig durchgeknallte Psychopathin, die schlechte, womöglich sogar außerordentlich schlechte Erfahrungen mit dieser Kirche gemacht hat. Vielleicht fühlt sie sich ungerecht behandelt, was möglicherweise auch den ersten Brief an Fink erklären würde, in dem sie ihn auf irgend etwas aus seiner Vergangenheit anspricht. Fink war schließlich über viele Jahre hinweg – und ist es auch heute noch – eine führende Persönlichkeit in der Kirche. Und was mich außerdem nachdenklich stimmt, ist die Tatsache, daß dieses Dreigestirn über einen sehr langen Zeitraum direkt zusammengearbeitet hat. Was, wenn Fink und seine Mitstreiter dieser Frau derart auf die Füße getreten haben, daß sie jetzt zurücktritt, und zwar mit aller Wucht? Das Problem sind Hauser und Petrol. Hauser hatte keine Affäre, wie seine Frau behauptet, Petrol gehört nicht der Kirche an …«
Hellmer beugte sich nach vorn, die Ellbogen auf den Oberschenkeln, die Hände aneinandergelegt. »Moment, Moment, Moment. Jetzt mal rein hypothetisch – Petrol hatte eine längere Liaison mit dieser Frau. Punkt. Er wußte über ihr Leben Bescheid. Punkt. Sie hat ihm alles erzählt, seit ihrer Kindheit. Punkt. Auch, daß sie ein Faible für ausgefallene Hobbys hat, wie zum Beispiel Gifte. Punkt. Und daß sie entweder ein Mitglied dieser Kirche ist oder war, und daß man ihr dort Unrecht angetan hat, was vielleicht sogar schon viele Jahre

zurückliegt. Punkt. Jetzt passieren auf einmal diese Morde. Petrol, Chefarzt einer psychiatrischen Klinik und geschulter Psychologe, wird hellhörig. Punkt. Er zählt zwei und zwei zusammen, anfangs ist es nur eine Vermutung, die er nicht wahrhaben will, aber die Vermutung wird immer stärker, daß diese Frau, seine Geliebte, mit der er so herrlich ausgefallene Sexspielchen treiben kann, für die Morde in Frage kommen könnte. Punkt. Vielleicht verliert er während eines Gesprächs in den letzten Tagen einmal ein paar Worte über diese Morde, was diese Frau stutzig und mißtrauisch werden läßt. Punkt. Jetzt zählt *sie* zwei und zwei zusammen, wiegt Petrol aber in Sicherheit, gibt ihm, ohne viel zu sagen, einfach das Gefühl, sie könne unmöglich die Mörderin sein. Punkt. Finale Sonntagabend. Sie treffen sich bei ihm, spielen ihr Spiel. Er, inzwischen womöglich wieder von seinem Verdacht abgekommen und dieser Frau sexuell total hörig, läßt sich wieder ans Bett fesseln. Punkt. Und dann macht sie ihn kalt. Punkt, Aus, Ende. Könnte es sich so abgespielt haben?«
Durant drehte sich um, sah Hellmer mit großen Augen an. Berger schwieg, fuhr sich mit einer Hand übers Kinn.
»Noch ein Punkt zu meiner Theorie«, fuhr Hellmer fort. »Angenommen, diese Frau hatte mit all ihren Opfern ein Verhältnis, das sich auf rein sexueller Ebene abspielte. Auch wenn Hausers Frau etwas anderes behauptet, so bin ich sicher, gibt es immer eine Möglichkeit, ein Verhältnis, wenn es rein sexuell ist, geheimzuhalten. Man trifft sich, vögelt, geht nach Hause. Keiner verlangt vom andern Gefühle. Sobald aber Liebe ins Spiel kommt, wird es kritisch. Von Rosenzweig und Schönau wissen wir doch inzwischen, daß sie keine Kostverächter waren und allem Anschein nach ihre Geliebten ausschließlich für Sex brauchten. Und diese Frau wußte es auch, und so war es für sie ein leichtes, an diese Männer ranzukommen, vor allem, wenn sie über die nötigen

äußerlichen Vorzüge verfügt. Meiner Meinung nach liegt hier der Schlüssel zur Lösung.«
Durant schüttelte den Kopf. »Das ist alles ganz gut und schön. Nur, wenn dieser Frau ein schweres Unrecht zugefügt wurde, warum hätten dann ausgerechnet diese Männer sich mit ihr einlassen sollen? Das ergibt keinen Sinn.«
»Warum nicht?« fragte Hellmer grinsend. »Die meisten Männer, und ich schließe mich da weiß Gott nicht aus, sind in der Regel für weibliche Reize sehr empfänglich. Vor allem wenn diese Reize auch noch ansprechend verpackt sind. Und wir alle wissen, daß Männer meistens schnell vergessen, Frauen aber oft sehr nachtragend sein können. Und wenn eine Frau haßt, dann tut sie es richtig, das haben wir in den vergangenen Jahren doch schon oft genug erlebt. Und diese Frau haßt, davon bin ich überzeugt. Und ich wage zu bezweifeln, daß wir es hier mit einer durchgeknallten Psychopathin zu tun haben. Ich tippe eher auf eine äußerst clevere Frau, die jeden Schritt ihres Rachefeldzugs bis ins letzte Detail durchgeplant hat. Vielleicht ist sie eine Psychopathin, aber durchgeknallt ist sie nicht.«
Berger beugte sich nach vorn, sah auf die vor ihm liegenden Fotos. »Sie mögen recht haben«, sagte er ungewohnt leise. »Wir müßten jetzt nur wissen, ob dieser Petrol eine längere Liaison hatte. Ich ruf mal schnell bei Kullmer an, er soll sich mal bei den Ärzten und dem Klinikpersonal umhören, ob denen etwas von Petrols Liebschaft bekannt ist.«
Während Berger mit Kullmer telefonierte und sich dabei Notizen machte, ging Durant zu Hellmer, sagte im Flüsterton: »Deine Theorie mag ja stimmen, aber das Treffen zwischen Petrol und dieser Unbekannten war mit Sicherheit nicht verabredet. Warum hat er mich sonst gestern abend angerufen und mich gebeten, zu ihm zu kommen? Sie muß völlig unerwartet bei ihm aufgetaucht sein.«

»Es war ihm aber offensichtlich nicht unrecht. Du warst nicht verfügbar, also hat er die andere genommen. Tut mir leid, das Leben ist beschissen, wie ich schon sagte.«
»Ja, verdammt …«
Berger legte den Hörer auf, sagte: »Also, es gibt schon erste Informationen über Petrol. Chefarzt seit zwei Jahren, ein Haus in Eltville, eine Wohnung in Frankfurt. Hochangesehen bei seinen Mitarbeitern, die ihm ausgesprochen hohe Führungsqualitäten bescheinigen. Nicht verheiratet …«
Julia Durant meinte, ihr Herz bliebe gleich stehen, sie sagte mit belegter Stimme: »Entschuldigung, ich muß mal schnell raus, meine Blase.« Sie rannte aus der Tür, über den Flur zur Toilette. Ihr war speiübel, sie übergab sich. Einen Moment lang blieb sie vor der Kloschüssel knien, schließlich stand sie auf, ihre Beine zitterten. Sie ging zum Waschbecken, ließ kaltes Wasser über ihr Gesicht laufen, trocknete es ab. Sie zitterte noch immer. *Was hat Berger eben gesagt, Petrol war nicht verheiratet? Wer ist dann die Frau mit den Kindern auf dem Foto, das er mir gezeigt hat?* Sie spürte ihr Herz bis in die Schläfen pochen, sie atmete schnell, meinte, gleich ohnmächtig zu werden. *Ich muß zurück ins Büro, sonst wird Berger vielleicht noch mißtrauisch.*
Hellmer wandte den Kopf, als Julia Durant das Büro wieder betrat. Sie fühlte sich elend wie schon lange nicht mehr. Sie versuchte, so ruhig wie möglich zu wirken, steckte sich eine Zigarette an, stellte sich wieder ans Fenster.
»Ist Ihnen nicht gut?« fragte Berger.
»Es geht schon wieder«, sagte sie mit fester Stimme, »ich merke nur den fehlenden Schlaf der vergangenen Tage. Es war alles ein bißchen anstrengend.«
»Wollen Sie lieber nach Hause gehen?«
»Nein, so schlimm ist es nun wirklich nicht. Wo waren wir stehengeblieben?« fragte sie.

»Bei Petrol. Daß er nicht verheiratet war. Da liegt es natürlich nahe, daß er eine feste Beziehung hatte. Nur, wer das war, das müßten wir wissen.«
»Und was«, sagte Durant, »wenn er nicht nur eine, sondern gleich mehrere Frauen hatte? Sie hätten sein Penthouse sehen sollen, na ja, das hat Hellmer ja schon erwähnt. Und es ist bei erfolgreichen Männern nicht unüblich, daß sie entweder häufig wechselnde Liebschaften haben oder sich sogar gleich mehrere Geliebte auf einmal halten. Wobei keine von der andern weiß.«
»Das klingt aber ein bißchen sehr weit hergeholt«, sagte Berger kopfschüttelnd. »Ich meine, im Film gibt's so was, aber im richtigen Leben …«
»Im richtigen Leben, Chef, gibt es mehr, als wir uns träumen lassen. Ich habe schon längst jegliche Illusion verloren, was das Verhalten von Menschen angeht. Es gibt nichts, was es nicht gibt. Und ich verwette meinen Arsch, Petrol hatte nicht nur eine Frau. Männer wie er, die auf solche Praktiken stehen, haben meist mehr als eine Geliebte. Er hatte das nötige Kleingeld, warum also sollte er nicht zwei oder drei Frauen gehabt haben?«
»Sie wirken ziemlich gereizt«, sagte Berger und sah Durant von der Seite an. »Was ist los?«
»Mich kotzt dieser Fall nur an, das ist alles«, erwiderte sie unwirsch.
»Welcher, die ganze Giftgeschichte oder das mit Petrol?«
»Einfach alles. Vor genau einer Woche wurde Rosenzweig ermordet und wir haben bisher nicht einen einzigen Hinweis darauf, wie zum Beispiel das Gift in seinen Schreibtisch gekommen ist. Wir können bisher nicht einmal sagen, diese oder jene Frau hätte ein Motiv. Und warum nicht? Weil es bis jetzt noch nicht mal den Hauch eines Motivs gibt. Schön und gut, Rosenzweig und Schönau waren Hurenböcke, Petrol

vielleicht auch, bei Hauser wissen wir es nicht. Bis jetzt dachte ich, wir müßten unseren Täter in der Kirche suchen, doch dann wird mit einem Mal jemand umgebracht, der mit dieser Kirche absolut nichts zu tun hatte! Das ist doch die große Scheiße an diesem Fall. Wir laufen uns die Hacken wund, aber wenn wir mit jemandem sprechen, sei es Frau Rosenzweig oder Frau Schönau oder einer von den Finks, von keinem bekommen wir auch nur den geringsten Anhaltspunkt, an dem wir ansetzen könnten. Und das macht mich einfach wütend!«

»Ihre Wut in allen Ehren, aber wie wollen Sie weiter vorgehen?« fragte Berger.

»Keine Ahnung. Finks Vergangenheit durchleuchten, vielleicht noch einmal mit seiner Frau sprechen, und vor allem mit seiner Tochter. Ich möchte ihr am liebsten heute noch die Kopie des Abschiedsbriefes ihres Bruders vorbeibringen. Die Kollegen sollen doch mal sehen, ob sie irgend etwas finden, das Aufschluß darüber gibt, was zum Beispiel Finks Vater in der Hitlerzeit für eine Funktion innehatte, ob er überhaupt in irgendwelche Nazi-Aktivitäten verwickelt war. Wir sollten uns auch eingehend mit Petrols Leben beschäftigen, was ich ganz gerne mit Hellmer tun würde. Und ich hatte eigentlich vor, ein paar Worte mit dieser Psychologin zu wechseln. Sie scheint mir so ziemlich die einzige zu sein, die wirklich offen ist. Mal sehen, ob sie in ihrer Mittagspause Zeit für mich hat.«

Julia Durant nahm den Hörer ab, wählte die Nummer von Sabine Reich.

»Psychologische Praxis Reich.«

»Hier Durant ...«

»Sie haben aber Glück, daß Sie mich erreichen, ich bin gerade auf dem Sprung zur Beerdigung von Bruder Rosenzweig und Bruder Schönau und hab nur mal kurz in der Praxis vorbeigeschaut. Was kann ich für Sie tun?«

»Hätten Sie heute mittag Zeit für mich? Ich meine, nach der Beerdigung?«
»Wofür? Eine Therapiestunde?« fragte Sabine Reich lachend.
»Nein. Vielleicht könnten wir wieder zu dem Italiener gehen, und diesmal lade ich Sie ein. Ich muß mich einfach noch einmal mit Ihnen unterhalten.«
»Und worüber?«
»Das möchte ich Ihnen lieber beim Essen sagen. Wann glauben Sie denn, wird die Beerdigung zu Ende sein?«
»Ich denke mal, so spätestens Viertel vor zwölf. Ich habe für heute alle Termine abgesagt, deshalb hätte ich Zeit für Sie. Treffen wir uns doch um halb eins beim Italiener. Ich muß jetzt aber Schluß machen, ich will nicht unbedingt zu spät kommen, wenn der Mann einer meiner Patientinnen bestattet wird. Bis nachher dann.«
Die Kommissarin legte auf. Berger sah sie nachdenklich an.
»Was erwarten Sie sich von diesem Essen?« fragte er.
»Ich glaube, wenn uns jetzt überhaupt noch jemand helfen kann, dann die Reich. Vielleicht hat sie Informationen, von denen sie noch gar nicht weiß, wie wichtig sie für uns sein könnten. Ich will sie speziell zur Familie Fink befragen. Sie kennt die Rosenzweigs sehr gut, die Schönaus ebenfalls, warum sollte sie mir also nicht auch etwas über die Finks sagen können? Einen Versuch ist das allemal wert.« Es war zehn Uhr, als sie sagte: »Komm, Frank, wir sollten uns die Beerdigung nicht entgehen lassen. Aber wir fahren mit zwei Autos, ich will hinterher gleich weiter nach Höchst.«
»Wie du meinst«, sagte er und stand auf, wandte sich an Berger: »Wir sind dann erst mal weg. Sollte in der Zwischenzeit irgendwas Besonderes sein, warten Sie lieber mit dem Anruf bis so gegen zwölf. Es wäre nicht sehr taktvoll, wenn mitten in der Trauerfeier plötzlich das Handy klingeln würde.«

Berger erwiderte grinsend: »Keine Angst, Kollege Hellmer, ich werde Ihre Trauer nicht stören.«
Julia Durant und Frank Hellmer liefen über den langen Flur, begegneten ein paar Kollegen von der Sitte, die sich laut schwatzend und lachend unterhielten. An der Treppe, die ins Erdgeschoß führte, blieb die Kommissarin mit einem Mal stehen. Sie lehnte sich an das Geländer, fingerte eine Zigarette aus ihrer Tasche, steckte sie in den Mund. Sie sah Hellmer mit einem Blick an, den er an ihr noch nie gesehen hatte, traurig und verletzt und irgendwie hoffnungslos.
»Ich wollte dir noch danken«, sagte sie nach dem ersten Zug an der Gauloise, »daß du mich gedeckt hast.«
»Ich habe dich nicht gedeckt, ich wollte nur nicht, daß das ganze Präsidium über dich herzieht. Es geht schließlich keinen etwas an, daß du mit diesem Petrol was hattest. Aber es war ein ganz schöner Schock für dich, oder?«
»Was?« fragte sie zurück, sie schien mit ihren Gedanken weit weg zu sein.
»Na, daß Petrol nicht verheiratet war. Du hättest dich sehen sollen, wie du plötzlich ausgesehen hast. Kreidebleich. Ich glaube, es hätte nicht viel gefehlt und du hättest angefangen zu heulen.«
Sie seufzte, nahm einen weiteren Zug, zwei Beamte, die sie gut kannte, kamen die Treppe hoch, sie wartete, bis sie vorbei waren, bevor sie sagte: »Ich weiß nicht, ob du mich verstehen kannst, aber das eigentlich Schlimme ist nicht die Tatsache, daß er eine andere hatte, das Schlimme ist vielmehr, daß er mich von Anfang an belogen hat. Er hat mir *seine* Familie gezeigt, die gar nicht seine Familie ist. Weiß der Geier, wer die Frau und die Kinder auf dem Foto sind, aber es war nicht *seine* Frau. Er hat mir ein riesiges Lügengebilde aufgetischt, und ich bin darauf reingefallen. Er hat gesagt, er wollte sich scheiden lassen, es gäbe da aber noch ein paar

Dinge, die er vorher regeln müsse. Seine Frau sei psychisch nicht sonderlich stabil, und, und, und … Er hat mich benutzt, einfach nur benutzt. Und das ist es, was so unheimlich weh tut. Ich habe wirklich geglaubt, ein Mann seines Formats und seiner Stellung wäre vertrauenswürdig. Aber so kann man sich in einem Menschen täuschen. Er war so ein perfekter Lügner, ich hätte vermutlich nie herausgefunden, wie und vor allem, wer er wirklich war. Aber jetzt weiß ich es … Ich werde darüber hinwegkommen, irgendwann, aber es wird dauern. Mir kam vorhin sogar der perfide Gedanke, daß er es nicht anders verdient hat. Ich weiß, das klingt hart, doch wenn man so gedemütigt wird … Du bist ein Mann, Frank, sag mir, was ich falsch mache! Was ist an mir, daß ich keinen Mann finde?«
Hellmer zuckte verlegen die Schultern. »Ich kann's nur wiederholen, du bist eine tolle Frau, und du hast das gewisse Etwas, auf das Männer fliegen.«
»Und warum habe ich dann immer Pech mit ihnen?«
»Keine Ahnung. Aber wenn's dir hilft, ich bin immer für dich da. Und vielleicht solltest du mal mit Nadine reden, ich denke, so ein Gespräch von Frau zu Frau kann ganz hilfreich sein. Kotz dich einfach mal bei ihr aus. Ihr seid beide etwa im gleichen Alter, Nadine hat auch schon eine Menge durchgemacht, sie kann sich bestimmt in deine Lage versetzen.«
»Danke, vielleicht komme ich auf das Angebot zurück. Aber wir sollten jetzt fahren.«

Montag, 11.00 Uhr

Hauptfriedhof. Durant schätzte die Zahl der Trauergäste auf etwa dreihundert. Der Regen hatte aufgehört, doch der Wind war nach wie vor böig und kühl. Die Kapelle war bis auf den

letzten Platz besetzt, einige Besucher mußten draußen bleiben und die Trauerfeier von dort verfolgen.
»Meinst du, unsere Mörderin ist auch hier?« fragte Durant.
»Ich könnte es mir vorstellen«, sagte Hellmer. »Solange sie sich in Sicherheit wiegt ...«
»Mein Gott, wenn ich mir vorstelle, wie viele der hier anwesenden Frauen allein vom Äußeren her in Frage kommen könnten! Vielleicht ist es ja jemand, den wir noch gar nicht kennen. Es ist der blanke Wahnsinn, was hier passiert.«
»Doch, wir kennen die Dame. Warum sonst hätte sie dich am Sonntagabend angerufen? Es muß jemand sein, den wir kennen, alles andere wäre unlogisch. Das Problem ist nur, sie ist uns im Augenblick immer einen Schritt voraus. Die Spurensicherung hat absolut nichts Brauchbares gefunden, die Gerichtsmedizin konnte auch nichts Auffälliges feststellen ... Wir müssen wohl oder übel auf den großen Zufall warten oder den *einen* Fehler abpassen, den sie irgendwann begeht.«
»Du hast gut reden. Was, wenn Fink wirklich der nächste auf ihrer Liste ist und vielleicht schon für heute oder morgen sein Tod geplant ist? Und wir können es nicht verhindern. Wir müßten ihn schon in Sicherungsverwahrung nehmen, damit sie nicht an ihn rankommt.«
»Und wie lange? Einen Tag, eine Woche, ein Jahr? Sie hat Zeit, wahrscheinlich hat sie alle Zeit der Welt. Sie ist wie eine Spinne, die längst ihr Netz gesponnen hat und nur darauf wartet, daß ihr Opfer reinfällt.«
Die Kapelle begann sich zu leeren, der Zug hinter den beiden Särgen setzte sich in Bewegung.
»Komm«, sagte Hellmer, »ich habe keine Lust mehr, hier rumzustehen. Es ist vertane Zeit. Du machst dich jetzt auf den Weg nach Höchst, und ich werde mal den lieben Kollegen ein bißchen unter die Arme greifen. Mal sehen, ob wir was über Fink rauskriegen. Wir sehen uns später.«

Montag, 12.30 Uhr

Julia Durant war schon um kurz nach zwölf in Höchst, stellte ihren Wagen in der Nähe des Bahnhofs ab, kaufte sich in der Bahnhofsbuchhandlung die *FAZ* und ging zum Restaurant. Etwa die Hälfte der Tische waren besetzt, sie suchte sich einen am Fenster aus. Sie blätterte in der Zeitung, in der erneut ein ausführlicher Bericht über die mysteriösen Morde stand, die Polizeiarbeit aber glücklicherweise noch nicht in Frage gestellt wurde. Sie bestellte ein kleines Bier und wartete auf Sabine Reich. Sie kam um kurz nach halb eins, sie trug ein dunkelblaues, knapp über dem Knie endendes Kleid und dazu passende blaue Schuhe.

»Warten Sie schon lange?« fragte sie, während sie sich setzte.

»Nein, ich bin auch eben erst gekommen. Was möchten Sie trinken?« fragte die Kommissarin.

»Das gleiche wie Sie, nur alkoholfrei. Seit ich der Kirche angehöre, ist Alkohol tabu. Nun, man muß eben immer irgendwelche Konzessionen machen. Aber es schadet nicht. Früher war ich dem Alkohol recht zugeneigt, ich habe geraucht und ständig wechselnde Beziehungen gehabt. Das ist jetzt alles vorbei. Das Problem ist nur, ich finde keinen Mann. Jeder will sofort mit mir ins Bett, aber ich habe mich für diesen Glauben entschieden und damit auch beschlossen, meine sexuellen Bedürfnisse zurückzustellen, bis ich den Mann gefunden habe, der mich so nimmt und auch respektiert, wie ich es mir wünsche. Aber leider war die Suche bisher erfolglos.«

»Wem sagen Sie das!« erwiderte Julia Durant seufzend. »Mein Leben ist auch ziemlich männerlos. Hier und da gibt's mal jemanden …«

»Aber Sie sehen doch toll aus, wenn ich das mal sagen darf. Und da gibt es niemanden, der …«

»Danke für das Kompliment, aber … Na ja, es gibt schon je-

manden, doch ich vertraue ihm nicht ganz. Die Geschichte, die er mir von seiner ach so entsetzlichen Ehe auftischt, und … Ach, was soll's, ich habe mich damit abgefunden, solo zu sein. Und so wird es wohl auch bleiben.«
»Sie haben also etwas mit einem verheirateten Mann. Das ist immer schlecht, das weiß ich aus Erfahrung. Sie sagen immer, sie würden sich scheiden lassen, oder die Scheidung liefe schon, und letztendlich ist alles nur heiße Luft. Sie wollen ihren Spaß im Bett und sonst nichts.«
»Das ist genau das Problem … Aber ich will Sie nicht mit meiner Geschichte langweilen. Es gibt einen Grund, weshalb ich mich mit Ihnen hier treffe. Doch bevor ich näher darauf eingehe, sollten wir uns etwas zu essen bestellen. Ich sterbe fast vor Hunger.«
Sabine Reich bestellte eine Vier-Jahreszeiten-Pizza, Julia Durant Tagliatelle mit Basilikumsoße. Nachdem der Ober die Bestellung aufgenommen hatte, sagte die Kommissarin: »Also, um es kurz zu machen, es hat noch einen Mord gegeben. Ebenfalls durch Gift, doch diesmal kein Mitglied Ihrer Kirche. Und es gibt eine Morddrohung gegen Dr. Fink …«
»Moment, von diesem Mord weiß ich noch gar nichts. Wurde er nicht bekanntgegeben?«
»Er ist erst letzte Nacht passiert; Sie werden morgen darüber in der Presse lesen, oder schon in der Nachmittagsausgabe der *Rundschau*. Allerdings haben wir wesentliche Details zurückgehalten. So was nennt man Polizeitaktik. Darum geht es aber nicht. Mich würde vielmehr interessieren, was Sie über die Familie Fink wissen.«
Sabine Reich drehte ihr Glas alkoholfreies Bier zwischen den langen, schlanken Fingern. »Vielleicht wäre es besser, wenn Sie mir konkrete Fragen stellen würden. Außerdem habe ich von dem Selbstmord von Jürgen Fink gehört, den ich allerdings nur vom Hörensagen kannte.«

»Ja, das ist eine tragische Geschichte, die aber nichts mit den aktuellen Mordfällen zu tun hat. Wie gut kennen Sie die Finks? Ich meine, haben Sie irgendeinen privaten Kontakt zu ihnen?«
Sabine Reich nickte. »Laura ist meine beste Freundin. Ich habe immer das Gefühl, daß uns mehr verbindet als nur Freundschaft. Nur ist dieses Gefühl schwer zu beschreiben. Es ist einfach so, daß wir über alles, wirklich alles reden können. Aber nicht nur das, wir sind fast so etwas wie Schwestern; nicht nur in der Kirche, auch privat. Wenn es mir einmal nicht gutgeht, kann ich sicher sein, daß Laura anruft, weil sie das Gefühl hat, sie müßte es tun. Und umgekehrt verhält es sich ähnlich. Die eine ist immer für die andere da. Dabei kennen wir uns noch gar nicht so lange. Sie wurde in die Kirche geboren, während ich mich erst vor ein paar Jahren zur Taufe entschlossen habe. Die Missionare hatten es nicht leicht mit mir, ich bin von Natur aus rebellisch und hinterfrage alles, aber jetzt fühle ich mich rundum wohl in dieser Gemeinschaft. Ich habe meinen Platz gefunden.«
Das Essen wurde serviert, sie schwiegen einen Moment, aßen ein paar Bissen.
»Was für ein Mensch ist Laura?« fragte Durant.
»Sie ist einfach eine ganz besondere junge Frau. Eine, die es geschafft hat, den Widrigkeiten des Lebens zu trotzen. Sie hat sich nie unterkriegen lassen, schon gar nicht von ihrem Vater.«
»Was meinen Sie damit?«
»Sie haben Fink doch selbst kennengelernt und können ihn wahrscheinlich einigermaßen einschätzen. Er ist ein harter Brocken.«
»Ich erinnere mich, wie Sie mir letzte Woche gesagt haben, es gäbe in der Kirche einen liberalen, einen konservativen und einen ultrakonservativen Zweig. Über Schönau sagten Sie, er wäre ultra. Wo würden Sie Fink einstufen?«

Sabine Reich lachte leise auf, schnitt ein Stück Pizza ab. »Fink paßt in keine der drei Kategorien. Er ist superultra, wenn Sie damit etwas anfangen können. Er ist wohl das, was man landläufig einen Fanatiker nennt. Er schaut nicht nach rechts und nicht nach links, sondern immer geradeaus. Er bestimmt den Weg, den seine Familie zu gehen hat, und wenn einer nicht so spurt, wie er das will, dann hat derjenige Pech gehabt. Jürgen, den ich nur aus Lauras Erzählungen kenne, hatte dieses Pech. Fink läßt keine andere Meinung gelten als seine. Auch nicht in der Kirche. Was er sagt, ist Gottes Wort, und die meisten akzeptieren das auch. Fink zählt jedenfalls nicht zu meinen Lieblingsmitgliedern. Seine Härte sich selbst und vor allem andern gegenüber ist bisweilen erschreckend. Aber der Mann hat so viel Einfluß, daß jeder nur denkt, er wird schon recht haben. Auch wenn es viele gibt, die zweifeln. Das Problem ist nur, es traut sich kaum einer, Fink zu widersprechen. Er ist jemand, der ungeheuren psychischen Druck ausüben kann. Er nutzt das Dogma der Kirche auf seine ganz besondere Weise. Wenn er wüßte, was ich von einigen Mitgliedern weiß, er würde sie allesamt exkommunizieren, ohne mit der Wimper zu zucken.«
»Darf ich fragen, ohne indiskret sein zu wollen, was das ist, was Sie von diesen Mitgliedern wissen?«
»Natürlich. Wie Sie wissen, wird bei uns nicht geraucht, nicht getrunken, Sex vor der Ehe ist offiziell verpönt, inoffiziell sogar verboten, vor allem in unserer Region, wo Fink das Sagen hat. Unkeuschheit hat bei uns zwangsläufig den Ausschluß aus der Kirche zur Folge. Ehebruch ist ein noch viel schlimmeres Vergehen, das selbstverständlich sofort mit Rausschmiß geahndet wird. Außerdem soll man sich nicht mit Esoterik beschäftigen, dazu zählen Kartenlegen, Astrologie, Handlesen, Pendeln und so weiter. Ich muß aber einschränkend hinzufügen, daß es besonders in unserer Region

sehr autoritär und streng zugeht. Hamburg, Berlin oder München sind völlig anders, viel liberaler. Es hängt eben vom jeweiligen Regionshirten ab. Glücklicherweise dauert eine Amtsperiode maximal sieben Jahre, danach kommt ein anderer. Aber um auf Ihre Frage zurückzukommen – es gibt eine ganze Reihe von Mitgliedern, die mit enormen psychischen Problemen zu kämpfen haben und die meiner Ansicht nach unbedingt psychologisch betreut werden müßten. Ich kenne einige, die alkohol- oder drogenabhängig sind. Ich weiß von zwei Fällen, in denen die Männer ihre Frauen regelmäßig körperlich mißhandeln, und leider auch von einigen Fällen, in denen Kinder permanenter psychischer und physischer Gewalt ausgesetzt sind; die Interpretation des letzteren überlasse ich Ihnen. Ich könnte die Liste beliebig fortführen, aber es würde Ihnen letztendlich nichts bringen. Ich weiß von diesen Fällen, und Laura auch. Zum Glück gibt es eine Schweigepflicht, und kein noch so hohes Tier in der Kirche kann uns zwingen, Details aus dem Leben eines alkoholkranken oder unkeuschen Mitglieds preiszugeben. Würden wir das tun, würde sich die Mitgliederzahl in unserer Region innerhalb kürzester Zeit um etwa die Hälfte reduzieren, und ich würde schon bald eine Reihe meiner Patienten verlieren.«

»Wie viele Ihrer Patienten sind Kirchenmitglieder?«

»Warum wollen Sie das wissen?«

»Reine Neugier. Nennen Sie mir eine Prozentzahl.«

»Etwa vierzig bis fünfzig Prozent. Es variiert. Sie müssen wissen, ich biete mehrere Therapieformen an, dazu gehören Einzelgespräche, Gruppentherapie und Hypnosetherapie, wobei letztere nur von sehr wenigen in Anspruch genommen wird, da die meisten sich davor fürchten, unter Hypnose Dinge zu sagen, die sie nicht sagen wollen. Dabei ist gerade diese Therapieform eine der erfolgreichsten überhaupt, weil man damit an die Wurzeln bestimmter Krankheitsbilder gelangt.«

»Und gab es schon Mitglieder, die sich von Ihnen in Hypnose versetzen ließen?«
»Eine Handvoll. Es herrscht leider immer noch die Meinung vor, Hypnose sei vergleichbar mit Narkose, was natürlich völliger Quatsch ist, doch es gibt kaum jemanden, der nicht Angst davor hat, in Tiefschlaf versetzt zu werden. Aber bringen Sie den Leuten mal bei, daß Hypnose weder lebensgefährlich noch sonst in irgendeiner Form schädlich oder bedrohlich ist! Und es hat auch überhaupt nichts mit Esoterik oder irgendwelchem anderen Humbug zu tun.«
»Machen Sie auch Rückführungen?«
»Sie meinen, ob ich in der Lage bin, das Unterbewußtsein eines Patienten in ein früheres Leben zu führen?« Sabine Reich schüttelte lachend den Kopf, aß noch ein Stück von ihrer inzwischen abgekühlten Pizza. »Nein. Ich hatte jedoch vor nicht allzu langer Zeit einen Fall, wo ich den Patienten bis zum Zeitpunkt seiner Geburt führen konnte. Das war auch für mich ein ganz besonderes Erlebnis. Aber wir wollen uns doch nicht über meine Arbeit unterhalten …«
»Richtig, auch wenn es interessant ist … Gabriele Fink, was fällt Ihnen zu ihr ein?«
»Du meine Güte, Gabriele Fink!« Sie zog für einen Augenblick die Stirn in Falten, blickte auf ihren Teller, sagte schließlich: »Lassen Sie es mich vorsichtig formulieren – Fink hat sie in den vergangenen fast vierzig Jahren systematisch fertiggemacht. Nicht auf einmal, er hat sich Zeit gelassen damit. Und jetzt ist sie genau das, was er immer wollte, eine Marionette in seinen Händen, eine Frau ohne eigenen Willen, ohne Selbstbewußtsein, ohne Perspektiven; ein lebloses Individuum, das nur noch von der Hülle zusammengehalten wird. Sie ist ein körperliches und seelisches Wrack, und irgendwann wird sie untergehen. Sie wird sterben und keiner wird es bemerken, ich fürchte, nicht einmal Fink

selbst. Laura leidet sehr darunter, und sie hat sich nicht nur einmal bei mir deswegen ausgeheult. Auch wenn man es Laura auf den ersten Blick nicht anmerkt, sie ist unglaublich sensibel.«
Julia Durant hatte aufmerksam zugehört und ließ sich mit der nächsten Frage lange Zeit.
»Frau Reich, eine letzte, sehr vertrauliche Frage – würden Sie einem Mitglied der Familie Fink einen Mord zutrauen?«
»Ich wußte, diese Frage würde kommen«, sagte Sabine Reich wieder lächelnd. »Aber Sie können suchen, soviel Sie wollen, Sie werden keinen Mörder oder keine Mörderin dort finden. Gabriele Fink ist, wie ich schon sagte, innerlich tot und unfähig, eine Entscheidung von solcher Tragweite zu treffen. Und Stephan kommt eher nach seinem Vater. Ich mag ihn nicht besonders, er ist arrogant, und ich habe das Gefühl, er biedert sich an, und zwar auf eine ziemlich schleimige Weise. Und Laura – niemals. Für sie lege ich meine Hand ins Feuer, selbst auf die Gefahr hin, mich gewaltig zu verbrennen. Aber ich habe keine Angst, mich zu verbrennen, denn Laura ist über jeden Zweifel erhaben. Dann könnten Sie schon eher mich auf Ihre Liste der Verdächtigen packen.«
»So? Weshalb?« fragte Julia Durant grinsend.
»Ich will damit nur sagen, daß Laura ein von Natur aus reines, gewaltloses Wesen besitzt. Das ist alles. Ich kann manchmal ganz schön aufbrausend und unbeherrscht sein, womit ich nicht sagen will, daß ich jemanden kaltblütig umbringen könnte.«
Julia Durant wollte sich schon von Sabine Reich verabschieden, als sie ihr eine letzte Frage stellte, die ihr plötzlich in den Sinn kam: »Frau Reich, ich gehe davon aus, daß Sie mit offenen Augen durchs Leben gehen. Sie kennen doch sicherlich einen Herrn Jung und auch seine Exfrau. Was wissen Sie über die beiden?«

Sabine Reich senkte den Blick, zögerte mit der Antwort, bevor sie sagte: »Er ist ein guter Mann, mehr will ich nicht sagen. Aufrichtig, offen, und er hat es nicht leicht gehabt. Und obgleich ich nicht über meine Arbeit sprechen darf, so kann ich Ihnen doch sagen, daß Frau Jung vor einigen Jahren meine Patientin war. Sie hatte Probleme, was eigentlich leicht untertrieben ist.«
»Was für Probleme?« hakte die Kommissarin nach.
»Tut mir leid, wenn Sie etwas Genaueres wissen wollen, dann sprechen Sie mit ihr selbst.«
»Frau Reich, ich bin nicht aus privater Neugier am Leben von Frau Jung interessiert, sondern rein beruflich. Und im Augenblick haben wir es mit vier Morden zu tun, und wir haben bis jetzt nicht die geringste Spur. Wir gehen aber stark davon aus, daß der Mörder in der Kirche zu suchen ist. Alles, was ich brauche, sind ein paar Informationen, die uns weiterhelfen könnten. Ich bitte Sie, machen Sie eine Ausnahme und erzählen Sie mir etwas über Frau Jung. Sie war, als ich mit ihr sprach, sehr verschlossen.«
Sabine Reich rollte mit den Augen, trank einen Schluck, sagte: »In Ordnung, aber nur dieses eine Mal. Und kein Wort, daß Sie es von mir haben, sonst komme ich in Teufels Küche.«
»Versprochen.«
»Sie kam zu mir, weil sie Alkoholprobleme hatte. Diese Probleme hatten allerdings eine Ursache. Sie hatte, als sie schon verheiratet war, ein Verhältnis mit einem älteren Mann, mit wem, wollte sie mir nicht verraten. Was sie mir allerdings verriet, war, daß das Kind, das angeblich von ihrem Mann war, aus diesem Verhältnis stammte. Ihr Mann kam durch Zufall dahinter, stellte sie zur Rede, worauf sie den Ehebruch zugab. Anfangs hat sie versucht, die Ehe zu retten, aber ihr Mann bestand auf der Scheidung. Schließlich hat sie eingewilligt, unter dem Vorbehalt, das Sorgerecht für ihre Tochter

zu bekommen. Doch Herr Jung hatte einen cleveren Anwalt, nämlich Dr. Fink, der es schaffte, daß Jung das Sorgerecht zugesprochen bekam. Frau Jung ist dadurch in ein unendlich tiefes Loch gefallen, sie hat angefangen zu trinken, und einmal war sie sogar so betrunken, daß sie auf dem Heimweg von einem Lokal beinahe von einem Auto überfahren worden wäre. Die Polizei hat sie daraufhin auf eigenen Wunsch zur Entgiftung in eine Klinik gebracht, wo ihr von einem Psychologen nahegelegt wurde, eine Therapie zu machen. Sie kam zu mir, wir haben über ihre Vergangenheit gesprochen, über ihre Ängste und das, was ihr widerfahren war. Und es war, aus meiner Sicht gesehen, eine erfolgreiche Therapie. Soweit ich gehört habe, geht es ihr wieder gut.«

»Sie sagen, sie wurde in eine Klinik eingeliefert. In welche?«

»Nun, es gibt im Prinzip für den westlichen Teil Frankfurts und den gesamten Main-Taunus-Kreis nur eine Klinik, wo man entgiften kann, und das ist das St.-Valentius-Krankenhaus.«

»St. Valentius?« fragte Durant. »Wann war Frau Jung dort?«

Sabine Reich überlegte, sagte dann: »Kurz nach der Scheidung. Ich würde sagen, etwa vor vier Jahren, plus minus einem halben Jahr.«

»Und wenn man dorthin geht, wie lange bleiben die Patienten in der Regel zur Entgiftung?«

»Es kommt drauf an. Wenn man freiwillig kommt, kann man unter Umständen schon nach zwei oder drei Tagen wieder nach Hause. Es gibt allerdings auch Fälle, denen ein richterlicher Beschluß zugrunde liegt, und dann kann es bis zu drei Monaten dauern, bis man wieder rauskommt. Es hängt wie gesagt vom Patienten ab, ob er freiwillig unterschreibt oder ob er sich gegen eine Aufnahme wehrt und dann wegen Selbstgefährdung oder Gefährdung anderer einen Beschluß bekommt. Frau Jung war freiwillig dort, sie hat unterschrie-

ben, ihre Tage dort abgesessen und ist wieder nach Hause gegangen. Aber, um das zu Ende zu bringen, sie leidet meiner Meinung nach noch immer sehr unter der Trennung von ihrer Tochter. Sie hat nie begriffen und wird es wohl auch nie begreifen, weshalb ihr Mann darauf bestanden hat, das Sorgerecht zu bekommen, wo er doch gar nicht der leibliche Vater ist. Das scheint der Auslöser dafür gewesen zu sein, daß sie einen unbändigen Haß gegen ihn und alle Männer entwickelt hat, die für diese ungerechten Gesetze verantwortlich sind.«
»Und sie hat den Namen des leiblichen Vaters nie erwähnt?«
»Nein, zu keiner Zeit. Sosehr sie sich mir auch geöffnet hat, dieses Geheimnis hat sie für sich behalten.«
Julia Durant atmete tief durch, steckte sich eine Zigarette an und sah Sabine Reich nachdenklich an. »Vielen Dank, Frau Reich, daß Sie sich Zeit für mich genommen haben. Ich glaube, Sie haben mir sehr geholfen. Ich hoffe, ich kann mich bei Gelegenheit revanchieren. Ich muß jetzt aber leider los, im Präsidium wartet eine Menge Arbeit auf mich. Aber ich würde mich freuen, wenn wir uns irgendwann einmal wieder treffen könnten. Dann vielleicht unter etwas anderen Umständen.«
»Gern«, sagte Sabine Reich und schob den Teller beiseite. »Es ist für mich mal etwas anderes, mit jemandem von der Kriminalpolizei zu tun zu haben. Rufen Sie mich einfach an, wenn Ihnen danach ist … Sie sehen übrigens nicht gerade aus wie ein … Bulle. Ich finde Sie sympathisch, wenn ich das sagen darf.«
»Danke. Das beruht auf Gegenseitigkeit. Meine Telefonnummer haben Sie ja, oder?«
»Ja, ich denke schon«, erwiderte Sabine Reich. »Sie wird irgendwo im Büro sein. Aber vielleicht geben Sie sie mir noch einmal. Und diesmal stecke ich sie in meine Handtasche.«
Die beiden Frauen erhoben sich gleichzeitig, reichten sich

die Hand. »War nett, mit Ihnen zu plaudern. Bis bald«, sagte Julia Durant, ging zum Kellner und zahlte. In ihrem Wagen dachte sie über die vergangene Stunde nach. Wenn das stimmte, was Sabine Reich ihr eben erzählt hatte, dann gab es eine Verdächtige, und vielleicht schon bald eine Verhaftung. Sie fuhr zurück zum Präsidium. *Rita Jung*, dachte sie während der Fahrt, *Rita Jung.* Sie überlegte, ob sie am Nachmittag bei Vivienne Schönau oder in der St.-Valentius-Klinik vorbeischauen sollte. Sie schüttelte den Kopf, dachte: Es kommt sowieso anders als geplant. Als sie auf den Präsidiumshof fuhr, hörte der Regen auf und die Wolkenlücken wurden immer größer.

Montag, 14.15 Uhr

Hellmer saß am Computer und telefonierte, während er an einem Bericht tippte. Eine Zigarette glimmte im Aschenbecher vor sich hin. Berger war nicht im Büro, die Tür nur angelehnt. Sie setzte sich zu Hellmer, der sich immer wieder Notizen machte, und schaute ihm über die Schulter. Sie hängte ihre Tasche über die Stuhllehne, legte den Kopf in den Nacken, schloß die Augen. Als Hellmer den Hörer auflegte, sagte er grinsend: »Bingo! Diese Information wird dich umhauen. Finks Vater, Albert Fink – und jetzt halt dich fest – war unter Hitler ganz wesentlich an der Produktion von Giftgas beteiligt. Er war einer der Chefchemiker bei der IG Farben und unter anderem für die Produktion des berüchtigten Zyklon B mitverantwortlich, mit dem Millionen von Juden umgebracht wurden. Und jetzt kommt's noch dicker – Albert Fink war zu diesem Zeitpunkt Mitglied der *Kirche des Elohim.* Jetzt frage ich mich, wie kommt ein angeblich guter Christ dazu, dabei zu helfen, Millionen von Menschen in den Tod zu schicken,

wo doch eines der Zehn Gebote lautet ›Du sollst nicht töten‹? Als ich das eben gehört habe, ist mir fast die Spucke weggeblieben.« Er sah auf den Aschenbecher, die verglimmte Zigarette, holte sich eine neue aus der Hemdtasche und zündete sie an. »Könnte das vielleicht ein Motiv für den Mörder sein? Haben wir es hier mit einem zu tun, dem Vergangenheitsbewältigung wichtig ist? Was meinst du?«
»Ich meine, wir sollten Rita Jung ins Präsidium holen«, erwiderte Durant lakonisch.
»Was?« fragte er ungläubig. »Warum?«
»Weil ich eben mit der Reich gesprochen habe, und die hat erzählt, daß die Jung vor etwa vier Jahren bei ihr in Therapie war. Nachdem ihr Mann rausgefunden hatte, daß das Kind nicht von ihm war, hat er sofort die Scheidung eingereicht. Sie hat eingewilligt, wollte aber das Sorgerecht für die Tochter haben. Sie bekam es aber nicht, und jetzt rate mal, wer sein Anwalt war?«
»Keine Ahnung, sag's mir.«
»Fink. Fink hat dafür gesorgt, daß die Tochter dem Vater zugesprochen wurde. Seitdem hat die Jung einen unbändigen Haß auf Männer. Als die Scheidung durch war und sie nicht einmal das Sorgerecht für *ihre* Tochter bekam, hat sie ihren Kummer in Alkohol ertränkt, einmal sogar derart exzessiv, daß sie in eine Klinik eingeliefert werden mußte. Und jetzt rate noch mal – in welche Klinik ist sie damals wohl gekommen?«
»St. Valentius?«
»Der Kandidat hat neunundneunzig Punkte. St. Valentius«, sagte sie nickend. »Auf der Fahrt hierher habe ich mal folgendes Szenario durchspielt; Rita Jung hatte vor etwa zehn Jahren eine Affäre mit Schönau. Sie wurde schwanger, hat ihrem Mann aber verheimlicht, daß das Kind in ihrem Bauch nicht von ihm war. Logisch, schließlich gehörte sie einer Kirche an, in der eheliche Treue eines der hehrsten Gebote

ist. Er wurde aber, als das Mädchen älter wurde, mißtrauisch, aus welchen Gründen auch immer, und hat seine Frau zur Rede gestellt, worauf sie den Seitensprung gestand, ohne den Namen ihres Liebhabers zu nennen. Er hat sich einen Anwalt genommen, nämlich Fink, hat die Scheidung eingereicht und erwirkt, daß das Sorgerecht für das Mädchen ihm zugesprochen wurde. Das ist aber noch nicht alles. In der Kirche wird Ehebruch mit Exkommunikation bestraft, aber, und jetzt kommt's, da Fink der Anwalt ihres Mannes war, und die Jung ihm gegenüber vielleicht unter vier Augen verlauten ließ, natürlich mit dem Hintergedanken, ihn dadurch auf ihre Seite zu bekommen, daß sie diese Affäre mit Schönau hatte, der ja zu Finks besten Freunden zählte, mußte Fink auf einmal umdisponieren. Er gehört laut Sabine Reich zu den extrem konservativen Kräften in der Kirche, der jede noch so kleine Verfehlung sofort ahndet, in diesem Fall aber mußte er plötzlich umdenken. Normalerweise wäre es ein leichtes für ihn gewesen, der Frau nicht nur die Tochter wegzunehmen, sondern sie auch noch zu exkommunizieren und sie der öffentlichen Schande preiszugeben. Doch mit einem Mal stellte sich für ihn eine völlig neue Situation dar; wenn er Rita Jung aus der Kirche ausgeschlossen hätte, dann hätte er das gleiche auch mit Schönau tun müssen. Der Skandal wäre nicht auszudenken gewesen. Schönau wußte aber mit Sicherheit Dinge über Fink, und vermutlich auch über Rosenzweig, gegen die, um es gelinde auszudrücken, die Sprengkraft einer Atombombe wie ein harmloser Feuerwerkskörper gewesen wäre. Dann wäre der Skandal erst richtig perfekt und das Ansehen der Kirche erst einmal dahin gewesen. Also beschloß er, keine kirchlichen Schritte gegen die Jung einzuleiten, um zum einen seinen Freund zu decken und zum andern einen Skandal zu vermeiden, der unweigerlich auch ihn persönlich betroffen hätte. Und ich möchte wetten, auch Rosenzweig war in diese Sache involviert. Wir hätten auf jeden Fall zum ersten Mal ein Motiv, nämlich Rache. Denn es war letztendlich Fink, der ihr die Tochter weggenommen hat …«

»Moment«, sagte Hellmer und hob die Hände, »da stimmt etwas nicht an deiner Theorie. Wenn Fink ihr das Wichtigste im Leben genommen hat, nämlich die Tochter, was hätte sie dann daran hindern können, die ganze Sache mit Schönau publik zu machen? Sie hätte mit wenigen Worten nicht nur Schönau, sondern auch Fink bloßstellen können. Warum hat sie es nicht getan? Schließlich hatte sie nichts mehr zu verlieren.«

Julia Durant lehnte sich zurück, überlegte. »Du hast recht. Warum hat sie es nicht getan?« Sie fuhr sich mit der Linken übers Gesicht, sagte schließlich nach einer Weile: »Was, wenn sie unter Druck gesetzt wurde und man sie mit einer hübschen Summe Geld für ihr Schweigen abgefunden hat? Jeder Mensch ist käuflich, solange die Summe stimmt.«

»Schon, aber glaubst du allen Ernstes, sie hätte noch mal was mit Schönau angefangen? Und mit Rosenzweig?«

»Warum nicht? Sie hatte ab da, wie du schon sagtest, nichts mehr zu verlieren. Jetzt setzt sie ihre definitiv vorhandenen körperlichen Reize ein, macht einen auf unschuldig, gaukelt den werten Herren vielleicht sogar Liebe vor, wobei der eine nichts vom andern weiß, und schon hat sie sie dort, wo sie sie haben wollte – im Bett. Sie hat mit ihnen geschlafen, sie in Sicherheit gewogen und zugeschlagen, als keiner damit rechnete. Sie hatte vier Jahre lang einen Racheplan, den sie zu einem Zeitpunkt umzusetzen begann, den sie für angemessen hielt. Ich halte nichts für unmöglich. Dazu kommt noch, daß sie für kurze Zeit Patientin im St.-Valentius-Krankenhaus war, dort vielleicht Petrol begegnet ist und eine Liaison mit ihm angefangen hat, vermutlich, weil sie wirklich in ihn ver-

liebt war und vielleicht hoffte, dadurch ihre Vergangenheit besser bewältigen zu können. Womöglich hat sie just zu diesem Zeitpunkt auch angefangen, sich für Gifte zu interessieren, was Petrol natürlich mitbekommen hat. Vielleicht war es wirklich Liebe zwischen den beiden, wer weiß?! ... Aber Petrol wurde, nachdem er von den Morden hörte, hellhörig, weil er eben von ihrer unbewältigten Vergangenheit wußte, vor allem von der Tochter, die ihr einfach weggenommen worden war. Sie, eine von mindestens zwei Geliebten von Petrol, wurde jedoch ihrerseits stutzig und hat auch ihn beseitigt, vielleicht, weil eine innere Stimme ihr sagte, Petrol würde nicht mehr lange stillhalten und womöglich schon bald mit bestimmten Informationen zur Polizei gehen. Klingt doch logisch, oder?«
»Schon«, sagte Hellmer mit zweifelndem Gesichtsausdruck, »aber irgendwie ist mir das zu glatt. Ich kann's nicht sagen, es ist bloß ein Gefühl. Ich kann mir einfach nicht vorstellen, daß *alle* diese Männer so blind gewesen sein sollen.«
»Wir sollten die Jung trotzdem verhören. Wenn sie für Mittwoch ein hieb- und stichfestes Alibi hat, okay, dann habe ich mich geirrt und gebe ein schickes Abendessen aus. Wenn sie allerdings sagt, sie wäre an dem Abend allein zu Hause gewesen ...«
»Und wie kam das Gift in Rosenzweigs Haus?« fragte Hellmer.
»Darüber habe ich mir auch schon Gedanken gemacht. Rosenzweigs Pen war ja kaputt, wie wir wissen. Er hat also das Insulin mit in die Firma genommen, weil er es ja mehrmals am Tag spritzen mußte. Wie wir vermuten, hatte Rosenzweig am Tag seines Todes nicht nur mit der Neumann, sondern höchstwahrscheinlich auch noch mit einer andern Frau, nämlich Rita Jung, Geschlechtsverkehr. Was, wenn sie, als Rosenzweig vielleicht zur Toilette ging, die Flaschen ver-

tauscht hat? Das würde erklären, wie das Fläschchen zu ihm nach Hause kam. Komm, wir fahren in die Bank und holen sie her.«

»Wenn das mal kein Fehler ist.«

»Quatsch! Warum sollte das ein Fehler sein? Wenn ich falsch liege, nehme ich die Schuld auf mich. Aber für mich ist sie im Moment die Hauptverdächtige. Sie kannte alle bisher ermordeten Männer, und sie kennt Fink, der vermutlich als letzter auf der Todesliste steht. Erst wenn auch *er* tot ist, ist ihre Rache vollendet.«

Sie standen auf, als Berger ins Büro kam. »Wo wollen Sie hin?« fragte er.

»In die Schönau-Bank. Wir kommen gleich wieder und bringen Frau Jung mit, die uns ein paar Fragen beantworten wird. Wir erklären es Ihnen nachher.«

Berger sah den beiden Beamten stirnrunzelnd nach, setzte sich hinter seinen Schreibtisch, zog die unterste Schublade hervor und holte die halbvolle Flasche Cognac heraus. Er schraubte den Verschluß ab, schenkte sich etwas in den Kaffeebecher und trank ihn in einem Zug leer. Er schüttelte sich, legte die Flasche wieder in das Versteck und lehnte sich zurück. Er war müde.

Montag, 15.10 Uhr

Rita Jung hatte sich gerade einen Kaffee geholt, als die Tür aufging. Sie blickte erstaunt auf, stellte die Tasse auf den Tisch. *Du bist tatsächlich ein umwerfendes Weib,* dachte Hellmer, als er sie betrachtete, wie sie in ihrem pastellgrünen, ärmellosen und für das Büro ungewöhnlich tief ausgeschnittenen Kleid, das die Ansätze ihrer wohlgeformten Brüste deutlich sichtbar werden ließ, hinter ihrem Schreibtisch saß.

Sie trug, wie Hellmer außerdem mit der ihm eigenen Beobachtungsgabe feststellte, keinen BH.
»Frau Jung, wir möchten Sie bitten, sich etwas überzuziehen und uns aufs Präsidium zu begleiten«, sagte Durant. »Wir hätten da ein paar Fragen an Sie.«
»Bitte, was? Ich hab doch schon alles gesagt.«
»Nein, das haben Sie nicht. Sie haben selbstverständlich das Recht, einen Anwalt hinzuzuziehen, doch bedenken Sie, daß alles, was Sie ab jetzt sagen, gegen Sie verwendet werden kann. Wenn Sie bitte mitkommen wollen.«
»Bin ich im falschen Film oder was passiert hier?« fragte sie mit ruhiger Stimme. »Was ist los?«
»Lassen Sie uns auf dem Präsidium darüber sprechen.«
Rita Jung zog sich einen Blazer über, schaltete den Computer aus, nahm ihre Handtasche. Sie schüttelte den Kopf, als sie mit Durant und Hellmer das Büro verließ. Während der kurzen Fahrt zum Präsidium sprach keiner ein Wort. Rita Jung setzte sich auf einen Stuhl im Vernehmungszimmer, Durant und Hellmer blieben stehen, er stellte die Videokamera an.
»Frau Jung, wo waren Sie am vergangenen Mittwoch zwischen siebzehn und zwanzig Uhr?«
»Mein Gott noch mal, was wollen Sie eigentlich von mir? Natürlich, jetzt weiß ich's! Sie glauben allen Ernstes, ich hätte etwas mit den Morden zu tun!« Sie lachte schrill auf. »Ich glaub, ich spinne! Wie sind Sie bloß auf diese absurde Idee gekommen? Ich kann's nicht fassen, ich kann's einfach nicht fassen!«
»Beantworten Sie bitte nur meine Frage«, sagte Durant kühl und setzte sich auf die Tischkante.
»Am Mittwoch wurde Schönau ermordet«, sagte Rita Jung mit einem undefinierbaren Lächeln. »Tja, werte Frau Kommissarin, am Mittwoch war ich kegeln. Ich habe die Bank um halb fünf verlassen, habe noch eine Kleinigkeit eingekauft

und war um Punkt acht mit meinen Kegelschwestern verabredet. Es gibt mindestens zwölf Zeugen dafür.«

»Um acht? Um acht war Schönau schon über eine Stunde tot. Kann jemand bezeugen, daß Sie einkaufen waren? Hat Sie jemand gesehen, als Sie Ihr Haus betraten?«

»Keine Ahnung. Werden *Sie* immer gesehen, wenn Sie Ihr Haus betreten?«

»Frau Jung, wir wissen inzwischen, daß Sie eine Affäre mit Schönau hatten. Von ihm ist, nehme ich an, auch das Kind, das jetzt bei Ihrem Exmann lebt, der bei der Scheidung von Dr. Fink vertreten wurde. Und Sie waren vor etwa vier Jahren wegen Alkoholproblemen in der St.-Valentius-Klinik. Sind Sie dort auch mit Professor Petrol zusammengetroffen?«

»Petrol? Wer soll das sein?« fragte Rita Jung mit gerunzelter Stirn.

»Kennen Sie ihn oder kennen Sie ihn nicht?«

»Nein, verdammt noch mal! Ich kenne keinen Professor Petrol. Ich war nur sechs Tage in der Klinik, und in der Zeit war nur zwei- oder dreimal Visite. Ob da ein Professor Petrol dabei war, kann ich Ihnen beim besten Willen nicht sagen.«

»Wie gut kennen Sie sich mit Conotoxin aus?«

»Mit Cono was?«

»Conotoxin.«

»Nie gehört. Was ist das?«

»Und Taipoxin? Oder Dendrotoxin?«

»Wovon um alles in der Welt reden Sie eigentlich?« fragte sie aufgebracht und stand auf. »Wenn Sie mich beschuldigen wollen, Rosenzweig und Schönau umgebracht zu haben, dann sagen Sie's, aber reden Sie nicht um den heißen Brei herum! Ich hab die Schnauze voll! Ich war's nicht! Geht das in Ihren Schädel?! Ich habe noch nie einen Menschen umgebracht, ich habe noch nicht einmal einen Menschen geschlagen.«

»Aber Sie hassen Männer, nicht?«

Rita Jung lachte zynisch auf. »Ob ich Männer hasse? Mein Gott, soll das etwa mein Motiv sein?« Sie ging zur Wand, schloß die Augen, atmete tief ein, sagte: »Nein, ich hasse Männer nicht, zumindest nicht alle. Ein paar schon, aber deswegen würde ich sie nicht umbringen. Und wenn ich es täte, dann bestimmt auf eine andere Weise. Ich würde sie einfach erschießen oder erstechen, aber bestimmt nicht vergiften. Und sparen Sie sich Ihre nächste Frage – ja, ich habe oder hatte ein gespaltenes Verhältnis zu Rosenzweig und Schönau. Auch zu Fink, der es möglich gemacht hat, daß meine Tochter anstatt bei mir bei meinem Exmann lebt, der gar nicht ihr leiblicher Vater ist, der sie mir aber weggenommen hat, um sich an mir zu rächen für die Schande, die ich über die Familie gebracht habe. Aber wenn Sie's genau wissen wollen, Fink hat mir einen Deal angeboten. Ich habe fünfhunderttausend Mark erhalten, nicht von meinem Ex, sondern aus der Privatschatulle von Fink oder Schönau oder Rosenzweig, oder von allen dreien zusammen. Ich wurde nicht aus der Kirche ausgeschlossen, ich mußte mich aber verpflichten, den Mund zu halten, denn hätte ich es nicht getan, wäre der liebe Herr Schönau ganz schön blamiert gewesen. Und seine beiden Kumpane auch. Die werten Herren haben sich gegenseitig gedeckt. Was weiß ich, was Rosenzweig oder Fink in ihrem Leben so alles angestellt haben! Aber es ging ja nicht an, daß wegen einer kleinen Hure wie mir die ganze Kirche in Verruf geriet! ... Sie haben also zähneknirschend in den Tresor gegriffen und gesagt, ich solle das Geld nehmen und mich einfach nur ruhig verhalten. Natürlich wollten sie den Deal schriftlich bestätigt haben, ein Gefallen, den ich ihnen gern getan habe, schließlich ist eine halbe Million kein Pappenstiel. Und ich wurde sogar noch befördert, habe eine geradezu fürstliche Gehaltserhöhung gekriegt, von der ich

mir einiges leisten kann … Wissen Sie was, es ist mir scheißegal, was mit Rosenzweig und Schönau passiert ist, ich weine ihnen jedenfalls keine Träne nach. Zufrieden?«
»Hatten Sie nach Ihrer damaligen Affäre mit Schönau noch einmal sexuellen Kontakt mit ihm?«
»Um Himmels willen, nein! Diesen Drecksack hätte ich nicht mal mit einer Pinzette angefaßt. Das gleiche gilt für Rosenzweig und Fink, überhaupt für die meisten Männer in der Kirche. Ich würde mir nicht noch einmal an einem von diesen widerlichen Typen die Finger verbrennen. Dieser bigotte, verlogene Haufen kann mir gestohlen bleiben.« Sie stockte, rieb sich über die Handfläche, grinste auf einmal hämisch, sagte: »Halt, da fällt mir was ein. Mich hat am Mittwoch doch jemand gesehen. Ich kam so gegen Viertel nach sechs, halb sieben nach Hause und da hat mir mein Nachbar, ein gewisser Herr Müller, ein Paket in die Hand gedrückt, das am Morgen für mich abgegeben worden war. Fragen Sie ihn. Er wird es Ihnen bestätigen. Ein sehr liebenswürdiger, hilfsbereiter Mann.«
Durant blickte Hellmer an, der nicht wußte, wie er sich verhalten sollte.
»In Ordnung, wir werden Ihre Angaben überprüfen. Eine letzte Frage noch – wie lange brauchen Sie von der Bank nach Hause?«
»Ungefähr eine halbe Stunde, es hängt vom Verkehr ab. Kann ich jetzt gehen?« fragte sie mit einem beinahe maliziösen Lächeln, das ausdrückte, was sie für die Beamten empfand. Auf jeden Fall hatte sie gewonnen.
»Bitte, die Tür ist offen. Aber halten Sie sich trotzdem zu unserer Verfügung.«
Nachdem Rita Jung gegangen war, zündete sich Julia Durant eine Zigarette an, schwieg einen Moment, sagte dann: »Scheiße, das war wohl nichts. Und ich war mir so sicher.«

»Es war zumindest einen Versuch wert«, versuchte Hellmer sie zu trösten. »Komm, gehen wir ins Büro und bringen den Rest des Tages hinter uns. Kullmer müßte eigentlich schon zurück sein. Mal sehen, was der zu berichten hat. Und du kannst dir schon mal überlegen, wohin wir essen gehen. Nadine ist doch sicher auch eingeladen«, sagte er grinsend.

»Haha. Keine Angst, mir wird schon was einfallen.«

Montag, 16.45 Uhr

Sie hatte geduscht, sich umgezogen, frisches Make-up aufgelegt, ein Telefonat geführt. Dann ging sie ins Wohnzimmer, schaltete den Fernsehapparat ein und kurz darauf wieder aus, öffnete die Terrassentür und ging hinaus in den Garten, der jetzt, nachdem es fast drei Tage bewölkt gewesen war und viel geregnet hatte, in helles Sonnenlicht getaucht war. Sie betrat den Rasen, blieb stehen, zündete sich eine Zigarette an und genoß die wärmenden Strahlen der Sonne auf ihrem Gesicht und ihren nackten Armen. Es waren nur noch vereinzelt ein paar Wolken zu sehen, die Temperatur stieg mit jeder Minute an. Die liebevoll gepflegten Blumen strahlten in vollem Glanz, der Steingarten, den sie nach ihren eigenen Vorstellungen selbst angelegt hatte, war ihr ganzer Stolz. Sie freute sich, es geschafft zu haben, sich dieses Haus leisten zu können, in dem ihr niemand Vorschriften machte, was sie zu tun und zu lassen hatte. Viel zu viele Jahre hatte sie die Drecksarbeit für andere machen müssen, seit einigen Jahren aber war sie ihr eigener Herr. Sie bestimmte, was sie tat, wie sie es tat und wann; sie bestimmte über ihr Leben und ließ nicht mehr zu, daß irgendein anderer ihr hineinredete. Sie dachte an Hauser, an Schönau und Rosenzweig, an Fink.

Noch zwei Stunden, mein Lieber, und du wirst deinen Part-

nern Gesellschaft leisten, dachte sie mit unergründlichem Lächeln, das melancholisch und zynisch zugleich wirkte, traurig und doch irgendwie froh. Noch zwei Stunden, und sie würde auch den letzten derjenigen bestraft haben, die ihr Leben, und nicht nur ihres, ruiniert hatten. Sie hatte sie geschlagen, besiegt, wo sie sich doch für unbesiegbar, vielleicht sogar unsterblich hielten. Aber sie hatten erkennen müssen, daß Unsterblichkeit ein Wunschtraum war, der nie erfüllt werden würde. Sie war überzeugt von einem Leben nach dem Tod, doch sie hatte keine Vorstellung davon, wie das Leben nach diesem Leben aussah. Sie dachte auch an Petrol, den einzigen Mann, den sie je geliebt hatte. Doch auch er hatte sie enttäuscht, hintergangen, belogen und betrogen. Als sie es herausgefunden hatte, war nur unendliche Trauer und Leere in ihr gewesen. Eine Leere, die nie ein Mensch verstehen würde. Eine so umfassende, tiefe Schwärze, ein Loch, in das sie einfach hineingefallen war. Und sie wußte, Petrol hätte sie verraten, und das durfte sie unter gar keinen Umständen zulassen. Sie bedauerte, daß sie auch ihn hatte töten müssen, diesen großartigen, zu allem bereiten Liebhaber, doch hätte sie es nicht getan, könnte sie wahrscheinlich nie wieder in diesem Garten stehen und den Duft der Blumen und Sträucher einatmen, barfuß durch den Morgentau auf dem Gras gehen, das sanfte Kribbeln an ihren Füßen spüren; nie mehr in Ruhe und Frieden auf ihrem Sessel sitzen, die Beine hochgelegt, und einfach abschalten und den Tag Revue passieren lassen. Und sie würde nie mehr in die Klinik fahren können, um *sie* zu besuchen. *Sie*, die einzige, die wahrscheinlich jemals Liebe für sie empfunden hatte, doch selbst diese – *ihre* – Empfindung hatte man brutal zerstört. Sie hatten alles an und in ihr zerstört, dabei war sie noch so jung gewesen, so unschuldig und naiv, als es passierte. Und jetzt war sie gerade einmal Anfang Fünfzig, das Hirn kaputt von Alkohol und

Tabletten, der Körper ruiniert, ein Wrack, das seit Jahren Tag für Tag in mumienhafter Starre vor dem Fenster auf dem Rollstuhl saß und hinausblickte in eine Welt, die sie nicht mehr wahrnahm, nicht mehr kannte. Sie lebte noch, doch das Leben hatte jeden Sinn verloren. Ihre Augen strahlten nicht, wie sie früher gestrahlt hatten, sie waren tot und leer, ihr Mund ein blasser Strich, der sich kaum abhob vom Grau der Haut, die wie altes Pergament ihre mageren Knochen umgab. Am Mittwoch würde sie wieder hinfahren, um sie zu besuchen, ein paar aufmunternde Worte in ihr Ohr flüstern, sie streicheln. Es war doch sonst niemand da, der ihr wenigstens ein klein wenig körperliche Wärme gab, sie wie einen Menschen behandelte. Die Pfleger und Schwestern taten zwar ihr Bestes, aber sie konnten ihr keine Liebe geben. Sie konnten sie wickeln, sie füttern, sie ins Bett legen, aber Liebe konnten sie ihr nicht schenken. Wie auch, war sie doch nur eine Patientin unter vielen auf dieser geschlossenen Station, eine unter vielen verrückten, depressiven, vom Leben dort abgestellten Frauen. Sie war die einzige auf der Station mit dem Korsakow-Syndrom, die einzige, die nie redete, nie Gefühle zeigte, nie lachte, nie weinte, nie von ihren Erinnerungen sprach, von ihrer Jugend, ihrer ersten großen Liebe, ihrem ersten und einzigen Verhängnis. Korsakow und Schlaganfall – der Körper und der Geist hatten einfach schlappgemacht.
Die junge Frau ging zurück zum Haus, blieb auf der Terrasse stehen, drückte die Zigarette im Aschenbecher aus. Sie lächelte nicht mehr, ihr Gesichtsausdruck war ernst und entschlossen. *Fink*, dachte sie, *du bist das größte Dreckschwein von allen. Du hast es wahrhaftig nicht verdient, länger zu leben. Erst wenn du nicht mehr bist, wird Ruhe einkehren und dann werde auch ich endlich meinen Frieden finden. Und niemand wird je hinter mein Geheimnis kommen.*

Es gab niemanden mehr, dem sie vertraute, und sie würde auch nie wieder irgendwem etwas über sich preisgeben. Zumindest keinem Mann. Sie würde sich, wenn sie das Bedürfnis danach hatte, einen fürs Bett suchen, doch nie würde jemals wieder einer in ihrem Haus übernachten. Sie würde es machen wie vergangene Nacht; sich ansprechen lassen, keine Namen, keine Adressen, nur vögeln und verschwinden.
Sie schaute auf ihre Armbanduhr von Cartier, ein Geschenk von Schönau, nickte, ging ins Haus. Sie aß einen Apfel und eine Banane, trank ein Glas Orangensaft. Noch einmal ging sie die nächsten Stunden durch, dachte daran, daß sie allen ein Schnippchen geschlagen hatte. Ihr Plan war von Anfang an so gut durchdacht gewesen, daß niemand jemals darauf kommen würde, sie mit den Morden in Verbindung zu bringen. Sie lächelte süffisant, dachte, *es müßte schon ein Wunder geschehen, damit ihr es herausfindet. Aber ihr kriegt mich nicht, denn es gibt keine Spur, die zu mir führt, denn ich habe sie alle verwischt und euch in die Irre geführt. Und in ein paar Jahren werdet ihr die Akten schließen und sie in irgendeinem Schrank verschwinden lassen.*
Sie ging zum Schrank, holte die Spritze hervor, betrachtete sie eine Weile mit verklärter Miene, die gelblich-braune Flüssigkeit, die Fink bald zum Verhängnis werden würde. Sie steckte sie in die Handtasche, rauchte eine letzte Zigarette, bevor sie das Haus verließ. *Du bist der letzte,* dachte sie, schüttelte den Kopf, lächelte abermals, verbesserte sich, *nein, du bist das letzte.*
Um halb fünf ging sie zu ihrem Alfa Romeo, öffnete das Dach, setzte sich auf die weichen Lederpolster. Sie steckte den Schlüssel ins Schloß, startete den Motor. Er würde sie schon sehnlichst erwarten, denn er konnte nicht genug von ihr bekommen. Seine Frau war ihm ja schon lange nur noch ein lästiges Anhängsel. Es war so einfach, viel einfacher, als

sie es sich vorgestellt hatte. Anfangs hätte sie nicht für möglich gehalten, daß all die ach so honorigen Brüder so schnell schwach werden würden. Aber sie waren eben nur Männer. *Ihr denkt nur mit eurem Schwanz, nur mit eurem gottverdammten, dreckigen Schwanz!*
Sie lenkte den Alfa aus dem Wohnviertel, stand wegen eines Unfalls einige Minuten am Sindlinger Kreisel. Sie hatte es nicht eilig, sie wußte ja, daß er wartete.

Montag, 16.50 Uhr

Kullmer und seine beiden Kollegen waren zurück vom St.-Valentius-Krankenhaus, saßen in Bergers Büro und erstatteten Bericht. Kurz nachdem Kullmer begonnen hatte, stießen Durant und Hellmer zu ihnen und hörten zu.
»Also«, sagte Kullmer, der lässig auf dem Stuhl saß und dabei Durant ansah, »noch mal von vorn. Petrol war dreiundvierzig Jahre alt, ledig und, wie einige Mitarbeiterinnen im Krankenhaus sagen, bisweilen ein echter Macho. Allerdings konnten wir über sein Privatleben nichts von Bedeutung herausfinden, weder, ob er eine Freundin oder gar eine feste Beziehung hatte, noch ob er vielleicht sogar homosexuelle Neigungen hatte …«
»Hatte er nicht«, unterbrach ihn Durant, »ein Kerl wie der ist nicht schwul. Außerdem würde es nicht in das Bild passen. Rosenzweig, Schönau und Hauser waren allesamt verheiratet, und zumindest die ersten beiden führten eine nach außen hin glückliche Ehe. Nein, Petrol war nicht schwul.«
Hellmer grinste verstohlen, zündete sich eine Marlboro an. Er stand an die Tür gelehnt, die Arme über der Brust verschränkt.
»Okay, er war also nicht schwul, aber das macht auch keinen

Unterschied. Seine Karriere liest sich zwar nicht ganz so sensationell wie die von Hauser, aber mit dreiundvierzig Chefarzt einer derart großen Klinik zu sein, ist schon bemerkenswert …«

»Was ist das genau für eine Klinik?« wollte Berger wissen.

»St. Valentius ist eine psychiatrische Einrichtung. Eine der größten im Rhein-Main-Gebiet und im Rheingau. Die meisten Patienten sind psychisch ziemlich angeschlagen, manche verbringen ihr ganzes Leben dort, andere bleiben nur ein paar Tage. Es gibt geschlossene und offene Abteilungen, na ja, was man eben in einer Klapsmühle so findet.«

»Und was sagt seine Sekretärin über ihn?« fragte Durant. »Er hat doch sicherlich eine, oder?«

»Na, logisch. Sie hatte, wie sie selbst sagte, ein recht neutrales Verhältnis zu ihm. Er war ihr Chef, er war umgänglich, meist ganz gut gelaunt und sie konnte auch sonst nichts Negatives über ihn berichten. Sie fand nur, daß er es manchmal mit seinem Äußeren etwas übertrieb, sie hängt wohl noch der antiquierten Vorstellung an, ein Chefarzt müsse immer im feinen Zwirn und möglichst mit Hornbrille rumlaufen.« Kullmer hielt inne, schlug eine Seite seines Blocks um.

»Und, war das alles?«

»Nein, aber das Wesentliche. Wir haben uns kreuz und quer durchs Krankenhaus gefragt, aber keiner konnte irgendwelche Auffälligkeiten bei Petrol feststellen. Er war der Chef, er trat niemandem auf die Füße, er war durchsetzungsfähig, entscheidungsfreudig und wohl eher beliebt.«

»Und was ist mit seinem Büro? Habt ihr euch da mal umgeguckt?«

»Klar. Aber wonach hätten wir suchen sollen? Wir haben seinen Terminkalender durchgeblättert, seinen Notizblock, in seinem Schreibtisch nachgesehen und ein bißchen an seinem Computer rumgespielt. Aber das Ergebnis war gleich null.

Tut mir leid. Wir hatten uns von diesem Tag auch mehr versprochen.«
»Scheiße«, quetschte Durant durch die Zähne. »Ihr seid auf keinen Namen gestoßen, der auf unserer Liste steht? Keine Reich, keine Jung, keine Schönau, keine Rosenzweig? Oder Neumann, Wagner? Keine von denen?«
Kullmer schüttelte bedauernd den Kopf. »Kein bekannter Name, weder im Computer noch im Terminkalender, noch irgendwo in seinem Schreibtisch. Nur ein Foto haben wir gefunden, von dem uns aber keiner sagen konnte, wer da drauf ist.«
»Habt ihr es mitgebracht?« fragte Durant gespannt.
»Hier«, sagte Kullmer und holte ein Foto aus der Innentasche seiner Lederjacke. Er gab es der Kommissarin. Sie nahm es, warf einen langen Blick darauf, reichte es wortlos an Hellmer weiter. Sie sah ihn kurz an, nickte kaum merklich.
»Dann tun Sie Ihre Arbeit und finden Sie heraus, wer das ist«, sagte Durant leicht gereizt. »Das ist doch kein Phantombild, da sind eine Frau und drei Kinder drauf. Was, wenn sie etwas damit zu tun hat?«
»Die?« fragte Kullmer mit heruntergezogenen Mundwinkeln. »Also, ich bitte Sie, die hat doch mit Sicherheit in ihrem ganzen Leben noch mit keinem andern Mann gebumst außer mit ihrem eigenen. Wenn sie denn einen hat. Die hat mindestens dreißig Kilo Übergewicht und ist ganz sicher nicht die Frau, mit der sich Typen wie Schönau oder Rosenzweig einlassen würden. Vielleicht ist sie ja seine Schwester?«
»Ja, und, worauf warten Sie? Ich will so bald wie möglich alles über Petrol wissen. Wenn's geht, heute noch.«
»Moment, dürfen wir uns vielleicht ein paar Minuten ausruhen?« fragte Kullmer ebenso gereizt zurück. »Sie tun ja gerade so, als wenn diese Frau der Schlüssel zu allem ist.«
»'tschuldigung, war nicht so gemeint. Lassen Sie sich Zeit.

Ich wollte sowieso noch mal zu Fink fahren und ihn wegen seines Vaters befragen. Auch wenn ich nicht glaube, daß diese Nazisache irgendwas mit unsern Morden zu tun hat.«
»Nazisache?« fragte Kullmer und rieb sich übers Kinn. »Hab ich was verpaßt?«
»Lassen Sie es sich von Hellmer erklären, ich mach mich auf den Weg.« Sie nahm ihre Tasche, sagte: »Ach, Frank, könntest du mal kurz mit rauskommen? Es geht um was Privates.«
Sie gingen einige Meter über den Flur, bis Durant stehenblieb und Hellmer direkt ansah. »Das Foto ist genau das, das er mir gezeigt hat. Angeblich seine Frau, von der er sich scheiden lassen wollte. Wahrscheinlich hat er es allen seinen Liebschaften gezeigt … Oder auch nicht.«
»Und was machst du bei Fink? Was ist, wenn er gar nichts über die Vergangenheit seines Vaters weiß?«
»Na und, dann werde ich es ihm brühwarm servieren. Dieser Arsch kann mich mal!«
»Paß auf, was du sagst. Fink kann im wahrsten Sinn des Wortes ein Arsch sein.«
»Interessiert mich nicht. Ich bin heute einfach nur nicht gut drauf. Soll vorkommen, oder?« sagte sie schnippisch.
»Mach's gut. Und du kannst ja mal heute abend anrufen.«
»Mal sehen. Ciao.«

Montag, 17.35 Uhr

Julia Durant hielt gerade vor Finks Haus, als er zur Tür herauskam. Er bot einen ungewöhnlichen Anblick, er trug Jeans und ein kurzärmeliges Hemd. Sie ging auf ihn zu, er roch nach einem herben, sehr männlichen Parfüm. Er musterte sie mit kaltem Blick, sagte mit arroganter Stimme: »Was verschafft mir die Ehre Ihres Besuchs?«

»Ich wollte mich eigentlich kurz mit Ihnen unterhalten. Hätten Sie ein paar Minuten Zeit für mich übrig?«
»Ich bin in Eile. Ein wichtiger Termin, wenn Sie verstehen … Aber gut, wenn es nicht länger als fünf Minuten dauert. Kommen Sie rein.«
Sie begaben sich in sein Arbeitszimmer, er schloß die Tür.
»Also, machen Sie's kurz.«
»Dr. Fink, ich wollte mich mit Ihnen über Ihren Vater unterhalten …«
»Über meinen Vater?« fragte er und sah Durant wütend an.
»Was um alles in der Welt geht Sie mein Vater an?«
»Nun, es besteht die Möglichkeit, daß Sie und auch Rosenzweig und Schönau für etwas herhalten müssen, was Ihr Vater getan hat. Können Sie sich vorstellen, was das sein könnte?« fragte sie und registrierte jede Reaktion ihres Gegenübers.
Fink hielt ihrem Blick stand, sagte: »Nein, ich wüßte nicht, was er getan haben sollte, das mehr als dreißig Jahre nach seinem Tod jemanden veranlassen könnte, solche Verbrechen zu begehen.«
»Was wissen Sie über seine Vergangenheit? Sie wurden doch, soweit ich informiert bin, 1937 geboren. Was war Ihr Vater von Beruf?«
Fink schluckte, ließ sich mit der Antwort Zeit. Schließlich sagte er: »Er war Chemiker, warum?«
»Und wie stand er zu Hitler und dem, was damals geschah?«
»Könnten Sie vielleicht etwas deutlicher werden?«
»Kann ich. Um es kurz zu machen, wir haben herausgefunden, daß Ihr Vater, Albert Fink, eine bedeutende Position bei der IG Farben bekleidete. Eine derart exponierte Position, daß er als Chefchemiker die Produktion von Giftgas überwachte, genauer gesagt die Produktion von Zyklon B. Wie Ihnen vielleicht bekannt sein dürfte, wurde dieses Gas in gro-

ßen Mengen zur Massenvernichtung von Nichtariern, hauptsächlich Juden, eingesetzt. Was sagen Sie dazu?«
Finks Augen wurden zu Schlitzen, seine Nasenflügel bebten, sein Gesicht glühte. Er überlegte, wandte sich ab, trat ans Fenster, den Rücken der Kommissarin zugewandt. Seine Kiefer mahlten aufeinander, er wirkte auf einmal sehr angespannt und nervös.
»Ja, ich wußte es. Na und? Er hat es mir kurz vor seinem Tod gesagt. Als ich es erfuhr, wollte ich es zunächst nicht glauben, ich habe ihn zur Rede gestellt, wollte wissen, warum er das getan hat. Warum er für einen Massenmörder wie Hitler die Dreckarbeit gemacht hatte. Seine Antwort, das müssen Sie mir glauben, klingt auch heute noch sehr plausibel für mich. Als Hitler an die Macht kam, gab es nur zwei Möglichkeiten – entweder, man arbeitete für ihn oder gegen ihn. Die Kirche zählte damals allein in Deutschland rund einhunderttausend Mitglieder, einhunderttausend Menschen, die geschützt werden mußten … Ist Ihnen eigentlich klar, wie viele Christen ihr Leben lassen mußten, weil sie sich weigerten, Hitler zu unterstützen? Und die *Kirche des Elohim* ist eine christliche Kirche, wir glauben an Gott, an Jesus Christus und an den Heiligen Geist. Wir glauben an ein Leben nach dem Tod und an das Leben selbst …
Mein Vater sagte mir, er hätte mit sich gerungen, ob er für die Nazis arbeiten sollte; gerade er, der ein überzeugter Pazifist war, der Gewalt verabscheute, sollte auf einmal für ein Regime arbeiten, das nur von Gewalt lebte. Aber schließlich ging es auch um den Fortbestand der Kirche, darum, daß die *Kirche des Elohim* auch weiter in Deutschland aktiv sein konnte. Dazu mußte man Konzessionen machen … Mein Vater war damals Regionshirte wie ich heute. Er war ein hochangesehener Chemiker bei der IG Farben, auf den

einige Männer aus Hitlers Stab aufmerksam wurden. Sie kamen zu ihm und stellten ihn vor die Wahl – entweder sein Einsatz für die Nazis oder sofortiges Verbot der Kirche in Deutschland. Sie machten ihm außerdem unmißverständlich klar, daß für die Sicherheit der Mitglieder nicht mehr garantiert werden könnte, würde die Kirche verboten. Und Sie können sich vorstellen, daß das mehr als nur Worte waren, es war eine Drohung par excellence. Also gehorchte mein Vater, entgegen seiner inneren Überzeugung. Aber er tat es nur, um die Kirche und vor allem die Mitglieder nicht zu gefährden. Und bitte glauben Sie mir, so wie ich meinem Vater glaube – er wußte nicht, was diese elenden Schweine vorhatten. Er war zwar einer von vielen Chefchemikern, doch er dachte 1940, kurz nach Beginn des Krieges, nicht im Traum daran, wofür dieses Gas eingesetzt werden sollte. Sie sagten ihm nur, sie bräuchten es für Testzwecke … Als er schließlich die Wahrheit erfuhr, machte er sich nicht nur bittere Vorwürfe, für ihn brach eine Welt zusammen … Er hat es bis zu seinem Tod nicht verwunden, einer Maschinerie gedient zu haben, die nur eines im Sinn hatte, nämlich alles auszurotten, was nicht arisch war. Er war ein gebrochener Mann, der nie wieder Freude am Leben hatte. Kurz nach dem Krieg wurde er von den Alliierten verhaftet und monatelang eingesperrt, stundenlangen, zermürbenden Verhören unterzogen, weil man ihm unterstellte, von den Absichten dieser braunen Teufel gewußt zu haben … Sein Tod war eine Erlösung für ihn, weil er hoffte, im Jenseits all jenen zu begegnen, die durch seine Arbeit umgekommen waren, um ihnen zu sagen, wie leid es ihm tat und daß er das bestimmt nicht gewollt hatte. Das ist alles, was ich dazu sagen kann. Er wollte nie, daß irgendeinem Menschen körperliches Leid zugefügt wurde.«
Er drehte sich wieder um, sah Julia Durant an, sein Blick war weder kalt noch zynisch, sondern nur noch traurig.

»Glauben Sie denn, daß diese Schuld, wenn es denn eine war, heute, mehr als fünfzig Jahre danach, der Grund für diese abscheulichen Morde ist? Glauben Sie das?«
»Hypothetisch ...«, Durant zuckte die Schultern, schüttelte aber den Kopf. »Aber ich persönlich halte es eher für ausgeschlossen. Ich danke Ihnen für Ihre Offenheit, Dr. Fink. Trotzdem noch einmal die Frage – gibt es irgend jemanden aus Ihrem Freundes- oder Bekanntenkreis, dem Sie diese Morde zutrauen würden?«
Fink schüttelte den Kopf. »Nein, sosehr ich mich auch anstrenge, ich komme zu keinem Schluß. Es ist für mich alles ein großes Rätsel ...« Er blickte zur Uhr, zum ersten Mal, seit sie Fink kannte, lächelte er. »Ich muß jetzt aber wirklich gehen.«
Sie gingen gemeinsam nach draußen, Fink fragte, bevor er in seinen Jaguar stieg: »Und wie sieht es mit Polizeischutz aus?«
»Ich werde mich drum kümmern. Darf ich fragen, wo Sie hinfahren?«
»Ich treffe mich mit einem Bruder aus der Gemeinde. Von ihm droht keine Gefahr.«
»Passen Sie auf sich auf«, sagte Durant und blickte ihm hinterher. *Eine blödsinnige Idee, das mit den Juden*, dachte sie kopfschüttelnd. Sie steckte sich eine Gauloise an, blieb an den Corsa gelehnt stehen, dachte über das eben Gesagte nach. Sie schüttelte den Kopf, setzte sich ins Auto, fuhr nach Hause. Unterwegs hielt sie an, kaufte ein paar Lebensmittel und Zigaretten. Sie nahm die Post aus dem Kasten, nur Reklame, die sie gleich in den Papierkorb warf. Sie stellte die Tasche auf dem Küchentisch ab, ging ins Bad, wusch sich die Hände. Sie nahm sich vor, heute abend bei ihrem Vater anzurufen. Sie fühlte sich miserabel.

Montag, 18.20 Uhr

Sie wartete einige Minuten in einer kleinen Nebenstraße, die nur zwei Fußminuten vom Gemeindehaus entfernt lag. Von ihrem Platz aus konnte sie sehen, wenn jemand auf den Parkplatz fuhr. Montag war der einzige Tag in der Woche, an dem sich niemand im Gemeindehaus aufhielt, nicht einmal der Hausmeister, da der Montagabend grundsätzlich der Familie vorbehalten war. Sie hatten sich für Viertel nach sechs verabredet, sie blickte ein ums andere Mal nervös zur Uhr, bis sie schließlich den blauen Jaguar sah. Sie wartete, bis er den Motor abgestellt hatte, stieg aus, lief die hundert Meter zum Gemeindehaus. Sie wußte, es war trotz allem ein riskantes Spiel, das sie trieb, doch gerade dieses Risiko, die Unwägbarkeit ihres Plans, machte es so spannend. Er war bereits an der kleinen, vom Parkplatz aus nicht sichtbaren Seitentür, schloß auf, als sie hinter ihm stand.

»Komm schnell«, sagte er, »ich will nicht, daß uns jemand sieht.«

»Heute doch nicht«, erwiderte sie mit einem entwaffnenden Lächeln, mit dem sie ihn schon einige Male um den Verstand gebracht hatte. »Du weißt doch, Liebling, am Montag sind wir hier völlig ungestört.«

»Ganz wohl fühle ich mich aber nicht dabei«, sagte er und schloß hinter sich wieder ab, ging vor ihr zu seinem Büro, an dessen Tür in großen Lettern auf einem goldenen Schild *Regionshirte* stand, schloß auch hier auf und hinter sich ab. »Wenn ich mir vorstelle, irgendeiner hat doch etwas hier zu tun … Nicht auszudenken!«

Sie stellte sich auf die Zehenspitzen, gab ihm einen Kuß auf den Mund, grinste ihn an und setzte sich in lasziver Haltung, die Beine übereinandergeschlagen, der Blick nekkisch, die blutroten Lippen gespitzt, auf den Schreibtisch.

Sie pendelte mit den Beinen, sah ihn herausfordernd an: »Hast du etwa Angst? Komm, großer Häuptling, du bist doch kein Hasenfuß. Es ist schließlich nicht das erste Mal, daß wir es hier machen.«

»Aber es ist das Haus Gottes«, sagte er. »Und wir entweihen es.«

»Das Haus Gottes!« erwiderte sie mit höhnischem Lachen, »dieses Haus ist schon lange vor uns durch ganz andere entweiht worden. Es sollte mich wundern, wenn Gott dieses Haus noch als das seine ansehen würde. Es ist ein Haus wie jedes andere auch. Man gaukelt den Leuten zwar vor, es sei heilig, aber die Menschen haben es längst verunreinigt. Und was wir tun, ist im Grunde eine gute Sache. Ich liebe dich und du liebst mich. Und nur, weil irgendwer einmal gesagt hat, ein Mann und eine Frau dürften nicht miteinander schlafen, wenn sie nicht verheiratet sind, glauben alle, es wäre eine Sünde. Hat Gott das gesagt? Oder waren es die Menschen?«

»Er hat gesagt, du sollst nicht ehebrechen«, erwiderte Fink leise.

»Brechen wir die Ehe, wenn wir uns lieben?« fragte sie mit unschuldigem Augenaufschlag. »Liebe war noch nie verboten. Und ich gebe dir, was deine Frau dir schon lange nicht mehr geben kann. Jetzt sag mir bitte, was daran verboten sein soll. Sind wir nicht auf der Erde, um Freude zu haben?«

»Ich liebe dich«, sagte er und stellte sich vor sie. »Ja, ich liebe dich. Auch wenn ich weiß, daß ich dich bald verlieren werde.«

»Sag so was nicht«, sagte sie und berührte mit der Fingerspitze seinen Mund. »Du verlierst mich nicht, ich werde nur für eine Weile fortgehen. Aber ich komme wieder.«

»Mit einem andern Mann?«

»Nein, ganz sicher nicht.«

»Nun, ich bin nicht mehr der Jüngste und irgendwann hört

auch meine biologische Uhr auf zu ticken. Ich fürchte, ich muß unser Verhältnis bald beenden. Ich habe viel zu bereuen.«

»Gut, dann bereue. Tu's jetzt«, sagte sie und sprang vom Tisch. »Sag mir ins Gesicht, daß es dir leid tut, mit mir geschlafen zu haben. Komm, sag es.«

Er zögerte, stand hilflos vor ihr, zuckte die Schultern. »Nein, das kann ich nicht.«

»Und warum nicht? Ich weiß es – weil es dir nicht leid tut. Weil du zu denen gehörst, die die Regeln und Gesetze aufgestellt haben und von Anfang an wußten, daß es von Menschen gemachte Regeln und Gesetze sind. Dir wird es nie leid tun«, sagte sie und ihr Stimme klang eine Spur schärfer. Sie drehte sich um, stellte sich ans Fenster, das den Blick zum Parkplatz freigab, schob die Jalousie ein wenig auseinander, schaute hinaus. »Weißt du, dir wird nie irgend etwas leid tun. Nichts, was du je in deinem Leben getan hast, nichts Schlechtes, meine ich. Du gehörst nicht zu denen, die bereuen. Nur nach außen hin, aber innen drin bist du eiskalt und hart wie Stahl.«

Er setzte sich in seinen großen, schwarzen Ledersessel hinter dem Schreibtisch, lehnte sich zurück, hörte ihre Worte, die wie Speerspitzen in seine Ohren drangen.

»Warum sagst du das?« fragte er leise. »Warum sagst ausgerechnet du so etwas? Ich bin nicht so hart, wie du denkst, es ist nur Fassade. In meinem Innern bin ich anders, jawohl, ganz anders.«

Sie lächelte, drehte sich um, trat hinter ihn, massierte seinen Nacken. »Ich habe es nicht so gemeint«, sagte sie sanft, »ich weiß natürlich, daß du in Wirklichkeit anders bist, als du dich sonntags gibst. Ich weiß ja alles von dir, ich kenne dich schließlich in- und auswendig … Tut das gut?« fragte sie.

»Ich liebe deine Berührungen. Ich bin tatsächlich etwas ver-

spannt, kein Wunder bei der Aufregung der vergangenen Tage.«
»Der Tod deines Sohnes hat dich sicher sehr mitgenommen, oder?«
»Es geht. Eigentlich nicht wirklich. Er hatte alle Chancen der Welt, aber er hat alles verspielt. Und jetzt heißt es: Rien ne va plus. Und sein Tod war die natürliche Konsequenz seines Handelns. Hätte er auf mich gehört, hätte er meine gutgemeinten Ratschläge nicht so achtlos in den Wind geschlagen, die Welt hätte ihm zu Füßen liegen können. Aber er hat es vorgezogen, sich zu verkriechen und sein Leben auf geradezu scheußliche Weise zu vergeuden. Nein, sein Tod war gerecht, und trotzdem fühle ich ein wenig Trauer, schließlich war er mein Sohn.«
»Und wie denken die andern darüber – Laura, Stephan, deine Frau?«
»Um ehrlich zu sein, ich weiß es nicht. Ich wußte nie, was Laura fühlt oder denkt, in den letzten Jahren wußte ich nicht einmal mehr, was meine Frau wirklich fühlt. Nur bei Stephan weiß ich, daß er denkt wie ich. Er ist der einzige, von dem ich behaupten möchte, er kommt nach mir. Ich bin stolz auf ihn.«
»Bricht auch er die Ehe?« fragte sie mit spöttischem Unterton.
»Keine Ahnung, aber frag ihn doch. Vielleicht würde er bei dir sogar seine Grundsätze vergessen.«
»Tut mir leid, aber Stephan ist nicht mein Typ. Er ist langweilig und irgendwie – ölig. So ölig wie seine Bilder, wenn du verstehst, was ich meine.«
Fink drehte sich um, sah sie verständnislos an. »Nein, ich verstehe nicht, was du meinst«, sagte er. »Er ist mein Sohn.«
»Ja, genau das meine ich, er ist dein Sohn. Genau wie Jürgen dein Sohn war, aber du wolltest ihn nicht als das sehen, was er war, ein Mensch. Du wolltest ihn nach deinem Ebenbild

formen, du wolltest deine Eigenschaften auf ihn übertragen. Aber das ist dir nicht gelungen. Und jetzt hast du ihn verloren«, sagte sie kühl. »Du hast ihn verloren, wie du schon lange vor ihm Laura verloren hast. Wie kannst du mit diesem Gedanken leben?«

»Was willst du?« fragte er, die Augen zu Schlitzen verengt.

»Nichts, du hast davon angefangen. Du sagst, es wäre nicht richtig, wenn wir uns hier im Haus Gottes lieben würden. Du hast mir damit einfach die Stimmung verdorben. Es mag sein, daß ich ungerecht bin; wenn es so ist, dann verzeih mir bitte. Es soll nicht wieder vorkommen. Und bitte, leg nicht jedes Wort von mir auf die Goldwaage. Du kennst mich doch, ich bin ein Skorpion, und Skorpione haben nun mal die Eigenschaft, ab und zu den Giftstachel einzusetzen. Komm, lächle und laß uns die wenige Zeit, die wir haben, nutzen.«

»Warum kann ich dir bloß nie böse sein?« fragte er und lächelte wie auf Kommando.

»Weil ich anders bin als die andern. Das ist das ganze Geheimnis. Ich bin keine Marionette, mit der man spielen kann, ich bin jemand, der die Regeln in einem Spiel bestimmt. Und ich habe das Gefühl, meine Spielregeln gefallen dir. Warte«, sagte sie, nahm ihre Handtasche vom Schreibtisch, holte einen Zettel heraus, faltete ihn auseinander und stellte sich wieder seitlich hinter ihn. Sie hatte die Handtasche über die Schulter gehängt.

»Ich will dir etwas zeigen«, sagte sie mit einem Lächeln, das er nicht sehen konnte, vor dem er aber erschrocken wäre, hätte er es gesehen. Sie hielt den Zettel in der einen Hand, mit der andern griff sie in die Tasche.

»Mach die Augen zu«, sagte sie, »ich habe eine Überraschung für dich.«

»Ein Blatt Papier?« fragte er ungläubig lachend. »Was soll das für eine Überraschung sein?«

»Mach die Augen zu, du wirst es gleich sehen. Aber erst wieder aufmachen, wenn ich es sage.«
Sie holte vorsichtig die Spritze aus der Tasche, legte den Zettel auf den Tisch.
»So, du kannst die Augen wieder aufmachen«, sagte sie und hielt die Injektionsnadel etwa einen Zentimeter neben seinen Hals.
Er öffnete die Augen, blickte auf das Blatt Papier, griff in seine Hemdtasche, setzte die Brille auf. Er beugte sich vor, begann zu lesen. Mit einem Mal wich alle Farbe aus seinem Gesicht, Schweißperlen bildeten sich auf seiner Stirn, er las mit ungläubigem Staunen die Zeilen. Sein Mund und seine Kehle wurden trocken wie Wüstensand.
»Was ist das?« fragte er fassungslos, ohne sich umzudrehen.
»Was das ist?« fragte sie zurück. »Du weißt es doch. Du weißt es ganz genau. Lies weiter.«
»Woher hast du das?« fragte er mit belegter Stimme und wollte sich umdrehen, doch mit einem Mal spürte er etwas Spitzes an seinem Hals.
»Bleib ganz ruhig sitzen«, sagte sie kalt. »Du willst also wissen, woher ich das habe? Ich werde es dir sagen – von meiner Mutter. Oder besser gesagt, ich habe es bei ihr gefunden. Klingelt jetzt etwas bei dir?«
»Das ist eine Ewigkeit her«, stammelte er. »Eine Ewigkeit!«
»Nein, keine Ewigkeit, denn die Ewigkeit ist mathematisch nicht zu berechnen. Aber das hier läßt sich sehr leicht nachrechnen. Ich bin der lebende Beweis dafür.«
»Mein Gott, ich konnte doch nicht wissen, daß du …«
»Nein, das konntest du nicht, wie auch!« spie sie ihm verächtlich entgegen. »Meine Mutter mußte mich direkt nach meiner Geburt weggeben. Sie mußte es, weil du sie dazu gezwungen hast. Du hast sie gezwungen, etwas zu tun, was sie niemals wollte! Und wenn sie in der Gosse gelebt hätte, sie

hätte mich behalten wollen. Aber du hast all deine Macht eingesetzt, du hast sie gedemütigt und mißbraucht, du hast sie mit Schlägen gefügig gemacht, und als sie nicht mehr weiter wußte, hat sie dieses Papier unterschrieben. Zwanzigtausend Mark, auch damals nicht gerade eine Menge Geld. Weißt du eigentlich, was aus ihr und mir geworden ist …?
Sie lebt, nein, sie vegetiert jetzt im St.-Valentius-Krankenhaus vor sich hin, ein Zombie, keine Sprache, keine Gefühle, keine Regungen, sie ist tot. Nur ihr Herz schlägt noch, das ist alles. Zweimal in der Woche besuche ich sie, und jedesmal bricht es mir das Herz, wenn ich sie so dasitzen sehe, diese junge und doch so uralte Frau … Schon mal was vom Korsakow-Syndrom gehört? Im leichteren Fall verliert man das Kurzzeitgedächtnis, in den seltenen, schweren Fällen jedoch das gesamte Erinnerungsvermögen. Dazu kam noch ein Schlaganfall, der ihr den Rest gegeben hat. Als ich sie das erste Mal sah, vor etwa fünf Jahren, war sie sturzbetrunken. Ich habe sie zur Entgiftung in eine Klinik gebracht, aber sie konnte sich nicht an mich erinnern. Sie wußte nicht einmal mehr, daß sie eine Tochter zur Welt gebracht hatte, sie hat mich nur verständnislos angeschaut, eine Fremde, die mit mir nichts anfangen konnte.
Sie war siebzehn, als sie von dir schwanger wurde. Und sie war etwa achtzehn, als sie zur Flasche griff. Unschuldige achtzehn Jahre. Trinken und Tabletten, Schnaps und Rohypnol, eine verheerende, eine tödliche Mischung. Dreißig Jahre lang saufen und Tabletten schlucken, nur um zu vergessen. Was für ein elendes Leben. Sie wußte nicht, wo man mich nach meiner Geburt hingebracht hatte, aber ich werde es dir sagen, *Vater!*« zischte sie wie eine Giftschlange, strich mit der Nadel über seinen Hals, er zuckte zusammen.
»Ich kam in ein Waisenhaus, eines dieser netten katholischen

Häuser, in denen Nonnen herrschen. Eigentlich sollte man meinen, in einem katholischen Heim regieren Liebe und Verständnis … Ja, sollte man meinen. Doch die Wirklichkeit sah anders aus. Wenn wir nicht den Teller leer aßen, wurden wir geschlagen. Haben wir während des Essens gesprochen, mußten wir vierundzwanzig Stunden hungern. Wenn wir ein falsches Wort zum ungeeigneten Zeitpunkt gesagt haben, setzte es Prügel. Auf die Finger, ins Gesicht, auf den nackten Hintern. Egal, was wir taten, es gab immer einen Grund, uns zu bestrafen. Und weißt du, was diese schwarzen Hexen uns gesagt haben, warum sie uns bestraften? Sie haben gesagt, wenn wir gute Menschen werden wollten, müßten wir zu jeder Sekunde die Regeln in diesem Heim befolgen. Gott würde jeden unserer Schritte genauestens beobachten, und sie wären die Stellvertreterinnen Gottes auf Erden. So einfach war das.
Die Krönung der Geschichte kommt aber noch. Als ich neun war, wurde ich zum Hausmeister bestellt. Drei Jahre lang wurde ich jede Woche mindestens einmal zum Hausmeister bestellt, weil irgendwelche Jungs aus dem Heim sich ein paar Mark verdienten, indem sie uns Mädchen an ihn verkauften. Ich weiß nicht, ob die schwarzen Hexen davon wußten, aber je mehr ich darüber nachdenke, desto überzeugter bin ich davon. Aber egal, auf jeden Fall ist dann etwas Seltsames passiert – ein nettes Ehepaar ist gekommen und hat mich adoptiert. Und ab da hatte ich den Himmel auf Erden. Ich durfte die Hölle verlassen und endlich ein Mensch sein. Sie gaben mir ihren Namen, ich hatte ein eigenes, großes Zimmer, ich habe mein Abi gemacht und studiert. Aber nie in all den Jahren habe ich aufgehört, an meine Mutter und meinen Vater zu denken. Was sie wohl machten, warum sie mich weggegeben hatten. Ich hab mir die Antworten selber gegeben, hab mir gesagt, sie waren vielleicht so arm, daß das Geld nicht für

drei reichte. Oder meine Mutter war allein und nicht stark genug, mich großzuziehen. Ich fand so viele Gründe, aber da war auch Haß, Haß, daß sie mir das angetan hatten. Seit ich achtzehn war, habe ich nach meinen Eltern gesucht. Und es hat fast zwölf Jahre gedauert, bis ich wenigstens den Namen meiner Mutter herausfand. Und dann war es nicht schwer, sie zu finden. Den Rest kennst du ja. Und bei meinen Recherchen stieß ich zwangsläufig auf dich. Auf dich und deine Kumpane. Jeder von euch mit so viel Dreck am Stecken, daß es für ganz Frankfurt reichen würde!« sagte sie zynisch. »Aber du bist der Schlimmste von allen. Du hast zeit deines Lebens mit den Menschen nur gespielt. Du hast sie ausgenutzt, sie mißbraucht und mißhandelt. Du, der große Karl-Heinz Fink! Was meinst du, gibt es einen Gott? Wenn ja, dann gibt es auch einen Teufel. Was glaubst du, wo du hinkommst, wenn du abtrittst? In den Himmel oder in die Hölle?«

Fink wollte sich umdrehen, doch die Spritze an seinem Hals ließ keine Bewegung zu.

»Hör zu«, sagte er mit zittriger Stimme. »Ich will es dir erklären. Das mit deiner Mutter wußte ich nicht, das schwöre ich. Ich hatte doch keine Ahnung, daß sie …«

»Daß sie was?«

»Sich so gehenlassen würde …«

»Hatte sie eine andere Wahl? Sie wurde von ihrer Familie verstoßen, genau wie dein Sohn Jürgen von dir. Die Schicksale ähneln sich irgendwie, findest du nicht? Sie hatte absolut niemanden, der ihr in ihrer schwersten Zeit beigestanden hat. Sie hatte nur dich und deine verfluchten Drohungen. Aber wahrscheinlich hat sie dich geliebt, zumindest bis zu einem gewissen Zeitpunkt. Wäre sie, wie ich, zu Haß fähig gewesen, dann hätte sie dich umgebracht, so wie ich es gleich tun werde. Aber sie war keine Frau, die hassen konnte. Sie konn-

te nur trauern. Doch als ich sie kennenlernte und ihre Geschichte gehört habe, kurz bevor sie in die Klinik kam, wußte ich, daß ich das tun würde, wozu sie nie fähig war ...« Mit der freien Hand holte sie eine Zigarette aus ihrer Tasche, zündete sie an.
»Wie fühlst du dich jetzt? Beschissen? Reumütig? Hast du Angst? Siehst du dem Tod gelassen oder voller Furcht entgegen? Hast du Angst vor der Hölle? Ich an deiner Stelle würde mir jetzt vor Angst in die Hosen machen.«
»Ja, ich habe Angst«, flüsterte er. »Aber was nützt sie mir jetzt noch? Gibt es einen Weg zurück?«
»Nein, den gibt es schon lange nicht mehr. Ich mußte nur den geeigneten Zeitpunkt abwarten. Erst Rosenzweig, dann Schönau, jetzt du. Die gesamte Führungsspitze der Region innerhalb einer Woche ausgelöscht. Was für eine Sensation für die Mitglieder! Und was für eine Schmach für die Kirchenführer in Amerika. Ich bin schon gespannt, wie die Öffentlichkeit darauf reagieren wird. Nur schade, daß du das nicht mehr mitkriegst. Tja, ist der Ruf erst mal dahin ... Und keiner wird je wissen, wer euch ins Jenseits befördert hat. Ich werde weiterhin jeden Sonntag die Versammlungen besuchen, ich werde mich um die jungen Erwachsenen kümmern, ich werde leben wie immer. Und vielleicht wird sogar in deiner Familie das Leben wieder Einzug halten. Ach, übrigens, das mit Laura war auch ein schwerer Fehler von dir. Wenn ich mir vorstelle, wie viele Leichen deinen Weg pflastern! Aber die letzte wirst du selber sein.«
»Warum Schönau und Rosenzweig?« fragte er mit auf einmal seltsam ruhiger Stimme.
»Warum? Weil sie davon wußten und nichts dagegen unternommen haben. Ihr drei habt immer wie Pech und Schwefel zusammengehalten, hat der eine einen Fehler begangen, der nicht im Einklang mit den Kirchenrichtlinien oder Geboten

stand, dann wurde er von den andern gedeckt. Rosenzweig und Schönau waren, um es salopp auszudrücken, Hurenböke. Und du wußtest davon. Ich nenne nur den Namen Rita Jung – ihr alle drei habt die Sache vertuscht. Nur mit dem Unterschied, daß sie eine halbe Million als Abfindung für ihr Schweigen erhalten hat, ein Vielfaches von dem, was du meiner Mutter gezahlt hast. Aber sie hätte ohnehin nichts mehr von dem Geld, wahrscheinlich hätte sie sich längst totgesoffen, und ich hätte sie nie gefunden. Tja, wer weiß, vielleicht war es besser so, denn wie heißt es so schön – die Wege des Herrn sind unergründlich …«
»Du bist eine verdammte Zynikerin!« stieß Fink hervor. »Du mordest die Menschen einfach so dahin und schiebst Gott als Alibi vor?! Heißt es nicht auch in der Schrift, wir sollen vergeben? Wo ist dein Vergeben?«
»Ich sehe das anders«, sagte sie gelassen, nahm einen letzten Zug von der Zigarette, blies den Rauch in seine Richtung und ließ sie auf den Boden fallen, wo die Glut ein Brandloch in den Teppich fraß. »Wo war *deine* Güte und Barmherzigkeit, von der du immer sprichst, als du meine Mutter einfach im Stich gelassen hast? Wo? Wie kann ich dir vergeben, nach all dem, was du uns angetan hast? Es gibt Grenzen des Vergebens, und die haben du und deine Mitstreiter übertreten. Und jetzt kommt die Strafe dafür.«
»Laß mich leben«, sagte er leise, die Hände um die Armstützen verkrampft. »Ich bitte dich, mir zu vergeben. Ich werde versuchen, alles wiedergutzumachen. Ich verspreche es hoch und heilig.«
»Spar dir deine verfluchten Versprechungen! Und komm mir nicht mit heilig! Du weißt doch gar nicht, was das ist. *Du* bist der Zyniker von uns beiden, dein Leben hat seit jeher aus blankem Zynismus bestanden … Es tut mir leid, daß alles so gekommen ist, aber glaub mir, es ist besser für uns alle. Ich

würde keine Sekunde mehr ruhig schlafen können, wüßte ich, du wärst noch am Leben.«
»Ich biete dir einen Vertrag an«, sagte er mit flehender Stimme, »einen, der dich und mich schützt. Einen absolut wasserdichten Vertrag. Kein Mensch wird je erfahren, was du getan hast, denn gleichzeitig würde jeder wissen, was ...«
»Und wie soll dieser Vertrag aussehen?« fragte sie kalt. »Wieviel willst du mir bieten, eine Million, zwei Millionen? ... Ich pfeife auf dein verdammtes Geld, ich habe selbst genug davon. Du denkst wohl, jeder Mensch ist käuflich, doch du irrst. Es gibt auch andere, doch die hast du anscheinend noch nicht kennengelernt. Mich jedenfalls kannst du nicht kaufen. Und jetzt, Liebling, mach's gut ...«
»Warte noch, bitte!« schrie er verzweifelt. »Was wirst du tun?«
»Dich töten, ganz einfach.«
»Und wie?«
»Langsam, ganz, ganz langsam«, flüsterte sie, ihren Mund an sein Ohr gelegt. »Langsamer jedenfalls als Rosenzweig und Schönau. Aber leider immer noch zu schnell. Ich habe hin und her überlegt, wie ich deinen Tod möglichst qualvoll gestalten könnte, aber mir ist keine Lösung eingefallen. Doch ich denke, eine Viertelstunde, vielleicht auch eine halbe, reichen aus, das ganze Leben noch einmal in Ruhe Revue passieren zu lassen. Und ich werde deine verfluchte Angst genießen, jede Sekunde davon.«
Er wollte noch etwas sagen, spürte jedoch im selben Moment den Einstich in seinen Hals, die Flüssigkeit, die schnell in seinen Körper gespritzt wurde. Sie trat zurück, blickte ihn an, er preßte die Hand auf die Einstichstelle, sie packte die Spritze in ihre Tasche.
Er sprang auf, rannte zur Tür, doch sie war abgeschlossen. Sie setzte sich auf den Schreibtisch, verfolgte jeden seiner

Schritte, das blanke Entsetzen in seinen Augen. Sie steckte sich eine neue Zigarette an, inhalierte, blies gelassen den Rauch aus.

»Du kommst hier nicht raus«, sagte sie kühl, »ich habe den Schlüssel an mich genommen. Dumm gelaufen, sag ich da nur. Und, spürst du schon was?«

»Was hast du mir gegeben?« fragte er mit schwerer Zunge; er stand mitten im Raum, seine Beine gehorchten nicht mehr, er schlug auf dem Boden auf. Seine Augen waren weit geöffnet, der Blick starr zur Decke gerichtet.

»Dendrotoxin«, sagte sie leise. »So dosiert, daß dein Tod etwas länger dauert als bei den andern. Aber er wird eintreten. Wenn ich die Zigarette zu Ende geraucht habe, wirst du keinen Finger mehr bewegen können. Ich werde mir noch eine anzünden, und du wirst immer noch leben. Und wenn die ausgeraucht ist, wird deine Atmung immer schwerer und langsamer werden, aber du wirst noch denken können. Leider wirst du mir nicht mehr sagen können, was du denkst, denn deine Zunge wird gelähmt sein. Und allmählich wird auch die Lähmung der Atemmuskulatur einsetzen, du wirst das Gefühl haben, ein Tonnengewicht läge auf deiner Brust, aber da ist nichts weiter als diese kleine Menge Gift, die es mir ermöglicht, diese Welt von dir zu befreien. Ruhe in Frieden, Karl-Heinz Fink. Ich werde selbstverständlich auch zu *deiner* Beerdigung kommen, das bin ich allein schon Laura schuldig. Ich denke, ich werde Lilien auf dein Grab legen. Lilien machen sich immer gut.«

Finks Todeskampf dauerte sechzehn Minuten. Sie hob die drei Kippen vom Boden auf, zog sich Handschuhe über, wischte den Schreibtisch ab und alles, was sie angefaßt hatte. Sie stieg über Fink hinweg, schloß die Tür auf, ließ sie offenstehen, öffnete die Seitentür, ließ den Schlüssel stecken. Sie blickte um sich, konnte niemanden entdecken und ging mit langsamen Schritten zu ihrem Wagen. Sie stieg ein, startete den Motor und fuhr in die Stadt. Um kurz vor acht betrat sie eine Boutique, probierte ein paar Kleider an, entschied sich für ein gelbes und ein rotes, zahlte mit Kreditkarte. Anschließend kehrte sie bei dem Spanier ein, bei dem sie mit Petrol einige Male gewesen war. Sie trank ein Glas Wein und bestellte ein Steak und Salat. Sie hatte es geschafft. Und niemand würde je hinter ihr grausames Geheimnis kommen. Sie lächelte.

Montag, 19.45 Uhr

Julia Durant hatte sich Badewasser einlaufen lassen, eine Dose Bier getrunken, drei oder vier Zigaretten geraucht, wie viele genau, wußte sie nicht mehr, zwei Scheiben Brot mit Käse und Salami gegessen, auch wenn sie überhaupt keinen Appetit hatte und dieser Tag ihr immer noch in den Knochen steckte. Zu schaffen machte ihr vor allem die Gewißheit, von Petrol so schändlich belogen worden zu sein. Immer und immer wieder stellte sie sich die gleiche Frage – *was mache ich falsch?* Sie fand keine Antwort darauf, stieg in die Badewanne, eine Dose Bier auf dem Wannenrand, den Aschenbecher daneben. Sie blieb eine halbe Stunde im Wasser, versuchte, an nichts zu denken, einfach nur zu entspannen, doch in ihrem Kopf war ein einziges großes Durcheinander, das zu ordnen sie nicht vermochte. Sie trocknete sich ab, zog einen Slip und ein Trägerhemd an, setzte sich auf die Couch. Nach einer Weile griff sie zum Telefon, wählte die Nummer ihres Vaters. Er hob nach dem dritten Läuten ab.
»Hallo, Paps, hier ist Julia. Ich wollte mich einfach nur mal melden.«
»Du klingst etwas bedrückt«, sagte er. »Geht es dir nicht gut?«

»Du mußt auch immer alles merken, was?« sagte sie.

»Was ist los, meine Kleine?« fragte er. »Ärger im Beruf?«

»Das auch. Es kommen im Moment einfach zu viele Sachen auf einmal zusammen. Im Augenblick fühle ich mich einfach nur total leer. Das kennst du doch sicher auch, oder? Am liebsten würde ich alles hinschmeißen und auswandern, und nichts mehr mit der Polizei und mit Männern zu tun haben.«

»Aha, daher weht also der Wind. Ein Mann. Darf ich fragen, um wen es sich handelt?«

»Ich kenne oder besser kannte ihn seit gut einem halben Jahr ...«

»Wieso kannte?« fragte Durants Vater.

»Er wurde gestern abend umgebracht. Es ist einfach alles zum Kotzen.«

»Dein Freund wurde ermordet? Warum?«

»Das Warum kenne ich nicht. Ich weiß nur, daß er mich die ganze Zeit über belogen hat. Er hat gesagt, er wäre verheiratet, wollte sich aber angeblich von seiner Frau scheiden lassen ...«

»Wegen dir?«

»Nein, er hätte sich, wie er sagte, auch so von ihr trennen wollen. Er hat mir mal ein Foto von ihr und seinen Kindern gezeigt, aber jetzt mußte ich heute erfahren, daß er überhaupt nicht verheiratet war, und wir wissen bis jetzt auch nicht, wer die Frau auf dem Foto ist. Und dazu kommt, daß er Teil einer Mordserie ist, die im Augenblick in Frankfurt für ziemliches Aufsehen sorgt. Wir haben ja letzte Woche schon mal darüber gesprochen.«

»Du meinst die Giftmorde? Ja, ich habe gehört, daß noch einer umgebracht wurde. Einfach schrecklich.«

»Schrecklich ist eher milde ausgedrückt. Wir haben bis jetzt vier Tote, drei davon gehörten dieser *Kirche des Elohim* an, Werner dagegen hatte mit Religion überhaupt nichts am Hut.

Er war Chefarzt einer großen Klinik hier in der Gegend. Und wir haben keine Ahnung, warum er sterben mußte. Es kommen auch so viele Personen in Frage, doch uns fehlt einfach ein Motiv. Wenn es sich ausschließlich um Morde an Kirchenmitgliedern handeln würde, könnte man unter Umständen einen Zusammenhang herstellen. Aber Werner? Er paßt überhaupt nicht in das Bild. Und besonders merkwürdig ist, daß gestern nacht, nachdem er umgebracht wurde, jemand bei mir angerufen und mir offensichtlich ein Band vorgespielt hat, auf dem nur Werners Stimme zu hören war, die allem Anschein nach kurz vor seinem Tod aufgenommen wurde. Ich bin natürlich gleich mit meinem Kollegen hingefahren und da haben wir die Bescherung gesehen. Und ich mußte feststellen, daß es außer mir noch eine andere Frau in seinem Leben gab, eine, die aber nicht mit ihm verheiratet war. Wir wissen aber inzwischen, daß der Mörder eine Frau ist. Mehr aber auch nicht. Wir gehen davon aus, daß sie sehr attraktiv ist, intelligent und daß ihre Opfer niemals vermuten würden, daß sie die sogenannte Schwarze Witwe ist. Sie geht unglaublich raffiniert vor und führt uns im wahrsten Sinn des Wortes an der Nase herum. Na ja, irgendwann werden wir sie schon kriegen.«
»Wie viele attraktive und intelligente Frauen hast du denn im Laufe deiner Ermittlungen bis jetzt kennengelernt?« fragte Durants Vater.
»Eine ganze Menge. Darunter Frauen von sehr hohem Niveau. Keine billigen Schlampen, sondern die meisten eben intelligent und auch selbstbewußt, zum Teil elegant, zum Teil aber auch eher sportlich, aber fast alle sehr gutaussehend. Und da wir bei der Täterin von einer Person zwischen Mitte Zwanzig bis Mitte Vierzig ausgehen, kommen natürlich eine ganze Reihe von Frauen in Frage. Und das ist unser Problem.«

»Kann ich verstehen. Nur helfen werde ich dir nicht können.«
»Das sollst du auch nicht, ich wollte es dir nur erzählen … Aber eine Kleinigkeit noch – du bist doch auch ein verkappter Kriminalist. Der erste Tote vom vergangenen Montag hat sich Insulin gespritzt, dem aber Schlangengift beigemischt war. Da wir jedoch Selbstmord ausschließen, stellt sich uns die Frage, wie das Gift in seinen Schreibtisch gelangt ist. Seine Frau scheidet mit ziemlicher Sicherheit aus, sie ist zwar auch attraktiv, aber psychisch kaum fähig, jemanden umzubringen, vor allem, nachdem mir ihre Therapeutin sagte, daß sie sehr an ihrem Mann hing. Genau wie die beiden Söhne.«
»Welche psychischen Probleme hat die Frau?«
»Angstzustände, Depressionen. Sie wird wie gesagt zur Zeit therapiert.«
»Und was sagt ihre Therapeutin?«
»Sie äußert sich grundsätzlich nicht im Detail zur Krankengeschichte ihrer Patienten, es sei denn, der- oder diejenige erklärt sich einverstanden. Sie ist aber auch eine Freundin des Hauses und gehört ebenfalls dieser Kirche an. Eine sehr sympathische Frau, recht offen und vor allem nicht verbohrt, was ihren Glauben angeht. Sie sieht die Dinge eher locker.«
»Interessant«, sagte Durants Vater und schwieg einen Augenblick. Sie hörte nur sein schweres Atmen am andern Ende der Leitung.
»Was ist los, warum sagst du nichts mehr?« fragte sie.
»Ich überlege gerade. Weißt du etwas über die Art der Therapie?«
»Nein, warum?« fragte Julia Durant. »Ist es nicht egal, wie jemand therapiert wird?«
»Nun«, sagte er mit einem Lächeln, das sie durch das Telefon zu sehen schien, »es gibt ja die absurdesten Fälle in der Kriminalgeschichte, wie du weißt. Wendet diese Therapeutin zufälligerweise auch Hypnose an?«

»Ja, das hat sie mir heute sogar selbst gesagt. Worauf willst du hinaus?«
»Na ja, du hast mir eben erzählt, keiner kann sich erklären, wie das Gift in den Schreibtisch des Toten gekommen ist. Was, wenn es – hypothetisch – durch einen hypnotischen Befehl …«
»Paps! Glaubst du das etwa? Das würde ja heißen, daß die Therapeutin … Nein, das kann ich mir nun beim besten Willen nicht vorstellen. Nein, jede, aber nicht die.«
»Es war ja auch nur eine Möglichkeit, die ich in Betracht gezogen habe. Aber wenn die Frau sauber ist …«
»Paps, ich kenne, was Hypnose angeht, nur die Grundbegriffe. Beschäftigt habe ich mich nie damit. Was weißt du darüber?«
»Nicht viel. Aber es gibt Möglichkeiten, auf ein bestimmtes Wort oder Signal hin jemanden zu veranlassen, etwas zu tun, was er bei vollem Bewußtsein nicht tun würde. Wenn ich du wäre, würde ich zumindest einmal fragen, ob Hypnose bei der Behandlung eingesetzt wird. Wenn ja, dann könnte dies unter Umständen der Weg gewesen sein, wie das Gift in den Schreibtisch kam, wenn nicht, dann müßt ihr weitersuchen.«
»Paps, du hättest doch zur Polizei gehen sollen …«
»Nein, nein, das wäre nichts für mich gewesen«, erwiderte er lachend. »Ich bin glücklich, mich für meinen Beruf entschieden zu haben. Aber du, du bist einfach geschaffen für die Polizei …«
»Aber nicht für Männer. Leider. Und dabei hätte ich so gern … Ach was, es hat keinen Sinn, zu lamentieren, davon wird es auch nicht besser. Ich wollte nur mal deine Stimme hören. Vielleicht komme ich bald mal wieder für ein verlängertes Wochenende runter. Dann setzen wir uns auf die Veranda, trinken Tee und quatschen die Nacht durch.«
»Ich würde mich freuen. Weißt du, du bist eine Tochter, wie

ich sie mir immer gewünscht habe. Und solange ich lebe, werde ich immer für dich dasein, das verspreche ich dir. Und wenn dich was bedrückt, du weißt, du kannst mich jederzeit anrufen oder besuchen. Kopf hoch, irgendwann kommt einer, der weiß, was er an dir hat. Glaub mir, jeder Topf findet seinen Deckel.«

»Ich hab dich lieb, Paps. Zum Glück gibt es dich, ich hätte mir auch keinen besseren Vater wünschen können. So, und jetzt hören wir auf mit dem Gesülze. Laß es dir gutgehen, ich melde mich bald wieder. Und, ach ja, vielen Dank für deinen Roman.«

»Welchen Roman?«

»Den Brief. Ich habe eine halbe Stunde gebraucht, bis ich ihn durchhatte.«

»Tja, das ist eben meine Art. Wenn ich allein zu Hause bin, was soll ich schon großartig machen. Und manchmal überkommt es mich einfach, und dann schreibe ich endlose Briefe.«

»Okay, hören wir jetzt auf. Ich werd gleich zu Bett gehen und hoffentlich einigermaßen gut schlafen können. Mach's gut und bis bald.«

Sie legte auf, ging in die Küche, holte sich eine neue Dose Bier. Sie riß den Verschluß auf, trank in kleinen Zügen. Sie dachte über die Worte ihres Vaters nach, ließ sie auf sich wirken. Sie beschloß, Marianne Rosenzweig anzurufen. Ihr ging der von ihrem Vater geäußerte Gedanke mit dem hypnotischen Befehl nicht mehr aus dem Kopf.

Sie wartete noch einen Augenblick, suchte die Nummer heraus, wählte.

»Rosenzweig«, meldete sich eine männliche Stimme.

»Hier Durant von der Kriminalpolizei. Könnte ich bitte Frau Rosenzweig sprechen?«

»Moment, ich hole meine Mutter.«

Es dauerte einen Moment.
»Rosenzweig.«
»Hier Durant. Es tut mir leid, wenn ich jetzt noch störe, ich habe nur eine Frage an Sie. Es betrifft Ihre Therapie bei Frau Reich. Wird oder wurde bei Ihnen auch Hypnose angewandt?«
»Warum wollen Sie das wissen?« fragte Marianne Rosenzweig vorsichtig nach.
»Sagen Sie bitte nur ja oder nein.«
»Ja, wir führen auch Hypnosesitzungen durch.«
»Danke für Ihre Auskunft. Ich werde mich vielleicht schon bald noch einmal bei Ihnen melden. Gute Nacht. Und bitte, sprechen Sie vorläufig nicht mit Frau Reich darüber. Es ist sehr wichtig.«
»Moment, Sie denken doch nicht etwa …«
»Frau Rosenzweig, im Augenblick denke ich gar nichts. Und ich bitte Sie auch, keine falschen Schlüsse zu ziehen. Wir führen lediglich unsere Ermittlungen durch, nicht mehr und nicht weniger.«
»Gut, ich verspreche Ihnen, mit niemandem darüber zu reden. Aber Frau Reich ist über jeden Zweifel erhaben.«
»Das stelle ich auch gar nicht in Frage. Nochmals vielen Dank. Auf Wiederhören.«
Julia Durant hielt den Hörer in der Hand, sie war wie elektrisiert. Es war eine Möglichkeit, und sie würde gleich morgen eine genaue Überprüfung von Sabine Reich veranlassen. Sie legte den Hörer auf, wollte gerade auf die Toilette gehen, als das Telefon klingelte. Sie nahm ab, meldete sich.
»Hier Fink«, sagte eine weibliche Stimme. »Frau Durant, es geht um meinen Mann. Er hat mir gesagt, er würde spätestens um acht zu Hause sein. Jetzt haben wir schon halb zehn, und er ist immer noch nicht da. Ich dachte, ich müßte Sie einfach anrufen.«

»Wissen Sie, wohin er gefahren ist?«
»Nein, er sagte nur, er hätte noch einen Termin mit einem Bruder aus der Gemeinde.«
»Aber Sie können mir den Namen nicht nennen?«
»Nein, leider nicht. Ich habe es auch schon in seiner Kanzlei versucht, aber dort ist nur der Anrufbeantworter an. Und auch auf seinem Handy und in seinem Gemeindebüro meldet sich niemand. Ich wußte nicht, an wen ich mich wenden sollte.«
»Sie haben das schon richtig gemacht. Ich werde mit meinem Kollegen erst in die Gemeinde fahren, und wenn er dort nicht ist, schauen wir mal in der Kanzlei nach. Aber Sie sollten sich nicht allzu viele Sorgen machen. Wir rufen Sie auf jeden Fall nachher noch an.«
»Ich mache mir keine Sorgen, es ist nur etwas merkwürdig. Vor allem, nachdem Sie mir sagten, daß mein Mann Morddrohungen erhalten hätte. Ich werde auf jeden Fall wach bleiben.«
»Gut. Sollte Ihr Mann inzwischen zu Hause eintreffen, dann rufen Sie mich bitte unter meiner Handynummer an. Bis später.«
Sofort, nachdem das Gespräch beendet war, rief sie bei Hellmer an.
»Hallo, Frank, ich bin's, Julia. Zieh dich an, wir müssen Fink suchen. Er ist verschwunden.«
»Wo treffen wir uns?«
»Am besten am Präsidium. Und beeil dich. Ich habe ein ziemlich mulmiges Gefühl.«
»Okay, ich bin in zwanzig Minuten am Präsidium.«
Julia Durant zog sich an, bürstete sich noch einmal durchs Haar, nahm ihre Tasche und verließ das Haus. Eine düstere Ahnung sagte ihr, daß Fink seiner Mörderin bereits in die Arme gelaufen war.

Montag, 22.10 Uhr

Durant und Hellmer kamen fast gleichzeitig am Präsidium an. Sie stiegen aus, besprachen sich kurz.
»Also bis jetzt hat sich Frau Fink nicht bei mir gemeldet. Das heißt, ihr Mann ist immer noch verschwunden«, sagte Durant und schnippte die ausgerauchte Zigarette auf die Straße.
»Und wo fahren wir jetzt hin?« fragte Hellmer.
»Ich weiß nicht, aber mein Gefühl sagt mir, wir sollten als erstes im Gemeindehaus nachsehen …«
»Wieso ausgerechnet dort?« fragte Hellmer mit hochgezogener Stirn.
Julia Durant fuhr sich mit dem Finger über die Lippen, neigte den Kopf eine Idee zur Seite, hob die Schultern. »Weil die Morde an sich schon von einer gewissen Perfidie zeugen. Und ich könnte mir vorstellen, daß die Dame sich für zuletzt einen ganz ungewöhnlichen Ort ausgesucht hat. Einen, auf den niemand kommen würde. Erinnerst du dich, wie Marianne Rosenzweig uns gesagt hat, daß der Montag ausschließlich der Familie gehört? Das Gemeindehaus steht leer, Fink trifft sich dort mit seiner Geliebten, nichtsahnend, daß er dieses Haus nicht mehr lebend verlassen wird. Ich wette, wir finden ihn dort.«
»Du hast heute schon eine Wette verloren«, bemerkte Hellmer grinsend.
»Aber diese nicht. Los, fahren wir. Du kannst mich ja nachher wieder hier absetzen.«
Auf der Fahrt erzählte die Kommissarin von ihrem Gespräch mit ihrem Vater. Und von der Vermutung, die er ausgesprochen hatte. Hellmer hörte zu, nickte, sagte: »Wenn diese Theorie stimmen sollte, dann würde es tatsächlich erklären, wie das Gift in Rosenzweigs Haus gekommen ist. Aber wie wollen wir das beweisen?«

»Sollte Sabine Reich tatsächlich unsere Frau sein, was ich immer noch für ziemlich unwahrscheinlich halte, dann müssen wir sie überprüfen. Wir brauchen zum einen ein Foto von ihr, um es unter anderem einigen Leuten im St.-Valentius-Krankenhaus zu zeigen. Dann will ich alles über ihr Leben wissen, von ihrer Geburt bis heute, und wenn wir genug Fakten über sie zusammengetragen haben und sich ein mögliches Motiv herausschälen sollte, werden wir sie uns vornehmen. Aber erst, wenn wir wirklich Fakten haben. Ich will nicht, daß sie aufgescheucht wird und womöglich noch mehr Dummheiten begeht.«

»Wenn es nur Dummheiten wären«, sagte Hellmer sarkastisch. »Aber ehrlich gesagt, ich halte es auch nicht für sehr wahrscheinlich. Sie ist mir einfach zu sympathisch. Ich beurteile Menschen immer nach ihrem Gesicht, wie sie lächeln, ob sie dich beim Sprechen ansehen, wie sie dich ansehen. Sollte sie tatsächlich die von uns gesuchte Person sein, dann alle Achtung. Eine solche Fassade habe ich bisher bei noch keinem erlebt.«

»Es gibt Dinge zwischen …«

»… Himmel und Erde, die sich mit unserer Schulweisheit nicht erklären lassen«, sagte Hellmer. »Ja, ja, ich weiß.«

Sie bogen in die Straße ein, in der sich das Gemeindehaus befand, fuhren etwa hundert Meter bis zum Parkplatz.

»Ich hatte recht«, sagte Durant leise. »Sein Wagen. Scheiße.«

Sie sprangen aus dem Auto, Finks Jaguar war abgeschlossen und leer. Sie gingen im Dunkeln auf die Eingangstür des Gemeindehauses zu, ebenfalls abgeschlossen.

»Es muß doch hier noch einen andern Eingang geben«, sagte Durant. »Hast du eine Taschenlampe?«

»Nicht hier, aber ich kann sie aus dem Wagen holen.«

Er kehrte nach einer Minute zurück, leuchtete den finsteren Weg ab. »Da hinten«, sagte er und deutete mit dem Strahl auf den vom Parkplatz aus nicht einsehbaren Seiteneingang. Er drückte die Klinke herunter, die Tür ließ sich öffnen.
»Der Schlüssel steckt von innen«, sagte Durant. »Mach mal Licht.«
Hellmer suchte nach dem Lichtschalter und betätigte ihn. Links von ihnen stand die Tür zu einem großen Büro weit offen. Sie gingen ein paar Schritte, schalteten auch hier das Licht an.
Er lag auf dem Boden, die geweiteten Augen starr nach oben gerichtet, die Hände unnatürlich verkrampft, ein Anblick, den sie schon von Schönau und Petrol kannten. Sie blieben einen Moment wortlos stehen, betrachteten Fink.
»Ich habe noch vor ein paar Stunden mit ihm gesprochen. Er war in Eile, sagte, er hätte eine Verabredung mit einem Bruder aus der Gemeinde. Ich bräuchte mir keine Sorgen zu machen. Schöne Verabredung!«
»Konntest du ihn auf seine Vergangenheit ansprechen?« fragte Hellmer, der sich über den Toten beugte.
»Ja, und nach einigem Zögern hat er zugegeben, vom Tun seines Vaters gewußt zu haben. Er hat mir einige plausible Gründe genannt, weshalb sein Vater für die Nazis gearbeitet hat, zumindest für ihn plausible Gründe. Aber das erzähl ich dir ein andermal. Ich schätze, wir sollten jetzt erst mal die Kollegen von der Spurensicherung, einen Arzt und den Fotografen verständigen. Was hältst du davon, wenn wir Laura Fink anrufen würden?«
»Du spinnst doch, oder? Seine eigene Tochter soll …«
»Ja, seine eigene Tochter. Ich will einfach nur wissen, warum Fink umgebracht wurde. Und Laura war auch die beste Freundin von Sabine Reich. Die hat nämlich heute nachmit-

tag gesagt, sie und Laura seien die besten Freundinnen, sogar fast so etwas wie Schwestern. Ich möchte jetzt endlich herausfinden, wer hinter all dem steckt. Du rufst unsere Kollegen an, ich setze mich mit Laura in Verbindung. Ich bin mal auf ihre Reaktion gespannt.«

Sie zog sich Handschuhe über, griff zum Hörer des Telefons, das auf dem Schreibtisch stand, wählte die Nummer von Laura Fink. Es dauerte eine Weile, bis sie mit schläfriger Stimme abhob.

»Laura Fink?« fragte Durant.

»Ja, was gibt's?«

»Hier Durant. Ich möchte Sie bitten, ins Gemeindehaus zu kommen. Wir brauchen Ihre Hilfe.«

»Warum? Es ist spät und ich bin müde …«

»Nun, wir sind auch müde und trotzdem hier. Es geht um Ihren Vater – er ist tot.«

»Mein Vater?« fragte Laura Fink, mit einem Mal hellwach. »Im Gemeindehaus? Was ist passiert?«

»Vermutlich das gleiche, was auch Hauser, Schönau und Rosenzweig passiert ist.«

»Ich ziehe mir nur schnell was über. Ich bin in spätestens zwanzig Minuten bei Ihnen.«

Julia Durant blickte sich um. Sie befand sich in einem großen, hellen Raum, der etwas Ehrfurchtgebietendes hatte. Sie berührte nichts, wollte nicht eventuelle Spuren verwischen. Sie sah zu Boden, kniff die Augen zusammen, ging weiter durch den Raum, sagte schließlich: »Schau dir mal den Teppich an. Sieht aus wie Brandflecken.«

»Zigaretten?« fragte Hellmer.

»Könnte sein. Aber die Mitglieder hier rauchen nicht. Das ist allerdings merkwürdig. Fällt unsere Psychologin als Täterin doch aus? Ich hab sie bis jetzt dreimal getroffen, und sie hat weder Alkohol getrunken noch geraucht.«

»Was, wenn sie ein Doppelleben führt? Wäre ja nicht das erste Mal, daß …«

»Nein, unmöglich. Ich traue es ihr einfach nicht zu. Obwohl …« Sie überlegte, während sie sich über Fink beugte, seine Hände und seine Arme befühlte und das Kiefergelenk zu bewegen versuchte.

»Obwohl was?« fragte Hellmer.

»Es gäbe doch einiges, was zusammenpassen würde. Zum Beispiel, daß Petrol und Reich beide Psychologen waren. Natürlich hatte Petrol eine wesentlich umfangreichere Ausbildung, aber … Scheiße, ich hoffe, ich habe unrecht.«

»Wie lange, glaubst du, ist er schon tot?« fragte Hellmer.

»Die Leichenstarre setzt allmählich ein. Und er fühlt sich auch nicht mehr warm an. Ich vermute, so dreieinhalb bis vier Stunden.« Sie drehte Finks Kopf ein wenig zur Seite, sah die Einstichstelle, winkte Hellmer heran. »Hier«, sagte sie und deutete auf die Stelle, »genau wie bei Petrol. Auch in den Hals. Ich vermute sogar, es handelt sich um das gleiche Gift. Warten wir einfach ab, was unsere Leichenfledderer dazu zu sagen haben.«

Laura Fink traf noch vor den Beamten der Spurensicherung ein. Sie machte einen abgehetzten Eindruck, stürmte in das Zimmer, in dem ihr toter Vater lag. Sie blieb abrupt stehen, blickte auf ihn herunter, keine Regung war in ihrem Gesicht zu lesen.

»Ist meine Mutter schon informiert worden?« fragte sie, während sie sich Handschuhe überzog.

»Nein, ich wollte eigentlich, daß wir nachher gemeinsam zu ihr fahren.«

»Von mir aus. Darf ich?« fragte Laura Fink und deutete auf ihren Vater. »Ich muß ihn mir anschauen. Wollen Sie auch

wissen, wie lange er tot ist?« fragte sie mit unbeweglicher Miene.
»Wenn's geht, ja.«
»Dazu muß ich seine Temperatur messen.« Sie holte das Thermometer aus dem Arztkoffer und bat Hellmer, ihr zu helfen, den Toten zu entkleiden. Sie maß die Temperatur rektal, wartete zwei Minuten, bis das Thermometer leise piepte, zog es aus dem After, las die Temperatur ab. »33,4 Grad«, murmelte sie. »Ich würde sagen, der Tod ist vor drei bis vier Stunden eingetreten. Plus minus eine halbe Stunde. Genau müssen das Ihre Mediziner klären. Ich werde auf dem Totenschein ›Todesursache unklar‹ ankreuzen, alles weitere überlasse ich Ihnen.«
»Ist das ein großer Schock für Sie?« fragte Durant, bewußt jede Reaktion der Angesprochenen beobachtend.
Sie zuckte kaum merklich die Schultern, antwortete, während sie den Totenschein ausfüllte, lakonisch: »Der Tod ist nie etwas Schönes.«
»Damit haben Sie meine Frage nicht beantwortet.«
»Nein, es ist kein großer Schock für mich. Und jetzt werden Sie mich gleich fragen, warum nicht, aber ich werde Ihnen keine Antwort darauf geben.«
»Haben Sie Ihren Vater gehaßt?«
»Halten Sie mich für die Mörderin?« fragte Laura Fink ironisch lächelnd zurück. »Nein, ich habe ihn nicht gehaßt. Aber ich habe ihn auch nicht geliebt. Er war ein Fremder für mich. Genau wie für Jürgen … So, wenn Sie mich nicht mehr brauchen …«
»Moment, wir wollten gemeinsam mit Ihnen zu Ihrer Mutter fahren. Wir müssen aber noch warten, bis die Spurensicherung da ist.«
Kaum hatte sie es ausgesprochen, kamen die Männer herein. Julia Durant erteilte kurz Instruktionen, sagte, sie wür-

de jetzt mit Hellmer und Dr. Fink zur Witwe des Toten fahren.

Dienstag, 0.05 Uhr

Gabriele Fink saß im Wohnzimmer, die Beine eng aneinandergelegt, die Hände wie zum Gebet gefaltet, die stumpfen Augen auf die Eintretenden gerichtet.
»Hallo, Mutter«, sagte Laura und setzte sich zu ihr. »Wir sind einfach reingekommen, ich hoffe, du bist mir nicht böse.« Sie legte einen Arm um ihre Mutter und drückte sie an sich. Hellmer und Durant standen mitten im Raum, schwiegen.
»Er ist tot, nicht wahr?« sagte Gabriele Fink mit tonloser Stimme.
»Ja, er ist tot.«
»Ich habe es gespürt. Schon als er das Haus verließ, wußte ich, er würde nicht wiederkommen. Ich weiß nicht, warum ich es gespürt habe, wo wir uns doch all die Jahre über nichts mehr zu sagen hatten.«
»Manche Dinge lassen sich nicht erklären. Kann ich dir irgendwie helfen?«
»Nein, Laura, es geht schon. Wie ist er gestorben?«
»Wie Bruder Rosenzweig und Bruder Schönau. Aber ich möchte dir keine Einzelheiten erzählen, nicht heute.«
Gabriele Fink schaute auf, sah die Kommissare an. »Sie brauchen nicht zu stehen. Nehmen Sie doch bitte Platz.«
»Nein danke, Frau Fink. Wir würden uns lieber verabschieden und Sie mit Ihrer Tochter allein lassen. Auf Wiedersehen.«
Draußen lehnten sie sich an Hellmers BMW und rauchten noch eine Zigarette. Der Himmel war wolkenlos und sternenklar, doch waren durch den Lichterkranz der Großstadt nur wenige Sterne zu sehen. Es war windstill, der Rauch stieg senkrecht nach oben.

»Keine Emotionen sind auch Emotionen«, murmelte Hellmer. »Die beiden da drin sind nicht im mindesten traurig, daß Fink tot ist. Ich habe eher das Gefühl, es ist für sie wie ein Sechser im Lotto.«
»Alter Zyniker«, sagte Durant grinsend.
»Was hat das mit Zynismus zu tun? Bei Fink war weit mehr im Busch, als wir bis jetzt wissen. Wahrscheinlich hatte er auch ein Verhältnis mit seiner Mörderin, vielleicht gibt es aber noch etwas anderes, Schwerwiegenderes, weshalb er umgebracht wurde. Und ich verwette meinen Arsch, die beiden da drin wissen es. Aber aus denen ist ja nichts rauszukriegen … Weißt du, was ich mir wünsche? Ich wünsche mir einen ganz normalen Mordfall, jemand wird abgeknallt, wir haben innerhalb von vierundzwanzig Stunden das Motiv und den Täter, und …«
»Und was? Mir stinkt dieser Fall auch gewaltig. Vor allem raubt er mir im wahrsten Sinn des Wortes den Schlaf. Aber das interessiert ja keinen. Scheiße, bin ich müde. Komm, fahr mich zu meinem Wagen, ich will nur noch nach Hause und schlafen. Fünf Stunden! Ich komm mir vor wie eine alte Frau, meine Knochen tun mir weh, mir ist schlecht vor Hunger, und ich hasse diesen Job.«
»Das sagst du jedesmal, wenn wir einen kniffligen Fall haben. Und trotzdem werde ich das Gefühl nicht los, als wenn gerade solche Fälle dir insgeheim doch am meisten Spaß bereiten. Na ja, Spaß ist vielleicht nicht der richtige Ausdruck, aber sie sind eine Herausforderung, das mußt du zugeben. Und du stehst auf Herausforderungen, dazu kenne ich dich inzwischen zu gut. Du verbeißt dich in die Fälle wie ein Pitbull in sein Opfer. Hab ich recht?«
»Scheiße, ja. Das einzige, was ich nicht ausstehen kann, sind blöde Bullen, die mir psychologische Vorträge über meine

Berufseinstellung halten«, sagte sie grinsend, ging um den Wagen herum und stieg ein.
»Paß auf, was du sagst. Zu Fuß sind es ein paar Kilometer bis zum Präsidium …«
»Fahr schon los, sonst schlaf ich gleich hier im Auto ein. Morgen wird vielleicht der entscheidende Tag für uns, und da will ich nicht total übermüdet sein. Klar?« Sie hielt inne, holte das Handy aus der Tasche, wählte die Nummer des KDD, sagte: »Hier Durant. Hört zu, morgen früh, oder besser, heute früh soll sich ab sechs Uhr ein Wagen in Griesheim vor dem Haus einer gewissen Sabine Reich postieren, die Adresse hab ich jetzt nicht da, aber die könnt ihr ja mal schnell erfragen. Und ab der gleichen Zeit ein zweiter Wagen vor ihrer Praxis in Höchst. Die Adresse steht im Telefonbuch. Wir brauchen dringend Fotos von der Dame, sie ist vierunddreißig Jahre alt, sieht aber etwas jünger aus, knapp einssiebzig groß, kastanienbraunes Haar, braune Augen, schlank. Wenn ihr die Fotos im Kasten habt, bitte sofort entwickeln und gleich eine ganze Reihe von Abzügen machen lassen. Am besten wäre es, wenn wir die Fotos bis gegen zehn auf dem Tisch hätten. Ist alles angekommen? … Okay, dann macht's mal gut. Und bitte, sie darf euch nicht bemerken.« Sie atmete tief durch, sagte: »Und jetzt ab ins Bett.«
»Aye, aye, Captain. Dann mal los.«

Dienstag, 0.10 Uhr

Sie stand vor dem Spiegel, frisch geduscht und nackt, sie fühlte sich frisch und erholt, obgleich sie seit mehr als achtzehn Stunden auf den Beinen war. In Zukunft würde ihr Leben in ruhigeren Bahnen verlaufen, jetzt, wo sie sich der Last entledigt hatte. Sie ging an den Schrank, öffnete das Barfach,

holte die Flasche Cognac heraus, schenkte sich ein. Dann zündete sie sich eine Zigarette an, löschte das Licht, stellte sich ans Fenster und blickte hinaus auf den im Dunkeln liegenden Garten. Sie dachte an die vergangene Woche und daran, daß ihr nichts von dem leid tat, was sie getan hatte. Es gab nichts, wofür sie sich entschuldigen müßte, sie hatte nur vollbracht, wofür andere zu feige waren. Ihr Hunger nach Rache war gestillt.
Sie genoß den Cognac und die Zigarette. Um halb eins legte sie sich nackt ins Bett, blieb auf dem Rücken liegen, der Königsstellung, wie man sagte, die Arme an der Seite ausgestreckt, die Beine eng beieinander. Sie schloß die Augen und schlief ein. Sie hatte es geschafft.

Dienstag, 7.45 Uhr

Julia Durant fühlte sich ausgeruht, trotz der nur fünf Stunden Schlaf. Als sie im Präsidium ankam, waren Berger und Kullmer sowie einige weitere Beamte, die mit den Ermittlungen beschäftigt waren, schon da.
»Also hat es Fink doch noch erwischt«, murmelte Berger, kaum daß Durant das Büro betreten hatte. »Wie konnte das passieren?«
»Es war seine eigene Schuld. Er hat mir gestern gesagt, er würde sich mit einem Bruder aus der Gemeinde treffen, was eine glatte Lüge war. Und wenn er uns in einer derart kritischen Situation anlügt, können wir ihm nicht helfen. Haben die Kollegen schon irgendwelche Fotos parat?«
»Sie sind gerade auf dem Weg hierher. Glauben Sie wirklich, diese Reich hat etwas damit zu tun?«
»Glauben«, sie zuckte die Schultern, »glauben tue ich gar nichts. Es ist nur eine vage Vermutung.«

»Und wie sind Sie zu dieser Vermutung gekommen, wenn man fragen darf?«

»Das Ganze mag sich irrwitzig anhören, aber ich habe gestern abend mit meinem Vater telefoniert und mit ihm über einige Details gesprochen. Unter anderem habe ich erwähnt, daß wir immer noch nicht wissen, wie das Gift in Rosenzweigs Haus gelangt ist. Ich weiß nicht, wie wir drauf kamen, jedenfalls hat er mich gefragt, ob die Reich auch Hypnosetherapien macht. Ich sagte ja, weil sie es mir selbst gesagt hatte, woraufhin mein Vater meinte, das könnte doch unter Umständen die Lösung sein. Eine Patientin, die von ihrer Therapeutin mittels eines hypnotischen Befehls manipuliert wird, die Flaschen zu vertauschen …«

»Das würde bedeuten, Frau Rosenzweig hat ihrem Mann das Gift untergejubelt?«

»Ja und nein, wenn wir von dieser Theorie ausgehen. Sie hat es getan, aber nicht bewußt. Es war, wenn überhaupt, ein Befehl, den sie wie ein Roboter ausführte.«

»Klingt wirklich etwas absurd …«

»Sicher, aber nach dem Gespräch mit meinem Vater habe ich bei Frau Rosenzweig angerufen und sie gefragt, ob die Reich bei ihr auch Hypnose anwendet. Und sie hat es bestätigt. Ich habe sie natürlich gebeten, niemandem, vor allem der Reich nichts von unserem Gespräch zu erzählen, was sie mir auch versprochen hat. Warum sind wir bloß nicht früher darauf gekommen?«

»Weil wir auch nur Menschen sind«, sagte Kullmer, der wie immer lässig und kaugummikauend auf seinem Stuhl hockte.

»Aber ich hätte drauf kommen müssen, spätestens, als die Reich mir sagte, daß sie unter anderem Hypnose als Therapieform anbietet. Warten wir einfach ab. Solange wir keine

handfesten Beweise haben, können wir überhaupt nichts unternehmen.«
»Und wie soll es Ihrer Meinung nach jetzt weitergehen?« fragte Berger.
»Wir werden uns das beste Foto raussuchen und es allen zeigen, mit denen wir bisher gesprochen haben, mit Ausnahme der Mitglieder der Kirche natürlich. In Rosenzweigs Firma, in der Schönau-Bank, im St.-Valentius-Krankenhaus … Sollte allerdings niemand die Frau kennen, sind wir, auf deutsch gesagt, ganz schön angeschissen. Trotzdem, ich will alles wissen, was die Reich gemacht hat, von ihrer Geburt an. Ich will wissen, wo sie herkommt, wer ihre Eltern sind, wie lange sie der Kirche angehört, einfach alles. Wir brauchen einen lückenlosen Lebenslauf von ihr. Und vielleicht stoßen wir da ja schon auf ein paar Ungereimtheiten.« Sie machte eine Pause, zündete sich eine Zigarette an, lehnte sich zurück und blickte in die Runde. »Also, Männer, an die Arbeit. Und sobald die ersten brauchbaren Fotos fertig sind, machen Kullmer, Hellmer und ich uns auf den Weg zum St.-Valentius-Krankenhaus. Ich will diesen verdammten Fall gelöst haben. Und noch was – ich will nicht nur alles über die Reich wissen, sondern endlich auch über Petrol. Sein Leben von Geburt an, ob er je verheiratet war, ob er Geschwister hat, ob es Unregelmäßigkeiten in seiner Vita gibt; ihr wißt schon, was ich meine. Befragt die Bewohner des Hauses, in dem er gewohnt hat. Und die Ergebnisse sollten am besten noch heute mittag auf dem Tisch liegen.«
Berger grinste sie an. »Das ist genau das, was ich so an Ihnen schätze – Ihren unbedingten Willen zum Sieg.«
»Es ist kein Sieg«, erwiderte sie ernst. »Dazu hat es zu viele Verlierer gegeben. In unserem Beruf haben wir es eigentlich immer nur mit Verlierern zu tun. Und das kann manchmal ganz schön deprimierend sein.«

Die Fotos, die von Sabine Reich gemacht worden waren, als sie das Haus verließ, wurden um Viertel nach neun in Bergers Büro gebracht. Eins davon zeigte ihr schönes Gesicht in Großaufnahme. Es waren insgesamt zwanzig Abzüge gemacht worden.
»Okay«, sagte Durant zu Hellmer und Kullmer und stand auf, »gehen wir. Marxen und Heinze, ihr fahrt bitte zu *Rosenzweig & Partner*, Kunz und Müller, ihr übernehmt die *Schönau-Bank*. Alle anderen kümmern sich um den Lebenslauf von Sabine Reich. Wenn wir wiederkommen, will ich Ergebnisse auf dem Tisch haben«, fuhr sie mit entschlossener Miene fort.
Sie nahmen den Lancia Dienstwagen, fuhren über die A66 in Richtung Wiesbaden und weiter bis zur Ausfahrt Eltville, und von dort in das verschlafene Nest, wo sich das St.-Valentius-Krankenhaus befand. Ihr erster Weg führte sie zu Petrols Sekretärin. Durant hielt ihr das Foto von Sabine Reich vors Gesicht, fragte, ob sie diese Frau schon einmal gesehen habe.
»Tut mir leid, ich kenne diese Dame nicht.«
»Sie war nie hier?«
»Frau Kommissarin, das hier ist nur das Sekretariat. Hierher verirrt sich nur selten ein Besucher. Sie sollten vielleicht mal auf den verschiedenen Stationen nachfragen. Wie gesagt, ich habe sie nie gesehen, schon gar nicht mit Professor Petrol.«
»Danke«, sagte die Kommissarin. »Eine Frage noch, wie viele Stationen gibt es hier?«
»Insgesamt siebzehn, die kleinen eingerechnet. Genau gegenüber befinden sich die beiden geschlossenen Männer- und Frauenstationen sowie die beiden offenen, gemischten Stationen, im Flachbau ist die Entgiftungsstation, wo die meisten Patienten in der Regel nicht länger als zehn Tage bleiben. Im Altbau gibt es insgesamt acht kleinere Stationen für Patienten mit unterschiedlichen Krankheitsbildern wie

Schizophrenie, Depressionen et cetera, und im Nebenhaus sind noch einmal vier offene Stationen mit jeweils nur sechs bis zehn Patienten. Außerdem befinden sich auf dem Gelände noch die Räume für die Beschäftigungstherapie, und im Haupthaus ist im Keller eine Turnhalle. Nicht zu vergessen die Cafeteria, die allerdings nur zwischen fünfzehn und siebzehn Uhr geöffnet hat. Und wenn Sie wissen wollen, wie viele Angestellte es hier gibt – es sind insgesamt etwa hundertachtzig Ärzte, Pflege- und Therapiekräfte.«
Als sie auf dem Parkplatz standen, sagte Durant: »Wir verteilen uns. Ich übernehme die geschlossenen und offenen Stationen sowie die Entgiftungsstation, ihr teilt euch die anderen auf. Ich würde sagen, wir treffen uns in einer Stunde vor dem Haupteingang.«
Durant hielt das Foto in der Hand, trat durch die Glastür, begab sich in den ersten Stock. Station 11. Die Tür war abgeschlossen. Sie sah einige Männer auf dem Flur, ein Pfleger lief mit schnellen Schritten den Gang entlang. Sie drückte auf die Klingel neben der Tür, Sekunden später kam eine große, etwa fünfzigjährige Schwester mit Brille auf sie zu und steckte einen der vielen Schlüssel, die sie an ihrem weißen Hosenbund befestigt hatte, ins Schloß.
»Tut mir leid«, sagte die Schwester mit dunkler, etwas barscher Stimme, bevor Durant überhaupt etwas sagen konnte, »aber die Besuchszeit ist von vierzehn bis neunzehn Uhr. Steht da.«
»Das ist nicht zu überlesen«, erwiderte die Kommissarin kühl. »Durant, Kriminalpolizei. Ich möchte Ihnen und Ihren Kollegen nur ein Foto zeigen und Sie fragen, ob Sie die Dame kennen. Mehr nicht.«
»Oh, Entschuldigung«, sagte die Schwester mit verlegenem Gesichtsausdruck, »das ist natürlich etwas anderes. Kommen Sie rein.«

»Das ist also eine geschlossene Station«, sagte Durant. »Was haben die Männer hier ausgefressen, daß sie eingesperrt werden müssen?«
»Ausgefressen hat keiner etwas, sie sind nur krank und sollten möglichst nicht unter die Leute gelassen werden. Das ist alles ... Geht es um den Tod von Professor Petrol?«
»Ja, unter anderem. Kennen Sie diese Frau?« sagte Durant und hielt ihr das Foto hin. Die Schwester betrachtete das Bild eine Weile, schüttelte den Kopf. »Tut mir leid, hab ich noch nie gesehen. Zumindest hier nicht. Aber Sie können gern meine Kollegen fragen.«
»Das hatte ich ohnehin vor.«
An diesem Vormittag hatten vier Pflegekräfte auf der Station Dienst, diese Schwester und drei Pfleger, einer davon ein bulliger Mann mit kurzgeschorenem Haar und leicht sächsischem Dialekt. Der Bullige sagte nach einigem Überlegen: »Ich glaube, ich habe die Frau schon mal gesehen. Aber ganz sicher bin ich mir nicht. Es könnte oben auf der Zwölf gewesen sein ... Aber mit Bestimmtheit kann ich es nicht sagen. Obwohl ... Nein, ich will nichts Falsches sagen, auch wenn sie mir irgendwie bekannt vorkommt. Fragen Sie doch mal oben nach, ein Stock drüber. Vor einem halben Jahr oder so sind drei Pfleger auf einmal ausgefallen, und da mußte ich auf die Zwölf. Darf ich fragen, wer die Frau ist?«
»Nein, das dürfen Sie nicht. Trotzdem vielen Dank.«
Auf Station 12 das gleiche. Sie klingelte, diesmal öffnete ein Pfleger, ein kleiner, mißmutig dreinblickender Typ, der die Kommissarin mit stechendem Blick aus fast schwarzen Augen musterte. Drei alte Frauen standen wie angewurzelt auf dem Gang, starrten die Kommissarin wie ein Wesen aus einer andern Welt an. Sie wies sich aus, zeigte dem jungen Mann, auf dessen Namensschild Mirko stand, das Bild. Er schaute es kurz an, dann die Kommissarin.

Er schien einen Moment unschlüssig, schließlich sagte er mit unverkennbar slawischem Akzent: »Doch, ich kenne diese Frau. Sie kommt mindestens einmal in der Woche her.«
Julia Durant war wie elektrisiert. »Wirklich? Wie heißt sie?«
»Wie sie heißt?« Er zuckte die Schultern. »Ich müßte in den Unterlagen nachsehen. Aber ich kann Ihnen sagen, wen sie besucht. Zimmer 214, Frau Ehrentraut ...«
»Kann ich mit der Frau sprechen?«
Mirko lächelte verkniffen, sagte: »Sie können es versuchen, aber ich glaube kaum, daß sie Sie verstehen wird. Sagen wir es so, sie sitzt den ganzen Tag nur da und ... ihr Geist ist tot.«
»Was fehlt ihr?«
»Korsakow-Syndrom, ein Schlaganfall, Leberzirrhose, eigentlich alles, was nötig ist, um langsam zu sterben. Sie ist ein hundertprozentiger Pflegefall.«
»Korsakow-Syndrom?« fragte die Kommissarin. »Könnten Sie mir das näher erklären?«
»Am besten fragen Sie Dr. Schermer, er ist im Arztzimmer. Er kann Ihnen genau sagen, was mit Frau Ehrentraut ist. Augenblick, ich begleite sie.«
Mirko klopfte an die Tür, ein kaum hörbares »Herein«.
»Dr. Schermer, das ist Kommissarin Durant von der Kriminalpolizei. Sie würde gern mit Ihnen reden.«
Schermer stand auf, kam hinter seinem Schreibtisch hervor, reichte der Kommissarin die Hand. Er war kleiner als sie, sehr schlank, sein Alter schätzte sie auf Ende Dreißig bis Anfang Vierzig, was auch täuschen konnte, denn seine fast vollständige Glatze und der etwas strenge Blick ließen ihn älter wirken. Er bot ihr einen Stuhl an, setzte sich ihr gegenüber.
»Was kann ich für Sie tun? Geht es um Professor Petrol?«
»Auch. Aber zuerst, kennen Sie diese Frau?«
Schermer nahm das Foto in die Hand, nickte. »Ja, warum?«

Julia Durant ließ die Frage unbeantwortet, sagte: »Diese Frau besucht regelmäßig eine Patientin dieser Station, Frau Ehrentraut. Können Sie mir etwas zu ihr sagen? Wie lange sie hier ist, warum sie ein Pflegefall ist, und so weiter?«
Dr. Schermer lehnte sich zurück, die Hände aneinandergelegt, die Fingerspitzen berührten seine Nase. »Frau Ehrentraut ist das, was man einen klassischen Suchtpatienten nennt. Zwar ist die Station 10 die eigentliche Alkoholikerstation, doch ab und zu bekommen wir auch welche hierher, wenn unten kein Platz mehr ist. Wenn Sie einen Moment warten wollen; ich zieh mir schnell die Akte, damit ich nichts Falsches sage.« Er erhob sich, holte einen prallgefüllten Hängeordner aus dem Schrank, legte ihn auf den Tisch, schlug ihn auf. Nach einer Weile sagte er: »Sie kam zu uns am 3.6.95. Sie war erst auf der Zehn zur Entgiftung, wo sich aber schnell herausstellte, daß mit ihr etwas nicht stimmte. Sie war auch nach mehreren Tagen nicht ansprechbar, murmelte unverständliches Zeug, weshalb wir ausführliche physiologische, aber auch neurologische Untersuchungen bei ihr durchgeführt haben. Dabei haben wir nicht nur eine fortgeschrittene Leberzirrhose festgestellt, sondern auch das sogenannte Korsakow-Syndrom, das nicht selten nach langem Alkoholmißbrauch auftritt. Allerdings wird in der Regel nur das Kurzzeitgedächtnis in Mitleidenschaft gezogen, kann aber in besonders schweren Fällen, wie hier, fast das gesamte Erinnerungsvermögen betreffen. Wir haben versucht, ihr medikamentös wenigstens ein bißchen zu helfen, aber leider hat sie während der Behandlung am 30.7.95 auch noch einen Schlaganfall erlitten. Nach einer Computertomographie ihres Kopfes war uns klar, daß diese Frau nie wieder ein normales Leben würde führen können. Frau Ehrentraut führt kein Leben im eigentlichen Sinn mehr, es ist, um es salopp zu formulieren, eher ein Dahinsiechen. Wir wissen nicht, ob sie denkt,

fühlt, riecht, schmeckt … Die Medizin weiß einfach zu wenig über diese Erkrankung des Gehirns. Fest steht jedenfalls, daß die Ursache in jahre-, wenn nicht gar jahrzehntelangem Alkohol- und Medikamentenmißbrauch liegt.«

»Wie alt ist Frau Ehrentraut?«

»Augenblick – geboren am 23.7.46. Also ist sie zweiundfünfzig Jahre alt, nächsten Monat wird sie dreiundfünfzig. Eigentlich noch kein Alter zum Sterben.«

»Wie lange geben Sie ihr noch?«

»Das ist schwer zu sagen. Es kann durchaus noch zehn oder sogar zwanzig Jahre dauern, bis sie … Es hängt davon ab, wie die Zirrhose verläuft. Sie hat Ösophagusvarizen, sogenannte Krampfadern in der Speiseröhre. Wenn solche Krampfadern platzen, besteht kaum eine Überlebenschance. Dann erstickt man quasi an seinem eigenen Blut. Ein qualvoller Tod, ich habe einmal einen Mann daran sterben sehen.« Er schüttelte den Kopf, fuhr fort: »Aber ich glaube nicht, daß Frau Ehrentraut es noch lange macht. Sie ist einfach zu krank, wenn Sie verstehen. Der Tod kann im Prinzip jederzeit eintreten.«

»Und diese Frau hier«, sagte Durant und deutete auf das Foto von Sabine Reich, »kümmert sich um Frau Ehrentraut?«

»Nun, sie ist meines Wissens die einzige Bezugsperson. Einen Moment, hier hab ich's, Sabine Reich. Sie war auch diejenige, die Frau Ehrentraut zu uns gebracht hat.«

»Wissen Sie, in welchem Verhältnis Frau Reich zu Frau Ehrentraut steht?«

»Hier steht nur, daß sie eine Nichte ist. Mehr kann ich nicht sagen.«

»Eine letzte Frage noch – ist Ihnen vielleicht bekannt, ob sie etwas mit Professor Petrol hatte? Eine Beziehung, ein Verhältnis?«

»Tut mir leid, aber über das Privatleben von Professor Petrol

kann ich Ihnen nun wirklich nichts sagen. Wir Ärzte gehen privat sehr getrennte Wege.«
»Vielen Dank für Ihre Auskunft«, sagte Durant und erhob sich. »Wäre es vielleicht möglich, wenn ich Frau Ehrentraut kurz sehen könnte?«
»Selbstverständlich«, sagte Schermer. »Warten Sie, ich begleite Sie. Sie sollten aber keinen Schreck bekommen …«
Frau Ehrentraut saß am Fenster, die Hände auf dem Schoß, den Blick nach draußen gerichtet. Ihre Haut wirkte grau und krank, ihr Gesicht war faltig und eingefallen, die grauen Haare streng zurückgekämmt, sie trug einen Bademantel und Pantoffeln. Auf dem Beistelltisch neben ihrem Bett stand eine Vase mit einem Strauß aus gelben, weißen und rosa Rosen, verziert mit Schleierkraut. Es war ein Einzelzimmer, und der einzige Mensch, der sie je besuchte, war Sabine Reich.
»Diese Blumen …«, sagte die Kommissarin, wurde von Schermer aber sofort unterbrochen, » …sind von Frau Reich.«
Sie verabschiedete sich von Dr. Schermer, lief die Treppe hinunter, setzte sich in der Parkanlage auf eine Bank. Sie zündete sich eine Gauloise an, inhalierte, dachte nach. Sie drückte die Zigarette aus, steckte sich hektisch gleich eine neue an, ein Zeichen übermäßiger Nervosität. Sie blickte zur Uhr. Die Stunde war noch nicht vorüber, als Hellmer und Kullmer aus dem Haus kamen.
»Fehlanzeige«, sagten sie übereinstimmend. »Hier kennt sie keiner.«
Durant blickte auf, sie wirkte bedrückt. »Doch, man kennt sie. Sie besucht regelmäßig eine Frau Ehrentraut auf Station 12. Diese Frau ist sehr krank, nicht ansprechbar. Zweiundfünfzig, das Hirn kaputtgesoffen, dazu ein Schlaganfall und Leberzirrhose. Ihr Tod ist nur eine Frage der Zeit.«

»Scheiße«, quetschte Hellmer durch die Lippen, »ausgerechnet die Reich.«
»Was ist an der so Besonderes?« fragte Kullmer.
»Alles, du Idiot!« fuhr Hellmer ihn an. »Das ist ein absolutes Spitzenweib! ... Aber leider auch eine Schwarze Witwe.«
»Noch haben wir keinen endgültigen Beweis«, sagte Durant. »Wir wissen bis jetzt lediglich, daß sie regelmäßig diese Ehrentraut besucht. Angeblich sind die beiden verwandt, Tante und Nichte. Bin gespannt, was die Nachforschungen unserer Kollegen ergeben haben.«
»Das geht dir ganz schön an die Nieren, oder?« sagte Hellmer. Er hatte Mitleid mit Julia Durant, die in den letzten Tagen eine Menge durchgemacht hatte. Sie verzog den Mund zu einem verkniffenen Lächeln und stand auf. »Ach was, was soll mir schon an die Nieren gehen. Sie war mir nun mal vom ersten Augenblick an sympathisch«, sagte Durant. »Und irgendwie wäre ich nie auf die Idee gekommen, sie mit diesen Morden in Verbindung zu bringen. Aber noch ist es nicht soweit. Ihre Besuche hier beweisen noch überhaupt nichts.«
»Aber Petrol hat hier gearbeitet, wahrscheinlich haben sie sich sogar hier kennengelernt. Es macht auf einmal alles Sinn.«
»Und warum hat sie die Männer umgebracht?« fragte Durant und steckte sich eine weitere Gauloise an, während sie zum Wagen liefen.
»Keine Ahnung, aber wir werden es herausfinden. Kommt, laßt uns fahren, es wartet noch eine Menge Arbeit auf uns.«

Dienstag, 13.10 Uhr

Präsidium. Besprechung.
Durant berichtete von ihrem Besuch im St.-Valentius-Krankenhaus. Als sie geendet hatte, sagte Berger mit ernster Mie-

ne: »Gut, ich habe ebenfalls Neuigkeiten für Sie. Sabine Reich wurde am 1.11.64 in Wiesbaden geboren. Direkt nach ihrer Geburt kam sie in ein katholisches Waisenhaus, das ›Haus der lieben Mutter Maria‹. Mit zwölf wurde sie von Hermann und Renate Reich adoptiert, einem sehr wohlhabenden Unternehmerehepaar. Sie wuchs bei ihnen auf, machte mit neunzehn ihr Abitur, studierte anschließend Psychologie, arbeitete danach zwei Jahre in einer Gemeinschaftspraxis, bis sie sich mit sechsundzwanzig selbständig machte. Sie betreibt seit acht Jahren eine Praxis hier in Höchst, ihre Spezialgebiete sind Psychoanalyse, Einzel- und Gruppentherapie sowie Hypnosetherapie. Diese Informationen haben wir von ihrer Adoptivmutter, der Adoptivvater ist vor vier Jahren an Krebs gestorben. Den Namen ihrer leiblichen Mutter haben wir nach endlosen Telefonaten herausgefunden – und jetzt halten Sie sich fest, es ist Erika Ehrentraut, die Frau, die Sie in der Klinik gesehen haben. Der Name des leiblichen Vaters ist unbekannt. Seit vier Jahren ist die Reich Mitglied der *Kirche des Elohim*.
Jetzt zu Petrol. Sie wollten ja alle Daten haben, hier sind sie. Geboren am 3.4.56 in Karlsruhe. Eine Schwester, verheiratet, drei Kinder. Das Foto, das Kullmer gestern mitgebracht hat, zeigt diese Schwester und ihre Kinder. Er wohnte seit 1992 in Eltville, hat aber seit '96 eine Wohnung in Frankfurt. Seine Eltern kamen vor elf Jahren bei einem Autounfall ums Leben und hinterließen ihm und seiner Schwester ein nicht unbeträchtliches Vermögen; deshalb konnte er sich wahrscheinlich auch diese Luxuswohnung leisten. Ein paar der Hausbewohner wurden befragt, aber keiner konnte sich an Sabine Reich erinnern.« Er machte eine Pause, zündete sich eine Zigarette an, lehnte sich zurück. Es herrschte absolute Stille im Raum, man hätte eine Stecknadel fallen hören. Berger ließ seinen Blick in die Runde schweifen, sagte, an

Durant gewandt: »Und jetzt? Welche Theorie haben Sie? Ich sehe es Ihnen doch an, daß in Ihrem Kopf etwas vorgeht.«

»Ja«, erwiderte sie zögernd, »allmählich fängt das Puzzle an zusammenzupassen. Also, Erika Ehrentraut wurde mit siebzehn schwanger, von wem, wissen wir nicht. Sabine Reich beziehungsweise Ehrentraut wurde in ein Waisenhaus gegeben, in dem sie zwölf Jahre zubrachte. Irgendwann fing sie an, nach ihren leiblichen Eltern zu suchen und fand schließlich ihre Mutter. Doch die war längst ein körperliches und geistiges Wrack, vermutlich hatte sie da schon längst vergessen, daß sie einmal schwanger war und ein Mädchen zur Welt gebracht hatte. Als ausgebildete Psychologin wußte Sabine Reich natürlich um den Zustand ihrer Mutter. Sie brachte sie ins Krankenhaus, wohl in der Hoffnung, daß ihr dort geholfen werden könnte. Allerdings war es da für Hilfe schon längst zu spät. Als sie erfuhr, daß ihrer Mutter nicht mehr zu helfen war, keimte in ihr der Gedanke, Rache zu üben, weil sie vielleicht spürte, daß die Alkohol- und Tablettensucht ihrer Mutter nicht von ungefähr kamen. Wer weiß, aber womöglich fand sie einen Hinweis auf ihren leiblichen Vater. Sie schloß sich dieser Kirche an, weil eben genau dort ihr Vater zu finden war. Nur, sie gab sich nicht zu erkennen, wollte wohl erst einmal ausloten, mit was für Menschen sie es dort zu tun hatte … Na ja, weiter komme ich nicht. Wer ist denn nun ihr leiblicher Vater? Rosenzweig, Schönau, Fink?«

»Fink«, sagte Kullmer in seiner gewohnt lässigen Art. »Sie ist nach einem bestimmten System vorgegangen, und ihn hat sie sich extra für zuletzt aufgehoben. Warum aber auch die andern dran glauben mußten …« Er zuckte ratlos die Schultern.

»Kriegen wir einen Durchsuchungsbefehl für ihr Haus und ihre Praxis?« fragte Durant.

Berger grinste sie an, schob das Papier über den Tisch. »Hier,

alles schon veranlaßt. Wenn Sie wollen, können Sie das Haus und die Praxis auf den Kopf stellen. Ich bin sicher, Sie werden nicht mit leeren Händen zurückkommen.«
»Okay. Ich will aber erst einmal mit ihr allein sprechen.«
»Kein Problem«, sagte Hellmer. »Wir warten solange draußen im Wagen.«
»Also los, auf geht's.«

Dienstag, 15.05 Uhr

Sabine Reich hatte gerade mit einer Sitzung begonnen, als es klingelte. Sie sagte zu Marianne Rosenzweig »Einen Moment bitte« und ging zur Tür.
»Frau Durant«, sagte Sabine Reich mit einem Lächeln. »Es tut mir leid, aber ich bin gerade in einer Sitzung. Wenn es Ihnen nichts ausmacht …«
»Doch, es macht mir was aus«, sagte die Kommissarin und trat einfach ein. »Frau Reich, ich muß mich mit Ihnen unterhalten. Und zwar jetzt und unter vier Augen. Schicken Sie Ihren Patienten nach Hause, es wird länger dauern.«
»Oho, scheint sich ja um was Ernstes zu handeln.«
»Ja, das tut es.«
»Einen Augenblick, ich sage nur schnell Frau Rosenzweig Bescheid. Wenn Sie bitte warten wollen.«
»Ich komme mit«, sagte Durant entschlossen und folgte Sabine Reich.
»Tut mir leid, Schwester Rosenzweig, aber wir müssen die Sitzung leider abbrechen. Die Kommissarin möchte sich mit mir unterhalten. Wir telefonieren heute abend wegen eines neuen Termins.«
Marianne Rosenzweig erhob sich, warf Durant einen vielsagenden Blick zu, sagte »Guten Tag«, nahm ihre Tasche und

ging. Sabine Reich setzte sich auf den Schreibtisch, stützte sich mit beiden Händen ab. Die Kommissarin blieb stehen und wartete, bis die Tür hinter Marianne Rosenzweig ins Schloß gefallen war. »Frau Reich, warum haben Sie Hauser, Rosenzweig, Schönau, Petrol und Fink getötet?«
Das Lächeln verschwand augenblicklich aus dem Gesicht der Angesprochenen, ihr Blick wurde kühl und abweisend.
»Wie kommen Sie ausgerechnet auf mich?« fragte sie.
»Ein wirklich dummer, dummer Zufall. Oder ein genialer, je nachdem, von welcher Seite man es betrachtet. Wir haben uns immer den Kopf zerbrochen, wie das Gift in Rosenzweigs Schreibtisch gelangen konnte. Dann haben Sie mir gestern erzählt, daß Sie unter anderem Hypnosetherapien durchführen, was für mich aber nichts Besonderes war. Bis ich am Abend meinen Vater angerufen und mit ihm über diese wirklich ausgefallenen Morde gesprochen habe, und er mir diese geradezu abenteuerliche Theorie präsentiert hat, daß das Gift aufgrund eines hypnotischen Befehls dorthin gekommen sein konnte. Ich hielt das zunächst für etwas zu weit hergeholt, habe aber später trotzdem bei Frau Rosenzweig angerufen und sie gefragt, ob sie jemals von Ihnen in Hypnose versetzt worden war, was sie bestätigt hat. Tja, und dann kam eins zum andern. Als Sie heute morgen Ihr Haus verließen, wurden Sie fotografiert, die Fotos wurden sofort entwikkelt und mehrere Abzüge gemacht. Meine Kollegen und ich sind zum St.-Valentius-Krankenhaus gefahren, und was wir dort gehört haben, läßt das Bild noch deutlicher werden …«
»Na und«, gab sich Sabine Reich gelassen, »was ist schon dabei, wenn ich Hypnosebehandlungen durchführe und meine Mutter besuche? Haben Sie sonst noch etwas vorzuweisen? Das Ganze ist ja wohl ein bißchen sehr dünn, finden Sie nicht?«
»Wer ist Ihr leiblicher Vater?« fragte Durant.

»Keine Ahnung, woher soll ich das wissen? Ich wurde gleich nach meiner Geburt weggegeben.«
»Ach kommen Sie, vor ziemlich genau vier Jahren haben Sie Ihre Mutter zur Entgiftung ins St.-Valentius-Krankenhaus gebracht. Im gleichen Jahr starb Ihr Adoptivvater an Krebs. Sie haben von der unheilbaren Krankheit Ihrer Mutter erfahren – Korsakow-Syndrom – und haben, wie auch immer, herausgefunden, wer Ihr leiblicher Vater ist. Vielleicht haben Sie den Namen in einem Brief oder einem Tagebuch Ihrer Mutter gefunden, es ist im Prinzip auch egal. Jedenfalls haben Sie sich 1995 der Kirche angeschlossen, aber nicht, weil Sie an das glaubten, was dort gepredigt wurde, sondern weil Sie einen Plan hatten. Und dieser Plan ist aufgegangen. Sie haben ihn in aller Konsequenz zu Ende geführt. Alle Achtung.«
Sabine Reich grinste überheblich. »Hypothesen, Frau Durant. Oder sollte ich sagen, Spekulationen? Wo ist Ihr Beweis?«
»Unter Umständen hier«, sagte die Kommissarin und zog den Durchsuchungsbefehl aus ihrer Tasche. »Wir werden sowohl Ihr Haus als auch Ihre Praxis durchsuchen. Wir werden alles auf den Kopf stellen, und ich garantiere Ihnen, wir finden etwas. Sie können uns das natürlich auch ersparen, indem Sie sich kooperativ zeigen …«
»Sie spinnen ja! Sie spinnen wirklich! Aber bitte, suchen Sie ruhig.« Sie griff nach ihrer Handtasche, Julia Durant sagte: »Nichts anfassen. Ein paar von meinen Kollegen werden gleich reinkommen und eine Durchsuchung vornehmen. Die andern warten schon vor Ihrem Haus. Ich brauche nur kurz anzurufen. Wenn Sie mir jetzt bitte Ihre Handtasche geben wollen«, sagte sie und streckte die Hand aus.
»Was wollen Sie mit meiner Handtasche? Ich wollte mir nur einen Lippenstift rausholen.«
»Das können Sie gleich, nachdem ich die Tasche untersucht habe. Wenn ich bitten darf?«

Sabine Reichs Gesichtsausdruck wurde mit einem Mal zu Stein. Sie zögerte, hielt die Tasche fest umklammert, schluckte schwer. Schließlich gab sie nach, als Durant sie mit entschlossenem Blick ansah.
»Hier«, sagte Sabine Reich und reichte der Kommissarin widerwillig die Tasche.
»Ich rufe jetzt meine Kollegen.« Sie nahm das Funkgerät, gab den Einsatzbefehl. Einige Sekunden später standen fünf Beamte im Raum, die Kommissarin gab die Anweisungen für die Durchsuchung.
Sabine Reich saß starr auf dem Schreibtisch und beobachtete wie gebannt das Treiben um sich. Julia Durant öffnete die Handtasche, schüttete den Inhalt auf den Boden.
»Da schau einer an, Sie rauchen ja! Ich denke, Rauchen ist in der Kirche verboten?«
»Kann ich eine haben?« fragte Sabine Reich leise.
»Bitte, ich habe nichts dagegen.« Sie gab ihr die Zigarettenschachtel, Sabine Reich zündete sich eine Davidoff an.
Die Kommissarin hob einen in ein Taschentuch eingewickelten Gegenstand vom Boden auf. Sie entfernte das Taschentuch, hielt eine kleine Plastiktüte in der Hand. Sie sah Sabine Reich wortlos an, hielt den Gegenstand hoch. »Was ist das?« fragte sie.
»Eine Spritze, das sehen Sie doch«, erwiderte die Psychologin mit gespielt gelangweilter Stimme.
»Und wofür haben Sie die gebraucht? Für Fink?«
»Sie haben doch Labors. Lassen Sie sie untersuchen.«
»Das werden wir, darauf können Sie sich verlassen.« Die Kommissarin stand auf, stellte sich direkt vor Sabine Reich. »Frau Reich, ich muß Sie leider wegen dringenden Mordverdachts festnehmen. Wenn Sie mich bitte zu meinem Wagen begleiten wollen?«

»Kann ich meinen Anwalt sprechen?« fragte sie mit tonloser Stimme.
»Sie können ihn vom Präsidium aus anrufen. Im übrigen möchte ich Sie über Ihre Rechte aufklären. Sie haben das Recht zu schweigen; alles, was Sie sagen, kann jedoch gegen Sie verwendet werden. Und natürlich haben Sie das Recht, einen Anwalt zu Rate zu ziehen.«
»Können wir unterwegs anhalten? Ich möchte mich nur noch mit Zigaretten eindecken. Ich schätze, es wird eine lange Nacht.«
»In Ordnung. Wenn Sie mir Geld geben, besorge ich die Zigaretten für Sie.«
»Danke. Ach, übrigens, sparen Sie sich die Durchsuchung, ich weiß, wann ich verloren habe«, sagte sie mit einem traurigen Lächeln. »Tja, ich war tatsächlich der Meinung, niemand würde je hinter meinen scheinbar so perfekten Plan kommen. So kann man sich täuschen. C'est la vie. Hätte ich nur diese verdammte Spritze gleich gestern abend entsorgt. Mein Fehler. Gehen wir.«
Im Auto sagte sie: »Eine Bitte hätte ich noch – könnten wir noch einmal kurz zu meinem Haus fahren?«
»Warum?« fragte Durant, Hellmer schüttelte den Kopf.
»Ich möchte noch einmal meinen Garten sehen. Es wird eine Ewigkeit dauern, bis ...« Sie senkte den Kopf, ein paar Tränen liefen über ihr Gesicht.
»Einverstanden. Aber nur ein paar Minuten. Und keine Tricks.«
»Keine Angst, ich laufe Ihnen nicht davon. Sie können mir ja Handschellen anlegen.«
Julia Durant dachte kurz an Werner Petrol, wollte schon eine zynische Bemerkung wegen der Handschellen machen, ließ es dann aber doch. Sie hielten vor dem Haus, Durant und Hellmer nahmen Sabine Reich in die Mitte. Die

Sonne schien, das Thermometer zeigte knapp über zwanzig Grad, ein leichter Ostwind ließ die Blätter in den Bäumen rascheln.
Sabine Reich blieb auf der Terrasse stehen, sah hinaus auf den Garten. Sie ging ein paar Schritte weiter, zog ihre Schuhe aus, betrat den Rasen. Sie legte den Kopf in den Nacken, sog die frische Luft tief in sich ein, fuhr sich mit beiden Händen durchs Haar, drehte sich ein paarmal im Kreis. Nach fünf Minuten sagte sie: »Ich wollte nur dieses Gefühl mitnehmen, mehr nicht. Ich bin bereit.«

Dienstag, 17.00 Uhr

Julia Durant hatte zwei Stangen Zigaretten für Sabine Reich gekauft; das Verhör wurde mit einer Videokamera und einem Tonband aufgezeichnet.
»Fink war mein Vater. Ich habe einen Stapel Briefe gefunden, in denen alles stand, was ich wissen mußte. Ich hatte mir immer eine Mutter und einen Vater gewünscht, zumindest so lange, wie ich in diesem gottverdammten Waisenhaus war. Ein katholisches Haus, von Nonnen geführt!« spie sie höhnisch aus. »Ein Haus Gottes, ein Haus der Prügel und der Demütigungen, ein Haus, in dem Gott verhöhnt und verspottet wurde. Ein Haus, in dem Kinder auf schändlichste Weise mißbraucht wurden … Ich war neun, als der Hausmeister, ein ekelhafter, ständig besoffener Kerl, mich zum ersten Mal vergewaltigt hat. Drei Jahre ging das so, aber ich war beileibe nicht die einzige. Fast jedes Mädchen mußte irgendwann dran glauben, weil irgendwelche Jungs sich ein paar Mark verdienen wollten. Dieses alte Dreckschwein hat nur gesagt, er würde uns zu Frauen machen. Er würde uns zeigen, wie das Leben außerhalb dieser Mauern wäre … Wie gern hätte

ich diesen Schweinehund verrecken sehen! Na ja, man kann nicht alles haben.«
»Und welche Rolle spielten die andern – Hauser, Rosenzweig, Schönau?« fragte Durant. »Hatten Sie mit Hauser ein Verhältnis?«
»Ja. Wir sind uns rein zufällig begegnet, und er hat mir von seiner Arbeit mit Schlangengiften erzählt. Ich war fasziniert, und da ich schon lange nach einer etwas ausgefallenen Methode gesucht habe, diese Männer zu beseitigen, kam mir die Idee, es mit Gift zu probieren. Eines Tages habe ich ihn in seinem Labor besucht. Er hat mir alles erklärt, und ich wußte schon nach kurzer Zeit ziemlich viel über Gifte und deren Wirkungsweise. Das Problem war nur, wenn ich diese Methode angewendet und Hauser am Leben gelassen hätte, wäre schon nach dem ersten Mord alles aufgeflogen. Aber ich wollte diese Idee umsetzen, unter allen Umständen. Er war sozusagen meine erste Versuchsperson. Und es hat wunderbar geklappt. Ich habe bei ihm ein Gift benutzt, das eine fast ausschließlich nervenlähmende Wirkung hat, also kaum nekrotisierend wirkt. Um ihn hat es mir irgendwie leid getan, er war ein guter Mann, aber eben nur ein Mann. Ich brauchte nur mit den Augen zu zwinkern und schon hatte ich ihn da, wo ich ihn haben wollte. So einfach war das. Ich glaube, seine Frau ist nie dahinter gestiegen. Ist auch besser so. Sie soll ruhig weiter glauben, ihr Mann wäre ein treuer Ehemann gewesen.« Sie lachte auf, zündete sich eine Zigarette an.
»Und warum Rosenzweig und Schönau?«
Sabine Reich sah Durant an, ein verklärtes Lächeln umspielte ihren Mund. Sie zog an der Zigarette, blies den Rauch aus, sagte: »Ich wollte wissen, ob nur mein Vater ein Schwein war, oder ob die beiden ähnlich gelagert waren. Ich habe einen Privatdetektiv engagiert, der mir alle Informationen geliefert hat, die ich brauchte. Rosenzweig hat seine Frau seit

Jahren nach Strich und Faden betrogen, entgegen allen Richtlinien der Kirche. Und nicht nur das, er hat auch ein paar Geschäfte getätigt, die der Firma eine Menge Geld brachten und das Finanzamt um einige Millionen schädigten. Aber keiner hat etwas davon gemerkt. Rosenzweig und Schönau haben zusammengearbeitet. Richtig schön brüderlich zusammengearbeitet. Der eine wollte Geld beiseite schaffen, der andere hat ihm dabei geholfen. Beide waren nicht nur Betrüger dem Gesetz nach, sie waren gleichzeitig auch Betrüger ihren Familien und der Kirche gegenüber. Beide waren raffgierig und bigott und haben sich alles genommen, was sie nur kriegen konnten. Schönau ging sogar so weit, eine seiner Mitarbeiterinnen zu schwängern, die auch verheiratet war; leider kam ihr Mann dahinter, daß das Kind nicht von ihm war. Sie kennen die Geschichte; Rita Jung, eine liebenswerte Person, die wohl niemals auch nur im Traum daran gedacht hätte, daß ihr je so etwas passieren könnte. Aber das Leben geht manchmal seltsame Wege. Jetzt ist sie ihren Mann los, und ihr Kind auch … Na ja, Schönau hat aber nicht mal vor kleinen Mädchen haltgemacht. Er war einfach ein mieses Schwein.
Aber das allein wäre für mich kein Grund gewesen, die beiden umzubringen. Das eigentlich Schlimme für mich war, daß sowohl Rosenzweig als auch Schönau von den Verfehlungen meines Vaters gewußt haben. Und ich habe sehr schnell gemerkt, daß alle drei sich gegenseitig deckten. Wie erklären Sie sich sonst die jahrelange enge Zusammenarbeit der drei?« Sie hielt inne, drückte ihre Zigarette aus, faltete die Hände im Schoß.
»Hassen Sie Männer?« fragte Durant.
»Nein, ich bin keine Männerhasserin. Es gibt auch anständige unter ihnen.« Sie fuhr sich mit zwei Fingern über die Lippen, sah Durant mit merkwürdig verklärtem Blick an. »Petrol war so einer, dachte ich zumindest. Ich habe ihn wirklich ge-

liebt, ich habe ihn mehr geliebt als irgend jemand sonst auf der Welt. Ich habe alles geglaubt, was er sagte, ich war überzeugt, wir wären aus demselben Holz geschnitzt. Er war der Mann, den ich mir immer gewünscht hatte. Bis ich das mit Ihnen herausgefunden habe. Er hat mir am Donnerstag gesagt, er würde das Wochenende über bei seiner Schwester in Karlsruhe sein«, sie senkte den Blick, preßte die Lippen aufeinander, es schien, als wollte sie ihre Gedanken ordnen. Schließlich fuhr sie fort: »Ich weiß nicht, was es war, aber irgend etwas hat mich mißtrauisch gemacht. Ich habe bei ihr angerufen, wollte ihn sprechen, aber sie hat nur gesagt, er wäre nicht da und sie wüßte auch nichts davon, daß er kommen wollte. Also habe ich mich am Freitagabend vor seinem Haus postiert. Ich habe Sie hineingehen sehen, und ich habe vor allem die rührende Abschiedsszene gesehen. Küßchen hier, Küßchen da! … Es war ein unendliches Scheißgefühl, eine Demütigung ohnegleichen. Für mich ist nicht nur eine Welt zusammengebrochen, für mich bedeutete es, daß ich keinem, aber auch wirklich keinem Mann jemals mehr würde trauen können. Nicht nur, daß er mich mehr als drei Jahre lang belogen und betrogen hat, es war vor allem der Schmerz, daß er ausgerechnet mit *Ihnen* rumgevögelt hat. Und ich hatte ihm einfach zu viel von mir erzählt, er wußte im Prinzip alles über mich. Ein Wort von ihm, und Sie hätten mich sofort verhaftet. Ich bin ihm am Samstag zur Klinik gefolgt, habe ihn mit den Akten herauskommen sehen und wußte genau, wie sein nächster Schritt aussehen würde. Aber dazu durfte ich es nicht kommen lassen. Von diesem Moment an habe ich jeden seiner Schritte beobachtet. Und am Sonntagabend war es dann soweit. Wir haben ein letztes Mal …« Sie stockte, kämpfte mit den Tränen, wischte sich mit einer Hand über die Augen. »Es war immer so schön mit ihm gewesen. So wunderschön. Und ich hätte nie für möglich gehalten, daß er mich

nur benutzt hat. Ich habe ihn geliebt, aber er mich nicht. Das war die beschissenste Erkenntnis seit dem Waisenhaus … Manche Menschen haben eben immer Pech. Und ich frage mich, ob es wirklich einen Gott gibt, wenn er einem nicht einmal das kleinste Glück gönnt.«
»Sie hatten doch wunderbare Pflegeeltern, einen tollen Beruf, Sie hatten das Waisenhaus lange hinter sich gelassen. Warum sagen Sie, Ihnen wäre kein Glück vergönnt gewesen? Sie haben es nur nicht gesehen, Sie waren so von Ihrem Haß zerfressen …«
Berger stürmte ins Zimmer, sein Blick sprach Bände. »Frau Durant, ich möchte Sie bitte kurz unter vier Augen sprechen!« sagte er unmißverständlich scharf.
»Sicher«, sagte Durant und folgte ihm nach draußen.
»Hab ich das eben richtig gehört, Sie hatten ein Verhältnis mit Petrol? Sagen Sie, daß das nicht wahr ist!«
»Doch, das stimmt«, sagte sie und sah Berger geradeheraus an. »Und ich schäme mich nicht dafür, falls Sie das glauben sollten. Für mich war es genauso ein Schock, zu wissen, daß der Mann, der mich angeblich heiraten wollte und mir etwas von seiner Familie und dieser ach so unglücklichen Ehe vorgejammert hat, der mir gesagt hat, er würde sich scheiden lassen, daß dieser Mann plötzlich tot war.«
»Sie hätten es mir sagen müssen!« fuhr Berger sie wütend an.
»Nein, das hätte ich nicht! Mein Privatleben geht keinen Menschen etwas an …«
»Wenn es um Mord geht, gibt es kein Privatleben mehr«, sagte Berger sichtlich erregt. »Sie können von Glück sagen, wenn diese Sache keine Konsequenzen für Sie hat.«
»Dann suspendieren Sie mich doch vom Dienst! Ich scheiß auf diesen Job, ich kann mir auch was Besseres suchen, etwas mit geregelter Arbeitszeit, angemessener Bezahlung …«
Berger verdrehte die Augen, schnaufte wie ein Nilpferd,

sagte schließlich beschwichtigend: »Es tut mir leid, aber Sie hätten wenigstens mich einweihen können. Sie wissen doch, daß Sie mir vertrauen können ... Und ich will Sie nicht verlieren.«
Julia Durant zuckte mit den Achseln, verzog die Mundwinkel. Sie sagte leise: »Es war einfach zuviel für mich. Ich weiß, ich habe Bockmist gebaut, aber ich habe dadurch die Ermittlungen nicht behindert. Im Gegenteil, dadurch wußte ich zumindest, daß der Täter mich kannte. Und damit hat sich der Kreis der Verdächtigen erheblich eingeschränkt. Und jetzt haben wir doch unsere Killerin.«
»Machen Sie weiter, wir sprechen ein andermal über die Sache. Und ich werde die Kollegen instruieren, kein Wort über Ihre Liebelei mit Petrol zu verlieren. Jetzt gehen Sie schon wieder rein.«
Julia Durant spürte ihr Herz bis in die Schläfen pochen, sie blieb noch einen Augenblick auf dem Gang stehen, wartete, bis ihr Herzschlag sich beruhigt hatte. Sie atmete tief durch, trat wieder ins Vernehmungszimmer. Sabine Reich stand am Fenster und sah hinunter auf die Straße. Sie drehte sich um, blieb am Fenster stehen.
»Wir können weitermachen«, sagte die Kommissarin und steckte sich eine Gauloise zwischen die Lippen. »Was war weiter?«
»Der letzte war Fink, mein ach so liebevoller, treusorgender Vater«, sagte sie mit abgrundtiefem Zynismus. »Er hatte meine Mutter auf dem Gewissen, er hat sie auf die schändlichste Weise mißbraucht. Es gibt sogar ein Tagebuch, in dem meine Mutter festgehalten hat, daß er gedroht hat, sie umzubringen, sollte sie publik machen, daß er sie geschwängert hat. Er hat ihr läppische zwanzigtausend Mark für ihr Schweigen gezahlt, und ließ sich das auch noch notariell beglaubigen. Laut dieser Urkunde hat meine Mutter das Geld

erhalten, mußte sich aber als Gegenleistung verpflichten, die Schwangerschaft niemals zu erwähnen, mich direkt nach der Geburt wegzugeben und nie mehr mit ihm in Kontakt zu treten. Der feine Herr Anwalt hatte eben alle Tricks drauf. Und soll ich Ihnen noch etwas erzählen?« fragte sie und sah Durant herausfordernd an.

»Was?«

»Sie wollen doch unbedingt wissen, was mit der Familie Fink los ist …« Sie machte eine Pause, fuhr sich mit der Zunge über die Lippen, lächelte still vor sich hin. »Ich sage es Ihnen, aber nur, wenn Laura dabei ist. Lassen Sie sie holen, aber sagen Sie ihr nicht, daß *ich* hier bin. Sie werden ein streng gehütetes Geheimnis erfahren – und Laura auch«, fügte sie leise hinzu.

Julia Durant griff zum Telefonhörer, rief bei Laura Fink an. Die Sprechstunde war vorüber, sie hob ab.

»Hier Durant. Frau Fink, wäre es Ihnen möglich, gleich hier im Präsidium vorbeizukommen? Es ist dringend.«

»Darf ich erfahren, um was es geht?«

»Wir haben den Mörder Ihres Vaters hier. Mehr will ich jetzt am Telefon nicht sagen. Sagen Sie beim Pförtner Bescheid, wir sind im zweiten Stock. Ich schicke jemanden runter, der Sie abholt.«

»Ich komme.«

»Sie wird gleich dasein. Wir können so lange eine Pause machen, wenn Sie möchten.« Sie schaltete die Videokamera aus, trat neben Sabine Reich.

»Ja, das wäre mir auch recht. Ich habe Hunger und Durst. Gibt es hier etwas zu essen?«

»Was hätten Sie denn gerne?«

»Am liebsten eine Currywurst mit Pommes. Die Pommes aber mit doppelt Ketchup. Und eine Cola, am besten gleich eine ganze Flasche.«

»Ich werde einen Kollegen losschicken. Es gibt gleich um die Ecke einen guten Imbiß.«
Sie bat einen uniformierten Beamten, das gewünschte Essen zu besorgen, und sagte ihm, er solle sich beeilen.
»Sagen Sie«, sagte Durant, »unter uns Frauen, warum mußten Sie diese Männer alle töten?«
»Wird das auch aufgezeichnet?«
»Nein, die Kamera ist ausgeschaltet.«
»Weil ich es mir vorgenommen hatte. Ich habe im Waisenhaus gelernt, daß man nur überlebt, wenn man einen eisernen Willen hat. Und den habe ich. Und ich gehöre nicht zu den Menschen, die vergessen. Das mit Werner tut mir leid. Ehrlich. Aber er hat auch Sie nur benutzt, das wissen Sie ... Aber er war ein wunderbarer Liebhaber, nicht?«
»Soll ich Ihnen darauf wirklich eine Antwort geben?« fragte Durant kühl.
»Nein, das brauchen Sie nicht. Ich weiß es, und Sie wissen es auch. Er war einfach genial. Er wußte genau, wie man eine Frau befriedigen konnte. Sie werden vielleicht wieder die Gelegenheit haben, jemanden kennenzulernen, mit dem Sie glücklich sein können, aber sollte ich jemals wieder aus dem Gefängnis kommen, wird mir der Sinn sicher nicht mehr nach Sex stehen. Na ja, es gibt Wichtigeres im Leben ... Trotzdem, Sie waren mir von Anfang an sympathisch. Das mit Werner hatte nichts mit Ihnen persönlich zu tun. Glauben Sie mir. Ich mußte es tun.«
Julia Durant erwiderte nichts darauf. Sie wußte nicht, ob sie Mitleid mit Sabine Reich haben sollte, auf jeden Fall war ein Gefühl in ihr, das sie nicht beschreiben konnte. Sie schwiegen fünf Minuten lang, bis der Beamte mit dem Essen kam. Kaum war Sabine Reich mit dem Essen fertig, ging die Tür auf und Laura Fink stürmte herein. Sie machte einen abgehetzten Eindruck, blieb in der Tür stehen, sah von Durant zu

Reich und wieder zu Durant. Sie schluckte schwer, trat näher. Julia Durant schaltete die Videokamera wieder ein.
»Was machst du denn hier?« fragte Laura Fink.
»Was glaubst du denn, was ich hier mache?«
»Sag, daß das nicht wahr ist! Du hast ...«
»Ich habe es getan. Nicht nur für mich, auch für dich.« Laura Fink setzte sich, schwieg einen Moment, verengte die Augen zu Schlitzen. »Für mich? Was um alles in der Welt hast du für mich getan?«
»Ich habe dich befreit. Du brauchst keine Angst mehr zu haben.«
»Ich habe keine Angst! Ich hatte nie welche.«
»Ach, komm, Laura, oder sollte ich besser sagen, Schwesterherz? Wir sind doch Schwestern, oder?«
»Wir sind Freundinnen, zumindest habe ich das bis eben noch geglaubt. Aber ...«
»Kein aber, *Schwester!* Ich verrate jetzt nämlich etwas, was keiner von euch sich je zu sagen getraut hat. Unser Vater ...«
»Unser Vater? Was faselst du da für einen Blödsinn?«
»Laura, dein Vater ist auch mein Vater. Und welche Ironie des Schicksals, du wurdest am 31.10.64 geboren, ich einen Tag später. Man könnte fast meinen, wir seien Zwillinge. Aber wir haben nur denselben Vater ... Einen Vater, der die Seele vieler Menschen kaltblütig getötet hat ... Du hast mir erzählt, was er mit dir gemacht hat. Jahrelang! Und deine Mutter hat davon gewußt, sogar deine Brüder. Aber ihr hattet eine solche Angst vor ihm, daß ihr euch nie getraut habt, etwas zu sagen. Aber ich werde es jetzt tun. Frau Durant, ich werde jetzt das Geheimnis der Familie Fink lüften ...«
»Nein, ich verbiete es dir! Das ist etwas, das ich nur dir, dir ganz allein, erzählt habe. Und du stehst unter Schweigepflicht! Hörst du, es geht keinen Menschen etwas an!« schrie Laura Fink mit hochrotem Kopf.

»Ich breche hiermit meinen Eid. Frau Durant, Laura wurde sechs Jahre lang von ihrem Vater sexuell mißbraucht. Sechs verfluchte, lange Jahre. Dieser Mann hat mehr Schuld auf sich geladen, als man jemals vergeben könnte. Und die Familie hat geschwiegen. Sehen Sie sich doch Frau Fink an, diese alte, verhärmte Frau! Und Jürgen, der es nicht mehr ausgehalten hat und sich in seiner Verzweiflung vom Hochhaus gestürzt hat! Das ist die Wahrheit. Bei Gott, das ist die Wahrheit! Laura, ich habe es nicht nur für mich und *meine* Mutter getan, auch für *dich!*«
»O nein, damit will ich nichts zu tun haben! Was immer du getan hast, du hast es ganz allein für dich getan. Ich weiß nicht, was vorgefallen ist, ich weiß nicht, ob mein Vater auch dein Vater ist, ich weiß überhaupt nichts. Aber für *mich* hast du absolut nichts getan, hörst du! Es war mein Leben, ganz allein meines! Und ich bestimme, ob ich mit etwas klarkomme oder nicht! Was immer deine Beweggründe waren, sie hatten nichts, aber auch gar nichts mit mir zu tun.«
»Laura, hör doch auf, dich länger selbst zu belügen. Bitte. Ich weiß, was in dir vorgeht oder vorging, ich weiß, wie schrecklich diese Bürde der Vergangenheit auf dir lastet, du hast es mir oft genug erzählt. Weißt du noch den einen Abend, wir haben bei mir gesessen und Tee getrunken, als du mir zum ersten Mal davon erzählt hast? Du hast den ganzen Abend lang nur geweint und geweint und geweint. Du hast diesen Mistkerl verflucht, du hast ihm die Pest an den Hals gewünscht … Du hast deinen Kopf an meine Schulter gelegt und wir haben zusammen geweint. Weißt du das etwa nicht mehr? Und sag mir um Himmels willen nicht, daß diese Gefühle sich geändert hätten, denn das wäre eine glatte Lüge. Du hast mir so unendlich leid getan, ich habe meine eigene Schwester im Arm gehalten und konnte ihr nicht einmal sagen, wer ich wirklich bin …«

»Warum nicht?« fragte Laura Fink traurig und setzte sich neben Sabine Reich. Sie legte eine Hand auf ihren Arm, sah sie an. »Warum hast du nie über deine Gefühle gesprochen?«

»Warum?« Sabine Reich zuckte die Schultern. »Vielleicht wollte ich wirklich nur Rache nehmen. Rache an diesen Menschen, die mein, die unser Leben zerstört haben. Und glaub mir eines, auch Rosenzweig und Schönau wußten von dem, was dein Vater getan hat. Aber sie haben nichts gesagt, und die Gründe dafür kannst du dir denken.«

»Aber du hättest sie doch nicht gleich alle umbringen müssen! Mein Gott, warum?«

»Für meine Mutter, für dich, für mich. Ich weiß, ich habe keine Zukunft mehr, doch dir steht die ganze Welt offen. Bis jetzt hast du dich in dein Mauseloch verkrochen und keinen Menschen an dich rangelassen. Du schleppst deine Vergangenheit wie ein tonnenschweres Gewicht mit dir herum. Such dir endlich einen Mann, geh unter die Leute …«

»Ich habe jeden Tag mit Leuten zu tun!«

»Du weißt genau, was ich meine. Wir haben oft genug darüber gesprochen. Laß die Vergangenheit ruhen.«

»Das mußt ausgerechnet du sagen! Wer hat denn diese Männer umgebracht, weil die Vergangenheit sie nicht ruhen ließ?« Sie schüttelte fassungslos den Kopf. »Und ich dachte, du wärst meine beste Freundin.«

»Das bin ich immer noch. Sicher, ich habe getötet, doch ich habe es weder aus Habgier oder Neid oder Eifersucht getan. Und diese Kirche …«

»Diese Kirche ist wahr, ganz gleich, was du sagst. Ohne sie wäre ich zugrunde gegangen. Meine Freunde habe ich in der Kirche.«

»Sieh doch endlich ein, daß alles nur Fassade ist. Sie alle spielen das Spiel mit, die einen führen, die andern gehorchen. Sie sind wie Lemminge, die eines Tages an die Klippen ge-

langen und ins Meer stürzen. Das ist die Kirche. Mach die Augen auf und beobachte die Menschen dort, und du wirst sehen, sie unterscheiden sich in nichts von all den anderen Menschen auf der Welt. Sie sind gierig, machthungrig, arrogant, auf Ansehen bedacht, neidisch und verlogen; sie brechen die Ehe, mißbrauchen Kinder, ziehen den Namen Gottes, wenn es denn einen gibt, in den Schmutz. Am Sonntag sind sie Heilige, den Rest der Woche über benehmen sie sich wie Heiden. Nicht alle, aber viele …
Laura, du bist eine ganz besondere Frau. Mach etwas aus deinem Leben. Und wenn du wirklich so fest von diesem Evangelium überzeugt bist, dann sei du die Führerin dieser Menschen, die glauben oder glauben wollen, und zeige ihnen den richtigen Weg. Ich hab dich wirklich sehr, sehr lieb, nicht nur, weil du meine Schwester bist. Ich hab dich lieb, weil du du bist. Einfach so.«
Laura Fink hatte Tränen in den Augen, ihre Mundwinkel zuckten, wie durch einen Nebelschleier sah sie Sabine Reich an.
»Du bist meine Schwester«, sagte sie mit schwerer Stimme. »Und ich dachte immer, du redest das nur so daher, dabei war es dir immer ernst. Was hat man dir bloß angetan?«
»Du wirst es irgendwann erfahren. Doch bevor du gehst, noch eines – wenn es einen Menschen gibt, an den ich immer denken werde, dann wirst du es sein. Mach's gut und vergiß mich nicht. Und vor allem – paß auf dich auf.«
»Ich verspreche es, Schwester. Ich werde immer für dich beten.«
»Du kannst es versuchen, aber ich fürchte, dafür ist es zu spät. Aber das macht auch nichts mehr. Mein Leben war wohl von Anfang an vorherbestimmt. Vielleicht mußte ich tun, was ich getan habe. Ich weiß es nicht. Im Gefängnis werde ich jedenfalls genug Zeit haben, darüber nachzudenken.

Und jetzt geh bitte, ich will nicht, daß du länger weinst. Leb einfach, tu's für dich.«
Laura Fink erhob sich, umarmte ihre Schwester. Sie schluchzte, hielt sie eine Weile fest umklammert.
»Hau jetzt endlich ab, sonst werde ich noch sentimental, und das steht mir nicht«, sagte Sabine Reich mit einem Lächeln. »Du kannst mich ja mal besuchen kommen.«
»Versprochen, Schwester.« Laura Fink wollte gerade gehen, als ihre Schwester sie zurückhielt.
»Einen Moment noch, Laura.« Sie warf einen Blick auf Julia Durant, sagte: »Wäre es vielleicht möglich, wenn ich mit Laura einen kurzen Augenblick allein sprechen könnte? Nur eine Minute. Ich möchte ihr etwas unter vier Augen sagen. Und stellen Sie bitte diese Kamera aus. Nur diese eine Minute. Bitte.«
Julia Durant zögerte, Hellmer nickte nur. »Okay, ich gebe Ihnen genau fünf Minuten. Und die Tasche von Frau Fink nehme ich mit, vorsichtshalber.«
»Und die Mikrofone sind auch wirklich ausgeschaltet?« fragte Sabine Reich. »Es ist wirklich sehr persönlich. Ich möchte nur mit meiner Schwester sprechen.«
»Sie sind völlig ungestört.«

Nachdem die Kommissarin und Hellmer den Raum verlassen und die Tür hinter sich schlossen, setzte sich Sabine Reich auf den Tisch, sah Laura mit unergründlichem Lächeln an.
»Wie konnte das passieren?« fragte Laura flüsternd. »Es ist doch alles so perfekt gelaufen!«
»Ich hab die verdammte Spritze ausgerechnet gestern nicht gleich entsorgt. Aber egal, es ist zu spät, um zu lamentieren, sag mir lieber, wie's jetzt weitergehen soll?«
»Sollte irgendwas schiefgehen, haben wir doch alles schon bis ins letzte Detail durchgekaut. Du bekommst den be-

sten Anwalt, den du dir nur wünschen kannst, du weißt ja, den, der meinen, oder besser gesagt, unseren Vater am liebsten selbst umgebracht hätte. Außerdem hab ich noch ein paar Trümpfe im Ärmel, auf die selbst im Traum keiner kommen würde. Ich hab doch gesagt, eine Hand wäscht die andere. Glaub bloß nicht, ich würde meine Schwester im Stich lassen.«

»Das wußte ich sowieso. Aber es war eine verdammt gute Show, die wir abgeliefert haben, oder?« sagte Sabine Reich grinsend. »Mann, kannst du dir Tränen rausquetschen! Du hättest Schauspielerin werden sollen.«

»Man tut, was man kann«, erwiderte Laura Fink und grinste ebenfalls.

»Was glaubst du, wie lange muß ich in den Bau?«

»Vergiß das Gefängnis, wir schaffen das anders. Kindheitstrauma und so weiter. Du weißt schon, was ich meine. Zwei Jahre in einer psychiatrischen Anstalt, dann aber schon nach einem halben Jahr ein Gutachten von meinen speziellen Freunden, die mir noch einen großen Gefallen schulden. Sie werden dir akute Suizidgefährdung bescheinigen, na ja … Ich denke, du bist spätestens in einem Jahr wieder draußen. Und dann fangen wir an zu leben. Wir kaufen uns ein Haus irgendwo im Süden, und lassen es uns einfach gutgehen. So, jetzt hau ich aber wirklich ab, ich hab noch eine Menge zu erledigen. Und danke noch mal, daß du mich nicht verraten hast.«

Sie umarmten sich noch einmal, sahen sich in die Augen, lächelten. »Das ist unser Geheimnis, und keiner wird es jemals herausfinden. Mach's gut, und laß dich von denen nicht unterkriegen. Wir packen das schon«, sagte Laura Fink augenzwinkernd.

Sie ging an die Tür, klopfte. Julia Durant öffnete von draußen, reichte ihr die Tasche, sah der jungen, gebrochenen Frau

nach, wie sie langsam über den langen Flur lief, ihre schweren Schritte hallten von den Wänden wider.
Hellmer stellte sich neben die Kommissarin, sagte mit nachdenklichem Blick: »Ich weiß nicht, aber ich hab so ein komisches Gefühl ...«
»Was meinst du?« fragte Durant mit gekräuselter Stirn.
»Irgendwas mit den beiden stimmt nicht ... Aber ich kann mich auch täuschen ... Blödsinn, was red ich da!«
»Was soll denn da nicht stimmen? Komm, gehen wir wieder rein, der Tag ist noch nicht zu Ende.«

Dienstag, 22.00 Uhr

Julia Durant war nach Hause gefahren, sie war nicht nur müde, sie war völlig leer und ausgebrannt und fühlte sich einfach elend. Sie aß eine Scheibe Brot, trank eine Dose Bier, setzte sich auf die Couch, die Beine hochgelegt. Sie schloß die Augen, dachte über den vergangenen Tag nach. Sie telefonierte noch einmal kurz mit Hellmer, sie tauschten ein paar Belanglosigkeiten aus, auch er empfand eine tiefe Leere, wie er sagte.
Sie nahm ein Bad, trank noch ein Bier, rauchte, legte die neue CD von Bryan Adams ein, drehte die Lautstärke hoch. Ihr war es egal, was die Nachbarn sagten, sie brauchte das jetzt. Um halb zwölf legte sie sich ins Bett, zog die Decke bis unter das Kinn und drehte sich auf die rechte Seite. Sie konnte nicht einschlafen. Sie trank noch ein Bier, nahm ein paar Tropfen Valium dazu.
Das war also das Geheimnis der Familie Fink gewesen, dieses furchtbare Geheimnis, das eine ganze Familie über so viele Jahre für sich behalten hatte und auf das sie, wenn sie recht überlegte, schon früher hätte kommen können.

Sie fühlte, wie ihre Augen immer schwerer wurden und sie schließlich weit nach Mitternacht in eine andere Welt glitt. Sie schlief tief und traumlos bis um acht Uhr.
Das nächste Verhör von Sabine Reich war für zehn Uhr angesetzt, sie hatte also noch genügend Zeit, um sich auf den Tag vorzubereiten. Am Abend würde sie ihren Vater anrufen und vielleicht auch noch Susanne Tomlin. Die nächste Telefonrechnung würde astronomisch hoch sein, doch das störte sie nicht.
Und noch drei Wochen, und sie würde ins Flugzeug steigen, es sich in Südfrankreich gutgehen lassen, an nichts denken als an sich selbst und Frankfurt für eine Weile hinter sich lassen.
Sie dachte an Sabine Reich, diese wunderschöne, intelligente Frau, diese Schwarze Witwe, die ihr auch jetzt noch sympathisch war, warum, vermochte sie nicht zu sagen. Sie wußte lediglich aus ihren Schilderungen, diese Frau hatte in ihrem jungen Leben eine Menge erleiden müssen, und nicht nur sie, sondern auch andere, ihr nahestehende Personen. Was sich wirklich in ihrer Seele abspielte, das würde wohl nie jemand ergründen können. Und sie dachte an das Leben, das bisweilen so unglaublich ungerecht schien. Und irgendwie wünschte sie sich ein mildes Urteil für Sabine Reich, trotz all dem, was sie getan hatte.
Aber sie wußte nichts über das wahre Geheimnis von Sabine Reich und Laura Fink, das sie glaubte, entschlüsselt zu haben.
Schwestern.
Als sie sich auf den Weg ins Präsidium machte, schien die Sonne. Es würde ein guter Tag werden.

ANDREAS FRANZ

Der Jäger

Roman

*Für Inge und Lucia, die schon vor fünfzehn Jahren
an mich geglaubt haben, und für all jene,
die nicht Gleiches mit Gleichem vergelten*

Prolog

Der Regen hatte schon am frühen Morgen eingesetzt und wurde jetzt von heftigen Sturmböen gegen die Windschutzscheibe seines Wagens gepeitscht. Die Scheibenwischer bewegten sich in monotonem Rhythmus, er hatte eine CD eingelegt mit Musik von Brahms. Der Tag war nichts weiter als eine stundenlange Dämmerung gewesen, und obwohl es erst kurz nach halb fünf am Nachmittag war, so würde es doch noch etwas über zwei Stunden dauern, bis die seit dem Morgen anhaltende Dämmerung in vollkommene Dunkelheit übergehen würde. Alles wirkte grau und trist, die Menschen auf eine seltsame Weise traurig und melancholisch, und wie immer bei diesem stürmischen, regnerischen Herbstwetter kam der Verkehr nur zäh und stockend voran. Trotz des Regens hatte er sich vorgenommen, das Grab seiner Eltern zu besuchen, die vor mehr als zwanzig Jahren bei einem tragischen Verkehrsunfall ums Leben gekommen waren, als sie im dichten Nebel von einem unaufmerksamen Lkw-Fahrer gerammt worden waren und im sofort in Flammen aufgehenden Wagen bei lebendigem Leib verbrannten. Noch heute meinte er bisweilen, ihre verzweifelten Schreie zu hören, auch wenn er nie erfahren hatte, was sich damals wirklich abgespielt hatte.

Als er am Friedhof anlangte, stieg er aus, spannte den Schirm auf und stemmte sich dem Wind entgegen. Mit schnellen Schritten bewegte er sich über den aufgeweichten Boden, bis er vor dem Grab stand. Er verharrte einen Moment, sah auf die jetzt verwelkten Pflanzen und nahm sich vor, innerhalb der nächsten zwei oder drei Wochen das Grab zu säubern und mit Tannenzweigen zu belegen, bevor der erste Frost einsetzte. Nach fünf Minuten drehte er sich wieder um, diesmal hielt er den Schirm hinter seinen Kopf. Er lenkte seinen Wagen aus der Parklücke, fuhr die Straße weiter geradeaus, bog an der nächsten Kreuzung rechts ab und gleich danach wieder rechts in eine schmale Gasse, wo sich zu beiden Seiten schmucke Einfamilienhäuser aneinander reihten, nur am Ende der Straße stand ein vierstöckiger Neubau, in dem sich mehrere Eigentumswohnungen befanden. Er hielt davor und stellte den Motor ab. Er sah hinauf, hinter ihrem Fenster brannte kein Licht. Er ging auf die Haustür zu, klingelte. Als sich auch nach dem zweiten Klingeln nichts rührte, holte er den Schlüssel aus seiner Tasche, schloss auf und betrat das Haus. Er fuhr mit dem Aufzug in den vierten Stock, klingelte erneut. Kein Geräusch war in der Wohnung zu hören. Er steckte den Schlüssel in das Schloss, drehte ihn zweimal, machte die Tür auf. Er drückte den Lichtschalter und kniff die Augen zusammen. Mit langsamen Schritten ging er über den Flur ins Wohnzimmer, ließ seinen Blick durch den Raum schweifen, verharrte regungslos. Nichts war mehr da, kein Stuhl, kein Tisch, kein Schrank, kein Fernseher. Selbst die Vorhänge hatte sie mitgenommen. Auf dem marmornen Fensterbrett vor dem Balkon lag ein Briefumschlag, auf dem sein Name stand. Er nahm ihn in die Hand, öffnete ihn, holte den Brief heraus, las.

Hallo,
wie du siehst, bin ich weg. Ich will auch nicht viele Worte machen, es ist einfach aus. Weißt du, es ist nicht leicht für eine Frau wie mich, mit einem Mann wie dir zusammen zu sein. Ich bin noch jung und will das Leben genießen und meine Jugend nicht an einen Mann verschwenden, der nur ab und zu in der Lage

ist, meine Bedürfnisse zu befriedigen, du weißt schon, was ich meine. Du wirst damit leben müssen, ich will es nicht. Es tut mir Leid, es dir so sagen zu müssen, aber es ist für mich das Beste.
Versuche bitte nicht, mich zu finden, es wäre schlecht für dich und deine Karriere. Mir steht die Welt noch offen, während sie für dich anscheinend verschlossen ist.
Ach, übrigens, deine Geschenke habe ich behalten, ich denke, ich habe sie mir verdient, für die Engelsgeduld, die ich für dich aufgebracht habe.
Ich werde dich vergessen haben, sobald ich diese Wohnung verlassen habe. Tu mir also einen Gefallen, halte dich fern von mir. Ich kenne deine Frau zwar nicht, aber du willst doch sicher nicht, dass sie erfährt, was in den vergangenen zwei Jahren zwischen uns war.
Leb wohl, ich werde es tun.

P.S.: Solltest du jemals ernsthaft geglaubt haben, ich hätte etwas für dich empfunden oder dich sogar geliebt, so muss ich dich leider enttäuschen. Alles, was ich für dich empfunden habe, war Mitleid, weil du im Grunde genommen einfach nur erbärmlich bist. Aber welche Frau könnte sich schon deiner Großzügigkeit entziehen?!

Keine Unterschrift. Er faltete den Brief wieder zusammen, steckte ihn in den Umschlag und blieb eine Weile am Fenster stehen. Der Regen hatte nachgelassen. Er fuhr sich mit einer Hand über die Stirn und schüttelte kaum merklich den Kopf. Es war ein miserabler Tag gewesen, und er hatte inständig gehofft, der Abend würde besser werden. Zwei Jahre! Zwei

Jahre hatte sie ihm vorgegaukelt, ihn zu lieben, auch wenn er diese Liebe eigentlich gar nicht wollte und genau wusste, dass es eine Lüge war, eine Lüge, die er ihr aber gerne verzieh. Zwei Jahre hatte sie immer wieder betont, er sei der einzige Mann in ihrem Leben, obgleich es ihm egal gewesen wäre, wenn es noch jemand anderen gegeben hätte und mit Sicherheit auch hatte. Zwei Jahre hatte er alles für sie getan, hatte ihr sogar diese Wohnung überlassen und alles, was sich darin bis vor wenigen Stunden noch befunden hatte, gekauft. Das verlorene Geld war es aber nicht, was ihn schmerzte, es war vielmehr die Demütigung, die aus ihren Zeilen sprach. Eine Demütigung, die er sicher irgendwie verkraften würde, wie alles in seinem Leben. Irgendwie und irgendwann. Auch wenn er in seinem tiefsten Innern schon lange gespürt hatte, dass das Ende ihrer Beziehung nur noch eine Frage der Zeit war, sie immer öfter Ausreden erfand, warum sie ihn nicht sehen konnte. Und jetzt war sie weg, wo, das wusste wohl nur sie allein.
Er hatte sie geliebt, ihre Art, ihr Lachen, ihre Unbekümmertheit. Ihren Körper, den Duft ihres feurigroten Haares. Ihre Hände, wenn sie ihn streichelten, ihre Lippen, wenn sie ihn küssten. Nichts davon würde er jemals mehr erleben dürfen. Er war gescheitert wie schon so oft.
Er drehte sich um, löschte das Licht, schloss hinter sich ab. Diesmal nahm er die Treppe, stieg in seinen Wagen, wendete und fuhr nach Hause in die riesige Villa mit dem ausgedehnten Grundstück und dem nierenförmigen Swimming-Pool, den sie im Sommer nutzten. Allerdings hatten sie auch noch einen etwas kleineren im Untergeschoss des Hauses für die kühleren Tage. Er wurde von vielen um diesen Besitz beneidet, doch im Grunde bedeutete er ihm nicht viel. Das, wonach er sich sehnte, war mit keinem Geld der Welt zu kaufen.
Es war niemand da, das Hausmädchen hatte heute seinen

freien Tag, kalter Rauch hing noch in der Luft. Ein Zettel lag auf dem Wohnzimmertisch, auf dem stand: »Liebling, ich bin mit Anna unterwegs. Es könnte etwas später werden. Ich liebe dich.« Er lächelte versonnen, knüllte den Zettel zusammen und steckte ihn in die Hosentasche. Er ahnte, nein, er wusste, dass sie nicht mit ihrer Freundin unterwegs war, dass sie diesen Abend woanders verbrachte; er konnte es ihr nicht verdenken. Er zog seinen Mantel aus, hängte ihn auf einen Bügel, setzte sich in den Sessel, legte den Kopf in den Nacken und spürte das Pochen des Blutes in seinen Schläfen. Er versuchte an nichts zu denken, abzuschalten, diesen Tag einfach aus seinem Gedächtnis zu streichen. Es gelang ihm nicht.

Nach einigen Minuten stand er wieder auf, ging an das Barfach, holte sich eine Flasche Whiskey heraus und ein Glas und schenkte es halb voll ein. Er schüttete den Inhalt in einem Zug hinunter und schenkte gleich wieder nach. Das Telefon klingelte, er sah hin, ließ es klingeln, bis der Anrufbeantworter sich einschaltete. Er hörte die Stimme seiner Schwester, die ihn bat zurückzurufen. Er war müde und erschöpft. Eine große, tiefe Leere war in ihm, eine Leere, die er so gut kannte, die schon so oft sein Begleiter gewesen war. Eine Leere, die ihn nicht mehr klar denken ließ.

Er trank die Flasche halb aus und schaltete den Fernseher ein. Irgendwann würde vielleicht auch einmal seine Zeit kommen. Nur wann?

Freitag, 22. Oktober, zwei Jahre später

Erika Müller parkte den Mercedes vor dem Neubau mit den Eigentumswohnungen. Es regnete seit dem Nachmittag, ein kühler Nordwestwind trieb den Regen vor sich her, der Asphalt glänzte im Licht der Laternen. Sie hatte das Radio eingeschaltet, die Lautstärke gedämpft. Nur wenige Fußgänger kamen während der paar Minuten, die sie wartete, an ihr vorbei, die meisten zogen es vor, bei diesem Wetter zu Hause zu bleiben. Links von ihr erstreckte sich der Grüneburgpark, vor allem im Sommer ein Erholungsgebiet inmitten der hektischen Großstadt, wenn nicht gerade ein Open-Air-Konzert stattfand. Es war kurz nach neun, als ein Porsche neben ihr hielt. Sie stieg aus, schloss ihr Auto ab und setzte sich in den Sportwagen. Nach etwa zwanzig Minuten gelangten sie an ein altes, um die Jahrhundertwende errichtetes dreistöckiges Haus, das trotz der Dunkelheit und nur vom matten Schein der Laternen angeleuchtet ehrwürdig und erhaben wirkte. Sie fuhren durch ein schmales Tor in den Hof, die Scheinwerfer wurden ausgeschaltet. Hinter keinem der Fenster brannte Licht, worüber sie sich in diesem Moment jedoch keine Gedanken machte. Während der Fahrt hatten sie ein paar Belanglosigkeiten ausgetauscht, gelacht, hatten sich ihre Hände einige Male berührt. Sie stiegen aus, betraten die Wohnung im Erdgeschoss. Sie war luxuriös eingerichtet, dicke Teppiche, in denen man fast versank, kostbare Bilder an den Wänden, teure Möbel; alles hier roch nach Geld, Reichtum, Macht und Besitz.

»Mach's dir bequem, ich hol uns nur schnell was zu trinken.

Wir haben einen ganzen Abend lang Zeit. Und dein Mann wird bestimmt nicht misstrauisch?«
»Nein, der schläft mit Sicherheit schon«, antwortete Erika Müller und setzte sich in einen der butterweichen roten Ledersessel. Sie strich mit einer Hand über die Lehne. Wie aus dem Nichts erklang mit einem Mal leise Musik aus unsichtbaren Lautsprechern, eine Musik, die zu dem gedämpften, warmen Licht passte. Sie sah sich um, dachte nur, sie würde sich nie eine solche Wohnung leisten können, solche Möbel, solch wertvolle Bilder, allein die Teppiche mussten ein Vermögen gekostet haben.
»Gut, ich bin gleich zurück.«
Nach wenigen Augenblicken standen eine Flasche Dom Perignon und zwei bereits gefüllte Gläser auf dem Tisch mit der Platte aus naturbelassenem Carrara-Marmor.
»Lass uns anstoßen auf den Tag, an dem wir uns zum ersten Mal begegnet sind. Und auf unsere Freundschaft. Dein Kleid gefällt mir übrigens. Neu?«
»Ja«, erwiderte Erika Müller, verlegen wie ein pubertierendes Mädchen lächelnd. Sie hob das Glas, trank es zur Hälfte leer, fühlte sich von einem Moment zum andern fast schwerelos, weil sie Alkohol nicht gewohnt war.
»Soll ich dir das Schlafzimmer zeigen?«
»Ich bin schon ganz gespannt darauf«, sagte Erika Müller, die das Gefühl hatte, von Sekunde zu Sekunde schwereloser zu werden, als würde ihre Seele Flügel bekommen. Alles in ihr kribbelte, ihr war ein wenig schwindlig wegen der Aufregung, wegen diesem ersten Mal, da sie ihren Mann betrog. Sie stand auf und folgte ins Schlafzimmer, einem Traum aus Blau und Rosé, mit dem riesigen Bett, den flauschigen Teppichen. Indirektes Licht verlieh diesem Raum etwas Romantisches, es lud förmlich ein, sich gehen und treiben zu lassen.
»Möchtest du dich nicht ausziehen? Du bist sehr schön.«

Sie lächelte verschämt, es war eine Ewigkeit her, seit ihr jemand zuletzt gesagt hatte, sie sei schön. Eigentlich hatte es noch nie jemand gesagt, hübsch ja, aber schön … Schön waren andere, eine Claudia Schiffer, eine Cindy Crawford, Madonna, Naomi Campbell … Aber eine Erika Müller? So farblos wie ihr Name war, so farblos hatte sie sich zeit ihres Lebens gefühlt. Unattraktiv, nicht begehrenswert, bedeutungslos. Und jetzt auf einmal wurde ihr gesagt, sie sei schön, sehr schön. Sie floss dahin, meinte zu schweben.
»Warte, ich hole die Flasche und die Gläser. Und dann machen wir es uns gemütlich. Setz dich ruhig auf das Bett, es ist ein Traum. Fühl, wie weich es ist.«
Erika Müller setzte sich – es war tatsächlich ein Traum. Sie ließ sich rücklings auf das Bett fallen, streckte die Arme aus, sagte, während sie noch allein war, leise zu sich selbst: »Ich bin schön, ich bin schön.« Sie hätte schreien können vor Glück, auch wenn das Gefühl der Ungewissheit und der Schuld, ihren Mann zu betrügen, mit kleinen, spitzen Zähnen an ihr nagte.
»Komm, trink noch einen Schluck.«
Sie nahm das Glas, trank es aus und stellte es auf den kleinen Tisch neben dem Bett.
»Und jetzt, meine Liebe, lass uns den Abend genießen.«
Erika Müller zog sich bis auf die Unterwäsche aus, die sie sich extra für diesen Abend gekauft hatte. Ein schwarzer Spitzen-BH, der ihren üppigen Busen kaum verhüllte, einen dazu passenden, wie für sie gemachten Slip, der die kleinen Speckröllchen an den Hüften und am Bauch praktisch unsichtbar werden ließ. Für einen kurzen Moment fühlte sie sich wie ein junges, unschuldiges Schulmädchen, schüchtern und ein wenig ängstlich vor dem ersten Mal. Es war ein herrliches, ein prickelndes Gefühl.
»Du bist wirklich sehr schön, schöner, als ich gedacht habe.«

»Und du, willst du etwa angezogen bleiben?«, fragte Erika Müller und sah ihr Gegenüber an.
»Nein, das hatte ich ganz sicher nicht vor. Aber ich möchte dich verwöhnen, wie du noch nie im Leben verwöhnt worden bist. Und du kannst es in Zukunft so oft haben, wie du möchtest. Leg dich aufs Bett, in die Mitte, und vertrau mir. Es wird eine unvergessliche Nacht werden. Möchtest du vorher noch ein Glas trinken? Erst nach zwei Gläsern Dom Perignon kann man das, was wir gleich machen, richtig genießen, glaub mir. Und hinterher wirst du nie wieder etwas anderes wollen. Ich sage dir gleich, es macht süchtig. Und dabei ist nicht einmal Rauschgift im Spiel.«
Erika Müller legte sich wie geheißen in die Mitte des Bettes. Die ihr noch fremden, aber mit einem Mal doch so vertrauten Hände streichelten über ihren Körper, mal sanft, mal wieder etwas fester, die Finger massierten ihre Schenkel, ihre Scham, ihre Brüste.
»Ich will dich ganz nackt sehen, damit du alles spürst.«
»Ich spüre jetzt schon alles«, flüsterte Erika Müller.
»Das denkst du nur, weil du das Spiel noch nicht kennst.«
Sie war nackt, sie war schön, ihre Brustwarzen waren erigiert von den Liebkosungen.
»Entspann dich, und schließ die Augen, und lass dich einfach treiben. Denk an das warme Meer und die Wellen und treibe.«
Erika Müller folgte der Aufforderung gerne, schloss die Augen und stellte sich das Meer vor, das sie bis jetzt nur einmal gesehen hatte, auf ihrer Hochzeitsreise, die sie auf den Kanarischen Inseln verbracht hatte.
»Rutsch ein kleines Stück weiter nach oben, nur ein kleines Stück, und streck die Arme aus.«
Erika Müller tat wie ihr geheißen. Sie spürte kaum, wie die Handschellen um ihre Handgelenke schnappten, wie sie

wehrlos dalag, aber es machte ihr nichts aus, sie fühlte sich sicher und geborgen und wollte an nichts denken als an den unendlichen Ozean, auf dem sie, von einem warmen Wind umfächelt, getrieben wurde, an blauen Himmel und wärmenden Sonnenschein. Sie genoss die Küsse von den weichen, sanften Lippen, das Gleiten durch eine andere, schönere Welt.

Sie glitt und glitt und glitt – bis der heftige Schlag in den Bauch ihr die Luft raubte, sie schreien wollte, doch kein Laut aus ihrem Mund kam. Sie riss die Augen vor Entsetzen und Schmerz auf, bis der nächste Schlag ihre Brust traf. Sie sah den kalten, unbarmherzigen Blick, sie zerrte an den Handschellen, ein weiterer Fausthieb zertrümmerte fast ihren Oberarm. Sie wollte raus hier, zurück nach Hause, zu ihrem Mann, den Kindern. Sie war doch hergekommen, um zu lieben und geliebt zu werden, und nicht, um geschlagen zu werden.

»Bitte, lass mich gehen«, wimmerte sie mit Tränen in den Augen. »Bitte, ich habe dir doch nichts getan. Warum tust du das mit mir? Lass mich gehen, und ich verspreche dir, niemandem ein Wort darüber zu verraten. Ehrenwort.« Sie sah ihr Gegenüber an. Für einen kurzen Augenblick herrschte Schweigen.

»Sei nicht albern, sondern einfach nur still.«

»Ich will noch nicht sterben, bitte!«

»Woher weißt du das?«

Ein Stück Klebeband wurde auf ihren Mund gedrückt, Fesseln um ihre Beine gelegt, ein weißes Seidentuch, das ihre Augen bedeckte, im Nacken zusammengebunden.

»Du hast Angst, nicht?«, fragte die eben noch so sanfte und warme Stimme, die auf einmal so hart und erbarmungslos klang. »Ich habe dir doch gesagt, du würdest etwas Einmaliges erleben. Du erlebst es gerade. Es tut mir Leid, dir wehtun zu müssen, aber ich habe keine andere Wahl. Nur wenn ich dir wehtue, wirst du erkennen, wie wertvoll das Leben ist. Was seid ihr nur für Frauen? Ihr sucht den Kick, und ich gebe ihn euch. Ihr sucht Lust, und ihr bekommt sie. Aber am Ende steht immer das Abschiednehmen, der Tod. Doch der Tod ist nicht das Ende, er ist ein Anfang, der Anfang eines neuen, besseren Lebens. Du wirst das Glück haben, dieses neue Leben bald kennen lernen zu dürfen. Und ich helfe dir dabei. Ach ja, selbst wenn es dir gelingen würde, zu schreien, es würde dich keiner hören, dieses Haus ist zwar groß, aber außer mir wohnt hier keiner. Eigentlich wohne ich überhaupt nicht hier, das Haus gehört mir nur. Irgendwann in der nächsten Zeit wird es komplett renoviert. Doch was rede ich da, es interessiert dich bestimmt nicht, du Hure. Du hässliche, alte Hure!«

Erika Müller hörte kaum die Worte, die an ihr Ohr drangen, sie versuchte zu atmen, doch ihr Atem ging nur oberflächlich, der Schmerz in ihrem Magen war zu heftig. Sie spürte, wie eiskaltes Wasser auf ihre Brust geträufelt wurde. Ihre Brustwarzen waren erigiert, Zunge und Zähne spielten mit ihnen, bis der furchtbarste Schmerz, den sie je erlebt hatte, sie fast ohnmächtig werden ließ. Dort, wo vor wenigen Sekunden noch ihre Brustwarzen waren, floss jetzt Blut aus zwei kleinen Wunden. Sie betete zu Gott, flehte, wimmerte, riss an den Handschellen. Sie spürte, wie Nadeln immer und immer wieder in ihren Körper gestochen wurden, und doch ebbte der große Schmerz allmählich ab.

Sie schwebte wieder, schloss erneut die Augen, Nadelstiche und ab und zu Schläge. Aber es machte ihr nichts mehr aus. Irgendwann, war es nach Minuten oder Stunden – sie hatte jegliches Zeitgefühl verloren –, wurde ihr die Augenbinde abgenommen. Im schwachen Licht des Zimmers blickte sie in Augen, die sie voller Mitleid ansahen. Mitleid, aus dem

innerhalb weniger Sekunden Kälte und schließlich glühender Hass wurden. Ohne die Bewegung zu gewahren, verspürte sie einen weiteren kräftigen Schlag gegen das Kinn, der ihr die Sinne nahm.
Als sie am nächsten Morgen oder Mittag wie betäubt in dem verdunkelten Zimmer erwachte, wusste sie nicht, wie spät es war und wo sie sich befand. Ihre Arme waren noch immer an das Bett gefesselt, das Klebeband machte das Sprechen unmöglich, das Atmen wurde zu einer Qual, weil sie unter einer chronischen Nasennebenhöhlenentzündung litt und die Schleimhäute angeschwollen waren. Sie fürchtete, ersticken zu müssen, wenn sie nicht bald Nasentropfen bekam.
Sie war allein in dem Raum. In ihren Eingeweiden rumorte es, ihre Brust war ein einziger Schmerz. Sie hatte in das Bett uriniert, sie hatte Hunger und Durst, ihre Zunge fühlte sich geschwollen an, ihr Hals war wie ausgetrocknet. Sie wusste, sie würde sterben, doch sie wusste nicht, wann und wie. Aber eigentlich wollte sie sterben, wollte hinüber in das andere Leben. Lieber tot sein, als noch länger diese Qualen erleiden. Vor zwei Jahren wollte sie sich sogar schon einmal umbringen, hatte dann aber nicht den Mut dazu. Nun erledigte diese Aufgabe jemand anderes für sie. Jemand, den sie kaum kannte und zu dem sie von Anfang doch so viel Vertrauen gehabt hatte. Jemand, von dem sie nicht einmal in ihren schlimmsten Albträumen vermutet hätte, getötet zu werden. Jemand, den sie vor einem Jahr auf einer Party kennen gelernt hatte, zu der sie von einer etwas flippigen und reichen Bekannten mitgenommen worden war und wo sich alle nur mit Vornamen angeredet hatten. Wo sie allein hingegangen war, ohne ihren Mann, der geglaubt hatte, sie sei bei ihrem üblichen Freitagabendtreffen. Eigentlich hatte sie gar nicht mitgehen wollen, aber ihre Bekannte hatte darauf bestanden, hatte gemeint, es wäre endlich an der Zeit, sich

aus der Abhängigkeit von einem schwachen Mann zu befreien und ein eigenes Leben zu führen. Es waren einige Leute dort, von denen sie in ihrem Leben nicht geglaubt hätte, ihnen jemals von Angesicht zu Angesicht gegenüberzustehen, Schauspieler und Schauspielerinnen, Sänger und Sängerinnen und andere Persönlichkeiten. Es war ein riesiges Fest, mit einem Büfett, wie sie es noch nie zuvor gesehen hatte, höchstens im Film. Es wurde gelacht und getrunken, und obgleich all die Prominenz zum Greifen nah war, hatte sie sich nicht getraut, auch bloß einen von ihnen anzusprechen. Sie hatte nur dagestanden, ein Glas Champagner in der Hand, und hatte das Treiben aus angemessener Distanz beobachtet. Schließlich wurde sie angesprochen und einigen Männern und Frauen vorgestellt. Angefangen hatte es mit Smalltalk, später am Abend verschob sich alles auf eine intimere Ebene, es wurde über Sex geredet, viele der Damen hatten sich abgesondert und verführerische Dessous gezeigt und gesagt, dies sei genau das, was Männer anmache. Allein der Anblick einiger dieser Dessous hatte ihr damals die Schamesröte ins Gesicht getrieben und gleichzeitig einen ihr bis dahin unbekannten Trieb geweckt.

An diesem Abend hatten sie sich zum ersten Mal gesehen, und sie war fasziniert gewesen von dieser Person, die so selbstsicher und so einfühlsam gewesen war. Sie hatten sich über Gott und die Welt unterhalten, über Astrologie und andere esoterische Dinge, sie hatte sich eine Adresse geben und schon ein paar Tage später ein Horoskop erstellen lassen. Sie hatte zweihundertfünfzig Mark dafür bezahlt, aber es hatte sich gelohnt. Zum ersten Mal wusste sie, wer sie war, und vor allem wie sie war. Vor einigen Jahren hatte ihr einmal eine Zigeunerin, die ihr unbedingt einen Teppich verkaufen wollte, aus der Hand gelesen und sie davor gewarnt, sich mit fremden Menschen einzulassen, auch wenn sie ihr vertraut erschienen, es könnte ihr Tod sein, und sie hatte sogar ein Jahr genannt – neunzehnhundertneunundneunzig. Die alte Frau hatte damals gesagt, jenes Jahr sei das Jahr, in dem sich ihr weiteres Leben oder ihr Tod entscheiden würde. Sie hatte es als Spinnerei abgetan, als Angstmacherei, weil sie sich geweigert hatte, einen Teppich zu kaufen, und die Alte sich auf diese Weise rächen wollte. Jetzt auf einmal kehrte die Erinnerung an diese Zigeunerin zurück, an ihre brennenden, warnenden, besorgten Augen, deren Bedeutung sie nun viel zu spät erkannte. Sie hatte vorher nie an Astrologie oder Handlesen geglaubt, es entzog sich ihrer Vorstellungskraft zu glauben, das Schicksal eines Menschen stünde in den Sternen oder in den Handlinien.

Sie wusste nicht, wie spät es war, sie hatte die Augen geschlossen, ihr Atem ging schwer, sie befand sich in einem Dämmerschlaf, als sie einen zarten Kuss auf ihrem Bauch fühlte. Sie sah die Person über sich, die Nasentropfen, die Pipette, die langsam in ihre Nase geschoben wurde, und die Flüssigkeit erleichterte allmählich das Atmen. Danach ein paar Küsse. Was war das nur für ein Spiel, war dies das Gleiten und Schweben, von dem sie gesprochen hatten? Auf die Küsse folgten wieder brutale Schläge und Nadelstiche. Und dann war sie erneut allein. Sie dachte an ihren Mann und die Kinder, wusste jetzt mit Bestimmtheit, dass sie sie nie wiedersehen würde. Am meisten schmerzte sie der Gedanke an ihre Kinder. Sie waren doch noch so klein, und sie brauchten doch noch eine Mutter. Warum um alles in der Welt hatte sie das gemacht? Warum hatte sie nicht auf ihre innere Stimme gehört, die ihr gesagt hatte, nicht zu diesem Treffen zu gehen? Sie hörte doch sonst immer auf diese Stimme! Warum diesmal nicht? Sie fand keine Antwort darauf. Vielleicht war der Grund, dass sie einmal in ihrem Leben diesen Kick ausprobieren wollte, einmal ausbrechen aus der Eintönigkeit des

Alltags. Dass es ein Ausflug in den Tod werden würde, daran hätte sie im Traum nicht gedacht.
Eine weitere Nacht und ein weiterer Tag vergingen, die sie, von unsäglichen Schmerzen gepeinigt, teils wach, teils in oberflächlichem Schlaf verbrachte. Am Abend wieder Küsse, Schläge und Stiche. Die Fesseln an ihren Füßen wurden entfernt, ihre Beine gespreizt. Sie sah den Rasierapparat, mit dem ihre Schamhaare entfernt wurden, schließlich die goldene Nadel, die durch ihre Schamlippen gestochen wurde. Sie fühlte nicht einmal Schmerz. Sie hatte aber keine Kraft mehr, sich zu wehren. Als ihre Augen wie von selbst zufielen, spürte sie kaum noch, wie die Drahtschlinge um ihren Hals gelegt und mit einem kräftigen Ruck zugezogen wurde. Erika Müller war tot.

Montag, 25. Oktober, 8.30 Uhr

Julia Durant hatte eine unruhige Nacht hinter sich. Unruhig und beschissen wie das ganze Wochenende, das aus nichts bestanden hatte, als die Wohnung einigermaßen auf Vordermann zu bringen, Wäsche zu waschen, zu bügeln und fernzusehen. Die einzige Abwechslung war ein Telefonat mit ihrer Freundin Susanne Tomlin gewesen, die beschlossen hatte, eine Buchhandlung in ihrer Wahlheimat Südfrankreich zu eröffnen. Und natürlich hatte sie gefragt, wann sie sich denn wiedersehen würden.
In der Nacht war sie, wie so oft in den vergangenen Wochen, von unerklärlichen Albträumen geplagt worden, von denen ihr einer fest im Gedächtnis haften geblieben war. Sie war mit ihrem Corsa in eine Tiefgarage gefahren, doch als sie die Garage verlassen wollte, gab es plötzlich keinen Ausgang mehr. Sie hatte bemerkt, dass sie sich vollkommen allein da-

rin befand, kein Mensch, kein anderes Auto. Sie hatte verzweifelt versucht, einen Ausgang zu finden, doch da war nichts als ein kleines Fenster im Dach, das über eine in die Wand eingelassene Leiter zu erreichen war. Sie war die Leiter hinaufgestiegen, musste oben aber feststellen, dass eine quer unter dem Fenster angebrachte Eisenstange ihr den Ausstieg verwehrte. Nachdem sie vergeblich versucht hatte, ihrem Gefängnis zu entfliehen, erwachte sie um halb sieben. Sie setzte sich auf, die Beine angezogen, die Arme darum geschlungen, den Kopf auf die Knie gelegt. Das Herz hämmerte in ihrer Brust, leichte Stiche in der linken Schläfe, ihr Mund war wie ausgetrocknet. Sie griff zu der Flasche Wasser, die neben ihrem Bett stand, schraubte den Verschluss ab und trank einen Schluck.

Nachdem sich ihr Herzschlag beruhigt hatte, stand sie auf, erledigte ihre Morgentoilette, zog sich an und frühstückte einen Teller Cornflakes mit Milch und Zucker, trank zwei Tassen Kaffee und rauchte danach eine Gauloise. Um kurz nach halb acht verließ sie die Wohnung, um ins Präsidium zu fahren. Auf dem Weg dorthin hörte sie die Nachrichten, in denen das Topthema ein libyscher Terrorist war, der seit einem Monat in Frankfurt unter dem Verdacht des mehrfachen Mordes in Untersuchungshaft saß und dessen Prozess am kommenden Donnerstag beginnen sollte. Die Libyer forderten seine Freilassung, da er im Auftrag der Regierung angeblich als Kaufmann unterwegs war, doch gab es mittlerweile hieb- und stichfeste Beweise für seine Schuld. Die Bundesregierung verweigerte eine Abschiebung. Libysche und andere arabische Terrorgruppen drohten mit Anschlägen, sollte er nicht umgehend freikommen. Julia Durant zuckte die Schultern und sagte zu sich selbst: »Warum habt ihr Idioten ihn überhaupt erst festgenommen und nicht gleich abgeknallt?« Die weiteren Meldungen wa-

ren eher belanglos, der Verkehrsbericht umfangreich wie jeden Montagmorgen, den Wetterbericht bekam sie nicht mehr mit.
Als sie ihr Büro im zweiten Stock des Polizeipräsidiums betrat, waren bereits ihre Kollegen Hellmer und Kullmer sowie ihr Chef Berger da.
»Morgen«, murmelte sie und hängte ihre Tasche über die Stuhllehne.
»Guten Morgen, Frau Durant«, erwiderte Berger mit ernstem Blick und in merkwürdigem Ton. Sie kannte diesen Blick seit einigen Jahren und wusste, dass der Begrüßung gleich etwas Unangenehmes folgen würde.
»Hallo, Julia«, sagte Hellmer mit ebenfalls ernster Stimme und kam hinter seinem Schreibtisch hervor, »wie war dein Wochenende?«
»Abgehakt«, antwortete sie nur und setzte sich. »Was gibt's Neues?«
»Hier.« Berger reichte ihr eine Akte über den Tisch. »Lesen Sie selbst.«
Sie las schweigend, wölbte die Lippen, sah erst Berger, dann Hellmer an.
»Verdammte Schweinerei«, sagte sie leise und schaute erneut auf das Papier. Schließlich betrachtete sie eingehend die Fotos, die vom Opfer aus allen erdenklichen Positionen gemacht worden waren. Es war immer wieder ein makabrer, schrecklicher Anblick, die Bilder von gewaltsam zu Tode Gekommenen anzusehen. Dieses Opfer war erdrosselt worden. Sie war bekleidet, ein Arm an den Körper gelegt, der andere nach oben gestreckt, die Beine angewinkelt. Blond, etwas füllige Figur. »Gefunden heute Nacht um Viertel vor zwei im Grüneburgpark. Wer ist diese Erika Müller, und wer hat sie gefunden?«, fragte sie und steckte sich eine Zigarette an. Es gab Morde, die sie nur am Rande berührten, zum Bei-

spiel, wenn irgendwelche Banden sich bekriegten und dabei jemand bei einer Schießerei oder Messerstecherei ums Leben kam. Und es gab welche, da schnürte sich ihr die Kehle zu. Da fühlte sie mit den Opfern, meinte zu spüren, was sie in der Zeit vor ihrem Tod durchgemacht hatten. Dies war wieder so ein Fall. Obgleich die Frau vollständig bekleidet war, wusste sie sofort, dass dies kein gewöhnlicher Mordfall war. Und irgendwie kam ihr das alles bekannt vor, nur vermochte sie im Augenblick keinen Zusammenhang mit einem anderen Mord zu erkennen.

»Hausfrau, verheiratet, zwei Kinder. Der Ehemann steht unter Schock, wir haben ihn bisher nicht vernehmen können. Ich denke aber, dass Sie trotzdem gleich mal zu ihm fahren sollten. Hier ist die Adresse. Ein junges Ehepaar hat sie gefunden, als sie mit dem Hund noch mal raus mussten, der dann auch die Witterung aufgenommen hat. Sie wurde von ihrem Mann am Samstagvormittag als vermisst gemeldet, nachdem sie am frühen Freitagabend das Haus verlassen hat, um sich mit ein paar Freundinnen zu treffen. Sie wollte angeblich spätestens um elf wieder zurück sein. Als sie nicht kam, ist er ins Bett gegangen, und als er am Morgen aufwachte, war sie noch immer nicht da. Dann ist er aufs sechzehnte Revier gefahren und hat die Vermisstenmeldung aufgegeben, was ich auch schon überprüft habe. Viel mehr haben wir bis jetzt nicht aus ihm herausbekommen können. Fahren Sie am besten gleich hin, und versuchen Sie was aus ihm rauszukriegen. Ach ja, ihre Handtasche fehlt. Das Einzige, was der Täter bei der Leiche gelassen hat, war ihr Personalausweis.«

»Was sagen unsere Leichenfledderer?«, fragte sie mit ruhiger Stimme, auch wenn es in ihr vibrierte.

»Ich warte noch auf den Befund. Ich denke, ich bekomme den Bericht im Laufe des Vormittags auf den Tisch.«

»Irgendwelche andere Spuren?«, fragte sie und nahm einen tiefen Zug an der Zigarette.
»Auch darauf warte ich noch«, antwortete Berger zögernd, ohne die Kommissarin anzusehen.
»Sie ist nicht am Fundort getötet worden«, bemerkte Durant leise.
»Und wie kommen Sie darauf?«, fragte Berger, der scheinbar gelangweilt einen Stift zwischen seinen Fingern drehte.
»Sie ist dorthin gebracht worden. Außerdem hätte man sie in diesem Park schon früher gefunden.«
»Es hat seit vorgestern bis heute Nacht fast die ganze Zeit geregnet, und es war ziemlich kalt und windig«, bemerkte Hellmer und steckte sich eine Marlboro an. »Wer hält sich bei diesem Mistwetter schon im Park auf?«
»Egal. Der Fundort ist gut einsehbar, man kann womöglich sogar mit dem Auto dorthin fahren. Tatort und Fundort sind nicht identisch. Meiner Meinung nach ... Aber hören wir uns erst mal an, was ihr Mann uns zu erzählen hat. Frank«, sagte sie und warf ihm einen Blick zu, »du kommst mit. Ich will das nicht allein machen.« Sie drückte ihre Zigarette aus und nahm ihre Tasche. »So hab ich mir den Wochenbeginn immer vorgestellt«, seufzte sie.
»Ach ja«, rief Berger ihnen hinterher, bevor Durant und Hellmer das Büro verließen, ohne die Kommissare anzusehen, »da ist noch eine Kleinigkeit, die ich vielleicht erwähnen sollte. Ein kleines Detail nur – in ihren Schamlippen steckte eine goldene Nadel.«
»Was?«, fragte Durant mit hochgezogenen Augenbrauen und kam zurück. »Ist das auf den Fotos zu sehen?«
»Nein. Da der Boden stark aufgeweicht und sie vollständig bekleidet war, wurde sie gleich in die Rechtsmedizin gebracht. Erst dort hat man das festgestellt. Ich wollte es nur erwähnen.«

»Scheiße«, entfuhr es der Kommissarin leise, »das ist doch … wie vor einem Jahr! Wann war es noch mal? Oktober und November?«
»28. Oktober und 13. November. Ich weiß, was Sie jetzt denken. Und Sie haben sicher Recht.«
»Das Gleiche wie bei Albertz und Weidmann. Und wir dachten, der Täter hätte …« Sie rollte mit den Augen und setzte sich wieder. »Wieso rücken Sie erst jetzt mit der Sprache raus?«, fragte sie wütend.
»Tut mir Leid, ehrlich. Ich wollte es Ihnen eigentlich schonend beibringen, aber …«
»Ob schonend oder nicht, es macht keinen Unterschied! Diese gottverdammte Drecksau fängt wieder an! Und wie! Und wir haben bis heute nicht den Hauch einer Spur, wer die beiden vom letzten Jahr auf dem Gewissen hat! Seit einem Jahr kümmert sich eine Soko um die Sache, ohne auch nur einen Schritt weiterzukommen. Ich hätte nicht damit gerechnet, dass er noch einmal zuschlägt. So kann man sich irren.« Sie zündete sich eine Gauloise an und inhalierte tief. Ihre Augen gingen von Berger zu Hellmer und Kullmer. »Und ich hatte also Recht, sie ist dorthin gebracht worden. Denn auch die Albertz und die Weidmann wurden an Orten gefunden, die weit weg von ihrem Zuhause lagen. Ich bin echt mal auf den Autopsiebericht gespannt.« Sie hielt inne, sah Berger mit gefährlich funkelnden Augen durchdringend an, stützte sich mit beiden Händen auf den Schreibtisch und zischte: »Und wenn Sie tausendmal mein Chef sind, ich will, dass Sie mir in Zukunft von Anfang an alles sagen. Oder haben Sie etwa Angst vor mir?«
»Ich hab doch schon gesagt, es tut mir Leid.«
»Schön, und jetzt kennen Sie meinen Standpunkt. Wir haben bis heute nicht herausfinden können, ob Albertz und Weidmann je miteinander zu tun hatten. Es gibt nicht einen einzi-

gen Hinweis auf eine Verbindung. Und jede Spur, die zu einem Täter führen könnte, endet bis jetzt im Nichts. Und nun haben wir Opfer Nummer drei. Die Sache wird für uns alle allmählich brenzlig. Wenn der Kerl weitermacht …«

»Das wissen wir doch noch gar nicht«, versuchte Berger sie zu beschwichtigen. »Und ich kann Ihre Wut verstehen, ehrlich.«

»Das glaub ich kaum! Wenn Sie sie verstehen würden, würden Sie nicht so ruhig dasitzen! Ich möchte nur zu gerne wissen, was hinter der ganzen Sache steckt. Und was machen wir jetzt?«

»Wir fahren erst mal zu dem Mann von der Müller. Alles Weitere besprechen wir nachher. Komm, Julia, nimm's nicht so schwer. Du hast doch schon mehr Morde erlebt«, sagte Hellmer und fasste Durant bei der Schulter.

»Aber nicht solche! Das hier ist etwas ganz Besonderes.«

Als Julia Durant und Frank Hellmer über den langen, düster wirkenden Gang liefen und ihre Schritte von den Wänden widerhallten, sagte Hellmer: »Ich weiß, was du jetzt denkst.«

»Quatsch! Du kannst überhaupt nicht wissen, was ich denke. Und außerdem bin ich sauer auf Berger.«

»Vergiss Berger. Aber ich kenne dich lange und gut genug. Du denkst, das letztes Jahr war nur der Anfang, die Ouvertüre. Und nun geht es erst richtig los. Hab ich Recht?«

»Keine Ahnung, vielleicht, vielleicht auch nicht. Ich hoffe, ich irre mich. Ich hoffe es inständig. Wäre es nur das Erdrosseln gewesen, wir hätten nicht unbedingt einen Zusammenhang erkennen müssen. Aber eine Nadel durch die Schamlippen … Was hat das bloß zu bedeuten?« Und nach einem tiefen Atemzug: »Diese verdammte Drecksau hat wieder angefangen! Ich bin einfach nur wütend, wütend über dieses Schwein, das diesen Frauen das antut.«

Hellmer zuckte nur die Schultern, drückte die Tür auf, und

sie traten ins Freie. Sie nahmen den Lancia, fuhren aus dem Präsidiumshof, stoppten kurz an der Ampel und bogen rechts ab in die Mainzer Landstraße. An der Galluswarte überquerten sie die Straßenbahnschienen, fuhren die Kleyerstraße entlang bis nach Griesheim. Sie kamen über die Omegabrücke, am Bahnhof vorbei. Durant rauchte ihre Zigarette zu Ende und warf sie aus dem Fenster.

Montag, 9.20 Uhr

»Da sind wir. Am Gemeindegarten 5«, sagte Hellmer, als er den Lancia vor dem Haus stoppte. Unter der Brücke war ein kleiner, rundum vergitterter Bolzplatz angelegt, ein paar Meter weiter stand ein gelb angestrichener Bunker aus dem Zweiten Weltkrieg.

»Hübsches Haus. Wär mir allerdings zu laut. Die Eisenbahn direkt vor der Nase und dazu noch die Brücke. Nein, danke.«

»Du sollst ja auch nicht hier wohnen. Bringen wir's hinter uns.«

Bernd Müllers Wohnung war im zweiten Stock, direkt unter dem Dach. Sie warteten nach dem Klingeln einige Sekunden, bis der Türsummer ertönte. Es war ein altes, in den zwanziger Jahren gebautes, sehr gepflegtes Haus, in dem es jetzt nach Zwiebeln, Knoblauch und fremdländischen Gewürzen roch. Im Erdgeschoss wohnten zwei türkische Familien, im ersten Stock Italiener. Die frisch gebohnerten Stufen knarrten bei jedem Schritt. Müller stand in der Wohnungstür, die dunklen Haare zerzaust, die Schultern nach vorne gedrückt, als läge eine unsägliche Last auf ihnen, die Augen waren gerötet. Er trug Jeans und ein Karohemd. Ein kleiner Junge im Pyjama von vielleicht sechs Jahren steckte seinen Kopf nach draußen.

»Geh in dein Zimmer«, sagte Müller mit schwerer Stimme. »Geh und mach die Tür hinter dir zu. Ich kümmere mich gleich wieder um euch.«
»Durant von der Kripo, und das ist mein Kollege Hellmer. Können wir uns ungestört unterhalten?«
»Natürlich, kommen Sie rein.« Er trat zurück, ließ die Beamten an sich vorbeigehen. Durant schätzte seine Größe auf etwa einsfünfundachtzig. »Bitte, dort hinten rechts ist das Wohnzimmer. Suchen Sie sich einen Platz aus.«
Das Wohnzimmer war ein kleiner, aber gemütlich und stilvoll eingerichteter Raum, der jetzt unaufgeräumt war. Ein überquellender Aschenbecher auf dem Tisch, eine fast leere Flasche Remy Martin sowie einige Flaschen Bier daneben. Müller, der wegen des mangelnden Schlafs der vergangenen Tage dunkle Ringe unter den Augen hatte und sehr nervös wirkte, stellte sich ans Fenster, eine Hand in der Hosentasche, mit der andern fuhr er sich durchs Haar.
»Warum sie?«, fragte er und schüttelte den Kopf. »Warum ausgerechnet sie? Sie hat doch weiß Gott keiner Menschenseele etwas zu Leide getan. Sie hätten sie kennen sollen, sie … sie war irgendwie nicht von dieser Welt. Sie war einfach etwas Besonderes. Sie war die Frau, die ich mir immer gewünscht habe, die Frau, mit der ich alt werden wollte. Ich wollte mit ihr zusammen unsere Kinder aufwachsen sehen, wollte mit ihr irgendwann unsere Enkelkinder verwöhnen, am liebsten wäre ich auch mit ihr zusammen gestorben. Und jetzt? Ich weiß nicht, wie es weitergehen soll. Es ist auf einmal alles so sinnlos geworden. Es gibt keine Zukunft mehr, wir werden nie mehr gemeinsam einschlafen, nie mehr zusammen frühstücken, nichts wird mehr sein, wie es noch vor drei Tagen war. Welches gottverdammte Schwein hat ihr das bloß angetan?« Er drehte sich um und sah Durant und Hellmer Hilfe suchend an. Er

hatte keine Tränen mehr, er hatte sie alle in der vergangenen Nacht geweint. Julia Durant kannte das – weinen, trinken, rauchen, versuchen zu vergessen, zumindest war es bei vielen Angehörigen so, die sie im Laufe der Jahre kennen gelernt hatte.

»Herr Müller, wir sind hier, um Ihnen ein paar Fragen zu stellen. Meinen Sie, Sie sind dazu in der Lage?«

Er nickte kaum merklich, setzte sich in einen der beiden Ledersessel, zündete sich eine Zigarette an. Seine Finger zitterten, seine Augen wanderten unruhig von Durant zu Hellmer. Die Wohnzimmertür ging mit einem leichten Knarren auf, ein kleines Mädchen stand da, den Blick neugierig auf die Kommissare gerichtet. Sie hatte lange rote Haare, grüne, aufgeweckte Augen, ihre Hände nestelten an dem Bändel des dunkelblauen Sweaters.

»Nicht jetzt, Julia, geh zu deinem Bruder«, sagte Müller.

»Es ist langweilig. Wann kommt Mutti wieder?«, fragte sie.

»Weiß nicht«, antwortete Müller mit einem versuchten Lächeln, »irgendwann. Und jetzt geh.«

Julia Durant fühlte sich unwohl. Zu jedem anderen Zeitpunkt hätte sie sich mit der Kleinen unterhalten, hätte ihr gesagt, dass sie auch Julia heißt. Aber nicht jetzt.

»Wie alt sind Ihre Kinder?«, fragte sie.

»Thomas ist sechs, Julia vier. Sie wissen noch nicht, dass ihre Mutter nie …« Er hatte doch noch Tränen, legte den Kopf in die Hände und schluchzte. Nachdem er sich einigermaßen beruhigt hatte, hob er den Kopf, schenkte sich einen weiteren Cognac ein und sah die Kommissare an. »Ich kann es selbst noch nicht begreifen. Was ist bloß passiert?«

»Das möchten wir gerne herausfinden. Und dazu ist es notwendig, dass Sie uns ein paar Fragen beantworten. Sie haben Ihre Frau am Samstagvormittag als vermisst gemeldet.«

»Ja, ich weiß auch nicht genau, was … Sie hat am Freitag so

gegen sieben das Haus verlassen, um sich mit zwei Freundinnen zu treffen. Und sie wollte um elf wieder da sein. Aber das habe ich alles schon auf dem Revier erzählt.«
»Erzählen Sie's noch mal. Bitte. Sagen Sie uns einfach, wie sich der Nachmittag davor abgespielt hat.«
Müller zuckte die Schultern und zündete sich an der fast abgebrannten Zigarette eine neue an. »Ich bin um kurz vor fünf von der Bank gekommen …«
»Sie arbeiten bei einer Bank?«
»Ja, in der Rechtsabteilung. Und freitags machen wir immer schon um Viertel vor vier die Schalter dicht. Na ja, ich bin nach Hause gekommen, sie war im Bad, um sich für den Abend zurechtzumachen. Mein Gott, sie hätte in genau einer Woche Geburtstag gehabt …«
»Erzählen Sie weiter.«
»Ich habe mich ins Wohnzimmer gesetzt und gewartet, bis sie fertig war. Wir haben uns noch ein paar Minuten unterhalten, bis sie um kurz vor sieben die Wohnung verlassen hat. Als sie um elf noch nicht zu Hause war, bin ich ins Bad, um zu duschen, und hab mich dann ins Bett gelegt. Beim Fernsehen bin ich wohl eingeschlafen. Und als ich am Samstagmorgen aufgewacht bin, lag sie nicht neben mir. Ihr Bett war unberührt. Da hatte ich schon so eine komische Ahnung. Ich habe gleich bei Renate und Inge angerufen, aber sie haben beide gesagt, dass Erika um halb elf nach Hause gefahren sei.«
»Sie sagen, sie war mit dem Wagen unterwegs. Wo ist das Auto?«
Müller zuckte resignierend die Schultern. »Keine Ahnung. Vielleicht hat das verdammte Schwein sie deswegen umgebracht. Wir haben zwei Autos, einen Mercedes 190 und einen VW Lupo. Entgegen ihrer sonstigen Angewohnheit hat sie diesmal nicht den VW genommen, sondern den Merce-

des. Aber das ist ja egal, das macht sie auch nicht wieder lebendig.«
»Haben Sie der Polizei das mit dem Wagen gesagt?«
»Glaub schon«, erwiderte er nachdenklich. »Doch, es müsste im Protokoll stehen.«
»Wie ist das Kennzeichen?«, fragte Durant. Müller nannte es ihr, sie rief kurz im Präsidium an, bat Berger, eine Suchmeldung nach dem vermissten Mercedes rauszugeben.
»Okay«, sagte sie, nachdem sie das Handy wieder in die Tasche gesteckt hatte. »Können Sie uns die genauen Namen und die Adressen der beiden Freundinnen Ihrer Frau geben?«
»Augenblick, sie stehen in unserem Adressbuch.« Er erhob sich, schlurfte mit wankenden Schritten auf den Flur – Julia Durant verfolgte seine unsicheren Bewegungen nachdenklich – und kehrte wenige Sekunden später zurück. »Renate Schwab, Nieder Kirchweg 13, und Inge Sperling, Hostatostraße 29. Sie werden sie aber jetzt nicht antreffen, sie arbeiten beide, soweit ich weiß. Doch hier sind ihre Telefonnummern. Versuchen Sie's einfach.«
»Und wo arbeiten sie?«
»Keine Ahnung, sie waren Freundinnen meiner Frau, ich hab sie nur ein paar Mal kurz gesehen.«
»Und woher kannten sie sich?«
Die Antwort kam zögernd, als würde er sich nicht trauen, es auszusprechen. Schließlich sagte er: »Von Al-Anon.«
»Woher?«, fragte die Kommissarin, die Stirn in Falten gezogen.
»Al-Anon. Das ist … das ist … Sie kennen doch die Anonymen Alkoholiker, oder? Al-Anon ist für die Angehörigen von Alkoholikern. Sie haben sich mindestens einmal in der Woche getroffen. Meist freitags.«
»Ich möchte nicht indiskret erscheinen, aber ist Ihre Frau Ihretwegen …?«

»Nein, wegen ihres Vaters«, antwortete er schnell. »Ich habe eigentlich nie getrunken, höchstens bei Festen mal ein Glas Wein, aber sie war durch ihren Vater geschädigt. Er hat nicht nur einen Großteil ihres Lebens bestimmt und zerstört, er hat auch ihre Mutter zu einem Wrack gemacht. Und dass ich heute Nacht getrunken habe, können Sie sicherlich verstehen. Ihr Vater hat bis zu seinem Tod gesoffen. Dreißig Jahre Saufen haben ihn schließlich umgebracht. Was Besseres hätte ihm und ihr nicht passieren können. Das ist jetzt ein gutes Jahr her. Sie hat die Gruppe schon jahrelang besucht, als wir noch nicht verheiratet waren, und ich hatte nichts dagegen, dass sie auch nach unserer Hochzeit weiter dorthin gegangen ist. Ich denke, es war gut für sie.«
»Wissen Frau Schwab und Frau Sperling schon von dem Tod Ihrer Frau?«
»Nein. Sie haben vorgestern und gestern Nachmittag hier angerufen und sich nach ihr erkundigt. Das ist alles. Sie haben sehr besorgt geklungen. Ich habe sie gefragt, was am Freitag war, aber sie sagten, es sei alles so gewesen wie sonst auch. Erst die Gruppe, dann das so genannte Nachmeeting. Sie sind immer zu einem Italiener oder Griechen gegangen.«
»Und war dreiundzwanzig Uhr in der Regel die Zeit, zu der Ihre Frau nach Hause gekommen ist?«
»Elf, manchmal halb zwölf, und wenn sie besonders viel Spaß hatten, konnte es durchaus auch Mitternacht werden. Deswegen habe ich mir, als sie um elf noch nicht da war, weiter keine Gedanken gemacht. In der Gruppe war sie gut aufgehoben.«
»Gab es in letzter Zeit irgendwelche merkwürdigen Ereignisse, die Sie nicht einordnen können? Seltsame Anrufe, Drohungen oder Ähnliches?«
»Nein.«
»Und Ihre Frau, war sie in den letzten Tagen oder Wochen in

irgendeiner Weise verändert? Ich meine, ich will Ihnen nicht zu nahe treten, aber hatten Sie vielleicht das Gefühl, dass Ihre Frau …«

Müller blickte Durant ernst und forschend an. Mit einem Mal wurde er kühl und abweisend. »Ich weiß genau, worauf Sie hinauswollen. Vergessen Sie's! Wir haben uns geliebt, und sie hatte keinen Grund, sich einen anderen Mann zu suchen. Sie können jeden fragen. Es gab außer mir keinen anderen Mann in ihrem Leben.«

»Wie lange sind Sie verheiratet?«

»Acht Jahre. Wir kennen uns aber schon seit mehr als zehn Jahren. Ich war übrigens der erste Mann in ihrem Leben, wenn Sie verstehen, was ich meine.« Er stockte, drückte die Zigarette aus und zündete sich gleich eine neue an. »Ich weiß nicht, was jetzt werden soll. Es ist alles wie ein Albtraum, wie ein tiefes schwarzes Loch. Irgendjemand hat sie umgebracht, irgendjemand hat zwei kleinen Kindern die Mutter geraubt, irgendein Dreckschwein hat uns allen unser Leben genommen.« Er hielt erneut inne, blickte zu Boden, nahm einen tiefen Zug an seiner Zigarette, blies den Rauch durch die Nase aus. »Würden Sie mir eine Frage beantworten?«

Durant und Hellmer nickten.

»Hat man sie, ich meine, wurde sie vergewaltigt?«

»Nein. Ihre Frau war vollständig bekleidet, als sie gefunden wurde. Es gibt keine Hinweise auf sexuellen Missbrauch.« Julia Durant vermied bewusst, ihm zu erzählen, dass eine Nadel durch ihre Schamlippen gestochen worden war und es vor einem Jahr schon einmal zwei gleich geartete Morde gegeben hatte. Und sie hatte auch nicht vor, es ihm jemals zu sagen.

»Dann also doch wegen des Autos. Heutzutage tötet man wegen allem. Wegen ein paar Mark, einer Jacke, einem falschen Wort oder einem Auto. Die Großen und Reichen machen es vor, indem sie gierig immer mehr und immer mehr Geld an-

häufen, wobei es ihnen scheißegal ist, ob sie dabei über Leichen gehen, und diejenigen, die nur wenig haben, holen sich mit Gewalt, was sie auf rechtmäßige Weise nie bekommen würden. Das ist unsere verrottete Gesellschaft. Die Mächtigen machen es vor, die Kleinen machen es nach. Und das alles wegen eines verdammten Autos.«
»Werden Sie klarkommen?«, fragte Hellmer nach einer Weile und nachdem auch er sich eine Zigarette angesteckt hatte.
Müller lachte kurz und trocken auf. »Klarkommen? Mein Gott, ich weiß es nicht. Ich weiß es wirklich nicht. Ich weiß nicht, was mit den Kindern geschehen soll, ich habe niemanden, der sich um sie kümmern könnte.«
»Haben Sie keine Eltern oder andere Verwandte, die fürs Erste …«
Müller schüttelte den Kopf. »Andere Leute haben Eltern oder Verwandte! Meine Mutter ist gestorben, als ich noch ein Kind war, mein Vater lebt irgendwo in Norddeutschland, er ist wieder verheiratet, und ich habe schon seit Jahren keinen Kontakt mehr zu ihm. Geschwister habe ich keine, und es gibt auch keinen Onkel oder eine Tante. Die Mutter von meiner Frau ist im Altersheim, die einzige richtige Verwandte ist Erikas Schwester, aber die lebt in Kanada und hat selbst fünf Kinder. Nein, ich muss das wohl allein schaffen. Wenn ich nur wüsste, wie. Es ist ein Scheißleben. Julia und Thomas fragen mich seit Samstag andauernd, wann ihre Mutter wiederkommt. Und irgendwann werde ich es ihnen sagen müssen. Aber wie sagt man kleinen Kindern am besten, dass ihre Mutter nie mehr wiederkommen wird? Dass sie sie nie mehr zu Bett bringen wird? Dass sie sie nie wieder streicheln wird? Dass sie ab sofort ohne eine Mutter auskommen müssen? Wie sagt man es ihnen? Sie haben doch Erfahrung in so was, oder? Wie?«
Nein, Julia Durant hatte keine Erfahrung in so was. Sie hatte

noch nie einem kleinen Kind erklären müssen, dass die Mutter nicht mehr wiederkommen würde, weil irgendwer nicht wollte, dass sie noch länger lebte. Dass ihr jemand eine Schlinge um den Hals gelegt und so fest zugezogen hatte, bis auch der letzte Rest Luft aus ihren Lungen gepresst worden war. Sie schüttelte den Kopf und sah Müller an, der ihr Leid tat. »Nein, ich weiß es nicht. Ich habe keine Kinder, und ich habe auch noch nie einem Kind eine solche Nachricht überbringen müssen. Es tut mir Leid.«
»Schon gut, ich habe auch nichts anderes erwartet. Wenn Sie mich jetzt bitte entschuldigen wollen, ich möchte mit meinen Kindern allein sein.«
»Hier«, sagte die Kommissarin und legte ihre Karte auf den Tisch. »Wenn Ihnen noch irgendetwas einfällt, dann können Sie mich jederzeit erreichen. Und ich kann Ihnen nur noch einmal versichern, dass es uns allen sehr Leid tut. Obgleich es Ihnen wohl nicht viel hilft. Ach ja, auch wenn es Ihre Privatsphäre verletzt – hat Ihre Frau Tagebuch geführt?«
Er zögerte, sah die Kommissarin mit glasigen Augen an. »Nein, nicht, dass ich wüsste. Warum? Was erhoffen Sie sich davon?«
»Im Moment gar nichts. Aber Tagebücher enthalten manchmal Dinge, die für uns sehr aufschlussreich sind.«
»Und wenn, es wären intime Details!«, sagte Müller entrüstet.
»Und eben das könnte uns weiterführen. Sie wollen doch genau wie wir den Mörder Ihrer Frau finden, oder? Was immer an intimen Details im Tagebuch stehen würde, es interessiert uns nicht. Wir suchen nach Anhaltspunkten. Und auch sonst würden wir Sie bitten, mit uns zu kooperieren. Sie brauchen keine Angst zu haben, dass irgendetwas von dem, was wir lesen, an die Öffentlichkeit gelangt.«
»Nein, sie hat keins geführt«, sagte Müller mit einem Mal

schroff. »Auf Wiedersehen, und finden Sie bald das Schwein, das das getan hat. Und glauben Sie mir, sollte ich ihn vor Ihnen finden, ich werde ihn mit eigenen Händen umbringen.«
»Das wäre Selbstjustiz.«
»Ich scheiß drauf. Ehrlich.«
»Na ja, kann ich verstehen. Eine Frage noch – sagen Ihnen die Namen Juliane Albertz und Carola Weidmann etwas?«
»Nein, warum?«
»Hätte ja immerhin sein können.«
»Haben die beiden irgendwas mit meiner Frau zu tun?«
»Nein, nein, ganz sicher nicht. Es war nur eine Frage.«

Montag, 11.10 Uhr

Sie gingen langsam das Treppenhaus hinunter und stiegen in den Lancia. Sie sahen sich kurz an, Hellmer zuckte die Schultern. »Ich wüsste auch nicht, was ich meinem Kind sagen sollte. Und glaubst du, dass sie wegen des Wagens umgebracht wurde?«
»Im Leben nicht. Da steckt viel mehr dahinter. Weder bei der Albertz noch bei der Weidmann wurde auch nur das Geringste entwendet. Warum hat derjenige ihre Schamlippen mit einer goldenen Nadel durchstochen? Jemand, der ein Auto klauen will, tötet, schnappt sich die Wagenschlüssel und haut ab. Aber sie wurde seit Samstagmorgen vermisst und erst gestern Nacht gefunden. Wo war sie in den zwei Tagen? Und was hat sie ihrem Mann verheimlicht? Es ist haargenau das Gleiche wie letztes Jahr. Zwei Tage sind jeweils vergangen, bis man die Leichen gefunden hat.«
»Was, wenn sie auf dem Nachhauseweg überfallen und verschleppt wurde? Der Täter hat sie vielleicht doch miss-

braucht und gequält, bis er die Lust am Spiel verloren und sie schließlich umgebracht hat. Noch kennen wir den Autopsiebericht nicht. Und dann hat er sie im Schutz der Dunkelheit im Park abgelegt.«

»Lass uns hinfahren, ich will mir die Stelle genau ansehen. Du weißt doch, wo sie gefunden wurde, oder? Und außerdem, sie ist zwar gequält, aber nicht sexuell missbraucht worden. Ein Scheißkerl wie der ändert seine Vorgehensweise nicht. Das wäre für mich etwas ganz Neues.«

»Du wirst schon Recht haben.«

Hellmer startete den Motor. Die ersten Sonnenstrahlen seit Freitag bahnten sich einen Weg durch die immer dünner werdende Wolkendecke. Die Straßen waren noch regennass, es war kalt. Seit einer Woche schon erreichten die Temperaturen kaum noch zehn Grad, und obgleich der Sommer lang und heiß und bisweilen unerträglich gewesen war, wünschte sich Julia Durant die langen, warmen Tage zurück. Sie brauchten fast eine halbe Stunde, bis sie am Grüneburgpark angekommen waren. Sie fuhren auf den Parkplatz, der sich rechts von der Siesmayerstraße befand. Sie stiegen aus, die Sonne hatte die Luft ein klein wenig erwärmt.

»Und wo?«, fragte die Kommissarin.

»Gleich hier vorne.«

»Sag mal, müsste hier nicht ein Pfosten stehen? Ich meine, sonst könnte ja jeder mit seinem Wagen in den Park fahren.«

»Stimmt schon. Ich lass mal bei der Stadt nachfragen. Vielleicht hat der Täter den Pfosten ja einfach entfernt? Vielleicht sogar schon am Samstag?«

»Warten wir erst mal ab, was das Gartenamt dazu sagt.«

Sie liefen etwa fünfzig Meter, bis sie vor dem Gebüsch standen, unter dem Erika Müller gefunden worden war. Durant warf einen Blick zurück zum Parkplatz und stellte fest, dass

es durchaus möglich gewesen wäre, im Dunkeln mit einem Auto bis hierher zu fahren, ohne bemerkt zu werden.
»Er hat sie direkt hier ausgeladen. Aber wie es ausschaut, hat ihn keiner dabei gesehen. Oder aber, es hat ihm keiner Beachtung geschenkt.«
»Wer tut das heutzutage schon noch?«, fragte Hellmer sarkastisch. »Nichts sehen, nichts hören, nichts sagen. Anonymität ist eben alles. Nur nicht auffallen. Und wen interessiert es schon, was da einer aus seinem Auto auslädt?«
»Die nächsten Häuser sind aber auch ein ganzes Stück entfernt«, sagte Julia Durant. »Man müsste schon ein Fernglas benutzen, um zu erkennen, was da ausgeladen wird. Und außerdem war es immerhin bereits Viertel vor zwei, und da schlafen die meisten Menschen. Und wenn der Hund nicht gewesen wäre …«
»…würde sie vielleicht heute noch hier liegen.«
»Kannst du irgendwelche Reifenspuren erkennen?«, fragte die Kommissarin.
»Es hat viel zu stark geregnet, da können wir nichts mehr machen.«
»Ist dir vorhin an den Bildern etwas aufgefallen?«, fragte sie, während sie sich bückte und den Fundort mit den Augen absuchte, ob nicht vielleicht ein Detail übersehen worden war.
»Was meinst du?«
»Na ja, die Lage. Etwas merkwürdig, findest du nicht? Der Täter hat sie nicht einfach nur auf den Boden geworfen, er hat sie in einer bestimmten Stellung hingelegt. Es wirkt auf den Fotos sogar ein bisschen so, als hätte er sie aufgebahrt. Wie damals. Die Nadel und die Stellung haben etwas zu bedeuten. Nur was?«
»Warten wir's ab.«
»Was?«

»Ach nichts. Vergiss es. Komm, wir fahren zurück ins Präsidium. Und dann rufen wir bei dieser Schwab und der Sperling an. Auch wenn ich mir von denen nicht viel erhoffe.«
»Frank, hier stinkt was gewaltig. Sag mal, gibt es eigentlich im Augenblick noch mehr Vermisstenmeldungen? Ich meine Frauen?«
»Keine Ahnung, aber auch das können wir auf dem Präsidium rauskriegen.«
»Dann mal los.«

Montag, 11.45 Uhr

Berger hielt einen Becher Kaffee in der Hand, während er telefonierte. Er winkte Durant und Hellmer zu sich, deutete auf die vor dem Schreibtisch stehenden Stühle. Nachdem sie sich gesetzt hatten, legte Berger den Hörer auf. Er nahm einen Schluck von dem noch heißen Kaffee und stellte den Becher auf den Tisch.
»Das war Bock. Er schickt den Bericht gleich durch den Computer. Lesen Sie ihn selber.«
»Gibt es eigentlich noch mehr vermisste Frauen? Ich meine aktuelle Fälle?«, fragte Julia Durant, ohne auf die letzte Bemerkung von Berger einzugehen.
»Warum wollen Sie das wissen?«
»Gibt es welche oder nicht?«
»Augenblick, ich frag mal bei den Kollegen nach.«
Das Telefonat dauerte zwei Minuten, während deren Berger sich Notizen machte. Als er aufgelegt hatte, lehnte er sich zurück, die Hände über dem gewaltigen Bauch gefaltet, und sah die beiden Kommissare nachdenklich an.
»Und?«, fragte Julia Durant.
»Sie müssen wohl immer Recht haben, was? Eine Frau wird

vermisst. Hier«, sagte er und reichte den Zettel über den Tisch.
Sie nahm ihn in die Hand und las: »Judith Kassner, fünfundzwanzig Jahre alt. Vermisstenmeldung heute Vormittag hier eingegangen. Ich wusste es, ich wusste es, verdammt noch mal!« Sie machte eine Pause, steckte sich eine Zigarette an, stand auf, ging ans Fenster. Sie sah hinunter auf die Mainzer Landstraße, nach links zum Platz der Republik, wo die Bauarbeiten in den letzten Zügen lagen. Seit sie in Frankfurt war, wurde hier gearbeitet, aber spätestens Anfang Dezember sollte der Verkehr wieder normal fließen. Vor allem im Sommer, wenn man die Fenster aufmachte, war der Lärm von der Straße, von den Presslufthämmern beinahe unerträglich. Aber noch unerträglicher war es, die Fenster bei dreißig Grad im Schatten geschlossen zu halten, denn hier gab es keine Klimaanlage, und die Räume wurden im Sommer schon am Morgen zu Brutkästen. Einen Moment herrschte fast vollkommene Stille im Raum, bevor sie sich umdrehte, gegen die Fensterbank lehnte und einen weiteren tiefen Zug an der Zigarette nahm.
»Ich brauche die Vermisstenmeldung«, sagte sie äußerlich ruhig, in ihrem Inneren aber brodelte ein Vulkan. »Ich will alles über die junge Frau wissen, wer sie als vermisst gemeldet hat, wie sie lebt, was sie tut, et cetera, et cetera … Und zwar sofort. Und der Bericht von Bock müsste doch eigentlich längst im Computer sein, oder?«
Sie ahnte, was in dem Bericht stehen würde. Sie sah die Autopsieberichte vom vergangenen Jahr noch vor sich, spürte noch immer die unsägliche Wut, die beim Lesen in ihr aufgestiegen war, meinte wieder die Schmerzen zu fühlen, die auch die Frauen gefühlt haben mussten. Dabei hatte sie sich schon vor Jahren vorgenommen, alle Fälle, ganz gleich welcher Natur, nur noch mit kühlem Kopf zu bearbeiten, Emo-

tionen außen vor zu lassen, sich gefühlsmäßig nicht zu sehr zu verstricken. Wenn es ihr auch bei einigen Fällen gelang, bei diesen war es etwas anderes. Was genau, vermochte sie nicht zu sagen, es war einfach Wut, Zorn, Ohnmacht, Schmerz und die Angst, *er* könnte wieder zuschlagen.
Sie ging in ihr Büro und rief den Bericht ab. Dann steckte sie sich eine weitere Zigarette an und bat Hellmer, ihr einen Kaffee zu holen. Als er zurückkam, sah sie ihn mit großen, traurigen Augen an und murmelte kaum hörbar: »Es ist derselbe. Und er hat sie genauso leiden lassen wie die beiden anderen. Ein Sadist, wie er im Buche steht.«
Hellmer zog sich einen Stuhl heran und las schweigend. Sie gingen mit dem Bericht zu Berger, Durant las die wesentlichen Passagen vor: »Erika Müller, geboren am 1.11.63 in Flensburg. Einsdreiundsechzig groß, blond, achtundsechzig Kilo. Bis auf Gallensteine in körperlich gutem Zustand. Hämatome am Bauch, an der Brust, an den Armen und Beinen und im Gesicht … Da hat jemand kräftig zugeschlagen. Hämatome an den Hand- und Fußgelenken … Vermutlich mit Handschellen gefesselt, an denen sie gerissen hat. Restspuren von Klebstoff, der von einem Klebeband stammt, an den Mundwinkeln und den Lippen. Je eine Bisswunde an den Brüsten, wobei die Brustwarzen abgebissen wurden. Mehrere Nadelstiche in die Brüste, den Vaginalbereich, der vorher rasiert worden war. Eine goldene Nadel direkt vor dem Scheideneingang durch die Schamlippen gestochen. Keinerlei Spuren sexueller Gewaltanwendung, weder im Vaginal- noch im Analbereich. Kein Sperma, kein Fremdsekret. Die Frau wurde gewaschen, ob vor oder nach ihrem Tod, konnte nicht geklärt werden. Weder Faser- noch Hautspuren unter den Fingernägeln. Der Tod trat durch Erdrosseln ein, vermutlich mit einer Drahtschlinge … Genau wie bei Albertz und Weidmann. Verdammte Scheiße, die muss schon fast tot ge-

wesen sein durch die Schläge und die anderen Misshandlungen! Manchmal wundere ich mich, wie viel Schmerz ein Mensch aushalten kann. Ich werde ja schon im Wartezimmer beim Zahnarzt fast ohnmächtig. Und sie wurde maximal eine Stunde, bevor man sie gefunden hat, umgebracht. Das heißt, sie hat am Sonntagabend noch gelebt.«

»Mein Gott!«, stieß Hellmer hervor, doch Durant unterbrach ihn gleich wieder.

»Auch diese Frau hat zwei Tage lang die Hölle auf Erden erlebt. Warum hat er den Frauen die Brustwarzen abgebissen, und was hat es mit der Nadel auf sich? Hat sie den Täter gekannt? War es ein Freund oder ein guter Bekannter, und war sie im guten Glauben, bei ihm sicher zu sein, mit ihm gegangen? Oder wurde sie verschleppt? Aber warum wurde sie, genau wie Weidmann und Albertz, nicht sexuell missbraucht? Welche Gründe gibt es dafür? Und besteht da vielleicht doch eine Verbindung zwischen den Frauen? Eine, die möglicherweise so offensichtlich ist, dass wir sie bis jetzt gar nicht gesehen haben, eben weil sie so offensichtlich ist? Es ist wie mit dem Wald, den man vor lauter Bäumen nicht sieht.«

Hellmer überlegte, fuhr sich mit dem Zeigefinger über die Lippen und sagte: »Vielleicht ist er impotent.«

»Und weiter?«

»Er wurde wegen seiner Impotenz gedemütigt und rächt sich jetzt dafür. Solche Fälle gab's schon.«

»Und warum an Erika Müller? Sie war verheiratet, sie hatte zwei Kinder und, wie es aussieht, keine außerehelichen Affären. Außerdem gehört sie nicht unbedingt zu den Frauen, auf die die Männer reihenweise fliegen. Sie ist ein Durchschnittstyp, hat ein Durchschnittsgesicht, ist leicht übergewichtig. Genauso durchschnittlich wie Juliane Albertz.«

»Aber die Weidmann war alles andere als durchschnittlich«, warf Hellmer ein.

»Das ist es ja. Albertz und Müller unauffällig, Weidmann sehr hübsch, zugegeben. Äußerlich keine Ähnlichkeiten, weder gleiche Haarfarbe noch gleiche Größe, noch irgendwelche anderen Gemeinsamkeiten, soweit ich mich erinnern kann. Ich brauch noch mal die Akten vom letzten Jahr.«
»Es sind aber meist die Durchschnittstypen, die zum Opfer werden. Die Unauffälligen. Er hat sie in sein Auto gezerrt und an irgendeinem gottverlassenen Ort seine Wut an ihr ausgelassen. Die Opfer von Sexualverbrechern kennen in der Regel den Täter überhaupt nicht. Sie sind weder bekannt noch verwandt miteinander, die meisten Verbrechen dieser Art geschehen sozusagen rein zufällig. Weil eben zufällig eine Frau – nennen wir sie Erika Müller – zu einem bestimmten Zeitpunkt an einem bestimmten Ort ist, an dem sich auch der Täter aufhält, der just in diesem Augenblick die Gelegenheit beim Schopf ergreift und seinem Trieb freien Lauf lässt. Nur ganz selten kennen Täter und Opfer sich vorher. Oft werden sie einfach wahllos ausgesucht, wenn der Hass am größten ist. Worin auch immer dieser Hass bestehen mag.«
»Und wie oft haben wir innerhalb von zwei Tagen zwei Vermisstenmeldungen von zum Teil noch recht jungen Frauen?«, fragte Julia Durant sarkastisch. »Und wie oft geschehen Morde, in denen Frauen eine Nadel durch die Schamlippen gestochen wird? Wie oft werden Frauen vorher körperlich so grausam misshandelt, und wie oft werden ihnen die Brustwarzen abgebissen? Und sind die Albertz und die Weidmann ihm auch rein zufällig über den Weg gelaufen?! Sag mir, du großer Analytiker, wie oft passieren solche Zufälle? Die Nadel ist der Schlüssel. Und die Frauen haben etwas mit dem Täter zu tun. Nur was? Und die Kassner …«
»Jetzt mal nicht gleich den Teufel an die Wand. Es kann durchaus ein Zufall sein, ich meine, das mit dieser Kassner. Sie ist erst fünfundzwanzig …«

»Und die andere wäre nächste Woche sechsunddreißig geworden. Albertz war dreißig, Weidmann knapp dreiundzwanzig. Aus dem pubertären Stadium, wo man nur mal so einfach für eine Weile abhaut, waren oder sind die längst raus. Das sind keine Mädchen mehr, das sind Frauen, erwachsene Frauen. Wo ist die verdammte Vermisstenmeldung?«, fragte sie gereizt.
»Liegt schon auf dem Tisch«, sagte Berger ruhig. »Sie ist gekommen, während Sie sich mit dem Autopsiebericht abgegeben haben. Hier, bitte.«
»Judith Kassner. Geboren am 23.10.74 in Frankfurt. Heute Vormittag von ihrer Wohnungsgenossin Camilla Faun als vermisst gemeldet. Einssiebenundsechzig groß, schlank, brünett, schulterlanges Haar, grüne Augen, sonst keine Auffälligkeiten. Studiert Mathe und Physik im siebten Semester, wohnhaft Gräfstraße. Mutter zurzeit nicht erreichbar, Vater unbekannt.« Sie hielt weiter das Blatt zwischen den Fingern, schloss für einen Moment die Augen und legte den Kopf in den Nacken, als würde sie nachdenken. Schließlich sagte sie in die Stille hinein: »Die nächsten Tage oder Wochen oder gar Monate werden ein verdammt hartes Stück Arbeit für jeden von uns. Es sei denn, es geschieht ein Wunder, aber Wunder geschehen in der Regel anderen und nicht uns.« Sie hielt kurz inne und fuhr sich mit der Zunge über die Lippen: »Frank, du rufst bei diesen beiden Frauen an, Schwab und Sperling. Wir müssen uns auf jeden Fall noch heute mit ihnen unterhalten. Ich versuch's bei Camilla Faun. Wenn wir bei Schwab und Sperling jetzt niemanden erreichen, dann fahren wir zuerst zu Faun. O Mann, ist das ein Tag! Warum kommen diese Hämmer immer dann, wenn man am wenigsten mit ihnen rechnet? Kann mir das mal einer verraten?«
»Frau Durant«, sagte Berger mit einem seltenen Lächeln, »Ihre letzte Frage vermag ich nicht zu beantworten, aber ich

weiß eines – wenn jemand den Fall Müller klären kann, dann Sie und Ihre Kollegen …«

»Es ist doch nicht allein der Fall Müller«, unterbrach sie ihn scharf. »Es ist der Fall Müller, Albertz, Weidmann *und* Kassner. Wetten?« Sie sah Berger durchdringend an. »Und habe ich beziehungsweise haben wir die Fälle Albertz und Weidmann bis jetzt lösen können?! Ich bin kein Übermensch, und ich werde es auch nie sein. Wer immer hinter diesen Morden steckt, er ist so verdammt clever und sich seiner Stärke dermaßen bewusst, dass er uns womöglich noch eine ganze Weile an der Nase rumführen wird.«

»Sehen Sie doch nicht so schwarz.«

»Ich sehe nicht schwarz. Ich sehe nur die Realität. Und ich sehe eine Serie auf uns zukommen. Ach Quatsch, das ist schon eine Serie! Das alles ist kein Zufall. Aber was soll's, schwingen wir uns ans Telefon.«

Sie erhob sich, begab sich zu ihrem Schreibtisch, nahm den Hörer von der Gabel und rief bei Camilla Faun an. Nach dem zweiten Klingeln wurde abgenommen. Sie nannte ihren Namen und sagte, sie würde gerne so bald wie möglich mit ihrem Kollegen vorbeischauen. Hellmer kam ins Büro: »Bei der Sperling hab ich niemanden erreicht, aber die Schwab ist zu Hause. Wir können jederzeit kommen.«

»Dann fahren wir zuerst zu der Faun, das ist ja gleich um die Ecke, danach zur Schwab.«

»Und vorher eine Kleinigkeit essen. Ne Currywurst reicht schon«, sagte Hellmer grinsend.

»Wenn's sein muss«, erwiderte Julia Durant. »Mir ist eigentlich der Appetit vergangen.«

»Ach komm, das ist doch nicht das erste Mal, dass wir … Ich meine, vielleicht ist die Lösung ja ganz simpel. Was, wenn die Müller von ihrem Mann umgebracht wurde?«

»Das glaubst du ja selber nicht. Wenn ein Ehepartner den

andern umbringt, ich meine, wenn ein Mann seine Frau umbringt, dann geschieht dies meistens aus einem Affekt heraus. Ich kenne jedenfalls keinen einzigen Fall, in dem ein Mann seine Frau auf diese geradezu absurde Weise umgebracht hätte. Nee, der war's nicht. Außerdem wäre er dann wohl auch der Mörder von Albertz und Weidmann. Und jetzt los, der Tag ist noch lange nicht zu Ende.«
Bergers Telefon klingelte, als Durant und Hellmer gerade das Büro verlassen wollten. Das Gespräch dauerte nur wenige Sekunden. Er sagte, nachdem er aufgelegt hatte: »Der Mercedes ist gefunden worden. In der Feldbergstraße, nur einen Katzensprung vom Grüneburgpark entfernt. Wir lassen den Wagen gleich zur KTU bringen. Und jetzt viel Erfolg.«
Auf dem Weg nach draußen stießen sie fast mit Kullmer zusammen. »Und?«, fragte er.
»Lassen Sie sich's von Berger erzählen. Suchen Sie inzwischen mal die Akten der Fälle Albertz und Weidmann raus, und vergleichen Sie die Berichte mit dem von Erika Müller. Suchen Sie nach Übereinstimmungen in der Vita der Frauen, Aussehen, Größe, Alter und so weiter. Und machen Sie's so genau, als müssten Sie Ihre Doktorarbeit darüber schreiben.«
»He, was ist denn los?«, sagte er verdutzt.
»Fragen Sie Berger. Wir sind jetzt erst mal weg.«

Montag, 11.00 Uhr

Als Viola Kleiber ihren metallic-blauen Jaguar in die Toreinfahrt lenkte, hatten die meisten Wolken der Sonne Platz gemacht. Der lange Regen des Wochenendes war nur noch Vergangenheit, und der Wetterbericht versprach zumindest für die nächsten drei Tage Sonnenschein und angenehm milde Temperaturen zwischen zehn und fünfzehn Grad. Sie schaltete den Motor aus, klappte die Sonnenblende herunter, betrachtete ihr Gesicht noch einmal im Spiegel, nickte kaum merklich, nahm ihre Handtasche und stieg aus. Mit langsamen, anmutigen Schritten bewegte sie sich auf das große weiße Haus zu, verharrte einen kurzen Moment vor der Tür, bevor sie klingelte. Kaum hörbar wurde der Türsummer betätigt, und sie trat ein. Sie trug eine sonnenblumengelbe Bluse und ein dunkelblaues Kostüm, dessen Rock etwa zehn Zentimeter über dem Knie endete. Ihre schulterlangen kastanienbraunen Haare umrahmten das markante Gesicht mit den großen dunklen Augen und dem vollen, sinnlichen Mund, als wäre es ein kostbares Gemälde. Sie ging zielsicher auf das Zimmer zu, die Tür war nur angelehnt. Professor Alfred Richter, ein bis weit über die Grenzen Deutschlands hinaus anerkannter Psychoanalytiker und -therapeut, kam hinter seinem Tisch hervor, lächelte und reichte Viola Kleiber die Hand. Er war etwa einen halben Kopf größer als sie, sein fülliges graues Haar war wie immer gut frisiert, seine eisblauen Augen blitzten kurz auf.

»Hallo, Frau Kleiber«, sagte er mit angenehm tiefer Stimme, »bitte, nehmen Sie Platz. Darf ich Ihnen etwas zu trinken anbieten, Kaffee, Tee, Saft?«

Sie schüttelte den Kopf. »Nein danke, ich möchte jetzt nichts.«

»Gut«, sagte Richter und setzte sich in den braunen Ledersessel seitlich neben ihr, nahm seinen Block und einen Stift und schlug die Beine übereinander. Es war warm, Viola Kleiber zog ihren Blazer aus und legte ihn über die Schenkel. Sie hatte lange, schmale Finger, die sie einmal in der Woche von einer Maniküre pflegen ließ. Der Duft von Chanel No. 19 erfüllte bald den ganzen Raum, in dem ein wuchtiger Schreibtisch stand, eine Büchereckwand, die bis unter die Decke reichte, aber am meisten Platz nahm das Fenster ein, das fast

die gesamte Breite des Zimmers ausfüllte und von dem aus man einen herrlichen Blick in den ausgedehnten Garten mit dem Swimming-Pool hatte. An die Rasenfläche grenzten einige von geübter Hand gepflegte Büsche und Sträucher und eine übermannshohe Hecke. Ein Bergahorn, zwei Birken und zwei Erlen standen in geordneter Reihe am Rand des Grundstücks; sie hatten fast alle ihre Blätter bereits verloren.
»Sie wollen sicherlich wissen, wie es mir geht«, sagte Viola Kleiber nach einer kurzen Pause und betrachtete ihre Finger mit den blau lackierten Nägeln. Sie drehte den Ehering, den Blick nach unten gerichtet. »Es geht.« Sie schaute auf, als würde sie nach einer Reaktion in Richters Gesicht suchen.
Er zog nur leicht die Stirn in Falten, erwiderte ihren Blick und sagte: »Was heißt das konkret?«
»Das heißt konkret, dass sich nichts verändert hat. Ich lebe und lebe und lebe, aber ich weiß nicht, warum. Ich setze mich ins Auto und fahre einfach in der Gegend herum, setze mich in ein Café oder ein Restaurant, ich rauche viel zu viel, und ich nehme zu viel Valium. Hab ich etwas vergessen?«, fragte sie mit leicht spöttischem Unterton.
Richter kannte die Geschichte bereits, sie hatte sie ihm schon zigmal erzählt. »Was ist mit Alkohol?«
»Ach ja, der liebe Cognac. Valium und Cognac können eine phantastische Mischung sein, wenn man schlafen will.«
»Und wenn Sie nicht schlafen wollen?«
»Dann gehe ich weg. Irgendwohin.«
»Und wohin?«
»Hier und dort.«
»Und was sagt Ihr Mann dazu?«
Sie lachte kurz und trocken auf und schüttelte den Kopf. »Was sagt mein Mann? Nichts, er lässt mir meine Freiheit, ich ihm seine. Wir haben, was das angeht, eine stille Abmachung getroffen.«

Richter notierte sich etwas und presste für Sekundenbruchteile die Lippen zusammen. Viola Kleiber gehörte nicht zu den Patientinnen, die viel redeten, meist musste er ihr jedes Wort aus der Nase ziehen, aber diesmal war es anders. Es war die zwölfte Sitzung mit ihr, doch noch in keiner hatte sie am Anfang so viel gesagt wie diesmal. Er war auf den weiteren Verlauf gespannt.
»Eine stille Abmachung? Wie sieht die aus?«
Sie zuckte die Schultern, verzog die Mundwinkel und sagte schließlich mit einem undefinierbaren Lächeln: »Er arbeitet viel, und ich bin viel zu Hause. Das heißt, eigentlich sollte ich viel zu Hause sein, aber ich habe keine Lust dazu. Ich habe keine Lust, mein Leben wie in einem goldenen Käfig zu verbringen. Ich bin vielleicht ein Vogel, aber Vögel wollen frei sein. Sie wollen fliegen, wohin der Wind sie trägt.«
»Und wohin hat der Wind Sie zuletzt getragen?«, fragte er lächelnd.
»Das, lieber Herr Professor, bleibt mein kleines Geheimnis«, erwiderte sie ebenfalls lächelnd.
Es entstand eine Pause, während der keiner ein Wort sprach. Viola Kleiber stand auf, hängte den Blazer über den Sessel, stellte sich ans Fenster, sah hinaus in den Garten. Das Wasser war aus dem Swimming-Pool abgelassen worden, die Kacheln blitzten in der Sonne. Der Rasen war noch nass vom vielen Regen der vergangenen Tage, und dort, wo der Rasen endete, bedeckte von den Bäumen abgeworfenes Laub den Boden. Richter betrachtete seine Patientin, die wie eine Statue dastand, kerzengerade, den Blick ins Nirgendwo gerichtet. Er sah sie nur von hinten, ihre langen, schlanken Beine mit den schwarzen Seidenstrümpfen, den hochhackigen Schuhen, ihren Po, dessen Anblick allein jeden normal gearteten Mann um den Verstand bringen musste. Aber es war nicht nur das, die ganze Frau hatte etwas Magisches, Anzie-

hendes, vielleicht waren es ihre Augen, vielleicht auch ihre Art zu sprechen, vielleicht aber auch alles zusammen, ihr Gesicht, ihr Mund, ihre Figur, die sich unter ihrer Kleidung zwar immer nur erahnen ließ, die aber makellos schien, ihre Hände, ihre Beine. Sie war keine der üblichen Patientinnen, die ihre zum großen Teil selbst gemachten Probleme und Problemchen bei ihm abluden, sie war anders, fast mystisch, manchmal wirkte sie wie eine in die Jetztzeit versetzte Pharaonin, dominant und unnahbar. Nicht nur einmal hatte er sich gefragt, wie sie sich wohl in den eigenen vier Wänden verhielt, ob sie umgänglich oder eher eine dieser typischen neureichen Frauen war, die nichts Besseres zu tun hatten, als ihre Launen an den Kindern, dem Mann oder dem Personal auszulassen. Seine Menschenkenntnis sagte ihm jedoch, dass sie nicht jenem Typus zuzurechnen war, distanziert vielleicht, aber nicht launisch, zumindest nicht mehr als andere, normale Menschen. Außerdem hatte sie keine Kinder, und soweit ihm aus ihren Erzählungen bekannt war, gab es im Haus nur zwei Bedienstete, eine Haushälterin und einen Mann für das Grobe, für den Garten, die elektrischen Anlagen, die Instandhaltung des Fuhrparks.

Sie hatte die Hände hinter dem Rücken verschränkt, drehte sich um und setzte sich auf die Fensterbank, die Beine übereinander geschlagen. Sie sah ihn an, als würde sie auf eine Frage warten. Ihr Blick hatte wieder jenes Spöttische, Herausfordernde, das er inzwischen gut kannte. Er war sich nicht im Klaren, ob er bei ihr eine Chance gehabt hätte, aber sie war anders als die Frauen, die ihn sonst konsultierten, mal offen, dann wieder vollkommen in sich gekehrt. Sie war auch für ihn, mit beinahe fünfundzwanzig Jahren Berufserfahrung, kaum zu durchschauen. Sie war wie ein Chamäleon, das sich den jeweiligen Gegebenheiten perfekt anzupassen wusste, eine Meisterin der Mimikry, und manchmal fragte er sich, warum sie überhaupt zu ihm kam. Sie ließ sich nicht in die Seele blicken, und wenn er doch einmal das Gefühl hatte, sie würde ihm Zutritt zu ihrem tiefsten Innern gewähren, so verschloss sie die Tür in dem Augenblick, in dem er den Fuß über die Schwelle setzen wollte. Es war, als würde sie sich und andere beherrschen. Aber sie war nicht dominant, nicht in dem Sinn, wie er es von anderen kannte, die ihre Dominanz wie ein goldenes Zepter vor sich hertrugen, die keinen Widerspruch duldeten, die erwarteten, dass alle bedingungslos nach ihrer Pfeife tanzten, die Kritik austeilten, aber nicht in der Lage waren, Kritik einzustecken. Ihm kam es vor, als würde sie das Leben als ein Spiel betrachten, aufregend und gefährlich zugleich, ein Spiel ohne Waffen, gespielt mit Blicken, Gesten, Worten. Er hatte noch nie eine Patientin gehabt, die derart blitzschnell eine Situation einzuschätzen wusste, wann und wie sie etwas zu sagen hatte. In Augenblicken wie diesem überkam ihn einmal mehr das Gefühl, dass sie ihn testete, dass sie ihn herausforderte, das Spiel zu spielen. Doch er wusste noch nicht, um was für ein Spiel es sich handelte.

Angeblich waren es Depressionen, die sie zu ihm geführt hatten. Aber inzwischen glaubte er das nicht mehr. Was immer sie vor ihm verschlossen hielt, es waren mit Sicherheit keine Depressionen. Er kannte die unterschiedlichen Symptome von Depressionen, doch nicht eines dieser Symptome hatte er bislang bei ihr feststellen können. In seinem Buch *Depression und Angst – eine Erscheinung der Gegenwart?* hatte er dieses Thema auf über dreihundert Seiten behandelt. Endogene Depressionen, manisch-depressive Symptome, hypochondrische Depressionen und so weiter, nichts kam bei ihr in Frage. Das Einzige, was er noch nicht ganz ausschließen wollte, war eine bestimmte Form von psychogener Depression aufgrund nicht bewältigter und womöglich sogar vollkommen verdrängter Konflikte, allerdings wusste er bis jetzt so gut wie gar nichts über ihre Vergangenheit, und wann immer er darauf zu sprechen kam, verschloss sie sich wie eine Auster. Auf der anderen Seite wusste er, dass es keinen Menschen gab, der nicht das eine oder andere Problem unbewältigt in irgendeine Schublade gelegt hatte, doch er glaubte bei ihr nicht so recht an so genannte neurotische Depressionen, die von einem möglicherweise traumatischen Erlebnis aus der Kindheit oder der Pubertät hätten herrühren können, auch wenn er gerne etwas über ihre Vergangenheit erfahren hätte. Aber bis jetzt hatte sie die Vergangenheit vor ihm verborgen, versiegelt wie ein kostbares Buch oder ein Buch, in das zu sehen sie selbst sich nicht traute.

Sein Buch war, sehr zu seiner Freude, zu einem Verkaufsschlager geworden, und er war gerade dabei, ein neues zu schreiben. Nein, Viola Kleiber litt nicht unter Depressionen, höchstens dann und wann unter Melancholie oder einer leicht depressiven Verstimmung, nur war er auch da sicher, sie könnte diese Zustände nach Belieben kontrollieren. Wenn sie melancholisch sein wollte, dann war sie melancholisch, und wenn es ihr zu viel wurde, schaltete sie die Melancholie einfach aus. Wie das Licht, indem sie einen Schalter betätigte.

Und er glaubte auch nicht an die Geschichte mit dem Valium und dem Cognac, eine Frau wie sie schluckte weder tonnenweise Tabletten, noch wirkte sie wie eine Alkoholikerin. Ihr Blick war klar, die Worte kamen weder stockend noch gelallt über ihre Lippen. Er hatte auch noch nie eine Alkoholfahne bei ihr bemerkt oder andere Auffälligkeiten, die den typischen Alkoholiker ausmachten, Zittrigkeit, Fahrigkeit, Vergesslichkeit. Sie war die personifizierte Selbstbeherrschung. Und doch musste es einen Grund geben, weshalb sie zu ihm kam. Einmal in der Woche für jeweils eine volle Stunde. Da-

rum hatte sie gebeten. Und weil es ihr nichts ausmachte, für eine Stunde achthundert Mark zu bezahlen, hatte er zugestimmt, auch wenn die achthundert Mark für ihn kaum mehr als ein Trinkgeld waren, denn er suchte sich seine Patienten seit einigen Jahren nur nach sehr sorgfältiger Prüfung aus, und erst wenn er überzeugt war, es mit einem besonders interessanten Fall zu tun zu haben, nahm er sich dessen an.
Bei ihr jedoch war es weniger der Fall, der ihn interessierte, es war die Frau, die seine Aufmerksamkeit schon seit ihrer ersten, zufälligen Begegnung vor mehr als zwei Jahren erregt hatte. Sein Hauptaufgabengebiet beschränkte sich seit einigen Jahren auf psychologische Seminare, die er auf der ganzen Welt durchführte, auf das Schreiben von Fachbüchern und Artikeln in Fachmagazinen und, wie zuletzt, das Verfassen eines für jedermann verständlichen Sachbuchs. Und außerdem beschäftigte er sich seit fast acht Jahren mit Kriminalpsychologie, ein Gebiet, das ihn seit jeher interessiert hatte und das ihn mehr und mehr reizte. Besonders faszinierte ihn die Geschichte und Persönlichkeit von Gewaltverbrechern, insbesondere Serienmördern, wie sie ihre Taten ausführten, was sie bewegte, gerade jene Tat zu begehen, woher sie stammten, was für eine Erziehung sie genossen hatten, eigentlich ihre ganze Lebensgeschichte. Nachdem er einige Male auf der Polizeihochschule als Dozent aufgetreten war, war er danach verschiedentlich von der Kripo Frankfurt bei besonders heiklen Fällen als Profiler zu Rate gezogen worden, und fünfmal war es ihm geglückt, ein derart exaktes Täterprofil zu erstellen, dass es den Beamten gelang, den jeweiligen Täter recht schnell einzukreisen und dingfest zu machen.
Er war gebeten worden, einen Artikel über diesen Bereich der Psychologie in allgemein verständlicher Form für ein anspruchsvolles Magazin zu verfassen, und irgendwann, wenn

er genügend Material gesammelt hatte, würde er ein Buch über dieses Thema schreiben, das auch in der Öffentlichkeit auf zunehmendes Interesse stieß.
»Sie kommen jetzt seit zwölf Wochen zu mir«, meinte er schließlich und sah sie an, »aber ich weiß von Ihnen auch jetzt kaum mehr als nach der ersten Stunde. Warum sagen Sie mir nicht, was Sie bedrückt? Haben Sie kein Vertrauen zu mir? Sie wissen doch, es gibt eine Schweigepflicht, an die ich mich zu halten habe. Nichts von dem, was in diesem Raum zwischen uns gesprochen wird, dringt nach außen.«
Sie lachte kurz auf und schüttelte den Kopf. »Es hat nichts damit zu tun, dass ich Ihnen nicht vertraue. Keine Sorge, ich weiß, wem ich vertrauen kann und wem nicht. Ich vertraue Ihnen. Aber ich dachte, ein Mann wie Sie, eine Kapazität, vor der sich die Welt verneigt, wäre in der Lage herauszufinden, weshalb ich Sie ausgewählt habe. Ich scheine mich da wohl getäuscht zu haben.« Sie schürzte die Lippen rutschte von der Fensterbank und strich ihren Rock gerade. »Tja, dann sollten wir dem allen ein Ende bereiten.«
»Einen Augenblick, nicht so schnell. Geben Sie mir doch wenigstens einen Ansatzpunkt. Einen Grund wird es doch haben, weshalb Sie ausgerechnet mich ausgesucht haben, oder?«
»Sicher gibt es den.« Sie bewegte sich auf Richter zu, blieb vor ihm stehen, blickte auf ihn hinab. »Es gibt einen Grund, einen sehr triftigen sogar. Was glauben Sie denn, könnte dieser Grund sein?«, fragte sie und setzte sich wieder in ihren Sessel.
»Ihre Ehe?«
»Ja und nein. Aber Sie sind schon auf der richtigen Spur.«
»Angst?«
Sie lachte erneut auf, warm und kehlig. Sprach sie so, klang ihre Stimme warm, wenn sie nicht gerade spöttisch aufblitz-

ten, hatten ihre Augen etwas Warmes, überhaupt strahlte sie trotz aller Distanziertheit eine gewisse Wärme aus.
»Angst?« Sie zuckte scheinbar gelangweilt die Schultern und schüttelte den Kopf. »Nicht mehr und nicht weniger als jeder andere auch.«
»Aber als Sie zu mir gekommen sind, haben Sie gesagt, Sie würden unter Angstzuständen und Depressionen leiden. Stimmt das denn nicht mehr?«
Sie holte tief Luft. Aus dem Augenwinkel betrachtete Richter sie, was ihr nicht verborgen blieb. Sie tat, als würde sie es nicht merken, registrierte es aber innerlich amüsiert, wusste sie doch um den Ruf, der Richter vorauseilte, dass er schöne Frauen noch nie verschmäht hatte. Jeder, der ihn kannte, wusste das, selbst seine Frau Susanne, die knapp halb so alt war wie er, die aber mit den gleichen Waffen zurückschlug, indem sie sich ständig mit jungen Liebhabern vergnügte. Doch sie war genau das, was Richter gewollt hatte, eine junge, attraktive Frau, mit der er in der Öffentlichkeit protzen konnte. Und sie genoss im Gegenzug den materiellen Wohlstand. Erst am vergangenen Dienstag war er wieder einmal in einer Talkshow aufgetreten, mit Susanne an seiner Seite. Er genoss die Bewunderung, die ihm von allen Seiten zuteil wurde, und er genoss den Neid der andern Männer und sonnte sich in dem Gefühl, etwas zu besitzen, das andere gerne gehabt hätten. Und Viola Kleiber war sich durchaus bewusst, dass Richter sie nur zu gerne in seinem Bett gehabt hätte, aber diesen Gefallen wollte und würde sie ihm nicht tun. Er war ein gut aussehender Mann, ausgesprochen attraktiv für sein Alter, aber sie hasste es, eine unter vielen zu sein. Sie war sicher, er führte Buch über seine Eroberungen, nur, da wäre kein Eintrag über sie.
»Es gibt Tage, da fühle ich mich hundsmiserabel. Wie ausgekotzt. Ich stehe auf und frage mich, was dieses Leben eigent-

lich soll. Warum lebe ich, und vor allem, wofür? Was tue ich hier? Wo ist die Herausforderung, die mein Leben spannend macht? Das sind Tage, an denen ich das Gefühl habe, in ein unendlich tiefes schwarzes Loch zu fallen. Ich falle und falle und falle.« Sie hielt inne und fragte: »Kann ich jetzt bitte doch etwas zu trinken haben? Einen Cognac vielleicht?«

»Natürlich. Einen Moment bitte.« Richter erhob sich, öffnete die Tür des Getränkeschranks, dachte kurz: Habe ich mich doch getäuscht?, holte eine Flasche Cognac heraus und zwei Gläser. Er schenkte ein, reichte Viola Kleiber ein Glas. Sie trank es in einem Zug leer, behielt das Glas in der Hand, drehte es zwischen den Fingern.

»Am Wochenende bin ich wieder in dieses schwarze Loch gefallen. Tiefer und immer tiefer. Mein Mann war zu Hause und doch nicht zu Hause. Er war körperlich anwesend, aber geistig in seinen neuen Roman vertieft, so vertieft, dass er alles um sich herum vergisst. Und ich war allein. Allein in diesem verflucht großen Haus. Was ist der Sinn meines Lebens? Können Sie mir das sagen?«

»Sprechen Sie weiter.«

»Ich bin unzufrieden, unzufrieden auf der ganzen Linie. Ich weiß nicht, ob es mit meinem Mann zusammenhängt oder ob ich selbst daran schuld bin. Manchmal nehme ich mir etwas vor, ich stecke mir ein Ziel, doch ich tue nichts, um es zu erreichen. Ich denke wohl, es müsste alles von allein passieren. Vielleicht denke ich auch, ich könnte ein Ziel erreichen, ohne einen Schritt zu gehen. Ich weiß nicht, was mit mir los ist.«

»Das ist doch wenigstens mal ein Ansatz …«

»Vielleicht. Vielleicht gibt es aber auch noch andere Gründe für diese Sitzungen«, unterbrach sie ihn schnell. Sie schaute auf die Uhr, kurz nach halb zwölf, und sagte: »Oh, es tut mir Leid, aber ich muss heute früher gehen. Ich habe noch eine Verabredung, die ich unter gar keinen Umständen verpassen

darf. Selbstverständlich bezahle ich die volle Stunde.« Sie erhob sich, zog ihren Blazer an, nahm die Handtasche vom Boden und wollte gerade gehen, als Richter sie zurückhielt.
»Darf ich Sie trotzdem noch etwas fragen?«
Sie sah ihn erstaunt an und nickte.
»Was sagt Ihr Mann dazu, dass Sie hierher kommen?«
»Er weiß es nicht. Und ich möchte auch nicht, dass er es jemals erfährt. Es ist meine Sache«, antwortete sie kühl.
»Lieben Sie Ihren Mann?«
Für einen Sekundenbruchteil verengten sich ihre Augen zu Schlitzen, plötzlich lächelte sie und antwortete: »Ich denke, ich liebe meinen Mann. Aber vielleicht gibt es so etwas wie Liebe überhaupt nicht, vielleicht ist es nur eine Einbildung? Wer kann Liebe schon definieren? Können Sie es? … Bis nächste Woche.« Sie war bereits an der Tür, als sie innehielt, sich umdrehte und sagte: »Wäre es möglich, vielleicht noch diese Woche einen Termin bei Ihnen zu bekommen?«
»Hm, eigentlich bin ich ausgebucht, aber warten Sie«, murmelte Richter, der in seinem Terminkalender blätterte, nickte und sagte: »Am Donnerstag um zehn hätte ich Zeit für Sie.«
»Gut, dann bis Donnerstag um zehn.«
Richter erhob sich und begleitete sie nach draußen. Ihr Duft stieg in seine Nase, ein Duft, der scheinbar extra für sie kreiert worden und doch in jeder gut sortierten Parfümerie zu kaufen war.
In der Tür blieb sie stehen, drehte sich noch einmal um und fragte: »Sagen Sie, glauben Sie eigentlich an Astrologie? An die Macht der Sterne?«
»Astrologie? Ich habe mich noch nicht weiter damit beschäftigt und … Nein, eigentlich nicht.«
»Schade«, sagte sie nur und ging zu ihrem Wagen.
Er sah hinter ihr her, bis sie weggefahren war. Nachdenklich kehrte er ins Haus zurück. Er stellte sich ans Fenster, zündete

sich eine Zigarette an, blickte in den Garten. Zwölfmal war sie in seiner Praxis gewesen, und zwölfmal hatte er sich vorgestellt, wie es wäre, ihren Körper in all seiner Vollkommenheit zu spüren. Vielleicht würde irgendwann der Tag kommen, an dem er und sie … Aber sie war nicht wie viele andere Frauen, sie war etwas Besonderes. Warm, kühl, spöttisch, abweisend, unnahbar – und die erotischste Frau, die er je kennen gelernt hatte. Seine Frau war erotisch, feurig und unersättlich im Bett, zu unersättlich selbst für ihn, weswegen sie auch auf der ständigen Suche nach neuen Liebhabern war, was er ihr jedoch großzügig verzieh, war er doch selbst kein Kostverächter. Zur Zeit hatte er eine feste Geliebte und eine, die er dann und wann sah, die ihn anrief, wenn sie mal wieder in der Stadt war, und mit der er sich gerne traf, weil er es nicht nur genoss, mit ihr zu schlafen, sondern auch die Gespräche mit ihr auf einer anderen, intellektuelleren Ebene abliefen als mit Susanne. Aber weder Susanne noch Claudia oder Jeannette waren auch nur im Geringsten zu vergleichen mit einer Viola Kleiber. Er hatte Susanne geheiratet wegen ihrer Jugend und ihrer Schönheit, die alle inneren Unzulänglichkeiten überdeckten. Sie war wie viele junge Frauen, hübsch und doch irgendwie leer. Kunst und Kultur interessierten sie nur am Rande, es war, als empfände sie es als Zeitverschwendung, sich mit diesen Dingen auseinander zu setzen. Während er klassische Musik liebte und gerne, wenn es seine Zeit erlaubte, Konzerte besuchte, zog sie es vor, harten Technobeat aus den Lautsprechern dröhnen zu lassen. Sie wandte für seine Begriffe übertrieben viel Zeit für Körperpflege und den Besuch von Kosmetikstudios und Fitnesscentern auf; sie liebte große Einkaufsbummel in Frankfurt, Mailand, Paris oder New York, und manchmal reiste sie auch für ein paar Tage in ihr Haus in der Toskana, das er ihr zur Hochzeit vor zwei Jahren geschenkt hatte. Ob sie allein dorthin fuhr, wuss-

te er nicht (er war jedoch sicher, sie hatte immer einen Begleiter dabei, denn auch nur einen Tag ohne Sex zu leben war für sie eine Tortur), doch eigentlich interessierte es ihn nicht. Auf eine gewisse Weise lebte sie ihr Leben, gab ihm aber dennoch immer wieder das Gefühl, trotz seiner fünfzig Jahre noch ein junger Mann zu sein, zumindest körperlich.
Sie war keine Frau, mit der er tief schürfende Gespräche führen konnte, meist plätscherte das, was sie sprachen, wie kaum sichtbare Wellen an der Oberfläche dahin. »Guten Morgen, Schatz, hast du gut geschlafen?« – »Ja, und du?« – »Es wird bestimmt ein schöner Tag werden. Ich muss übrigens dringend in die Stadt, etwas erledigen.« – »Einkaufen?« – »Nichts Besonderes, ich hab da nur ein Kleid gesehen …« – »Wann wirst du wieder zurück sein?« – »Keine Ahnung, vielleicht treffe ich mich noch mit einer Freundin.« So und ähnlich spielten sich viele Unterhaltungen ab, morgens, mittags, abends. Ihr Leben bestand, soweit er bis jetzt herausgefunden hatte, aus nichts als sich schön zu machen, einzukaufen und Sex. »Ist das nicht ein herrliches Wetter? Ich hätte richtig Lust, nach Mailand zu fliegen.« Sich mit ihr zu unterhalten war langweilig, nichts sagend, öde. Mit ihr zu schlafen hingegen geradezu göttlich, zumindest solange sie ihn nicht überforderte. Nur, es reichte ihm nicht, es fehlte etwas, das ihm schon in seinen drei Ehen zuvor gefehlt hatte. Manchmal fragte er sich, ob er vielleicht zu anspruchsvoll war, ob er seine Partnerinnen intellektuell überforderte, doch seit er Viola Kleiber kennen gelernt hatte, wusste er, es gab doch Frauen, die ihn herausforderten, die ihm ebenbürtig waren und nicht bedingungslos nach seiner Pfeife tanzten, sondern ihre eigenen Regeln aufgestellt hatten. Er hatte viele Frauen gehabt, aber noch nie eine wie Viola Kleiber. Unerreichbar. Er hatte keine Ahnung, wie lange seine Ehe mit Susanne halten würde, aber es würde mit Sicherheit nicht für den Rest seines Le-

bens sein. Wenn er Susanne mit Viola Kleiber verglich, dann entdeckte er Welten, Universen, die zwischen beiden lagen, und schon seit dem ersten Mal, als er Viola Kleiber auf diesem Empfang bei seinem Freund, dem Filmproduzenten Peter van Dyck, anlässlich der Premiere von dessen neuem Film vor etwas über zwei Jahren gesehen hatte, fühlte er sich zu ihr hingezogen. Danach waren sie sich noch einige Male auf anderen Festen und Empfängen begegnet, sie immer in Begleitung ihres Mannes, des großen und berühmten Bestsellerautors Max Kleiber, er selbst begleitet von seiner Frau Susanne. Und dann war eine fast unendlich lange Zeit vergangen, bis sie, wie aus dem Nichts aufgetaucht, vor ihm gestanden und ihn gefragt hatte, ob sie zu ihm in Therapie kommen könne. Er hatte sofort zugestimmt, eine Frau wie sie wies er nicht ab. Es war anders als bei den Frauen, mit denen er zuvor zusammen gewesen war, er konnte sich vorstellen – war es ihre mystische, unnahbare Ausstrahlung in Kombination mit ihrem faszinierenden Körper? –, bis zu seinem Tod mit ihr zusammenzuleben. Das Pech war nur, sie war verheiratet, und auch wenn sie den Anschein erweckte, unglücklich oder zumindest etwas unzufrieden zu sein, so nahm er ihr dies nicht ab. Im Gegenteil, er hatte von Mal zu Mal mehr das Gefühl, als würde sie mit ihm spielen. Aber es war kein gewöhnliches Spiel, er wusste, sie verschwieg ihm etwas ganz Wesentliches aus ihrem Leben, er wusste, es gab etwas, das sie belastete, das sie womöglich verdrängt hatte. Was er nicht wusste, war, wie er dieses Geheimnis entschlüsseln konnte. Und wenn er es entschlüsselt hatte, was dann? Würde er sie dann in einem völlig anderen Licht sehen, wäre das Mystische, Unnahbare mit einem Mal dahin, fortgeweht von einem stürmischen Wind, und bliebe nichts übrig als eine ganz normale Frau, mit ganz normalen Stärken und Schwächen? Wollte er dieses Geheimnis überhaupt entschlüsseln?

Und warum hatte sie ihn gefragt, ob er an Astrologie glaube? Und warum hatte er Nein gesagt? Er schenkte sich noch einen Cognac ein und setzte sich hinter seinen Schreibtisch. Er schalt sich einen Narren, einer Frau hinterherzuträumen, die für ihn so unerreichbar wie ein Lichtjahre entfernter Stern war.
Das Telefon klingelte. Eine weibliche Stimme meldete sich am andern Ende.
»Hallo, hier ist Jeannette. Was machst du gerade?«
»Jeannette! Schön, mal wieder was von dir zu hören. Hm, eigentlich nichts weiter«, antwortete er. »Und Susanne ist auch nicht da. Und du?«
»Wir drehen gerade in Frankfurt, aber ich habe heute frei. Und mir ist langweilig. Und außerdem machen mich diese kühlen Oktobertage richtig depressiv«, sagte sie mit ihrem warmen, umwerfenden Lachen, und er meinte ihr Gesicht direkt vor seinem zu sehen. »Und du willst doch nicht, dass ich in Depressionen verfalle, oder?«
»Nein, Jeannette, das kann ich unter keinen Umständen zulassen. Willst du herkommen?«
»Ich zu dir? Was, wenn deine Frau zurückkehrt?«
»Sie ist nach Düsseldorf gefahren und ist mit Sicherheit nicht vor heute Nacht zurück.«
»In Ordnung, ich bin so in einer halben Stunde bei dir. Und stell schon mal den Schampus kalt. Bis gleich, Liebling.«
»Augenblick, Augenblick«, sagte er, »nicht so schnell. Ich habe noch einen Patienten, aber ab halb zwei würde es gehen.«
»Gut, dann um halb zwei.«
Er legte auf, lehnte sich zurück, verschränkte die Arme hinter dem Kopf. Er schloss die Augen und lächelte. Jeannette Liebermann, eine seiner Lieblingsfrauen. Exzentrisch, heißblütig, berechnend. Intelligent, charmant und auf eine gewisse Art weise. Sie kokettierte mit ihrer Ausstrahlung, ihrem

Ruhm, ihrer Schönheit, obgleich sie eigentlich keine Schönheit im herkömmlichen Sinn war, ihre Augen standen eine Idee zu eng beieinander, ihre Nase war etwas zu lang, ihre Finger waren nicht so grazil und fragil wie die von Viola Kleiber oder seiner Frau, sie war eine herbe, aparte Schönheit, mit einer leicht rauchigen, verruchten Stimme und mit einer ganz besonderen Ausstrahlung. Eine Frau, mit der er niemals zusammenleben könnte, dazu war sie zu unberechenbar, aber eine Frau, die im Bett zu einem reißenden Strom werden konnte. Und das war alles, was für ihn zählte.

Noch während er in Gedanken bei Jeannette Liebermann war, klingelte es. Er drückte den Türöffner. Carmen Maibaum. Sie kam herein, eine sehr ansehnliche, jugendliche und hochintelligente Frau, verheiratet mit dem Dekan der Uni Frankfurt. Die Ehe war bisher kinderlos geblieben, der Vater Großunternehmer, der trotz seiner siebzig Jahre noch immer ein wachsames Auge über seine Betriebe hatte. Ihre Attraktivität war unbestritten, und wenn sie auch nicht unbedingt seinem Idealtyp entsprach, so konnte er sich doch vorstellen, etwas mit ihr anzufangen. Normalerweise hätte er sie als Patientin abgelehnt, denn die Gründe, weswegen sie um eine Behandlung ersucht hatte, erschienen ihm mehr als fadenscheinig. Depressionen, wie sie sagte. Depressionen oder Angstzustände, unter denen die meisten seiner Patienten litten. Welcher Art diese Depressionen waren, hatte er noch nicht herausfinden können, vielleicht heute, vielleicht nie. Möglicherweise waren auch bei ihr die so genannten Depressionen nur vorgetäuscht.

Aber er war mit den Maibaums schon seit vielen Jahren bekannt, vor allem mit Alexander Maibaum verband ihn eine Art Freundschaft, die er nicht leichtsinnig aufs Spiel setzen wollte. Und nur weil er Maibaum so gut kannte, hatte er einer Behandlung zugestimmt. Auch wenn er sich in der Vergangenheit

schon einige Male mit Frauen vergnügt hatte, deren Männer er gut kannte, es waren immer nur Spiele, keine Verpflichtungen, keine Liebe, nur Sex. Sich treffen, miteinander schlafen, etwas reden, sich wieder trennen. Entweder langweilten sich die Frauen in ihrer Ehe und suchten Abwechslung vom eintönigen Leben, für das sie in den meisten Fällen selbst verantwortlich waren, oder sie brauchten Sex wie andere ihr morgendliches Brötchen mit Erdbeermarmelade. Frauen, die oftmals tage- oder wochenlang von ihren Männern allein gelassen wurden und wussten, dass auch diese es mit der Treue nicht sonderlich ernst nahmen. Und Richter war der Letzte, der sich gute Gelegenheiten einfach so entgehen ließ.
Carmen Maibaum kam erst zum zweiten Mal zu ihm. Sie duftete nach einem sinnlichen orientalischen Parfum, trug ein grünes, knielanges und sehr figurbetontes Kleid aus einem dünnen Stoff, unter dem sie keinen BH anhatte. Er musste sich zwingen, den Blick von ihren wohl geformten, festen Brüsten mit den erigierten Brustwarzen abzuwenden, die sich deutlich unter dem Kleid abzeichneten. Er bat sie, Platz zu nehmen. Auch sie hielt, wie alle Frauen, die er bislang kennen gelernt hatte, einem Vergleich mit Viola Kleiber nicht stand, selbst wenn ihr Äußeres mehr als ansprechend war. Sie setzte sich, zündete sich eine Zigarette an und sagte eine Weile nichts. Richter bemerkte nur, dass sie leicht zitterte. Nachdem sie ihre Zigarette zu Ende geraucht hatte, erklärte sie leise: »Ich glaube, ich bin ein schlechter Mensch.«

Montag, 11.55 Uhr

Durant und Hellmer brauchten knapp zehn Minuten, bis sie vor dem Haus Nummer 49 standen. Es war eines der vielen Mehrparteienhäuser aus der Jahrhundertwende, in denen

wahrscheinlich keiner den anderen kannte. Hellmer drückte auf den Knopf neben dem Namensschild Kassner/Faun, einige Sekunden später ertönte der Summer. Sie betraten das selbst bei Tageslicht dunkle Treppenhaus und gingen in den dritten Stock. Die Tür stand offen.
»Kommen Sie rein«, sagte eine helle Stimme. »Ich bin hier im Wohnzimmer.«
Eine junge Frau saß am Klavier und drehte ihren Kopf in Richtung der Eintretenden. Sie hatte lange, glatte blonde Haare, lange, schlanke Finger, und selbst im Sitzen wirkte sie groß. Sie trug einen Norweger-Pullover, Jeans und Leinenturnschuhe.
»Frau Faun?«, fragte Durant und trat näher.
»Ja. Und Sie sind Frau Durant«, sagte sie bestimmt. »Ich habe Sie sofort an Ihrer Stimme erkannt.«
»Hier, mein Ausweis.« Die Kommissarin hielt ihn ihr hin.
Camilla Faun lächelte nur »Stecken Sie ihn wieder weg, ich glaube Ihnen auch so. Außerdem könnte ich ihn gar nicht lesen.«
»Bitte?«, fragte Durant erstaunt.
»Ich bin blind. Ich hoffe, das stört Sie nicht.«
»Nein, aber …« Julia Durant erschrak. Sie hätte nie vermutet, dass diese wunderschönen blauen Augen nicht sehen konnten. Sie hatten etwas Katzenhaftes, Unergründliches, sie waren nicht wie bei den meisten Blinden stumpf und leer, sie schienen voller Leben und Neugier zu stecken. »Entschuldigen Sie, aber Sie machen gar nicht den Eindruck, als ob Sie blind wären.«
Camilla Faun lächelte verzeihend. »Setzen Sie sich einfach hin. Fast alle Leute erschrecken erst einmal, wenn sie hören, dass ich nicht sehen kann. Dabei wissen sie gar nicht, dass ich doch sehen kann. Vielleicht besser als jemand mit Augen …«
»Wie ist das passiert?«, fragte die Kommissarin.

»Ich weiß es selbst nicht genau, es muss, wie einige Psychiater und Ärzte sagen, ein schreckliches Erlebnis gewesen sein, an das ich mich aber nicht erinnern kann. Sie haben mich verschiedentlich unter Hypnose gesetzt, doch die Ursache für meine Erblindung nicht herausfinden können. Ich würde es selber zu gerne wissen. Sie sagen, ich muss durch irgendetwas einen derartigen Schock bekommen haben, dass dies zur Erblindung geführt hat. Eine andere Erklärung haben sie nicht.«

»Und Sie können sich an überhaupt nichts erinnern?«

»Leider nein. Ich war elf, als ich plötzlich nichts mehr sah. Aber Sie sind ja nicht gekommen, um über mich zu sprechen.« Sie erhob sich von ihrem Klavierstuhl – sie war groß und schlank – und bewegte sich mit schlafwandlerischer Sicherheit auf einen Sessel zu und setzte sich. Das Zimmer war aufgeräumt, alles machte einen sauberen, gepflegten Eindruck. Grünpflanzen auf der Fensterbank, Parkettboden, helle Möbel, eine blaue Sitzgarnitur. Ein Fernsehapparat, eine hochwertige Stereoanlage, im CD-Ständer fast ausschließlich Klassik-CDs. Die Fenster geputzt, kein Krümel auf dem Boden. Durant fragte sich, wer hier wohl sauber machte, Judith Kassner oder Camilla Faun.

»Sie wohnen sehr schön hier«, sagte die Kommissarin anerkennend.

Camilla Faun lächelte wieder. »Danke. Es ist unser kleines Reich. Ich fühle mich in dieser Wohnung wohl und irgendwie geborgen. Sie gibt mir ein Gefühl der Sicherheit, wenn Sie verstehen, was ich meine. Als Judith hier eingezogen ist, war es eigentlich erst perfekt. Ich mag sie sehr, auch wenn sie bisweilen etwas verquere Vorstellungen vom Leben hat. Aber wäre es nicht schlimm, wenn wir alle völlig gleich wären? Sie ist und bleibt meine beste Freundin. Auch wenn ich weiß, dass sie schon bald aus Frankfurt wegziehen wird.«

»Frau Faun, Sie haben Ihre Freundin heute Morgen als vermisst gemeldet. Seit wann genau vermissen Sie sie?«
»Sie hat gestern Mittag um zwölf das Haus verlassen und wollte gegen sechs zurück sein. Nun, es kommt nicht selten vor, dass sie sich nicht an die Zeiten hält, aber als sie um Mitternacht noch immer nicht da war, begann ich mir doch Sorgen zu machen. Und heute Morgen musste ich einfach zur Polizei gehen. Sie hat mir noch gestern gesagt, dass sie heute eine wichtige Klausur schreiben würde, die sie unter gar keinen Umständen versäumen dürfe. Und wenn sie auch in einigen Bereichen bisweilen etwas unzuverlässig ist, so nimmt sie ihr Studium doch sehr ernst. Sie hat große Pläne für die Zukunft.«
»Und was sind das für Pläne?«
»Sie will nach dem Studium nächstes Jahr in die Forschung gehen. Sie hat gute Beziehungen zum Max-Planck-Institut, und eigentlich steht ihrer Karriere nichts im Wege. Sie ist eine hervorragende Studentin. Fragen Sie mich nicht, warum, aber ich kann mit Mathematik und Physik überhaupt nichts anfangen. Ich spiele lieber Klavier. Ich studiere übrigens Musik.«
»Haben Sie ein Bild von Ihrer Freundin?«, fragte Durant.
»Auf dem Schrank.«
Hellmer stand auf und holte das Bild. Es zeigte Camilla Faun zusammen mit Judith Kassner. Auf dem Foto saßen beide auf der Couch, die Köpfe aneinander gelegt, die Arme auf den Schultern. Judith Kassner war eindeutig kleiner als Camilla Faun, aber sie hatte etwas Rassiges, Feuriges, hinter dem man nie eine Studentin der Naturwissenschaften vermutet hätte.
»Sie ist sehr hübsch«, sagte Durant nach einer Weile. »Können wir es behalten? Ich meine, Sie bekommen es natürlich zurück, sobald wir Frau Kassner gefunden haben oder sie sich von selbst gemeldet hat.«

»Ja, sie ist tatsächlich sehr hübsch, und Sie können es mitnehmen«, erwiderte Camilla Faun lächelnd. »Auch wenn ich sie nie gesehen habe, so weiß ich doch, dass sie sehr hübsch ist. Sie hat ein sehr glattes, ebenmäßiges Gesicht, warme, weiche Lippen, und ihr Haar duftet auf eine ganz besondere Weise. Ihre Finger haben etwas Fragiles, und ich glaube, wenn sie spricht, dann geraten die Männer völlig aus dem Häuschen. Sie hat eine sehr angenehme Stimme, müssen Sie wissen.«
»Wie groß ist sie?«
»Das habe ich doch schon vorhin angegeben. Einssiebenundsechzig, achtundfünfzig Kilo.«
»Und wo wollte sie gestern hin?«, fragte Durant weiter.
»Sie sagte nur, sie habe einen Termin. Wo und mit wem, das weiß ich leider nicht.«
»Einen Termin am Sonntag?«, fragte Durant erstaunt.
»Sie hat ihre Termine zu den unterschiedlichsten Zeiten. Samstags, sonntags, abends, nachts … Ich weiß nicht, was sie dann immer macht.«
»Wie oft hat sie diese … Termine in der Vergangenheit gehabt?«
»Ganz unterschiedlich. Manchmal ist sie nur einmal in der Woche weggegangen, manchmal aber auch drei- oder viermal.«
»Und Sie wussten nie, wohin sie gegangen ist?«
»Nein, ich habe mir auch abgewöhnt, sie danach zu fragen. Ich hätte ohnehin keine Antwort erhalten, oder sie hätte mich angeschwindelt.«
»Hat sie einen Freund?«
»Nein. Es gab nur einmal einen Mann, doch das war eine lose Beziehung. Es hat ungefähr ein Vierteljahr gedauert, dann hat sie Schluss gemacht. Das ist aber schon fast drei Jahre her. Seitdem hat sie keinen Freund mehr.«

»Gibt es ein Notizbuch oder ein Tagebuch oder einen Terminkalender von ihr?«
»Keine Ahnung. Da müssten Sie schon selber suchen.«
»Und wo könnten wir suchen?«
»Am besten in ihrem Zimmer. Es ist im Flur die erste Tür rechts.«
»Danke. Aber bevor wir dort nachsehen, noch eine Frage. Wirkte Frau Kassner in letzter Zeit irgendwie verändert? Ich will Ihnen jetzt nicht zu nahe treten, aber Blinden eilt der Ruf voraus, Dinge wahrzunehmen, die andere nicht …«
Camilla Faun lachte verständnisvoll auf und sagte: »Ja, es stimmt. Wir sehen mit dem inneren Auge. Doch um Ihre Frage zu beantworten, mir ist nichts aufgefallen. Sie war wie immer. Sie ist perfekt, wenn es darum geht, Privatleben und Studium voneinander zu trennen. Nein, eine Veränderung wäre mir nicht entgangen. Sie war so locker und gelöst wie immer.«
»Was wissen Sie über ihre Familie?«
Mit einem Mal wurde das Gesicht von Camilla Faun ernst. Sie zögerte mit der Antwort, strich ein paar Mal mit dem Zeigefinger über die Lippen. »Sie hat nie viel von ihrer Familie erzählt. Ihren Vater kennt sie nicht, er hat sich wohl aus dem Staub gemacht, als er erfuhr, dass seine Freundin von ihm schwanger war. Und ihre Mutter lebt in der Toskana, ist dort mit einem schwerreichen Bankier verheiratet. Doch außer großzügigen finanziellen Zuwendungen hat sie nicht viel von ihrer Mutter. Sie war auf jeden Fall noch nie hier. Und wenn sie das auch nicht zugeben will, so glaube ich schon, dass es ihr schwer zu schaffen macht. Ich meine, sie weiß nicht, wer ihr Vater ist, und ihre Mutter scheint sich recht wenig um sie zu kümmern.«
»Und der Name der Mutter?«
»Tut mir Leid, aber sie hat ihn nie erwähnt. Das müssen Sie

schon selbst herausfinden. Doch vielleicht haben Sie ja Glück und entdecken den Namen und die Adresse in ihren Unterlagen.«

»Bekommt sie viel Post?«

»Nein, nicht sehr viel. Das meiste, was wir kriegen, sind Rechnungen. Oder mal eine Karte oder einen Brief von einem Freund oder einer Freundin.«

»Sie haben eben etwas von großzügigen finanziellen Zuwendungen gesagt. Was verstehen Sie unter großzügig?«

»Sie erwähnte mal etwas von fünftausend Mark im Monat.«

»Das ist eine Menge Geld«, stimmte Durant zu. »Teilen Sie sich die Kosten für die Wohnung?«

»Ich habe ja zuerst hier gewohnt. Aber dann wurde mir die Wohnung zu teuer, und ich war drauf und dran, mir was anderes zu suchen. Zum Glück ist Judith aufgetaucht. Sie bestand darauf, den größten Teil der Miete zu übernehmen, und auch sonst hat sie eine Menge Geld in die Einrichtung gesteckt. Sie wollte, dass es einfach nur gemütlich ist. Sie müssen wissen, ich gebe neben meinem Studium noch Klavier- und Gitarrenunterricht, und trotzdem würde es nicht reichen, um die Wohnung weiter allein zu unterhalten. Als ich hier eingezogen bin, habe ich nur siebenhundert Mark bezahlen müssen, plötzlich aber wollte der Vermieter fast das Doppelte haben. Und das konnte ich mir beim besten Willen nicht leisten.«

»Haben Sie erst mal vielen Dank für Ihre Hilfe. Und wenn Sie nichts dagegen haben, möchten wir uns jetzt in Frau Kassners Zimmer umschauen.«

»Gern geschehen. Ich hoffe nur, ihr ist nichts passiert. Normalerweise ruft sie nämlich immer an, wenn es sehr viel später wird. Ich mache mir schon Sorgen um sie. Es ist nicht ihre Art, einfach so wegzubleiben.«

»Hat sie ein Auto?«

»Ja, einen Opel Tigra. Sie hat ihn sich vor einem halben Jahr gekauft. Das Kennzeichen ist F-JK 2310. Das ist ihr Geburtstag.«

»Ach ja, sie hatte vorgestern Geburtstag. Gab es eine Party?«

»O ja, eine Riesenfete. Man wird ja nur einmal im Leben fünfundzwanzig. Es waren alle möglichen Freunde und Bekannte hier. Das Remmidemmi ging bis morgens um vier. Aber es war schön. Manchmal tut es gut, sich einfach gehen zu lassen. Laute Musik, lachen, sich unterhalten. Leider kommt so was viel zu selten vor. Na ja, man kann nicht alles haben.«

Das Zimmer von Judith Kassner war wie schon das Wohnzimmer gemütlich und aufgeräumt. Ein gemachtes Bett an der Wand, darüber das berühmte Poster mit Albert Einstein, das ihn mit herausgestreckter Zunge zeigt. Rechts von der Tür ein Kleiderschrank, daneben eine kleine Spiegelkommode. Auch hier Parkettboden, der allerdings zum größten Teil von einem dicken Teppich bedeckt war. Ein Halogenstrahler stand zusammen mit einem Schaukelstuhl in der Ecke neben dem Fenster, das zur Rückseite des Hauses zeigte, auf dem Schreibtisch lagen mehrere Fachbücher und ein paar lose Blätter, auf denen sie sich Notizen gemacht hatte, daneben befand sich ein relativ neuer PC. Obwohl es das Zimmer einer angehenden Naturwissenschaftlerin war, war die Einrichtung nicht kühl und nüchtern, wie Durant es erwartet hatte, sondern eher verspielt, wovon schon die Gardinen und der Bettbezug im Laura-Ashley-Design zeugten. Ein an der Decke angebrachtes Mobile bewegte sich sanft.

Durant und Hellmer zogen die Schubladen vom Schreibtisch heraus, suchten nach einem Notiz- oder Adressbuch, gaben es aber nach wenigen Minuten auf. Als Nächstes öffneten sie den Kleiderschrank. Einen Moment blieben sie wortlos davor stehen. Julia Durant ließ ihre Blicke über die Kleider wandern.

»Wow!«, entfuhr es ihr kurz darauf. »Das Zeug muss ein Vermögen wert sein.« Sie griff nach einem roten Kleid und holte es heraus. »Paco Rabanne«, flüsterte sie kaum hörbar. »Selbst wenn du fünftausend Mark im Monat zur Verfügung hast, kannst du dir solche Klamotten nicht leisten. Noch mal Paco Rabanne, Versace, Chanel, Dior … Wie kann die sich das leisten? Ich kenne jedenfalls keine Studentin, die, bis auf ein paar ganz normale Jeans, ihren Kleiderschrank ausschließlich mit Designermode voll gestopft hat. Du etwa?«
»Nee. Nadine hat zwar ein paar Kleider von Chanel und Dior, aber …«
»Das ist was anderes, ihr habt auch Geld … Und schau mal hier, die Unterwäsche. Schwarze Seidenstrümpfe, blaue Seidenstrümpfe, rote Seidenstrümpfe, dazu die passenden BHs und Slips, alles nur vom Feinsten. Die junge Dame steht wohl auf das Ausgefallene?! Wo hat sie nur das Geld her?«
»Keine Ahnung, woher soll ich das wissen?«, fragte Hellmer zurück.
Die Kommissarin setzte sich auf das Bett, sah auf dem kleinen Tisch am Kopfende einen Aschenbecher, in dem eine Kippe lag, holte eine Zigarette aus ihrer Tasche und zündete sie an. Sie ließ einen Moment verstreichen, bevor sie sagte: »Okay, Frank, fünftausend Mark, davon gehen ungefähr tausend Mark für Miete drauf, zweihundert Mark für Strom und Telefon, drei- bis vierhundert Mark fürs Auto. Vielleicht auch mehr, wenn sie den Wagen auf Kredit gekauft hat. Macht mindestens sechzehnhundert Mark. Dazu kommen noch diverse andere Ausgaben wie essen und trinken, und schon sind wir bei etwa zweieinhalbtausend Mark. Bleiben zweieinhalbtausend übrig. Und jetzt verrat mir, wie kann sich jemand solche Klamotten leisten, wenn er nur zweieinhalbtausend Mark zur Verfügung hat? Dafür krieg ich nicht mal das Etikett, auf dem Chanel steht. Wo hat sie das Geld her?

Hier stimmt doch etwas nicht! Oder? Schauen wir doch mal nach, was sie so alles in ihrer Frisierkommode hat.«
Sie zogen die oberste Schublade heraus, und Julia Durant schüttelte den Kopf, als sie ihr ein Goldcollier entnahm. Sie kniff die Augen zusammen, blickte auf den Stempel am Verschluss und sagte leise: »Das gibt's nicht. Das ist echt. 585er Gold, und alles voller Steine. Und die Armbänder und Ringe … Hier liegt unverschlossen ein Riesenvermögen. Was ist das bloß für eine Frau? Studiert Mathe und Physik, muss analytisch und logisch denken und hat nicht mal einen Tresor für ihren Schmuck. Ich kapier's nicht. Ich krieg's einfach nicht in meinen Kopf.«
Sie nahm einen weiteren tiefen Zug an ihrer Zigarette, bevor sie sie ausdrückte, und ging ins Wohnzimmer, wo Camilla Faun gerade eine CD einlegte. Haydn, Symphonie No. 104.
»Frau Faun, kennen Sie sich in Mode aus?«
»Warum?«, fragte sie zurück und drehte sich um, als könnte sie die Kommissarin sehen. »Ich weiß nicht, was …«
»Um es kurz zu machen, im Kleiderschrank von Frau Kassner hängen Kleider und andere Sachen von ziemlich großem Wert. Dazu hat sie noch Schmuck, na ja … Hat sie Ihnen je davon erzählt?«
»Nein. Sie hat des Öfteren schöne Kleider angezogen, wenn sie weggegangen ist, zumindest haben sie sich schön angefühlt, aber ich kenne mich damit nicht sonderlich gut aus. Tut mir Leid.«
»Und Sie haben auch keine Erklärung, wie sie sich die Sachen leisten konnte?«
»Vielleicht hat ihre Mutter sie gekauft, wer weiß.«
»Und das Auto, hat sie es bar bezahlt oder auf Raten gekauft?«
»Bar, soweit ich weiß.«
»Danke. Wir werden uns noch einen Moment umsehen.«

»Lassen Sie sich ruhig Zeit, Sie stören nicht.«
Durant ging zurück zu Hellmer, der den Computer eingeschaltet hatte. Glücklicherweise hatte Judith Kassner den Zugang nicht mit einem Passwort verschlüsselt. Er rief mehrere Programme auf, bis er auf ein Programm für Adressenverwaltung stieß.
»Bingo! Sie hat ihre Adressen und Telefonnummern im PC gespeichert. Eigentlich typisch für eine Mathematikerin. Ich mach mal einen Ausdruck davon.«
Während der Drucker arbeitete, sah die Kommissarin aus dem Fenster auf den kleinen Hof, in dem mehrere Fahrräder abgestellt waren, und den kleinen Garten, der jetzt, in den letzten Oktobertagen, karg und trist wirkte. Wie kommt eine ganz normale Studentin zu solchen Kleidern und diesem Schmuck?, fragte sie sich. Sie schüttelte den Kopf, es machte keinen Sinn. Noch während sie überlegte, stellte sich Hellmer neben sie und zeigte ihr den Ausdruck. »Das sind genau einhundertzwölf Namen, die meisten allerdings nur als Initialen vermerkt. Aber sie hat die Telefonnummern dazugeschrieben. Was sagt dir das?«
»Männer?« Sie kaute auf der Unterlippe und blickte Hellmer fragend an. »Initialen und Telefonnummern. Ich hab in meinem privaten Adressbuch vielleicht zwanzig Adressen. Aber sie hat mehr als fünfmal so viel. Könnte das die Klamotten und den Schmuck erklären? Und dann die vielen Termine. Was, wenn sie ohne Wissen von Frau Faun nebenbei als Hure arbeitet?«
»Wenn sie gut ist … Aber ich würde sie in diesem Fall nicht als Hure bezeichnen, eher als Edelnutte. Ich bin mal gespannt, wen wir so alles an den Hörer kriegen«, meinte Hellmer grinsend. »Und es sind längst nicht alles Frankfurter Telefonnummern.«
»Sollte sie tatsächlich als Callgirl gearbeitet haben«, sagte

Durant nachdenklich, »wo hat sie gearbeitet? In Hotels? Ich meine, mit einem solchen Outfit wirst du nie im Leben für eine Hure gehalten.«
»Vielleicht hat sie irgendwo in Frankfurt noch eine Wohnung gehabt. Wer sich diesen Luxus erlauben kann, wird wohl auch das Geld haben, eine weitere Wohnung zu unterhalten. Ja, vielleicht hat sogar einer ihrer vermögenden Freier die Kosten dafür übernommen. Aber noch wissen wir ja gar nicht, ob wir mit unserer Vermutung Recht haben.«
»Wir überprüfen sämtliche Telefonnummern. Auch der Computer muss gecheckt werden. Vielleicht hat sie als angehende Mathematikerin oder Physikerin ein Notiz- oder Tagebuch geführt, im PC, meine ich. Und ich werde gleich noch mal mit Frau Faun sprechen. Ich werd sie einfach fragen, ob ihr am Lebenswandel ihrer Wohnungsgenossin wirklich nichts aufgefallen ist.«
Hellmer zuckte die Schultern. »Und was, wenn die Kassner nur mal so weg ist?«
»Meinst du, das interessiert mich? Eine junge Frau wird von ihrer Freundin als vermisst gemeldet. Und dieser Sache müssen wir nachgehen. Vor allem, da der dringende Verdacht besteht, dass sie einem Verbrechen zum Opfer gefallen ist.« Sie fuhr sich mit der Zunge über die Lippen und sah Hellmer an. »Und außerdem, diese junge Frau da drüben ist blind, und sie fühlt, dass etwas nicht stimmt. Und sie macht sich große Sorgen, und wenn ich ehrlich bin, ich auch.«
»Okay, okay, tu, was du willst. Ich spiel derweil noch ein bisschen am PC rum.«
Als Julia Durant ins Wohnzimmer kam, saß Camilla Faun im Sessel, und es wirkte, als würde sie aus dem Fenster schauen. »Frau Faun«, sagte sie, »ich hätte noch ein paar Fragen. Und auch wenn es unangenehm ist, so möchte ich Sie doch bitten, sie so genau wie möglich zu beantworten.«

»Natürlich. Doch ich glaube nicht, dass ich Ihnen viel helfen kann. Aber ich kann mir schon denken, was Sie von mir wollen. Und ich habe sogar eine Ahnung, eine sehr merkwürdige Ahnung. Aber bitte, fragen Sie.«

»Was für eine Ahnung haben Sie?« Julia Durant setzte sich der jungen Frau gegenüber.

»Ich hatte vor ein paar Tagen einen seltsamen Traum. Sie müssen wissen, ich träume sehr intensiv. In meinen Träumen kann ich sogar Farben sehen und Menschen, auch wenn man das bei einer Blinden kaum vermutet. Vielleicht liegt es daran, dass ich eben erst seit meinem elften Lebensjahr blind bin. Ich hatte diesen Traum aber nicht nur einmal, ich hatte ihn in genau drei aufeinander folgenden Nächten. Ich glaube nicht, dass Judith zurückkommt. Ihr ist etwas passiert. Etwas Schreckliches. Ich weiß es.«

»Und was macht Sie da so sicher?«

»Ich sagte doch schon, es ist dieser Traum.«

»Ich muss trotzdem noch einmal auf Frau Kassners Mutter zu sprechen kommen. Was wissen Sie über sie?«

»Nichts, überhaupt nichts. Seit ich Judith kenne, und das sind immerhin schon gut drei Jahre, hat sie fast nie von ihr gesprochen. Und wenn ich einmal das Thema darauf brachte, wollte sie nicht darüber reden. Irgendetwas stimmt da nicht. Judith bezahlt fast die ganze Miete, sie kann sich alles Mögliche leisten, aber auch wenn sie sagt, sie habe das Geld von ihrer Mutter, so glaube ich es nicht. Jetzt schon gar nicht mehr.«

»Was heißt das, jetzt schon gar nicht mehr?«

»Was für Kleider und was für Schmuck hat sie in ihrem Zimmer?«

»Sehr, sehr teure Kleider, Kleider und Schmuck, die sich eine Studentin, auch wenn sie fünftausend Mark im Monat von ihrer Mutter bekommt, niemals leisten könnte. Hat sie viel telefoniert?«

Camilla Faun überlegte einen Moment, schüttelte dann den Kopf. »Nein, sie hat nicht viel telefoniert. Unsere Telefonrechnung ist selten höher als hundert Mark. Ich telefoniere viel mehr als sie. Meine Mutter wohnt in Schlüchtern, und wir telefonieren etwa zweimal in der Woche. Mal ruft sie an, mal ich. Aber Judith, nein, sie hat das Telefon fast nie benutzt. Aber sie hat ein Handy.«
»Haben Sie die Nummer?«
»Ja. Warten Sie, ich schreibe sie Ihnen auf.« Sie stand auf, holte einen Zettel und schrieb schneller, als die Kommissarin vermutet hätte. »Hier«, sagte sie und reichte ihn Julia Durant. »Sie brauchen aber gar nicht erst zu versuchen, sie anzurufen, ich habe es mindestens zwanzigmal probiert. Es meldet sich immer nur ihre Mailbox.«
»Und die Rechnungen für das Handy, wo könnten wir die finden?«
Camilla Faun zuckte die Schultern. »Keine Ahnung, in ihrem Zimmer.«
»In ihrem Zimmer gibt es keinen Aktenordner mit Rechnungen. Nur einen Haufen Telefonnummern, die sie in ihrem PC gespeichert hat.«
»Dann sind sie vielleicht in dem Ordner, in dem wir alle Rechnungen sammeln. Er steht dort drüben in dem Regal im untersten Fach.« Sie deutete auf das Regal, als könnte sie es sehen.
Julia Durant erhob sich, nahm den Ordner heraus, schlug ihn auf, blätterte ihn durch und legte ihn nach ein paar Minuten auf die Seite. Sämtliche Rechnungen waren akribisch genau und chronologisch geordnet, und auf jeder stand, wann sie bezahlt worden war. Doch es fand sich nicht eine einzige Rechnung des Mobilfunkbetreibers.
»Frau Durant, was glauben Sie, ich meine, was könnte mit Judith sein?«

»Ich weiß es nicht. Aber vielleicht lassen sich mit Hilfe der Telefonnummern ein paar Personen ausfindig machen, die mit Frau Kassner Kontakt haben oder hatten.« Sie hielt kurz inne, sah den Aschenbecher auf dem Tisch und die zwei ausgedrückten Kippen darin. »Macht es Ihnen etwas aus, wenn ich rauche?«
»Nein, ich rauche selber. Auch wenn es für die Gesundheit nicht gut ist. Warten Sie, ich nehme mir auch eine Zigarette.«
Ein Moment verging, in dem keiner von beiden ein Wort sprach. Sie rauchten, Julia Durant betrachtete die junge Frau. Sie hätte ihr von ihrer Befürchtung berichten können, ließ es aber sein, um sie nicht noch mehr zu verschrecken, auch wenn Camilla Faun ihre Angst sehr gut unter Kontrolle hatte. Bisher wusste sie gar nichts, und sollte diese Befürchtung sich bestätigen, dann würde sie es noch früh genug erfahren.
»Frau Faun, ich denke, mein Kollege und ich sollten jetzt besser gehen. Ich habe keine Fragen mehr. Und wenn Sie etwas Neues erfahren, dann rufen Sie uns einfach an. Können Sie sich die Nummer behalten?«
Camilla Faun lachte auf. »Ich kann sie mir auch aufschreiben, und zwar in Blindenschrift. Aber keine Sorge, es gibt nichts, was ich mir leichter behalte als Telefonnummern. Einmal gehört, nie vergessen.«
»In Ordnung«, sagte die Kommissarin, nachdem sie ihr die Telefonnummer genannt hatte, »dann werden wir uns mal auf den Weg machen. Und vielen Dank für Ihre Hilfe. Wir melden uns bei Ihnen, sobald wir etwas über den Verbleib von Frau Kassner wissen. Ach ja, könnten wir bitte das Foto mitnehmen?«
»Natürlich. Und ich habe zu danken, dass Sie so schnell gekommen sind. Ich weiß, Sie werden sie finden«, sagte sie leise, und es klang traurig, so traurig, als wüsste sie genau, dass Judith Kassner nie mehr wiederkommen würde.

Montag, 13.35 Uhr

Nachdem Hellmer und Durant das Haus verlassen hatten, sagte er: »Meinst du …?«
»Es würde mich wundern, wenn nicht«, erwiderte Julia Durant mit einem Hauch Resignation in der Stimme. »So, wie Frau Faun ihre Wohnungsgenossin geschildert hat, müssen wir einfach vom Schlimmsten ausgehen. Komm, wir fahren jetzt erst mal zurück und sagen unsern lieben Kollegen, dass sie die Telefonnummern überprüfen sollen. Mal sehen, wen die so alles an die Strippe kriegen. Und danach unterhalten wir uns mit Frau Schwab.« Und nach einer Weile: »Weißt du, ich habe ein saublödes Gefühl. Es ist kaum zu beschreiben, aber das ist noch längst nicht das Ende der Fahnenstange. Da steckt viel mehr dahinter, als wir bis jetzt ahnen. Heute ist ein Tag, an dem ich diesen verfluchten Job am liebsten für immer und ewig an den Nagel hängen würde. Ich fühle mich müde und ausgelaugt. Warum häufen sich in den vergangenen Jahren bloß die Serien? Die Killer begnügen sich nicht mehr nur mit einem Mord, es müssen gleich mehrere sein. Und sie tüfteln immer ausgeklügeltere Systeme aus. Kannst du das verstehen? Was läuft heutzutage nur falsch? Sind wir alle verrückt geworden?«
Hellmer schüttelte den Kopf, während er den Wagen auf den Präsidiumshof lenkte. »Blödsinn …«
»Wieso Blödsinn? Es ist doch nicht mehr normal, was da abgeht! Ich kann mich jedenfalls nicht erinnern, dass es jemals so viele Serien gegeben hat wie heute. Ach, Scheiße, was zerbrech ich mir den Kopf darüber, bringt ja eh nichts.«
Schweigend liefen sie über den Hof und gingen hinauf in den zweiten Stock. Berger saß hinter seinem Schreibtisch, auf dem die Fotos der drei bisher ermordeten Frauen lagen. Kull-

mer saß bei ihm und schaute kurz auf, als Durant und Hellmer hereinkamen.
»Und?«, fragte die Kommissarin. »Haben Sie Ihre Doktorarbeit geschrieben?«
»Es gibt keine sichtbaren Zusammenhänge«, sagte Kullmer schulterzuckend. »Keine äußeren Ähnlichkeiten, keine Übereinstimmungen in der Vita, nichts, womit wir eine Verbindung zwischen den Frauen herstellen könnten. Eine verheiratet, eine geschieden, eine verlobt, unterschiedliches Alter, unterschiedliche Größe, unterschiedliche Statur, Aussehen, Haarfarbe, Augenfarbe, Lebensumstände und -gewohnheiten … Nichts, aber auch rein gar nichts! Was immer das Motiv ist, der Kerl lässt es uns nicht wissen. Er lässt sich einfach nicht in die Karten schauen.«
Julia Durant stellte sich neben Kullmer und betrachtete nachdenklich die Fotos der Opfer. »Alle waren bekleidet, als man sie fand«, sagte sie. »Ihre Körper waren von Hämatomen übersät, doch sie wurden nicht vergewaltigt. Aber gewaschen. Was hat die Lage zu bedeuten? Ein Arm an den Körper gelegt, der andere nach oben gestreckt. Am meisten Kopfzerbrechen bereitet mir jedoch die Nadel. Er will uns etwas damit sagen, sowohl durch die Art und Weise der Aufbahrung als auch durch die Nadel. Aber was? Was könnte eine durch die Schamlippen gestochene Nadel bedeuten?«
»Ein Symbol«, bemerkte Kullmer, der, von einer Wolke Lagerfeld Photo umhüllt, die Arme auf den Tisch gestützt, Kaugummi kauend Durant gegenüberstand.
»Ha, ha, mir kommen gleich die Tränen – vor Lachen! Natürlich ist es ein Symbol, aber was für eines?!«, erwiderte sie ironisch.
»Dann lachen Sie doch«, entgegnete er ruhig. »Aber was wissen wir denn bis jetzt, welche symbolhafte Bedeutung eine Nadel, eine goldene wohlgemerkt, haben könnte? Gar

nichts, weil wir nämlich auch bei den beiden Fällen im vergangenen Jahr dem viel zu wenig Beachtung geschenkt haben. Wir haben gedacht, hier handelt es sich um einen Irren. Sie haben es gedacht, unser Chef hat es gedacht und ich auch. Nur jetzt bin ich nicht mehr überzeugt, dass wir es mit einem Irren zu tun haben. Wer immer das hier macht, ist alles andere als verrückt. Er hat einen Plan, und innerhalb dieses Plans spielt die goldene Nadel eine wichtige Rolle, wenn sie nicht gar der Schlüssel zu allem ist. Die Schläge, die er seinen Opfern beibringt, sind nur Beiwerk. Die einzigen Dinge, die noch zum Symbol passen, sind die abgebissenen Brustwarzen, die rasierte Mu… äh … Scheide, das Waschritual, die Aufbahrung im bekleideten Zustand und die immer gleichen Nadelstiche.« Er hielt einen Moment inne, sah Durant ernst an und fuhr dann fort: »So, jetzt können Sie lachen. Ich habe mir jedenfalls, während Sie weg waren, den Kopf zerbrochen und bin zu dem Schluss gekommen, dass hier ein System vorliegt. Welches, das müssen wir noch herausfinden. Ach ja, eines habe ich noch vergessen, er hat seine Opfer immer in genau der gleichen Position an den Fundort gelegt. Ich weiß, Sie haben das eben schon gesagt, einen Arm an den Körper gelegt, den andern nach oben gestreckt, als würde er in eine bestimmte Richtung deuten. Jetzt sehen Sie sich aber bitte die Fotos noch mal ganz genau an, und dann sagen Sie mir, was Sie noch erkennen.«
Julia Durant und Hellmer betrachteten eingehend die Fotos und schüttelten den Kopf. Kullmer deutete auf eins von Carola Weidmann. »Hier ist es am besten zu erkennen. Sehen Sie sich die ausgestreckte Hand an. Der Zeigefinger.«
Durant kniff die Augen zusammen. »Der Zeigefinger ist … Verdammt, warum ist uns das bis jetzt nicht aufgefallen?«
»Wozu haben Sie mich?«, fragte Kullmer spöttisch grinsend, um gleich wieder ernst zu werden. »Der Daumen, der kleine,

der Ring- und der Mittelfinger sind nach innen gebogen, und es wäre eine Faust, wenn auch der Zeigefinger nach innen gebogen wäre. Aber er ist ausgestreckt, wie eine Verlängerung des Arms. So, und genau das Gleiche finden wir auf den Fotos von Albertz und Müller, wenn auch etwas unschärfer.«

»Er will uns damit tatsächlich etwas sagen oder auch zeigen. Aber was?«, fragte Hellmer nervös und zündete sich eine Zigarette an. »Was will er uns mitteilen? Wo deuten die Finger hin?«

»Die Fundorte«, sagte Durant nach einer Weile, »wir müssen uns noch einmal die Fundorte ansehen. Herr Kullmer, tun Sie mir doch einen Gefallen, schnappen Sie sich einen Kollegen, und fahren Sie die Fundorte ab. Nehmen Sie die Fotos mit, damit Sie die genaue Stellung der Opfer sehen können. Wenn's geht, heute noch, bei Tageslicht.«

»In Ordnung, kann gleich erledigt werden. Allerdings«, gab Kullmer zu bedenken, »die Orte liegen ziemlich weit auseinander. Parkfriedhof Heiligenstock, Grüneburgpark und Rotlintstraße.« Er warf einen Blick auf die Uhr, kurz nach zwei. »Wir müssten es vor Einbruch der Dunkelheit schaffen. Ich nehme Bergmann mit. Ach ja, bekomm ich jetzt meinen Doktortitel?«, fragte er grinsend, bevor er den Raum verließ.

»Sie haben gute Arbeit geleistet. Danke«, sagte Durant lächelnd. Daraufhin wandte sie sich Berger zu. »Wir brauchen aber auch noch ein paar weitere Leute. Wir haben bei der vermissten Judith Kassner ein Telefonverzeichnis gefunden, das abtelefoniert werden muss. Sie hat meistens nur die Initialen und die Telefonnummern der Gesprächspartner eingetragen, keine Adressen. Wir vermuten, dass sie unter Umständen als Prostituierte arbeitet oder gearbeitet hat. Wir brauchen sämtliche zu den Telefonnummern gehörenden Namen und am besten auch die Adressen.«

»Was?«, entfuhr es Berger. Er lehnte sich zurück, die Arme

über dem Bauch verschränkt. »Ich denke, sie ist Studentin …«
»Richtig. Aber Sie hätten ihren Kleiderschrank sehen sollen, alles nur vom Feinsten. Chanel, Dior und so weiter. Und natürlich ein paar stinknormale Jeans, die sie vermutlich für die Vorlesungen angezogen hat. Und vom Schmuck wollen wir gar nicht erst reden, der blanke Wahnsinn.« Sie machte eine Pause, zündete sich eine Gauloise an, inhalierte, stellte sich ans Fenster und schaute hinunter auf die Straße. »Sie hat zwei Leben geführt, ein seriöses als Studentin und ein anderes. Sie …«
»Sie sprechen fast immerzu in der Vergangenheit«, sagte Berger.
»Sie glauben doch wohl selbst nicht, dass sie noch lebt! Ich zumindest glaube nicht daran, nicht nach dem, was ihre Wohnungsgenossin uns über sie gesagt hat. Ich möchte einfach nur so schnell wie möglich wissen, wer sich hinter diesen Telefonnummern verbirgt. Die meisten davon sind übrigens Handynummern. Und sollte sie tatsächlich als Hure gearbeitet haben, dann wird das für den einen oder andern ganz schön unangenehm werden.«
»Wie viele Nummern sind es?«, fragte Berger.
»Über hundert. Die Kollegen sollen am besten gleich anfangen. Und ein Computerspezi soll sich mal den PC dieser Kassner genau ansehen. Wenn möglich, auch das noch heute. Hellmer und ich müssen jetzt los, zu dieser Frau Schwab, die uns hoffentlich etwas über die Müller sagen kann. Wir machen uns dann mal auf den Weg. Wir kommen auf jeden Fall noch einmal ins Büro. Ich möchte so gegen sechs eine kurze Lagebesprechung durchführen. Und es sollen alle Kollegen anwesend sein.«
»Ich werde es veranlassen, Frau Durant«, sagte Berger grinsend, während Durant und Hellmer das Büro verließen.

»Warum hat er eben so gegrinst?«, fragte die Kommissarin.
»Warum wohl? Du hast *ihm* Anweisungen gegeben. Er ist eigentlich der Boss, aber ich schätze, er freut sich über dein Engagement in diesem Fall«, erwiderte Hellmer ebenfalls grinsend.
Julia Durant rollte mit den Augen und sah Hellmer lächelnd von der Seite an. »Es bleibt ja doch immer alles an mir hängen. Und wenn der mit seinem fetten Hintern den ganzen Tag nur im Sessel hockt …«
»Na ja, nicht unbedingt alles … Du musst zugeben, unser lieber Kullmer hat ganze Arbeit geleistet. Manchmal ist er eben doch ein Genie.«
»Er könnte es weit bringen, wenn er nur nicht so unbeständig wäre. Doch das mit dem Zeigefinger«, sagte sie kopfschüttelnd, »dass uns das nicht früher aufgefallen ist.«

Montag, 14.40 Uhr

Renate Schwab öffnete die Tür nach wenigen Sekunden. Sie wohnte im ersten Stock eines Mehrfamilienhauses. Sie erwartete die Beamten bereits, eine auf den ersten Blick burschikos wirkende Frau, deren Gesicht, vor allem um die Nase und den Mund, von vielen Falten durchzogen war. Durant schätzte ihr Alter auf etwa vierzig. Sie trug eine schwarze Leggings und darüber ein weit geschnittenes pinkfarbenes Sweatshirt, das ihre üppigen Rundungen nur unvollständig verdeckte. Sie hatte sehr kurzes hellblondes Haar, ihre Stimme war rauchig und tief, fast männlich.
»Sie sind von der Polizei?«, fragte sie und musterte die Beamten kritisch.
»Ja, wir haben vorhin miteinander telefoniert. Dürfen wir reinkommen?«

»Bitte, aber es ist nicht aufgeräumt. Ich habe die letzten Tage sehr viel um die Ohren gehabt und dazu noch die Sache mit Erika ... Wir gehen am besten in die Küche, dort sind wir ungestört. Meine Tochter macht gerade Hausaufgaben, und mein Sohn hockt vor der Glotze.«
Die Küche war nicht nur nicht aufgeräumt, sie befand sich in einem geradezu chaotischen Zustand. Ungespültes Geschirr türmte sich in der Spüle, überall Essensreste, Zeitungen, zwei überquellende Aschenbecher. Das Fenster war seit Monaten nicht geputzt worden, der Vorhang vergilbt.
Durant und Hellmer nahmen sich jeder einen Stuhl und setzten sich mitten in das Chaos. Renate Schwab zündete sich eine Zigarette an und blieb am Fenster stehen.
»Frau Schwab«, sagte Durant, »Sie wissen sicherlich inzwischen, was mit Frau Müller geschehen ist?«
»Nein«, antwortete sie sichtlich nervös. »Ich habe zwar vorhin versucht bei ihr anzurufen, aber keiner hat den Hörer abgenommen.«
»Frau Müller ist tot. Man hat heute Nacht ihre Leiche gefunden.«
Renate Schwabs Augen wurden groß, sie nahm einen hastigen Zug an ihrer Zigarette.
»Mein Gott, Erika ist tot?«, stammelte sie. »Wie ... Ich meine, was ist passiert?«
»Sie wurde umgebracht. Details kann ich Ihnen aber nicht sagen. Was uns interessiert, ist, was am vergangenen Freitag war. Herr Müller hat uns gesagt, seine Frau sei bei Al-Anon gewesen. Stimmt das?«
»Ja, warum?«, fragte Renate Schwab, ohne die Kommissarin anzusehen.
»Weil es wichtig ist. Von wann bis wann waren Sie zusammen?«
»Das Meeting hat um halb acht angefangen, danach sind wir

noch zum Griechen gegangen, wie immer«, antwortete die Angesprochene, den Blick weiterhin zu Boden gerichtet.
»Und Sie haben das Lokal gemeinsam verlassen?«, bohrte die Kommissarin nach, die spürte, dass ihr etwas verheimlicht wurde.
Die Antwort kam zögernd. »Ja, warum?«
»Sie fragen immer, warum. Gibt es etwas, was wir wissen sollten? Wann haben Sie das Lokal verlassen?«
»Halb elf, elf. Ich hab nicht auf die Uhr geguckt.«
»Und Sie sind gemeinsam zu Ihren Autos gegangen, und Sie haben gesehen, wie Ihre Freundin in den VW Lupo gestiegen und weggefahren ist?«
»Ja, genau so war's.«
Die Kommissarin sah Renate Schwab durchdringend an. »Komisch, Frau Müller war am Freitag gar nicht wie sonst mit dem Lupo da, sondern hatte den Wagen ihres Mannes genommen, den Mercedes. Also?«
»Ich hab nicht drauf geachtet«, kam die schnelle Antwort. Sie drückte die Zigarette aus und zündete sich gleich eine neue an. Sie wirkte noch nervöser als zu Beginn, angespannt, sie wagte nicht, die Beamten anzusehen.
»Frau Schwab, wir sind nicht hier, um irgendwelche Spielchen zu spielen. Wir sind hier, um einen Mord aufzuklären. Einen ziemlich bestialischen Mord. Und jetzt erzählen Sie mir, wie sich der Freitagabend wirklich abgespielt hat.«
»Ich sag doch, dass …«
»Sie sagen, wie er sich nicht abgespielt hat. Was war am Freitag? Warum hatte Ihre Freundin entgegen ihrer sonstigen Gewohnheit den Mercedes dabei? War sie überhaupt mit beim Griechen? Wenn ich's nicht von Ihnen erfahre, dann sicher von jemand anders. Es gibt bestimmt mehr Leute als nur Sie und Frau Sperling, die in dem Lokal waren.«

Renate Schwab zitterte, Asche fiel auf den Boden, sie kämpfte mit den Tränen. »Okay, okay. Sie war beim Meeting, hat sich aber schon nach einer Stunde verabschiedet. Sie hat gesagt, sie habe noch etwas vor. Wir sollten aber unter gar keinen Umständen ihrem Mann etwas davon erzählen. Ich hab sie gefragt, was sie denn vorhabe, aber sie hat nur gemeint, sie würde es mir später vielleicht einmal sagen. Sie war ziemlich in Eile. Und dann hab ich noch gefragt, ob sie jemand anders habe, was mich nicht wundern würde bei dem Mann, den sie zu Hause hat …«

»Wie soll ich das verstehen?«, fragte Durant gespannt.

Ihr Lachen klang hart und zynisch, sie schüttelte den Kopf. »Ihr Mann ist ein Säufer, genau wie meiner. Wollen Sie meinen sehen? Er liegt im Bett und pennt, weil er wieder den ganzen Morgen gesoffen hat. Er säuft und säuft und säuft. Ich bin's einfach leid mit diesem Typ …«

»Herr Müller hat uns gesagt, seine Frau sei wegen ihres Vaters zu der Gruppe gegangen, er selbst trinke nur sehr selten.«

Renate Schwab sah die Kommissarin traurig an. »Haben Sie schon einmal etwas mit Alkoholikern zu tun gehabt? Nein, bestimmt nicht, denn dann wüssten Sie, dass Alkoholiker immer lügen. Sie lügen sich und andere an. Es stimmt, auch der Vater von Erika war Alkoholiker, das Beschissene ist nur, dass viele Frauen, die einen alkoholkranken Vater haben, auch noch einen Alkoholiker heiraten.« Sie seufzte auf und schüttelte den Kopf. »Der Müller ist nicht anders als mein Mann, ich meine, was den Alkohol betrifft. Sicher, jeder Alkoholiker ist anders, es gibt welche, die müssen ständig ihren Pegel halten, andere trinken nur abends oder am Wochenende, doch letztendlich sind sie alle Säufer. Aber die Gruppe hat mir geholfen. Ich wollte mir schon mal das Leben nehmen, kurz nachdem meine Tochter geboren war. Und dann hab ich zum Glück über Erika die Gruppe kennen gelernt.

Dort haben sie mich aufgebaut und mir gezeigt, dass ich etwas wert und nicht schuld am Alkoholismus meines Mannes bin, wie er mir immer einzureden versucht. Er allein ist dafür verantwortlich. *Er* trinkt und nicht ich. Er hat jetzt eine Woche Urlaub, und diese eine Woche nutzt er ausgiebig, um sich zu besaufen. Soll er, ich hab es mir längst abgewöhnt, nach Flaschen zu suchen und das Zeug wegzuschütten. Es bringt nichts, er besorgt sich sowieso immer wieder was Neues. Es ist sein verdammtes Leben und sein Tod. Ich hab mich bemüht, ihm zu helfen, genau wie Erika oder Inge es bei ihren Männern getan haben, aber wer so richtig schön drauf ist, lässt sich nicht helfen. Und bevor ich mir Prügel einhandele, halt ich lieber den Mund.«

»Das tut mir Leid«, sagte Julia Durant. »Und Sie wissen sicher, dass Herr Müller Alkoholiker ist? Ich meine, er arbeitet in einer Bank.«

»Na und?«, erwiderte Renate Schwab zynisch auflachend. »Was glauben Sie, wie viele Banker und andere hohen Tiere saufen? In unserer Gruppe sind nur Frauen, Frauen aus allen Schichten, von Unternehmern, Künstlern, Bankern, stinknormalen Angestellten, Arbeitern. Der Mann der einen säuft seit über vierzig Jahren, und obwohl er weiß, dass er Leberzirrhose hat, hört er nicht auf. Sein Kurzzeitgedächtnis hat schwer nachgelassen, und es ist wohl nur eine Frage der Zeit, bis er übern Jordan geht. Eine andere ist zum dritten Mal verheiratet, mit dem dritten Alkoholiker. Es ist einfach zum Kotzen. Es ist, als ob man aus diesem Teufelskreis nie rauskommen würde.«

»Und wenn Sie einfach gehen?«

Renate Schwab lachte wieder auf. »Einfach gehen? Ich weiß nicht, ob Sie verheiratet sind, aber ich bin es seit achtzehn Jahren. Ich müsste schon sehr, sehr weit weggehen, damit er mich nicht finden kann. Er hat gedroht, mich und die Kinder umzubringen, wenn wir wagen sollten, abzuhauen. Und ich traue ihm alles zu. Ich warte einfach ab, bis er eines Tages tot umfällt, was bestimmt nicht mehr allzu lange dauern wird, einen Herzinfarkt hat er schließlich schon hinter sich, und seine Leber ist auch ziemlich ramponiert. So lange werden wir es schon noch aushalten. Tja, so ist das Leben. Deswegen sieht's hier drin auch aus wie in einem Saustall. Ich komme zu nichts mehr, ich habe zu nichts mehr richtig Lust, ich schreie viel zu oft die Kinder an, und das alles nur wegen dieser verdammten Situation. Manchmal habe ich das Gefühl, als ob er alle Energie aus mir raussaugen würde. Und trotzdem sage ich mir, ich werde mich nicht unterkriegen lassen.«

»Und was meint Ihr Mann dazu, dass Sie zu dieser Gruppe gehen?«

»Anfangs hat er geschimpft und mich sogar geschlagen, aber dieses eine Mal habe ich mich durchgesetzt. Er hat gefragt, was ich bei diesen Fotzen wolle, dort würde ja sowieso nur über die bösen, bösen Männer gelästert. Ich bin trotzdem gegangen. Seit einiger Zeit gibt er Ruhe. Und außerdem lästern wir nicht über unsere Männer, wir haben alle eingesehen, dass Alkoholismus eine Krankheit ist. Der eine schafft es, sie zu besiegen, der andere geht daran zugrunde.«

»Um noch einmal auf Ihre Freundin zu sprechen zu kommen: Haben Sie wirklich alles gesagt? Oder gibt es noch ein Geheimnis, von dem wir wissen sollten?«

Renate Schwab schüttelte den Kopf. »Es gibt keines mehr.«

»Hatte Frau Müller eine Affäre, eine außereheliche Beziehung, einen Freund?«

»Sie hat nie etwas davon erwähnt. Aber das am Freitag hat mich schon ein wenig stutzig gemacht. Vielleicht hatte sie ja tatsächlich jemanden. Wie heißt es doch so schön, stille Wasser sind tief. Und sie war ein sehr stilles Wasser. Aber da fällt

mir ein, dass sie seit einiger Zeit etwas aufgekratzter war. Ich habe mir aber darüber weiter keine Gedanken gemacht. Und sie hat auch nicht mit mir darüber gesprochen.«
»Sagen Sie, wie gut waren Sie mit Frau Müller befreundet?«
»Wir haben zwei-, dreimal die Woche telefoniert und uns natürlich jeden Freitag gesehen. Manchmal auch außer der Reihe.«
»Hat sie jemals erwähnt, dass sie Tagebuch geführt hat?«, fragte die Kommissarin, einem Instinkt folgend.
Renate Schwab nickte. »Ja. Sie hat mir sogar mal ein paar Eintragungen gezeigt. Warum wollen Sie das wissen?«
»Nur so. Dann bedanke ich mich erst mal für Ihre Hilfe, und Kopf hoch, es wird schon werden.«
»Es geht immer weiter. Ich bin ja erst achtunddreißig, während der da«, sie deutete mit dem Kopf zum Schlafzimmer, »schon fünfzig ist. Er macht's nicht mehr ewig. Und dann fängt das Leben an.«
Renate Schwab begleitete die Beamten zur Tür und sah ihnen nach, wie sie die Treppe hinuntergingen.
Draußen sagte Julia Durant: »Scheiße, was? Aber bevor wir ins Präsidium fahren, schauen wir noch mal bei Müller vorbei. Ich will die verdammten Tagebücher haben.«
»Wenn er wirklich Alkoholiker ist, dann hat er nun erst recht einen Grund zu saufen, oder?«, meinte Hellmer.
»Wird wohl so sein. Sollte er jetzt besoffen irgendwo in der Ecke liegen, werde ich dafür sorgen, dass die Kinder erst mal sicher untergebracht werden.«
Auf der Fahrt nach Griesheim meldete sich Berger. »Nur eine ganz kurze Mitteilung. Wir haben inzwischen etwa ein Drittel der Telefonnummern überprüft und die dazugehörigen Teilnehmer namentlich ermittelt und sind schon beim zweiten Anruf auf eine heiße Spur gestoßen. Ein gewisser Hermann Kreuzer hat zugegeben, dass er Frau Kassner zuletzt

vor einem Jahr getroffen hat und zwar in einer Wohnung in Niederrad, Kelsterbacher Straße.«
»Hat er sonst irgendwas gesagt?«, fragte Durant gespannt.
»Er wollte erst nicht mit der Sprache rausrücken, aber als wir verlauten ließen, dass es sich möglicherweise um ein Verbrechen handelt, wurde er mit einem Mal sehr gesprächig und sehr aufgeregt. Er hat gefragt, ob die Sache auch vertraulich behandelt wird, und er sei verheiratet, und seine Frau dürfe unter gar keinen Umständen etwas davon erfahren, Sie kennen das ja. Und es stimmt, sie hat sich ihr Geld durch Prostitution verdient. Sie hat diese Wohnung in Niederrad, hat aber auch Haus- und Hotelbesuche gemacht.«
»Und dieser Kreuzer hat sie das letzte Mal vor einem Jahr gesehen?«
»Behauptet er. Sie sind doch in der Nähe, schauen Sie mal dort vorbei, an der Klingel stehen die Buchstaben J. K.«
»In Ordnung. Wir sind gerade noch mal auf dem Weg zu diesem Müller, danach fahren wir rüber nach Niederrad. Um sechs sind wir spätestens wieder im Büro. Sonst noch was?«
»Eine ganze Menge interessanter Namen, aber das heben wir uns für nachher auf. Bis dann.«
Julia Durant zündete sich eine Zigarette an. »Wie ich vermutet habe, sie ist oder war eine Hure. Und sie muss verdammt gut gewesen sein.«
»So wie die aussieht, ich meine, sie wird wohl gewusst haben, was sie wert ist. Ich verstehe nur nicht, warum eine solche Frau im horizontalen Gewerbe arbeitet. Sie muss doch später ständig fürchten, einem ihrer ehemaligen Freier über den Weg zu laufen, wenn sie wirklich eine so erstklassige Studentin ist.«
»Wie kommst du darauf?«
»Na ja, sie scheint doch finanziell recht potente Freier gehabt

zu haben. Und irgendwann wird sie einem von ihnen begegnen …«

»Na und? Die meisten von denen sind verheiratet und haben viel zu viel Angst vor einem Skandal. Ich denke, sie hat das alles einkalkuliert. Und das Aussehen kann man schließlich auch verändern.«

Montag, 15.25 Uhr

Hellmer parkte den Wagen vor dem Haus mit der rosa Fassade, in dem Müller wohnte. Er klingelte, nichts rührte sich. Er klingelte erneut, wartete, schließlich ging ein Fenster auf, und Müller schaute heraus. Seine Haare waren zerzaust, sein Blick wirkte selbst auf diese Entfernung wirr.

»Wir sind's noch mal. Ein paar Fragen nur«, sagte Durant.

Er brummte etwas Unverständliches, das Fenster wurde geschlossen, kurz darauf ertönte der Türsummer. Die Beamten gingen nach oben, wo der Junge und seine Schwester hinter ihrem Vater in der Tür standen. Der Junge trug noch immer seinen Schlafanzug, das Mädchen den Sweater.

»Was gibt's denn?«, fragte er. Seine Augen waren glasig, er roch nach billigem Fusel.

Mein Gott, hier drin stinkt's ja wie in einer Schnapsbrennerei. Der Kerl ist hackedicht, dachte Julia Durant.

»Herr Müller, wir müssten uns mit Ihnen allein unterhalten.«

»Kommen Sie mit ins Wohnzimmer. Und ihr macht die Tür hinter euch zu«, herrschte er seine Kinder an, die der Aufforderung sofort nachkamen.

Im Wohnzimmer standen zwei Flaschen Korn auf dem Tisch, eine leere, eine halb volle und daneben noch immer die Bierflaschen und die jetzt leere Flasche Remy Martin vom Vormittag. Durant wusste nun, dass Renate Schwab nicht übertrieben hatte. Asche auf dem Sessel, auf dem Fußboden. Die Heizung war aufgedreht, es war eine unerträglich stickige Luft in dem Zimmer.

»Sie trinken viel?«, fragte Durant, doch es klang weniger wie eine Frage, sondern wie eine Feststellung, und sie setzte sich neben Hellmer auf die Couch.

»Na und? Ist doch eh alles scheißegal«, lallte er mit schwerer Zunge und ließ sich in den Sessel fallen. »Alles ist scheißegal!«

»Sind Sie überhaupt in der Lage, sich um Ihre Kinder zu kümmern?«

»Was geht Sie das an?«

»Im Augenblick eine Menge. Mir scheint es nämlich nicht so. Haben Sie nicht doch irgendwelche Verwandte oder Bekannte oder vielleicht Freunde, die sich in der nächsten Zeit der Kinder annehmen könnten?«

»Wir haben weder Verwandte noch Bekannte, noch Freunde. Wir kommen allein zurecht. Wir sind immer allein zurechtgekommen.«

»Das werden wir ja sehen. Aber nun zu etwas anderem. Ich habe Sie heute Morgen gefragt, ob Ihre Frau Tagebuch geführt hat. Sie haben Nein gesagt. Wir haben jedoch inzwischen das Gegenteil erfahren. Würden Sie uns bitte das Tagebuch oder die Tagebücher geben?«

Er zuckte zusammen, beugte sich nach vorn. »Wer hat Ihnen das gesagt? Etwa eins von diesen Weibern?«, spie er verächtlich hervor und fuhr sich mit einer Hand durch das ungekämmte, fettige Haar.

»Wir wissen es, und damit basta! Geben Sie uns das Tagebuch, und schon sind wir wieder verschwunden. Allerdings wird es sich nicht vermeiden lassen, das Jugendamt zu verständigen. In Ihrem Zustand sind die Kinder nicht gut bei Ihnen aufgehoben.«

»Von was für einem gottverdammten Zustand sprechen Sie eigentlich?« Er ließ sich in seinen Sessel zurückfallen.
»Das wissen Sie selbst. Sie sind Alkoholiker, Herr Müller. Wenn Sie nur aus Trauer trinken würden, hätte diese Menge hier schon ausgereicht, um Sie umzubringen. Das hält nur jemand aus, der an Alkohol gewöhnt ist, und zwar an viel Alkohol. Und Ihre Frau ist nicht nur wegen ihres Vaters, wie Sie sagten, zu Al-Anon gegangen, sondern hauptsächlich Ihretwegen. Und Ihre Kinder sind noch zu klein, um sich selbst zu versorgen. Und nun hätten wir gerne das Buch, und sollten es mehrere sein, dann auch die.«
»Halten Sie doch die Klappe! Und jetzt verschwinden Sie, ich muss mal aufs Klo.«
»Erst sagen Sie uns, wo die Tagebücher sind, sonst stellen wir die ganze Wohnung auf den Kopf.«
Müller kratzte sich am Bauch und sah die Kommissarin aus roten Augen an. Er schien mit einem Mal hellwach. Er grinste.
»Haben Sie einen Durchsuchungsbefehl?«
»Es dauert nur einen Anruf und danach etwa eine Viertelstunde, bis er hier ist. Und so lange warten wir.«
»Sie gehen mir gewaltig auf den Geist, wissen Sie das?! Aber bitte, damit die liebe Seele Ruh hat, sie hat ihre Tagebücher irgendwo im Nachtschrank oder im Kleiderschrank. Suchen Sie doch selbst! Zufrieden?«
»Nicht ganz. Um Ihre Kinder zu behalten, müssen Sie zum Entzug in eine Klinik, das ist die einzige Möglichkeit, sie wiederzubekommen.«
Müller lachte wirr auf und schüttelte den Kopf. »Was soll die Scheiße? Meine Frau ist tot, von irgendeinem Dreckschwein umgebracht, und jetzt wollen Sie mir auch noch die Kinder wegnehmen! Aber bitte, tun Sie, was Sie nicht lassen können. Machen Sie von mir aus, was Sie wollen, ich

geh jetzt jedenfalls erst mal pinkeln. Suchen Sie die verdammten Tagebücher, und hauen Sie ab. Aber fragen Sie mich um Himmels willen nicht, wo die Schlüssel dafür sind.« Er stand auf, schwankte, torkelte ins Bad, knallte die Tür hinter sich zu.

Hellmer zog die Nachtschrankschublade heraus, nichts, er öffnete den Kleiderschrank, wühlte in der Unterwäsche und fand drei Tagebücher schließlich hinter den Strümpfen. Julia Durant rief bei Berger an. Er müsse sofort jemanden vom Jugendamt vorbeischicken, um die Kinder abzuholen. Danach verließen sie die Wohnung. Vor dem Haus blieben sie noch einen Moment stehen.

»Es sind immer die Kinder, die leiden. So besoffen, wie der ist, kann man mit ihm nicht vernünftig reden. Scheiße«, stieß Hellmer wütend hervor. Nachdem er sich einigermaßen beruhigt hatte, stiegen sie in den Wagen.

»Und jetzt nach Niederrad. Mal sehen, was uns dort erwartet.«

Montag, 16.30 Uhr

Niederrad, Kelsterbacher Straße. Ein älteres, doch sehr gepflegtes Haus. Die tief stehende Sonne hatte sich hinter ein paar Wolken verzogen, als die Beamten aus dem Lancia stiegen. Julia Durant atmete ein paar Mal kräftig durch und sah Hellmer an, der nur die Schultern zuckte. Sie gingen auf das Haus zu, in dem es sechs Wohnungen gab. Hellmer drückte auf die Klingel neben dem Schild J. K. Als niemand öffnete, klingelte er ein weiteres Mal, nichts. Die Haustür war verschlossen.

»Okay, versuchen wir's eben woanders.« Er drückte einfach wahllos auf eine Klingel, nach einem kurzen Augenblick ertönte eine weibliche Stimme durch den Lautsprecher.

»Verzeihung, wir sind von der Polizei und möchten zu Frau Kassner. Könnten Sie uns bitte die Tür öffnen?«
»Polizei? Warten Sie, ich komme runter.«
Es war eine junge Frau etwa Ende zwanzig. Hellmer hielt ihr seinen Ausweis hin, sie warf einen Blick darauf und fragte: »Ist irgendwas passiert?«
»Keine Ahnung, deswegen sind wir hier. Kennen Sie Frau Kassner?«
»Meinen Sie die junge Frau, bei der bloß J.K. an der Klingel steht?«
»Genau die.«
»Nein, nur vom Sehen. Ich habe noch nie mit ihr gesprochen. Sie wohnt im zweiten Stock.«
»Gibt es hier einen Hausmeister, der einen Zweitschlüssel hat?«
»Hausmeister eigentlich nicht, aber Herr Neugebauer hat die Zweitschlüssel. Er wohnt gleich hier die Tür rechts.«
»Danke, das war's schon.«
Neugebauer, ein kleiner, bulliger, vierschrötiger Mann in einer Jeans und einem grauen Kittel über den breiten Schultern, zögerte einen Moment. Schließlich holte er einen großen Schlüsselbund und bat die Kommissare, ihm zu folgen.
»Hat sie was ausgefressen?«, fragte er mit brummiger Stimme, aber nichtsdestoweniger neugierig.
»Kein Kommentar.«
»Ich hoffe nicht, denn das ist ein anständiges Haus.«
»Wenn Sie's sagen. Sind das Miet- oder Eigentumswohnungen?«
»Beides«, murmelte er. Im zweiten Stock angelangt, steckte er den Schlüssel ins Schloss und drehte ihn um. Er wollte vor den Beamten die Wohnung betreten, doch Hellmer hinderte ihn daran.
»Vielen Dank für Ihre Hilfe. Den Rest erledigen wir.« Er gab

der Tür einen Schubs, bis sie ins Schloss fiel. Es war dunkel, alle Rollläden waren heruntergelassen, Hellmer betätigte den Lichtschalter. Es war eine großzügig geschnittene elegante Wohnung. Ein breiter Flur mit einer Garderobe aus Mahagoni, einem großen Spiegel in einer goldenen Fassung und zwei hohen Grünpflanzen. Die Tür rechts vom Flur stand offen, sie führte zur Küche, die, wie es schien, nur selten benutzt wurde. Die Badezimmertür stand ebenfalls offen, eine große schwarze ovale Badewanne befand sich in der linken hinteren Ecke, daneben ein ebenfalls schwarzes Bidet und eine Toilettenschüssel. Ein etwa zwei Meter breiter Spiegelschrank rechts von der Tür, in der rechten hinteren Ecke ein roter Sessel und ein kleiner Beistelltisch. Die Wohnzimmereinrichtung bestand aus Designermöbeln, einer roten Ledergarnitur auf chromglänzenden Füßen, einer weißen Vitrine, einer sündhaft teuren Hi-Fi-Anlage, aus der leise das Lied »Time to say goodbye« spielte, einem noch teureren Plasmafernseher, der wie ein Gemälde an der Wand hing, und stilvoll platzierten Grünpflanzen. Der marmorne Fußboden war zum größten Teil von dicken, jeden Schritt schluckenden Teppichen bedeckt. In die Decke eingelassene Halogenspots bildeten, wie in Küche und Bad, einen großen Kreis.
Die Tür links vom Flur war im Gegensatz zu den anderen Türen geschlossen. Durant spürte ihr Herz bis in die Schläfen pochen, sie drückte vorsichtig mit dem Ärmel die Klinke hinunter.
»Mach schon auf«, drängte Hellmer. »Wenn sie da drin ist, können wir eh nichts mehr tun.«
Die Kommissarin holte noch einmal tief Luft und stieß die Tür auf. Auch hier war der Rollladen runtergelassen. Der Lichtschalter befand sich links von ihr, sie wagte kaum zu atmen. Im Schlafzimmer, einem etwa fünfundzwanzig Quadratmeter großen Raum, der jetzt von ebenfalls in die Decke

eingelassenen Halogenstrahlern erleuchtet wurde, stand ein Messingbett mit dunkelblauen Bezügen, ein in verschiedenen Pastelltönen gehaltener Kleiderschrank, dessen Vorderfront komplett von innen beleuchtet wurde, ein blauer Sessel neben einem kleinen Tisch sowie eine zum Schrank passende Kommode. Auf dem Boden vor dem Bett stand eine fast leere Flasche Champagner der Marke Dom Perignon, zwei Gläser, von denen eines halb gefüllt war. Vor dem Fenster weiße, verspielte Stores und in kräftigem Blau gehaltene Übergardinen.
Julia Durant trat langsam in das Zimmer, die Augen auf die junge Frau gerichtet.
Sie lag auf dem etwa zwei mal zwei Meter großen Bett. Bekleidet mit einem schwarzen, von Spaghettiträgern gehaltenen Kleid, das kaum über ihren Po reichte, schwarzen, halterlosen Strümpfen, einem kaum sichtbaren schwarzen Slip und schwarzen Pumps. Der linke Arm mit den schmalen Händen und langen, ebenmäßigen Fingern an den Körper gelegt, der rechte nach oben gestreckt, genau wie der Zeigefinger. Die weit aufgerissenen, matten, blutunterlaufenen Augen starrten an die Decke, am Hals deutliche, inzwischen fast schwarze Strangulierungsmerkmale, Spuren einer Schlinge, die um den Hals gezogen worden war.
»Das war's wohl«, meinte Julia Durant leise. »Was hab ich gesagt? Jetzt fängt er erst richtig an. Zwei tote Frauen in nicht einmal vierundzwanzig Stunden. Warum? Was geht in ihm vor?«
Hellmer trat näher an die Tote heran, betrachtete sie eingehend. »Ruf Berger an, er soll die Kameraden herschicken.« Und nachdem Julia Durant Berger informiert hatte, fragte er: »Fällt dir was auf?«
»Was meinst du?«, fragte die Kommissarin zurück und steckte ihr Handy wieder in die Tasche.

»Ihre Lage. Sie liegt nicht einfach so auf dem Bett, ich meine, sie liegt nicht am Kopfende und nicht in der Mitte, sondern leicht schräg. Der Mörder hatte doch alle Zeit der Welt, hier hat ihn niemand gestört, und doch hat er sie nicht in die Mitte des Bettes gelegt, nicht aufs Kopfkissen, sondern anders, irgendwie eigenartig. Warum hat er sie *so* hingelegt? Hast du eine Erklärung dafür?« Hellmer fasste sich nachdenklich ans Kinn.
Durant schüttelte den Kopf. »Bis jetzt nicht. Aber vielleicht haben wir nachher eine, wenn Kullmer von den andern Fundorten zurück ist.« Und nach einer kurzen Pause: »Wohin um alles in der Welt zeigt sie?«
»Wenn ich das wüsste! ... Da schau her, sie wurde auch gefesselt. Hier, eindeutig«, sagte Hellmer und wies auf die Handgelenke. »Ich möchte wetten, diese Spuren finden sich ebenfalls an den Fußgelenken. Na ja, und wie sie unter dem Kleid aussieht, können wir uns denken.«
Julia Durant holte ihre Gummihandschuhe aus der Tasche, streifte sie über, betastete vorsichtig die Tote und sagte nach kurzer Zeit: »Sie ist verdammt hübsch, selbst jetzt noch. Komisch, manche sehen gotterbärmlich aus, wenn sie auf eine solche Weise umgebracht wurden, andere wiederum ... Egal, meiner Meinung nach ist sie seit mindestens zwölf Stunden tot. Die Leichenstarre hat voll eingesetzt. Ich nehme an, sie wurde in den frühen Morgenstunden umgebracht ...«
»Du meinst, der Kerl hat innerhalb von vier oder fünf Stunden zwei Frauen ...?«
»Warum nicht? Er musste doch damit rechnen, dass wir recht bald diese Adresse rausfinden. Also konnte er sich mit ihr nicht so viel Zeit nehmen wie mit Erika Müller. Wir wissen ja nicht, wo sich die Müller zwischen Freitag- und Sonntagabend aufgehalten hat, aber es ist immerhin möglich, dass er sie hier schon seit gestern Nachmittag in seiner Gewalt hatte,

und zwar so gefesselt und geknebelt, dass sie unmöglich … Vielleicht hat er sie auch betäubt, wer weiß? Und dann ist er zwischendurch mal kurz zu seinem andern Opfer gefahren, hat es umgebracht und im Grüneburgpark abgelegt. Von dort ist er hierher zurückgekehrt, im Schutz der Nacht, und hat sich weiter um sie gekümmert. Er muss ungeheuer sicher gewesen sein, dass die Polizei noch nicht eingeschaltet war. Und genauso sicher bin ich, dass er noch vor dem Morgengrauen das Haus wieder verlassen hat. Ein Phantom, das niemand gesehen oder zumindest niemand beachtet hat. Und dann dieses verdammte Lied – er hat die Repeat-Taste gedrückt. Bestimmt läuft es schon seit letzter Nacht. ›Time to say goodbye‹, geradezu makaber.« Sie schüttelte den Kopf, fuhr sich mit einer Hand durchs Haar. »Komm, gehen wir kurz in den Hausflur und rauchen eine. Das hier hält ja der Stärkste nicht aus.«

»Du hast doch schon viel Schlimmeres gesehen …«

»Nein, Frank, es ist immer schlimm. Vielleicht fühle ich mich heute auch nur nicht besonders. Aber zwei tote Frauen an einem Tag, das ist wirklich viel. Kommst du jetzt mit?«

»Ja.«

Hellmer holte aus der Küche einen unbenutzten Aschenbecher und legte einen Knirps-Regenschirm in die Tür, damit sie nicht zufiel. Julia Durant lehnte sich an die Wand, rauchte schweigend. Ihre Nervosität hatte sie äußerlich gut unter Kontrolle, innerlich vibrierte sie.

»Wenn sie schon seit zwölf Stunden tot ist, dann hat der Täter diesmal aber seine Vorgehensweise geändert. Die andern hat er erst, kurz bevor sie gefunden wurden, umgebracht«, sagte Hellmer mit gedämpfter Stimme, um zu verhindern, dass irgendein anderer Bewohner im Haus etwas von dem Gespräch mitbekam.

»Er hatte keine andere Wahl«, flüsterte Julia Durant und stieß

den Rauch durch Mund und Nase aus. »Er musste es nachts tun, tagsüber wäre er aufgefallen. Sie hier zwei Tage lang zu foltern, wäre zu risikoreich für ihn gewesen.«
»Er ist ein verdammter Scheißkerl. Und unglaublich kaltblütig.«
»Weiß nicht«, erwiderte die Kommissarin und drückte ihre Zigarette aus. »Ich frage mich nur, warum er sie in ihrer eigenen Wohnung umgebracht hat. Die andern drei hat er im Freien deponiert.«
»Keine Ahnung«, sagte Hellmer und drückte seine Zigarette ebenfalls aus. »Der Misthund ist eben an Kaltblütigkeit nicht zu übertreffen.«
»Vielleicht hast du Recht mit dem kaltblütig, vielleicht auch nicht …«
»Was willst du damit sagen?«, fragte Hellmer mit zusammengekniffenen Augen.
»Ich frage mich einfach nur, was sein Motiv ist. Hass, Wut, Rache …?«
»Auf jeden Fall plant er seine Morde. Und wer plant und diesen Plan auch ausführt, handelt kaltblütig. Oder nenn mir ein anderes Wort dafür.«
Julia Durant zuckte nur die Schultern. Zusammen gingen sie zurück in die Wohnung und schlossen die Tür hinter sich.
»Ich kann mir im Moment überhaupt nicht vorstellen, was für eine Persönlichkeit der Täter ist. Ich hab nicht mal den Hauch einer Ahnung, wie er aussehen könnte, was seine Beweggründe sind, warum er dieses seltsame Aufbahrungsritual veranstaltet … Er ist im wahrsten Sinne des Wortes ein Phantom, ich nehm ihn nicht einmal in Umrissen wahr. Bei früheren Fällen hatte ich zumindest immer eine gewisse Vorstellung, die mir diesmal aber völlig fehlt.« Sie sah Hellmer fast Hilfe suchend an. »Hab ich vielleicht meinen Instinkt oder meine Intuition verloren? Hat dieser Job mich so abge-

stumpft, dass ich nur noch mit dem Kopf und überhaupt nicht mehr mit dem Bauch denke? Früher habe ich auf meine innere Stimme gehört und das, was ich gehört habe, versucht im Kopf zu verarbeiten. Ich glaube, ich habe diese Fähigkeit verloren. Schau dir doch nur mal Kullmer an, er hat uns heute Mittag gezeigt, worauf ich vor zwei oder drei Jahren noch selbst gekommen wäre. Scheiße!«

»Julia, du hast nichts von dem verloren. Du bist nicht vollkommen, und es stimmt, irgendwann, wenn man es lang genug macht, stumpft jeder in diesem Job ab. Und du hast es in den letzten Jahren weiß Gott nicht einfach gehabt. Aber du wirst sehen, deine Intuition kommt schon wieder.«

Durant lächelte verkrampft, ging vor Hellmer ins Schlafzimmer und ließ noch einmal alles auf sich wirken, nahm die Eindrücke des Zimmers in sich auf.

»Zwei Gläser, eines davon unberührt, wie es scheint. Das heißt, sie kannte ihren Mörder. Wäre sie überfallen worden, würden wohl kaum zwei Gläser hier stehen. Und Champagner trinkt man auch nicht mit jedem. Was sagt uns das?«

»Ein guter Bekannter vielleicht?«

»Vielleicht. Aber einer, den auch die andern drei gekannt haben müssen. Einer, dem sie bedingungslos vertraut haben. Einer, bei dem sie niemals vermutet hätten, dass er zu einer solchen Tat fähig wäre. Was für eine Person kommt da in Frage?«

»Ich bin kein Seelendoktor und auch kein Profiler. Wir sollten jetzt übrigens dringend einen einschalten. Wir brauchen ein Täterprofil.«

»Ja, sicher«, sagte Durant, in Gedanken versunken. Sie ging ins Wohnzimmer, sah sich um, stellte sich ans Fenster und blickte hinunter auf einen Hinterhof, an den weitere Häuser grenzten. Sie dachte nach, schaffte es aber nicht, ihre Gedan-

ken zu ordnen. Es war wie eine Blockade, sie hatte die Bilder der anderen Toten vor Augen, versuchte einen Zusammenhang herzustellen, es gelang ihr nicht. Sie trat zu dem Schrank, zog vorsichtig eine Schublade nach der andern heraus, aber außer Kerzen und einigen Deckchen befand sich nichts darin. Ein paar hochwertige Gläser, Teller, Tassen und einige Bücher standen im Regal.
Es klingelte, die Kollegen von der Spurensicherung, der Fotograf und Professor Morbs von der Rechtsmedizin trafen kurz nacheinander ein. Morbs, der große Boss der Rechtsmedizin, der Fachmann, die Autorität und Kapazität.
»Wieder das Gleiche?«, fragte er mit seiner typisch brummigen Stimme, und wie immer schien er etwas übel gelaunt.
Hellmer nickte nur.
Der Fotograf betrat das Schlafzimmer, holte seine Videokamera heraus, filmte etwa fünf Minuten lang den gesamten Raum. Anschließend machte er Fotos mit einer Spiegelreflexkamera, danach noch einige Polaroidbilder. Nachdem er seine Arbeit beendet hatte, nahm Morbs seine Tasche und ging ins Zimmer. Durant und Hellmer folgten ihm. Hellmer hatte seine Hände halb in der Jeans stecken, die Kommissarin lehnte am Schrank.
Morbs betrachtete sie einen Augenblick stumm. »Verdammt hübsches Ding. Selbst jetzt noch, wo sie tot ist.« Und nach einer kurzen Pause: »Ich werde jetzt eine Leichenschau vornehmen.« Er zog sich Plastikhandschuhe über, entkleidete die tote Judith Kassner, bis sie nackt auf dem Bett lag. Er nahm das Diktiergerät in die Hand, sprach die ersten Eindrücke auf Band. Er maß die Temperatur, versuchte den Unterkiefer der Toten zu bewegen, was ihm nicht gelang. Er maß ihre Körpergröße, untersuchte ihre Arme, die Beine, ihre Brüste, drehte sie auf die Seite, nickte, ohne ein Wort zu sagen. Er spreizte ihre Beine, warf ei-

nen schnellen Blick auf die beiden Kommissare, bedeutete ihnen, näher zu treten.
»Hier«, sagte er, »die Nadel. Es stimmt, soweit ich das bis jetzt beurteilen kann, haargenau mit dem Fall Müller überein. Nur, dass die Kleine hier schon seit etwa zwölf Stunden tot ist, plus minus zwei Stunden, genau kann ich das erst nach der Autopsie sagen. Die Leichenflecken sind jedenfalls nicht mehr verlagerbar. Tja, dann lassen wir sie mal in die Pathologie bringen.«
»Wann kriegen wir den Bericht?«, fragte Durant.
»Morgen früh. Aber er wird sich kaum anders lesen als der von dieser Müller. Ich beneide Sie nicht um Ihren Job. Ehrlich.« Er zog seine Handschuhe aus, verschloss die Tasche, nahm sie vom Boden. »Haben Sie übrigens schon die *Rundschau* vom Nachmittag gelesen? Da steht ein kurzer Artikel von gestern Nacht drin.«
»Die kriegen aber keine detaillierten Informationen von uns. Es wurde eine Frau erdrosselt, mehr nicht. Wir machen jetzt mal den Weg frei für die Spurensicherung. Bis morgen früh dann … Ach ja, versuchen Sie doch bitte rauszukriegen, ob sie Geschlechtsverkehr hatte. Ich meine, ob Sie Sperma finden. Und machen Sie außerdem einen Aids-Test.«
»Glauben Sie wirklich, wir finden etwas, wenn sie eine Hure war?«, fragte Morbs sarkastisch. »Ohne Gummi läuft doch in dem Gewerbe heute gar nichts mehr.«
»Tun Sie's mir zuliebe, okay?«
»Natürlich, aber ich sage Ihnen gleich, ich werde nichts finden.« Auf dem Weg nach draußen blieb er plötzlich stehen, fasste sich mit einer Hand ans Kinn, drehte sich um und sah die Kommissare an. »Sagen Sie mal, tragen eigentlich alle Frauen heutzutage nur noch Spitzendessous?«
»Was meinen Sie damit?«, fragte Durant mit hochgezogener Stirn.

»Na ja, ich erinnere mich an vergangenes Jahr und … ich wollte nur sagen, dass alle vier teure Dessous anhatten. Ich meine, bei einer Prostituierten ist das nicht ungewöhnlich, aber bei einer normalen Hausfrau und einer Finanzbeamtin … Ein bisschen merkwürdig ist das schon, schließlich muss ich öfter eine Leiche vor der Autopsie entkleiden. Und nur ganz selten tragen die Frauen derart ausgefallene Unterwäsche.«

»Danke für den Hinweis, Professor. Sie sind also ganz sicher, dass alle vier teure Dessous anhatten?«

»Müsste in den Berichten stehen. Wenn nicht, dann hat jemand geschlampt. Machen Sie's gut und viel Spaß noch«, sagte er grinsend.

»Ha, ha, ha! Witzbold!«

Durant und Hellmer begaben sich nach unten zu ihrem Wagen. Auf dem Weg ins Präsidium sagte Hellmer: »Du bist heute wirklich sehr gereizt? Was ist los?«

»Nichts, verdammt noch mal! Es ist alles in Ordnung.«

»Und warum soll Morbs die Kassner auf Sperma untersuchen?«

»Es gibt Huren, die machen es auch ohne, solange die Bezahlung stimmt. Ich war eine ganze Weile bei der Sitte, falls du das vergessen haben solltest.«

Einen Augenblick lang schwiegen sie, schließlich fragte Hellmer: »Und wer sagt es Frau Faun?«

»Ich, wer sonst«, erwiderte Durant mit einem gekünstelten Lachen. »Ich mach das nachher, nach unserer Besprechung. Und dann lass ich mich voll laufen.«

»Lass den Blödsinn!«

»Es kotzt mich einfach alles an. Ich glaube, ich halte das nicht mehr lange durch. Ich fühle mich hundeelend.«

Die Sonne warf ihre letzten Strahlen auf Frankfurt, als sie auf den Präsidiumshof fuhren.

Montag, 18.00 Uhr

Polizeipräsidium. Julia Durant hatte sich auf der Toilette etwas frisch gemacht und schenkte sich gerade einen Kaffee ein, als Kullmer und Bergmann zur Tür hereinkamen. Elf Beamte waren im Besprechungszimmer versammelt.
Berger wollte gerade ansetzen, etwas zu sagen, als Durant ihm ins Wort fiel: »Also, meine Dame, meine Herren, wir sind hier, um über vier tote Frauen zu sprechen. Wir werden jetzt sämtliche uns bisher bekannten Fakten auf den Tisch legen und versuchen, daraus ein einigermaßen sinnvolles Bild zu erstellen. Wer fängt an?«
Kullmer, der mit dem Stuhl wippte, hob die Hand und sagte mit einem Blick auf seinen Notizblock: »Bergmann und ich haben uns noch einmal die Fundorte angesehen. Carola Weidmann, gefunden am 28. Oktober letzten Jahres um 7.15 Uhr am Parkfriedhof Heiligenstock. Tatzeit etwa 2.00 Uhr nachts. Juliane Albertz, gefunden am 13. November letzten Jahres um 5.25 Uhr in der Rotlintstraße. Tatzeit etwa 1.00 Uhr nachts. Und Erika Müller, gefunden letzte Nacht um 1.45 Uhr im Grüneburgpark. Tatzeit etwa 0.45 Uhr. Anhand der damals und vergangene Nacht gemachten Fotos haben wir versucht herauszufinden, weshalb der Täter seine Opfer in immer der gleichen Weise aufgebahrt hat.« Er machte eine kurze Pause, lehnte sich an die Tür, die Beine über Kreuz, und zeigte mit einer Hand in Richtung Fenster. »Ich glaube, wir haben zumindest einen Ansatzpunkt. Der ausgestreckte Arm und Zeigefinger deuten in allen Fällen ziemlich genau nach Südosten, wobei wir natürlich absolut keine Ahnung haben, was es mit Südosten auf sich hat. Mehr gibt es im Augenblick nicht zu berichten.«
»Südosten?«, fragte Durant und sah Hellmer an. »Augenblick, als wir vorhin die Kassner gefunden haben, lag sie …

Frank, hilf mir doch mal. Kelsterbacher Straße … Der Main fließt von Ost nach West … Ihre Wohnung ist im zweiten Stock, das Schlafzimmer geht … zur Südseite, vom Main weg. Sie lag aber nicht genau in Richtung Süden, sondern … ja … Südosten! Wir haben uns schon gewundert, warum der Täter sie nicht in die Mitte des Bettes gelegt, sondern diese bestimmte Stellung gewählt hat. Südosten, Südosten, was ist im Südosten?«
»Tausende von Kilometern«, bemerkte einer der Beamten lakonisch, woraufhin einige andere lachten.
»Hören Sie«, sagte Durant scharf, und das Lachen verstummte sofort, »wenn Sie Witze machen wollen, bitte schön, aber nicht hier. Ich bin heute alles andere als gut gelaunt, damit das klar ist. Wir haben es mit vier bestialisch ermordeten Frauen zu tun. Sie wurden gequält, weil irgendjemand Lust am Quälen hat. Sie wurden mit Nadeln gefoltert, sie wurden brutal geschlagen, ihre Körper waren von Hämatomen nur so übersät, und zu guter Letzt wurden ihnen bei lebendigem Leib die Brustwarzen abgebissen. Und wenn jetzt noch einer lachen kann, dann hat er hier nichts mehr verloren!« Sie schaute in die Runde – betroffene Gesichter. In gemäßigterem Ton fuhr sie fort: »Gut, keine hat, soweit wir das bis jetzt wissen, zu irgendeiner Zeit etwas mit einer andern zu tun gehabt. Es gibt bislang keine sichtbare Verbindung zwischen den Frauen. Es muss aber eine geben, davon bin ich überzeugt. Und genauso bin ich überzeugt, dass der Täter seine Opfer nicht wahllos, sondern gezielt aussucht. Was aber haben diese Frauen gemeinsam? Worin ähneln sie sich, oder worin sind sie sich sogar gleich?«
Sie machte eine Pause, zündete sich eine Zigarette an und sah in die Runde.
»Derselbe Liebhaber?«, fragte einer, der eben noch gelacht hatte, zögernd.

Durant wiegte den Kopf nachdenklich hin und her. »Das ist eine Frage, die uns schon seit letztem Jahr beschäftigt und der wir auch weiter nachgehen werden. Die Vita der Opfer jedenfalls gleicht sich in keiner Weise. Juliane Albertz war dreißig, geschieden, aschblondes Haar, grüne Augen, einszweiundsiebzig groß, dreiundsechzig Kilo. Sie hatte eine zehnjährige Tochter und eine kranke Mutter, die bei ihr wohnte und um die sie sich kümmerte. Eine äußerlich eher unauffällige Erscheinung, die von ihren Kollegen und Kolleginnen als freundlich und fleißig, aber auch als sehr zurückhaltend beschrieben wurde. Laut Aussage ihrer Mutter hatte sie seit der Scheidung im April 98 keinen Freund. Sie war Finanzbeamtin, ging morgens um sieben aus dem Haus und kam nachmittags immer pünktlich um vier zurück. Eine überaus korrekte, disziplinierte Frau. Einmal in der Woche ging sie ins Fitnesscenter, und zwar immer am Samstagnachmittag. Nur ganz selten traf sie sich mit Freunden und Bekannten. Sie verließ am 11. November 98, das war ein Mittwoch, gegen neunzehn Uhr das Haus, angeblich, um mit einer Freundin essen zu gehen. Ab da wurde sie nicht mehr lebend gesehen. Und jetzt kommt das Rätsel – alle Freundinnen, die wir befragt haben, behaupten, keine Verabredung mit ihr gehabt zu haben. Mit wem war sie also verabredet?«
»Könnte es jemand aus dem Fitnesscenter gewesen sein? Oder aus dem Finanzamt?«, fragte ein junger Beamter in Jeans und einem rot karierten Holzfällerhemd, der normalerweise im Drogendezernat arbeitete. Er hatte einen Dreitagebart, lange, dunkle, bis auf die Schultern fallende Haare und trug einen großen Ohrring mit einem Kreuz. Die meiste Zeit war er als Undercoveragent tätig, ein Grund für sein etwas heruntergekommenes Äußeres. Durant kannte ihn seit zwei Jahren und wusste, dass er ein überaus korrekter Polizist war, der schon einige große Dealer hinter Gitter gebracht hatte.

»Nein«, erwiderte Durant kopfschüttelnd. »Wir haben damals mit allen in Frage kommenden Personen des Studios gesprochen und keinen einzigen brauchbaren Hinweis erhalten. Auch dort war sie, wie auf ihrer Arbeitsstelle, sehr zurückhaltend, sie machte ihre Übungen und ging wieder. Sie hat, wie uns glaubwürdig versichert wurde, nie an der Bar gesessen oder irgendwelche Kontakte zu anderen Studiobesuchern aufgenommen. Auch die Befragungen ihrer Arbeitskollegen verliefen ergebnislos.
Kommen wir zu unserm nächsten Opfer. Carola Weidmann, zweiundzwanzig, verlobt, dunkelbraunes Haar, dunkle Augen, einssechsundsiebzig, zweiundsechzig Kilo. Besaß eine Boutique in der Goethestraße. Eine junge, dynamische Frau, die jedoch laut ihrem Verlobten und ihren Eltern kein flippiger Typ war. Sie wurde von allen damals Befragten als äußerst zuverlässig und diszipliniert beschrieben. Sie war keine Partygängerin, hielt sich lieber zu Hause auf. Keine Hobbys. Wie bei Albertz ab und zu Treffen mit Freunden, in dem Fall Freundinnen und Bekannten. Am 26. Oktober 98 wollte sie, so sagen ihre Eltern, ebenfalls mit einer Freundin essen gehen. Aber auch hier weiß keiner von allen Freunden und Bekannten etwas von einem Essenstermin mit ihr. Mit wem hat sie sich getroffen?
Nummer drei. Erika Müller, fünfunddreißig, verheiratet, zwei Kinder, Hausfrau, blond, blaue Augen, einsdreiundsechzig, sechsundsechzig Kilo. Ehemann Alkoholiker. Besuchte einmal in der Woche freitags Al-Anon, das ist für die, die damit nichts anfangen können, eine den AAs angeschlossene Organisation für Angehörige von Alkoholikern, meist Frauen. Sie verließ um kurz vor sieben das Haus und sagte zu ihrem Mann, sie sei wie immer so gegen dreiundzwanzig Uhr zu Hause, da ein Teil der Gruppe in der Regel nach dem Meeting noch in ein Lokal gegangen ist. Sie hat sich aber bereits

gegen halb neun dort verabschiedet, weil sie noch etwas vorhatte. Ihrer Freundin wollte sie aber nicht sagen, was sie vorhatte. Sie bat diese Freundin, eine Frau Schwab, auf keinen Fall ihrem Mann etwas davon zu sagen, und auf die nochmalige Frage von dieser Schwab, mit wem sie sich denn treffe, antwortete sie nur, sie würde ihr das ein andermal erzählen. Zwei Tage später ist sie tot. Ich habe jedoch Tagebücher von ihr, die ich nachher mit nach Hause nehmen werde, um ein bisschen drin zu blättern. Sie ist bis jetzt das einzige Opfer, von dem wir wissen, dass es ein Tagebuch geführt hat.
Und jetzt zu Nummer vier. Judith Kassner, fünfundzwanzig, ledig, brünett, einssiebenundsechzig, zirka achtundfünfzig Kilo. Studierte Mathe und Physik, arbeitete aber nebenbei als Prostituierte oder besser Edelnutte, wovon sie sich einen recht aufwendigen Lebensstil leisten konnte. Teilte sich mit einer Musikstudentin eine Wohnung in der Gräfstraße, hatte aber noch eine Wohnung in der Kelsterbacher Straße, wo sie offensichtlich auch einen Teil ihrer Freier empfing. Von ihr wissen wir bis jetzt nur, dass ihr Vater unbekannt ist und die Mutter, verheiratet mit einem Bankier, in der Toskana lebt. Sie hat sich gestern Mittag gegen eins von ihrer Freundin verabschiedet und gesagt, sie sei gegen sechs wieder zurück. Das ist alles, was wir bis jetzt an Fakten haben.« Sie wollte sich gerade setzen, als sie die Hand hob und sagte: »Ach ja, noch was. Professor Morbs hat uns vorhin darauf hingewiesen, dass alle Opfer, als sie gefunden wurden, teure Dessous anhatten. Ich meine, es gibt schon Frauen, die ab und zu etwas ausgefallene Unterwäsche tragen, aber alle vier? Ich möchte einen von Ihnen bitten, sich noch einmal die Berichte der Opfer anzusehen und mir zu sagen, welche Unterwäsche sie getragen haben. Wenn's geht mit dem Herstellernamen. Wie sieht's mit Ihnen aus, Herr Kullmer? Das dürfte doch Ihr Gebiet sein.«

»Mit Vergnügen«, erwiderte er mit einem breiten Grinsen.
Julia Durant nahm einen letzten Zug an der Zigarette und drückte sie im Aschenbecher aus. Ein erneuter Blick in die Runde, Berger meldete sich grinsend. »Darf ich auch etwas sagen?«
Durant grinste zurück und antwortete: »Sie sind der Boss.«
»Also, eine Hypothese. Vier Frauen, vier völlig unterschiedliche Lebensläufe. Unterschiedliches Alter, unterschiedlicher Bildungsgrad, unterschiedliche Interessen. Fangen wir mit der Müller an. Ehemann Alkoholiker, sie ist frustriert, lernt einen *netten* Mann kennen, sie und vor allem er wollen aber, dass die Sache geheim bleibt.
Albertz, geschieden, mit dreißig im besten Frauenalter, vermutlich sehr konservativ erzogen, vielleicht sogar von ihrer Mutter unterdrückt, lernt ebenfalls einen *netten* Mann kennen, muss dies aber aus verständlichen Gründen vor der kränkelnden Mutter verheimlichen.
Weidmann, verlobt, Vater stinkreicher Unternehmer, der ihr auch die Boutique gekauft hat. Wahrscheinlich ebenfalls eher konservativ erzogen, zumindest war sie vom zehnten bis achtzehnten Lebensjahr auf einem englischen Internat, will ausbrechen, lernt einen *netten* Mann kennen, muss aber auch hier dieses Verhältnis geheim halten, weil sie ja verlobt ist. Und alle drei haben ein Rendezvous mit unserem mysteriösen Unbekannten. Und weil er ihnen so gut gefällt, haben sie sich speziell für dieses Rendezvous diese Reizwäsche zugelegt …«
»Schön und gut«, unterbrach ihn Durant, »und was ist mit Judith Kassner? Wir wissen nichts über ihre Herkunft und schon gar nichts über ihre Erziehung. Aber ganz gleich, wie die gewesen ist, sie hat neben ihrem Studium als Hure gearbeitet, und damit passt sie nicht in das Bild. Sie hätte niemals einen Grund gehabt, eine Liaison zu verheimlichen, sie hätte

vermutlich niemals eine angefangen. Sie wollte frei sein, und als Hure, die fast immer zur Verfügung steht, muss man frei sein. Es tut mir Leid, Ihre Theorie über den Haufen zu werfen, aber alles, was Sie über die anderen drei gesagt haben, trifft auf die Kassner nicht zu. Außer vielleicht, sie wollte vor ihrer Freundin derart keusch erscheinen, dass sie eine Affäre … Nein, das geht nicht zusammen.« Sie überlegte, schüttelte den Kopf.

»Unter Umständen aber doch«, sagte Berger und beugte sich nach vorn, »vorausgesetzt, sie hat ihr Gewerbe seit längerem nicht betrieben und sich von einem reichen Typen aushalten lassen, musste aber auch das geheim halten, weil der Typ vielleicht verheiratet ist. Möglicherweise musste sie einen heiligen Schwur leisten, nie irgendjemandem gegenüber etwas über diese Beziehung verlauten zu lassen. Dann würde es doch ins Bild passen.«

»Was ist mit den Telefonnummern?«, wollte Durant wissen, ohne auf die letzte Bemerkung von Berger einzugehen, weil ihr seine Ausführungen zu hypothetisch erschienen.

»Es sind einige interessante Namen darunter. Moment, hier hab ich's. Wir haben nur die Personen herausgefiltert, die in Frankfurt und Umgebung wohnen. Zu ihrer Klientel zählten unter anderem Peter van Dyck, Filmproduzent, wohnhaft in Königstein. Jetzt kommt ein sehr bekannter Mann, Max Kleiber, Schriftsteller, wohnhaft in Bad Soden. Professor Alfred Richter, Psychologe, Psychoanalytiker und -therapeut, wohnhaft in Frankfurt und uns nicht ganz unbekannt, da er in der jüngsten Vergangenheit einige Male bei der Erstellung von Täterprofilen behilflich war. Mal sehen, wenn er mit der Kassner nur ab und zu gebumst hat, könnten wir ihn unter Umständen zu Rate ziehen, ansonsten müssen wir uns etwas anderes einfallen lassen. Alexander Maibaum, Dekan der Uni Frankfurt, wohnhaft in Bockenheim, ein Siemens-

Manager, ein Bankdirektor, zwei Schauspieler, ein Priester, mehrere Topmanager et cetera pp. Nun ja, die Liste lässt sich beliebig fortsetzen, wir haben auf jeden Fall etwa sechzig Männer, die im Rhein-Main-Gebiet ansässig sind. Unter den im Telefonverzeichnis aufgeführten Personen befindet sich im Übrigen keine Frau. Ich habe eine Kopie der Liste für alle hier Anwesenden anfertigen lassen. Es ist natürlich selbstverständlich, dass diese Daten absolut vertraulich zu behandeln sind.«

Julia Durant überflog die Liste, und mit einem Mal überzog ein breites Grinsen ihr Gesicht. Berger merkte es, lehnte sich zurück, verschränkte die Arme über dem Bauch und sagte lächelnd: »Ich weiß genau, was Sie jetzt denken. Ja, Richter Wenzel steht auch auf der Liste. Ich bin aber überzeugt, wir können ihn streichen. Oder wollen Sie ihn der kompromittierenden Situation aussetzen und ihn mit Fragen über sein Sexualleben behelligen?«

»Nur, wenn uns nichts anderes übrig bleibt …«

»Lassen Sie ihn in Ruhe, er ist verheiratet und in einem Alter, das sehr untypisch für einen Serienmörder wäre. Aber Sie sehen, nichts ist unmöglich. Eine hübsche junge Frau bringt auch einen alten Kerl wie den noch mal auf Trab.« Er hielt kurz inne, dann sagte er: »Noch irgendwelche Fragen oder Anmerkungen?«

»Was ist mit dieser Nadel?«, fragte ein junger Beamter, den Durant nicht einmal vom Sehen kannte.

»Das wissen wir noch nicht. Wir hoffen aber, mit Ihrer aller Hilfe das so schnell wie möglich herauszufinden. Ab morgen bilden wir eine Sonderkommission mit insgesamt sechzig Beamten. Wir müssen in den nächsten Tagen sehr viele Befragungen durchführen, und es liegt auch sehr viel Detailarbeit an.«

»Und es gibt absolut keinen Hinweis darauf, dass wenigstens

zwei der Opfer miteinander bekannt waren?«, fragte Oberkommissarin Christine Güttler, die einzige Frau im Raum außer Julia Durant.

»Nach unserem bisherigen Wissensstand, nein«, antwortete die Kommissarin. »Wobei natürlich immer noch die Möglichkeit besteht, dass sie sich kannten, aber wir konnten noch keine Verbindung herstellen. Allerdings muss ich dazu bemerken, dass die Fälle Müller und Kassner noch zu frisch sind, um irgendwelche eindeutigen Aussagen machen zu können. Eines möchte ich aber noch ausdrücklich betonen, und ich hoffe, unser Chef ist damit einverstanden – ich würde es begrüßen, wenn die Presse im Augenblick nichts von diesen Morden erfährt. Sobald wir die Medien im Nacken haben, ist es mit ruhiger Arbeit vorbei.«

»Das ist ganz in meinem Sinn, Sie wissen ja, wie ich zu diesen Pressefritzen stehe. Gut«, sagte Berger und erhob sich, »dann machen wir für heute Schluss ...«

»Einen Augenblick noch«, wurde er von Durant unterbrochen. »Ich will alles über die Kassner wissen. In ihrer Vita darf von ihrer Geburt bis zu ihrem Tod nichts fehlen. Wer immer das macht, ich will spätestens morgen Mittag die Vita auf meinem Tisch haben. Wie Sie das anstellen, ist mir egal, Hauptsache, ich hab die Sachen. Fahren Sie noch einmal in ihre Wohnung in der Kelsterbacher Straße, und stellen Sie von mir aus alles auf den Kopf. Und sollten Sie irgendetwas finden, das nur annähernd wie ein Tagebuch oder ein Notizbuch aussieht – mitnehmen! Und die Adressenliste der Kassner – ich will, dass jede Person, auch wenn derjenige nicht hier in der Gegend wohnt, befragt wird. Wir können nie ausschließen, dass es sich um einen Täter handelt, der nur sporadisch hier zu tun hat und dann seine Morde begeht.«

»Wer meldet sich freiwillig?«, fragte Berger.

Ein etwa dreißigjähriger Mann, dem Durant irgendwann ein-

mal auf dem Gang begegnet war, und Christine Güttler hoben die Hände.
»In Ordnung, Herr Wilhelm und Frau Güttler werden sich um die Vita kümmern. Ansonsten wünsche ich Ihnen allen noch einen angenehmen Feierabend, wir sehen uns morgen in alter Frische. Ach ja, Frau Durant, ich weiß, Sie hätten eigentlich erst in drei Wochen wieder Bereitschaft, aber ich muss Sie und die Herren Hellmer und Kullmer bitten, schon ab heute auf Abruf bereitzustehen. Es tut mir Leid, aber die Umstände erfordern besondere Maßnahmen. Ich brauche die besten Leute.«
»Na danke«, murmelte Julia Durant und rollte mit den Augen. »Das kann eine schöne Bereitschaft werden, wenn der Typ so weitermacht. Aber es lässt sich wohl nicht ändern. Ich fahr jetzt bei Frau Faun vorbei, um ihr die *wunderbare* Nachricht vom Tod ihrer Freundin zu überbringen. Danach geht's nach Hause, wo ich mir die Tagebücher der Müller vornehmen werde. An Schlaf ist in der nächsten Zeit wohl nicht zu denken.«
»Wenn er es wie letztes Jahr bei zwei Morden belässt …«
»Tut er nicht«, sagte sie bestimmt.
»Und was bringt Sie zu der Überzeugung?«
»Letztes Jahr lagen mehr als zwei Wochen zwischen den Morden. Diesmal haben wir zwei Tote innerhalb weniger Stunden. Er macht weiter, und zwar so lange, bis wir ihn haben. Er hat Blut geleckt, und sein Durst ist noch längst nicht gestillt. Bis morgen.« Sie nahm ihre Handtasche und die Tagebücher und wollte gerade das Büro verlassen, als sie innehielt, sich umdrehte und fragte: »Hat sich übrigens jemand um den Computer von der Kassner gekümmert?«
Berger schüttelte bedauernd den Kopf. »Ich muß sie leider enttäuschen, heute war keiner mehr verfügbar. Zwei Kollegen sind krank, zwei auf einem Seminar, und … Aber mor-

gen früh fährt jemand hin und holt das Ding ab. Versprochen.«

»Es gibt nichts, was mehr Priorität hat als dieser Fall«, sagte sie bestimmt und verließ das Büro. Hellmer kam ihr nach.

»Hör mal, Nadine fragt, ob du nicht Lust hättest, mal wieder vorbeizuschauen? Wie sieht's aus?«

»Eigentlich gerne, aber …«

»Aber was? Komm, ein schöner Abend bringt dich auf andere Gedanken. Und Nadine würde sich wirklich sehr freuen. Gib dir einen Ruck.«

Julia Durant lächelte Hellmer an. »Kann ich da Nein sagen? Wann soll ich kommen?«

»Morgen Abend? Es gibt bestimmt auch was ganz Leckeres zu essen. Und dann kannst du auch gleich mal sehen, wie unser Töchterchen gewachsen ist. Jeden Tag ein kleines Stück mehr.«

»In Ordnung. So gegen sieben?«

»Wir richten uns ganz nach dir. Wir haben doch immer nette Abende miteinander verbracht.«

»Ich mach mich jetzt auf den Weg. Und grüß Nadine von mir. Und denk an mich, wenn ich gleich zu Frau Faun fahre. Es ist das Beschissenste überhaupt an diesem Job. Aber es lässt sich nicht vermeiden, irgendwer muss es ihr ja sagen. Ciao und bis morgen.«

Montag, 19.20 Uhr

Bockenheim, Gräfstraße. Dunkelheit hatte sich über die Stadt gelegt, ein böiger Ostwind war aufgekommen, der Himmel war sternenklar, als Julia Durant ihren Corsa vor dem Haus abstellte. Auf der Fahrt vom Präsidium hierher hatte sie eine Gauloise geraucht, jetzt zündete sie sich eine weitere an. Sie stieg aus, laute Musik drang aus einem Bistro. Sie fühlte ein leichtes Rumoren im Magen, ob vom Hunger – sie hatte seit dem Mittag nichts mehr gegessen – oder aus Angst vor dem Moment, in dem sie Camilla Faun gegenüberstehen würde, wusste sie nicht. Sie spürte den kräftigen Herzschlag in ihrer Brust, das leichte Pochen in den Schläfen, während sie zur Haustür ging. Sie klingelte, der Türsummer ertönte leise, sie drückte die Tür auf und betätigte den Lichtschalter. Mit langsamen Schritten bewegte sie sich die alten, ausgetretenen Holzstufen nach oben und legte sich Worte zurecht, die sie am Ende doch nicht sagen würde, denn die Reaktion der Hinterbliebenen, der Freunde oder Bekannten war nie vorauszusehen. Camilla Faun stand in der Tür. Julia Durant hatte erneut das Gefühl, als würde sie sie anschauen.

»Guten Abend, Frau Faun«, sagte sie.

»Sie sind es«, erwiderte die junge Frau, »kommen Sie doch rein. Und, haben Sie etwas von Judith gehört?«, fragte sie und schloss die Tür.

»Ja, aber ich möchte das gerne im Wohnzimmer mit Ihnen besprechen.«

»Was ist passiert?«

»Setzen wir uns doch.«

Camilla Faun nahm in ihrem Sessel Platz und zündete sich eine Zigarette an. Sie machte einen nervösen, angespannten Eindruck, als würde sie ahnen, was als Nächstes folgen würde.

»Frau Faun, es ist für mich nie leicht, eine solche Nachricht zu überbringen, aber ich muss Ihnen leider mitteilen, dass Frau Kassner einem Gewaltverbrechen zum Opfer gefallen ist.«

Camilla Faun sagte im ersten Moment überhaupt nichts, sie rauchte, blies den Rauch durch die Nase wieder aus, pulte mit dem rechten Zeigefinger an ihrem Daumen.

»Judith«, sagte sie schließlich leise, und ein paar Tränen lösten sich aus ihren Augen. »Judith ist also tot. Warum sie?«
»Wir wissen es nicht.«
»Und wo haben Sie sie gefunden?«, fragte sie mit stockender Stimme weiter.
Julia Durant holte tief Luft, schloss kurz die Augen, bevor sie sagte: »In einer Wohnung in Niederrad.«
»In einer Wohnung?«
»Ja, eine Wohnung, die offensichtlich ihr gehörte. Zumindest war ihr Namensschild an der Tür.«
»Sie hat nie etwas von einer anderen Wohnung erwähnt. Ich verstehe das alles nicht.«
»Frau Faun, wir verstehen das genauso wenig wie Sie. Sind Sie stark genug, noch mehr zu hören?«
Camilla Faun nickte nur und wischte sich die Tränen aus dem Gesicht.
»Ihre Freundin hat offensichtlich ein Doppelleben geführt. Sie kannten nur das eine, Sie kannten die Studentin Judith Kassner, die freundliche, liebenswürdige, strebsame junge Frau. Aber Sie kannten nicht das andere Leben, das es ihr erlaubte, sich Kleider von Chanel und Dior zu kaufen und sündhaft teuren Schmuck. In diesem Ihnen unbekannten Leben war sie eine Prostituierte. Wir haben heute Mittag in ihrem Computer über hundert Telefonnummern gefunden und wissen inzwischen, dass es sich dabei um Freier von ihr handelte …«
»Judith war eine …? Nein, das kann ich nicht glauben. Prostituierte sind doch ganz anders …«
»Sie hat nicht in einem Bordell gearbeitet. Sie hatte eine sehr schöne Wohnung, und wie wir inzwischen wissen, hat sie nicht nur dort ihre, sagen wir, Klienten empfangen, sie hat auch Haus- und Hotelbesuche gemacht. Es tut mir Leid, Ihnen das so sagen zu müssen, aber Sie haben nur die Studentin Judith Kassner gekannt.«

Camilla Faun rauchte hastig, drückte die Zigarette im Aschenbecher aus und zündete sich gleich eine neue an. Sie wippte vor und zurück und schwieg sekundenlang. Schließlich sagte sie: »Dann war das mit ihrer Mutter wahrscheinlich alles gelogen. Aber warum hat sie das gemacht? Sie hätte doch diese Wohnung hier überhaupt nicht gebraucht!«
»Doch, Frau Faun, sie hat diese Wohnung gebraucht. Hier wohnte sie, in der andern ging sie ihrem Gewerbe nach …«
Camilla Faun lachte bitter auf. »Sie muss sehr gut gewesen sein, o ja, sie muss verdammt gut gewesen sein! Judith, mein Gott! Ich hätte alles von ihr erwartet, nur das nicht. Sie hat einfach mit fremden Männern geschlafen! Und ich habe mich immer gewundert, warum sie keinen Freund hat. Jetzt weiß ich es, sie brauchte keinen. Den Sex bekam sie von anderen, und Liebe wollte sie offensichtlich nicht.« Mit einem Mal lächelte sie sanft und fuhr fort: »Wissen Sie, Frau Durant, ein paar Mal habe ich mir Gedanken über Judith gemacht. Und ein paar Mal kam sie mir vor wie ein Vogel, der einfach nur frei sein wollte. Sie wollte keine Bindungen eingehen, sie wollte sich nicht herumkommandieren lassen, und wenn ich es rückblickend betrachte, hat sie es sogar einmal gesagt. Es war im letzten Winter, wir hatten es uns gemütlich gemacht, schöne Musik aufgelegt, eine Duftkerze angezündet, da haben wir uns über unser Leben unterhalten. Wir haben einen ganzen Abend und die ganze Nacht hindurch über alles Mögliche gesprochen. Über das Leben und den Tod, ob es einen Gott gibt, ein Leben nach dem Tod, warum Menschen sich bekriegen, warum es so wenig Gerechtigkeit auf der Welt gibt. Es war das erste und auch einzige Mal, dass wir so intensiv über uns gesprochen haben. Ich erinnere mich noch genau, wie sie gesagt hat, und ich spüre noch heute ihre Hand auf meiner, sollte ihr jemals etwas zustoßen, dann …« Sie stockte, wischte sich verlegen übers Gesicht.

»Was dann?«, hakte Julia Durant nach.
»Nichts weiter, es ist unwichtig. Damals habe ich zum Beispiel erfahren, dass sie ihren Vater nie zu Gesicht bekommen hat, und sie hat mir auch von ihrer Mutter erzählt, die angeblich mit einem reichen Bankier verheiratet ist, aber ich glaube jetzt, das war alles nur erfunden. Vielleicht existiert diese Mutter gar nicht. Im Augenblick weiß ich überhaupt nicht, was ich noch glauben soll. Und doch, Judith war die beste Freundin, die ich jemals hatte. Sie hat mir so viel geholfen, sie war einfach da, wenn ich sie brauchte. Und jetzt, was soll jetzt werden? Ich meine, ich will nicht jammern, es ist schlimm genug, dass Judith tot ist, nur, ich glaube kaum, dass ich jemals wieder eine Freundin wie sie finden werde.« Sie machte eine Pause, drückte ihre Zigarette aus und lehnte sich zurück. Sie schlug die Beine übereinander und legte den Kopf in den Nacken.
»Was werden Sie jetzt machen?«, fragte die Kommissarin.
Camilla Faun zuckte die Schultern. »Keine Ahnung. Ich werde mir wohl oder übel eine neue Bleibe suchen müssen. Ich könnte zwar wieder zu meiner Mutter ziehen, aber dann könnte ich nicht mehr in Frankfurt studieren. Und meine Mutter hat auch nicht so viel Geld, um mir eine Wohnung zu finanzieren. Ich bekomme Bafög, verdiene etwas nebenbei durch Musikunterricht, und dann und wann steckt mir meine Mutter ein paar Mark zu. Aber es würde trotz allem nicht reichen, um diese Wohnung zu halten. Dabei fühle ich mich hier so wohl.«
Julia Durant dachte an den Schmuck und ein möglicherweise prall gefülltes Konto, das Judith Kassner gehabt haben könnte. Und wenn tatsächlich weder ein Vater noch eine Mutter oder irgendwelche Geschwister existierten …
»Vielleicht gibt es eine Lösung für Ihr Problem«, meinte die Kommissarin nach einem Moment des Überlegens. »Hat Frau Kassner Geschwister?«

»Nein. Sie hat immer gesagt, sie sei ein Einzelkind. Sie hat immer nur von ihrer Mutter gesprochen.«
»Lassen Sie den Kopf nicht hängen, es wird bestimmt eine Möglichkeit geben, diese Wohnung zu behalten. Wenn nicht anders, lassen wir mal fünf gerade sein.«
»Was meinen Sie damit?«
»Warten Sie's ab.«
Es ist gegen das Gesetz, dachte sie, du darfst das nicht tun. Julia Durant erhob sich, ging in das Zimmer von Judith Kassner, zog die oberste Schublade der Frisierkommode heraus und sah den Schmuck vor sich. Sie nahm das Collier in die Hand und zwei Armbänder und kehrte zu Camilla Faun zurück.
»Passen Sie auf, Frau Faun. Ich werde Ihnen helfen. Frau Kassner hat eine Menge Schmuck, den sie jetzt nicht mehr braucht. Ich habe hier in meinen Händen ein Collier und zwei Armbänder. Nehmen Sie sie, und verstecken Sie sie gut. Es könnte immerhin sein, dass noch einmal ein paar Kollegen von mir hier auftauchen und die Wohnung durchsuchen. Dieses Collier und die Armbänder sind eine Menge Geld wert. Das ist die Hilfe, die ich Ihnen anbieten kann. Und ich könnte mir vorstellen, dass Ihre Freundin gewollt hätte, dass Sie diese Sachen kriegen. Und sollte sich kein Verwandter auffinden lassen, werde ich dafür sorgen, dass Sie alles bekommen. Versprochen.«
»Frau Durant, ich weiß nicht, was …«
»Sagen Sie jetzt gar nichts. Normalerweise dürfte ich das nicht tun, aber ich möchte, dass Sie hier wohnen bleiben und Ihr Studium beenden. Hören Sie, *ich* möchte es.«
»Warum tun Sie das?«, fragte Camilla Faun mit einem unnachahmlichen Lächeln.
»Weil ich Sie mag. Sie sind mir einfach sympathisch. Und vielleicht können Sie mir ja irgendwann mal einen Gefallen

tun. Und sollte Ihnen noch irgendetwas zu Ihrer Freundin einfallen, auch wenn es nur winzige, für Sie scheinbar unwichtige Details sind, so lassen Sie mich das wissen. Okay?«
»Ich weiß gar nicht, wie ich Ihnen danken soll …«
»Studieren Sie einfach weiter, und irgendwann wird sich alles von allein regeln.«
»Aber ich kann das nicht verkaufen. Wo sollte ich damit hingehen?«
»Ich erledige das zu gegebener Zeit für Sie.«
»Danke schön. Und im Moment komme ich noch ganz gut zurecht.« Und nach einer weiteren Pause: »Es ist seltsam, eigentlich müsste ich weinen, aber ich kann nicht. Ich weiß, ich werde Judith sehr vermissen, und doch gibt es ein Schicksal, gegen das wir uns nicht wehren können. Nicht wir bestimmen, wann unsere Zeit gekommen ist, es existiert eine höhere Macht, die uns abberuft. Ich glaube fest daran, auch wenn Judith ermordet wurde. Ihre Zeit war einfach gekommen … Wie ist sie überhaupt gestorben?«
»Sie wurde erdrosselt.«
»Haben Sie schon eine Spur zum Täter?«
»Nein, bis jetzt nicht. Wir vermuten, dass es sich um einen Serientäter handelt. Es gibt drei weitere Morde, die die gleiche Handschrift tragen.«
»Das ist wirklich schrecklich. Man möchte nicht glauben, zu was Menschen fähig sind. Als ob diese Welt und dieses Leben nicht schon aufregend genug wären, manchen reicht das einfach nicht. Die Welt ist schlecht geworden, die Menschen haben ihre Herzen verhärtet, und keiner kümmert sich mehr um den anderen. Sie sind egoistisch und lieblos, und daran wird letztendlich diese Welt auch zu Grunde gehen.«
»Frau Faun, es tut mir Leid, aber ich muss jetzt weg. Ich habe ab heute Bereitschaftsdienst und noch eine Menge Arbeit zu erledigen. Sie können mich natürlich jederzeit anrufen. Ach

ja, bevor ich's vergesse, morgen früh kommt ein Kollege von mir vorbei, um den Computer abzuholen. Wir hoffen, darauf noch mehr als nur ein Telefonverzeichnis zu finden.«

»Kein Problem, ich werde da sein. Und vielen Dank für Ihre Hilfe. Gute Nacht.«

Als Julia Durant zu ihrem Wagen ging, fühlte sie sich erleichtert. Sie würde natürlich Frank Hellmer die Sache mit dem Schmuck beichten, doch sie war sicher, er würde es verstehen. Ein eisiger Wind fegte durch die Straßen, die Kommissarin stellte die Heizung auf die höchste Stufe. Sie legte eine Kassette von Bon Jovi ein, drehte die Lautstärke hoch. Sie hielt an einer Tankstelle, tankte, holte sich drei Dosen Bier, zwei Schachteln Gauloises, eine Tafel Schokolade und eine große Tüte Chips. Um Viertel vor neun kam sie zu Hause an.

Montag, 20.30 Uhr

Sie hatten das Abendessen beendet, das Hausmädchen hatte den Tisch abgeräumt. Er ging ins Wohnzimmer, schaltete den Fernsehapparat ein und setzte sich aufs Sofa. Er sah auf den Bildschirm, nahm aber nicht wahr, was dort gezeigt wurde. Er dachte an den vergangenen Tag, das Abendessen, das sie, wie so oft, mit einer dahinplätschernden Unterhaltung eingenommen hatten. Sie war nach oben gegangen, kehrte aber nach wenigen Minuten zurück und setzte sich in den Sessel, der schräg neben der Couch stand. Sie trug ein kurzes dunkelblaues Kleid, das ihre Rundungen wieder einmal vollkommen zur Geltung brachte. Er begehrte sie, verzehrte sich nach ihr, manchmal brachte sie ihn schier um den Verstand, wie jetzt. Nach einem kurzen Moment stand sie wieder auf, ging ans Barfach, öffnete es und holte eine Flasche Scotch heraus.

»Möchtest du auch einen?«, fragte sie.
»Ja bitte«, antwortete er, den Blick starr auf den Fernsehapparat gerichtet.
Sie gab Eis ins Glas, schüttete den Scotch darüber und sagte im Stehen: »Schatz, wir müssen miteinander reden.«
»Und worüber?«, fragte er und sah sie kurz von der Seite an.
»Über uns, über was sonst?«
Er lachte auf, trank sein Glas in einem Zug leer, hielt es aber weiter in den Händen.
»Über uns! Was gibt es über uns schon noch zu reden?«
Sie setzte sich zu ihm auf die Couch, streichelte über seinen Kopf. »Eine Menge. Du weißt, ich liebe dich. Ich liebe dich mehr als alles auf der Welt. Und es ist mir egal, ob du …« Sie stockte und sah ihn liebevoll an.
»Ob was? Unser Leben ist verfahren, sieh es doch endlich ein. Ich liebe dich auch, aber manchmal erscheinst du mir wie eine Fata Morgana, der ich wie ein Verdurstender vergeblich hinterherrenne. Etwas ist kaputtgegangen, aber was?«
»Es ist nichts kaputtgegangen. Gar nichts. Es hat ein paar Scherben gegeben, mehr aber auch nicht. Und wir sind erwachsene Menschen, wir können doch über alles reden.«
»Es ist vorbei. Es wäre besser, du würdest dir einen anderen Mann suchen, einen, der dir all das gibt, das ich dir nicht geben kann. Du bist noch jung, du bist schön, du bist nicht dumm, dein Charisma … Ich dagegen bin ein Nichts. Und ich werde dich nie wirklich glücklich machen.«
»Du machst mich glücklich mit jedem Tag, an dem ich dich sehe. Wenn ich morgens aufwache, und du liegst neben mir, dann bin ich glücklich. Liebst du mich denn nicht mehr?«, fragte sie.
»Es zerreißt mir das Herz, so sehr liebe ich dich. Glaub es mir. Mehr als alles auf der Welt. Und weil ich dich so liebe, will ich, dass du glücklich bist …«

»Aber ich kann nur glücklich sein, wenn ich bei dir bin. Du bist der Mann, den ich immer wollte, und daran hat sich bis heute nichts geändert. Und du weißt, ich werde niemals gehen, es sei denn, du setzt mich mit Gewalt vor die Tür. Wirst du das tun?«

Er schüttelte den Kopf, beugte sich nach vorn, seine Hände umkrampften das Glas. »Ich könnte es doch gar nicht«, sagte er leise und mit Tränen in den Augen. »Wie könnte ich dir jemals Gewalt antun? Du bist so wunderschön, doch ich bin ein alter Mann.«

»Alt? Du bist nicht alt. Alte Männer gehen an Krücken, alte Männer verlieren ihr Gedächtnis, alte Männer stinken, sind störrisch und benehmen sich doch wie Kinder. Du bist jung und du bist mein Mann.« Sie legte die Beine angewinkelt auf die Couch und trank einen Schluck von ihrem Scotch. »Ich habe heute jemanden kennen gelernt. Er hat gesagt, es gebe unter Umständen eine Möglichkeit …«

»Wen hast du kennen gelernt?«, fragte er.

»Er ist mir von einer Bekannten empfohlen worden. Er hat eine Privatklinik in der Nähe von München und gilt als eine der herausragenden Koryphäen auf seinem Gebiet. Ich habe ihm unseren Fall geschildert, und … Wir sollten es zumindest versuchen. Und wenn du sagst, dass es dir das Herz zerreißt, so glaub mir, bei mir ist es nicht anders. Versuchen wir es.«

»Und du meinst wirklich, es könnte klappen? Wir haben doch schon so viel probiert!«

»Ich habe die Hoffnung nie aufgegeben. Und du kannst dich auf den Kopf stellen und mit den Ohren wackeln, ich werde dich nicht verlassen. Eher bringe ich mich um. Du bist mein Mann, und du wirst es immer bleiben. Es wird nie einen anderen geben.«

Er stand auf, ging ans Fenster, eine Hand in der Hosentasche.

Er sah hinaus in den Garten, der jetzt im Mondschein nur als Schemen zu erkennen war. Er hatte viel erreicht in seinem Leben, es gab viele, die ihn bewunderten, doch es gab kaum einen, der wusste, was sich in seinem Innern abspielte. Er war reich, angesehen, und doch fühlte er sich erbärmlich. Die ersten vier Jahre ihrer Ehe waren das Paradies auf Erden gewesen, sie waren das glücklichste Paar, bis zu jenem furchtbaren Tag, an dem sein und ihr Leben auf den Kopf gestellt wurden. Nein, er würde sie nicht verlassen und sie ihn nicht. Es würde weitergehen. Und wenn es wirklich helfen sollte, würde er sich auch in diese Klinik begeben. Das war er ihr schuldig.

Montag, 20.45 Uhr

Julia Durant parkte ihren Wagen in etwa dreißig Meter Entfernung zum Haus. Sie war müde und erschöpft, hatte Hunger und sehnte sich nach ihrer ruhigen Wohnung, einem heißen Bad und einer traumlosen, erholsamen Nacht. Im Briefkasten waren die Telefonrechnung, ein Umschlag von der Bank mit Kontoauszügen, ein Brief von ihrem Vater sowie die neueste Ausgabe des *Focus*. Sie steckte alles zusammen in die Tüte von der Tankstelle, begab sich mit langsamen Schritten nach oben, kickte die Tür mit dem Fuß zu, ging in die Küche und stellte die Tüte ab. Sie nahm eine Banane aus der Obstschüssel, aß sie im Stehen, zog die Jacke aus, hängte sie über einen Stuhl. Dann öffnete sie den Kühlschrank, holte Salami und ein Glas Gurken heraus, schnitt zwei Scheiben Brot ab, schmierte etwas Butter darauf und belegte sie mit der Wurst. Sie riss den Verschluss einer Dose Bier auf und trank in kleinen Schlucken. Schließlich nahm sie den Teller mit den Broten und den zwei Gurken und die Dose Bier und ging damit ins Wohnzimmer. Sie setzte sich in den Sessel, legte

die Beine hoch und begann zu essen. Als sie fertig gegessen und die Dose leer getrunken hatte, erhob sie sich und sah nach, ob auf dem Anrufbeantworter irgendwelche Nachrichten waren. Ihr Vater bat darum, zurückgerufen zu werden, ebenso Frank Hellmer. Sie zögerte einen Moment, schließlich wählte sie Hellmers Nummer.
»Hallo, ich bin's, Julia«, sagte sie, nachdem er sich gemeldet hatte. »Was gibt's?«
»Schön, dass du anrufst. Ich hab's vorher auf deinem Handy probiert …«
»Wahrscheinlich ist der Akku leer. Ich lad ihn gleich auf.«
»Hör zu, Berger hat angerufen. Morbs ist mitten dabei, die Kassner zu untersuchen. Ich weiß zwar nicht, wie du das machst, aber sie hatte Geschlechtsverkehr, bevor sie umgebracht wurde. Erzähl du mir noch was von deiner angeblich verloren gegangenen Intuition.«
»Was?«, fragte Julia Durant ungläubig. »Wirklich?«
»Wenn ich's dir sage. Er hat Sperma im Vaginal- und Analbereich gefunden. Ziemlich ungewöhnlich für eine Hure, oder?«
»Einerseits ja, wenn sie ihren Freier aber gut gekannt hat und er einen negativen Aidstest neueren Datums vorlegen konnte …«
»Quatsch, daran glaubst du ja wohl selbst nicht. Da steckt was anderes dahinter.«
»Und an was denkst du?«
»Vielleicht an das Gleiche wie du. Sie hatte seit längerer Zeit jemanden, dem sie bedingungslos vertraut hat.«
»Aber er ist nicht ihr Mörder«, sagte sie ruhig.
»Ach, und wieso nicht?«
»Weil es nicht zu den anderen Fällen passt. Der Typ ist nicht so blöd und hinterlässt bei seinem vierten Opfer seine Visitenkarte, nachdem er die anderen drei sogar noch gewaschen

hat. Da hätte er uns auch gleich seine Telefonnummer aufschreiben können. Wir brauchen nur alle auf der Liste zu vernehmen, und ich wette, einer von ihnen war gestern mit ihr zusammen. Fragt sich nur, bis wann.«

»Und wenn er nicht auf der Liste steht? Wenn er diesmal bewusst seine Visitenkarte hinterlassen hat, weil er weiß, dass er nicht auf der Liste ist? Er spielt mit uns, und er will sehen, ob wir auf sein Spiel eingehen.«

»Wenn du meinst. Ich würde sagen, wir lassen uns überraschen. So, und jetzt sei mir bitte nicht böse, aber ich bin hundemüde und möchte nur noch ein Bad nehmen und dabei ein bisschen in den Tagebüchern blättern. Bis morgen und gute Nacht.«

Sie legte auf, dachte kurz nach, wählte schließlich noch die Nummer ihres Vaters.

»Hallo, Paps, ich sollte mich melden«, sagte sie mit müder Stimme.

»Oh, oh, du klingst gar nicht gut. Was ist los?«

»Ein andermal, okay? Mir geht's wirklich nicht besonders.«

»Die Arbeit?«, fragte er.

»Ja, was sonst. Zwei tote Frauen innerhalb von wenigen Stunden. Ist deine Neugier damit gestillt?«

»Eigentlich nicht, aber du kannst es mir ja irgendwann erzählen. Ich wollte auch nur mal hören, wie es dir geht.«

»Bis heute Morgen war alles in Ordnung. Na ja, und dann dieser Mist. Zwei junge Frauen innerhalb weniger Stunden auf genau dieselbe Weise umgebracht. Und vergangenes Jahr hatten wir schon mal das Gleiche. Nur, dass damals mehr als zwei Wochen zwischen den Morden lagen und diesmal nur wenige Stunden ...«

»Du meinst, diese Morde und die vom letzten Jahr wurden vom selben Täter begangen?«

»Ich meine es nicht nur, ich weiß es. Wir haben damals keine

Details an die Medien weitergegeben, so dass ein potenzieller Nachahmer auszuschließen ist. Und ich kann dir sagen, es gibt eine Menge Details.«

»Kann ich dir irgendwie helfen?«, fragte Durants Vater.

»Eigentlich wollte ich gar nicht mit dir über diese Sache reden«, sagte Julia Durant mit einem Lächeln, »aber du bringst es immer wieder fertig, dass ich dir alles sage. Doch um auf deine Frage zurückzukommen, du kannst mir nicht helfen. Unter Umständen, wenn wir mehr Fakten zusammengetragen haben …«

»Das habe ich nicht gemeint. Brauchst *du* Hilfe?«

»Es geht, Paps. Ich komme zurecht. Und sollte mir irgendwann die Decke auf den Kopf fallen, setz ich mich einfach ins Auto und steh plötzlich vor deiner Tür. Einverstanden?«

»Das wollte ich ja nur hören. Und du kannst auch ruhig kommen, wenn dir die Decke nicht auf den Kopf fällt. Und jetzt genieß den Abend, soweit das überhaupt möglich ist.«

»Ciao, Paps, und ich melde mich bald wieder.«

Sie nahm den Hörer mit sich und legte ihn auf den Tisch. Dann ließ sie Badewasser einlaufen, gab etwas Schaum dazu, und während das Wasser hinter ihr rauschte, betrachtete sie ihr Gesicht im Spiegel. Die vergangenen Jahre bei der Kripo hatten Spuren hinterlassen, ein paar bis jetzt kaum sichtbare Krähenfüße um die Augen, ein leicht verbitterter Zug um die Mundwinkel, die Haut, so fand sie, wirkte grau. Sie schüttelte den Kopf. Das war eben das Leben, die immer schneller werdende Zeit, der Knochenjob, zu wenig Schlaf, zu viele Zigaretten. Was soll's, dachte sie mit einem müden Lächeln und drehte sich um. Die Wanne war zur Hälfte gefüllt, der Schaum türmte sich schon jetzt fast bis zum Wannenrand. Die Kommissarin entkleidete sich, ging noch einmal zurück ins Wohnzimmer, holte die Tagebücher, die Schere, mit der sie schon dicke Drähte durchtrennt hatte, eine weitere Dose

Bier sowie die Zigaretten, legte die Bücher und die Schere auf den kleinen Stuhl neben der Wanne und stellte den Aschenbecher auf den Wannenrand. Dann riss sie den Verschluss der Dose auf, trank zwei Schlucke und stellte sie auf den Boden. Es dauerte einige Sekunden, bis sie den Lederverschluss des Tagebuchs durchtrennt hatte. Sie zündete sich eine Zigarette an und schlug das Buch auf. Es war das von diesem Jahr. Julia Durant las die erste Seite.

1. Januar 1999
Ein besch... Tag. Seit Weihnachten ist Bernd nur noch besoffen. Warum tut er sich das an? Warum den Kindern? Wir konnten nicht einmal Freunde einladen, weil ich mich geschämt habe. Er ist doch kein schlechter Mensch. Ich sehne mich so nach seiner Zärtlichkeit, wie früher, aber der Suff macht das alles kaputt. Er kriegt ihn ja kaum noch hoch. Aber ich brauche es, nur er braucht es anscheinend nicht. Prost Neujahr!

Julia Durant nahm einen weiteren Schluck von ihrem Bier, strich sich mit einer Hand über den Bauch und über die Brust, trocknete die Hand anschließend ab und blätterte um.

2. Januar
Vergiss es! Ich habe die Schnauze bis oben hin voll. Ich werde irgendwann (bald!!) die Kinder nehmen und abhauen. Ich werde nicht länger zulassen, dass er mein Leben und das der Kinder zerstört. Er ist krank und nicht ich. Adieu, Liebling, ich habe keine Liebe mehr für dich, nur noch Mitleid. Sauf dich von mir aus zu Tode. Ich finde bestimmt jemand anders, jemanden, der mich so liebt, wie ich bin.

Einige Eintragungen bestanden nur aus wenigen Worten, andere füllten eine halbe Seite oder mehr aus. Es war das Tagebuch einer vom Leben enttäuschten und verbitterten Frau, einer Frau, die ihren Mann über alles liebte und es nicht länger ertragen konnte und wollte, dass er sich allmählich selbst zerstörte. Dennoch keimte zwischendrin immer wieder die Hoffnung auf, alles würde sich zum Guten wenden, doch wurde diese Hoffnung stets aufs Neue zunichte gemacht. Im März war er für zehn Tage zur Entgiftung in einer Klinik.

23. März
Er hat mich endlich erhört. Er ist freiwillig zur Entgiftung in die Klinik gefahren. Ich habe ihn hingebracht. Der Arzt sagte, er müsse zwischen acht und vierzehn Tagen dort bleiben. Anschließend meinte er noch, dass die Entgiftung allein nicht ausreiche, sondern eine Therapie notwendig sei. Ich wusste das natürlich alles schon vorher, habe mich aber nicht dazu geäußert. Ich wollte vor dem Arzt nicht meine ganze Lebens- und Leidensgeschichte ausbreiten, das geht nur mich etwas an. Ich hoffe, Bernd hält durch und macht auch eine Therapie. Ich weiß, es ist schmerzhaft, aber ich weiß auch, dass wir nur dadurch wieder richtig zusammenkommen können. Ich liebe dich, Bernd.

26. März
Bernd hat angerufen. Er sagt, er liebe mich und wolle, dass alles so wird wie früher. Seine Stimme tat mir so gut, er klang so klar, und ich bin überzeugt, er meint es ernst. Warum sonst hätte er freiwillig in die Klinik gehen sollen? Ich wusste es immer, ich durfte ihn nicht verlassen. Alles wird gut.

1. April
Heute Mittag habe ich Bernd aus der Klinik abgeholt. Er wirkt frisch und zuversichtlich. Im Auto hat er mir gesagt, dass er vorhabe, im Sommer eine Therapie zu machen. Es wäre das schönste Geschenk, das er mir überhaupt machen könnte. Ich wollte ihm nie etwas Böses, ich wollte nur, dass es ihm und uns gut geht. Er muss nur trocken bleiben. Und er wird es schaffen, ich weiß es.

Danach trank er zwei Wochen nichts als Wasser, sagte, er fühle sich wohl, dann begann er von einem Moment auf den nächsten wieder mit dem Trinken. Es war ein ständiges Auf und Ab, Hoffnung und tiefer Fall. Schließlich folgende deprimierende Eintragung.

17. April
Wie sehr hatte ich gehofft, er würde diesmal durchhalten, wie sehr hatte ich mich gefreut über seinen guten Willen. Und warum das jetzt wieder? Ich hatte vorgestern doch Recht, ich habe es gerochen. Was habe ich dir getan, sag es mir doch? Aber immer, wenn ich ihn darauf anspreche, schweigt er. Er schweigt und säuft. Morgens zur Arbeit, mein Gott, wie hält er das nur aus, und wieso merkt keiner von seinen Kollegen etwas? Und abends vor den Fernseher und trinken. Lieber Gott, kannst Du ihm denn nicht helfen? Lass ihn von mir aus krank werden, so krank, dass er für einige Monate in eine Klinik muss, wo er nichts trinken darf. Ich liebe ihn noch immer, aber ich halte den Zustand nicht mehr aus. Ich brauche Liebe, nicht nur Worte, ich brauche

ihn, seinen Körper. Bin ich etwa doch schuld, dass er trinkt?

Die Seiten waren gefüllt mit Vorwürfen und Selbstvorwürfen, der heimlichen Drohung, ihn zusammen mit den Kindern zu verlassen, dann wieder, doch bei ihm zu bleiben, weil es vielleicht ihre Bestimmung war. Eine in sich zerrissene, desillusionierte Frau. Eine Frau, die sich nichts sehnlicher wünschte als Liebe und Geborgenheit. Der einzige Halt war ihre allwöchentliche Gruppe, wo sie sich mit Frauen traf, die ein gleiches oder ähnliches Schicksal miteinander verband. Schließlich eine Eintragung, die sich ganz wesentlich von den andern unterschied und die Julia Durant zusammenzucken ließ.

16. August
Ich werde mir einen Anwalt nehmen. Ich kann und will nicht mehr. Erst mein Vater, dann er. Warum habe ich ihn gewählt? Warum wieder einen Alkoholiker? Habe ich in ihm einen Vater gesehen? Meinen Vater, wie mein Therapeut sagt? Ihn habe ich ebenfalls geliebt, auch wenn er sich zu Tode gesoffen hat. Aber das ist jetzt egal. Mir sind die Augen geöffnet worden. Die vielen Abende in der letzten Zeit, in denen er weg war und ich dachte, er würde sein Bier in der Kneipe trinken, hat er mit einer andern verbracht. Diese Demütigung ist zu viel für mich. Lieber Gott, ich habe bis jetzt alles ausgehalten, aber eine andere Frau, das kann und will ich nicht ertragen. Soll sie sich um ihn kümmern, soll sie seine Wäsche waschen, nachts seinen stinkenden Atem riechen, wenn er besoffen und schnarchend neben ihr liegt. Ich will sie gar nicht kennen lernen, sie ist mit Sicherheit keinen Deut besser

als ich. Oder sie ist blind. Oder, was noch viel demütigender wäre, mit ihr kann er bumsen. Das letzte Mal hat er vor ziemlich genau vier Monaten mit mir geschlafen. Zehn Minuten lang. Schlappschwanz! Er wird auf jeden Fall in Zukunft ohne mich auskommen müssen. Ich werde die Scheidung einreichen. Schluss, Schluss, Schluss!!!

»Wow«, entfuhr es der Kommissarin, die sich eine weitere Zigarette ansteckte und hastig inhalierte. »Mein lieber Scholli, das war's also! Nicht nur Saufen, auch noch eine andere Frau. Die Männer sind doch alle gleich«, sagte sie zu sich selbst mit abfällig herabgezogenen Mundwinkeln. »Alles Schweinehunde!«
Unwillkürlich dachte sie an ihren Exmann, der zwar kein Alkoholiker war, dafür vor keinem Rock Halt machte, unter dem ein einigermaßen attraktiver Körper steckte. Und sie erinnerte sich der anderen Enttäuschungen der letzten Zeit. Wie lange war es her, dass sie zuletzt mit einem Mann geschlafen hatte? Sie schloss die Augen und überlegte, während sie das Buch in der Hand hielt. Vor ziemlich genau elf Wochen, es war im August gewesen, an einem dieser unglaublich heißen Tage in diesem schier endlosen Sommer, als sie ihn in einer, in ihrer Bar kennen gelernt hatte. Er hatte das gewisse Etwas gehabt, diesen gewissen Blick, der ihr gesamtes Inneres in Aufruhr gebracht hatte. Er war kaum größer gewesen als sie, aber die Größe eines Mannes hatte sie eigentlich nie interessiert. Es waren mehr die Augen, die Hände und der Mund, auf die sie achtete. Und er hatte schöne Augen, gepflegte Hände, mit langen, schmalen Fingern, und einen Mund, der zum Küssen förmlich einlud. Sie hatte mit ihm geschlafen, zwei Nächte lang, bis er ihr gestand, am nächsten Tag wieder nach Hamburg zu müssen, er habe nur

geschäftlich in Frankfurt zu tun gehabt. Er hatte versprochen, sich zu melden, hatte aber weder eine Adresse noch eine Telefonnummer hinterlassen. Er war einfach verschwunden, und sie hatte nichts mehr von ihm gehört. Wahrscheinlich war er verheiratet, auch wenn er keinen Ehering trug, aber wer trug heutzutage schon noch einen, in einer Zeit der grenzenlosen Freiheit, wo jeder sich nahm, was er kriegen konnte. Und er hatte *sie* bekommen, für zwei Nächte. Sie hatte nur die Schultern gezuckt, in Gedanken einen Haken dahinter gemacht, in dem Wissen, es würde irgendwann wieder einer kommen, mit dem sie eine oder mehrere Nächte verbringen würde.
Auf jeden Fall konnte sie Erika Müller verstehen, auch wenn sie es nie mit einem Alkoholiker zu tun gehabt hatte. Aber sie wusste um die Nebenwirkungen permanenten Alkoholmissbrauchs, Leberschäden, Nervenschäden, Krankheiten der inneren Organe, aber auch Gedächtnisverlust und nachlassende Libido, bis hin zum völligen Potenzverlust.
Mit einem Mal blieb ihr Blick auf einer Seite im Oktober hängen. Sie las wie gebannt.

15. Oktober
Nun, nachdem ich weiß, dass er in eine Scheidung nie einwilligen wird und ich momentan auch nicht den Mut aufbringe, ihn einfach zu verlassen, werde ich ihm wenigstens eine Lektion erteilen. Das Treffen heute Abend war herrlich. Ich habe seit Jahren nicht mehr so gelacht und habe mich vor allem mit I. wieder besonders gut verstanden, genau wie letztes Jahr. Komisch, dass ein ganzes Jahr vergehen musste, bis wir uns zufällig – gibt es eigentlich einen Zufall? – wieder getroffen haben. Wir werden uns schon bald wiedersehen, und dann bin ich gespannt, was auf mich zu-

kommt. Und sollte Bernd das je lesen, so macht es mir nichts aus, im Gegenteil, es ist nur die Rache einer betrogenen Frau! So, da hast du es! Am nächsten Freitag treffen wir uns, und auch wenn ich nicht weiß, was wir genau machen werden, es kann nur besser sein als das, was ich in den vergangenen Jahren erlebt habe. Danke, Gott, danke, danke, danke!! Ich stehe ewig in deiner Schuld, dass du mir diese Chance gibst. Das Leben ist doch schön!!!

Durant war wie elektrisiert. Sie schoss hoch, las den Abschnitt noch einmal. Dann blätterte sie zum darauf folgenden Donnerstag.

21. Oktober
Alles wie gehabt. Aber morgen lasse ich die S... raus. Augen zu und durch, oder nein, lieber die Augen offen halten und sehen, was auf mich zukommt. Ich bin ja so gespannt, was mich erwartet, so neugierig. Was wird der morgige Abend bringen? Ich kann es kaum erwarten. Ich freu mich so.

Julia Durant klappte das Buch zu. Sie hat sich mit jemandem getroffen, dachte sie. Aber sie hat seinen Namen nicht genannt. Warum hat sie es nicht getan? Hatte sie Angst, ihr Mann könnte es herausfinden und sie zur Rede stellen, sie vielleicht sogar schlagen? Ich muss sehen, was sie letztes Jahr geschrieben hat. Wie lange war es her, ein Jahr? Und warum hatte Renate Schwab nichts davon erwähnt, dass Erika Müller auch schon die Woche davor nicht die ganze Zeit über beim Meeting gewesen war?
Sie war nervös, steckte sich eine Zigarette an, legte das Buch auf den Boden, schnitt das zweite Buch auf, es war das von

97, ließ es fallen und nahm das dritte. Sie blätterte ab Ende September 98 – fast alles Eintragungen, die sie ähnlich schon von dem anderen Buch kannte –, bis sie schließlich den gewünschten Eintrag fand.

9. Oktober
Irre, diese Party! Hab mich lange nicht so wohl gefühlt. Habe diesmal das Nachmeeting geschwänzt, habe gesagt, ich müsse nach Hause, weil Bernd krank sei. Dabei wusste ich genau, dass er bestimmt schon seit zehn besoffen im Bett lag. Er ist sowieso mehr mit seinem Bier und seinem Schnaps verheiratet als mit mir. Tut mir Leid, dass ich gelogen habe, aber es musste sein. Irgendwann einmal musste ich diesem Käfig entfliehen, und wie hätte ich diese Einladung ausschlagen können? Vor allem I. ist etwas Besonderes. Allein sich mit I. zu unterhalten, war diesen Abend wert. Und dieses Gesicht, diese Haare, dieser Mund, diese Hände! Ich weiß nicht, ob wir uns je wiedersehen werden, ich kenne ja nicht einmal den richtigen Namen, so wenig, wie die andern meinen kennen. Trotzdem, wenn das Schicksal es will, kreuzen sich vielleicht doch noch einmal unsere Wege. Man muss nur warten können.

Julia Durant las auch diesen Eintrag ein zweites Mal, legte das Buch auf den Hocker, schloss die Augen. In ihrem Kopf kreisten die Gedanken wie in einem Karussell. Mit einem Mal fragte sie sich, ob es nicht vielleicht doch ein Tagebuch von Juliane Albertz und den anderen Opfern gab. Sie erinnerte sich, wie sie vor etwa einem Jahr die Mutter von Juliane Albertz nach einem Tagebuch gefragt und die harte und abweisende Antwort erhalten hatte: »Nein, meine Tochter hat

kein Tagebuch geführt. So was machen junge Mädchen, aber keine erwachsenen Frauen.« Und die Antwort war wie aus der Pistole geschossen gekommen.
Sie würde sie noch einmal fragen, und ganz gleich, ob sie krank war oder sich inzwischen von ihrem Schlaganfall erholt hatte, sie würde ihr Rede und Antwort stehen müssen. Die Frau war Anfang sechzig, und Julia Durant hatte sich damals schon über ihr Verhalten gewundert. Es war keine oder nur wenig Trauer in ihrem Gesicht zu lesen oder aus ihren Worten zu hören gewesen, sie hatte ihr regungslos gegenübergesessen und einfach nur monoton die Fragen beantwortet, kühl und abweisend. Jetzt, nach fast einem Jahr, fiel Durant das seltsame Verhalten der Frau wieder ein, klangen noch immer ihre Worte in ihren Ohren.
Sie trank die Dose Bier aus, wusch sich, trocknete sich ab, ließ das Wasser ablaufen. Ihre Haut war trocken und juckte. Sie cremte sich mit Bodylotion ein, genoss die erfrischende Kühle der Lotion auf der Haut, massierte sie langsam ein und stellte sich vor, ein Mann wäre jetzt hier und würde sie einreiben und massieren und … Sie lächelte ob des absurden Gedankens, zog sich, als sie fertig war, einen weißen Slip und ein ebenso weißes T-Shirt an, putzte sich die Zähne, bürstete ihr Haar, nahm die Tagebücher, löschte das Licht im Bad und ging zu Bett. Sie war müde und wusste, dass morgen ein anstrengender Tag bevorstand. Sie knipste die Nachttischlampe an, legte sich hin, rauchte noch eine Zigarette und schaute dabei an die Decke. Es würde ein harter Fall werden, vielleicht einer der schwersten, seit sie bei der Mordkommission arbeitete, ein Fall, so undurchsichtig wie eine schwarze Wand bei Nacht. Auf was für einer Party war Erika Müller gewesen? Und wer war dieser geheimnisvolle I.? War I. ihr Mörder? War I. derjenige, den alle kannten, den alle als so Vertrauen erweckend empfunden hatten und über den keines

der Opfer auch nur ein Detail erzählt hatte? Und wenn es so war, warum hatten sie nichts erzählt? Gab es ein Geheimnis, das sie verband, das so geheim war, das es ihnen unmöglich machte, mit irgendjemandem darüber zu sprechen? Hatten sie einen heiligen Schwur geleistet? War I. der Wolf im Schafspelz, die reißende Bestie im Gottesgewand? Oder war er einfach nur eine nette Person, die nichts mit diesem Fall zu tun hatte? Fragen über Fragen, auf die die Polizei wohl nur allmählich, wenn überhaupt, Antworten bekommen würde.

Sie drückte die Zigarette aus, zog die Bettdecke bis ans Kinn und rollte sich auf die Seite. Sie schloss die Augen, doch trotz ihrer Müdigkeit hatte sie Mühe einzuschlafen. Das letzte Mal, dass sie zur Uhr blickte, war um 0.50 Uhr.

Dienstag, 7.45 Uhr

Berger hockte schon seit halb sieben hinter seinem Schreibtisch. Nach und nach trudelten die anderen Kommissare ein, als eine der Letzten gegen Viertel vor acht Julia Durant.

Sie hatte wieder einmal schlecht geschlafen (sie schob es auf ihr unausgefülltes Sexualleben), hatte sich unruhig, von Albträumen geplagt, im Bett herumgewälzt, war um halb sieben aufgewacht, nach knapp fünfeinhalb Stunden Schlaf. Sie hatte kaum etwas gefrühstückt, lediglich eine Banane und eine Tasse Kaffee zu sich genommen. Die tiefen Ringe unter den Augen hatte sie mit etwas Make-up zu kaschieren versucht. Sie murmelte, als sie Hellmer sah, nur ein »Morgen«. Berger, der allein in seinem Büro war, als Durant hereinkam, blickte kurz auf. Er hatte Fotos vor sich ausgebreitet und blätterte in einer Akte.

»Guten Morgen, Frau Durant«, sagte er und deutete auf einen

Stuhl. »Setzen Sie sich, ich habe gerade den Bericht von der Gerichtsmedizin bekommen.« Er reichte Durant die Akte über den Tisch.

Der Bericht war in fast allen Punkten identisch mit denen der drei anderen Opfer – Schläge, Nadelstiche, abgebissene Brustwarzen –, es gab nur einen Unterschied, Judith Kassner hatte Geschlechtsverkehr gehabt, aber das wusste sie ja bereits von Hellmer. »Kennen die andern den Bericht schon?«, fragte sie.

»Hellmer kennt ihn. Es ist schon erstaunlich, wie schnell unsere Leichenschänder heutzutage arbeiten«, antwortete Berger, während er die Fotos vor sich betrachtete.

»Vaginale und anale Penetration und Ejakulation«, las sie leise, ihre Lippen bewegten sich kaum.

»Was halten Sie davon?«, fragte Berger, und die Frage klang wie: Haben Sie gut geschlafen?

»Mit wem immer sie Verkehr hatte, es war nicht ihr Mörder«, antwortete sie mit fester Stimme.

»Aha. Und was macht Sie da so sicher?«

»In der Kriminalgeschichte gibt es meines Wissens nach keinen belegten Fall, in dem ein Serienmörder, der nach einem derart ausgeklügelten Muster vorgeht, plötzlich diesem Muster nicht mehr folgt. Es wäre einfach ein Novum.«

»Es gibt sehr wohl Fälle …«

»Natürlich. Aber wer immer sie gebumst hat, *er* war es nicht.«

»Und wie hat sich Ihrer Meinung nach der Sonntag abgespielt?«

»Sie hat entweder einen Freier empfangen, was ich für eher unwahrscheinlich halte, da sie dann ein Kondom benutzt hätte, oder sie hatte, wovon ich inzwischen überzeugt bin, einen festen Liebhaber, bei dem sie sichergehen konnte, dass er sie nicht anstecken würde.«

»Eine Hure und ein fester Liebhaber?«, fragte Berger zweifelnd und fuhr sich übers Doppelkinn.
»Hab ich sie gestern auch schon gefragt«, sagte Hellmer, der plötzlich in der Tür stand, an den Rahmen gelehnt, die Arme über der Brust verschränkt.
»Warum nicht? Haben Sie mir gestern nicht gesagt, dass zum Beispiel einer ihrer Freier, ein gewisser Kreuzer, zuletzt vor einem Jahr bei ihr war? Was, wenn sie ihr Gewerbe aufgegeben hat?«
»Ein derart einträgliches Gewerbe?«, fragte Berger mit ungläubigem Blick. »Niemals!«
»Nehmen wir an, sie hat einen finanziell potenten Mann kennen gelernt, er hat sich in sie verliebt, ob sie sich in ihn, lassen wir dahingestellt, er hat gesagt, dass er nicht möchte, dass sie als Hure arbeitet, und hat ihr den Gewinnausfall bezahlt. In Frankfurt und Umgebung wohnen bekanntlich sehr viele sehr reiche Männer. Und sich eine Mätresse zu halten soll angeblich immer mehr in Mode kommen. Zumindest in bestimmten Kreisen. Und sollte ich Recht haben, dann brauchte er auch kein Kondom. Und umgebracht hat er sie mit Sicherheit nicht. Ich schätze, er dürfte so zwischen vierzig und Mitte fünfzig sein, zu Hause läuft nicht mehr viel mit seiner Frau, er braucht eine junge, feurige Geliebte, die dazu noch eine angenehme Gesprächspartnerin ist und mit der er sich in der Öffentlichkeit zeigen lassen kann, und dafür ist er bereit, jeden Preis zu zahlen …«
»Und Sie glauben allen Ernstes, eine Ehefrau würde so was dulden?«, fragte Berger zweifelnd.
»Ach kommen Sie, in bestimmten Kreisen, das wissen Sie selbst, ist das gang und gäbe. Die Ehefrauen leben wie die Made im Speck und akzeptieren, wenn nach zwanzig oder dreißig Jahren Ehe der Mann sein Vergnügen bei einer andern sucht. Sie sagen sich, was soll ich auf irgendwelchen

Empfängen oder Festen, wo ich mich doch nur langweile, also soll er doch mit seiner Geliebten hingehen. Das ist nun mal so. Wir leben nicht mehr in den fünfziger Jahren. Und eine Judith Kassner, die vielleicht schon seit längerem mit dem Gedanken gespielt hat, ihr Gewerbe allmählich aufzugeben, um sich mehr ihrer beruflichen Zukunft zu widmen, wird nicht lange gezögert haben, dieses verlockende Angebot anzunehmen …«

»Das ist aber reine Spekulation, Frau Kollegin«, bemerkte Berger.

»Spekulation hin, Spekulation her, für mich hat es sich so abgespielt. Wir werden ja sehen, wer Recht hat. Wir müssen alle in der Liste aufgeführten Männer befragen, diskret natürlich, um herauszufinden, wann sie zuletzt mit Judith Kassner zusammen waren. Sie haben gestern ja gesagt, dass wir ab heute eine Soko von sechzig Mann haben werden. Somit haben wir auch genug Personal, um die Befragungen so schnell wie möglich durchzuführen. Wobei ich gleich hinzufügen möchte, dass ich ein paar davon gerne selbst übernehmen würde.«

»Und an wen denken Sie da?«, fragte Berger.

»Professor Richter, van Dyck, Kleiber und Maibaum. Außerdem will ich noch einmal Frau Randow, die Mutter von Juliane Albertz, und die Eltern von Carola Weidmann befragen.«

»Gibt es besondere Gründe dafür?«

»Zum Teil. Mich interessieren aber vor allem Richter und Kleiber. Ich will Richter mal ein bisschen auf den Zahn fühlen und sehen, ob wir ihn in diesem Fall als Profiler einsetzen können. Er hat zwar diesen gewissen Instinkt, aber vorher muss ich wissen, ob er was mit der Kassner hatte. Und auf Kleiber bin ich einfach neugierig, da ich einige seiner Bücher gelesen habe. Na ja, und die Mutter von Albertz weiß mehr, als sie uns damals gesagt hat. Ich dachte, sie wäre wegen ihrer Krankheit so abweisend und kühl. Inzwischen bin ich jedoch überzeugt, dass sie uns etwas verschwiegen hat. Und wenn es nur die Tatsache ist, dass ihre Tochter vielleicht doch ein Tagebuch geführt hat.« Sie hielt inne, dann fragte sie: »Wo ist Kullmer?«

Hellmer ging ein paar Schritte in sein Büro zur nächsten Tür und kam kurz darauf mit Kullmer zurück.

»Was gibt's?«, fragte er.

»Bevor wir gleich unsere Sitzung mit den Leuten von der Soko haben, möchte ich noch was loswerden. Ich habe gestern Abend in den Tagebüchern dieser Erika Müller geblättert und bin auf ein paar sehr interessante Details gestoßen. Zum einen war ihre Ehe ein einziges Chaos, die meisten Passagen handeln von ihrer Verzweiflung darüber, dass ihr Mann säuft, aber, und jetzt kommt's, sie hat sich am Freitag vor einer Woche mit einem gewissen I. getroffen. Offensichtlich eine überaus faszinierende Persönlichkeit, wenn man ihren Eintragungen glauben darf. Das war aber nicht das erste Mal, sie hat sich nämlich bereits vor einem Jahr mit diesem I. getroffen, und zwar auf einer Party. Beide Male war es an einem Freitag, an Tagen also, an denen sie eigentlich in ihrem wöchentlichen Meeting bei Al-Anon war. Und in ihrer letzten Eintragung am Donnerstag vor ihrem Verschwinden war sie regelrecht euphorisch wegen des nächsten Abends und dieses ominösen Treffens mit unserem Unbekannten. Und dieser Unbekannte ist ihr Mörder. Und der Mörder der anderen Frauen. Jetzt müssten wir nur wissen, mit wem sie sich getroffen hat.«

»Vielleicht ist derjenige ja auf unserer Liste zu finden«, bemerkte Kullmer.

»Kaum. Aber ich habe eine andere Hypothese. Der Mörder rechnet wahrscheinlich nicht damit, dass zumindest eines seiner Opfer Tagebuch geführt haben könnte. Sie schwärmt jedoch von seinem Gesicht, seinen Haaren, seinem Mund und seinen Händen und so weiter. Es muss sich also um jemanden handeln, der auf Frauen einen ganz besonderen Eindruck macht.«

»Wahrscheinlich irgend so ein gelackter Schönling ohne Hirn im Kopf«, sagte Kullmer mit abfälligem Grinsen.

»Falsch, lieber Herr Kullmer, er mag zwar durchaus ein Schönling sein, aber nicht dumm. Denn sie beschreibt ihn als intelligent. Sie war fasziniert von ihm und davon, wie gut sie sich mit ihm unterhalten konnte. Und blöd war die Müller bestimmt nicht.«

»Aber sie hatte einen Säufer zu Hause und wahrscheinlich schon lange keinen Orgasmus mehr«, sagte Kullmer diesmal ernst. »Und mit knapp sechsunddreißig braucht man wenigstens ab und zu diesen Höhepunkt. Sie war frustriert, angewidert von ihrer Lebenssituation, sie sah keinen Ausweg mehr, und da kommt dann so ein Typ, und ihre Hormone spielen verrückt.«

Genau wie meine Hormone, dachte Durant. »Apropos Säufer, sind eigentlich die Kinder abgeholt worden?«

Berger schüttelte den Kopf. »Es ist zwar gestern am späten Nachmittag jemand hingefahren, aber es war niemand zu Hause. Sie probieren es heute Vormittag noch einmal.«

»Scheiße, hoffentlich ist der Typ nicht mit seinen Kindern getürmt.«

»Blödsinn! Wohin soll der denn schon gegangen sein? Der braucht seinen Schnaps und sonst nichts.«

Es entstand eine Pause, während der sich Durant eine Zigarette anzündete.

»Okay, warten wir's ab. Und noch einmal zu Ihnen, Herr Kullmer. Sie mögen Recht haben mit Ihrer Analyse über Erika Müller, aber trotzdem müssen wir versuchen eine Verbindung zwischen den Frauen herzustellen. Auf jeden Fall nehmen wir uns die Mutter der Albertz noch mal vor. Es gibt diese Verbindung, und ich bin sicher, das eine Ende des Fadens halten wir bereits in der Hand, ohne es zu merken. Denn dass jemand einfach so wahllos seine Opfer herauspickt, sie betört, was sich bei einem Mann schon reichlich bescheuert anhört, und sie dann im guten Glauben zu sich lockt, erscheint mir sehr weit hergeholt. Alle ermordeten Frauen haben etwas gemeinsam, und zwar etwas, das sie letztendlich das Leben gekostet hat. Die Frage ist, worin besteht diese Gemeinsamkeit? Und wenn wir diese Gemeinsamkeit kennen, wie können wir potenzielle nächste Opfer schützen?« Sie hielt inne, stand auf und ging zum Fenster. Der Himmel war fast wolkenlos und von einem angenehmen weichen Blau, die Sonne erwärmte die Luft nach einer kalten Nacht von Minute zu Minute ein wenig mehr, und es war beinahe windstill. Durant schätzte, dass die Temperatur heute bestimmt auf fünfzehn Grad ansteigen würde. Während sie hinunter auf die Straße schaute, wo der morgendliche Berufsverkehr seinen Höhepunkt erreicht hatte, fragte sie Kullmer: »Was haben übrigens Ihre Recherchen ergeben, was die Unterwäsche betrifft?«

»Moment, ich hol's schnell.« Er kehrte nach wenigen Sekunden mit einem Zettel in der Hand zurück und las vor: »Juliane Albertz, ein schwarzer Body der Marke La Perla mit den dazugehörigen halterlosen Strümpfen, erhältlich in ausgewählten Geschäften, Preis etwa fünfhundert Mark. Carola Weidmann, schwarzer BH und Slip von Malizia, dazu passende halterlose Strümpfe, ebenfalls nur in ausgewählten Geschäften erhältlich, etwa gleiche Preisklasse. Erika Müller, BH, Slip sowie Strapse und Strümpfe von La Perla, und die Kassner trug Dessous von Lejaby. Sicher ist nur, dass sämtliche Dessous von allerbester Qualität und Verarbeitung waren.«

»Leisten konnten sie sich die Sachen«, sagte Julia Durant leise, »aber es fällt mir schwer zu glauben, dass eine Albertz oder eine Weidmann so was anzieht, wenn sie angeblich mit einer Freundin zum Essen verabredet ist. Und auch die Müller – selbst wenn ihre Verabredung der erste Seitensprung ihres Lebens gewesen sein sollte, warum hätte sie sich extra dafür solch ausgefallene Unterwäsche zulegen sollen? Etwas Preiswerteres hätte es doch auch getan? Jetzt müssten wir nur wissen, wo die Sachen gekauft wurden. Auf jeden Fall ist das schon mal ein winziges Puzzleteilchen mehr. Und bald haben wir genug zusammen, um den Kerl hochgehen zu lassen. Ich schwöre es.«
Berger zündete sich eine Marlboro an, sah durch den Rauch hindurch in die Runde, kniff die Augen zusammen und sagte mit einem kaum merklichen Lächeln: »Ich sehe, Ihr Jagdtrieb ist wieder durchgebrochen. Das freut mich.«
»Schauen wir mal, was die nächsten Tage und Wochen bringen. Sind die Leute von der Soko soweit?«
»Wir fangen um Punkt halb neun an«, antwortete Berger.
»Gut. Und danach fahren Hellmer und ich zu Frau Randow, und anschließend nehmen wir uns Richter und Kleiber vor. Eigentlich könnte ich bei Richter gleich mal anrufen …«
»Warum das?«, fragte Hellmer stirnrunzelnd.
»Wir könnten ihn ganz gut als Profiler gebrauchen. Dass wir seine Nummer bei der Kassner gefunden haben, muss er ja noch nicht wissen«, erwiderte sie grinsend. Sie zog aus dem Karteikasten die Karte mit der Anschrift und der Telefonnummer von Richter, nahm den Hörer von der Gabel und wählte die Nummer. Nach dem dritten Läuten meldete sich eine weibliche Stimme.
»Hier Durant, Kriminalpolizei. Könnte ich bitte Professor Richter sprechen?«
»Einen Moment bitte, ich hole meinen Mann«, sagte die jun-

ge Frau am andern Ende der Leitung. Durant wartete und steckte sich eine Zigarette zwischen die Lippen.
»Richter.«
»Guten Morgen, Professor Richter. Hier Durant …«
»Ah, Kommissarin Durant. Was verschafft mir die Ehre?«
»Wir haben ein Problem und möchten Sie bitten, uns zu helfen. Wäre es möglich, wenn mein Kollege und ich noch im Laufe des Vormittags bei Ihnen vorbeischauen?«
»Natürlich. Ich stehe Ihnen jederzeit gerne zur Verfügung. Sagen Sie mir nur, wann Sie kommen wollen.«
»Zwischen elf und zwölf?«, fragte Durant.
»Zwischen elf und zwölf«, sagte Richter und zögerte einen Moment. »Hm, um diese Zeit habe ich einen Patienten. Entweder vor zehn oder nach zwölf. Am besten um halb eins.«
»Dann um halb eins. Bis nachher.«
Julia Durant legte auf und sah Berger grinsend an. »Sie haben es gehört, um halb eins bei Richter. Mal sehen, was der gute Mann uns zu sagen hat.« Sie schaute auf die Uhr, fünf vor halb neun; stand auf, drückte ihre Zigarette aus und nahm ihre Tasche.
»Also, dann lassen Sie uns mal die Kollegen instruieren. Ich habe heute nämlich noch eine Menge vor.« Kurz vor der Tür fiel ihr noch was ein: »Was ist eigentlich mit der Vita Kassner?«
»Liegt auf Ihrem Tisch«, antwortete Berger. »Allerdings noch ziemlich unvollständig. Was da drin steht, kennen Sie vermutlich bereits.«
»Ich werf mal schnell einen Blick drauf«, sagte sie, ging in ihr Büro und überflog die Zeilen. Sie kannte es tatsächlich schon. Allerdings fehlten die Namen ihrer Eltern.
Die Einsatzbesprechung dauerte eine Dreiviertelstunde. Die der Soko zugeteilten Beamten, neunundvierzig Männer und elf Frauen, kamen aus allen Abteilungen, der Mordkommis-

sion, der Sitte, den Dezernaten für Drogen-, Jugend- und Wirtschaftskriminalität, ein Spezialist von der Kriminaltechnik, ein Computerexperte, uniformierte Polizisten.
Nach der Sitzung, in der jeder über den Stand der Ermittlungen und den weiteren Verlauf sowohl mündlich als auch schriftlich informiert und sensibles Vorgehen bei den Befragungen verlangt worden war, verließen Durant und Hellmer das Präsidium. Ihr erster Weg führte sie zur Mutter von Juliane Albertz. Sie hofften inständig, sie anzutreffen. Sie wohnte zusammen mit ihrer Enkelin bei ihrer anderen Tochter in der Gustav-Freytag-Straße in Ginnheim.
Auf der Fahrt dorthin fragte Hellmer: »Sag mal, wie ist es eigentlich gestern bei der Freundin von dieser Kassner gelaufen?«
»Besser, als ich dachte. Sie trägt es mit Fassung.« Sie hielt inne, zündete sich eine Gauloise an und fuhr fort: »Du erinnerst dich doch noch an den Schmuck, den wir bei der Kassner gefunden haben. Ich habe ein paar Stücke davon mitgenommen.«
»Wofür? Zur Untersuchung?«, fragte Hellmer, während sie an einer Ampel hielten.
»Nein. Ich sag's nur dir, aber du musst mir versprechen, zu keinem Menschen auch nur ein Wort darüber zu verlieren.«
»Jetzt mach's nicht so geheimnisvoll …«
»Du weißt doch, die Faun kann die Wohnung alleine nicht unterhalten. Und ich dachte mir, ich helfe ihr ein wenig.«
Hellmer drehte den Kopf in Durants Richtung und sah sie mit hochgezogenen Augenbrauen an. »Ich verstehe nicht ganz, was du meinst.«
»Du hast doch die Sachen gesehen. Außer dir und mir weiß bis jetzt keiner, was genau sie an Schmuck besessen hat. Und da habe ich ihr einfach versprochen, ein paar Teile davon zu verkaufen.«

»Sag mal, bist du jetzt total übergeschnappt? Wenn das rauskommt, kriegst du ein Verfahren an den Hals gehängt und kannst in Zukunft Knöllchen verteilen, wenn du nicht ganz rausfliegst.«
»Es kommt nicht raus, wenn du den Mund hältst. Stell dich nicht so an. Es kann schließlich nicht jeder so reich sein wie ihr.«
»Es ist trotzdem ungesetzlich. Aber gut, es ist dein Problem, ich weiß von nichts. Du bringst manchmal wirklich die tollsten Dinger.«
»Tja, das bin eben ich. Und jetzt mach kein Drama draus, es wird schon alles gut gehen. Es gibt im Augenblick Wichtigeres, auf das wir uns konzentrieren müssen.«
»Du bist der Boss«, sagte Hellmer und grinste auf einmal. »Und wenn ich's mir recht überlege, hätte ich unter Umständen genauso gehandelt. Du hast ihr schließlich die Nachricht überbringen müssen. Es ist zwar gegen das Gesetz, doch wenn unsere hohen Herren Politiker das Gesetz beugen können, wie es ihnen in den Kram passt …«
»So gefällst du mir«, sagte die Kommissarin mit einem Lächeln.

Frau Randow kam nach dem Klingeln selbst an die Tür. Offensichtlich hatte sie sich während des letzten Jahres von ihrer Krankheit erholt. Sie steckte den Kopf durch den Türspalt, ihr graues Haar war streng zurückgekämmt, ihre Augen blitzten kurz auf.
»Ja, bitte?«
»Durant und mein Kollege Hellmer von der Kriminalpolizei. Wir haben uns letztes Jahr schon kennen gelernt.«
»Ja, und?«
»Dürfen wir reinkommen? Zwischen Tür und Angel kann man sich schlecht unterhalten.«

»Was wollen Sie?«, fragte Frau Randow.
»Das möchten wir Ihnen gerne drinnen sagen.«
Widerwillig machte sie die Tür auf und ließ die Beamten an sich vorbeitreten.
»Wollen Sie wieder in alten Wunden herumrühren?«, fragte sie barsch und musterte dabei die Kommissare mit durchdringendem Blick. Sie ging vor ihnen in das Wohnzimmer. Ihr Gang war gerade, ihre Stimme nicht mehr schleppend und schwach wie noch vor einem Jahr. »Ich dachte, wir hätten endlich unsere Ruhe gefunden.«
»Wir werden Sie nicht lange stören«, erwiderte Julia Durant. »Wir haben lediglich ein paar Fragen an Sie. Und sobald Sie die beantwortet haben, sind wir auch schon wieder weg.«
»Bitte, wenn es sich nicht vermeiden lässt.« Sie deutete auf die Couch, die Kommissare nahmen Platz. Sie selbst saß kerzengerade in dem Sessel, die Beine eng geschlossen, die gefalteten Hände lagen auf den Knien. »Das Haus gehört meinem Schwiegersohn. Meine Tochter und er sind zum Glück nicht da, und meine Enkelin ist in der Schule. Aber bitte, fassen Sie sich kurz. Ich habe in einer Stunde einen Arzttermin.«
»Frau Randow, es geht noch einmal um Ihre Tochter Juliane …«
»Sie ist seit einem Jahr tot, und ich wüsste nicht, was es jetzt noch an Fragen geben könnte. Oder haben Sie etwa den Täter gefasst?«, fragte sie kalt.
»Nein, das haben wir nicht«, antwortete Julia Durant ruhig und beherrscht. »Aber es gibt Indizien, dass Sie uns damals nicht alles gesagt haben, was uns hätte weiterhelfen können. Zum Beispiel, ob Ihre Tochter ein Tagebuch geführt hat.«
»Meine Tochter hat kein Tagebuch geführt, und das habe ich gesagt.«
»Wo sind die Sachen Ihrer Tochter jetzt?«

»Das geht Sie nichts an.«
»Doch, das tut es. Und wenn Sie uns nicht helfen, werden wir mit einem Durchsuchungsbefehl wiederkommen. Diese Peinlichkeit wollen Sie sich und Ihrer Familie doch sicherlich ersparen, oder?«
Frau Randow zuckte kurz zusammen, ihre Haltung wurde noch etwas steifer, ihr Blick war zu Boden gerichtet.
»Was wollen Sie eigentlich? Müssen Sie unbedingt in der Intimsphäre von Juliane herumrühren? Was bringt es Ihnen? Persönliche Genugtuung?«
»Nein, Frau Randow, hier geht es um alles andere als persönliche Genugtuung. Es sind am Wochenende wieder zwei Frauen getötet worden, und zwar auf die gleiche Weise wie Ihre Tochter. Wir haben es also inzwischen mit einem Täter und vier Opfern zu tun. Und wir suchen nach etwas, womit wir eine Verbindung zwischen den Frauen herstellen können. Und Sie könnten uns sehr behilflich dabei sein. Wie sieht es aus, wollen Sie kooperieren?«
»Ich möchte nicht, dass im Leben von Juliane herumgeschnüffelt wird. Sie ist tot, und, mein Gott, sie hat nicht verdient …« Ihre Stimme bekam mit einem Mal ein seltsames Vibrato, sie hatte Mühe, nicht die Kontrolle über ihre Gefühle zu verlieren.
»Sie würde wollen, dass wir den Täter endlich fassen. Er hat ihr das Schlimmste angetan, was man einer Frau überhaupt nur antun kann. Frau Randow, das Intimleben Ihrer Tochter interessiert uns nicht, kein Mensch außer meinem Kollegen und mir wird Details davon erfahren. Und sollten Sie befürchten, dass die Medien darüber berichten könnten, so versichere ich Ihnen, dass die Medien von uns keine Details bekommen, und schon gar nichts, was in einem Tagebuch steht. Sie haben vor einem Jahr keine detaillierten Informationen erhalten, und genauso wird es auch jetzt sein. Es würde nur

unsere Ermittlungen behindern. Deshalb bitte ich Sie noch einmal, uns zu helfen.«
Frau Randow schluckte schwer, sah Durant Hilfe suchend an, nickte kaum merklich und sagte leise: »Juliane hat Tagebuch geführt, aber erst, seit sie das mit der Geliebten ihres Mannes erfahren hatte. Sie hat sich in diesem Tagebuch ihren ganzen Kummer von der Seele geschrieben. Früher, als junges Mädchen, hat sie das auch schon gemacht, dann lange Zeit nicht mehr.«
»Haben Sie das Tagebuch gelesen?«, fragte Durant.
»Nur einen Teil, ich habe es nicht ausgehalten.«
»Und warum haben Sie uns das nicht schon vor einem Jahr gesagt?«
Plötzlich traten Tränen in die Augen der alten Frau, sie krampfte die Finger ineinander und sagte schluchzend: »Mein Gott, ich wollte doch nicht, dass jeder weiß, was in ihr vorgegangen ist. Es steht doch nichts drin außer ihren Gefühlen.«
»Würden Sie es uns bitte geben?«
»Es sind zwei Bücher. Warten Sie, ich hole sie.«
Sie kehrte nach wenigen Minuten zurück und händigte sie der Kommissarin aus. »Hier, bitte, und es tut mir Leid, wenn ich damals nicht die ganze Wahrheit gesagt habe. Und Sie versprechen mir wirklich, dass die Öffentlichkeit nichts davon erfährt?«
»Kein Sterbenswörtchen. Versprochen.« Und nach einer kurzen Pause: »Eine Frage noch, und bitte versuchen Sie sich, so gut es geht, zu erinnern. Hat Ihre Tochter jemals teure Dessous getragen? Sie wissen, was ich meine, besondere BHs, Slips, vielleicht sogar Strapse? Mir ist durchaus klar, dass diese Frage sehr intim ist, aber auch sehr wichtig für uns.«
Frau Randow schüttelte den Kopf. »Nein, und das ist die Wahrheit. Sie hat ganz normale Unterwäsche gehabt, nicht dieses ausgefallene Zeug. Warum wollen Sie das wissen?«

»Weil Ihre Tochter, als sie gefunden wurde, sehr extravagante Dessous getragen hat. Genau wie die andern Opfer auch. Und vielleicht hilft uns das Tagebuch ein wenig, dieses Rätsel zu entschlüsseln.«
»Sie hat sich doch mit einer Bekannten getroffen …«, meinte Frau Randow verwirrt.
»Nein, Frau Randow, wir haben alle Freundinnen und Bekannten befragt, und mit keiner hatte sie eine Verabredung, und das wissen Sie auch. Wir müssen mittlerweile davon ausgehen, dass sie sich mit jemandem getroffen hat, von dem niemand, auch Sie, nichts wissen durfte.«
Frau Randow schüttelte verständnislos den Kopf. »Sie hat also Geheimnisse vor mir gehabt. Und ich dachte immer, ich wäre eine gute Mutter gewesen, der sie alles sagen konnte …«
»Ich glaube nicht, dass dies etwas mit Ihren Mutterqualitäten zu tun hatte. Und seien wir doch ehrlich, jeder von uns hat ab und zu ein Geheimnis, das er nicht einmal dem besten Freund oder der besten Freundin oder der Mutter anvertraut. Ihre Tochter war erwachsen, und sie hatte das Recht auf *ihr* Geheimnis.«
»Aber dieses Geheimnis hat sie das Leben gekostet«, erwiderte Frau Randow bitter. »Hätte sie nur ein Wort gesagt, dann wäre sie vielleicht noch am Leben! Und jetzt …«
»Glauben Sie wirklich, Sie hätten sie daran hindern können, ihre Verabredung einzuhalten? Machen Sie sich keine Vorwürfe, es ist nicht mehr zu ändern.« Julia Durant schaute auf die Uhr, Viertel nach zehn. »Vielen Dank für Ihre Hilfe, wir müssen jetzt gehen. Und sollte es noch etwas geben, was Sie uns sagen möchten, bitte rufen Sie an.«
»Ja. Und die Tagebücher bekommt wirklich niemand außer Ihnen zu Gesicht?«, fragte sie noch einmal.
»Ich habe es Ihnen versprochen, und ich pflege meine Versprechen zu halten.«

Frau Randow begleitete die Beamten hinaus, blieb in der Tür stehen, bis sie das Gartentor hinter sich geschlossen hatten. Dann ging sie zurück ins Haus, setzte sich in den Sessel vor dem Terrassenfenster und schaute auf den Garten. Stumme Tränen liefen über ihr Gesicht.

Dienstag, 10.15 Uhr

»Sie tut mir Leid«, meinte Durant, als sie im Auto saßen und Hellmer den Motor startete.
»Warum das denn? Hätte sie uns damals schon die Wahrheit gesagt, dann hätten wir die Drecksau wahrscheinlich längst.«
»Geh nicht so hart mit ihr ins Gericht. Schau sie dir doch an, sie ist eine erzkonservative Frau, konservativ erzogen, und was tut eine solche Frau, wenn sie Kinder hat – sie gibt ihre eigene Erziehung an ihre Kinder weiter. Nichts Schmutziges tun, nichts Schmutziges denken, immer artig und fleißig sein, keinem zur Last fallen, möglichst überhaupt nicht auffallen, einfach nur leben, ohne von anderen bemerkt zu werden. Erinnerst du dich an die Vita der Albertz? Finanzbeamtin, einmal in der Woche ins Fitnesscenter, aber keinerlei Kontakt zu andern Besuchern. Kümmerte sich um ihre kranke Mutter und ihre Tochter, dazu noch geschieden, das war's. Sie war einfach unauffällig, so wie ihre Mutter das wahrscheinlich gewollt hatte, weil sie selbst so ist. Und dann trifft Juliane Albertz auf einmal einen Mann, der sie fasziniert, der ihr sagt, wie toll und schön sie ist, der ihr Komplimente über Komplimente macht, denen sie sich nicht entziehen kann. Sie fühlt sich geschmeichelt wie ein junges Mädchen, wird vermutlich sogar rot dabei und fängt mit einem Mal an, Dinge zu denken und Sachen zu tun, an die sie sich in ihren dreißig Jahren zuvor nicht einmal im Traum herangewagt hätte. Aber dieser

Mann schafft es, das Schneckenhaus, in dem sie sich verkrochen hat, aufzubrechen, und gaukelt ihr vor, ihr eine schönere und bessere Welt zu zeigen. Sie kauft sich teure Dessous, verruchte Unterwäsche, von der ihre Mutter natürlich nichts wissen darf, keiner darf etwas davon wissen, außer diesem Mann. Sie schleicht sich davon und lässt ihre Mutter in dem Glauben, sie würde sich mit einer Freundin einen gemütlichen Abend machen. Nur, dass dieser gemütliche Abend tödlich enden würde, das hätte Juliane Albertz nie vermutet. Aber so ist nun mal dieses verdammte Leben, es trifft immer diejenigen, die ohnehin nicht auf der Sonnenseite stehen.«

»Woher willst du wissen, dass sie mit ihrem Leben nicht zufrieden war?«, fragte Hellmer.

»Keine Ahnung, nur so ein Gefühl. Wäre sie's gewesen, hätte sie offen mit ihrer Mutter über alles gesprochen. Und ich kann mich in die Lage einer Frau ihres Alters versetzen, die sich nichts sehnlicher als eine Beziehung wünscht und …«

»Und was?«

»Vergiss es. Sie war nicht zufrieden mit ihrem Leben, aber sie konnte nicht mit ihrer Mutter darüber sprechen.«

»Die war krank.«

»Sie war doch nicht immer so krank. Sie hatte Heimlichkeiten vor ihr, weil sie wahrscheinlich wegen jedem Furz ein schlechtes Gewissen hatte. Ich bin sicher, ihre Mutter wusste bis zum Tod ihrer Tochter nicht einmal etwas von den Tagebüchern. Ah, Scheiße, es ist zum Kotzen.«

»Okay, es ist zum Kotzen«, sagte Hellmer und fuhr über die Friedensbrücke Richtung Niederrad. »Aber du kannst nichts daran ändern, und ich auch nicht. Und wenn du kotzen willst, bitte, doch davon wird die Albertz auch nicht wieder lebendig. Und mach wenigstens das Fenster auf«, fügte er grinsend hinzu.

»Idiot.« Sie zog eine Zigarette aus ihrer Tasche, zündete sie

an und blätterte in einem der unverschlossenen Tagebücher, ohne zu lesen. Sie sah nur die Schrift. »Frank, vielleicht sollten wir die Tagebücher von der Müller und der Albertz mal einem Graphologen vorlegen, wegen einer Persönlichkeitsanalyse. Was meinst du?«
Hellmer zuckte die Schultern. »Keine Ahnung, ob das was bringt. Was willst du denn über die beiden wissen?«
»Wie sie waren, ihr Charakter, ihr seelischer und emotionaler Zustand kurz bevor sie starben, na ja, was ein Graphologe eben so rausfinden kann.«
»Humbug.«
»Quatsch, ich kenn einen, der macht aus jedem einen gläsernen Menschen. Der Typ hat mich nie gesehen und nie gehört, er wusste nicht einmal, dass ich bei der Kripo bin, und dann hat er mir ein Gutachten erstellt, das mich vom Hocker gerissen hat. Der hat nicht nur gesehen, wie es augenblicklich um mich bestellt war, er hat auch ganz konkrete Angaben zu meiner Vergangenheit gemacht. Und nicht nur irgendwelche Sachen gesagt, die auf jeden zutreffen könnten, sondern die wirklich nur auf mich zutrafen. Den würde ich gerne einschalten.«
»Mach von mir aus, was du willst. So, und jetzt zur Weidmann?«
»Bis zwölf ist noch eine Menge Zeit. Das schaffen wir. Außerdem ist das gleich bei Richter um die Ecke.«

Dienstag, 10.45 Uhr

»Könnten wir bitte Herrn oder Frau Weidmann sprechen?«, fragte Durant, als sich eine junge weibliche Stimme durch die Sprechanlage vernehmen ließ.
»Wen darf ich melden?«

»Durant und Hellmer von der Kriminalpolizei.«
»Einen Augenblick bitte.«
Sie warteten etwa eine Minute, bis Ilona Weidmann am Tor erschien. Sie war eine attraktive, jugendlich wirkende Frau Mitte vierzig, mit kurzem dunklem Haar und einem solariumgebräunten Gesicht, das, so vermutete Durant, mindestens einmal in der Woche von einer Kosmetikerin gepflegt wurde. Sie trug ein schlichtes hellgrünes Kleid, doch es war gerade diese auffallende Schlichtheit, die verriet, dass es nicht von der Stange war. Sie war schlank und eine Idee größer als Durant, hatte große dunkle Augen und volle, dezent geschminkte Lippen.
»Frau Durant«, sagte sie und öffnete das Tor, »was führt Sie zu mir?«
Die Kommissarin reichte ihr die Hand. Sie erinnerte sich noch gut an die freundliche Frau, an die Art und Weise, wie sie den Tod ihrer Tochter aufgenommen hatte. Sie war nicht zusammengebrochen und hatte auch keinen Schreikrampf bekommen, sie hatte ihre Trauer mit sich selbst ausgemacht. Und, wie sie etwas später verraten hatte, mit Gott.
»Dürfen wir uns noch einmal kurz mit Ihnen über Ihre Tochter unterhalten?«
»Natürlich. Wenn Sie mir bitte folgen wollen.«
Sie gingen in das Haus, das nicht nur von außen, sondern auch von innen einen imposanten Eindruck machte. Doch im Gegensatz zu vielen anderen Villen, die Durant betreten hatte, fühlte sie sich hier von einer wohltuend angenehmen, warmen Atmosphäre umgeben.
»Bitte, nehmen Sie Platz«, sagte Ilona Weidmann und deutete auf die Sitzgruppe, die genau gegenüber vom großen Fenster stand. »Darf ich Ihnen etwas zu trinken anbieten? Tee, Kaffee?«
»Nein danke, wir sind nicht gekommen, um …«

»Ich bitte Sie! Warten Sie einen Moment, ich werde unserem Au-pair-Mädchen kurz Bescheid sagen, dass sie uns einen Tee bringen soll.«
Als sie zurückkam, setzte sie sich in einen der drei weißen Ledersessel.
»Also, was kann ich für Sie tun?«
»Es geht um Ihre Tochter. Wir brauchen noch ein paar Auskünfte zu ihrer Person.«
»Bitte fragen Sie.«
Das Mädchen kam mit dem Tee, stellte die Tassen auf den Tisch und schenkte ein.
»Danke, Michelle. Wenn du rausgehst, mach bitte die Tür zu. Wir möchten eine Weile ungestört sein.«
»Frau Weidmann, am Wochenende sind zwei weitere Frauen getötet worden, und zwar auf die gleiche Weise wie Ihre Tochter und Frau Albertz. Und da wir damals keine Verbindung zwischen Ihrer Tochter und Frau Albertz finden konnten, müssen wir jetzt noch einmal ein paar Details wissen, die unter Umständen eine Verbindung erkennen lassen …«
»Es sind wieder zwei Frauen umgebracht worden? Du meine Güte! Was geht nur in solch einem kranken Hirn vor?«
»Das werden wir hoffentlich bald wissen. Was uns interessiert, sind zwei Dinge – zum einen, ob Ihre Tochter Tagebuch geführt hat, eine Frage, die wir damals schon gestellt haben, und zum andern, ob sie ein Faible für ausgefallene, teure Dessous hatte. Können Sie uns dazu etwas sagen?«
Ilona Weidmann senkte für einen Moment den Blick, überlegte, nahm ihre Tasse, nippte an dem noch heißen Tee. Sie stellte die Tasse wieder hin, lehnte sich zurück und schlug die Beine übereinander.
»Zu Ihrer ersten Frage – ich weiß, dass Carola als Kind Tagebuch geführt hat. Wir haben nach der Tragödie ihre Wohnung leer geräumt und nichts dergleichen gefunden. Aller-

dings gab es einige Hefte mit Aufzeichnungen und Notizen, doch ob die Ihnen weiterhelfen werden … Und Dessous«, ein charmantes Lächeln überzog ihr Gesicht, »ja, sie hatte in der Tat ein Faible dafür. Nicht, um damit zu reizen, sondern weil es ihr gefiel. Es ist ein Irrtum zu glauben, Frauen würden ausgefallene Dessous nur der Männer wegen tragen, die meisten tun es, weil sie sich selbst darin gefallen. Aber wahrscheinlich hat sie das von mir. Ich hatte noch nie etwas für Baumwollunterwäsche übrig, und Carola war da nicht anders. Es liegt wohl in der Familie. Sie hat sogar einmal eine Dessousparty besucht und mir davon erzählt. Es ist schon amüsant, so etwas zu hören. Nur Frauen, die sich gegenseitig die schönsten …« Sie hielt inne, sah Hellmer mit verlegenem Lächeln an und fuhr dann fort: »Es tut mir Leid, ich wollte nicht zu sehr ins Detail gehen.«

»Das macht nichts«, sagte Durant und grinste Hellmer an, »mein Kollege ist mit einer sehr hübschen Frau verheiratet und kennt sich bestimmt in solchen Sachen aus. Nicht wahr, Frank?«

Hellmer errötete leicht und antwortete knapp: »Schon möglich.«

»Darf ich Ihnen noch eine sehr persönliche Frage stellen?«

»Bitte.«

»Wie empfinden Sie den Tod Ihrer Tochter heute, nach beinahe einem Jahr? Sie machen auf mich einen sehr gefassten Eindruck, wenn ich das sagen darf.«

Ilona Weidmann lächelte wieder. »Ich könnte mich natürlich in ein Mauseloch verkriechen, doch wem würde es nützen? Ich kann Carola nicht wieder lebendig machen, aber für mich muss das Leben weitergehen. Das Einzige, was sich seitdem verändert hat, ist, dass ich mich mehr mit Religion und dem Leben nach dem Tod auseinander setze. Es hilft, glauben Sie mir. Und außerdem haben wir noch einen siebzehnjährigen

Sohn. Aber es ist schon komisch, früher habe ich mich nie mit dem Tod oder mit Religion oder Esoterik beschäftigt, doch jetzt weiß ich, was der Astrologe damals gemeint hat, als er sagte, Carola würde eine schwere, unruhige Zeit durchmachen.«

»Wann war das?«, fragte Durant neugierig.

»Etwa drei oder vier Monate vor ihrem Tod. Sie hat sich ein Horoskop erstellen lassen, und darin wurde ihr gesagt, es würden schwere Zeiten auf sie zukommen. Sie hat das allerdings mehr auf ihre geschäftliche Tätigkeit bezogen, da sie damals gerade die Boutique eröffnet hatte. Tja, dass diese schweren Zeiten auf sie persönlich gemünzt waren, daran hatte sie wohl im Traum nicht gedacht.«

»Danke, Frau Weidmann, Sie haben uns sehr geholfen. Wir müssen uns leider auf den Weg machen, wir haben noch einen Termin hier ein paar Häuser weiter. Ähm … die Hefte mit den Aufzeichnungen und Notizen, die Sie bei Ihrer Tochter gefunden haben, könnten Sie uns die vorläufig zur Verfügung stellen?«

»Natürlich. Sie liegen oben in ihrem ehemaligen Zimmer. Warten Sie einen Moment, ich hole sie schnell.«

Durant und Hellmer tranken ihren Tee aus und erhoben sich. Frau Weidmann kehrte mit einer Mappe zurück, in der die Hefte aufbewahrt wurden.

»Sie sagten gerade, dass Sie noch einen Termin ein paar Häuser weiter haben. Entschuldigen Sie meine Neugier, aber darf ich fragen, wem Sie einen Besuch abstatten?«

»Professor Richter. Er arbeitet manchmal mit uns zusammen. Er ist ein fähiger Mann, wenn es um die Erstellung von Täterprofilen geht.«

»Ich kenne ihn sehr gut, ich war nach dem Tod unserer Tochter einige Male bei ihm. Ganz allein bin ich mit dem Verlust doch nicht zurechtgekommen. Grüßen Sie ihn von mir.«

»Das tun wir gerne. Auf Wiedersehen, und vielen Dank für Ihre Hilfe. Sie bekommen die Mappe sicher bald zurück.«

»Lassen Sie sich Zeit«, sagte sie mit einem Lächeln. »Und ich drücke Ihnen alle Daumen, dass Sie den Täter bald finden mögen. Er soll nicht noch mehr Unheil anrichten.«

Dienstag, 10.30 Uhr

Maria van Dyck, die Tochter eines der bekanntesten deutschen Filmproduzenten, erschien wie immer überpünktlich zu ihrer Sitzung bei Professor Richter. Sie kam seit einem Jahr regelmäßig zu ihm, und allmählich zeigte die Behandlung erste, wenn auch nur kleine Erfolge. Etappenziele, wie er es nannte. Sie war knapp einsfünfundsechzig groß, schlank, fast neunzehn Jahre alt und hatte naturgelocktes, volles, bis auf die Schultern fallendes braunes Haar, das im Sonnenlicht rötlich schimmerte und das sie immer offen trug. Ihre Haut hatte einen natürlichen Braunton, ihre grünen Augen etwas Katzenhaftes. Vor einigen Monaten hatte sie ihr Abitur mit eins bestanden, trotz einer psychischen Störung, die seit mehr als acht Jahren ihr ständiger Begleiter war. An diesem Tag trug sie Blue Jeans, eine weiße Bluse, eine Jeansjacke und weiße Tennisschuhe. Sie trat in das Behandlungszimmer und schloss die Tür hinter sich. Sie hatte sich in den vergangenen Jahren zu einer hübschen jungen Dame entwickelt, und wäre nicht ihre Scheu vor Männern, dachte er, so könnte sie an jedem Finger zehn haben. Alles an ihr hatte etwas Fragiles, und wenn sie sich nicht gerade in einer depressiven Phase befand, leuchteten ihre grünen Augen wie Smaragde. Er mochte dieses Mädchen, das so verletzbar war, so intelligent und so einsam, gefangen in einem Käfig aus Angst und Depression. Wenn es jemanden gab, dem er wünschte, von seinem Leiden befreit zu werden, dann ihr. Sie hatten sich schon etliche Male während der Behandlung über Themen unterhalten, die mit der eigentlichen Therapie nichts zu tun hatten, doch er hatte von Anfang an gespürt, welch besonderer Mensch ihm gegenübersaß oder auf der Couch lag. Sie liebte Tiere und Kinder, aber ihre Seele schrie nach Hilfe, sie aus diesem Gefängnis zu befreien, um leben zu können, um endlich das Leben und vielleicht auch die Liebe zu genießen. Er hatte selten eine junge Frau von nicht einmal neunzehn Jahren kennen gelernt, die so belesen und so weise war, und er war sicher, gelänge es ihm, sie von ihren Ängsten und Depressionen zu erlösen, könnte sie für viele Menschen ein Vorbild sein.

Doch noch war es nicht so weit, aber mit jeder Stunde mehr hatte Richter das Gefühl, als näherten sie sich der Ursache ihres Leidens, das einen Teil ihrer Kindheit, vor allem aber ihre Jugend beherrscht und jegliche Unbeschwertheit von ihr genommen hatte. Sie war ernst und lächelte selten, und wenn, dann höchstens aus Verlegenheit, weil sie fürchtete, etwas Falsches gesagt zu haben. Er wusste, sie würde nie jemanden verletzen oder gar die Hand erheben, ihre Stimme war sanft und leise, ihre Bewegungen hingegen gehemmt. Ihre Schultern hingen leicht nach vorn, ihr Blick war meist zu Boden gerichtet. Ihr Selbstbewusstsein lag unter ihren Ängsten begraben und hatte einer großen Unsicherheit allem Unbekannten und Fremden gegenüber Platz gemacht. Sie war unfähig, aus sich herauszugehen, sie war noch nie tanzen gewesen, hatte noch nie einen Freund gehabt. Die einzigen Personen, von denen er sicher wusste, dass sie sich um sie kümmerten, waren ihre Eltern und eine Freundin, die all die Jahre über zu ihr gehalten hatte. Jedes Mal, wenn Richter an Maria van Dyck dachte oder sie sah, in all ihrer Verzweiflung und Zerbrechlichkeit, hoffte er inständig, mit ihr zu-

sammen die Dämonen zu vertreiben, die sie seit ihrem zehnten Lebensjahr umschlichen und immer wieder mit spitzen Nadeln traktierten.
Er selbst hatte keine Kinder, trotz vier Ehen, weil er immer an Frauen geraten war, die keine Kinder wollten, aber wenn er sich ein Kind hätte wünschen dürfen, dann hätte es in etwa die Charakterzüge einer Maria van Dyck aufweisen müssen.
»Hallo, Maria«, sagte Richter und deutete mit einer Hand auf die Couch. Manche Patienten, wie Viola Kleiber, zogen es vor, im Sessel zu sitzen, während andere, wie Maria van Dyck, sich lieber auf die Couch legten. Die Ursache ihrer schweren Angstzustände und Depressionen lag bis jetzt im Dunkeln, allerdings hatte Richter es geschafft, mit Hilfe eines neu entwickelten Medikaments und einer Gesprächstherapie die mit der Angst verbundenen physischen Beschwerden einigermaßen unter Kontrolle zu bekommen. Und er wurde von Mal zu Mal sicherer, den Grund für ihre Ängste in ihrem Elternhaus zu finden. Als sie vor gut einem Jahr, von ihrem Vater geschickt, zu ihm gekommen war, fürchtete sie sich vor engen Räumen, vor großen Menschenansammlungen, betrat keinen Aufzug, mied, soweit es ging, Kaufhäuser, litt unter Schluck- und Atembeschwerden, Herzjagen, Übelkeit und Durchfall, Schwindel und Erbrechen und dem Gefühl, von einer Sekunde zur andern tot umzufallen. Am meisten aber fürchtete sie sich vor Wasser. Sie badete nie, sondern duschte nur, etwas, das Richter stutzig machte, als er zum ersten Mal davon hörte.
Maria van Dyck stellte ihre Tasche auf den Boden, zog die Jacke aus und legte sich auf die Couch, die Hände über dem Bauch gefaltet. Sie machte einen extrem stillen, in sich gekehrten Eindruck, nicht depressiv, eher melancholisch. Etwas schien sie zu bedrücken, und Richter wollte, bevor er mit der Behandlung begann, herausfinden, was es diesmal war.

»Wie geht es dir heute, Maria?«, fragte er, während er auf dem Stuhl schräg hinter der Couch Platz nahm.
»Es geht so.«
Richter wartete einen Augenblick, in der Hoffnung, sie würde noch etwas hinzufügen, dann sagte er: »Was ist passiert? Etwas, das dich traurig macht?«
»Vielleicht.«
»Aber du willst mir nicht verraten, was es ist.«
»Fangen wir einfach an«, meinte sie, den Blick zur Decke gerichtet.
»Okay, entspann dich bitte. Die letzten beiden Male warst du sehr gut. Heute schauen wir, ob wir noch etwas tiefer gehen können.«
Richter stand auf, schaltete das Tonband ein und setzte sich vor sie. Er sprach leise und monoton, und es dauerte nur wenige Augenblicke, bis Maria van Dycks Bewusstsein und Unterbewusstsein die Plätze getauscht hatten.
Nach einigen eher bedeutungslosen Fragen sagte Richter: »Maria, du bist jetzt zehn Jahre alt, und es ist Sommer. Es sind Ferien. Fühlst du die Wärme der Sonne?«
»Es ist sehr heiß«, begann sie. »Ein paar Freundinnen sind bei mir, Ines, Doris, Manuela und Stephanie, und wir sind im Garten und plantschen im Swimming-Pool. Stephanie ist die Wildeste von uns, sie kann vom Wasser gar nicht genug bekommen. Sie wohnt ja auch nur in einer einfachen Wohnung ohne Pool, ihre Eltern sind nicht so reich wie meine. Wir bespritzen uns mit Wasser, und wir lachen viel. Es ist ein herrlicher Tag. Meine Mutter hat uns Süßigkeiten und etwas zu trinken auf die Terrasse gebracht, weil Lydia, das Hausmädchen, frei hat.« Ihre Augen bewegten sich unruhig unter den geschlossenen Lidern, typisch für Patienten, die sich in einer Phase befanden, in der in das Unterbewusstsein verdrängte Erinnerungen an die Oberfläche traten. Es war, als würde

eine Tür aufgemacht, die jahre-, oft jahrzehntelang fest verschlossen war. Eine Tür, hinter der Ereignisse und Erlebnisse eingesperrt lagen und doch danach verlangten, freigelassen zu werden. Immer und immer wieder rüttelten diese meist traumatischen Erlebnisse an der Tür, äußerten sich in Albträumen oder unerklärlichen Angstzuständen oder Depressionen, bisweilen sogar in Form multipler Persönlichkeiten. Richter kannte mehrere Personen mit multiplen Persönlichkeiten. Eine von ihnen war eine befreundete Psychologin, in der über dreißig verschiedene Persönlichkeiten wohnten. Ihr Vorteil war, dass sie diese Persönlichkeiten mittlerweile alle kannte und sogar eine Art Freundschaft mit ihnen geschlossen hatte. Es war wie ein großes Haus mit vielen Bewohnern, und sie konnte nie sagen, wann einer von ihnen aus seinem Zimmer trat und das Kommando übernahm. Sie war eine hervorragende Psychologin, und nur wenige wussten von ihrem Problem. Er bewunderte sie, wie sie mit dieser Belastung fertig wurde, vor allem aber, wie sie damit umging. Manchmal, wenn er sie anrief, meldete sich ein Mann mit einer tiefen Stimme oder eine Frau, die einen bayrischen Akzent hatte, obwohl es seine Kollegin war, die eigentlich nur hochdeutsch sprach. Und ein weiteres Glück war, dass keine dieser über dreißig Persönlichkeiten in irgendeiner Form aggressive oder gar zerstörerische Züge zeigte. Aber Maria van Dyck wies keinerlei Merkmale von Schizophrenie oder gar multipler Persönlichkeitsspaltung auf.
Als sie nicht weitersprach, sagte er: »Und jetzt ist es später Nachmittag, sechs oder sieben Uhr. Sind deine Freundinnen noch da, oder bist du allein?«
»Sie sind noch da, wir spielen auf dem Rasen mit dem Ball. Meine Mutter kommt heraus und sagt, es sei jetzt Abendbrotzeit und dass meine Freundinnen gehen müssen. Mein Vater ist nicht zu Hause, ich bin ganz allein mit meiner Mutter.« Sie

stockte, ihr Atem ging schnell, Schweiß hatte sich auf ihrer Stirn gebildet, eine Reaktion, die Richter sehr genau beobachtete. »Sie sagt, sie habe mir Badewasser einlaufen lassen, obwohl ich doch den ganzen Nachmittag im Pool gewesen bin. Ich will nicht baden, aber sie besteht darauf, sie meint, das Chlor würde meiner Haut schaden. Ich gehe ins Badezimmer, steige in die Badewanne, und als ich … Sie kommt einfach zur Tür herein, stellt sich vor mich und sieht mich so komisch an. Warum sieht sie mich so an? Es ist ein merkwürdiger Blick, er macht mir Angst. Sie sagt, sie würde mir gerne die Haare waschen. Ich entgegne, dass ich das allein kann, aber sie lässt keine Widerworte zu. Sie nimmt einfach das Shampoo und sagt, ich solle mir die Haare nass machen. Ich beuge mich kurz nach hinten, die Haare können gar nicht richtig nass sein. Ich will, dass sie geht, aber sie bleibt und sieht mich immer noch so komisch an, während sie meine Haare wäscht. Ich will aus der Badewanne raus, aber plötzlich … Nein, nein, nein, neeeeeiiiinnnn!!« Sie schrie gellend, schlug wild mit den Armen um sich, das Gesicht vor Angst verzerrt, dicke Schweißperlen auf der Stirn.
Richter wartete kurz, ob sie sich beruhigte, doch sie schrie immer weiter, Worte, die er nicht mehr verstand. Er beendete die Hypnose mit einem Befehl und hoffte, dass das, was von Maria van Dycks Unterbewusstsein an die Oberfläche gebracht worden war, sie nicht überfordert hatte, weder psychisch noch physisch. Er erinnerte sich nur ungern an einen Patienten, der vor vielen Jahren, als er mit der Hypnosetherapie noch nicht so vertraut war, plötzlich während der Sitzung nach Luft japste und beinahe einen Herzanfall erlitten hätte. Richter hatte damals nicht gewusst, dass dieser Patient unter einem chronischen Herzfehler litt.
Allmählich öffnete Maria van Dyck die Augen. Unter ihrer braunen Haut wirkte sie unnatürlich blass, ihr Atem ging

noch immer schnell und stoßweise, ihre Lippen waren blutleer. Sie sah Richter an, der ihre Hand hielt und beruhigend auf sie einredete.

»Es ist alles in Ordnung, es ist alles in Ordnung. Ich bin hier, und es kann dir nichts passieren. Du bist hier vollkommen sicher und beschützt.«

»Mir ist schlecht«, sagte sie und setzte sich langsam auf. »Und mir ist schwindlig. Was war los?« Sie fuhr sich mit einer Hand über die schweißnasse Stirn, ihr Blick drückte Panik aus.

»Komm erst mal zu dir. Leg dich wieder hin, atme ganz ruhig und gleichmäßig, schließ die Augen, damit das Schwindelgefühl verschwindet. Gleich reden wir über alles.«

»Ich fühle mich so elend. Als ob ich ganz allein in einer fremden Welt wäre.«

»Das ist nicht unnatürlich. Für einen Moment warst du auch in einer dir unbekannten, fremden, beängstigenden Welt. Aber es könnte sein, dass wir der Ursache deiner Angst jetzt auf die Spur kommen.«

»Was habe ich gesagt?«, fragte sie, während sich ihr Herzschlag allmählich beruhigte. Und als Richter nicht antwortete, drängte sie: »Sagen Sie mir doch endlich, was los war.«

»Komm, setzen wir uns hin. Möchtest du etwas trinken?«

»Ich hätte gerne ein Glas Wasser. Und bitte, sagen Sie es mir«, flehte sie, während sie in einem Sessel Platz nahm, die Beine eng beieinander, die Arme auf die Lehnen gelegt.

Richter schenkte zwei Gläser Wasser ein und stellte beide auf den Tisch, der zwischen ihnen stand. Sie nahm es, nippte daran, hielt es zwischen den Händen, die noch immer leicht zitterten. Es war, als schaute sie den Kohlensäureperlen zu, die wie ihre Erinnerung an die Oberfläche drängten. Er beobachtete sie. Sie wirkte aufgewühlt, und irgendwie hatte sie etwas von einem verunsicherten, aufgescheuchten Reh.

Er hatte schon beim letzten Mal eine Befürchtung, die immer deutlicher Gestalt annahm, die er aber im Augenblick noch nicht als Fakt hinnehmen wollte. Er rang mit sich, ob er ihr das Band vorspielen sollte. Bevor er das tat, wollte er einen anderen Versuch unternehmen, der ihm schon einmal mit einem Patienten geglückt war. Es war eine ähnliche Situation wie diese gewesen, der Patient konnte sich an wesentliche Teile aus seiner Vergangenheit nicht erinnern, und es war nicht nur ein Verdrängungsprozess, der diese Erinnerung verhinderte, er hatte bestimmte Ereignisse schlicht vergessen. Bei ihm war es aber ein winziger Auslöser gewesen, der das scheinbar Vergessene wieder ans Tageslicht holte. Ein grünes Auto mit einem rothaarigen, sommersprossigen Mädchen, das ihn an einem herrlichen Sommertag durch die Heckscheibe angesehen hatte. In diesem kurzen Moment war eine Erinnerung hochgekommen, die ihn schließlich veranlasst hatte, sich Richter anzuvertrauen. Und ähnlich, so vermutete er, verhielt es sich auch mit Maria van Dyck.
»Maria, als du vorhin gekommen bist, habe ich dich etwas gefragt. Kannst du dich noch erinnern, was es war?«
»Nein.«
»Ich habe dich gefragt, ob etwas passiert ist, das dich traurig macht. Was war heute Morgen oder in den letzten Tagen gewesen, das dich traurig gemacht hat?«
Maria van Dyck schluckte schwer, ihr Blick ging ins Leere. »Ich bin vorgestern ins Badezimmer gegangen, die Tür war nicht abgeschlossen. Ich habe meine Mutter gesehen, wie sie meiner Cousine die Haare gewaschen hat. Meine Tante ist für zwei Tage weggefahren und hat meine Mutter gefragt, ob Caroline in der Zeit bei uns bleiben dürfe. Und als ich gesehen habe, wie sie Caroline die Haare gewaschen hat, sind mit einem Mal ganz merkwürdige Sachen durch meinen Kopf

gegangen. Ich weiß, das hört sich blöd an, aber es war so. Es sind Bilder aufgetaucht, die mich erschreckt haben.«
»Maria, wie ist das Verhältnis zwischen dir und deiner Mutter?«
Maria van Dyck zuckte Schultern. »Weiß ich selber nicht. Manchmal glaube ich, ich habe gar kein Verhältnis zu ihr. Es gibt Momente, da ist sie wie eine Fremde für mich. Und dann wieder benimmt sie sich, als wäre sie meine beste Freundin.«
»Wie war sie denn, als du ein Kind gewesen bist? War sie liebevoll und zärtlich, hat sie dich oft gestreichelt? Oder hat sie dir jemals Gewalt angetan? Kannst du dich daran erinnern?«
Sie blickte zu Boden und schüttelte kaum merklich den Kopf. »Ich glaube nicht.«
»Du glaubst es nicht? Also bist du dir nicht sicher?«
»Spielen Sie das Band ab, dann weiß ich es vielleicht.«
»Du weißt es auch so. Die Szene vor zwei Tagen im Bad, welche Bilder sind da in deinem Kopf entstanden?«
Maria van Dyck kniff die Augen zusammen. Sie trank einen kleinen Schluck, und es schien, als hielte sie sich an ihrem Glas fest. »Ich weiß nicht, irgendwie dreht sich alles in meinem Kopf. Es ist meine Mutter. Sie …« Maria van Dyck stockte und sah Richter mit großen, ungläubigen Augen an. Ihr Mund war einen Spalt weit geöffnet, die Lippen hatten sich wieder mit Blut gefüllt, die Blässe unter ihrer Haut war verschwunden.
»Sie …?«, hakte er nach und beugte sich leicht nach vorn.
»Ich weiß es nicht genau, aber …« Wieder eine kurze Pause, ein weiterer Schluck.
»Du warst mit deinen Freundinnen Stephanie, Ines, Manuela und Doris zusammen. Ihr wart im Pool, habt rumgetobt und mit dem Ball auf dem Rasen gespielt. Und dann sind deine

Freundinnen gegangen, weil deine Mutter sie weggeschickt hat. Danach hat sie gesagt, du sollst noch ein Bad nehmen. Was ist dann geschehen?«

Maria van Dyck runzelte die Stirn, ihre Finger drehten nervös das Glas zwischen den Händen. Plötzlich sagte sie leise, fast flüsternd: »Sie hat mir die Haare gewaschen und …«

»Und?«

Tränen traten ihr in die Augen, sie hatte Mühe zu sprechen. »Sie hat mich unter Wasser gedrückt. Ich habe nur ihr Gesicht gesehen, diesen Hass in ihren Augen. Sie wollte mich, glaube ich, umbringen. Ich war aber eine sehr gute Schwimmerin und konnte gut tauchen, damals zumindest. Also habe ich die Luft angehalten und sie die ganze Zeit über angesehen. Und als ich dachte, ich wäre gleich tot, hat sie mich plötzlich aus dem Wasser gezogen und auf den blauen Badvorleger gelegt. Sie hat mich in ein großes weißes Handtuch eingewickelt und ist wortlos nach unten gegangen. Das ist es, ich erinnere mich wieder ganz genau daran. Als wenn es gestern gewesen wäre.«

»War es das einzige Mal, dass sie das mit dir getan hat?«, fragte Richter, der sich eifrig Notizen machte.

Schlag auf Schlag kehrten die Erinnerungen zurück, schneller, als Richter es für möglich gehalten hatte. Aus Maria van Dyck sprudelte es heraus. »Ich war acht oder neun, und ich war mit ihr allein zu Hause. Ich habe sie gerufen, doch sie hat nicht geantwortet. Ich wusste aber, dass sie da war, also bin durch das ganze Haus gegangen, bis ich schließlich oben am Schlafzimmer war.« Ihre Augen bewegten sich unruhig, und sie hielt das Glas so fest, dass Richter meinte, es könnte gleich zerspringen. Er nahm es ihr behutsam aus der Hand.

»Ich habe sie auf dem Bett liegen sehen. Sie war nackt, und sie hat sich mit einem … sie … hat sich mit so einem Ding … sie, sie hat sich selbst befriedigt. Als ich im Zimmer stand,

hat sie mich angesehen und gelacht und gesagt, ich solle zu ihr kommen. Ich habe einfach gehorcht, denn sie konnte es auf den Tod nicht ausstehen, wenn man ihr nicht gehorchte. Sie hat mich aufs Bett gezerrt und gesagt, nein, sie hat befohlen, dass ich mich ausziehen soll. Als ich nackt war, hat sie …« Maria van Dyck rang um Fassung, ballte die Fäuste und schlug immer und immer wieder auf die Sessellehne. Schluchzend fuhr sie fort: »Sie hat verlangt, dass ich meine Beine breit mache, und dann hat sie mir dieses fürchterliche Ding … Es hat so schrecklich wehgetan, und mit einem Mal war das Laken voller Blut. Und sie hat nur gelacht und gemeint, ich sei jetzt eine Frau. Ich wusste damals doch gar nicht, was das bedeutete. Dann hat sie mich auf einmal in den Arm genommen und gestreichelt und gesagt, ich solle mir keine Gedanken darüber machen und es einfach vergessen. Und es sollte für immer unser Geheimnis bleiben. Und dann hat sie mir noch irgendwie gedroht, dass man mich, wenn ich irgendjemandem davon erzählen würde, nur auslachen würde. Sogar mein Vater würde mich auslachen. Ich würde mich zum Gespött der Leute machen, hat sie gesagt.«
»Es ist gut, Maria. Lass alles raus. Und du brauchst überhaupt keine Angst zu haben, dass ich irgendetwas davon deinen Eltern erzähle.«
»Warum hat sie das mit mir gemacht?«, fragte sie leise und unter Tränen. »Warum? Ich bin doch ihre Tochter! Aber ich weiß auch, dass sie viel lieber einen Sohn gehabt hätte. Ich erinnere mich jetzt wieder, sie hat es mir ein paar Mal gesagt, als ich noch klein war, aber auch immer nur, wenn wir allein waren. Das ist wohl der Grund, sie wollte einen Sohn und nicht mich. Ich glaube, sie würde es viel lieber sehen, wenn ich tot wäre. Mein Gott, das darf nicht wahr sein! Das darf einfach nicht wahr sein! Sie ist doch meine Mutter!«
»Kannst du dich an noch mehr erinnern?«

»Ich weiß nicht, ich war fünf oder sechs, wir hatten einen Hund, einen wunderschönen Collie, *ihren* Hund. Er hieß Prince Edward, ich habe mit ihm im Garten gespielt, ich habe ihm Bälle zugeworfen. Einer davon ist in den Pool gefallen und Prince Edward hinterher. Meine Mutter ist herausgekommen und furchtbar wütend geworden. Sie hat mich angeschrien, was mir einfalle, der Hund dürfe niemals in den Pool, sie habe es mir schon oft genug gesagt. Sie hat mich danach wortlos geschnappt, in den Keller geschleppt, wo wir einen großen Kühlschrank hatten. Sie hat ihn ausgeräumt, mich hineingeschubst und die Tür zugemacht. Ich weiß noch, dass ich mich schon als kleines Kind gefragt habe, ob das Licht denn ausgeht, wenn man die Kühlschranktür zumacht; ab da wusste ich es. Es war dunkel und kalt. Ich kann mich nicht mehr erinnern, wie lange sie mich im Kühlschrank gelassen hat, aber als sie mich rausholte, habe ich nicht gefroren, obwohl ich nur eine kurze Hose und ein dünnes Hemdchen angehabt hatte.«
»Sie hat es also immer gemacht, wenn dein Vater nicht zu Hause war und auch sonst keine Bediensteten da waren, richtig?«
»Ja, wir waren immer allein. Aber sie hat mich nicht umgebracht, sie hat mich nur gequält. Und jetzt weiß ich auch, warum sie mit allen Mitteln verhindern wollte, dass ich zu Ihnen komme. Zum Glück hat mein Vater darauf bestanden. Was passiert jetzt mit mir?«, fragte sie.
»Wir werden noch viele Sitzungen benötigen, ich werde dich noch einige Male in Hypnose versetzen, und dann denke ich, werden wir deine Angstzustände in den Griff bekommen.«
»Aber wie kann ich ihr noch unter die Augen treten? Ich meine, ich sehe sie jeden Tag, ich lebe mit ihr unter einem Dach, ich bin nicht mehr frei im Kopf …«
»Doch, das bist du. Das, was dich in den vergangenen Jahren

so sehr belastet hat, hat jetzt einen Namen. Die Angst ist nicht aus heiterem Himmel erschienen, sie hat eine Ursache. Und nicht du bist für diese Angst oder die Ursache davon verantwortlich, sondern deine Mutter. Das musst du dir immer wieder sagen. Versuch einfach ihr gegenüber so zu sein, wie du immer bist. Sieh in ihr nicht irgendein Monster, sondern einfach nur eine Frau, die im selben Haus wohnt wie du. Eine Frau, die möglicherweise ebenfalls ein sehr schweres Problem mit sich herumträgt.«

Richter hielt inne, ging zu seinem Schreibtisch, holte eine Schachtel Zigaretten heraus und zündete sich eine an. Diese Sitzung hatte ihn angestrengt, er war nervös, stellte sich ans Fenster und sah hinaus. Maria van Dyck erhob sich und stellte sich neben ihn.

»Kann ich auch eine Zigarette haben?«, fragte sie.

»Du rauchst?«

»Nur ab und zu, wenn ich mit meiner Freundin zusammen bin. Jetzt hätte ich gerne eine.«

Sie nahm sich eine Zigarette, Richter gab ihr Feuer.

»Ich werde mit deinem Vater sprechen.«

»Nein, bitte nicht!«

»Ich muss es tun. Ich werde ihm aber nichts von dem erzählen, was du mir gesagt hast. Ich werde ihm lediglich erklären, dass es besser wäre, wenn du eine eigene Wohnung hättest. Mir wird schon ein Grund einfallen, den er einsieht.«

»Ich habe noch nie allein gelebt. Ich weiß nicht, ob ich das kann«, sagte Maria van Dyck zweifelnd.

Richter überlegte, fuhr sich mit einer Hand übers Kinn und sah seine Patientin an. »Ich kenne eine junge Frau, die allein lebt und eine Mitbewohnerin sucht, weil ihr die Wohnung einfach zu groß ist. Es ist gar nicht weit von hier. Wenn du willst, rufe ich sie noch heute an und frage sie, ob du bei ihr einziehen kannst. Dann bist du nicht ganz allein.«

Zum ersten Mal an diesem Tag lächelte Maria van Dyck, und Dankbarkeit war in ihren jetzt smaragdgrünen Augen zu lesen.
»Ich werde wohl nie begreifen, warum sie das getan hat. Aber vielleicht werde ich sie eines Tages danach fragen. Irgendwann, wenn ich bereit dafür bin. Irgendwann.« Sie machte eine Pause und sah wieder aus dem Fenster. »Sie kennen meine Eltern seit drei Jahren, Sie sind mit meinem Vater befreundet. Wie werden Sie sich ihnen gegenüber verhalten?«
»Hast du Angst, ich könnte ihnen etwas von dem sagen, was du mir erzählt hast?«
»Vielleicht.«
»Hattest du jemals das Gefühl, dass ich auch nur ein Wort über das, was hier besprochen wurde, ihnen gegenüber verlauten ließ?«
»Ja.«
»Gut, das mag stimmen, als du noch siebzehn warst. Da musste ich mit ihnen über deinen Zustand sprechen. Aber jetzt bist du volljährig, und somit unterliege ich der Schweigepflicht. Weder dein Vater noch deine Mutter werden auch nur ein Sterbenswörtchen erfahren. Du kannst mir vertrauen.«
Wieder Schweigen. Maria van Dyck überlegte. Sie sah Richter an. »Wenn Sie es mir versprechen, dann ist es in Ordnung. Sollte ich aber jemals erfahren, dass Sie mit ihnen *darüber* geredet haben, sehen Sie mich nie wieder.«
»Ich gebe dir mein Wort. Und ruf mich am besten heute gegen sechs an, dann weiß ich vielleicht schon mehr, was die Wohnung betrifft. Ab halb sieben bin ich allerdings nicht mehr zu erreichen.«
»Danke.« Maria van Dyck blickte auf die Uhr, es war schon fast halb eins. »Die Stunde ist längst rum«, sagte sie und lächelte wieder. »Ich gehe dann mal, und ich rufe Sie an.«

»Warte«, sagte Richter und zog eine Schublade seines Schreibtischs heraus. »Hier, das ist ein Beruhigungsmittel. Es ist die schwächste Dosierung, ich möchte dich aber bitten, nicht mehr als drei Pillen am Tag davon zu nehmen. Morgens, mittags und abends, am besten vor dem Essen. Es verträgt sich übrigens gut mit dem andern Medikament. Und jetzt muss ich dich leider rausschmeißen«, sagte er lächelnd, »ich bekomme gleich Besuch. Und vergiss nicht, mich nachher anzurufen. Und noch was – ich hätte morgen Nachmittag Zeit für dich. Wir sollten uns jetzt öfter als nur einmal pro Woche unterhalten. Kannst du um drei hier sein?«
»Ja.«
»Gut, dann bis morgen um drei.«
Er begleitete Maria van Dyck zur Tür. Als sie dort waren, sagte sie: »Ich glaube, die nächste Zeit wird noch einmal sehr hart werden.«
»Du wirst es überstehen. Wir beide kennen jetzt die Ursache deiner Angst. Alles Weitere ergibt sich. Tschüss und mach's gut.«
Er drehte sich um, ging in sein Arbeitszimmer, schenkte sich einen Cognac ein und trank ihn in einem Zug leer. Er lehnte sich zurück und schloss die Augen. In seinen Schläfen hämmerten ein paar eifrige Arbeiter. Er hätte alles für möglich gehalten, er hätte die Ursache für Maria van Dycks Ängste überall vermutet, nur nicht bei ihrer Mutter. Er verfluchte dieses Leben, sein Leben, das er nicht in den Griff bekam und wohl auch nie bekommen würde. Er kannte Marias Mutter seit mehr als drei Jahren, er kannte sie gut, sehr gut sogar. Er kannte Claudia van Dycks Spott, ihre aufreizende Art, ihren Ehrgeiz, alles so perfekt wie möglich zu machen. Er kannte sie aber vor allem als seine heimliche Geliebte. Sie konnte im Bett eine wahre Teufelin sein, eine, die ihn manchmal schier um den Verstand zu bringen schien. Er wusste auch, dass sie

zu lieben und zu hassen vermochte wie kaum eine andere. Aber dass sie ihre eigene Tochter missbraucht und fast getötet hatte, das konnte er nicht begreifen.
Sie hatten sich für heute Abend in einer Wohnung verabredet, die sie extra für diese Schäferstündchen gemietet hatte. Aber er konnte ihr nicht länger unvoreingenommen gegenübertreten, nicht nach dem, was Maria ihm soeben erzählt hatte. Er schenkte sich einen weiteren Cognac ein und hatte das Glas gerade ausgetrunken, als es klingelte. Er stand auf und ging zur Tür.

Dienstag, 12.30 Uhr

Sie warteten etwa zwanzig Minuten in ihrem Wagen. Julia Durant sagte, während sie rauchte: »Was für ein Unterschied zwischen der alten Randow und der Weidmann. Und wie offen die ist, was? Sogar über Dessous spricht sie mit uns. Stehst du eigentlich auf Strapse und so Zeugs?«
»Welcher Mann tut das nicht?«, fragte er grinsend zurück.
»Turnt dich so was an?«
»Wenn ich nicht gerade einen Zwanzig-Stunden-Tag hinter mir habe. So, ich glaube, wir können jetzt reingehen«, meinte Hellmer nach einem Blick auf die Uhr. Und nachdem er die Wagentür abgeschlossen hatte, fügte er hinzu: »Ich kann dir sagen, Nadine hat Dessous, und was für welche!«
»Erzähl's mir später, oder ich könnte sie mir ja auch heute Abend ansehen, ich meine, Nadine könnte sie mir zeigen. Vielleicht hab ich dann mal endlich Chancen bei Männern.«
»Die hast du auch so …«
»Und warum hab ich bis jetzt immer Pech gehabt, du Schlaumeier?«
»Woher soll ich das wissen? Wenn ich Nadine nicht geheira-

tet hätte, wer weiß, vielleicht wäre über kurz oder lang was aus uns geworden.«

»Was bist du eigentlich für ein Sternzeichen?«, fragte Julia Durant.

»Steinbock.«

»Steinbock und Skorpion. Könnte hinhauen, obwohl ich mich damit überhaupt nicht auskenne. Aber es hätte unter Umständen was werden können. Schade, ich bin halt wieder mal einen Schritt zu langsam gewesen. Und außerdem hätte ich dir nie den Luxus bieten können wie Nadine. Eine solche Frau findest du nur einmal im Leben, schön und reich.«

»Du weißt genau, dass Geld mir nicht so viel bedeutet. Es ist nett, wenn man es hat, aber sobald man nur noch darauf fixiert ist, ist es wie ein Dämon. Nadine und ich leben eigentlich ganz normal. Und es muss auch nicht jeder wissen, wie viel wir haben.«

Sie gingen langsam auf das Haus von Professor Richter zu, als ihnen eine junge Frau mit langem braunem Haar entgegenkam. Sie machte einen etwas verstörten Eindruck, sah die Beamten kurz an und huschte an ihnen vorbei. Hellmer drückte auf den Klingelknopf, und sie warteten, bis die Tür aufgemacht wurde.

»Ah, Frau Durant und Herr Hellmer. Kommen Sie rein, wir sind völlig ungestört. Meine Patientin ist eben gegangen.«

»Die junge Frau mit den braunen Haaren?«, fragte Durant.

»Ja.«

»Was macht eine so junge und hübsche Frau bei einem Therapeuten?«

»Das darf ich Ihnen leider nicht verraten. Aber es ist ein sehr schwieriger Fall, der selbst mich alten Hasen ziemlich mitnimmt. In diesem Beruf trifft man ständig auf neue Abgründe der Seele. Nehmen Sie bitte Platz, und sagen Sie, was Sie auf dem Herzen haben.«

»Es gibt zwei Dinge, Professor Richter, weshalb wir Sie aufsuchen«, erklärte Durant und zündete sich eine Zigarette an, nachdem sie registriert hatte, dass ein Aschenbecher auf dem Tisch stand und es im Zimmer nach Rauch roch. »Ich will auch nicht lange um den heißen Brei herumreden, deshalb gleich meine erste Frage. Kennen Sie eine Judith Kassner?«
Die Kommissarin verfolgte jede Regung in Richters Gesicht, der ihrem Blick standhielt. »Judith Kassner.« Er überlegte, zog die Stirn in Falten, schließlich fiel es ihm ein. »Ja, doch, natürlich, ich kenne sie, aber nur flüchtig. Was ist mit ihr?«
»Woher kennen Sie sie?«
»Eine Gegenfrage. Wie kommen Sie überhaupt darauf, dass ich sie kennen könnte?«
»Sie stehen in ihrem Telefonverzeichnis. Ihre Initialen und Ihre Telefonnummer. Und zwar Ihre Handynummer.«
Richter lächelte versonnen, zündete sich ebenfalls eine Zigarette an, inhalierte und behielt den Rauch lange in den Lungen, bevor er ihn durch die Nase wieder ausstieß. Plötzlich wurde sein Blick ernst, er beugte sich nach vorn.
»Moment mal«, sagte er mit zu Schlitzen verengten Augen, »sie wird Ihnen ihr Telefonbuch doch sicher nicht freiwillig gezeigt haben, oder? Da steckt doch mehr dahinter. Außerdem, warum stehe ich in ihrem Telefonbuch?«
»Keine Ahnung. Sie hat es uns auch nicht freiwillig gegeben, wir haben es uns aus ihrem Computer geholt. Judith Kassner ist nämlich tot.«
»Was?«, stieß er hervor. »Was ist passiert?«
»Sie wurde umgebracht. Und jetzt sagen Sie uns bitte, woher und wie gut Sie Frau Kassner kannten?«
Er machte ein hilfloses Gesicht. Dieser Tag überstieg seine Kräfte. »Ich weiß nicht mehr genau, aber ich habe sie vor etwa anderthalb oder zwei Jahren auf einem Fest bei einem Freund kennen gelernt. Wir haben uns nur kurz unterhalten,

sie hat mir ihre Karte gegeben und ich ihr meine, und das war's auch schon.«
»Und auf Ihrer Karte steht Ihre Handynummer?«
»Ja, sehen Sie selbst«, sagte er, nahm eine Visitenkarte und reichte sie Durant. »Und ich weiß auch noch, dass ich die Privat- und Praxisnummer durchgestrichen habe. Sie hatte nur diese eine Nummer.«
»Bei welchem Freund haben Sie sie kennen gelernt?«
»Konrad Lewell. Der Name wird Ihnen wahrscheinlich nichts sagen. Konrad bewegt sich mehr auf einer mystisch-esoterischen Ebene, er selber bezeichnet sich als Lebensberater. Er ist ein interessanter Mann.«
Durant nahm einen Zug an ihrer Zigarette, bevor sie ihre nächste Frage stellte. »Haben Sie mit Judith Kassner geschlafen?«
Richter lachte auf und schüttelte den Kopf. »Nein, das habe ich nicht. Als ich erfahren habe, welchem Gewerbe sie nachging, habe ich gar nicht erst Kontakt zu ihr aufgenommen. Ich weiß nur, dass sie Studentin war und sich ihren Lebensunterhalt durch Prostitution aufgebessert hat. Tut mir Leid, wenn ich Ihnen nicht weiterhelfen kann.«
»Und das ist die reine Wahrheit?«
»Ich schwöre es. Ich habe in meinem Leben zwar nur selten etwas anbrennen lassen, wenn Sie verstehen, aber ich habe nie dafür bezahlt. Außerdem habe ich eine bildhübsche junge Frau, die mir all das gibt, wonach sich ein Mann in meinem Alter sehnt.«
»Wo waren Sie in der Nacht von Sonntag auf Montag?«
»Zu Hause, bei meiner Frau. Sie können sie gerne fragen. Sie ist nur leider im Augenblick nicht da, aber …«
»Schon gut«, winkte Julia Durant ab. »Ich glaube Ihnen. Und ich verlasse mich auf Ihr Wort, dass Sie mit Frau Kassner keinen Intimkontakt hatten.«

Sie drückte ihre Zigarette aus und lehnte sich zurück. »Professor Richter, der zweite Grund, weshalb wir hier sind, ist, dass wir ein Täterprofil brauchen. Fühlen Sie sich in der Lage, uns bei unseren Ermittlungen zu unterstützen?«
Richter nickte. »Selbstverständlich. Sie wissen ja, was ich dafür benötige. Sämtliche Fotos, den kompletten Bericht der Spurensicherung, Autopsiebericht und so weiter. Wie wurde sie umgebracht?«
»Sie ist das vierte Opfer einer Serie«, meldete sich Hellmer zu Wort. »Wir müssen wissen, mit was für einer Persönlichkeit wir es zu tun haben.«
»Sie ist Nummer vier?«, fragte Richter, den Kopf zur Seite geneigt, die Augen ungläubig zusammengekniffen. »Wer sind die anderen?«
»Juliane Albertz, Carola Weidmann und Erika Müller. Es gibt bis jetzt keinerlei Hinweise darauf, dass die Frauen sich gekannt haben, sie sind unterschiedlichen Alters, unterschiedlicher Herkunft, unterschiedlicher sozialer Schicht, unterschiedlichen Aussehens und so weiter.«
»Carola Weidmann«, sagte Richter nachdenklich. »Ich kenne ihre Eltern schon seit vielen Jahren, und ich kannte auch sie. Und als ich von ihrem Tod gehört habe, war es ein Schock für mich. Ihre Mutter war danach ein paar Mal bei mir. Eine schreckliche Sache. Aber Frau Weidmann ist eine starke, ich würde sogar behaupten, eine sehr starke Frau … Und Sie sind sicher, dass alle Morde demselben Täter zuzuschreiben sind?«
»Absolut sicher. Es kann niemanden geben, der diese Morde in allen Details, und davon gibt es eine ganze Menge, kopieren könnte. Ein und derselbe Täter.«
»Da kommt eine Menge Arbeit auf mich und vor allem auf Sie zu. Ich werde mein Bestes tun. Wie gesagt, ich benötige sämtliche Unterlagen, um ein psychologisches Profil erstel-

len zu können. Machen Sie Kopien und Abzüge der Fotos, und lassen Sie alles am besten noch heute per Boten herbringen. Ich werde versuchen, Ihnen so schnell wie möglich ein Ergebnis zu liefern. Aber erwarten Sie um Himmels willen keine Wunder.«

»Darf ich kurz Ihr Telefon benutzen?«, fragte Durant.

»Bitte.«

Sie rief Berger an. »Hier Durant. Wir sind gerade bei Professor Richter. Lassen Sie bitte alle Berichte der Spurensicherung und der Gerichtsmedizin kopieren und Abzüge der Fotos machen. Und schicken Sie die Sachen schnellstmöglich an seine Adresse.«

Sie legte auf und sah Richter an. »Wir treten auf der Stelle«, sagte sie. »Es gibt bis jetzt nicht einen einzigen brauchbaren Hinweis auf den Täter. Er hat weder einen Fingerabdruck noch sonst irgendetwas hinterlassen. Für uns ist er schlicht ein Phantom. Wir können bis jetzt nicht einmal sagen, ob die Frauen sich gekannt haben. Alles, was wir haben, ist heiße Luft. Wir drehen uns im Kreis, es ist wie bei einem Hund, der seinen eigenen Schwanz fangen will. Es gibt lediglich Tagebücher von zwei Opfern, die von dem einen habe ich mir gestern Abend angeschaut, die anderen werde ich heute Abend durchsehen. Was glauben Sie, wann können wir mit einem ersten Ergebnis Ihrer Auswertungen rechnen?«

Richter zuckte die Schultern, zündete sich erneut eine Zigarette an und antwortete: »Das kommt auf den Umfang an. Aber wenn es sich um vier Morde handelt, muss ich die Fotos und die Berichte sehr genau studieren. Sagen wir am Donnerstag, aber versprechen kann ich nichts.«

»Da können wir nur hoffen, dass bis dahin nichts weiter passiert.«

»In welchem zeitlichen Abstand hat er letztes Jahr gemordet?«, fragte Richter.

»Gut zwei Wochen.«
»Und diesmal innerhalb eines Wochenendes«, meinte er nachdenklich. »Das bedeutet, er ist heißgelaufen.«
»Nein, nicht innerhalb eines Wochenendes«, berichtigte ihn Durant, »innerhalb weniger Stunden.«
»Puh, das ist hart. Es ist sehr unwahrscheinlich, dass er gleich wieder aufhört. Bei ihm ist etwas außer Kontrolle geraten. Er *kann* nicht mehr aufhören. Es könnte sein, dass er einen Plan hat, den er jetzt mit aller Konsequenz durchzieht. Es könnte aber auch sein, dass er sich seine Opfer wahllos aussucht, was natürlich die Suche erheblich erschweren würde. Aber eigentlich haben wir es hier, wie es aussieht, mit dem typischen Verhaltensmuster von Serientätern zu tun. Die meisten töten anfangs nur in unregelmäßigen Abständen, weshalb es schwierig ist, ihre Spur zu verfolgen. Später aber werden die Abstände immer kürzer, sie steigern sich in einen wahren Blutrausch. Dazu kommt, dass, hat man erst mal einen Mord begangen, das heißt, hat man die Hemmschwelle erst einmal überwunden, einen Menschen zu töten, der zweite Mord keine große Sache mehr ist. Der Täter quält sich nicht mehr mit Gewissensbissen wie beim ersten und unter Umständen auch beim zweiten Mal, er tötet einfach weiter, das Gewissen ist quasi ausgeschaltet. Es ist wie ein Lichtschalter, den man drückt, um das Licht auszuknipsen. Und wenn es stimmt, dass er seine letzten beiden Opfer innerhalb weniger Stunden getötet hat, dann gibt es für ihn kein Halten mehr. Die Tür, hinter der sein Gewissen liegt, seine Achtung vor dem menschlichen Leben, ist zu. Er hat die Tür abgeschlossen und den Schlüssel weggeworfen. Die Kriminalgeschichte zeigt immer wieder, dass gerade bei Serientätern irgendwann eine regelrechte Lust am Töten kommt. Manche erheben das Morden sogar zu einer Kunst, zu ihrer ganz eigenen Kunst. Das Opfer ist in solchen Fällen

nur ein Mittel zum Zweck, wie ein Stein, der von einem Bildhauer bearbeitet wird. Der Täter sieht nicht mehr den Menschen vor sich, sondern eine Sache. Er will beachtet werden, auffallen, sich von der Masse abheben, und zelebriert dann seine Morde. Es ist eine Art Wahnvorstellung, aber leider keine, die geheilt werden kann. Doch was rede ich da, ich kenne die Details ja noch nicht einmal.« Er hielt inne und sah die beiden Kommissare an. Julia Durant lächelte und nickte.

»Das mit der Kunst könnte zutreffen. Wir haben es auf jeden Fall mit einer sehr außergewöhnlichen Persönlichkeit zu tun. Vermutlich sehr intelligent, einfühlsam, charmant, kontaktfreudig ...«

»Und woher nehmen Sie diese Vermutung?«

»Aus den Tagebüchern von Erika Müller, einem der Opfer vom letzten Wochenende. Sie wurde in der Nacht von Sonntag auf Montag im Grüneburgpark gefunden. In diesem Tagebuch gibt es Hinweise auf den Täter, den sie aber leider nur mit dem Kürzel I. benannt hat. So kennen wir nicht einmal seinen Vornamen.«

»Könnten Sie mir diese Tagebücher ebenfalls zur Verfügung stellen?«, fragte Richter.

Durant zögerte einen Augenblick, schließlich sagte sie: »Ich kann Ihnen höchstens Kopien machen lassen, ich brauche diese Bücher selbst noch.«

»In Ordnung, ist auch nicht so wichtig. Gibt es sonst noch etwas, das ich für Sie tun kann?«

»Nein, im Augenblick nicht. Und sobald Sie fertig sind, rufen Sie bitte an. Wir müssen zumindest den Kreis der potenziellen Täter einengen. Ich denke, Sie werden die Unterlagen noch am Nachmittag bekommen.«

Die Kommissare erhoben sich, Julia Durant reichte Richter die Hand. »Schon mal vorab vielen Dank für Ihre Mühe.«

»Ich hoffe, es lohnt sich für Sie«, sagte er. »Wie alt waren eigentlich die Opfer?«
»Zwischen zweiundzwanzig und sechsunddreißig. Aber das werden Sie nachher alles selbst lesen können. Auf Wiedersehen.«
Richter begleitete Durant und Hellmer hinaus, blieb noch einen Moment in der Tür stehen und atmete die frische Luft ein. Er hatte die Hände in den Hosentaschen vergraben, als das Telefon klingelte. Er drehte sich um und ging zurück ins Haus. Es war Konrad Lewell, der Esoteriker und einer der besten Freunde von Richter. Er wollte nur wissen, ob es bei ihrem Treffen am Nachmittag bleiben würde.

Dienstag, 13.45 Uhr

Nachdem Durant und Hellmer an einer Imbissbude Halt gemacht hatten, um eine Currywurst zu essen, kehrten sie ins Präsidium zurück. Wie so oft telefonierte Berger. Oberkommissarin Christine Güttler und ihr Kollege Robert Wilhelm saßen am Schreibtisch und unterhielten sich leise, als Julia Durant und Frank Hellmer in ihr Büro gingen. Sie hängte ihre Tasche über die Stuhllehne und warf einen kurzen Blick auf ihren Schreibtisch. Güttler und Wilhelm kamen zu ihr.
»Und«, fragte sie, während sie sich setzte, »was sagt die Vita der Kassner?«
»Also«, begann Christine Güttler, »Judith Kassner, geboren am 23.10.74 in Frankfurt. Vater unbekannt, Mutter vor fünf Jahren verstorben, kurz nachdem Frau Kassner ihr Abitur mit einer glatten Eins bestanden hatte. Die ersten Monate lebte sie von Bafög und einer kleinen Summe aus der Lebensversicherung, die ihre Mutter auf ihren Namen abgeschlossen hatte. Aufgewachsen in sehr bescheidenen Verhältnissen, die Mutter

hat seit 1977 als Küchenhilfe im Victor-Gollancz-Haus, einem Senioren- und Pflegeheim in Frankfurt-Höchst, gearbeitet, wo sie bis zu ihrem Tod mit ihrer Tochter in einer kleinen Wohnung im Schwesternwohnheim gelebt hat. Keine Geschwister, keine weiteren Verwandten. Studierte seit Herbst 94 Mathe und Physik an der Uni Frankfurt, mit bisher brillanten Prüfungsergebnissen. Die Wohnung in der Kelsterbacher Straße lief seit September 97 auf ihren Namen, wo sie auch ihr Gewerbe als Prostituierte betrieb. Woher sie das Geld für die Wohnung hatte, wissen wir noch nicht, wir vermuten aber, dass sie einen reichen Gönner hatte. Sie hatte, soweit wir das bis jetzt herausgefunden haben, zwei Bankkonten, eines bei der Dresdner Bank mit einem Guthaben von hundertachtzehntausend Mark und eines bei der Frankfurter Sparkasse mit einem Guthaben von siebenundachtzigtausend Mark. Ob sie ihr Gewerbe bis zuletzt betrieben hat, ist uns ebenfalls noch nicht bekannt. Die Kollegen sind noch dabei, die diversen potenziellen Freier zu vernehmen. Im Haus selbst galt sie als unauffällig und ruhig. Weitere Informationen haben wir nicht.«

»Das ist doch schon mal was. Gute Arbeit.« Durant drehte sich mit ihrem Stuhl zu Hellmer. »Die reiche Mutter in der Toskana war also eine reine Erfindung. Und ich möchte wetten, sie hat schon seit längerem nicht mehr als Hure gearbeitet. Sie musste einfach damit aufhören, wollte sie sich nicht ihre künftige Karriere verbauen. Meiner Meinung nach gibt es jemanden, der ihr sowohl die Wohnung als auch den aufwändigen Lebensstil finanziert hat, anders lässt sich das nicht erklären. Und ich bin sicher, diesen Jemand finden wir schon sehr bald.«

»Und was, wenn sie doch keinen reichen Gönner hatte, sondern ein anderes Spiel gespielt hat?«, fragte Hellmer nachdenklich und stützte die Ellbogen auf dem Schreibtisch ab.

»Ich weiß nicht, worauf du hinauswillst.«

»Na ja, zum Beispiel Erpressung. Als Edelnutte kommst du

ja mit den unterschiedlichsten Typen zusammen, die nur eines gemeinsam haben – Geld. Und unter Umständen Macht. Es gibt so manch einen, der an einer kleinen Hure schon zerbrochen ist.«
»Weiß nicht, aber klingt das nicht ein bisschen sehr weit hergeholt? Wir haben Frau Faun kennen gelernt, wir kennen inzwischen ein paar Stationen aus dem Leben von der Kassner, nein, sie scheint mir nicht der Typ für diese Art von Spielchen gewesen zu sein. Ich glaube eher, sie hatte Spaß am Sex und hat sich diesen Spaß auch noch fürstlich entlohnen lassen. Logisches, mathematisches Denken. Und so, wie die ausgesehen hat, haben die Männer nun mal reihenweise Schlange gestanden. Aber höchstens bis vor einem Jahr.«
Hellmer schüttelte den Kopf. »Du immer mit diesem ›bis vor einem Jahr‹! Woher willst du das so genau wissen?«, fragte er mit erhobener Stimme.
»Ein Gefühl. Du wirst sehen, ich täusche mich nicht«, sagte sie grinsend. »So, und jetzt werde ich mal unsern lieben Chef fragen, ob es sonst noch was Neues gibt. Wenn nicht, machen wir uns gleich auf den Weg zu Kleiber. Und Sie, Frau Güttler und Herr Wilhelm, möchte ich bitten herauszufinden, auch wenn wir das schon hundertmal versucht haben, was Erika Müller und Carola Weidmann in den letzten Tagen vor ihrem Tod gemacht haben. Hier sind ein paar Hefte und Notizen der Weidmann. Schauen Sie da mal rein. Wissen Sie eigentlich irgendwas über den Mann von der Müller? Ob seine Kinder schon woanders untergebracht sind?«
Beide schüttelten den Kopf. »Nein, darum kümmern sich andere.«

Berger blickte über den Rand seiner Brille hinweg Durant und Hellmer an, noch immer den Telefonhörer am Ohr. Durant stellte sich ans Fenster und sah hinunter auf die Mainzer

Landstraße, die an diesem Mittag fast leer wirkte. Hellmer hatte sich eine Marlboro angezündet und sich Berger gegenübergesetzt. Kurz darauf legte Berger den Hörer auf.

»Bevor Sie anfangen, mir etwas über Ihren Vormittag zu erzählen, eine nicht sehr erfreuliche Nachricht von Müller. Vor etwa anderthalb Stunden haben zwei Kollegen von der Schutzpolizei und eine Vertreterin des Jugendamts zum zweiten Mal an diesem Tag versucht, bei Müller reinzukommen. Er hat aber wieder nicht aufgemacht. Sie haben die Tür schließlich öffnen lassen.« Er holte tief Luft und hob die Schultern. »Er ist verschwunden, mitsamt den Kindern. Und keiner hat gesehen, wie und wann er das Haus verlassen hat, geschweige denn wo er hingefahren ist. Wir haben sein Kennzeichen an alle Dienststellen rausgegeben, doch bis jetzt ist er nirgends aufgetaucht.«

»Scheiße!«, entfuhr es Durant. »Der Kerl ist in seinem besoffenen Zustand nicht zurechnungsfähig. Hoffentlich passiert den Kindern nichts.«

»Man wird ihn schon finden. Und dann ist er die Kinder erst mal für eine Weile los. Was die Männer betrifft, die mit dieser Kassner eventuell etwas hatten, sind etwa ein Drittel überprüft worden, soweit das möglich war. Zwei sind in Urlaub, fünf auf Geschäftsreise, die anderen haben bis jetzt, wie es aussieht, ein wasserdichtes Alibi. Natürlich wollte keiner von ihnen, dass ihre Frauen davon erfahren, dass sie jemals etwas mit der Kassner zu tun hatten, aber in einigen Fällen ließ es sich nicht vermeiden, die Frauen zu fragen, wo ihre Männer sich am vergangenen Wochenende aufgehalten haben. Die meisten beteuern jedoch, dass sie seit mehr als einem Jahr keinen Kontakt mehr zu ihr hatten. Nur drei haben ausgesagt, sie seien noch vor kurzem bei ihr gewesen, doch sie habe ihnen deutlich zu verstehen gegeben, dass sie das Gewerbe aufgegeben hatte. Mal sehen, was die andern zu sagen haben. Es wird aber sicher noch ein oder zwei Tage dauern, bis alle überprüft sind.« Er machte eine Pause, zündete sich eine Zigarette an und sah auf seinen Schreibtisch. »Außerdem wurde der Computer von der Kassner abgeholt und wird im Augenblick noch durchsucht. Der Kollege meint, er könne uns das Ergebnis bis morgen mitteilen. Und jetzt zu Ihnen, was haben Sie erreicht?«

Durant kam vom Fenster herüber und setzte sich auf den Stuhl neben Hellmer. »Die Mutter von der Albertz hat die Tagebücher ihrer Tochter rausgerückt, Ilona Weidmann hat uns ein paar Hefte und Notizzettel mitgegeben, und Richter kennt zwar die Kassner, behauptet aber steif und fest, nie etwas mit ihr gehabt zu haben.« Sie hob die Schultern und fuhr fort: »Ich glaube ihm. Richter sagt, er habe in seinem ganzen Leben für Sex nicht bezahlt, und deshalb sei die Kassner für ihn auch nicht in Frage gekommen. Was ist mit den Fotos und Berichten für ihn?«

»Sind schon unterwegs. Wann können wir mit ihm rechnen?«

»Übermorgen, frühestens. Ich will ihn auch nicht drängen, er hat eine Menge auszuwerten. Je genauer das Täterprofil ist, desto besser für uns. Das war's auch schon. Wenn's weiter nichts gibt, dann fahren wir jetzt mal nach Bad Soden zu Herrn Kleiber, und danach versuchen wir's bei van Dyck. Es wäre allerdings besser, erst mal bei van Dyck anzurufen, ob er überhaupt zu Hause ist. Ich habe keine Lust, den ganzen Weg umsonst zu fahren.«

Sie wählte seine Handynummer, und es dauerte einen Moment, bis er sich meldete.

»Van Dyck.«

»Hier ist Hauptkommissarin Durant von der Kriminalpolizei. Herr van Dyck, wir müssten Sie in einer dringenden Angelegenheit sprechen. Wann würde es Ihnen am besten passen?«

»Was wollen Sie von mir?«, fragte er barsch.

»Am Telefon möchte ich nicht darüber reden. Sagen Sie mir wann und wo, und ich komme mit meinem Kollegen bei Ihnen vorbei.«
»Ich bin noch im Studio. Aber ich dürfte so gegen fünf zu Hause sein. Wenn Sie meine Handynummer haben, wissen Sie sicherlich auch, wo ich wohne, oder?«
»Wir haben Ihre Adresse. Dann um fünf bei Ihnen.« Sie legte grinsend auf. »So, das hätten wir auch. Und jetzt zu Kleiber.«
»Ich wünsche Ihnen viel Erfolg. Wäre doch mal was anderes, wenn ein berühmter Schriftsteller in einen Mordfall verwickelt wäre«, sagte Berger.
»Der hat die Kassner vielleicht gevögelt, aber umgebracht …«, erwiderte Durant zweifelnd.
»Was schreibt der eigentlich für Bücher?«, fragte Berger.
»Krimis. Und nur Bestseller. Ich wünschte, ich könnte so was. Dann brauchte ich mir nicht Tag für Tag die Hacken wund zu laufen oder stumpfsinnige Schreibtischarbeit zu erledigen. Aber wir sind eben nur phantasielose, lausige Bullen. Bis später.«
Als Durant und Hellmer über den langen Gang liefen, sagte Hellmer: »Das mit dem Müller ist wirklich eine ganz schöne Scheiße. Ich stell mir nur vor, der fährt, besoffen, wie der ist, gegen einen Baum. Oder schlimmer noch, er fährt irgendwo in den Wald und bringt sich und die Kinder um.«
Julia Durant sah Hellmer mit hochgezogenen Augenbrauen von der Seite an. »Deine Phantasie geht ein bisschen mit dir durch, was? Der ist vielleicht besoffen, aber er bringt doch nicht seine Kinder um. Besoffene handeln anders.«
»So, und woher weißt du das so genau? Kennst du die Gefühle und Launen von Alkoholikern? Wenn sie zu sind, ist bei denen doch alles ausgeschaltet. Du erinnerst dich vielleicht, ich war mal kurz davor, Alkoholiker zu werden. In der Zeit hab ich nur Scheiße gebaut.«

Bis zum Auto schwieg sie. Sie hatte keine Lust, sich auf eine lange, fruchtlose Diskussion über Alkoholismus mit Hellmer einzulassen. Ihr schwirrten ganz andere Gedanken durch den Kopf, die gar nichts mit Müller zu tun hatten. Sie fuhren über die A66 Richtung Wiesbaden, verließen die Autobahn in Höhe des Main-Taunus-Zentrums. Julia Durant suchte im Stadtplan die Straße, in der Kleiber wohnte.

Dienstag, 14.55 Uhr

Max Kleibers Haus lag auf einer Anhöhe inmitten eines Villenviertels. Von hier hatte man einen hervorragenden Blick auf Frankfurt und, wenn das Wetter so schön und die Luft so klar war wie heute, konnte man sogar bis zur Bergstraße sehen. Sie stiegen aus, Julia Durant warf ihre Zigarette in den Rinnstein.

»Dann mal los«, sagte sie. Das Haus war wie eine Festung gesichert, es war von einer hohen Mauer umgeben, auf der als zusätzlicher Schutz vor Einbrechern Glasscherben einbetoniert worden waren. Am Tor und in den Bäumen waren Überwachungskameras, seitlich dahinter, für das ungeübte Auge kaum sichtbar, Infrarot-Bewegungsmelder zwischen den Büschen.

»Hier kommt keiner so einfach rein«, sagte Durant, als sie ihren Finger auf den metallenen Klingelknopf legte.

»Vielleicht ist er gar nicht da«, meinte Hellmer. »Ich hab mal gehört, dass viele Schriftsteller nachts arbeiten und tagsüber auf Achse sind.«

»Und ich hab gehört, dass die meisten Schriftsteller saufen, koksen und rumhuren«, bemerkte sie sarkastisch. Als sich nach dem ersten Klingeln nichts rührte, klingelte sie ein zweites Mal. Schließlich meldete sich eine weibliche Stimme.

»Guten Tag, mein Name ist Durant, und der Herr neben mir ist mein Kollege Hellmer. Wir sind von der Kriminalpolizei und möchten bitte mit Herrn Kleiber sprechen.«
»Um was geht es?«
»Das würden wir gerne mit Herrn Kleiber persönlich besprechen.«
»Einen Augenblick, ich komme ans Tor. Und bitte, halten Sie Ihre Ausweise bereit.«
Hellmer sah Durant mit einem vielsagenden Blick an. »O Mann, ich bin mal gespannt, was da gleich für ein Weib kommt. Wahrscheinlich irgend so ein Drachen, der aufpasst, dass dem kostbaren Herrn Autor bloß keiner zu nahe tritt.«
Kaum hatte er es ausgesprochen, stand die Frau auf der anderen Seite des Tors. Sie war eine Idee kleiner als Durant, ihr kastanienbraunes Haar fiel in sanften Schwüngen bis auf die Schultern, ihre dunklen Augen hatten jenes gewisse Feuer, das jeden Eisblock zum Schmelzen bringen konnte. Sie trug eine grüne Bluse und Jeans, auf ihren Lippen war ein amüsiert-spöttisches Lächeln, als sie Hellmers faszinierten Blick bemerkte. Hellmer schätzte sie auf Anfang bis Mitte dreißig, und wenn er Nadine auch als außergewöhnlich hübsch empfand, so war diese Frau etwas Besonderes. Ihre Ausstrahlung hatte etwas Magisches.
»Mich würde zu sehr interessieren, was die Polizei von uns will. Mein Mann arbeitet gerade, und …«
»Wir werden ihn auch nicht lange stören, wir haben nur ein paar Fragen an ihn. Dürfen wir eintreten?«
»Natürlich«, sagte sie mit warmer, erotischer Stimme, die das Feuer ihrer Augen zusätzlich unterstrich. »Wenn Sie mir bitte folgen wollen.« Und kurz bevor sie am Haus anlangten, fragte sie: »Von welcher Abteilung sind Sie eigentlich?«
»Mordkommission.«

»Was hat mein Mann mit der Mordkommission zu tun? Normalerweise schreibt er nur über Verbrechen«, sagte sie und lachte auf. »Wenn Sie bitte warten wollen, ich hole ihn.«
Sie blieben in der Eingangshalle stehen, auf einem mit zum Teil von Teppichen bedeckten Steinfußboden, der silbrig glänzte. Viola Kleiber ging die Treppe hinauf, Hellmer verfolgte sie mit seinen Blicken. Durant entging es nicht. Süffisant lächelnd sagte sie leise: »Du hast eine wunderhübsche Frau zu Hause, mein Lieber. Lass dir bloß nicht zu sehr anmerken, wie gut dir dieser ›Drachen‹ gefällt.«
»Ha, ha! Aber du musst zugeben, sie hat das gewisse Etwas.«
»Und du hast Nadine! Und ihr habt ein tolles Haus und eine Menge Kohle und ein süßes Baby, und jetzt beherrsch dich, Cowboy, und denk an deine Frau«, flüsterte sie. »Sonst erzähl ich ihr heute Abend mal was von ihrem geilen Mann.«
»Man darf ja wohl mal schauen«, erwiderte er grinsend.
Viola Kleiber kam wieder herunter, lächelnd und mit wiegendem Schritt. »Darf ich Sie ins Wohnzimmer bitten, mein Mann muss nur noch einen Absatz beenden. Er wird gleich hier sein. Suchen Sie sich einen Platz aus. Möchten Sie etwas trinken?«
»Nein danke«, sagte die Kommissarin und setzte sich neben Hellmer auf die Couch. Das Wohnzimmer, das die Ausmaße einer normalen Vierzimmerwohnung hatte, war stilvoll und sehr exklusiv eingerichtet, und durch das lang gezogene, hohe Fenster hatte man einen phantastischen Blick auf das im Tal liegende Frankfurt. Die Sonne fiel jetzt in breiten Bahnen durch die Scheiben und ließ diesen ohnehin schon hellen Raum in prächtigem Glanz erscheinen.
Kleiber stand plötzlich im Zimmer. Er war mittelgroß und schlank, hatte etwas schütteres dunkelblondes Haar und blaue Augen, die die Beamten neugierig musterten. Er reichte erst Durant, dann Hellmer die Hand. Sein Händedruck war

männlich, aber nicht zu kräftig, er machte auf die Kommissarin sofort einen sympathischen, offenen Eindruck.

»Sie sind von der Polizei, wie meine Frau mir gesagt hat? Was kann ich für Sie tun?«

»Das, Herr Kleiber, würden wir gerne mit Ihnen allein besprechen.«

»Liebling, würdest du uns bitte einen Moment allein lassen? Es dauert bestimmt nicht lange.«

»Natürlich. Ich habe sowieso oben noch etwas zu erledigen.«

Nachdem sie die Tür hinter sich geschlossen hatte, sagte Kleiber: »Also, was führt Sie zu mir?«

Julia Durant räusperte sich. Sie hatte die Hände gefaltet und auf den Oberschenkeln liegen. »Es ist etwas unangenehm, aber wir bearbeiten gerade ein paar schwierige Fälle und …«

»Soll ich Ihnen etwa helfen?«, fragte er mit einem jungenhaften Lachen und lehnte sich zurück.

»Nein, oder vielleicht doch. Sagt Ihnen der Name Judith Kassner etwas?«

Mit einem Mal schwand das Lächeln aus Kleibers Gesicht, sein Blick wurde ernst. Er sah erst Durant, dann Hellmer an und schloss kurz die Augen.

»Was ist mit ihr?«, fragte er leise, als würde er bereits ahnen, dass der Frage eine schlimme Antwort folgen würde.

»Sie kennen sie also?«

»Ja, ich kenne sie. Was ist mit ihr?«

»Sie wurde in der Nacht von Sonntag auf Montag umgebracht …«

»Bitte was? Sie ist tot? Das kann doch nicht sein«, sagte er fassungslos. Er strich sich mit einer Hand nervös übers Gesicht, sein Blick ging ins Leere. »Judith soll tot sein? Mein Gott, wer hat ihr das angetan?«

»Das wissen wir nicht. Deswegen sind wir hier. Wir überprüfen sämtliche Personen, die mit ihr Kontakt hatten.«

»Und woher wissen Sie, dass sie und ich …?«
»Das war nicht schwer herauszufinden, bei dem Gewerbe, das sie ausübte. Sie hatte Ihre Telefonnummer im Computer gespeichert. Zusammen mit einer ganzen Reihe anderer Nummern.«
»Und was wollen Sie jetzt von mir?«
»Reine Routine. Zum einen würden wir gerne wissen, wann Sie Judith Kassner das letzte Mal gesehen haben?«
Kleiber schien zu überlegen, stand auf, ging zur Bar und schenkte sich einen Whiskey ein. Er blieb mit dem Rücken zu den Kommissaren stehen, trank aus und stellte das Glas auf einen kleinen Tisch.
»Ich habe sie das letzte Mal vor genau drei Tagen gesehen. Am vergangenen Samstag. Sie hatte Geburtstag, wir haben uns in der Stadt getroffen, etwas gegessen und sind danach zu ihr gefahren. Ich habe ihr eine Reise nach Südafrika geschenkt, weil sie schon immer mal dorthin wollte. Gegen fünf bin ich wieder nach Hause gefahren, da sie am Abend eine kleine Feier in ihrer eigentlichen, offiziellen Wohnung hatte.«
»Sie sind mit ihr also in die Kelsterbacher Straße gefahren?«
»Ja. Wir haben uns immer dort getroffen.«
»Das heißt, Sie haben mit ihr geschlafen …«
Kleiber schüttelte den Kopf, versuchte zu lächeln, doch sein Blick war ernst und traurig. »Nein, wir haben *nicht* miteinander geschlafen. Ich habe *nie* mit Judith geschlafen.«
»Bitte?«, fragte Durant ungläubig. »Sie haben *nicht* mit ihr geschlafen?«
»Nein, auch wenn Sie das nicht glauben wollen. Sie war eine gute Freundin, und Sie mögen das für absurd halten, aber es gibt tatsächlich so etwas wie Freundschaften zwischen Männern und Frauen. Es muss nicht immer Sex im Spiel sein. Wir waren gute Freunde, sehr, sehr gute Freunde. Es tut mir kör-

perlich weh zu hören, dass sie nicht mehr lebt. Sie können das nicht nachempfinden, aber sie war für mich etwas ganz Besonderes …«

»Sie haben eine wunderschöne Frau«, warf Durant ein.

Kleiber verzog den Mund zu einem verkrampften Lächeln und sah aus dem Fenster. »Ich weiß«, sagte er mit versonnenem Blick und ein paar Tränen in den Augen, die er vor den Kommissaren verbarg. Er stockte, rang um Fassung, fing sich schließlich wieder. »Und ich liebe meine Frau über alles, sie ist das Kostbarste in meinem Leben. Aber Judith war wie ein funkelnder Diamant, sie war, wie soll ich es nur ausdrücken, sie war meine Muse und meine Inspiration. Mit ihr konnte ich mich über alles, wirklich alles unterhalten. Sie war nicht nur schön, sie war auch klug. Und was all die anderen nicht gesehen haben, weil sie blind waren, geblendet von ihrem Äußeren, war ihre innere Schönheit. Ja, sie war klug, ich möchte sogar behaupten weise. Was nicht heißen soll, dass meine Frau nicht klug wäre, ganz im Gegenteil, aber Judith war einfach außergewöhnlich. Sie hätten sie kennen müssen. Es ist schwer, in Worten eine Frau zu beschreiben, die mit Worten gar nicht zu beschreiben ist. Schön, attraktiv, charmant, freundlich, offen, intelligent und gesegnet mit einem Charisma, das nicht von dieser Welt war. Gut, sie hat ihren Körper verkauft, und ich habe auch verstanden, warum sie es getan hat. Sie hat ihn verkauft, weil sie andere Männer an ihrer inneren und äußeren Schönheit teilhaben lassen wollte. Ich vermute es zumindest. Allerdings hat sie mir ein paar Mal versichert, dass sie mit vielen ihrer Kunden gar keinen Sex habe. Etliche von ihnen haben einfach nur ihre Nähe gesucht, konnten sich bei ihr aussprechen, weil sie in ihrem Leben keinen Sinn mehr sahen oder weil sie …« Er räusperte sich und blickte zur Seite.

»Oder weil sie was?«, fragte Julia Durant.

»Nun, es gab nicht wenige, die nicht mehr konnten, wenn Sie verstehen.«
»Nicht ganz«, erwiderte die Kommissarin stirnrunzelnd.
»Die meisten ihrer Kunden waren zwischen vierzig und über sechzig, und unter denen befanden sich einige, die impotent sind. Was immer sie sich von Judith erhofft haben, Wunder konnte sie keine vollbringen. Sie konnte höchstens Verständnis zeigen, was ja oftmals auch schon eine Hilfe ist. Und selbst dafür haben sie bezahlt.« Er hielt inne, lächelte für die Kommissare nicht sichtbar und fuhr fort: »Sie hatte etwas, das ich noch nie bei einer anderen Frau gefunden habe. Und das, ohne jemals mit ihr geschlafen zu haben.« Mit einem Mal bekam seine Stimme einen merkwürdigen Unterton. »Sie hat mich ein paar Mal gestreichelt, ihre Hände haben mich berührt, aber es hatte nichts mit sexuellem Verlangen zu tun, sie wollte mich einfach nur berühren. Und ich habe sie berührt, ihre Hände, ihr Gesicht, ihre Haare. Ich habe sie gerochen, ihren Duft in mich gesaugt ... Sie hat mir etwas gegeben, das mir noch keine andere Frau bisher geben konnte. Von Viola, meiner Frau, bekomme ich alles, was zu geben sie imstande ist. Aber Judith hat mir mehr, oder besser gesagt, hat mir etwas anderes gegeben. Doch wahrscheinlich werde ich nie ganz herausfinden, was es denn wirklich war. Die Welt, meine Welt, ist jetzt, nachdem Sie mir das von Judith gesagt haben, ein ganzes Stück trostloser geworden. Aber das werde ich erst nach und nach merken. Im Augenblick bin ich nur schockiert und unendlich traurig. Ich habe Judith geliebt, und sie hat mich geliebt, so wie ich bin. Als unvollkommenes Individuum, bewundert von meinen Lesern und innerlich doch so unvollkommen und verwundbar. Aber sie hat mich als Mensch geliebt und akzeptiert.«
Er drehte sich um, kam auf die Beamten zu, blieb kurz vor ihnen stehen und sah sie mit traurigem Blick an, bevor er sich

wieder setzte. Er hatte erneut Tränen in den Augen, deren er sich jetzt nicht mehr schämte.
»Haben Sie ihr die Wohnung gekauft?«, fragte Durant vorsichtig, weil sie spürte, wie verletzbar Kleiber in diesem Augenblick war.
Er nickte, wischte sich die Tränen aus dem Gesicht und stützte den Kopf in beide Hände.
»Ja, ich habe ihr die Wohnung gekauft, obwohl sie nie den Anschein machte, als würde sie irgendwelche finanziellen Interessen verfolgen. Und wenn, dann hat sie es sehr geschickt verborgen. Nun, das ist Schnee von gestern. Sie sollte es einfach schön haben. Natürlich wusste ich auch von ihrer anderen Wohnung in Frankfurt, in der sie zusammen mit einer Freundin lebte, aber diese Wohnung war ein Ort, an dem wir uns so oft sehen und miteinander sprechen konnten, wie wir wollten. Zwar empfing sie dort, wenn sie sich nicht gerade mit jemandem in einem Hotel traf, bisweilen auch andere Männer, aber so seltsam das klingen mag, es hat mir nichts ausgemacht. Sie hat diese Männer ja nicht geliebt, sie hat ihnen einen Teil ihres Körpers gegeben, aber niemals ihren Geist oder ihre Seele. Sie hat mir einmal gesagt, sie liebe Sex, aber nicht die Männer, mit denen sie es mache. Und sie hat sich ihre Männer immer sehr sorgfältig ausgesucht. Soweit ich weiß, war keiner darunter, vor dem sie Abscheu empfand. Sie machte es nur mit solchen, die auf irgendeine Weise vom Leben enttäuscht waren und denen sie mit ihrer Zärtlichkeit ein wenig Mut mitgeben konnte. Ich weiß auch, dass diese Männer sehr gut bezahlt haben, aber sie hat es verdient.«
Er schüttelte den Kopf, sah Durant direkt in die Augen und ballte die Fäuste.
»Sie war keine Hure im herkömmlichen Sinn, sie hatte keine schmutzigen Gedanken, ihre Sprache war sauber und

klar, und hätten Sie sie je kennen gelernt, Sie hätten es nur bestätigt. Sie war liebenswürdig, offen, freundlich, und obwohl sie ihren Körper verkauft hat, strahlte sie immer etwas Reines aus. Seit ich sie kannte, habe ich mich oft gefragt, wie sich all diese Eigenschaften vereinen ließen, da ich selbst mit meiner größten Phantasie nie in der Lage war, eine solche Person zu beschreiben, aber sie war im wahrsten Sinne des Wortes eine Heilige und eine Hure.« Mit einem Mal lächelte er, hielt kurz inne und fuhr dann mit verklärtem Blick fort: »Im alten Griechenland gab es Liebesdienerinnen, so genannte Hetären, die nicht nur ausgesprochen hübsch, sondern auch in allen Bereichen des kulturellen und politischen Lebens bewandert sein mussten. Ich habe Judith komischerweise ein paar Mal mit diesen Hetären verglichen, weil sie sich eben nicht nur so sehr von gewöhnlichen Frauen, sondern auch von normalen Huren unterschieden hat. Ein Beleg dafür ist, dass sie eine ausgezeichnete Studentin war, hochintelligent, geradezu begnadet, und vielleicht war es diese Intelligenz, gepaart mit einer schweren Jugend, die sie so reif machte. Ich weiß nicht, ob Ihnen bekannt ist, dass sie aus recht einfachen Verhältnissen stammte, aber sie hatte zeit ihres Lebens ein sehr inniges Verhältnis zu ihrer Mutter. Sie hat mir einmal erzählt, dass sie wusste, dass ihre Mutter sterben würde. Sie hatten oft nächtelang zusammengelegen, um über Gott und die Welt zu philosophieren. Und irgendwann hat ihre Mutter ihr gesagt, dass bald ein wichtiges Ereignis in ihrer beider Leben eintreten würde. Kurz darauf hatte Judith einen Traum, in dem sie deutlich den Tod ihrer Mutter vorausgesehen hatte. Aber im Gegensatz zu den meisten andern, die an ihrer Stelle gewesen wären, versank sie nicht in Selbstmitleid oder nicht endender Trauer, sondern sie hatte ein Ziel, sie wollte ganz nach oben, sie wollte studieren, sie

wollte die Beste sein. Doch nicht wie so viele andere durch tricksen und betrügen, nein, das hatte sie nicht nötig. Sie war in allem, was sie tat, ehrlich, und sie war einfach die Beste.«
Er hielt inne, presste die Lippen zusammen, stand auf, schenkte sich ein weiteres Glas Whiskey ein und fragte Durant und Hellmer, ob sie auch einen wollten, was beide dankend ablehnten.
»Ich werde Judith immer lieben. Zum Glück gibt es die Erinnerung, und in dieser wird sie ewig fortleben.« Er trank sein Glas aus, stellte es auf den Tisch, dann holte er seine Pfeife aus der Hemdtasche und ein Päckchen Tabak aus einer Schublade der Anrichte, stopfte sie und zündete sie an. Er paffte ein paar Mal, bis die Glut den gesamten Tabak erfasst hatte.
»Wann und wo haben Sie Frau Kassner kennen gelernt?«, fragte Durant.
»Das kann ich Ihnen genau sagen, es war am 6. September 97, einem Samstag. Ein Bekannter von uns hat eine Gartenparty gegeben. Meine Frau hat sich gleich abgesondert, um sich mit ihm zu unterhalten. Ich weiß nicht, ob Ihnen der Name Lewell etwas sagt, er ist Esoteriker und Lebensberater, was immer das auch sein mag, und meine Frau hat, seit ich sie kenne, einen esoterischen Tick. Aber das nur am Rande. Es war ganz seltsam, Judith ist mir sofort aufgefallen, inmitten all der Menschen. Und ich fühlte mich einfach zu ihr hingezogen, obwohl ich wusste, dass sie vielleicht nur halb so alt war wie ich. Aber sie hatte eine Ausstrahlung, die mich, im wahrsten Sinne des Wortes, einfach umgehauen hat. Wir haben uns fast den ganzen Abend unterhalten, und ich habe sofort gespürt, dass wir nicht nur auf der gleichen Wellenlänge funkten, sondern dass auch eine besondere Verbindung zwischen uns bestand. Wir haben uns schon zwei Tage später

wiedergesehen, in einem Hotel. Sie hatte geglaubt, ich wäre in der Absicht gekommen, um mit ihr zu schlafen, doch es endete damit, dass wir wieder nur den ganzen Abend geredet haben. Sie war sehr offen, sie wusste wohl, dass sie es mir gegenüber sein konnte. Wir sahen uns immer öfter, und da habe ich beschlossen, ihr diese Wohnung zu kaufen. Ab da haben wir uns zwei-, manchmal auch dreimal in der Woche gesehen. Wir sind auch essen gegangen oder ins Kino, aber egal, was immer wir auch machten, es wurde stets zu etwas Besonderem, weil sie dabei war.«

»Wusste Ihre Frau von diesem Verhältnis?«

»Nein, natürlich nicht«, antwortete Kleiber mit einem zaghaften Lächeln, »sie hätte es nicht verstanden. Frauen verstehen so etwas nie. Selbst wenn sie gewusst hätte, dass es ein rein platonisches Verhältnis war, so hätte sie es doch als Ehebruch oder zumindest Untreue ausgelegt. Sie hätte gedacht, ich würde sie nicht mehr lieben, was nicht stimmt, was nie gestimmt hat, denn ich liebe sie und möchte sie niemals verlieren. Aber ich wollte Judith ebenfalls nicht verlieren, auch wenn mir klar war, dass es eines Tages vorbei sein würde. Irgendwann hätte sie den für sie bestimmten Mann kennen gelernt, hätte geheiratet und wahrscheinlich Kinder bekommen. Wer weiß. Vielleicht bin ich auch nur einer von diesen durchgeknallten Schriftstellern, die Realität und Fiktion nicht mehr auseinander halten können.«

»Und was werden Sie Ihrer Frau sagen, weshalb wir mit Ihnen allein sprechen wollten?«

Kleiber zuckte die Schultern und zog an seiner Pfeife. »Keine Ahnung. Ich werde mir schon etwas einfallen lassen. Vielleicht sage ich ihr einfach nur, dass meine Telefonnummer bei irgendeinem Mordopfer gefunden wurde und Sie sich nicht erklären können, wie derjenige an diese Nummer gelangt ist. Ich werde einen Namen erfinden, was mir als

Schriftsteller nicht schwer fallen sollte. Vielleicht sage ich ihr aber auch die Wahrheit. Sie hat Judith schließlich gekannt.«

»Das müssen Sie wissen«, entgegnete Durant lächelnd. »Eine letzte Frage noch, bevor wir gehen. Sagen Ihnen die Namen Carola Weidmann, Juliane Albertz und Erika Müller etwas?«

»Nein, sollten sie?« Doch plötzlich hielt er inne, kräuselte die Stirn, stand auf, ging erneut ans Fenster und fasste sich mit einer Hand an die Nase. »Weidmann, Weidmann, natürlich sagt der Name mir etwas. Ich bin im Augenblick ein wenig durcheinander. Herrn und Frau Weidmann kenne ich sogar recht gut. Ihre Tochter habe ich allerdings nur einmal gesehen. Es war eine flüchtige Begegnung, ich meine, es war sogar auf dieser Party.« Er zögerte, wiegte den Kopf zweifelnd hin und her. »Es könnte allerdings auch bei Maibaum gewesen sein. Ich weiß nur von Erzählungen, dass sie letztes Jahr getötet wurde.«

»Meinen Sie, dass Frau Weidmann und Frau Kassner sich gekannt haben?«

»Das ist anzunehmen. Zumindest vom Sehen. Ich könnte mir allerdings auch vorstellen, dass sie in Kontakt miteinander gestanden haben, schließlich müssen sie in etwa gleich alt gewesen sein. Haben Sie vielleicht ein Foto von ihr?«

Julia Durant war innerlich zum Zerreißen gespannt. Sie holte die Fotos hervor. »Schauen Sie genau hin. Kennen Sie eine der Damen?«

Sie legte die Fotos auf den Tisch, Kleiber betrachtete sie eingehend. Er nickte. »Ja, natürlich, das hier ist Judith, und diese junge Frau war auf einer dieser Feiern, entweder bei Lewell oder Maibaum. Aber wie gesagt, es war nur eine sehr flüchtige Begegnung. Ich erkenne sie zwar auf dem Bild wieder, an Details kann ich mich aber nicht mehr erinnern, weil ich nicht

mit ihr gesprochen habe. Die beiden andern habe ich jedoch noch nie gesehen. Aber warum fragen Sie?«
»Gleich. Was wissen Sie von Herrn Lewell und von Dr. Maibaum?«
»Nun, über Lewell möchte ich nicht allzu viel sagen, er ist ein Schürzenjäger, und ich kann ihn nicht besonders leiden, was eher untertrieben ist. Er macht vor keiner Frau Halt, egal ob ledig oder verheiratet. Maibaum hingegen ist in Ordnung. Sehr intellektuell, wie es sich für den Leiter einer Uni gehört, eher still und zurückhaltend, aber sympathisch. Er hat, soweit ich weiß, auch zu Judiths Kunden gezählt, aber sicher bin ich nicht. Es ist auch egal, ob er ihr Kunde war oder nicht«, fügte Kleiber hinzu, »denn alle, die zu ihr gegangen sind, sind auf irgendeine Weise nicht glücklich mit ihrem Leben. Und Maibaum macht auf mich alles andere als einen glücklichen Eindruck. Er ist sehr ernst … Aber noch mal, was ist mit diesen Frauen?«
»Zuerst noch eine Frage. Hat Lewell ebenfalls zu Frau Kassners Kunden gehört?«
»Keine Ahnung. Ich hoffe nicht. Ich könnte mir auch nicht vorstellen, dass sie ihn an sich rangelassen hätte. Und jetzt sagen Sie schon, was es mit diesen Frauen auf sich hat?«
»Sie wurden alle auf die gleiche Weise getötet wie Frau Kassner.«
Einen Moment herrschte Stille, es schien, als würde Kleiber erst ganz allmählich die letzten Worte der Kommissarin begreifen. »Heißt das, Judith ist das Opfer eines Serienmörders geworden?«, fragte er mit kehliger Stimme und zu Schlitzen verengten Augen.
»Genau das heißt es.«
»Wie wurde sie umgebracht?«
Durant zögerte mit der Antwort, sagte aber dann schließlich: »Sie wurde erdrosselt. Weitere Details dürfen wir Ihnen im

Moment leider nicht mitteilen. Es ist jedoch sicher, dass sie in die Reihe passt.«
»Wurde sie sexuell …«
»Nein, sie war angezogen, als wir sie gefunden haben. Und die Autopsie hat auch keinerlei Hinweise auf sexuelle Gewaltanwendung ergeben.«
»Ich schreibe seit fünfzehn Jahren Kriminalromane, doch ich hätte nie vermutet, einmal in der Realität mit einem Mord konfrontiert zu werden. Und dann auch noch an einem Menschen, der mir so viel bedeutet hat. Was für eine schreckliche Welt.«
»Stoff für einen neuen Roman«, bemerkte Hellmer, der sofort das Fettnäpfchen sah, in das er hineingetreten war, und verlegen zur Seite schaute.
»Mein Kollege ist manchmal etwas sehr direkt«, sagte Durant. »Er meint es aber nicht so.«
»Das macht nichts«, erwiderte Kleiber mit einem vergebenden Lächeln. »Vielleicht werde ich tatsächlich eines Tages einen Roman darüber schreiben. Es gibt nichts, was die Seele so befreit wie das Schreiben. Ich weiß nicht, ob Sie jemals etwas von mir gelesen haben, aber Sie glauben gar nicht, wie viel Autobiographisches in jedem meiner Bücher steckt.«
»Doch, ich kann es mir vorstellen«, entgegnete Durant. »Und ich habe einige Ihrer Bücher gelesen. Sie sind sehr außergewöhnlich und im Gegensatz zu den meisten Kriminalromanen erfreulich realistisch. Und wenn ich noch hinzufügen darf, ich hab keine Lust mehr, immer nur amerikanische oder englische Autoren zu lesen. Ich wundere mich jedes Mal, weshalb die so hochgehalten werden. Ich bin ehrlich gesagt schon lange diesen Schwachsinn leid, die amerikanische Bestsellerautoren so fabrizieren. Es ist immer der gleiche Müll.«

»Danke, es ehrt mich, dies aus so berufenem Munde zu hören«, sagte er charmant lächelnd.
»Gibt es eigentlich ein neues Buch von Ihnen?«
»Es erscheint zwar erst im Januar, aber ich habe bereits einige Exemplare hier. Warten Sie, ich gebe Ihnen eines mit.« Er verschwand nach draußen, kehrte kurz darauf mit einem Buch zurück und reichte es Durant. »Bitte schön. Und viel Spaß beim Lesen.«
»Könnten Sie mir auch eine Widmung reinschreiben?«
»Mit Vergnügen. Wenn ich Ihren Vornamen haben dürfte?«
Sie nannte ihn ihm, nahm das Buch und reichte Kleiber die Hand. »Es hat mich sehr gefreut, Sie kennen gelernt zu haben. Auf Wiedersehen, und sollte Ihnen noch etwas einfallen, was uns bei der Aufklärung behilflich sein könnte, dann rufen Sie mich an. Hier ist meine Karte.«
Kleiber warf einen Blick darauf und steckte sie in seine Hemdtasche. »Was wird jetzt mit der Wohnung geschehen?«, fragte er die Kommissarin.
»Keine Ahnung. Judith hat, soweit mir bekannt ist, keine Verwandten.«
»Dann würde ich sie gerne kaufen. Verrückt, ich weiß, ein und dieselbe Wohnung ein zweites Mal zu kaufen. Und ich würde mich freuen, wenn ich sie samt dem Inventar bekommen könnte. Meinen Sie, das wäre möglich? Es hängen eine Menge Erinnerungen daran.«
»Mal sehen, was sich machen lässt. Aber im Grunde sollte dem nichts im Wege stehen.«
»Ich begleite Sie nach draußen. Und wenn Sie meine Hilfe brauchen, ich stehe Ihnen jederzeit zur Verfügung. Sie haben ja meine Telefonnummer.«
»Nur die vom Handy.«
»Warten Sie, ich gebe Ihnen meine Karte. Dort steht alles drauf, auch meine E-Mail-Adresse.«

Als sich das Tor hinter ihnen schloss, blieb Kleiber noch einen Augenblick stehen und wartete, bis Durant und Hellmer in ihren Wagen eingestiegen waren. Hellmer startete den Motor und fuhr los. Kleiber ging zurück ins Haus. Seine Frau, die die Treppe herunterkam, sah ihn fragend an.

»Was wollten die von dir?«

»Es geht um ein paar Morde an Frauen«, antwortete er. »Du kennst sie auch, Judith Kassner und Carola Weidmann.«

»Und was hast du damit zu tun?«

»Sie überprüfen im Augenblick alle Personen, die sie gekannt haben. Und ich beziehungsweise wir gehören auch dazu. Aber ich konnte ihnen leider nicht weiterhelfen.«

»Und das hat so lange gedauert?«, fragte sie zweifelnd.

Kleiber nahm seine Frau in den Arm und sagte lachend, obwohl ihm zum Heulen zumute war: »Du weißt doch, Polizisten sind auch nur Menschen. Sie wollten wissen, wie das ist, Bücher zu schreiben. Sie haben gefragt, und ich habe geantwortet. Die Kommissarin hat gemeint, sie wollte schon immer mal ein Buch schreiben. Ich habe ihr gesagt, sie soll's versuchen, aber ich habe ihr verschwiegen, dass man dazu nicht nur Ideen braucht, sondern auch das nötige Talent. Na ja, jetzt sind sie weg, und ich kann mich wieder an meinen Schreibtisch setzen.«

Er hauchte ihr einen Kuss auf die Stirn, strich ihr kurz übers Haar und stieg die Treppe hinauf. Oben schloss er die Tür des Arbeitszimmers hinter sich, stellte sich ans Fenster und schaute hinaus in den Garten. Er verharrte einige Minuten, dann drehte er sich um, zog die unterste Schublade seines Schreibtischs heraus und nahm einen Ordner aus der Mitte eines Stapels in die Hand. Er schlug ihn auf und betrachtete lange das Bild, das auf der Innenseite des Deckels klebte. Es zeigte das Gesicht von Judith Kassner. Er setzte sich in seinen Sessel und weinte.

Dienstag, 16.30 Uhr

»Sag mal, kaufst du dem Typ die Story ab von wegen, er hätte die Kleine nicht gevögelt?«, fragte Hellmer, als sie sich auf den Weg zu van Dyck machten.

»Warum nicht? Er ist ein sehr außergewöhnlicher Mann. Er gefällt mir irgendwie. Seine Ehrlichkeit, seine Offenheit. Und vielleicht gibt es ja doch so etwas wie Freundschaft zwischen Mann und Frau. Ich muss die ganze Zeit an diesen Film *Harry und Sally* denken, in dem Harry immer sagt, es sei nicht möglich, dass ein Mann und eine Frau nur Freunde sein können, ohne dass jemals Sex ins Spiel kommt. Kennst du den Film?«

»Nee, aber ich kenne einen Schwulen, der der beste Freund einer Frau ist …«

»Das ist nicht das Gleiche«, unterbrach ihn Durant. »Kleiber macht auf mich einen sehr sensiblen, einfühlsamen Eindruck. Was man eigentlich hinter einem Schriftsteller, der Kriminalromane schreibt, gar nicht vermuten möchte. Aber das ist jetzt auch egal, denn wir haben zum ersten Mal den Hauch einer Verbindung zwischen zwei Opfern. Die Weidmann und die Kassner haben sich meiner Meinung nach gekannt. Wie gut, wissen wir nicht, wir wissen nur, dass Maibaum allem Anschein nach ebenfalls Kunde von der Kassner war. Und dieser Lewell möglicherweise auch. Und jetzt bin ich echt gespannt, was die uns zu erzählen haben.«

»Wollten wir nicht eigentlich erst zu diesem van Dyck?«, fragte Hellmer.

»Klar. Aber Maibaum und Lewell interessieren mich eigentlich noch viel mehr. Von van Dyck wollen wir ja im Prinzip nur wissen, ob er die Kassner in der letzten Zeit gevögelt hat.«

»Und wenn?«
»Dann wissen wir's. Was ist der noch mal von Beruf?«
»Filmproduzent.«
»Ach ja, stimmt, er hat ja gesagt, er sei noch im Studio. Hab ich schon wieder vergessen. Ich sollte mich vielleicht mal wieder mehr mit Kultur beschäftigen.«
»Du liest Krimis von Kleiber«, meinte Hellmer grinsend.
»Ich rede von richtiger Kultur, Blödmann. Ich weiß gar nicht, wann ich das letzte Mal im Theater war. Es muss irgendwann in grauer Vorzeit gewesen sein, als ich noch ein junges Mädchen war.«
»So gehen die Jahre dahin, man wird älter, man wird weiser, und man wird träger. Ist es nicht so?«
»Hä, hä, hä, du bist heute ein richtiger Scherzkeks, was?«, sagte Durant und steckte sich eine Zigarette an. »Aber das vorhin bei Kleiber, ich meine dein Kommentar von wegen Roman, war auch nicht gerade vom Feinsten.«
»Tschuldigung, ich hab's ja selbst gemerkt. Passiert mir halt ab und zu, dass ich in riesige Fettnäpfe trete. Wenigstens hat er's mit Humor genommen.«
»Na ja, ich weiß nicht, ob ihm im Augenblick der Sinn nach Humor steht. Er war ziemlich fertig. Und das war nicht vorgetäuscht. Ich glaube, Schriftsteller sind eine Spezies für sich. Ich möchte einmal in das Hirn von einem schauen und sehen, was sich da so alles abspielt.«
»So, wir sind da«, sagte Hellmer, ohne auf die letzte Bemerkung von Durant einzugehen. Das Haus, in dem van Dyck wohnte, lag hinter einer Hecke, mehreren Nadelbäumen und hohen winterfesten Büschen versteckt. Auch hier wie bei Kleiber Kameras und Bewegungsmelder. Auf ihr Klingeln hin tauchten wie aus dem Nichts zwei schwarze, zähnefletschende Dobermänner am Tor auf.
»Ich hasse diese Viecher«, quetschte Hellmer durch die Zäh-

ne. »Wer sich solche Köter hält, ist in meinen Augen nicht ganz sauber.«
»Oder vorsichtig«, sagte Durant.
Ein groß gewachsener Mann in Jeans und Jeanshemd kam aus dem Haus, gab den Hunden einen kurzen, scharfen Befehl, woraufhin die beiden gemächlich hinter den Büschen verschwanden. Durant schätzte ihn auf Ende vierzig bis Mitte fünfzig, er hatte schütteres braunes Haar, einen leicht verkniffenen Zug um den Mund und tiefe Falten auf der Stirn und um die Nase.
»Sie sind von der Polizei?«
»Herr van Dyck?«, fragte Durant.
»Richtig. Kommen Sie rein, Zeus und Apollo tun Ihnen nichts, solange Sie mir nichts tun.«
»Zeus und Apollo?«, sagte Hellmer. »Kommt mir irgendwie bekannt vor …«
»In der Fernsehserie *Magnum* gab es zwei Dobermänner mit diesen Namen. Ich habe meine Hunde nach ihnen benannt. Am besten gehen wir in mein Arbeitszimmer, dort sind wir ungestört.«
Sie betraten das Haus, eine etwa vierzigjährige Frau mit kurzen blonden Haaren kam aus einem Zimmer und sah die Beamten fragend an.
»Meine Frau Claudia, Claudia, das sind Beamte von der Kriminalpolizei. Wir gehen nach oben.«
»Guten Tag«, sagte Durant, woraufhin Claudia van Dyck nur nickte. Sie war zierlich und kaum größer als einsfünfundsechzig, hatte grüne Augen, einen hellen Teint und schmale Lippen, die sich an den Mundwinkeln leicht nach unten bogen. Auch sie trug Jeans und ein weißes Sweatshirt, das bis weit über ihren Po reichte. Sie wirkte farblos, vielleicht aber auch nur, weil sie ungeschminkt war. Doch selbst wenn dem so war – sie war auch nicht annähernd mit einer Viola Kleiber zu vergleichen.

»Was will die Polizei von dir?«, fragte sie.
»Keine Ahnung, aber ich werde es sicher gleich erfahren«, antwortete er kühl. Hellmer und Durant warfen sich einen kurzen, aber viel sagenden Blick zu.
Ohne ein weiteres Wort zu verlieren, ging van Dyck vor ihnen die Treppe hinauf. Die Tür zu seinem Arbeitszimmer stand offen. Es war hell und freundlich eingerichtet, obwohl es unaufgeräumt war, wirkte es dennoch nicht unordentlich, sondern strahlte eher eine gewisse Gemütlichkeit aus. Die Einrichtung bestand aus einem Schreibtisch aus Nussbaum, einem sich über zwei Wände ziehenden Bücherregal, einem Computer, einer hochwertigen Videoanlage mit Großbildfernseher und einer Hi-Fi-Anlage. Direkt neben dem Fenster standen zwei Stühle. Vom Fenster aus konnte man in den Garten mit dem Swimming-Pool sehen, dessen Wasser noch nicht abgelassen worden war und auf dessen Oberfläche Laub schwamm.
»Nehmen Sie bitte Platz. Sie können die Stühle auch an den Schreibtisch ziehen«, sagte van Dyck, der sich ein Zigarillo ansteckte und sich in seinen Sessel setzte. Er stützte die Ellbogen auf und sah die Beamten an. »Und jetzt verraten Sie mir doch bitte, was es so Dringendes gibt?«
»Herr van Dyck, wir sind sofort wieder verschwunden, wenn Sie uns ein paar Fragen beantworten. Es geht um eine gewisse Judith Kassner.«
Van Dyck verengte die Augen, zog am Zigarillo. »Und?«
»Sie kennen sie, nehme ich an«, sagte Durant.
Van Dyck nickte. »Ja, ich kenne sie. Wollen Sie ihre Adresse haben?«
»Wir haben ihre Adresse. Wir möchten wissen, wie gut Sie Frau Kassner kennen.«
»Was soll diese Fragerei? Können Sie nicht auf den Punkt kommen?«, entgegnete er schroff. »Ich bin es nicht gewohnt,

um den heißen Brei herumzureden. Also, was ist mit ihr beziehungsweise was wollen Sie von mir?«

»Frau Kassner ist tot.« Sie sagte es kurz und knapp und wartete die nächste Reaktion von van Dyck ab. Es schien, als hörte er auf zu atmen. Er schloss die Augen, lehnte sich zurück, schlug die Beine übereinander.

»Judith ist tot? Seit wann?«, stammelte er fassungslos.

»Seit«, Julia Durant sah auf die Uhr, rechnete kurz nach, »etwa sechsunddreißig, siebenunddreißig Stunden.«

»Mein Gott, ausgerechnet sie. Unfassbar.«

»Wann haben Sie Frau Kassner zuletzt gesehen?«

»Am Sonntag. Am Samstag hatte sie Geburtstag, und ich habe ihr nachträglich gratuliert. Wir waren essen und danach bei ihr ...« Er drückte den Zigarillo aus und zündete sich gleich darauf einen neuen an. »Was genau ist passiert?«

»Sie wurde in ihrer Wohnung umgebracht.«

»Und woher wissen Sie, dass ich, ich meine ...?«

»Aus ihrem Telefonverzeichnis. Dort stehen sämtliche Kunden drin. Auch Sie, wie Sie sehen. Wie lange waren Sie am Sonntag bei ihr?«

»Von zehn bis gegen eins war ich im Studio, weil ich mit meinem Regisseur einige Passagen unseres neuen Films besprechen musste. Gleich danach bin ich in das Restaurant gefahren, in dem wir uns verabredet hatten, und hinterher zu ihr. Etwa um halb sieben war ich wieder zu Hause. Sie können meine Frau fragen oder meine Tochter, sie werden es bestätigen.«

»Haben Sie mit Frau Kassner ...?«

»Tun Sie mir einen Gefallen, sagen Sie nicht Frau Kassner, sondern Judith. Sie war Judith und wird es immer bleiben.«

»Wie Sie wünschen. Haben Sie mit Judith am Sonntag sexuell verkehrt?«

Ein kaum merkliches Lächeln zeichnete sich auf seinen Lippen ab, er nickte. »Ja, wir haben miteinander geschlafen.«
»Hatten Sie ungeschützten Geschlechtsverkehr?«
Van Dyck nickte wieder. »Ja. Ich war, soweit ich weiß, der Einzige, der mit ihr ungeschützt verkehren durfte. Zumindest hat sie mir das gesagt. Und ich hatte keinen Grund, daran zu zweifeln«, sagte er nicht ohne Stolz.
»Und hat Judith irgendetwas davon erwähnt, dass sie später noch Besuch erwartete?«
»Nein. Sie hat gesagt, sie würde auch gleich in ihre andere Wohnung fahren. Sie wollte nur noch ein wenig aufräumen, jemanden anrufen und … Ja, das war's. Sie wollte eigentlich früh zu Bett gehen, weil sie am Montag eine wichtige Klausur schreiben sollte. Mehr kann ich Ihnen nicht sagen.«
»Seit wann kannten Sie Frau … ich meine Judith?«
»Seit gut anderthalb Jahren.«
»Und wie haben Sie sie kennen gelernt?«
»Es war auf einem Empfang bei einem Freund des Hauses. Sie hatte etwas, das mich unwillkürlich angezogen hat. Nun, ab da haben wir uns so zwei- oder dreimal im Monat gesehen.«
»Darf ich den Namen Ihres Freundes erfahren?«
»Natürlich. Konrad Lewell. Er ist so etwas wie ein Lebensberater«, antwortete er viel sagend lächelnd.
»Wir haben schon von ihm gehört. Könnten Sie uns vielleicht seine Adresse und Telefonnummer geben?«
»Moment, ich schreib sie Ihnen auf.«
Julia Durant warf einen Blick auf den Zettel und murmelte: »Er wohnt in Kronberg, das ist ja quasi um die Ecke … Sagen Sie, kennen Sie auch einen Professor Richter?«
Van Dyck lachte auf. »Natürlich kenne ich den. Wir sind fast so etwas wie gute Freunde. Lewell, Richter und so einige

mehr zählen zu meinem engeren Bekanntenkreis, wobei ich Lewell eigentlich nicht sonderlich leiden kann.«

»Was heißt einige mehr? Wer noch?«

»Ist das wichtig?«

»Im Augenblick ist jede auch noch so kleine Information wichtig.«

»Na gut, ich glaube nicht, dass ich damit irgendein intimes Geheimnis preisgebe, aber in meiner Branche hat man zwangsläufig mit vielen bekannten und zum Teil noch unbekannten Personen zu tun. Wissen Sie, diese Empfänge oder Partys gehören zum Geschäft. Und es sieht für Außenstehende immer so aus, als wäre es ein lautes Durcheinander, aber eigentlich dienen diese Zusammenkünfte eher einem Kennenlernen und Gedankenaustausch. Max Kleiber, der Name sagt Ihnen vielleicht etwas, und seine Frau zählen zu meinem engeren Freundeskreis, ich habe schließlich schon drei Bücher von ihm verfilmt, das vierte ist gerade in der Mache; Dr. Maibaum, Dekan der Uni Frankfurt und vielseitig interessierter Kunstliebhaber; Jeannette Liebermann ...«

»Die Schauspielerin?«

»Richtig. Aber nicht nur sie, auch einige andere Schauspieler und Künstler wie Eberhard Feiger, Marianne Schreiber oder Helmut Graf sind häufige Gäste. Dann Vera Koslowski, sie leitet eine Künstleragentur, und für sie ist Kontaktpflege oberstes Gebot; Werner Malzahn, Intendant an den Städtischen Bühnen, und natürlich die schon erwähnten Professor Richter und Konrad Lewell und so einige mehr, deren Namen ich jetzt gar nicht alle aufzählen kann. Einige Personen sieht man nur einmal und vergisst sie gleich wieder, ganz im Gegensatz zu Judith, die ich gesehen habe und nicht mehr vergessen konnte. Nun, wenn wir uns treffen, trinken wir etwas, unterhalten uns und knüpfen unter Umständen neue Kontakte. Das ist alles. Und sollten Sie denken, dass diese Partys in irgendwelche Orgien ausarten, dann muss ich Sie leider enttäuschen. Es ist alles ganz harmlos. Im Prinzip sind wir eine große, eine sehr große Familie, mal geht einer, mal kommt einer dazu. Im Übrigen feiert Frau Koslowski nächste Woche nicht nur ihren Geburtstag, sondern gleichzeitig das zwanzigjährige Bestehen ihrer Agentur. Es wird mit Sicherheit ein rauschendes Fest mit viel Prominenz und Geldadel werden. Schauen Sie doch einfach auch mal vorbei, Vera hätte bestimmt nichts dagegen. Und Sie könnten gleich unsere … Familie kennen lernen. Wenn Sie möchten, rufe ich Vera noch heute an und sage ihr Bescheid.«

»Gerne«, erwiderte die Kommissarin. »Wann ist das?«

»Augenblick.« Van Dyk blätterte in seinem Kalender. »Das Fest steigt am Samstag, dem 6. November. Wie gesagt, Sie sind herzlich eingeladen, und weil Vera und ich uns so gut kennen, ist sie damit sicher einverstanden.«

»Und was ist mit dir?« Sie schaute Hellmer an.

»Ich kann Nadine nicht schon wieder allein lassen …«

»Sie können Ihre Frau selbstverständlich mitbringen.«

»Ich werd's mir überlegen.«

Julia Durant notierte sich den Termin. Dann fragte sie van Dyck: »Weiß Ihre Frau von Judith?«

Van Dyck zuckte die Schultern. »Ich habe keine Ahnung, ob sie es weiß. Und wenn, dann ist es mir auch egal. Wir führen eine sehr lockere Beziehung, und das schon seit vielen Jahren. Im Prinzip gehen wir getrennte Wege. Wir leben unter einem Dach, mehr auch nicht. Sie hat ihre Freunde, ich meine. Oder besser ausgedrückt, sie hat ihre Liebhaber, und ich nehme mir die Freiheit, ab und zu in einem anderen Bett zu schlafen.«

»Das hört sich nicht gerade nach einer glücklichen Beziehung an …«

»Es ist alles andere als eine glückliche Beziehung, wenn Sie es genau wissen wollen. Wäre unsere Tochter nicht«, er zuckte die Schultern, »ich wäre schon längst über alle Berge. Aber Maria ist psychisch etwas labil, und deswegen habe ich es bis jetzt nicht fertig gebracht, einen Schlussstrich zu ziehen.«

»Wie alt ist Ihre Tochter, wenn ich fragen darf?«

»Maria ist neunzehn. Aber sie leidet unter Angstzuständen und Depressionen und war deswegen schon bei verschiedenen Therapeuten in Behandlung. Doch nachdem alles nichts genutzt hat, haben wir Professor Richter gefragt, ob er versuchen würde, die Ursache dieses Leidens zu ergründen. Und wie es aussieht, zeigt die Behandlung erste Erfolge. Ich habe mir jedenfalls vorgenommen, mich von meiner Frau zu trennen, sobald es Maria besser geht.« Er schloss für einen Moment die Augen, atmete tief ein und kräftig wieder aus. »Aber eigentlich habe ich mir schon so oft vorgenommen, sie zu verlassen, und es nie in die Tat umgesetzt. Vermutlich wird es für den Rest meines Lebens ein Wunsch oder Vorsatz bleiben, aber wie heißt es so schön, der Weg zur Hölle ist mit guten Vorsätzen gepflastert. Wir sind bis jetzt ganz gut zurechtgekommen und werden auch die nächsten Jahre, vielleicht auch Jahrzehnte noch überstehen. Meine Tochter weiß übrigens von Judith, sie haben sich sogar schon einmal gesehen.«

»Und was sagt sie dazu?«

»Sie akzeptiert es, denke ich zumindest. Sie hat mir jedenfalls keine Vorwürfe gemacht, sie hat sogar gesagt, dass sie Judith sympathisch finde. Ich sollte vielleicht noch hinzufügen, dass das Verhältnis zwischen Maria und meiner Frau ebenfalls etwas gespannt ist.«

»Das mit Ihrer Ehe tut mir Leid«, entgegnete Durant. »Aber …«

»Das braucht es nicht, es ist mein Leben, und ich habe den

Fehler gemacht, meine Frau zu heiraten. Ich hätte es besser wissen müssen, damals schon. Als ich dann Judith kennen lernte, trat eine Wende ein, habe ich zumindest geglaubt. Ich hatte mich in dieses junge Ding irgendwie … na ja, Sie wissen schon, was ich meine. Auch wenn ich wusste, dass sie ihren Körper verkauft hat. Sie war eine eigenartige junge Frau. Hochintelligent und trotzdem den sinnlichen Seiten des Lebens gegenüber sehr aufgeschlossen. Mit ihr konnte ich mich über alles unterhalten, es gab kein Thema, über das sie nicht wenigstens ein bisschen Bescheid wusste, sie war unglaublich belesen, ich habe fast das Gefühl, sie hatte so etwas wie ein fotografisches Gedächtnis. Sie hat etwas gelesen, gesehen oder gehört und nie wieder vergessen. Ihr IQ muss enorm hoch gewesen sein. Nur so kann ich mir erklären, wie sie diese beiden so unterschiedlichen Leben unter einen Hut bringen konnte. Und wenn ich mit ihr geschlafen habe, dann kam mir nie der Gedanke, es mit einer Hure zu tun zu haben, sondern sie gab mir das Gefühl, auch etwas für mich zu empfinden, was ich in dieser Form eigentlich noch nie erlebt habe. Manchmal habe ich mich gefragt, ob sie jeden so behandelt hat oder nur mich. Ich werde es wohl nicht mehr herausfinden.« Er machte eine Pause, steckte sich ein weiteres Zigarillo an und fuhr fort: »Und außerdem bin ich überzeugt, dass sie einen festen Freund hatte. Diese Wohnung, das ganze Interieur, das hätte sie sich allein durch ihre diversen, sagen wir Freunde, nicht leisten können. Es muss jemanden gegeben haben, der sie finanziell sehr großzügig unterstützt hat. Sie hat mit mir aber nie darüber gesprochen. Können Sie mir diese Frage beantworten? Ich meine, ob sie einen festen Freund hatte.«
Durant nickte, sie war geneigt, ihm von Kleiber zu erzählen, ließ es dann aber doch. »Ja, sie hatte jemanden. Allerdings werden Sie verstehen, dass wir den Namen nicht nennen dürfen.«

»Könnte er sie …?«
»Nein, das ist mit fast hundertprozentiger Sicherheit auszuschließen. Dazu hat er sie zu sehr geliebt.«
»Manche Menschen bringen gerade aus diesem Grund einen andern um«, erwiderte van Dyck. »Vielleicht konnte er nicht länger ertragen, dass sie ihren Körper verkauft hat …«
»Er wusste es, und er hat es ertragen. Er hat es sogar verstanden, das hat er uns selbst gesagt. Er kommt als Täter nicht in Frage.«
»Und er hat ihr diese Wohnung gekauft?«, wollte van Dyck wissen.
»Ja.«
»Seltsam. Wenn ich in der glücklichen Lage gewesen wäre, der feste Freund von Judith sein zu dürfen, ich hätte bestimmt alles darangesetzt, dass sie mit keinem anderen Mann mehr schläft als mit mir. Es hat mich so schon oft genug fast um den Verstand gebracht, wenn ich mir vorgestellt habe, dass sie, sobald ich gegangen war, vielleicht gleich wieder einen Kunden hatte. Aber sie war eben einzigartig. Es war auf jeden Fall eine Bereicherung für mein Leben, sie gekannt zu haben. Sie hat mir in den anderthalb Jahren mehr gegeben als meine Frau in fast zwanzig Jahren. Ich denke, das sagt alles.« Und nach einer kurzen Pause: »Wie ist sie überhaupt umgekommen?«
»Sie wurde erdrosselt.«
»Hat sie lange leiden müssen?«
»Nein«, log Durant und sah van Dyck direkt an. »Es muss sehr schnell gegangen sein.«
»Und jetzt überprüfen Sie alle, die in ihrem Telefonverzeichnis stehen, richtig?«
»So ist es. Sagen Ihnen die Namen Carola Weidmann, Juliane Albertz und Erika Müller etwas?«
Van Dyck runzelte die Stirn und sah die Kommissarin durch

den Rauch hindurch an. »Natürlich kenne ich die Weidmanns. Einen Augenblick, Carola ist doch vergangenes Jahr auch ermordet worden. Hat das etwa was mit diesem Fall zu tun?«
»Ja. Und deshalb möchte ich Sie noch einmal fragen, ob Ihnen die Namen Juliane Albertz und Erika Müller etwas sagen? Wir haben auch ein paar Fotos dabei. Vielleicht erkennen Sie sie darauf.«
Sie holte die Fotos aus ihrer Tasche legte sie auf den Tisch, van Dyck warf einen Blick darauf, wiegte den Kopf hin und her und sagte schließlich: »Es könnte sein, dass ich sie hier kenne.« Er deutete auf das Foto von Juliane Albertz. »Aber sicher bin ich mir nicht. Irgendwie kommt mir das Gesicht bekannt vor. Vielleicht bin ich ihr tatsächlich schon mal begegnet.«
»Könnte es auf besagter Party gewesen sein?«
»Mein Gott, ich weiß es nicht. Es könnte auch hier bei uns oder bei einem der anderen gewesen sein. Haben diese andern beiden Frauen irgendetwas mit dem Mord an Judith zu tun?«
»In gewisser Weise schon – sie sind ebenfalls tot.«
»Heißt das, Judith wurde Opfer eines Serienmörders?«, fragte van Dyck mit großen Augen. Er stellte fast die gleiche Frage wie vor ihm schon Kleiber.
»Ja.«
»Heißt das etwa auch, es könnte sich um jemanden handeln, den ich kenne?« Er beugte sich nach vorn, schüttelte den Kopf, murmelte etwas Unverständliches.
»Wir können es nicht ausschließen. Nur gibt es bis jetzt keine Hinweise auf den Täter …«
»Sie haben noch keine Spur?«
»Sagen wir es so, wir arbeiten daran. Sollte Ihnen noch etwas einfallen, was uns weiterhelfen könnte, dann rufen Sie uns bitte an. Hier ist meine Karte.«

»Ich hoffe, Sie finden diesen verfluchten Bastard. Und sollte ich ihn vor Ihnen in die Finger kriegen, dann gnade ihm Gott! Glauben Sie mir, ich bringe ihn um, und zwar ganz, ganz langsam und genüsslich. Am besten ziehe ich ihn breitbeinig über einen Stacheldrahtzaun.«

»Wir finden ihn, verlassen Sie sich drauf. Und nochmals vielen Dank für Ihre Offenheit. Auf Wiedersehen, Herr van Dyck.«

»Ich begleite Sie nach unten. Als Sie mich vorhin angerufen haben, hätte ich wirklich mit allem gerechnet, nur nicht damit. Aber so wenig, wie man bestimmt, wann man geboren wird, so wenig hat man Einfluss auf den Tod.«

Sie begaben sich nach unten. Eine junge Frau kam ihnen entgegen. »Hallo, Paps«, sagte sie und kam lächelnd auf ihn zu. Mit einem Mal verharrte sie, sah die Beamten an und überlegte. »Sind wir uns heute nicht schon mal begegnet?«, fragte sie.

»Ja, heute Mittag vor dem Haus von Professor Richter«, antwortete Durant.

»Und was machen Sie *hier?*«, fragte sie neugierig.

»Wir haben uns nur ein wenig mit Ihrem Vater unterhalten. Einen schönen Tag noch.«

Frau van Dyck stand in der Tür und sah ihnen stumm hinterher. Nachdem die Kommissare weg waren, drehte sie sich um und ging auf ihren Mann zu.

»Was wollten sie von dir?«

»Sie hatten nur ein paar Fragen«, antwortete er, ohne sie dabei anzusehen. »Es wird dich bestimmt nicht interessieren.«

»Woher willst du das wissen?«

»Ich weiß es einfach. Und jetzt entschuldige mich bitte, ich habe zu tun.« Er wandte sich von seiner Frau ab und sah seine Tochter an. »Kommst du mit nach oben, Maria? Ich würde mich gerne kurz mit dir unterhalten.«

»Ich habe aber nicht viel Zeit. Ich will noch ins Main-Taunus-Zentrum.«
Claudia van Dyck blickte ihnen nach, als sie die Treppe hinaufstiegen. Sie presste die Lippen zusammen, ging ins Wohnzimmer und schenkte sich ein Glas Wasser ein. Dann nahm sie zwei Tabletten aus ihrer Handtasche, steckte sie in den Mund und spülte sie mit dem Wasser hinunter. Kurz darauf zog sie sich um, legte etwas Make-up auf und verließ das Haus mit einer großen Tasche. Sie hatte eine Verabredung, und es würde eine lange Nacht werden.

Dienstag, 18.10 Uhr

Nachdem das Tor sich hinter ihnen geschlossen hatte, atmete Hellmer tief durch, schüttelte ungläubig den Kopf und sah Julia Durant an. Er sperrte die Wagentür auf, sie stiegen ein. Er startete den Motor, und dann sagte er: »Irgendwie habe ich das Gefühl, im falschen Film zu sein. Diese Kassner scheint ja wirklich was ganz Besonderes gewesen zu sein. Wir haben bis jetzt mit zwei Männern über sie gesprochen, und beide reden von ihr, als wäre sie tatsächlich Hure und Heilige in einer Person gewesen. War sie vielleicht so was wie die Mutter Teresa für sexuell Minderbemittelte?«
»Schon möglich. Aber sie muss etwas an sich gehabt haben, das anderen Frauen fehlt. Nur zu schade, dass wir sie nicht gekannt haben, oder besser, dass du sie nicht gekannt hast«, fügte sie grinsend hinzu und warf einen Blick auf die Uhr. »Frank, sei mir nicht böse, aber das mit heute Abend sollten wir lieber sein lassen. Ich hab noch so wahnsinnig viel zu tun, ich hätte heute einfach keine Ruhe. Versteh mich nicht falsch, lass es uns einfach auf ein andermal ver-

schieben. Wir müssen noch ins Präsidium, und ich will mir unbedingt das Tagebuch der Albertz anschauen und sehen, ob sie irgendwas notiert hat, aus dem hervorgeht, dass sie bei den van Dycks oder einem von den anderen gewesen ist. Ich schätze, vor Mitternacht komme ich aus dem Büro nicht raus. Wir haben eine Verbindung, wenn auch nur eine sehr vage, aber diese Partys oder Empfänge gehen mir nicht aus dem Kopf. Für eine Frau scheint es offensichtlich nicht allzu schwer zu sein, dort reinzukommen. Was, wenn die Albertz tatsächlich einmal auf so was war? Oder vielleicht sogar die Müller? Wir sollten diese Möglichkeit zumindest in Betracht ziehen.«

»Aber die Müller und die Albertz haben nicht gerade zur High Society gehört.«

»Na und? Du glaubst doch nicht im Ernst, dass nur Damen und Herren mit mindestens einer Million auf dem Konto bei diesen Empfängen anwesend sind, oder?«

»Nein, das nicht, aber alles, was wir bis jetzt über die beiden wissen, ist, dass sie eher zurückgezogen gelebt haben. Vor allem die Albertz. Es würde überhaupt nicht zu ihr passen, eine Party zu besuchen, wenn sie nicht einmal im Büro oder im Fitnesscenter Kontakte schließt. Und die Müller hatte ihre Al-Anon-Gruppe.«

»Aber van Dyck hat doch eben gesagt, dass ihm das Gesicht der Albertz irgendwie bekannt vorkommt! Sorry, wenn ich dir widersprechen muss, doch erklär mir mal bitte, wieso die beiden sich teure Dessous zugelegt haben, um sich heimlich mit jemandem zu treffen. Also muss es doch einen Weg der Kontaktaufnahme gegeben haben. Oder liege ich da völlig falsch?«

»Nein«, stöhnte Hellmer und verdrehte genervt die Augen. »Trotzdem passt es nicht …«

»Doch! Wo hätten sie jemanden kennen lernen und gleichzeitig einigermaßen anonym bleiben können? Auf einer Party oder einem Empfang oder Fest, wo sich hundert und mehr Leute aufhalten! Da kennt nicht unbedingt jeder jeden. Und vor allem spricht da nicht jeder mit jedem. Ich hab so was schon mitgemacht, da bilden sich lauter kleine Grüppchen, und manch einer steht einfach nur rum. Irgendeiner bringt eine Bekannte mit, eine Freundin einen Freund oder ein Freund eine Freundin, wie auch immer. Und dann macht das Ganze auf einmal Sinn. Ich sag dir, Kleiber, van Dyck, Lewell und Maibaum sind eventuell ein wichtiger Schritt zur Lösung der Fälle.«

»Willst du damit ausdrücken, dass einer von denen mit den Morden etwas zu tun haben könnte?«

»Quatsch, so weit sind wir noch nicht. Außerdem verbinde ich mit dem Namen Lewell noch überhaupt nichts. Aber wir werden uns mit ihm unterhalten. So, und jetzt ruf bitte Nadine an und sag ihr, dass du später kommst und ich überhaupt nicht. Sie soll nicht böse sein, und grüß sie ganz lieb von mir. Okay?«

»Schon gut. Ich wollte Nadine sowieso Bescheid geben, dass es später wird. Vor halb neun, neun bin ich sowieso nicht zu Hause.«

Sie fuhren auf die Theodor-Heuss-Allee, Hellmer rief seine Frau an. Sie klang etwas enttäuscht, weil sie schon alles für den Abend vorbereitet hatte. Hellmer besänftigte sie mit ein paar netten Worten. Julia Durant bekam von dem Gespräch fast nichts mit, denn sie schaute aus dem Seitenfenster und hing ihren eigenen Gedanken nach. Um kurz nach halb sieben kamen sie im Präsidium an. Es war wieder kühl geworden, der Himmel färbte sich in ein immer dunkler werdendes Blau, das bald in tiefes Schwarz übergehen würde. Am Sonntag war Vollmond gewesen, der jetzt abnehmende Mond ging gerade auf.

Dienstag, 18.40 Uhr

Polizeipräsidium. Lagebesprechung.
Ein Großteil der Männer, deren Namen in Judith Kassners Telefonverzeichnis gefunden worden waren, war überprüft worden, bis auf jene, die sich zum Zeitpunkt der Tat entweder auf Geschäftsreise oder in Urlaub befunden hatten. Keiner von ihnen kam nach den ersten Erkenntnissen der Ermittler als Täter in Frage, da alle für die jeweiligen Tatzeiten ein Alibi vorweisen konnten. Noch standen etwa dreißig Namen auf der Liste, doch Julia Durant glaubte nicht, den Mörder unter den Freiern zu finden. Hinzu kam, dass bis jetzt mehr als fünfzig der Befragten ausgesagt hatten, mit Judith Kassner seit einem Jahr oder sogar länger keinerlei Kontakt mehr gehabt zu haben. Lediglich zwölf gaben an, sich innerhalb der beiden vergangenen Monate entweder bei ihr oder in einem Hotelzimmer getroffen zu haben. Von diesen zwölf sagten drei aus, zuletzt vor zwei beziehungsweise drei Wochen mit ihr zusammen gewesen zu sein. Aber auch diese Männer schieden als Täter aus, da jeder von ihnen ein absolut wasserdichtes und auch überprüftes Alibi für die Tatzeit vorweisen konnte. Einer war das ganze Wochenende mit seiner Familie bei einer großen Familienfeier, einer lag seit mehreren Tagen mit einer Grippe im Bett, und einer hatte in der Nacht von Sonntag auf Montag eine schwere Gallenkolik, weshalb der Notarzt gerufen werden musste.
Julia Durant berichtete von ihren Besuchen bei Kleiber und van Dyck und von der möglichen Spur, die sich bei einer Befragung von Konrad Lewell und Alexander Maibaum ergeben könnte. Sie nahm den Hörer von der Gabel und wählte die Nummer von Lewell. Nur sein Anrufbeantworter meldete sich. Sie legte wieder auf, ohne eine Nachricht zu hinterlassen.

»Dann versuchen wir's eben morgen noch einmal«, sagte sie nur. »Aber das mit der Kassner ist ein Ding. Sie muss ein wahres Superweib gewesen sein, eine, wie man sie höchstens in einer antiken Sage findet. Toller Körper, toller Geist, alles, was ein Männerherz begehrt.« Sie hielt inne und sah Berger an. »Was ist eigentlich mit Müller? Ist er wieder aufgetaucht?«
Kopfschütteln. »Bis jetzt nicht.«
»Bitte? Wo ist der Mistkerl abgeblieben? Man haut doch nicht einfach so mir nichts, dir nichts mit zwei Kindern ab, ohne eine Spur zu hinterlassen! Der muss doch seine Kinder versorgen. Sind alle Hotels und Pensionen überprüft worden? Lasst von mir aus eine Suchmeldung über das Radio rausgehen, aber er muss gefunden werden.« Kaum hatte sie den Satz zu Ende gebracht, als ein uniformierter Beamter aus der Einsatzzentrale ohne anzuklopfen ins Zimmer trat. Er reichte Berger wortlos ein Blatt Papier. Berger las stumm, gab das Blatt an Durant weiter.
»Scheiße, große, gottverdammte Scheiße!«, quetschte sie durch die Zähne und knüllte den Zettel zusammen. »Warum hat dieses Arschloch das gemacht? Und wo sind seine Kinder?«
»Was ist los?«, fragte Hellmer besorgt.
»Sein Wagen ist in der Nähe von Friedrichsdorf in einem Waldstück gefunden worden. Er hat sich mit Auspuffgasen umgebracht.« Sie setzte sich, fuhr sich über die Stirn und hielt den Kopf gesenkt. »Warum um alles in der Welt hat er das gemacht? War er nicht mehr zurechnungsfähig? Oder was war es sonst?«
»Wir werden es herausfinden«, versuchte Berger sie zu beruhigen. »Lassen Sie den Kopf nicht hängen, Sie können nichts dafür.«
»Doch! Ich hätte gestern dableiben müssen, bis einer vom Ju-

gendamt gekommen wäre. Ein Arzt hätte geholt werden müssen, um ihn in eine Klinik einzuweisen. Der Mann ist offenbar völlig durchgedreht, und wir haben das nicht gemerkt. Wir haben nur gedacht, er wäre besoffen. Hoffentlich ist den Kindern nichts passiert. Dieser verdammte Suff!«

Sie stand wieder auf, zündete sich eine Gauloise an, ging ans Fenster. Der Himmel war jetzt fast schwarz, die Autos zogen sich wie ein Lindwurm über die Mainzer Landstraße Richtung Innenstadt.

»Seine Tochter heißt Julia. Eine süße Kleine. Vier Jahre alt. Und ihr Bruder ist gerade mal sechs. Warum hat er das getan? Warum? Hat er einen Abschiedsbrief hinterlassen?«, fragte sie den Beamten.

»Die Kollegen aus Bad Homburg haben sich drum gekümmert und uns nur mitgeteilt, dass sein Wagen gefunden wurde«, antwortete er.

»Ruf mal einer dort an. Vielleicht hat er ja … Was treibt einen Menschen dazu, so etwas zu tun?«

»Verzweiflung. Er hat keinen Ausweg mehr gesehen. Vielleicht ist ihm, als er erfahren hat, dass seine Frau umgebracht wurde, klar geworden, dass er seinen Kindern nie ein guter Vater sein würde oder könnte, weil er Alkoholiker war. Vielleicht ist ihm auch klar geworden, dass er seiner Sucht nicht gewachsen war. Aber möglicherweise gibt es auch einen völlig anderen Grund«, sagte Hellmer und stellte sich neben Durant. »Wir dürfen uns jetzt nicht auf ihn konzentrieren, das weißt du. Wir können ihn nicht wieder lebendig machen. Es ist eine Tragödie, aber nicht mehr zu ändern.«

»Ja, es ist eine verdammte Tragödie, die jedoch zu verhindern gewesen wäre.« Sie rauchte hastig und drückte die Zigarette im Aschenbecher aus. Sie fühlte sich leer und ausgelaugt wie lange nicht mehr. »Kann mir mal einer einen Kaffee holen?«

Christine Güttler kam ins Zimmer und berichtete: »Ich habe bei den Kollegen in Bad Homburg angerufen. Er hat einen Abschiedsbrief hinterlassen. Sie faxen ihn gleich durch.«
»Danke«, sagte Berger. »Ich denke, wir machen für heute Schluss. Schlafen Sie sich aus, damit wir morgen wieder mit voller Kraft ans Werk gehen können.«
Durant schüttelte den Kopf. »Ich bleibe noch hier. Ich habe das Gefühl, wir haben etwas übersehen. Ich muss mir noch einmal in aller Ruhe die Fotos anschauen und im Tagebuch der Albertz lesen.«
»Das können Sie doch auch morgen noch machen.«
»Ich will es heute tun, okay?! Der Tag war beschissen genug, da kommt es auf ein bisschen Scheiße mehr oder weniger auch nicht mehr an«, sagte sie in einem Tonfall, der keinen Widerspruch duldete. »Ihr könnt alle nach Hause gehen, wir sehen uns morgen.«
Das Faxgerät sprang an. Der Abschiedsbrief von Müller.

Ich kann nicht mehr. Ich habe meine Frau verloren und meine Kinder ihre Mutter. Ich kann ohne Erika nicht leben, ich habe sie zu sehr geliebt. Aber ich habe sie auch bitter enttäuscht. Es tut mir Leid, aber ich kann nicht anders. Ich vermisse Erika zu sehr. Und Thomas und Julia sind noch jung genug, um von anderen Eltern großgezogen zu werden. Sie sind in der Pension Mahler in Friedberg.

Julia Durant atmete erleichtert auf, sie legte das Fax wortlos auf den Tisch, damit alle es lesen konnten, und zündete sich eine Gauloise an.
Hellmer blieb bei ihr, bis alle, einschließlich Berger, gegangen waren. »Du bist manchmal verdammt stur, weißt du das? Du bist wütend, okay. Das mit Müller geht dir an die Nieren,

auch okay. Aber lass dir jetzt um Himmels willen nicht den Blick vernebeln. Wir müssen ein paar Morde aufklären, und das geht nur, wenn wir klar im Kopf sind. Geh nach Hause, und lies das Tagebuch dort.«

»Nein! Aber wenn du mir unbedingt helfen willst, dann bleib hier«, sagte sie und sah Hellmer herausfordernd an. »Vergessen wir Müller. Seine Kinder werden gut untergebracht, dafür werde ich notfalls persönlich sorgen. Ruf Nadine an und sag ihr Bescheid, dass es noch später wird. Und dann gehen wir alles noch mal durch. Wir haben etwas übersehen, und zwar etwas, das wir bis jetzt nicht beachtet haben, weil wir möglicherweise keinen Zusammenhang erkennen konnten. Bist du dabei?«

Hellmer überlegte einen Moment, dann nickte er. »Einverstanden.« Ein Blick auf die Uhr, Viertel vor acht. »Aber nur unter einer Bedingung …«

»Und die wäre?«

»Wir verlassen spätestens um elf gemeinsam diese heiligen Hallen.«

»Versprochen. Also, die Fotos. Und zwar der Reihenfolge nach, das heißt, von Carola Weidmann, dem ersten Opfer, bis zur Kassner.«

»Was versprichst du dir davon? Die Fotos sind schon hundert Mal gesichtet worden …«

»Aber es wurde etwas übersehen, davon bin ich überzeugt.« Julia Durant räumte ihren Schreibtisch leer und legte je zwei der am Fundort gemachten Fotos nebeneinander auf den Tisch. Sie stellte sich davor, sich mit einer Hand immer wieder übers Kinn streichend. Hellmer stand neben ihr. »Was suchst du eigentlich?«

»Wenn ich das wüsste, bräuchte ich die Fotos nicht«, murmelte sie gedankenversunken. »Die Leichen wurden alle in der gleichen Stellung aufgebahrt. Carola Weidmann wurde am 28.10.98 gegen zwei Uhr morgens umgebracht, Juliane Albertz am 13.11.98 etwa um 1.00 Uhr morgens, Erika Müller am 25.10. zwischen 0.45 Uhr und 1.00 Uhr, Judith Kassner am 25.10. gegen 4.00 Uhr morgens. Am Sonntag war Vollmond … Nein, das scheidet aus. Es hat mit dem Mond nichts zu tun. Also keiner, der nur ausrastet, wenn Vollmond ist. Was dann? Hol doch mal die Akten der Opfer. Vielleicht finden wir anhand der Vita was.«

Hellmer sah Durant kopfschüttelnd an. »Wie willst du anhand der Vita und der Fotos einen Zusammenhang erkennen?«

»Hilfst du mir jetzt oder nicht? Du kannst gerne nach Hause gehen, ich schaffe das auch allein«, sagte sie spöttisch.

»Schon gut, schon gut, ich hol sie ja.«

»Lies mir vor, was über die Weidmann drin steht.«

»Carola Weidmann, geboren am 20.11.76 in Sydney. Seit 1977 in Frankfurt, Vater Bauunternehmer. Eine Boutique in der Goethestraße, verlobt …«

»Das reicht. Und jetzt die Albertz.«

»Juliane Albertz, geboren am 29.10.68 in Darmstadt. Geschieden, zehnjährige Tochter, lebte mit ihrer Mutter zusammen, Vater vor sechs Jahren verstorben. Finanzbeamtin, Einzelgängerin …«

»Jetzt die Müller.«

»Erika Müller, geboren am 1.11.63 in Flensburg. Verheiratet, zwei Kinder, Hausfrau, keine Eltern mehr …«

»Judith Kassner.«

»Judith Kassner, geboren am 23.10.74 in Frankfurt. Studentin, den Rest kennst du ja …«

»Gib mal her«, sagte Durant. Sie legte die aufgeschlagenen Akten neben die jeweiligen Fotos. »Etwas verbindet diese Frauen, auch wenn sie sich vielleicht nie über den Weg gelaufen sind, ich spüre es. Es gibt eine Verbindung … Aber welche? Was haben sie gemeinsam, das den Täter veranlasst, sie umzubringen? Was?« Sie strich sich mit einer Hand durchs Haar, zündete sich eine Zigarette an, betrachtete die Fotos, las in den Akten. Sie holte sich, nervös und innerlich zum Zerreißen angespannt, einen Kaffee. Alles in ihr vibrierte, ihre Gedanken kreisten unaufhörlich wie ein nicht zu stoppendes Karussell in ihrem Kopf. »Was machen wir jetzt bloß?«

»Das kann ich dir sagen – ich habe Hunger. Und du hast seit dem Mittag auch nichts mehr gegessen. Ich bestell uns beiden eine Pizza. Mit knurrendem Magen kann ich nämlich nicht denken. Was nimmst du?«

»Egal, bestell für mich einfach mit«, sagte sie gedankenversunken.

Julia Durant ging um den Schreibtisch herum und setzte sich. Sie lehnte sich zurück, die Hände hinter dem Kopf verschränkt. Sie schloss die Augen und gähnte. Sie war müde, ausgehungert und erschöpft. Hellmer rief den Pizzaservice an und gab die Bestellung auf. Er setzte sich neben Durant, als das Telefon klingelte. Nadine.

»Hallo, ich bin's, deine Frau, falls du das vergessen haben solltest ...«

»O Scheiße, es tut mir Leid«, entschuldigte er sich. »Ich wollte dich anrufen und dir Bescheid sagen, dass es noch etwas später wird. Ich bin wahrscheinlich nicht vor elf, halb zwölf zu Hause. Nicht böse sein, bitte.«

Nadine Hellmer stöhnte auf. »Erst hab ich mich auf den Abend zu dritt gefreut, dann wenigstens auf ein kuscheliges Zusammensein mit dir, und jetzt ...? Aber deine Arbeit geht natürlich vor. Dabei müsstest du diesen Knochenjob gar nicht machen ...«

»Nadine, bitte, das haben wir doch schon tausendmal durchgekaut. Ich liebe meine Arbeit ...«

»Elf?«, fragte sie mit säuselnder Stimme.
»Ich verspreche dir, nicht später als Viertel nach elf zu Hause zu sein.« Und flüsternd fügte er hinzu: »Ich liebe dich. Bis nachher.«
Julia Durant tippte ihn an und grinste. »So, so, du sagst ihr, du liebst sie, und schaust geil fremden Röcken hinterher. Ihr Typen seid doch alle gleich!«
»Was hat das eine mit dem andern zu tun? Außerdem, Appetit darf ich mir doch woanders holen, solange ich zu Hause esse, oder?«, erwiderte er mit einem breiten Grinsen.
Julia Durant wechselte das Thema. »Weißt du eigentlich, wie froh ich bin, dass den Kindern nichts passiert ist? Ich glaube, ich hätte mir für den Rest meines Lebens Vorwürfe gemacht. Und sollte ich jemals wieder in eine solche Situation geraten wie gestern, dann bleibe ich da, bis jemand vom Jugendamt kommt. Oder ich nehme die Kinder selbst mit. Schlimm genug, dass er sich umgebracht hat …«
»Es ist vorbei. Und wer weiß, vielleicht ist es für die Kinder sogar das Beste. Sie sind noch klein genug, um sich in eine andere Familie einzufügen.«
Der Pförtner rief an und gab Bescheid, der Pizzaservice sei da.
»Er soll hochkommen«, sagte Hellmer.
Hellmer bezahlte und zog noch zwei Cola aus dem Automaten.
Mit einem Mal fragte Hellmer, während er kaute und abwechselnd auf die Bilder und die Akten blickte: »Wann hast du noch mal Geburtstag?«
»Was?« Julia Durant sah ihn verwundert von der Seite an, während Hellmer ein weiteres Stück von seiner Pizza abbiss.
»Na, wann du Geburtstag hast? Du hast doch auch irgendwann im November, oder?«, nuschelte er mit vollem Mund.
»Am fünften, warum?«

»Nadine hat am ersten, genau wie die Müller. Ich kann mich auch irren, aber schau dir doch mal die Geburtsdaten unserer Opfer an. Und zwar in dieser Reihenfolge.« Er legte die Akten um – Kassner, Albertz, Müller und Weidmann.
Julia Durant verglich die Geburtsdaten, drei-, viermal ließ sie ihren Blick darüber gleiten, schließlich stammelte sie fassungslos: »23.10., 29.10., 1.11., 20.11 … Mein Gott!«, stieß sie hervor und fasste sich an den Kopf.
Sie sah Hellmer wie vom Schlag gerührt an, ließ das Stück Pizza auf den Teller sinken, wischte sich den Mund mit einem Taschentuch ab, zündete sich eine Zigarette an, warf erneut einen Blick auf die Zahlen und wiederholte sie mit stummen Lippenbewegungen. »Das darf nicht wahr sein. Die sind alle unter demselben Sternzeichen geboren – Skorpion! Frank, du hast es geschafft …« Sie stand auf, streckte sich und tigerte ruhelos im Raum auf und ab. Sie rauchte hastig, drückte die Zigarette aus, steckte sich eine neue an. Die Atmosphäre knisterte, Durants Nervosität war auch für Hellmer spürbar, es war, als hätte sie sich im ganzen Raum verteilt.
»Es kann auch Zufall sein«, bemerkte er vorsichtig.
»Nein, Frank, das ist kein Zufall. Skorpion, sie sind alle im Sternzeichen Skorpion geboren! Der Typ wählt seine Opfer nach dem Sternzeichen aus. Wieso ist uns das bloß nicht früher aufgefallen?«
»Wer hätte vor einem Jahr schon eine Verbindung sehen können zwischen der Albertz, die am 29. Oktober, und der Weidmann, die am 20. November geboren ist? Und du darfst eines nicht vergessen, die Müller und die Kassner sind erst seit gestern Nacht tot. Ich sag doch, mit leerem Magen denkt sich's schlecht. Es ist mir einfach beim Essen aufgefallen. Außerdem wären wir sicher schneller draufgekommen, wenn alle am selben Tag Geburtstag hätten …«

»Von wann bis wann genau ist Skorpion?«, unterbrach sie ihn mit einer Handbewegung.
»Woher soll ich das wissen? Bin ich vielleicht Astrologe? Ich dachte, du wüsstest das. Ihr Frauen interessiert euch doch meistens für so'n Quatsch.«
»Blödsinn, ich les höchstens mal in der Zeitung beim Arzt mein Horoskop. Und mein Vater hat mich ein paar Mal damit aufgezogen, dass Skorpione, wenn sie wütend oder gereizt sind, ziemlich biestig sein können und sogar zustechen. Mehr weiß ich aber nicht. *Ich* hab mich jedenfalls bisher nicht dafür interessiert, du Heini. Haben wir eine Zeitung hier?«
»Ich könnte mal in Kullmers Büro nachsehen, er liest sie jeden Morgen.« Hellmer kam kurz darauf grinsend mit der *Bild-Zeitung* zurück und wedelte damit herum. »In seinem Papierkorb!«
Julia Durant riss ihm die Zeitung aus der Hand, blätterte darin, bis sie den Horoskopteil fand. »24. Oktober bis 22. November!« »Das ist kein Zufall, darauf verwette ich mein nächstes Jahresgehalt. Der Schweinehund hat was gegen Skorpionfrauen ...« Sie hielt inne und sah Hellmer nachdenklich an. »Augenblick, Frank. Die Kassner ist aber am 23. Oktober geboren.«
»Es muss ja nicht alles stimmen, was in der Zeitung steht.«
Sie überlegte, machte dann ein energisches Gesicht und fuhr fort: »Egal, für meine Begriffe haben wir damit schon mal die Theorie vom Tisch, dass er seine Opfer wahllos aussucht, was ich sowieso von Anfang an nicht geglaubt habe. Er geht gezielt vor. Er weiß von seinen Opfern, wann sie geboren sind und welches Sternzeichen sie haben, also kennt er sie. Nur, woher kennt er sie? Von diesen ominösen Festen?«
»Schon möglich.«
Plötzlich sah Hellmer sie mit merkwürdigem Blick an und schlug sich mit der Handfläche auf die Stirn. »Die Nadel! Sie

ist das Symbol für den Stachel! Der Typ bringt Skorpionfrauen um und sticht sie mit ihrem eigenen Stachel. So wird er es zumindest sehen.«
Während Julia Durant ihre restlichen drei Stücke Pizza liegen ließ, nahm Hellmer sein letztes Stück und biss davon ab. Er kaute, wischte sich mit einem Taschentuch über den Mund und sagte: »Er lernt sie kennen, weiß, dass die meisten Frauen allem, was mit Astrologie, Handlesen und diesem ganzen Kram zu tun hat, nicht abgeneigt sind, fragt sie nach ihrem Geburtsdatum und erzählt ihnen dann eine nette Geschichte über ihr Sternzeichen, mit der er schließlich die Tür zu ihrem Herzen öffnet.« Bei den letzten Worten machte er eine theatralische Geste, grinste, wurde aber gleich wieder ernst. »Das dürfte recht einfach für ihn sein, wenn ich bedenke, dass die Albertz allein stehend war und vielleicht einen Mann gesucht hat und die Müller frustriert von ihrer Ehe …«
»Das passt aber nicht in das Bild von Kassner und Weidmann. Die Kassner hatte ein klares Ziel vor Augen, sie war beliebt, brauchte sich keinen Mann zu suchen, und die Weidmann war verlobt, und wie wir wissen, hatte sie sogar schon Hochzeitsvorbereitungen getroffen.«
»Das heißt noch gar nichts«, sagte Hellmer, nachdem er den letzten Bissen verdrückt hatte, einen Schluck von seiner Cola trank, leise rülpste, sich zurücklehnte, die Beine auf den Tisch legte und sich eine Marlboro ansteckte. »Das wahre Innenleben der beiden kennen wir nämlich überhaupt nicht. Wir kennen nur das, was uns die Eltern und der Verlobte und ein paar Freunde und Bekannte der Weidmann erzählt haben. Wir haben nie die Albertz oder Müller persönlich kennen gelernt, wir haben sie lediglich nackt auf dem Tisch liegen sehen, als sie längst tot waren, und wissen auch von denen nur das, was uns erzählt wurde. Wie viel davon Wahrheit oder erfunden ist, davon haben wir keine Ahnung. Der einzige

Anhaltspunkt sind die Tagebücher der Müller, die uns etwas über ihr Innenleben verraten. Und ob die Kassner wirklich so toll war, wie von Kleiber und van Dyck und der Faun beschrieben, wissen wir auch nicht. Und wenn eine Weidmann verlobt ist und bald heiraten will, bedeutet das noch längst nicht, dass sie einer Affäre abgeneigt sein muss. Das Einzige, was wir definitiv wissen, ist, dass alle vier vermutlich unter demselben Sternzeichen geboren wurden, mehr nicht.«

»Wahrscheinlich hast du Recht«, sagte Durant nachdenklich und blieb stehen. »Und wie geht es jetzt weiter?«

»Wir sollten auf jeden Fall einen Astrologen oder eine Astrologin einschalten. Zumindest soll der- oder diejenige uns sagen, was an Skorpionen so besonders ist.«

»Kennst du …?«

»Nein«, antwortete Hellmer mit energischem Kopfschütteln und nahm einen langen Zug an seiner Zigarette, »*ich* kenne niemanden! Schau im Branchenverzeichnis nach, ob es da einen Eintrag über Astrologen gibt.«

Julia Durant ging an den Aktenschrank, holte die gelben Seiten heraus und setzte sich Hellmer gegenüber. Sie blätterte, bis sie die Rubrik Astrologen fand.

»Ich hab's. Es gibt einen Astrologischen Arbeitskreis e. V. und mehrere Astrologen. Aber hier, der fetteste Eintrag ist eine gewisse Ruth Gonzalez, astrologisch-psychologische Beratung. Sie wohnt in Sachsenhausen oder hat dort ihr Büro. Vielleicht sollten wir uns mal mit der in Verbindung setzen.«

»Da ist das Telefon«, sagte Hellmer scheinbar gelangweilt und drückte seine Zigarette aus.

»Es ist schon halb zehn durch.«

»Na und? Wenn sich nur ihr Anrufbeantworter meldet, dann versuchen wir's eben morgen früh. Außerdem denke ich sowieso, dass wir für heute genug gemacht haben.«

Er gähnte laut und schüttelte sich. »Und außerdem bin ich hundemüde.«
Julia Durant erwiderte nichts, nahm den Hörer in die Hand und wählte die Nummer von Ruth Gonzalez. Sie wollte nach dem sechsten Klingeln bereits auflegen, als sich eine herbe weibliche Stimme meldete.
»Ja, bitte?«
»Frau Gonzalez?«, fragte Durant.
»Ja.«
»Hier ist Durant von der Kriminalpolizei. Entschuldigen Sie, dass ich so spät noch störe, aber es geht um eine etwas heikle Angelegenheit …«
»Kriminalpolizei?«
»Ja. Ich habe Ihre Nummer aus dem Branchenverzeichnis und möchte Sie fragen, ob es möglich wäre, dass mein Kollege und ich morgen mal bei Ihnen vorbeischauen?«
»Und um was geht es, wenn ich fragen darf?«
»Am Telefon möchte ich eigentlich nicht darüber sprechen. Hätten Sie morgen Zeit für uns? Es könnte sein, dass wir Ihre Hilfe benötigen.«
»Die Polizei und meine Hilfe?« Sie lachte warm und kehlig auf. »Warten Sie, ich sehe in meinem Kalender nach, dann kann ich Ihnen sagen, wann ich einen Termin frei habe.«
Julia Durant hörte es rascheln, schließlich sagte Ruth Gonzalez: »Es würde morgen Vormittag zwischen Viertel nach neun und zehn gehen, danach erst wieder nach achtzehn Uhr.«
»Dann sind wir um Viertel nach neun bei Ihnen. Und nochmals vielen Dank, und entschuldigen Sie die späte Störung. Moment bitte, eine Frage hätte ich doch noch. Von wann bis wann dauert das Sternzeichen Skorpion?«
»Es kommt drauf an. In der Regel vom 23. oder 24. Oktober bis zum 21. oder 22. November.«

»Vielen Dank. Bis morgen früh dann.«
Durant legte auf, lehnte sich zufrieden zurück, die Hände hinter dem Kopf verschränkt.
»23. Oktober«, sagte sie triumphierend, als hätte sie eben den großen Durchbruch geschafft. »Die Kassner ist Skorpion. Er hat es tatsächlich auf dieses Sternzeichen abgesehen.«
Sie schloss müde und erschöpft die Augen. Der Tag hatte an ihren Kräften gezehrt, aber zum ersten Mal sah sie einen Silberstreif am Horizont. Sie wusste jetzt zumindest, auf was für Frauen sich der Täter spezialisiert hatte. Skorpione. Und irgendetwas sagte ihr, dass sie bald einen entscheidenden Schritt weiterkommen würden. Vielleicht schon morgen Vormittag bei dieser Gonzalez.
»Okay, Frank, gehen wir. Jetzt schaffst du es sogar noch, vor elf zu Hause zu sein. Ist doch schon was, oder?«, sagte sie grinsend. »Und morgen früh lassen wir uns von der Gonzalez mal in die hohe Kunst der Astrologie einführen.« Sie erhob sich, streckte sich ein weiteres Mal, nahm die Tagebücher von Juliane Albertz, in die sie nachher noch ein paar Blicke werfen würde, mehr aber auch nicht. Um kurz vor zehn gingen sie gemeinsam zu ihren Autos. Hellmer fuhr vor ihr aus dem Präsidiumshof.

Dienstag, 21.55 Uhr

Der Himmel war sternenklar, die Luft kühl. Julia Durant fröstelte, als sie in ihren Corsa stieg. Sie drehte den Heizungsregler auf die höchste Stufe und stellte das Radio laut. Ihr war nicht nach Schmusemusik, sie brauchte jetzt etwas Härteres, und so suchte sie nach der Kassette von Gun's 'n' Roses und legte sie ein. Als sie am Schauspielhaus vorbeikam, wurde es allmählich warm im Auto. Sie dachte an den

zurückliegenden Tag und wurde sich einmal mehr bewusst, wie wenig sie eigentlich die Menschen kannte, obgleich sie doch schon so viele unterschiedliche Typen und Charaktere kennen gelernt hatte.
Ausnahmsweise war an diesem Abend einmal ein Parkplatz direkt vor dem Haus frei. Sie stieg aus, schloss ab, holte die Post aus dem Briefkasten, zwei Werbebriefe, die sie gleich in den Papierkorb neben der Eingangstür warf, das neue GEO und die Telefonrechnung. Sie betrat ihre Wohnung, schaltete das Licht an, streifte ihre Schuhe ab und ließ sie einfach mitten im Raum liegen, warf die Post auf den Küchentisch, öffnete den Kühlschrank und nahm eine Dose Bier heraus. Sie riss den Verschluss ab und trank die Dose in einem Zug leer. Dann drückte sie auf die Fernbedienung des Fernsehapparats, blieb bei dem Reportage-Magazin auf SAT 1 hängen, zog ihre Jacke aus und ging ins Bad. Sie ließ Badewasser einlaufen, setzte sich für einen Moment auf den Badewannenrand, atmete ein paar Mal tief durch, erhob sich wieder und gab etwas Badeschaum ins Wasser. Auf dem Anrufbeantworter waren drei Nachrichten, eine von einer ehemaligen Kollegin und Freundin von der Sitte in München, eine von ihrem Vater, mit dem sie erst gestern telefoniert hatte und der sich nach ihrem Befinden erkundigen wollte, und eine von Kleiber. Er bat sie, ihn doch bitte zurückzurufen, auch wenn es sehr spät werden sollte.
Sie nahm den Hörer, schaute nach dem Wasser und setzte sich auf die Couch. Dann wählte sie Kleibers Nummer, der sich bereits nach dem ersten Läuten meldete.
»Hier Durant. Sie wollten mich sprechen?«
»Danke, dass Sie anrufen. Es geht noch einmal um unser Gespräch von heute Nachmittag. Ich bin gerade allein zu Hause und kann deshalb frei reden. Ich hoffe, Sie haben mich nicht falsch verstanden, Frau Durant, aber Judith hat mir wirklich

sehr viel bedeutet. Es war eine rein freundschaftliche, wenn auch für Außenstehende sehr ungewöhnliche Beziehung.«
»Dagegen ist nichts einzuwenden …«
»Ich möchte nur nicht, dass irgendwelche Missverständnisse aufkommen. Es hört sich sicher für jemanden wie Sie merkwürdig an, wenn ich einer jungen und sehr schönen Frau eine teure Wohnung mit allem Schnickschnack kaufe, aber … Um es kurz zu machen, ich habe mit ihrem Tod nichts zu tun.«
Durant lächelte. »Herr Kleiber, das hat auch keiner behauptet. Sie brauchen sich keine Sorgen zu machen, vorläufig gehören Sie nicht zum Kreis der Verdächtigen.«
»Entschuldigen Sie, ich war ein Narr, dass ich überhaupt angerufen habe. Vielleicht schreibe ich einfach zu viele Krimis und denke eben, die Polizei hat immer gleich jeden auf dem Kieker, der sich nicht der Norm entsprechend verhält. Aber wie gesagt, sollten Sie Hilfe brauchen oder weitere Informationen, ich stehe Ihnen gerne jederzeit zur Verfügung. Nur um eines möchte ich Sie bitten – meine Frau darf niemals erfahren, dass Judith und ich, na ja, Sie wissen schon. Es würde sie sehr verletzen, und das hat sie weiß Gott nicht verdient.«
»Sie können sich auf mein Wort verlassen. Und wir werden bestimmt noch die eine oder andere Frage haben und dann auf Sie zurückkommen. Aber da ich Sie schon einmal am Apparat habe – hat sich Frau Kassner eigentlich für Astrologie interessiert?«
Kleiber lachte kurz und trocken auf. »Ich weiß zwar nicht, warum Sie mich das fragen, doch sie hat sich nicht nur dafür interessiert, sie war geradezu besessen davon. Aber nicht, wie Sie vielleicht denken, weil sie an die Macht der Sterne glaubte, sondern aus rein mathematischen Gründen. Sie hat sich einmal ein Horoskop erstellen lassen, hat sich Literatur darüber besorgt, um sich eingehender mit dem Thema zu be-

fassen, und wollte dann mathematisch beweisen, dass das alles Humbug ist. Ob es ihr gelungen ist, entzieht sich jedoch meiner Kenntnis. Versucht hat sie's jedenfalls. Warum fragen Sie?«

»Nur so, reine Neugier. Haben Sie eine Ahnung, bei wem sie sich dieses Horoskop hat erstellen lassen? Und wissen Sie auch, welches Sternzeichen Frau Kassner hatte?«

»Die erste Frage kann ich nicht eindeutig beantworten, aber es könnte sein, dass es bei Herrn Lewell war. Ihre zweite Frage ist da schon einfacher zu beantworten – sie war Skorpion. Sie hatte ja am 23. Oktober, also gut einen Tag vor ihrem Tod, Geburtstag. Aber ich habe mich nie näher mit Astrologie und derartigen Dingen befasst. Mein Interesse gilt mehr der menschlichen Psyche, warum jemand etwas tut, weshalb bei gewissen Menschen bestimmte Handlungsweisen in Gang gesetzt werden, inwieweit die Herkunft und die Erziehung eine Rolle spielen, und so weiter. Wenn Sie meine Romane kennen, dann wissen Sie, dass diese Fragen mich immer beschäftigen.«

»Gut, Herr Kleiber, dann wünsche ich Ihnen eine gute Nacht, und wie gesagt, wir melden uns, sobald es neue Entwicklungen gibt.«

»Gute Nacht. Ich hoffe, Sie fühlen sich nicht belästigt.«

»Ganz und gar nicht. Eine Frage noch zum Schluss – wie viele Gäste sind normalerweise auf den von Ihnen erwähnten Empfängen anwesend?«

»Das kommt ganz drauf an. Aber in der Regel so zwischen hundert und zweihundert. Man kann gar nicht alle kennen, die dorthin kommen.«

»Ich denke, das war's, Herr Kleiber. Tschüs und bleiben Sie kreativ.«

»Im Augenblick ist das gar nicht so einfach. Ich glaube, ich werde erst einmal etwas Abstand von der ganzen Sache ge-

winnen müssen. Vielleicht fahre ich mit meiner Frau auch einfach für ein paar Tage fort. Ich werde drüber wegkommen. So, und jetzt will ich Sie wirklich nicht länger voll quatschen. Gute Nacht.«
Julia Durant drückte den Aus-Knopf, hielt den Hörer aber noch eine Weile in der Hand. Der ist ganz schön durch den Wind, dachte sie grinsend. Sie legte den Hörer auf, zog sich aus, nahm die Tagebücher von Juliane Albertz und eine weitere Dose Bier und ging ins Bad. Sie trank ein paar Schlucke, las einige belanglose Eintragungen, bis ihre Augen immer schwerer wurden, dann klappte sie das Buch zu, stieg aus der Wanne und ließ das Wasser ablaufen. Um kurz nach halb zwölf legte sie sich ins Bett, drehte sich auf die Seite und schlief sofort ein.

Dienstag, 19.00 Uhr

Alfred Richter stellte seinen Jaguar im Hof neben dem BMW 325 ab. Er betrat das Haus durch die offene Haustür und ging vier Stufen bis zu ihrer Wohnung im Erdgeschoss. Er klingelte, hörte Schritte näher kommen, die Tür wurde aufgemacht. Claudia van Dyck stand vor ihm, lächelte, machte die Tür frei.
»Schön, dass du da bist«, sagte sie und hauchte ihm einen Kuss auf die Wange. Sie trug ein kurzes, samtblaues Kleid mit einem tiefen Dekolleté, das ihre vollen, schweren Brüste kaum verhüllte. Sie war eine zierliche, normalerweise eher unauffällige Frau, doch mit dem richtigen Make-up und der passenden Kleidung wurde sie zu einem männermordenden Vamp. Richter betrachtete sie im gedämpften Licht des Zimmers einen Moment stumm. Er fühlte sich nach dem Morgen mit Maria van Dyck unbehaglich, hatte es aber nicht fertig

gebracht, die Verabredung mit Marias Mutter abzusagen. Sie hätte ihn nach einem Grund gefragt, und er hätte lügen müssen. Doch Claudia van Dyck durchschaute Lügen sofort. Er hatte es zweimal versucht, und zweimal hatte sie ihm die Lügen auf den Kopf zugesagt. Dennoch hatte er sich vorgenommen, das Verhältnis zu beenden. Er wusste nur noch nicht, wie. Sie stand in lasziver Haltung an die Wand gelehnt vor ihm, ein herausforderndes Lächeln umspielte ihre braun glänzenden Lippen, was perfekt zu ihrem hellen Teint passte.
»Und, bist du bereit für einen schönen Abend?«, fragte sie mit gurrender Stimme, kam auf ihn zu und legte ihre Arme um seinen Hals. Sie küsste ihn leidenschaftlich, rieb mit dem Oberschenkel zwischen seinen Beinen. Gestern noch hätte es ihn verrückt gemacht, jetzt wand er sich aus ihrer Umarmung. Sie sah ihn fragend an.
»Weiß nicht«, erwiderte er, ging an die Bar und schenkte sich einen Cognac ein. »Ich habe einen sehr anstrengenden Tag hinter mir und bin eigentlich hundemüde.«
»Das kann ich sehr schnell ändern«, sagte sie und trat hinter ihn, lehnte ihren Kopf an seinen Rücken, streichelte mit den Händen über seine Brust, seinen Bauch. »Wir haben uns seit zwei Wochen nicht gesehen, und ich habe seitdem keinen Schwanz mehr zwischen meinen Beinen gehabt. Du willst mir doch die Freude nicht verderben, oder? Und länger als zwei Stunden würde ich dich auch nicht in Beschlag nehmen, ich habe nämlich noch etwas vor.«
Richter trank den Cognac, stellte das Glas auf den Tisch, drehte sich um und fasste sie bei den Schultern. Er versuchte zu lächeln, sah sie an und stellte sich in diesem Moment vor, wie diese Frau, dieses jetzt so verführerische Wesen mit den grünen Augen, die sie mit dunklem Lidstrich noch betonte, versucht haben könnte, ihre Tochter zu töten. Er empfand weder Abscheu noch Mitleid, es war eher Trauer, hier mit ei-

ner Frau zusammen zu sein, die offensichtlich zu allem fähig war. Und noch schlimmer, er empfand es als persönliche Niederlage, nicht schon längst hinter ihre so perfekte Fassade geblickt zu haben.

Er hatte ihr alles geglaubt, ihre zerrüttete Ehe, ihre angeblichen Angstzustände, die bisweilen panikartige Züge annahmen, ihre Frustration, mit einem Mann zusammenleben zu müssen, der sich schon seit Jahren nicht mehr für sie interessierte, ihr unausgefülltes Sexualleben. Sie hatte sogar gesagt, der einzige Grund, warum sie sich bis jetzt nicht von ihm getrennt habe, sei Maria gewesen. Maria und ihre Depressionen, eine leichte Ausrede, ein gefundenes Fressen für Claudia van Dyck. Alles, was sie ihm erzählt hatte, war ein einziges großes Lügengebilde, das heute Morgen zerstört worden war. Er wusste nicht mehr, was er von ihr halten, wie er sich ihr gegenüber benehmen sollte. Er hatte Angst vor ihr, vor ihrer Reaktion, wenn sie merkte, dass er etwas wusste, was er eigentlich nicht wissen sollte.

Er hatte am Nachmittag mit seinem Freund Konrad Lewell zusammengesessen und ihm von der seltsamen Begebenheit am Vormittag erzählt, ohne Namen zu nennen, da Lewell die van Dycks selbst sehr gut kannte. Auch von seiner Beziehung zu Claudia van Dyck hatte er keine Ahnung. Und er hatte ihn gefragt, was er denn an seiner Stelle tun würde. Lewell hatte nur die Schultern gezuckt und gemeint, er würde zur Polizei gehen und diese Person anzeigen. Woraufhin Richter ihm geantwortet hatte, das dürfe er nicht, er sei an seine Schweigepflicht gebunden. Die Einzige, die Anzeige erstatten könne, sei die junge Frau selbst.

Und jetzt fragte Richter sich, was wohl geschähe, würde er die Beziehung für beendet erklären. Er brachte den Mut nicht auf, etwas hinderte ihn daran, vielleicht die Angst um Maria, vielleicht aber auch die Angst um seinen guten Ruf. Er wusste, sie wäre fähig, ihn in aller Öffentlichkeit bloßzustellen, zu sagen, er, der große Psychoanalytiker und -therapeut Richter, habe mit der Frau eines seiner besten Freunde seit langem ein Verhältnis gehabt. Ihr hätte es nichts ausgemacht, ihre Ehe war ohnehin ein Trümmerhaufen, in der jeder seiner eigenen Wege ging. Sie hätte nur gelacht und ihn verspottet. Er kannte sie zu gut, sie konnte schnurren wie ein Kätzchen, fauchen wie ein Tiger, schnell beleidigt und im Gegenzug großmütig sein, sie war eine Meisterin im Bett, wenn auch nicht ganz zu vergleichen mit Jeannette Liebermann, ihre Liebe zeigte bisweilen exzessive Züge, aber sie konnte auch hassen wie kaum eine andere Frau.

»Warum siehst du mich so komisch an?«, fragte sie und löste sich von ihm.

»Wie sehe ich dich denn an?«

»Auf jeden Fall nicht so liebevoll wie sonst«, schmollte sie gekünstelt.

Er lächelte wieder, was ihm diesmal besser gelang. »Claudia, ich habe wirklich einen harten Tag hinter mir. Ich möchte mich jetzt erst mal setzen.«

»Bist du heute nicht scharf auf mich?« Sie stand in aufreizender Pose vor ihm, während er auf der Bettkante saß, beugte sich nach vorn, wodurch ihre Brüste noch größer wirkten. Sie küsste seine Stirn, seinen Mund, stieß ihre Zunge hinein, und er spürte einen kräftigen Druck ihrer Hand zwischen seinen Schenkeln. »Ich brauche dich heute«, flüsterte sie mit heißem Atem. »Ich erfülle dir auch jeden Wunsch.« Sie gab ihm einen leichten Schubs, er ließ sich aufs Bett fallen. Sie öffnete seine Hose, massierte sanft seine Hoden, er wurde willenlos unter ihren Berührungen.

Hatte er vorhin noch den Vorsatz gehabt, nicht mit ihr zu schlafen, so gelang es ihm nicht, ihr zu widerstehen. Sie hatte ihr Kleid ausgezogen und trug jetzt dunkelblaue Dessous,

einen transparenten BH, einen ebenso transparenten Slip mit hohem Beinausschnitt und halterlose Seidenstrümpfe. Sie wusste, wie sehr er blaue Seide liebte.
»Gefällt dir meine Unterwäsche?«, fragte sie und knabberte an seinem rechten Ohr. Ihr heißer Atem streichelte sein Gesicht. »Ich habe sie mir letzte Woche gekauft. Und jetzt rate mal, wo?«
»Keine Ahnung.«
Sie knöpfte sein Hemd auf, küsste seine Brust, ihr Mund ging tiefer. Sie sah seinen Penis an und sagte, während sie ihn streichelte: »Auf einer Dessousparty. Nur Frauen – und jede Menge Dessous. Und weil ich weiß, wie sehr du solche Sachen magst, hab ich mir einfach ein paar davon zugelegt. Die andern kriegst du aber heute noch nicht zu sehen.« Sie rieb kräftig seinen erigierten Penis, nahm ihn in den Mund. Richter stöhnte auf. Wenn er jemals eine Frau gekannt hatte, die mit ihrem Mund die reinsten Wunderdinge vollbringen konnte, dann Claudia van Dyck. Immer, wenn er kurz vor der Eruption stand, schaffte sie es jedes Mal im letzten Moment, den Ausbruch hinauszuzögern. Mit einem Mal saß sie auf seinen Schenkeln, rieb sein Glied an ihrem flachen Bauch, den sie wie ihren ganzen Körper im hauseigenen Fitnessraum in Form hielt, und sah ihn herausfordernd an. »Und, möchte dein großer, starker Kerl in meine enge Muschi? Sie wartet nur darauf, von dir besucht zu werden.«
Der Liebesakt dauerte diesmal weniger als eine Stunde. Schweißperlen standen auf seiner Stirn, er atmete schwer. Er küsste sie, stand auf und zog sich an. Sie zündete sich eine Zigarette an und sah ihm schweigend zu. Sie war nackt, saß im Schneidersitz da.
»Du musst also schon gehen«, sagte sie mit jenem ihr eigenen Spott, der ihn zur Raserei bringen konnte. Er mahnte sich zur Ruhe, nicht darauf zu reagieren. »Du gehst doch sonst nicht

so früh nach Hause zu deiner knackigen jungen Frau, die du doch eigentlich gar nicht liebst. Wie kann man auch eine Frau wie sie lieben, eine, die sich ständig rumtreibt, wie du selbst sagst. Was ist los mit dir? Empfindest du nichts mehr für mich?«

»Hätte ich mit dir geschlafen, wenn ich nichts für dich empfinden würde? Ich muss nach Hause. Ich habe morgen einen sehr anstrengenden Tag, und dafür muss ich ausgeschlafen sein. Und du bist und bleibst die aufregendste Frau für mich. Es hat nichts mit dir zu tun«, log er, vermied es jedoch, sie dabei anzusehen.

»Du und einen anstrengenden Tag?«, fragte sie zweifelnd, als würde sie auch diese Lüge durchschauen.

»Du kannst dir deine Ironie sparen, Claudia. Ich arbeite seit heute mit der Polizei an einem sehr heiklen Fall. Und das ist die Wahrheit.«

»Oh, du arbeitest also mit der Polizei! Das ist natürlich etwas anderes. Um was geht's denn?«

»Tut mir Leid, darüber darf ich nicht sprechen.«

»Dann nicht. Aber das nächste Mal bist du hoffentlich wieder der Alte. Liebst du mich eigentlich?«, wollte sie für ihn völlig unerwartet wissen.

»Warum fragst du mich das? Hatten wir nicht ausgemacht, diese Frage niemals zu stellen?«

»Ich stelle sie aber. Ich liebe nämlich dich, und ich kann nichts dagegen tun. Liebst du mich wenigstens ein bisschen?«

»Ich bin gern mit dir zusammen«, sagte er ausweichend.

»Das ist keine Antwort auf meine Frage. Aber gut, lassen wir's. Ich kann dich nicht zwingen, mich zu lieben. Aber eines würde mich schon interessieren – liebst du deine Frau?«

Richter setzte sich auf die Bettkante, streichelte über ihre glatt rasierten Beine mit den rot lackierten Nägeln, den schlanken Füßen, sah auf ihre ebenso glatt rasierte Vagina und stellte sich plötzlich vor, wie jemand kam, ihr eine Schlinge um den Hals legte, fest zuzog und ihr eine Nadel durch die Schamlippen stach. Auch wenn er Claudia van Dyck seit dem Morgen mit anderen, distanzierteren Augen sah, so wünschte er keiner Frau, auch ihr nicht, so zu enden wie die Opfer, deren Bilder und Akten er auf seinem Schreibtisch liegen hatte.

»He, ich hab dich was gefragt«, sagte sie lachend und stieß ihn leicht gegen die Brust. »Liebst du deine Frau?«

Richter zuckte die Schultern. »Ich weiß es nicht. Ich glaub, ich weiß nicht einmal, was Liebe ist. Ich wünschte, ich wüsste es. Aber ich denke, ich liebe meine Frau nicht.«

»Du kannst lieben«, entgegnete sie, beugte sich nach vorn und umarmte ihn wieder. »Doch, du kannst es. Du hast nur noch nicht die richtige Frau gefunden. Aber ich bin da, und ich weiß, wir könnten es schaffen. Meine Liebe reicht für zwei.«

»Ich muss los«, sagte er, stand auf und sah sie ein letztes Mal an. Er hatte sich schon umgedreht, um zu gehen, als sie ihn zurückhielt.

»Wie läuft's eigentlich mit Maria? Macht sie Fortschritte?«

Richter stand mit dem Rücken zu ihr. Am liebsten hätte er ihr ins Gesicht geschrien, was er am Vormittag von Maria erfahren hatte. Warum wolltest du deine eigene Tochter umbringen? Warum? Aber er, der große Psychologe Richter, hatte gelernt, seine Gefühle unter Kontrolle zu halten und Fragen nur wohl dosiert zu stellen und auch Antworten klug zu überdenken. Und er hatte gelernt zu schweigen, auch wenn ihm dieses Schweigen bisweilen übermäßig viel Kraft abverlangte. Wie jetzt. Macht sie Fortschritte? Ja, seit heute. Und seit heute weiß ich, was du tun wolltest, aber ich weiß noch weniger als zuvor, wer du eigentlich bist. Er hätte es gerne herausgefunden, hätte sich am liebsten jetzt sofort mit ihr über ihre Vergangenheit unterhalten, über die Gründe, die sie bewogen hatten, sich an Maria zu vergreifen. Was lag in Claudia van Dycks Vergangenheit, das sie so werden ließ? Wahrscheinlich würde er nie eine Antwort darauf erhalten. Statt ihr ins Gesicht zu schreien, was er wusste, sagte er nur: »Es geht. Ich habe noch immer nicht herausgefunden, woher ihre Ängste rühren. Ich bin mir auch nicht sicher, ob ich das jemals herausfinden werde.« Er drehte sich noch einmal um, gab ihr einen flüchtigen Kuss und sagte: »Ciao, bis bald.«

»Ich liebe dich, Professor! Wir könnten ein sehr glückliches Paar sein.«

»Du hast es mir schon oft gesagt«, erwiderte er.

»Ich will nur, dass du das nie vergisst«, entgegnete sie in einem Ton, der ihn aufhorchen ließ, ein Ton wie eine Warnung oder gar eine Drohung.

»Keine Sorge, ich vergesse es nicht.«

»Gut. Ich ruf dich an. Und es wäre schön, wenn nicht wieder zwei Wochen verstreichen würden, bis wir uns das nächste Mal sehen.«

Er nickte nur, zog seine Jacke über und verließ die Wohnung um Viertel nach acht. Sie sah ihm nach, drückte ihre Zigarette aus, stand auf und ging ins Bad, wo sie sich frisch machte und anzog. Ein kurzes dunkelblaues Kleid, Pumps. Sie kämmte sich, besah sich im Spiegel, ihr Blick war ernst, nahm ihre Tasche, löschte das Licht und schloss die Tür hinter sich ab. Sie stieg in ihren Wagen, fuhr ziellos durch die Gegend, bis sie an einer Bar Halt machte.

Auf der Fahrt nach Hause überlegte Richter, wie er es am besten anstellen konnte, Claudia van Dyck aus seinem Leben zu streichen. Ihm fiel nichts ein. Er verfluchte den Tag, an dem er sich mit ihr eingelassen hatte, den Tag vor gut einem Jahr, an dem sie bei ihm in der Praxis erschienen war, aufreizend gekleidet, und sich in lasziver Pose auf seinen Schreibtisch gesetzt hatte. Er kannte sie schon lange vorher, sie hatten sich auf einem dieser unsäglich langweiligen Feste kennen gelernt und fast den ganzen Abend miteinander geplaudert. Belanglosigkeiten.

Dann hatte er eine Weile nichts von ihr gehört, bis sie eines Morgens mit tränenüberströmtem Gesicht vor seiner Tür gestanden hatte. Sie hatte nicht gesagt, was vorgefallen war. Sie wollte sich wegen angeblicher Angstzustände von ihm behandeln lassen, hatte die Behandlung aber nach wenigen Sitzungen wieder abgebrochen.

Eine lange Zeit war vergangen, bis zu jenem Tag, einem dieser Tage, an dem seine Hormone wieder einmal völlig verrückt gespielt hatten. Sie hatten sich nur unterhalten, aber es war die Art und Weise, wie sie ihn immer wieder angesehen hatte, wie ihre Blicke ihn wie ein Scanner abtasteten, wie sie ihre Brüste unter dem eng anliegenden, dünnen Pullover demonstrativ zur Schau stellte. Für den Abend hatten sie sich zum Essen verabredet. Danach waren sie in diese Wohnung gefahren, die ihr gehörte und von der ihr Mann angeblich nichts wusste. Es wurde eine stürmische, heiße Nacht, sie, ausgehungert von Liebesentzug, wie sie selbst behauptete, was Richter sich aber nicht vorstellen konnte, und er einfach nur froh, wieder ein Opfer gefunden zu haben, das ihm zu Willen war. Dabei hatte er übersehen, dass nicht er, sondern sie die Spielregeln diktiert hatte. Sie hatte ihm von ihrer ach so schrecklichen Ehe berichtet, diesem dumpfen, trübsinnigen Nebeneinander, eine Ehe, in der Sex und Zärtlichkeit angeblich keine Rolle mehr spielten. Er hatte es ihr geglaubt und gedacht, es wäre eine Affäre auf Zeit. Er hatte nicht für möglich gehalten, dass sie auch nach über einem Jahr noch

immer Forderungen stellen würde. Und jetzt wurde ihm immer klarer, dass sie eine gefährliche, vielleicht sogar tödliche Gespielin war.
Er stellte seinen Wagen in der Garage ab, ging ins Haus und gestand sich ein, ein hoffnungsloser, von krankhaften Trieben geplagter Mann zu sein, einer, der anderen helfen konnte, sich selbst aber ein Rätsel blieb. Das Haus war leer, Susanne war ausgeflogen, wohin und mit wem, wusste er nicht. Er holte die Flasche Cognac und ein Glas aus dem Barfach und stellte beides auf den Schreibtisch, zündete sich eine Zigarette an und betrachtete die Fotos der ermordeten Frauen. Er klappte eine Akte nach der andern auf, studierte die Fotos und die Berichte, machte sich Notizen bis spät in die Nacht hinein. Um drei Uhr morgens war er müde und unfähig, noch klar und analytisch zu denken. Aber er glaubte, schon ein erstes, wenn auch noch diffuses Bild des Täters vor Augen zu haben. Er schlug die Akten zu, legte seine eigenen Notizen daneben, erhob sich und löschte das Licht. Susanne war noch immer nicht zurück, wahrscheinlich war sie wieder in irgendeinem Bett gelandet, bei irgendeinem Gigolo, um sich die Seele aus dem Leib zu vögeln. Es gab im Moment Wichtigeres für Richter, als sich darüber Gedanken zu machen. Wenn er in etwa fünf Stunden aufstand, würde sie wieder neben ihm liegen und bis zum Mittag schlafen.

Dienstag, 21.30 Uhr

Konrad Lewell hatte seine letzte Klientin vor einer guten Stunde verabschiedet, den Scheck in die Schublade seines Schreibtischs gelegt und war nach oben gegangen, um sich für den Abend frisch zu machen. Er duschte, bürstete sich das an den Schläfen leicht ergraute und an der Stirn etwas schüttere braune Haar, stutzte seinen Schnurrbart um ein paar Millimeter, schnitt zwei Nasenhaare ab, besah sich im Spiegel und nickte zufrieden. Nachdem er etwas Xeryus Rouge Eau de Toilette aufgelegt hatte, begab er sich wieder nach unten, drückte die Fernbedienung seiner Hi-Fi-Anlage, und die neueste CD von Shania Twain begann zu spielen.

Sie hatten sich für zehn verabredet, weil sie vorher noch einen Termin hatte, und in der Regel pflegte sie pünktlich zu sein. Sie trafen sich seit etwa anderthalb Jahren mindestens einmal in der Woche, und er genoss dieses Zusammensein jedes Mal in vollen Zügen, auch wenn er inzwischen wusste, dass sie nicht seinetwegen kam oder gar Liebe für ihn empfand, sondern aus anderen Gründen, die ihm allerdings bislang verborgen geblieben waren. Doch Lewell scherte sich nicht darum, für ihn zählte nur, dass er mit einer Frau schlafen durfte, nach der sich alle Männer umdrehten und sich wünschten, einmal mit ihr allein zu sein. Eine Frau, die von den meisten Frauen beneidet wurde, die aber nie den Anschein erweckte, als würde sie sich als etwas Besseres fühlen. Sie kam zu ihm, um mit ihm zu schlafen, obgleich sie verheiratet war, und er hatte sich schon seit langem gefragt, was ihr Mann ihr vorenthielt, das sie in seine Arme getrieben hatte. Vielleicht war es sein Alter, obwohl ihn und Lewell nur wenige Jahre trennten. Vielleicht verfügte er auch nicht über das bei ihr nötige Stehvermögen, oder er war einfach unfähig, ihre sexuellen Begierden zu erfüllen. Und auch wenn er ihren Mann sehr gut kannte, ihn zu seinen besseren Freunden zählte, machte es ihm nichts aus, ihn mit dessen Frau zu betrügen. In manchen Dingen handelte Lewell schlichtweg skrupellos und über die Maßen egoistisch, was aber seinem Naturell entsprach und ihn sogar ein wenig stolz machte, erhob es ihn doch über all die anderen seelischen Krüppel, die ständig mit sich und der Welt im Clinch lagen, von einem Therapeuten

zum nächsten rannten, ihren Frust und Kummer in Alkohol ertränkten oder mit Tabletten bekämpften, oder die zu ihm kamen, um zu erfahren, welche positive Überraschung oder Gemeinheit die Sterne als Nächstes für sie bereithielten. Er kannte seine negativen Seiten, und er spielte mit ihnen. So wie in diesem Fall, wo er die Freundschaft einfach für gewisse Stunden ad acta legte, um seinem Vergnügen zu frönen.
Lewell war knapp einsfünfundsiebzig groß, dreiundvierzig Jahre alt, ledig und verdiente gutes Geld, meist durch Frauen, die zu ihm kamen, um sich ein Horoskop erstellen oder sich die Handlinien deuten zu lassen. Manchen legte er auch, sofern sie es wünschten, die Karten oder benutzte das Pendel, um irgendwelchen Problemen auf die Spur zu kommen. Eigentlich gab es kein Gebiet im Bereich der Esoterik, auf dem er nicht bewandert war. Selbst die Parapsychologie war inzwischen zu einem Bereich geworden, in den er allmählich vorgestoßen war. Zu seiner Klientel zählten auch nicht wenige Männer, darunter einige sehr zahlungskräftige Topmanager, Unternehmer, sogar ein paar Politiker, um sich bei ihm Rat vor wichtigen Entscheidungen zu holen. Er nahm seinen Beruf sehr ernst und gab auch jedem seiner Klienten das Gefühl, ihn ernst zu nehmen. Wenn nötig, erteilte er sogar psychologischen Beistand in wichtigen Lebensfragen, auch wenn die Menschen, mit denen er es zu tun hatte, ihn im Grunde nicht interessierten. Im Laufe der vergangenen zehn Jahre hatte er es so zu beträchtlichem Wohlstand gebracht, wobei er sich vorbehielt, sein Honorar nach den Vermögensverhältnissen seiner Klienten zu bemessen, eine der wenigen positiven Eigenschaften von Konrad Lewell.
Den Bungalow hatte er sich vor sechs Jahren gekauft. Von seinem Wohnzimmerfenster aus hatte er bei schönem Wetter einen herrlichen Blick auf das tief im Tal gelegene Frankfurt. Dreimal in der Woche kam eine spanische Putzfrau vorbei,

alle zwei Wochen der Gärtner. Es war sein Reich, sein Schatz, den ihm keiner mehr nehmen konnte, wo er sich wohl fühlte, wo er seine Klienten empfing, wo ihm niemand sagte, was er wann zu tun hatte. Er war ein freier, glücklicher Mann. Ein Blick auf die Uhr, kurz nach zehn. Er wunderte sich, dass sie entgegen ihrer sonstigen Gewohnheit noch nicht da war, setzte sich in den Sessel und begann seine Pfeife zu stopfen, als die Türglocke anschlug. Er legte die Pfeife auf den Tisch, erhob sich und ging zur Tür. Sie stand lächelnd vor ihm, trat an ihm vorbei, einen Schwall ihres sündhaften Parfums hinter sich herziehend. Er half ihr aus dem Mantel und hängte ihn an die Garderobe.

Sie trug ein bis über die Knie reichendes figurbetontes ärmelloses rotes Kleid, und eine schlichte Goldkette mit einem Diamanten hing um ihren Hals. Sie ließ sich auf die Couch fallen und legte die Beine hoch.

»Hast du ein Glas Wein?«, fragte sie. »Einen Beaujolais vielleicht?«

»Für dich habe ich immer einen Beaujolais. Du siehst übrigens wieder hinreißend aus. Wie lange hast du Zeit?«, fragte er und holte die Flasche und zwei Gläser aus dem Schrank.

»Leider nicht lange. Ich muss bald wieder gehen. Es tut mir Leid.« Sie setzte sich auf, nahm das Glas, trank einen Schluck und sah ihn sanft lächelnd an, als würde sie ihn um Verzeihung bitten, ihm an diesem Abend nicht zur Verfügung zu stehen.

»Warum?«, fragte er enttäuscht. »Ich dachte …«

»Ich habe auch gedacht, ich hätte heute mehr Zeit, aber meiner Mutter geht es nicht gut, und ich muss sie noch anrufen.«

»Das kannst du auch von hier machen.«

»Nein, das möchte ich nicht«, sagte sie plötzlich in einem Ton, der keinen Widerspruch zuließ. »Lass uns den Abend auf nächste Woche verschieben. Wir haben noch so viel Zeit.

Komm, erzähl, wie war dein Tag heute? Hast du viele Horoskope erstellen müssen?«
»Nur drei«, antwortete er mit beleidigter Miene und trank sein Glas leer. Er zuckte die Schultern, ihr Blick besänftigte ihn. »Die anderen wollten fast alle nur die Karten gelegt haben. Aber du weißt ja, der Wunsch meiner Klienten ist mir Befehl … Und du kannst wirklich nicht wenigstens eine Stunde bleiben?«
»Und die kaufen dir tatsächlich ab, was du ihnen erzählst?« Sie sah ihn mit einem viel sagenden Lächeln an, nahm einen Schluck und ließ seine letzte Frage unbeantwortet.
»Warum nicht? Du glaubst doch selbst an diese höheren Mächte, sonst würdest du nicht so regelmäßig kommen. Oder hast du mir das nur vorgegaukelt?«
»Weiß nicht«, antwortete sie achselzuckend. »Ich denke, es ist schon was dran. Wie heißt es so schön, es gibt mehr Dinge zwischen Himmel und Erde, als sich unsere Schulweisheit erträumen lässt. So wird's wohl auch sein.« Sie trank ihr Glas aus, behielt es aber in der Hand, sah zu Boden und wirkte ernst. Lewell setzte sich neben sie, streichelte über ihr Haar. Er liebte ihren Duft, besonders den ihres Haares. Er liebte es, wenn sie ihn streichelte, er mochte sie gerne ansehen, wenn sie sich liebten, wenn der weiche Flaum auf ihren Armen und Beinen sich bei Erregung aufstellte. Sie war jung, sie war schön und über die Maßen begehrenswert.
Nach nur einer Viertelstunde erhob sie sich, strich ihr Kleid glatt und sagte: »Es tut mir entsetzlich Leid, dir den Abend vermasselt zu haben, aber ich muss wirklich nach Hause.«
»Schade«, entgegnete er und meinte es ernst, hatte er sich doch auf diesen Abend gefreut. »Telefonieren wir morgen?«
»Ich ruf dich an.« Sie beugte sich zu ihm hinunter und küsste ihn leidenschaftlich. Gerade als sie sich umdrehen wollte, hielt er sie am Arm fest.

»Beantworte mir bitte noch eine Frage, bevor du gehst. Warum verlässt du deinen Mann nicht?«
Sie zögerte einen Moment. »Es geht nicht.«
»Und warum nicht? Wie kannst du immer hierher kommen, ihn aber auf der andern Seite nicht verlassen? Bist du an ihn gefesselt?«
»Ich habe dir schon einmal gesagt, ich komme nicht, weil ich dich liebe. Es gibt andere Gründe.«
»Liebst du *ihn* denn?«
»Keine Ahnung. Vielleicht ist gerade das mein Problem, wie immer du das auch auslegen magst. Denk mal drüber nach, du Hellseher«, sagte sie mit spöttischem Blick.
»Meinst du damit, du könntest nicht lieben?« Er lachte bitter auf, als hätte sie eben einen schlechten Witz gemacht. In ihm brodelte es, sein stechender Blick drang in sie, als wollte er sie verletzen. »Das kannst du jedem erzählen, nur mir nicht! Und ja, in der Beziehung bin ich ein Hellseher, und dein Horoskop und auch deine Handlinien zeigen ganz eindeutig, dass du sogar zu außerordentlich großer Liebe fähig bist … Nur schade, dass ich nicht derjenige bin, den du liebst«, fügte er zynisch hinzu. »Was hat dein Mann so Besonderes an sich, dass du ihn nicht verlassen kannst? Ist sein Schwanz so groß, oder …«
»Du wirst ausfallend. Mir ist es noch nie auf *diese* Größe angekommen. Ihr Männer seid immer nur auf dieses kleine Ding zwischen euren Beinen fixiert, und jeder von euch denkt, er sei ein Stück zu kurz gekommen, oder sollte ich besser sagen, zu kurz geraten? Ihr stellt Vergleiche an, und doch behauptet jeder von euch, den größten Schwanz zu haben. Dabei ist das den meisten Frauen so egal. Uns kommt es auf etwas ganz anderes an.«
»Tja, und ich dachte tatsächlich, wir würden eines Tages …«
»Jeder kann sich irren«, unterbrach sie ihn. »Und wir können

auch von jetzt auf gleich das Verhältnis beenden«, sagte sie kühl und drehte sich um. Sie holte ihren Mantel und legte ihn über den Arm.

Lewell saß noch immer auf der Couch, er hatte sich ein zweites Glas Wein eingeschenkt.

»Sei nicht traurig«, sagte sie auf einmal sanft. »Das Leben ist manchmal ungerecht, ich weiß es. Es ist sogar ein verdammt ungerechtes Leben. Und vielleicht solltest du dir mein Horoskop noch einmal genau anschauen. Mach's gut, ich melde mich morgen bei dir.«

»Hm, bis morgen.« Er stand auf und begleitete sie zur Tür. Ohne sich umzudrehen, ging sie zu ihrem Wagen, stieg ein und startete den Motor. Sie rollte rückwärts aus der Einfahrt auf die Straße. Er blieb an der Tür stehen, die Hände in den Hosentaschen vergraben, den Blick starr auf ihren Wagen gerichtet, bis ihre Rücklichter nicht mehr zu sehen waren.

Dann knallte er die Tür mit dem Absatz zu, ging ins Wohnzimmer und warf das noch halb volle Glas Wein wütend an die Wand. Er trank ein halbes Wasserglas Wodka mit Zitrone, was half, seine Wut, die sich innerhalb weniger Sekunden zu unbändigem Zorn steigerte, zu lindern. Er ballte die Fäuste, hätte alles kurz und klein schlagen können, hatte aber in den letzten Jahren gelernt, diese Form des Jähzorns, die früher häufig in wüsten Gewaltausbrüchen endeten, zu unterdrücken.

Dennoch hasste er Tage wie diese, er hasste es, eine Abfuhr erteilt zu bekommen, ganz gleich, von wem, wenn etwas zunichte gemacht wurde, auf das er sich gefreut hatte. Er verengte die Augen zu Schlitzen, seine Kiefer mahlten aufeinander. Seit er ein Kind war, konnte er es nicht ertragen, wenn seine Pläne über den Haufen geworfen wurden, wenn sich jemand anmaßte, eigene Regeln aufzustellen und seine zu missachten. Er überlegte, erhob sich, nahm die Lederjacke vom Haken und die Autoschlüssel von der Kommode. Gleich darauf setzte er sich in seinen neuen Porsche, ließ den Motor aufjaulen, fuhr langsam auf die Straße, gab Gas und raste mit quietschenden Reifen davon. Er wusste nicht, wohin er fahren würde, er hatte kein Ziel. Noch nicht.

Mittwoch, 8.00 Uhr

Julia Durant wachte bereits um sechs Uhr auf, lange bevor der Wecker klingelte, blieb noch eine halbe Stunde im Bett liegen, hörte Musik und dachte über den vor ihr liegenden Tag nach. Sie war nur einmal um kurz nach drei aufgewacht, weil sie auf die Toilette musste, war aber gleich danach wieder eingeschlafen. Um kurz nach halb sieben stand sie auf, stellte den Wasserkocher an und ging ins Bad, um sich frisch zu machen. Im Gegensatz zu ihrer sonstigen Gewohnheit frühstückte sie diesmal gut und ausgiebig, eine Banane, Cornflakes mit Milch und Zucker, zwei Tassen Kaffee, rauchte danach eine Gauloise und las dabei die Zeitung. Nach dem Frühstück räumte sie noch die Küche auf, bevor sie um kurz vor halb acht die Wohnung verließ.
Sie traf noch vor den meisten anderen Beamten im Präsidium ein, nur Berger und Christine Güttler waren bereits da. Sie hängte ihre Tasche über den Stuhl und zündete sich eine Zigarette an, ehe sie in Bergers Büro ging.
»Guten Morgen, Frau Durant«, wurde sie von Berger begrüßt, der sich zurückgelehnt hatte.
»Morgen«, erwiderte sie und setzte sich. »Was Neues?«
»Es war ausnahmsweise eine ruhige Nacht. Und wie lange sind Sie noch im Büro geblieben?«, fragte er.
»Wir sind um kurz nach zehn gegangen«, antwortete sie mit

einem viel sagenden Lächeln, was Berger sichtlich irritiert registrierte.
»Haben Sie etwa neue Erkenntnisse gewonnen?«
»Ja, unter Umständen schon.« Sie lächelte erneut. »Aber ich möchte erst darüber sprechen, wenn Hellmer da ist.«
»Bin schon da«, verkündete er, schloss die Tür hinter sich und rieb sich die Hände. »Schöner Tag heute, wenn nur nicht dieser verdammt kalte Wind wäre. Ich brauch einen heißen Kaffee, auch wenn ich eben erst einen hatte.« Er ging zur Kaffeemaschine, holte sich einen Becher und setzte sich ebenfalls. »Hast du's ihm schon gesagt?«
»Was sollen Sie mir gesagt haben?«, fragte Berger und verschränkte die Arme über seinem gewaltigen Bauch.
»Nun, wir haben etwas herausgefunden, was die Opfer gemeinsam haben. Das heißt, um ehrlich zu sein, Kollege Hellmer ist draufgekommen.« Sie machte eine Pause, nahm einen langen Zug an ihrer Zigarette und schaute Berger dabei an.
»Ja, und? Was denn?«
»Sag du's ihm«, forderte Durant Hellmer auf.
»Na ja, wir haben uns die Fotos noch mal genau angesehen und die Akten studiert, dann haben wir Hunger bekommen, wir haben uns eine Pizza bestellt, und dabei habe ich Frau Durant gefragt, wann sie Geburtstag hat.« Jetzt grinste auch Hellmer Berger an.
»Und was, bitte schön, hat der Geburtstag von Hauptkommissarin Durant mit den Morden zu tun?« Berger wurde allmählich ungehalten, was unschwer an seinem roten Gesicht abzulesen war, das allerdings immer etwas gerötet aussah, was auf seinen erheblichen Alkoholkonsum zurückzuführen war.
»Sie hat am 5. November Geburtstag. Meine Frau übrigens am 1., falls Sie das interessiert ...«
»Es interessiert mich *nicht!*«, schnaubte er wütend.
»Auch gut. Jedenfalls ist mir beim Essen aufgefallen, dass

alle vier Opfer etwa um den gleichen Dreh Geburtstag haben, 23.10., 29.10., 1.11. und 20.11. Das ist etwas, das nicht sofort ins Auge fällt, auf das man eigentlich nur per Zufall stößt. Meine Frau und Kollegin Durant sind beide Sternzeichen Skorpion, genau wie die Opfer. Wir haben extra in der Zeitung nachgesehen, von wann bis wann das Sternzeichen Skorpion dauert. Dort steht, vom 24.10. bis 22.11. Und siehe da, wir haben eine Verbindung ...«

»Sie meinen, der Täter hat es auf Skorpionfrauen abgesehen?«, fragte Berger ungläubig, neigte den Kopf ein wenig zur Seite und kam langsam nach vorn. Er stützte die Arme auf den Schreibtisch, die Hände gefaltet. »Könnte es nicht Zufall sein?«

»Ausgeschlossen«, antwortete Durant lässig. »Wir haben uns ja die ganze Zeit schon gefragt, welche Bedeutung die Nadel hat. Jetzt sind wir ziemlich sicher – sie symbolisiert den Stachel des Skorpions.«

»Gratuliere«, sagte Berger anerkennend. »Das nenne ich eine gute Arbeit. Und wie wollen Sie jetzt weiter vorgehen?«

»Wir haben noch gestern Abend eine Astrologin in Sachsenhausen angerufen, eine gewisse Ruth Gonzalez. Da Judith Kassner ja am 23.10. geboren ist, habe ich sie gleich gefragt, wann Skorpion genau anfängt. Sie hat gesagt, am 23. beziehungsweise 24., also möglicherweise dem Tag, an dem die Kassner Geburtstag hatte. Wir fahren gleich zu ihr hin, sie hat von Viertel nach neun bis zehn Zeit für uns. Wir wollen einfach mal aus berufenem Mund hören, welche Eigenschaften dem Skorpion von der Astrologie zugeschrieben werden. Vielleicht kommen wir damit einen Schritt weiter.«

Nach und nach waren die anderen Beamten eingetrudelt, unter ihnen Kullmer, der die letzten Worte von Durant mitkriegte.

»Hab ich was verpasst?«, fragte er und steckte sich einen Kaugummi in den Mund.

»Lieber Herr Kullmer«, sagte Durant grinsend, »ich muss Ihnen den Doktortitel leider wieder aberkennen. Sie haben zwar ganz ordentliche Arbeit geleistet, aber Hellmer und ich haben gestern Abend einen entscheidenden Durchbruch geschafft. Sehen Sie mal hier, ob Ihnen was auffällt.«
Kullmer nahm den Zettel mit den Geburtsdaten in die Hand, zögerte einen Moment und sagte dann: »Verdammt, die sind ja alle kurz nacheinander geboren! Scheiße, warum sind wir da nicht früher draufgekommen?«
»Weil es nicht offensichtlich ist und weil die letzten beiden Opfer erst seit wenigen Tagen tot sind.«
»Und was bedeutet das konkret?«
»Sie sind alle Sternzeichen Skorpion.«
»Und die Nadel ist der Stachel!«, stieß er hervor. »Mann o Mann, darauf muss erst mal jemand kommen. Tja, dann werd ich den Doktor wohl wieder von meinen neuen Visitenkarten streichen müssen. Schade. Aber Spaß beiseite, was jetzt?«
»Hellmer und ich haben gleich einen Termin bei einer Astrologin. Alles Weitere besprechen wir nachher. Noch Fragen?«
Allgemeines Kopfschütteln.
»Gut, Sie kennen alle Ihre Aufgaben. Suchen Sie nach weiteren Zusammenhängen, es müssen eine ganze Reihe von Befragungen durchgeführt werden, von denen wir auch noch eine auf unserer Liste haben, nämlich diesen Dr. Maibaum. Ach ja, und diesen Lewell müssen wir noch anrufen. Hellmer und ich werden auf jeden Fall nach unserem Besuch bei der Astrologin wieder hier vorbeischauen, oder …«, sie zögerte, überlegte, »nein, wir machen vorher noch eine Stippvisite bei Frau Weidmann und unter Umständen bei Frau Randow. Die Weidmann hat gestern irgendwas davon erzählt, dass ihre Tochter sich irgendwann vor ihrem Tod ein Horoskop erstellen ließ. Vielleicht weiß sie, bei wem ihre Tochter war. Und die Wohnung der Müller muss durchsucht werden, und zwar

ganz speziell nach einem Horoskop und möglichen weiteren Aufzeichnungen, die uns ihr Mann vorenthalten haben könnte. Wir dürfen nichts mehr dem Zufall überlassen, sondern müssen jetzt jedes auch noch so kleine Detail genauestens unter die Lupe nehmen. Wir melden uns jedenfalls von unterwegs, wann wir wieder zurück sind. Und hier sind auch noch die Tagebücher von Juliane Albertz. Ich komm einfach nicht dazu, sie selbst zu lesen. Einer soll sich gleich drüber hermachen und sehen, ob irgendwas Interessantes drinsteht, ich meine, was den Fall betrifft. Am liebsten wäre mir, wenn Sie, Frau Güttler, das in die Hand nehmen könnten. Eine Frau sieht da vielleicht mehr. Ach ja, ich will auch endlich wissen, was die Computerspezis rausgefunden haben.«
»Nichts«, bemerkte Berger lakonisch. »Außer ihrem Adressbuch waren auf dem Computer nur Dateien, die mit ihrem Studium zu tun hatten. Der Computer wurde praktisch in seine Bestandteile zerlegt, aber sie haben nicht einmal einen Brief gefunden.«
»Hätte ja sein können«, sagte Durant, ging in ihr Büro, nahm ihre Tasche und gab Hellmer ein Zeichen.
Sie verließen das Präsidium um kurz nach halb neun. Lieber wollten sie ein paar Minuten vor der Tür warten, als zu spät zu kommen. Von unterwegs rief Durant Richter an, um ihm mitzuteilen, dass alle Opfer unter demselben Sternzeichen geboren waren. Er war nicht erreichbar, sie hinterließ die Nachricht auf seinem Anrufbeantworter.

Mittwoch, 9.15 Uhr

Vor dem Haus der Astrologin Ruth Gonzalez.
Sie saßen zehn Minuten in ihrem Lancia und unterhielten sich.
»Berger wäre vorhin beinahe explodiert, was?«, sagte Hell-

mer schmunzelnd. »Wir haben ihn aber auch ganz schön zappeln lassen.«
»Der hat seinen Ärger bestimmt, sobald er allein war, mit einem kräftigen Schluck aus seiner Pulle runtergespült«, erwiderte Durant. »Aber solange er noch klar denken kann, soll's mir egal sein. Ich frag mich nur, wie seine Leber das aushält.« Nach einem kurzen Blick auf die Uhr meinte sie: »Ich denke, wir können los.«
Sie stiegen aus und gingen auf das schmucke gelbe Haus zu. Es hatte nicht die Ausmaße der Villen von van Dyck oder Kleiber, aber es machte dennoch einen gediegenen und sehr gepflegten Eindruck. Hellmer drückte den Klingelknopf am Tor, das sich kurz darauf nach einem kaum hörbaren Summen aufdrücken ließ. Es waren etwa zehn Meter bis zur Haustür. Ruth Gonzalez, in deren Adern offenbar spanisches Blut floss, war etwa so groß wie die Kommissarin, hatte langes dunkles, gewelltes Haar und ebenso dunkle Augen, und sie trug ein knöchellanges weißes Kleid, das ihren südländischen Teint noch hervorhob. Hellmer schätzte sie auf Mitte bis Ende dreißig, eine herbe Schönheit, mit einem ausdrucksstarken Gesicht, in dem das hervorstechendste Merkmal ihre großen Augen waren, mit denen sie die Beamten kritisch und neugierig zugleich musterte.
»Ich habe Sie schon erwartet«, sagte sie mit rauchiger Stimme und akzentfreiem Deutsch, reichte erst der Kommissarin, dann Hellmer die Hand und machte die Tür frei. »Wenn Sie mir bitte in mein Arbeitszimmer folgen wollen.«
Im Haus roch es nach Räucherstäbchen, selbst im Flur war der Boden von dicken blauen Teppichen bedeckt. Die Wände und Decken waren weiß gestrichen, die Sonnenstrahlen fielen in breiten Bahnen in das Zimmer. Eine Kartäuserkatze lag lang ausgestreckt auf der Fensterbank und ließ sich von der Sonne bescheinen.

»Nehmen Sie doch bitte Platz, entweder am Tisch oder im Sessel. Darf ich Ihnen etwas zu trinken anbieten?«, fragte Ruth Gonzalez.
»Nein danke. Wir möchten uns nur kurz mit Ihnen unterhalten und Sie um Ihre Hilfe bitten.«
Das Arbeitszimmer war ein großer heller Raum mit einem großen runden Tisch in der Mitte, um den vier Stühle standen. An einer Wand hing eine astrologische Karte, an einer anderen befand sich ein Bücherregal, in dem Bücher zum Teil übereinander gestapelt lagen. Unter dem Fenster waren ein Sofa und zu beiden Seiten davon je ein Sessel. Durant und Hellmer setzten sich jeder in einen Sessel, während Ruth Gonzalez auf dem Sofa Platz nahm. Sie schlug dezent die Beine übereinander, die Hände mit den langen, schmalen Fingern auf die Oberschenkel gelegt.
»Was kann ich also für Sie tun?«, fragte sie.
»Frau Gonzalez, als Erstes möchte ich Sie bitten, alles, was hier in diesem Raum besprochen wird, für sich zu behalten. Das heißt, wir bitten Sie, dieses Gespräch absolut vertraulich zu behandeln.«
»Ich bin grundsätzlich eine sehr verschwiegene Person«, sagte sie mit regungsloser Miene.
Julia Durant beugte sich nach vorn, legte die Hände aneinander und sah die Astrologin an. »Gut. Dann lassen Sie mich gleich zur Sache kommen. In Frankfurt sind innerhalb des vergangenen Jahres vier Frauenmorde geschehen. Leider sind wir bis jetzt mit unseren Ermittlungen nur sehr zäh vorangekommen. Gestern Abend haben wir jedoch, soweit wir das beurteilen können, einen erheblichen Schritt nach vorne gemacht, weshalb ich Sie dann auch gleich angerufen habe.«
»Vier Frauen sind umgebracht worden? Ich habe überhaupt nichts davon mitbekommen«, sagte Ruth Gonzalez erstaunt.
»Die Presse ist bis jetzt auch nicht informiert worden, aus

rein ermittlungstechnischen Gründen. Aber um es kurz zu machen, wir haben herausgefunden, dass alle Frauen unter dem Sternzeichen Skorpion geboren sind. Und nun meine Frage an Sie – was können Sie als Astrologin uns über dieses Sternzeichen sagen? Ich meine, welche Eigenschaften, ganz gleich, ob positiver oder negativer Natur, werden dem Skorpion zugeschrieben?«

Ruth Gonzalez lächelte verständnisvoll, dabei blendend weiße Zähne zeigend, und neigte den Kopf ein wenig zur Seite. »Frau Durant, die Astrologie ist ein sehr komplexes Gebiet. Das astrologische Jahr ist in zwölf Tierkreiszeichen eingeteilt, es beginnt mit dem Widder und endet mit den Fischen. Sicher gibt es bestimmte Charakteristika, die jedem Zeichen zugeordnet werden können, aber um die Persönlichkeit eines Menschen zu bestimmen, braucht man nicht nur den Geburtstag, sondern vor allem die Geburtsstunde und -minute und den Geburtsort. Nur dann kann ein Astrologe ein Horoskop erstellen, und zwar ein Geburtshoroskop, das Aufschluss gibt über Befähigungen, Neigungen, Charakter und Wesenszüge, ob jemand ein eher geselliger oder introvertierter Mensch ist.« Sie hob die Arme und schlug für einen Moment die Augen nieder. »Es ist ein viel zu komplexes Gebiet, um nur anhand des Tages eine konkrete Aussage machen zu können. Und dann ist es natürlich möglich, für jeden Tag die jeweiligen Planeten- und Häuserkonstellationen zu berechnen, um zu sagen, ob eine wichtige Entscheidung jetzt getroffen werden kann oder der Betreffende lieber noch etwas warten sollte.«

»Wenn ich Sie richtig verstanden habe, benötigen Sie von jeder der vier Frauen die genaue Geburtszeit und den Geburtsort?«

»So ist es. Schauen Sie, die Faustregel besagt, dass das Tierkreiszeichen Skorpion vom 24.10. bis 21.11. dauert. So steht es auch in den meisten Zeitungen und Magazinen, was aber

eine nicht ganz richtige Verallgemeinerung ist. Oftmals beginnt das Zeichen Skorpion schon am 23.10. und endet entweder am 21.11. oder 22.11, in bestimmten Jahren auch erst am 23.11. Aber um es kurz zu machen, wann sind denn die Frauen geboren?«
»Einen Moment.« Julia Durant kramte den Zettel aus ihrer Tasche und las vor: »23.10., 29.10., 1.11. und 20.11.«
»Gut, dann sind alle, bis auf die erste, definitiv unter dem Tierkreiszeichen Skorpion geboren. Liegt die Geburtszeit der erstgenannten Frau nach achtzehn Uhr, dann ist sie mit größter Wahrscheinlichkeit bereits dem Skorpion zuzuordnen. Ich möchte Ihnen das aber noch ein wenig genauer erklären. Die Geburtsstunde und -minute sowie der Ort sind deshalb wichtig, um den Aszendenten und die Planeten und Häuser zu bestimmen. Denn Skorpion ist nicht gleich Skorpion, eine ganz wesentliche Rolle spielen der Aszendent und auch der Medium Coeli, der Himmelsmittelpunkt. Ein Skorpion mit Aszendent Fische weist zum Beispiel völlig andere Merkmale auf als ein Skorpion mit Aszendent Widder oder Steinbock.«
»Frau Gonzalez, wären Sie bereit, uns zu helfen?«, fragte Julia Durant, die nicht nur vom ersten Moment an eine gewisse Sympathie für die Frau empfand, sondern auch von ihren Ausführungen beeindruckt war. Sie sagte es mit einer Überzeugung, als wäre Astrologie eine unumstößliche Wissenschaft.
»Ich habe noch nie mit der Polizei zu tun gehabt«, erwiderte sie mit einem charmanten Lächeln, »aber wenn ich kann, helfe ich gerne. Bringen Sie mir die genauen Geburtsdaten und -orte, und dann kann ich Ihnen Näheres über die jeweilige Person sagen. Falls Sie nicht wissen, wie Sie an diese Daten gelangen können, jedes Standesamt des Geburtsortes hat die Geburtszeit in den Akten vermerkt.«

»Wenn wir Ihnen diese Daten zukommen lassen, wie lange würde es dauern, bis Sie ein Horoskop erstellen könnten?«
»Das geht sehr schnell. Ich arbeite seit einiger Zeit mit dem besten Computerprogramm, das es auf dem Markt gibt und das ich übrigens mit entworfen habe«, erklärte sie nicht ohne Stolz. »Inklusive Ausdruck etwa eine Viertelstunde pro Horoskop.«
»Und was würde das kosten? So über den Daumen gepeilt?«
Ruth Gonzalez hob die Hände und schüttelte den Kopf. »Wenn ich der Polizei behilflich sein kann, einen Frauenmörder zu finden, dann mache ich das selbstverständlich gratis …«
»Nein, das sollen Sie gar nicht. Nennen Sie mir eine Summe, und wir werden Ihnen die Kosten erstatten.«
Sie lächelte vergebend und sah die Kommissarin aus ihren dunklen Augen an. »Ich habe sehr, sehr gute Klienten, von denen nicht wenige sehr wohlhabend sind. Ich sagte Ihnen doch, ich mache es gerne.«
»Danke, das ist sehr freundlich von Ihnen. Ich werde sofort veranlassen, dass Sie die Daten so schnell wie möglich erhalten. Es könnte uns bei unseren Ermittlungen sehr helfen.« Sie machte eine Pause, holte tief Luft, bevor sie fortfuhr: »Ich bin übrigens auch Skorpion und die Frau meines Kollegen ebenfalls.«
»Kennen Sie Ihre Geburtsstunde und -minute?«
»Leider nein. Ich weiß nur von meiner Mutter, dass ich irgendwann am späten Abend oder nachts geboren wurde. Aber mein Vater weiß es ganz sicher. Es würde mich schon interessieren, was in einem Horoskop über mich drinsteht.«
»Das kann ich gerne machen. Allerdings muss ich hinzufügen, dass ich meine Klienten in der Regel zu einem persönlichen Gespräch bitte, um Details zu besprechen. Ein Geburtshoroskop einfach nur zu lesen, ohne jemals vorher einen Be-

zug dazu gehabt zu haben, kann leicht zu Missverständnissen im wahrsten Sinne des Wortes führen. Ein Gespräch wäre dann auch in Ihrem Fall nötig.«

»Und was kostet so ein Geburtshoroskop?«, wollte Durant wissen.

»Inklusive Beratung und einer aktuellen Berechnung nehme ich dreihundertfünfzig Mark. Jede weitere Sitzung kostet hundertzwanzig Mark.«

»Das soll es mir wert sein. So, und jetzt wollen wir Sie nicht länger aufhalten.«

»Augenblick«, meldete sich Hellmer zu Wort, der zwischenzeitlich aufgestanden war und die Katze streichelte, die das mit wohligem Schnurren kommentierte, »ich möchte auch ein Horoskop für mich und meine Frau haben, wenn wir schon dabei sind.«

»Und welches Sternzeichen sind Sie?«

»Steinbock.«

Sie schürzte die Lippen und nickte. »Und Sie sind mit einer Skorpionfrau verheiratet. Das ist in der Regel eine sehr harmonische Beziehung. Aber zunächst konzentrieren wir uns auf Ihre Opfer. Wann, glauben Sie, kann ich die Daten haben?«

»Wenn wir Glück haben, noch heute.«

»Dann warte ich einfach, bis alles da ist, und werde sofort die Berechnungen durchführen.«

»Das ist sehr nett. Es freut uns sehr, dass Sie mit uns kooperieren wollen. Die benötigten Unterlagen werden Ihnen so schnell wie möglich durchgegeben, und Sie melden sich dann. Hier ist meine Karte, auf der ist auch meine Privatnummer und die vom Handy vermerkt. Und nochmals vielen Dank für die Informationen.« Sie erhob sich und reichte Ruth Gonzalez die Hand.

»Es freut mich, dass Sie mir Ihr Vertrauen schenken. Ich hoffe, ich kann Ihnen behilflich sein. Warten Sie, ich begleite Sie zur Tür.«

Mittwoch, 10.10 Uhr

Im Auto griff Durant zum Telefon und rief Berger an. Sie teilte ihm kurz das Ergebnis des Gesprächs mit Ruth Gonzalez mit und bat ihn, einen Beamten der Sonderkommission zu beauftragen, umgehend die genauen Geburtsdaten der ermordeten Frauen zu ermitteln und diese der Astrologin zukommen zu lassen.

»Eine sympathische Frau«, sagte Durant, nachdem sie das Gespräch beendet hatte. »Und dazu sieht sie auch noch ganz passabel aus.«

»Hm, nicht übel. Aber das mit der Astrologie ... Ich kann mir halt nur schwer vorstellen, dass wir alle irgendwie von irgendwelchen Planetenkonstellationen abhängig sind. Das würde ja bedeuten, dass unser Schicksal und unser Leben vorbestimmt sind, und egal wie wir es drehen und wenden, wir können eh nichts dagegen tun.«

»Blödsinn! Jeder Mensch hat sein Schicksal selbst in der Hand, das müsstest du doch am besten wissen. Denk an Nadine und wie ihr wieder zusammengekommen seid. Es war über tausend Umwege, aber letztlich erfolgreich. Nur, hättest du damals nicht mit dem Trinken aufgehört, dann ...«

»Schon gut, schon gut«, unterbrach Hellmer sie abwinkend. »Dann wäre ich wahrscheinlich schon längst verreckt. Ich hab jetzt aber keine Lust, darüber zu reden. Und nun zur Weidmann?«

»Aber nur ganz kurz. Ich hab bloß zwei oder drei Fragen.« Und, nachdem sie sich eine Gauloise angezündet hatte: »Sag mal, Frank, warum muss ich eigentlich immer mit den Leuten reden? Ich komme mir manchmal wie eine

Alleinunterhalterin vor. Du sitzt nur rum und sagst gar nichts.«

»Wie denn auch, wenn du die ganze Zeit quatschst! Ich beobachte die Leute, mit denen du redest, ich sehe mir die Wohnung an und mache mir ein Bild von ihnen, indem ich mir alles einpräge. Ganz einfach.«

»Und ich rede mir den Mund fusselig.«

»Ach komm, es macht dir doch Spaß, das merkt doch jeder. Und ich lass dir gerne den Vortritt. Aber wenn du möchtest, können wir ja mal die Rollen tauschen.«

Julia Durant erwiderte nichts darauf, sie sah aus dem Seitenfenster, bis sie vor dem Haus der Weidmanns anhielten.

Ilona Weidmann wollte gerade in ihren Mercedes steigen, als sie die Beamten sah. Julia Durant sagte zu Hellmer, er solle im Wagen warten, und ging schnell zu ihr.

»Frau Weidmann, entschuldigen Sie, wenn ich Sie noch einmal stören muss, aber ich habe noch eine Frage. Sie haben gestern etwas davon erwähnt, dass Ihre Tochter sich ein Horoskop erstellen ließ. Wissen Sie noch, wann und bei wem das war?«

Ilona Weidmann schüttelte den Kopf. »Nein, aber ich meine, ich hätte bereits gestern gesagt, dass es etwa ein Vierteljahr vor ihrem Tod war. Sie hat es mir damals nur erzählt, aber bei wem sie es machen ließ, kann ich nicht sagen.«

»Ruth Gonzalez vielleicht? Oder Konrad Lewell?«

»Ich weiß es nicht, das müssen Sie mir glauben. Soweit ich mich erinnern kann, hat Carola den Namen gar nicht erwähnt, sie hat mir nur Auszüge des Horoskops vorgelesen. Warum fragen Sie?«

»Es würde jetzt zu lange dauern, das zu erklären. Wissen Sie zufällig die genaue Uhrzeit, wann Ihre Tochter geboren ist?«

Ilona Weidmann lachte. »Allerdings. Das liebe Mädchen hat mir ganz schön zugesetzt. Und deshalb war ich heilfroh, als sie endlich raus war. Meine Wehen haben mittags gegen zwölf eingesetzt, endgültig rausgekommen ist sie um kurz vor halb zwei in der Nacht, genau um 1.25 Uhr. Mein Mann hat das alles dokumentiert, er war nämlich dabei. Nach ihrem Tod haben wir uns die Fotos von der Geburt und die Geburtsurkunde und so viele Eintragungen, die ich damals gemacht habe, viele Male angesehen«, sagte sie mit einem Hauch Melancholie in der Stimme. »Carola war ein ganz besonderes Kind. Schwer zu beschreiben, aber sie hatte eine ganz besondere Art, mit Menschen umzugehen, und das schon, seit sie klein war. Sie hat nie etwas Böses in einem anderen gesehen. Eigentlich war sie gar kein richtiger Skorpion, denn sie kam zwei Wochen zu früh zur Welt.« Sie zuckte die Schultern und fuhr mit einem gequälten Lächeln fort: »Was erzähle ich da, es ist vorbei, sie lebt jetzt irgendwo anders, vielleicht beobachtet sie uns sogar.«

»Ja, mag sein. Und der Geburtsort war Sydney, wenn ich das richtig in Erinnerung habe.«

»Ja. Mein Mann hatte Mitte der siebziger Jahre geschäftlich in Australien zu tun, und eigentlich wollten wir mit einem Kind warten, bis wir wieder in Deutschland waren, aber das Schicksal hatte es eben anders bestimmt.«

»Das war's schon. Vielen Dank und einen schönen Tag noch.«

»Ebenfalls.«

Julia Durant stieg wieder zu Hellmer ins Auto. »1.25 Uhr …«

»Was 1.25 Uhr?«, fragte Hellmer irritiert.

»Carola Weidmann ist um 1.25 Uhr geboren. Ich ruf gleich die Gonzalez an, dann kann sie den Kram schon durch den Computer jagen. Und du kannst ruhig schon losfahren, und zwar ins Präsidium. Heute Nachmittag möchte ich noch Lewell und Maibaum befragen.«

»Wir sollten mal einen Augenblick warten, es ist eben ein

Streifenwagen in die Thomas-Mann-Straße geschickt worden. Eine Frau wird seit heute Morgen vermisst …«

»Nicht schon wieder«, seufzte Julia Durant. »Um Himmels willen, nicht schon wieder!«

»Komm, jeden Tag wird irgendjemand vermisst gemeldet. Lass uns in Ruhe eine rauchen, und dann rufen wir bei Berger an.«

Sie stellten sich ans Auto, rauchten schweigend und ließen sich von der milden Herbstsonne umschmeicheln.

Julia Durant war nervös. Hellmer hatte die Fenster runtergelassen und den Polizeifunk lauter gestellt. Der Streifenwagen war in der Thomas-Mann-Straße angekommen. Ein Beamter meldete sich, sagte, eine junge Frau stehe vor der verschlossenen Tür einer gewissen Vera Koslowski, die Rollläden seien heruntergelassen.

»Fahren wir«, erklärte Durant mit energischer Stimme und warf ihre Zigarette auf den Bürgersteig. Sie waren auf der Schweizer Straße, als Berger sich meldete. Seine Stimme hatte wieder jenen Ton, der nichts Gutes verhieß.

»Wir wissen schon Bescheid«, unterbrach sie ihn. »Die sollen mit dem Aufmachen der Tür warten, bis wir da sind.«

Sie steckte das Blaulicht auf das Dach, Hellmer stellte das Martinshorn an. »Scheiße, große gottverdammte Scheiße!«, fluchte Julia Durant. »Ich sag's doch, der Kerl hat Blut geleckt. Der ist jetzt in einem wahren Blutrausch.«

»Du weißt doch noch gar nicht, ob …«

»Vera Koslowski, verdammte Scheiße! Wie war das noch mal, sie hätte nächste Woche Geburtstag gehabt und gleichzeitig das zwanzigjährige Bestehen ihrer Agentur gefeiert. Und wir waren eingeladen.« Sie sah Hellmer ratlos und resigniert von der Seite an. »Frank, die Frau ist tot, das weiß ich. Das kann kein Zufall sein. Verdammt, verdammt, verdammt!«

Mittwoch, 10.50 Uhr

Es war eine eher triste Wohngegend, uniforme, wenngleich gepflegte Hochhäuser, Sozialbauten, reckten sich zu beiden Seiten der Straße nach oben. Ein Supermarkt, ein paar Tiefgaragen, ein Spielplatz, eine Fußgängerbrücke, die sich über die Straße spannte, ein jetzt geschlossener Kiosk, Büsche, hinter denen Bierdosen, Flachmänner und ein paar Schnapsflaschen lagen, Parkplätze. Ein alter Mann, der seinen Wagen wusch und immer wieder einen neugierigen Blick auf die Polizeiautos warf. Und inmitten dieser Hochhäuser, einer Insel gleich und doch wie Fremdkörper, ein paar kleine Reihenhäuser, Bungalows, in denen sich unter anderem eine Rechtsanwaltskanzlei und eine Arztpraxis befanden. Nur wenige Menschen auf der Straße und kaum ein Auto, das an ihnen vorbeifuhr. Sie parkten direkt hinter dem Streifenwagen. Die Sonne versteckte sich hinter den Hochhäusern, der Wind war kühl. Ein älterer Beamter begleitete sie zu dem Flachdachbungalow. Der andere Beamte unterhielt sich gerade mit einer kleinen, zierlichen jungen Frau mit kurzen hellbraunen Haaren, die fassungslos den Kopf schüttelte. Sie wandte sich um, als sie die Schritte der Kommissare hinter sich hörte; Durant schätzte ihr Alter auf Ende zwanzig bis Anfang dreißig. Ein junger Schlosser stand lässig und sichtlich gelangweilt da, die hagere Gestalt mit dem Geiergesicht an die Wand neben der Eingangstür gelehnt, und hielt eine Zigarette in der Hand. Neben sich hatte er einen Werkzeugkoffer, und es schien, als würde er nur auf das Kommando, endlich mit seiner Arbeit beginnen zu dürfen, warten.

»Durant und Hellmer, Mordkommission«, sagte sie zu dem Beamten, und dann zu der jungen Frau: »Frau …?«

»Westphal, Petra Westphal. Warum ist die Mordkommission hier?«

Julia Durant ließ die Frage unbeantwortet. »Frau Westphal, können Sie uns sagen, seit wann Sie Frau Koslowski vermissen und ob es bestimmte Gründe gibt, weshalb Sie die Polizei benachrichtigt haben?«
Petra Westphal machte einen sichtlich nervösen Eindruck, ihre Augen gingen unruhig von einem Beamten zum andern, sie zitterte, was auch an dem kühlen Wind liegen konnte.
»Frau Koslowski ist meine Chefin. Sie hat gestern am späten Nachmittag die Agentur verlassen, weil sie angeblich um halb sieben einen wichtigen Termin hatte. Sie hat aber gesagt, sie würde ihn noch einmal anrufen, weil unbedingt noch einige Hotelreservierungen vorgenommen werden mussten. In den nächsten Tagen sollten nämlich einige neue Verträge mit bekannten Künstlern abgeschlossen werden. Sie hat jedoch nicht mehr angerufen, und als ich es später auf ihrem Handy und dann bei ihr zu Hause versucht habe, ist niemand ans Telefon gegangen. Da hab ich mir aber noch weiter keine Gedanken gemacht.«
»Was für ein Termin war das gestern?«
»Wenn ich das wüsste! Ich habe mich auch gewundert, dass sie es mir nicht gesagt hat, denn normalerweise wusste ich immer über ihre Termine Bescheid, schließlich habe ich sie meistens ausgemacht. Nur diesmal hat sie mir nichts gesagt. Doch mit den Reservierungen hatte das nichts zu tun, zumindest kann ich es mir nicht vorstellen. Aber sie hätte heute Morgen um halb acht einen noch viel wichtigeren Termin mit einem unserer Künstler gehabt, nur sie war nicht da.«
»Und mit wem, wenn ich fragen darf?«
»Mit Georg Haindl, dem Schauspieler. Er ist extra für diesen Termin ganz früh aus München angereist, und dann hat er über eine Stunde vergeblich auf Frau Koslowski gewartet. Er war recht aufgebracht, als er bei uns in der Agentur angerufen hat. Ich hab's dann noch mal auf ihrem Handy und hier pro-

biert, und den Rest kennen Sie. Haindl war ziemlich wütend, um nicht zu sagen zornig, und hat den nächstmöglichen Flug zurück nach München genommen, weil er mitten in Dreharbeiten steckt und extra in aller Herrgottsfrühe aufgestanden ist, um sich mit Frau Koslowski zu treffen. Ich meine, ich kann seine Wut verstehen. Aber jetzt mache ich mir doch Sorgen.«
»Okay«, sagte Durant und ging auf den Schlosser zu, der sich mittlerweile eine weitere Zigarette angesteckt hatte und sie nun halb geraucht auf den Boden warf. »Dann walten Sie mal Ihres Amtes.«
Er holte das Werkzeug aus dem Koffer, es dauerte kaum eine Minute, bis die Tür geöffnet war.
Durant bedankte sich und betrat zusammen mit Hellmer das Haus. Als Petra Westphal ihnen folgen wollte, hielt einer der Streifenbeamten sie zurück. »Tut mir Leid, Sie dürfen da nicht rein. Gehen wir doch zum Streifenwagen, damit ich Ihre Personalien aufnehmen kann.«
Durant ging voraus, Hellmer lehnte die Tür an. Sie betätigte den Lichtschalter. Links neben ihr war die Garderobe, etwas weiter vorne befanden sich jeweils links und rechts zwei Räume, geradeaus war eine geschlossene Tür. Aus einem der Zimmer drang wie bei Judith Kassner leise das Lied »Time to say goodbye« von Sarah Brightman und Andrea Bocelli. Die Kommissarin sah Hellmer nur viel sagend an und machte eine resignative Handbewegung. Sie zog sich Handschuhe über, ebenso Hellmer, drückte die Klinke der ersten Tür herunter – die Küche, in der seit Tagen oder gar Wochen nicht sauber gemacht worden war. Direkt gegenüber befand sich das Bad, das ebenfalls einen eher verwahrlosten Eindruck machte, im Waschbecken und in der Badewanne lauter Haare, der Spiegel verschmiert, ein paar Lippenstifte, Nagellack, Make-up lagen oder standen wahllos auf der Ablage über

dem Waschbecken, die Toilettenschüssel war schmutzig. Etwas weiter ein hübsch eingerichtetes Gästezimmer, das offenbar kaum benutzt wurde und als Einziges sauber und aufgeräumt war. Und dann das Wohnzimmer, in dem einige leere Flaschen Wein auf dem Boden und ein paar von Lippenstift verschmierte Gläser auf dem Tisch standen, der Teppich war von Krümeln übersät, der Aschenbecher quoll über, auf den Möbeln lag fingerdick Staub. Der Fernsehapparat lief, RTL, eine vormittägliche Talkshow. Aus der Micro-Stereoanlage, die in dem alten, verschrammten Schrank untergebracht war, spielte das Lied. Auch hier war wie bei Judith Kassner die Repeat-Taste gedrückt.

»Die Drecksau hat auch noch einen sehr makabren Humor«, murmelte Durant.

Links von ihnen waren ein großes Terrassenfenster und eine Tür, die in den Garten führte. Hier waren genau wie in allen bisher von ihnen inspizierten Zimmern die Rollläden heruntergelassen, kein Lichtstrahl fiel von draußen herein. Hellmer zog die Rollläden des großen Fensters der Terrassentür hoch, warf einen Blick in den Garten, der schmal und länglich war und lediglich aus einer kleinen, von Laub bedeckten Rasenfläche bestand; die Gartenmöbel auf der Terrasse waren vom vielen Sturm und Regen der letzten Tage schmutzig geworden. Zu beiden Seiten des Gartens, in dem es nicht einmal Blumenbeete gab, zogen sich etwa zwei Meter hohe, undurchdringliche Hecken nach oben, ein Schutz vor den Blicken neugieriger Nachbarn. Geradeaus ein Maschendrahtzaun, vor dem hohe, winterfeste Büsche standen.

»Hier drin stinkt's«, flüsterte Hellmer. »Die hat hier seit Wochen weder gelüftet noch sauber gemacht. Bisschen merkwürdig für eine solche Frau, findest du nicht? Bisschen sehr merkwürdig, würde ich sagen.«

Durant zuckte die Schultern. »Bei mir sieht's manchmal

nicht viel anders aus«, war ihre knappe Antwort. »Zwei Zimmer fehlen noch«, sagte sie. »Bringen wir's hinter uns.«
»Und hier wollte sie ein großes Fest veranstalten?«, fragte Hellmer zweifelnd.
Julia Durant erwiderte nichts darauf, öffnete die Tür, die vom Wohnzimmer abging. Eine Nachttischlampe brannte, über die ein rotes Tuch gelegt worden war. Das Bett, vor dem flauschige Lammfellvorleger lagen, stand genau in der Mitte des Zimmers, sonst befand sich nichts darin außer einem Kleiderschrank, einer Spiegelkommode und einem Stuhl. Neben dem Gästezimmer war es der sauberste aller Räume. Der schwere, kalte Duft von Rosenöl hing noch in der Luft.
Vera Koslowski lag auf dem Bett, angezogen, die Augen weit geöffnet, der rechte Arm und Zeigefinger ausgestreckt. Durant und Hellmer traten näher an das Bett heran. Sie trug ein kurzes rotes Kleid, schwarze Strümpfe, die Beine waren leicht gespreizt, der schwarze, durchsichtige Slip war zu sehen. Das Kleid mit den schmalen Trägern hatte einen tiefen Ausschnitt, der die vollen Brüste nur unvollständig bedeckte. Um den Hals hatte sie eine einfache Goldkette, in den Ohrläppchen dazu passende Stecker, um das Handgelenk eine billige Digitalarmbanduhr, an den Fingern mehrere Goldringe. Am Hals war deutlich die dunkle Stelle auszumachen, wo die Schlinge zugezogen worden war. Auch ihre Handgelenke wiesen Druckstellen auf.
»Ich glaube, ein Kompass ist nicht nötig, um herauszufinden, dass sie nach Südosten zeigt«, bemerkte Hellmer lakonisch. Er holte sein Handy aus der Tasche und rief Berger an.
»Wir brauchen einen Arzt, die Spurensicherung und so weiter«, sagte er nur.
»Ich werde alles veranlassen«, erwiderte Berger und legte auf.
»Verdammte Scheiße!« Durant war wütend, ohnmächtig vor

Zorn. Sie stand wie versteinert vor der Toten mit den kurzen dunkelblonden Haaren, die mit gebrochenen, blutunterlaufenen Augen an die kahle weiße Decke starrte. »Wie viele Frauen will er eigentlich noch umbringen? Wie viele? Und wie sieht sein Plan aus?« Und nach einer kurzen Pause: »Und lebt *so* eine Frau, die es zu etwas gebracht hat? Die tagein, tagaus mit Prominenten zu tun hat? Wenn ich nicht wüsste, wer sie ist, ich würde sie für eine stinknormale Frau mit einem Hang zur Schlampigkeit und zum Alkoholismus halten.«

»Scheiß drauf, sie ist tot. Hast du hier irgendwo eine Handtasche gesehen?«, fragte Hellmer.

»Wieso?«

»Wegen des Personalausweises zum Beispiel. Wir müssen wissen, wann und wo sie geboren ist. Für unsere Astrologin.«

»Nee, such selber. Ich geh raus, eine rauchen.«

»Wir können auch die Westphal fragen, wann ihre Chefin Geburtstag hat. Dann brauchen wir nicht lange in diesem Gerümpel zu suchen. Ich komm mit.«

Petra Westphal stand vor der Tür und schaute die Kommissare mit großen Augen an. Sie sah bereits an den Blicken, dass ihre schlimmsten Befürchtungen eingetroffen waren.

»Ist sie da drin?«, fragte sie und kämpfte mit den Tränen.

»Ja. Es tut mir Leid.« Julia Durant holte eine Gauloise aus der Schachtel, steckte sie zwischen die Lippen, zündete sie an, nahm einen tiefen Zug und fragte: »Wann genau haben Sie Frau Koslowski zuletzt gesehen?«

»Gestern Nachmittag so gegen fünf. Mehr weiß ich nicht.« Plötzlich fing sie an zu schluchzen und hielt sich die Hände vors Gesicht. Die Kommissarin legte einen Arm um ihre Schulter und setzte sich mit ihr auf die kalten Treppenstufen.

»Es ist schon gut …«

»Nichts ist gut! Warum Vera?«
»Sie haben sich geduzt?«
»Wir kannten uns seit fast zehn Jahren. Ich war ihre rechte Hand, und …« Auf einmal hielt sie inne und sah die Kommissarin aus verheulten, rot umränderten Augen an.
»Und was?«
»Nichts, ich bin einfach nur fertig. Aber ich wusste, dass es eines Tages so kommen würde.«
»Was meinen Sie damit?«
»Keine Ahnung, nur so. Eine Frau wie sie, erfolgreich …«
»Nicht jede erfolgreiche Frau endet so. Eigentlich die wenigsten. Wissen Sie, wann Frau Koslowski Geburtstag hat und wo sie geboren ist?«
»Am 5. November wäre sie einundvierzig geworden, und geboren ist sie in Frankfurt. Wie ist sie gestorben?«
Am 5. November, dachte Durant, genau wie ich. Sie antwortete: »Sie wurde ermordet. Ist das ihr Haus?«
»Es ist eines ihrer Häuser. Allerdings hat sie sich nur selten hier aufgehalten, aber ich hatte die Telefonnummer für Notfälle. Ihre Schwester hat immer hier gewohnt, wenn sie mit ihrer Familie aus den Staaten gekommen ist.«
»Und wo sind die anderen Häuser?«, fragte Hellmer.
»Eins in Bad Soden, wo sie eigentlich gewohnt hat, und dann noch eins in Frankreich an der Côte d'Azur und auf Mallorca.«
»Und wie sind Sie draufgekommen, dass sie hier sein könnte?«
»Weil ich vorhin zuerst in Bad Soden war. Ich habe ein paar Mal dort angerufen, aber es hat sich immer nur ihr Anrufbeantworter gemeldet. Ich hab's auch etliche Male auf ihrem Handy probiert«, sie zuckte die Schultern, »dann bin ich einfach hingefahren. Dort hat mir ihre Putzfrau gesagt, dass Frau Koslowski nicht zu Hause sei. Daraufhin bin ich hierher

gefahren. Ihr Auto steht auf dem Parkplatz, der schwarze BMW dort drüben, und da wusste ich, dass sie hier ist.«

»Danke für die Auskünfte. Ich möchte Sie aber dennoch bitten, uns auch weiter zur Verfügung zu stehen. Ihre Personalien sind schon aufgenommen worden?«

»Ja, als Sie drin waren.«

»Gut, Sie können jetzt gehen.«

Petra Westphal drehte sich um und war schon ein paar Schritte in Richtung Parkplatz gelaufen, als Julia Durant ihr nachgerannt kam.

»Warten Sie noch einen Moment. Setzen wir uns doch kurz in mein Auto, ich habe doch noch ein paar Fragen.«

Petra Westphal sah die Kommissarin erstaunt an, zögerte einen Moment und folgte ihr schließlich. Sie setzten sich in den Lancia, Julia Durant zündete sich eine Zigarette an.

»Wie war sie so? Was für ein Mensch? War sie umgänglich, wie sind Sie mit ihr ausgekommen?«

»Was war sie für ein Mensch?« Sie holte tief Luft. »Könnte ich bitte auch eine Zigarette haben? Normalerweise rauche ich höchstens in Gesellschaft, aber heute ist das etwas anderes.« Julia Durant hielt ihr die Schachtel hin, sie nahm sich eine und ließ sich Feuer geben.

»Ich bin phantastisch mit ihr ausgekommen. Sie war korrekt, pflichtbewusst, fleißig, einfühlsam …«

Julia Durant wurde mit einem Mal hellhörig. »Was meinen Sie mit einfühlsam? Beantworten Sie mir eine Frage – war da mehr zwischen Ihnen und Frau Koslowski als nur eine berufliche Verbindung?«

Petra Westphal schüttelte energisch den Kopf. »Wenn Sie das meinen, was ich jetzt denke, dann muss ich Sie leider enttäuschen. Vera war nicht lesbisch. Zumindest weiß ich nichts davon. Ich weiß aber, dass sie ab und zu Männerbekanntschaften hatte. Sie war elf Jahre verheiratet, dann hat sie den Schweinehund, der sie nur ausgenutzt hat, zum Teufel gejagt. Danach hat sie sich geschworen, nie wieder zu heiraten, sondern sich nur dann einen Mann zu nehmen, wenn sie einen fürs Bett brauchte. Und so, wie sie aussah, hat sie immer jemanden gefunden. Aber dass sie jemals etwas mit einer Frau gehabt haben könnte, das wäre mir völlig neu, und ich vermag mir das bei ihr auch beim besten Willen nicht vorzustellen. Sie stand nur auf Männer, sie mussten möglichst groß und blond sein und, wie sie so schön sagte, über das nötige Stehvermögen verfügen.«

»Das hat sie Ihnen alles erzählt?«

»Wir waren Freundinnen. Und soweit ich weiß, gab es niemanden außer mir, mit dem sie über ihre Bettgeschichten gesprochen hat. Und noch was, ich bin auch nicht lesbisch, ich lebe in einer festen Beziehung.«

»Können Sie sich denn erklären, weshalb sie sich heute Nacht in diesem Haus aufgehalten hat und nicht in Bad Soden?«

Zum ersten Mal lächelte Petra Westphal. Sie nahm einen letzten Zug an der Zigarette und warf sie aus dem Fenster. »In diesem Haus hat sie ihre Männer empfangen.«

»Und warum hier und nicht …?«

»Ganz einfach, sie wollte nicht, dass einer auf dumme Gedanken kommt. Sie hatte eine Menge Geld, konnte sich so ziemlich alles leisten, aber das musste ja nicht jeder wissen. Um es ganz einfach auszudrücken, in Bad Soden lebte sie, und hier liebte sie. Schauen Sie sich doch um, ein paar kleine Bungalows, aber außen rum alles gleichförmige, anonyme Betonklötze. Hier kennt keiner den andern, hier war sie selbst anonym. Wahrscheinlich kannten ihre Nachbarn nicht einmal ihr Gesicht.«

»Aber von längeren Beziehungen, vor allem in letzter Zeit, ist Ihnen nichts bekannt?«

»Nein. In der Regel beschränkten sich ihre Bekanntschaften auf One-Night-Stands. Namen hat sie nie genannt, wahrscheinlich kannte sie von diesen Männern nur die Vornamen. Und auch die Männer wussten nicht, mit wem sie es zu tun hatten. An ihrer Haustür steht nicht einmal ihr Name. Mehr kann ich Ihnen nicht sagen.«
»Und wo hat sie die Männer aufgegabelt?«
»In Bars, Kneipen, was weiß ich.«
»Eine letzte Frage noch – in dem Haus hier sieht es nicht besonders sauber aus. Hatte Frau Koslowski einen Hang zur Schlampigkeit? Ich meine, verstehen Sie mich nicht falsch, aber …«
»Nein, sie war nicht schlampig, ganz im Gegenteil.«
»Ich denke, das reicht für den Augenblick. Sie haben mir sehr geholfen. Sollte noch etwas sein, dann rufen Sie mich an. Hier ist meine Karte. Ansonsten melde ich mich bei Ihnen, falls ich noch Fragen habe.«
Petra Westphal wollte gerade aussteigen, als die Kommissarin sie zurückhielt. »Warten Sie noch einen Augenblick. Sagen Ihnen die Namen van Dyck, Kleiber, Maibaum, Weidmann, Kassner und Richter etwas?«
Petra Westphal überlegte und schüttelte den Kopf. »Nur vom Hörensagen. Warum?«
»War nur eine Frage. Danke.«
Sie stiegen aus, Julia Durant ging zurück zum Haus.
Die Männer von der Spurensicherung, der Fotograf und Dr. Bock von der Rechtsmedizin waren mittlerweile eingetroffen. Hellmer war mit ihnen im Haus verschwunden. Der Fotograf war gerade dabei, den Tatort zu videografieren, Bock saß auf der Couch.
»Eine ganz schöne Scheiße, was?«, sagte er. »Eine solche Serie hatten wir ewig nicht. Gibt es denn schon eine heiße Spur?«

Durant schüttelte den Kopf. »Alles, was wir bis jetzt wissen, ist, dass die Frauen allesamt Skorpion waren.«
»Was?«, fragte Bock, der mit dieser Antwort offensichtlich überfordert war.
»Sternzeichen! Sie sind alle unter demselben Sternzeichen geboren, deshalb auch die Nadel.«
»Ach so. Das heißt, Sie haben es hier mit einem Frauenhasser der ganz speziellen Sorte zu tun. Öfter mal was Neues.«
»Keine Ahnung.«
Der Fotograf hatte seine Aufnahmen beendet, Bock nahm seine Tasche und ging ins Schlafzimmer. Er entkleidete die Tote, was ihn einige Mühe kostete, da die Leichenstarre bereits vollständig eingesetzt hatte. Auch sie trug teure schwarze Dessous, einen durchsichtigen BH, einen ebenso durchsichtigen Slip, Strapse und Seidenstrümpfe. Er maß die Temperatur rektal, holte das Thermometer nach zwei Minuten wieder heraus, nahm das Diktiergerät und begann mit der Aufzeichnung.
»Vera Koslowski, vierzig Jahre alt, einsneunundsechzig groß, Gewicht etwa siebenundsechzig Kilo. Leichenflecken nicht mehr verlagerbar, Körpertemperatur um 12.05 Uhr 26,2 Grad, vermutliche Todeszeit zwischen ein und drei Uhr morgens. Hämatome an den Oberarmen, den Hand- und Fußgelenken, im Bauchbereich und an den Brüsten. Eine goldene Nadel in den äußeren Schamlippen, Brustwarzen fehlen. Mehrere feine Nadelstiche um den Vaginal- und Brustbereich. Keine äußeren Anzeichen sexueller Gewaltanwendung. Offenbar kurz vor oder nach dem Tod gewaschen. Überführung in die Rechtsmedizin um 12.20 Uhr zwecks Autopsie.«
Er schaltete das Gerät aus und steckte es in seine Jackentasche. Ohne die Kommissare anzusehen, sagte er, während er seine Tasche packte: »Tja, dann wollen wir die werte

Dame mal aufschneiden. Auch wenn ich mir nicht vorstellen kann, dass wir bei ihr mehr finden als bei den andern.« Er schaute auf die Uhr. »Aber vorher geh ich noch was essen. Ich hab nämlich nur ein mickriges Frühstück gehabt. Mit vollem Magen schneidet sich's besser«, fügte er grinsend hinzu.
»Wenn Sie meinen.« Durant musste unwillkürlich auch grinsen. Sie erinnerte sich an ihr erstes Mal, als sie bei einer Obduktion dabei war, eine Pflichtlektion für jeden Kriminalbeamten, der in der Lage sein muss, bei ungeklärten Todesfällen anhand möglicher Leichenflecken eine ungefähre Todeszeit zu bestimmen, sofern kein Arzt unmittelbar zur Verfügung steht. Sie war damals noch auf der Polizeischule, und sie waren etwa dreißig Männer und Frauen, zum Teil gestandene und erfahrene Polizisten, doch spätestens als die Leiche aufgeschnitten wurde, hatte sich der Raum, in dem sich der Geruch unzähliger obduzierter Toter festgesetzt hatte, fast vollständig geleert. Nur sie und vier weitere Kollegen waren bis zum Schluss geblieben, und sie würde nie die Szene vergessen, als der Pathologe den Magen herausnahm, ihn aufschnitt und sagte: »Ah, ich sehe, die Dame hat vor ihrem Dahinscheiden noch ausgiebig gespeist.« Dann hatte er sein Messer genommen, das aussah wie ein ganz normales Brotmesser mit einem Holzgriff, einen Teil des Mageninhalts herausgeholt, ihn betrachtet und gemeint: »Sieht aus wie Spaghetti, oder? Allerdings könnte ich mich da auch irren. Möchte einer von Ihnen vielleicht einmal kosten und mir sagen, ob ich Recht habe?« In diesem Moment war es auch Durant flau in der Magengegend geworden, und sie hatte Mühe gehabt, den Brechreiz zu unterdrücken. Seitdem hatte sie mehrere Male bei Obduktionen zugesehen, und inzwischen störten sie weder der Geruch noch die zum Teil morbiden Späße der Pathologen.
»So«, sagte sie, »wir werden uns dann mal ein bisschen in der

Nachbarschaft umhören, ob irgendwer gestern Abend etwas Ungewöhnliches bemerkt hat. Sie können sich übrigens Zeit lassen mit dem Bericht, es sei denn, Sie finden etwas Außergewöhnliches wie eine Visitenkarte mit Telefonnummer«, sagte sie müde lächelnd.
»Sie haben ihn morgen früh auf dem Tisch. Schönen Tag noch«, erwiderte er, nahm seine Tasche und ging. Durant und Hellmer überließen das Feld der Spurensicherung und klapperten ein Haus nach dem anderen ab. Sie fragten einige Nachbarn, doch keiner wollte etwas Ungewöhnliches gesehen oder gehört haben. Selbst Vera Koslowski war den meisten unbekannt. Fast alle gaben vor, sie noch nicht einmal gesehen zu haben. Lediglich zwei sagten, ihr schon das eine oder andere Mal begegnet zu sein. Nur gestern Abend hatte keiner etwas bemerkt.
Enttäuscht begaben sie sich zu ihrem Wagen. »Ich hab dir doch gesagt, der Kerl ist jetzt in einem Blutrausch. Drei Frauen in drei Tagen«, meinte Durant, als sie sich auf den Weg zum Präsidium machten. Sie rief Berger an, gab ihm die Geburtsdaten durch und sagte, er solle sofort beim Standesamt die Geburtszeit von Vera Koslowski erfragen lassen und die Daten Ruth Gonzalez durchgeben.
»Was hast du vorhin so lange mit der Westphal gesprochen?«
»Ich hab sie nur ein bisschen über die Koslowski ausgefragt. Dabei habe ich erfahren, dass sie ständig wechselnde Männerbekanntschaften hatte. Das Haus hier hat sie nur zum Bumsen benutzt, gewohnt hat sie in Bad Soden. Es gibt nicht mal ein Namensschild an der Tür. Hier war sie, wie die Westphal sagt, anonym. Ich könnte mir auch vorstellen, dass diese Schlampigkeit bloß vorgetäuscht war, ich meine, die Typen, die sie hier angeschleppt hat, müssen gedacht haben, die hat kaum Kohle. Alles Fassade.«
»Aber der Täter hat sie als sein nächstes Opfer ausgesucht. Er

muss gewusst haben, dass sie Skorpion ist. Und dieser Termin, den sie gestern angeblich hatte, könnte unter Umständen ein Rendezvous mit ihrem Mörder gewesen sein.«
»Ich weiß es nicht. Ich weiß gar nichts mehr«, sagte Durant. »Das Ganze ist so mysteriös, so undurchschaubar. Es gibt niemanden, den ich auch nur annähernd als Täter in Betracht ziehen würde. Weder Kleiber noch van Dyck, noch irgendeinen anderen. Wir haben bis jetzt keine verwertbaren Fingerabdrücke, kein Sperma, das für eine DNA-Analyse herangezogen werden könnte, nichts! Und der Typ weiß das, er ist so was von gerissen und so überzeugt, dass wir ihm nicht auf die Schliche kommen, dass er so lange weitermachen wird, bis er vielleicht doch den entscheidenden Fehler begeht. Nur, wann begeht er diesen Fehler?«
»Jeder Serienkiller macht eines Tages einen Fehler, weil er unvorsichtig wird. Irgendwann fühlt sich jeder von ihnen zu sicher, dass ihm genau dann dieser entscheidende Fehler unterläuft. Das weißt du doch inzwischen.«
»Natürlich weiß ich das. Ich würde mir nur wünschen, ich könnte alle Skorpionfrauen Frankfurts an einen geheimen Ort bringen und sie dort lassen, bis wir ihn haben.«
»Hör auf zu träumen«, sagte Hellmer, als sie in den Präsidiumshof einbogen. »Wir haben heute noch eine Menge zu tun. Du willst diesen Lewell anrufen, und wir müssen bei Maibaum vorbeischauen.«

Mittwoch, 13.30 Uhr

Sie gingen die Treppe nach oben zu ihrem Büro, wo sie bereits von Berger erwartet wurden.
»Schöner Mist, was? Dasselbe Muster?«, fragte er.
»Was dachten Sie denn?! Und dazu kommt, dass die werte

Dame offensichtlich ein sehr ausgefülltes Sexualleben hatte, und zwar mit ständig wechselnden Männern. Die Wohnung in Niederursel hatte sie nur zum Bumsen. Eigentlich hat sie in Bad Soden gewohnt. Ich hab schon gedacht, so wie das bei der aussah, das hätte nicht zu einer erfolgreichen Frau wie ihr gepasst.«

»Und Namen von ihren diversen Liebhabern?«

»Fehlanzeige. Sie hat sich ihre Liebhaber aus irgendwelchen Bars oder Kneipen geholt und nie über Namen gesprochen. Wahrscheinlich hat sie ihnen gegenüber auch einen falschen benutzt. Und die Nachbarn haben natürlich ebenfalls nichts gesehen. Wir treten noch immer auf der Stelle. Und Ihnen ist doch wohl klar, dass es nicht mehr lange dauern wird, bis uns die Presse im Nacken sitzt. Aber das ist dann Ihr Problem«, sagte Durant und holte sich einen Kaffee. Als sie zurückkam, fragte sie: »Hat sich schon jemand um die Geburtsdaten gekümmert?«

»Schon erledigt, ging ganz schnell. Drei Anrufe innerhalb einer Viertelstunde. Ist auch bereits alles bei dieser Gonzalez.«

»Haben Sie mit ihr gesprochen?«

»Nein, ein Kollege hat das erledigt. Sie sagt, sie meldet sich, sobald sie die Daten ausgewertet hat.«

»In Ordnung. Ich ruf mal schnell bei Frau Randow an.«

Die Kommissarin suchte die Telefonnummer heraus und wählte.

»Ja, bitte?«, meldete sich eine Kinderstimme.

»Hallo, hier ist Durant. Könnte ich bitte mit Frau Randow sprechen?«

»Einen Moment, ich hole meine Oma.« Durant trank einen Schluck von dem heißen Kaffee und stellte die Tasse wieder auf den Tisch. Sie hörte Schritte näher kommen.

»Randow.«

»Guten Tag, Frau Randow. Hier ist Durant von der Kriminalpolizei. Ich habe nur eine Frage an Sie. Hat Ihre Tochter sich einmal ein Horoskop erstellen lassen?«

»Was hat das mit dem Tod meiner Tochter zu tun?«

»Sagen Sie nur Ja oder Nein. Es könnte uns helfen, sehr schnell den Täter zu finden. Und Sie wollen doch auch, dass der Mord an Ihrer Tochter so bald wie möglich gesühnt wird, oder?« Durant rollte mit den Augen und grinste Hellmer an.

»Natürlich will ich das. Und ja, wenn Sie's genau wissen wollen, meine Tochter war einmal bei einem Astrologen. Ich kann mich zwar nicht an seinen Namen erinnern, meine aber, sie hat gesagt, dass er in Königstein oder Kronberg wohnt.«

»Sind Sie sicher?«

»Ja, da bin ich ganz sicher.«

»Vielen Dank, Frau Randow, Sie haben uns sehr geholfen.« Durant legte auf. »Königstein oder Kronberg.« Sie schürzte die Lippen, nahm den Hörer erneut zur Hand und wählte die Nummer von Lewell. Er nahm nach dem fünften Läuten ab.

»Lewell.«

»Hier Durant, Kripo Frankfurt. Wir ermitteln gerade in einem Mordfall und würden uns gerne mit Ihnen persönlich unterhalten …«

»Kriminalpolizei? Was wollen Sie von mir?«

»Das habe ich doch eben gesagt, wir wollen uns mit Ihnen unterhalten. Sie brauchen keine Angst zu haben, es geht nicht um Sie, sondern um Personen, die Sie möglicherweise kennen. Um genau zu sein, wir benötigen Ihre Hilfe. Und deshalb möchten wir gerne noch heute bei Ihnen vorbeikommen. Wann würde es Ihnen passen?«

»Heute?« Er zögerte, bevor er antwortete: »Heute eigentlich gar nicht, mein Terminkalender ist voll. Andersrum gefragt, wie lange würde es denn dauern?«

»Zwanzig Minuten etwa.«

»Ach so, ich dachte schon, ein paar Stunden. Können Sie um halb drei hier sein?«
»Wir haben jetzt halb zwei ... Wir sind in einer Stunde bei Ihnen. Ihre Adresse haben wir.«
Sie legte den Hörer wieder auf, lehnte sich zurück und schloss die Augen. In ihren Schläfen pochte es, sie verspürte eine leichte Übelkeit und einen immer stärker werdenden Druck auf der Blase. Sie stand auf und sagte: »Tu mir einen Gefallen, Frank, und ruf du bei Maibaum an. Den erledigen wir nach Lewell. Ich geh mal schnell für kleine Mädchen, und dann muss ich unbedingt was essen, mein Magen hängt mir schon in den Kniekehlen.« Sie nahm ihre Tasche mit, wusch sich ausgiebig die Hände und das Gesicht, zog die Lippen nach, legte etwas Rouge auf die Wangen und bürstete sich das Haar. Sie war müde und hungrig. Nach dem Essen würde aber die Müdigkeit verschwunden sein und hoffentlich auch die einsetzenden Kopfschmerzen.
»Ich habe nur mit Frau Maibaum gesprochen. Er ist noch in der Uni. Sie sagt, er würde mittwochs immer so gegen vier nach Hause kommen. Hier ist die Adresse.«
»Das ist ja fast um die Ecke. So, und jetzt will ich was essen, sonst werde ich furchtbar grantig.«
»Und wo gehen wir hin?«, fragte Hellmer.
»Mein Gott, ich will nur eine Currywurst und Pommes mit viel Ketchup! Ich brauch was in den Magen, M-A-G-E-N! Hast du das endlich verstanden?«
»Wow, du bist ja jetzt schon unausstehlich. Dann wollen wir uns mal beeilen, damit du nicht gleich deine Waffe ziehst«, sagte er mit einem breiten Grinsen.
»Hör auf, so'n Mist zu reden, und komm endlich. Wir haben nicht viel Zeit.«
»Ciao, Chef, wir sind dann mal wieder weg«, sagte Hellmer und ließ die Tür hinter sich ins Schloss fallen.

Mittwoch, 14.30 Uhr

Julia Durant fühlte sich nach dem Essen besser, die befürchteten Kopfschmerzen waren ausgeblieben. Es war kurz vor halb drei, als sie bei Lewell ankamen. Hellmer stellte den Lancia neben einem grünen 5er BMW ab. Über dem Hauseingang war eine Videokamera, Hellmer klingelte. Lewell selbst öffnete die Tür. Er trug eine helle Hose, ein marineblaues Hemd, die beiden obersten Knöpfe offen, und braune Slipper. Um den Hals hatte er eine Goldkette, am linken Handgelenk eine Rolex und am rechten ein Goldarmband. Sein Haar sah aus, als käme er gerade vom Friseur, seine Augen hatten etwas Stechendes. Dieser erste Eindruck reichte Durant aus, um sich eine vorläufige Meinung von Lewell zu bilden. Arrogant, selbstherrlich, misstrauisch.

»Wir haben vorhin miteinander telefoniert«, sagte Durant.

»Kommen Sie rein, Sie müssen sich aber noch einen Moment gedulden, ich habe noch einen Klienten. Warten Sie hier solange.« Er deutete auf eine Sitzgruppe in einem Raum, der einem Wartezimmer in einer noblen Arztpraxis glich. Nachdem er die Tür zu seinem Büro hinter sich zugemacht hatte, sagte Durant: »Ein komischer Typ. Der ist mit Vorsicht zu genießen.«

»Was meinst du damit?«

»Ist nur mein Eindruck. Und auf den verlasse ich mich in der Regel.«

»Psychologen sind immer ein bisschen merkwürdig, das weißt du doch.«

»Er ist kein Psychologe, sondern Esoteriker oder was immer«, erwiderte Durant und sah sich um.

»Auf jeden Fall hat er ’ne ganz nette Bude. Ich wundere mich immer wieder aufs Neue, womit die Leute das ganze Geld verdienen, um sich so was leisten zu können. Die Gonzalez erstellt auch nur Horoskope und wohnt in einem recht ordentlichen Haus …«

»Gerade du musst was von einer netten Bude sagen! Schau dir doch mal eure Hütte an, da kann der hier einpacken.«

»Das ist doch auch was anderes. Ohne Nadine würde ich immer noch in einem winzigen Rattenloch voller Kakerlaken hausen. Als Bulle kann man sich so was jedenfalls nicht leisten. Außer man lässt sich ab und zu schmieren. Aber das macht ja keiner, oder?«, sagte er grinsend.

Bevor Julia Durant etwas antworten konnte, ging die Tür auf, und eine junge Frau kam mit leicht geröteten Wangen heraus, gefolgt von Konrad Lewell. Sie verabschiedete sich von ihm in einem sehr vertraulichen Ton und meinte, sie schaue nächste Woche wieder vorbei.

»So, ich bin bereit«, sagte Lewell kühl. »Gehen wir in mein Büro. Nehmen Sie Platz und schießen Sie los. Meine Zeit ist sehr begrenzt.« Er sah demonstrativ auf die Uhr, setzte sich hinter seinen Schreibtisch, nahm eine Pfeife aus dem Ständer, stopfte sie und zündete sie mit einem goldenen Feuerzeug an.

»Macht es Ihnen etwas aus, wenn wir auch rauchen?«

»Hier ist der Aschenbecher.« Er schlug die Beine übereinander, eine Hand an der Pfeife, die andere in der Hosentasche. »Was kann ich also für Sie tun?«

»Herr Lewell, wir haben gestern im Zusammenhang mit mehreren Mordfällen einige Personen vernommen. Dabei ist verschiedentlich Ihr Name gefallen …«

»Mein Name in Verbindung mit einem Mord? Öfter mal was Neues …«

»Lassen Sie mich bitte ausreden«, wurde er von Durant unterbrochen. »Nicht nur Ihr Name wurde genannt, sondern auch die von einigen anderen Personen, die Ihnen alle bekannt sein dürften.«

Lewell zog an seiner Pfeife. »Und um welche Personen handelt es sich dabei, wenn ich fragen darf?«
»Dr. Maibaum, Herr Kleiber, Herr van Dyck und so einige mehr. Es geht um Partys oder Empfänge, die bei Ihnen und den genannten Herren ab und zu stattfinden. Können Sie uns sagen, wie sich diese Zusammenkünfte gestalten?«
Lewell sah durch den Rauch hindurch die Kommissarin an. Sie spürte, wie sein stechender Blick ihren Körper einer genauen Prüfung zu unterziehen versuchte, obgleich sie lediglich Jeans, eine Bluse und eine Lederjacke anhatte. Sie registrierte es und legte es in einem ihrer vielen kleinen Kästchen im Kopf ab. Seine provozierende Art zu sitzen, sein starrer, stechender Blick, die schmalen, wie ein Strich gezogenen, leicht abfallenden Lippen machten ihn zunehmend unsympathischer. Mit herablassendem Blick und ebensolcher Stimme sagte er: »Nun, Frau Kommissarin, diese Zusammenkünfte sind ganz einfach zu erklären. Ein-, höchstens zweimal im Jahr gebe ich einen Empfang, zu dem ausgewählte Personen geladen sind. Künstler, Manager, einige Leute aus der Kulturszene, wobei es natürlich jedem freigestellt ist, wen er als Begleitung mitbringt. Es sind Treffen, die dazu dienen, Kontakte zu knüpfen oder zu vertiefen, es wird getrunken, es gibt ein Buffet und natürlich Musik. Und bei den andern von Ihnen erwähnten Personen ist es nicht viel anders. Aber ich weiß noch immer nicht genau, worauf Sie eigentlich hinauswollen.«
»Sagt Ihnen der Name Judith Kassner etwas?« Als sie Lewell bei dieser Frage anschaute, meinte sie zu sehen, wie er kaum merklich zusammenzuckte.
»Ja, der Name sagt mir etwas. Warum?«
»Inwiefern sagt er Ihnen etwas? Kannten Sie sie von Empfängen, oder hat sie sich einmal oder öfter ein Horoskop erstellen lassen?«

»Ich habe sie lediglich ein paar Mal auf Empfängen gesehen und mich kurz mit ihr unterhalten. Das ist alles.«
»Und Carola Weidmann?«
»Kann sein, kann auch nicht sein. Im Augenblick müsste ich die Frage verneinen.« Plötzlich tat er, als überlegte er, schließlich nickte er. »Moment, natürlich kenne ich die Weidmanns, auch wenn sie nicht gerade zu meinem engeren Bekanntenkreis gehören. Wir sind uns hier und dort schon über den Weg gelaufen, mehr aber auch nicht. Und sie waren auch schon hier. Tut mir Leid, wenn ich nicht gleich draufgekommen bin. Da war doch was mit ihrer Tochter, oder? Wurde sie nicht umgebracht?«
»Völlig richtig. Und was ist mit Erika Müller?«
»Was soll mit ihr sein?«
»Sie wurde ebenfalls umgebracht.«
»Sagt mir nichts.«
»Und Juliane Albertz?«
»Nie gehört. Wurde diese Dame etwa auch umgebracht?«, fragte er scheinbar gelangweilt.
»Ja. Und Vera Koslowski?«
»Natürlich kenne ich Vera. Wir haben uns näher gekannt, aber nicht, was Sie vielleicht denken. Jetzt sagen Sie mir nicht, dass sie auch tot ist?«
Ohne darauf einzugehen, lehnte Durant sich zurück, holte die Fotos aus ihrer Tasche und legte sie nebeneinander auf den Tisch. Sie deutete auf jedes einzelne.
»Carola Weidmann, Juliane Albertz, Erika Müller, Judith Kassner. Haben Sie diese Frauen schon einmal gesehen?«
Er warf einen oberflächlichen Blick auf die Bilder. »Frau Kassner erkenne ich eindeutig wieder. Die andern Gesichter sind mir ehrlich gesagt unbekannt. Wissen Sie, wenn ich einen Empfang gebe, dann kommen auch immer einige mir völlig fremde Leute, die ich eigentlich gar nicht eingeladen

habe, vor allem Frauen, die in Begleitung von Männern erscheinen, wenn Sie verstehen, was ich meine … Es kann schon sein, dass außer Frau Kassner eine von ihnen schon mal hier war, aber bewusst wahrgenommen habe ich sie nicht.«

»Uns wurde gestern gesagt, dass zum Beispiel Carola Weidmann schon hier war. Und Sie können sich bestimmt nicht an sie erinnern?«

Das mit Carola Weidmann war ein Test, sie wollte sehen, wie Lewell darauf reagierte. Es war nur ein kurzes Aufblitzen seiner Augen, das ihn verriet. Durant wusste, sie lag richtig.

»Wie gesagt, ich verschicke Einladungen, und wer dann letztendlich alles hier erscheint, liegt nicht allein in meiner Hand. Es steht, wie schon gesagt, jedem frei, einen Begleiter oder eine Begleiterin seiner Wahl mitzubringen. Bei dieser jungen Dame kann es natürlich sein, dass sie mit ihren Eltern hier war. Aber mit Bestimmtheit vermag ich es nicht zu sagen.«

»Damit haben Sie meine Frage nicht beantwortet. Kennen Sie diese junge Frau?« Sie deutete noch einmal auf das Bild von Carola Weidmann und sah Lewell dabei prüfend an.

Lewell veränderte seine Haltung ein wenig, indem er die Hand aus der Hosentasche nahm und sich ein paar Mal die Nasenspitze rieb. Du lügst, dachte Julia Durant, aber warum? Was hast du zu verbergen?

»Wenn sie tatsächlich hier gewesen sein sollte, dann kann ich mich nicht mehr an sie erinnern. Sorry.«

»Da kann man nichts machen. Und um noch einmal auf Vera Koslowski zurückzukommen, sie wurde heute Vormittag tot in ihrer Wohnung aufgefunden. Wir haben also inzwischen fünf tote Frauen, von denen Sie wenigstens zwei kennen. Und Sie sind sicher, dass die andern drei nie hier waren?«

Ein zynischer Zug zeichnete sich um Lewells Mund ab, als er

sagte: »Was wollen Sie wirklich von mir? Stehe ich etwa im Verdacht, mit einem dieser Morde etwas zu tun zu haben? Nur weil ich mir herausnehme, dann und wann ein paar Gäste einzuladen?«
»Das habe ich nicht gesagt, Herr Lewell. Ich habe Sie nur etwas gefragt. Und wenn Sie sagen, dass Sie diese drei Frauen nicht kennen, so müssen wir das akzeptieren.«
»Dann tun Sie das auch bitte. Fragen Sie von mir aus Maibaum oder Kleiber oder van Dyck, ob ihnen diese Damen schon einmal begegnet sind, ich jedenfalls kenne sie nicht, zumindest kann ich mich nicht erinnern, sie jemals bewusst gesehen zu haben.«
Julia Durant wurde immer sicherer, dass Lewell log, doch sie wusste nicht, wie sie ihn aus der Reserve locken konnte. Sie steckte die Fotos wieder ein und zündete sich eine Zigarette an.
»Darf ich fragen, was Sie beruflich machen?«
Auf diese Frage hin lächelte Lewell geradezu süffisant und selbstherrlich. »Sagen wir es so, ich berate Menschen in den verschiedensten Lebenslagen. Zu mir kommen sehr viele, die nicht mehr weiterwissen, die das Gefühl haben, ihnen würde der Boden unter den Füßen weggezogen. Ich helfe, dass sie nicht völlig den Halt verlieren.«
Durant reagierte gelassen auf die unübersehbare Körpersprache und die provokativ zur Schau gestellte Arroganz von Lewell. Sie hatte schon zu oft mit ähnlichen Leuten zu tun gehabt und ließ sich durch so etwas nicht mehr aus der Ruhe bringen. »Dann sind Sie also Psychologe?«
Lewell entspannte sich, sein Gesicht nahm einen ernsteren Ausdruck an. »Die Psychologie ist ein Teilgebiet meiner Arbeit, das ist richtig. Leider wird aber die Psychologie heutzutage noch immer zu sehr auf einen Freud oder Jung reduziert. Inzwischen ist vielen klar geworden, auch renommierten

Psychologen und Analytikern, dass man durchaus auch andere Komponenten in eine psychologische oder Lebensberatung mit einbeziehen kann. Es ist leider so, aber alles, was sich nicht mit den fünf Sinnen erklären lässt, wird häufig belächelt. Dazu zählen auch alle esoterischen Bereiche. Es gibt sehr vieles, was wir nicht erklären können, was aber dennoch eine Macht darstellt, die wir nur nutzen müssen oder zumindest sollten.«

»Diese esoterischen Bereiche – handelt es sich dabei um Astrologie oder Kartenlegen oder Handlesen?«

»Wenn Sie es genau wissen wollen, ich bin Astro-Psychologe. Allerdings beschäftige ich mich auch mit parapsychologischen Phänomenen. Die Astrologie ist nur ein Teilbereich meiner Arbeit. Und um Ihre nächste Frage vorwegzunehmen – meine Klientel besteht zum größten Teil aus sehr bedeutenden Persönlichkeiten sowohl aus dem kulturellen Leben als auch der Wirtschaft und Politik. Selbst einige bekannte Sportler, unter anderem von Eintracht Frankfurt oder den Frankfurt Lions, kommen zu mir, um sich beraten zu lassen.« Er machte eine Pause, stopfte seine Pfeife nach, ließ das Feuerzeug aufflammen und zog ein paar Mal am Mundstück, bis wieder genügend Rauch entstand.

»Sie erstellen aber auch Horoskope, wenn ich Sie richtig verstehe?«

»Ich dachte, das hätte ich schon gesagt.«

»Und eine der eben genannten Damen hat sich nicht zufällig einmal ein Horoskop von Ihnen erstellen lassen?«

»Nur Vera Koslowski. Es mag natürlich sein, dass auch eine der anderen Damen bei mir war, doch ich kann mir beim besten Willen nicht jedes Gesicht und jeden Namen merken. Ich habe zwar eine Stammklientel, aber natürlich auch sehr viele, die nur einmal kommen und dann nie wieder. Warum fragen Sie?«

»Führen Sie nicht Buch über Ihre Klienten?«, wollte Durant wissen, den Blick unverwandt auf Lewell gerichtet, der ihm nicht mehr standzuhalten vermochte.
»Nur von meiner Stammklientel«, antwortete er schnell, eine Spur zu schnell für Durant, die sich in ihrer Annahme erneut bestätigt fühlte, dass Lewell log oder zumindest etwas zu verbergen hatte. »Wer bloß einmal kommt und sich nicht innerhalb eines halben Jahres wieder meldet, den streiche ich aus meiner Kartei. Solche Personen machen einen Termin, bezahlen und gehen wieder. Und falls es Sie interessiert, ich habe vor dem Finanzamt nichts zu verbergen. Meine Steuererklärungen sind einwandfrei. Und noch etwas, selbst wenn ich Buch führen würde, ich würde es Ihnen nicht zeigen, weil ich offiziell als Psychologe eingetragen bin und damit einer Schweigepflicht unterliege. Genügt Ihnen das?«
»Sie müssen aber doch wissen, wer zu Ihrer Stammklientel gehört, oder?«
»Das weiß ich auch. Die Namen habe ich alle hier«, antwortete er und deutete auf seinen Computer.
»Sagen Sie, was kostet eigentlich eine Stunde bei Ihnen?«, fragte Hellmer, der Lewell die ganze Zeit über genau beobachtet hatte.
»Es kommt darauf an, welche Leistung Sie in Anspruch nehmen wollen.«
»Ein Horoskop, zum Beispiel.«
»Zwischen zweihundertfünfzig und vierhundert Mark. Es hängt vom Umfang ab. Psychologische Beratung wird extra berechnet. Habe ich damit alle Ihre Fragen zufrieden stellend beantwortet?«
»Nein, das haben Sie meiner Meinung nach nicht«, sagte Hellmer. »Und ich bin sicher, wir werden uns noch einmal wiedersehen. Da fällt mir gerade ein, kennen Sie einen Professor Richter?«

Lewell zuckte gelangweilt die Schultern. »Er ist ein Bekannter von mir. Warum?«
»Nur so. Dann wollen wir Sie nicht länger stören, Herr Lewell. Sollte Ihnen aber doch noch einfallen, ob Sie die eine oder andere Dame kennen, dann lassen Sie uns das einfach wissen. Hier ist meine Karte.«
»Sie werden vergeblich auf meinen Anruf warten«, sagte Lewell mit einem herablassendem Lächeln, so verdammt herablassend, dass Hellmer ihm am liebsten eine reingehauen hätte. »Sie finden sicher allein hinaus. Ich erwarte gleich meinen nächsten Klienten und muss noch ein wenig Ordnung machen. Auf Wiedersehen.«
»Wir werden uns bestimmt wiedersehen, Herr Lewell«, entgegnete Durant und schaute ihn ein letztes Mal mit durchdringendem Blick an.
Er sah ihnen nach, ging ans Fenster, wartete, bis die Beamten weggefahren waren, nahm den Telefonhörer in die Hand und wählte eine Nummer.
»Hör zu, ich muss dich sprechen, und zwar heute noch.«
»Eigentlich passt es mir heute überhaupt nicht in den Kram. Um was geht's denn?«
»Ich hab ein verdammtes Problem, und ich weiß nicht, wie ich da rauskommen soll. Nur für eine halbe Stunde.«
»Ich bin wirklich unter argem Zeitdruck. Kannst du mir nicht wenigstens einen Anhaltspunkt geben?«
»Nicht am Telefon. Ich brauch nur deinen Rat.«
»Warte einen Moment, ich ruf dich gleich zurück.«
Lewell hielt den Hörer noch einen Augenblick in der Hand, und ein böses Grinsen zog sich über sein Gesicht. Er legte auf, schenkte sich einen Wodka ein und dachte nach. Du kommst, dachte er und trank aus. Und wenn nicht, dann mach ich dich fertig.
Das Telefon klingelte, kaum dass er ausgetrunken hatte.

»Ja?«
»Also, ich könnte so gegen sechs bei dir sein. Aber wirklich nur für eine halbe Stunde, meine Frau muss heute Abend noch weg.«
»Vielen Dank, du bist ein wahrer Freund«, sagte Lewell mit einem für den anderen nicht sichtbaren maliziösen Lächeln. »Was für ein Glück, dass ich dich habe. Ich wüsste wirklich nicht, an wen ich mich sonst wenden könnte.«
»Geht es etwa um Geld?«
»Quatsch, davon hab ich mehr als genug. Nein, komm her und lass uns über alles reden. Wie gesagt, ich brauch nur deinen Rat. Bis nachher und danke noch mal.«
Lewell legte auf, ohne eine Entgegnung abzuwarten. Erst grinste er, dann wurde sein Blick kalt, er wischte mit einer Hand wütend über den Schreibtisch, Papiere flogen auf den Boden. In ihm brodelte ein Vulkan, der kurz vor dem Ausbruch stand. Er schenkte sich noch einen Wodka ein und trank das Glas in einem Zug leer. »Verdammte Bullen!«, zischte er. »Euch werd ich's noch zeigen! Und wenn du mir nicht die Wahrheit sagst, bist du dran, das schwör ich dir!«

Mittwoch, 15.10 Uhr

»Dieser Kerl gehört zu jenen Typen, die mich einfach nur ankotzen«, sagte Hellmer, als sie von Kronberg zurück nach Frankfurt fuhren. »Und wie kann Lewell behaupten, er würde die Weidmann nicht kennen, wenn Kleiber und van Dyck uns erzählen, sie auf einem Empfang von Lewell oder Maibaum zumindest gesehen zu haben? Hier stimmt was nicht. Ich will, dass er überprüft wird.«
»Genau das Gleiche hatte ich auch vor. Hast du seine Körpersprache beobachtet?«, fragte die Kommissarin. »Er hat uns

angelogen, ohne rot zu werden, aber er hat sich durch seinen Körper verraten. Und jetzt möchte ich wissen, wer er wirklich ist.« Sie griff zum Telefon und rief im Präsidium an.
»Hier Durant. Wir kommen gerade von Konrad Lewell, und wir sind beide überzeugt, dass er nicht ganz sauber ist und überprüft werden sollte. Es sollen sich gleich mal zwei Kollegen um seine Vergangenheit kümmern, ob er vorbestraft ist und so weiter. Außerdem schlage ich vor, sein Haus in den nächsten Tagen unauffällig zu observieren.«
»Haben Sie einen begründeten Verdacht?«, fragte Berger.
»Er behauptet, außer der Kassner und der Koslowski keine der anderen Frauen zu kennen, obgleich wir von van Dyck und Kleiber wissen, dass sie der Weidmann bei Lewell beziehungsweise Maibaum begegnet sind. Außerdem spricht diesmal mein Bauch eine eindeutige Sprache.«
»Seine Vergangenheit lasse ich überprüfen. Mit der Observierung müssen wir vorsichtig sein, solange kein dringender Verdacht gegen ihn vorliegt. Oder gibt es irgendwelche Anzeichen, dass er mit den Morden etwas zu tun haben könnte?«
»Nein, bis jetzt jedenfalls nicht. Trotzdem sind Hellmer und ich überzeugt, dass er uns eine ganze Menge verschweigt. Und ich will wissen, was das ist. Ich muss jetzt Schluss machen, mein Handy klingelt.«
Durant holt das Handy aus der Tasche und meldete sich.
»Hier Gonzalez. Ich habe die Daten in meinen Computer eingegeben und ausgewertet. Also, ich muss schon sagen, es ist interessant, was ich da zu lesen bekommen habe. Der Mörder hat es nämlich nicht nur auf Skorpione abgesehen, sie müssen auch noch einen entsprechenden Aszendenten haben – nämlich Löwe.«
»Moment, heißt das, alle Opfer waren Skorpion mit Aszendent Löwe?«
»Genau das.«

»Frau Gonzalez, wäre es Ihnen möglich, heute so gegen achtzehn Uhr ins Präsidium zu kommen?«
»Ich könnte so um Viertel nach sechs, halb sieben bei Ihnen sein. Reicht das auch noch?«
»Selbstverständlich, und bringen Sie bitte die Unterlagen mit. Dann bis nachher.«
Julia Durant steckte das Handy wieder in ihre Tasche und sah Hellmer an. »Hast du das mitgekriegt?«
»Allerdings. Ein ziemlich wählerischer Zeitgenosse …«
»Es gibt zwölf Sternzeichen und zwölf mögliche Aszendenten. Aber er sucht sich ausschließlich ein Sternzeichen mit immer demselben Aszendenten heraus. Skorpion und Löwe. Ich bin echt mal gespannt auf nachher. Und ich sollte vielleicht Richter noch schnell Bescheid sagen, dass die Opfer nicht nur unter demselben Sternzeichen geboren sind, sondern auch noch diesen speziellen Aszendenten haben müssen. Möglicherweise hilft ihm das ja zusätzlich beim Täterprofil.« Sie rief ihn an, er war gerade in einer Sitzung. Sie machte es kurz, teilte ihm lediglich diesen zusätzlichen Aspekt mit.
»Und jetzt zu Maibaum?«, fragte Hellmer.
Julia Durant sah auf die Uhr und nickte. »Zu Maibaum.«

Mittwoch, 15.00 Uhr

Maria van Dyck – sie war heute Richters einzige Patientin, alle anderen Termine hatte er abgesagt. Er war müde und erschöpft, hatte Kopfschmerzen, und seit dem Mittag kam eine leichte Übelkeit hinzu. Er kannte die Ursache – Claudia van Dyck. Und er wusste nicht, wie er sie aus seinem Leben verbannen konnte.
Susanne war nicht nach Hause gekommen, und er fragte sich

nicht einmal, in welchem Bett sie die vergangene Nacht wohl verbracht hatte. Gegen dreizehn Uhr hatte das Telefon geklingelt, doch weil er in seine Arbeit vertieft war, hatte er gewartet, bis der Anrufbeantworter sich einschaltete. Es war Susanne, die eine Nachricht hinterließ. Sie mache mit ihrer Freundin Isabell noch einen Bummel durch Wiesbaden und sei gegen Abend zu Hause. Er kannte diese Isabell nicht, hatte sie nie kennen gelernt, hatte weder eine Telefonnummer noch eine Adresse von ihr, und vermutlich existierte diese Freundin auch gar nicht. Aber das interessierte ihn nicht.

Und jetzt stand Maria vor ihm. Sie wirkte aufgekratzt und gut gelaunt wie lange nicht mehr, und Richter fragte sich, was der Grund dafür sein mochte.

»Wie war dein Tag gestern?«, erkundigte er sich, nachdem sie sich gesetzt hatte.

»Gut. Es ist zwar merkwürdig, aber ich glaube, ich habe mich schneller als erwartet von dem Schock erholt. Und ich habe mit meinem Vater gesprochen. Sie hatten ihn ja schon ein wenig darauf vorbereitet, aber ich habe es mir überlegt, ich werde zu Hause wohnen bleiben. Ich will mich dieser Situation stellen.«

»Das willst du tatsächlich tun?«

»Ja. Ich bin fest überzeugt, nur dann meine Probleme in den Griff zu bekommen. Jetzt, da ich weiß, was passiert ist, kann ich klarer denken. Ich werde vorläufig noch zu Hause bleiben.«

»Und was sagt dein Vater dazu?«

»Er hätte es akzeptiert, wenn ich ausgezogen wäre. Allerdings wollte er wissen, warum ich mit dem Gedanken gespielt habe. Ich habe ihm natürlich nicht den wahren Grund genannt, ich glaube, er hätte meine Mutter umgebracht.«

Richter lächelte. »Na ja, als ich gestern mit deinem Vater

telefoniert habe, habe ich ihn jedenfalls schon mal schonend darauf vorbereitet. Und ich war sehr vorsichtig in der Wahl meiner Worte …«

Plötzlich wechselte Maria van Dyck das Thema, sie wurde ernst. »Gestern Mittag war doch die Polizei bei Ihnen, ein Mann und eine Frau. Sie sind mir begegnet, als ich gegangen bin. Sie waren gestern Nachmittag auch bei meinem Vater.«

»Und was wollten sie von ihm?«

»Es ist eine Frau umgebracht worden, die er sehr gut kannte. Ich hab sie auch mal kennen gelernt. Komisch, er hatte gar keine Angst davor, dass ich meiner Mutter etwas davon sagen könnte. Dabei weiß ich, dass er was mit ihr hatte.«

»So, das weißt du?«, fragte Richter erstaunt. »Kann es nicht auch nur eine gute Bekannte gewesen sein?«

»Nein.« Maria van Dyck schüttelte lächelnd den Kopf. »Sie war nicht nur eine Bekannte. Nicht, wie die beiden sich angesehen haben.«

»Und wie stehst du der Sache gegenüber?«

»Es ist sein Leben. Außerdem haben sich meine Eltern schon seit Jahren nichts mehr zu sagen. Also, was soll's.«

»Liebst du deswegen deinen Vater weniger?«

»Nein, warum? Er ist mein Vater und … Von meiner Mutter weiß ich, dass sie auch diverse Liebhaber hat. Es interessiert mich aber nicht.«

Richter zuckte kaum merklich zusammen. Diverse Liebhaber? Ihm hatte Claudia van Dyck immer gesagt, er sei der Einzige neben ihrem Mann. Und jetzt sprach Maria von mehreren Affären, die ihre Mutter pflegte. Sie wurde immer unergründlicher für ihn. Wer waren die anderen? Kannte er sie vielleicht sogar? Kleiber, Lewell, Maibaum, es kamen so viele in Frage, wobei er Kleiber eigentlich ausschloss. Der hatte es sicher nicht nötig, bei einer solchen Frau, die er zu Hause hatte, etwas mit Claudia van Dyck anzufangen.

»Was wollen wir heute machen?«, fragte Richter, der bestrebt war, das Thema so schnell wie möglich zu wechseln.
»Eigentlich will ich gar nichts machen. Ich möchte im Moment nicht über meine Vergangenheit nachdenken. Mir ist gestern Abend noch so viel eingefallen, so viele Erinnerungen sind zurückgekommen, dass ich jetzt weiß, dass bald alles vorüber ist. Ich weiß, die Dämonen werden verschwinden. Ich werde sie einfach verjagen.« Sie lächelte bei den letzten Worten geradezu bezaubernd, ihre smaragdgrünen Augen leuchteten wie selten zuvor.
»Ich habe gestern übrigens das erste Mal seit acht Jahren wieder gebadet. Können Sie sich das vorstellen? Ich hatte keine Angst mehr vor dem Wasser. Ich bin ins Bad, habe die Tür abgeschlossen und mir Wasser einlaufen lassen. Ich bin mindestens eine Stunde dringeblieben. Ich war ja auch allein zu Hause, meine Mutter war mal wieder weg, hat sich wahrscheinlich mit einem ihrer Liebhaber vergnügt, und mein Vater hat sich mit einem Freund getroffen. Es war einfach herrlich. Es ist, als ob eine Zentnerlast von mir abgefallen wäre. Können Sie sich das vorstellen? Ich habe keine Angst mehr vor Wasser!«
»Das freut mich. Wirklich. Dennoch werden wir um eine Therapie nicht herumkommen. Die meisten Patienten, die in ihrer Kindheit und Jugend derart schwerwiegende traumatische Erlebnisse hatten und sie so weit ins Unterbewusstsein verdrängt haben, dass sie sich über einen so langen Zeitraum praktisch nicht mehr daran erinnern können, fühlen sich, kurz nachdem die Erinnerung zurückgekehrt ist, oftmals entweder sehr schlecht oder tatsächlich wie befreit. Fakt ist aber auch, dass dieses Gefühl des Befreitseins in der Regel nur von kurzer Dauer ist. Wir müssen noch weiter miteinander arbeiten, es geht darum, alles in eine richtige Ordnung zu bringen. Verstehst du, was ich meine?«

»Ich denke schon. Sie meinen, ich bin noch nicht vollständig geheilt. Es hätte mich auch gewundert, wenn das so schnell gehen würde.«
»Genau. Es geht nicht so schnell, wie man hofft. Aber was jetzt kommt, ist nur noch eine Aufarbeitung und, wie du so schön gesagt hast, wir werden gemeinsam die Dämonen verjagen. Deine Psyche war über so viele Jahre hinweg einer derart großen Belastung ausgesetzt, dass es jetzt erst einmal wichtig ist, die Vergangenheit aufzuarbeiten, und zwar in allen Einzelheiten, und dann Schritte einzuleiten, dieses Erlebte als einen Bestandteil deines Lebens zu betrachten, damit du allmählich zur Ruhe kommst. Und wichtig ist auch, dass du dich auf die Gegenwart konzentrierst. Du wirst sehen, noch fünf oder sechs Hypnosesitzungen und anschließend eine entsprechende Gesprächstherapie werden dich endgültig frei machen …«
Das Telefon läutete, Richter nahm ab. Es war Durant, die ihm kurz etwas durchgab, das für das Täterprofil von Bedeutung sein konnte. Er notierte es, steckte den Zettel zu seinen anderen Unterlagen. Dann wandte er sich wieder Maria van Dyck zu, die sich erhoben hatte.
»Professor Richter, seien Sie mir nicht böse, aber ich wollte nur kurz vorbeischauen und Ihnen sagen, dass es mir im Augenblick so gut wie seit Jahren nicht geht. Ich möchte heute einfach zu meiner Freundin fahren und nichts tun außer reden, reden, reden. Aber wir können gerne einen neuen Termin ausmachen.«
Richter lächelte verständnisvoll nickend und nahm seinen Terminplaner. »Wir haben heute Mittwoch. Ginge es am Montag um zwei?«
»Natürlich.«
»Warte, ich schreibe es dir auf. Und solltest du dich plötzlich schlecht fühlen, dann ruf mich sofort an. Und vergiss nicht,

deine Tabletten zu nehmen, du wirst sie noch eine Weile brauchen.«

»Ich werde es nicht vergessen. Und nochmals vielen Dank für Ihre Hilfe. Tschüss und bis Montag.«

Richter blieb hinter seinem Schreibtisch sitzen, lehnte sich zurück und drehte sich mit dem Stuhl, um aus dem Fenster schauen zu können. Die Kopfschmerzen und die Übelkeit plagten ihn, die Erstellung des Täterprofils gestaltete sich schwieriger als erwartet, und dazu kam obendrein die Sache mit Claudia van Dyck.

Es lag noch ein langer Tag und wahrscheinlich eine noch viel längere Nacht vor ihm. Er sah die Bilder der ermordeten Frauen vor sich, von denen er drei persönlich gekannt hatte. Er erinnerte sich an Ilona Weidmann, die damals, kurz nach dem Tod ihrer Tochter, bei ihm war und sich ihren ganzen Kummer und all den Frust von der Seele geredet hatte. Aber sie war erstaunlich schnell aus ihrem Tief herausgekommen und hatte es geschafft, loszulassen. Sie hatte begriffen, dass der sinnlose Tod von Carola nicht rückgängig gemacht werden konnte. Er hatte eine Ahnung, aber noch keine konkrete Vorstellung, welche Persönlichkeit dem Täter innewohnte und was ihn zu seinen Handlungen trieb.

Das Einzige, das er bis jetzt mit Sicherheit zu glauben wusste, war, dass demjenigen von einer Skorpionfrau mit Aszendent Löwe etwas Schreckliches zugefügt worden sein musste.

Vor seinem Fenster war ein Dompfaff auf der Terrasse, das ihn keck anzublicken schien, und so plötzlich es gekommen war, so plötzlich war es wieder verschwunden. Er zwang sich zur Ruhe, befahl sich, nicht an Claudia van Dyck zu denken. Aber er war sich bewusst, in welch prekärer Position er sich befand – sie hielt alle Trümpfe in der Hand, sie konnte ihn zerstören, ohne selbst einen Kratzer davonzutragen. Und doch musste und würde er einen Weg finden, sie aus seinem Leben zu streichen. Es wurde ohnehin Zeit für ihn, etwas kürzer zu treten. Er stand auf, holte ein Glas und die Flasche Cognac und stellte beides auf den Tisch, zündete sich eine Zigarette an, inhalierte, behielt den Rauch lange in den Lungen, bevor er ihn durch die Nase wieder ausstieß. Dann schenkte er das Glas halb voll und schüttete den Inhalt in einem Zug hinunter. Kurz darauf fühlte er sich ein wenig besser.

Mittwoch, 16.05 Uhr

Vor dem Haus von Maibaum.
Er wohnte in der besten Gegend von Bockenheim, nur einen Katzensprung von der Uni entfernt. Zwei Autos standen vor der Garage, ein blauer Mercedes und ein roter Opel Astra. Gerade als sie aussteigen wollten, meldete sich Berger.
»Frau Randow hat eben angerufen. Ihr ist das mit dem Astrologen nicht mehr aus dem Kopf gegangen, und ihr ist tatsächlich der Name eingefallen. Und jetzt raten Sie mal, wer das ist?«
»Lewell?«, fragte Durant wenig überrascht.
»Bingo. Genau der. Und seine Überprüfung hat bereits etwas Erstaunliches zu Tage gefördert. Er hat ein Jahr wegen mehrfacher Vergewaltigung einer jungen Frau gesessen.«
»Wann war das?«
»Vor dreizehn Jahren, 1986.«
»Das ist eine lange Zeit.«
»Egal, wir holen ihn uns …«
»Nein, noch nicht. Warten Sie noch damit. Wenn er der Albertz ein Horoskop erstellt hat, bedeutet das noch längst nicht, dass er auch ihr Mörder ist. Und sollte sie nur einmal bei ihm gewesen sein … Wenn er allerdings auch die andern

kannte, dann schlagen wir zu. Aber Beweise haben wir dann immer noch nicht. Der Täter hat keine Spuren hinterlassen. Wir müssen ihn in Sicherheit wiegen. Er muss denken, wir hätten nichts gegen ihn in der Hand.«

»Wo sind Sie jetzt gerade?«

»Wir stehen vor Maibaums Haus. Wir werden ihm ein paar Fragen stellen und danach ins Präsidium kommen. Und ich möchte gleich noch hinzufügen, dass der Abend wahrscheinlich etwas länger wird, weil Frau Gonzalez mit den Horoskopen der Opfer vorbeikommt. Kullmer, Güttler und Wilhelm sollen bitte auch dabei sein.«

»Ich sag Bescheid.«

Maibaum selbst öffnete den Beamten die Tür. Er war ein mittelgroßer, hagerer Mann mit einer Nickelbrille auf der Nase. Außer an den Seiten hatte er keine Haare mehr, Durant schätzte sein Alter auf Anfang bis Mitte fünfzig. Er trug einen Anzug, ein weißes Hemd mit Krawatte und italienische Schuhe. Durant hielt ihm ihren Ausweis vor die Nase.

»Durant, Kriminalpolizei. Das ist mein Kollege, Herr Hellmer. Dr. Maibaum?«

»Ja, bitte?«, fragte er mit ungewöhnlich tiefer, sonorer Stimme, die in herbem Widerspruch zu seiner hageren Gestalt stand. Er wirkte aber nicht unfreundlich, eher verhalten und misstrauisch.

»Dürfen wir eintreten?«, fragte die Kommissarin.

»Wenn Sie mir freundlicherweise verraten würden, was Sie von mir wollen?«

»Wir haben nur ein paar Fragen. Und wenn möglich, würden wir uns gerne mit Ihnen allein unterhalten.«

»Ich wüsste nicht, was die Polizei von mir wollen könnte. Aber bitte, kommen Sie rein. Am besten gehen wir in mein Arbeitszimmer, dort sind wir ungestört.« Er ging vor ihnen den Flur entlang in ein großes, mit dunklen, schweren Mö-

beln eingerichtetes Zimmer, das aussah, als hätte es schon seinem Großvater gehört. Der größte Teil des Inventars bestand aus Büchern, ein wuchtiger Schreibtisch stand schräg in der Mitte des Raums, drei Sessel waren um einen kleinen Tisch platziert.
Maibaum bot den Kommissaren keinen Platz an. Er musterte die Beamten eingehend, während er sich hinter seinen Schreibtisch verkroch.
»Dürfen wir uns setzen?«, fragte Hellmer.
»Bitte«, erwiderte Maibaum und deutete auf die Sessel.
»Dr. Maibaum, Sie sind Dekan an der Uni Frankfurt?«
»Gratuliere, dass Sie das herausgefunden haben. Es hat Sie aber sicherlich nicht viel Mühe gekostet, oder?«, sagte er mit ironischem Unterton, wobei seine Augen kurz aufblitzten.
Julia Durant ging nicht darauf ein, sondern stellte gleich ihre nächste Frage.
»Wir ermitteln gerade in einer Reihe von Mordfällen, von denen eines der Opfer eine gewisse Judith Kassner ist. Sagt Ihnen der Name etwas?«
Maibaum schaute über den Rand seiner Brille hinweg Durant an und zuckte die Schultern. »Sollte er?«
»Wir haben zumindest Ihre Telefonnummer bei ihr gefunden. Und wir wissen inzwischen auch, dass Frau Kassner nicht nur Studentin, sondern auch Gast bei diversen Empfängen war, die Sie veranstaltet haben.«
Maibaum, der mit einem Mal wie erstarrt hinter seinem Schreibtisch hockte, verzog keine Miene. Er blinzelte nur ein paar Mal, bevor er mit einer Spur Verlegenheit antwortete: »Ja, ich kenne Frau Kassner. Oder ich sollte jetzt wohl besser sagen, ich kannte sie.«
»Und wie gut kannten Sie sie?«
»Stehe ich etwa im Verdacht, etwas mit diesem Mord zu tun zu haben?«

»Ich habe Sie lediglich gefragt, wie gut Sie Frau Kassner gekannt haben. Und darauf hätte ich gerne eine Antwort.«
»Ich habe sie gekannt, das muss Ihnen genügen. Mehr Auskünfte gebe ich nicht.«
»Wie Sie wollen. Wir können Sie aber auch aufs Präsidium vorladen, wo eine Befragung in der Regel recht unangenehm werden kann. Und das ist doch sicher nicht in Ihrem Interesse, oder?«
Maibaum lächelte plötzlich und sagte kopfschüttelnd: »Nein, das muss nun wirklich nicht sein. Also gut, Frau Kassner war dann und wann bei uns, wenn wir eine Feier gegeben haben. Dagegen ist doch nichts einzuwenden, oder?«
»Das nicht. Aber die Angelegenheit ist etwas delikaterer Natur. Wir haben Ihre Telefonnummer nämlich in einem Verzeichnis gefunden, in dem nur Männer aufgeführt sind, und zwar sämtliche Freier von Frau Kassner, die neben ihrem Studium auch noch als Prostituierte gearbeitet hat. Was sagen Sie jetzt?«
Maibaum wurde mit einem Mal nervös, das eben noch jungenhafte Lächeln verschwand schlagartig und machte einem eher betrübten Gesichtsausdruck Platz. Er erwiderte nichts.
»Waren Sie Kunde von ihr?«, fragte Durant, diesmal etwas schärfer.
»Ja und nein«, antwortete Maibaum, der unruhig auf seinem Sessel hin und her rutschte. »Auf der einen Seite war ich sicher so etwas wie ein Kunde, auf der andern Seite auch wieder nicht.«
»Dr. Maibaum, lassen Sie uns nicht um den heißen Brei herumreden. Wir haben auch keine Lust, unsere Zeit mit langweiligen Spielchen zu vertun. Haben Sie mit Frau Kassner sexuell verkehrt?«
»Nein. Ich war Kunde, das gebe ich zu, aber ich war kein

Freier, wie es so schön heißt. Auch wenn ich wünschte, einer gewesen zu sein …«
»Augenblick, Sie waren Kunde, aber kein Freier? Wie soll ich das verstehen? Wollte sie nicht …?«
Maibaum sah Julia Durant an, ließ einen Moment verstreichen, bevor er sagte: »Frau Kommissarin, dürfte ich vielleicht mit Ihrem Kollegen unter vier Augen sprechen?«
»Von mir aus. Kann ich mich solange woanders aufhalten?«
»Sie können im Wohnzimmer Platz nehmen und meiner Frau Gesellschaft leisten. Das, was ich zu sagen habe, wird nur kurz dauern. Aber tun Sie mir einen Gefallen, sprechen Sie nicht mit meiner Frau über diese leidige Sache, ich meine, dass ich Frau Kassner näher als nur von der Uni oder irgendwelchen Feiern kannte.«
Julia Durant erhob sich, reichte Hellmer den Umschlag mit den Fotos, nickte ihm zu und verließ das Zimmer.
»Herr Hellmer, es gibt einen Grund, weshalb ich von Mann zu Mann mit Ihnen sprechen möchte.« Maibaum beugte sich nach vorn, die Arme aufgestützt, die Hände angelegt, mit den Fingerspitzen seine Nase berührend. Er schloss die Augen, als würde er nach den passenden Worten suchen. Nachdem er sie gefunden hatte, sagte er: »Es gibt bestimmte Dinge, die gehen eine Frau nichts an. Mir ist es egal, ob Sie es Ihrer Kollegin nachher erzählen, ich bin dann zum Glück nicht mehr dabei. Es ist richtig, dass ich Frau Kassner dann und wann besucht habe. Es ist jedoch nie zu einem sexuellen Kontakt gekommen …« Er hielt inne, als würde er auch seine nächsten Worte sorgfältig abwägen.
Hellmer fragte: »Und warum nicht?«
»Weil ich impotent bin.« Er sah Hellmer direkt an, wirkte auf einmal unendlich traurig, seufzte auf und lehnte sich zurück. Er betrachtete seine Hände, als er fortfuhr: »Ich bin kein Mann mehr und werde es wahrscheinlich auch nie mehr sein.

Seit fünf Jahren kann ich mit keiner Frau mehr schlafen. Die Ursache dafür vermochte bis jetzt keiner herauszufinden, jeder sagt immer nur, das spiele sich in meinem Kopf ab, aber sosehr ich mich auch bemühe … ich kriege einfach keinen mehr hoch, so traurig das auch ist. Selbst bei einem Rasseweib wie Judith Kassner. Und Sie können sich gar nicht vorstellen, wie sehr meine Frau darunter leidet, von mir ganz zu schweigen. Ich werde tagtäglich an der Uni mit wunderhübschen Frauen konfrontiert, aber da unten, da rührt sich gar nichts mehr. Tote Hose, wie man so schön sagt.« Er schaute zu Boden, seine Mundwinkel zuckten. »Physisch sei bei mir alles in Ordnung, sagen die Ärzte; solange ich morgens nach dem Aufwachen eine Erektion habe, könne ein physischer Defekt ausgeschlossen werden, aber im psychischen Bereich würde etwas nicht stimmen. Und die Ärzte werden wohl Recht haben, denn meine Frau und ich, wir haben es einige Male morgens probiert, doch jedes Mal ist *er* gleich wieder in sich zusammengefallen.«

»Und wieso sind Sie dann trotzdem zu Frau Kassner gegangen?«

»Weil sie mir, im Gegensatz zu fast allen anderen Frauen, Achtung, Respekt und Mitgefühl entgegenbrachte. Das hat sie ausgezeichnet. Sie hat mich nicht ausgelacht wie schon so einige vor ihr, sie hat mich trotz allem als Mann gesehen. Außer ihr gibt es nur noch einen Menschen, der mich als Mann sieht, meine Frau.« Er schüttelte den Kopf, seine Augen wurden glasig, er kämpfte mit den Tränen. »Sie werden meine Frau sicher gleich kennen lernen, sie ist jung, sie ist attraktiv, und sie könnte an jedem Finger zehn Männer haben. Stattdessen hat sie nur mich, einen impotenten Krüppel. Und trotzdem hat sie mich noch nicht verlassen, obwohl ich … Lassen wir das, es tut nichts zur Sache.« Er kaute auf seiner Unterlippe, machte einen verzweifelten Eindruck. »Aber auch wenn sie an jedem Finger zehn Männer haben könnte, so will sie partout bei mir bleiben, sagt, wir schaffen es auch ohne Sex. Ich weiß zwar, dass sie sich ihre körperliche Befriedigung woanders holt, aber das ist ein Zugeständnis, das ich ihr einfach machen muss.«

»Wie alt ist Ihre Frau?«

»Achtunddreißig. Aber sie schaut jünger aus. Keiner, der sie sieht, würde glauben, sie wäre älter als Anfang dreißig. Es liegt in ihrer Familie. Ich bin siebenundvierzig, sehe aber aus wie sechzig …«

»Nein, Dr. Maibaum, das stimmt nicht«, sagte Hellmer, der Maibaum auf höchstens fünfzig geschätzt hätte. »Aber eines interessiert mich doch noch. Was haben Sie gedacht, als Sie erfuhren, dass Frau Kassner neben ihrem Studium noch als Prostituierte gearbeitet hat? War das nicht ein Schock für Sie?«

»Um ehrlich zu sein, nein. Sie wundern sich bestimmt über diese Antwort, aber ich war nicht schockiert, im Gegenteil, ich hatte die große Hoffnung, bei ihr würde es klappen, würde endlich dieser verdammte Knoten in meinem Kopf platzen. Sie hat es versucht, immer und immer wieder, und dabei ist es auch geblieben. Zuletzt bin ich nur noch zu ihr gegangen, um mit ihr zu reden. Und sie hat zugehört und mich nicht ausgelacht.«

»Und auch dafür haben Sie sie bezahlt?«, fragte Hellmer zweifelnd.

»Hören Sie, Herr Hellmer, Sie können mit Sicherheit nicht nachvollziehen, wie es ist, wenn man kein vollwertiger Mann mehr ist und eine Frau begehrt. Bei mir ist es so. Ich begehre meine Frau, und ich habe Judith Kassner begehrt. Ich habe mir immer und immer wieder vorgestellt, wie schön es sein muss, in sie einzudringen. Aber ein schlapper Schwanz kann das nicht«, fügte er mit einem bitteren Lachen hinzu. »Und ich sage Ihnen, jede Minute, die ich mit Frau Kassner verbracht habe, war ihr Geld wert. Natürlich hätte ich lieber mit ihr geschlafen als nur zu reden. Und nun kann ich nicht einmal mehr mit ihr reden.« Er machte eine Pause, wischte sich die Tränen aus den Augen und schnäuzte sich. »Na ja, auf jeden Fall kennen Sie jetzt mein Problem.«

»Dr. Maibaum, so Leid es mir tut, aber ich muss Ihnen noch ein paar Fragen stellen. Sagt Ihnen der Name Carola Weidmann etwas?«

Er nickte. »Ja, das heißt, ich kenne die Familie Weidmann. Schrecklich, was mit ihrer Tochter passiert ist. Sie sind Freunde des Hauses. Warum erkundigen Sie sich danach?«

»Wer zählt noch zu Ihren Freunden?«, wollte Hellmer wissen, ohne die Frage von Maibaum zu beantworten.

»Freunde!« Er lachte sarkastisch auf. »Ich kenne viele Leute, aber als Freunde würde ich sie nicht bezeichnen. Auch wenn ich eben gesagt habe, die Weidmanns seien Freunde des Hauses, dann heißt das noch längst nicht, dass wir über alles sprechen können. Bekannte ist wohl der bessere Ausdruck. Aber Sie wollen wissen, wer zu unseren so genannten Freunden zählt – Max und Viola Kleiber, Peter van Dyck und seine Frau Claudia, Konrad Lewell, Alfred Richter und seine junge Frau Susanne, Vera Koslowski, Jeannette Liebermann und einige mehr. Warum?«

»Ach, nur so. Übrigens, Frau Koslowski ist heute Nacht ebenfalls ermordet worden …«

»Das gibt's doch nicht!«, entfuhr es Maibaum. »Was ist denn auf einmal in dieser Stadt los?«

»Das versuchen wir gerade herauszufinden. Sagt Ihnen der Name Erika Müller etwas?«

Maibaum überlegte, dann schüttelte er den Kopf. »Nein.«

»Und Juliane Albertz?«

Kopfschütteln.

»Gut, ich zeige Ihnen jetzt ein paar Fotos der Frauen. Vielleicht kommt Ihnen das eine oder andere Gesicht ja bekannt vor.«
Hellmer breitete die Fotos auf dem Tisch aus, Maibaum beugte sich nach vorn. Er deutete auf Carola Weidmann und Judith Kassner.
»Das ist Judith, Entschuldigung, Frau Kassner, das ist klar. Und diese junge Dame ist die Tochter der Weidmanns. Aber die andern beiden …« Er zögerte, wiegte den Kopf hin und her, betrachtete die Aufnahmen eingehend. Schließlich sagte er, auf das Foto von Juliane Albertz deutend: »Es könnte sein, dass ich sie schon einmal gesehen habe, aber fragen Sie mich um Himmels willen nicht, wo. Ich kann mich natürlich auch irren. Mir begegnen tagtäglich so viele Gesichter, und sich dann auch noch bei diesen Empfängen jedes Gesicht zu merken ist fast unmöglich. Manche sieht man nur einmal, manche auch öfter, aber selbst von denen könnte ich die meisten keinem Namen zuordnen.«
»Trotzdem, wenn Sie sie kennen würden, könnte es dann auf einem Ihrer Feste gewesen sein, dass Sie sie gesehen haben?«, fragte Hellmer.
Maibaum seufzte auf. »Durchaus. Wenn sie in Begleitung eines Herrn oder einer geladenen Dame gekommen ist. Aber ich vermag es wirklich nicht mit Sicherheit zu beantworten. Bevor ich etwas Falsches sage, würde ich eher dahin tendieren, dass ich sie nicht kenne. Ich schlage Ihnen jedoch vor, diese Fotos einmal meiner Frau zu zeigen. Sie hat ein geradezu phänomenales Gedächtnis. Sie vergisst nie ein Gesicht.«
»Weiß Ihre Frau von Judith Kassner?«
»Gott bewahre, nein! Wenn ich es bei ihr schon nicht schaffe, einen hochzukriegen, dann wäre es die Demütigung schlechthin für sie, wenn es bei einer andern klappen würde.

Sie darf es niemals erfahren. Ich hoffe nur, Ihre Kollegin hat mit ihr nicht darüber gesprochen.«
Hellmer schüttelte den Kopf. »Dafür lege ich meine Hand ins Feuer. Alle Männer, die wir bisher befragt haben, haben ausgesagt, dass ihre Frauen nichts von Frau Kassner wussten. Und solange kein dringender Tatverdacht gegen irgendjemanden besteht, sehen wir auch keine Veranlassung, die Ehefrauen davon zu unterrichten. Sie brauchen sich also keine Sorgen zu machen.«
»Das ist gut. Und wenn Sie ihr die Fotos vorlegen, dann sagen Sie einfach, dass Frau Kassner eine Studentin war und Sie gehört hätten, dass sie ein paar Mal auf einem unserer Feste war. Das weiß meine Frau selbst. Sie war ja nicht nur bei uns zu Gast, sondern auch bei unseren anderen Bekannten, den Kleibers, den van Dycks, bei Richter und Lewell, und … Na ja, sie war eben ein gern gesehener Gast, sie hat dort, wie ich vermute, auch diverse Kontakte geknüpft.«
»Eine Frage habe ich noch. Was können Sie mir über Herrn Lewell sagen?«
»Ich weiß zwar nicht, warum Sie sich gerade über ihn erkundigen, aber ich möchte Sie auch in diesem Fall bitten, meinen Namen aus dem Spiel zu lassen. Ich kenne ihn, ich weiß, was er macht, aber …«
»Aber?«
»Er ist ein komischer Kauz. Auf der einen Seite sehr intelligent und belesen, es gibt kaum etwas, über das man sich nicht mit ihm unterhalten könnte. Er beschäftigt sich mit allen Bereichen, die wir mit unseren fünf Sinnen nicht wahrnehmen können. Er ist ein Allroundgenie im Bereich der Esoterik und der Grenzwissenschaften. Astrologie, Kartenlegen und so weiter. Meine Frau und ich haben bei ihm schon astrologischen Rat eingeholt, wenn Sie verstehen. Ich war zuletzt vor knapp drei Wochen bei ihm. Meine Frau hingegen fährt etwa

einmal in der Woche nach Kronberg, um sich beraten zu lassen.« Er hielt inne, sah Hellmer nachdenklich an und fuhr dann fort: »Nun, das ist die eine Seite von Lewell. Die andere ist eher negativer Natur. Er neigt zu etwas unkontrolliertem Verhalten, zumindest habe ich das einmal mitbekommen, als ich bei ihm war und Zeuge eines Telefonats wurde, in dem er Dinge gesagt hat, die ich in dieser Form von ihm nicht erwartet hatte. Und jemand anders hat mir erzählt, er schrecke in bestimmten Situationen sogar vor körperlicher Gewalt nicht zurück. Aber das weiß ich nur vom Hörensagen, bestätigen kann ich es nicht.«

»Körperliche Gewalt gegen wen? Frauen?«

Wieder zögerte Maibaum. »Ja, aber es ist nur ein Gerücht. Er scheint ein Problem mit Frauen zu haben, oder besser gesagt, er hat ein Problem mit sich selbst, was Frauen betrifft. Nur, um Himmels willen, sagen Sie ihm bloß nicht, dass Sie das von mir haben.«

»Nein, das bleibt selbstverständlich unter uns. Aber bevor wir zu Ihrer Frau und meiner Kollegin gehen, noch eine Frage. Seit wann waren Sie mit Frau Kassner näher bekannt?«

Maibaum überlegte einen Augenblick, bevor er sagte: »Seit August vergangenen Jahres. Es war auf unserer alljährlichen Gartenparty, als ich sie näher kennen lernte. Zu diesem Zeitpunkt wusste ich nichts von ihr, da wusste ich nicht einmal, dass sie Studentin an meiner Uni war. Ich kann nicht jeden Studenten persönlich kennen, das werden Sie verstehen. Tja, damals fing alles an. Und leider war es nur eine Art Freundschaft, die uns verbunden hat. Mehr hätte es auch nie sein dürfen, denn ich wollte meine Frau nie betrügen, das müssen Sie mir glauben. Ich wollte nur sehen, ob ich noch ein Mann bin … Lassen Sie uns zu meiner Frau und Ihrer Kollegin gehen. Vielleicht kann meine Frau Ihnen weiterhelfen.«

Sie erhoben sich, gingen über den Flur auf die andere Seite zum Wohnzimmer. Julia Durant und Carmen Maibaum unterhielten sich leise. Sie blickten auf, als die beiden Männer das Zimmer betraten. Carmen Maibaum sah tatsächlich jünger aus, wie ihr Mann schon gesagt hatte. Sie hatte ein offenes, freundliches Gesicht mit strahlend blauen Augen und trug das volle, rötlich blonde, schulterlange Haar offen.
»Schatz«, sagte Maibaum, während er die Tür hinter sich zumachte, »der Kommissar möchte dir ein paar Bilder zeigen und dich fragen, ob du die Damen kennst. Ich habe ihm gesagt, dass du nie ein Gesicht vergisst und ihm vielleicht weiterhelfen kannst.«
Carmen Maibaum neigte den Kopf ein wenig zur Seite. »Ich habe mich bereits mit Frau Durant unterhalten. Es ist einfach furchtbar zu hören, dass so viele Frauen umgebracht werden. Und dann auch noch eine Studentin. Wir leben wirklich in einer sehr verderbten Welt. Aber lassen Sie mich doch mal einen Blick auf die Fotos werfen.«
Hellmer legte die Fotos auf den Tisch, Carmen Maibaum sah sich die Gesichter genau an, nickte schließlich und sagte: »Die hier kenne ich. Ich habe sie einmal gesehen. Und zwar bei den van Dycks.«
»Sind Sie sicher?«, fragte Durant, die wie elektrisiert war.
»Ja, natürlich. Ich habe mich sogar kurz mit ihr unterhalten. Sie kam in Begleitung eines jungen Mannes … Moment, gleich hab ich's.« Sie fuhr sich mit dem Zeigefinger über die ungeschminkten vollen Lippen und nickte erneut. »Ich glaube, ihr Vorname beginnt mit J … Julia oder Juliane … Sie hat irgendwie verloren in der Ecke gestanden, und da habe ich mich ein paar Minuten mit ihr unterhalten.«
»Juliane Albertz?«
»Genau, Juliane Albertz, so hat sie sich mir vorgestellt. Ist sie auch tot?«

»Frau Albertz wurde vor etwa einem Jahr getötet. Wissen Sie denn auch noch, mit wem sie bei den van Dycks war?«
»Nein, da muss ich passen. Es war ein großes Fest, und ich kenne nicht alle Gäste mit Namen. Wenn Sie mir ein Foto zeigen würden, könnte ich Ihnen sicher sagen, ob derjenige darunter war, aber so …« Sie hob entschuldigend die Schultern.
»Aber es war ein junger Mann?«, fragte Durant.
»Ja. Auf keinen Fall älter als dreißig.«
»Können Sie ihn beschreiben?«
»Etwa einsachtzig, schlank, dunkles, kurzes Haar, blaue oder grüne Augen, so genau habe ich ihn mir nicht angesehen. Er machte auf mich einen durchtrainierten Eindruck, allerdings wirkte er sehr ernst. Ach ja, er hatte einen schmalen Oberlippenbart und trug einen Ohrring, und er hatte auffallend weiße Zähne. Ansonsten kann ich Ihnen nichts zu ihm sagen.«
»Wann war das?«
»Vergangenes Jahr im September oder Oktober.« Sie sah ihren Mann fragend an. »Wann haben die van Dycks dieses Fest gegeben? War es nicht anlässlich der Premierenfeier? Es war doch Ende September, Anfang Oktober, wenn ich mich recht erinnere?«
»Anfang Oktober«, sagte Maibaum und setzte sich zu seiner Frau auf die Couch. »Aber fragen Sie doch die van Dycks selbst. Vielleicht existiert sogar noch eine Gästeliste von damals. Meine Frau war allein dort, ich war verhindert.«
»Das werden wir ganz sicher tun. Haben Sie vielen Dank für Ihre Hilfe. Meine Karte habe ich Ihnen ja schon gegeben, für den Fall, dass Sie sich noch an etwas erinnern sollten. Einen schönen Tag noch.«
Durant und Hellmer gingen schweigend zu ihrem Wagen. Als Hellmer den Motor startete, sagte Durant: »Ich denke,

Lewell wird uns einiges zu erklären haben. Und warum wollte Maibaum mit dir allein sprechen?«

»Der Mann hat Probleme mit seiner Männlichkeit. Wie es aussieht, hat er mit der Kassner tatsächlich nicht geschlafen, weil er nämlich impotent ist.«

»Und das kaufst du ihm ab?«, fragte Durant zweifelnd.

»Warum nicht. So wie er mir das geschildert hat, muss ich ihm glauben. Er sagt, die Kassner sei außer seiner Frau die Einzige gewesen, die ihn noch als Mann respektiert habe. Und über Lewell hat er mir auch noch was erzählt. Zum Beispiel, dass er Probleme mit Frauen hat. Angeblich soll er zur Gewalt neigen. Aber Maibaum sagt, er habe das nur gehört. Trotzdem wird's allmählich eng für Lewell, wenn er auch noch eine Vorstrafe wegen eines Sexualdelikts hat. Und wie war's bei dir?«

»Frau Maibaum? Geht so. Sie ist ein bisschen merkwürdig, ich kann aber nicht genau sagen, was es ist. Bis zu dem Moment, als ihr reingekommen seid, haben wir nur Belanglosigkeiten ausgetauscht. Sie scheint mir sehr zurückhaltend zu sein. So, und jetzt beeil dich, ich muss mir noch ein paar Notizen machen, bevor die Gonzalez kommt.«

Mittwoch, 17.20 Uhr

»Was hat die Hausdurchsuchung bei Müller ergeben?«, fragte Durant, kaum dass sie in Bergers Büro waren.

»Noch nicht abgeschlossen. Die Kollegen werden aber sicher bald zurück sein. Und wie ist es bei Ihnen gelaufen?«

»Maibaum war Kunde bei der Kassner, hat aber nicht mit ihr geschlafen. Er ist impotent. Ansonsten wird immer wieder von denselben Personen gesprochen. Van Dyck, Kleiber und so weiter. Der Einzige, der bisher mauert, ist Lewell.

Aber den klopfen wir auch noch weich. Sonst irgendwas Neues?«
Christine Güttler kam aus Durants Büro, zog sich einen Stuhl heran und sagte: »Also, ich habe mir die Tagebücher der Albertz vorgenommen. Da drin steht unter anderem, dass sie sich von Lewell ein Horoskop hat erstellen lassen, und zwar am 30. Juni 98, knapp vier Monate vor ihrem Tod. Und es gibt einen vagen Hinweis darauf, dass sie unter Umständen mit Lewell ein Verhältnis hatte …«
»Bitte was?«, platzte es aus Durant heraus.
»Na ja, zumindest scheint sie einige Male mit ihm geschlafen zu haben. Sie hat es verschlüsselt, wahrscheinlich, um es vor ihrer Mutter zu verheimlichen. Aber irgendwie hört sich das alles nach Lewell an. Sie hat jedoch die Beziehung beendet, weil dieser Liebhaber wohl handgreiflich ihr gegenüber geworden ist. Und was vielleicht auch noch erwähnenswert wäre, ist, dass sie wenig später jemand anderen kennen gelernt hat. Das war im August 98. Mehr habe ich leider nicht rausgekriegt.«
»Hat sie einen Namen genannt?«
»Nein. Es gibt auch keinen konkreten Hinweis auf irgendjemanden, aber … Sie sollten sich das alles mal selbst anschauen, vielleicht werden Sie schlauer aus ihren Eintragungen. Für mich sind das Hieroglyphen.«
»Später. Wichtig ist, dass wir wissen, dass Lewell uns angelogen hat. Er kannte die Albertz, und ich bin sicher, er kannte auch die Weidmann. Dass er die Koslowski und die Kassner gekannt hat, hat er ja zugegeben.« Julia Durant zündete sich eine Gauloise an und sah auf die Uhr. »Okay, die Gonzalez kommt in einer halben Stunde. Was haben wir bis jetzt an Fakten? Erstens, alle Opfer sind Skorpion mit Aszendent Löwe. Zweitens, bis auf die Müller und die Albertz wissen wir genau, dass die andern Opfer sich in einem bestimmten

Kreis bewegt haben, zu dem unter anderem Kleiber, van Dyck, Maibaum, Lewell, Richter und die Weidmanns gehört haben. Drittens, Lewell hat der Albertz ein Horoskop erstellt und, was wir jedoch noch nicht beweisen können, mit ihr gebumst. Viertens, alle Opfer trugen auffällig exklusive Dessous. Und fünftens … fällt mir im Augenblick nichts mehr ein.«

»Der Täter ist in diesem Personenkreis zu suchen«, erklärte Hellmer lakonisch. »Frau Maibaum hat ausgesagt, die Albertz zu kennen. Sie konnte sich sogar an ihren Vornamen erinnern. Was bedeutet, dass die Albertz doch nicht so kontaktscheu war, wie wir bisher geglaubt haben. Sie war unauffällig, eigentlich zu unauffällig für eine Frau ihres Kalibers. Die hat, meine ich, ihrer Umwelt etwas vorgespielt. Und sollte es sich als wahr erweisen, dass sie mit Lewell was gehabt hat, dann stimmt meine Theorie. Sie war nicht ohne. Und wenn wir bei der Müller ein bisschen tiefer graben, werden wir, da bin ich sicher, auch noch was finden. Jetzt sollten wir erst mal abwarten, was unsere Astrologin zu berichten hat.«

Mittwoch, 18.15 Uhr

Ruth Gonzalez erschien pünktlich um Viertel nach sechs im Präsidium. Sie begaben sich ins Besprechungszimmer, Berger, Durant, Hellmer, Kullmer, Güttler, Wilhelm sowie drei weitere Beamte der Sonderkommission und Ruth Gonzalez. Sie trug Jeans, eine helle Bluse und ein Sakko. Sie hatte eine tadellose Figur, und Kullmer brachte es nicht fertig, seinen Blick von der Frau zu nehmen, was Durant nicht verborgen blieb. Sie musste innerlich grinsen. Die Beamten hatten sich an den Tisch gesetzt, während die Astrologin stehen blieb. Sie wirkte, als wäre sie es gewohnt, im Präsidium zu sein und

mit der Polizei zusammenzuarbeiten. »Darf ich die Tafel benutzen?«
Berger nickte. »Bitte schön.«
»Also, ich habe alle Daten ausgewertet, die Sie mir über die Opfer gegeben haben. Und dabei bin ich auf einige interessante Zusammenhänge gestoßen. Ich möchte Ihnen der Verständlichkeit halber einige der Punkte an die Tafel schreiben ...«
»Können Sie uns vielleicht vorab ein paar ganz allgemeine Informationen zu dem Sternzeichen Skorpion geben?«, fragte Kullmer, der sich zurückgelehnt und die Beine übereinander geschlagen hatte.
Ruth Gonzalez lächelte. »Wie ich bereits Frau Durant und Herrn Hellmer gesagt habe, ist Skorpion nicht gleich Skorpion. Um ein Horoskop zu erstellen, braucht man die genaue Geburtszeit und den Geburtsort. Sie haben mir diese Daten geliefert, und ich konnte dadurch für jede der Frauen ein persönliches Geburtshoroskop erstellen. Und dabei ist Folgendes bemerkenswert: Alle Frauen sind, wie Ihnen ja bereits bekannt ist, im Zeichen des Skorpion geboren, haben aber ausnahmslos den Löwen als Aszendenten. Weitere wichtige Punkte sind der Stand der jeweiligen Planeten in den Tierkreiszeichen und in den zwölf Häusern sowie der Medium Coeli, der so genannte Himmelsmittelpunkt. Bei Frau Kassner ist der Medium Coeli oder kurz MC im Widder, genau wie bei Frau Koslowski. Bei Frau Albertz und Frau Müller befindet er sich im Stier und bei Frau Weidmann in den Zwillingen. Leider hatte ich nicht die Zeit, sämtliche Häuser- und Planetenstellungen durchzulesen, da jedes Horoskop etwa fünfzig Seiten umfasst ...«
»Was heißt das jetzt genau?«, fragte Durant etwas ungeduldig.
Ruth Gonzalez holte tief Luft, bevor sie fortfuhr: »Also, ich

beginne mit den grundsätzlichen Eigenschaften, die dem Skorpion von der Astrologie zugeschrieben werden, und das betrifft sowohl die Männer als auch die Frauen. Da ist zum einen Leidenschaftlichkeit, Willensstärke, Durchsetzungsvermögen, eine überdurchschnittlich ausgeprägte Sexualität, Selbstbehauptung und eine sehr starke Wahrheitsliebe, die nicht selten dazu führt, dass vor allem Skorpionfrauen allein schon durch Worte oder Blicke sehr verletzend sein können … Aber Sie wollen ja speziell etwas über Skorpionfrauen wissen. Sie sind sehr schnell in ihrer Ehre und ihrem Stolz verletzt, sind bereit, sich einem Partner bedingungslos hinzugeben, solange der Partner auf ihre bisweilen außergewöhnlichen Wünsche eingeht, lassen diesen aber mitunter auch gnadenlos fallen, wenn er nicht mehr ihren teils hohen Anforderungen entspricht. Ein besonderes Merkmal ist ihre Eifersucht, die ein Mann besser nicht herausfordern sollte, denn dann kann es leicht passieren, dass der Skorpion im wahrsten Sinne des Wortes zusticht. Ich persönlich kenne mehrere Frauen, die, als sie erfahren haben, dass ihre Partner fremdgegangen sind, beziehungsweise sie den Verdacht hatten, dass da eine andere Frau im Spiel sein könnte, die Koffer ihrer Männer gepackt und alles aus dem Fenster geschmissen haben. Ein Mann sollte eine richtige Skorpionfrau besser nicht reizen, denn er wird ihr nicht gewachsen sein. Skorpione verfügen über eine ausgezeichnete körperliche Konstitution, das heißt, sie sind Krankheiten gegenüber wesentlich widerstandsfähiger als die meisten anderen Sternzeichen, Steinböcke ausgenommen. Skorpionfrauen lieben in der Regel mit Haut und Haar, aber wehe, man hintergeht sie, dann wird aus dieser Liebe sehr schnell glühender Hass.«
Sie lächelte bei den letzten Worten, trank einen Schluck Wasser und fuhr dann fort: »Nun, ich habe jetzt sehr viele negative Eigenschaften des Skorpions aufgezeigt, doch es gibt

natürlich auch eine ganze Reihe positive. Ihr Gerechtigkeitssinn ist überdurchschnittlich ausgeprägt, ihre physische und psychische Zähigkeit und ihre Entschlossenheit ebenso. Wenn sie ein Ziel angehen, dann versuchen sie das nicht auf Umwegen, sondern auf direktem Weg zu erreichen und sind, solange die Gesamtkonstellation stimmt, in der Regel auch erfolgreich damit. In der Astrologie gilt der Skorpion als das machtvollste Zeichen des Tierkreises, denn er ist Herrscher über Leben und Tod. Und was bei Skorpionfrauen besonders ins Auge fällt, ist, dass von ihnen etwas Mystisches und eine beinahe unerklärliche Anziehungskraft ausgeht. Ihre Dominanz und Herrschsucht kann für den Partner entweder zu einer Herausforderung oder, bildlich gesprochen, zum Tod führen.«

Sie machte eine Pause, schrieb die wesentlichen Punkte an die Tafel und drehte sich wieder um.

»Und jetzt zur Kombination Skorpion–Löwe. Diese Menschen wollen am liebsten im Mittelpunkt stehen und Bewunderung ernten. Sie sind ehrgeizig, selbstbewusst, dynamisch, aber auch leicht reizbar und verärgert. Man sagt ihnen nach, gutmütig und aufrichtig zu sein, allerdings auch unnachgiebig und bisweilen sogar über die Maßen hart gegenüber anderen. Sie haben meist ein geradezu unverschämtes Glück im Leben, und nichts und niemand kann sie von einem einmal gefassten Vorhaben abbringen. Sie sind äußerlich attraktiv, haben oftmals einen magischen Blick, stecken voller Vitalität und lassen es nicht zu, dass irgendwer sonst außer ihnen das Sagen hat, ganz gleich, in welchem Bereich, ob im Beruf, im Privatleben oder in der Sexualität. Letzteres ist bei ihnen dermaßen stark ausgeprägt, dass sie die absolute Kontrolle über das, was sich im Schlafzimmer abspielt, haben wollen. Sie wollen nicht verführt werden, sie verführen. Sie äußern dem Partner gegenüber ganz offen ihre Wünsche und

verlangen auch, dass diese Wünsche respektiert und erfüllt werden. Sehr viele nymphoman veranlagte Frauen sind übrigens im Zeichen des Skorpion geboren. Für eine Skorpionfrau ist ein unerfülltes Sexualleben geradezu unerträglich. Während andere Sternzeichen wie etwa der Steinbock oder der Krebs der Sexualität oftmals weniger Bedeutung beimessen, so ist dies für den Skorpion unverständlich. Er oder besser sie braucht die körperliche Nähe und die Dominanz, die sie auf den Partner ausüben kann. Ich dachte mir, dies könnte ein Punkt sein, der für Sie von besonderem Interesse ist. Jetzt stehe ich Ihnen gerne für Fragen zur Verfügung.«
Für einen Moment herrschte Stille im Raum. Hellmer grinste Durant von der Seite an, die so tat, als würde sie es nicht bemerken. Sie wusste nur zu gut, was dieses Grinsen zu bedeuten hatte, wollte aber im Augenblick nicht über ihr eigenes Sexualleben nachdenken, denn es gab schon seit langem keines mehr. Ein paar One-Night-Stands mit Unbekannten in einem Hotelzimmer war zurzeit alles. Und sie wusste, dass das, was Ruth Gonzalez eben gesagt hatte, genau auf sie zutraf. Sie liebte Sex, und sie erinnerte sich an Zeiten, als sie noch verheiratet war und manchmal bis zu dreimal am Tag mit ihrem Mann geschlafen hatte. Das Einzige, was nicht stimmte, war, dass sie im Bett dominiert hatte, sie waren beide gleichberechtigt gewesen. Aber vielleicht lag das daran, dass auch ihr Mann Skorpion war und es deshalb einen ausgeglichenen Kampf im Bett gegeben hatte.
»Frau Gonzalez«, meldete sich Hellmer zu Wort, »Sie haben von der Sexualität gesprochen. Von zwei Opfern wissen wir bis jetzt, dass sie eher zurückhaltend und kontaktscheu waren. Was sagen Sie dazu?«
Ruth Gonzalez lächelte weise, bevor sie antwortete: »Das ist unwesentlich. Zurückhaltung und Kontaktscheue im täglichen Leben bedeuten nicht, dass diejenigen, sobald sie den

richtigen Partner oder überhaupt einen Partner gefunden haben, die von mir beschriebenen Charaktereigenschaften nicht aufweisen. Es gibt viele Skorpione, die als Jungfrauen sterben, weil sie Sexualität mit einem Partner nie kennen gelernt haben. Doch sobald dies der Fall ist, garantiere ich Ihnen, treffen diese Eigenschaften auf sie zu. Es gibt kein Zeichen im Tierkreis, dessen Sexualität auch nur annähernd so stark ausgeprägt ist wie die des Skorpions. Dafür verbürge ich mich. Gut, Sie sagen, zwei der Opfer seien zurückhaltend und kontaktscheu gewesen. Waren sie verheiratet?«
»Ja. Das heißt, Frau Albertz war geschieden und Frau Müller verheiratet …«
»Dann garantiere ich Ihnen, dass Frau Albertz nach ihrer Scheidung nicht im Zölibat gelebt hat. Eine Skorpionfrau, die dreißig Jahre alt ist und die einmal die Sexualität erlebt oder ausgelebt hat, kann, ich wiederhole, kann nicht mehr darauf verzichten. Vielleicht sollten Sie diesbezüglich noch einmal genauer recherchieren …«
»Das haben wir getan. Was, wenn sie von Männern die Schnauze voll hatte und sich dem gleichen Geschlecht hingezogen gefühlt hat?«
»Das schließt das, was ich eben gesagt habe, nicht aus. Es macht keinen Unterschied, ob jemand heterosexuell oder lesbisch ist, solange die Rollenverteilung stimmt. *Sie* führt Regie im Bett, egal ob bei einem Mann oder einer Frau.«
»Und Frau Müller? Ihr Mann war Alkoholiker und …«
»Wenn er sich nicht impotent gesoffen hat …«
»Er ist tot. Er hat sich das Leben genommen. Aber das nur am Rande.«
»Tut mir Leid. Was wissen Sie von Frau Müller? Waren Sie je dabei, wenn sie mit einem Mann im Bett war? Was wissen Sie überhaupt von ihrem Privatleben? Ich meine, von ihrem Intimleben?« Schweigen. Ruth Gonzalez sah in die Runde

und nickte. »Sehen Sie, das meine ich. Es gibt nämlich kaum einen Menschen, der sein Intimleben offenbart. Vielleicht einer besten Freundin oder einem besten Freund, aber auch da nur mit Abstrichen. Die Sexualität ist das so ziemlich bestgehütete Geheimnis im Leben eines Menschen. Und Skorpione sind, was das angeht, besonders verschwiegen. Allerdings sollte ich fairerweise noch erwähnen, dass man auch in der Astrologie nicht verallgemeinern kann. Natürlich muss nicht jedes einem bestimmten Sternzeichen zugeschriebene Attribut auch zutreffen. Nur, es gibt gewisse Bereiche, und da komme ich noch einmal auf die Sexualität zu sprechen, die empirisch belegt sind. Fische verhalten sich anders als Stiere, Steinböcke wieder anders als Fische. Aber Ausnahmen bestätigen auch hier die Regel. Von Fischen heißt es zum Beispiel, sie seien eher zurückhaltend im Bett, aber ich sage Ihnen, wenn ein Skorpion kommt, wird diese Zurückhaltung sehr schnell aufgegeben. Ich kenne selbst einige Beispiele aus der Praxis, wo ich gebeten wurde, ein Partnerschaftshoroskop zu erstellen und ich mich mit den betreffenden Personen zusammengesetzt und über die einzelnen Punkte gesprochen habe, unter anderem auch über den Punkt Sexualität. Und glauben Sie mir, es ist was Wahres dran. Es gibt bestimmte Sternzeichen, die hervorragend miteinander harmonieren, und es gibt welche, die überhaupt nicht miteinander können ...«
»Und welche sind das?«, fragte wieder Hellmer.
»Bleiben wir beim Skorpion. Er harmoniert in der Regel hervorragend mit Fischen, Krebs, Steinbock und Skorpion. Eine Disharmonie besteht zu Stier, Widder, Löwe und Zwilling. Waage, Jungfrau, Schütze und Wassermann sind eher neutral zu betrachten; hier hängt es viel davon ab, inwieweit die betreffenden Personen oder Persönlichkeiten bereit sind, Konzessionen einzugehen. Eine Skorpion-Skorpion-Verbindung

kann hervorragend funktionieren, kann aber auch mit Mord und Totschlag enden. Widder und Skorpion gehen sich meist sowieso aus dem Weg, weil sie sich in vielen Bereichen zu ähnlich sind.«
Durant meldete sich zu Wort. »Frau Gonzalez, gibt es sonst noch irgendwelche Besonderheiten zu der Kombination Skorpion–Löwe?«
»Ich denke, das würde jetzt zu weit führen. Ich schlage Ihnen vor, dass Sie sich die Ausdrucke einmal genau anschauen, Sie werden sicherlich eine Menge aufschlussreicher Informationen darin finden. Vielleicht ergibt sich ja in Zusammenhang mit den von Ihnen bisher gewonnenen Erkenntnissen ein klareres Bild der Frauen.« Sie schloss für einen Moment die Augen. »Ich glaube, ich habe noch gar nicht erwähnt, dass die Horoskope der Frauen, soweit ich das so schnell überfliegen konnte, ziemlich viel Ähnlichkeiten aufweisen. Vor allem im sexuellen Bereich. Haben Sie sonst noch Fragen?«
Kopfschütteln. Berger spielte mit einem Stift, Kullmer kaute Kaugummi, Durant hatte sich eine Zigarette angezündet und überlegte. Sie war mit einem Mal mit ihren Gedanken weit weg.
»Gut, dann lasse ich Ihnen die Unterlagen hier, und sollten Sie noch Fragen haben, stehe ich Ihnen gerne zur Verfügung.«
Berger erhob sich, ging zu Ruth Gonzalez und reichte ihr die Hand. »Vielen Dank für die Mühe, die Sie sich gemacht haben. Wir werden die Unterlagen sichten und uns bestimmt noch einmal an Sie wenden.«
»Gern geschehen. Und ich wünsche viel Erfolg.«
Sie nahm ihre Tasche und verließ den Raum. Kullmer lief ihr hinterher. »Frau Gonzalez, eine Frage. Was sind Sie für ein Sternzeichen?«

Sie lächelte ihn spöttisch an und fragte zurück: »Was glauben Sie denn?«
»Skorpion?«
»Ganz falsch. Ich bin Löwe, mit Aszendent Skorpion. Also genau umgekehrt. Und Sie?«
»Ich weiß nur, dass ich Schütze bin. Passen Löwe und Schütze zusammen?«, fragte er grinsend.
»Im Prinzip ja, wenn der Schütze nicht zu aufdringlich ist. Guten Abend.«
Kullmer sah ihr nach. Sie hatte etwas Aufreizendes, etwas, das seinen Testosteronspiegel in die Höhe trieb. Und seit der Trennung von seiner Freundin vor einem halben Jahr hatte er keine Beziehung mehr gehabt. Er hätte Ruth Gonzalez gerne näher kennen gelernt, und vielleicht ergab sich ja irgendwann die Gelegenheit dazu.
Nachdem Ruth Gonzalez gegangen war, sagte Berger: »So, und jetzt? Sind wir jetzt schlauer als zuvor?«
»Unter Umständen«, antwortete Durant gelassen und zündete sich die letzte Zigarette aus der Schachtel an. »Wenn das auch nur annähernd stimmt, was sie eben erzählt hat, dann muss der Mörder astrologische Kenntnisse besitzen. Er schlägt ganz gezielt zu, und die Frage ist: Wie können wir ihn daran hindern, noch eine Frau umzubringen?«
»Gar nicht«, sagte Hellmer, »weil er seine Opfer mit Sicherheit schon ausgewählt hat. Und sie rennen ahnungslos in ihr Verderben.«
»Und wenn seine nächsten Opfer aus dem gleichen Umfeld kommen wie die Weidmann, die Koslowski und die Kassner?«
»Das ist eine Hypothese, die nicht haltbar ist. Die Müller und die Albertz haben nicht zu *diesem* Umfeld gehört. Zumindest wissen wir bis jetzt nichts davon. Gehen wir heim, ich hab für heute die Schnauze voll. Mir raucht nämlich der Kopf.«

»Und wer vergleicht die Horoskope?«, fragte Berger.
»Irgendjemand, nur wir nicht«, erklärte Durant und erhob sich. »Wir haben Bereitschaft, ich bin müde, ich bin hungrig, und ich will endlich nach Hause. Und morgen früh sehen wir weiter. Gute Nacht.«
Sie verließ das Besprechungszimmer, Hellmer kam ihr hinterher. »Sag mal, mir geht das mit Lewell nicht aus dem Kopf. Er kannte die Kassner, die Koslowski, die Weidmann und die Albertz, auch wenn er es bei den beiden Letzten nicht zugibt. Die Einzige, die noch offen steht, ist die Müller. Ich schlage vor, dass wir ihn aufs Präsidium holen und ihn mal so richtig unter Druck setzen. Und dann wollen wir doch mal sehen, wie er sich da rauswindet. Vor allem, wenn wir ihn auf die Albertz ansprechen. Was meinst du?«
»Ich bin auch schon die ganze Zeit am Überlegen«, sagte Durant. »Wir müssten an seine Unterlagen rankommen. Das wäre das Wichtigste. Wenn wir ihm nachweisen könnten, dass alle Frauen sich von ihm ein Horoskop erstellen ließen ... Aber«, sie schüttelte den Kopf, »irgendwie ist mir das zu offensichtlich. Einer wie er hätte wissen müssen, dass wir ihm über kurz oder lang auf die Schliche kommen würden. Und für so blöd halte ich ihn nicht.«
»Aber warum sagt er, er kenne weder die Weidmann noch dic Albertz? Das gibt keinen Sinn.«
»Vielleicht will er uns auf die Probe stellen. Der Typ ist gerissen, das hast du doch gemerkt. Aber ich muss noch mal drüber nachdenken. Ein Schnellschuss könnte uns im Notfall nur schaden.«
»Morgen?«, fragte Hellmer.
»Ich sag doch, lass mich drüber nachdenken. Morgen ist auch noch ein Tag. Außerdem, ich glaube nicht, dass er was damit zu tun hat.«

Hellmer zuckte die Schultern. »Spricht da wieder mal dein Bauch?«
»Keine Ahnung, vielleicht. Die Sache ist komplexer, als wir denken. Lewell würde nicht so ein Spiel mit uns spielen. Er ist zwar ein Kotzbrocken, aber ein Killer …?«
»Wenn du meinst …«
»Lass uns doch erst mal hören, was Richter uns zu sagen hat. Wenn wir ein Täterprofil haben, das möglicherweise auf Lewell zutrifft, dann schnappen wir ihn uns. Vorher nicht. Und jetzt mach's gut.«

Mittwoch, 18.00 Uhr

Lewell war seit dem Besuch von Durant und Hellmer unruhig in seinem Büro auf und ab getigert und wartete darauf, dass es endlich klingelte. Um drei Minuten vor sechs schlug die Türglocke an. Er befahl sich, ruhig zu bleiben, einen kühlen Kopf zu bewahren.
»Hallo«, sagte er mit ernster Miene und machte die Tür frei. »Danke, dass du gekommen bist. Gehen wir in mein Büro.«
»Mein Gott, Konrad, was ist bloß los mit dir? Was bringt dich so aus der Fassung?«
»Setz dich. Möchtest du was trinken? Einen Whiskey, Cognac, Wodka oder was anderes?«
»Einen Scotch mit Eis bitte. Und jetzt erzähl, was ist los?«
Lewell gab Eis in zwei Gläser und füllte sie zur Hälfte mit Scotch. Er setzte sich hinter seinen Schreibtisch, legte den Kopf in den Nacken.
»Ich hab Scheiße gebaut. Die Bullen waren vorhin hier und haben mich nach Carola Weidmann, Judith Kassner und Juliane Albertz gefragt. Ich habe ihnen erzählt, dass ich die Weidmann und die Albertz nicht kenne. Die werden aber

bald rausfinden, dass ich nicht die Wahrheit gesagt habe. Nach der Müller und der Koslowski haben sie mich übrigens auch gefragt.«

»Und warum hast du ihnen nicht die Wahrheit gesagt? Hast du irgendwas zu befürchten? Ich meine, du hast sie doch nicht umgebracht, oder?«

Er fuhr sich durchs Haar, wirkte sehr nervös. »Ich weiß auch nicht, was in mich gefahren ist. Ich brauch Bullen nur zu sehen, und schon hakt bei mir da oben was aus. Hat wohl immer noch was mit damals zu tun.«

»Ja und? Was kann dir schon passieren?«

»Du hast keine Ahnung! Die werden mich durch die Mangel drehen und versuchen, mir die Morde in die Schuhe zu schieben. Ich habe kein Alibi, zumindest nicht für letzten Sonntag.«

»Das ist allerdings ein Problem. Und wie gedenkst du es zu lösen?«

Lewell trank seinen Whiskey in einem Zug aus, stand auf und schenkte sich nach. Er blieb stehen, ging ein paar Schritte auf seinen Besucher zu und sah ihn von oben herab mit eisigem Blick an. »Hör zu, nicht nur ich habe die drei gevögelt. Du hast deinen Schwanz auch in sie reingesteckt. Das weiß ich.« Er drehte sich wieder um und lehnte sich an den Schrank.

»Augenblick, was willst du damit andeuten? Willst du mich da etwa mit reinziehen? Ich warne dich, überleg dir gut, was du tust. Nicht ich habe Scheiße gebaut, sondern du. Du warst schon immer ein bisschen sonderbar, das weiß jeder, der dich kennt, aber wenn du versuchst, mich auch nur mit einem Wort zu erwähnen, drehe ich dir den Hals um. Und ich garantiere dir, ich bin dann nicht allein. Wir lassen dich fallen, wie eine heiße Kartoffel. Wen immer ich gevögelt habe, ist allein meine Angelegenheit.«

»Okay«, sagte Lewell, löste sich vom Schrank und setzte sich wieder. »Dann sag mir, warum fünf Frauen, die sich bei mir ein Horoskop erstellen ließen, umgebracht wurden? Ich gebe zu, meine Vergangenheit ist nicht astrein, doch ich bin kein Mörder …«

»Aber du bist bekannt, und du weißt auch, warum«, erwiderte der Besucher scharf. »Du neigst zu Gewalt, und zwar besonders Frauen gegenüber. Du hast ja wohl nicht umsonst deswegen gesessen. Bei Männern hältst du dich eher zurück, weil du weißt, dass du bei den meisten den Kürzeren ziehen würdest. Na, was jetzt, alter Freund?«

»Das ist eine Ewigkeit her«, stieß Lewell mit einer wegwerfenden Handbewegung hervor. »Das waren Jugendsünden!«

»Eine Jugendsünde, die man mit dreißig begeht? Vergiss es! Ich weiß jedenfalls, dass du die Albertz ein paar Mal ganz schön hart rangenommen hast. Sie hat es mir selbst gesagt. Und bei der kleinen Weidmann warst du auch nicht gerade zimperlich. Du kannst nur von Glück reden, dass die alle ihr Maul gehalten haben, weil sie Angst vor einem Skandal hatten. Aber okay, du bist mein Freund, und ich helfe dir, so gut ich kann. Nur lass um Himmels willen meinen Namen aus dem Spiel, ich habe eine Menge zu verlieren. Aber wenn ich verliere, dann verlierst du auch, und zwar mehr als ich.«

Plötzlich lächelte Lewell böse. »Du hast eine Menge zu verlieren? Okay, dann werde ich dir jetzt was sagen. Ich habe mir die Horoskope dieser Damen einmal näher angeschaut, und siehe da, ich habe etwas Erstaunliches herausgefunden. Alle waren Skorpion, und ich kann mich erinnern, dass ich mit dir über die eine oder andere gesprochen habe …« Er hielt inne und sah sein Gegenüber scharf an. »Hast du was mit den Morden zu tun?«, fragte er hart.

»Mein lieber Freund, wenn du mich hierher geholt hast, um mich des Mordes zu verdächtigen, dann kann ich dir nur sagen, du hast nicht mehr alle Tassen im Schrank. Ich habe in

meinem ganzen Leben noch keine Frau angerührt. Vögeln ja, schlagen nein. Und ermorden schon gar nicht. Und wenn du mir jetzt auf diese Tour kommst, mach ich dich fertig.«
Lewell grinste wieder, sein Blick hatte etwas Verschlagenes, als er leise, aber eindringlich sagte: »Apropos vögeln. Wie machst du das eigentlich? Schiebst du ihnen einen Dildo rein? Wie kann einer, der kaum noch einen hochkriegt, eine Frau vögeln?«
»Wer behauptet das?«, fragte sein Gegenüber mit zu Schlitzen verengten Augen und beugte sich nach vorn. Sein Gesicht war höchstens noch fünfzig Zentimeter von Lewell entfernt. »Wer behauptet, ich könnte meinen Schwanz nicht mehr benutzen?«
»Ich habe meine Quellen. Und außerdem pfeifen es die Spatzen von den Dächern. Du bringst es nicht mehr. Schon lange nicht. So, und jetzt sag mir die Wahrheit. Hast du etwas mit den Morden zu tun?«
»Weißt du, dich zum Freund zu haben ist schlimmer als eine ganze Armee zum Feind. Ich sage dir, ich habe nichts, aber auch rein gar nichts damit zu tun! Und jetzt rück schon raus mit der Sprache. Woher willst du wissen, was mit mir ist?«
»Kein Kommentar. Ich kann schweigen wie ein Grab. Vielleicht war's die Albertz, vielleicht auch die Kassner, keine Ahnung. Ich vermag mich einfach nicht mehr daran zu erinnern. Seltsam, nicht? Aber du hast mir so einiges aus deiner Vergangenheit erzählt, vor allem, was eine bestimmte Sorte Frauen angeht und wie mies sie dich behandelt haben und wie du dich trotzdem immer wieder magisch zu ihnen hingezogen gefühlt hast. Sie haben dich verletzt, sie haben an deiner Eitelkeit gekratzt, und das ist etwas, das vor allem Skorpionfrauen geradezu perfekt beherrschen. Sie sind feurig im Bett, sie blasen dir einen, dass du fast ohnmächtig wirst, sie saugen auch den letzten Tropfen aus dir raus, aber wenn der

Partner nicht so mitspielt, wie sie sich das vorstellen, dann, tja, dann können sie dich reizen bis aufs Blut. Sie können dich fertig machen, bis du irgendwann so ausrastest, dass du dich nur noch an allen rächen willst. War es so?«
»Du bist wahnsinnig, völlig durchgeknallt! Okay, ich gebe zu, ich stehe auf einen bestimmten Typ Frau, und leider sind einige davon Skorpione. Weiß der Geier, warum ausgerechnet die. Aber was immer auch war, ich habe nie einer von ihnen auch nur ein Haar gekrümmt. Reicht dir das?«
»Nein, das tut es nicht. Ich habe mir alles ganz genau durch den Kopf gehen lassen, und irgendwie werde ich den Gedanken nicht los, dass du …«
»Schlag dir den Gedanken ganz schnell wieder aus dem Kopf. Ich habe ein Alibi. Und das ist absolut hieb- und stichfest. Aber wie sieht es denn mit deinem aus? Du sagst doch selbst, du hast keines. Wo warst du am Wochenende? Hier zu Hause? Etwa allein? Tz, tz, tz, so ein Mist aber auch! Die werden dir das garantiert glauben, mein lieber Freund. Vor allem, nachdem sie das mit deiner Vergangenheit rausgefunden haben. Komm, spuck's aus, wo warst du? Hast du dir von einer deiner Tussis einen blasen lassen? Und jetzt hast du Angst, dass ihr Mann das rauskriegt?«
»Das geht dich einen feuchten Dreck an, wo ich war und mit wem …«
»Und ich war mit meiner Frau zusammen, und sie wird das bestätigen können, denn wir haben den halben Tag im Bett verbracht. Und soll ich dir auch sagen, was wir gemacht haben – wir haben bestimmt nicht geschlafen oder ferngesehen. Ich glaube, wir werden uns bald neue Matratzen kaufen müssen. Dumm, wenn man keine Frau hat, was?«, sagte der Besucher zynisch.
»Dann bin ich mal gespannt, ob die Bullen das genauso sehen. Sie werden wiederkommen, das weiß ich. Und sollte es für

mich sehr unangenehm werden, dann kann ich leider für nichts garantieren. Ich werde ihnen sagen, dass du die drei ebenfalls gevögelt hast, aber unter Umständen auch, wie sehr du dich für Horoskope interessierst. Du weißt, auch Freundschaften haben ihre Grenzen. Und ich gehe nur ungern für etwas in den Knast, das ich nicht getan habe. Einmal reicht mir.«

»Du bist ein großes, gottverdammtes Arschloch, Konrad Lewell. Aber bitte, wenn es dich befriedigt, dann tu, was du nicht lassen kannst. Ich habe mir nichts vorzuwerfen. So, und jetzt gehe ich.« Er stand auf, stellte sein Glas auf den Tisch und sah Lewell mitleidig an. »Ich dachte wirklich, wir wären so was wie Freunde. Tja, so kann man sich täuschen. Das war's dann, für mich bist du gestorben. Denk an meine Worte.«

»Keine Angst, ich werde dran denken. Aber sag mir doch, bevor du gehst, wenn du es nicht warst, wer hätte dann an die Daten rankommen können? Die Müller war nur einmal hier, hat sich ein Horoskop erstellen lassen und ist wieder gegangen. Und sie habe ich ganz sicher nicht angerührt, sie war mir einfach zu bieder. Aber du kennst sie.«

»Tja, woher soll ich wissen, wem du alles von deinen Klienten erzählst? Ich kenne die Müller übrigens ebenfalls nur vom Sehen. Und du hast mir auch nie etwas von ihr erzählt. Vielleicht ist jemand bei dir eingebrochen und hat sich die Daten aus deinem Computer geholt. Wer weiß? Ich sag doch, du bist ein riesengroßes Arschloch. Und du bist unvorsichtig, denn du kannst dein Maul nicht halten. Wem außer mir erzählst du denn noch, wen du so alles vögelst? Dein Fehler ist, dass du ein mieser Aufschneider bist. Und das kostet dich noch mal Kopf und Kragen. Und du kriegst längst nicht jede Frau, die du gerne hättest. Ich weiß schon lange, dass du auch hinter meiner Frau her bist. Aber sie wird dir niemals gehören. Mit einem wie dir würde sie sich nie einlassen. Vergiss sie, okay? Sie ist meine Frau, und sie wird es immer bleiben. Und noch was, mein erster Eindruck damals von dir war nicht sehr positiv. Zwischenzeitlich hatte ich meine Meinung geändert und gedacht, ich hätte mich getäuscht. Aber leider bestätigt sich dieser Eindruck jetzt sehr nachdrücklich. Du tust mir einfach nur Leid. Mach, was du willst, mich kannst du nicht erschrecken. Ich geh jetzt, und noch mal, mach, was du willst.«

»Warte«, sagte Lewell mit zerknirschtem Gesicht. »Es tut mir Leid, ich wollte nicht so sein. Ich wollte dir nur ein bisschen auf den Zahn fühlen, dich testen, das ist alles. Ich bin einfach mit den Nerven am Ende. Es macht alles keinen Sinn. Komm, vergiss, was ich gesagt habe, ich möchte mich für eben entschuldigen. Ich habe einfach einen Schuss ins Blaue gewagt und danebengeschossen. Ich habe einfach nur gedacht, derjenige könnte vielleicht Probleme mit seinem Schwanz haben und deswegen ausrasten. Ich weiß jetzt, dass du's nicht warst. Ich werde auch keinem gegenüber deinen Namen erwähnen, ich schwöre es. Ich will unsere Freundschaft nicht aufs Spiel setzen, auch wenn ich eben ziemlich weit übers Ziel hinausgeschossen bin.«

»Auf einmal?«, fragte der Besucher ironisch. »Du bist eben in der Tat verdammt weit gegangen. Du hast mich mehr verletzt als irgendjemand je zuvor …«

»Ich sag doch, es tut mir Leid. Ich weiß nicht, was ich machen soll. Ich bin hilflos. Und ich schwöre, ich habe außer dir keinem Menschen von den Frauen erzählt. Und eingebrochen wurde bei mir auch nicht. Die Bullen werden Erklärungen verlangen, und ich habe keine. Was würdest du an meiner Stelle tun?«

Der Besucher setzte sich wieder. Er sah Lewell forschend an. »In Ordnung, ich vergesse für den Moment, was du eben alles gesagt hast. Aber sollte so etwas noch einmal vorkommen, dann ist Schluss mit Freundschaft. Ich habe dir in den vergangenen Jahren mehr Gefallen getan, als du jemals wieder gutmachen könntest. Und ich lasse mich von niemandem, schon gar nicht von dir, so behandeln. So, und jetzt sage ich dir, was ich an deiner Stelle tun würde. Ich würde ihnen die Wahrheit sagen. Mit der Wahrheit fährst du immer am besten. Das werden auch die schnell merken. Das Falscheste wäre zu lügen. Sag ihnen, was sie wissen wollen, und sie werden dich in Ruhe lassen. Garantiert. Und diese Kommissarin Durant scheint mir eine ganz besondere Frau zu sein. Mit ihr kann man reden.«

»Ja, das ist sie. Die sieht nicht nur gut aus, die hat auch was auf dem Kasten. Könnte sogar ein Skorpion sein. Ich denke, mir wird wohl nichts anderes übrig bleiben, als ihnen die Wahrheit zu gestehen. Trinken wir noch einen?«

»Einen noch. Und was du über mich gesagt hast von wegen, ich könnte nicht mehr – ich weiß nicht, woher du das hast, aber es stimmt nicht, und es wird auch vorläufig nicht stimmen. Die Wahrheit ist, ich habe dir zwar erzählt, ich hätte die Frauen gevögelt, vielleicht, um dir zu imponieren, in Wirklichkeit war nie etwas zwischen uns. Sie konnten gar nicht wissen, ob ich impotent bin, ich habe nur so Andeutungen gemacht, damit sie mich in Ruhe lassen. Ich hätte sie alle haben können, aber mein Problem ist, ich liebe meine Frau viel zu sehr.«

Lewell lächelte, während er die Gläser voll schenkte und eines dem Besucher reichte. »Und ich liebe alle Frauen, deswegen bin ich auch nicht verheiratet. Und du hast Recht, eine Frau wie deine findest du nur einmal im Leben. Cheers.«

Sie tranken aus, und der Besucher sagte: »Und du versprichst, meinen Namen rauszuhalten?«

»Ehrenwort. Und ich habe mein Wort noch nie gebrochen.«

»Dann ist es gut. Wir sehen uns.«

Konrad Lewell wartete, bis sein Besucher gegangen war, schenkte sich noch einen Scotch ein und stellte sich ans Fenster. Gottverdammter Idiot, dachte er mit einem zynischen Lä-

cheln, du glaubst wirklich, du könntest mir etwas vormachen. Ich hab deine Alte doch schon öfter gefickt als du selbst. Träum weiter den unmöglichen Traum von einer besseren Welt, du Arschloch!
Die Rücklichter des Mercedes verschwanden um die Ecke. Er blickte hinaus in die Dunkelheit und sah am Ende doch nur sein Spiegelbild im Fensterglas. Er drehte sich um, verließ das Büro, ging nach oben, wusch sich das Gesicht und bürstete sich das Haar. Ein Blick auf die Uhr verriet ihm, dass es kurz nach sieben war. Er beschloss, zu seinem Stammitaliener zu fahren und eine Riesenportion Spaghetti Bolognese zu essen und ein oder zwei Gläser Wein zu trinken. Um Viertel nach neun kehrte er zurück, ging ins Wohnzimmer, schaltete den Fernseher ein, holte die noch fast volle Flasche Scotch und ein Glas und stellte beides auf den Tisch. Er setzte sich, legte die Beine hoch, stopfte seine Pfeife, hielt das Feuerzeug daran und paffte ein paar Mal. Jetzt hätte er eine Frau gebraucht, die ihm half, seine Spannungen abzubauen. Er spürte den Druck in seinen Lenden, aber da war niemand, der ihn von diesem Druck befreite. Scheißweiber, fluchte er still vor sich hin und schenkte sich das Glas halb voll. Er trank die braune Flüssigkeit in einem Zug, behielt das Glas aber in der Hand. Er schenkte sich nach, trank einen Schluck und stellte das Glas auf die Armlehne. Um halb zwölf schlief er im Sessel ein. Was er nicht mehr bemerkte, war das Auto, das seit einigen Minuten auf der anderen Straßenseite parkte.

Mittwoch, 19.35 Uhr

Julia Durant stieg in ihren Corsa und fuhr los. Es war kurz nach halb acht, sie hielt an einem Supermarkt, kaufte zwei Dosen Tomatensuppe, fünf Dosen Bier, eine Packung Brot,

Salami, eine Dose Thunfisch, zwei Schachteln Gauloises und vier Bananen. Der Briefkasten war leer. Sie stellte die Einkaufstüte auf den Tisch, holte eine Dose Bier heraus, riss den Verschluss ab, trank in schnellen Schlucken und rülpste leise. Sie ließ die Tomatensuppe auf dem Herd warm werden, schmierte sich zwei Scheiben Brot, belegte die eine mit Salami, die andere mit Thunfisch und tat zwei saure Gurken auf den Teller. Dann schaltete sie den Fernsehapparat ein, die Tagesschau und der Wetterbericht. Für die nächsten Tage wurden wieder Regen und Sturm angesagt. Sie aß, trank die Dose Bier aus, stand auf und stellte das Geschirr in die Spüle. Keine Nachrichten auf dem Anrufbeantworter. Im Schlafzimmer zog sie sich einen lockeren Hausanzug an, nahm das Telefon vom Depot und wählte die Nummer ihres Vaters.

»Hallo, ich bin's, Julia. Eine Frage – kannst du mir sagen, wann genau ich geboren bin?«

»Was meinst du mit genau geboren?

»Ich brauch die Uhrzeit. Mutti hat mal irgendwann gesagt, ich sei abends gekommen. Ich bräuchte es aber auf die Minute genau.«

»Ich kann es dir sagen, müsste dazu allerdings kurz in meinen Unterlagen nachsehen. Ich ruf dich gleich zurück.«

Sie öffnete eine weitere Dose Bier, nahm einen Schluck, stellte sie auf den Tisch und legte den Kopf in den Nacken, während sie die Augen schloss. Das Telefon klingelte etwa zehn Minuten später. Ihr Vater.

»Also, du wolltest wissen, wann du geboren bist. Das war um genau 23.55 Uhr. Wozu brauchst du das?«

»Es geht um diese Mordserie. Wir haben herausgefunden, dass alle Frauen Skorpion mit Aszendent Löwe waren. Und ich möchte jetzt wissen, was mein Horoskop so sagt.«

»Willst du etwa den Köder spielen?«, fragte ihr Vater besorgt.

»Nein, das nicht. Ich habe nur eine recht interessante Astrologin kennen gelernt, und ich möchte jetzt einfach mal sehen, was meine Sterne so sagen.«

»Julia, ich halte nicht viel davon. Dieses ganze Zeug, Astrologie, Handlesen und so weiter, es führt den Menschen nur in die Irre …«

»Papa, ist das jetzt wieder der Priester, der aus dir spricht? Ich habe nicht vor, mich näher damit zu beschäftigen. Es interessiert mich einfach nur. Sieh es als einen Spaß an, den ich mir gönne. Okay?«

»Schon gut, es ist deine Angelegenheit … Seid ihr denn schon weitergekommen?«

»Nein. Es gibt zwar ein paar Spuren, aber es ist alles noch sehr verschwommen. Wie gesagt, wir wissen nur, dass unser Mann es auf Skorpionfrauen mit Aszendent Löwe abgesehen hat. Morgen kriegen wir hoffentlich ein Täterprofil, und dann schauen wir weiter. Ich melde mich, sobald ich mehr weiß. Einverstanden?«

»Ja, ja, ich hör schon an deiner Stimme, dass du heute nicht sonderlich gut aufgelegt bist. Ruf mich an, wenn du meine Hilfe brauchst. Und schlaf gut.«

»Danke, Paps. Bis bald.«

Sie legte auf. Dann wählte sie die Nummer von Ruth Gonzalez.

»Frau Gonzalez, hier ist noch mal Durant. Ich möchte Sie gerne bitten, mir ein Horoskop zu erstellen. Hier meine Daten. 5.11.1963 in München um 23.55 Uhr. Genügt das?«

»Absolut. Wann brauchen Sie es?«

»Am besten so schnell wie möglich. Vielleicht können Sie mich heute Abend noch kurz anrufen, um mir zu sagen, was für einen Aszendenten ich habe. Ginge das?«

»Kein Problem. Ich gebe Ihre Daten gleich in den Computer und melde mich spätestens in einer Viertelstunde wieder bei Ihnen.«

Julia Durant nahm die Dose Bier in die Hand, legte die Beine hoch und trank einen Schluck. Sie hatte die Fernbedienung neben sich liegen, zappte sich durch einige Kanäle, bis sie bei MTV hängen blieb, nahm sich eine Gauloise und steckte sie an. Sie war nervös, eine Nervosität, die sie innerlich zittern ließ, eine Kälte, die von innen kam und nach außen drang. Sie hatte kalte Hände und kalte Füße, obgleich es in der Wohnung warm war. Sie setzte die Dose an, trank sie in einem Zug leer. Allmählich fühlte sie sich besser. Sie war müde und wusste doch gleichzeitig, sie würde jetzt noch nicht einschlafen können. Sie schloss die Augen und legte den Kopf auf die Couchlehne. Sie dachte nach. Alle ermordeten Frauen Sternzeichen Skorpion, keine kannte scheinbar die andere, wenn auch die Möglichkeit nicht ausgeschlossen werden konnte, dass sich Vera Koslowski, Carola Weidmann und Judith Kassner schon einmal auf irgendeiner Party über den Weg gelaufen waren. Nein, dachte Durant, zog an ihrer Zigarette und schnippte die Asche in den Aschenbecher, sie kannten sich. Hundertprozentig! Kassner, Weidmann und Koslowski kannten van Dyck, Kleiber, Maibaum und auch Lewell. Alle haben sich in mehr oder weniger unregelmäßigen Abständen gesehen. Die Albertz hat sich von Lewell ein Horoskop erstellen lassen, und eventuell auch die Weidmann und die Koslowski. Könnte Lewell der Täter sein? Was könnte sein Motiv sein? Er ist einschlägig vorbestraft, Maibaum sagt, er habe gehört, dass Lewell zu Gewalt gegenüber Frauen neigt. Aber wäre er auch fähig, Frauen auf eine derart bestialische Weise zu töten? Und müsste er mit seiner Intelligenz nicht fürchten, allein durch seinen Beruf in den engeren Kreis der Tatverdächtigen zu geraten? Wenn er aber nicht der Täter ist, wer dann? Wer sonst könnte an die astrologischen Daten der Opfer gelangen? Jemand aus seinem Bekanntenkreis?
Julia Durant schüttelte den Kopf, stand auf, holte sich noch

eine Dose Bier, die dritte an diesem Abend. Sie stellte sich ans Fenster und schaute hinaus in die Dunkelheit. Der gegenüberliegende Spielplatz wurde lediglich von einer schwachen Straßenlaterne erhellt, ein Auto fuhr langsam an ihrem Haus vorbei. Hinter fast allen Fenstern brannte Licht. Sie öffnete das Fenster, atmete die frische, aber kühle Abendluft ein und warf einen Blick nach oben. Der Himmel war sternenklar, der abnehmende Mond glänzte silbern. Trotz der Lichter der Großstadt waren die größten Sternbilder und die Venus gut auszumachen. Ein Flugzeug nach dem anderen nahm Kurs auf den Flughafen, wobei es bisweilen schien, als würden sie in der Luft stehen. Sie trank einen Schluck Bier. Es wurde kühl am Fenster, sie schloss es wieder, lehnte sich gegen die Fensterbank. Aber wenn es jemand aus Lewells Bekanntenkreis war, dachte sie weiter, dann würde es bedeuten, dass es sich um jemanden handelt, mit dem er selbst die vertraulichsten Dinge bespricht. Und dann ist es kein Bekannter mehr, sondern ein sehr guter, enger Freund. Jemand, dem er möglicherweise bedingungslos vertraut und den er schon sehr lange kennt. Jemand, von dem er niemals vermuten würde, dass er die Informationen auf eine derart brutale Weise für seine perversen Zwecke benutzen würde. Ein nach außen hin integrer Mann, einer, bei dem man nie auf die Idee kommen würde, dass er zu einem Mord fähig wäre. Wer zählt zu seinen Freunden? Richter, und wer noch? Van Dyck, Kleiber, Maibaum. Oder jemand, den wir noch gar nicht kennen? Wir müssen morgen unbedingt hinfahren und versuchen, diese Informationen zu bekommen. Und wenn er mauert, schleppen wir ihn aufs Präsidium. Und wenn er doch selbst der Täter ist? Wenn er aus irgendeinem unerfindlichen Grund einen geradezu abgrundtiefen Hass gegen bestimmte Skorpionfrauen entwickelt hat? Mein Gott, wenn ich doch nur einen Ansatz hätte, dachte sie. Lewell, Lewell, Lewell! Du bist möglicherweise der Schlüssel

zu allem. Wenn du es nicht warst, dann jemand, den du sehr gut kennst. Aber mindestens drei der Opfer hatten sich gekannt, Weidmann, Kassner und Koslowski. Und vermutlich gehörte auch Juliane Albertz dazu.
Sie wurde in ihrem Gedankengang unterbrochen, als das Telefon klingelte. Sie stellte das Bier auf den Tisch und nahm den Hörer ab.
»Durant.«
»Hier Gonzalez.« Sie machte eine kurze Pause, die Kommissarin hörte das Atmen am andern Ende der Leitung. »Sie werden es nicht glauben, aber ich habe Ihre Daten einmal durch den Computer gejagt und dann noch einmal die Probe per Hand gemacht. Sie sind Skorpion mit Aszendent Löwe. Genau wie die anderen Opfer.«
»Was heißt das, genau wie die anderen Opfer? Meinen Sie etwa, ich sei in Gefahr?«, fragte Julia Durant.
»Entschuldigung, war nicht so gemeint. Ich habe selbstverständlich nur Ihr Geburtshoroskop erstellt. Allerdings würde ich mich gerne mit Ihnen zusammensetzen, um kurz darüber zu sprechen. Wäre das möglich?«
»Ja, natürlich. Nur im Moment habe ich sehr wenig Zeit. Lassen Sie uns das verschieben, bis ich wieder ein bisschen Luft habe. Vielen Dank aber schon mal vorab. Ich melde mich bei Ihnen.«
»Ich kann Sie gut verstehen. Ich möchte Ihnen dennoch raten, in der nächsten Zeit vorsichtig zu sein. Man kann nie wissen, auf wen es der Täter als Nächstes abgesehen hat. Ach ja, da ist etwas, das ich vorhin vergessen habe. Selbst die Kombination Skorpion–Löwe bedeutet keinesfalls, dass jeder das gleiche Horoskop hat. Sehr, sehr wichtig ist auch, in welchen Häusern sich die jeweiligen Planeten befinden. Wer immer die Frauen umgebracht hat, er hat lediglich diese Kombination gewählt. Ich glaube fast, derjenige kennt zwar

die Grundbegriffe der Astrologie, aber er ist kein Experte, denn dann wüsste er, dass kaum ein Horoskop dem andern gleicht, außer eventuell bei Zwillingen, die per Kaiserschnitt zur Welt kommen, oder Menschen, die in einem Ort zu exakt derselben Zeit geboren sind. Es ist in etwa zu vergleichen mit einem Fingerabdruck, der ja auch ziemlich einmalig ist. Das wollte ich Ihnen nur noch sagen. Gute Nacht.«

Julia Durant legte auf und ließ sich zurückfallen. Ich bin also auch Skorpion–Löwe, dachte sie und lächelte. Dann stand sie auf, ging ins Bad, sah auf die Badewanne und schüttelte den Kopf. Sie würde heute nur duschen und danach zu Bett gehen. Ein Blick auf die Uhr, Viertel vor zehn. Sie dachte noch einmal an Lewell, begab sich ins Wohnzimmer und wählte die Nummer von Hellmer.

»Sorry, wenn ich so spät noch störe«, sagte sie. »Aber ich hab vorhin die Gonzalez angerufen und sie gebeten, mir ein Horoskop zu erstellen. Ich wollte dir nur mitteilen, dass ich auch Skorpion–Löwe bin. Und sie hat noch was Interessantes gesagt – unser Mann ist aller Wahrscheinlichkeit nach kein Experte, sondern kennt sich nur oberflächlich mit Horoskopen aus.«

»Und wie kommt sie darauf?«, fragte Hellmer.

»Das erklär ich dir morgen. Ich hab auch noch mal über Lewell nachgedacht. Er ist ein Experte und müsste demnach wissen, dass alle Frauen unterschiedliche Horoskope haben. Die Gonzalez hat mir gesagt, dass außer bei Zwillingen oder bei Personen, die genau zur selben Zeit am selben Ort geboren wurden, kein Horoskop dem andern gleicht. Ich halte es für unwahrscheinlich, dass er mit den Morden etwas zu tun hat.«

»Ich nicht«, entgegnete Hellmer. »Wir beide wissen, dass der Typ unheimlich gerissen ist. Vielleicht will er uns gerade damit auf eine falsche Fährte locken. Er hat alles abgewägt, weiß, dass wir über kurz oder lang das mit dem Sternzeichen herausfinden werden. Aber …«

»Aber wir können ihm doch bis jetzt nicht das Geringste nachweisen! Sicher, er hat uns belogen, als er gesagt hat, er kenne die Albertz oder die Weidmann nicht. Nur, für mich besagt das noch gar nichts. Was, wenn es jemand aus seinem Bekanntenkreis ist? Sein bester Freund vielleicht, mit dem er über alles spricht, auch über intime Details seiner Klientinnen? Oder es ist sogar jemand, der mit Lewell überhaupt nichts zu tun hat. Kann doch auch sein. Allerdings würden wir dann wieder bei null anfangen. Das ist aber ein Gedanke, den ich gar nicht weiterdenken mag. Trotzdem fahren wir gleich morgen früh zu Lewell. Ich will wissen, weshalb er uns angelogen hat.«

»Wie du meinst. Für mich ist er jedenfalls immer noch der Hauptverdächtige, zumindest so lange, bis er uns vom Gegenteil überzeugt hat. Ich will wissen, was er am Wochenende gemacht hat, wo er gewesen ist und so weiter. Nur wenn er uns ein absolut wasserdichtes Alibi vorlegen kann, nehme ich meine Verdächtigungen zurück. Okay?«

»Wir sehen uns morgen früh«, sagte Julia Durant. »Schlaf gut.«

Du irrst dich, Frank, dachte sie, während sie sich auszog und sich unter die Dusche stellte. Du irrst dich gewaltig.

Es war halb zwölf, als sie zu Bett ging. Sie nahm das Buch vom Nachtschrank, das sie seit drei Wochen las und noch immer darauf wartete, dass es spannend wurde. Nach fünf Seiten fielen ihr die Augen zu.

Mittwoch, 20.25 Uhr

Richter saß seit dem Nachmittag an seinem Bericht für die Polizei. Er hatte alle Fakten notiert und war gerade dabei, das

psychologische Profil in den PC einzutippen, als die Tür aufging. Seine Frau Susanne trat ins Zimmer, lächelte, kam auf ihn zu und hauchte ihm einen Kuss auf die Stirn.
»Hallo, Liebling, hier bin ich wieder«, sagte sie mit entschuldigender Miene. »Tut mir Leid wegen gestern, aber ich habe bei Isabell übernachtet, weil es sehr spät geworden ist. Ich hoffe, du bist mir nicht böse deswegen«, säuselte sie. Sie sah wieder einmal hinreißend aus, trug ein kurzes pinkfarbenes Kleid, schwarze Strümpfe und Pumps.
»Das macht nichts. Ich hatte sowieso eine Menge zu tun.« Er speicherte den Text, lehnte sich zurück, zündete sich eine Zigarette an und sah ihr in die Augen.
Er wusste, sie hatte nicht bei Isabell übernachtet, dazu kannte er sie inzwischen zu gut und durchschaute sofort, wenn sie ihm etwas vorschwindelte. Es war aber vor allem ihr Blick, der sie verriet und ihm sagte, dass sie bei einem Mann gewesen war. Doch es machte ihm nichts aus, es war unwichtig. Diese Ehe war ohnehin nur eine Fassade, die er bewusst gewählt hatte. Er hatte sie geheiratet, weil sie äußerlich etwas hermachte und weil sie sich trotz ihrer einfachen Herkunft geschickt in den oberen Kreisen bewegen konnte. Ansonsten ließ er ihr die Freiheit, die sie brauchte, denn sie war wie ein unruhiger Vogel, der es nicht ertrug, in einem Käfig gehalten zu werden. Vielleicht die einzige Eigenschaft, die sie mit Viola Kleiber verband.
»Was habt ihr denn Schönes gemacht?«, fragte er und tat, als ob es ihn interessieren würde.
»Wir waren im Kino und hinterher in einem Lokal. Sie hat mich gefragt, ob ich noch auf einen Sprung mit zu ihr komme, und dann haben wir uns festgequatscht. Dabei ist es so spät geworden, dass ich bei ihr übernachtet habe.« Sie machte ein naives, unschuldiges Gesicht, durch das er sich längst nicht mehr täuschen ließ.

»Und warum bist du heute nicht nach Hause gekommen?«, fragte er weiter, doch seine Stimme hatte nichts Vorwurfsvolles. »Du hättest wenigstens anrufen können.«
»Ach, Liebling«, sagte sie und nahm sich ebenfalls eine Zigarette, »als wir heute Mittag aufgestanden sind, haben wir gedacht, wir könnten mal für einen Sprung nach Wiesbaden fahren. Ich hab übrigens versucht, dich zu erreichen, aber du warst nicht da. Du solltest vielleicht ab und zu deinen Anrufbeantworter abhören. Ich verspreche dir, in den nächsten Tagen ein ganz artiges Mädchen zu sein und ganz brav zu Hause zu bleiben.« Auch das stimmte nicht, er wusste, sie würde schon morgen wieder losziehen, um sich einen Mann zu suchen. »Was machst du denn gerade?«, fragte sie und deutete auf den Tisch mit den aufgeschlagenen Akten.
»Darüber kann ich nicht sprechen«, sagte Richter und zog sie zu sich heran. Sie setzte sich auf seinen Schoß, der verführerische Duft von Roma stieg ihm in die Nase. Er liebte ihn. So wie andere Männer ihn wahrscheinlich genauso liebten. Dieser Duft, getragen von einer schönen Frau, konnte jeden um den Verstand bringen.
»So geheim?«, fragte sie und kraulte seinen Nacken.
»Sehr geheim.«
»Und wie lange musst du noch arbeiten?«
»Bis spät in die Nacht. Du kannst also ruhig zu Bett gehen und schlafen.«
»Ich habe aber keine Lust, alleine einzuschlafen. Ich möchte, dass du mit nach oben kommst«, sagte sie schmollend.
»Nein«, sagte Richter bestimmt. »Und außerdem, was hättest du davon, wenn ich mitkäme? Bin ich etwa so gut wie die andern?«
»Wie welche andern?«, fragte sie wieder mit diesem unschuldigen Augenaufschlag.
»Du weißt genau, wovon ich rede. Komm, geh schlafen oder

sieh fern oder mach, was immer du willst, aber lass mich meine Arbeit erledigen. Und vielleicht dauert es auch nicht allzu lange, und dann komme ich nach.« Er gab ihr einen Klaps auf den Po, und sie verließ scheinbar beleidigt das Zimmer, ohne sich noch einmal umzudrehen.

Nachdem sie gegangen war, setzte er seine Arbeit fort. In seinem Kopf hatte er bereits ein Bild vom Täter, er musste es nur noch niederschreiben. Und er hoffte inständig, dass dieses Bild der Polizei weiterhelfen würde, den Mörder schnell zu finden. Und er wollte mit seinem Freund Konrad Lewell sprechen und auf eine subtile Weise ein paar Informationen aus ihm herauskitzeln. In ihm kreiste seit dem Nachmittag der beinahe perverse Gedanke, dass Lewell etwas mit diesen Morden zu tun haben könnte, obgleich er ihm ein derart perfides Vorgehen nicht zutraute. Aber Lewell war der Einzige, der über detaillierte astrologische Kenntnisse verfügte, der bekannt war für sein Einfühlungsvermögen und seine erstaunlich stark ausgeprägte Intuition, aber auch für seine Unbeherrschtheit und seinen Jähzorn. Und zumindest einige der Opfer hatte er gekannt, und das nicht nur auf beruflicher Ebene. Fast jeder wusste, dass er schönen Frauen nicht widerstehen konnte, dass er seine Liebschaften wechselte wie andere ihre Unterwäsche. Richter war jedenfalls nicht bekannt, dass er jemals über einen längeren Zeitraum hinweg eine feste Beziehung gehabt hatte. Was für seine Bindungsunfähigkeit sprach und ihn damit wieder in den Kreis der potenziellen Täter einschloss. Allerdings passte sein jähzorniges Verhalten nicht in das Muster, denn der Täter ging sehr geplant und gezielt vor. Was wiederum gegen Lewell als Täter sprach. Und dazu kam, dass Lewell sein Freund war, sie seit Jahren über vieles redeten, er ihn sehr gut kannte und ihn nicht für fähig hielt, einen Mord zu begehen. Im Affekt vielleicht, doch nicht geplant. Aber fünf Morde? Nein, dachte er kopf-

schüttelnd, er hat damit nichts zu tun. Aber er weiß etwas. Und ich werde herauskriegen, was es ist. Vielleicht kennt er sogar den Täter, ohne es zu wissen?
Es war kurz nach zweiundzwanzig Uhr, als das Telefon klingelte. Er nahm nach dem ersten Läuten ab.
»Hallo, Liebling, ich bin's schon wieder, Jeannette. Ich wollte nur mal hören, wie's dem großen Meister so geht.«
»Ich bin müde und einfach geschafft.«
»Schade. Ich dachte, wir könnten noch etwas unternehmen. Etwas trinken und danach zu mir fahren. Oder du kommst gleich her zu mir. Wie wär's? Ich könnte dich ganz schnell wieder auf Trab bringen.«
»Du weißt, ich schlage dir sonst nie einen Wunsch ab, aber heute geht es beim besten Willen nicht. Ich habe noch sehr viel zu tun.«
»Was hast du so spät am Abend noch zu tun?«, fragte Jeannette Liebermann. »Du hast doch jetzt keine Patienten mehr, oder?«
»Nein, natürlich nicht. Ich muss nur für die Polizei ein Täterprofil ausarbeiten, und das kostet eine Menge Zeit. Und die brauchen das bis morgen.«
»Na gut«, sagte sie enttäuscht. »Dann eben nicht. Aber meine Dreharbeiten dauern nur noch bis Ende nächster Woche, dann bin ich erst mal für drei Monate auf Mallorca. Ich würde dich trotzdem gerne vorher noch mal sehen.«
»Morgen Abend habe ich alle Zeit der Welt für dich. Wann wollen wir uns treffen?«
»Um neun?«
»Also gut, um neun bei dir.«
»Ich erwarte dich. Und ich lass uns auch was Leckeres zu essen kommen. Versprochen … Und danach machen wir das Gleiche wie am Montag«, sagte sie mit lasziver Stimme. »Bis morgen Abend?«

»Bis morgen Abend.«
Er legte auf und streckte sich. Jeannette Liebermann, eine der bekanntesten Schauspielerinnen Deutschlands, eine Frau, zu Hause in Film, Fernsehen und auf der Bühne, eine Frau, die seit ihrem kometenhaften Aufstieg vor fünf Jahren die Schlagzeilen füllte, die laut einer Umfrage zu den begehrtesten und erotischsten Frauen Deutschlands zählte, der Fleisch gewordene Traum aller Männer und von anderen Frauen insgeheim bewundert und beneidet.
Es war kurz nach Mitternacht, als er die Akten zuschlug und den PC ausschaltete, sich zurücklehnte und gähnte. Er hatte es geschafft, was ihn mit einem gewissen Stolz erfüllte.
Er stand auf, trank ein Glas Sherry, zündete sich eine Zigarette an. Nachdem er zu Ende geraucht hatte, ging er nach oben, duschte kurz und legte sich zu seiner Frau ins Bett, die noch wach war und den Fernseher an hatte. Sie war nackt, sie schlief immer so. Er legte sich neben sie, sie kuschelte sich in seinen Arm, er spürte ihren warmen Atem auf seiner Brust. Sie sagte nichts, kraulte nur seinen Bauch und ließ ihre Hand allmählich immer tiefer gleiten. Und obgleich er nicht vorgehabt hatte, mit ihr zu schlafen, tat er es doch. Und er war sich schon seit langem im Klaren, dass es ein Vabanquespiel war, ein Spiel mit hohem Einsatz, denn Susanne hatte viele, ständig wechselnde Liebhaber. Aber darüber machte er sich nur wenig Gedanken, er war fünfzig und in einem Alter, in dem er nicht über den Tod oder irgendwelche Krankheiten nachdachte, die er sich unter Umständen zuziehen könnte, wenn er mit ihr schlief. Fatalismus.
Sie fühlte sich warm und weich an, sie war zärtlich, und er genoss ihre Berührungen. Er dachte unwillkürlich an Claudia van Dyck und ihre Frage, ob er sie denn liebe. Jetzt, in diesem Moment, merkte er, wie ein angenehmes Gefühl der Wärme in ihm aufstieg, ein Gefühl, das vielleicht so etwas wie Liebe

war, Liebe für seine schöne Frau. Und wahrscheinlich hätte er sie auch wirklich lieben können, wenn sie ihm nur zeigen würde, dass auch sie ihn liebte. Aber er wusste, dass eine Nymphomanin nicht lieben konnte. Eine Nymphomanin wie sie liebte nur sich selbst und den Augenblick, die Abwechslung, die Freiheit, auch wenn sie unter ihrem Drang nach ständig wechselnden Abenteuern litt, weil sie nicht in der Lage war, ihre permanent um Sex kreisenden Gedanken beiseite zu legen.
Er wusste nicht, was wirklich in ihr vorging, was sie dazu trieb, sich in immer neue Abenteuer zu stürzen. Er wusste auch nicht, ob sie krank war, ob eine Fehlsteuerung in ihrem Kopf für ihren unersättlichen Trieb verantwortlich war, aber er hatte auch noch nie ernsthaft mit ihr darüber gesprochen. Er wusste nur, dass er ihr Vater hätte sein können, dass er ihre sexuellen Bedürfnisse unmöglich allein befriedigen konnte. Und deswegen würde auch dies nur eine Beziehung auf Zeit sein. Es war halb zwei, als sie in seinem Arm einschlief, während er noch lange wach lag und nachdachte.

Donnerstag, 6.45 Uhr

Julia Durant wachte von dem nervtötenden Geräusch des Weckers auf. Sie drehte sich auf die Seite, drückte den Aus-Knopf und blieb noch einen Augenblick liegen, um allmählich zu sich zu kommen. Sie hatte tief und fest geschlafen, das Buch lag vor dem Bett. Im Gegensatz zu gestern war der Himmel von einer dicken grauen Wolkenschicht bedeckt, ein leichter Wind wehte durch das gekippte Schlafzimmerfenster herein.
Sie setzte sich auf, nahm die Flasche Wasser, die neben dem Bett stand, und trank einen Schluck. Dann zog sie die Knie

an, legte den Kopf darauf und fuhr sich mit beiden Händen durchs Haar. Sie hatte wieder den gleichen merkwürdigen Traum gehabt, den sie nicht einzuordnen wusste. Sie war mit dem Auto in eine Tiefgarage gefahren, und plötzlich waren alle Ausgänge versperrt. Sie hatte versucht, irgendwie aus diesem Gefängnis herauszukommen, aber es war ihr nicht gelungen.
Sie zwang sich, nicht länger über diesen absurden Traum nachzudenken, für heute standen einige wichtige Termine auf dem Programm. Sie blieb noch eine Weile im Bett sitzen, den Kopf auf den Knien. Nach einer kurzen Besprechung im Präsidium würde sie mit Hellmer zu Lewell fahren, um ihn zu einem Verhör aufs Präsidium mitzunehmen, damit er ihnen einige wichtige Fragen beantwortete. Vor allem kam es darauf an, ob er für die jeweiligen Tatzeiten ein Alibi vorweisen konnte. Außerdem würden sie ihn zwingen, seine Klientenkartei offen zu legen, um zu sehen, ob außer Juliane Albertz auch die anderen vier Opfer sich von ihm ein Horoskop erstellen ließen. Allein das Verhör von Lewell konnte sich stundenlang hinziehen, sofern er weiter beharrlich schwieg, wodurch er sich jedoch immer verdächtiger machen würde. Und Julia Durant wollte Richter fragen, ob er mit dem Täterprofil vorangekommen sei und es vielleicht schon heute präsentieren könnte.
Um Punkt sieben stand sie auf, ging ins Bad und machte sich frisch. Sie holte die Frankfurter Rundschau aus dem Briefkasten, frühstückte, las dabei die Zeitung, die ausführlich über die libyschen Terroristen und deren Drohungen berichtete, sollten ihre Landsleute nicht umgehend freikommen. Im Lokalteil fand sie einen kurzen Artikel über den Mord an Vera Koslowski, der aber glücklicherweise nicht mit den anderen Morden in Zusammenhang gebracht wurde. Sie faltete die Zeitung zusammen, stellte das Geschirr in die Spüle,

rauchte noch eine Gauloise und sah sich in der Wohnung um. Sie dachte dabei unwillkürlich an den merkwürdigen Zufall, dass auch sie Skorpion mit Aszendent Löwe war. Lächelnd drückte sie die Zigarette aus, erhob sich und zog die Jacke über, da sie aus den Nachrichten wusste, dass heute ein kühler Tag werden würde, ein Tag, den sie lieber im Bett verbracht hätte. Sie zuckte die Schultern, nahm ihre Tasche, machte die Tür hinter sich zu.

Als sie um kurz vor acht im Präsidium ankam, waren die meisten Beamten bereits in ihren Büros. Berger saß wie immer hinter seinem Schreibtisch, die Arme über dem massigen Bauch verschränkt, ein leichter Geruch von Alkohol lag in der Luft. Durant fragte sich, wie lange sein Körper das noch mitmachen würde. Als sie ihn vor fünf Jahren kennen gelernt hatte, war er noch ein stattlicher, etwas fülliger Mann gewesen, versehen mit einem brillanten Verstand und analytischem Denken. Doch der tragische Unfalltod seiner Frau und seines Sohnes hatten aus ihm innerhalb kürzester Zeit ein nervliches und seelisches Wrack gemacht. Das Einzige, das ihm offenbar zu überleben half, waren Alkohol und übermäßiges Essen. Sein Gesicht wirkte aufgedunsen, er hatte mindestens vierzig Kilo zugenommen. Fast jeder in seiner Umgebung wusste von seinem Problem, doch beinahe dreißig Dienstjahre machten ihn praktisch unantastbar. Andere, jüngere Kollegen hingegen, die ein Alkoholproblem hatten, wurden bei Auffälligkeit in der Regel zu einer Entziehungskur mit anschließender Therapie geschickt, und wenn dies nichts half, wurden sie auf einen Posten versetzt, wo sie nicht direkt mit Ermittlungen oder ähnlich schwierigen Aufgaben betraut waren, oder sie wurden im schlimmsten Fall, sobald sie zum Beispiel ein Risiko darstellten, ihres Beamtenstatus enthoben und entlassen.

Aber einen Berger, der sich über viele Jahre hinweg als ausgezeichneter Polizist bewährt hatte, der für seine untrügliche Spürnase bekannt war, schickte man mit Anfang fünfzig nicht mehr zu einer Entziehungskur oder Therapie. Er war weiterhin der Chef der Mordkommission und würde es auch bis zuletzt bleiben. Und jedem in dieser Abteilung, auch Berger, war klar, dass Durant, Hellmer und Kullmer inzwischen die führenden Köpfe waren. Berger erweckte bisweilen den Eindruck, als würde er den Tag seiner Pensionierung herbeisehnen, wenn er diesen Tag denn überhaupt noch erleben sollte. Er war ein einsamer, in sich gekehrter Mann, nicht in der Lage, Gefühle nach außen zu zeigen. Nur noch manchmal blitzte bei ihm so etwas wie Energie und scharfer Verstand durch, doch im Grunde überließ er den anderen Beamten die wesentliche Arbeit. Er war tagein, tagaus im Büro, bisweilen sogar am Wochenende, weil ihn das Alleinsein zu Hause zu erdrücken schien, wie Durant vermutete. Und wenn er pensioniert war, was würde er dann mit seiner vielen Freizeit anfangen? Wie viel er trank, wusste sie nicht, sie konnte es nur vermuten. Selbst seine Tochter Andrea, die anfangs nach dem Tod der Mutter ein Halt für ihn gewesen war, konnte ihm nicht helfen. Sie absolvierte gerade eine Ausbildung an der Polizeischule mit dem Ziel, eines Tages als Kriminalpsychologin zu arbeiten. Irgendwie empfand Durant Mitleid für Berger, doch sagte sie sich auch, dass er ein erwachsener Mann war, der selbst wissen musste, was er tat.

Hellmer machte einen unausgeschlafenen, mürrischen Eindruck, während Kullmer Kaugummi kauend und lässig hinter seinem Schreibtisch saß und scheinbar lustlos in ein paar Akten blätterte.

»Morgen«, sagte sie, hängte ihre Tasche über den Stuhl und setzte sich. »Liegt für heute irgendwas Besonderes an?«, fragte sie.

Berger schüttelte den Kopf, das Gesicht von lauter feinen

roten Äderchen durchzogen, die Augen hatten einen leicht gelblichen Schimmer. »Nicht dass ich wüsste. Sie leiten die Ermittlungen.«
»Gut, ich habe mir nämlich für heute einiges vorgenommen. Ich möchte noch mal raus zu Lewell fahren und ihn persönlich ins Präsidium schleppen, außer er sagt uns, was er weiß. Und außerdem will ich Richter fragen, ob er mit seiner Arbeit vorangekommen ist.«
Sie griff zum Telefon und wählte Richters Nummer. Er nahm schon nach dem ersten Läuten ab.
»Guten Morgen, Professor Richter«, sagte sie. »Tut mir Leid, wenn ich so früh schon störe, aber ich ...«
»Schon gut«, unterbrach er sie, »ich kann verstehen, dass Ihnen die ganze Sache unter den Nägeln brennt. Ich bin heute Nacht mit dem Täterprofil soweit fertig geworden. Wann passt es Ihnen am besten, dass ich vorbeikomme?«
»Heute Nachmittag? So gegen drei?«
»Kein Problem. Um drei. Aber versprechen Sie sich um Himmels willen nicht zu viel davon. Mit der Adresse und der Telefonnummer des Täters kann ich leider noch nicht dienen«, fügte er lachend hinzu.
»Das habe ich auch gar nicht erwartet. Bis nachher, und schon mal vielen Dank für Ihre Mühe.«
Hellmer hatte sich einen Kaffee eingeschenkt und stand an die Wand gelehnt, hinter sich die große Frankfurt-Karte. Julia Durant sah kurz zu ihm, dann auf die Karte, erhob sich und stellte sich neben ihn. Für einen Moment herrschte Stille im Raum, nur bei Kullmer spielte leise das Radio.
»Sag mal, Frank, die Opfer lagen doch alle in südöstlicher Richtung.« Sie fuhr sich mit einer Hand übers Kinn und steckte sich dann eine Zigarette an. »Hier«, sagte sie und deutete auf die Karte. Hellmer drehte sich um und warf einen Blick auf die Pins, die die Fundorte markierten. »Parkfried-

hof Heiligenstock, und ziemlich genau entgegengesetzt davon, aber auch im Norden, die Thomas-Mann-Straße. Dann mehr in der Mitte Grüneburgpark und Rotlintstraße, und hier unten im Süden Kelsterbacher Straße. Geht der Typ eventuell nach einem geographischen Muster vor?«
Hellmer rieb sich über seinen Dreitagebart und zuckte ratlos die Schultern. »Keine Ahnung. Wie kommst du darauf?«
»Weiß nicht, ist nur so ein Gefühl. Die Albertz, die Weidmann und die Müller sind im Freien gefunden worden, und zwar weitab von ihrer Wohnung, aber nicht am Tatort. Die Koslowski und die Kassner wurden aber in ihrer Wohnung umgebracht und auch dort gefunden. Warum hat er die beiden nicht ebenfalls im Freien deponiert?«
»Weil es für ihn die bequemste Möglichkeit war«, bemerkte Kullmer, der plötzlich hinter ihnen stand. »Außerdem muss er doch damit rechnen, dass er irgendwann beobachtet wird. Er ist einfach noch vorsichtiger geworden.«
Die Kommissarin schüttelte den Kopf. »Nein, das glaube ich nicht. Die Müller hat er in der Nacht von Sonntag auf Montag umgebracht und die Kassner nur ein paar Stunden später. In dieser kurzen Zeit ändert einer wie er nicht die Vorgehensweise. Er verfolgt eine bestimmte Strategie, aber welche? Wenn wir die Fundorte miteinander verbinden, könnten wir dann eventuell ein Muster erkennen? Ziehen wir doch einfach mal ein paar Linien. Vielleicht hat es etwas mit der Chronologie der Morde zu tun, denn eines ist sicher, er tötet sie nicht in der Reihenfolge ihres Geburtstags«, sagte sie. Sie nahm einen Bleistift in die Hand und verband die Fundorte miteinander. »Hier, Nummer eins, Heiligenstock, runter zu Nummer zwei, Rotlintstraße, dann zu Nummer drei, Grüneburgpark, Nummer vier, Kelsterbacher Straße, Nummer fünf, Thomas-Mann-Straße …« Sie ging etwa zwei Meter

zurück, machte ein nachdenkliches Gesicht, verzog den Mund und wiegte den Kopf hin und her.
»Das ist weder ein geographisches Muster noch eine geometrische Figur, und wenn doch, dann kenne ich sie nicht«, erklärte Hellmer. »Aber ich war in Mathe sowieso nie gut.«
»Es war einfach ein Versuch. Was ist mit der Entfernung der jeweiligen Fundorte voneinander? Luftlinie, meine ich«, fragte sie.
»Moment.« Kullmer holte ein Lineal. »Heiligenstock bis Rotlint dreieinhalb Kilometer, Rotlint bis Grüneburg drei, Grüneburg bis Kelsterbacher gut vier, Kelsterbacher bis Thomas-Mann etwa achteinhalb. Das macht auch nicht gerade viel Sinn«, sagte er mit einem verkniffenen Grinsen.
Durant kaute auf der Unterlippe, sie war wieder angespannt und nervös. »Warum hat er die ersten drei im Freien deponiert und die andern beiden nicht?«
»Weil die andern beiden allein stehend waren und eine eigene Wohnung hatten«, sagte Hellmer trocken und trank seinen Kaffee aus. »Ganz einfach.«
»Die Weidmann hatte auch eine eigene Wohnung.«
»In der hat sie doch mit ihrem Verlobten gewohnt.«
»Der war aber zum Zeitpunkt ihres Todes gar nicht im Land. Er hatte damals für längere Zeit beruflich in den USA zu tun. Das heißt, wenn der Täter gewollt hätte, dann hätte er auch sie in ihrer Wohnung umbringen und dort liegen lassen können. Das hat er aber nicht gemacht, er hat sie erwiesenermaßen nicht in ihrer Wohnung getötet, sondern sie stattdessen etwa zwölf Kilometer entfernt davon abgelegt. Warum so weit von der Wohnung weg? Und warum Erika Müller im Grüneburgpark, was ja nicht ganz ungefährlich ist? Und auch die Rotlintstraße ist ja fast schon Innenstadt, zumindest ist die Friedberger Landstraße, die ja rund um die Uhr stark frequentiert ist, nicht weit davon entfernt. Er hätte ja immerhin

gesehen werden können. Ihm kommt es nicht auf Vorsicht an, obwohl er äußerst vorsichtig vorgeht, denn das, was er tut, ist mit einem ungeheuren Risiko verbunden. Er will uns unbedingt etwas zeigen. Und deswegen bin ich überzeugt, dass es ein Muster gibt, und zwar eins, das auch auf der Karte zu sehen ist. Aber was ist es?«

»Vielleicht können wir es nicht sehen, weil er sein Werk noch nicht vollendet hat«, bemerkte Kullmer. »Möglicherweise gibt es tatsächlich ein Muster, aber er hat die Teilchen so unzusammenhängend gelegt, dass wir damit noch nichts anfangen können. Betonung auf noch nichts. Viel interessanter für mich wäre zu wissen, wo er die drei andern umgebracht hat.«

»Das ist genau das, worüber ich mir schon die ganze Zeit den Kopf zerbreche«, sagte Durant. »Es gibt einen Ort, an dem er die Müller, die Weidmann und die Albertz getötet hat, aber der ist nicht identisch mit den Fundorten. Ein Ort, wo er sie stunden- oder gar tagelang unbemerkt quälen und letztendlich töten konnte. Was für ein Ort könnte das sein?«

Hellmer verdrehte die Augen, stellte seinen Becher auf den Tisch und zündete sich eine Zigarette an. »Mein Gott, es kommen tausende von Orten in Frage. Ein leer stehendes Haus, ein Keller, eine alte Fabrikhalle, ein Bunker, was weiß ich!«

»Fabrikhalle, Bunker, nein«, sagte Durant mit energischer Stimme. »Seine Opfer haben sich mit ihm in gutem Glauben getroffen. Sie haben ihn schon längere Zeit gekannt, sie haben sich extra für ihn hübsch gemacht. So aufgemacht geht man in keinen Bunker oder eine Fabrikhalle. Aber in ein Haus, vielleicht sogar *sein* Haus. Er hätte genauso gut die Koslowski und auch die Kassner in dieses Haus locken können, aber das war nicht nötig, weil ihre Wohnungen so gelegen waren, dass sie in dieses Muster passen, in *sein* Muster.« Sie hielt inne, überlegte. »Macht doch mal auf dem Compu-

ter ein Planspiel. Versucht so viele verschiedene geometrische Formen auf dem Stadtplan herzustellen wie nur möglich. Mit einer, zwei, drei oder einer Million Unbekannten. Vielleicht kommt da ja was bei raus. Die Koslowski und die Kassner sind nicht zufällig in ihrer Wohnung umgebracht worden …« Sie holte tief Luft. »Okay, im Augenblick kommen wir nicht weiter. Frank, wir beide fahren jetzt raus zu Lewell. Ich hab's mir überlegt, wir holen ihn uns. Wir versuchen es erst im Guten, wenn er dann immer noch mauert, muss er mit aufs Präsidium. Und wenn er nicht freiwillig seine Klientenkartei rausrückt, dann gibt's eine Hausdurchsuchung. Auf, fahren wir.« Und an Kullmer gewandt: »Und Sie setzen sich bitte mit einem unserer Computerspezis zusammen und … Sie wissen schon, was ich meine.«
»Aye, aye, Captain.« Kullmer stand stramm, die Hand an die Schläfe gelegt, machte auf dem Absatz kehrt und verschwand grinsend in seinem Büro.
»Und wir sind dann mal weg. Mal sehen, ob Lewell heute immer noch behauptet, die Albertz nicht zu kennen«, sagte Durant und nahm ihre Tasche.
»Viel Glück«, rief ihnen Berger hinterher.
Auf dem Weg zu ihrem Lancia fragte Hellmer: »Und du bist wirklich überzeugt von dem, was du eben gesagt hast?«
»Absolut. Alles, was er bis jetzt getan hat, hat symbolhaften Charakter. Und dazu würde einfach passen, dass er seine Opfer nicht nur in einer bestimmten Stellung, sondern auch an bestimmten Orten aufbahrt. Vielleicht soll am Ende das Ganze eine Art Bild ergeben, das er gemalt hat. Oder eine Figur. Keine Ahnung, kann auch sein, dass ich völlig schief liege … Komm, ich will mir jetzt Lewell vorknöpfen.«
»Glaubst du jetzt endlich auch, dass er etwas damit zu tun hat?«
»Weiß nicht. Etwas zu verschweigen bedeutet nicht gleich-

zeitig, Menschen umzubringen. Ich kann mich zwar täuschen, aber ich halte ihn nicht für einen Killer. Auch wenn er mir alles andere als sympathisch ist. Ich frage mich nur, warum der gestern so zugeknöpft war.«

»Vielleicht, weil für ihn die Bullen einfach nur ein rotes Tuch sind. Schließlich hat er schon mal wegen Misshandlung und Vergewaltigung gesessen, falls du das vergessen haben solltest«, sagte Hellmer, während er die Tür aufschloss.

»Hab ich nicht. Aber das ist lange her, und er hat sich seitdem nichts mehr zu Schulden kommen lassen, im Gegenteil, er ist ein sehr wohlhabender und angesehener Mann geworden. Schon mal was von Läuterung gehört?«, fragte sie spitz.

»Werden wir ja gleich sehen, ob der geläutert ist.« Hellmer startete den Motor und lenkte den Lancia aus dem Hof. Während der Verkehr in Richtung Frankfurt um diese Zeit sehr zähflüssig war, brauchten sie bis nach Kronberg nur zwanzig Minuten. Weder Hellmer noch Durant sprachen ein Wort, jeder schien seinen eigenen Gedanken nachzuhängen. Erst als sie das Ortsschild von Kronberg passierten, sagte Hellmer:

»Ich soll dich übrigens von Nadine fragen, wann du denn nun kommst.«

»Ich hab doch schon gesagt, lass uns die ganze Scheiße zu Ende bringen, dann haben wir auch wieder die nötige Ruhe.«

Ohne darauf einzugehen, meinte Hellmer: »Kann ich schon verstehen, aber hättest du nicht trotzdem Lust, heute Abend auf einen Sprung vorbeizuschauen? Wir haben doch beide Bereitschaft, und wenn irgendwas ist, dann …«

Julia Durant sah Hellmer grinsend von der Seite an. »Du gibst wohl auch nie auf, was? Wann denn heute Abend?«

»Acht?«

»Okay, um acht. Und was gibt's zu essen? Ich meine, wenn ich euch schon beehre …« Sie grinste erneut.

»Lass dich überraschen. Ich ruf nur schnell Nadine an und

sag ihr, dass du kommst. Sie würde sich wirklich freuen, dich mal wieder zu sehen. Sie mag dich halt.«
Sie fuhren in die offen stehende Einfahrt von Lewells Haus und parkten den Lancia hinter seinem schwarzen Porsche. Hellmer holte sein Handy aus der Tasche und rief bei seiner Frau an. Nach dem Gespräch stiegen sie aus und gingen auf das Haus zu.

Donnerstag, 9.25 Uhr

Hellmer drückte auf die Klingel und hörte das dumpfe Dingdong im Haus. Sie warteten eine Weile, Hellmer klingelte erneut und runzelte die Stirn.
»Komisch, sein Wagen ist hier, und das Tor ist auch nicht zu. Gehen wir mal hoch an die Tür.«
Die Tür war nur angelehnt, Hellmer stieß sie vorsichtig auf. »Hallo!«, rief er. »Herr Lewell, wir sind's noch mal, Polizei!«
Keine Antwort.
Sie betraten das Haus, im Flur brannte Licht, ebenso im Wohnzimmer, das sich gleich links vom Flur befand. Der Fernsehapparat lief, eine halb volle Flasche Scotch befand sich auf dem Tisch, die Pfeife lag rechts neben dem Sessel, etwas Asche war auf dem Teppich, ein Glas lag links vom Sessel. Die Kommissare gingen weiter in das Zimmer hinein, sahen Lewell von hinten in seinem Sessel sitzen, die Beine lagen auf dem Tisch.
»Herr Lewell?«, fragte Durant und trat noch näher an ihn heran, bis sie neben ihm stand. Sie schluckte schwer, warf Hellmer einen ernsten Blick zu und bedeutete ihm, zu ihr zu kommen. »Scheiße!«, quetschte sie leise durch die Zähne. »Was läuft hier bloß für eine verdammte Sauerei ab?«

Das Einschussloch befand sich etwas oberhalb der Nasenwurzel, die Kugel war am Hinterkopf ausgetreten, musste das Gehirn förmlich zerfetzt haben. Sie steckte jetzt in der Sessellehne hinter Lewells Kopf. Das wenige Blut war verkrustet, Lewell fühlte sich kalt an. Seine Augen waren geschlossen, sein Gesichtsausdruck zeigte weder ungläubiges Staunen noch Entsetzen wie so oft, wenn man gewaltsam zu Tode Gekommene zu Gesicht bekam.
»Hier hat jemand ganze Arbeit geleistet«, erklärte Durant. »Damit können wir ihn wohl von unserer Liste streichen. Ruf Berger an, er soll unsere Leute herschicken.«
Nachdem Hellmer das Telefonat beendet hatte, sagte sie: »Was geht hier vor? Was geht hier bloß vor? Dieses verdammte Arschloch! Warum hat er gestern nicht sein Maul aufgemacht? Sag's mir!« Sie schlug vor Wut mit einer Faust ein paar Mal gegen die Wand.
Hellmer zuckte hilflos die Schultern. »Vielleicht, weil er ein Arschloch war ... Aber jetzt ist er zumindest geläutert«, fügte er grinsend hinzu.
»Dein makabrer Humor ist manchmal wirklich umwerfend. Womöglich hat er auch geahnt, wer für die Morde verantwortlich ist, und hat sich dabei zu weit aus dem Fenster gelehnt. Vielleicht wollte er uns beweisen, was für ein toller Kerl er ist, und uns den Killer auf dem Präsentierteller servieren, hat dabei jedoch leider übersehen, dass er ihm nicht gewachsen war.«
»Das würde aber bedeuten, er hat sich gestern noch mit ihm getroffen ...«
»... Und ihm erzählt, dass wir hier waren. Vermutlich jemand, der mit Lewell sehr gut befreundet war. Vielleicht sogar sein bester Freund, mit dem er über alles reden konnte und der womöglich auch die Lebensgeschichte von Lewell aus dem Effeff kannte. Sie waren so gut befreundet, dass

Lewell nichts befürchtete. Und das war sein Verhängnis. Was immer Lewell ihm auch gesagt oder angedeutet hat, für unseren Mann wurde er zu einem Sicherheitsrisiko.«
»Und wie kommst du darauf, dass es ein Freund war?«, fragte Hellmer ruhig.
»Siehst du hier etwa Spuren eines Kampfes? Hier schaut es wie in einem ganz normalen Wohnzimmer aus. Etwas edler und gediegener vielleicht, aber ordentlich. Kein umgekippter Stuhl oder Sessel, nichts. Nur das Glas und die Pfeife auf dem Teppich. Wer immer hier war, es war jemand, dem Lewell vertraut hat. Den er möglicherweise verdächtigt hat, entweder direkt etwas mit den Morden zu tun zu haben oder zumindest zu wissen, wer dahinter stecken könnte. Nur hat er dabei vergessen, die Schlange am Kopf zu packen, weil er nicht im Geringsten ahnte, dass sie sofort zubeißen würde.«
»Überzeugt. Schauen wir uns doch mal in seinem Büro um«, sagte Hellmer.
»Ich möchte wetten, wir finden nichts, aber auch gar nichts. Keine Daten oder Dateien auf dem Computer, kein Notizbuch, keinen Terminplaner, nichts.« Durant sah Hellmer kopfschüttelnd an. »Das Spiel ist noch nicht zu Ende, es hat vielleicht gerade erst begonnen. Und wer immer ihm diesen Fangschuss verpasst hat, es ist derselbe, der auch unsere Frauen umgebracht hat. Der Typ ist so was von heiß gelaufen, er kennt absolut keine Skrupel mehr.« Sie zog sich Plastikhandschuhe an, beugte sich über Lewell, befühlte sein Kiefergelenk, prüfte die Beweglichkeit des Schultergelenks und der Ellbogen. »Ich schätze, er ist seit mindestens sieben Stunden tot. Irgendwann zwischen Mitternacht und drei hat's ihn erwischt, vermute ich mal. Die Leichenstarre hat längst eingesetzt.« Sie atmete tief durch, lehnte sich an den Schrank, machte ein ratloses Gesicht, das plötzlich einen wütenden Zug annahm. Julia Durant ballte die Fäuste. Sie hatte

Mühe, ihren Zorn und ihre unsägliche Ohnmacht gegenüber diesem Phantom zu unterdrücken und laut zu schreien. »Wenn der doch nur seinen Mund aufgemacht hätte! Dann hätten wir diesen Dreckskerl wahrscheinlich schon. Aber jetzt kann er ungestört weitermachen. Denn jetzt ist der Mann, der ihn hätte belasten können, tot. Mausetot. Und wir stehen wieder am Anfang. Und machen uns so allmählich zum Gespött der Leute.«

Ihr fiel auf einmal wieder der Traum ein, den sie zweimal innerhalb weniger Tage gehabt hatte, zuletzt vergangene Nacht. Das Eingesperrtsein, die verschlossenen Ausgänge, das Oberlicht, durch das sie aber nicht ins Freie gelangen konnte, weil eine Eisenstange den Ausstieg verhinderte. Allmählich bekam dieser Traum einen Sinn. Sie war eingesperrt, und das Oberlicht war der einzige Weg nach draußen. Das Problem war die Eisenstange. Wenn es ihr gelänge, diese zu entfernen, dann wäre der Weg aus diesem unterirdischen Gefängnis frei.

Es war wie mit diesem Fall, es gab einen Lösungsweg, doch bevor sie die Lösung hatte, war da diese Stange, die sie hinderte, bis zur Lösung vorzudringen. Aber das Licht war dennoch zu sehen. Solange sie sich in dieser dunklen Tiefgarage befand, führte kein Weg hinaus. Und solange die Eisenstange da war, war ihr der Ausstieg verwehrt. Welche Möglichkeiten aber gab es, die Stange zu entfernen? Sie wusste es nicht, sie wusste gar nichts mehr. Nur, dass alles eine riesengroße Sauerei war.

»Was ist los?«, fragte Hellmer, der Durant besorgt ansah.

»Ach, nichts weiter. Ich hab nur nachgedacht.« Sie folgte Hellmer ins Arbeitszimmer und sah die Gläser auf dem Schreibtisch. »Er hat Besuch gehabt. Zwei Gläser.«

»Es kann ein Klient gewesen sein. Lewell ist nicht hier umgebracht worden, sondern im Wohnzimmer.«

Durant ging um den Schreibtisch herum und zog die oberste Schublade auf. Sie war leer. Ebenso die beiden anderen Schubladen. Sie schaltete den PC ein, der Bildschirm blieb schwarz. »Wie ich vermutet habe«, sagte sie, »alles gelöscht. Du brauchst nur den Format-Befehl einzugeben, und schon wird die Festplatte im wahrsten Sinne des Wortes geputzt. Keine Disketten, keine CD-ROM, nichts. Warum hat er nicht mit uns geredet?«

»Er wird seine Gründe gehabt haben. Und darüber nachzugrübeln hilft jetzt auch nichts mehr. Komm, lass uns draußen auf die andern warten.«

»Ich will mich erst noch mal in der Wohnung umsehen«, sagte Durant. Sie ging ins Schlafzimmer, das Bett war unberührt. Sie öffnete den begehbaren Kleiderschrank, wo die Anzüge, Hosen und Hemden fein säuberlich auf Bügeln hingen, die Unterwäsche wie mit dem Lineal gezogen nebeneinander lag.

»Schau mal hier, wie viele Schuhe er hat. Mindestens dreißig Paar. Und nur Maßanfertigungen.«

»Na und?«, erwiderte Hellmer ungerührt. »Da, wo er jetzt ist, braucht er keine maßgefertigten Schuhe oder Anzüge mehr. Da sind wir alle nackt.«

»Dein Sarkasmus ist heute wirklich bemerkenswert«, sagte Durant. »Ist das deine Art, mit der ganzen Sache umzugehen?«

»Vielleicht.« Hellmer blieb in der Tür stehen, dachte nach, machte kehrt, meinte, er sei gleich wieder zurück. Julia Durant sah sich weiter im Schlafzimmer um, ging in das schwarz gekachelte Bad mit einer schwarzen Badewanne mit Whirlpool und einem riesigen Spiegelschrank. Auf einem gold glänzenden Regal standen mindestens fünfzig verschiedene Sorten Eau de Toilette.

Hellmer kam ganz aus der Puste zurück. »Scheiße, ich sollte

endlich mit der verdammten Qualmerei aufhören. Du sagst doch, es muss ein sehr guter Bekannter oder gar Freund gewesen sein? Wieso aber hat dann Lewell allein getrunken? Ich meine, wenn Nadine und ich Besuch haben, dann bieten wir dem- oder denjenigen immer etwas zu trinken an. Doch ich habe nur ein Glas gesehen.«
Julia Durant kam aus dem Bad heraus und blickte Hellmer nickend an. »Komm, das will ich mir noch mal anschauen.«
Sie gingen zurück ins Wohnzimmer. Die beiden Kommissare ließen ihre Blicke durch den Raum gleiten.
»Du hast Recht«, sagte Durant anerkennend, »er hat allein getrunken. Oder aber derjenige wollte nichts.«
»Eher unwahrscheinlich. Unsere Gäste lehnen nie ab. Und ein guter Freund schon gar nicht. Und wenn du sagst, du vermutest, dass Lewell zwischen eins und drei heute Nacht erschossen wurde, dann erscheint mir das reichlich spät, um noch einen Gast zu empfangen, selbst wenn es sich dabei um den besten Freund handelt.« Hellmer hielt inne, kratzte sich am Hinterkopf. »So, und jetzt meine Theorie. Lewell war allein. Er hat allein getrunken, allein geraucht, allein ferngesehen. So wie er in seinem Sessel sitzt, so sitzt man nur, wenn man allein ist – oder verheiratet. Er hat es sich gemütlich gemacht und ist vor dem Fernseher eingeschlafen …«
»Aha, und dann ist jemand einfach so durch die Wand gegangen und hat ihn erschossen. Tolle Theorie, muss ich schon sagen«, bemerkte sie spöttisch.
»Du kannst deine Ironie ruhig wieder einpacken«, erwiderte Hellmer gelassen und drehte sich um, so dass Julia Durant nur seinen Rücken sah. »Es geht nämlich noch weiter. Was tust du«, er machte eine schnelle Wendung und zielte mit seiner Dienstwaffe genau auf den Kopf von Julia Durant, »wenn eine Pistole auf dich gerichtet ist?«
Sie riss instinktiv die Arme hoch und duckte sich. »He,

spinnst du, nimm das Ding wieder runter! Damit macht man keinen Spaß!«

»Ich wollte nur mal testen, wie du reagieren würdest.« Er steckte seine Pistole in den Schulterhalfter. »Genau wie du eben reagieren fast alle. Die meisten sogar noch extremer. Vor mir brauchst du keine Angst zu haben, ich würde nämlich nicht schießen, nicht auf meine über alles geliebte Kollegin. Aber wenn plötzlich jemand, dem du eigentlich blind vertraust, eine Waffe gegen dich richtet und du an seinem Blick und seinen Worten merkst, dass er es ernst meint, dann kommt die große Angst. Du reißt die Augen vor Entsetzen auf, wirst vor Schreck ganz starr oder hältst die Hände vors Gesicht und winselst nur noch um Gnade. Du willst nicht sterben, doch du bist unfähig, dich zu bewegen, denn du weißt, eine Kugel ist immer schneller. Aber siehst oder spürst du hier irgendwas von Entsetzen oder Schreck oder Angst? Schaut Lewell aus, als hätte er Angst gehabt? Nein, er sitzt ganz ruhig in seinem Sessel, und er hat geschlafen, als er erschossen wurde. Deshalb auch die geschlossenen Augen und der entspannte Gesichtsausdruck.« Hellmer machte eine Pause, um seine Worte auf Durant wirken zu lassen.

»Und weiter? Ich kann dir nicht ganz folgen«, gab sie zu.

»Also«, fuhr Hellmer fort und stellte sich ans Fenster, die Hände in der Lederjacke vergraben. »Lewell hat sich am Abend hingesetzt, um fernzusehen. Er hat ein oder zwei Pfeifchen geraucht und ein oder zwei Gläser Whiskey getrunken. Er hat es sich richtig gemütlich gemacht. Und irgendwann ist er eingeschlafen, mit der Pfeife und dem Glas in der Hand. Na ja, bei dem Scheißprogramm gestern auch kein Wunder«, sagte er grinsend. »Aber Spaß beiseite, jetzt kommt's nämlich. Jemand hat ihn aufgesucht, ihm, während er schlief, die Pistole vor die Fresse gehalten und einfach abgedrückt. Das Glas und die Pfeife sind automatisch zu Boden

gefallen, Lewell war tot. Er hat den Schuss überhaupt nicht mitgekriegt, deshalb auch diese absolut unnormal entspannte Stellung. Er wurde einfach im Schlaf von der Kugel überrascht. Danach hat der Mörder sämtliche Daten aus dem Computer gelöscht und alles mitgehen lassen, was auf ihn hätte hinweisen können …«
»Schlaumeier«, wurde er von Durant brüsk unterbrochen. »Und wie, bitte schön, soll derjenige hier reingekommen sein, wenn Lewell angeblich geschlafen hat?«
»Mit einem Schlüssel. Es soll vor allem unter allein stehenden Personen nicht unüblich sein, einem sehr guten Freund oder einer sehr guten Freundin einen Schlüssel von der Wohnung zu geben, falls mal irgendwas passiert oder die Blumen gegossen werden müssen, wenn man verreist ist, oder die Katze versorgt werden muss. Und Lewell war allein stehend. Schon mal was von Vertrauen gehört? Oder ist das ein Fremdwort für dich?«, fragte er anzüglich grinsend.
»Arsch! … Aber deine Theorie hört sich nicht schlecht an. Auch wenn sie mir sehr weit hergeholt zu sein scheint. Ich weiß nicht, ich weiß nicht … Warum war die Tür dann nur angelehnt?«
»Damit er gleich heute Morgen gefunden wird. Von wem auch immer. Ich habe mir jedenfalls eben, als du noch im Schlafzimmer gewesen bist, das Schloss angesehen. Es gibt keinerlei Einbruchspuren. Die Kellertür ist verschlossen, die Terrassentür ebenfalls. Die Fenster sind alle zu. Also muss jemand hier mit einem Schlüssel reingekommen sein.«
»Sehr, sehr dürftig, deine Theorie …«
»Ach komm, du willst doch nur nicht zugeben, dass ich auch mal Recht haben könnte. Genau so war's, das garantiere ich dir. Um was wetten wir?«
»Ich wette nicht.«
»Du hast bloß Angst zu verlieren. Also, los, schlag ein. Wir

wetten um ein Abendessen, und der Gewinner bestimmt das Restaurant. Und der Verlierer zahlt natürlich. Bist du dabei?«
»Einverstanden«, sagte Julia Durant lächelnd. »Ich halte dagegen. Das hat sich anders abgespielt, ich weiß nur noch nicht, wie.«
»Hat es nicht, hat es nicht. Und schau mal, wer da kommt. Alle Mann auf einmal, unser Leichenfledderer, die Laborratten und unser Todesblitzer.«
»Halt die Klappe!«, fuhr Durant ihn leise an. »Du bist heute wirklich extrem gut drauf.«
»Ich weiß. So, dann werden wir den werten Damen und Herren mal die nötigen Instruktionen erteilen und das ganze Haus auf den Kopf stellen lassen. Und sobald die Fotos gemacht sind, schauen wir uns noch ein bisschen weiter um.«
Dr. Bock sowie die drei Männer und zwei Frauen der Spurensicherung blieben im Flur stehen, bis der Fotograf seine Arbeit beendet hatte, während Durant und Hellmer nach draußen gingen, um eine Zigarette zu rauchen. Der Himmel war wolkenverhangen, ein kühler Wind kam von Westen. Frankfurt war in der diesigen Luft nur als Silhouette auszumachen.
»Guck dir mal an, wie weit die Häuser hier auseinander stehen«, sagte Hellmer und blies den Rauch durch die Nase aus. »Von den Nachbarn hat mit Sicherheit keiner auch nur das Geringste mitgekriegt. Hier werden abends um acht die Rollläden runtergelassen und die Bürgersteige hochgeklappt, genau wie bei uns in Hattersheim. Man kennt sich vom Sehen, man grüßt sich vielleicht auf der Straße, mehr aber auch nicht. Es ist im Prinzip nicht viel anders als in diesen eintönigen Hochhäusern. Heute will keiner mehr etwas mit dem andern zu tun haben. Das hat man ja auch bei der Koslowski gesehen. Gekannt hat sie keiner dort. Scheißwelt!«
Sie warfen ihre Zigarettenkippen auf den Boden und gingen zurück ins Haus. Der Fotograf packte seine Geräte ein und

verließ mit einem Kopfnicken das Zimmer. Sie sahen Bock zu, wie er den Toten untersuchte, ein paar Mal wortlos den Kopf schüttelte, die Temperatur maß. Nach etwa zwanzig Minuten sagte er: »Vermutlich wurde er heute Nacht gegen zwei Uhr erschossen. Die Kugel wurde aus etwa einem Meter Entfernung abgefeuert …«
»Augenblick, heißt das, sein Mörder hat sich hingekniet und dann in aller Seelenruhe abgedrückt?«
Bock nickte. »So ungefähr wird es sich abgespielt haben. Die Kugel ist von schräg unten abgefeuert worden. Sie ist etwa in Höhe der Nasenwurzel eingedrungen, hat den Frontallappen, den Temporallappen und den Parietallappen durchquert und ist am Hinterkopf etwas unterhalb der Fontanelle wieder ausgetreten. Und wenn Sie genau hinschauen, dann sehen Sie, dass die Kugel exakt da steckt, wo sie hingehört.« Er deutete auf das Loch in der Sessellehne. »Eintrittswinkel und Austrittswinkel. Der Mörder hat sich entweder gebückt oder hingekniet und dann genau gezielt. Das Opfer ist mit absoluter Sicherheit im Schlaf überrascht worden. Aller Wahrscheinlichkeit nach ein Vollmantelgeschoss, aber das wissen Sie ja sicher selbst. Eine Bleikugel wäre im Schädel stecken geblieben. Hat das was mit den Frauenmorden zu tun?«, fragte er, während er seine Tasche schloss.
»Indirekt schon«, antwortete Durant. »Aber das ist eine lange Geschichte.« Und an die Spurensicherung gewandt: »Arbeitet hier so gründlich wie nie zuvor. Untersucht alles auf Fingerabdrücke, Faserspuren, Zigarettenkippen und so weiter. Seht vor allem mal an der Haustür nach, ob ihr irgendwelche Spuren findet, die auf ein gewaltsames Eindringen schließen lassen. Aber ihr wisst ja, wie ihr's zu machen habt. Und die Ballistiker sollen die Kugel untersuchen.«
Durant und Hellmer blieben noch etwa eine halbe Stunde im Haus, bevor sie in ihren Wagen stiegen, um nach Frankfurt

zurückzufahren. Die Kommissarin baute jetzt auf Richter, auf seinen Bericht, sein Täterprofil. Sie wusste, wenn einer es schaffte, ein einigermaßen genaues Bild vom Täter zu zeichnen, dann er.
Sie hätte heute Morgen mit allem gerechnet, aber nicht damit, dass sie Lewell tot auffinden würden. Irgendwie hatte sie zumindest die Vermutung gehabt, er könnte doch mit den Morden in Zusammenhang gebracht werden, vielleicht, um den Fall schnell beenden zu können. Und jetzt … Während der Fahrt nach Frankfurt sah sie aus dem Seitenfenster, doch ihre Gedanken waren weit weg.

Donnerstag, 10.00 Uhr

Richter hatte nur vier Stunden geschlafen, war um kurz vor sechs aufgestanden, hatte sich frisch gemacht, zwei Tassen schwarzen Kaffee getrunken und drei Scheiben Toast mit Marmelade gegessen. Danach hatte er sich in sein Büro begeben, um noch einmal in aller Ruhe den Bericht durchzugehen. Er war überzeugt, ein recht präzises psychologisches Profil des Täters gezeichnet zu haben. Er studierte auch noch mal die Akten, um zu überprüfen, ob er etwas übersehen hatte, doch ihm fiel nichts auf. Um kurz nach neun ging er hinaus in den Garten, die Hände in den Hosentaschen. Seine Frau Susanne schlief noch, vermutlich würde sie nicht vor dem Mittag aufstehen. Er blieb etwa zehn Minuten im Garten, danach rief er bei Konrad Lewell an, doch der meldete sich nicht. Er würde es am Nachmittag, bevor er aufs Präsidium fuhr, noch einmal versuchen. Um zehn Uhr hatte Viola Kleiber einen Termin bei ihm, bis dahin war noch über eine halbe Stunde Zeit. Er rauchte zwei Zigaretten und trank ein Glas Wasser, packte anschließend sämtliche Unterlagen in seinen Aktenkoffer. Um Viertel vor zehn klingelte das Telefon, Claudia van Dyck.

»Hallo, ich bin's, Claudia. Ich wollte mich nur mal melden und hören, wie es dir geht.«

»Gut. Aber …«

»Ich sehne mich nach dir«, hauchte sie ins Telefon. »Du fehlst mir sehr. Können wir uns heute Abend sehen? Ich ziehe auch etwas ganz Ausgefallenes an. Du wirst es nicht bereuen.«

»Nein, heute geht es nicht. Ich bin ab zwei außer Haus, und es kann sehr spät werden«, antwortete er.

»Du klingst so abweisend. Was ist los mit dir? Hab ich dir irgendwas getan?«

»Nein, es hat nichts mit dir zu tun«, log er. »Lass uns doch morgen telefonieren, ich habe gleich eine Patientin. Bis morgen.«

»Warte, leg noch nicht auf. Ich muss dir noch was sagen. Ich liebe dich, und das weißt du. Und ich könnte es nicht ertragen, wenn du mich wegstößt. Ich habe die Wohnung doch extra für uns gekauft.«

»Aber wir hatten abgemacht, nie über Liebe zu sprechen. Und ich möchte dich bitten, dich an diese Abmachung zu halten.«

»Das kann ich nicht. Nicht mehr. Ich kann nichts gegen meine Gefühle tun. Dazu müsstest du mich schon töten. Wir beide sind füreinander geschaffen, merkst du das denn nicht? Wir beide könnten die Welt aus den Angeln heben!«

»Niemand kann die Welt aus den Angeln heben, Claudia. Das sind nur pubertäre Phantasien. Und wir beide würden über kurz oder lang scheitern. Eine Beziehung nur auf Sex aufzubauen ist ein sehr wackliges Fundament.«

»Du hast alle deine Beziehungen auf Sex aufgebaut, und alle sind in die Brüche gegangen. Wie lange gibst du dir und Susanne noch? Einen Monat, zwei? Oder ein Jahr? Oder ist sie so eine phantastische Frau, dass du für den Rest deines Lebens mit ihr zusammen sein willst?«, fragte sie mit beißender Stimme. »Susanne mag zwar gut aussehen, aber sie ist nicht gerade die Hellste. Das hast du mir selbst gesagt, und ich habe mir erlaubt, es zu überprüfen, und kann es nur bestätigen. Also ist auch das nur eine sexuelle Beziehung. Kann sie so grandios vögeln, dass du alles andere darüber vergisst?«

»Du vergreifst dich im Ton, Claudia …«

»Oh, entschuldige, großer Meister, wenn ich dir auf den Schlips getreten bin. Aber erzähl mir nicht, du würdest sie lieben. Sie ist eine …« Claudia van Dyck stockte, er hörte nur ihr Atmen.

»Was ist sie? Komm, sag's«, forderte Richter sie auf.

»Du weißt, was mit ihr ist, ich brauch es dir nicht extra zu sagen. Und über kurz oder lang wird es ihr das Genick brechen. Denk an meine Worte. Und vergiss nicht, egal, was du tust, ich werde dich immer lieben. Du bist ein Teil von mir. Mit dir kann ich über alles reden, mit dir kann ich bumsen, mit dir kann ich alles machen. Ich fühl mich einfach wohl in deiner Nähe.«

Ich mich aber nicht mehr in deiner, dachte Richter, hielt sich jedoch zurück, den Gedanken auch auszusprechen. »Ich glaube, wir sollten das Gespräch jetzt besser beenden. Lass uns morgen telefonieren, einverstanden?«

»Du willst mich los sein, das spüre ich. Aber so leicht gebe ich mich nicht geschlagen. Meine Liebe kann sehr, sehr stark sein. Und ich lasse mich nicht gerne zurückweisen. Merk dir das.« Sie legte auf, ohne eine Erwiderung von Richter abzuwarten.

Er hielt den Hörer noch einen Moment in der Hand. Dann zündete er sich eine Zigarette an, ging ans Bücherregal, holte einen Wälzer über Kindheitstraumata heraus. Er blätterte

zu einem bestimmten Kapitel, wollte gerade anfangen zu lesen, als die Türglocke anschlug. Er warf einen Blick auf die Uhr.
Viola Kleiber.
Sie schenkte Richter ein undefinierbares Lächeln, ging mit ihrem typisch stolzen und gleichzeitig graziös lasziven Gang an ihm vorbei und setzte sich in ihren Sessel. Sie trug diesmal Jeans und eine weiße Bluse, die ihren braunen Teint noch stärker zur Geltung brachte. Richter nahm ihr gegenüber Platz, den Block auf seinen Oberschenkeln.
»Wie geht es Ihnen heute?«, fragte er und beobachtete sie aus dem Augenwinkel.
»Sie stellen mir fast immer dieselbe Frage. Ist das eine Angewohnheit von euch Psychologen oder reine Höflichkeit? Was soll ich darauf antworten? Gut, schlecht, mittelmäßig? Sagen wir mittelmäßig. Es hat sich nichts verändert.«
»Gut, ich werde diese Frage in Zukunft nicht mehr stellen, wenn Sie es wünschen. Dann sagen Sie mir doch einfach, wie es Ihnen in den letzten Tagen ergangen ist.«
Viola Kleiber lächelte wieder, betrachtete ihre zartrosa lackierten Fingernägel und antwortete: »Mein Mann hat weiter an seinem neuen Buch geschrieben, ich war viel unterwegs, war am Montag und gestern im Fitnesscenter, die Polizei war vorgestern bei meinem Mann, und ich habe mich immer und immer wieder gefragt, wie das Leben weitergehen soll. Ich bin sechsunddreißig, ich habe vermutlich noch viele Jahre vor mir, aber ich will sie nicht länger so verbringen wie bisher.«
Sie stand auf und stellte sich wie so oft ans Fenster und blickte hinaus in den herbstlichen Garten, der sich jetzt dem Grau des Himmels angepasst hatte. Die immer kahler werdenden Bäume verloren Blatt um Blatt, und es war nur eine Frage von wenigen Tagen, bis sie wie hölzerne Mumien waren, die

auf den Winter warteten, der vermutlich auch in diesem Jahr nicht kommen würde. Vielleicht dann und wann ein paar Schneeflocken, aber Viola Kleiber hatte nicht vor, den Winter in Deutschland zu verbringen, sie würde im Dezember, sobald ihr Mann sein Buch zu Ende geschrieben hatte, in ihr Haus an der Algarve fahren und erst irgendwann im März wieder zurückkommen.

»Was wollte die Polizei von Ihrem Mann?«, fragte Richter.

»Nichts weiter. Sie wollten nur wissen, wie gut er Carola Weidmann und eine gewisse Frau Kassner gekannt hat. Es war unwichtig. Sie überprüfen im Moment alle Personen, die in irgendeiner Weise mit ihnen zu tun hatten. Mein Mann sagt zwar, ich würde Frau Kassner kennen, aber ich kann mich beim besten Willen nicht an sie erinnern. Die Weidmanns kenne ich natürlich, und Sie kennen sie auch. Es ist tragisch, wenn ein junger Mensch so plötzlich und scheinbar sinnlos aus dem Leben gerissen wird. Aber wer kann schon bestimmen, wann die Zeit zu gehen gekommen ist?«

»Ich habe Frau Kassner auch gekannt«, sagte Richter, woraufhin Viola Kleiber ihn mit seltsamem Blick ansah.

»Was heißt das, Sie haben sie auch gekannt?«

»Und Sie tun das auch, da bin ich ganz sicher. Ich kann Ihnen sogar ein Foto von ihr zeigen, Sie werden sie bestimmt wieder erkennen.«

»Woher sollte ich sie denn kennen?«

»Frau Kassner war verschiedentlich Gast bei den Maibaums, den van Dycks, bei Ihnen, bei mir und einigen anderen. Warten Sie, ich hole das Foto.« Er ging zu seinem Aktenkoffer und kam kurz darauf zurück. Viola Kleiber nahm das Bild in die Hand und betrachtete es ausgiebig.

»Ach so, diese junge Dame. Natürlich kenne ich sie. Aber ich kann mir Namen nur sehr schlecht behalten. Doch das Gesicht ist unverwechselbar. Wie alt war sie?«

»Fünfundzwanzig. Sie ist sehr früh und sehr grausam gestorben …«
»Haben Sie sie gut gekannt?«, unterbrach sie ihn.
»Nein, nur vom Sehen. Wir haben uns einmal kurz unterhalten, das war alles.«
Viola Kleiber reichte ihm das Bild zurück, Richter steckte es in die Akte.
»Und wieso haben Sie ein Foto von ihr?«, fragte sie neugierig.
»Ich wurde von der Polizei gebeten, ein Täterprofil zu erstellen, das ich heute Nachmittag präsentieren werde. Mal sehen, ob die was damit anfangen können.«
»Was heißt das, ein Täterprofil?«
»Das ist nichts anderes als ein psychologisches Profil des Mörders. Aus den Berichten der Rechtsmedizin, der Spurensicherung und den Fotos, die am Tatort gemacht wurden, lassen sich eine Menge Rückschlüsse auf die Persönlichkeit eines Mörders ziehen.«
»Ich wusste gar nicht, dass Sie sich auch mit solchen Dingen beschäftigen. Es ist bestimmt interessant, oder?«
Richter zündete sich lächelnd eine Zigarette an. »Sagen wir es so, es ist eine angenehme Abwechslung und vor allem eine Herausforderung. Ein gutes Täterprofil kann Gold wert sein. Dadurch wird der Kreis der in Frage kommenden Personen erheblich eingeengt. Es gibt in den letzten Jahren vor allem in den USA immer mehr Fälle, die durch die gute Arbeit von so genannten Profilern aufgeklärt wurden. Man muss sich in die Psyche des Täters hineinversetzen können. Wenn ich die Tatortfotos sehe und die dazugehörigen Berichte lese, muss ich versuchen, eine Art Kontakt zum Täter aufzunehmen. Ich weiß nicht, ob Sie das verstehen, aber es ist wichtig, seine Handlungsweise nachvollziehen zu können. Es ist nicht so, dass ich herauszufinden versuche, wen er als Nächstes

umbringen will, sondern ich muss von der Tat zurückgehen zum Täter. Auch wenn ich sein Gesicht nicht sehe, so sehe ich doch seine Persönlichkeit. Denn das Täterverhalten spiegelt die Täterpersönlichkeit wider. Und darauf kommt es letztendlich bei einem Profil an.«
»Und Sie sind sicher, das funktioniert?«, fragte sie zweifelnd, den Kopf zur Seite geneigt, und sah Richter an. »Ich meine, das hört sich an wie irgendetwas Esoterisches. Astrologie zum Beispiel.«
»Es funktioniert natürlich nicht immer. Wenn die Polizei geschlampt hat und eventuell hilfreiche Spuren verwischt wurden, weil jemand die Leiche angefasst oder sie zugedeckt hat, um die Würde des Toten zu wahren, wenn die Lage verändert wurde oder plötzlich Dinge auf den Fotos erscheinen, die ursprünglich nicht dort waren, dann wird es für den Profiler schwieriger. Nur anhand genauester Dokumentation und akribischer Arbeit der Spurensicherung und der Kriminaltechnik kann ein Profiler einigermaßen gut arbeiten.«
»Und Sie haben sich noch nie geirrt?«, fragte sie in einem Ton, der Richter aufhorchen ließ.
»Natürlich habe ich mich in bestimmten Punkten auch schon geirrt. Keiner ist unfehlbar. Aber in der Regel ist die Trefferquote sehr hoch.«
»Also doch vergleichbar mit Astrologie?«
»Nein, das eine hat mit dem andern überhaupt nichts zu tun. Die Astrologie gehört in den Bereich der Esoterik, die Psychologie ist eine Wissenschaft. Und um Ihre Frage vom Montag zu beantworten, ob ich an die Sterne glaube – ich habe mich schon oft mit meinem Freund Lewell lang und breit über dieses Thema auseinander gesetzt, ich habe mir sogar ein Horoskop von ihm erstellen lassen. Und ja, es ist erstaunlich, wie genau das auf mich zutrifft.«
»So, so«, meinte sie spöttisch lächelnd, »erst sagen Sie mir,

Sie hätten sich noch keine Gedanken über Astrologie gemacht, und jetzt rücken Sie mit der Wahrheit raus. Aber Astrologie wird von den Männern sowieso belächelt, zumindest nach außen hin. Weiberkram, sagt ihr, in Wirklichkeit glaubt ihr daran. Was soll's … Und Sie meinen, Sie können der Polizei entscheidende Hinweise liefern, was die Morde betrifft?«, fragte Viola Kleiber.
»Mal sehen. Aber lassen Sie uns doch lieber wieder über Sie selbst sprechen. Haben Sie Angst vor dem Tod? Ich meine, wenn Sie hören, dass junge attraktive Frauen scheinbar sinnlos abgeschlachtet werden?«, fragte Richter. »Sie sind schließlich auch noch jung und sehr attraktiv, wenn ich das bemerken darf.«
Viola Kleiber zuckte die Schultern. »Ich habe mir ehrlich gesagt noch keine Gedanken darüber gemacht. Ich denke, der Tod ist ein neuer Anfang. Man wird geboren, man lebt, man stirbt. Und was danach ist – keine Ahnung. Aber Angst, nein. Nicht vor dem Tod. Eher vor einem langen Dahinsiechen, vor Schmerzen, vor einer schweren Krankheit. Am liebsten möchte ich im Bett sterben, einschlafen und nicht mehr aufwachen.« Sie drehte sich um und lehnte sich an die Fensterbank.
»Und was machen Ihre – Depressionen?«
»Sie kommen und gehen. Ich denke, ich kann damit leben. Ich habe mich mit ihnen arrangiert. Sie traktieren mich nicht zu sehr, und ich gestatte ihnen einen gewissen Freiraum. Und außerdem habe ich ja Valium und Cognac, wenn's zu schlimm wird.«
»Haben Sie seit Montag Valium und Cognac genommen?«
»Es hat sich in Grenzen gehalten.«
»In Ordnung. Wie wäre es, wenn wir jetzt einmal über Ihre Kindheit sprechen würden? Ich weiß, Sie wollten bisher nicht darüber reden, trotzdem würde es mich interessieren.

Erzählen Sie mir etwas über Ihr Elternhaus. Haben Sie Geschwister, oder sind Sie ein Einzelkind?«
Sie sah Richter durchdringend und ohne eine Miene zu verziehen an.
»Ich habe keine Eltern und keine Geschwister«, sagte sie und ging vom Fenster weg. »Meinen leiblichen Vater kenne ich nicht. Und der Mann, der mein Vater sein wollte, ist …« Sie hielt inne, kaute auf der Unterlippe und blickte zu Boden.
Als sie nicht weitersprach, fragte Richter: »Was ist mit diesem Mann?«
»Nichts. Gar nichts. Er war nur nie in der Lage, eine Vaterrolle zu übernehmen. Er gab sich zwar hin und wieder Mühe, aber es gelang ihm nicht. Er war Geschäftsmann, hat eine Menge Geld verdient, wir konnten uns alles leisten. Aber dafür gab es keine Liebe. Weder von ihm noch von meiner Mutter. Sie zog es vor, in der Weltgeschichte herumzureisen, anstatt die Zeit mit mir zu verbringen. Nun, das ist Vergangenheit und vergessen. Ich habe sehr früh gelernt, mein eigenes Leben zu leben. Und jetzt habe ich einen Mann, der mir alle Liebe gibt, zu der er fähig ist.«
»Was meinen Sie damit, er gibt Ihnen alle Liebe, zu der er fähig ist? Es hört sich nach einer Einschränkung an.«
»Das zu beurteilen, Professor Richter, überlasse ich Ihnen.« Sie lächelte wieder unergründlich, fing erneut an das Spiel zu spielen. Worauf wollte sie hinaus?
»Ich kann mir kein Urteil über eine Sache bilden, wenn ich nicht alles weiß.«
»Inwieweit sind *Sie* zu Liebe fähig? Inwieweit ist ein Mensch überhaupt zu Liebe fähig? Gibt es eine bedingungslose Liebe? Und wo fängt diese Liebe an und wo hört sie auf? Ist Liebe ein Gefühl, ist Liebe Sex, ist Liebe, dem andern untertan zu sein, oder ist Liebe nur eine Einbildung? Ist Liebe eine junge, schöne Frau oder ein gütiger alter Mann? Ist sie über-

all und braucht man sie nur zu greifen?« Sie öffnete ihre Handtasche, holte eine Schachtel Zigaretten heraus und zündete sich eine an. Richter hatte sie noch nie zuvor rauchen gesehen, doch selbst die Art, wie sie die Zigarette hielt, wirkte bei ihr erotisch, faszinierend.
Sie schien unnahbar und doch so verführerisch, dass Richter alles dafür gegeben hätte, sie einmal in seinem Arm halten zu dürfen. Als sie vorhin an ihrem Sessel vorbeigegangen war, war wieder ein sanfter Schwall Chanel No. 19 an ihm vorbeigezogen, und jetzt war der ganze Raum erfüllt davon, selbst der Rauch war nicht in der Lage, ihn zu verdrängen.
»Seit es Menschen gibt, wird versucht, Liebe zu definieren. Und bis heute hat noch keiner eine klare Definition dafür gefunden. Und ich kann es Ihnen leider auch nicht sagen. Aber Sie haben mir gegenüber am Montag erklärt, Sie würden Ihren Mann lieben.«
»Nein«, entgegnete sie und schüttelte den Kopf, »so habe ich es nicht gesagt. Ich habe gesagt, ich denke, ich liebe meinen Mann. Schauen Sie auf Ihrem Block nach, es müsste draufstehen.« Spöttischer Blick, ein langer Zug an der Zigarette. Normalerweise konnte er Frauen nicht ertragen, die mit ihm spielten, die spöttelten oder sich lustig über ihn machten, doch bei Viola Kleiber war das etwas anderes. Ihre Art ertrug er, er mochte sie sogar. Er empfand es als Herausforderung. Ihr Spott entbehrte jeglicher Angriffslust oder Verteidigung, noch war es ein Schutz, weil sie keinen anderen Ausweg sah, ihr Spott war ein Teil ihres Spiels. Und er war bereit, sich auf dieses Spiel einzulassen. Was immer am Ende auch dabei herauskam.
»Führen Sie eine glückliche Ehe?«, wollte er wissen und versuchte die Frage so neutral wie möglich klingen zu lassen.
»Ja, *wir* führen eine glückliche Ehe.« Sie drückte die Zigarette im Aschenbecher aus, kam auf Richter zu und blieb vor

ihm stehen. Die Konturen ihres Körpers zeichneten sich deutlich unter der figurbetonten Bluse und der engen Jeans ab. Er hätte nur seine Hände auszustrecken brauchen, um sie an sich zu ziehen und ihren Körper an seinem zu spüren. Sie schien seine Gedanken lesen zu können, registrierte es und kommentierte seine zur Schau gestellte Interesselosigkeit mit einem kaum merklichen Lächeln. Ihre braunen Augen blitzten dabei kurz auf, und sie strich sich mit einer Hand leicht durch das kastanienbraune Haar. Die Funken der Erotik knisterten wie ein Kaminfeuer im Winter.

»Sieht Ihr Mann das genauso?«, fragte Richter, ohne sie dabei anzuschauen.

»Ich weiß es nicht. Kann schon sein. Zumindest habe ich nicht das Gefühl, dass er unglücklich ist.«

Viola Kleiber setzte sich wieder, Richter atmete auf. Wenn sie so dicht vor ihm stand, zum Greifen nah, spielte sich etwas Merkwürdiges in seinem Kopf ab. Es war weniger sexuelles Verlangen als der Wunsch, diese Halbgöttin zu berühren. Er stellte sich vor, mit ihr allein zu sein, irgendwo fernab von Frankfurt. Es war ein Verlangen, das er bei noch keiner anderen Frau zuvor verspürt hatte. Sie war in seinen Augen keine Patientin, die einer Behandlung bedurfte, und normalerweise hätte er jede andere Frau mit ihren angeblichen Beschwerden, die gar keine waren, nach spätestens fünf Sitzungen wieder nach Hause geschickt. Doch Viola Kleiber reizte ihn, ihr Leben interessierte ihn, er wollte unbedingt herausfinden, was sich hinter ihrer Stirn abspielte, weshalb sie zu ihm gekommen war, weshalb sie bereit war, achthundert Mark pro Sitzung auszugeben. War es pure Langeweile, die sie zu ihm getrieben hatte, oder steckte mehr dahinter?

»Würde er Ihnen zeigen, wenn er unglücklich ist?«, fragte Richter.

Viola Kleiber ließ sich mit der Antwort lange Zeit. Schließ-

lich sagte sie: »Ich weiß immer, wenn er nicht glücklich ist. Er braucht es mir nicht zu sagen, ich spüre es einfach. Das ist vielleicht der Unterschied zwischen Männern und Frauen. Wenn eine Frau unglücklich ist, ist sie allein. Bei einem Mann ist es umgekehrt. Aber das wissen Sie ja sicherlich aus Erfahrung.«
»Das ist eine nicht ganz korrekte Verallgemeinerung. Natürlich sind Frauen intuitiver veranlagt, doch ich müsste sehr weit ausholen, um Ihnen das zu erklären. Aber zeigen Sie ihm denn, wenn Sie unglücklich sind?«
»Nein. Ich versuche es mit mir selbst auszumachen. Und in der Regel gelingt mir das auch.«
»Und wenn Sie über einen sehr langen Zeitraum hinweg unglücklich sind? Merkt er es?«
Viola Kleiber sah Richter an, als würde sie ahnen, was hinter dieser Frage steckte. Sie wurde ernst, kein spöttisches Lächeln, kein Aufblitzen der Augen.
»Was meinen Sie damit?«
»Dann will ich die Frage ganz direkt stellen. Gibt es etwas aus Ihrer Kindheit oder Jugend, das Sie belastet? Einmal abgesehen von Ihrem Stiefvater.«
»Ja, das gibt es«, antwortete sie. »Aber das ist mir erst vor kurzem klar geworden. Und deshalb bin ich eigentlich auch zu Ihnen gekommen. Gratuliere, Sie haben gerade eben den ersten Punkt gemacht. Ich habe schon die ganze Zeit darauf gewartet, dass Sie diese Frage stellen.«
»Und was belastet Sie?«
Viola Kleiber schaute auf die Uhr und sagte: »Ich denke, es ist Zeit für mich zu gehen. Ich gebe Ihnen aber die Gelegenheit, selbst eine Antwort auf diese Frage zu finden. Und wenn Sie nicht darauf kommen, werde ich Ihnen helfen.«
»Wurden Sie missbraucht?«
Viola Kleiber lachte kurz auf, schüttelte den Kopf, und da

war wieder dieses spöttische Aufblitzen der Augen. »Wenn Sie sexuellen Missbrauch meinen, muss ich Sie leider enttäuschen. Aber es gibt auch andere Formen von Missbrauch. Oder Misshandlungen. Oder Erlebnisse, die man über Jahre hinweg verdrängt hat und die plötzlich wie aus dem Nichts auftauchen und einen nicht zur Ruhe kommen lassen, weil man das, was man erlebt hat, nicht mehr vergessen kann. Ich habe Sie doch gefragt, ob Sie an Astrologie glauben. Ich habe mir vor nicht allzu langer Zeit ein Horoskop erstellen lassen. Und ich war erstaunt, wie viel Wahrheit doch darin steckt. Ich habe nie an Astrologie geglaubt, sondern nur das, was ich mit meinen fünf Sinnen wahrnehmen konnte, habe Astrologie für Hokuspokus gehalten. Nun, ich habe mich eines Besseren belehren lassen müssen. Ich habe meine gesamte Persönlichkeit in diesen fünfzig Seiten wieder gefunden.«

»Was für ein Sternzeichen sind Sie?«, fragte Richter.

»Krebs. Und Sie?«

»Skorpion«, antwortete Richter.

»Mein Aszendent ist Skorpion. Skorpione können recht schwierige Menschen sein, aber das weiß ich erst, seit ich mich mit Astrologie ernsthaft beschäftige. Mein Mann ist übrigens Fisch, vermutlich ein Grund, weshalb wir uns so gut verstehen – auch ohne Worte. Nun, ich will Sie nicht länger aufhalten, und außerdem habe ich noch eine Menge zu erledigen.«

Sie stand auf, zog ihre Jacke über und nahm die Tasche vom Boden. Richter erhob sich ebenfalls. »Was halten Sie eigentlich von Hypnose?«

Viola Kleiber lächelte. »Ich habe mir noch keine Gedanken darüber gemacht. Wollen Sie es etwa bei mir versuchen?«

»Vielleicht. Aber das geht nur, wenn Sie auch innerlich bereit dafür sind.«

»Ich werde es mir überlegen. Einen schönen Tag noch. Und vergessen Sie mich nicht.«

»Was meinen Sie damit?«

»Das überlasse ich ganz Ihnen. Sie sind doch intelligent genug, um das zu verstehen, oder? Wir sehen uns am Montag um zehn?«, fragte sie im Hinausgehen.

»Montag um zehn.«

»Gut, und ich werde mir überlegen, ob ich Ihnen gestatte, mich zu hypnotisieren.«

Richter blieb in der Tür stehen und sah ihr nach, bis sie in ihren BMW gestiegen war. Sie winkte ihm noch einmal kurz zu, das erste Mal, seit er sie kannte, tat sie das, und er winkte zurück.

Wieder in seinem Büro, schenkte er sich einen Cognac ein und stellte sich ans Fenster. Viola Kleiber wurde immer mysteriöser, unergründlicher für ihn. Er würde sich die von der Sitzung gemachten Notizen morgen noch einmal ansehen. Sie hatte einige Dinge gesagt, die ihn nachdenklich stimmten. Und er wusste jetzt, dass seine Vermutung zutraf, was ihre Kindheit anging. Aber genauso sicher war er, dass sie noch längst nicht bereit war, darüber zu sprechen. Und bestimmt würde sie auch eine Ausrede erfinden, weshalb sie sich einer Hypnose verweigerte.

Er trank aus, stellte das Glas auf den Tisch, sah auf die Uhr, Viertel nach elf. Er steckte sein Handy in die Tasche, warf einen kurzen Blick ins Schlafzimmer, wo Susanne noch immer tief und fest schlief, und verließ das Haus. Er würde bei seinem Stammitaliener in aller Ruhe ein reichhaltiges Mittagessen einnehmen, bevor er ins Präsidium fuhr. Viola Kleiber ging ihm nicht aus dem Kopf. Wenn er jemals eine Traumfrau gehabt hatte, dann war sie es. In ihrer Gegenwart fühlte er sich wie ein pubertärer Jüngling, hatte Schmetterlinge im Bauch, glaubte sogar an so etwas wie Liebe. Aber er war fünfzig und sie vierzehn Jahre jünger – und glücklich verheiratet. Behauptete sie zumindest. Ob es stimmte, würde sich noch herausstellen.

Donnerstag, 11.30 Uhr

Als Durant und Hellmer ins Präsidium zurückkehrten, war nur Berger im Büro. Kullmer und Güttler waren bei Schneider in der Computerabteilung, ein Großteil der Beamten war mit der Sichtung und Auswertung des bisher vorliegenden Materials beschäftigt, manche führten noch Befragungen durch, unter anderem in der Nachbarschaft von Vera Koslowski und in ihrer Agentur. Berger war eingenickt, sein Kinn lag auf der Brust, er atmete schwer. Als die Tür aufging, schreckte er hoch. Julia Durant konnte sich ein Grinsen nicht verkneifen und dachte, dass sein Nickerchen dem Alkohol zuzuschreiben war.

Berger rieb sich die geröteten Augen und setzte sich aufrecht hin. »Entschuldigung«, sagte er, »ich habe letzte Nacht kaum ein Auge zugekriegt. Erzählen Sie, was ist mit diesem Lewell?«

Durant stellte sich ans Fenster, während Hellmer zwei Becher Kaffee holte und einen davon der Kommissarin reichte. »Kopfschuss, heute Nacht. Es hat ihn im Schlaf erwischt. Irgendwer hat einen Schlüssel zu seinem Haus. Und dieser Jemand wollte nicht, dass wir Lewell auf den Zahn fühlen. Dieser Idiot könnte noch leben, wenn er gestern sein Maul aufgemacht hätte. Aber wahrscheinlich wollte er den Täter selbst überführen …«

Hellmer unterbrach sie mit einer Handbewegung. »Meine Theorie ist, dass Lewell, nachdem wir bei ihm waren, ein Verdacht gekommen ist, wer für die Morde verantwortlich sein könnte. Er hat vielleicht versucht, denjenigen, vermutlich seinen besten Freund, so weit zu bringen, dass er sich verrät. Hat er aber offensichtlich nicht, denn dann hätte Lewell mit Sicherheit bei uns angerufen und uns seinen Verdacht mitgeteilt, auch wenn er die Bullen wie die Pest gehasst hat. Er hätte ja fürchten müssen, dass auch sein Leben in Gefahr ist. So fühlte er sich aber sicher und hat nichts ahnend den Abend allein verbracht. Irgendwann um Mitternacht oder kurz danach ist dieser Freund aber mit einem Schlüssel in das Haus gekommen und hat ihn aus dem Weg geräumt. Eiskalt …«

»Und woher sollte derjenige den Schlüssel haben?«, fragte Berger, der mit einem Mal hellwach war.

»Das hab ich vorhin schon Frau Durant zu erklären versucht. Wenn man allein stehend ist und keine Verwandten hat, gibt man häufig dem besten Freund oder der besten Freundin einen Schlüssel für alle Fälle, falls mal was passiert oder die Blumen gegossen werden müssen, wenn man nicht da ist.«

»Hat er keine Putzfrau gehabt?«, wollte Berger wissen.

Durant und Hellmer sahen sich an, sagten kein Wort, nur ihre Blicke sprachen Bände.

»Hat er, oder hat er nicht?«

»Keine Ahnung«, sagte Hellmer verlegen. »Wir haben es noch nicht überprüft. Aber wahrscheinlich hat er eine gehabt. Er wird das Haus ja wohl kaum selbst sauber gehalten haben. Wir finden das raus. Das bedeutet aber noch längst nicht, dass sie einen Schlüssel hat. Lewell hat schließlich zu Hause gearbeitet, und wenn sie kam, musste sie vermutlich klingeln. Ich denke nicht, dass sie einen hatte.«

»Überprüfen Sie es trotzdem. Und weiter?«

»Es gibt nichts weiter. Nur, dass der Mann, der uns den Mörder hätte liefern können, jetzt tot ist. Den Kerl muss der Teufel geritten haben, oder er hatte einen solchen Hass auf die

Polizei, dass er uns gestern erst mal auflaufen ließ. Der hat mit Sicherheit alle Frauen gekannt, hat nach unserem Besuch zwei und zwei zusammengezählt, und dabei ist ihm vermutlich mit einem Mal die große Erkenntnis gekommen. Anders kann ich es mir nicht vorstellen«, sagte Hellmer.
»Und Sie, Frau Durant?« Berger drehte sich mit seinem Stuhl und sah sie an.
»Kann schon sein, dass es sich so abgespielt hat. Kann aber auch sein, dass dieser Mord nichts mit unseren andern Fällen zu tun hat.«
»Ach komm!«, sagte Hellmer und machte eine wegwerfende Handbewegung. »Das glaubst du ja wohl selbst nicht. Seine Unterlagen sind verschwunden, sein Computer ist leer, aber es wurde nichts entwendet. Der hat seine Rolex noch am Arm, es ist nichts durchwühlt worden, es gibt keinerlei Anhaltspunkte für einen Raubmord. Und auch kein anderes Motiv. Lewell hätte uns helfen können, hat es aber aus einem mir unerfindlichen Grund unterlassen, uns rechtzeitig zu informieren. Das ist Fakt!«
»Schon gut, schon gut, reg dich nicht so auf«, sagte Julia Durant beschwichtigend. »Du hast ja Recht. Es ist einfach nur unbegreiflich, was da abläuft. Wie ein drittklassiger Film. Das glaubt uns kein Mensch. Die Polizei von Frankfurt, die Deppen der Nation! Wir kommen einfach nicht voran. Und wenn wir glauben, einen Schritt nach vorn getan zu haben, dann waren es in Wirklichkeit zwei zurück.« Sie nippte an dem heißen Kaffee, stellte den Becher auf die Fensterbank, holte eine Zigarette aus ihrer Tasche und steckte sie zwischen die Lippen. »Ich hoffe und bete nur, dass Richter uns weiterhelfen kann.«
»Wer könnte denn der Freund von diesem Lewell gewesen sein?«, fragte Berger. »Haben Sie mir nicht gesagt, dass Richter und Lewell befreundet waren?«

»Keine Ahnung, inwieweit sie befreundet waren«, entgegnete Durant achselzuckend. »Lewell hat erklärt, Richter sei ein Bekannter von ihm. Von Freund hat er nichts erwähnt. Sie waren vielleicht befreundet, aber so gut möglicherweise auch wieder nicht. Außerdem hat Richter heute Morgen gesagt, er sei heute Nacht mit dem Psychogramm zu Ende gekommen. Der war zu Hause, falls Sie denken sollten, er könnte was mit dem Mord zu tun haben. Richter scheidet aus. Und bei der Menge an Leuten, die Lewell gekannt hat, war bestimmt einer darunter, mit dem er eine sehr tiefe Freundschaft gepflegt hat. Aber es gibt keinen Hinweis auf diese Person. Vielleicht finden ja die andern was, wenn sie das Haus auf den Kopf stellen.« Sie drückte ihre Zigarette aus und trank den jetzt lauwarmen Kaffee. »Im Augenblick fühlt sich der Täter auf jeden Fall ziemlich sicher. Der sitzt jetzt irgendwo und lacht sich ins Fäustchen.«
Berger beugte sich nach vorn, holte eine Akte vom Stapel und schlug sie auf. Er blätterte ein paar Seiten um, bis er gefunden hatte, was er suchte.
»Was ist mit den Herren Maibaum, Kleiber und van Dyck? Würden Sie einem von denen zutrauen …«
»Nein«, unterbrach ihn Durant schnell. »Keiner von denen ist ein Mörder …«
»Augenblick«, ergriff Hellmer das Wort. »Woher willst du das wissen? Was, wenn die Tränen der werten Herren nur Krokodilstränen waren? Was, wenn Maibaum gar nicht impotent ist, oder …« Er hielt inne und rieb sich mit einer Hand übers Kinn. »Maibaum ist impotent. Er leidet darunter. Und er wurde deswegen ausgelacht, verhöhnt, verspottet. Von einer Skorpionfrau. Maibaum ist bis jetzt der Einzige, der uns Details über Lewell erzählt hat, nicht sehr freundliche Details. Aber er und seine Frau haben ihn trotzdem regelmäßig konsultiert. Da hätte sich doch im Laufe der Zeit so etwas wie

Freundschaft entwickeln können, oder? Irgendwas stimmt da nicht.«
Berger nickte beipflichtend, Durant machte ein zweifelndes Gesicht. »Du hast mit ihm gesprochen«, sagte sie. »Was für einen Eindruck hat er auf dich gemacht?«
»Er war ziemlich offen.«
»Eben. Er hat mich rausgeschickt, damit er dir von seiner Impotenz erzählen konnte. Macht das jemand, der kaltblütig fünf Frauen umbringt und damit rechnen muss, durch das, was er sagt, verdächtigt zu werden? Wohl kaum. Unser Mann ist so gerissen, dass er nur Dinge von sich preisgeben würde, die ihn *nicht* verdächtig machen. Das unterstelle ich jetzt einfach mal. Nein, Maibaum ist ein gebrochener Mann, der gar nicht mehr die Energie hat, solche Taten zu begehen. Ihm ist so ziemlich alles egal. Er kämpft mit sich selbst, ist aber nicht aggressiv genug, seine Wut oder Verzweiflung nach außen zu zeigen oder gar jemanden zu töten.«
»Und wenn genau das seine Absicht ist, dass wir das glauben?«, fragte Hellmer. »Er spielt uns den gebrochenen, gebeutelten Mann vor, das Unschuldslamm, das keiner Fliege was zu Leide tun kann. Und in Wirklichkeit hat er's faustdick hinter den Ohren.«
»Jetzt lass mal die Kirche im Dorf. Aber wenn's dich beruhigt, dann überprüfen wir einfach sein Alibi, und auch das von Kleiber und van Dyck. Und natürlich auch das von Richter. Und wenn's Unstimmigkeiten gibt … Aber vielleicht vermag uns einer der Herren ja zu sagen, mit wem Lewell enger befreundet war. Mehr können wir im Augenblick nicht tun. So, und jetzt möchte ich gerne was essen. Und danach gehe ich noch mal schnell die Akten durch, ich will vorbereitet sein, wenn Richter kommt.« Sie nahm ihre Tasche und sah Hellmer an. »Kommst du mit?«
»Klar. Aber vorher machen wir noch kurz einen Abstecher in

die Computerabteilung. Ich will wissen, ob die inzwischen ein Muster erkennen konnten.«
Kullmer und Güttler kamen ihnen auf dem Gang entgegen. Kullmer hob die Schultern und sagte: »Fehlanzeige. Wir sind alle Möglichkeiten durchgegangen, Entfernung der Tatorte voneinander, Tatzeiten, Chronologie und so weiter, aber wir konnten kein Muster irgendeiner Art feststellen. Wahrscheinlich gibt es gar keines. Tut mir Leid.«
»Es gibt eines«, sagte Julia Durant müde lächelnd. »Glauben Sie mir. Seine ganze Tat ist ein großes, sorgfältig ausgeklügeltes Muster. Es würde mich sehr wundern, wenn es nicht so wäre. Trotzdem danke. Wir gehen jetzt was essen. Und denken Sie dran, um drei kommt Richter.«

Donnerstag, 13.30 Uhr

Maria van Dyck war erst um kurz nach zwölf aufgewacht, nachdem sie die halbe Nacht wach gelegen hatte. Immer und immer wieder hatte sie über das nachgedacht, was in ihrer Kindheit vorgefallen war, die Gedanken hatten sie nicht zur Ruhe kommen lassen. Irgendwann, es war nach vier Uhr morgens, war sie schließlich doch eingeschlafen. Als sie aufstand, fühlte sie sich gerädert, ihr war übel, sie ging ins Bad und erbrach zähen Schleim. Sie betrachtete sich im Spiegel, wusch sich das Gesicht und putzte die Zähne, um den sauren Geschmack loszuwerden. Dann nahm sie eine von den Tabletten, die Richter ihr gegeben hatte, und hoffte, die Wirkung würde schnell eintreten. Sie duschte, zog sich an und fühlte sich allmählich besser. Die Übelkeit hatte nachgelassen, sie verspürte sogar etwas Hunger.
Sie war allein im Haus. Unwillkürlich ging ihr Blick nach oben zu der Tür, hinter der sich das Zimmer ihrer Mutter be-

fand. Seit vielen Jahren schon hatten ihr Vater und ihre Mutter getrennte Schlafzimmer. Sie hatten sich kaum noch etwas zu sagen, geschweige denn körperlichen Kontakt miteinander. Sie ging in die Küche, steckte zwei Scheiben Toastbrot in den Toaster, holte Ananasmarmelade aus dem Schrank und stellte den Wasserkocher an, um sich eine Tasse Tee aufzubrühen. Die Zeitung lag auf dem Tisch, sie überflog ein paar Zeilen und legte sie wieder weg.
Wo ihre Mutter war, wusste sie nicht, sie hatte keine Nachricht hinterlassen. Sie rief bei ihrem Vater im Büro an, wo man ihr mitteilte, er sei im Studio, sie versuchte es auf seinem Handy, doch da meldete sich nur die Mailbox. Sie legte wieder auf, ohne eine Nachricht zu hinterlassen. Wenn er im Studio war, konnte es sehr spät werden, und dann war sie ohnehin längst wieder zu Hause. Und ihre Mutter brauchte nicht zu wissen, wo sie war.
Der Himmel war bedeckt, das Thermometer zeigte acht Grad an. Sie zog sich einen Blouson über, verließ das Haus, stieg in ihren metallic-blauen Ford KA, den sie von ihrem Vater zum achtzehnten Geburtstag geschenkt bekommen hatte, und lenkte den Wagen aus der Einfahrt. Das Tor schloss sich automatisch hinter ihr.
Sie hatte sich vorgenommen, keine Angst mehr zu haben, in Läden zu gehen, die sie seit Jahren nicht betreten hatte. Sie wollte sich eine Hose, eine Bluse und eine Jacke kaufen, vielleicht auch ein paar Schuhe und eine CD, und in ihrem Buchladen vorbeischauen, ob sie etwas Interessantes fand, einen Liebesroman oder ein Buch über das alte Ägypten, das sie schon immer fasziniert hatte. Sie hatte beschlossen, ihrem Leben eine neue Richtung zu geben, das Vergangene Vergangenheit sein zu lassen und sich nur noch auf die Zukunft zu konzentrieren, auch wenn dies mit Schwierigkeiten verbunden sein sollte. Wahrscheinlich

würde sie erst nach und nach begreifen, was ihr wirklich angetan worden war, und möglicherweise würde es eine lange Zeit dauern, bis sie darüber hinweg war. Sie wusste, die nächste Zeit würde nicht leicht werden, es würden vermutlich noch eine Menge mehr unangenehme Erinnerungen hochkommen, aber sie würde es schaffen, sich gegen all diese inneren Widerstände durchzusetzen. Und eines Tages, wenn genügend Zeit verstrichen und sie stark genug war, würde sie mit ihrer Mutter sprechen und ihr in aller Ruhe all die Dinge sagen, deren sie sich seit wenigen Tagen bewusst war.

Sie stellte das Auto im Parkhaus Hauptwache ab und ging über die Treppe nach unten. Es war lange her, seit sie das letzte Mal in Frankfurt gewesen war. Über die Zeil drängten viele Menschen, Straßenmusiker spielten südamerikanische Folklore, ein paar Bettler saßen unter Schaufenstern, der Geruch veränderte sich von Meter zu Meter, hier roch es nach Crêpes, dort nach Bratwurst, woanders nach Fisch. Obwohl sie gerade eben erst gefrühstückt hatte, hatte sie Appetit auf eine Currywurst mit Pommes frites, etwas, das sie seit Ewigkeiten nicht gegessen hatte.

Sie lief die Zeil hinunter bis zur Konstablerwache und wieder zurück, blieb vor dem Kaufhaus Hertie stehen, überlegte, ob sie hineingehen sollte, ließ es dann aber doch sein, denn die vielen Menschen, die durch die engen Gänge drängten, hätten vielleicht eine Panikattacke ausgelöst, auch wenn sie gerne ihre Grenzen ausgelotet hätte. Stattdessen beobachtete sie die an ihr vorübereilenden Passanten, viele von ihnen auf dem Heimweg von der Arbeit, sah, soweit dies möglich war, in ihre Gesichter.

Ihr erster Weg führte sie in die Buchhandlung, wo sie eine halbe Stunde blieb, in den Regalen stöberte, bis sie sich für einen dicken Wälzer über das alte Ägypten, einen historischen Unterhaltungsroman und ein Büchlein über ihr Sternzeichen entschied, obwohl ihr Vater bereits vor zwei Jahren ein Horoskop für sie erstellen ließ und es ihr zum Geburtstag geschenkt hatte. Sie liebte Bücher, sie waren, seit sie fließend lesen konnte, ständige Begleiter und eine Zuflucht gewesen, wenn sie traurig oder voller Angst war. Sie zog sich dann in ihr Zimmer zurück, legte sich aufs Bett und las, weil das Abtauchen in eine andere Welt die einzige Möglichkeit war, der Angst und der Unsicherheit Einhalt zu gebieten.

Sie ging weiter, gelangte in die Goethestraße, betrat mehrere Boutiquen, fand nach langem Suchen schließlich das Gewünschte und bezahlte mit Kreditkarte.

Obgleich die Tüten von Meter zu Meter schwerer wurden, fühlte sie sich unbeschwert und leicht, eine Leichtigkeit, die von innen kam.

Es war bereits nach halb sechs, als sie am Parkhaus anlangte, am Automaten bezahlte und nach oben zu ihrem Wagen ging. Sie schloss den Kofferraum auf, verstaute die Tüten darin, machte die Klappe wieder zu, wollte gerade die Fahrertür aufschließen, als sie innehielt, die Stirn in Falten zog und ratlos den Kopf schüttelte. Sie ging um den Wagen herum und war schon im Begriff, sich nach unten zu begeben, um Bescheid zu sagen, dass irgendjemand aus ihren beiden Vorderreifen die Luft herausgelassen hatte, als ein dunkelblauer Mercedes SLK neben ihr hielt. Das Beifahrerfenster wurde heruntergelassen.

»Hallo, Maria. Das ist aber ein Zufall. Was machst du denn hier?«

»Hallo«, erwiderte Maria van Dyck mit einem gequälten Gesicht. »Irgend so ein Idiot hat entweder die Luft aus meinen Reifen gelassen oder sie sogar zerstochen. Und ich hab den ganzen Kofferraum voll mit Tüten. Ein ganz schöner Mist.

Und ich hab mich für heute Abend noch mit einer Freundin verabredet.«

»Komm, ich nehm dich mit. Wir haben doch fast den gleichen Weg.«

»Und was ist mit meinem Auto?«, fragte Maria van Dyck.

»Darum sollte sich besser dein Vater kümmern. Für solche Schäden haften die hier. Dafür braucht man aber einen Rechtsanwalt, ich kenn mich da aus. Mir ist so was Ähnliches auch schon mal passiert, irgendwer hat mir in alle vier Reifen einen Nagel gestochen. Was soll ich groß erzählen, es war jedenfalls ein ewiges Hickhack, bis die gezahlt haben ... Was ist nun, soll ich dich mitnehmen?«

Maria van Dyck zuckte die Schultern, holte die Tüten aus dem Kofferraum und stellte sie in den Mercedes. Nachdem sie sich gesetzt hatte, sagte sie: »Danke. Ich glaube, Sie hat mir der Himmel geschickt. Jetzt war ich heute zum ersten Mal seit langem wieder in Frankfurt, und dann das. In Zukunft parke ich wohl besser auf der Straße.«

»Maria, wir kennen uns schon so lange, du brauchst mich nicht zu siezen, okay? Und jetzt fahren wir.«

Sie fuhren durch den Theatertunnel über die Gutleutstraße bis zum Baseler Platz, wo sich vor der Ampel eine lange Schlange gebildet hatte, weil viele Autofahrer, die von der Friedensbrücke kamen, auf der Kreuzung standen und den Verkehr blockierten.

»Das sind vielleicht Idioten! Warum können die nicht die Kreuzung freihalten? Oh, da fällt mir ein, ich habe was vergessen. Ich müsste noch mal schnell in mein Haus in Sindlingen. Macht es dir was aus, oder soll ich dich erst heimfahren? Wann hast du denn deine Verabredung?«

»Es ist nur eine Freundin, die mich besuchen kommt. Sie wollte so gegen acht da sein. Ich habe noch Zeit.«

»Gut, ich beeil mich auch. Versprochen. Ich muss nur ein

paar Papiere durchsehen, es dauert höchstens eine halbe Stunde. Ich will das Haus nämlich verkaufen, und der Interessent möchte einige Unterlagen von mir.«
»Schon gut. Sie brauchen sich nicht zu beeilen«, sagte Maria van Dyck und sah aus dem Seitenfenster, während sie am Main entlangfuhren, Schwanheim passierten und schließlich auf die Autobahn kamen. Dunkelheit legte sich allmählich über die Stadt und das Land, überall gingen Lichter an. Vereinzelt fielen ein paar Tropfen aus dem jetzt schwarzen Himmel.
»Sie?«
»Entschuldigung. *Du* brauchst dich nicht zu beeilen«, sagte Maria van Dyck verlegen lächelnd.
»Du hast doch dieses Jahr dein Abi gemacht. Was hast du denn für die Zukunft geplant? Willst du studieren?«
»Ja, ab nächstem Jahr.«
»Und was?«
»Kunst und Germanistik.«
»Das hört sich gut an. Und danach?«
»Keine Ahnung. Mal sehen, was sich ergibt. Am liebsten würde ich als Schriftstellerin arbeiten, aber es ist unheimlich schwer, einen Verlag zu finden.«
»Dein Vater hat sicher exzellente Kontakte zu Verlagen. Es dürfte keine Schwierigkeit sein, die Voraussetzung ist natürlich, die Geschichten stimmen. Aber da mache ich mir bei dir keine Gedanken.«
Um halb sieben langten sie vor dem alten dreistöckigen Haus an, fuhren auf den Hof, die Scheinwerfer wurden ausgeschaltet. Sie stiegen aus und gingen die vier Stufen nach oben. Die Wohnung lag im Erdgeschoss, sie war stilvoll und elegant eingerichtet.
»Setz dich irgendwo hin. Möchtest du etwas trinken, während ich nach den Papieren sehe?«

»Gerne, meine Kehle ist wie ausgetrocknet. Was hast du denn da?«, fragte Maria van Dyck schüchtern.

»Was du willst. Orangensaft, Limo, Cola, Bier, Whiskey, Cognac …«

»Nein, keinen Alkohol. Einen Orangensaft vielleicht«, sagte sie, während sie sich in den großen roten Ledersessel setzte, die Knie eng beieinander, die Hände auf den Oberschenkeln. »Und hier wohnt keiner außer dir?«

»Nein, das Haus steht schon seit über einem Jahr leer. Aber um es zu verkaufen, müssen eine Menge Formalitäten abgewickelt werden, und das dauert, kann ich dir sagen. So, und jetzt hol ich uns was zu trinken.«

Maria van Dyck ließ ihren Blick durch das Wohnzimmer schweifen. Die Einrichtung hatte etwas Stilvolles, Gediegenes, alles strahlte Wärme und Freundlichkeit aus.

»Hier, bitte schön, ein Orangensaft.«

»Danke, ich bin wirklich fast am Verdursten. Und das ganze Haus gehört dir?«, fragte Maria anerkennend, als sie das Glas ansetzte und trank.

»Ja, aber es ist inzwischen nur noch ein Klotz am Bein. Auch wenn es hier vielleicht ganz ordentlich aussieht, so muss es doch vom Keller bis zum Dach komplett renoviert werden. Die Elektroleitungen sind total veraltet, von den Rohren ganz zu schweigen. Die Treppen, die Fenster, die Bäder, alles muss neu gemacht werden. Meine Urgroßeltern haben dieses Haus achtzehnhundertneunzig gebaut, und seitdem wurde nur sehr wenig verändert. Und jetzt gehört es mir, aber ich habe keine Lust, die Kosten für eine Renovierung zu tragen.«

»Und die Einrichtung?«

»Die kommt natürlich raus. Ich habe bis jetzt auch nur einen Interessenten, und sein Angebot ist zwar ganz nett, doch eigentlich habe ich mir einen besseren Preis vorgestellt. Aber

mal sehen, was sich machen lässt. Verkaufen werde ich es auf jeden Fall.«
Maria van Dyck warf einen kurzen Blick auf die Uhr, Viertel vor sieben. Sie hörte hinter sich am Schreibtisch das Rascheln von Papier, trank das Glas leer, stellte es auf den Marmortisch und lehnte sich, plötzlich müde, zurück. Sie fühlte, wie ihre Lider immer schwerer wurden. Sie wollte aufstehen, um sich zu bewegen. Bestimmt habe ich mir heute zu viel zugemutet, dachte sie. Und dazu noch die Tabletten. Ich hätte doch besser nur eine Librium nehmen sollen. Mit einem Mal drehte sich alles um sie herum, ihr war schwindlig, und sie fiel zurück in den Sessel.
»Was ist los? Bist du etwa müde?«, fragte die wie aus weiter Ferne kommende Stimme, die einen befremdlichen Unterton hatte.
»Weiß nicht«, murmelte sie. »Mir ist schwindlig.«
»Komm, leg dich einen Augenblick aufs Bett. Kannst du aufstehen?«
»Mal sehen.«
»Warte, ich helf dir.«
Maria van Dyck ließ sich ins Schlafzimmer führen und legte sich hin. Sie schlief nicht, sie war nur unfähig, klar zu denken und sich zu bewegen. Es war wie ein Traum, als ob sie sich in einer völlig fremden Welt befände. Schwerelos. Sie spürte, wie ihr die Schuhe, die Bluse und die Jeans, der BH und der Slip ausgezogen wurden, bis sie völlig nackt war. Etwas in ihr sträubte sich dagegen, sie wollte sich wehren, doch sie schaffte es nicht. Ihre Arme und ihre Beine gehorchten nicht dem Befehl des Kopfes. Sie wurde grob an den Armen gepackt, ein Stück weiter nach oben gezogen, und etwas Kaltes schnappte um ihre Handgelenke und kurz darauf um ihre Fußgelenke. Sie schlief ein.

Nach einer Ewigkeit kam sie ganz allmählich wieder zu sich, fiel aber gleich darauf erneut in einen Dämmerschlaf.
»Hallo, Maria, bist du wach?«, fragte die Stimme, die wieder diesen undefinierbaren Unterton hatte. »Oh, das tut mir aber Leid. Dann wird es wohl nichts mit der Verabredung heute. So ein Jammer aber auch. Aber keine Sorge, ich bin ja bei dir. Ich komme gleich, und dann spielen wir ein bisschen. Das wird dich bestimmt wach machen. Ich muss nur noch schnell etwas erledigen. Ich bin in etwa einer Stunde wieder zurück.«
Maria van Dyck versuchte die Augen zu öffnen, was ihr nur mühsam gelang. Sie wusste nicht, wie viel Zeit vergangen war, aber allmählich kehrte die Kraft in ihre Arme und Beine zurück. Sie wollte sich aufsetzen, doch die Arme waren am Bett festgekettet. Sie sah an sich hinunter, bemerkte voller Entsetzen, dass sie nackt war, wollte schreien, doch kein Laut kam aus ihrer Kehle, etwas war über ihren Mund geklebt worden.
»Maria, du bist ja wach«, sagte die Stimme plötzlich. »Schön, dann können wir anfangen … Du bist ein sehr, sehr hübsches Mädchen, weißt du das eigentlich? Natürlich weißt du das, bestimmt rennen dir die Jungs scharenweise hinterher. Deine Augen, deine Haare, deine Brüste, es gibt nichts an dir, was nicht schön wäre. Hast du schon einmal mit einem Mann geschlafen? Ich meine, mit einem richtigen Mann?«
Maria schaute entsetzt in die glühenden Augen, die ihren Körper abtasteten. Sie spürte die Hände, die über ihre Haare, ihr Gesicht, ihre Brüste, ihre Scham glitten. Die Finger, die für einen kurzen Moment ihre Vagina massierten.
»Du bist so wunderschön wie kaum eine andere. Aber du hast meine Frage noch nicht beantwortet, ob du schon einmal mit einem Mann geschlafen hast. Hast du schon einmal einen richtig dicken Schwanz in dir gespürt, der dich fast zum

Wahnsinn treibt? Oder bist du noch nie so richtig durchgefickt worden?«
Maria van Dyck schüttelte den Kopf und riss an den Handschellen, die sie gefangen hielten. Sie hoffte, all dies wäre nur ein schrecklicher Albtraum, aus dem sie bald erwachen würde, doch etwas sagte ihr, dies war kein Traum, sondern grausame Realität. War dieses Leben nicht schon schlimm genug gewesen? Warum passierte ihr dies gerade zu einem Zeitpunkt, da es langsam bergauf ging? Fragen über Fragen, auf die sie wahrscheinlich niemals eine Antwort bekommen würde.
»Was, du hast noch nie mit einem richtigen Mann gevögelt? Wie schade. Aber was soll's, es gibt Wichtigeres im Leben als rumzuficken. Deine Augen, Maria, sind die schönsten Augen, die ich je gesehen habe. Sie allein können einen Mann um den Verstand bringen. Aber Skorpionfrauen sind ja bekannt dafür, mit ihrem Blick die Männer in ihren Bann zu ziehen. Deine Augen haben dieses ganz Besondere. Dieses Verheerende, Vernichtende. Dieses Feuer, diese magische Glut, von der man angezogen wird. Ich glaube, ich sollte sie dir besser verbinden, damit du mich nicht mehr ansehen kannst. Sonst tötest du mich vielleicht.« Hämisches Lachen.
Maria van Dyck fühlte den Seidenschal, der um ihren Kopf gelegt wurde. Es war dunkel, sie fror. Auf einmal spürte sie Küsse auf ihrem Bauch, ihrer Brust, zwischen ihren Schenkeln. Streicheln, küssen, streicheln, küssen … Und während sie dachte, es wäre vielleicht alles nur ein Spiel aus streicheln und küssen, ein Spiel innerhalb eines surrealistischen Traums, spürte sie den atemraubenden Schlag in ihren Bauch, der sie fast wahnsinnig werden ließ vor Schmerz. Es folgten weitere Schläge auf die Brüste, die Arme, ins Gesicht.
Sie weinte, wimmerte, flehte zu Gott, sie von dieser Qual zu

befreien. Und dann auf einmal wieder streicheln und küssen und die Stimme, die leise sagte: »Jetzt weißt du auch, wer die Luft aus deinen Reifen gelassen hat. Doch wie hättest du auch ahnen können, dass ich es war. Es gab aber leider keine andere Möglichkeit, an dich heranzukommen. Ich habe dich den ganzen Tag über beobachtet, seit du das Haus verlassen hast. Ich war immer in deiner Nähe, und ich werde es auch bis zuletzt bleiben. Oder nein, ich muss ja gleich noch mal weg, doch ich komme schon sehr bald wieder. Unser Spiel ist noch längst nicht zu Ende. Lass dich einfach überraschen. Du bist übrigens von allen die Schönste, nur Judith konnte sich mit dir messen. So wunderschön. Hättest du nicht zwei Wochen später geboren werden können? Zwei Wochen, und du müsstest das hier nicht erleben. Aber ich frage mich, ob du dann auch so schön geworden wärst. Ob deine Augen dann immer noch dieses Magische, dieses Feuer gehabt hätten. Ich weiß es nicht. Ach ja, bevor ich gehe, noch einen Rat, spar dir deine Kräfte und mach dir keine Mühe, freizukommen, es wird dir nicht gelingen. Keine hat es bis jetzt geschafft. Und dieses Haus ist so einsam, so leer, hier hört dich niemand. Mach's gut und versuch ein bisschen zu schlafen. Ich bin bald zurück.«
Maria van Dycks Herz schlug mit Gewalt in ihrer Brust, als wollte es ihren Brustkorb zersprengen, die Übelkeit rührte mit riesigen Löffeln in ihren Eingeweiden. Ihr Körper war ein einziger großer Schmerz, der nur noch übertroffen wurde von ihrer Angst, sterben zu müssen. Die sanfte Stimme hallte in ihren Ohren nach, die alles verbrennende Glut der Augen war überall, auch wenn sie sie nicht mehr sah.
Was hatte sie verbrochen, dass sie so gestraft wurde? Was? Sie weinte stumme Tränen, Tränen, die niemand sah und die keinen interessierten.
Sie hörte das Zuschnappen der Tür, wie der Schlüssel umge-

dreht wurde. Sie war allein. Sie weinte, ihr Körper bebte unter der Qual ihrer Seele und dem Schmerz, der ihr zugefügt worden war.
Irgendwann war sie eingeschlafen, hatte jegliches Zeitgefühl verloren, wusste nicht, wie lange sie allein gewesen war, als sie plötzlich die warmen Hände auf ihrer Brust spürte. Würde es doch ein gutes Ende nehmen? War der Albtraum bald vorbei? Mit einem Mal fielen eiskalte Tropfen auf ihre Brustwarzen, die sich zusammenzogen und steil aufrichteten. Und dann verlor sie fast das Bewusstsein durch den furchtbarsten, alle Sinne raubenden Schmerz, der ihr je zugefügt worden war.
»Hallo, Maria! Hier bin ich. Ich werde dir jetzt die Augenbinde abnehmen. Dein Körper ist jetzt nicht mehr makellos. Aber im Jenseits wird er es wieder sein. So, und nun beenden wir das Spiel.«
Maria van Dyck war zu keinem klaren Gedanken mehr fähig. Sie ließ sich willenlos die Beine spreizen, den Stich der Nadel durch ihre Schamlippen merkte sie kaum. Sie sah, wie die Person hinter sie trat, ihren Kopf ein wenig anhob und etwas Kaltes um ihren Hals legte. Ein kräftiger Ruck, der ihr die Luft abschnürte, ihre Augen waren vor Todesangst geweitet und schienen fast aus den Höhlen zu treten. Der Todeskampf dauerte etwa drei Minuten. Maria van Dycks Kopf fiel zur Seite. Das Spiel war vorbei.

Donnerstag, 15.00 Uhr

Julia Durant war nach dem Essen in ihr Büro gegangen, um noch einmal die Akten durchzusehen, bevor Richter kam. Sie führte sich alle Details vor Augen, machte sich zum wer weiß wievielten Male Notizen, rauchte dabei drei Gauloises und trank zwei Tassen Kaffee, schlug schließlich die Akten zu und lehnte sich zurück. Sie kam sich vor wie eine Schülerin, die sich auf die alles entscheidende Prüfung vorbereitete, schalt sich eine Närrin, etwas zu suchen, was doch nicht zu finden war. Sie schloss die Augen, die Gedanken an Lewell ließen sie nicht los. Ihre letzte Hoffnung war Richter, aber sie hatte sich vorgenommen, diese Hoffnung nicht zu hoch zu schrauben. Richter war auch nur ein Mensch, er war kein Hellseher, selbst wenn er in der Vergangenheit der Polizei hervorragende Dienste geleistet hatte. Er erkannte Zusammenhänge, die Normalsterblichen in der Regel verborgen blieben. Er verfügte über die außergewöhnliche Gabe, sich in die Psyche des Täters hineinversetzen zu können, und das allein aufgrund von Tatortfotos, der Lebensgeschichte eines oder mehrerer Opfer, den Berichten der Spurensicherung sowie der Rechtsmedizin. Richter war in der Lage, daraus die Spur vom Opfer zum Täter zurückzuverfolgen und eine exakte Persönlichkeitsbestimmung, ein Psychogramm, zu erstellen. Wenn überhaupt noch jemand helfen konnte, dann Richter.

Hellmer kam zu ihr und setzte sich ihr gegenüber an den Schreibtisch.

»Na, wie geht's dir?«, fragte er.

Julia Durant gähnte und schüttelte leicht den Kopf. »Beschissen. Ich wünschte, dieser Albtraum wäre bald zu Ende. Und dir?«

Hellmer zuckte die Schultern, holte eine Zigarette aus der Brusttasche seines Hemdes, steckte sie zwischen die Lippen und zündete sie an. Er inhalierte, den Blick zu Boden gerichtet, und blies den Rauch durch die Nase aus. »Mir geht's nicht viel anders. Diese Scheiße verfolgt mich jetzt schon im Schlaf. Wenn wir wenigstens Spermaspuren hätten oder Fingerabdrücke! Aber dieser verfluchte Mistkerl muss seine Opfer ja auch noch waschen! Und die von der Spurensicherung sind auch ganz schön frustriert. Nichts, aber auch rein gar nichts lässt der Kerl zurück. Und das begreif ich nicht.«

»Er lässt uns schon was zurück, nämlich seinen gottverdammten Hass auf Skorpionfrauen. Das ist aber auch schon alles.« Ein Blick in Bergers Büro, Durant gab Hellmer ein Zeichen. »Richter ist da. Gehen wir mal hin und begrüßen ihn.«

Richter hatte sich einen Stuhl genommen und sich zu Berger gesetzt. Er blickte auf, als Hellmer und Durant in das Büro kamen.

»Guten Tag, Frau Durant, Herr Hellmer«, sagte er, während er sich erhob und ihnen die Hand reichte. »Tja, dann wollen wir doch gleich mal in medias res gehen.«

»Warten Sie, ich hole noch schnell drei andere Kollegen«, sagte Hellmer und verschwand nach draußen. Kurz darauf kehrte er mit Kullmer, Wilhelm und Güttler zurück.

»Ich schlage vor, wir gehen ins Besprechungszimmer«, meinte Durant. »Hier drin ist es ein bisschen eng.«

»Gibt es etwas Neues?«, fragte Richter auf dem Weg dorthin.

»Ja, allerdings«, antwortete Durant. »Etwas sehr Unerfreuliches. Aber darüber möchte ich mit Ihnen erst sprechen, nachdem Sie uns das Täterprofil präsentiert haben.«

Richter zog die Stirn in Falten und sah Durant von der Seite an. »Ich will ja nicht neugierig erscheinen, aber hat es ein weiteres Opfer gegeben?«

»Ja, aber … Bitte haben Sie Verständnis, wenn ich es Ihnen erst nachher erzähle. Es hat nur indirekt mit diesen Fällen zu tun«, log sie.

»In Ordnung. Dann lassen Sie uns anfangen.« Er öffnete seinen Aktenkoffer, holte einen Stapel Papier heraus und legte ihn auf den Tisch. Richter hatte am Kopfende Platz genommen, Berger, Güttler und Wilhelm saßen links von ihm, Du-

rant, Hellmer und Kullmer rechts. Richter räusperte sich, bevor er begann.
»Möchten Sie vielleicht etwas zu trinken?«, fragte Frau Güttler.
»Nein danke. Jetzt nicht. Über das Täterprofil oder -psychogramm brauche ich Ihnen ja nichts mehr zu erklären, ich nehme an, dass jeder von Ihnen damit vertraut ist. Wir haben es mit fünf Opfern zu tun, alle weiblich, zwei davon ledig, zwei geschieden, eine verheiratet. Die Jüngste war zum Zeitpunkt ihres Todes zweiundzwanzig Jahre alt, die Älteste einundvierzig. Die Opfer stammten aus unterschiedlichen sozialen Schichten, es gibt keine äußerlichen Ähnlichkeiten wie zum Beispiel gleiche Haar- oder Augenfarbe, und sie haben auch sehr unterschiedliche Berufe ausgeübt, Finanzbeamtin, Boutiquenbesitzerin, Studentin *und* Prostituierte, Künstleragentin, Hausfrau. Es gibt also keine offensichtliche Verbindung zwischen ihnen. Wie Frau Durant und Herr Kullmer wissen, sind mir drei der Opfer persönlich bekannt, nämlich Carola Weidmann, Judith Kassner und Vera Koslowski. Juliane Albertz und Erika Müller sind mir unbekannt, aber das habe ich auch bereits erwähnt. Die einzige Gemeinsamkeit aller Frauen besteht darin, dass sie unter dem Tierkreiszeichen Skorpion mit Aszendent Löwe geboren wurden. Zwei Frauen wurden in ihrer Wohnung getötet und dort auch gefunden, drei wurden nicht am Fundort, in diesem Fall im Freien, getötet. So weit die wichtigen, grundlegenden Fakten. Und jetzt möchte ich ins Detail gehen, wobei ich mit den Opfern beginnen werde.«
Er lehnte sich zurück, nahm ein paar voll geschriebene Seiten Papier und sah in die Runde.
»Ich habe übrigens zehn Kopien gemacht. Sollten Sie mehr benötigen, dann können Sie das ja hier im Präsidium kopieren.

Opfer Nummer eins, Carola Weidmann. Boutiquenbesitzerin, verlobt. Laut Aussage ihrer Familie und ihres Verlobten sowie einiger Bekannter eine eher zurückhaltende junge Frau. Sehr dienstbeflissen, korrekt und offen im Umgang mit anderen, keine Partygängerin, geringe Risikobereitschaft, verschwiegen.

Opfer Nummer zwei, Juliane Albertz. Finanzbeamtin, geschieden, vorsichtig, auch eher zurückhaltend bis introvertiert. Wie Carola Weidmann geringe Risikobereitschaft, enttäuscht vom Leben, sexuell unausgefüllt, emotional wenig gefestigt, verschwiegen.

Opfer Nummer drei, Erika Müller. Hausfrau, verheiratet, zwei Kinder, Mann Alkoholiker, vorsichtig, zurückhaltend, geringe Risikobereitschaft, ebenfalls enttäuscht vom Leben, frustriert, emotional unausgeglichen, geringes Selbstbewusstsein und Selbstvertrauen, verschwiegen.

Opfer Nummer vier, Judith Kassner. Allein stehend, Studentin und Prostituierte, freundlich, loyal, verschwiegen, liebte die Gesellschaft, offenes, direktes Wesen, willensstark, lebenslustig, offen für alles Neue, vielseitig interessiert, belesen, keine feste Bindung, risikobereit.

Opfer Nummer fünf, Vera Koslowski. Künstleragentin, geschieden, häufig auf Festen und Feiern anzutreffen, häufig wechselnde Männerbekanntschaften, durchsetzungsfähig, risikobereit, verschwiegen, loyal. Diese Punkte sind wichtig für das folgende Täterprofil.

Der Täter ist in die Kategorie Serientäter einzuordnen, wobei auffällig ist, dass die ersten beiden Morde im vergangenen Jahr im Abstand von etwa zwei Wochen begangen wurden, die andern drei jedoch innerhalb weniger Tage, was bedeutet, dass jegliche Hemmschwelle damit überwunden ist.

Sein Alter dürfte zwischen dreißig und maximal vierzig Jahren liegen, wobei meine Vermutung eher dahin geht, dass er

zwischen Mitte dreißig und maximal vierzig ist, aber darauf werde ich später noch zu sprechen kommen.
Seine Vorgehensweise ist sadistisch, da er seine noch lebenden Opfer foltert, bevor er sie tötet. Besonders beachtenswert ist, dass er seine Opfer im Gegensatz zu den meisten Serienmördern nicht wahllos aussucht, sondern gezielt vorgeht, das heißt, er nimmt Kontakt zu ihnen auf beziehungsweise kennt diese bereits seit längerer Zeit und gewinnt so ihr Vertrauen. Es handelt sich also um jemanden, der nach außen hin völlig integer und vertrauenswürdig erscheint, jemand, der über ein gepflegtes Äußeres, gewandtes und charmantes Auftreten sowie gute Manieren verfügt.«
Richter hielt inne und zündete sich eine Zigarette an.
»Nun zu seiner Vorgehensweise. Nachdem er mit den Opfern bekannt geworden ist und diese in ihm eine vertrauenswürdige Person sehen, lassen sie sich überreden, in engeren Kontakt mit ihm zu treten. Er will mit ihnen allein sein, sagt den Frauen jedoch, dass diese Treffen geheim bleiben sollen. Also geschehen diese Treffen in aller Heimlichkeit. Einige der Frauen kaufen sich extra dafür ausgefallene Dessous, sagen aber keinem etwas von diesem Treffen, vermutlich, weil der Täter ihnen ein ganz besonderes Erlebnis verspricht. Da bei keinem der Opfer Betäubungsmittel im Blut nachgewiesen werden konnten, sie aber wahrscheinlich durch Handschellen verursachte Druckstellen an den Hand- und Fußgelenken aufwiesen, muss davon ausgegangen werden, dass sie sich freiwillig fesseln ließen. Nun ist es heutzutage nicht unüblich, Sexualpraktiken auszuüben, bei denen Handschellen verwendet werden. Allerdings hat der Täter keinerlei sexuellen Kontakt mit einem seiner Opfer gehabt. Sein Ziel war es, mit den Frauen allein zu sein, wobei sie sich einen ganz besonderen oder ausgefallenen Abend mit ihm versprachen beziehungsweise er ihnen einen solchen Abend versprochen

hat. Statt jedoch sexuell mit ihnen zu verkehren, wie sie sich das erhofft hatten, hat er sie, sobald sie gefesselt waren, auf brutalste Weise misshandelt, und zwar mit Schlägen, durch das Abbeißen der Brustwarzen, worauf ich später noch zu sprechen kommen werde, sowie das Durchstechen der Schamlippen mit einer goldenen Nadel. Nach diesem letzten Akt sadistischer Handlungen erdrosselt er seine Opfer mit einer Drahtschlinge, und anschließend wäscht er sie. Er zieht sie wieder genauso an, wie sie es waren, als sie sich getroffen haben, und bahrt sie so auf, dass ihr rechter Arm und der rechte Zeigefinger jeweils nach Südosten zeigen, während der linke Arm an den Körper gelegt ist. Dass seine Opfer angezogen sind, wenn sie gefunden werden, deutet darauf hin, dass er ihnen eine gewisse Würde lassen wollte. Für denjenigen, der die Leiche finden würde, sollte es kein offensichtliches Zeichen eines gewaltsamen Todes geben. Auch wurde kein Schmuck oder irgendeine andere Trophäe des Opfers entwendet, woraus hervorgeht, dass der Täter keinerlei materielle Interessen verfolgt.

Auffallend ist, dass drei der Opfer eher zurückhaltend waren und das Risiko scheuten. Daraus lässt sich schließen, dass sie dem Täter bedingungslos vertrauten und in ihm niemals einen Mörder vermutet hätten. Allerdings waren zumindest zwei von ihnen, nämlich Juliane Albertz und Erika Müller, von ihrem Leben frustriert und aller Wahrscheinlichkeit nach auch im sexuellen Bereich unausgefüllt. Diese sexuelle Frustration hat der Täter ausgenutzt, um sich das Vertrauen der Frauen zu erschleichen. Bei den beiden anderen, Judith Kassner und Vera Koslowski, hatte er es leichter, indem beide Frauen als sehr risikofreudig bekannt waren, ständig neue Männerbekanntschaften pflegten und somit auch keine Angst hatten, dass ihnen etwas passieren könnte, da sie überzeugt waren, immer alles unter Kontrolle zu

haben. Das Fesselspiel war für sie nichts Neues oder Ungewöhnliches, sie waren offenbar damit vertraut. Carola Weidmann ist die Einzige, die aus der Reihe fällt. Sie war zweiundzwanzig Jahre alt, verlobt und hatte vor zu heiraten. Inwieweit sie bereit war, ein sexuelles Risiko einzugehen, ist nicht bekannt, allerdings ist aufgrund nicht nachgewiesener Betäubungsmittel ebenfalls von einer gewissen Risikobereitschaft auszugehen. Dies kommt besonders häufig bei Personen vor, die wie Carola Weidmann in einem Internat erzogen wurden, wo es bekanntlich des Öfteren zu sexuellen Ausschweifungen kommt. Es kann jedoch auch sein, dass sie eine derart strenge Erziehung genossen hat, dass sie jetzt nachholen wollte, was ihr bislang verboten worden war. Dafür spricht auch, dass eine Freundin ausgesagt hat, Carola Weidmann habe des Öfteren mit ihr über bestimmte sexuelle Phantasien gesprochen, welche genau das waren, entzieht sich unserer Kenntnis.
Bevor ich jetzt ein genaues Bild des Täters zeichne, noch etwas zu seinem Ritual.
An erster Stelle steht das Fesseln des Opfers an das Bett, was die Frauen offenbar freiwillig mit sich machen ließen. Sobald seine Opfer bewegungsunfähig sind, beginnt er mit seinem Ritual und zeigt sein wahres Gesicht. Aus dem freundlichen, zuvorkommenden Menschen wird mit einem Mal eine reißende Bestie. Er klebt den Frauen den Mund zu, weil er ihre Schreie nicht hören will, schlägt sie, beißt die Brustwarzen ab und sticht schließlich die besagte goldene Nadel durch die Schamlippen. Er führt keine sexuellen Handlungen an ihnen aus, weder zu Lebzeiten der Opfer noch nach deren Tod, wodurch Nekrophilie ausscheidet.
Da alle Opfer unter demselben Sternzeichen mit demselben Aszendenten geboren wurden, müssen wir davon ausgehen, dass der Täter einen abgrundtiefen Hass gegen Frauen, die

diesem Typus entsprechen, hegt. Dabei ist ihm das Alter und auch das Aussehen egal. Wichtig für ihn ist, dass sie Skorpion–Löwe sind.
Was bedeutet nun das Abbeißen der Brustwarzen? Die Brustwarzen sind ein wesentliches Symbol für die Sexualität einer Frau. Kinder werden an der Brust gestillt, wobei die Milch aus der Brustwarze gesaugt wird. Die Brust ist die Stelle der Mutter, an der sich Kinder am wohlsten fühlen. Beim Stillen und bei sexueller Stimulation oder Erregung stellen sich die Brustwarzen auf, aber auch bei Kälte. Da die Opfer offensichtlich sexuell nicht stimuliert wurden oder erregt waren, ist es sehr wahrscheinlich, dass er, um eine Erektion herbeizuführen, Eiswürfel auf die Brustwarzen gelegt hat oder kaltes Wasser darauf tropfen ließ, um sie so besser abbeißen zu können.
Aus dem Abbeißen lässt sich folgern, dass er entweder keine Mutterliebe erhalten hat oder gar verstoßen wurde, was bedeuten kann, dass er von seiner Mutter nicht beachtet oder gar misshandelt wurde. Es besteht die Möglichkeit, dass diese Mutter unter dem Sternzeichen Skorpion mit Aszendent Löwe geboren wurde. Der Täter hat keine Bindung zu seiner Mutter, er war zeit seines Lebens auf den Vater fixiert, der ihm alle Liebe gegeben hat, die er aber eigentlich von der Mutter haben wollte. Allem Anschein nach hat er um die Liebe der Mutter gebuhlt, diese Liebe wurde jedoch nicht erwidert. Womöglich ist der Vater früh verstorben, so dass er, solange er zu Hause wohnte, mit der ungeliebten Mutter zusammenleben musste.
Mit den Schlägen will er eigentlich nicht die Opfer, sondern seine Mutter bestrafen, für die er eine beinahe abgöttische Liebe empfindet, die aber nicht erwidert wird oder wurde und die jetzt in Hass umgeschlagen ist …
Der Täter ist vermutlich kein Einzelkind, sondern hat aller

Wahrscheinlichkeit nach eine jüngere Schwester oder einen jüngeren Bruder, auf die oder den er eifersüchtig ist.
Jetzt komme ich zu einem ganz wichtigen Punkt, nämlich der Nadel. Die Nadel wird durch die Schamlippen gestochen, und zwar genau in Höhe des Scheideneingangs. Damit versperrt er den Zugang zur Vagina. Hier gibt es zwei Möglichkeiten, weshalb der Täter dieses Ritual vollführt. Zum einen könnte es bedeuten, dass der Täter impotent ist, oder aber er wurde von einer oder sogar mehreren Skorpionfrauen wegen eines physischen Mankos im Genitalbereich ausgelacht, zum Beispiel wegen eines zu kleinen Penis, weshalb ihm diese Frauen den Zutritt zu ihrem Inneren verweigert haben. Die Nadel, das wissen Sie wahrscheinlich inzwischen selbst, symbolisiert den Stachel und das daraus fließende Gift des Skorpions, mit dem der Täter schon des Öfteren gestochen wurde, womit der Skorpion jetzt aber selbst getötet wird …«
»Augenblick«, warf Durant ein, »das mit der Nadel ist mir schon klar. Aber warum hat er keinen Geschlechtsverkehr mit ihnen gehabt? Um keine Spuren zu hinterlassen? Ich meine, wenn er impotent ist, sehe ich ein, dass es nicht ging …«
Richter schüttelte den Kopf. »Nein, das ist mit Sicherheit auszuschließen. Hätte er Geschlechtsverkehr mit ihnen haben wollen, dann hätte er auch ein Kondom benutzen können, um keine Spuren zu hinterlassen. Seine Opfer waren ihm schließlich wehrlos ausgeliefert, und er hätte alle Zeit der Welt gehabt, sich sexuell an ihnen zu vergehen. Es gibt zwei Möglichkeiten, warum er den Sexualakt nicht ausführt; zum einen die schon erwähnte mögliche Impotenz, oder aber er hat keine Lust, sexuell mit seinen Opfern zu verkehren, weil er sich nicht schmutzig machen oder besser gesagt beflecken will. Es gibt jedoch auch noch eine dritte Möglichkeit, die ich aber erst ganz zum Schluss in den Raum werfen möchte.

Nun zur Waschung. Diesen Teil seines Rituals wendet er an, um entweder sich selbst zu reinigen, was ich aber eher für unwahrscheinlich halte; vielmehr bin ich überzeugt, dass er mit der Waschung seine Opfer von ihren Sünden rein waschen will. Sie sind böse, sie besitzen einen tödlichen Stachel, aber sobald sie tot sind, können sie nicht mehr zustechen. Tote können nicht sündigen, und um sich selbst ein reines Gewissen zu verschaffen, wäscht er sie, damit sie rein und geläutert in den Himmel kommen …«

»Heißt das, es könnte sich um einen religiösen Fanatiker handeln?«, fragte Hellmer.

»Nein, auf keinen Fall. Hier geht es um Reinwaschen, um Säubern. Es ist allerdings sehr wahrscheinlich, dass er an ein Leben nach dem Tod glaubt.

Die schwarzen Dessous. Schwarz ist die Farbe des Todes, der Hölle, der Kirche und der Sünde. Da alle Opfer bei ihrem Auffinden schwarze Dessous trugen, ist davon auszugehen, dass er mit ihnen vorher über seine Vorliebe für schwarze Dessous gesprochen hat und die Damen ihm diesen Wunsch nur allzu bereitwillig erfüllten, hat es doch etwas Verruchtes, Verwerfliches, es sei denn, man trägt diese Unterwäsche gewohnheitsmäßig. Ich kann in dem Fall bloß von meiner Frau sprechen, die fast nur teure schwarze Dessous trägt, und zwar schon seit ihrer Jugendzeit. Glücklicherweise ist sie kein Skorpion«, sagte Richter mit einem verschmitzten Lächeln, bevor er wieder ernst wurde.

»Nun kommt der schwierigste Punkt, die Lage der Leiche. Alle Leichen wurden in einer bestimmten Aufbahrung vorgefunden. Sie deuteten mit einem Arm nach Südosten. Was genau der Täter uns damit zeigen will, ist mir unklar. Ich habe mir auch die Fotos der Fundorte angesehen und bin leider völlig ratlos, was er mit dieser Lage symbolisieren will. Sie zeigen auf irgendeinen für mich noch imaginären Punkt.

Aufgefallen ist mir jedoch, dass alle Frauen in den frühen Morgenstunden zwischen Mitternacht und vier Uhr früh umgebracht wurden.« Er machte eine Pause, steckte sich eine weitere Zigarette an und sagte: »Dürfte ich jetzt vielleicht doch ein Glas Wasser haben?«

»Sie können auch einen Kaffee oder Cola haben«, entgegnete Frau Güttler.

»Nein, Wasser reicht schon. Haben Sie bis hierher Fragen?«

Kullmer meldete sich zu Wort. »Eine. Wie hat er Kontakt zu seinen Opfern aufgenommen? Ich meine, von der Albertz wissen wir ganz genau, dass sie die Öffentlichkeit gemieden hat. Sie hat ja nicht einmal im Fitnesscenter oder im Büro Kontakte geschlossen.«

»Es gibt Menschen, Herr Kullmer, die schließen ihre Kontakte auf eine ganz eigenartige Weise. Im Büro oder in dem von Ihnen angeführten Fitnesscenter gibt man sich kühl und zurückhaltend. Wissen Sie denn, was Frau Albertz nach dem Fitnesscenter gemacht hat? Ist sie immer gleich nach Hause gefahren?«

Kullmer zuckte die Schultern. »Keine Ahnung.«

»Sehen Sie. Manche Menschen lassen sich nicht gerne in die Karten schauen. Und Juliane Albertz war vermutlich eine solche Frau.«

Frau Güttler kam wieder herein, stellte ein Glas und eine Flasche auf den Tisch. Richter schenkte sich ein und trank einen Schluck.

»Gut, kommen wir jetzt zum wichtigsten Punkt – dem Täter selbst. Er ist zwischen dreißig und vierzig Jahre alt, verheiratet, in sozial gesicherter Stellung, vermutlich sogar wohlhabend. Ein jüngeres Alter ist auszuschließen, da er sehr engen Kontakt zu Frauen gepflegt hat, die zwischen dreißig und Anfang vierzig waren. Er ist charmant, höflich, verfügt über außerordentlich gute Manieren, hohe Menschenkennt-

nis, eventuell sogar eine psychologische Ausbildung. Er hat zudem eine enorme sexuelle Ausstrahlung, ist sehr charismatisch und – er ist extravertiert und introvertiert zugleich. Die Extraversion zeigt er auf gesellschaftlichen Zusammenkünften, doch wird er nie seine wahren Gefühle preisgeben.
Er ist auf eine gewisse Weise humorvoll, spöttisch, wobei dieser Spott auch in beißenden Zynismus ausufern kann. Er ist redegewandt, ordnungsliebend und legt großen Wert auf das Einhalten von Etikette. Er ist weit überdurchschnittlich intelligent, sehr belesen, ist sicher im Auftreten und scheut sich auch nicht, vor großen Menschenansammlungen zu sprechen. Er liebt gute Musik, ist überhaupt allen musischen Dingen gegenüber sehr aufgeschlossen, er geht gerne elegant aus, fühlt sich in vertrauter Umgebung wohl, zieht dabei die vertraute Umgebung zu Hause vor.
Bei Zusammenkünften welcher Art auch immer will er nicht unbedingt im Mittelpunkt stehen, sondern ist eher ein stiller, aber sehr genauer Beobachter und Zuhörer. Das Lied »Time to say goodbye«, das bei Frau Kassner und Frau Koslowski spielte, als Sie sie gefunden haben, ist wohl in diesem Fall auch zynisch gemeint, entspricht jedoch dem allgemeinen Musikgeschmack des Täters. Durch sein sicheres und charmantes Auftreten gewinnt er sehr schnell nicht nur das Vertrauen, sondern auch die Herzen der Frauen. Er ist sehr gepflegt und gut aussehend und gehört zu jenen Menschen, denen man niemals gewalttätiges Handeln oder gar Mord zutrauen würde. Bei ihm fühlen sich Frauen auf Anhieb sicher und geborgen. Er verfügt über astrologische Kenntnisse und interessiert sich auch anderweitig für alle Bereiche der Esoterik. Alles in allem ist er ein vielseitig interessierter Mensch. Er ist außergewöhnlich gefühlsbetont, das heißt, er kann lieben wie kaum ein anderer, diese Liebe kann aber, wenn er

selbst oder jemand, den er sehr liebt, verletzt oder gedemütigt wird, in tödlichen Hass umschlagen.
Er sucht bei seinen Taten keine sexuelle Befriedigung und ist auch sonst sexuell eher zurückhaltend. Er persönlich legt keinen Wert auf ausgefallene Unterwäsche, er will nur, dass seine Opfer sie tragen, damit er sie dadurch besser als Huren identifizieren kann. Er kannte jedes seiner Opfer schon lange vor der Tat, er hat sozusagen ein Vertrauensverhältnis zu ihnen aufgebaut. Bei ihm haben sich über viele Jahre hinweg große Frustrationen angestaut, es besteht, wie schon erwähnt, eine starke Vaterbindung. Das Verhältnis zur Mutter ist hingegen eher gestört.
Und jetzt kommt etwas, das Ihnen wahrscheinlich nicht gefallen wird, aber er ist im Grunde seines Herzens ein gutmütiger, loyaler, doch leider auch psychisch sehr instabiler Mensch. Er leidet nicht nur unter dem, was ihm angetan wurde, sondern auch unter seinen Taten. Ein Kindheitstrauma, das lange in seinem Unterbewusstsein geschwelt hat, ist plötzlich durch irgendein Ereignis hervorgebrochen und eskaliert nun in dieser extremen Gewalt. Es handelt sich um eine psychopathische Persönlichkeit mit kaum vorhandenem Schamgefühl, er ist nicht selbstmordgefährdet, das heißt, er hat auch nie einen Selbstmordversuch unternommen, er zeigt keinerlei Anzeichen von Nervosität, er kann kühl planen und abwarten und ist unfähig, aus Erfahrungen zu lernen. Wichtig bei einer psychopathischen Persönlichkeit ist, dass vieles von dem, was derjenige sagt, gelogen ist und diese Lügen selbst auf einem Lügendetektor kaum nachzuweisen wären.
Da drei der Opfer im Freien gefunden wurden, lässt dies nur den Schluss zu, dass er ein eigenes Haus besitzt, denn in einer Mietwohnung in einem dicht besiedelten Wohngebiet wäre es viel zu riskant, die Leichen abzutransportieren. Er könnte schließlich gesehen und damit schnell enttarnt werden. Es

muss ein Haus sein, dessen Grundstück von außen nicht einsehbar ist, womöglich mit einem direkten Zugang von der Wohnung in die Garage. Oder ein Haus, das so abgelegen ist, dass er nachts dort schalten und walten kann, wie er will ...«

»Moment«, unterbrach ihn Durant, »Sie haben doch eben gesagt, dass er verheiratet ist. Er kann in seinem eigenen Haus keine Frauen umbringen, wenn es da seine Frau gibt.«

»Vermutlich hat er nicht nur ein Haus, sondern zwei oder gar drei. Wie ich schon sagte, ich halte ihn für wohlhabend oder sogar sehr vermögend. Wie Sie wissen, veranstaltet ein gewisser Personenkreis, zu dem ich selbst zähle, in lockeren Abständen Feste, zu denen sehr viele einflussreiche und materiell begüterte Gäste kommen. Nun, es sind nicht alles Multimillionäre, aber einige sind schon darunter. Und ich gehe einfach davon aus, dass unser Täter regelmäßiger Gast bei diesen Veranstaltungen ist und dort seine Kontakte knüpft, und zwar auf eine sehr subtile Weise. Sein Problem ist das bereits angesprochene Kindheitstrauma, das später noch verstärkt wurde durch eine oder vielleicht sogar mehrere Skorpionfrauen, die ihm ein psychisches Leid zugefügt haben.

Und noch etwas ist sehr bemerkenswert und unterscheidet ihn sehr deutlich von den meisten Serienmördern – er sucht keine Anerkennung. In der Regel buhlen Serienmörder um Aufmerksamkeit, wollen der Öffentlichkeit zeigen, zu welchen Leistungen sie fähig sind. Sie lesen genussvoll die Zeitungen, die über *ihre* Morde oder Kunstwerke, wie sie es sehen, schreiben, und masturbieren häufig dabei, weil diese Berichte ihre sexuellen Phantasien noch anheizen. Sie heischen nach Aufmerksamkeit und Anerkennung, jedoch unser Täter tut das nicht. Ihm geht es weder um Anerkennung noch um Aufmerksamkeit, er verrichtet seine Arbeit im Stillen. Er empfindet sich auch nicht wie viele andere Serienmörder als Künstler, sondern drückt seine Gefühle auf eine recht einfa-

che Weise aus. Und da wäre ich wieder bei der Art der Aufbahrung. Mit dieser Art der Aufbahrung will er uns etwas mitteilen. Nur was?« Richter zuckte die Schultern. »Sie sollten vielleicht noch einmal mit Ihrer Astrologin, dieser Frau Gonzalez, sprechen, ob sie eine Erklärung dafür hat. In der Astrologie gibt es ja sehr viele Zeichen und Symbole, und womöglich ist diese Aufbahrungsweise eines, nur wir als Laien kennen es nicht. Ich habe übrigens alles, was den Täter betrifft, genauestens für Sie dokumentiert. Noch Fragen?«
»Wo könnten wir den Täter suchen?«, fragte Hellmer.
»Ich stelle Ihnen gerne eine Liste der Personen zusammen, die auf meinem letzten Sommerfest waren. Zumindest derjenigen, die ich eingeladen habe. Manchmal kommen auch welche, die nur als Begleiter oder Begleiterin fungieren. Von denen habe ich natürlich nicht die Namen, und es wird auch schwer sein, die rauszufinden. Es muss einer sein, der nicht nur zu mir kommt, sondern auch zu den Maibaums, den van Dycks, den Kleibers, den Weidmanns, zu Lewell und einigen anderen. Ich denke, es ist ein relativ kleiner Kreis, in dem der Täter zu suchen ist. Ihn zu finden, liegt jetzt an Ihnen.«
»Kennen Sie jemanden, der mehrere Häuser besitzt?«, fragte Durant.
Richter lachte vergebend auf. »Ich selbst habe drei Häuser, allerdings nur eines in Frankfurt. Von den Personen, die ich eben genannt habe, besitzen alle mindestens zwei Häuser, die meisten sogar mehr.«
»Vorhin sprachen Sie davon, es gebe zwei Möglichkeiten, weshalb er mit seinen Opfern nicht sexuell verkehrt hat; die eine ist Impotenz, die andere, er will sich nicht beflecken. Und dann haben Sie noch eine dritte Möglichkeit angedeutet«, sagte Durant, nachdem sie sich eine Zigarette angezündet hatte. »Was für eine dritte Möglichkeit gibt es?«
Richters Blick wurde ernst, er nahm einen Schluck Wasser,

behielt das Glas in der Hand. Er presste die Lippen zusammen, zögerte mit der Antwort. Schließlich sagte er: »Nun, ich habe die ganze Zeit über von *dem* Täter gesprochen. Das Nichtausüben des Geschlechtsaktes könnte allerdings auch einen anderen Grund haben – der Täter ist eine *Sie*.«
Alle starrten wie gebannt auf Richter, für Sekunden herrschte eine völlige Stille im Raum. Bis Hellmer die Stille durchbrach. »Sie meinen, bei dem Täter könnte es sich auch um eine Frau handeln? Warum? Das ergibt keinen Sinn.«
»Es ist nur eine Theorie, wie alles, was ich gesagt habe. Nein«, er kratzte sich kurz am Kopf, bevor er fortfuhr, »das stimmt nicht. Das meiste, was ich über den Täter gesagt habe, trifft definitiv zu. Doch wir dürfen eine Frau als Täterin nicht grundsätzlich ausschließen.«
»Aber es gibt in der Kriminalgeschichte nicht einmal eine Hand voll Frauen, die in Serie gemordet haben. Und schon gar nicht auf solch brutale Weise«, bemerkte Durant mit zweifelndem Blick.
»Die Zeiten ändern sich, Frau Durant. Leider. Und auch die menschliche Psyche und gewisse Verhaltensweisen, das habe ich in den vergangenen Jahren zur Genüge feststellen müssen. Ich halte nichts mehr für unmöglich. Allerdings würde ich mich an Ihrer Stelle erst einmal auf einen männlichen Täter im Alter zwischen dreißig und vierzig Jahren konzentrieren. Ich habe lediglich die Möglichkeit in den Raum geworfen, dass es auch eine Frau sein könnte.«
»Warten Sie«, sagte Durant mit hochgezogenen Augenbrauen. »Es könnte sogar was dran sein. Alle Eigenschaften, die Sie dem Täter zugeschrieben haben, können auch auf eine Frau zutreffen. Charmant, höflich, auf Etikette bedacht, die gute Musik, die guten Manieren, die Ordnungsliebe, die starke Ausstrahlung. Wem würde sich eine zurückhaltende Frau am ehesten öffnen? Einer Frau! Was aber wiederum bedeu-

ten würde, dass wir es hier mit … Nein, das glaube ich nicht. Das kann nicht sein … Außer sie wollten einmal etwas völlig Neues ausprobieren. Wenn der Täter eine solche Ausstrahlungskraft hat und sehr redegewandt und überzeugend ist, dann könnte es doch eine Frau sein …«

»Frau Durant, entschuldigen Sie, wenn ich Sie unterbreche, aber versteifen Sie sich bitte nicht zu sehr auf diese Theorie. Die Frage ist doch, weshalb sollte sich eine Frau an Skorpionfrauen rächen wollen? Erst wenn Sie diese Frage zufriedenstellend beantworten können, dann sollten Sie sich näher mit dieser Theorie auseinander setzen.«

»Sie haben wohl Recht. Aber irgendwie macht es Sinn. Doch die Frau müsste relativ kräftig sein, denn sie muss ja mindestens drei der Opfer zu ihrem Auto getragen und auch ausgeladen haben.«

»Die Opfer wogen zwischen siebenundfünfzig und sechsundsechzig Kilo«, bemerkte Kullmer ruhig. »Sie hätten keine Schwierigkeiten, die hochzuheben. Und Sie sind ebenfalls eine Frau.«

»Stimmt auch wieder. Aber ich glaube trotzdem nicht, dass wir es mit einer Frau zu tun haben. Mal sehen, was sich ergibt. Ich habe jedenfalls keine Fragen mehr.«

»Wenn sonst keiner mehr Fragen hat«, sagte Richter und packte seinen Aktenkoffer, »dann würde ich jetzt gerne gehen. Sie können mich jederzeit erreichen, heute Abend allerdings nur über meine Handynummer, die Ihnen ja inzwischen bekannt ist.«

»Danke, Professor Richter«, sagte Berger und hievte sich schwerfällig von seinem Stuhl hoch. »Sie haben uns sehr geholfen. Wir werden es auswerten und unsere Ermittlungen dahingehend ausrichten.«

»Keine Ursache, es war mir eine Ehre. Dann wünsche ich Ihnen noch einen angenehmen Abend. Auf Wiedersehen.«

Richter verließ den Raum, Julia Durant folgte ihm. »Professor Richter, dürfte ich Sie noch kurz in mein Büro bitten?«
»Ach so, Sie wollten mir ja noch etwas sagen. Hab ich schon wieder vergessen. Natürlich.«
Julia Durant schloss die Tür und bat Richter, Platz zu nehmen. Sie setzte sich hinter ihren Schreibtisch, stützte die Ellbogen auf, die Hände aneinander gelegt, die Fingerspitzen berührten die Nase.
»Mein Kollege und ich waren heute Morgen bei Herrn Lewell. Wir wollten ihn mit aufs Präsidium nehmen und ihm hier ein paar Fragen stellen …« Sie schürzte die Lippen, und Richter sah sie mit gerunzelter Stirn fragend an. »Um es kurz zu machen, Herr Lewell ist tot. Er wurde heute Nacht in seinem Haus erschossen.«
»Bitte was?«, entfuhr es Richter entsetzt. Er beugte sich nach vorn und schüttelte den Kopf. »Konrad ist tot? Das hat *doch* was mit diesen Fällen zu tun, oder?«
»Wie es aussieht, ja. Wir waren gestern schon bei ihm, aber er hat im wahrsten Sinne des Wortes gemauert. Er hat zugegeben, Frau Kassner und Frau Koslowski gekannt zu haben. Die andern drei kannte er angeblich nicht. Wir wissen jedoch definitiv, dass Juliane Albertz sich von ihm ein Horoskop erstellen ließ. Er hat uns gegenüber jedoch behauptet, sie nicht zu kennen. Und wie es aussieht, war auch Carola Weidmann bei ihm. Wie gut waren Sie mit ihm befreundet?«
»Wir waren sehr gut befreundet. Wir haben zwei-, dreimal die Woche telefoniert und uns auch regelmäßig gesehen. Man konnte sich hervorragend mit ihm unterhalten. Aber ich verstehe nicht, warum er Sie angelogen hat. Er hatte doch keinen Grund dazu. Natürlich kannte er Frau Kassner und auch Carola Weidmann und Vera Koslowski. Und wenn Sie sagen, Frau Albertz habe sich von ihm ein Horoskop erstellen lassen, dann begreife ich seine Haltung erst recht nicht.«

»Wir begreifen es ebenso wenig. Aber nichtsdestotrotz ist er tot. Und ich bin sicher, es war derselbe Täter, der auch die Frauen umgebracht hat. Welche Freunde hatte Herr Lewell außer Ihnen noch?«
»Da fragen Sie mich zu viel. Ich bin im Augenblick nur geschockt.«
»Wussten Sie etwas über seine Vergangenheit?«
Richter nickte. »Ja, wir haben einige Male darüber gesprochen. Sie meinen sicher das mit dem Gefängnis.«
»Ja. Und wir hatten ihn sogar für einen Moment mit in den Kreis der Verdächtigen einbezogen. Deshalb wollten wir heute mit ihm hier auf dem Präsidium sprechen. Leider sind wir zu spät gekommen.«
Richter schüttelte erneut den Kopf und sah auf seine Hände. »Konrad war ein seltsamer Vogel. Er hatte überschüssige Energien, mit denen er häufig nichts anzufangen wusste. Erst in den letzten Jahren hat er es geschafft, sie einigermaßen unter Kontrolle zu bekommen. Er hatte auch nicht mehr solch gravierende Probleme mit Frauen wie früher. Aber ich kenne seine Kindheitsgeschichte, und die war alles andere als positiv. Sie müssen wissen, er wuchs in einem Elternhaus auf, das man als asozial im klassischen Sinne bezeichnen kann. Sein Vater war ein einfacher Arbeiter, der regelmäßig seinen Lohn versoffen hat, seine Mutter pflegte ständig wechselnde Männerbekanntschaften und verdiente damit den eigentlichen Lebensunterhalt für die Familie. Konrad hat es nicht einfach gehabt, sich aus diesem Teufelskreis zu befreien. Die Einzige, die ihm geholfen hat, war seine Tante, die ihn mit zwölf zu sich geholt hat, nachdem sein Vater an den Folgen einer Leberzirrhose gestorben und die Mutter offensichtlich unfähig war, sich um den Jungen zu kümmern, weil sie selber Alkohol- und Drogenprobleme hatte. Ab da ging es eigentlich mit ihm bergauf. Das Einzige, was ihn behinderte, war

seine Unbeherrschtheit und sein übermäßiger Sexualtrieb, den er wohl nie richtig zu kontrollieren wusste. Aber wer von uns ist schon von gewissen Trieben oder Obsessionen frei? Selbst wenn sich diese auch nur im gedanklichen Bereich abspielen. Was Konrad aber letztendlich auszeichnete, war seine unglaubliche Intuition, das sofortige Erfassen einer Situation und auch sogleich zu erkennen, mit was für einem Menschen er es zu tun hatte. Ich will damit sagen, er konnte innerhalb weniger Sekunden einem Menschen auf den Grund der Seele blicken. Es sei denn, er hatte mal wieder Probleme mit Frauen, dann war sein Blick vernebelt. Er selber hat sich ja als Astro-Psychologe bezeichnet, und ich glaube, er hat sich den Titel zu Recht verliehen. Ich meine, das ist keine offizielle Berufsbezeichnung, er hat nie Psychologie studiert, und dennoch steckte in ihm ein hervorragender Psychologe. Das ist wohl auch der Grund, weshalb sein Ruf sich sehr schnell rumgesprochen hat und seine Klientel sich mehr und mehr aus zumeist sehr wohlhabenden Personen zusammensetzte. Er hat mir einige Male erzählt, wer so alles zu ihm gekommen ist. Nur, das hilft ihm jetzt alles nichts mehr.«
»Würden Sie sich als seinen besten Freund bezeichnen?«, fragte Durant und steckte sich eine Zigarette an.
Richter zuckte die Schultern. »Ich habe zumindest gedacht, ich wäre es gewesen, aber offensichtlich gab es da noch jemanden.«
»Ja, jemanden, der, wie es scheint, sogar einen Schlüssel zu seinem Haus hatte. Denn es wurde nicht eingebrochen, Herr Lewell wurde im Schlaf erschossen. War er bestimmten Personen gegenüber vielleicht zu vertrauensselig?«
»Keine Ahnung. Ich habe jedenfalls keinen Schlüssel, falls Sie das wissen wollen. Und so genau habe ich ihn nun auch wieder nicht gekannt, wie mir gerade bewusst wird. Es gab bestimmte Bereiche, wo er sich nicht in die Karten schauen

ließ. Es tut mir wirklich Leid, Ihnen da nicht weiterhelfen zu können.«

»Tja, das war's eigentlich, was ich Ihnen mitteilen wollte.« Richter erhob sich, nahm seinen Aktenkoffer und reichte Durant die Hand. »Es ist eine sehr unerfreuliche Nachricht. Aber wie hat der ehemalige Trainer von Eintracht Frankfurt, Stepanovic, so schön gesagt: ›Lebbe geht weiter.‹ Ich wünsche Ihnen alles Gute und vor allem viel Erfolg. Es ist genug gemordet worden. Guten Abend.«

Julia Durant sah Richter hinterher, bis er die Tür geschlossen hatte. Nach und nach kamen die anderen Beamten herein und scharten sich um ihren Schreibtisch.

»Auf was konzentrieren wir uns jetzt? Auf einen Mann oder eine Frau?«, fragte Hellmer.

»Wir konzentrieren uns darauf, endlich den Mörder zu fassen. Und dabei ist es mir scheißegal, welches Geschlecht er hat oder ob er überhaupt eines hat. Ich will nur, dass diese Scheiße endlich ein Ende findet und Skorpionfrauen wieder ruhig schlafen können. So, und für heute ist für mich Schluss, ich hab nämlich die Schnauze voll. Wir sehen uns morgen früh in alter Frische wieder.«

»Es ist gerade einmal fünf«, sagte Berger vorwurfsvoll und schaute auf die Uhr.

»Na und, ich hab doch Bereitschaft. Außerdem kann ich eine Menge Arbeit mit nach Hause nehmen. Und sollte irgendwas sein, unter meiner Handynummer bin ich jederzeit zu erreichen.« Sie nahm ihre Tasche, nickte Berger zu und ging aus der Tür. Hellmer folgte ihr. »Und was ist mit heute Abend?«

Julia Durant lächelte. »Was meinst du wohl, weshalb ich das mit dem Handy betont habe? Muss ja nicht jeder wissen, dass ich bei euch bin. Ich fahr jetzt nur mal schnell heim, um mich frisch zu machen. Bis nachher.«

Auf dem Weg nach Hause hielt sie an einem Supermarkt,

kaufte Zigaretten, drei Bananen, frische Milch, ein kleines Brot, ein Stück Butter und Cornflakes, Kaffee und ein paar Dosen Bier. Sie packte alles in zwei Tüten und stellte sie auf den Beifahrersitz. Im Briefkasten waren nur zwei Werbebriefe, die sie gleich in den Papierkorb neben der Eingangstür warf.
In der Wohnung roch es muffig. Sie öffnete die Fenster, um frische Luft hereinzulassen, und verstaute ihren Einkauf bis auf eine Dose Bier. Es war kurz nach sechs. Sie ließ sich Badewasser einlaufen, stellte die Stereoanlage an und drehte die Lautstärke hoch. Sie wollte im Augenblick nicht über den vergangenen Tag nachdenken, wollte nur entspannen und sich mit Frank und Nadine Hellmer einen gemütlichen Abend machen. Sie trank das Bier in einem Zug leer, rülpste leise, grinste, stieg in die Badewanne, tauchte in den Schaum ein und schloss die Augen. Und wenn sie auch nicht über den Tag nachdenken wollte, so ging ihr doch all das, was sie gesehen und gehört hatte, nicht aus dem Kopf.

Donnerstag, 19.30 Uhr

Julia Durant traf um kurz nach halb acht bei den Hellmers in Okriftel ein. Sie hatte sich eine frisch gebügelte Jeans, eine hellblaue Bluse und ihre Lederjacke angezogen.
»Hallo, Julia«, wurde sie von Nadine Hellmer begrüßt, die sie umarmte und an sich drückte. »Es ist echt schön, dass du mal wieder hier bist. Gut siehst du aus.«
»Das ist eine glatte Lüge. Ich hab das Gefühl, ich werde von Tag zu Tag ein paar Jahre älter. Wenn das so weitergeht, hänge ich diesen Job bald an den Nagel. *Du* siehst gut aus, und das ist die Wahrheit.«
»Man tut, was man kann.« Sie legte den Finger auf die Lip-

pen und flüsterte: »Und schließlich soll Frank ja nicht denken, ich würde mich gehen lassen. Denn die Konkurrenz ist groß und schläft nicht.«

»Frank würde dir das nie antun. Ihr gehört einfach zusammen, und das weiß er auch.«

»Er bringt übrigens gerade Stephanie ins Bett. Komm, du hast sie zuletzt kurz nach der Geburt gesehen. Sie ist ein wahres Prachtweib«, sagte Nadine Hellmer lachend. »Wir gehen mal ganz leise ins Kinderzimmer und schauen, was er mit der Kleinen so anstellt.«

Frank Hellmer war damit beschäftigt, die Windeln zu wechseln. Er bemerkte nicht, wie beide Frauen eine Weile stumm um die Ecke blickten und ihm dabei zusahen.

»Du bist der geborene Hausmann«, sagte Julia Durant schließlich und trat ins Zimmer.

Er wandte den Kopf und grinste. »Sonst macht das hier ja keiner. Ich muss mich doch um alles kümmern, während Nadine den ganzen Tag auf der faulen Haut liegt und mit Schönheitspflege beschäftigt ist.«

»Oh, oh, wenn du Pinocchio wärst, dann wäre deine Nase jetzt meterlang. Aber lass mich doch mal einen Blick auf die Süße werfen«, sagte Julia Durant. Sie trat näher heran, betrachtete das kleine, runde Gesicht, in dem das hervorstechendste große braune Augen waren, die sie neugierig anblickten.

»Sie ist wirklich süß. Sie hat eine Menge von Nadine, oder ... Nein, sie hat alles von ihr. Zum Glück auch. Wenn sie nach ihrem Vater käme, das wäre nicht so gut«, frotzelte sie.

»Ha, ha, ha! Sie hat sogar eine ganze Menge von mir. Und nur die besten Eigenschaften.«

»So, was für gute Eigenschaften hast du denn?«, fragte Nadine.

»Das kannst du am besten beurteilen. Du hättest mich doch

sicher nicht geheiratet, wenn ich ein Arschloch wäre, oder?«, fragte er grinsend zurück.
»Hab ich dir jemals erzählt, dass er mich mit Waffengewalt gezwungen hat, ihn zu heiraten? Er hat gedroht, mich zu erschießen, wenn ich nicht Ja sage. Ja, ja, seine Seele ist ein einziger finsterer Abgrund.«
»Stimmt, so kenn ich ihn auch. Immer gleich brutal, und wenn einer beim Verhör nicht sofort spurt, dann hält er ihm einfach die Knarre an die Schläfe. Ich hab mich dran gewöhnt.«
Hellmer grinste nur und schüttelte den Kopf. »Nicht wahr, meine Süße, du weißt besser, dass ich so was nie machen würde. Ich bin der friedliebendste Mensch der Welt. Und ich will doch nur, dass auch die andern in Frieden leben können.« Er zog seiner Tochter den Strampelanzug an, hob sie hoch und legte sie vorsichtig ins Bett. Er streichelte ihr übers Gesicht und hauchte ihr einen Kuss auf die Stirn. »Schlaf gut, Prinzessin. Bis morgen früh. Und diese blöden Weiber können reden, soviel sie wollen, sie haben Unrecht.«
»So ist er immer«, sagte Nadine lächelnd, »voll von sich überzeugt. Männer! Komm, wir lassen die beiden noch einen Moment allein.«
Julia Durant zog ihre Jacke aus und hängte sie an die Garderobe. Sie folgte Nadine ins Wohnzimmer. Das Kaminfeuer knisterte, der Tisch war gedeckt, eine Kerze brannte, leise Musik spielte.
»Setzen wir uns erst mal ein bisschen an den Kamin. Wie geht es dir denn?«, fragte Nadine.
»Willst du das wirklich wissen?«
»Würde ich sonst fragen?«
»Beschissen.« Durant holte die Schachtel Zigaretten aus ihrer Tasche und zündete sich eine an. Sie deutete auf die Ziga-

rette und sagte: »Das hier ist wohl meine Ersatzbefriedigung, wenn du verstehst, was ich meine. Ich rauche zu viel, ab und zu trinke ich zu viel Bier, na ja, ich bin eben allein. Und das geht mir manchmal gewaltig auf die Nerven. Und kaum bin ich hier, jammere ich dir die Ohren voll. Kein Wort mehr über mich. Wie läuft's denn bei euch?«

»Hier ist alles in Ordnung. Aber wenn dir das Alleinsein auf die Nerven geht, du kannst jederzeit herkommen. Wir haben vier Zimmer, die überhaupt nicht genutzt werden. Du kannst hier sogar übernachten, wenn du willst.«

»Nein, so meine ich das gar nicht«, erwiderte Julia Durant leise. »Mir fehlt einfach ein Mann. Ich bin das Alleinsein so satt, aber ich finde keinen. Und wenn ich denke, dieser oder jener könnte der Richtige sein, ist er entweder verheiratet oder ein Charakterschwein. Mein Weg ist mit schlechten Erfahrungen nur so gepflastert. Ich habe das Gefühl, die wollen alle bloß ins Bett mit mir, aber um Himmels willen keine feste Bindung. Schon gar nicht mit einer Polizistin.«

»Ich kann mich in deine Lage nicht reinversetzen, aber irgendwann kommt schon noch einer, der es ernst meint und dem es egal ist, was für einen Beruf du ausübst. Schick doch mal eine Bestellung ans Universum ab, ich sage dir, es funktioniert.«

»Bitte was?«, fragte Julia Durant mit hochgezogenen Augenbrauen.

»Warte, ich geb dir ein Buch mit, da steht alles drin. Auf diese Weise kann man sich praktisch jeden Wunsch erfüllen. Ich wollte es auch nicht glauben, aber bei mir hat's funktioniert.« Nadine Hellmer stand auf, ging ans Bücherregal und holte ein kleines Buch heraus. »Hier. Du kannst es behalten, ich habe mir gleich zehn Stück gekauft, wenn ich mal was zum Verschenken brauche. Aber du musst mir versprechen, es zu lesen.«

»Danke. Und darin steht auch, wie ich einen Mann finde?«, fragte Durant zweifelnd.
»Darin steht nicht nur, wie du einen Mann findest, sondern, wie du dir fast jeden Wunsch erfüllen kannst, indem du eine Bestellung aufgibst. Aber lies es erst mal, und gib deine Bestellung dann auf. Mehr verrate ich nicht.«
Frank Hellmer stieß zu ihnen, setzte sich neben Nadine auf die Couch. »Und, habt ihr euch gut amüsiert?«
»Ja, über Scheißmänner«, antwortete Nadine und gab ihm einen Kuss auf die Wange. »Doch zum Glück sind nicht alle gleich.«
»Ich wusste ja immer schon, dass ich ein Prachtexemplar bin. Nur leider kann ich diese Pracht nicht mit allen Frauen teilen.«
»Ist er immer so?«, fragte Julia Durant lachend.
»Nur wenn wir Besuch haben. Aber gerade dann werden Kinder bekanntlich hyperaktiv. Nicht wahr, Schatz?« Nadine streichelte ihm über die Wange und grinste ihn dabei an.
»Wann gibt's was zu essen?«, fragte er gespielt beleidigt. »Ich habe Hunger.«
»Eigentlich können wir gleich essen. Ich habe Kalbsfilets gemacht und dazu Folienkartoffeln, Schwarzwurzeln und Salat.«
»Hm, das hört sich lecker an«, sagte Julia Durant und stand auf. »Und ich habe diesmal extra nichts gegessen, bevor ich hergekommen bin.«
Nadine füllte die Teller auf, Frank Hellmer schenkte Rotwein in die Gläser. Während des Essens plätscherte die Unterhaltung eine Weile so dahin, bis Nadine sagte: »Frank hat mir ein bisschen von diesen Morden erzählt. Wenn ich mir vorstelle, jemand würde mir bei vollem Bewusstsein die Brustwarzen abbeißen, ich glaube, ich würde allein davon schon sterben.«

»Müssen wir beim Essen darüber reden?«, fragte Frank Hellmer, während er sich ein Stück Fleisch in den Mund schob.
»Wir reden doch auch sonst beim Essen über so was«, erwiderte Nadine gelassen. »Was für ein Perversling ist das nur, der den Frauen das antut? Ich habe ja in den letzten zwei Jahren eine Menge von Frank gehört, aber das hier …« Sie schüttelte sich.
»Tja, so ist das. Und wir wissen nicht einmal, wann die Serie aufhört. Im Augenblick können wir nur auf ein Wunder hoffen. Und im Prinzip müssten wir alle Skorpionfrauen mit Aszendent Löwe, die in Frankfurt und Umgebung wohnen, warnen, abends nicht mehr vor die Tür zu gehen. Aber das ist wohl ein Ding der Unmöglichkeit.«
»Wir sind beide auch Skorpion«, sagte Nadine. »Ich kenne allerdings meinen Aszendenten nicht. Frank hat mir nur gesagt, dass dein Aszendent ebenfalls Löwe ist. Wird dir da nicht mulmig zumute?«
»Nee, eigentlich nicht. Und außerdem kann ich mich wehren. Ich habe zur Zeit keine Männerbekanntschaften, die außergewöhnliche Wünsche haben wie zum Beispiel schwarze Reizwäsche, und auch sonst gibt es keinen Grund für mich, Angst zu haben.«
»Frank hat vorhin angedeutet, dass es unter Umständen auch eine Frau sein könnte. Was hältst du davon? Ich meine, eine Frau, die Frauen umbringt, und dazu noch auf so bestialische Weise? Ich kann es mir beim besten Willen nicht vorstellen.«
»Männer bringen Männer um«, sagte Frank Hellmer lakonisch. »Warum sollte also nicht auch eine Frau Frauen umbringen? Wir müssen es zumindest in Betracht ziehen, auch wenn ich es im Moment selbst noch für ziemlich unwahrscheinlich halte. Mir würde einfach kein plausibles Motiv einfallen.«
»Das ist es ja, das Motiv«, entgegnete Julia Durant. »Nach

dem, was Richter uns gesagt hat, muss der Täter sehr schlechte Erfahrungen mit Skorpionfrauen gemacht haben. Und da kommt für mich eigentlich auch nur ein Mann in Frage. Alles andere würde mich sehr überraschen. Und jetzt möchte ich bitte nicht mehr über die Sache sprechen. Ich muss einfach mal abschalten.«

»Kann ich verstehen«, meinte Nadine Hellmer. »Wir machen es uns jetzt gleich gemütlich, trinken ein Glas Wein und unterhalten uns ein bisschen. Einverstanden?«

Nach dem Essen sprachen sie über Dinge, die nichts mit der Arbeit zu tun hatten, spielten ein paar Runden Rommé, bis Julia Durant um kurz vor zwölf auf die Uhr sah. »Ich glaube, ich sollte jetzt besser gehen. Ich will wenigstens noch sechs Stunden schlafen. Vielen Dank für den schönen Abend, ich hab mich lange nicht so wohl gefühlt. Und das meine ich ehrlich. Ich mach mich dann mal auf den Weg.«

»Mein Angebot steht«, sagte Nadine Hellmer. »Du kannst auch hier übernachten. Und wenn du morgen früh etwas Frisches zum Anziehen brauchst, mein Kleiderschrank steht dir zur Verfügung. Na, was ist? Es erwartet dich doch keiner zu Hause.«

»Ich weiß nicht …«

»Komm, es dauert mindestens eine halbe Stunde, bis du daheim bist. Überleg nicht lange und sag Ja.«

»Also gut, überredet. Ich bin wirklich hundemüde.«

»Alles klar. Ich zeig dir dann dein Zimmer.«

Julia Durant wollte gerade ihre Tasche vom Boden nehmen, als ihr Handy klingelte. Sie sah Hellmer verwundert an und meldete sich.

»Ja?«

»Hier ist van Dyck. Sie erinnern sich doch noch an mich, oder?«

»Ja, natürlich. Was gibt es denn?«

»Ich habe versucht, Sie zu Hause zu erreichen, aber da war nur Ihr Anrufbeantworter an. Maria ist verschwunden, und ich dachte mir, ich … Es tut mir Leid, ich sollte mich wohl besser mit unserer Polizei in Verbindung setzen …« Van Dyck klang sehr aufgeregt, nervös, wollte schon wieder auflegen, als die Kommissarin ihn zurückhielt.
»Maria ist doch Ihre Tochter, oder?«, fragte sie.
»Ja, und es ist überhaupt nicht ihre Art, so lange wegzubleiben. Ich verstehe das nicht.«
»Seit wann ist sie verschwunden?«
»Das weiß ich eben nicht. Ich bin vor einer Viertelstunde nach Hause gekommen, und es war niemand da. Meine Frau nicht und Maria auch nicht. Bei meiner Frau ist das nicht ungewöhnlich, aber Maria sagt mir sonst immer, wo sie ist und wann sie wieder da ist. Und wenn sie mich nicht erreicht, dann hinterlässt sie eine Nachricht. Ich habe es auf ihrem Handy versucht, aber sie meldet sich einfach nicht. Meine Frau habe ich erreicht, doch sie weiß auch nicht, wo Maria sein könnte. Und zwei Freundinnen, mit denen sie sich regelmäßig trifft, können mir ebenfalls nichts sagen. Mit einer von ihnen hatte sie sich für heute Abend sogar bei uns zu Hause verabredet. Aber die junge Frau hat vor verschlossener Tür gestanden.«
»Jetzt mal ganz ruhig, Herr van Dyck. Wann haben Sie Ihre Tochter das letzte Mal gesehen?«
»Gestern Abend, als sie zu Bett gegangen ist. Ich habe heute Morgen sehr früh das Haus verlassen, weil wir Außenaufnahmen hatten und mit dem Zeitplan etwas hinterherhinken und den Film spätestens Ende nächster Woche im Kasten haben wollen. Und ich musste unbedingt am Set dabei sein. Da hat sie aber noch geschlafen. Ich bin gegen eins ins Studio, wo wir einen Innendreh hatten, und dort muss sie mich irgendwann versucht haben zu erreichen, denn unsere Nummer war

auf meinem Display. Ich hatte jedoch mein Handy in der Jackentasche und den Ton ausgestellt. Sie hat mir aber keine Nachricht hinterlassen.«

»Und Sie sind sicher, dass Maria bei Ihnen angerufen hat und nicht Ihre Frau?«

»Nein, ich habe meine Frau gefragt, und sie sagt, sie habe nicht versucht mich zu erreichen. Mein Gott, hoffentlich ist ihr nichts passiert.«

»Jetzt beruhigen Sie sich erst mal, Herr van Dyck. Hat Ihre Tochter irgendetwas erwähnt, dass sie sich mit jemandem treffen wollte? Und hat sie vielleicht gesagt, es könnte später werden?«

»Nein, sie hatte sich doch für heute Abend eine Freundin eingeladen, und ich kenne Maria, sie würde niemals ihre Freundin versetzen. Sie würde immer Bescheid sagen, wenn etwas dazwischenkommt. Und normalerweise ist sie über das Handy zu erreichen, wenn sie außer Haus ist, was bei ihr allerdings nur sehr selten der Fall ist.«

»Kann ich Sie gleich zurückrufen, Herr van Dyck?«, fragte Durant.

»Ja, natürlich, ich habe das Telefon in der Hand.«

»In zwei Minuten rufe ich wieder an. Geben Sie mir bitte noch mal Ihre Nummer, ich hab sie im Augenblick nicht parat.«

Van Dyck gab sie durch, Durant schrieb mit. Sie drückte den Aus-Knopf und sah Hellmer mit sorgenvoller Miene an. »Du hast mitgekriegt, wer das war. Scheiße, seine Tochter ist verschwunden. Mir schwant Böses. Was machen wir jetzt?«

»Frag ihn nach dem Geburtsdatum seiner Tochter«, sagte Nadine Hellmer, deren Blick ebenfalls Besorgnis ausdrückte. »Man kann nur hoffen, dass sie …«

»Wetten, dass sie irgendwann zwischen dem 23.10. und 21.11. geboren ist? Und wenn ich Recht habe, dann haben wir ein weiteres Problem. Ich hoffe und bete, dass sie kein Skorpion ist.«

»Hier«, sagte Hellmer und reichte ihr den Hörer vom Schnurlostelefon. »Bring's hinter dich. Ich kann von der Einheit aus mithören.«

»Ich habe Angst. Wir beide haben das Mädchen gesehen. Sie ist achtzehn Jahre alt. Ich mag mir nicht vorstellen, was ist, wenn sie auch noch …« Ihre Finger zitterten, als sie die Nummer wählte. Van Dyck meldete sich sofort. Sie versuchte so ruhig wie möglich zu bleiben, sich ihre Angst und Aufregung nicht anmerken zu lassen.

»Herr van Dyck, eine Frage, wann ist Ihre Tochter geboren?«

»Was hat das mit ihrem Verschwinden zu tun?«

»Beantworten Sie bitte nur meine Frage. Wann hat sie Geburtstag?«

»Am 12. November wird sie neunzehn. Was werden Sie jetzt unternehmen?«

»Wir werden eine Suchmeldung rausgeben. Hat sie ein eigenes Auto?«

»Einen Ford KA.«

»Und der ist auch weg?«

»Ja.«

»Farbe und Kennzeichen?«

»Metallic-blau und das Kennzeichen ist … Augenblick … HG-MD 1211.«

»Wo könnte Ihre Tochter hingefahren sein? Zum Einkaufen nach Frankfurt zum Beispiel?«

»Nein, Maria wäre nie nach Frankfurt gefahren. Sie leidet unter starker Platzangst und fürchtet sich vor großen Menschenansammlungen. Sie würde nur mit einer Freundin oder meiner Frau oder mir nach Frankfurt fahren. Wenn sie einkaufen geht, dann höchstens ins Main-Taunus-Zentrum, und dann auch bloß zu Zeiten, wo sie weiß, dass nicht zu viele

Menschen dort sind. Obwohl, seit einigen Tagen ist sie wie ausgewechselt, sie hat ein paar Dinge getan, die sie seit Jahren nicht gemacht hat.«

»Ist sie wegen dieser Platzangst bei Professor Richter in Behandlung?«

»Unter anderem. Sie hat aber auch noch einige andere psychische Probleme.«

»Es tut mir Leid, aber ich muss diese Frage stellen: Hat sie in jüngster Zeit in irgendeiner Form Selbstmordgedanken geäußert?«

Van Dyck lachte hart auf. »Nein, ganz im Gegenteil. Sie ist bei Professor Richter in allerbesten Händen und macht Fortschritte, das merke ich. Ich habe auch in den letzten Tagen keinerlei Anzeichen depressiver Verstimmungen bei ihr festgestellt. Ich kann mir das alles nicht erklären. Was werden Sie jetzt tun?«

»Wir werden eine Suchmeldung rausgeben, mehr können wir im Augenblick nicht machen. Haben Sie in ihrem Zimmer nachgesehen, ob dort vielleicht eine Nachricht liegt?«

»Ja. Ich kann nur noch einmal betonen, es ist nicht Marias Art, einfach so wegzubleiben. Ich mache mir große Sorgen, dass ihr etwas zugestoßen ist.«

»Wir tun, was wir können, um sie zu finden. Und sollte sie zwischenzeitlich auftauchen, dann informieren Sie uns bitte sofort.«

»Mach ich. Und entschuldigen Sie die Störung.«

»Keine Ursache. Ich habe sowieso Bereitschaft. Und versuchen Sie sich zu beruhigen. Wir übernehmen die Sache.«

»Vielen Dank. Gute Nacht.«

Julia Durant legte den Hörer auf den Tisch. Sie stand auf, zündete sich eine Zigarette an und sagte, an Hellmer gewandt: »Ruf die Kollegen an. Aber es ist ohnehin zu spät. Sie passt aller Wahrscheinlichkeit nach in das Muster. Und wenn

der Kerl sie hat, dann ist sie entweder schon tot oder durchläuft gerade die Hölle ihres Lebens. Sie wäre dann Nummer sechs. Ich möchte jetzt nicht in der Haut von van Dyck stecken. Du hast selber gehört, wie aufgeregt der war. So ein junges Mädchen!«
Sie rauchte hastig, nervös, Nadine Hellmer kam zu ihr und legte einen Arm um ihre Schultern. »Komm, beruhig dich, du kannst nichts dafür. Wer immer das macht, er ist krank im Kopf. Doch ihr werdet ihn finden, das weiß ich.«
»Vielleicht, vielleicht aber auch nicht. Denn er oder sie hat einen Plan«, sagte Durant, »und was, wenn er oder sie diesen Plan vollendet hat und wir noch immer auf der Stelle treten? Was dann?«
»Ihr kriegt ihn, so oder so«, versuchte Nadine ihr Mut zu machen. »Und ihr solltet endlich die Presse einschalten und die Bevölkerung zu mehr Wachsamkeit aufrufen. Womöglich hält ihn das ab, noch weiter zu morden. Mein Gott, ihr müsst doch mal die Fotos in die Zeitung bringen und fragen, wer die Frauen zuletzt gesehen hat! Manchmal verstehe ich euch nicht. Ihr wundert euch, wenn die Bevölkerung sauer auf euch ist, aber ihr tut auch nichts, um sie um Hilfe zu bitten. Ihr braucht der Presse ja nicht unbedingt alle Einzelheiten unter die Nase zu reiben, doch vielleicht gibt es ja jemanden, der diese Erika Müller oder wie immer sie heißen kurz vor ihrem Tod gesehen hat oder vielleicht sogar den Täter. Wenn ich euer Chef wäre, ich hätte das schon längst in die Wege geleitet.«
»Nadine, du hast keine Ahnung, wie die Presse auf solche Sachen reagiert«, sagte Hellmer zu seiner Frau. »Die schlachten diese Storys gleich wer weiß wie aus. Und dann kommt noch das Fernsehen mit seinen billigen Sensationsreportagen, und unsere gesamte Ermittlungsarbeit wird behindert. In den letzten Jahren ist das immer schlimmer ge-

worden. Wenn jemand Hysterie verbreiten kann, dann die Medien. Trotzdem denke ich, dass du Recht hast. Wir sollten mit Berger drüber sprechen.«

»Macht das. Und jetzt gehen wir alle schlafen.«

Julia Durant seufzte auf und schüttelte resignierend den Kopf. »Schlafen! Als ob ich jetzt noch schlafen könnte.« Sie drückte die Zigarette aus, setzte sich wieder, ein paar Tränen lösten sich aus ihren Augen.

Nadine Hellmer setzte sich zu ihr und nahm sie in den Arm. »Du kannst doch nichts dafür. Diese Welt ist einfach nur noch krank. Und die Guten kämpfen wie Don Quichote gegen Windmühlen.«

»Ich fürchte, ich verliere allmählich den Glauben an das Gute«, schluchzte Durant. »Es ist alles nur noch Hass und Elend und Gewalt. Und wenn heute einer sagt, dass er die Menschen liebt, dann wird er ausgelacht. Bewundert werden diejenigen, die die Ellbogen benutzen, die andere unterdrücken und mit unfairen Mitteln kämpfen. Das fängt ganz oben bei unseren Herren Politikern an und hört unten bei den kleinen Leuten auf. In Momenten wie diesen hasse ich dieses Leben. Ich bin einfach nur fertig.«

»Ich hab die Kollegen infor...« Hellmer hielt mitten im Wort inne, als Nadine ihn mit einer Handbewegung stoppte. Er verließ das Zimmer. Julia Durant hatte ihren Kopf an Nadines Schulter gelegt. Sie weinte.

Donnerstag, 18.40 Uhr

Richter war nach seinem Besuch im Präsidium kurz in der Stadt, hatte sich zwei neue Hemden gekauft und war anschließend nach Hause gefahren, um sich für den Abend mit Jeannette Liebermann frisch zu machen. Er war etwa eine

Stunde allein, als seine Frau Susanne heimkam. Sie wirkte abgehetzt, ihre Haare waren zerzaust. Wortlos ging sie ins Wohnzimmer und schaltete einen Actionthriller auf Premiere an. Sie holte sich ein Glas Wein, eine Tüte Chips und legte sich auf die Couch. Er war erstaunt, sie um diese Zeit zu Hause anzutreffen, ließ sich dieses Erstauntsein aber nicht anmerken. Er ging zu ihr, drückte ihr einen Kuss auf die Lippen, die salzig schmeckten.

»Hallo, Schatz, du bist ja schon zu Hause. Hast du heute nichts vor?«

»Nee, keine Lust. Ich dachte, wir könnten den Abend vielleicht zusammen verbringen. Wir könnten essen gehen und …«

Richter unterbrach sie mit einer Handbewegung. »Ich würde nichts lieber tun als das, aber ich muss leider noch weg. Und es kann sehr spät werden. Du brauchst also nicht auf mich zu warten.«

Sie sah ihn mit hochgezogenen Augenbrauen an. »Wo musst du denn jetzt noch hin? Ich habe mich so auf den Abend gefreut«, schmollte sie.

»Liebling, ich habe mich in den letzten Wochen und Monaten auch oft auf einen Abend mit dir gefreut, und du warst nicht da. Und das, was ich zu tun habe, ist rein geschäftlich.«

»Und was ist es, wenn ich fragen darf?«

»Ich habe dir doch gesagt, ich arbeite im Augenblick mit der Polizei zusammen. Und wir müssen heute Abend noch einige Tatorte besichtigen, damit das Täterprofil auch wirklich stimmig ist«, log er.

»Kann ich wenigstens mitkommen? Mir ist langweilig.«

Er schüttelte den Kopf. »Nein, das geht nicht. Es sind nur ein paar Beamte und ich.«

»Und welche Beamte?«, fragte sie mit einer Prise Spott in der Stimme, als würde sie spüren, dass er sie anschwindelte.

»Was willst du eigentlich? Ich gestatte mir einmal, wegzugehen, und zwar ohne dich, und du machst hier gleich einen Aufstand. Was soll das? Frage ich dich jedes Mal, mit wem du zusammen bist, wenn ich meine Abende hier allein verbringe?«

»Dann sollten wir uns trennen«, erklärte sie mit ruhiger Stimme. »Ich denke, es war sowieso ein Fehler, dass wir geheiratet haben. Okay, geh, ich werde mir den Abend schon irgendwie vertreiben.«

»Liebling, warum gleich so hart?«, sagte er lächelnd. »Ich habe einen Beruf, und den nehme ich sehr ernst. Und in diesem Fall muss ich mein Bestes geben. Also schlag dir das mit der Trennung wieder aus dem Kopf. Wir sind die letzten zwei Jahre gut miteinander ausgekommen, und ich denke, wir werden uns auch in Zukunft irgendwie arrangieren. So, und jetzt geh ich duschen und mich umziehen.«

»Du willst doch nur ein paar Tatorte besichtigen. Wozu musst du dann jetzt duschen? Ist da eine hübsche Frau dabei?«

»Ja, eine sehr hübsche sogar«, antwortete er. »Aber keine Sorge, sie kann dir nicht das Wasser reichen, zumindest, was das Aussehen betrifft. Zufrieden?«

»Um was für Morde geht es eigentlich?«, wechselte sie das Thema.

»Frauenmorde.«

»Wie viel?«

»Fünf.«

»Und kenne ich eine von ihnen?«

»Ja, du kennst sogar drei. Carola Weidmann, Judith Kassner und Vera Koslowski.«

»Das mit Carola wusste ich, aber die andern beiden? Wann ist das passiert?«

»In den letzten Tagen. Und deswegen bin ich von der Polizei

gebeten worden, ihnen bei den Ermittlungen zu helfen. Ist deine Neugier damit befriedigt?«

»Was hat der Mörder mit ihnen angestellt?«

»Ich kann und darf dir keine Details nennen. Außer der Polizei und mir kennt niemand die Akten.«

»Warum ist das so geheim?«, fragte sie und steckte sich ein paar Chips in den Mund.

»Weil nicht jeder Hinz und Kunz wissen darf, wie der Täter vorgeht. Die Presse kriegt auch nur das Nötigste. Die wesentlichen Details werden zurückgehalten. Es ist eine rein taktische Maßnahme. Susanne, ich muss mich jetzt aber beeilen, sonst komme ich noch zu spät.«

»Ja, schon gut, dann hau doch ab. Du verdirbst einem aber auch jede Freude.«

»Das tust du auch oft genug, Liebling. Denk mal drüber nach.« In der Tür drehte er sich noch einmal um. »Und vergiss nicht, wir haben nächste Woche einen Termin in Köln. Ich möchte, dass du an diesem Tag besonders hübsch aussiehst.«

»Ich werde mir Mühe geben, mein Herr und Gebieter«, rief sie ihm spöttisch hinterher.

Richter duschte, zog sich um, legte etwas Eau de Toilette auf und kämmte sich. Dann ging er nach unten. Seine Frau hatte seinen Aktenkoffer neben sich stehen und blätterte in den Akten. Er lief schnell zu ihr, riss sie ihr aus der Hand und fuhr sie an: »Hör zu, wenn ich sage, es ist absolut vertraulich, dann meine ich das auch so! Was immer du gelesen hast, wehe, du sprichst auch nur mit einem Menschen darüber!«

»Keine Angst, ich kann schweigen wie ein Grab. Du tust gerade so, als hätte ich eben ein schweres Verbrechen begangen.«

»Kein Wort, verstanden! Nicht einmal die Angehörigen wissen, wie die Frauen ums Leben gekommen sind. Sie wissen lediglich, dass sie erdrosselt wurden. Das ist alles. Und sie

dürfen niemals die ganze Wahrheit erfahren. Du musst es mir hoch und heilig versprechen.«
»Ja«, sagte sie sichtlich genervt. »Aber es liest sich ganz schön grausam. Wenn ich mir vorstelle, irgend so ein Typ beißt mir die Brustwarzen ab …«
»Keiner beißt dir die Brustwarzen ab, wenn du aufpasst, Liebling. Ich zumindest tue es nicht.« Er schaffte es nicht, die Ironie in seinen Worten zu unterdrücken.
»Das hätte ich dir auch nicht zugetraut – Liebling!«, erwiderte sie ebenfalls ironisch.
Richter nahm den Aktenkoffer, ging in sein Büro, öffnete den Safe, von dem nur er allein die Kombination kannte, und stellte den Koffer hinein. Er atmete tief durch, schenkte sich einen Cognac ein und setzte sich für einen Moment zu seiner Frau auf die Couch. Er hatte noch weit über eine Stunde Zeit bis zu seinem Treffen mit Jeannette Liebermann und brauchte höchstens zwanzig Minuten bis zu ihrer Wohnung. Er legte seine Hand auf Susannes Oberschenkel, streichelte darüber. Sie zitterte leicht und sah ihn herausfordernd an.
»Kannst du nicht noch einen Moment bleiben?«, fragte sie mit sanfter Stimme. »Du weißt, wie gern ich das mag, wenn du mich so berührst. Es macht mich ganz wahnsinnig.«
»Nein, ich muss gleich weg. Aber vielleicht wird es ja doch nicht so spät. Und wenn du es gar nicht mehr aushältst, du weißt ja, wo dein Spielzeug liegt.«
»Ich mag aber nicht mit dem Spielzeug spielen, ich möchte lieber das hier«, sagte sie und fasste ihm mit festem Griff zwischen die Beine.
»Vielleicht nachher. So, und jetzt muss ich dich leider allein lassen. Es wird dir bestimmt nicht langweilig werden. Tschüss, Liebling. Und vielleicht sollten wir uns mal in der nächsten Zeit über ein paar Dinge unterhalten, die mit unserer Ehe zu tun haben.«

»Und über was?«, fragte sie mit naivem Augenaufschlag.
»Du weißt schon, was ich meine.«
Er stand auf und verließ das Haus ohne ein weiteres Wort. Er setzte sich in seinen Jaguar und lenkte ihn aus dem Hof. Es dauerte nicht einmal zwanzig Minuten, bis er bei Jeannette Liebermann war.

Donnerstag, 21.00 Uhr

Sie hatte ihr langes rotes Haar zu einem Zopf geflochten, ihre grünen Augen strahlten ihn an. Sie legte ihre Arme um seinen Hals und küsste ihn noch in der Tür leidenschaftlich.
»Ich freue mich so, dass du gekommen bist. Hat dein Frauchen etwas mitgekriegt?«
»Keine Ahnung, ist mir auch egal.«
Sie gingen ins Wohnzimmer, das stilvoll eingerichtet war, alles, von der Ledergarnitur bis zu den Gemälden, Geschenke von einem Freund, den sie vor seiner Zeit hatte. Seine Affäre mit ihr hatte kurz nach seiner Hochzeit mit Susanne begonnen, als Jeannette sich diese Wohnung gemietet hatte. Hier lebte sie, wenn sie in Frankfurt zu tun hatte, sonst wohnte sie in einem kleinen Dorf am Tegernsee oder in ihrem Haus auf Mallorca.
»Wie lange hast du Zeit?«, fragte sie und schenkte wie selbstverständlich zwei Gläser voll mit schottischem Pure Malt. Sie reichte ihm eines und trank ihres in einem Zug leer.
»Solange du willst«, entgegnete er.
»So wahnsinnig lange kann ich nicht. Unser Drehplan ist heute geändert worden, und ich muss schon um sechs wieder am Set sein. Und ein paar Stunden Schlaf brauche ich schon. Schlimm?«
Richter schüttelte den Kopf. »Nein. Als Schauspielerin musst du eben flexibel sein.«

»Das kannst du aber laut sagen. Ursprünglich wollten die heute Nacht drehen, da habe ich jedoch protestiert. Ich bin seit heute Morgen um fünf auf den Beinen und habe denen gesagt, die sollen mal ein bisschen Rücksicht auf uns nehmen. Wenn die ohne Schlaf auskommen, okay. Ich brauche ihn jedenfalls. Na ja, und als die andern auch noch gemurrt haben, hat van Dyck schließlich eingelenkt. Ich bin morgen nur bis zum Mittag eingesetzt und muss dann erst wieder in der kommenden Nacht zum Außendreh.«
»Du hast diesen Beruf gewählt, also beklag dich nicht. Und außerdem liebst du es doch, im Mittelpunkt zu stehen.«
»Ich beklag mich doch auch gar nicht, Liebling. Nur manchmal wird's halt ein bisschen stressig. So, und jetzt kommen wir zum gemütlichen Teil des Abends. Ich habe uns nämlich beim Chinesen was Leckeres bestellt. Es müsste eigentlich gleich da sein. Und die Nachspeise kriegst du dort drüben«, sagte sie mit laszivem Augenaufschlag und deutete auf das Schlafzimmer.
Richter und Jeannette Liebermann aßen und tranken Wein und liebten sich zwei Stunden lang. Er genoss ihre Berührungen, das Feuer, das wild in ihr loderte und auf ihn übersprang. Er kannte keine Frau, die ihre Sexualität so hemmungslos auslebte wie sie. Wenn sie miteinander schliefen, bestimmte sie die Regeln, und er war gerne bereit, sich ihr zu unterwerfen. Es gab kaum etwas, das sie ausließen, und nach zwei Stunden waren sie beide erschöpft. Sie lag auf dem Rücken, er auf der Seite, den Kopf auf den Arm gestützt. Er betrachtete ihren beinahe makellosen, durchtrainierten Körper, den er so liebte. Sie hatte eher kleine, feste Brüste, deren Brustwarzen erigiert waren, sie waren immer ein wenig erigiert, und wenn sie erregt war, waren sie besonders groß und hart, und er liebte dieses Gefühl zwischen seinen Lippen und seinen Händen. Er fuhr mit einem Finger über ihre Brust, ihren Bauch, ihre Schenkel.

»Du magst meinen Körper, nicht?«, sagte sie und sah ihm in die Augen.
»Das weißt du doch.«
»Und ich liebe deinen kleinen Mann. Obwohl er manchmal ganz schön groß ist. Und für einen Fünfzigjährigen hast du eine bemerkenswerte Ausdauer. Da können die meisten Jüngeren nicht mithalten. Und zudem fehlt ihnen offensichtlich die nötige Phantasie.«
»Ich weiß eben, worauf es bei einer Frau ankommt«, sagte er grinsend. »Und ich habe Erfahrung.«
Sie drehte sich auf die Seite, zog die Nachtschrankschublade auf und holte eine Zigarre heraus. Dann setzte sie sich auf, nahm das Feuerzeug und paffte ein paar Mal kräftig. Der würzige Duft verbreitete sich schnell im ganzen Raum.
»Kannst du mir eigentlich verraten, warum du so gerne Zigarren rauchst?«, fragte er.
Sie lächelte geheimnisvoll. »Weiß nicht, aber irgendwie haben sie etwas Erotisches. Ich habe halt gerne etwas Dickes im Mund.«
»Das ist alles?«
»Nein. Außerdem schmecken sie mir. Vor allem *danach*. Und ich bin weiß Gott nicht die einzige Frau, die Zigarren raucht, Sharon Stone, Madonna und so einige andere machen es auch. Du siehst, wir Frauen brechen immer stärker in eure heiligen Männerdomänen ein.« Sie legte eine Pause ein, paffte, und nach einer Weile fragte sie: »Was machst du eigentlich am 15. November?«
»Keine Ahnung, bis jetzt nichts.«
»Gut, dann hast du jetzt was vor. Ich gebe eine kleine Feier, und du bist herzlichst eingeladen.«
»So, wozu denn?«
»Sag mal, dein Gedächtnis hat wohl ein bisschen gelitten,

oder? Ich habe Geburtstag, falls du das vergessen haben solltest.«

»Entschuldige, ich war mit meinen Gedanken nicht ganz bei der Sache. Und wo feierst du?«

»In meinem Haus auf Mallorca. Und es werden nicht allzu viele Gäste da sein. Was ist, kommst du?«

»Gerne. Aber allein.«

»Das will ich doch schwer hoffen! Und wehe, du bringst dein Weib doch mit, dann dreh ich dir den Hals um. Obwohl«, sie sah ihn herausfordernd, mit spöttisch verzogenen Mundwinkeln an, »gegen einen flotten Dreier hätte ich eigentlich nichts einzuwenden.«

»Auch wenn du ab und zu mit Frauen spielst, liebste Jeannette, Susanne bleibt hier. Was ist eigentlich am Sex mit einer Frau so schön?«

»Das weißt du doch«, antwortete sie grinsend.

»Ich meine, was ist so besonders, wenn du mit einer Frau schläfst?«

»Ich könnte versuchen, es dir zu erklären, aber du würdest es nicht verstehen. Also lass ich es lieber. Ich kann dir aber verraten, es hat sehr viel mit Gefühl zu tun. Frauen berühren sich anders.«

»Wenn du es sagst.« Sie schwiegen eine Weile, dann fragte er: »Sag mal, Jeannette, hast du dir eigentlich schon mal ein Horoskop erstellen lassen?«

»Wieso willst du das wissen?«, fragte sie erstaunt zurück.

»Einfach so. Hast du oder hast du nicht?«

»Ja, hab ich. Warum?«

»Und was ist dein Aszendent?«

»Keine Ahnung, müsste ich nachgucken. Ich hab das nur machen lassen, weil mich eine Freundin dazu gedrängt hat. Besser gesagt, meine Freundin hat's für mich anfertigen lassen. Ich hab's irgendwo in Düsseldorf oder auf Mallorca.

Interessierst du dich neuerdings etwa auch noch für Astrologie?«
»Nein, nicht direkt. Es war bloß eine Frage. Ich möchte nur, dass du in nächster Zeit vorsichtig bist.«
»Hä? Sprichst du immer in Rätseln? Was ist los?«
»In letzter Zeit sind hier in Frankfurt einige Skorpionfrauen umgebracht worden. Die Öffentlichkeit weiß bis jetzt nicht, dass die Opfer alle Skorpion waren, aber ich habe für die Polizei ein Täterprofil erstellt. Du bist nicht zufällig Aszendent Löwe?«
»Ich weiß es wirklich nicht. Ich hab das vor zwei Jahren oder so machen lassen und es mir nicht einmal durchgelesen, weil es mich nicht interessiert hat. Du solltest wissen, dass ich an solchen Humbug nicht glaube. Und mich bringt bestimmt keiner um, nur weil ich zufällig Skorpion bin. Es gibt ja außer dir kaum jemanden, der weiß, dass ich hier eine Wohnung habe.«
»Dann ist es gut.« Er warf einen Blick auf die Uhr. »Ich geh jetzt mal besser, damit du morgen früh fit bist. Und vielleicht sehen wir uns ja noch mal, bevor du abfliegst. Sonst am 15. November in deinem Haus.«
»Weißt du was, Herr Professor? Wenn ich nicht so wahnsinnig viel unterwegs wäre, könnten wir ein tolles Paar abgeben. Oder was meinst du?«
»Jeannette, Liebling, du weißt so gut wie ich, dass wir niemals ein gutes Paar abgeben würden. Du bist genauso wenig bindungsfähig wie ich. Lassen wir's einfach so, wie es ist. Und ich weiß auch nicht, wie lange ich deinem Feuer noch standhalten kann. Schlaf gut, ich finde allein hinaus.«
Er küsste sie noch einmal, zog sich an und winkte ihr zu. Sie lächelte. Auf der Heimfahrt dachte er unentwegt an sie. Vielleicht hätten sie tatsächlich ein gutes Paar abgegeben, es wäre zumindest einen Versuch wert gewesen.

Als er weit nach Mitternacht zu Hause eintraf, war die Wohnung leer, Susanne wieder einmal ausgeflogen. Der Fernseher lief noch, er schaltete ihn mit der Fernbedienung aus. Dann machte er es sich auf der Couch bequem und dachte über den zurückliegenden Abend nach. Er lächelte. Jeannette Liebermann, eine Frau, für die es keine Tabus gab. Er legte eine CD mit der Musik von Brahms ein. Entspannung.

Er lag etwa eine Stunde mit geschlossenen Augen auf der Couch und zuckte kurz zusammen, als er die warmen Lippen auf seinen spürte. Er setzte sich langsam auf.

Halb drei.

»Komm, Schatz, gehen wir hoch«, sagte sie. »Ich bin hundemüde. Vielleicht sollten wir uns für morgen etwas Schönes vornehmen.«

Er folgte ihr wortlos nach oben ins Schlafzimmer. Sie entkleidete sich, legte sich nackt ins Bett, zog die Bettdecke bis über die Schultern und schlief fast augenblicklich ein. Richter trank noch einen Cognac, putzte sich die Zähne und legte sich zu ihr. Seine Gedanken aber waren bei Jeannette Liebermann.

Freitag, 4.30 Uhr

Julia Durant hatte noch lange wach gelegen, Nadine war bis um halb zwei bei ihr geblieben, während Frank Hellmer ins Bett gegangen war. Die Kommissarin war in einen oberflächlichen Schlaf gefallen, aus dem sie immer wieder für kurze Zeit aufwachte, einschlief und wieder aufwachte. Sie war zweimal auf der Toilette gewesen und hatte sich das Gesicht gewaschen. Beim zweiten Mal verspürte sie eine leichte Übelkeit. Sie ging auf Zehenspitzen in die Küche, um sich ein Bier zu holen, trank es und schlief wieder ein.

Es dauerte eine Weile, bis sie das piepende Geräusch ihres Handys wahrnahm. Sie öffnete die Augen, schaltete die Nachttischlampe an und griff nach dem Telefon.
»Ja?«, murmelte sie verschlafen.
»Hier Meier vom KDD. Frau Durant?«
»Ja, was gibt's denn?«
»Kommen Sie bitte so schnell wie möglich zum Holzhausenpark. Wir haben hier eine weibliche Leiche, etwa achtzehn bis zwanzig Jahre alt. Die Beschreibung könnte auf eine gewisse Maria van Dyck zutreffen.«
Julia Durant war mit einem Mal hellwach, sie setzte sich auf, rieb sich mit einer Hand über die Augen. In ihren Schläfen pochte es, ihr Herz schlug wie ein Dampfhammer in ihrer Brust, ihr Mund war wie ausgetrocknet.
»Sind Sie sicher?«, fragte sie nach, obgleich sie wusste, wie idiotisch diese Frage war.
»Wir haben die Vermisstenmeldung vorhin auf den Tisch bekommen. Ein Spaziergänger hat sie entdeckt.«
»Wir sind in etwa einer halben Stunde da. Bitte rühren Sie nichts an. Sind die andern bereits verständigt?«
»Ja, alles schon in die Wege geleitet. Bis gleich.«
Julia Durant atmete ein paar Mal kräftig ein und wieder aus, die Übelkeit war wieder da. Sie stand auf, zog sich an, ging ins Bad, bürstete ihre Haare und sagte leise zu ihrem Spiegelbild: »Du siehst ganz schön beschissen aus.«
Dann wusch sie sich ein weiteres Mal das Gesicht mit kaltem Wasser. Anschließend klopfte sie an die Tür des Schlafzimmers von Frank und Nadine Hellmer und trat, ohne eine Antwort abzuwarten, ein.
»Frank, du musst aufstehen«, sagte sie und rüttelte vorsichtig an seiner Schulter.
»Wie spät ist es?«, murmelte er verschlafen.
»Halb fünf. Ich habe eben einen Anruf vom KDD bekom-

men. Maria van Dyck ist gefunden worden. Im Holzhausenpark. Wir müssen sofort hin.«
»Scheiße! Mitten in der Stadt!« Er sprang aus dem Bett. Nadine Hellmer drehte sich auf die Seite und sah ihren Mann und Durant aus kleinen Augen an.
»Was macht ihr denn?«
»Das Mädchen ist tot. Sie wurde eben gefunden. Schlaf weiter, Schatz. Ich melde mich nachher.« Er beugte sich über sie, gab ihr einen Kuss und sagte leise: »Ich liebe dich. Ich liebe dich mehr als alles auf der Welt.«
Er zog sich schnell eine Jeans und ein Sweatshirt über und schlüpfte in seine Turnschuhe.
»Pass auf dich auf«, sagte Nadine, und an Julia Durant gewandt: »Und du natürlich auch.«
»Tschüss.«
Hellmer zog leise die Schlafzimmertür hinter sich zu, ging ins Bad und wollte gerade die Tür zumachen, als Durant fragte: »Ich hab Hunger. Hast du vielleicht eine Banane für mich?«
»Alles in der Küche. Bedien dich einfach. Ich mach mich nur schnell fertig.«
Sie nahm sich zwei Bananen, aß eine gleich in der Küche, während Hellmer noch im Bad war, die andere steckte sie in die Innentasche ihrer Lederjacke. Sie schmierte sich eine Scheibe ungetoastetes Toastbrot, legte Schinken drauf und trank ein Glas Milch, während sie aß.
»Können wir?«, fragte Hellmer, der sich eine Jacke überzog.
»Lass mich nur noch schnell die Milch austrinken. Wenn ich morgens nichts im Magen habe, bin ich nur ein halber Mensch.«
»Auf die paar Minuten kommt's nun auch nicht mehr an. Ich rauch jetzt lieber erst mal eine. Diese elende, gottverdammte

Drecksau! Was für eine Kaltblütigkeit, mitten in der Stadt eine Leiche abzulegen!«

»Bei der Albertz war das doch nicht viel anders. Der Kerl ist kalt bis ins Mark. Wahrscheinlich steht er mit seinem Wagen so lange an dem Ort, wo er die Leiche loswerden will, bis Ruhe eingekehrt ist, und dann verrichtet er sein Werk. Anders kann ich's mir nicht vorstellen. Okay, fahren wir.«

»Mit einem oder mit zwei Autos?«, fragte Hellmer.

»Ich würde lieber bei dir mitfahren, wenn's dir nichts ausmacht. Du kannst mich ja heute Abend oder wann immer hier wieder absetzen. Im Augenblick ist mir sowieso alles scheißegal.«

»Das darf es aber nicht«, sagte Hellmer, während er den BMW aufschloss und aus der Garage fuhr. »Es darf nicht noch mehr tote Frauen geben, hörst du. Ich denke, Nadine hat Recht, wir müssen die Presse, Rundfunk und Fernsehen einschalten. Wenn der noch ein bisschen länger draußen rumläuft, gibt es ein Desaster. Dann stehen wir womöglich vor der größten Mordserie der Nachkriegszeit. Und das kann keiner von uns wollen.«

»Du hast ja Recht. Wir werden die Medien einweihen, auch wenn Berger nicht begeistert sein wird. Aber keine Details. Das Wichtigste ist, dass alle Skorpionfrauen mit Aszendent Löwe, die sich bei Lewell ein Horoskop erstellen ließen, gewarnt werden. Ansonsten kriegen die weiter keine Informationen.«

Es war noch finstere Nacht, die Wolken, die gestern wie festgeklebt über Frankfurt gehangen hatten, waren fortgezogen, ein breiter Sternenteppich erstreckte sich von Horizont zu Horizont. Hellmer hatte das Radio angemacht, Julia Durant rauchte eine Gauloise.

Sie fuhren über die A66 Richtung Frankfurt, bogen an der

Eschersheimer Landstraße rechts ab und von dort links in die Vogtstraße. Sie sahen schon von weitem die rotierenden Blaulichter. Hellmer parkte seinen Wagen in der Hamannstraße, in der sich Schlagloch an Schlagloch reihte und deren Belag offenbar seit dem Krieg nicht ausgebessert worden war. Sie stiegen aus, überquerten die Straße, wiesen sich einem uniformierten Beamten gegenüber aus und gingen unter der Absperrung durch.

Es war eine makabre Szenerie, das gleißende Licht, der Fotograf, der gerade seine Arbeit verrichtete, Professor Morbs von der Rechtsmedizin und die Männer und Frauen der Spurensicherung, die nur darauf warteten, endlich mit ihrer Arbeit beginnen zu dürfen, und die acht Streifenpolizisten, die dem Geschehen schweigend zusahen.

»Wer hat sie gefunden?«, fragte Durant den Kollegen vom KDD, der sie angerufen hatte.

»Der alte Mann dort. Er sagt, er würde immer um diese Zeit hier spazierengehen, weil er nicht schlafen kann. Wie sie hierher gekommen ist, hat er aber nicht gesehen. Wir müssen einfach abwarten, was Morbs gleich sagt.«

»Danke.«

Der Fotograf hatte seine Arbeit beendet, Morbs, der die ganze Zeit auf einer Bank gesessen hatte, nahm seine Tasche, um die Tote zu untersuchen. Julia Durant ging zum Fundort, der unter ein paar dicht an dicht stehenden niedrigen Tannen lag, und verharrte ein paar Sekunden regungslos vor dem toten Mädchen. Wie bei noch keinem Opfer zuvor fühlte sie eine unsägliche Wut und tiefe Trauer in sich aufsteigen. Ohnmacht. Sie ging in die Hocke, betrachtete das Gesicht mit den langen braunen Haaren, das im grellen Licht der Scheinwerfer unnatürlich grau wirkte. Ihre Lippen waren blutleer, die Augen blutunterlaufen und weit aufgerissen, als starrten sie die Kommissarin an. »So ein hübsches Mädchen«, sagte sie

leise und war fast geneigt, über ihr Gesicht zu streicheln, um ihr ein wenig von ihrer Wärme abzugeben.
Morbs kam zu ihr, stellte seine Tasche ab, zog die obligatorischen Plastikhandschuhe an. »Ganzer schöner Mist, was? Sie ist wirklich ein hübsches junges Ding«, sagte er mit belegter Stimme, die Durant von ihm gar nicht kannte. Er, der sonst eher zu morbiden Scherzen aufgelegt war oder sarkastische Bemerkungen machte, weil er anders diesen Job womöglich nicht ertragen hätte, zeigte so etwas wie Mitgefühl.
»Ich hab sie am Dienstag noch gesehen«, seufzte Julia Durant und schüttelte ratlos den Kopf. »Achtzehn Jahre alt! Und in ein paar Tagen wäre sie neunzehn geworden.«
Morbs zuckte die Schultern und machte ein bedrücktes Gesicht, während er sich über die Tote beugte. »Schafft den dort mal weg«, sagte er und deutete auf den alten Mann, der die junge Frau gefunden hatte.
Er begann Maria van Dyck zu entkleiden. Wortlos. Er warf einen Blick zwischen ihre Beine, nickte nur und gab Durant ein Zeichen, sich die Nadel anzusehen.
»Das Gleiche wie bei den anderen. Ich messe noch die Temperatur, dann lass ich sie in die Rechtsmedizin bringen. Aber es wird mit Sicherheit nichts Neues dabei rauskommen«, erklärte er.
Durant winkte Hellmer zu sich. »Sag mal, die Kleine hier wäre doch niemals mit einem Fremden mitgefahren, wenn sie unter Angstzuständen gelitten hat? Richtig?«
»Richtig.«
»Wenn das so ist, dann muss sie zu jemandem ins Auto gestiegen sein, den sie kannte. Sie hatte aber keine Freunde, sondern nur zwei Freundinnen. Was sagt dir das?«
»Ich weiß nicht, worauf du hinauswillst? Könntest du vielleicht ein bisschen deutlicher werden?«
»Sie ist mit ihrem Wagen irgendwohin gefahren, wohin, das

entzieht sich bis jetzt unserer Kenntnis. Sagen wir mal, jemand hat sie beobachtet und ist ihr unauffällig gefolgt.«
»Ja und? Sie hat doch keinen Grund, zu jemand anderem in den Wagen zu steigen, wenn sie mit ihrem eigenen unterwegs ist. Es ist noch sehr früh am Morgen, was?«, sagte er und sah Julia Durant mitleidig an.
»Scheiße, ja!« Sie fasste sich an die Nasenwurzel und überlegte. »Aber sie ist mit Sicherheit nicht entführt worden. Sie kannte den Täter und hat ihm bedingungslos vertraut. Ist ihr Wagen schon gefunden worden?«
»Ich hab nachgefragt, bis jetzt nicht.«
»Ist in allen Parkhäusern nachgesehen worden?«
»Wieso in Parkhäusern?«, wollte Hellmer wissen.
»Irgendwo muss doch diese verdammte Karre sein! Ich will, dass sämtliche Parkhäuser gecheckt werden, und zwar sofort. Das Auto kann sich nicht in Luft aufgelöst haben. Alle verfügbaren Beamten und Streifenwagen sollen sich auf die Suche machen. Erst wenn wir den Wagen haben, wissen wir vielleicht, wo sie gestern Nachmittag hingefahren ist. Erledigst du das bitte?«
»Klar.«
Und an Morbs gewandt: »Wie lange ist sie schon tot?«
»Schwer zu sagen. So zwischen vier und sechs Stunden.«
»Das heißt, sie könnte um eins noch gelebt haben?«
»Unter Umständen schon. Die genaue Todeszeit kann ich nur im Institut bestimmen. Die Bedingungen hier sind nicht gerade ideal. Aber über den Daumen gepeilt wurde sie so gegen Mitternacht plus minus eine Stunde getötet. Vermutlich wurde sie jedoch erst vor anderthalb oder zwei Stunden hier abgelegt, ihre Temperatur ist für diese Verhältnisse noch relativ hoch. Aber die Leichenflecken sind schon ausgebildet.«
»Tun Sie mir einen Gefallen – schauen Sie doch mal nach, ob Sie in ihrem Blut irgendwas nachweisen können. Ein Betäu-

bungsmittel zum Beispiel. Und stellen Sie außerdem fest, ob sie noch Jungfrau war.«

»Öfter mal was Neues, was? Gibt's dafür einen Grund?«, fragte Morbs und packte seine Tasche zusammen.

»Nur eine Vermutung. Die Dessous passen nicht zu ihr. Sie hätte so was nicht angezogen. Ich bin sicher, die hat jemand für sie besorgt, und zwar schon lange, bevor sie tot war. Das sind nicht ihre eigenen.«

»Ihr Wunsch ist mir Befehl«, sagte Morbs und gab den Gnadenlosen, wie sie scherzhaft genannt wurden, das Zeichen, die tote Maria van Dyck in die Gerichtsmedizin zu bringen.

»Frank, kommst du mal«, rief Durant ihm zu. »Lass uns kurz da hinten hingehen. Muss nicht jeder mithören.« Sie holte tief Luft. »Ich hab's gerade eben schon zu Morbs gesagt, die Dessous sind meiner Meinung nach nicht ihre eigenen. Eine junge Frau, die unter schweren Angstzuständen leidet, fängt nicht auf einmal an, sich solche Sachen anzuziehen. Diese Laszivität würde überhaupt nicht zu ihr passen. Nicht nach dem, was uns ihr Vater über sie erzählt hat. Eine wie sie trägt Jeans und ganz normale Unterwäsche. Ich denke mal, mit diesem Mord hat sich der Täter seine eigene Grube gegraben. Wir kriegen ihn, da bin ich sicher. Aber jetzt fahren wir beide zu den van Dycks. Die Sache will ich nicht allein durchziehen.«

Allmählich gingen die ersten Rollläden hoch, Lichter wurden angemacht, Fenster wurden geöffnet, neugierige Köpfe beobachteten das gespenstische Treiben. Der Verkehr nahm zu, Lkws donnerten über die nur wenige Meter entfernte Eschersheimer Landstraße. Durant und Hellmer waren auf dem Weg zu ihrem Wagen, als die Kommissarin plötzlich stehen blieb.

»Hier, schau dir das an! Hier kann man ungehindert mit dem Auto reinfahren. Das heißt, derjenige konnte direkt bis unter die Tannen fahren! Er hat den Kofferraum aufgemacht, sie rausgeholt und hingelegt. Vermutlich hat er sogar eine ganze Weile hier auf der Straße geparkt und gewartet, bis alles ruhig war. Und es gibt nicht mal Reifenspuren, weil die Wege gepflastert sind. Der denkt wirklich an alles.«

Freitag, 6.45 Uhr

Der Morgen dämmerte bereits, die Sterne wurden einer nach dem andern vom Tageslicht ausgeknipst, als sie sich auf den Weg machten. Bei den van Dycks angekommen, sahen sie, dass das Haus hell erleuchtet war. Das Tor stand offen, als würden Marias Eltern hoffen, ihre Tochter würde einfach vor das Haus gefahren kommen, sie anlachen und sich alles wie ein böser Albtraum in Luft auflösen.
»Tief durchatmen, Julia«, sagte sie leise zu sich selbst, als sie ausstiegen.
»Wer sagt's ihnen?«, fragte Hellmer, nachdem er die Fahrertür zugeschlagen hatte.
»Wir können ja knobeln. Ich überlass dir gerne den Vortritt.«
»Aber du hast mit van Dyck gesprochen. Ich meine, ich will …«
Julia Durant winkte ab. »Schon gut, ich bin's ja inzwischen gewohnt.«
Sie gingen die drei Stufen nach oben, die Haustür war unverschlossen. Van Dyck schien gehört zu haben, wie sie hereingefahren waren. Er öffnete die Tür, seine Augen waren klein, er hatte nicht geschlafen. Sein fragender Blick drückte alle Angst und Besorgnis dieser Welt aus.
»Herr van Dyck, dürfen wir reinkommen?«, sagte Julia Durant und versuchte sich so wenig wie möglich ihre Gefühle anmerken zu lassen. Ihre Wut, ihren Hass auf dieses ver-

dammte Individuum, dieses elende Stück Dreck, ihre Ohnmacht, ihre Trauer, ihre Verzweiflung.
»Haben Sie irgendwas rausgefunden?«
Diese Frage von van Dyck hatte die Kommissarin schon einige Male in den vergangenen Jahren gehört, wenn die Angehörigen sich nicht trauten, die Frage direkter zu stellen. Und dennoch beinhaltete sie alles, was sie wissen wollten und nicht zu fragen wagten. *Haben Sie sie gefunden? Ist sie tot? Lebt sie noch? Wo ist sie? Ist ihr irgendwas passiert?* Diese Fragen wurden nur in den seltensten Fällen gestellt, weil auf jede von ihnen eine konkrete Antwort folgen musste. Und davor hatten die meisten Angst. Nur die Augen drückten immer das Gleiche aus – Furcht vor der Antwort, *der Antwort*.
»Ist Ihre Frau auch da?«, sagte Julia Durant und ließ die Frage unbeantwortet.
»Sie ist im Wohnzimmer. Wir haben die ganze Nacht kein Auge zugemacht. Nehmen Sie doch Platz.«
Er setzte sich in einen der drei gemütlichen weißen Ledersessel, die Beamten nahmen auf der Couch Platz. Claudia van Dyck blickte die Kommissare an, ihre Hände waren wie zum Gebet gefaltet. Sie trug ein kurzes rotes Kleid, das an ihren Oberschenkeln weit hochgerutscht war, sie war noch immer geschminkt vom Abend zuvor und wirkte ganz anders als noch vor drei Tagen, als sie auf Hellmer den Eindruck einer grauen Maus gemacht hatte. Sie hatte schlanke Beine, eine üppige Oberweite und eine schmale Taille, soweit Hellmer das in dem kurzen Moment, in dem er sie betrachtete, feststellen konnte.
Julia Durant räusperte sich, beugte sich nach vorn, die Hände ebenfalls gefaltet, blickte erst zu Boden, dann auf die Eltern des toten Mädchens. »Frau van Dyck, Herr van Dyck, wir müssen Ihnen leider mitteilen, dass Ihre Tochter gefunden

wurde.« Weiter wollte sie nichts sagen, vor allem nicht, dass Maria regelrecht massakriert worden war. Folter und Tod. Die Hölle auf Erden. Nur weil sie im Sternzeichen Skorpion geboren war. Nur weil sie als Aszendenten den Löwen hatte. Nur weil irgendjemand einen derartigen Hass auf alle Frauen mit dieser Konstellation hegte, dass sie für ihn einzig tot etwas wert waren. Dass er das Gefühl hatte, sie zertreten zu müssen wie lästige Kakerlaken. Aus welchem Grund auch immer.

»Wo?«, fragte van Dyck mit tonloser Stimme, den Blick starr auf die Kommissarin gerichtet. Seine Hände zitterten, seine Mundwinkel bebten. »Und was heißt leider?«

»Im Holzhausenpark. Sie ist tot. Es tut mir Leid.«

Claudia van Dyck stand auf, ging wortlos an die Bar, schenkte sich einen Cognac ein, schüttete ihn in einem Zug runter, schenkte nach und trank das Glas genauso schnell leer. Sie senkte den Kopf, fing an zu schluchzen.

Peter van Dyck hingegen saß regungslos wie eine Mumie in seinem Sessel, seine Augen füllten sich mit Tränen, die langsam an den Wangen hinunterliefen.

»Tot? Meine kleine Prinzessin soll tot sein? Sagen Sie, dass das nicht wahr ist! Bitte.« Seine Stimme zitterte.

»Ich wünschte, ich könnte Ihnen eine bessere Nachricht überbringen.«

Van Dyck versuchte die Fassung zu bewahren, es gelang ihm nicht. Sein ganzer Körper bebte unter der Last, die ihn zu erdrücken schien. »Mein Gott, Maria! Wo bist du bloß gewesen? Und warum hast du nicht Bescheid gesagt?« Er sah durch den Schleier seiner Tränen die Beamten an, erhob sich müde und schwerfällig und ging zur Bar. »Möchten Sie auch etwas trinken?«

»Nein danke.«

Er trat zu seiner Frau, die den Kopf hob und ihn mit roten

Augen anschaute. Plötzlich fasste sie ihn bei der Hand und drückte sich an ihn. »Warum Maria?«, fragte sie mit stockender Stimme. »Warum ausgerechnet sie?«

»Keine Ahnung«, erwiderte er und löste sich aus ihrer Umklammerung. »Es wird schon einen Grund geben. Alles hat einen Grund.« Sein Ton war schroff und abweisend.

Er trank ein Glas Whiskey, kam auf die Beamten zu und setzte sich wieder. »Wie ist sie gestorben? Wie … Frau Kassner?« Er sagte diesmal nicht Judith wie am Dienstag.

Julia Durant nickte. »Wie Frau Kassner. Sie ist das Opfer ein und desselben Serientäters geworden.«

»Können wir sie sehen?«

»Nein, noch nicht. Sie ist gerade in der Rechtsmedizin …«

»Heißt das, sie wird aufgeschnitten?«, fragte van Dyck entsetzt.

»Nein, die Todesursache steht bereits fest. Es wird ihr nur etwas Blut abgenommen und ein Bericht angefertigt. Das ist alles. Sie können Sie bestimmt in zwei, drei Tagen sehen.«

»Danke. Ich wünschte, ich würde vor Ihnen dieses Schwein kriegen! Ich würde ihn tagelang foltern und so lange quälen, bis er nur noch um den erlösenden Tod winselt. Aber diesen Gefallen würde ich ihm nicht tun«, sagte er mit entschlossener Miene.

»Herr van Dyck, haben Sie schon vom Tod von Herrn Lewell gehört?«

Van Dyck neigte den Kopf ein wenig zur Seite. »Was, Lewell ist auch tot? Was ist passiert?«

»Er wurde in der Nacht von Mittwoch auf Donnerstag in seiner Wohnung erschossen. Wie gut waren Sie mit ihm befreundet?«

»Überhaupt nicht. Ich konnte Lewell nicht ausstehen. Er war ein arroganter, selbstherrlicher Schnösel, mit dem ich nichts zu tun haben wollte. Hatte er überhaupt Freunde? Ich weiß nur, dass er sich quer durch alle Betten gevögelt hat. Aber was soll's, er hat nun mal zu unserer Clique gehört …«

»Clique?«

»Wie soll ich es sonst nennen? Wir sind ein bestimmter Kreis von Männern und Frauen, die sich regelmäßig treffen. Oder besser gesagt, in unregelmäßiger Regelmäßigkeit. Auch bei Lewell haben wir uns getroffen. Fragen Sie meine Frau nach ihm, sie kennt ihn besser. Viel besser.« Beim letzten Satz zeichnete sich ein zynischer Zug um van Dycks Mund ab, und er warf einen kurzen Blick hinter sich. Seine Frau stand noch immer an der Bar und trank einen weiteren Cognac, und irgendwann, so vermutete Durant, würde sie betrunken umfallen. Sie war schon jetzt kaum noch in der Lage zu stehen.

»Ein andermal. Können wir noch etwas für Sie tun?«

Van Dyck schüttelte den Kopf. »Was sollen Sie jetzt schon noch tun können? Finden Sie das verdammte Schwein, das meiner Tochter das angetan hat! Der mir das angetan hat. Maria war mein Ein und Alles. Wenn ich jemals einen Menschen wirklich geliebt habe, dann sie. Und sie ist die Letzte, die verdient hat, so zu sterben.«

»Hatte sie eigentlich einen Freund?«

»Nein. Maria hatte irgendwie Angst davor, sich mit einem Jungen einzulassen. Aber das ist ja wohl auch auf ihre Angstzustände und Panikattacken zurückzuführen. Hab ich Ihnen das nicht schon am Dienstag erzählt?«

»Ja, haben Sie. Und auch, dass sie bei Professor Richter in Behandlung war.«

Das Telefon klingelte, van Dyck ging ran.

»Ja? … Nein, ich komme heute nicht. Ihr müsst ohne mich drehen … Warum? Meine Tochter ist ermordet worden!«, schrie er, legte den Hörer auf und drehte sich um. »Meine Tochter ist ermordet worden! Wie sich das anhört. Sie war so unschuldig, auf eine ganz besondere Weise naiv und doch so klug. Trotz ihrer Angstzustände hat sie das Abi mit einer glatten Eins bestanden. Ich war so stolz auf sie. Und jetzt? Was hat sie jetzt davon? Sagen Sie's mir?«

»Herr van Dyck, wir müssen leider gehen. Auf uns wartet eine Menge Arbeit. Passen Sie auf sich auf … Und vor allem auf Ihre Frau. Wir melden uns auf jeden Fall noch mal bei Ihnen.«

Van Dyck begleitete die Kommissare hinaus und wartete, bis sie in Hellmers BMW eingestiegen waren. Dann schloss er die Tür und ging zurück ins Haus. Seine Frau stand wie festgewurzelt an der Bar, ein Glas Cognac in der Hand. Van Dyck trat zu ihr, sah sie an, schlug ihr das Glas aus der Hand. Die braune Flüssigkeit verteilte sich auf dem Teppich.

»Weißt du was, Claudia«, sagte er leise und doch drohend, »Maria könnte noch leben, wenn du nicht wärst. Aber du bist jetzt viel zu betrunken, um den Sinn meiner Worte noch mitzukriegen. Ich will dir trotzdem sagen, wie sehr ich dich verabscheue. Fahr zur Hölle!«

Sie torkelte, ohne etwas zu entgegnen, an ihm vorbei, hielt sich an der Wand fest und hatte Mühe, die Treppen hochzusteigen. Er sah ihr nach und schlug mit der Faust einige Male mit aller Wucht gegen die Wand. Er stellte sich ans Fenster, sein Blick ging hinaus in den Garten, wo sich Maria immer so gerne aufgehalten hatte. Unten, neben dem Silberahorn, war eine kleine Holzhütte, die er extra für sie zu ihrem elften Geburtstag dort hinstellen ließ. Darin hatte sie sich all die Jahre über oft und gerne aufgehalten, es war ihr Refugium, wo sie versuchte ihrer Angst Herr zu werden.

Die Sonne war aufgegangen, der Himmel zeigte sich in verschiedenen Pastelltönen. Maria hatte die Natur geliebt, Pflanzen, Tiere, den Himmel, die Sterne, den Wind. Selbst im Regen war sie oft draußen gewesen, um die Tropfen auf ihrer Haut zu spüren. Sie war ein seltsames Mädchen gewesen, scheu wie ein junges Reh, immer auf der Suche nach Schutz

und Geborgenheit. Nicht selten hatte sie von Gott und dem Universum gesprochen, aber nur mit ihm, mit Peter van Dyck. Sie war ein besonderes Geschöpf gewesen, das viel zu früh erwachsen sein musste und noch viel früher gezwungen wurde, diese Welt zu verlassen.
Peter van Dyck hatte die Hände in den Hosentaschen vergraben, stumme Tränen liefen über sein Gesicht. Er meinte noch immer ihre Stimme zu hören, ihr Lachen, als sie noch klein war und das immer seltener wurde, je mehr sie heranwuchs und die Fesseln der Angst sie fester und fester umschnürten. Er sah sie im Garten herumtollen, ausgelassen wie ein junges Fohlen. Und er hörte ihre Worte, als sie vorgestern verkündete, sie würde doch nicht ausziehen. Er war so froh gewesen, als sie das gesagt hatte. Er hätte sie am liebsten für immer in seinem Haus gehabt, auch wenn sie verheiratet gewesen wäre und Kinder gehabt hätte. Er wollte sie einfach um sich haben.
Er drehte sich um, ging zum Schrank, holte ein paar Videobänder heraus und legte das erste Band, das er von ihr gemacht hatte, in den Videorecorder. Dann setzte er sich vor den Fernsehapparat. Nach zwei Minuten schaltete er wieder aus. Ein Weinkrampf überfiel ihn, er legte sich auf die Couch, er presste ein Kissen auf sein Gesicht. Das Beben hörte auf, er schnäuzte sich die Nase, wischte die Tränen ab und starrte an die Decke. Wo bist du jetzt, Maria?, dachte er. Zeig mir, dass es ein Leben nach dem Tod gibt. Nur ein einziges Mal. Zwei Frauen hatte er wirklich geliebt, und alle beide waren innerhalb weniger Tage von ihm genommen worden. Leere.

Freitag, 8.30 Uhr

»Ist dir aufgefallen, wie er sich verhalten hat?«, fragte Hellmer, als sie auf dem Weg ins Präsidium waren.

»Jeder verarbeitet den Tod eines Angehörigen auf seine Weise. Der große Zusammenbruch wird bei ihm noch kommen. Seine Frau ist schon besoffen. Aber die beiden haben sich wirklich nichts mehr zu sagen. Ich würde so ein Leben nicht aushalten.«
»Warum hast du ihn nicht mehr über Maria ausgefragt?«, sagte Hellmer. »Zum Beispiel, ob sie teure Dessous getragen hat?«
»Weil dies nicht der geeignete Moment gewesen wäre. Es ist schon schlimm genug, dass seine Tochter tot ist, wir müssen ihn nicht auch noch mit Einzelheiten belasten. Und was, wenn sie sie getragen hat? Gerne getragen, so wie Carola Weidmann? Eines ist auf jeden Fall sicher, seine Tochter hat ihm mehr bedeutet als seine Frau. Warum auch immer. Und sie kann ich überhaupt nicht einschätzen. Schon am Dienstag war sie mir nicht sonderlich sympathisch. Weiß der Geier, was bei denen los ist.« Sie nahm einen tiefen Zug an ihrer Zigarette. »Ich will gleich mal vom Präsidium aus Richter anrufen. Maria war schließlich seine Patientin.«

Berger hatte einige Beamte um sich versammelt. Die Gespräche verstummten, als Durant und Hellmer ins Büro kamen. Sie hängte ihre Tasche über den Stuhl, auf dem ein Kollege saß, der sofort aufsprang und ihr Platz machte.
»Ich habe die Presse informiert«, verkündete Berger, bevor Durant ansetzen konnte, etwas zu sagen. »Wir werden denen ein paar Häppchen zuwerfen, aber nicht zu viele Details. Und natürlich haben sie schon Fotos von uns bekommen, und wir bitten die Bevölkerung um Mithilfe. Ich hoffe, das ist in Ihrem Sinn?«
»Ist es. Ich wollte sowieso den gleichen Vorschlag machen. Hoffentlich ist es nicht zu spät dafür. Die sollen vor allen Dingen drucken, dass wir dringend Augenzeugen suchen.

Vor allem für letzte Nacht. Vielleicht ist ja irgendwem ein Auto aufgefallen, das in den Holzhausenpark gefahren ist.«
»Ist alles schon in der Meldung drin. Das Auto von der van Dyck ist vorhin auch gefunden worden …«
»Wo?«, fragte Durant gespannt.
»In der Berliner Straße.«
»In der Berliner Straße? Das ist mitten in der Stadt! Das kann nicht sein.«
»Wenn ich's Ihnen sage. Was ist daran so ungewöhnlich?«, fragte Berger, überrascht von Durants Reaktion.
»Weil ihr Vater gesagt hat, sie würde niemals von sich aus allein in die Stadt fahren. Das Main-Taunus-Zentrum war das Äußerste der Gefühle. Das Mädchen hat unter Platzangst gelitten. Menschenmassen haben ihr Angst gemacht.«
»Dann hat sie ihre Angst wohl inzwischen überwunden. Finden Sie heraus, was sie dort gewollt hat.«
»Ich, ich, ich, immer nur ich! Bin ich eigentlich die einzige Person hier? Wir haben eine Soko von sechzig Mann. Da wird es ja wohl ein paar geben, die sich darum kümmern können!« Sie war wütend und wollte Berger diese Wut spüren lassen.
»Beruhigen Sie sich wieder. Sagen Sie mir nur, was Sie heute noch vorhaben.«
»Och, ich gehe jetzt nach Hause, lege mich in die Badewanne, schau fern … Was glauben Sie wohl, was ich heute noch vorhabe?«, fragte sie bissig. »Ich rufe gleich Richter an, weil Maria van Dyck bei ihm in Behandlung war und …« Sie runzelte die Stirn, stand auf, ging an den Stadtplan und steckte den Pin an die Stelle, wo Maria van Dyck gefunden worden war. »Hier, Grüneburgpark, Holzhausenpark, Rotlintstraße. Eine Linie. Aber wie verbinden wir diese Linie mit den anderen Fundorten? Oder will er uns damit nur in die Irre führen?«

Hellmer und die andern zuckten die Schultern. Durant trat zwei Meter zurück, neigte den Kopf zur Seite. Ratlosigkeit.
»Das ist kein Muster«, bemerkte einer der Beamten, dessen Namen Julia Durant nicht kannte. »Das ist rein zufällig eine Linie. Serienmörder gehen nie nach Plan vor. Es wäre ein Novum in der Kriminalgeschichte.«
Durant sah ihn scharf an. »Hören Sie, ich weiß nicht, woher Sie Ihre Schlauheit haben, aber es gibt kein Novum in der Kriminalgeschichte. Es hat nie eines gegeben. Alles, was heute passiert, ist irgendwann irgendwo schon einmal passiert. Klar? Und es gibt Fälle, in denen Serienmörder ein Bild gemalt haben …«
»Das aber nie einer zu Ende gebracht hat, weil er vorher geschnappt wurde«, sagte der junge Beamte unbeeindruckt. »Ein Serienmörder hört nie auf. Nie! Er wird immer noch etwas finden, das er verändern kann. Ich habe die Kriminalliteratur sehr genau studiert …«
Mit einer Handbewegung unterbrach sie ihn. »Und welche praktischen Erfahrungen haben Sie mit Serienmördern, Herr …?«
»Freund. Joachim Freund. Kriminalhauptmeister. Ich habe keine Erfahrungen mit Serienmördern.«
»Aber ich habe sie! Und ich weiß, was ich tue. Und bitte, wenn Sie in Zukunft einen Kommentar abgeben, dann überlegen Sie vorher, was Sie sagen. Okay?« Und an Hellmer gewandt: »Ich geh jetzt in mein Büro und ruf Richter an. Und danach sehen wir weiter.«
Sie zündete sich eine Gauloise an und nahm ihre Tasche. In ihrem Büro legte sie sie auf den Boden vor den Aktenschrank. Hellmer kam ihr nach, machte die Tür hinter sich zu und setzte sich zu ihr.
»War das eben nicht ein bisschen übertrieben?«, fragte er.
»Ich bin heute für dieses dumme Gelaber nicht zu haben. Un-

ser Mann – oder auch unsere Frau – muss irgendwann aufhören, denn so viele Skorpionfrauen mit Aszendent Löwe gibt es nun auch wieder nicht. Und Lewell hat die Horoskope für die Opfer erstellt. Und deswegen bin ich so überzeugt, dass er oder sie einen bestimmten Plan verfolgt.«

»Wenn du's so sagst, stimme ich dir sogar zu.«

Julia Durant nahm den Hörer in die Hand und wählte Richters Nummer. Er meldete sich sofort.

»Guten Morgen, Professor Richter. Hier Durant. Können wir gleich mal bei Ihnen vorbeikommen? Es ist wichtig.«

»Ich habe um elf einen Termin. Sie müssen sich also beeilen.«

»Wir sind in zwanzig Minuten da.«

Sie drückte auf die Gabel und wählte die Nummer von Ruth Gonzalez. Sie fragte sie nur, ob sie am Nachmittag Zeit habe, kurz ins Präsidium zu kommen. Sie habe noch ein paar Fragen. Ruth Gonzalez sagte, sie könne zwischen zwölf und drei vorbeischauen. Sie machten einen Termin für halb eins aus.

»Warum hast du die Gonzalez angerufen?«

»Keine Ahnung. Ehrlich. Ich will mich eigentlich nur noch mal in aller Ruhe mit ihr unterhalten. So, wir müssen los. Richter wird bestimmt ganz schön geschockt sein. Oder auch nicht. Er kennt die seelischen Abgründe besser als die meisten. Ich glaube, den haut so schnell nichts mehr um.«

Freitag, 9.50 Uhr

Sie hielten an der Ampel am Schauspielhaus, als Hellmer nachdenklich sagte: »Julia, Richter hat doch in seinem Profil davon gesprochen, dass der Täter eventuell impotent ist. Maibaum ist impotent. Und mir fällt noch jemand ein, der womöglich Probleme mit seiner Männlichkeit hat – Kleiber.

Warum hält er eine junge Frau wie die Kassner so großzügig aus, ohne jemals mit ihr geschlafen zu haben? Ich meine, wenn ich Kleiber wäre, ich hätte mir diese Gelegenheit bestimmt nicht entgehen lassen.«
»Und?«
»Na ja, ich stell mir halt nur vor, dass einer von beiden so große Probleme damit hat, dass er schlichtweg durchdreht. Wäre doch immerhin möglich.«
»Ich trau keinem von beiden diese Morde zu. Maibaum ist einfach kaputt, er hat nicht mehr die Energie für solche Sachen. Und auch Kleiber fällt schon wegen seines Alters aus dem Raster.«
»Komm, Richter vermutet nur, dass der Täter zwischen fünfunddreißig und vierzig ist. Kleiber ist Mitte vierzig und Maibaum auch. Kannst *du* in die beiden reinschauen? Weißt *du*, was in ihnen vorgeht? Wenn Kleiber sagt, die Kassner wäre seine Muse gewesen, dann kann ich nur lachen. Eine solche Muse würde ich auch vögeln, wenn ich die Gelegenheit dazu hätte. Aber sie hat nicht mit ihm, sondern mit vielen andern Typen gebumst. Und irgendwann hat Kleiber durchgedreht und sich gerächt.«
»Und die andern fünf? Was hat Kleiber mit denen zu tun? Meinst du wirklich, er würde eine Maria van Dyck umbringen? Im Leben nicht. Der schreibt über Morde, er begeht aber keine. Du tust ihm Unrecht. Und ich glaube auch nicht, dass er impotent ist.«
»Spricht da wieder mal deine Intuition? Oder ist es deine unfehlbare Menschenkenntnis?«, sagte er mit einem sarkastischen Unterton, der Durant nicht verborgen blieb.
»Vielleicht beides. Du hättest einfach besser auf ihn achten müssen, als wir bei ihm waren.«
»Ich will trotzdem noch mal mit beiden reden. Wenn sie ein Alibi vorweisen können, nehme ich alles zurück.«

Sie wurden von Richter bereits erwartet. Seine Frau kam gähnend im durchsichtigen Morgenmantel, unter dem sie nichts als ihre nackte Haut trug, die Treppe herunter, machte aber gleich wieder kehrt, als sie die Beamten erblickte. Hellmer grinste über beide Ohren, Durant gab ihm einen leichten Stoß in die Seite.

»Was gibt es denn so Dringendes?«, fragte Richter und bat die Kommissare in sein Büro.

»Professor Richter, wir kommen mit einer schlechten Nachricht. Es geht um eine Ihrer Patientinnen – Maria van Dyck.«

Er hielt in der Bewegung inne, schob den Kopf etwas nach vorn und fragte: »Was ist mit ihr?«

»Sie wurde letzte Nacht ermordet. Damit erhöht sich die Zahl …«

»Maria ist tot?«, fragte Richter mit ungläubigem Entsetzen. »Das kann ich nicht glauben. Sagen Sie, dass das nicht wahr ist.«

»Es ist wahr, leider. Man hat sie heute Nacht im Holzhausenpark gefunden.«

»Entschuldigen Sie, aber das haut mich um. Maria, ausgerechnet dieses unschuldige Wesen. Und wenn ich von unschuldig spreche, dann meine ich das auch. Sie war so zerbrechlich, so zart. Und dabei fing doch gerade alles an, gut zu werden. Ob Sie es glauben oder nicht, es ist, als wenn man mir einen Dolchstoß versetzt hätte. Ich muss jetzt erst mal etwas trinken. Sie auch?«

Julia Durant sah Hellmer an und nickte. »Wenn Sie vielleicht einen Wodka auf Eis hätten?«

»Und Sie, Herr Hellmer?«

»Nein danke.« Er flüsterte Durant zu: »Wir sind im Dienst.«

»Scheiß drauf«, flüsterte sie zurück. »Ich brauch das jetzt.«

Richter reichte ihr das Glas, er selbst trank einen Whiskey.

»Weshalb war sie bei Ihnen in Behandlung?«

Richter überlegte, schürzte die Lippen und sagte dann: »Eigentlich ist das gegen die Schweigepflicht, aber ich pfeif jetzt auf diese verdammte Schweigepflicht. Sie litt seit ihrem zehnten Lebensjahr unter schwersten Angstzuständen. Klaustrophobie, Agoraphobie, was man sich überhaupt nur vorstellen kann. Sie war deshalb auch nicht in der Lage, eine normale Schule zu besuchen, sondern sie bekam Privatunterricht. Und niemand konnte sich erklären, woher diese Ängste rührten. Am Dienstag aber haben wir den großen, den ganz großen Durchbruch geschafft. Wir haben gemeinsam die Ursache ihrer Ängste ergründet. Was für eine Ironie, was für ein Zynismus des Lebens! Da tut sich eine Tür in eine bessere Welt für sie auf, und dann kommt jemand und schmeißt ihr die Tür vor der Nase wieder zu.«
Er trank sein Glas leer, stand auf und stellte sich ans Fenster, der Garten war in gleißendes Sonnenlicht getaucht.
»Ich hatte ihr nach unserer Sitzung angeboten, zu einer Bekannten von mir zu ziehen, aber vorgestern hat sie mir gesagt, dass sie lieber zu Hause wohnen bleiben wolle. Doch sie war wie ausgewechselt, als ob ein Tonnengewicht von ihren Schultern gefallen wäre. Sie wusste es, und ich wusste es auch, dass es nur eine Frage der Zeit war, bis die Ängste völlig verschwunden sein würden. Ich sage das nur ungern, weil es eine Abwertung meiner anderen Patienten ist, aber Maria war mir ganz besonders ans Herz gewachsen. Es war für mich eine Herausforderung, ihr das Leben wiederzuschenken, das ihr so lange verwehrt geblieben ist, wenn Sie verstehen, was ich meine. Diese furchtbaren Ängste, die sie so lange quälten, wollte ich von ihr nehmen. Sie sollte einfach leben, so wie andere junge Leute auch. Und jetzt das. Sie wird mir fehlen.«
»War zwischen Ihnen mehr als nur ein Therapeut-Patient-Verhältnis?«, fragte Hellmer, der nicht merkte, wie Durant ihm einen scharfen, mahnenden Blick zuwarf.

Richter drehte sich um, ein vergebendes Lächeln huschte über sein Gesicht. »Wenn Sie das meinen, was ich denke, dann liegen Sie ganz schön falsch. Aber auf eine gewisse Weise haben Sie trotzdem Recht. Ich habe in ihr so etwas wie eine Tochter gesehen, die ich nie hatte und wohl auch nie haben werde. Mehr war aber nicht. Sie war kein Mädchen, in das ein Mann wie ich sich verguckt, dazu war sie einfach zu unschuldig. Sie war jemand, den man in den Arm nimmt und trösten will, wenn Ihnen diese Antwort genügt.«
»Und was hat am Dienstag die große Wende gebracht?«, fragte Durant, die ihr leeres Glas noch in der Hand hielt.
»Tut mir Leid, darüber kann und darf ich Ihnen keine Auskunft geben. Es hat mit ihrem Tod nichts, aber auch rein gar nichts zu tun, das müssen Sie mir glauben. Ich kann Ihnen nur sagen, es war eine Hypnosebehandlung, während der einige sehr unschöne Dinge zum Vorschein kamen.«
»Herr van Dyck sagt, seine Tochter sei nie allein in die Stadt gefahren, eben wegen ihrer Angst. Ihr Auto wurde aber in der Berliner Straße gefunden. Haben Sie dafür eine Erklärung?«
»Ja, ich denke, ich habe eine. Als sie am Mittwoch hier war, hat sie mir unter anderem gesagt, dass sie jetzt voller Zuversicht in die Zukunft blicke. Sie hat schon am Dienstag etwas getan, was sie fast neun Jahre lang wie die Pest gemieden hat. Vielleicht wollte sie nach diesem Erfolgserlebnis gestern einfach ihre Grenzen ausloten. Sie hat sich ins Auto gesetzt und ist nach Frankfurt gefahren, ein Ort, den sie seit Jahren nicht gesehen hatte. Vielleicht war sie mal mit ihrem Vater dort, aber allein ...« Richter schüttelte den Kopf. »Noch vor einer Woche hätte es nicht mal eine ganze Armee geschafft, sie dazu zu bringen, dass sie allein nach Frankfurt fährt. Doch ist die Angst erst einmal weg, dann ergibt sich alles andere quasi ganz von selbst. Sie hatte schließlich einiges nachzuholen.«

»Hat sie Ihnen gegenüber jemals erwähnt, dass sie einen Freund hat?«
»Hat sie einen?«, fragte Richter zweifelnd zurück.
»Das wollen wir ja von Ihnen wissen.«
»Nein, sie hatte keinen Freund. Sie hat auch noch nie sexuell mit einem Mann verkehrt, dafür würde ich sogar meine Hand ins Feuer legen.«
»Wussten Sie, dass sie Skorpion mit Aszendent Löwe war?«
»Nein, woher auch? Ich weiß lediglich, dass sie irgendwann in der nächsten Zeit Geburtstag hat. Gehabt hätte.«
Julia Durant stand auf, stellte das Glas auf den Tisch und ging durch den Raum. Sie blieb vor dem Bücherregal stehen und ließ ihre Finger über einige Buchrücken gleiten.
»Professor Richter, würden Sie uns sagen, wer zu Ihren Patienten zählt?«, fragte sie plötzlich.
»Nein, das würde ich nicht. Es geht keinen etwas an, wer zu mir kommt, um sich therapieren zu lassen. Außerdem handelt es sich nur um eine Hand voll Personen. Ich betreibe seit einiger Zeit keine Praxis im eigentlichen Sinne. Mehr als zwei Patienten am Tag habe ich nur selten, es gibt sogar Tage, an denen ich überhaupt keine Termine vergebe. Ich konzentriere mich jetzt auf andere Dinge. Zum Beispiel helfe ich der Polizei bei ihren Ermittlungen.«
»Dann spielen wir das Spiel andersherum. Ich nenne ein paar Namen, und Sie nicken nur oder schütteln den Kopf. Sie brauchen nichts zu antworten. Wären Sie damit einverstanden?«
»Fragen Sie«, sagte Richter nach einigem Überlegen.
»Alexander Maibaum?«
Kopfschütteln.
»Kleiber?«
Richter lächelte viel sagend, bis Durant ihre Frage konkreter stellte.

»Max Kleiber?«
Kopfschütteln.
»Peter van Dyck?«
Kopfschütteln.
»Claudia van Dyck?«
Nicken. »Das heißt, sie war meine Patientin. Es ist eine Weile her.«
»Lewell?«
»Um Himmels willen, der hätte sich nie therapieren lassen. Er hat sich selbst therapiert, indem er in tausend Betten rumhurte.«
»Mir fällt keiner mehr ein«, sagte Durant und setzte sich wieder. »Gut, das war's dann. Es ist bald elf, und Sie haben gleich einen Patienten.«
»Eine Patientin«, wurde sie von Richter korrigiert. »Sie müsste eigentlich jeden Moment kommen. Sie haben sie bestimmt schon mal gesehen.«
»Dann warten wir noch einen Augenblick, wenn's recht ist.«
»Ich habe nichts dagegen.«

Sie warteten etwa zehn Minuten, bis es klingelte, erhoben sich dann und begleiteten Richter an die Tür. Carmen Maibaum stand draußen, machte ein überraschtes Gesicht, als sie die Beamten erblickte.
»Guten Tag, Frau Maibaum«, sagte Durant lächelnd. »Wir sind schon weg. Einen schönen Tag noch, Professor Richter.«
»Die Polizei bei Ihnen?«, fragte Carmen Maibaum mit hochgezogenen Augenbrauen, drehte sich kurz um und beobachtete Durant und Hellmer, wie sie in den BMW stiegen. »Haben Sie etwas ausgefressen?«, wollte sie mit spöttischem Augenaufschlag wissen.
»Nein, reine Routine. Treten Sie näher.«
Carmen Maibaum trug ein gelbes Kostüm, dessen Rock

knapp über dem Knie endete. Sie begaben sich in das Behandlungszimmer, wo sie sich setzte. Ihre blauen Augen blitzten kurz auf, als Richter hinter seinen Schreibtisch ging, sich eine Zigarette anzündete und ihr gegenüber Platz nahm.

»Wie war Ihre Woche?«, fragte er, während sie sich ebenfalls eine Zigarette aus der Tasche nahm.

»Gar nicht so schlecht. Aber immer noch längst nicht so gut, wie ich sie mir vorgestellt hatte. Doch in meinem Leben läuft ohnehin so einiges schief. Und ich muss endlich mit jemandem darüber reden. Manchmal glaube ich, wahnsinnig zu werden.«

»Weshalb?«, fragte Richter.

»Das ist eine lange Geschichte. Und allmählich komme ich immer mehr zu der Überzeugung, dass mit mir etwas nicht stimmt. Wie ich schon am Montag sagte, ich glaube, ich bin ein schlechter Mensch.«

»Frau Maibaum, am Montag dachte ich, wir hätten diesen dummen Gedanken vertrieben. Was ist los?«

Sie zündete sich die Zigarette an, sah durch den Rauch hindurch Richter in die Augen und zuckte die Schultern. »Zu viel. Viel zu viel … Aber letztendlich hängt es zum großen Teil auch mit meinem Mann zusammen. Ich rede aber nur darüber, wenn Sie mir versprechen, ihm gegenüber vollkommenes Stillschweigen zu bewahren.«

»Frau Maibaum, Sie wissen, dass das selbstverständlich ist. Was ist Ihr Problem?«

»Mein Problem?«, wiederholte sie mit monotoner Stimme. »Mein Problem ist, dass ich meinen Mann liebe. Ich liebe ihn viel zu sehr.«

»Und das soll ein Problem sein?«, fragte Richter zweifelnd.

»Für mich schon.« Sie machte eine Pause, betrachtete ihre gepflegten Hände und sagte dann: »Finden Sie mich attraktiv?«

»Ja, warum?«
»Das hört sich nicht sehr überzeugend an.«
»Was möchten Sie von mir hören?«
»Die Wahrheit.«
»Gut, die Wahrheit ist, ich finde, Sie sind eine sehr attraktive Frau. Haben Sie damit Probleme?«
»Nein. Aber ganz offensichtlich mein Mann.«
»Ist er eifersüchtig?«
»Nein, zumindest merke ich davon nichts.«
»Neigt er zu Gewalt? Es kommt nicht selten vor, dass Frauen, die von ihren Männern geschlagen werden, eine besondere Abhängigkeit zu ihnen entwickeln. Ist es das?«
Sie schüttelte den Kopf und lächelte gezwungen. »Wenn es das nur wäre! Nein, ich fürchte, er liebt mich nicht. Ich gebe ihm all meine Liebe, aber er erwidert sie nicht.«
»Wie äußert sich das?«
»Er schläft nicht mehr mit mir, aber ich weiß, es hat keine physische Ursache. Es spielt sich in seinem Kopf ab. Wir hatten seit mehr als fünf Jahren keinen Sex mehr.«
»Fünf Jahre ist in der Tat eine sehr lange Zeit. Und darunter leiden Sie, was ich verstehen kann.«
»Eine Frau in meinem Alter leidet immer unter so etwas. Ich sehne mich nach ihm, nach seiner Zärtlichkeit, nach seinen Berührungen, aber er kann oder will nicht mit mir schlafen. Und das macht mich ganz krank.«
»Zeigt er denn sonst irgendwelche Gefühle Ihnen gegenüber? Schenkt er Ihnen Blumen oder andere Kleinigkeiten? Ist er höflich, freundlich, nett? Nimmt er Sie in den Arm? Was tut er, oder was tut er nicht?«
»Alles das, was Sie eben genannt haben. Aber es reicht mir nicht. Keiner Frau würde das reichen …« Sie stockte, schlug die Beine mit den schwarzen Seidenstrümpfen übereinander, ihr Blick ging zum Fenster hin. »Das Schlimme ist, ich weiß,

dass er eine Affäre hatte. Und allein daran zu denken bringt mich fast um. Warum schläft er mit einer anderen Frau und nicht mit mir? Können Sie mir das sagen?«
Sie sah ihn Hilfe suchend an. Richter hatte sich Notizen gemacht und ihre Körpersprache unauffällig registriert. Sie wirkte, während sie sprach, entspannt, nicht emotional erregt, sondern sie sagte alles in einem ruhigen Ton, ohne ein Verziehen der Mundwinkel, ohne zu zittern. Sie war die Ruhe in Person, kein Weinen, keine wirkliche Anklage gegen ihren Mann, kein sichtbares Hadern mit ihrem Schicksal.
»Und deswegen glaube ich, dass ich ein schlechter Mensch bin. Meine Gedanken sind bisweilen geradezu pervers, ich stelle mir die absurdesten Dinge vor, ich …«
»Sie haben mir am Montag nicht gesagt, weshalb Sie meinen, ein schlechter Mensch zu sein. Wollen Sie es jetzt tun?«
»Es ist einfach nur ein Gefühl. Nicht zu beschreiben. Es ist in meinem Kopf.«
»Wie macht es sich bemerkbar?«
»Indem ich Dinge tue, an die ich vor Jahren nicht einmal im Traum gedacht hätte. Ich will ihn verletzen für das, was er mir antut, aber ich weiß, letztendlich verletze ich mich selbst. Es ist wie eine Selbstkasteiung. Andererseits will ich ihm auch helfen. Ich will, dass er wieder Freude am Leben hat. Ist das nicht schizophren? Ich will ihn verletzen und ihm gleichzeitig helfen.« Sie lachte auf, als hätte sie eben einen guten Witz gemacht, erhob sich, lief durch den Raum und warf einen Blick auf die Bücherwand.
Richter lächelte nur. »Was tun Sie denn so Verwerfliches?«, fragte er und machte sich weiter eifrig Notizen.
»Darüber kann ich jetzt nicht reden.«
»Können Sie nicht, oder wollen Sie nicht?«
»Beides. Ein andermal, versprochen. Ich will versuchen, an diesem Wochenende mit mir selbst ins Reine zu kommen.

Ich werde am Sonntag ein Meditationsseminar besuchen, das ein Freund von Herrn Lewell gibt. Aber erst werde ich heute Nachmittag zu Herrn Lewell fahren, um zu hören, was mein Horoskop sagt. Dabei weiß ich schon jetzt, dass es nicht viel anders aussehen wird als letztes Mal. Er erklärte mir schon seit einer ganzen Weile, dass ich noch bis Ende des Jahres warten muss, bis eine entscheidende Wende eintritt.«

»Moment, Sie wissen noch gar nicht, was mit Herrn Lewell passiert ist?«, fragte Richter und sah auf.

Carmen Maibaum drückte ihre Zigarette aus und zündete sich gleich eine neue an. »Nein. Was denn?«, fragte sie ruhig zurück.

»Er ist tot. Er wurde gestern in seiner Wohnung gefunden. Erschossen.«

»Mein Gott, das ist ja furchtbar! Wir kannten uns doch so gut.«

»Nicht nur Konrad ist tot. Sie sind doch auch mit den van Dycks recht gut bekannt, oder?«

»Ja, warum?«

»Maria van Dyck wurde heute Nacht umgebracht. Deshalb war auch vorhin die Polizei hier, weil Maria eine Patientin von mir war.«

»Maria van Dyck soll tot sein?! Nein, das nehme ich Ihnen nicht ab. Dieses hübsche junge Mädchen?! Wer tut all den Frauen nur so was an? Und da halte ich mich für schlecht. Ich glaube, ich sollte mein Leben und meine Einstellung dazu doch noch einmal gründlich überdenken. Vielleicht hilft der Kurs ja.«

»Er kann zumindest nicht schaden. Aber kommen wir zurück zum eigentlichen Thema. Woher wissen Sie, dass Ihr Mann eine Affäre hatte?«

»Frauen spüren so etwas immer … Er vögelt andere, aber wenn ich mich im Spiegel betrachte, dann sehe ich einen fast perfekten Körper. Warum fickt er eine andere Frau? Wirke ich abstoßend auf ihn?« Sie seufzte auf, stellte sich etwa einen Meter vor Richter und sah ihm direkt in die Augen. »Oder wirke ich überhaupt abstoßend auf Männer? Finden Sie mich abstoßend?«

Richter überlegte, ob er darauf eingehen sollte, rang sich schließlich zu einer Antwort durch: »Nein, ganz im Gegenteil. Ich habe Ihnen doch eben gesagt, dass ich Sie sehr attraktiv finde.«

»Es gibt Menschen, die findet man attraktiv, und doch stoßen sie einen ab. Ich glaube, das eine hat mit dem andern nichts zu tun.« Sie machte eine Pause und fuhr sich mit der Zunge über die Unterlippe, die auf einmal so sinnlich wirkte. »Würden Sie mit mir schlafen wollen?«, fragte sie völlig unvermittelt und sah Richter mit beinahe hypnotischem Blick aus ihren blauen Augen an. »Das ist natürlich nur eine rein hypothetische Frage.«

»Die eigentlich nicht gestattet ist. Sie sind meine Patientin, und ich bin Ihr Therapeut.«

»Und wenn ich Sie in einer Bar oder einem Restaurant fragen würde?«

»Das wäre natürlich etwas anderes. Aber wir sind hier nicht in einer Bar oder einem Restaurant. Deshalb streichen wir die Antwort. Einverstanden?«

»Dann gehen Sie mit mir essen. Ich lade Sie ein. Und Sie dürfen das Lokal bestimmen.«

»Ich bin verheiratet«, sagte Richter, der noch immer nicht begriff, was sie eigentlich von ihm wollte. Er ahnte es nur. Die Frustration einer im Stich gelassenen Frau, die auf der verzweifelten Suche nach sexueller Bestätigung war.

»Finden Sie denn die vollkommene Erfüllung bei Ihrer Frau?«

»Frau Maibaum, was wollen Sie wirklich von mir?«

»Ich weiß es nicht. Ich bin einfach durcheinander. Es ist wohl heute nicht mein Tag. Entschuldigen Sie, ich sollte besser wieder gehen. Dann auch noch das mit Herrn Lewell. Ich muss mir jetzt wohl oder übel einen anderen Astrologen suchen. Können Sie mir jemanden empfehlen?«
»Augenblick, nicht so hastig … Sprechen wir über alles. Es gibt für jedes Problem eine Lösung.«
Richter stellte sich mit einem Mal vor, wie sie unter ihrem Kostüm aussah, spürte die Erregung in seinen Lenden, in seinem Kopf. Er versuchte sich seine Gedanken nicht anmerken zu lassen. Und er fragte sich, ob es sein könnte, dass Alexander Maibaum impotent war, oder ob er vortäuschte, es zu sein. Oder log sie, um einen Grund vorzugeben, ihre eigenen sexuellen Bedürfnisse zu befriedigen? Und warum fragte sie ihn, ob er mit ihr schlafen würde? Natürlich würde er es tun, allein um zu sehen, welche sexuelle Aktivität sie entwickelte. Er war ein Abenteurer, der die Gefahr liebte, und sie wäre allemal ein Abenteuer wert gewesen. Womöglich sogar ein sehr lohnendes. Auch wenn Alexander Maibaum ein Mann war, den Richter wegen seines großen Wissens und seiner Freundlichkeit und Umgänglichkeit sehr schätzte und mit dem er sogar schon oft bei einem Glas Bier oder Wein zusammengesessen und über Kunst und Kultur, Psychologie und den Lauf der Welt philosophiert hatte. Er war ein auf fast allen Gebieten beschlagener Mann, und Richter zweifelte an der Wahrheit der von Carmen Maibaum aufgestellten Behauptung. Denn Alexander Maibaum hatte nie auch nur den Hauch einer Andeutung gemacht, als würde in seiner Ehe etwas nicht stimmen. Richter hatte sogar immer den Eindruck gehabt, als würden die Maibaums eine hervorragende Ehe führen, auf jedem Gebiet.
»Und welche Lösung schlagen Sie vor?«, fragte sie mit spöttischem Blick.

»Erst reden wir. Ich will alles von Ihnen wissen. Alles. Von Ihrer Kindheit an. Und dann tasten wir uns Schritt für Schritt vor – bis zum Jetzt.«
»Gut, aber bitte nennen Sie mich Carmen. Ich mag es nicht, mit meinem Nachnamen angeredet zu werden. Nur Fremde nennen mich beim Nachnamen.«
»Also gut, Carmen, ich bin bereit.«
»Reden wir bei einem schönen Essen? Morgen Abend? Irgendwie bin ich hier nicht frei. Ich verspreche Ihnen auch, ein ganz braves Mädchen zu sein und Ihnen alles über mich zu erzählen.«
Richter überlegte. Ihr Angebot war verlockend, sie war es, ihr Blick, der bis auf den Grund seiner Seele drang, ihre Sinnlichkeit, wie sie vor ihm stand und ihn musterte. Wie fühlte sich wohl ihre Brust an, wie ihre …?
»Wann morgen?«
»Um acht? Und Sie wählen das Lokal aus. Am besten eines, wo wir ungestört reden können.«
»Und was sagt Ihr Mann, wenn Sie am Samstagabend weg sind?«
»Was soll er schon sagen, wenn ich mit einer Bekannten unterwegs bin?«, erwiderte sie spitzbübisch lächelnd.
»Einverstanden. Dann treffen wir uns beim Chinesen in der Freßgaß. Sie kennen das Restaurant?«
»Ich werde es finden. Bis morgen Abend dann«, sagte sie und erhob sich. »Ich freue mich darauf.«
Richter begleitete sie zur Tür, bewunderte ihre Beine, ihren wiegenden Schritt, Dinge, die er so vorher noch nie bewusst wahrgenommen hatte. Ihm war klar, dass es nicht bei dem Essen bleiben würde. Wen kümmerte es schon.
Er griff zum Telefon, wählte die Nummer von van Dyck. Er ließ es lange klingeln, wollte schon auflegen, als eine weibliche Stimme sich meldete.

»Ja?«
»Claudia?«, fragte Richter, der nicht sicher war, ob er mit ihr oder dem Hausmädchen sprach.
»Ja, was gibt's?«
»Ich bin's, Alfred. Ich hab gehört, was passiert ist. Wie geht es dir?«
»Wie soll's mir schon gehen«, antwortete sie mit schwerer Stimme. Richter hörte sofort, dass sie getrunken hatte. »Beschissen.«
»Können wir uns heute trotzdem kurz sehen?«
»Warum? Mir ist im Moment nicht danach. Ein andermal wieder.«
»Ist dein Mann zu Hause?«
»Nein, er ist weggefahren. Ich weiß nicht, wo er ist.«
»Dann komm ich zu dir. Ich muss mit dir reden.«
»Worüber, verdammt noch mal?«
»Das sag ich dir, wenn ich bei dir bin. Ich setz mich gleich ins Auto und fahr los.«
»Nein. Wenn du mich unbedingt sehen willst, komm heute Abend in meine Wohnung. Dann bin ich vielleicht auch wieder einigermaßen nüchtern. Sei um sieben da. Aber erwarte nicht zu viel von mir.«
»Dann bis nachher, Claudia«, sagte Richter und legte auf. Er verengte die Augen zu Schlitzen, seine Kiefer mahlten aufeinander, er war zornig und traurig zugleich. Er verfluchte den Tag, an dem er sich mit Claudia van Dyck eingelassen hatte. Und er wünschte sich, Maria nie kennen gelernt zu haben. Nein, das stimmte nicht. Maria war der einzige Mensch, dessen Bekanntschaft gemacht zu haben ihm etwas bedeutete. Sehr viel bedeutete. Aber heute Abend würde er Claudia zur Rede stellen. Und ihn scherte es einen Dreck, ob sie ihn vor allen Freunden und Bekannten diffamierte.

Freitag, 12.30 Uhr

Julia Durant und Frank Hellmer hielten auf ihrem Weg ins Präsidium an einer Imbissbude an und bestellten sich beide eine Currywurst mit Pommes. Hellmer trank eine Cola, Durant ein kleines Bier.

»Warum trinkst du heute so viel?«, fragte er.

»Ich trinke nicht viel, mir geht nur diese ganze Scheiße an die Nieren. Du musst ja nicht unbedingt jedem auf die Nase binden, dass ich bei Richter einen Wodka und beim Essen ein Bier getrunken habe. Und du brauchst dir auch keine Sorgen zu machen, dass ich nicht mehr klar denken könnte. Ich kann es noch, auch wenn ich hundemüde bin.«

»Ist ja gut. Reg dich wieder ab.« Er aß zwei Stückchen Wurst und sagte wie beiläufig: »Was hältst du davon, dass die Maibaum bei Richter in Behandlung ist?«

»Was soll ich davon halten? Ihr Mann ist impotent, und sie ist deprimiert deswegen. Wäre ich wahrscheinlich auch. Im Prinzip ist es mir scheißegal, was die Maibaum dort macht.«

Als sie im Präsidium ankamen, war Ruth Gonzalez bereits da. Sie unterhielt sich angeregt mit Kullmer, der sich große Mühe gab, einen näheren Kontakt zu ihr herzustellen. Durant registrierte dies sichtlich amüsiert, wusste sie doch, dass Kullmers Beziehung vor kurzem in die Brüche gegangen war und er jetzt Ausschau nach einer neuen Frau hielt.

»Frau Gonzalez«, sagte Durant, während sie in Kullmers Büro trat, »schön, dass Sie Zeit gefunden haben, herzukommen. Können wir uns gleich ein wenig unterhalten? Ich meine, wenn Herr Kullmer nichts dagegen hat.« Dabei warf sie ihm einen spöttischen Blick zu, den er nur kurz erwiderte.

»Nein, ich denke, Ihr Kollege wird nichts dagegen haben«, sagte sie mit einem Lächeln. »Wir haben nur ein wenig über

Astrologie gesprochen. Es bleibt doch bei heute Abend, oder?«
Kullmer errötete, nickte. »Natürlich. Ich will ja schließlich wissen, was mit mir los ist.«
»Ich kann Ihnen auch so sagen, was mit ihm los ist«, bemerkte Julia Durant süffisant lächelnd. »Aber lassen Sie uns in mein Büro gehen, wo wir ungestört sind.«
Die Kommissarin ging voran und setzte sich hinter ihren Schreibtisch. Sie deutete auf einen Stuhl, Ruth Gonzalez zog ihn näher an den Schreibtisch heran und nahm Platz. Sie schlug die Beine übereinander, lehnte sich zurück und faltete die Hände über dem Schoß.
»Was kann ich für Sie tun?«, fragte sie.
»Es geht noch immer um diese Morde. Wir haben inzwischen ein weiteres Opfer, eine junge Frau, die heute Nacht im Holzhausenpark gefunden wurde.«
»Skorpion–Löwe, nehme ich an?«, sagte Ruth Gonzalez in ruhigem Ton.
»Vermutlich. Mittlerweile wurde auch die Presse informiert. Es gibt allerdings noch einen Toten, sein Name ist Konrad Lewell. Sagt Ihnen dieser Name etwas?«
Ruth Gonzalez zögerte einen Moment, schließlich antwortete sie: »Er sagt mir allerdings etwas. Was genau ist passiert?«
»Er wurde erschossen. All seine Unterlagen sind verschwunden und die Dateien aus seinem Computer gelöscht. Was wissen Sie über ihn?«
Ruth Gonzalez presste die Lippen zusammen und senkte den Blick. Es schien, als wollte sie ihre Gedanken ordnen, bevor sie weiterredete. Sie sprach leise und bedächtig.
»Konrad und ich waren einige Zeit so etwas wie liiert. Ich habe mich allerdings vor gut einem Jahr von ihm getrennt«, berichtete sie weiterhin in ruhigem Ton. Sie wirkte weder besonders erschüttert oder gar geschockt von der Nachricht sei-

nes Todes, sie machte im Gegenteil einen sehr gefassten, besonnenen Eindruck. »Ich habe es kommen sehen, dass er eines Tages so enden würde.«

»Wie haben Sie das kommen sehen? Aus astrologischer Sicht, oder wie soll ich das verstehen?«

»Nein«, antwortete sie kopfschüttelnd. »Konrad war ein sehr schwieriger Mensch. Anfangs dachte ich, es könnte was mit uns werden, auch wenn unsere Horoskope etwas anderes sagten, aber letztendlich hängt das Schicksal eines Menschen oder einer Partnerschaft nicht von einem Horoskop ab, sondern von dem, was man selbst aus seinem Leben macht. Und zwei Menschen, die eigentlich von der Konstellation her überhaupt nicht zusammenpassen, können durchaus eine sehr glückliche und harmonische Beziehung führen. Doch dazu bedarf es der Anstrengung beider. Aber um auf Konrad zurückzukommen – um es vorsichtig auszudrücken, er war ein Mensch mit zwei völlig unterschiedlichen Gesichtern. Das eine zeigte einen Mann, der sich unglaublich gut in Menschen einfühlen konnte, dessen mediale Begabung völlig außer Frage stand; das andere zeigte den Mann, den ich erst nach und nach kennen lernte und den ich so nicht haben wollte. Er wollte sich nicht binden, verlangte aber, dass ich ihm jederzeit zur Verfügung stand, wenn Sie verstehen, was ich meine. Er war extrem eifersüchtig, sah in jedem anderen Mann einen potenziellen Feind, der umgehend zu eliminieren war. Und genau das war es, was schließlich zur Trennung geführt hat. Ich lasse mir nicht gerne Vorschriften machen, und sobald ein Mann die Hand gegen mich erhebt, ist sowieso alles vorbei. Er hat mich einmal grün und blau geschlagen, weil er dachte, ich hätte eine Affäre mit einem andern. In Wirklichkeit war da absolut nichts. Für meine Begriffe war er krank und unfähig, seine Gefühle auszudrücken.

Er war ein unverbesserlicher Zyniker, der es bisweilen geradezu genoss, andern wehzutun. Ich weiß, dass er bis zuletzt unzählige Affären hatte, auch während unserer Zeit, nur hat mich das am Ende nicht mehr gestört. Als ich mich in ihn verliebt habe, war er anders gewesen. Aufmerksam, liebevoll, immer um mich bemüht. Aber es war alles nur Fassade.
Er ist einfach mit sich selbst nicht klargekommen. Es gab Tage, da hat er sich ins Auto gesetzt und ist stundenlang ziellos durch die Gegend gefahren, um seine angestaute Wut oder Frustration abzubauen. Er hat in der Bibel gelesen und meditiert, aber es hat alles nichts geholfen. Er war sich durchaus bewusst, dass irgendetwas in seinem Kopf fehlgesteuert war, aber er war unfähig, etwas dagegen zu unternehmen. Nur bin ich nicht der Typ, der so was lange aushält. Nach seinem letzten Wutausbruch habe ich ihm klar und deutlich zu verstehen gegeben, dass ich mit ihm nichts mehr zu tun haben wollte. Ein paar Mal ist er noch angekrochen gekommen und hat mich angefleht, ihn nicht fallen zu lassen, aber es war einfach zu spät. Ich wollte nicht mehr. Ich habe ihn nicht nur einmal gefragt, warum er so ist.
Ich kenne sein Horoskop und seine Anlagen, und ich weiß, dass in seiner Kindheit eine Menge schief gelaufen ist. Aber er hat nie wirklich mit mir über seine Kindheit oder Jugend gesprochen. Er hat immer gesagt, er habe keine Probleme. Er sei nun mal so, und ich hätte das zu akzeptieren. Ich weiß im Prinzip heute noch nichts von ihm. Doch es tut mir natürlich schon Leid, dass er tot ist. Wie sagt man so schön, Genie und Wahnsinn liegen dicht beieinander. Er war genial, aber auch wahnsinnig. Ich weiß, es hört sich hart an, aber so sehe ich es.«
»Wieso haben Sie uns nicht schon früher gesagt, dass Sie mit Lewell liiert waren?«

»Sie haben mich nicht nach meinem Privatleben gefragt. Und auch den Namen Lewell haben Sie in meiner Gegenwart nie erwähnt.«
»Entschuldigung, war nicht so gemeint. Wissen Sie denn, wer zu seiner Klientel gehörte?«
Ruth Gonzalez schüttelte den Kopf. »Ich kenne nur ein paar Namen, aber er hatte mindestens hundertfünfzig Stammkunden. Und dazu kommen noch all jene, die nur einmal erscheinen. Ich nehme an, sein Tod hat etwas mit diesen Frauenmorden zu tun, richtig?«
»Es deutet alles darauf hin. Aber wenn wir schon bei unserem ersten Zusammentreffen gewusst hätten, dass Sie Herrn Lewell näher gekannt haben …«
»Was dann? Ich hätte Ihnen nicht weiterhelfen können. Und Konrad hätte Ihnen niemals verraten, wer zu seinen Klienten gezählt hat.«
»Das haben wir versucht herauszubekommen, aber er hat geschwiegen wie ein Grab. Und dann war er auf einmal tot.«
»Tut mir Leid für Sie. War das alles, was Sie von mir wollten?«, fragte Ruth Gonzalez.
»Nein, eigentlich gibt es einen anderen Grund, weshalb ich Sie sprechen will. Wir haben bis jetzt sechs tote Frauen und sechs verschiedene Tat- beziehungsweise Fundorte. Wir haben diese Orte auf der großen Frankfurt-Karte mit Pins markiert und denken, dass der Täter sie nicht zufällig gewählt hat. Wir haben alle Möglichkeiten durchgespielt, haben die Orte durch Linien miteinander verbunden und haben sogar die Computerabteilung eingeschaltet, aber wir steigen einfach nicht dahinter, was er uns zeigen will oder ob er uns überhaupt etwas zeigen will. Vielleicht können Sie sich ja mal die Karte anschauen und … Na ja, möglicherweise gibt es doch ein Muster. Vielleicht hat es irgendwas mit Astrologie zu tun.«

»Kein Problem. Zeigen Sie mir die Karte, und ich werde sehen, ob ich Ihnen weiterhelfen kann.«
»Sie hängt drüben beim Chef.«
Sie erhoben sich und begaben sich in Bergers Büro. Er schaute gleich auf, als Durant mit Ruth Gonzalez hereinkam, kurz darauf gefolgt von Hellmer und Kullmer. Sie blieben etwa einen Meter vor der Karte stehen, die übersät war mit winzigen Löchern, in denen jetzt aber nur sechs Pins steckten.
»Und? Sagt Ihnen das etwas?«, fragte Durant.
Ruth Gonzalez neigte den Kopf nach links, dann nach rechts, machte ein paar Schritte zurück, bis sie an den Türrahmen stieß.
»Könnten Sie bitte ein Stück zur Seite treten?«, bat sie die Kommissare. Sie legte einen Finger auf die Lippen, zögerte, verengte für einen Moment die Augen und erklärte dann lakonisch: »Es ist ein Muster.« Sie schaute erst Kullmer mit viel sagendem Blick an, dann Durant.
»Und was für eines?«, fragte sie gespannt.
»Für den Laien ist es auf den ersten Blick nicht erkennbar, aber Ihr Mörder bedient sich der griechischen Mythologie.«
»Bitte was?«, stieß Durant mit ungläubigem Gesicht hervor. »Was haben diese Morde mit der griechischen Mythologie zu tun?«
»Wenn Sie etwa drei Meter entfernt stehen, können Sie es leichter erkennen. Es zeigt das Sternbild Orion. Haben Sie es schon einmal gesehen?«
»Kann schon sein, doch bestimmt nicht bewusst. Aber der Name sagt mir etwas. Kennt ihr es?«, fragte sie in die Runde.
Hellmer schüttelte den Kopf, Kullmer nickte.
»Orion ist das eindrucksvollste Wintersternbild. Mein Beruf bringt es mit sich, dass ich mich ebenfalls mit Astronomie beschäftige, denn die Tierkreiszeichen sind ja alle auch am

Himmel zu finden. Es ist ganz einfach zu erkennen. Hier«, sie deutete auf den Pin oben links, »das ist Beteigeuze, das hier soll Bellatrix darstellen«, sie deutete auf den Pin oben rechts, »hier in der Mitte sind die Gürtelsterne und der Stern unten links hat, soweit mir bekannt ist, keinen Namen. Das Problem ist nur, es fehlt noch ein Stern, nämlich der unten rechts, auch Rigel oder Fuß genannt. Er ist der hellste Stern im Orion.«

»Und welche Verbindung gibt es zwischen Orion und Skorpion?«, fragte Kullmer.

»Kann ich bitte erst mal einen Stift haben? Ich darf doch auf die Karte zeichnen, oder?«

»Ja, natürlich, die Oberfläche ist abwaschbar.« Julia Durant reichte ihr einen Eddingstift.

Ruth Gonzalez zog die Linien, trat etwas zurück und nickte zufrieden. »Das ist Orion, auch Himmelsjäger genannt. Und irgendwo hier in dieser Gegend«, sie zeigte auf den Stadtteil Oberrad, »wird der nächste und vermutlich auch letzte Mord geschehen. Wahrscheinlich hat der Täter sich diesen Mord extra für zuletzt aufgehoben, weil es sich eben um den hellsten aller Sterne im Orion handelt.«

»Sie meinen also, irgendwo im Südosten von Frankfurt?«

»Ich nehme es an.«

»Dann ist damit klar, warum die Opfer immer nach Südosten zeigen«, entfuhr es Julia Durant. »Südosten!«

»Einen Augenblick«, wurde sie von Ruth Gonzalez unterbrochen. »Das glaube ich nicht. Wann sind denn die Frauen umgebracht worden? Ich meine, waren es völlig unterschiedliche Zeiten, mal am Tag, mal in der Nacht?«

»Nein, immer spätabends oder nachts. Warum fragen Sie?«

»Weil jetzt, Ende Oktober, Orion erst gegen Mitternacht am südöstlichen Himmel aufgeht. Ich denke, wenn die Opfer alle in Richtung Südosten gezeigt haben, dann bedeutet das, dass er sie entweder zu einem Zeitpunkt getötet hat, als Orion aufgegangen ist, oder sie zu dieser Zeit an den Fundort gebracht hat. Es gibt nur diese beiden Möglichkeiten. Sicher ist jedoch, dass Orion am südöstlichen Horizont aufgeht.«

Julia Durant zündete sich eine Zigarette an und stellte sich mit dem Rücken ans Fenster. Sie war nervös.

»Was hat es jetzt mit diesem Orion auf sich?«

Ruth Gonzalez lehnte sich an die Wand, die Beine über Kreuz, die Hände hinter dem Rücken verschränkt. »Nun, in der griechischen Sage war Orion ein großer, mutiger und sehr schöner Jäger. Es gibt drei unterschiedliche Geschichten über sein Schicksal, doch in Ihrem Fall trifft nur eine zu. Er wurde während der Jagd von einem großen Skorpion gestochen und ist an dessen Gift gestorben. Der Skorpion, der bis zu diesem Zeitpunkt einen besonderen Platz am Nachthimmel eingenommen hat, wurde für diese verwerfliche Tat bestraft. Orion, der Himmelsjäger, der auf der ständigen Jagd nach den Plejaden, dem Siebengestirn, ist, wurde zum prächtigsten Sternbild ernannt, der Skorpion hingegen wurde auf eine dem Orion ziemlich genau entgegenliegende Stelle am Himmel verbannt. Im Winter kann man das Sternbild Skorpion nicht sehen, dafür im Sommer. Es hat aber längst nicht die Pracht wie Orion. Sollte der Himmel heute Nacht klar sein, dann stellen Sie sich mal gegen Mitternacht ans Fenster und schauen in südöstliche Richtung. Am besten ist er allerdings in den Monaten November bis März zu erkennen. Im Januar und Februar ist Orion fast von Anbruch der Dunkelheit an zu sehen.«

»Das heißt, unser Mann fühlt sich als Jäger«, sagte Hellmer. »Also doch, er wurde von einer Skorpionfrau gestochen, sinnbildlich natürlich nur. Gedemütigt, verletzt, was immer. Und vor einem Jahr hat er seinen Rachefeldzug begonnen.

Und Sie sind sicher, dass es noch einen Mord geben wird?«, fragte er Ruth Gonzalez.
»Wenn er sein Bild vollenden will, ja.«
»Wir müssen ihn kriegen, bevor er diesen letzten Mord begeht. Sonst sieht es sehr schlecht für uns aus.«
»Und wie willst du ihn kriegen?«, fragte Durant. »Wir wissen doch nicht mal, wann er wieder zuschlägt. Er hat noch über zwanzig Tage Zeit, vergiss das nicht.«
»Der lässt keine zwanzig Tage mehr verstreichen. Er will es so schnell wie möglich hinter sich bringen. Wir müssen herausfinden, welche Frauen aus Oberrad sich von Lewell ein Horoskop erstellen ließen und Skorpion–Löwe sind.« Er rieb sich den Nacken. »Können wir das über den Rundfunk machen?«, fragte er Berger.
»Unmöglich. Die Leute erklären uns für verrückt! Lassen Sie sich was Besseres einfallen.«
»Warum unmöglich?«, wollte Hellmer wissen, stützte sich auf die Schreibtischplatte und sah Berger an. »Wir müssen ja nicht sagen, dass sich eine Skorpion-Löwe-Frau aus Oberrad in Lebensgefahr befindet.«
»Und wie wollen Sie es sonst formulieren?«, fragte Berger abfällig. »Wollen Sie sagen, liebe Skorpion-Löwe-Frauen, die ihr in Oberrad wohnt, bleibt in euren Häusern, verriegelt die Türen und verlasst das Haus nur in Begleitung von Bodyguards? Entwarnung wird erst am 21. November gegeben. Blödsinn!«
»Wir dürfen doch nicht tatenlos zusehen, wie noch jemand umgebracht wird! Richter, wir fragen wenigstens Richter, ob der in seiner Kartei eine Patientin aus Oberrad hat, die Skorpion ist. Das ist doch wohl gestattet, oder?«, sagte Hellmer mit unüberhörbarem Sarkasmus.
»Bitte«, entgegnete Berger ruhig und lehnte sich zurück. »Rufen Sie ihn schon an.«

Hellmer wählte Richters Nummer, nur sein Anrufbeantworter meldete sich. »Scheiße, er ist nicht da. Wir haben doch auch seine Handynummer. Los, wo ist sie?«
»Ich hol sie schon«, sagte Durant, ging in ihr Büro und kam wenige Sekunden später mit Richters Visitenkarte zurück.
»Mailbox! Verdammte Scheiße! Hat sich denn alles gegen uns verschworen?!«
»Frank, jetzt reg dich wieder ab. Nur eines der bisherigen sechs Opfer war eine Patientin von Richter. Das war rein zufällig. Er praktiziert doch kaum noch. Ich glaube nicht, dass unter den wenigen Patienten eine Frau aus Oberrad ist. Außerdem wohnen in Oberrad nicht gerade die reichsten Leute. Und um von Richter als Patient angenommen zu werden, muss man das nötige Kleingeld mitbringen. Das Einzige, das uns weiterhelfen könnte, wäre die Klientenkartei von Lewell. Aber die haben nicht wir, sondern der Mörder. Und somit sind wir ganz schön gearscht. Der Chef hat Recht, wir können gar nichts tun. Wer sagt uns denn, dass unser Opfer überhaupt in Oberrad wohnt? Sie kann von überall her kommen. Bis jetzt wurden nur zwei der sechs Frauen in ihrer eigenen Wohnung umgebracht und auch dort gefunden. Die Wahrscheinlichkeit ist also mehr als gering, dass das nächste und hoffentlich letzte Opfer ausgerechnet in Oberrad wohnt. Hier«, fuhr sie fort und zeigte mit dem Finger auf Oberrad, »das Einzige, was wir tun können, ist, dass wir ab sofort in den Abend- und Nachtstunden verstärkt Polizeistreifen einsetzen und auch Polizeikontrollen durchführen. Ich denke da vor allem an die Gegend um die beiden Kirchen, den kleinen Friedhof und den Waldfriedhof Oberrad. Die Weidmann hat er an einem Friedhof abgelegt und die Albertz an einer Kirche. Das ist die einzige Möglichkeit, die ich sehe. Aber alles muss ganz unauffällig vonstatten gehen. Er muss sich in Sicherheit wiegen. Noch Anmerkungen?«

Allgemeines Schweigen.
Ruth Gonzalez hatte aufmerksam zugehört und kam zu Julia Durant. »Das war eben sehr interessant. Habe ich jetzt den normalen Polizeialltag erlebt?«, fragte sie lächelnd.
»Das eben war eher die Ausnahme. In der Regel besteht die meiste Arbeit aus Papierkrieg. Ich möchte mich aber im Namen aller recht herzlich für Ihre Unterstützung bedanken. Sie haben uns wirklich sehr geholfen. Das mit dem Sternbild hätten wir wohl nie rausgekriegt.«
»Ich bedanke mich für Ihr Vertrauen. Ich denke, ich sollte jetzt besser gehen. Um drei habe ich schon meinen nächsten Termin.« Und an Kullmer gewandt: »Wir sehen uns heute Abend um sieben?«
Kullmer errötete wieder wie ein kleiner Junge und nickte. »Ich bin pünktlich um sieben bei Ihnen.«
»Vergessen Sie aber nicht, Ihre Daten mitzubringen. Sonst kann ich Ihnen leider kein Horoskop erstellen. Und Sie wollen doch den Weg nicht umsonst machen, oder? Auf Wiedersehen.«
Nachdem sich die Tür hinter Ruth Gonzalez geschlossen hatte, sagte Durant grinsend: »Nachtigall, ick hör dir trapsen. Schöne Frau, was? Genau Ihre Kragenweite. Dann mal viel Glück heute Abend.«
»Ich will mir wirklich nur ein Horoskop erstellen lassen«, erwiderte Kullmer.
»Ja, natürlich willst du das«, sagte Hellmer und boxte ihm auf den Arm. »Erst ein Horoskop, dann essen gehen, und dann wird man ganz allmählich bettschwer.«
»Na und? Ich find sie toll. Alles andere geht keinen was an.« Er verschwand in seinem Büro und knallte die Tür hinter sich zu.
»Die beiden scheinen sich zu verstehen. Lassen wir ihm den Spaß. Und jetzt?«

»Jetzt machen wir Schluss für heute«, sagte Julia Durant mit einer Stimme, die keinen Widerspruch duldete. »Ich habe die ganze Nacht kein Auge zugetan und will bloß noch nach Hause. Wir können im Moment sowieso nur abwarten. Orion, der Jäger. Der Kerl ist bei seiner Jagd aber ganz schön erfolgreich.«
»Ihr Sarkasmus, Frau Durant, ist heute kaum zu überbieten«, sagte Berger.
»Mein Sarkasmus hilft mir, diese ganze Scheiße überhaupt zu ertragen. Und außerdem sollten Sie sich mal an die eigene Nase fassen. Hellmer und ich sind jetzt jedenfalls weg, aber nicht unerreichbar. Ciao. Und ein schönes Wochenende.«

Freitag, 15.45 Uhr

Julia Durant schaute noch kurz bei Hellmers rein, unterhielt sich mit Nadine, trank einen Kaffee und aß ein Stück Kuchen, bevor sie sich um Viertel vor vier verabschiedete. Sie wollte nach Hause, allein sein. Ein Bad nehmen, die Wohnung aufräumen, fernsehen und vielleicht ihren Vater oder Susanne Tomlin anrufen. Früh zu Bett gehen, in der Hoffnung, nicht wieder mitten in der Nacht geweckt zu werden, weil dieses Monster noch eine Frau umgebracht hat.
Sie quälte sich durch den dichten Freitagnachmittagsverkehr, überlegte, ob sie noch etwas aus dem Supermarkt brauchte, beschloss, sich eine Tomatensuppe mit Nudeln und Fleischklößchen und ein paar Dosen Bier zu kaufen. Im Briefkasten waren die Rechnung der Stadtwerke, zwei Reklamebriefe und eine Postkarte von einer Bekannten aus München, die für drei Wochen Urlaub auf Mauritius machte. Im Treppenhaus begegnete sie der alten Frau, deren Namen sie nicht einmal kannte, die über ihr wohnte, die sie freundlich grüßte und ein

paar Worte mit ihr wechselte, welche Durant kaum verstand, weil sie sehr schnell sprach und nuschelte.
Sie war müde und fühlte sich ausgehöhlt, ihre Gedanken kreisten in einem fort um Maria van Dyck, dieser jungen Frau, deren Leben so früh und so sinnlos beendet worden war. Sie schloss ihre Tür auf, kickte sie mit dem Absatz zu, öffnete die Fenster, damit die milde Herbstluft hereinkonnte, und ließ ihren Blick durch die Wohnung wandern. Dann stellte sie die Tüte ab, zog die Lederjacke und die Schuhe aus und war gerade im Begriff, sich zu setzen, als das Telefon klingelte. Hellmer war am Apparat.
»Hi, ich bin's, Frank. Ich wollte dir nur sagen, dass Morbs soeben den Autopsie- und Laborbefund von Maria van Dyck an Berger geschickt hat. Jetzt halt dich fest – sie hat ungefähr fünfzig Milligramm Valium intus gehabt. Außerdem haben die im Labor auch noch Librium, ebenfalls ein Tranquilizer, und Aponal, ein Antidepressivum, nachweisen können. Und sie war keine Jungfrau mehr. Was sagst du jetzt?«
»Scheiße! Kein Mensch nimmt fünfzig Milligramm Valium auf einmal. Und vor allen Dingen nicht zusammen mit Librium und Aponal. Hat Berger dich angerufen?«
»Ja, gerade eben. Ich weiß auch nicht, warum der immer noch im Büro hockt. Wahrscheinlich besäuft er sich dort, wenn alle gegangen sind. Egal, was machen wir jetzt?«
»Gar nichts. Ich frag höchstens Richter, ob der irgendwas von diesen ganzen Sachen weiß. Ansonsten warten wir ab. Ich hab keine Lust, heute noch Bäume auszureißen. Mach du von mir aus, was du willst, aber lass mich da raus. Ich ruf nur noch Richter an, ab dann gehört das Wochenende mir.«
»In Ordnung. Und wenn irgendwas ist, sag mir Bescheid. Du kannst jederzeit herkommen. Tschüss.«
Der Anrufbeantworter zeigte zwei Nachrichten an, eine war von ihrem Vater, der sich schon wieder nach ihrem Befinden

erkundigte, die andere war nur ein langes Piep, der Anrufer hatte wieder aufgelegt, weil er keine Nachricht hinterlassen wollte. Sie zuckte die Schultern, ließ sich auf die Couch fallen, nahm eine Dose Bier und trank sie in einem Zug aus. Sie wählte Richters Nummer, seine Frau meldete sich. Sie sagte bloß, ihr Mann sei über Handy zu erreichen. Er schien gerade im Auto zu sitzen, als er das Gespräch annahm.
»Hier Durant. Ich habe nur eine Frage. Hat Maria van Dyck Beruhigungsmittel und Antidepressiva geschluckt?«
»Sie hat Aponal und Librium genommen, allerdings nur in sehr geringen Dosen. Warum?«
»Man hat im Labor eine Riesenmenge Valium festgestellt. Können Sie sich das erklären?«
»Nein, Maria hätte nie von sich aus Valium genommen, dafür lege ich meine Hand ins Feuer. Wie viel war es denn?«
»Etwa fünfzig Milligramm.«
»Du meine Güte, damit kann man ja einen Ochsen schlafen legen. Nein, das hätte sie nie gemacht. Das ist ihr mit Sicherheit untergejubelt worden. Es gibt ja Valiumtropfen, und wenn man die unter ein Getränk mischt, merkt derjenige das möglicherweise gar nicht. Es schmeckt zwar ein bisschen bitter, aber … Nein, sie hätte ja mit dieser Menge auch gar nicht Auto fahren können. War's das?«
»Nein, nicht ganz. Sie war auch keine Jungfrau mehr. Aber sowohl Sie als auch ihr Vater haben gesagt, sie hätte noch nie etwas mit einem Jungen gehabt.«
»Hören Sie, Frau Durant, Maria war meine Patientin, und ich weiß Dinge von ihr, die jeden normalen Menschen schaudern lassen. Selbst mich hat es erschüttert, was sie mir erzählt hat. Nur bitte, bohren Sie nicht weiter, ich werde Ihnen nicht sagen, was mit ihr war. Und Sie wissen, ich unterliege einer Schweigepflicht, und diese werde ich unter gar keinen Umständen verletzen. Okay? Ich kann Ihnen aber garantieren,

dass Maria wirklich noch nie mit einem Jungen sexuell verkehrt hat. Mehr Informationen bekommen Sie nicht. Und behelligen Sie bitte auch nicht Herrn van Dyck mit dieser Information. Er weiß nichts davon und sollte es auch nie erfahren. Genauso wenig wie Marias Mutter. Ich wollte es nur sagen, damit Sie nicht auf dumme Gedanken kommen.«
»Ich habe schon verstanden. Dann vielen Dank für die Auskunft.«
Sie legte den Hörer auf und drückte die Fernbedienung des Fernsehers. Die tägliche Talk-Show mit Hans Meiser, sie hörte einen Moment zu, fand es widerlich, wie manche Menschen sich im Fernsehen prostituierten. »Ich weiß, ich bin pervers«, war das Thema. Eine Frau in einem Domina-Outfit, ein über und über gepiercter Mann, eine Tunte. Arschlöcher!, dachte sie verächtlich und schaltete zu Viva. Musikvideos. Sie legte die Beine hoch, meinte das Strömen des Blutes durch ihre Venen zu spüren, leichte Stiche in der linken Schläfe. Erst jetzt merkte sie, wie müde sie wirklich war. Sie schaute auf den Fernseher, ihre Lider wurden immer schwerer, fielen zu, und allmählich hüllte Schlaf sie ein.
Um kurz vor acht, Dunkelheit hatte sich über die Stadt gelegt, und in der Wohnung war es kühl geworden, wachte sie auf. Sie fröstelte, schloss die Fenster, drehte die Heizung hoch, ging verschlafen ins Bad und ließ sich Badewasser einlaufen. Sie fühlte sich wie gerädert, schaute in den Spiegel und sah die dunklen Ringe unter ihren Augen. Ihr Magen rebellierte, er verlangte nach etwas zu essen. Also ging sie in die Küche, schüttete die Tomatensuppe in den Topf und stellte ihn auf den Herd, schmierte sich zwei Scheiben Brot, legte Salami und Käse darauf und wartete, bis die Suppe warm war. Nach einigen Minuten stellte sie das Wasser ab und fühlte die Temperatur. Eine warme Suppe, ein heißes Bad und noch etwas fernsehen und nichts tun und denken.

Vielleicht noch ein paar Worte mit ihrem Vater wechseln, obgleich sie sich am liebsten sofort ins Auto gesetzt und zu ihm gefahren wäre, nur für ein paar Tage. Ausspannen, die Seele baumeln lassen. Sich bei heißem Tee, Kerzenlicht und entspannender Musik mit ihm über Gott und die Welt unterhalten, über früher, als sie noch klein und die Welt für sie noch heil und in Ordnung war und sie an das Gute im Menschen glaubte. Als sie in ihrer kindlichen Naivität nicht für möglich hielt, dass ein Mensch einen anderen umbringen konnte. Und wie immer, wenn Melancholie sie überfiel, dachte sie in Momenten wie diesen an ihre Mutter, die viel zu früh diese Welt verlassen hatte und die sie wie jetzt besonders vermisste. Sie war die Trösterin und die Schulter, an der sie sich als kleines Mädchen ausweinen konnte. Sie sehnte sich jetzt nach Schutz und Geborgenheit, aber es gab niemanden, der bei ihr war, dem sie ihre Sorgen anvertrauen konnte, der mit ihr weinte, wenn ihr danach zumute war. Einsamkeit.

Sie nahm ihr Essen mit ins Wohnzimmer, stellte die Suppentasse und den Brotteller auf den Tisch, aß langsam und sah ab und zu zum Fernseher. Tagesschau. Der Wetterbericht verhieß auch für das Wochenende viel Sonne und ab dem Sonntagabend Regen. Ein Blick auf den Kalender verriet ihr, dass in der Nacht von Samstag auf Sonntag die Uhren um eine Stunde zurückgestellt wurden, sie dadurch eine Stunde länger schlafen konnte. Wenn nicht wieder was passiert, dachte sie, während sie in das Brot biss.

Nach dem Essen lehnte sie sich zurück, steckte sich eine Zigarette an und dachte über den vergangenen Tag nach, obwohl sie es nicht wollte. Sie beschloss, runter zum Kiosk zu gehen und sich die Wochenendausgabe der *Frankfurter Rundschau* zu holen. Auf der ersten und zweiten Seite war jeweils ein ausführlicher Bericht über die Frauenmorde der letzten Tage, mit den jeweiligen Fotos der Opfer. Dazu die Bitte der Polizei um Mithilfe der Bevölkerung. Wer hat diese Frauen zuletzt gesehen? Eine vage Hoffnung, mehr nicht. Als sie wieder in ihrer Wohnung war, rief sie bei ihrem Vater an. Er meldete sich sofort.

»Hallo, Paps, ich bin's. Du hast versucht, mich zu erreichen?«

»Gestern Abend schon. Hast du wieder Dienst gehabt?«

»Ich war bei Frank und Nadine und hab dort auch übernachtet, aber leider so gut wie gar nicht geschlafen. Wir haben im Moment eine fast unglaubliche Mordserie. Ich bin einfach fix und alle.«

»Komm runter, wenn du willst«, sagte er. »Ich würde mich freuen.«

»Wenn alles vorbei ist, dann komme ich. Aber wie es aussieht, haben wir noch mindestens einen Mord vor uns.«

»Woher weißt du das?«, fragte er neugierig.

»Ich hab dir doch erzählt, dass er nur Frauen ermordet, die unter dem Sternzeichen Skorpion geboren sind. Und dazu müssen sie auch noch einen bestimmten Aszendenten haben. Und heute Mittag war eine Astrologin bei uns im Präsidium, die uns auf dem Stadtplan gezeigt hat, dass er ein Muster verfolgt. Die Tat- beziehungsweise Fundorte sollen das Sternbild Orion nachbilden. Doch es fehlt noch ein Stern.«

»Ein sehr phantasievoller Mörder. Aber was für eine Verbindung gibt es zwischen Skorpion und Orion?«

»Paps, das würde zu lange dauern. Aber es existiert eine in der griechischen Mythologie. Du hast doch unzählige Lexika und Literatur zu allen möglichen Themen. Mach dir einen schönen Abend und lies es nach. Ich wollte mich eigentlich nur mal bei dir ausheulen. Letzte Nacht wurde eine junge Frau umgebracht, die so unschuldig war wie ein klei-

nes Kind. Und wenn man diese Toten dann auch noch sieht und die Nachricht den Eltern überbringen muss … Aber was erzähl ich dir da, du hast das schon oft genug von mir gehört.«
»Ja, und deswegen denke ich, wäre es besser, wenn du diesen Beruf erst mal auf Eis legen würdest. Ich meine, sobald ihr den Mörder habt. Dieser Beruf ist nichts für dich, das habe ich immer gewusst.«
»Nein, Paps, das stimmt nicht. Ich liebe diesen Beruf, und ich werde ihn auch niemals aufgeben. Nur manchmal wird es einfach zu viel. Du hast dein Priesteramt auch nicht aufgegeben, obwohl du mit einigen schrecklichen Dingen konfrontiert worden bist. Es ist eigentlich kein großer Unterschied zwischen einem Pfarrer und einer Polizistin.«
»Aus deiner Sicht magst du durchaus Recht haben, aber ich sehe doch, wie du immer öfter leidest. Tu dir wenigstens etwas Gutes, und nimm mal für eine Weile unbezahlten Urlaub. Wenn ich daran denke, wie sich deine Stimme noch vor ein paar Jahren angehört hat, und das mit jetzt vergleiche … Ich möchte einfach nicht, dass du an deinem Beruf kaputtgehst. Das ist alles. Denn ich hab dich sehr lieb, und es würde mir das Herz brechen, wenn …«
»Papa, bitte mach dir keine Sorgen um mich. Es geht mir nicht so schlecht, wie du vielleicht glaubst. Ich bin heute möglicherweise auch nur übermüdet, weil ich letzte Nacht kein Auge zugekriegt habe und ständig an dieses Mädchen denken musste. Ich verspreche dir, mich zurückzunehmen und auf meine körperliche und geistige Gesundheit zu achten.«
»Du weißt genau, dass du dieses Versprechen nicht einlösen kannst. Du rauchst zu viel, und dein Bierkonsum ist auch nicht ganz ohne. Aber letztendlich ist es dein Leben.«
»Gibt's irgendwas Neues?« Julia Durant wechselte das The-

ma, weil ihr heute nicht nach Vorwürfen zumute war, auch wenn ihr Vater eigentlich nie den Zeigefinger erhob.
»Nein, alles beim Alten. Du weißt ja selbst, wie die Leute hier sind. Sie klatschen und tratschen, und jeder geht seinen eigenen Weg. Das ist nun mal die Welt von heute. Deshalb werde ich wohl bald mal wieder diesem Provinzmief entfliehen. Ich weiß nur noch nicht, wohin. Hast du nicht einen Tipp für mich?«
»Südfrankreich. Es ist ein herrliches Fleckchen, vor allem dort, wo meine Freundin Susanne wohnt.«
»Ich weiß nicht, jetzt im Winter ist auch Südfrankreich nicht gerade der wärmste Ort. Ich bin ein alter Mann und will lieber dorthin, wo es warm ist und den ganzen Tag die Sonne scheint.«
»Okay, Paps, wenn's sonst nichts gibt, steig ich jetzt mal in die Badewanne. Mein Wasser müsste inzwischen fast kalt sein. Ich melde mich, wenn das alles hier vorbei ist. Und dann komm ich für ein paar Tage runter.«
»Pass gut auf dich auf. Und geh früh schlafen. Tschüss.«
»Tschüss.«
Sie legte auf und verzog die Mundwinkel. Auf einer Seite hatte ihr Vater Recht, auf der andern bereitete ihr die Arbeit zumindest die meiste Zeit Spaß. Und sicher würde sie sich auch bald wieder besser fühlen. Sie ging ins Bad, hielt die Hand ins Wasser, das nur noch lauwarm war, ließ die Hälfte ablaufen und drehte den Heißwasserhahn auf. Sie holte sich eine Dose Bier aus der Küche und die Zigaretten und den Aschenbecher und stellte alles auf den kleinen Hocker neben der Badewanne. Dann entkleidete sie sich und legte sich in das jetzt angenehm warme Wasser. Sie trank einen Schluck Bier, rauchte eine Zigarette und war mit einem Mal wieder hellwach. Am liebsten hätte sie sich etwas Schönes angezogen, um auszugehen, in ihre Bar, wo sie schon so manch net-

ten Mann kennen gelernt hatte. Den Hormonhaushalt wieder in Ordnung bringen. Sich eine Nacht lang treiben lassen.
Sie dachte an Kullmer, der jetzt wahrscheinlich bei Ruth Gonzalez war und sich ein Horoskop erstellen ließ, und wie sie Kullmer kannte, würde es nicht dabei bleiben. Allein die Blicke, die sie sich am Nachmittag im Präsidium zugeworfen hatten, hatten Bände gesprochen. Sie beneidete Kullmer, mit welcher Unverfrorenheit er die Dinge anging, lässig, Kaugummi kauend. Er hatte fast zwei Jahre eine feste Beziehung gehabt, und alle hatten geglaubt, er würde bald heiraten, bis er eines Tages ins Büro gekommen war, traurig und enttäuscht, und Hellmer mitgeteilt hatte, dass seine Freundin ihm weggelaufen sei.
Irgendwie war es ihr auch egal, was Kullmer machte, ob er mit der Gonzalez oder nicht … Es war sein Leben.
Sie wusch sich die Haare, stieg kurz darauf aus der Badewanne, frottierte sich ab, föhnte die Haare trocken und putzte sich die Zähne. Sie stellte sich seitlich zum Spiegel, unterzog ihre Figur einer genauen Prüfung und ärgerte sich einmal mehr über ihren kleinen Hängebauch. Aber wen kümmerte es schon, es gab ja im Moment keinen Mann, der sie nackt sah. Sie zog sich frische Unterwäsche an und ging ins Wohnzimmer. Die Müdigkeit war wie weggeblasen. Sie schaute auf die Uhr, Viertel nach zehn, schaltete auf die NDR Talk-Show, trank noch ein Bier und rauchte vier Zigaretten. Nach der Talk-Show legte sie sich ins Bett, in der Hoffnung, schnell einzuschlafen und vor allem die Nacht ohne Albträume zu überstehen. Sie ließ die Nachttischlampe brennen, etwas, das sie als kleines Mädchen immer gemacht hatte, als sie sich noch vor Gespenstern, Vampiren und Werwölfen fürchtete. Sie lag noch eine ganze Weile wach, ihr Herz klopfte in gleichmäßigem Rhythmus. Lange nach Mitternacht schlief sie ein.

Freitag, 19.00 Uhr

Richter wartete seit Viertel vor sieben in seinem Jaguar vor Claudia van Dycks Wohnung. Sie hielt neben ihm. Trotz der Dunkelheit trug sie eine Sonnenbrille und ein Kopftuch. Er stieg aus und folgte ihr. Erst als sie in der Wohnung waren, fiel das erste Wort.

»Also, was gibt es so Wichtiges, dass du mich ausgerechnet heute sehen musst?«, fragte sie mit kühler Stimme und noch kälterem Blick. Sie hatte ihre Sonnenbrille abgenommen, ihre Augen waren klein und gerötet. Sie zitterte, holte eine Flasche Cognac aus dem Barfach und schenkte sich ein.

»Willst du auch einen?«

»Nein danke, jetzt nicht. Ich muss mit dir sprechen«, sagte er und setzte sich aufs Bett. Sie blieb stehen, das Glas in der Hand, und sah ihn an. »Und worüber? Vielleicht über Maria?«

»Über vieles. Zum Beispiel über uns. Ich denke, es wäre besser, wenn wir unsere kleine Affäre beenden.«

Claudia van Dyck lachte höhnisch auf. »Kleine Affäre! Wie sich das anhört aus deinem Mund! Ich weiß zwar nicht, wie deine Zeitrechnung aussieht, aber meiner Meinung nach haben wir mehr als nur eine kleine Affäre. Und ich sag dir eines, mein Lieber, ich bestimme, wann Schluss ist. Es sei denn, du willst, dass alle Welt, einschließlich deiner kleinen Hure zu Hause erfährt, was zwischen uns gelaufen ist. Willst du das?«

»Rede bitte nie wieder in einem solchen Ton mit mir! Und ganz gleich, was Susanne macht, eine Hure ist sie nicht. Außer du bist bereit, dich mit ihr auf eine Stufe zu stellen. Aber lassen wir das fürs Erste.« Er stand auf, holte sich ein Glas und schenkte sich Whiskey ein. Er trank es in einem Zug leer

und sah Claudia van Dyck an, die jeden seiner Schritte mit Argusaugen verfolgte.
»Ich bin eigentlich aus noch einem Grund hier.« Er stand jetzt am Fenster, mit dem Rücken zu ihr, blickte hinaus in die Dunkelheit und sah nur sein Spiegelbild in der Scheibe. »Bist du traurig, dass Maria tot ist?«
Sie lachte erneut höhnisch auf. »Was für eine Frage von einem weltberühmten Psychologen! Wärst du nicht traurig, wenn deine Tochter oder dein Sohn von einem Wahnsinnigen umgebracht worden wäre?! Ja, ich bin traurig, und ich weiß auch nicht, wie ich diese Trauer bewältigen soll. Reicht dir das als Antwort?«
»Nein, denn ich glaube dir nicht. Es sei denn, du hast dich geändert. Aber das kann ich mir beim besten Willen nicht vorstellen.«
»Ich mich geändert? Wie soll ich das verstehen?«
Richter atmete tief ein, schloss die Augen und fragte: »Was hat dir Maria bedeutet? Ehrlich.«
»Sie war meine Tochter, das sagt doch schon alles. Oder etwa nicht?«
»Und sie litt unter entsetzlichen Angstzuständen, deren Ursache bis vor ein paar Tagen auch für mich nicht erklärbar waren. Aber wir haben mit Hypnosesitzungen begonnen, und dabei sind ihr mit einem Mal Dinge eingefallen, die ich niemals für möglich gehalten hätte. Du weißt sicherlich, wovon ich spreche?« Er drehte sich um, sah ihr in die Augen, die zu Schlitzen verengt waren.
»Nein, ich habe keine Ahnung. Doch du wirst es mir sicherlich gleich erklären. Also, ich warte.«
»Ist bei dir etwa auch ein Verdrängungsprozess eingetreten, nachdem du all das mit Maria gemacht hast?«
»Was soll ich gemacht haben?«, fragte sie hart.
»Claudia, es gibt Dinge, die auch für mich nur schwer zu

verkraften sind, das musst du mir glauben. Aber ich weiß jetzt, dass du Maria seelisch und körperlich misshandelt hast. Ich kann dir sogar Details nennen, wenn du willst. Willst du?«

»Ich weiß nicht, wovon du sprichst«, sagte Claudia van Dyck und setzte sich aufs Bett, die Beine leicht gespreizt, ein zynischer Zug um den Mund.

»Ich habe alles auf Band mitgeschnitten, aber ich werde es natürlich keinem vorspielen, es sei denn, du zwingst mich dazu. Was hat Maria dir getan, dass du sie so gequält hast? War es, weil du eigentlich einen Sohn haben wolltest? Warum hast du sie im Kühlschrank eingesperrt? Warum hast du sie so lange in der Badewanne untergetaucht, bis sie fast ertrunken wäre? Warum hast du sie, als sie noch so klein und unschuldig war, für deine perversen sexuellen Spielchen missbraucht? Erklär's mir, damit ich es verstehen kann.«

»Was willst du eigentlich von mir? Maria hat unter Angstzuständen gelitten, und sie hat sich vielleicht über die all die Jahre in etwas hineingesteigert, was nie stattgefunden hat. Und komm mir nicht mit deinem Hypnose-Schwachsinn! Ich habe Maria nie etwas getan. Hörst du, nie!«, spie sie ihm entgegen.

»Doch, das hast du. Maria war weder hysterisch noch paranoid, sie hat sich nicht in etwas hineingesteigert. In ihrem Unterbewusstsein waren nur Dinge vergraben, die unbedingt an die Oberfläche wollten. Und als sie endlich all diese schrecklichen Sachen ausgesprochen hatte, war sie wie befreit. Sie ist am Mittwoch noch einmal zu mir gekommen, ich habe sie kaum wieder erkannt. Sie hat von einem Tag auf den andern angefangen zu leben. Das ist bei hysterischen oder paranoiden Persönlichkeiten anders. Aber noch mal, Maria zeigte keinerlei Anzeichen von Hysterie oder Paranoia. Sie war ein völlig normales Mädchen, das *nur* Angst hatte. Angst vor der Vergangenheit, die sie nicht losgelassen hat. Warum hast du ihr das angetan? Bitte sag's mir.«

»Es gibt nichts zu sagen, mein Lieber. Und wenn, wärst du der Letzte, mit dem ich über etwas aus meiner Vergangenheit sprechen würde.«

»Also habe ich doch Recht.« Ein Hauch von Resignation lag in seiner Stimme. »So wie du verhält sich nur jemand, der etwas zu verbergen hat. In Ordnung, dann werde ich jetzt gehen. Und tu mir bitte einen Gefallen, unternimm nichts, was du am Ende bereuen würdest. Du tust mir nur unendlich Leid. Wenn du offen mit mir gesprochen hättest, hätte ich dir vielleicht sogar helfen können. Aber so ...«

Sie setzte sich aufrecht hin und griff nach seinem Arm. »Geh nicht«, sagte sie plötzlich flehend. »Ich brauch dich. Und es tut mir Leid.«

»Was tut dir Leid?«, fragte er, ohne ihrer unausgesprochenen Aufforderung, sich zu ihr zu setzen, nachzukommen.

»Alles, ich schwöre es. Und ich will dir auch erklären, was damals mit mir passiert ist. Aber bitte geh nicht.«

Sie wirkte mit einem Mal traurig, unendlich traurig und verzweifelt. Da war kein Spott mehr, kein Zynismus, kein Hohn. Er löste sich aus ihrem Griff und setzte sich in den Sessel. Sie stand auf, lehnte sich mit dem Rücken an den Schrank, den Blick zu Boden gerichtet.

»Als Maria geboren wurde, waren Peter und ich ein glückliches Paar. Wir wollten Kinder haben, nicht eines, sondern drei oder vier. Er hatte sich eine Tochter gewünscht, mir war es egal, Hauptsache, das Baby war gesund. Ein gutes Jahr später hatte ich eine Eileiterentzündung, und obwohl die Ärzte mir gesagt haben, es sei nichts Schlimmes, hat es damit geendet, dass ich keine Kinder mehr bekommen konnte. Für mich war das natürlich ein Schock, für ihn aber ein noch viel größerer. Er hat sich ab diesem Moment fast nur noch um Maria gekümmert, mich hat er einfach links liegen lassen. Maria hier, Maria dort, ich zählte überhaupt nicht mehr. Ab einem gewissen Zeitpunkt hat er nicht einmal mehr mit mir geschlafen, dafür hat er jede Menge andere Frauen gevögelt, meistens junge Dinger, sechzehn, siebzehn, achtzehn! Sie sollten möglichst nicht älter sein. Jedes kleine Luder, das sich Schauspielerin nannte oder nennen wollte, hat die Beine breit gemacht, um eine Rolle zu bekommen. Und so ist es auch heute noch.« Sie seufzte auf, schüttelte den Kopf. »Du kannst dir gar nicht vorstellen, wie er mich gedemütigt hat! Ich sollte mich schön brav zu Hause um alles kümmern, während er es sich gut gehen ließ. Na ja, und irgendwann ist mir der Kragen geplatzt …«

Sie machte eine Pause und sah Richter an. Er erwiderte ihren Blick, presste kurz die Lippen aufeinander und sagte dann: »Und da hast du deinen ganzen Frust an Maria ausgelassen. Warum? Warum an diesem kleinen Mädchen, das ja auch deine Tochter war?«

»Wenn ich das nur wüsste?!«, schrie sie verzweifelt, mit Tränen in den Augen. »Ich hasse mich so sehr dafür.«

»Wolltest du es ihm heimzahlen? Es war so, nicht? Die Tochter, die er über alles geliebt hat, diese Tochter sollte am besten aus deinem Leben verschwinden, damit er endlich wieder Zeit für dich hatte. Habe ich Recht?«

Claudia van Dyck zuckte nur die Schultern.

»Du hast ihr die Schuld für alles gegeben. Claudia, was hast du nur getan? Ich wusste die ganze Zeit über, dass du lieben und hassen kannst wie kaum eine andere, aber ich hätte dir so etwas niemals zugetraut.«

»Na und!«, schrie sie erneut und hielt sich den Kopf. »Macht das vielleicht die ganze Sache ungeschehen?! Ich habe schon

vor vielen Jahren eingesehen, was ich angerichtet habe, und glaube mir, ich wollte es wieder gutmachen. Aber Maria hat mich nicht mehr an sich herangelassen. Dabei schien es mir, als ob sie alles vergessen hätte. Zumindest habe ich es gehofft. Und dann bist du gekommen und hast diesen ganzen Mist aus ihr herausgeholt. Deswegen wollte ich nicht, dass du sie behandelst. Ich weiß, ich bin schlecht, abgrundtief schlecht, und ich hasse mich manchmal so sehr, dass ich mich nicht einmal im Spiegel ansehen mag. Und jetzt ist Maria tot, und ich kann nichts mehr tun, ich kann nur noch mit der Schuld leben, die ich auf mich geladen habe! Und irgendwann werde ich ihr da oben gegenüberstehen, und sie wird mit mir nichts mehr zu tun haben wollen.« Sie fing an, hemmungslos zu weinen, hielt sich die Hände vors Gesicht, ihr Körper vibrierte.
Richter stand auf, ging zu ihr hin, legte einen Arm um ihre Schultern, und sie schmiegte sich an ihn.
»Es ist gut. Komm, Claudia, setzen wir uns.«
Sie folgte ihm willenlos zur Couch, ihr Gesicht tränenverschmiert, die Wimperntusche verlaufen. Er sagte nichts, ließ sie einfach weinen, hielt sie in seinem Arm. Etliche Minuten vergingen, während deren kein einziges Wort fiel. Plötzlich stand sie auf, begab sich ins Bad und wusch sich das Gesicht. Als sie herauskam, war sie blass, ihre Augen rot vom Weinen.
»Und jetzt?«, fragte sie mit einer hilflosen Geste.
»Ich weiß es nicht. Ich muss überlegen.«
»Du bist der Mann, den ich mir immer gewünscht habe. Aber du wolltest mich auch nur fürs Bett. Offensichtlich mache ich zu viele Fehler. Als wir uns kennen gelernt haben, warst du gerade geschieden, weißt du noch? Damals hätte ich einen Schlussstrich unter meine Ehe ziehen müssen. Aber ich war mir nicht sicher, ob du mich wollen würdest. Und jetzt ist

alles zu spät. Du hast mir nie gesagt, dass du für mich mehr empfindest als körperliches Verlangen. Dabei kommt es mir gar nicht so sehr darauf an, sondern ich brauche jemanden, der immer zu mir steht. Der mich einfach mal so in den Arm nimmt, der merkt, wenn es mir schlecht geht. Peter hat nie gespürt, wenn es mir nicht gut ging. Meinst du nicht, es könnte doch noch etwas zwischen uns werden?«, fragte sie mit flehendem Blick.

»Nein, das kann es nicht. Ich weiß ja nicht einmal, inwieweit du mir die Wahrheit sagst. Du sagst, du würdest mich lieben, aber du gehst auch mit anderen Männern ins Bett. Wie vereinbart sich das?«

»Es gibt keine anderen Männer, das schwöre ich dir hoch und heilig. Ich habe in meinem Leben nur zwei Männer gehabt, Peter und dich.«

»Maria hat gesagt, du hättest mehrere Liebhaber.«

Claudia van Dyck lachte verzweifelt. »O ja, wenn Maria das sagt, dann muss das natürlich auch stimmen! Ich, die böse Claudia, die Hure! Aber ich kann dir verraten, woher sie diese Informationen hat – von meinem lieben Mann. Er lässt kein gutes Haar mehr an mir. Was soll's, beenden wir das Thema, es führt zu nichts. Ich kann nur noch einmal betonen, ich liebe dich. Ich liebe dich, wie ich niemals einen Mann zuvor geliebt habe. Und wenn du ehrlich bist, dann empfindest du ähnlich. Bis heute Abend haben wir in jeder Beziehung hervorragend harmoniert. Warum soll das nicht auch in Zukunft so bleiben? Sag mir, dass du mich nicht liebst. Sag es mir hier und jetzt.«

Richter schüttelte den Kopf. »Ich kann es nicht. Gib mir Zeit. Lass es doch einfach so, wie es bisher war.«

»Okay, dann machen wir es wie bisher. Wir ficken einmal in der Woche und sonst nichts. O Scheiße, was für ein Leben!«

Sie zündete sich eine Zigarette an, fuhr sich mit einer Hand durchs Haar, Verzweiflung pur. »Wenn du mich doch nur lieben könntest! Nur ein klein wenig! Du musst doch etwas für mich empfinden, du bist doch nicht einer von diesen schwanzgesteuerten Robotern! Oder liebst du deine Frau wirklich so sehr?«

»Nein, ich liebe Susanne nicht. Und ich habe dir schon einmal gesagt, dass ich nicht einmal weiß, ob ich überhaupt lieben kann. Vielleicht ist das *mein* großes Problem. Komm her und lass dich umarmen.«

Sie drückte die halb gerauchte Zigarette aus und setzte sich neben ihn. Er streichelte ihr übers Haar, den Rücken. Er empfand Mitleid mit ihr und wünschte sich in diesem Moment, nur ein ganz einfacher Mann zu sein, ohne die Fähigkeit, in die Psyche anderer hineinblicken zu können. Sie schmiegte sich an ihn, genoss seine Berührungen. Sie küsste ihn und sah ihn fragend an.

»Ich liebe dich«, sagte sie, »und ich würde sterben, wenn du mich verlassen würdest. Ich bin schon fast gestorben, als ich das heute Morgen von Maria erfahren habe. Ich fühle mich einfach nur schuldig. Bitte vergib mir.«

Richter schluckte schwer, nickte und stand auf. »Ich muss jetzt gehen. Lass uns morgen oder übermorgen telefonieren. Einverstanden?«

»Ja. Aber bitte verlass mich nicht. Du bist der Einzige, dem ich vertraue.«

Richter fühlte sich elend, als er ging. Zu Hause angelangt, fuhr er den Wagen in die Garage, das Tor schloss sich automatisch. Das Haus war leer, Susanne ausgeflogen. Wohin immer sie der Wind getragen haben mochte. Auf dem Anrufbeantworter war eine Nachricht, die er nicht abhörte. Er trank einen Cognac, in der Hoffnung, der Alkohol würde seine Gedanken verscheuchen. Er trank noch ein Glas und noch eines. Er verfluchte sein Leben.

Freitag, 20.45 Uhr

Jeannette Liebermann war mit einem Kollegen essen gewesen, wo sie sich fast die ganze Zeit über den tragischen Tod von van Dycks Tochter unterhalten hatten. Sie hatten am Morgen bereits eine Stunde gedreht, als sie die Nachricht erhielten, danach hatte der Regisseur gemeint, es sei besser, wenn man erst am Samstagvormittag weitermachen würde. Ganz gleich, was auch immer passierte, der Drehplan musste eingehalten werden, da sonst ungeheure Kosten entstanden, die sich eine deutsche Produktionsfirma nicht leisten konnte. Ursprünglich sollte bereits heute Nacht in der Innenstadt gedreht werden, aber auch dieser Termin war abgesagt worden. Jeannette Liebermann kannte van Dyck sehr gut, sie verband fast so eine Art Freundschaft, die allerdings bislang nie im Bett geendet hatte.
Sie war etwa eine Viertelstunde zu Hause, das Badewasser lief gerade ein, als es klingelte. Sie schaute auf die Uhr und lächelte. Sie hatten sich am Nachmittag telefonisch für den Abend verabredet. Sie drückte den Türöffner, hörte das leise Zuklappen der Tür.
»Du glaubst gar nicht, wie sehr ich mich freue, dass du gekommen bist. Ich dachte schon, wir würden uns nie mehr sehen. Wie lange ist es her? Ein halbes Jahr?«
»Ungefähr.«
»Willst du was trinken? Du weißt ja, wo alles steht. Ich lasse mir gerade Wasser einlaufen. Oder wie sieht's aus, hast du Lust, mit in die Wanne zu kommen? Sie ist groß genug für zwei«, sagte sie mit dieser warmen, aufreizenden Stimme, mit der sie jeden in den Bann ziehen konnte.
»Gegen ein schönes Bad hätte ich nichts einzuwenden. Dabei kann man so herrlich entspannen und auch einige andere schöne Dinge tun. Und trinken können wir nachher noch etwas.«

»Dann komm mit nach oben«, sagte Jeannette Liebermann. Sie tauchten in das Wasser ein, küssten sich hingebungsvoll, befriedigten sich oral. Sie blieben etwa eine Stunde in der Badewanne, trockneten sich ab und gingen nackt ins Schlafzimmer. Das Bett war noch von letzter Nacht zerwühlt, als sie mit Richter zusammen gewesen war.
»Tut mir Leid, aber ich hatte noch keine Zeit, das Bett zu machen. Schlimm?«
»Nein, warum? Wir liegen doch sowieso gleich wieder drin. Hast du übrigens das von Maria van Dyck gehört? Schrecklich, nicht?«
»Ja, wir waren alle geschockt. Ich weiß nur, dass Peter Maria über alles geliebt hat. Es heißt sogar, er hätte sie mehr geliebt als seine Frau.«
»Du meinst, die beiden …«
»Nein, Quatsch! Er hätte nie mit seiner Tochter so was gemacht. Dazu kenne ich ihn zu gut. Und, wie sieht's jetzt mit einem Drink aus? Gin Tonic, richtig?«
»Du kennst meinen Geschmack sehr gut. Ich leg mich schon mal hin und warte auf dich.«
Jeannette Liebermann ging nach unten, schenkte zwei Gläser voll, eines mit Gin Tonic, eines mit Scotch auf Eis. Diese Nacht würde die trüben Gedanken des Tages verscheuchen. Allerdings waren die Gedanken von Jeannette Liebermann nicht allzu trüb, es gab gewisse Dinge, denen sie ziemlich gleichgültig gegenüberstand. Sie genoss ihr Leben und hatte sich schon früh vorgenommen, die Schicksalsschläge anderer nie zu ihren eigenen zu machen. Und sie würde nie zulassen, dass ihr Mitgefühl eine gewisse Grenze überschritt.
Sie kam mit den Gläsern zurück. Sie tranken, sahen sich an, streichelten sich.
»Leg dich hin«, sagte Jeannette Liebermann. »Wir spielen unser Spiel. Diesmal erst du, dann ich. Einverstanden?«

Nicken.
Sie holte die Handschellen aus der Nachtschrankschublade, ihre Bewegungen und ihr Blick waren Sinnlichkeit pur. Sie ließ die Handschellen um die Handgelenke schnappen, band einen weißen Seidenschal um die Augen. Was sie tat, erregte sie, alles an und in ihr war angespannt. Eine Stunde lang dauerte das einseitige Spiel. Schweißperlen glänzten auf der Stirn, sie keuchte.
»So, und jetzt bin ich dran«, sagte sie, während sie den Schal abnahm, die Handschellen öffnete und sich mit der Zunge über die Lippen fuhr.
»Du hast mich ganz schön geschafft, weißt du das?«
»Ich bin die Beste, das solltest du nie vergessen.« Jeannette Liebermann legte sich ausgestreckt hin, die Arme nach hinten gerichtet, nur wenige Zentimeter von den Metallstäben des Bettes entfernt, die Beine gespreizt. Kaum hatte sie es ausgesprochen, als der kalte Stahl der Handschellen um ihre Handgelenke schnappte und der Schal um ihre Augen gebunden wurde. Es war ein einziges Kribbeln in ihrem Bauch, ihrer Brust, zwischen den Schenkeln. Sie konnte kaum den Moment erwarten, wenn sie wehr- und hilflos ihrem Peiniger ausgeliefert sein würde. Sie würde nichts sehen, nur spüren, Hände, Lippen, das Harte in ihrer Vagina, das schnell und immer schneller die Lust einem, diesem unbeschreiblichen Höhepunkt entgegentreiben würde.
Noch war sie entspannt, ein leichtes Lächeln umspielte ihre Mundwinkel, ihre vollen roten Lippen glänzten im matten Licht der Kerze. Dann auf einmal diese Finger, die sie allmählich von oben bis unten abtasteten, ihren Bauchnabel umkreisten. Der Mund, der mit ihren Brüsten spielte, an ihren Brustwarzen saugte. Allein dieses Saugen trieb sie zum Höhepunkt, die Brüste waren ihre erogenste Zone.

Plötzlich hörte jede Berührung auf. Jeannette Liebermann runzelte die Stirn. »Was ist los? Warum hörst du auf?«
»Es geht gleich weiter. Ich habe mir eine neue, noch spannendere Variante ausgedacht. Nur noch einen kurzen Augenblick.«
Sie hörte, wie etwas mit einer Schere durchgeschnitten wurde, und fragte sich, wie diese neue Variante denn aussehen würde. Auf einmal spürte sie, wie etwas Klebriges auf ihren Mund gedrückt wurde. Und dann Handschellen um ihre Fußgelenke, die mit diesem typisch ratschenden Geräusch einrasteten. Ein neues Spiel, vielleicht ein neuer Höhepunkt?
»So, meine liebe Jeannette, jetzt fangen wir richtig an. Ich schwöre dir, du wirst diesen Abend nie vergessen. Weißt du eigentlich, dass du mir völlig wehrlos ausgeliefert bist? Was schießen dir jetzt für Gedanken durch den Kopf? Wehrlosigkeit hat doch auch immer etwas mit Angst zu tun. Wehrlosigkeit – Angst. Angst – Wehrlosigkeit. Hast du Angst?«
Jeannette Liebermann schüttelte den Kopf, obgleich die Stimme seltsam klang. Merkwürdig fern, verzerrt, unnatürlich.
»Hm, schade, die andern hatten alle panische Angst. Weißt du eigentlich, von wem ich spreche? Ich meine, die Reihenfolge noch im Kopf zu haben – Carola Weidmann, Juliane Albertz, Erika Müller, Judith Kassner, Vera Koslowski und letzte Nacht Maria van Dyck. Aber um meinen Plan zu erfüllen, müssen es sieben sein. Also fehlt noch eine. Und jetzt kannst du dir auch denken, wer das ist.«
Jeannette Liebermann hatte einen Kloß im Hals. Sie dachte unwillkürlich an Richter, der sie gestern noch gewarnt und gebeten hatte, vorsichtig zu sein. Er hatte sie nach ihrem Sternzeichen gefragt. Sie hätte alles für möglich gehalten, nur nicht, dass sie in Gefahr schweben könnte, eine wie sie, die bisher jede Situation mit Bravour gemeistert hatte, für die

es keine Hindernisse gab, die seit ihrer Geburt auf der Sonnenseite des Lebens gestanden hatte. Sie riss, wie alle anderen vor ihr auch, an den Handschellen, warf den Kopf hin und her, wollte schreien, doch nichts außer einem erstickten Stöhnen war zu hören.
»Du bist die Letzte. Und weißt du auch, warum? Weil du das mieseste Stück Dreck auf dieser gottverdammten Erde bist. Die Menschen bewundern dich, aber keiner weiß, wie es wirklich in dir aussieht. Du bist so erbärmlich, so niederträchtig, so unglaublich kalt. Und jetzt werde ich dich diese Kälte am eigenen Leib spüren lassen.« Ein kurzes Auflachen, ein Streicheln über den Bauch, ein fester Griff zwischen die Beine. »Weißt du, was die Bullen denken? Die denken doch tatsächlich, ich würde heute Nacht in Oberrad zuschlagen. Überall Polizeikontrollen, überall Zivilbullen, die meinen, ich würde sie nicht sehen. Ich habe meinen Führerschein vorgezeigt und bin gleich weitergefahren. Und die suchen sich noch immer dumm und dämlich. Und irgendwann morgen wird man dich finden. Genau so wie all die anderen. Scheiße, was? Wenn man so daliegt und überhaupt nichts tun kann. Wenn deine kleine Fotze vor Angst austrocknet und du nicht mehr klar denken kannst. Weißt du eigentlich, wer ich bin? Nein, du weißt es nicht, weil wir uns nie offiziell vorgestellt wurden und du meinen richtigen Namen gar nicht kennst. Aber ich habe deine Gesellschaft gesucht, und du warst so angetan von mir, dass du bald alle Scheu verloren hast. Und das war dein Fehler. Ihr Promis seid doch sonst immer so vorsichtig. Nur wenn's ums Ficken geht, da tut ihr so geheimnisvoll. Dumm gelaufen, sag ich da nur. Aber ich will jetzt nicht mehr viele Worte machen, kommen wir allmählich zum Ende, du gottverdammte Hure. Mit wem außer Richter treibst du es denn noch so? Van Dyck? Egal, was geht es mich an. Er wird auf jeden Fall seinen Film ohne dich zu Ende drehen

müssen. Möchte nur mal wissen, wie die das anstellen. Na ja, ist deren Problem.«

Jeannette Liebermanns Herz schlug wie wild in ihrem Brustkorb. Übelkeit. Angstschweiß. Der heftige Schlag in ihren Bauch raubte ihr den Atem, der folgende Kuss auf ihre Brust hatte wiederum etwas Versöhnliches. War es doch nur ein Spiel, der große Kick, den sie schon lange suchte? Wieder ein Schlag, diesmal gegen ihre Brust, ein weiterer in den Bauch und auf den Venushügel. Vernichtender Schmerz.

»Deine Brustwarzen sind immer so schön steif, selbst wenn du entspannt bist. Ach so, bevor ich's vergesse, ich will dir noch den Grund nennen, warum ich dich töten muss. Du bist Skorpion, und dein Aszendent ist Löwe. Und ich habe feststellen müssen, dass ihr alle verkommen seid. Ihr seid der Abschaum der Erde. Die kleine van Dyck vielleicht ausgenommen, aber wegen ihr konnte ich meinen Plan nicht ändern. Und schon in wenigen Minuten wirst du der Fuß des Orion sein, oder nein, du wirst von seinem Fuß zertreten werden. Sorry, Jeannette, aber so ist das Leben – und der Tod …«

Ein höhnisches Lachen, das Aufflammen eines Feuerzeugs, Zigarrenrauch. »Ich muss doch mal probieren, wie Zigarren so schmecken. Gar nicht so übel. Trotzdem ziehe ich Zigaretten vor … Ich liebe deine Brüste, weißt du das? Aber gleich werden sie nicht mehr so schön aussehen.«

Wieder Küsse, streicheln. Der unsägliche Schmerz des Bisses ließ Jeannette Liebermann fast wahnsinnig werden, den zweiten spürte sie kaum noch, weil sie die Besinnung verlor.

Sie wachte erst wieder aus ihrer Ohnmacht auf, als ein kühlendes Tuch auf die beiden Wunden gelegt wurde. Ihr Herz schlug in hämmerndem Stakkato, sie hatte Mühe zu atmen. Ein wahr gewordener Albtraum. Ein Film, in dem sie die Hauptrolle spielte, den aber nie jemand sehen würde. Sie hatte Angst. Zum ersten Mal in ihrem Leben hatte sie wirklich

Angst. Wenn andere von Depressionen oder Angst sprachen, konnte sie sich nichts darunter vorstellen, auch wenn sie schon Rollen gespielt hatte, in denen sie Furcht und Angst ausdrücken musste. Sie wollte nicht sterben, nicht so. Erbarmen, flehte sie still. Mach mit mir, was du willst, aber lass mich am Leben. Ich werde auch niemandem etwas verraten. Ich schwöre es. Doch ihr stummes Flehen wurde nicht gehört. Sie weinte, zitterte. Ihr war kalt. Das und der brennende Schmerz ihrer Brüste sagten ihr, dass sie noch lebte.
»So, und jetzt kommen wir allmählich zum Ende. Ein kleiner Piks noch, du wirst ihn kaum spüren, nicht nach dem, was du eben erlebt hast. Ich werde dir nur deinen Stachel einsetzen. Es ist nicht viel anders als Piercing. Fotzenpiercing, nennt man das so? Was soll's, ich würde mir da unten nie was durchstechen lassen. Ich hab ja schon furchtbare Angst vorm Zahnarzt. Und nächste Woche habe ich schon wieder einen Termin. Schrecklich, allein der Gedanke daran! So, und jetzt der Piks, der muss sein, leider … Fertig. Deine kleine Fotze ist verschlossen. Da kommt keiner mehr rein. Und jetzt sag ›Adieu, liebe Welt‹, denn es ist Zeit, Abschied zu nehmen. Ich muss nämlich leider schon wieder nach Hause.«
Jeannette Liebermann spürte den Kuss auf ihrer Stirn, auf dem Hals, die Drahtschlinge, die um ihren Hals gelegt und mit einem kräftigen Ruck zugezogen wurde. Es war fünf Minuten nach Mitternacht, als das Herz der Schauspielerin Jeannette Liebermann zu schlagen aufhörte. Finsternis.

Samstag, 10.30 Uhr

Es war Monate her, dass Julia Durant so lange und ohne zwischendurch aufzuwachen geschlafen hatte. Und sie hätte noch weiter geschlafen, wenn das Telefon sie nicht geweckt

hätte. Sie öffnete vorsichtig die Augen, tastete nach dem Hörer, der auf dem Nachtschrank lag.
»Ja?«, meldete sie sich und setzte sich auf.
»Hier Feldmann. Frau Durant?« Feldmann war ein Kollege von der Mordkommission, mit dem sie allerdings nur selten zusammenarbeitete und den sie wegen seines rüden und schroffen Umgangstons auch nicht besonders mochte. Vor drei Jahren war ihm sogar ein Verfahren an den Hals gehängt worden, weil er angeblich einen Verdächtigen beim Verhör zusammengeschlagen hatte. Auch wenn Feldmann das vehement bestritten hatte, war er erst mal für einige Wochen vom Dienst suspendiert worden, bis die Anklage wegen angeblich fehlender Beweise fallen gelassen wurde. Sie kannte jedoch seine Art und wusste, dass seine Fäuste manchmal schneller waren als sein Mund.
»Ja, was gibt's denn?«
»Ich weiß, Sie haben keine Bereitschaft mehr, aber wir haben eine weitere Tote. Jeannette Liebermann. Ich denke, der Name sagt Ihnen etwas. Und vielleicht wäre es besser, wenn Sie sich drum kümmern würden.«
»Was? Die Schauspielerin?«
»Ja. Wann können Sie hier sein?«
»Wo soll ich denn überhaupt hinkommen?«
»Offenbach, Buchrainweg. Wir sind nicht zu übersehen.«
»Ich bin in einer halben Stunde da. Und informieren Sie auch Hellmer«, sagte sie nur und drückte die Aus-Taste.
Sie sprang aus dem Bett, erledigte ihre Morgentoilette, wusch sich schnell das Gesicht, zog sich an, schlang zwei Bananen und einen Schokoriegel runter und trank ein großes Glas Milch. Auf dem Weg nach unten zündete sie sich eine Gauloise an, nahm die *Frankfurter Rundschau* aus dem Briefkasten, die schon auf der ersten Seite in einer kurzen Meldung über die Frauenmorde berichtete, ein ausführlicher Artikel

stand im Lokalteil. Sie malte sich aus, wie die Öffentlichkeit aufschreien würde, wenn sie erfuhr, dass ihre geliebte Schauspielerin tot war. Entsetzen, Trauer, Fassungslosigkeit in der ganzen Nation.

Die Sonne schien von einem wolkenlosen Himmel, die Temperatur betrug bereits jetzt mindestens zwölf Grad. Sie stieg in ihren Corsa und fuhr los. Sie brauchte eine knappe Viertelstunde bis zum Buchrainweg, der fast an der Stadtgrenze zu Frankfurt verlief.

Die Polizeiwagen waren tatsächlich nicht zu übersehen. Sie stellte den Corsa hinter einem Streifenwagen ab, stieg aus, ging an einem Beamten vorbei auf die Eingangstür zu, die nur angelehnt war und vor der ein weiterer Beamter postiert war. Sie hielt ihm kurz ihren Dienstausweis unter die Nase und lief stumm an ihm vorbei ins Haus. Feldmann und zwei Kollegen von der Offenbacher Kripo standen im Flur und unterhielten sich. Die Unterhaltung stoppte sofort, als sie Durant erblickten.

»Wo ist sie?«, fragte die Kommissarin.

»Oben, im Schlafzimmer. Wir haben nichts angerührt oder verändert. Wir dachten, Sie wollten sie vielleicht erst einmal sehen. Der Fotograf ist schon drin.«

»Danke, dass Sie mich angerufen haben. Weiß Hellmer Bescheid?«

»Er müsste jeden Augenblick hier sein.«

»Wer hat sie gefunden?«

»Sie hätte eigentlich heute Morgen um acht am Drehort sein müssen, weil die mit den Dreharbeiten angeblich sowieso schon hinterherhinken. Sie haben ein paar Mal versucht sie zu erreichen, bis schließlich jemand hergefahren ist. Die Haustür war nur angelehnt, na ja, alles Weitere können Sie sich denken.«

»Dann warte ich mal auf Hellmer. Und es ist wirklich nichts

verändert worden? Ich meine, von dem, der sie gefunden hat?«
»Nein, er hat sofort die Polizei verständigt, als er die Tote gesehen hat. Er ist nur ein Mitarbeiter des Filmteams.«
Julia Durant ging wieder nach draußen, wo sich ein paar Gaffer in einiger Entfernung eingefunden hatten und neugierig das Spektakel verfolgten. Sie zündete sich eine Zigarette an und setzte sich auf die Stufen.
Kurz darauf bog Hellmers BMW mit quietschenden Reifen um die Ecke und hielt hinter ihrem Corsa. Er kam auf sie zugerannt, sagte mit keuchender Stimme: »Was ist das denn für eine verdammte Scheiße?! Wir konzentrieren uns auf Oberrad, und der Kerl schlägt in Offenbach zu! Nicht zu fassen.«
»Dann sieh mal auf dem Stadtplan nach, du Schlaumeier«, entgegnete Durant ruhig. »Du brauchst nur ein paar Meter da rüber zu gehen, und schon bist du in Frankfurt. Ich sag doch, der verarscht uns nach Strich und Faden. Und dann sucht er sich als letztes Opfer auch noch die Liebermann raus. Das bekannteste Gesicht im deutschen Fernsehen.«
»Selber Schlaumeier! Wieso bist du nicht draufgekommen?«
Julia Durant winkte genervt ab. »Weil alle Morde in Frankfurt geschehen sind und wir so darauf fixiert waren, dass auch sein nächster Mord in Frankfurt passiert. Ausgerechnet die Liebermann! Es wird immer klarer, dass der Täter in einem Kreis zu finden ist, den wir auch kennen. Ich bin sicher, wir haben sogar schon mit ihm gesprochen. Erinnerst du dich, wie van Dyck, Kleiber, Maibaum und Richter gesagt haben, wer alles zu ihrem Freundes- und Bekanntenkreis zählt? Die Kassner, die Weidmanns, die Koslowski, die Liebermann, nicht zu vergessen Maria van Dyck und Lewell. Wem von denen, die wir bisher befragt haben, würdest du einen Mord zutrauen? Kleiber? Maibaum?«
Hellmer zuckte die Schultern. »Eigentlich keinem von de-

nen. Vermutlich ist es einer, den wir bis jetzt noch gar nicht auf der Rechnung haben …«

»Aber mir geht das mit der Impotenz nicht aus dem Kopf«, wurde er von Julia Durant unterbrochen, als hätte sie die letzten Worte von Hellmer nicht gehört. »Bei Kleiber wissen wir es nicht, obwohl es schon sehr ungewöhnlich ist, dass er mit der Kassner nicht geschlafen haben will. Maibaum hat dir gegenüber offen zugegeben, dass er impotent ist. Bei beiden kann es sich natürlich auch um eine bewusst gelegte Fährte handeln, damit wir sie erst einmal in den Kreis der üblichen Verdächtigen einbeziehen, dann aber wieder davon abkommen, weil es einfach zu offensichtlich ist. Die beiden sind ja nicht gerade auf den Kopf gefallen. Wir müssen ihre Alibis genauestens überprüfen. Und nur wenn die absolut wasserdicht sind, lassen wir sie wieder laufen. Dann haben wir allerdings ein Problem.«

Ein paar Reporter und Fotografen sowie ein Fernsehteam von RTL waren eingetroffen, einige wollten die Absperrung durchbrechen. Nach und nach kamen immer mehr Journalisten. Durant ging mit energischen Schritten auf sie zu.

»Stimmt es, dass Jeannette Liebermann ein weiteres Opfer des Serienkillers wurde?«, fragte einer von ihnen mit einem Notizblock in der Hand. Blitzlichter flammten auf.

»Kein Kommentar«, erwiderte sie resolut. »Und jetzt packt euren Kram schleunigst wieder zusammen und verschwindet. Ihr bekommt eure Informationen zu gegebener Zeit.«

Die Meute ließ sich nicht abwimmeln. Ein wildes Durcheinander von Stimmen, jeder wollte möglichst schnell an die Topstory kommen. »Haben Sie schon eine heiße Spur? Gibt es schon eine Verhaftung?«

»Seid ihr schwerhörig? Kein Kommentar, hab ich gesagt! Und ich lasse euch gleich alle verhaften, wenn ihr mir noch weiter auf die Nerven geht«, erwiderte sie grinsend.

»Frau Kommissarin, RTL Explosiv. Können wir irgendwie behilflich sein, den Killer zu finden?«, fragte eine junge Frau von etwa Mitte zwanzig und hielt ihr ein Mikrofon hin, ein Kameramann hatte sie direkt im Visier.
»Wir geben heute Nachmittag um drei eine Pressekonferenz im Frankfurter Polizeipräsidium. Dort werden Sie Details erfahren, und selbstverständlich würden wir uns über Ihre Hilfe freuen. Geduld, Geduld. Und jetzt tschüss.«
Sie drehte sich wieder um und ging zusammen mit Hellmer ins Haus. Der Fotograf hatte seine Arbeit beendet und verabschiedete sich mit einem kurzen Nicken, der Arzt war bereits bei der Toten, hatte allerdings noch nichts angefasst. Er schien nur auf die Kommissare zu warten.
Jeannette Liebermann lag auf dem Bett. Ihr volles rotes Haar war nicht zerwühlt, der Täter hatte es offensichtlich nach ihrem Tod gebürstet. Eine Hand an der Seite, die andere ausgestreckt, die Augen weit geöffnet und blutunterlaufen, deutliche Strangulierungszeichen am Hals, die zum Teil von einer Goldkette überdeckt wurden. Sie hatte ein kurzes grünes Kleid an, hauchdünne schwarze Seidenstrümpfen und hochhackige Pumps. An den Fingern zwei goldene Ringe, ein goldenes Armband am rechten Handgelenk, eine Bulgari-Uhr am linken, ein Fußkettchen am rechten Fuß. Dennoch waren die dunklen Druckstellen von den Handschellen und Fußfesseln gut zu erkennen. Im Schlafzimmer roch es nach Räucherstäbchen, der kalte Geruch hing noch in der Luft. Auf dem Nachtschrank stand ein Glas, auf dessen Grund sich brauner Satz gebildet hatte. Julia Durant schnupperte daran – Alkohol.
Sie streifte sich Plastikhandschuhe über und zog die oberste Nachtschrankschublade heraus – zwei Zigarren, eine Schachtel Zigaretten, ein Päckchen Kondome, ein Nagelclipper, eine Feile, ein Päckchen Taschentücher, ein paar leere

Notizzettel, eine Piaget Armbanduhr. In der unteren Schublade waren mehrere alte Drehbücher und ein paar Fotos, die sie zusammen mit Schauspielerkollegen zeigte.
Auf dem Frisiertisch lagen Schminkutensilien, eine Bürste, ein Kamm, ein Handspiegel, der Telefonhörer des Schnurlostelefons. Durant, die zu Hause das gleiche Telefon hatte, drückte die Wahlwiederholungstaste, um zu erfahren, welche Nummer zuletzt gewählt wurde. Sie sah die Nummer im Display und runzelte die Stirn.
»Schau mal her«, sagte sie zu Hellmer. »Kommt dir die Nummer bekannt vor?«
Er zuckte die Schultern. »Nein, woher?«
»Das ist Richters Nummer. Sie hat zuletzt mit Richter telefoniert. Vielleicht sollten wir ihn mal fragen, was er mit der Liebermann zu tun hatte.«
»Ist das nicht egal?«
Morbs meldete sich zu Wort. »Kann ich endlich anfangen? Ich hab keine Lust, den ganzen Tag zu vertrödeln. Außerdem ist Wochenende, und ich habe eigentlich keine Bereitschaft mehr«, sagte er ungehalten.
»Wir auch nicht«, erwiderte Durant ebenso ungehalten. »Natürlich können Sie anfangen.« Sie sah Hellmer an. »Mir kommt da ein ganz fieser Gedanke. Ich schäme mich fast, ihn zu denken. Aber was, wenn Richter …?«
Hellmer tippte sich an die Stirn. »Bist du bescheuert?«, erwiderte er leise. »Richter hat uns das Täterprofil erstellt! Ausgerechnet er!«
»Es gibt nichts, was es nicht gibt. Und wie hat er so schön gesagt, die menschliche Psyche und das Verhalten hat sich in den letzten Jahren verändert. Ich werde ihn auf jeden Fall fragen, wie seine Nummer auf ihr Display kommt.«
»Du verrennst dich da in etwas. Pass bloß auf, dass du nichts Falsches sagst.«

»Im Augenblick können wir gar nichts Falsches sagen. Vielleicht hat der Täter dieses eine Mal den entscheidenden Fehler gemacht.«

»Aber sie hat ihn angerufen und nicht umgekehrt.«

»Na und? Richter hat auf alles geachtet, nur nicht darauf, die Nummer zu löschen.«

»He, täusch ich mich, oder willst unbedingt auf Gedeih und Verderb jemanden haben? Ich sag dir nur, pass auf, was du tust. Wir werden vielleicht noch des Öfteren auf Richter angewiesen sein. Aber bitte, mach, was du willst. Doch lass mich um Himmels willen da raus. Richter ist kein Killer, und diesmal verlass ich mich auf meinen Bauch.«

»Wie du meinst.« Sie legte den Hörer wieder auf den Frisiertisch und stellte sich neben Morbs. »Und? Wie lange ist sie schon tot?«, fragte sie und ließ ihren Blick über die jetzt nackte Jeannette Liebermann gleiten. Das Blut an der Stelle, wo sich bis vor wenigen Stunden noch die Brustwarzen befunden hatten, war getrocknet, die Wunden verkrustet. Die deutlich sichtbaren Hämatome an den Brüsten, den Armen und am Bauch zeugten von den heftigen Schlägen, die ihr zugefügt worden waren. Trotz allem wirkte ihr Gesichtsausdruck entspannt.

»Kleinen Augenblick«, sagte Morbs. Er zog das Thermometer aus dem Anus und warf einen Blick darauf. »26,3 Grad. Es ist ziemlich warm hier drin, deshalb würde ich schätzen, dass sie seit etwa zehn bis zwölf Stunden tot ist. Die Leichenstarre hat voll eingesetzt, Leichenflecken nicht mehr verlagerbar. Die Leichenstarre kann allerdings auch kataleptisch sein, das heißt, sie hat sofort bei Eintreten des Todes eingesetzt …«

»Und was heißt das im Klartext?«, wurde er von Durant unterbrochen.

»Wie es aussieht, hat sie, genau wie die andern auch, lange

vor dem Tod schwerste körperliche Schmerzen durchlitten und war schon vor Eintritt des Todes extrem erschöpft. Durch diese extreme Erschöpfung ist ein ATP-Mangel entstanden. Aber ich möchte Ihnen jetzt keinen medizinischen Vortrag über Adenosintriphosphorsäuren halten. Es hat etwas mit dem Stoffwechsel zu tun. Bei den andern Opfern handelte es sich übrigens ebenfalls um eine kataleptische Leichenstarre, was ich aber auch in den jeweiligen Berichten vermerkt habe. Und im Prinzip ist es nicht weiter von Bedeutung. Es zeigt nur, dass sie vor ihrem Ableben im wahrsten Sinn des Wortes die Hölle auf Erden durchgemacht haben.«

»Öfter mal was Neues. Kataleptische Totenstarre, nie gehört. Sonst noch was?«

»Nein, ich lasse sie gleich in die Rechtsmedizin bringen. Sie haben sicher noch genug andere Sachen zu tun.«

Morbs sprach seine ersten Eindrücke auf Band, Durant und Hellmer gingen aus dem Haus und überließen es der Spurensicherung.

»Und jetzt?«, fragte Hellmer. »Willst du dir wirklich Richter vorknöpfen?«

»Klar, warum nicht? Schließlich hat er jeweils, kurz bevor die beiden letzten Frauen umgebracht wurden, Kontakt zu ihnen gehabt. Und dafür möchte ich eine Erklärung von ihm. Du musst ja nicht unbedingt mitkommen, wenn du Schiss hast.«

»Quatsch! Natürlich komme ich mit.«

Auf der Straße hatte sich mittlerweile eine riesige Menschentraube gebildet. Auf dem Weg zu ihren Autos wurden die Kommissare immer wieder von Reportern nach Einzelheiten befragt, gaben aber keine Auskünfte. In ihrem Wagen rief Durant von ihrem Handy aus bei Richter an. Er war zu Hause, seine Stimme klang müde und schwer.

Samstag, 12.45 Uhr

Richter machte einen übernächtigten Eindruck, als er die Tür öffnete, und hatte eine Alkoholfahne. Er bat die Kommissare ins Haus. Sie gingen in sein Arbeitszimmer, er schloss die Tür hinter sich und deutete wortlos auf die Sessel. Er selbst blieb stehen, die Hände in den Hosentaschen vergraben.

»Was kann ich für Sie tun?«, fragte er mit energieloser Stimme.

»Professor Richter, Sie kennen doch Jeannette Liebermann?«, sagte Durant und beobachtete Richters Reaktion.

Er nickte. »Ja, warum?«

»Frau Liebermann wurde letzte Nacht getötet. Genau wie die andern.«

Er verengte die Augen zu Schlitzen und setzte sich hinter seinen Schreibtisch. »Was sagen Sie da? Jeannette ist auch tot? Wie soll ich das verstehen?«

»Wie ich es gesagt habe. Und der Grund, weshalb wir hier sind, ist, dass sie zuletzt mit Ihnen telefoniert hat. Ich habe die Wahlwiederholungstaste gedrückt, und da erschien Ihre Nummer im Display. Haben Sie dafür eine Erklärung?«

Richter legte den Kopf in den Nacken und schloss die Augen. Er fühlte sich seit dem gestrigen Abend mit Claudia van Dyck elend, doch diese Nachricht überstieg seine Kräfte.

Als er nicht antwortete, fragte die Kommissarin noch einmal, diesmal etwas schärfer: »Haben Sie dafür eine Erklärung, Professor Richter?«

»Ja, ich habe eine. Ich war gestern Abend weg, und irgendwer hat eine Nachricht auf dem Anrufbeantworter hinterlassen. Ich habe sie aber nicht abgehört. Wenn Sie es wünschen, können wir das gleich zusammen machen.«

Er beugte sich nach vorn, drückte die Taste, und die digitale

Stimme auf dem Anrufbeantworter nannte das Datum und die Uhrzeit des Anrufs. 20.32 Uhr.
Jeannette Liebermann.
»Hallo, Liebling, ich habe gehofft, dich persönlich anzutreffen. Schade. Ich wollte mich nur noch mal für den wunderbaren Abend bedanken. Du bist einfach großartig. Ich leg jetzt auf, weil ich gleich Besuch erwarte. Ich melde mich wieder. Bis bald und bleib fit. Tschüüs.«
Durant sah Richter fragend an. »Ich will ja nicht indiskret erscheinen, aber ist da was zwischen Ihnen und Frau Liebermann gelaufen?«
Richter zuckte die Schultern. »Und wenn schon, wen interessiert das noch? Ich war vorgestern bei ihr und … Na ja, wie das so ist. Sie hatten mich in Verdacht, etwas mit den Morden zu tun zu haben, nicht? Ich kann es Ihnen nicht verdenken. Ich habe fast alle Frauen bis auf diese Müller und die Albertz gekannt. Was für ein verfluchtes Leben!«
»Wo waren Sie gestern Abend zwischen acht und eins?«, fragte Durant weiter.
»Ich war gestern Abend in der Stadt einkaufen«, log er. »Gegen neun war ich zu Hause. Aber wenn Sie meine Frau fragen wollen, ob sie das bestätigen kann, haben Sie leider Pech, sie war nicht da, als ich zurückgekommen bin. Ich habe den restlichen Abend allein verbracht.«
»Sie haben sich also nicht mit Frau Liebermann getroffen?«
Richter lachte auf. »Sagen Sie, Frau Durant, soll ich Ihnen die Nachricht noch mal vorspielen? Sie hat mich um kurz nach halb neun gestern Abend angerufen und gesagt, dass sie gleich Besuch erwarte. Das hätte sie wohl nicht getan, wenn ich der Besuch gewesen wäre, oder? Ich war vorgestern bei ihr, aber nicht gestern, kapiert?!«
Julia Durant schloss die Augen und fasste sich mit Dau-

men und Zeigefinger an die Nasenwurzel. Sie war unkonzentriert, sie fühlte sich beschissen, der Fall ging über ihre Kräfte.

»Entschuldigen Sie bitte, Professor. Ich bin nur ein wenig durcheinander.«

»Ist schon in Ordnung. Ich kann Sie ja verstehen. Das mit Jeannette geht mir an die Nieren, aber nicht so sehr wie das mit Maria. Jeannette und ich haben uns nur dann und wann getroffen, wenn sie mal in der Stadt war. Und das war zum Glück nicht allzu oft.«

Weder die Kommissare noch Richter hatten bemerkt, dass Susanne Richter die ganze Zeit über hinter der Tür gestanden und dem Gespräch gelauscht hatte. Sie klopfte an und trat unaufgefordert ein. Ihr Gesichtsausdruck verriet ihre Gedanken. Ihr Mund verzog sich zu einem spöttischen Lächeln.

»Was willst du?«, fragte er barsch. »Siehst du nicht, dass ich Besuch habe?«

»So, so, du warst also bei Jeannette. Aber mir sagst du, du hättest etwas mit der Polizei zu erledigen. Das wird teuer für dich, mein Lieber. Sehr teuer. Und ich habe jetzt sogar Zeugen, dass du mich betrogen hast. Ich glaube, ich werde gleich meinen Anwalt anrufen.«

Durant sah Susanne Richter lächelnd an. »Ich weiß zwar nicht, von welchen Zeugen Sie sprechen, aber wenn Sie uns meinen, dann müssen wir leider bedauernd ablehnen. Doch vielleicht verraten Sie uns, wo Sie gestern Abend waren? Oder am Donnerstagabend? Und auch am Dienstagabend? Und vielleicht können Sie sich sogar noch daran erinnern, was Sie am Wochenende gemacht haben, Freitag, Samstag, Sonntag?«

»Was soll das?«, fragte sie mit hochrotem Kopf und pulte mit dem Zeigefinger nervös die Haut am Daumen ab.

»Beantworten Sie einfach nur meine Frage. Das dürfte doch nicht allzu schwer sein.«
»Am Donnerstag war ich hier zu Hause, mein Mann kann das bezeugen.«
»Professor?«
»Ja, sie war hier.«
Durant spürte die Unsicherheit in seinen Worten.
»Waren Sie den ganzen Tag über zu Hause?«, fragte die Kommissarin weiter.
»Nein, ich bin erst so gegen sieben oder halb acht heimgekommen. Warum?«
»Nur so. Und wie lange waren Sie weg, Professor?«
»Von Viertel vor neun bis etwa eins.«
»Und in dieser Zeit waren Sie allein zu Hause?«, fragte Durant mit süffisantem Lächeln, an Susanne Richter gewandt.
»Ja, ich bin vor dem Fernseher eingenickt. Haben Sie damit ein Problem?«
»Nein, eigentlich nicht. Ich schlafe auch des Öfteren vor der Kiste ein. Hat irgendwer in der Zeit, als Sie hier allein waren, angerufen?«
»Nein.«
»Und wo waren Sie gestern?«
»Aus. Mit einer Freundin.«
»Und der Name der Freundin?«
»Isabell. Was wollen Sie eigentlich von mir?«, schrie sie erregt.
»Isabell, und weiter? Den Nachnamen.«
»Ich habe keine Lust, diesen Quatsch noch länger mitzumachen, ich gehe jetzt nach oben. Wenn Sie mich verhaften wollen, bitte schön. Aber wenn Sie denken, ich hätte etwas mit diesen Morden zu tun, dann irren Sie sich gewaltig. Und wir beide sprechen uns noch«, sagte sie und warf ihrem Mann einen kalten Blick zu.

Nachdem sie die Tür hinter sich geschlossen hatte, sagte Richter grinsend: »Verdächtigen Sie sie tatsächlich?«
»Wir wollten ihr nur ein bisschen Angst einjagen. War Ihre Frau am Donnerstagabend wirklich zu Hause?«
Richter erhob sich und stellte sich ans Fenster. Die Sonne tauchte den Garten in ein warmes Herbstlicht, die Blätter einiger Bäume glühten in prächtigen Farben, wie er es sonst nur vom Indian Summer in den Nordoststaaten der USA kannte, wo er einige Male im Spätsommer gewesen war.
»Als ich von Jeannette Liebermann heimgekommen bin, war sie nicht da. Sie hat mich etwa um halb drei geweckt. Ich weiß nicht, wo sie war. Ich weiß nie, wo sie ist. Aber sie hat mit alldem nichts zu tun, dafür lege ich meine Hand ins Feuer. Sie ist andauernd weg, doch fragen Sie mich nicht, wo. Es interessiert mich eigentlich auch nicht. Ich habe sie nicht geheiratet, um sie einzusperren. Und jetzt möchte ich Sie bitten, mich allein zu lassen. Ich bin auch nur ein Mensch, und dass gleich zwei Menschen, die mir viel bedeutet haben, innerhalb eines Tages umgebracht werden, geht einfach über meine Kräfte.«
»Wir sind schon weg. Dennoch möchte ich Sie bitten, mit Ihrer Frau zu sprechen. Ich muss wissen, wo sie am Wochenende und den andern Tagen war. Wenn Sie es nicht tun, übernehme ich das für Sie.«
»Nein, ich werde mit ihr reden. Es wird sowieso allerhöchste Zeit dafür.«
»Dann auf Wiedersehen, Professor. Und Kopf hoch. Es werden auch wieder bessere Zeiten kommen.«
Nachdem die Kommissare gegangen waren, schenkte sich Richter einen Cognac ein, rauchte eine Zigarette und ging dann nach oben in das Zimmer seiner Frau. Sie lag auf der Couch, einen Arm hinter dem Kopf. Er zog einen Sessel heran. Er sah sie nur traurig an.

Samstag, 15.00 Uhr

Polizeipräsidium. Pressekonferenz.

Der Raum war bis auf den letzten Platz gefüllt. Polizeisprecher Schenk saß hinter dem Podium, auf dem zahllose Mikrofone aufgestellt waren, flankiert von Berger und seinen engsten Mitarbeitern. Er gab ein kurzes Statement zu den begangenen Morden, bevor er die Fragen der Presse beantwortete.

»Warum wurde die Presse erst so spät von den Morden informiert?«, fragte ein Journalist der *Bild-Zeitung*.

»Die Presse ist nicht zu spät informiert worden«, sagte Schenk. »Wir haben Einzelheiten zu den Verbrechen zurückgehalten, um die Ermittlungen nicht zu gefährden.«

»Können Sie uns jetzt Einzelheiten nennen?«

»Sie werden verstehen, dass ich nicht zu sehr ins Detail gehen kann. Aber der Täter hat es auf eine bestimmte Personengruppe abgesehen, nämlich auf Frauen, die unter dem Sternzeichen Skorpion mit Aszendent Löwe geboren sind.«

»Wenn ich es richtig sehe, dann haben wir es hier mit einem Serienmörder zu tun?«, konstatierte die Dame von RTL Explosiv.

»Davon muss ausgegangen werden.«

»Müssen jetzt alle Frauen in Frankfurt, die unter diesem Sternzeichen geboren sind, um ihr Leben fürchten?«

»Nein, das müssen sie nicht. Wir gehen obendrein davon aus, dass es keine weiteren Morde geben wird.«

»Und was macht Sie da so sicher?«

Julia Durant, die immer nervöser wurde, ergriff das Wort. »Der Täter hat einen Plan gehabt, den wir allerdings erst gestern mit Hilfe einer Astrologin erkannt haben. Und diesen Plan scheint er jetzt erfüllt zu haben.«

»Gibt es schon Hinweise auf den Täter, Frau …?«

»Hauptkommissarin Durant. Ich leite die Ermittlungen. Und im Augenblick ermitteln wir in verschiedene Richtungen.«
»Heißt das, Sie haben schon eine heiße Spur?«
»Das heißt nichts anderes, als dass unsere Ermittlungen auf Hochtouren laufen und es sicher nur eine Frage der Zeit ist, bis wir den Täter überführt haben werden.«
»Gibt es eine heiße Spur?«, fragte einer der Journalisten noch einmal.
»Es gibt mehrere Spuren, die wir gerade dabei sind auszuwerten. Sie werden verstehen, dass wir bestimmte Details zurückhalten müssen.«
»Aus welchen Gründen?«
»Unter anderem, um die Angehörigen vor weiterem Leid zu schützen. Niemand außer uns und den Rechtsmedizinern weiß, wie der Täter genau vorgegangen ist.«
»Haben die Opfer sich gekannt?«
»Einige haben sich gekannt, soweit wir bislang wissen. Aber auch darüber kann und möchte ich nichts Näheres sagen.«
»Führt der Täter die Polizei an der Nase rum?«
»Sagen wir es so, er spielt mit uns. Aber wir sind inzwischen auf sein Spiel eingegangen, haben jedoch die Spielregeln geändert, weil wir seit einigen Tagen seine Vorgehensweise kennen und auch seine soziale Herkunft sowie seine gesellschaftliche Stellung. Und wie Herr Schenk Ihnen bereits mitgeteilt hat, wird es aller Voraussicht nach keine weiteren Morde geben.«
»Ist die Polizei unfähig, oder ist der Täter zu clever für Sie?«
»Diese Frage werde ich nicht beantworten, weil sie nichts mit dem Fall zu tun hat.«
»Aber Sie werden von unseren Steuergeldern bezahlt, und die Bürger haben ein Recht auf Sicherheit. Wie wollen Sie diese in Zukunft gewährleisten?«
»Es gibt niemals eine Gewährleistung auf Sicherheit. Wenn

Sie ein Auto kaufen, haben Sie maximal drei Jahre Garantie. Wenn Sie es allerdings mit einem Psychopathen zu tun haben, gibt es keine Garantie. Psychopathen erkennt man nicht einfach an ihrem Gesicht. Wahrscheinlich sitzen hier in diesem Raum auch einige Psychopathen«, sagte sie grinsend. Allgemeines Lachen.
»Aber Sie sind mit allen technischen Raffinessen ausgestattet, die es nur gibt. Und trotzdem gelingt es einer einzelnen Person immer wieder, der Polizei zu entwischen. Ist das nicht ein Offenbarungseid, den Sie hier leisten?«
»Wie ist Ihr Name, und von welcher Zeitung sind Sie?«
»Kerstin Ballack, *Main Taunus Kurier*.«
»Gut, Frau Ballack. Ich denke, Sie sollten vielleicht erst mal ein paar Pressekonferenzen besuchen, bevor Sie derart unqualifizierte Fragen stellen. Dennoch werde ich Ihre Frage beantworten. Zum ersten Punkt – wir sind nicht mit allen technischen Raffinessen ausgestattet, dazu fehlen uns einfach die nötigen Gelder. Was das betrifft, wenden Sie sich bitte an das Innenministerium, das für die Zuteilung der Gelder verantwortlich ist. Zum zweiten Punkt – wir haben alles in unserer Macht Stehende getan, um die Ermittlungen so schnell und gezielt wie möglich voranzutreiben. Deshalb halte ich es für unangemessen, uns Unzulänglichkeit zu unterstellen. Es gibt in den USA und anderen Ländern Fälle von Serienmördern, die fünfzig oder hundert oder sogar mehr Menschen umgebracht haben und die erst nach Jahren gefasst wurden, trotz Einsatzes modernster Ermittlungsmethoden und Technik. Und wir alle wissen, dass vor allem in Amerika die technische und elektronische Ausrüstung um vieles besser ist als bei uns.«
»Hat der Mord an dem Astrologen Konrad Lewell etwas mit diesen Morden zu tun?«
»Wie es aussieht, ja.«

»Wann glauben Sie, erste konkrete Ergebnisse liefern zu können?«
»Darüber werden wir Sie informieren, sobald wir sie haben. Ich gebe jetzt wieder zurück an Herrn Schenk.«
»Noch Fragen?«
»Wurden die Opfer sexuell misshandelt, gefoltert oder verstümmelt?«
»Es wurden Gewalthandlungen an den Opfern vollzogen, allerdings keine sexuellen Handlungen.«
»Was kann die Presse tun, um Ihre Ermittlungen zu unterstützen?«
»Wir haben hier für jeden von Ihnen eine Liste mit Punkten, die wir Sie bitten zu veröffentlichen. In welchem Wortlaut Sie das tun, überlassen wir Ihnen. Je mehr in den Print- und elektronischen Medien darüber berichtet wird, desto größer ist die Chance, den Täter zu fassen.«
Die Pressekonferenz dauerte etwa eine Dreiviertelstunde. Der Journalist von der *Bild-Zeitung,* auf dessen Namensschild Dominik Kuhn stand, kam, nachdem die meisten Reporter gegangen waren, auf Durant zu.
»Darf ich Ihnen noch eine Frage stellen?« Er hatte ein sympathisches, offenes Gesicht und eine angenehme Stimme. Durant schätzte ihn auf Anfang bis Mitte dreißig.
»Bitte.«
»In welchem Umfeld vermuten Sie den Täter?«
Julia Durant lächelte ihn an und antwortete: »Wenn ich Ihnen das jetzt sagen würde, würde dies unsere derzeit laufenden Ermittlungen möglicherweise erheblich behindern. Haben Sie bitte Verständnis, wenn ich Ihnen dazu keine Auskunft gebe.«
»Kann ich daraus entnehmen, dass Sie ihn schon eingekreist haben?«
»Kein Kommentar. Aber Sie könnten uns einen großen Ge-

fallen tun. Lesen Sie die Liste, und drucken Sie einen möglichst ausführlichen Artikel, mit Fotos der Opfer, wer sie zuletzt gesehen hat, et cetera pp. Alle relevanten Informationen finden Sie in der Mappe.«

»Wäre es möglich, eine Exklusivstory zu bekommen?«, fragte Kuhn.

Julia Durant schüttelte den Kopf. »Wir sind nicht in Amerika. Sobald wir ihn haben, werden wir uns alle hier wieder versammeln.«

»Nur ein kleiner Hinweis vorab?«

Sie zögerte, blickte um sich. »Geben Sie mir Ihre Nummer«, sagte sie leise. »Ich werde sehen, was ich tun kann. Aber dann schulden Sie mir etwas.«

»Und was?«, fragte er, während er Durant unauffällig seine Visitenkarte überreichte.

»Ihr Journalisten seid doch sonst immer so phantasievoll«, erwiderte sie mit einem viel sagenden Lächeln und gab ihm ebenso unauffällig ihre Karte. »Lassen Sie sich etwas einfallen. So, und jetzt muss ich leider gehen.«

»Noch einen Moment«, sagte Kuhn. »Ich bin mit Herrn van Dyck recht gut bekannt. Und seine Tochter habe ich auch mal kennen gelernt. Vielleicht kann ich Ihnen sogar weiterhelfen.«

»Gehen wir dort rüber.« Sie deutete zum Fenster hin. »Wie gut kennen Sie die van Dycks?«

»Ich habe einige Zeit in der Presseabteilung seiner Produktionsfirma gearbeitet. Dadurch sind wir uns zwangsläufig näher gekommen.«

»Und was können Sie mir über ihn sagen? Oder besser, was wissen Sie über seine Tochter?«

»Sehr still, sehr zurückhaltend. Aber sie war damals gerade mal dreizehn, vierzehn. Ich weiß nicht, wie sie sich in der Zwischenzeit entwickelt hat.«

»Sie war immer noch sehr zurückhaltend.«
»Stehen wirklich alle relevanten Sachen in der Mappe?«, fragte er.
»Ich denke schon. Lassen Sie uns doch mal schnell gemeinsam einen Blick darauf werfen.«
Er las schweigend. Nach einer Weile fragte er: »Was hat sie in der Stadt gemacht?«
»Das überprüfen wir noch. Vermutlich war sie einkaufen. Wir klappern im Augenblick alle Geschäfte ab. Wenn sie mit Kreditkarte bezahlt hat, dann müssten wir eigentlich schnell rausfinden, wo sie wann war. Und jetzt muss ich wirklich gehen.«
Die Kommissarin packte ihre Tasche und verließ zusammen mit Hellmer den Konferenzraum.
»Was hast du mit diesem Typ zu besprechen gehabt?«, fragte Hellmer misstrauisch.
»Nichts weiter. Er war einfach nett und unaufdringlich. Und ich bin sicher, er wird einen guten Artikel schreiben.«
Sie begaben sich in Bergers Büro. Eine weitere halbe Stunde sprachen sie über die zurückliegende Pressekonferenz. Schließlich fragte Berger: »Meinen Sie wirklich, er hat jetzt aufgehört?«
»Das werden wir wissen, wenn in den nächsten Tagen kein weiterer Mord geschieht. Doch ein Gefühl sagt mir, dass wir nur noch einen Schritt von der Lösung des Falls entfernt sind. Fragen Sie mich aber um Himmels willen nicht, woher dieses Gefühl kommt. Es ist einfach da. Er ist in einem relativ überschaubaren Personenkreis zu finden, und ich bin sicher, wir haben sogar schon mit ihm gesprochen oder ihn zumindest gesehen. Und auf diesen Personenkreis werden wir uns in den nächsten Tagen konzentrieren.«
»Und wer gehört Ihrer Meinung nach alles zu diesem Personenkreis?«

»Richter und seine Frau, die Kleibers, die Maibaums, die van Dycks und – Ruth Gonzalez.«
»Was?«, entfuhr es Kullmer entsetzt. »Sie spinnen doch! Die Gonzalez ist doch keine Massenmörderin!«
Julia Durant sah ihn süffisant lächelnd an. »Hatten Sie gestern einen schönen Abend mit ihr?«
»Kein Kommentar.«
»Wie lange waren Sie denn zusammen?«
»Von sieben bis neun«, antwortete er barsch.
»Und was hat sie danach gemacht? Oder hat Sie Ihnen das nicht verraten?«
»Woher soll ich das wissen? Ich weiß nur, dass wir uns für heute Abend verabredet haben.«
»Gut, Herr Kullmer, dann sage ich Ihnen jetzt etwas. Für mich zählt jede der eben erwähnten Personen zum Kreis der Verdächtigen. Und zu diesem Kreis gehört auch Ruth Gonzalez, selbst wenn Sie es nicht wahrhaben wollen. Sie hatte eine längere Liaison mit Lewell, falls Sie das vergessen haben sollten. Es wäre also durchaus möglich, dass sie einen Schlüssel zu seiner Wohnung hatte. Und wir wissen bis jetzt nicht, ob es stimmt, dass diese Liaison schon seit längerem beendet war. Wir wissen eigentlich so gut wie nichts über sie. Und deshalb möchte ich Ihnen dringend davon abraten, sich mit ihr zu treffen. Es wäre nur in Ihrem eigenen Interesse.«
Kullmer schluckte schwer und, sah die Kommissarin schließlich herausfordernd an. »Ich lasse mir von Ihnen nicht vorschreiben, mit wem ich mich treffe … Aber gut, machen wir einen Deal. Ich treffe mich mit ihr und fühle ihr dabei ein wenig auf den Zahn. Ich verspreche Ihnen auch, keine Dummheiten zu machen.«
»Was verstehen Sie unter Dummheiten?«
»Sollte sie Informationen von mir haben wollen, bekommt sie keine oder falsche. Wenn sie wirklich etwas mit der gan-

zen Sache zu tun hat, was ich absolut nicht glaube, dann kriege ich es raus. In dem Fall bin ich Ihre Trumpfkarte.«

»Also gut. Aber passen Sie auf sich auf. Und ich hoffe natürlich für Sie, dass ich Unrecht habe. Ich vertraue Ihnen.«

»Danke, das ehrt mich, werte Frau Kommissarin. Sie ahnen gar nicht, wie sehr ich das zu schätzen weiß«, erwiderte er sarkastisch. »Sie kriegen meine Meldung am Montag. Und jetzt einen schönen Tag noch.« Er machte auf dem Absatz kehrt und stürmte aus dem Büro, die Tür hinter sich zuknallend.

»Musste das sein?«, fragte Berger, der sich zurückgelehnt und die Unterhaltung gespannt verfolgt hatte. Er hielt eine Zigarette in der Hand.

»Ja, das musste sein. Denn manchmal denkt unser lieber Herr Kullmer mehr mit seinem Schwanz als mit seinem Kopf. Und Sie wissen besser als jeder andere hier, dass Kullmer schon mal beinahe seinen Dienst wegen einer Affäre mit einer Mörderin quittieren musste. Ich will ihn nur vor einer großen Dummheit bewahren.«

»Er ist alt genug und kann selber auf sich aufpassen«, sagte Hellmer, der lässig am Schrank lehnte und die Arme über der Brust verschränkt hatte.

»Ich scheiß drauf, ob er alt genug ist oder nicht! Uns läuft die Zeit davon! Ich möchte heute noch zu Maibaum und Kleiber fahren und deren Alibis überprüfen. Außerdem sollen sich noch am Wochenende ein paar andere Kollegen um die Viten der van Dycks, Kleibers, Maibaums und Richters kümmern, wobei ich insbesondere an der von Susanne Richter interessiert bin. Außerdem brauche ich auch die Vita von der Gonzalez. Und besonders wichtig sind Gästelisten der Partys oder Feiern oder wie immer die das nennen der vergangenen zwei Jahre. Wenn es keine Gästelisten mehr gibt, dann will ich sämtliche Namen wissen, die ihnen einfallen. Kleiber und

Maibaum übernehmen wir gleich selbst, um die andern kümmern wir uns am Montag …«
»Augenblick«, wurde sie von Hellmer unterbrochen. »Was willst du mit den Viten von den van Dycks? Meinst du etwa im Ernst, einer von denen hätte die eigene Tochter umgebracht?«
»Es gibt Leute, die haben schon Pferde vor der Apotheke kotzen sehen. Und ich hab hier bereits Sachen erlebt, von denen ich niemals für möglich gehalten hätte, dass es so etwas überhaupt gibt. Ich denke, es wird Zeit, dass wir richtig lospowern. Und jetzt fahren wir. Frank, kommst du bitte.«
Hellmer verzog die Mundwinkel und warf Berger einen eindeutigen Blick zu. Nachdem sie die Tür hinter sich geschlossen hatten, holte Berger aus der untersten Schublade seines Schreibtischs die Flasche Cognac heraus. Er schüttete den Kaffeebecher halb voll, legte die Flasche zurück und nahm einen kräftigen Schluck.

Samstag, 17.30 Uhr

Bei Maibaums.
Eine junge Frau von vielleicht zwanzig Jahren kam ans Tor, sprach mit einem stark französischen Akzent und ging vor den Beamten ins Haus. Maibaum begrüßte sie in der Eingangshalle und bat sie ins Wohnzimmer. Er hatte eine beige Cordhose und ein blaues Hemd an, dessen zwei oberste Knöpfe offen standen.
»Herr Maibaum, wir hätten noch ein paar Fragen an Sie und Ihre Frau …«
»Augenblick, ich hole meine Frau. Sie ist oben in ihrem Zimmer und liest, soweit ich weiß.«

Durant und Hellmer setzten sich auf die Couch, nur wenige Sekunden später kehrte Maibaum mit seiner Frau Carmen zurück. Sie trug ein gelbes, weit geschnittenes Hauskleid und duftete nach Roma. Sie hatte das rötlich blonde Haar hinten zusammengebunden, die blauen Augen blitzten kurz auf, als sie die Beamten sah.
»Was können wir für Sie tun?«, fragte Maibaum, der wie seine Frau im Sessel Platz nahm.
»Es ist sicher etwas unangenehm für Sie und dennoch wichtig für unsere Ermittlungen«, sagte die Kommissarin. »Wir überprüfen im Augenblick alle Personen, die in den letzten beiden Jahren mit den Weidmanns, van Dycks, Frau Koslowski und Jeannette Liebermann verkehrt haben. Wir hätten gerne gewusst, wo Sie gestern Abend zwischen zwanzig und ein Uhr waren?«
Maibaum runzelte die Stirn, sah erst die Kommissare, dann seine Frau an. »Soll das etwa heißen, dass Sie meine Frau oder mich verdächtigen, etwas mit diesen abscheulichen Morden zu tun zu haben? Ich meine, ich habe vor einer halben Stunde in den Nachrichten das von Frau Liebermann gehört und …«
»Wir verdächtigen im Moment niemanden und jeden. Und wenn Sie uns sagen können, wo Sie gestern um die eben genannte Zeit waren, streichen wir Sie selbstverständlich von der Liste.«
Maibaum zuckte die Schultern. »Ich war zu Hause. Unser Hausmädchen kann das bestätigen. Und meine Frau …«
»Ich kann für mich selber sprechen, Schatz. Ich war gestern Nachmittag von drei bis fünf beim Friseur, danach bin ich noch kurz in die Stadt gefahren, um etwas zu besorgen, und war gegen halb sieben zu Hause. Auch das kann Lydie bestätigen.«
»Und Sie waren den ganzen Abend über zusammen?«

»Nein«, sagte Carmen Maibaum, »das waren wir nicht. Wir haben zu Abend gegessen, danach hat sich mein Mann zurückgezogen, und ich habe mir in meinem Zimmer einen Videofilm angesehen. Gegen halb zwölf habe ich das Licht ausgemacht.«
»Tja, und ich habe mich schon um acht hingelegt, weil ich Kopfschmerzen hatte und einfach nur meine Ruhe haben wollte. Aber eigentlich gehe ich immer recht früh schlafen und stehe dafür schon um vier oder halb fünf auf. Bei meiner Frau ist es genau umgekehrt. Spät ins Bett und lange schlafen. Na ja, wir haben eben keine Kinder.«
»Gut, das war's schon. Ich hab's mir notiert. Eine Frage noch – wäre es möglich, Gästelisten der vergangenen zwei Jahre von Ihnen zu bekommen? Ich meine, Sie geben doch hin und wieder einen Empfang, und dazu verschicken Sie doch sicher auch Einladungen.«
»Haben wir Gästelisten?«, fragte Maibaum mit einem Blick auf seine Frau.
»Sicher haben wir irgendwo welche, aber keine Ahnung, wo. Ich müsste sie suchen, das dauert jedoch eine Weile.«
»Können Sie uns wenigstens ein paar Namen nennen, die regelmäßig zu Ihren Empfängen gekommen sind? Ihr Namensgedächtnis ist doch überdurchschnittlich gut«, sagte Julia Durant lächelnd.
»In Ordnung, versuchen wir's. Haben Sie was zu schreiben?«
Hellmer holte Block und Kugelschreiber aus seiner Jackentasche und notierte die Namen, die Carmen Maibaum ihm nannte. Am Ende hatte er vierunddreißig Namen auf seinem Zettel stehen. Carmen Maibaum stand auf, holte ihr persönliches Telefonbuch und gab Hellmer noch die dazugehörigen Telefonnummern und Adressen.
Die Kommissare bedankten sich für die Mithilfe und verabschiedeten sich.

»Vierunddreißig Namen! Du meine Güte. Irgendwer darunter, den du kennst?«, fragte Hellmer.
»Ein paar davon. Prominenz unter sich. Jetzt bringen wir noch die Kleibers hinter uns, und dann geht's nach Hause.«

Samstag, 19.10 Uhr

Bei Kleibers.
Viola Kleiber selbst kam ans Tor, die aufregende Figur von einer hautengen Jeans und einem weißen T-Shirt bedeckt, die Füße steckten in weißen Leinenschuhen.
»Was verschafft uns die späte Ehre?«, fragte sie mit spöttischem Augenaufschlag. »Sie wollen sicherlich wieder zu meinem Mann, oder?«
»Nein, wir würden uns ebenfalls ganz gerne kurz mit Ihnen unterhalten. Wir versprechen Ihnen auch, Sie nicht allzu lange zu belästigen.«
»Sie belästigen uns nicht«, sagte sie und schloss das Tor. »Meinen Abend verbringe ich sowieso vor dem Fernseher, und mein Mann sitzt an seinem Computer und brütet über seinem neuen Roman. Sie wissen ja, wo das Wohnzimmer ist, ich gehe ihn schnell holen.«
Kleiber kam lächelnd auf die Beamten zu und reichte ihnen die Hand. Viola Kleiber zündete sich eine Zigarette an und setzte sich, während Max Kleiber an die Bar ging und fragte, ob die Kommissare auch etwas zu trinken wollten.
»Ein Glas Wasser, wenn es Ihnen nicht zu viel Umstände bereitet«, sagte Julia Durant. Hellmer lehnte dankend ab. Kleiber kam mit zwei kleinen Flaschen Perrier-Mineralwasser und zwei Gläsern zurück und stellte alles auf den Tisch.
»Was können wir für Sie tun?«, fragte er, während er die Flaschen öffnete und die Gläser voll schenkte.

»Es tut uns Leid, aber wir müssen Ihnen noch ein paar Fragen stellen. Sie haben sicher von den Morden an Maria van Dyck und Jeannette Liebermann gehört?«, sagte die Kommissarin.
Kleiber schüttelte den Kopf. »Das mit Maria habe ich heute Morgen erfahren. Aber das mit Jeannette ist mir neu. Es ist, gelinde gesagt, ein Schock für mich, das zu hören. Wie können wir Ihnen helfen?«
»Sie können uns helfen, indem Sie uns mitteilen, wo Sie sich gestern Abend zwischen zwanzig und ein Uhr aufgehalten haben …«
»Moment, heißt das etwa, dass Sie einen von uns verdächtigen …«
»Nein«, wurde er von Durant unterbrochen, »das heißt es nicht. Wir überprüfen im Augenblick alle Personen, die in letzter Zeit Kontakt zu den Ermordeten hatten. Und wir müssen, ob wir wollen oder nicht, den Kreis der Verdächtigen so eng wie möglich ziehen. Und im Moment sieht es so aus, als ob der Täter aus Ihrem direkten Bekanntenkreis kommt. Wenn Sie nichts zu verheimlichen haben, haben Sie auch nichts zu befürchten.«
»Ich war daheim«, sagte Kleiber. »Ich schreibe zur Zeit an einem neuen Roman und verlasse das Haus schon seit einigen Wochen kaum noch.«
»Und Sie?«, fragte Durant Viola Kleiber.
»Ich war im Kino. Allerdings allein. Ich hatte mich mit einer Freundin vor dem Kino verabredet, aber sie ist nicht gekommen. Also bin ich allein in den Film gegangen. Ich kann Ihnen aber gerne die Adresse und Telefonnummer von ihr geben. Ich habe heute mit ihr telefoniert, und offensichtlich hat es ein Kommunikationsproblem gegeben. Sie war der Meinung, wir hätten uns für heute verabredet.«
»Und wo waren Sie im Kino? Und in welchem Film?«

»Im Kinopolis im Main-Taunus-Zentrum. Und der Film hieß *Die Braut, die sich nicht traut*, mit Richard Gere und Julia Roberts. Ich kann Ihnen gerne die Eintrittskarte zeigen. Und ich war gegen elf wieder zu Hause.«
»Und am Donnerstagabend? Wo waren Sie da?«
»Zu Hause. Ich gehe nur sehr selten alleine weg«, antwortete Viola Kleiber lächelnd. »Am Donnerstag war ich schon um zehn im Bett, weil mir langweilig war.«
»Und Sie können das bestätigen?«, fragte Durant, an Max Kleiber gewandt.
»Natürlich kann ich das. Ich höre ja, wenn das Auto in die Einfahrt fährt. Ich hoffe, wir zählen damit nicht länger zum Kreis der Verdächtigen.«
»Nein. Eine letzte Bitte – haben Sie noch Gästelisten von den Empfängen, die Sie in den letzten zwei Jahren gegeben haben? Es wäre sehr wichtig für uns, weil wir herausfinden wollen, wer regelmäßig unter anderem bei Ihnen verkehrt hat.«
Kleiber sah seine Frau fragend an. Sie stand wortlos auf, ging an den Schrank, holte einen Ordner heraus und schlug ihn auf.
»Hier, das sind die Gästelisten unserer letzten vier Empfänge. Ich hoffe, Sie können damit etwas anfangen.« Viola Kleiber reichte die Blätter über den Tisch, Julia Durant nahm sie an sich.
»Können wir die vorläufig behalten?«
»Kein Problem. Wir brauchen sie im Prinzip auch nicht mehr. Ich habe nur gerne Ordnung in meinen Unterlagen.«
»Dann vielen Dank für Ihre Hilfe. Und entschuldigen Sie die Störung.«
»Keine Ursache«, sagte Kleiber und erhob sich. »Ich kann mir vorstellen, dass es im Moment für Sie alles andere als leicht ist. Ich drücke Ihnen die Daumen, dass Sie die Bestie

so bald wie möglich finden. Warten Sie, ich begleite Sie hinaus.«

Hellmer und Durant standen noch eine Weile vor ihren Autos, rauchten und unterhielten sich.

»Jetzt müssen wir die Namen auf den Listen vergleichen. Und dann auch noch die jeweiligen Personen ansprechen und sie ebenfalls um solche Gästelisten bitten, sofern es welche gibt. Aber diese Arbeit überlasse ich anderen. Ich fahr jetzt nach Hause, ein schönes heißes Bad nehmen und fernsehen.«

»Komm doch noch auf einen Sprung mit zu uns«, sagte Hellmer. »Heute passiert mit Sicherheit nichts mehr.«

Durant schüttelte den Kopf. »Ein andermal. Ich bin geschafft. Aber grüß Nadine von mir. Wir kriegen ihn. Und es dauert nicht mehr lange.«

Sie warf ihre Zigarette auf den Bürgersteig, winkte Hellmer zu und fuhr los. Als sie zu Hause anlangte, verspürte sie auf einmal einen unbändigen Heißhunger auf Pizza mit viel Champignons, einer doppelten Portion Salami und Peperoni. Sie rief den Pizzaservice an, gab die Bestellung auf, holte sich eine Dose Bier aus dem Kühlschrank, stellte sich ans Fenster und sah hinaus in die Dunkelheit. Der Himmel hatte sich zugezogen, ein böiger Wind war aufgekommen. Sie schaltete den Fernsehapparat ein, setzte sich mit angezogenen Beinen auf die Couch und dachte nach.

Samstag, 20.00 Uhr

Richter hatte am Nachmittag ein langes Gespräch mit seiner Frau geführt und sich insgeheim entschlossen, sich von ihr zu trennen. Noch wusste sie nichts davon, hatte selbst gesagt, sie sollten noch einmal von vorne anfangen. Sie würde sich än-

dern, ganz bestimmt. Möglicherweise würde sie das auch, jung genug war sie dazu, aber er war zu alt für eine Änderung. Er würde sie wie seine anderen drei Frauen zuvor mit einer stattlichen Summe abfinden, und sie würde ihr Leben in vollen Zügen genießen. Und er hatte außerdem den Entschluss gefasst, nie wieder eine feste Bindung einzugehen.
Nach dem Gespräch, das erstaunlich ruhig verlaufen war, hatte er sich in sein Büro zurückgezogen, die Beine auf den Tisch gelegt und eine halbe Schachtel Zigaretten geraucht. Einige Male hatte das Telefon geklingelt, er hatte nur auf das Display geschaut und nicht abgenommen. Claudia van Dyck. Beim letzten Anruf hatte sie eine Nachricht hinterlassen, er möge sie doch bitte so bald wie möglich in ihrer Wohnung anrufen, sie fühle sich so einsam.
Er wollte aber nicht mit ihr sprechen, nicht heute, vielleicht auch nicht morgen, vielleicht überhaupt nicht mehr. Vielleicht aber doch irgendwann wieder, sobald er mit sich selbst ins Reine gekommen war. Im Augenblick waren zu viele Gedanken in seinem Kopf, die ihn belasteten. Und dazu gehörte auch Claudia van Dyck.
Um kurz nach sechs ging er ins Bad, um sich frisch zu machen. Vielleicht hellte der Abend mit Carmen Maibaum seine trübe Stimmung ein wenig auf, auch wenn er wenig Hoffnung hatte. Wahrscheinlich würde sie ihm den Kopf mit ihren Problemen voll quatschen, wozu er überhaupt keine Lust hatte. Eigentlich hatte er zu gar nichts Lust, würde lieber den Abend allein verbringen, in einer Bar, anonym, jemand völlig Fremdes kennen lernen, etwas plaudern, danach ins Bett gehen – allein.
Er duschte, rasierte sich, gab etwas Eau de Toilette auf die Haut. Dann zog er eine dunkelblaue Hose und ein hellblaues Hemd an und ließ den Kragen offen. Vor die Frage gestellt, ob er ein Sakko oder seine Lederjacke anziehen sollte, ent-

schied er sich schließlich für das Sakko. Carmen Maibaum legte großen Wert auf Äußerlichkeiten, das hatte er schon bei ihrem ersten Zusammentreffen bemerkt.
Susanne war nicht lange nach ihrem Gespräch gegangen, wohin wusste er wie immer nicht. Sie hatte ihn geküsst und ihm einen dieser seltenen zärtlichen Blicke zugeworfen, den er nicht zu deuten in der Lage war. War es die Bitte um Verzeihung oder Mitleid mit einem alten Mann?
Er verließ das Haus um halb acht, er wollte pünktlich sein, am besten ein paar Minuten vor Carmen Maibaum das Lokal betreten. Er war Stammgast bei dem Chinesen und hatte bereits einen Tisch bestellt, mit der Bitte, ihm den ruhigsten zuzuweisen. Er parkte in der Goethestraße, es waren nur ein paar Schritte bis zu dem Restaurant. Ein Blick auf die Uhr, sechs Minuten vor acht. Bereits am Nachmittag hatte sich der Himmel zugezogen, jetzt fielen die ersten Tropfen auf die Erde. Richter überlegte, ob er im Eingang warten oder gleich hineingehen sollte. Kaum hatte er den Gedanken zu Ende gebracht und beschlossen zu warten, sah er sie mit schnellen Schritten auf ihn zukommen. Sie trug einen langen hellen Mantel, schwarze Pumps, über der Schulter hatte sie eine Handtasche.
»Hallo«, sagte sie mit einem entwaffnenden Lächeln, als wären sie seit Jahren eng befreundet, »ich hatte gehofft, Sie würden kommen.«
»Ich pflege meine Verabredungen für gewöhnlich einzuhalten«, erwiderte Richter ebenfalls lächelnd. »Ich habe uns auch schon einen Tisch reserviert, wo wir uns ungestört unterhalten können.«
Das Restaurant war zu etwa drei Viertel gefüllt, einer der Chinesen, der Richter gut kannte, geleitete sie an den Tisch. Richter half ihr aus dem Mantel, unter dem sie ein kurzes dunkelrotes Kleid anhatte, das jede einzelne Kontur ihres

Körpers betonte. Dazu der Duft von Chanel No. 5, einem seiner Lieblingsparfums.
Im Lokal roch es angenehm nach exotischer Küche, die Unterhaltungen wurden leise geführt. Richter bestellte eine Flasche Wein, einen Augenblick lang blätterten sie wortlos in der Speisekarte, bis Carmen Maibaum sie zuschlug und sagte: »Ich weiß nicht, was ich bestellen soll. Suchen Sie etwas für mich raus. Ich vertraue Ihrem guten Geschmack.« Sie zündete sich eine Zigarette an und lehnte sich zurück.
»In Ordnung, dann nehmen wir die Nummer siebenundachtzig. Es wird Ihnen schmecken.«
Der Ober kam mit der Flasche Wein und zwei Gläsern, schenkte erst Richter ein, der kostete und zustimmend nickte.
»Hatten Sie einen schönen Tag?«, fragte er, die Arme auf den Tisch gestützt, die Hände gefaltet.
»Es war ein Tag wie jeder andere. Nichts Besonderes. Und Sie?«
»Um ehrlich zu sein, ich habe schon schönere Tage erlebt. Aber was soll's, c'est la vie. Doch Sie wollten mir etwas sagen.«
»Heben wir uns das für später auf. Was halten Sie eigentlich von diesen bizarren Morden? Ich meine, jetzt auch noch Jeannette Liebermann. Ich habe sie relativ gut gekannt, sie hat zu den Menschen gehört, mit denen sich zu unterhalten Spaß machte.«
Richter zuckte die Schultern. »Keine Ahnung. Es ist alles sehr merkwürdig und verworren. Heute war die Polizei noch einmal bei uns und hat sogar mich und meine Frau gefragt, wo wir gestern Abend gewesen sind. Dabei habe ich extra für die Polizei ein Täterprofil erstellt. Aber es ist wohl der Beruf und der Druck, dass sie so schnell wie möglich den Mörder fassen müssen, weil sonst die Öffentlichkeit nervös wird.«

»Und, wo waren Sie gestern Abend?«, fragte sie mit einem spöttischen Unterton, ohne zu erwähnen, dass die Polizei auch bei ihr gewesen war.
»Zu Hause, wo sonst? Und Sie?«
»Ebenfalls zu Hause. Ätzende Langeweile, wie die meisten Abende.«
Das Essen wurde serviert, die Platten mit dem Fleisch und dem Gemüse wurden auf die Warmhalteplatte gestellt, der Reistopf daneben. Sie füllten sich etwas auf ihre Teller und begannen zu essen.
»Schmeckt wirklich hervorragend«, sagte Carmen Maibaum anerkennend. »Ich wusste gleich, dass ich mich auf Ihren guten Geschmack verlassen kann.«
Die Unterhaltung plätscherte dahin, Belanglosigkeiten. Richter bestellte noch einen Eisbecher, Carmen Maibaum lehnte dankend ab.
»Haben Sie Lust, noch etwas zu unternehmen?«, fragte sie unvermittelt.
Richter wusste oder ahnte zumindest, was sie damit meinte. Ohne viel zu überlegen, antwortete er: »Von mir aus. Aber diesmal bestimmen Sie.«
»Ich kenne eine kleine, gemütliche Bar in Sachsenhausen. Dort gehe ich immer hin, wenn mir die Decke auf den Kopf fällt.«
»Einverstanden. Aber eigentlich wollten wir über Sie sprechen«, fügte er grinsend hinzu.
»Das hat Zeit. Ich will mich heute amüsieren und bin überhaupt nicht in der Stimmung, über meine Probleme zu reden. Sind Sie mir jetzt böse deswegen?«, fragte sie und hatte wieder dieses entwaffnende Lächeln auf den Lippen.
»Wie könnte ich. Gehen wir.«
Carmen Maibaum zahlte die Rechnung mit ihrer Kreditkarte. Als sie das Restaurant verließen und auf die Straße traten,

goss es in Strömen. Richter, der in weiser Voraussicht einen Schirm mitgenommen hatte, spannte ihn auf. »Mit Ihrem oder mit meinem Wagen?«
»Mit Ihrem«, sagte sie bestimmend.
Die Bar war gut besetzt, dezente Musik ertönte aus kleinen Lautsprechern. Sie tranken Whiskey und unterhielten sich, ein paar Mal berührten sich ihre Hände. Es war kurz nach Mitternacht, als sie sagte: »Ich finde, wir sollten endlich mit diesem blöden Sie aufhören. Ich heiße Carmen, und ich werde dich Fred nennen. Einverstanden?«
»Einverstanden, Carmen.«
»Du weißt, weshalb ich dich heute treffen wollte, oder?«, fragte sie, und ihre Augen blitzten kurz auf.
»Ich kann es mir inzwischen fast denken.«
»Dann lass uns fahren. Ich habe eine wunderschöne Wohnung, die leider viel zu selten genutzt wird.« Und nach einer kleinen Pause: »Und deine Frau wird dich bestimmt nicht vermissen?«
»Mit Sicherheit nicht.« Aus seiner anfänglichen Unlust, diesen Abend in Gesellschaft zu verbringen, wurde das Verlangen, mit dieser Frau zu schlafen. Alle Sorgen des vergangenen Tages waren mit einem Mal weit entfernt. Und auch die Freundschaft zu Alexander Maibaum zählte im Augenblick nicht.
»Meine Wohnung ist gleich um die Ecke. Alexander war nur einmal in all den Jahren hier, und das auch bloß für fünf Minuten. Wir sind also völlig ungestört. Lass uns diese Nacht einfach genießen. Und wenn es nur für dieses eine Mal sein sollte.«
Sie liebten sich, es war eine Leidenschaft, die er bei einer Frau wie ihr nie vermutet hätte. Es war, als würde ein Vulkan ausbrechen, der lange geruht hatte und dessen Magma mit Macht an die Oberfläche drängte. Richter hatte Carmen

Maibaum nie wirklich Beachtung geschenkt, sie war keine Viola Kleiber oder Jeannette Liebermann oder Claudia van Dyck.
Viola Kleiber konnte allein durch ihren Auftritt und ihr umwerfendes Aussehen die Welt stillstehen lassen, Jeannette Liebermann und Claudia van Dyck hingegen kokettierten ganz unverblümt mit ihren körperlichen Reizen. Carmen Maibaum war anders, sie fiel nicht sofort auf, obwohl sie eine attraktive Frau mit einer angenehm weichen Stimme war, sie hielt sich mehr im Hintergrund auf, schien die Dinge um sich herum zu beobachten, Eindrücke in sich aufzunehmen, bevor sie in den Mittelpunkt trat. Richter hatte sie durchschaut, jetzt, nachdem sie sich von einem Orgasmus zum nächsten getrieben hatten, jetzt, da ihre schwitzenden und ausgelaugten Körper nebeneinander lagen.
Carmen Maibaum nahm zwei Zigaretten aus der Schachtel, steckte beide in den Mund und hielt das Feuerzeug daran. Sie reichte eine davon Richter, der tief inhalierte.
Nach einer Weile fragte sie: »Und, bereust du, diese Nacht mit mir verbracht zu haben?«
Er drehte den Kopf zur Seite. »Keine Sekunde. Auch wenn dieser Abend eigentlich ganz anders verlaufen sollte.«
»Wir holen es nach. Hast du am Montag einen Termin für mich frei?«
»Meine bis jetzt einzige Patientin kommt um zehn. Halb zwölf?«
»Ich werde da sein. Und noch etwas – ich habe noch nie mit einem Mann wie dir geschlafen. Das soll ein Kompliment sein.«
»Ich nehme es dankend zur Kenntnis«, erwiderte er grinsend. »Wir sollten das öfter machen. Mindestens einmal in der Woche.« Er fuhr mit einem Finger von ihrer Nasenspitze über die Vertiefung zwischen den Brüsten über den Bauch bis

hinunter zu ihren Zehen. »Ich hätte nie für möglich gehalten, wie scharf du sein kannst.«
»Tja, wenn man jahrelang praktisch im Zölibat lebt, braucht man wenigstens ab und zu einen guten Fick. Und den hatten wir. Aber ich werde nie von Liebe sprechen! Und ich will dieses Wort auch nie aus deinem Mund hören. Ficken ja, lieben nein«, sagte sie in einem Ton, der ihn aufhorchen ließ. Sie gebrauchte fast die gleichen Worte, die er damals zu Claudia van Dyck gesagt hatte, nicht ganz so drastisch, aber ähnlich. Bumsen ja, lieben nein.
»Ficken kann etwas Großartiges sein, Liebe ist etwas anderes. Ficken ist eine körperliche Anstrengung, ein Sichgehenlassen, etwas Vergängliches. Liebe ist unvergänglich, sie kommt aus dem Herzen und der Seele.«
Carmen Maibaum stand auf, ging nackt an den Frisiertisch, bürstete sich das Haar. Sie drehte sich um, lehnte sich leicht zurück, die Beine ein wenig gespreizt. »Könntest du jetzt noch einmal?«, fragte sie.
Richter schüttelte grinsend den Kopf. »Wenn du mir zwei Stunden Zeit zur Regeneration gibst, vielleicht. Ich bin kein junger Spund mehr, falls du das vergessen haben solltest. Meine biologische Uhr tickt inzwischen etwas langsamer.«
»Keine Sorge, ich habe für heute ebenfalls genug. Möchtest du hier übernachten?«
»Wenn du auch hier bleibst, ja.«
»Ich hatte nicht vor zu gehen.«
Sie tranken noch ein Glas Wein, bevor sie sich schlafen legten. Um neun Uhr wachte Richter auf, ihr Gesicht war dicht an seinem, ihre Haare kitzelten auf seiner Haut. Er streichelte sie, sie knurrte leise, drehte sich auf die Seite. Er stand auf, ging ins Bad, wusch sich. Als er herauskam, saß sie im Bett und sah ihn mit unergründlichem Blick an.

»Ich denke, es ist besser, wenn du jetzt gehst«, sagte sie. »Bis morgen. Es war eine wunderbare Nacht.«
Richter zog sich an, beugte sich zu ihr hinunter und küsste sie.
»Geh jetzt. Ich will nicht, dass du Ärger bekommst.«
»Mach dir um mich keine Sorgen. Ich bin alt genug und kann tun und lassen, was ich will. Bis morgen.«
Sie sah ihm nach, bis er die Tür hinter sich zugezogen hatte. Dann duschte sie und rief sich ein Taxi. Als sie gegen Mittag nach Hause kam, saß ihr Mann vor dem Fernsehapparat. Er wandte kurz den Kopf und lächelte sie an. Sie lächelte zurück, beugte sich zu ihm hinunter, küsste ihn leidenschaftlich, streichelte über sein Gesicht und sah ihn liebevoll an.

Samstag, 21.30 Uhr

Julia Durant hatte genussvoll die Pizza gegessen, die noch heiß war, als sie geliefert wurde, eine Dose Bier getrunken, dabei einen Film auf Pro Sieben geguckt, nach einer Weile aber den Ton weggedrückt. Sie dachte an die Pressekonferenz und den jungen Journalisten, der ihr auf Anhieb gefallen hatte. Vielleicht würde sie sich eines Tages mit ihm treffen, sollte sich die Gelegenheit dazu ergeben. Sie holte seine Visitenkarte aus der Tasche und legte sie neben das Telefon, das gerade in diesem Moment klingelte.
»Hier Kuhn, *Bild-Zeitung.* Frau Durant, ich habe mir die Mappe mal genau durchgesehen und komme da mit einer Sache nicht ganz klar. Hier steht, das Auto von Maria van Dyck wurde in der Berliner Straße gefunden. Wissen Sie denn ungefähr, wann sie nach Frankfurt gefahren ist?«
»Vermutlich am Nachmittag. Warum?«

»Mir ist da nur so eine Idee gekommen, die vielleicht auch völlig abwegig ist. Aber haben Sie schon mal die Möglichkeit ins Auge gefasst, dass sie das Auto gar nicht selbst in der Berliner Straße abgestellt hat?«
»Ich kann Ihnen nicht ganz folgen.«
»Also, ich hab des Öfteren in der Innenstadt zu tun und weiß, wie schwierig es ist, dort einen Parkplatz zu bekommen, vor allem tagsüber. Deshalb parke ich auch meistens im Parkhaus. Abends findet man natürlich leichter einen Parkplatz direkt an der Straße, man muss vor allen Dingen keinen Parkschein ziehen. Sobald Sie tagsüber länger als eine Viertelstunde ohne Parkschein dort stehen, werden Sie unweigerlich aufgeschrieben. Da spreche ich aus Erfahrung.«
»Und wie sieht Ihre Vermutung aus?«
»Die Vermutung will ich eigentlich lieber Ihnen überlassen. Nur so viel – die Parkhäuser in der Innenstadt werden an den Ein- und Ausfahrten videoüberwacht, und die Bänder werden, soweit ich weiß, ein paar Tage aufgehoben. Wie lange genau, kann ich natürlich nicht sagen, aber …«
»Herr Kuhn, ich glaube, jetzt schulde ich Ihnen etwas. Vielen Dank für Ihren Anruf, und ich melde mich bei Ihnen.«
»Gern geschehen.«
Sie hielt den Hörer in der Hand, schloss die Augen, überlegte und rief Berger an. »Hier Durant. Eine Frage nur – war in dem Wagen von Maria van Dyck ein Parkschein? Oder hatte sie einen Strafzettel an der Windschutzscheibe?«
»Ich kann mir zwar nicht vorstellen, warum Sie das wissen wollen, aber soweit ich mich erinnere, hat die Spurensicherung weder einen Parkschein noch einen Strafzettel entdeckt.«
»Danke, das war's schon. Ist der Bericht in Ihrem Büro?«
»Ja, natürlich.«
»Dann muss ich gleich mal beim KDD anrufen. Ich hoffe

nur, die Kollegen von der KTU und der Spurensicherung haben sauber gearbeitet. Schönen Abend noch.«
Sie legte auf, ohne Berger die Gelegenheit zu einer Erwiderung zu geben. Sie wählte die Nummer des KDD, ließ sich den Bericht der Spurensicherung und der KTU vorlesen und bedankte sich. Sie machte ein entschlossenes Gesicht. Anschließend rief sie bei Hellmer an. »Hallo, Nadine, ist Frank da?«
»Moment, ich hole ihn.«
Sie wartete ungeduldig, hörte Schritte näher kommen.
»Julia, sag mir nicht, dass wieder …«
»Frank, hör zu. Dieser Journalist von der *Bild-Zeitung* hat mich eben angerufen und eine Vermutung geäußert. Ich habe mir gerade den Bericht von der KTU und der Spurensicherung vorlesen lassen, was das Auto von Maria van Dyck betrifft. Ihr Wagen ist doch in der Berliner Straße gefunden worden. Von wann bis wann muss man dort Parkscheine ziehen?«
»Ich weiß nicht, worauf du hinauswillst?«
»In der Innenstadt muss man doch in der Regel zwischen acht und achtzehn Uhr, in manchen Straßen sogar bis neunzehn Uhr ein Ticket ziehen. In dem Auto war aber keines.«
»Na und? Ich kapier nicht ganz …«
»Pass auf, ich will's dir erklären. Eine reine Theorie. Wenn in dem Auto kein Parkschein war, wäre sie mit ziemlicher Sicherheit aufgeschrieben worden, wenn sie ihren Wagen dort tagsüber längere Zeit ohne Parkschein abgestellt hätte. Maria van Dyck war aber eine äußerst zuverlässige und gleichzeitig ängstliche junge Frau. Sie hätte nie ihr Auto in der Berliner Straße geparkt, ohne einen Parkschein zu ziehen. Vor allen Dingen ist es ziemlich unwahrscheinlich, tagsüber einen Parkplatz zu finden. Kannst du mir folgen?«

»Nicht ganz, aber …«

»Okay, nehmen wir an, sie hat gar nicht in der Berliner Straße geparkt, sondern ihr Auto in einem Parkhaus abgestellt. In dem Fall kommen die Parkhäuser Hauptwache, Junghofstraße, Konstablerwache und unter Umständen das Parkhaus gegenüber dem Frankfurter Hof in Frage. Nehmen wir an, jemand, in diesem Fall unser Killer, hat sie die ganze Zeit über beobachtet, hat das Auto manipuliert, so dass sie das Parkhaus nicht verlassen konnte. Er ist wie zufällig dort aufgetaucht, als Maria van Dyck ihr fahruntüchtiges Auto gesehen hat, und hat ihr angeboten, sie nach Hause zu fahren. Maria ist völlig unbedarft eingestiegen, weil sie denjenigen gut kannte und kein Misstrauen hegte. So, und jetzt kommt's. Der Täter hat sie unter einem Vorwand in ein allein stehendes Haus mitgenommen, wo sie ihm hilflos ausgeliefert war. Er hat ihr etwas zu trinken angeboten, das Valium reingeschüttet, sie ist kurz darauf einfach umgekippt. Kein Wunder bei der Dosis. Er hat sie gefesselt und geknebelt, ist wieder weggefahren, hat die Manipulation rückgängig gemacht, ist aus dem Parkhaus gefahren und hat das Auto in der Berliner Straße abgestellt. Danach hat er sich wieder in sein Haus begeben.«

»Und wie soll diese Manipulation deiner Meinung nach ausgesehen haben?«, fragte Hellmer.

»Die einfachste Methode ist, die Luft rauszulassen. Und um den Reifen wieder aufzupumpen, kannst du in jedem gut sortierten Geschäft für Fahrzeugzubehör eine entsprechende Pumpe kaufen. Aber soweit ich weiß, sind in allen größeren Parkhäusern Videokameras an den Ein- und Ausfahrten angebracht. Kannst du mir folgen?«

»Ich glaube, ja.«

»Gut. Wir brauchen die Überwachungsvideos vom Parkhaus Hauptwache, Junghofstraße, Konstablerwache und dem

Parkhaus am Frankfurter Hof. Und zwar sofort. Meinst du, wir kriegen die heute noch?«

»Am Samstagabend und dazu um diese Zeit? Keine Ahnung, ob die alle noch offen haben. Fahr hin und versuch die Bänder sicherzustellen.«

»Keine Sorge, das krieg ich schon hin. Wenn wir auch nur auf einem Band sehen, dass die van Dyck in ein Parkhaus gefahren ist, gebe ich einen aus, denn dann muss auch unser Mann reingefahren sein. Und dann garantiere ich dir, packen wir die Drecksau bei den Eiern.«

Sie benachrichtigte kurz Berger, zog sich die Lederjacke über, setzte sich in ihren Corsa und raste los. Auf der Fahrt zu den Parkhäusern legte sie eine Kassette von Deep Purple ein und drehte die Lautstärke hoch. Wenn ihre Theorie stimmte, dann hatte der Täter diesmal den entscheidenden Fehler gemacht.

Als Julia Durant um halb eins nach Hause kam, war aus der Euphorie Frustration geworden. Sie schmiss ihre Jacke zornig auf den Boden, holte sich eine Dose Bier aus dem Kühlschrank, trank sie in einem Zug leer, quetschte die Dose mit einer Hand zusammen und warf sie in den Mülleimer. Sie kochte innerlich. Sie stellte sich ans offene Fenster, atmete ein paar Mal tief ein und wieder aus und mahnte sich zur Ruhe. Es gelang ihr nicht. Sie tigerte im Zimmer auf und ab, fuhr sich mit der Hand durchs Haar und rauchte eine Gauloise nach der anderen. Die Bänder waren vorhanden und von ihr beschlagnahmt worden, aber mit der Sichtung mussten sie bis Montag warten, weil sie nicht auf einem normalen Videogerät abgespielt werden konnten. Die Bilder waren zerstückelt und konnten nur von einem Fachmann zusammengesetzt werden, der allerdings über das Wochenende nicht zu erreichen war.

»Wenn man mal dringend jemanden braucht!«, zischte sie wütend.
Sie duschte kurz, legte sich ins Bett und zog die Decke über den Kopf. Die größte Wut war allmählich verraucht, nachdem sie sich mehrmals gesagt hatte, nicht zu ungeduldig zu sein. Sie schlief tief und traumlos.

Am Sonntagmittag rief sie bei van Dyck an, fragte ihn, ob er eine Gästeliste von den Empfängen und Festen der vergangenen zwei Jahre habe. Er antwortete, es gebe diese Listen, die seien allerdings in seinem Büro, weil seine Sekretärin sie erstellte und die entsprechenden Einladungen verschickte. Sie erkundigte sich noch nach seinem Befinden, er sagte, es gehe ihm einigermaßen gut. Doch an seiner Stimme merkte sie, dass er sich in Wirklichkeit miserabel fühlte. Wie alle, die einen lieben Angehörigen auf solch grausame und sinnlose Weise verloren hatten. Sie wünschte ihm keinen guten Tag, denn dieser Wunsch würde für ihn nicht in Erfüllung gehen.

Montag, 7.45 Uhr

Außer Berger und Frau Güttler war noch niemand im Büro, als Julia Durant hereinkam. Sie hängte ihre Tasche über den Stuhl, sah Berger an und sagte: »Hier sind die Überwachungsvideos fast aller Parkhäuser in der Innenstadt vom Donnerstag und Freitag. Wir müssen nachher unbedingt los und die Bänder sichten. Es gibt nur einen Mann in der Zentrale dieses Parkhausbetreibers, der die zerstückelten Aufnahmen wieder zusammensetzen kann. Wäre ich nicht am Samstagabend noch hingefahren, wären die Bänder gestern gelöscht worden.«

»Guten Morgen, Frau Durant«, sagte Berger ruhig. »Haben Sie ein schönes Wochenende gehabt?«
»Morgen«, quetschte sie durch die Zähne. »Und wenn Sie's genau wissen wollen, ich hatte ein beschissenes Wochenende! Wir hätten gestern schon mit der Sichtung der Bänder beginnen können …«
»Jetzt mal ganz ruhig. Erstens ist das nur eine Hypothese von Ihnen, dass die van Dyck ihren Wagen in einem Parkhaus abgestellt hat. Und zweitens ist den meisten Leuten das Wochenende heilig. Und drittens haben wir keinen weiteren Mord zu vermelden, also gehen wir die Sache in aller Ruhe an.«
»In aller Ruhe!« Sie lachte sarkastisch auf und steckte sich eine Gauloise an. Hellmer und Kullmer kamen zusammen ins Büro, Kullmer wirkte übernächtigt.
»Morgen«, murmelte Kullmer missmutig und ließ sich auf den Stuhl fallen. »Was Neues?«
»Nein«, antwortete Durant spitz, »und bei Ihnen? Wie es aussieht, haben Sie nicht viel Schlaf bekommen. Hat das einen besonderen Grund? Vielleicht Frau Gonzalez?«
»Wissen Sie was, rutschen Sie mir den Buckel runter. Mit wem ich was mache, geht keinen was an, Sie schon gar nicht. Aber wenn Sie's genau wissen wollen, streichen Sie Frau Gonzalez von Ihrer Liste. Sie kann es nicht gewesen sein.«
»Und warum nicht?«
»Weil sie am Donnerstag, als die van Dyck umgelegt wurde, bei einem astrologischen Seminar war, das bis Mitternacht ging. Ich habe ein bisschen in ihren Unterlagen rumgeschnüffelt, während sie im Bad war. Und ich habe sie auch noch ein bisschen ausgefragt, diskret, versteht sich. Sie hat mit keinem der Morde auch nur das Geringste zu tun. Ich hoffe, diese Antwort genügt Ihnen.«
»Ich verlasse mich doch immer auf Sie«, erwiderte sie

schnippisch. »Hauptsache, Sie hatten eine schöne Zeit mit ihr …«

»Hatte ich, Frau Kollegin, und jetzt will ich nicht länger über mein Privatleben diskutieren. Was liegt an?«

Berger erklärte es ihm, sagte auch, dass die Gästelisten, die sie von den Maibaums und Kleibers hatten, verglichen und abtelefoniert werden müssten. Vor allem sollten die Namen angestrichen werden, die mehrmals auftauchten. Ein weiterer Vergleich würde erfolgen, sobald sie die Listen von van Dyck hätten.

»Scheiße, wieder den ganzen Tag am Telefon!«, schimpfte Kullmer.

»Sehen Sie nicht so schwarz, Sie werden sich mit dem einen oder andern auch persönlich unterhalten können. So kommen Sie wenigstens mal an die frische Luft«, sagte Durant spöttisch. »Und wenn es Sie tröstet, ich muss so ziemlich die gleiche Scheiße machen. Und wenn Sie schön artig sind, dürfen Sie sogar nachher mitkommen und ein bisschen Video gucken. Ist doch was, oder?«

Kullmer winkte genervt ab, Hellmer, der hinter ihm stand, grinste nur.

»Dann machen wir uns jetzt mal an die Arbeit. Wir werden uns diesen Schweinehund noch diese Woche schnappen, das schwöre ich. Und dann gnade ihm Gott!«

»Er kriegt lebenslänglich oder wird in die Klapse gesteckt. Das mit Gott kommt irgendwann später, das müsstest du eigentlich wissen«, bemerkte Hellmer lakonisch.

»Leck mich«, fuhr Durant ihn an, grinste aber gleich darauf wieder. »Ich könnte ja mal Gott spielen, oder besser die Göttin des Polizeireviers.«

»Heb's dir für den Karneval auf. Jetzt sag schon, was wir machen sollen.«

Julia Durant erteilte die Instruktionen, stand auf, nahm ihre

Tasche und erklärte: »Hellmer und ich fahren jetzt mal kurz zu van Dyck ins Büro. Er hat mir gestern gesagt, dass seine Sekretärin für die Gästelisten der jeweiligen Feste und Empfänge verantwortlich ist und auch die Einladungen verschickt. Er hat gemeint, wir könnten sie uns heute Morgen dort abholen. Wir sind so gegen elf wieder hier. Danach fahren Kullmer, Hellmer und ich in die Zentrale von diesem Parkhausbetreiber und sichten die Bänder.«
Sie wollten gerade das Büro verlassen, als das Telefon klingelte. Berger nahm ab, Durant und Hellmer warteten in der Tür. Er winkte sie zu sich, machte sich eine Notiz, sagte nur, »Danke für Ihren Anruf und bis nachher«, und legte wieder auf.
»Das war ein gewisser Dr. Drechsler, Rechtsanwalt und Notar. Er hat erst am Wochenende vom Tod von Frau Kassner gehört und wollte uns nur mitteilen, dass sie bei ihm ein Testament hinterlegt hat …«
»Was?«, entfuhr es Durant. »Die war doch gerade mal fünfundzwanzig! Und da hat sie schon ein Testament gemacht?«
»Scheint so. Er wird gegen elf hier sein und es mitbringen. Er sagt, sie habe ausdrücklich darauf bestanden, dass, sollte ihr etwas zustoßen, dieses Testament der Polizei übergeben werden soll. Warten wir mal ab, was drin steht.«
»Da bin ich allerdings gespannt. Moment, wir haben jetzt halb neun … Das müssten wir eigentlich schaffen. Das will ich mir nicht entgehen lassen. Komm, Frank, beeilen wir uns.«

Montag, 10.00 Uhr

Viola Kleiber.
Sie stand pünktlich um zehn vor der Tür. Richter, der seit acht Uhr in seinem Büro war und ein Kapitel seines neuen

Buches überarbeitete, erhob sich und öffnete ihr. Sie war eine schöne Frau, die schönste, der er je begegnet war, doch an diesem Morgen war diese Schönheit noch schöner, die Anmut ihrer Bewegungen noch anmutiger, ihr Lächeln noch eine Spur mystischer. Ihr dunkles Haar glänzte seidig, ihr Duft verbreitete sich wie unsichtbare Schwingungen im ganzen Raum. Sie trug einen dunkelblauen, knapp über dem Knie endenden Rock, eine hellblaue Bluse mit einem tiefen Ausschnitt, der den Ansatz ihrer wohl geformten Brüste erkennen ließ, als sie sich kurz nach vorn beugte, um sich eine Zigarette aus ihrer Tasche zu holen. Sie schlug die Beine übereinander, hielt das goldene Feuerzeug an die Zigarette. Ein melancholischer Zug zeichnete sich auf ihrem Gesicht ab.

»Da bin ich, Professor. Wir können gleich anfangen. Ich habe eine Menge zu erzählen.«

»Darf ich Ihnen vorher etwas zu trinken anbieten?«

»Nein danke. Lassen Sie uns gleich zur Sache kommen, ich möchte es hinter mich bringen.« Sie hielt inne, rauchte, wirkte auf einmal nervös, stand auf und stellte sich wie so oft, wenn sie bei ihm war, ans Fenster und schaute hinaus in den Garten, der grau und trist wie der beginnende November wirkte.

»Im traurigen Monat November war's«, sagte sie leise und fügte hinzu, »ich liebe die Gedichte und Geschichten von Heine. Und jetzt haben wir November, den Monat der Depressionen. Ist es nicht so?«, fragte sie, ohne sich umzudrehen.

»Nur für manche Menschen. Stimmt dieser Monat Sie depressiv?«

»Nicht mehr als andere Monate auch. Ich komme damit zurecht. Aber ich hatte Ihnen versprochen, heute mit Ihnen über mein Problem zu reden. Ich habe das ganze Wochenende mit mir gerungen, ob ich es tun soll oder nicht, und ich habe mich entschieden, es zu tun. Irgendwann muss es raus. Ich weiß nur nicht, wie ich es anfangen soll. Können Sie mir nicht helfen?«

»Es hat mit Ihrer Ehe zu tun, so viel weiß ich inzwischen. Was ich allerdings nicht weiß, wo genau Ihr Problem liegt.«

Viola Kleiber drehte sich um, drückte die Zigarette aus und zündete sich gleich eine neue an. Sie neigte kaum merklich den Kopf zur Seite, sah Richter an, ihr Blick schien durch ihn hindurchzugehen.

»Ich habe ständig das Gefühl, als würde etwas in mir brodeln. Manchmal möchte ich schreien, so laut, dass jeder es hören kann, aber ich schaffe es nicht. Ich setze mich ins Auto, fahre ziellos durch die Gegend, will schreien, einfach nur schreien, aber es klappt nicht.«

»Warum wollen Sie schreien?«, fragte Richter behutsam.

Sie lachte kurz und trocken auf, gewürzt mit einer Prise Bitterkeit. »Tja, warum will ich schreien?«

Ihre Traurigkeit wurde noch ein wenig trauriger, ihre Melancholie noch etwas melancholischer, ihr verzweifelter Blick noch ein wenig verzweifelter. Sie machte eine lange Pause, während der sie ihre Gedanken zu ordnen schien.

»Es geht um meine Ehe. Sie können sich nicht vorstellen, was es heißt, mit einem Mann verheiratet zu sein, den man liebt, der aber scheinbar nichts im Kopf hat als seine Bücher. Ich habe ihn geheiratet, weil ich ihn geliebt habe und er mir das Gefühl gegeben hat, mich auch zu lieben. Bei ihm hatte ich zum ersten Mal das Empfinden, als würde mich jemand so akzeptieren, wie ich bin. Aber ich komme immer mehr zu dem Schluss, dass es eine sehr einseitige Liebe ist. Und wenn ich dann auch noch erfahre, dass er eine Geliebte hat, oder besser gesagt hatte, dann wird das für mich noch unerträglicher. Das ist mein Problem.«

»Sie *haben* ihn geliebt. Lieben Sie ihn denn jetzt nicht mehr?«
Sie seufzte auf. »Doch, ich liebe ihn noch. Aber ich weiß nicht, wie lange ich diesen Zustand noch aushalte. Er ist da und doch nicht da. In den Momenten, in denen ich ihn am dringendsten brauche, entzieht er sich mir. Es ist, als ob man einen Fisch mit der Hand fangen wollte. Und dann ist da dieser Gedanke, dass er mich nicht liebt. Ich spüre nicht einmal so etwas wie Begehren von seiner Seite. Wir reden miteinander, wir essen zusammen, manchmal gehen wir ins Kino oder in ein Restaurant, wir fahren in Urlaub, aber er gibt mir nie das Gefühl, wirklich etwas für mich zu empfinden. Und das macht mich krank. An manchen Tagen sitze ich einfach nur in meinem Zimmer und heule mir die Seele aus dem Leib.«
Sie stockte, zitterte kaum merklich.
»Sie haben eben auch erwähnt, dass er eine Geliebte hatte. Woher wissen Sie das?«
Viola Kleiber seufzte erneut auf. »Ich habe ihm eigentlich immer vertraut. Bis vor etwa anderthalb Jahren. Er hat nie oder nur selten das Haus verlassen, und wenn, dann war ich meist dabei. Und plötzlich musste er ständig weg. Mal was besorgen, sich mit einem Bekannten oder seinem Verleger treffen, er hatte immer eine Ausrede. Bis ich ihm eines Tages gefolgt bin. Tja, und da habe ich es dann mit eigenen Augen gesehen.« Sie schaute zur Decke, ein paar Tränen liefen ihr über die Wangen, eine weinende Pharaonin. »Er hat ihr sogar eine Wohnung gekauft. Aber jetzt ist sie tot. Ich habe Ihnen doch erzählt, dass am Dienstag die Polizei bei uns war und meinem Mann wegen dieser Judith Kassner ein paar Fragen gestellt hat.« Sie verzog die Mundwinkel. »Ich habe Ihnen gesagt, ich hätte sie nicht gekannt, in Wirklichkeit habe ich sie doch gekannt, sie war die Geliebte meines Mannes. Es tut mir Leid, dass ich Sie angelogen habe, aber ich war am Don-

nerstag noch nicht so weit, es jemandem zu erzählen. Ich musste erst selbst mit mir ins Reine kommen.«
Richter war wie elektrisiert. Sollte etwa … Nein, sagte er sich, das kann nicht sein. Nicht diese Frau. Bitte nicht sie.
»Kannten Sie Frau Kassner näher?«, fragte Richter.
»Nein, ich habe sie nur zwei- oder dreimal gesehen. Sie war sehr hübsch. Und sie war jung, viel jünger als ich. Am liebsten hätte ich mit ihr gesprochen, aber ich habe mich einfach nicht getraut. Ich weiß, ich bin ein elender Feigling.«
»Wussten Sie, was sie beruflich gemacht hat?«, fragte Richter weiter und versuchte es wie eine ganz normale Frage klingen zu lassen. In Wirklichkeit wollte er herauskriegen, was sie von und über Judith Kassner wusste.
»Sie war Studentin«, antwortete Viola Kleiber. »Aber fragen Sie mich nicht, was sie studiert hat. Es ist auch egal, was zählt, sind die Fakten, dass er und sie …«
»Frau Kleiber, ich glaube, ich sollte ein Missverständnis aufklären. Frau Kassner war zwar Studentin, und eine außergewöhnlich begabte dazu, doch sie verdiente ihr Geld durch Prostitution. Ihre Kunden waren allesamt sehr betucht …«
»Heißt das etwa, mein Mann hat sich mit einer Hure abgegeben?« Viola Kleiber sah ihn mit ungläubigem Staunen an.
»Diese Frage kann ich nicht beantworten. Nur Ihr Mann kann das. Sind Sie denn sicher, dass *er* ihr die Wohnung gekauft hat?«
»Ich habe es angenommen.«
»Haben Sie denn jemals mit Ihrem Mann darüber gesprochen? Ich meine, haben Sie ihm jemals ins Gesicht gesagt, was Sie von ihm wissen oder zu wissen glauben?«
Viola Kleiber schüttelte den Kopf. »Nein, ich habe mich nie getraut, dieses Thema anzuschneiden. Ich habe Angst davor. Wie gesagt, ich bin ein elender Feigling, aber ich kann nichts dagegen tun.« Sie ballte die Fäuste, Wut und Trauer zugleich

zeigten sich auf ihrem Gesicht. »Vielleicht liegt es daran, dass meine Mutter früher immer zu mir gesagt hat, ich sei hässlich, ich tauge zu nichts, na ja, ich musste mir eine Menge schlimmer Dinge von ihr anhören. Bis mein Mann gekommen ist und mir gesagt hat, dass ich die schönste Frau auf Erden sei … Worte, nichts als leere Worte! Ich bin nicht hässlich, das weiß ich inzwischen selbst, aber mittlerweile zweifle ich doch an seinen Worten, vor allem seit ich diese Judith Kassner gesehen habe. Sie war so verdammt hübsch, sie hatte genau das, was alle Männer sich wünschen, eine Topfigur, ein schönes, ausdrucksstarkes Gesicht, und wahrscheinlich war sie im Bett eine Klasse für sich. Und da kann ich natürlich nicht mithalten.«

»Frau Kleiber, würden Sie mir glauben, wenn ich Ihnen sagen würde, dass Sie für mich eine der schönsten Frauen sind, die mir je begegnet sind?«

»Ist das eine Frage oder eine Feststellung?«, fragte sie zweifelnd, und der Hauch eines verlegenen Lächelns umspielte ihre Lippen.

»Eine Feststellung, und zwar eine ehrliche. Und ich kann Ihnen nur raten, sprechen Sie mit Ihrem Mann über Ihre Bedenken. Sprechen Sie mit ihm über Frau Kassner. Ich bin sicher, es wird sich alles einrenken.«

Was tue ich da nur?, fragte sich Richter und schüttelte unmerklich den Kopf. Sie ist unglücklich in ihrer Beziehung, und ich hätte vielleicht sogar die Gelegenheit … Statt sie beim Schopf zu packen, versuche ich ihr zu helfen. Und wenn das alles nur ein Spiel ist?

»Erzählen Sie mir von Ihrer Mutter. Warum hat sie gesagt, Sie seien hässlich? Und wann hat sie das gesagt?«

Viola Kleiber zuckte die Schultern. »Ich weiß es nicht mehr genau. Eigentlich hat sie es immer nur gesagt, wenn sie wegen irgendetwas wütend war.«

»Lebt Ihre Mutter noch?«
»Ja.«
»Ist sie eine schöne Frau?«
»Als Kind findet man die eigene Mutter immer irgendwie schön. Rückblickend würde ich sagen, sie war und ist ein Durchschnittstyp. Aber sie ist auch alt geworden. Und sie ist krank. Ich hege keinen Hass oder böse Gefühle ihr gegenüber. Sie ist nun mal meine Mutter. Ich kann sie nicht hassen. Sie hatte auch kein einfaches Leben.«
»Könnte es sein, dass sie eifersüchtig auf Sie war?«
»Warum? Sie hatte doch überhaupt keinen Grund dazu. Ich war ein Kind und sie eine erwachsene Frau.«
»Haben Sie noch Kontakt zu ihr?«
»Sporadisch. Wir sehen uns vielleicht zweimal im Jahr, und ab und zu telefonieren wir miteinander. Aber wir hatten nie ein herzliches Verhältnis, wenn Sie das meinen. Dafür liebt sie meine Schwester fast abgöttisch. Ich wünschte mir, ich hätte nur einmal ein wenig von dieser Liebe abbekommen.«
»Und Ihr Vater?«
»Mein Vater hat sein eigenes Leben gelebt. Er ist vor fünf Jahren gestorben. Ich war die Einzige, die in seinen letzten Stunden bei ihm war. Am Sterbebett hat er mir gesagt, dass es ihm Leid tue, sich nicht mehr um mich gekümmert zu haben. Er war ein sehr verschlossener Mann, und ich fürchte, ich habe viele seiner Eigenschaften geerbt.«
Richter erhob sich und stellte sich zu Viola Kleiber ans Fenster. Sie drehte ihren Kopf und sah ihn an. »Was soll ich nur tun? Ich kann so nicht weiterleben.«
»Darf ich Sie fragen, was für ein Sternzeichen Ihre Mutter ist?«
Viola Kleiber machte ein erstauntes Gesicht. »Skorpion«, sagte sie, und dann mit abfällig heruntergezogenen Mundwinkeln: »Ein Skorpion mit mehr als nur einem Stachel.«

Richter schluckte schwer. Er zündete sich zitternd eine Zigarette an und setzte sich hinter seinen Schreibtisch. »Und Sie?«
»Was, und ich?«
»Welches Sternzeichen sind Sie?«
»Fisch.«
»Haben Sie mir mehr zu sagen als das eben? Gibt es mehr, was auf Ihrer Seele lastet? Etwas, das Sie so sehr bedrückt, dass Sie darüber mit niemandem außer mir sprechen können? Sie wissen, ich unterliege einer Schweigepflicht, von der mich nicht einmal die Polizei entbinden kann.«
Viola Kleiber kam um den Tisch herum, stand aufrecht vor Richter, ihre Augen blitzten gefährlich auf. Ein unerwartet harter Zug lag um ihren Mund. Sie stützte sich mit beiden Händen auf dem Schreibtisch ab.
»Ich weiß nicht, worauf Sie hinauswollen. Könnten Sie es mir vielleicht erklären?«
»Ich denke, meine Frage war eindeutig genug, oder?«, erwiderte Richter unbeeindruckt.
»Und ich denke, Professor Richter, ich habe Ihnen schon viel zu viel gesagt. Ich sollte jetzt besser gehen. Vielleicht sage ich sonst noch Dinge, die Sie in ernsthafte Gewissenskonflikte bringen. Und das wollen wir doch beide nicht, oder?« Die Schärfe in ihrer Stimme war unüberhörbar. Sie machte auf dem Absatz kehrt, zog ihre Jacke an und nahm ihre Tasche.
»Leben Sie wohl, Professor. Und machen Sie sich nicht allzu viele Gedanken um mich. Ich werde klarkommen.«
»Warten Sie!« Richter erhob sich. »Was denken Sie jetzt von mir?«
»Das behalte ich lieber für mich. Ich kann nämlich sehr verletzend sein. Geradezu tödlich verletzend, wenn man mich reizt, obgleich ich im Grunde meines Herzens eigentlich sehr sanftmütig bin.« Sie hielt inne, fuhr sich mit der Zunge über

die Lippen. »Und sollte mir je zu Ohren kommen, dass Sie mit meinem Mann oder irgendjemandem sonst über diese Sitzungen gesprochen haben, werden Sie mich von einer Seite kennen lernen, die Sie nie an mir vermutet hätten.«
Sie verließ das Haus mit schnellen Schritten, Richter sah ihr sichtlich aufgewühlt hinterher. Der Ton ihrer letzten Worte hatte ihn schockiert, hatte ihm eine Viola Kleiber gezeigt, die er so nicht kannte, nicht kennen wollte. Er goss sich einen Cognac ein und schüttete ihn in einem Zug runter. Er stellte das Glas zurück in den Schrank, als es klingelte.
Carmen Maibaum.
»Hallo«, sagte sie. »Ich bin viel zu früh, aber ich kann warten. Ich wusste gar nicht, dass Viola bei dir in Behandlung ist.«
»Du weißt vieles nicht. Und von mir aus können wir gleich anfangen.«
Sie ging vor ihm ins Zimmer, er schloss die Tür hinter sich. Sie setzte sich auf die Schreibtischkante, baumelte mit den Beinen. Sekundenlang sah sie ihn nur an. Traurig und irgendwie fern.
»Fangen wir an?«, fragte Richter.
Carmen Maibaum nickte nur.

Montag, 11.00 Uhr

Durant und Hellmer hatten die Gästelisten der vergangenen zwei Jahre bei van Dycks Sekretärin abgeholt und waren ins Präsidium zurückgefahren. Kullmer und drei weitere Beamte telefonierten. Hellmer legte die Listen auf Kullmers Schreibtisch, dessen Gesicht gerötet war und der Hellmer einen giftigen Blick zuwarf. Hellmer holte für sich und Julia Durant je einen Becher Kaffee. Sie unterhielten sich mit Berger, bis

es an der Tür klopfte. Ein älterer grauhaariger Mann kam herein. Die kleine Gestalt steckte in einem grauen Anzug. Er hatte eine Aktentasche in der Hand.
»Drechsler«, stellte er sich vor. »Wir haben vorhin telefoniert. Es geht um das Testament von Frau Judith Kassner.«
»Bitte, nehmen Sie Platz«, sagte Berger und deutete auf einen Stuhl.
Drechsler setzte sich, holte eine Aktenmappe aus seiner Tasche und legte sie auf den Tisch. Er räusperte sich, rückte seine Brille zurecht und sagte: »Da meine Zeit sehr begrenzt ist, möchte ich gleich zur Sache kommen. Wie schon erwähnt, hat Frau Kassner vor fast vier Wochen ein Testament bei mir hinterlegt. Ich habe es geprüft und notariell beglaubigt. Es ist, wie vorgeschrieben, von ihr eigenhändig und handschriftlich verfasst. Ihr ausdrücklicher Wunsch war, dass ich, sollte sie vorzeitig versterben, persönlich dieses Testament der Polizei vorlege. Ich habe zwei Kopien gemacht, das Original werde ich einer gewissen Frau Camilla Faun übergeben.«
Er reichte Berger ein Exemplar, ein weiteres Durant. Sie las zusammen mit Hellmer.

Testament

Hiermit verfüge ich, Judith Kassner, geboren am 23.10.1974 in Frankfurt am Main und im Vollbesitz meiner geistigen Kräfte, dass mein gesamtes Vermögen inklusive sämtlicher Guthabenkonten, Schmuck, Kleider, elektronischer Geräte sowie meiner Eigentumswohnung in Frankfurt-Niederrad, Kelsterbacher Straße, in den Besitz von Frau Camilla Faun, meiner einzigen und besten Freundin und Wohnungsgenossin, übergeht.

Dieses Testament tritt in Kraft, sollte ich vor Vollendung des sechsundzwanzigsten Lebensjahres eines unnatürlichen, d. h. gewaltsamen Todes sterben. Da ich seit meinem zweiundzwanzigsten Lebensjahr neben meinem Studium als Callgirl gearbeitet habe und für ein unnatürliches, gewaltsames Ableben meiner Person nur einer meiner Kunden in Frage kommen kann, ist eine Liste mit den Telefonnummern dieser Kunden in meinem PC gespeichert, der sich in meiner Wohnung in Frankfurt, Gräfstraße, befindet.
Für den Fall, dass ich das sechsundzwanzigste Lebensjahr erreiche, verliert dieses Testament seine Gültigkeit.

Frankfurt, den 5. Oktober 1999
Judith Kassner

PS: Nichts bereuen ist aller Weisheit Anfang. Und ich habe nichts bereut.

Durant und Hellmer sahen sich nur viel sagend an.
»Hat Frau Kassner Ihnen gesagt, weshalb sie dieses Testament verfasst hat? Gab es Morddrohungen gegen sie?«, wollte Berger wissen.
Drechsler lächelte etwas verkniffen, er machte einen unsicheren Eindruck. »Nein. Aber ich habe sie auch gefragt, wie eine so junge Frau dazu kommt, ein Testament zu verfassen. Sie hat ein wenig gezögert, mir dann aber geantwortet, dass sie einen Traum gehabt habe, über den sie sehr verwundert sei. Sie wusste offensichtlich nach diesem Traum, dass sie sterben würde. Bloß das Wann wusste sie nicht. Mehr kann ich dazu nicht sagen, nur, dass sie eine sehr bemerkenswerte Frau war.«

»Danke, dass Sie uns informiert haben«, erklärte Berger. »Weiß Frau Faun schon davon?«
»Ja, ich habe mich für zwölf mit ihr verabredet.«
»Ist Ihnen bekannt, dass Frau Faun blind ist?«, fragte Durant.
»Ja, Frau Kassner hat es mir gesagt. Ich schätze, ich sollte mich dann mal auf den Weg machen.«
Drechsler verabschiedete sich. Durant sah ihm kurz hinterher. »Also diese Kassner hätte ich wirklich gerne einmal kennen gelernt. Es gibt ja niemanden, der nicht von ihr schwärmt.« Ein Blick auf die Uhr, fünf nach halb zwölf. »Ich würde sagen, wir gehen jetzt eine Kleinigkeit essen, und dann sehen wir uns die Bänder an.«
»Toi, toi, toi«, meinte Berger und klopfte auf den Tisch.
Hellmer holte Kullmer, der sich eine Jacke überzog. Sie setzten sich in einen Imbiss, aßen jeder eine Currywurst und tranken ein kleines Bier. Es war das fünfte Mal innerhalb einer Woche, dass die Kommissarin Currywurst und Pommes aß. Wenige Minuten nach zwölf setzten sie sich in den Lancia und fuhren zur Zentrale der Parkhausgesellschaft. Ein kleiner, rundlicher Mann, der sich mit Seiler vorstellte, kam ihnen entgegen, begrüßte sie freundlich und bat sie, ihm in einen Raum zu folgen, in dem zahlreiche elektronische Geräte standen.
»Mit welchem Band wollen wir anfangen?«
»Können wir nur ein Band sehen?«, fragte Hellmer und rollte mit den Augen.
»Leider ja. Die Aufnahmen sind zerstückelt, so dass Unbefugte bei Verlust nichts damit anfangen können. Und ich bin der Einzige, der weiß, wie diese Technik funktioniert. Sie werden also eine Menge Geduld aufbringen müssen. Unter Umständen dauert es Tage.«
»Na dann, vielen Dank! Was kann man denn auf den Bändern erkennen? Nummernschilder oder auch Gesichter?«
»Nummernschilder auf jeden Fall, Gesichter nur, wenn wäh-

rend der Aufnahme nicht gerade ein Blendeffekt auf der Windschutzscheibe entsteht oder die Scheiben stark getönt sind.«

»Mit welchem Band fangen wir an?«, fragte Durant und sah ihre beiden Kollegen an.

»Wo in der Berliner Straße wurde ihr Wagen gefunden?«, wollte Kullmer wissen.

»Gegenüber der Paulskirche.«

»Dann fangen wir mit dem Parkhaus Hauptwache an. Wir können natürlich auch knobeln, aber …«

»Nein, Hauptwache ist okay. Dann legen Sie mal los, Herr Seiler.«

»Und um welche Zeit soll ich beginnen?«

»Donnerstag, zehn Uhr morgens.«

Seiler legte das Band ein, spulte es zurück, bis die auf dem Band eingeblendete Uhr auf zehn stand. Er drückte ein paar Knöpfe, aus einem wirren Geschnipsel wurde ein vollständiges, klares Bild. Die Kommissare nahmen sich jeder einen Stuhl und setzten sich vor den Monitor. Es würde ein langer Tag und womöglich auch eine lange Nacht werden.

Montag, 11.10 Uhr

Carmen Maibaum saß noch immer auf dem Schreibtisch, ihr Blick hing unverwandt an Richter, als beobachtete sie ihn, als tastete sie ihn ab, als wollte sie ihn nervös machen.

»Hast du vor, die ganze Zeit nur auf dem Schreibtisch zu sitzen und mich anzusehen?«, fragte er schließlich. »Wenn du deswegen gekommen bist …«

»Nein, deswegen bin ich nicht gekommen«, sagte sie, ohne ihre Haltung zu verändern. »Ist hier ein Tonband eingeschaltet?«

»Nein. Aber wenn du es wünschst, dann …«
»Nein, kein Tonband. Du kannst mitschreiben. Ich habe dir eine Geschichte zu erzählen, die dich sicherlich sehr interessieren wird. Und ich weiß, dass du ein integrer und sehr verschwiegener Mann bist und es auch immer sein wirst. Du bist so etwas wie ein Priester, der unter allen Umständen sein Beichtgeheimnis wahren muss. Sogar vor der Polizei. Du siehst, ich kenne mich in der Materie aus. Und nur deshalb habe ich dich ausgesucht. Und nicht zu vergessen, weil du ein hervorragender Liebhaber bist.«
Sie machte eine Pause, zündete sich eine Zigarette an und wirkte auf einmal sehr ruhig und ausgeglichen. Dann sprang sie vom Schreibtisch, setzte sich in Richters Sessel, legte die Beine auf den Tisch, wobei der Rock hochrutschte, so dass Richter, der aufgestanden war, um für sich und Carmen Maibaum etwas zu trinken zu holen, sehen konnte, dass sie darunter kein Höschen anhatte. Ihre schwarzen Strümpfe endeten etwa fünf Zentimeter unterhalb der Leiste. Sie bemerkte seinen Blick, spreizte die Beine ein wenig und sagte mit laszivem Lächeln: »Würdest du mich jetzt ficken wollen?«
»Ja und nein«, antwortete er und stellte das Glas vor sie auf den Tisch. »Susanne ist nicht da. Vielleicht nachher.«
»Wen interessiert Susanne?! Sie ist keine Frau für dich, das weißt du. Sie ist ein kleines Flittchen, das es mit jedem treibt. Auch das weißt du. Ich treibe es nicht mit jedem, ich suche mir meine Liebhaber sehr sorgfältig aus. Es waren nicht viele in den letzten Jahren. Eine Hand voll, mehr nicht. Aber setz dich doch wieder, ich will dich nicht nervös machen.« Sie nahm einen Schluck von ihrem Gin Tonic, hielt aber das Glas, das sich kalt anfühlte, weiter in den Händen. Sie senkte den Blick, schürzte die Lippen und fuhr fort: »Ich habe dir doch von meiner Ehe erzählt. Es war alles gelogen. Bis auf den Punkt, dass ich meinen Mann liebe. Es gibt niemanden

auf dieser Welt, den ich mehr lieben könnte als ihn. Er war derjenige, der mich aufgefangen hat, als ich abzustürzen drohte. Er hat mir Halt und Kraft gegeben und tut es immer noch. Er war stets für mich da. Wir brauchten nie viel zu reden, weil wir die Gedanken des andern lesen konnten. Er war und ist ein Ruhepol, die Schulter, an die ich mich anlehnen kann. Allein ihn zu kennen, ist es wert zu leben. Er hat mir gezeigt, was Liebe ist, und ich habe versucht, ihm alle Liebe zu geben, zu der ich fähig bin …«

»Aber …«

Sie machte eine Handbewegung. »Bitte unterbrich mich nicht. Ich möchte einfach nur reden, und du hörst zu. Wir haben vor achtzehn Jahren geheiratet, ich habe kurz darauf zwei Kinder bekommen. Keiner weiß bis jetzt davon, es waren Zwillinge, die bald nach der Geburt gestorben sind, weil sie zwölf Wochen zu früh geboren wurden. Sie haben nicht einmal siebenhundert Gramm gewogen. Es war ein Schicksalsschlag für uns beide, aber unsere Liebe hat uns die Kraft gegeben, das alles zu überstehen. Wie heißt es in der Bibel so schön – die Liebe erträgt alles, glaubt alles, hofft alles, hält allem stand. Unsere Liebe hat bis heute Bestand. Wir waren eins in der Seele, im Geist und im Körper, die perfekte Einheit. Bis zu dem Tag vor etwa fünf Jahren, an dem er seine körperliche Kraft verlor. Keiner kann bis heute erklären, was passiert ist, aber von einem Tag auf den andern konnte er nicht mehr mit mir schlafen. Du musst wissen, wir haben nie gefickt oder gevögelt, wir haben keine Schweinereien gemacht, wir wollten einfach nur den andern spüren. Anfangs dachten wir, es wäre eine vorübergehende Erscheinung, eine Folge von Stress und Überarbeitung. Aber sosehr wir uns auch abmühten, es klappte nicht mehr. Seit fünf Jahren habe ich nicht mehr dieses wunderbare Gefühl verspürt, wenn *er* in mich eingedrungen ist. Mir hat es nicht so wahnsinnig viel

ausgemacht. Wer wirklich liebt, kann auf Sex verzichten. Aber er ist daran zerbrochen. Ich habe ihn so viele Male weinend erlebt, wenn er hilflos wie ein kleines Kind im Bett lag, nachdem es wieder einmal nicht geklappt hat, und immer wieder nach dem Warum fragte. Wir haben unzählige Ärzte konsultiert, Psychiater und Psychologen, wir waren sogar in Amerika und Australien, wir haben so genannte Wunderheiler aufgesucht, nichts half. Dabei ist er körperlich gesund. Du solltest ihn sehen, wenn er morgens kurz vor dem Aufwachen ist und sich unter der Bettdecke diese herrliche Erektion abzeichnet. Doch sobald er in mich eindringt, erschlafft er wieder. Und ich weiß, es liegt nicht an mir, ich weiß, er begehrt mich wie eh und je, nur in seinem Kopf stimmt etwas nicht. Irgendwann habe ich ihm gesagt, er solle es doch einmal bei einer Hure probieren, vielleicht funktioniert es ja da, aber er hat mich nur ausgelacht. Er würde niemals zu einer Hure gehen, hat er gesagt.
Und dann hat er eine Frau kennen gelernt, von der er sich erhoffte, sie würde ihm vielleicht seine Manneskraft zurückgeben. Eine schöne, eine bekannte Frau. Er hat ihr eine Wohnung eingerichtet, aber sie hat ihn nur ausgenutzt. Ich wusste von dieser Beziehung, ich wusste aber auch, dass er sie nicht geliebt hat. Eine Frau spürt sofort, wenn der Mann sie mit dem Herzen betrügt. Er hätte das nie fertig gebracht. Er wollte sich nur beweisen, dass er noch ein Mann war. Mir gegenüber war er liebevoll und aufmerksam wie eh und je. Und er ist es bis zum jetzigen Tag. Aber diese Frau war eine Hure, eine elende, verkommene Hure! Sie hat ihn ausgenutzt und verspottet, sie hat ihn gedemütigt. Sie war so abgrundtief schlecht, so kalt im Herzen, und sie war nur auf das eigene Wohl bedacht. Es kümmerte sie nicht, ob er litt, ob die Demütigungen wie Speerspitzen in sein Herz gedrungen sind. Ich habe sein Leiden miterlebt, auch wenn er dieses Leiden vor

mir zu verbergen suchte. Sie hat ihm den letzten Rest seines Stolzes geraubt. Heute ist er ein innerlich gebrochener Mann von gerade einmal siebenundvierzig Jahren. Aber ich bewundere ihn, wie er mit all diesen Demütigungen umgeht.«

Sie hielt inne, trank ihr Glas leer, bat Richter, ihr noch eines einzuschenken. Er tat es wortlos und setzte sich wieder. Sie zündete sich eine Zigarette an, inhalierte und blies den Rauch durch die Nase aus.

»Dann hat er es bei noch einer Frau probiert, einem wirklichen Rasseweib. Aber auch das hat nichts genutzt. Und ich habe versucht, meine eigene Sexualität zu unterdrücken, doch es ist mir nicht gelungen. Ich hatte in den letzten Jahren einige Affären, aber keiner dieser Männer hat mir auch nur im Geringsten etwas bedeutet. Wir haben gefickt, und irgendwann habe ich sie zum Teufel gejagt. Und wie gesagt, es war nur eine Hand voll. Alexander weiß übrigens davon.«

Sie lachte auf, erhob sich, stellte sich in auffordernder Pose vor Richter und setzte sich breitbeinig auf seinen Schoß. »Ich würde jetzt gerne mit dir ficken. Danach erzähle ich dir mehr. Viel mehr.«

Richter sah sie ernst an, legte den Block zur Seite, griff unter ihren Rock. Es war ein mechanisches Spiel, sie knöpfte seine Hose auf, küsste ihn, ihre Zungen spielten miteinander. Er drang in sie ein, sie sah ihn unentwegt an, während er seinen Unterleib bewegte. Es dauerte zwanzig Minuten, bis er ejakulierte. Sie blieb noch eine Weile auf ihm sitzen, streichelte seine Hoden, küsste ihn. Schließlich stand sie auf, holte ein Taschentuch aus ihrer Handtasche und klemmte es zwischen die Beine.

»Wie lange hast du heute Zeit für mich?«, fragte sie. »Können wir etwas essen gehen? Ich habe Hunger.«

»Ich habe alle Zeit der Welt. Und fünf Minuten von hier ist ein Italiener«, sagte Richter. »Er liefert auch ins Haus.«

»Dann bestell uns etwas. Ich überlasse dir die Auswahl. Du siehst, ich vertraue dir – in allen Dingen.«
Richter griff zum Telefon, bestellte zweimal Spaghetti Bolognese, zwei Salatteller und eine Flasche Rotwein. Carmen Maibaum war wieder am Fenster, die makellosen Beine eng geschlossen, eine Zigarette in der Hand.
»Warum erzählst du mir diese Geschichte?«, fragte er, stellte sich hinter sie und umfasste ihre Brüste mit den erigierten Warzen.
»Das wirst du noch früh genug erfahren«, sagte sie geheimnisvoll lächelnd.
Das Essen wurde eine halbe Stunde nach dem Anruf geliefert. Alfred Richter und Carmen Maibaum aßen, unterhielten sich über das Wetter und andere Belanglosigkeiten. Es war Viertel vor eins.

Montag, 13.45 Uhr

»Scheiße!«, sagte Julia Durant und zündete sich eine Zigarette an. »Das kann ja Tage dauern, bis wir da durch sind. Geht das nicht ein bisschen schneller?«
»Sie sind zu ungeduldig, junge Frau«, entgegnete Seiler. »Wir sind jetzt bei zwölf Uhr am Donnerstag. Und Sie suchen nach einem Ford KA. Wenn Sie wollen, kann ich das Band auch ein klein wenig schneller laufen lassen, allerdings müssen Sie sich dann sehr konzentrieren. Die Nummernschilder verschwimmen ein wenig.«
»Nein, auf gar keinen Fall. Wir machen so weiter wie bisher. Kann man hier etwas zu trinken bekommen?«
»Draußen im Flur steht ein Getränkeautomat.«
»Wollt ihr auch was?«
Sie holte vier Flaschen Cola und setzte sich wieder. Eine wei-

tere Stunde verging, noch eine. Das Bild flimmerte vor ihren Augen, die zu brennen anfingen, sie rieb mit einer Hand darüber. Mit einem Mal sagte Hellmer mit Erregung in der Stimme: »Stopp! Hier, da ist sie. Fahren Sie noch mal ein kleines Stück zurück. Da, HG-MD 1211. Sie ist um 14.36 Uhr ins Parkhaus Hauptwache gefahren. Bingo! Und die Frau hinterm Steuer ist eindeutig Maria van Dyck.«
»Mein Gott, der Typ hatte Recht«, stieß Julia Durant fassungslos hervor. »Ich schulde ihm wirklich was«, murmelte sie.
»Bitte?«, fragte Hellmer verwirrt.
»Vergiss es. Sie hat tatsächlich ihren Wagen im Parkhaus abgestellt. Jetzt müssen wir nur noch sehen, wann der Wagen das Parkhaus wieder verlassen hat. Und vor allem, wer ihn gefahren hat. Frank, wir haben ihn bald.«
»Augenblick, vielleicht ist ja sogar direkt hinter ihr jemand reingefahren, den wir kennen. Wir müssen jetzt ganz genau aufpassen.«
Noch eine Stunde verging, ohne dass sie eine ihnen bekannte Person eindeutig identifizieren konnten. Julia Durant blickte zur Uhr, Viertel vor fünf. Nichts. Sie warteten.

Montag, 13.10 Uhr

Richter und Carmen Maibaum hatten ihr Essen beendet, sie war ins Bad gegangen, um sich etwas frisch zu machen. Als sie zurückkam, duftete sie nach Chanel No. 5. Sie setzte sich wieder hinter den Schreibtisch, legte die Beine darauf, nahm einen Bleistift und drehte ihn zwischen den Fingern.
»Wo war ich noch mal stehen geblieben? Ach ja, mit welch stoischer Gelassenheit Alexander die Demütigungen hingenommen hat. Ich hätte das nicht geschafft, ich wäre entweder

völlig zusammengebrochen oder ausgerastet. Ich hätte mich an allen gerächt, die mir diese Demütigungen zugefügt haben. Aber er, nein, er wäre nie fähig, einem Menschen körperlich wehzutun. Er schluckt lieber alles, bevor er jemanden verletzt. Der einzige Ort, wo er sich durchsetzen kann, ist die Uni, aber die Uni dauert acht, höchstens neun Stunden am Tag. Dann bleiben immer noch fünfzehn oder sechzehn Stunden übrig. Mich hat das jedenfalls alles viel mehr mitgenommen als ihn, glaube ich zumindest.«
Sie hielt inne, sah Richter mit versonnenem Blick an, erhob sich, ging ans Fenster und schaute hinaus in den Garten.
»Ich habe dir noch gar nichts von meiner Kindheit erzählt. Das sollte ich vielleicht jetzt tun, damit du die Geschichte besser verstehst. Ich stamme aus einem eher einfachen Elternhaus. Mein Vater war Buchhalter, meine Mutter hat sich um mich und den Haushalt gekümmert. Mein Vater war ein sehr ruhiger, liebevoller Mensch, er war ein Vater, wie man ihn nur selten findet. Er hatte immer ein offenes Ohr für mich, er hat mich nie geschlagen, er hat mich, glaub ich, nicht einmal angeschrien. Sein Ton war stets ruhig und besonnen. Er ging morgens um halb acht zur Arbeit und kam abends um halb sechs wieder nach Hause. Ich weiß nicht viel über die Ehe meiner Eltern, nur, dass meine Mutter des Öfteren Herrenbesuch empfangen hat, wenn mein Vater nicht daheim war. Ich war damals aber noch zu klein, um zu wissen, was sie mit diesen Herren getrieben hat.«
Sie drehte sich um und setzte sich auf die Fensterbank.
»Ich war sieben, da hatte sie wohl einen festen Liebhaber, aber das habe ich erst sehr viel später rausgekriegt. Wenn dieser Mann kam, hat sie mich immer auf mein Zimmer verbannt, das am andern Ende des Flurs lag. Sie wurde fuchsteufelswild, wenn ich es wagte, aus meinem Zimmer zu kommen, solange er da war. Also bin ich dringeblieben und habe

mit meinen Puppen gespielt, so wie sie das von mir verlangt hat.
Ich erinnere mich noch genau, als wäre es gestern gewesen, an jenen Tag im Sommer, als dieser Mann, den ich immer nur als Schemen wahrgenommen habe, wieder einmal bei ihr war. Ich habe sie lachen gehört, aber nicht verstanden, was sie gesprochen haben, obwohl ich mein Ohr an die Tür gelegt hatte. Irgendwann waren sie dann im Schlafzimmer verschwunden und hatten die Tür abgeschlossen. Damals hatte ich keine Ahnung, was sie dort trieben, heute weiß ich es natürlich. Sie haben gefickt, sie haben auf Teufel komm raus gefickt! Meine Mutter, die Hure! Und mein Vater hatte keine Ahnung.
Bis zu dem Tag im Sommer. Ich weiß noch genau, was ich anhatte. Es war so heiß, dass ich mir einen Badeanzug angezogen und fast die ganze Zeit über die Kinder auf dem Spielplatz beobachtet und mir gewünscht habe, bei ihnen zu sein. Aber meine Mutter hatte mir verboten, mit diesem asozialen Pack, wie sie die Menschen dort nannte, zu spielen. Sie hat mich morgens zur Schule gefahren und mittags wieder abgeholt. Wir haben in einem dieser hohen Betonklötze gewohnt, damals etwas ganz Besonderes, weil man vor allem von unserer Wohnung aus einen so guten Blick auf die Stadt hatte. Ich wusste natürlich nicht, dass diese Betonklötze für eher sozial Schwache gebaut worden waren. Achter Stock, ich erinnere mich noch genau. Na ja, an diesem Tag ist mein Vater aus einem unerfindlichen Grund viel früher als sonst von der Arbeit zurückgekehrt. Er kam zu mir ins Zimmer, gab mir einen Kuss und fragte mich, wo meine Mutter sei. Ich habe ihm nur gesagt, dass sie im Schlafzimmer sei. Er ist rausgegangen, wollte ins Schlafzimmer, aber die Tür war wieder einmal abgeschlossen. Dann muss er die Stimmen gehört haben. Er hat gegen die Tür gehämmert und geschrien, sie soll auf-

machen. Keiner von ihnen hat bemerkt, wie ich in der Tür gestanden und meine Puppe Laura ganz fest im Arm gehalten habe und wie ich gehört habe, als der Schlüssel umgedreht wurde.

Meine Mutter war fast nackt, sie hatte nur einen Slip an. Mein Vater hat sie gefragt, was das zu bedeuten hat, aber sie hat ihn nur ausgelacht. Dann kam dieser Mann und hat sich hinter meine Mutter gestellt. Ein Wort gab das andere, mein Vater war einfach fassungslos. Und dieser verdammte Kerl hinter meiner Mutter hat auch nur gelacht. Alle beiden haben sie ihn ausgelacht. Sie haben gelacht und gelacht und gelacht. Ich werde das nie vergessen. Dieser Hohn und dieser unsägliche Spott!

Mit einem Mal hat mein Vater gesagt, er halte das nicht aus, nicht diese Schande. Entweder er oder dieser Mann. Sie solle sich entscheiden. Und da hat sie wieder nur gelacht und ihn verhöhnt. Sie hat Dinge gesagt, die ich damals nicht verstanden habe oder nicht verstehen wollte, aber es müssen sehr schlimme Dinge gewesen sein. Plötzlich hat mein Vater erklärt, er mache das nicht mehr mit. Er hat meine Mutter bei der Schulter gepackt und ihr gesagt, wie sehr er sie geliebt und es nie für möglich gehalten habe, dass sie ihn betrüge. Und sie und dieser verfluchte Saukerl haben nur gelacht und gelacht und gelacht! Ihr verdammtes Lachen dröhnt noch heute in meinen Ohren, dieses verfluchte Lachen.

Dann hat mein Vater ganz ruhig gesagt, er springe vom Balkon, wenn dieser Mann nicht auf der Stelle gehen würde. Und weißt du, was meine Mutter erwidert hat? Komischerweise kann ich mich daran erinnern. Sie hat gesagt: Du bist doch ein Feigling, ein jämmerlicher Waschlappen. Du traust dich doch eh nicht. Mit Worten bist du schon immer groß gewesen, aber mit deinem Schwanz ein Versager.

Spring doch, wenn du unbedingt willst. Ich werde dich nicht davon abhalten.
Es war wie in einem schlechten Film, aber mein Vater ist wie in Zeitlupe ins Wohnzimmer gegangen, hat die Balkontür aufgerissen, und dann habe ich nur diesen Schrei und kurz darauf diesen dumpfen Aufprall gehört. Die Kinder auf dem Spielplatz haben geschrien, meine Mutter hat auf einmal auch geschrien. Nur ich war wie gelähmt. Ich war unfähig, mich zu bewegen. Ich glaube, ich habe nicht einmal geweint. Es war einfach wie ein böser Traum. Es ist, als ob man durch einen finsteren Wald geht und überall lauern dunkle Gestalten und wilde Tiere und es gibt nirgendwo etwas, wo man sich verkriechen kann.
Das Letzte, was ich bewusst mitbekommen habe, war, dass der andere Mann sich blitzschnell angezogen hat und abgehauen ist. Ab da weiß ich nichts mehr.
Ein Jahr später hat sie wieder geheiratet, einen stinkreichen Kerl, der mich sogar adoptiert hat. Ich wurde aufs Internat geschickt, und als ich achtzehn war und mein Abitur gemacht hatte, hat er mir drei Häuser geschenkt, drei von fünfzig oder sechzig Häusern, die er besitzt. Er ist so unglaublich reich. Aber meine Mutter hat sich von ihm scheiden lassen, als ich zwanzig war. Sie lebt jetzt wie die berühmte Made im Speck. Seltsamerweise habe ich zu ihm einen besseren Kontakt als zu ihr. Eigentlich habe ich gar keinen Kontakt mehr zu ihr. Ich will ihn auch nicht. Nun ja, das ist die Geschichte. Du weißt jetzt fast alles von mir. Und das ist mein Problem. Ich habe meinen Vater über alles geliebt, aber er hat sich aus Scham und Verzweiflung das Leben genommen. Und ich liebe meinen Mann über alles, und dieser Mann ist ebenfalls verzweifelt. Aber ich möchte ihm das Schicksal meines Vaters ersparen und ihm alle Liebe schenken, zu der ich fähig bin. Ich ertrage es nicht,

wenn er leidet. Sein Leid ist auch meines. Und ich weiß nicht, wie ich es ihm erleichtern kann. Weißt du einen Rat?«

Richter blickte auf, seine Kehle war wie ausgetrocknet, er schüttelte den Kopf. »Nein. Du hast viel durchgemacht. Ich kann dir nur sagen, dass ich dich bewundere. Ich bewundere dein Durchhaltevermögen.«

»Ich habe vergessen zu erwähnen, dass Alexander mir angeboten hat, dass wir uns trennen. Er sagt, ich sei noch so jung und solle doch endlich leben, er komme schon allein zurecht. Dabei weiß ich, dass er allein in tausend kleine Stücke zerbrechen würde. Er ist wie eine kostbare Vase, die man auf Stein fallen lässt. Und das kann ich nicht zulassen. Ich werde bei ihm bleiben, egal, was auch immer kommt. Er muss mich schon umbringen, um mich loszuwerden. Nur gemeinsam sind wir stark.« Sie streckte sich und gähnte. »Ich bin jetzt müde und will nach Hause. War diese Geschichte es wert, aufgeschrieben zu werden?«

»Warum hast du sie mir erzählt?«, fragte Richter.

»Ich dachte nur, sie würde dich interessieren. Nun, vielleicht habe ich mich ja in dir getäuscht. Mach's gut, und bis zum nächsten Mal, wo auch immer.«

Sie zog ihre Jacke über, nahm ihre Tasche und hauchte ihm einen Kuss auf die Stirn, Richter begleitete sie zur Tür. Mit einem Mal fragte er: »Sag mal, welches Sternzeichen ist deine Mutter?«

Carmen Maibaum tippte ihm auf die Nase, lächelte und sagte: »Du interessierst dich für Astrologie?«

»Ja.«

»Es gibt zwölf Sternzeichen. Rate mal, was für eins meine Mutter ist.«

»Skorpion?«

»Der Kandidat hat neunundneunzig Punkte.«

»Und wer sind die Frauen, die deinen Mann demütigen oder gedemütigt haben?«, fragte er.
»Namen sind Schall und Rauch, genau wie diese erbärmlichen Kreaturen. Ciao.«
»Eine Frage noch – könntest *du* einen Menschen umbringen?«
»Hab ich das vorhin nicht erwähnt? Schau einfach in deinen Notizen nach. Und denk vor allem an deine Schweigepflicht. Du würdest dir mit Sicherheit eine Menge Sympathien verscherzen, wenn man herausfinden würde, dass wir eine ganze Nacht durchgefickt haben.«
Sie ging zu ihrem Wagen und stieg ein. Er wartete, bis sie gewendet hatte. Sie winkte ihm noch einmal zu. Richter kehrte ins Haus zurück. Er war verwirrt. Aus dem Schrank holte er die Flasche Cognac und schenkte das Glas halb voll. Erst nach und nach kam ihm zu Bewusstsein, was sie ihm alles gesagt hatte. Seine Hände zitterten, als er sich eine Zigarette anzündete. Schweigepflicht.

Montag, 18.13 Uhr

»Hier, stopp, ganz langsam zurück«, sagte Kullmer. »HG-MD 1211. Aber wer sitzt hinterm Steuer?«
»Keine Ahnung, ist nicht zu erkennen«, erwiderte Hellmer. »Irgendetwas blendet. Können wir das wegnehmen?«, fragte er Seiler.
»Ich kann's versuchen, aber eigentlich fehlen mir dazu die technischen Möglichkeiten. Vielleicht haben ja Ihre Kollegen beim BKA die nötigen Geräte. Ich kann hier nur bedingt den Kontrast und die Schärfe einstellen und auch Blendeffekte wegnehmen.«
»20.47 Uhr«, murmelte Julia Durant. »Um 20.47 Uhr hat ir-

gendjemand Maria van Dycks Auto aus dem Parkhaus gefahren. Aber es war mit Sicherheit nicht Maria van Dyck. Weshalb hätte sie um diese Zeit aus dem Parkhaus rausfahren und den Wagen gleich darauf um die Ecke in der Berliner Straße abstellen sollen? Wir müssen noch mal das Band zurücklaufen lassen. Sie ist um 14.36 Uhr ins Parkhaus gefahren. Wie lange mag sie sich in der Stadt aufgehalten haben? Zwei Stunden? Schauen wir uns mal an, wer ab 16.30 das Parkhaus verlassen hat. Und wir konzentrieren uns auf ein Auto, in dem zwei Personen sitzen.«
Hellmer holte noch vier Cola, Julia Durant rauchte vor lauter Nervosität eine Zigarette nach der andern. Sie starrten wie gebannt auf den Bildschirm, eine halbe Stunde verging, eine Dreiviertelstunde. Einige Male wurde das Bild schnell weiter vorgespult.
Plötzlich zuckte die Kommissarin zusammen. Sie berührte mit dem Zeigefinger den Bildschirm. »Hier! Schau, da ist Maria! Und sie sitzt neben – mein Gott, das darf nicht wahr sein!« Julia Durant wurde kalkweiß im Gesicht, sie zitterte am ganzen Körper. »Frank, siehst du, was ich sehe? Das ist … Ich fass es nicht. Ich fass es einfach nicht. Ich hatte jeden in Verdacht, nur sie nicht. Nicht einmal im Traum hätte ich sie … Herr Seiler, können Sie uns jeweils einen Ausdruck der drei Aufnahmen machen? 14.36 Uhr, 17.44 Uhr und 20.47 Uhr?«
Seiler nickte und drückte ein paar Tasten. Die Ausdrucke waren scharf und ein eindeutiger Beweis. Durant bedankte sich bei Seiler und für die Zeit, die er ihnen geopfert hatte. Sie versprach ihm, dass die Polizei sich für seine Hilfe noch erkenntlich zeigen würde.
»Mein Gott, sie war so ziemlich die Letzte, die ich verdächtigt hätte«, sagte eine sichtlich erschütterte Julia Durant im Hinausgehen. »Dann mal los.«

Montag, 20.17 Uhr

Vor dem Haus von Maibaums.
Es war hell erleuchtet, das Tor geschlossen.
»Wir gehen zu zweit rein, Frank und ich«, sagte die Kommissarin zu Kullmer und warf ihre ausgerauchte Zigarette auf den Bürgersteig. »Uns kennen sie schon. Jetzt ist auch ihr phänomenales Gedächtnis zu erklären. Natürlich konnte sie sich an Juliane Albertz erinnern, sie hat sie ja schließlich umgebracht. Und sie ist charmant, höflich, hat gute Umgangsformen, ist gebildet, alles Attribute, die Richter dem Täter beziehungsweise der Täterin zugeschrieben hat.«
Hellmer drückte auf die Klingel, kurz darauf ertönte eine weibliche Stimme durch den Lautsprecher. Carmen Maibaum.
»Frau Maibaum, wir sind's noch einmal, Polizei. Wir hätten noch ein paar Fragen.«
»Einen Moment.«
Sie warteten, die Haustür ging auf, Carmen Maibaum kam, bekleidet mit einer weißen Bluse, einem kurzen grauen Rock, schwarzen Strümpfen und Pumps, auf sie zu.
»So spät beehren Sie uns noch?«, sagte sie charmant lächelnd und öffnete das Tor. »Treten Sie ein.«
»Danke«, erwiderte Durant ernst.
Sie begaben sich ins Wohnzimmer, wo Maibaum vor dem Fernsehapparat saß. Er hatte einen Jogginganzug an, die Beine hochgelegt. Als sie eintraten, stand er auf und reichte den Kommissaren die Hand.
»Frau Maibaum, könnten wir Sie bitte allein sprechen?«
»Natürlich. Gehen wir ins Nebenzimmer, dort sind wir ungestört.«
Sie schloss die Tür hinter sich und lehnte sich dagegen. Ob-

gleich sich ein leichtes Lächeln um ihren Mund abzeichnete, war es, als ahnte sie, was kommen würde.
»Frau Maibaum, wir sind hier, um Sie wegen des dringenden Verdachts, sieben Frauen und Herrn Lewell umgebracht zu haben, zu verhaften. Sie haben das Recht, die Aussage zu verweigern, doch kann alles, was Sie von jetzt an sagen, vor Gericht gegen Sie verwendet werden.«
Carmen Maibaum lächelte immer noch und fuhr sich mit der Zunge über die Lippen. »Woher haben Sie das? Hat Richter, dieser Psychopath, geplaudert?«, fragte sie höhnisch.
»Nein, wir haben das selbst herausgefunden. Hier sind die Beweise.« Julia Durant hielt ihr die Fotos hin, Carmen Maibaum sah sie an und reichte sie kommentarlos der Kommissarin zurück.
»Tja, das war wohl ein Fehler von mir. Ich dachte, diese Bänder würden noch am selben Tag gelöscht werden. Zumindest hat es mir einer der Bediensteten dort gesagt. Er hat mich also angelogen. Ich hätte es besser wissen müssen. Vertraue keinem Menschen. Diese Welt ist durch und durch schlecht und verlogen. Ich darf mich aber doch noch von meinem Mann verabschieden?«
»Natürlich. Allerdings werden wir dabei sein.«
Carmen Maibaum ging zu ihrem Mann und umarmte ihn. »Liebling, ich muss jetzt gehen.«
»Wohin?«, fragte er, den Kopf leicht zur Seite geneigt.
»Du kannst mich besuchen, wenn du willst. Das Spiel ist aus. Ich habe es nur für dich getan. Für dich und auch ein bisschen für mich.«
»Was hast du für mich getan, Schatz?« Er sprang aus dem Sessel und packte sie bei den Schultern. Sie schlang ihre Arme um seinen Hals, küsste ihn mit Tränen in den Augen.
»Ich geh jetzt, und mach du das Beste aus deinem Leben. Ich liebe dich und werde stets an dich denken. Du bist der

Mann, den ich mir immer gewünscht habe. Mein Fehler war wohl, dass ich dich viel zu sehr liebe. Und wenn du an mich denkst, dann behalte das Gute in Erinnerung. Du wirst es schaffen …«

»Carmen! Was ist los?«

»Ich habe einen großen Fehler begangen, das ist los. Und jetzt werde ich dafür bezahlen. Aber es ist mein Fehler und nicht deiner. Ich weiß, dass du dir wieder Vorwürfe machen wirst, doch das brauchst du nicht. Ich bin einfach eine schlechte Frau. Ich werde dich sehr vermissen. Du kennst mich ja, ich war immer impulsiv und kann es auf den Tod nicht ausstehen, wenn … Ach komm, lassen wir das. Ich liebe dich.«

»Frau Maibaum, wir müssen jetzt gehen. Es liegt noch eine lange Nacht vor uns.«

»Kann ich etwas zum Anziehen mitnehmen?«

»Nein, jetzt nicht. Ihr Mann kann Ihnen morgen etwas bringen. Brauchen Sie Zigaretten?«

»Ich habe eine Stange hier, die nehm ich mit. Ich werde wohl sehr viel rauchen in der nächsten Zeit. Vielleicht sterbe ich so schneller.«

»Carmen, sag, dass das nicht wahr ist! Bitte, sag es!« Maibaum hielt seine Frau fest umklammert. »Sag, dass du keinen Menschen umgebracht hast!« Er weinte wie ein kleines Kind, sein Körper wurde durchgeschüttelt von dem Schmerz, den Menschen zu verlieren, den er am meisten liebte.

Julia Durant nahm Carmen Maibaum bei der Hand und zog sie mit sich nach draußen.

»Ich werde dir den besten Anwalt besorgen, den es gibt!«, rief Maibaum ihr hinterher. »Den besten Anwalt der Welt! Hörst du?!«

Als die Rücklichter des Lancia um die Ecke verschwanden, sank er in sich zusammen und schluchzte hemmungslos.

Montag, 20.35 Uhr

Richter hatte gerade eine Scheibe Brot gegessen, als es an der Tür klingelte.
Viola Kleiber.
»Sie? Um diese Zeit?«, sagte er verwundert.
»Darf ich reinkommen?«, fragte sie mit einem Blick, dem er nicht widerstehen konnte.
»Bitte.«
Sie trat an ihm vorbei, hielt mitten im Raum inne und sah Richter aus ihren unergründlich tiefen Augen an. Sie wirkte melancholisch, wie so oft.
»Ich möchte mich für mein Benehmen von heute Morgen entschuldigen. Ich weiß auch nicht, was in mich gefahren ist, aber mit einem Mal ist alles über mir zusammengebrochen. Sie haben wahrscheinlich gedacht, ich wäre für die Morde verantwortlich. Aber glauben Sie mir, ich könnte niemals einem Menschen wehtun.«
»Ich muss zugeben, ich hatte tatsächlich für einen Moment die Vermutung … Aber dann habe ich mir wieder gedacht, nein, das ist unmöglich. Eine Viola Kleiber bringt keinen Menschen um.«
»Was ich zu Ihnen gesagt habe, tut mir unendlich Leid. Ich war sehr verletzend. Nehmen Sie meine Entschuldigung an?«
Richter sah Viola Kleiber verständnisvoll an. »Frau Kleiber, über jedem von uns bricht irgendwann einmal alles zusammen. Bei mir war es heute Nachmittag so. Es liegt wohl am Wetter. Wie haben Sie so schön gesagt – im traurigen Monat November war's? Wollen Sie sich nicht setzen und mir ein wenig Gesellschaft leisten? Ich fühle mich heute auch ziemlich elend.«
»Darf ich fragen, warum?« Viola Kleiber nahm, wie vor ihr schon Carmen Maibaum, hinter dem Schreibtisch Platz.

»Sie dürfen mir jede Frage stellen, aber leider darf ich Ihnen nicht jede Frage beantworten. Doch heute war einer der miserabelsten Tage in meinem Leben. Am liebsten würde ich mich in einem Mauseloch verkriechen oder irgendwohin fahren, wo mich keiner kennt, und einfach ein neues Leben beginnen. Kennen Sie das auch?«

»Ja, Professor, nur zu gut. Wollen wir etwas gegen unsere trübe Stimmung unternehmen? Es gibt da eine nette Bar in Neu-Isenburg. Nur was trinken. Was halten Sie davon? Ich habe etwas gutzumachen.«

»Nur was trinken?«

»Ja, heute trinken wir nur etwas. Und bitte, nennen Sie mich Viola.«

»Und was sagt Ihr Mann dazu?«

»Wozu? Dass wir beide etwas trinken gehen? Er weiß es nicht. Er hat wahrscheinlich nicht einmal mitbekommen, dass ich nicht zu Hause bin. Ich habe heute Nachmittag beschlossen, mein eigenes Leben zu führen. Ich weiß jetzt, dass ich viel zu abhängig von ihm war. Und ich habe schon einmal gesagt, eigentlich bin ich ein Vogel, der frei sein will. Und jetzt werde ich diese Freiheit genießen. Gehen wir?«

»Und ich dachte schon, ich würde Sie nie wiedersehen. So kann man sich täuschen.«

»Das Leben steckt eben voller Überraschungen. Und bei mir ist man vor keiner sicher«, sagte sie mit einem schelmischen Lächeln und stand auf, während Richter seine Jacke überzog.

»Nehmen wir Ihren oder meinen Wagen?«, fragte Viola Kleiber.

»Wir nehmen meinen. Sie können mir ja den Weg weisen, Viola.«

Richter wusste, sie würden an diesem Abend nur etwas trinken, plaudern und später allein einschlafen. Aber es gab noch so viele Tage und Abende und Nächte. Viola Kleiber.

Montag, 21.10 Uhr

Polizeipräsidium. Vernehmungszimmer.
Carmen Maibaum saß am Tisch, vor sich ein Mikrofon. Durant, Hellmer und Kullmer waren mit im Raum, Berger war informiert worden und wollte gleich kommen.
»Warum haben Sie die Frauen getötet?«, fragte Durant jetzt schon zum zehnten oder zwanzigsten Mal.
Sie erhielt immer dieselbe Antwort: »Fragen Sie Professor Richter, er kennt den Grund. Ich habe lange mit ihm darüber gesprochen. Ansonsten verweigere ich vorerst jede weitere Aussage.«
»Professor Richter steht unter Schweigepflicht.«
»Na und, dann entbinde ich ihn in diesem Fall davon.« Carmen Maibaum zündete sich die fünfte Zigarette an. Sie machte einen sehr gefassten Eindruck.
»Gut, dann holen wir Richter her.«
Julia Durant gab Hellmer ein Zeichen, woraufhin dieser im Nebenzimmer verschwand und bei Richter anrief. Es meldete sich nur sein Anrufbeantworter. Danach versuchte er es auf seinem Handy, Mailbox. Er hinterließ eine Nachricht auf dem Anrufbeantworter und der Mailbox, in der Hoffnung, Richter würde bald zurückrufen.
Um halb zehn kam ein von Alexander Maibaum beauftragter Anwalt vorbei, um sich mit Carmen Maibaum zu besprechen. Das Gespräch dauerte eine Viertelstunde. Der Anwalt sagte, Frau Maibaum sei müde und möchte in ihre Zelle gebracht werden. Die Beamten stimmten dem zu, beschlossen, für heute Schluss zu machen. Carmen Maibaum wurde von einer Beamtin untersucht und danach in ihre Zelle geführt. Als die Tür laut zufiel, legte sie sich auf die schmale, harte Pritsche und schloss die Augen.
Berger kam, als die Kommissare gerade das Präsidium ver-

ließen. Hellmer erstattete ihm kurz Bericht, sagte, das Verhör werde morgen früh um acht fortgesetzt. Anschließend stiegen alle in ihre Wagen und fuhren nach Hause.

Montag, 22.20 Uhr

Julia Durant hatte die Post aus dem Kasten geholt, die aus nichts als Reklame bestand, und ging mit müden Schritten nach oben. Sie schloss die Tür auf, die Luft in der Wohnung war wie so oft abgestanden und stickig, streifte ihre Schuhe ab, zog die Jacke aus und ließ sie einfach auf den Boden fallen. Dann holte sie sich zwei Dosen Bier aus dem Kühlschrank, stellte einen Sechserpack, den sie eben an der Tankstelle gekauft hatte, hinein, und wusch sich die Hände und das Gesicht. Ihre Augen waren klein, ihr Körper ein einziges Vibrieren. Sie griff zum Telefon und wählte die Nummer von Dominik Kuhn. Zu Hause erreichte sie ihn nicht, also probierte sie es in der Redaktion. Er hatte Spätdienst, war sofort am Apparat.

»Kuhn.«

»Hier Durant. Ich wollte mich nur mal kurz melden und mich bei Ihnen für den Hinweis mit dem Parkhaus bedanken. Hiermit löse ich meine Schuld ein, Sie bekommen als Erster die Information, dass wir den Täter oder besser die Täterin gefasst haben. Und das ist nicht zuletzt auch Ihr Verdienst.«

»Gratuliere! Und wer ist es?«

»Den Namen darf ich Ihnen noch nicht nennen. Ich kann Ihnen nur sagen, dass sie Carmen M. heißt. Kein Foto, keine Details. Machen Sie eine gute und ehrliche Geschichte daraus. Ohne Ihre Hilfe hätten wir sie vermutlich nie gekriegt. Die Idee mit dem Parkhaus war wirklich Gold wert. Vielen Dank.«

»Was war ihr Motiv?«, hakte Kuhn nach.
»Das ist uns selbst noch unbekannt. Vordergründig natürlich der Hass auf Skorpion–Löwe-Frauen. Aber das Warum hat sie uns noch nicht verraten. Sie bekommen die Informationen von mir, sobald ich sie habe. Und jetzt viel Spaß beim Schreiben.«
»Moment, Moment! Wann gehen wir essen?«
»Rufen Sie mich doch morgen Abend mal an. Heute bin ich zu keinem klaren Gedanken mehr fähig. Okay?«
»Ich nehm Sie beim Wort. Dann schlafen Sie mal gut und bis morgen.«
Julia Durant legte auf, duschte kurz, machte sich eine Scheibe Brot mit Salami, hörte noch etwas Musik. Um Viertel nach elf ging sie zu Bett. Sie schlief sofort ein.

Dienstag, 1.45 Uhr

Richter hatte den Abend mit Viola Kleiber genossen. Sie hatten sich über vieles unterhalten, hatten gelacht, ein paar Mal hatten sich ihre Hände wie zufällig berührt. Nachdem sie die Bar verlassen hatten, waren sie zu seinem Haus gefahren, wo Viola Kleiber ihm die Hand reichte und ihm einen leichten Kuss auf die Wange hauchte.
»Danke für den schönen Abend. Ich habe mich wirklich gut unterhalten.«
»Ich habe zu danken, Viola. Sie sind eine wunderbare Frau.«
»Das hat mir schon lange keiner mehr gesagt. Und es freut mich, das aus deinem Mund zu hören. Lassen wir es bei dem Du?«
»Gerne. Wann sehen wir uns wieder?«
»Ich ruf dich an. Vielleicht schon sehr bald. Wie gesagt, ich will endlich leben. Aber ich denke, ich sollte jetzt besser nach

Hause fahren, sonst komme ich womöglich noch auf dumme Gedanken.«
»Ja, das wäre vielleicht wirklich besser. Wir heben uns die dummen Gedanken für ein andermal auf. Es war schön mit dir. Und richte bitte deinem Mann *keine* Grüße von mir aus.«
Er wartete, bis sie eingestiegen und losgefahren war. Im Haus war alles dunkel. Er hängte seine Jacke an die Garderobe und ging in sein Büro. Auf dem Anrufbeantworter waren zwei Nachrichten. Er überlegte, ob er sie abhören sollte, drückte schließlich auf den Knopf. Die erste war von Claudia van Dyck, die ihn erneut um einen Rückruf bat. Nein, nicht bat, sie bettelte darum. Er würde sie nicht zurückrufen. Nicht nach dem heutigen Abend. Er hörte die zweite Nachricht ab, die um kurz vor zehn auf Band gesprochen worden war. »Hier Kommissar Hellmer. Professor Richter, bitte rufen Sie umgehend im Präsidium an, oder setzen Sie sich spätestens morgen früh um acht mit uns in Verbindung. Es ist sehr dringend.«
Richter überlegte, sah auf die Uhr, schüttelte den Kopf. Um diese Zeit würde er keinen der Kommissare mehr antreffen. Er war müde und ausgelaugt und auf eine gewisse Weise auch erleichtert. Es war der Abend, der seinen Tag gerettet hatte. Er ging nach oben, duschte und legte sich ins Bett. Er dauerte lange, bis er einschlief. Zum ersten Mal seit seiner Jugend hatte er Schmetterlinge im Bauch. Ein angenehmes Gefühl.

Dienstag, 7.15 Uhr

Durant wachte um kurz nach vier Uhr auf, stieß einen derben Fluch aus, wälzte sich noch eine Weile im Bett umher, schaffte es aber trotz aller Anstrengungen und Flüche nicht mehr, wieder einzuschlafen. Der vor ihr liegende Tag

kreiste unentwegt durch ihren Kopf. Um halb sechs stand sie auf, duschte heiß, zog sich an und frühstückte ausgiebig. Dann rauchte sie eine Zigarette, räumte den Tisch ab und stellte den Cornflakes-Becher und die Kaffeetasse in die Spüle zu dem anderen Geschirr, kippte die Fenster im Schlafzimmer und im Wohnzimmer und leerte den überquellenden Aschenbecher.
Um halb sieben verließ sie das Haus und kaufte sich am Kiosk nebenan eine *Bild-Zeitung.* Auf der Titelseite prangte in großen Lettern: »Die Bestie von Frankfurt – eine Frau!« Sie musste unwillkürlich über die reißerische Schlagzeile grinsen und las den Artikel in ihrem Corsa. Zwei Minuten vor sieben betrat sie das Büro. Noch war sie allein. Sie erstellte sofort eine Liste, was welche Kollegen während des Tages zu erledigen hatten. Um Viertel nach sieben, Berger war entgegen seiner sonstigen Gewohnheit noch immer nicht da, fuhren die ersten los, um die Häuser, die Carmen Maibaum gehörten, zu inspizieren.
Als Berger wenig später ins Büro kam, hatte er einen hochroten Kopf, knallte die *Bild-Zeitung* auf den Tisch und brüllte: »Woher weiß dieser Schmierfink, dass es eine Frau ist? Woher weiß er überhaupt, dass wir sie haben?«
Durant zuckte die Schultern, gab sich ahnungslos, zündete sich eine Gauloise an. »Keinen Schimmer. Aber Sie kennen doch diese Journalisten, die sind wie Bluthunde und finden immer alles raus. Vielleicht hat er uns beschattet, wer weiß?«
»Wenn ich rauskriege, dass Sie oder Hellmer oder irgendein anderer dem die Information zugesteckt hat, wird das Konsequenzen haben! Haben Sie mich verstanden?«
»Chef«, erwiderte sie, stützte sich auf die Schreibtischkante und sah Berger mit unschuldigem Augenaufschlag an, »ich weiß doch selbst, dass nur die Presseabteilung die Medien informieren darf. Und ich glaube auch nicht, dass irgendein

anderer geplaudert hat. Ungeschehen können wir es eh nicht mehr machen.«
»Ach, was soll's auch«, meinte er mit einer wegwerfenden Handbewegung und ließ seinen massigen Körper in den Sessel fallen. »Von mir aus können die schreiben, was sie wollen.« Er sah Durant von unten herauf an und fragte mit einem vielsagenden Grinsen: »Und Sie waren's wirklich nicht?«
»Was hab ich schon mit der Presse zu tun?«, antwortete sie mit Unschuldsmiene.
»Hätte ja immerhin sein können. Wann beginnen Sie mit der Vernehmung?«
»Um acht, wie abgesprochen.«
Sie ging grinsend in ihr Büro. Sie wusste, dass Berger wusste, dass sie Kuhn die Information hatte zukommen lassen. Und wenn er sich bisweilen auch aufführte wie ein wilder Stier, so war er in bestimmten Momenten doch ganz in Ordnung.

Dienstag, 8.00 Uhr

Polizeipräsidium Frankfurt. Vernehmungszimmer.
Durant und Hellmer waren allein mit Carmen Maibaum im Raum. Hinter dem großen Spiegel, der in der Mitte der Wand ins Mauerwerk eingelassen war, saßen Berger, Kullmer und Frau Güttler im Nebenzimmer und verfolgten das Verhör. Carmen Maibaum machte einen ausgeruhten, selbstsicheren Eindruck. Sie stellte sich ans Fenster und schaute hinaus auf die Straße, auf den Verkehr, der zähflüssig unter ihr vorbeizog. Das Mikrofon war eingeschaltet, das Tonband lief, die Videokamera erfasste etwa drei Viertel des Raums.
Carmen Maibaum hatte drei Schachteln Zigaretten mitgebracht. Sie rauchte eine Benson & Hedges.
»Frau Maibaum, wie fühlen Sie sich heute?«, fragte Durant.

»Danke, es geht mir gut. Haben Sie schon mit Richter gesprochen?«
Die Tür ging auf, Kullmer winkte Durant zu sich. Er flüsterte: »Richter ist am Apparat. Übernehmen Sie mal.«
»Ich bin gleich wieder da«, sagte sie zu Hellmer und ging in das Zimmer nebenan. Sie nahm den Hörer in die Hand.
»Professor Richter?«
»Ja. Ich war gestern Abend nicht zu erreichen und habe den Anrufbeantworter erst vorhin abgehört. Was gibt es denn so Dringendes?«
»Das möchte ich eigentlich nicht am Telefon mit Ihnen besprechen. Allerdings möchte ich Sie bitten, so schnell wie möglich aufs Präsidium zu kommen. Sie wissen ja, wo unsere Büros sind; Sie brauchen nur den Gang ein Stück weiter nach unten zu gehen, fast am Ende ist rechts eine Tür zum Vernehmungszimmer, etwas weiter noch eine Tür. Wann können Sie hier sein?«
»In zwanzig Minuten.«
»In Ordnung.«
Julia Durant kehrte in das Vernehmungszimmer zurück. Carmen Maibaum stand noch immer am Fenster, den Blick nach draußen gerichtet. Hellmer saß am Tisch und beobachtete sie aufmerksam. Ihre Ruhe und Gelassenheit irritierten ihn. Es gab seiner Meinung nach nur zwei Gründe für diese Ruhe, entweder würde sie gleich eine Bombe platzen lassen und sagen, sie habe mit den Morden überhaupt nichts zu tun, oder sie war sich keiner Schuld bewusst.
»Frau Maibaum, Professor Richter wird in ein paar Minuten hier sein. Wollen wir trotzdem schon einmal anfangen?«
Sie zuckte gelangweilt die Schultern. »Von mir aus«, antwortete sie, drehte sich um, lehnte sich gegen die Fensterbank, die Hände unter der Brust verschränkt. Sie sah die Kommissarin herausfordernd an.

»Frau Maibaum, ich möchte noch einmal die Frage von gestern Abend stellen. Warum haben Sie die Frauen Weidmann, Albertz, Müller, Kassner, Koslowski, van Dyck und Liebermann sowie Herrn Lewell getötet?«
»Ich sagte Ihnen doch schon, fragen Sie Richter. Er ist der große Psychologe. Und er kann phantastisch ficken. Sie sollten es übrigens mal mit ihm probieren. Sie werden die Nacht nie vergessen.« Ihr Blick war spöttisch, ihre Worte hatten nur ein Ziel – zu verletzen.
Ohne darauf einzugehen, erwiderte Durant: »Wir würden es aber gerne von Ihnen persönlich hören. Warum?«
Sie lächelte maliziös, verzog die Mundwinkel und antwortete: »Was würden Sie sagen, wenn ich es gar nicht war? Was beweisen Ihre Fotos schon? Ich bin mit Maria zusammen aus dem Parkhaus gefahren. Na und? Ich habe sie zu Hause abgesetzt, ab da weiß ich nicht, was sie gemacht hat. Wer hat denn ihr Auto aus dem Parkhaus gefahren? Ich meine, ich bin doch gar nicht darauf zu erkennen. Dumm gelaufen, was? Es ist ein Scheißspiel, wenn bestimmte Fakten fehlen …«
»Hören Sie, Frau Maibaum, das Spiel ist aus. Schlusspfiff. Und jetzt will ich von Ihnen endlich hören, warum Sie die Frauen getötet haben?«
»Welche Beweise haben Sie? Fingerabdrücke, Fußabdrücke, Haare, Hautreste unter den Nägeln … Was haben Sie vorzuweisen, was mich belastet, außer diesem lächerlichen, gesichtslosen Foto?«
»Einige Kollegen sind gerade dabei, Ihre Häuser zu durchsuchen. Moment, hier hab ich's, eins in Sachsenhausen, eins in Falkenstein und eins in Sindlingen. Wobei das in Sindlingen für mich das interessanteste ist. Es handelt sich hierbei um ein Mehrfamilienhaus, das seit längerer Zeit leer steht. Nur die Wohnung im Erdgeschoss wurde noch von Ihnen bewohnt, was mir vor wenigen Minuten einer unserer Beamten

telefonisch bestätigt hat. Und sie haben Handschellen sichergestellt. Es wäre also besser für Sie, wenn Sie sich dazu durchringen könnten, ein umfassendes Geständnis abzulegen. Wir finden etwas, und wenn es nur ein Fläschchen Valium ist, mit dem Sie Maria van Dyck betäubt haben.«
»Suchen Sie ruhig, und sagen Sie mir Bescheid, wenn Sie etwas gefunden haben. Ich habe Zeit. Außerdem, SM ist in, das müssten Sie doch nur allzu gut wissen«, sagte sie zynisch lächelnd.
»Haben Sie eigentlich noch immer nicht begriffen, dass Sie hier nicht mehr rauskommen? Was hat diesen Hass auf Skorpionfrauen bei Ihnen ausgelöst? Und warum mussten Sie sie umbringen? Hätte es nicht auch eine andere Form der Rache getan? Eine, bei der Menschen nicht zu Schaden gekommen wären?«
Carmen Maibaum sah die Kommissarin aus zu Schlitzen verengten Augen an, steckte sich eine weitere Zigarette zwischen die Lippen, inhalierte und blies den Rauch in ihre Richtung. »Manchmal ist es notwendig, Menschen zu töten, damit andere leben können.« Danach schwieg sie.
Es verging eine ganze Weile, während der kein Wort gesprochen wurde. Julia Durant lehnte sich zurück und sagte schließlich: »Es ist nicht das erste Mal, dass ich etwas mit Serienmördern zu tun habe. Es gibt zwei verschiedene Persönlichkeitstypen – der psychopathische und der psychotische. Letzterer kommt bei Ihnen nicht in Frage, dazu sind Sie zu intelligent. Also sind Sie eine Psychopathin. Und die meisten Serienmörder haben ein Problem mit ihrer Mutter. Ich vermute, auch Sie hatten ein Problem mit ihr. Hat sie Sie häufig geschlagen oder gar missbraucht? Na ja, bestimmt wird Richter uns das sagen, wenn er gleich hier ist. Er weiß vermutlich sehr viel über Sie, wenn Sie sogar schon mit ihm – gefickt – haben. Und falls Sie denken, Sie könnten Richter

dazu bringen, uns nichts zu erzählen, dann irren Sie sich. Wir haben Ihre Aussage von gestern Abend auf Band, in der Sie Richter von seiner Schweigepflicht befreien.
Nun zurück zu Ihrer Mutter. Ich vermute mal, dass sie Sternzeichen Skorpion mit Aszendent Löwe ist – oder war, ich weiß ja nicht, ob Ihre Mutter überhaupt noch lebt. Habe ich Recht?«
Carmen Maibaum verzog den Mund zu einem abfälligen Lächeln. »Und wenn, was beweist das schon? Es gibt bestimmt über hunderttausend Frauen in Deutschland, die diese Konstellation aufweisen. Und meine Mutter lebt noch, leider. Und außerdem brauchen Sie mir keinen Vortrag über Serienmörder zu halten, ich habe selbst ein paar Semester Psychologie studiert und mich eingehend mit diesem Thema auseinander gesetzt. Ich bin auch keine Psychopathin. Nur Realistin. Aber das wird wohl nie in Ihren kleinen Schädel dringen. Manchmal muss man Dinge tun, die jenseits der Norm liegen.«
»So, Sie haben also Psychologie studiert. Dann müssten Sie ja eigentlich etwas über Kindheitstraumata wissen.«
»Ich weiß mehr, als Sie glauben. Und Sie werden mir nie das Wasser reichen können.«
»Wie Sie sehen, kann ich es doch. Es hat nur ein bisschen gedauert, bis wir Sie hatten ...«
»Acht Tote nennen Sie ein bisschen!« Carmen Maibaum lachte hämisch auf. »Sie hatten mich erst, als ich fertig war. Und auch nur deshalb, weil ich dummerweise einmal dem Wort eines kleinen lausigen Angestellten vertraut habe.«
»Tja, das war allerdings für eine Frau Ihres Kalibers sehr dumm und sehr leichtgläubig! Man sollte eben nicht auf alles hören, was andere sagen. Aber um noch mal auf das Sternzeichen zurückzukommen, ich bin übrigens auch Skorpion mit Aszendent Löwe. Wenn wir früher draufgekommen wären, hinter was für einem Typ Frau Sie her waren, hätte ich mich

als Lockvogel zur Verfügung gestellt. Es wäre bestimmt eine interessante Erfahrung für mich geworden. Mich hat noch nie einer ans Bett gefesselt und geknebelt, geschweige denn mir die Brustwarzen abgebissen … Was ist das eigentlich für ein Gefühl, wenn man als Frau einer andern Frau die Brustwarzen abbeißt? Fühlt man da nicht selber diesen unglaublichen Schmerz?«

Carmen Maibaum rauchte und sah die Kommissarin mit spöttischem Blick an. Schweigen.

Schließlich sagte sie: »Sie haben schöne große Brüste, soweit ich das durch Ihre Bluse beurteilen kann. Wir können's ja mal ausprobieren, wie es sich bei Ihnen anfühlt.« Sie fuhr sich mit der Zunge genüsslich über die Lippen, während sie die Kommissarin herausfordernd anschaute.

Julia Durant ging auf die offene Provokation nicht ein, sondern stand auf, stellte sich ans Fenster und sah hinunter auf die Straße. Sie zwang sich, an etwas Schönes zu denken, an Meer, Sonne, Strand, Urlaub, einen Wald, an Vögel oder Katzen, die sie so liebte. Nach einer Weile drehte sie sich um, zündete sich eine Gauloise an und kam zurück an den Tisch. Sie sprach mit ruhiger Stimme. »Hatten Sie eigentlich zu irgendeiner Zeit Mitleid mit ihren Opfern? Was ist mit Maria van Dyck? Sie war noch so jung und unschuldig. Sie hatte keinem Menschen etwas zuleide getan, sie war im wahrsten Sinne des Wortes unschuldig.«

»Keine von ihnen ist unschuldig«, erwiderte Carmen Maibaum kühl. »Ich meine natürlich, kein Mensch ist unschuldig, Babys vielleicht ausgenommen.«

Die Tür ging auf, Kullmer gab Durant ein Zeichen. Sie stand auf, Richter war gekommen.

»Was gibt es so Dringendes, dass Sie mich hierher bestellen?«, fragte er. Er hatte Schweißperlen auf der Stirn und war außer Atem.

»Gehen wir kurz in mein Büro, dort sind wir ungestört.« Durant setzte sich hinter ihren Schreibtisch und deutete auf einen Stuhl.
»Wir haben den Täter, oder besser gesagt, die Täterin. Carmen Maibaum.«
Richter senkte den Blick, atmete tief durch. »Was für ein Glück«, murmelte er.
»Sie sagt, wir sollen mit Ihnen sprechen, wenn wir wissen wollen, warum sie die Morde begangen hat. Was hat sie Ihnen erzählt? Und vor allem, wann?«
Richter beugte sich nach vorn, die Arme auf die Oberschenkel gestützt, die Hände gefaltet, den Blick zu Boden gerichtet. »Sie war gestern bei mir. Da ist zum einen ein Kindheitstrauma, das sie nie verarbeitet hat. Als sie sieben war, hat ihr Vater, den sie, wie sie mir sagte, über alles geliebt hat, ihre Mutter mit einem Liebhaber im Bett erwischt. Es kam zu einer Auseinandersetzung, er hat gedroht, sich das Leben zu nehmen, woraufhin er von seiner Frau ausgelacht und verhöhnt wurde. Kurz darauf hat er sich quasi vor den Augen von Frau Maibaum vom Balkon gestürzt. Später hat ihre Mutter einen reichen Mann geheiratet, der Carmen, ich meine Frau Maibaum, adoptiert hat. Von ihm hat sie auch die Häuser geschenkt bekommen. Zu ihm hat sie ein relativ gutes Verhältnis, zu ihrer Mutter hat sie kaum noch Kontakt. Mit knapp zwanzig hat sie Alexander Maibaum kennen gelernt und geheiratet. Es muss so etwas wie die ganz große Liebe gewesen sein. Sie sagt, sie habe niemals einen Menschen so sehr geliebt wie ihn und sie würde auch für den Rest ihres Lebens keinen mehr so lieben können. Das Fatale war, dass Maibaum vor ein paar Jahren aus bis jetzt unerfindlichen Gründen impotent wurde. Für sie war das offensichtlich weniger ein Problem als für ihn. Sie hat ihn sogar dazu ermutigt, zu einer Hure zu gehen, was er abgelehnt hat. Aber er hat sich

eine Geliebte zugelegt, mit der es allerdings im Bett auch nicht geklappt hat. Sie hat ihn nicht nur finanziell ausgenommen, sondern auch aufs Schlimmste gedemütigt. So, wie Frau Maibaum sie mir beschrieben hat, kann es sich dabei eigentlich nur um Jeannette Liebermann gehandelt haben.« Er atmete wieder kräftig durch, bevor er fortfuhr.

»Danach hat er es noch einmal mit einer andern Frau versucht, ich nehme an mit Judith Kassner. Doch es ist wohl bei dem Versuch geblieben. Er ist an seinem Problem irgendwie zerbrochen, aber nach den Demütigungen, die er vor allem von dieser einen Frau hinnehmen musste, ist bei ihr offensichtlich die ganze Wut, die sich seit dem Tod ihres Vaters über all die Jahre in ihr aufgestaut hatte, zu unbändigem und auch unkontrolliertem Hass geworden. Sie war nur noch auf diesen einen Punkt fixiert, dass alle Frauen, die unter dem Sternzeichen Skorpion–Löwe geboren wurden, schlecht sind. Nachdem sie gestern gegangen war, habe ich lange mit mir gerungen, wie ich es anstellen könnte, die Polizei auf die richtige Spur zu bringen, ohne meine Schweigepflicht zu verletzen. Zum Glück brauche ich mir darüber jetzt keine Gedanken mehr zu machen.«

»Hat sie irgendetwas von Lewell erwähnt?«

»Nein, mit keinem Wort. Sie hat nur gesagt, sie habe in den vergangenen Jahren eine Hand voll Liebhaber gehabt, und ich gehe einfach mal davon aus, dass Lewell einer von ihnen war.« Richter lehnte sich zurück, wandte den Kopf zum Fenster hin, holte eine Zigarette aus seiner Jackentasche und zündete sie an.

»Sie haben auch mit ihr geschlafen, nicht?«, sagte Durant.

»Wahrscheinlich hat sie es Ihnen erzählt. Und warum sollte ich lügen, ja, ich habe mit ihr geschlafen. Aber da wusste ich noch nichts von ihrem schrecklichen Geheimnis. Ich hätte jeden und jede verdächtigt, sogar Viola Kleiber, aber Carmen, nein. Das ist das Rätselhafte an psychopathischen Persönlichkeiten, sie lassen sich kaum in die Karten schauen. Alles, was sie sagen, kann Wahrheit sein oder auch Lüge. Bei ihnen verschmelzen Wahrheit und Lüge so sehr, dass sie am Ende selbst nicht mehr wissen, was nun wahr und was gelogen ist. Es ist eine Herausforderung für jeden Psychologen, das herauszufinden. Und noch was, ein Psychopath wird niemals eingestehen, ein Psychopath zu sein. Er würde nie zugeben, verrückt zu sein. Aber das ist genau das, was ein Psychopath auch ausnutzen kann …«

»Wie meinen Sie das?«, fragte Durant stirnrunzelnd.

»Ganz einfach, Psychopathen tun so, als wären sie völlig normal, lassen aber dennoch gerne verschiedene Gutachten über ihre Persönlichkeitsstruktur erstellen, wohl wissend, dass diese Gutachten unter Umständen vor Gericht zu ihren Gunsten verwendet werden könnten. Was letztendlich auch Auswirkungen auf das Strafmaß hätte. Nehmen wir an, es werden drei Gutachter beauftragt, sich mit Frau Maibaum auseinander zu setzen, und zwei kommen zu dem Schluss, dass sie nur bedingt zurechnungsfähig ist … Nun, den Rest können Sie sich selbst zusammenreimen. Und Frau Maibaum ist mit allen Wassern gewaschen.«

»Was später vor Gericht passiert, ist nicht mein Problem, wirklich …«

»Nur noch eines, Frau Durant. Bevor Frau Maibaum gestern zu mir gekommen ist, hatte ich mit Frau Kleiber einen Termin. Danach war ich fast sicher, dass sie hinter den Morden steckt. Ich habe wirklich gehofft und gebetet, dass ich Unrecht behalten würde. Mein Gott, bin ich froh, dass sie es nicht war.«

»Ich möchte Ihnen nicht zu nahe treten, Professor Richter, aber Sie hatten ja auch zu Jeannette Liebermann sexuellen Kontakt.«

Richter nickte. »Ja, seit einigen Jahren. Aber wir haben uns nur selten getroffen, sie war ja kaum einmal in Frankfurt. Aber das wissen Sie ja schon seit Samstag.«
»Was für eine Frau war sie?«
»Exzentrisch, leidenschaftlich, hemmungslos, und ja, sie konnte durchaus verletzend sein. Mir gegenüber hat sie sich eigentlich immer recht anständig verhalten, allerdings weiß ich von anderen Leuten, dass sie sehr jähzornig werden konnte. Und sie hat sich genommen, was sie kriegen konnte. Ich frage mich nur: Wie ist Frau Maibaum an Jeannette rangekommen, wenn Jeannette doch Herrn Maibaum so gut kannte? Wie hat sie sich überhaupt das Vertrauen der andern Opfer erschlichen?«
»Das kriegen wir schon noch raus. Vielen Dank erst mal für Ihre Hilfe. Eine Frage noch – wie können wir sie zum Reden bringen? Im Moment schweigt sie nämlich beharrlich.«
Richter zuckte die Schultern. »Keine Ahnung. Das ist das Problem mit psychopathischen Persönlichkeiten, entweder sie reden wie ein Wasserfall und brüsten sich mit ihren Taten, oder sie schweigen wie ein Grab, zum Beispiel, um Stärke zu demonstrieren oder Sie oder Ihre Kollegen dazu zu bringen, die Kontrolle zu verlieren. Sie dürfen auf gar keinen Fall ungeduldig werden oder sich besondere Gefühlsregungen anmerken lassen. Aber vielleicht sollte ich mal mit ihr sprechen? Was halten Sie davon?«
»Was wollen Sie ihr sagen?«
»Mir wird schon was einfallen. Darf ich?«
»Bitte.«
Auf dem Weg zum Vernehmungszimmer fragte Richter: »Wie sind Sie überhaupt auf sie gekommen? Ich kann mir nicht vorstellen, dass sie Spuren hinterlassen hat.«
Durant blieb stehen und sagte leise: »Das ist eine lange Geschichte. Aber sie hat einen Fehler gemacht. Ein Journalist

hat uns draufgebracht. Ich erzähl's Ihnen, wenn alles vorbei ist.«

»Kann ich allein mit ihr sprechen?«, fragte Richter. »Sie können natürlich vom Nebenraum mithören.«

»Kein Problem. Wir gehen mit Ihnen rein, und dann verschwinde ich zusammen mit Hellmer. Vielleicht ist sie Ihnen gegenüber ja offener.«

»Hallo, Carmen«, sagte Richter und trat auf sie zu. Hellmer und Durant verließen das Zimmer und schlossen die Tür hinter sich.

»Was machst du denn hier?«, fragte sie kühl.

»Ich wollte dich nur mal sehen. Du hast mich gestern in einen ganz schönen Gewissenskonflikt gebracht. Wie haben sie dich gekriegt?«

»Kein Mensch ist unfehlbar.«

»Warum erzählst du ihnen nicht, warum du die Morde begangen hast?« Richter legte eine Hand auf ihre Schulter, wollte sie an sich drücken. Sie entwand sich seiner Umarmung.

»Willst du mich jetzt ficken? Vor laufender Kamera? Ein Porno im Polizeipräsidium, mal was Neues.« Sie hatte noch immer dieselben Sachen wie am Vortag an, hob den Rock, spreizte die Beine ein wenig, ein höhnisches Lächeln auf den Lippen. »He, ihr da drüben, wir haben übrigens am Samstag gefickt, falls euch das interessiert. Die ganze Nacht lang. Der große Psychologe Richter hat mit einer Massenmörderin gefickt!« Sie lachte irre auf. »Ist es eigentlich ein Unterschied, ob man mit der eigenen Frau oder mit einer Mörderin fickt?«

»Carmen, hör doch auf damit. Du hast doch nichts mehr zu verlieren. Deine ordinären Ausfälle oder dein Schweigen helfen weder dir noch der Polizei. Die tun auch nur ihre Arbeit.«

»Blablabla! Mir ist es scheißegal, ob die ihre Arbeit tun oder nicht. Was soll ich ihnen denn sagen? Dass ich diese gottverdammten Skorpionweiber im wahrsten Sinne des Wortes auf den Tod nicht ausstehen kann? Wenn ich vorher gewusst hätte, dass diese Fotze von Kommissarin selbst zu denen gehört, hätte ich sie längst kalt gemacht! Das garantiere ich dir. Ich hätte sie kalt gemacht. Hören Sie das, Frau Kommissarin Durant?! Ich hätte Sie kalt gemacht!!« Sie hielt eine Hand an ihren Hals und vollzog grinsend einen symbolischen Schnitt von einem Ohr zu andern.

»Aber warum? Nur weil dein Vater …«

»Nur weil mein Vater?!«, schrie sie ihn an. »Du hast überhaupt keine Ahnung, wie es ist, wenn die beiden Menschen, die man über alles liebt, kaputtgemacht werden! Du weißt doch überhaupt nicht, was Liebe ist! Du fickst doch jede Fotze, die dir über den Weg läuft und dir schöne Augen macht! Komm, ich kenn dich. Du bist kein Stück anders als Konrad …« Sie winkte in die Kamera. »He, ihr da drüben, ich hoffe, ihr habt alles auf Band! Ich wiederhol's nicht noch einmal!« Sie hielt inne, sah Richter kalt an. »Konrad war genauso schwanzgesteuert wie du. Du weißt nicht, was Liebe ist, und Konrad wusste es noch weniger. Für euch zählt nur ficken, ficken, ficken! Meinst du etwa, ich hätte nicht mitgekriegt, wie du mich schon beim ersten Mal angestiert hast?! Na ja, ich gebe zu, du hast Erfahrung, aber nur mit dem Schwanz. Ansonsten bist du eine Niete. Oder ein Charakterschwein? Ist ja auch egal. Zwischen meine Beine kommt jedenfalls kein Schwanz mehr«, spie sie ihm zynisch entgegen.

»Kennst du eigentlich die Lebensgeschichte von Maria? Weißt du, was sie in den letzten Jahren alles durchgemacht hat? Sie hat keine Kindheit gehabt und auch keine Jugend, sie hat unter solch entsetzlichen Angstzuständen gelitten, dass das Leben für sie zu einer einzigen Tortur wurde …«

»Schön, dann hab ich ja sogar ein richtig gutes Werk getan, indem ich sie von ihren Leiden erlöst habe.«

»Carmen, wir waren gerade dabei, ihre Vergangenheit aufzuarbeiten! Am Donnerstag war sie zum ersten Mal überhaupt allein in der Stadt. Wenn ich mir je eine Tochter gewünscht hätte, dann hätte sie wie Maria sein müssen.«
»Und, was willst du mir damit sagen? Soll ich ein schlechtes Gewissen bekommen? Tut mir Leid, damit kann ich nicht dienen. Mich interessiert nicht, was für ein Leben die andern hatten. Kapiert?«
»Du tust mir einfach nur Leid, Carmen. Ich wünschte, ich könnte etwas für dich tun. Aber du willst es ja nicht.«
»Ach, hau ab! Ich kann deine verdammte Fresse nicht mehr sehen! Die andern sollen wieder reinkommen, und dann bringen wir's hinter uns. Ich wollte eigentlich nur wissen, ob sie dich tatsächlich zu mir schicken, um mich zum Reden zu bringen.« Sie grinste ihn an. »Jetzt bilde dir bloß nichts darauf ein, ich hätte ihnen sowieso gleich alles erzählt. Und nun verschwinde endlich. Du kannst es ja mal bei der lieben Frau Kommissarin versuchen, du weißt schon, was ich meine.«
»Ich wünsche dir trotzdem alles Gute, Carmen. Sag mir Bescheid, wenn du Hilfe brauchst.«
»Da wirst du lange drauf warten müssen. Ich hab dich nur benutzt, genau wie Konrad. Ihr wart ein Mittel zum Zweck, nicht mehr und nicht weniger. Aber das erzähl ich denen gleich selbst. Wie ich schon sagte, es gibt nur einen Mann in meinem Leben, den ich liebe, und das ist Alexander.«
Richter drehte sich um, klopfte an die Tür und ging hinaus. Er sah Durant achselzuckend an. »Sie haben ja alles mitgehört. Ich denke, sie wird, wie sie gerade angekündigt hat, gleich alles erzählen. Das andere vergessen Sie besser.«
»Danke, Professor. Wir melden uns bei Ihnen.«
Carmen Maibaum hatte sich an den Tisch gesetzt, die Unterarme aufgestützt, die Hände gefaltet. Durant nahm ihr gegenüber Platz. Hellmer blieb an der Wand stehen.

»Können wir beginnen?«, fragte die Kommissarin.
»Von mir aus. Aber machen Sie's kurz.«
»Das Warum kennen wir jetzt. Was mich interessiert, ist, wie haben Sie das Vertrauen der Opfer gewonnen?«
Carmen Maibaum lächelte versonnen, als würde sie noch einmal Rückschau halten und sich daran ergötzen. »Sie glauben gar nicht, wie einfach das ist. Carola Weidmann habe ich schon lange gekannt. Ihre Mutter und ich waren eine Zeit lang sogar befreundet. Carola war verlobt, wie Sie ja wissen, aber denken Sie bloß nicht, dass sie glücklich mit diesem Typ war. Sie hasste es, eingesperrt zu sein, seit sie in diesem Internat war. Sie wollte nicht heiraten, aber ihr Vater hat eine Menge Druck auf sie ausgeübt – hat sie mir zumindest erzählt. Und Skorpione sagen immer die Wahrheit, das einzig Positive übrigens, das ich über Skorpione zu sagen habe. Er hat ihr die Boutique gekauft und hat eine Gegenleistung dafür von ihr gefordert. Er hat immer eine Gegenleistung von ihr gefordert, egal, um was es auch ging. Auch das dürfen Sie auslegen, wie Sie wollen. Und dann haben wir uns einmal rein zufällig in der Stadt getroffen. Wir haben uns über Männer und über Sex unterhalten, und ich habe sie gefragt, ob sie schon jemals mit einer Frau geschlafen habe. Erst war sie entsetzt, dann neugierig. Natürlich durfte sie niemandem etwas davon verraten. Tja, und dann hatte ich sie. Genau wie die Albertz. Sie war auf einem Empfang, den van Dyck gegeben hat. Ich habe übrigens dafür gesorgt, dass sie dorthin kommt. Der Typ, in dessen Begleitung sie war, ist ein Bekannter von mir, und ich habe ihn gebeten, sie mitzubringen. Er war ein paar Mal in dem Fitnesscenter, in dem auch sie verkehrt hat, hat sie angesprochen, und sie ist dann tatsächlich mit ihm gekommen. Ich habe mich ein wenig um sie gekümmert und dabei erfahren, dass sie geschieden und allein war. Ihr Leben war so trist wie dieses Scheißwetter draußen. Wir haben uns

ein paar Mal getroffen, und bei ihr war es nicht viel anders als bei Carola. Sie hatte von Männern die Schnauze voll und war einem Abenteuer der anderen Art nicht abgeneigt. Doch sie hat nicht ahnen können, dass dieses Abenteuer eine Reise ohne Rückkehr sein würde.«

Sie lachte wieder auf, als hätte sie eben einen guten Witz gemacht, wurde aber gleich wieder ernst.

»Erika Müller habe ich auf einer Dessousparty kennen gelernt. Wir waren so ziemlich die Letzten, die gegangen sind, haben vor der Tür noch ein bisschen gequatscht und uns wieder verabredet. Sie hatte einen Säufer zu Hause, und sie hatte von ihrem beschissenen Leben die Nase gestrichen voll. Den Rest brauch ich wohl nicht zu erzählen. Ich glaube, ich hab sie sogar erlöst. Was sollte sie noch hier auf der Erde? Sie wäre über kurz oder lang sowieso zugrunde gegangen.«

Sie machte eine Pause, zündete sich eine Zigarette an, lehnte sich zurück. Sie sprach so ruhig und gelassen weiter wie zuvor.

»Judith Kassner und Vera Koslowski waren die einfachsten Fälle. Ich habe beide gekannt und wusste, dass beide allem Neuen gegenüber sehr aufgeschlossen waren, wie man so schön sagt. Ich habe gewartet, bis van Dyck am Sonntagabend die Wohnung von Judith verlassen hatte, dann habe ich einfach bei ihr geklingelt. Sie hat mir natürlich sofort aufgemacht, schließlich war ich keine Fremde. Wir haben ein bisschen gespielt, sie hat sich von mir fesseln lassen, na ja … Bei Vera war es nicht viel anders. Außer, dass sie eine Menge gesoffen hat. Wenn sie gefickt hat, war sie immer ziemlich voll, hat sie mir jedenfalls mal erzählt. Auch an diesem Abend war sie ziemlich voll. Sie hat, glaub ich, gar nicht mal gemerkt, wie sie gestorben ist. Vielleicht doch, vielleicht auch nicht. Egal.« Carmen Maibaum zuckte die Schultern.

»Egal? Was ist egal?«, schrie Durant sie an und sprang auf.

»Nichts ist egal, hören Sie, gar nichts! Sie haben diese Frauen kaltblütig und ohne jede Hemmung und Gefühlsregung umgebracht, obwohl sie Ihnen persönlich überhaupt nichts getan haben! Und Sie faseln was von egal! Es ist zum Kotzen!« Sie fühlte immer mehr Zorn in sich hochkommen, hatte Mühe, nicht die Beherrschung zu verlieren, auch wenn Richter ihr geraten hatte, die Gefühle unter Kontrolle zu halten.
Carmen Maibaum saß regungslos da, sah Durant direkt in die Augen, zog die Stirn in Falten. »Sind Sie jetzt fertig? Gut, dann kann ich ja endlich weitermachen. Kommen wir zu Maria. Irgendwie war sie die Einzige, die mir Leid tat, ehrlich. Ich meine, nicht so richtig, aber immerhin ein bisschen mehr als die anderen Drecksweiber. Aber ich hatte keine große Auswahl, Skorpionfrauen mit Aszendent Löwe findet man nicht gerade wie Sand am Meer. Sie haben Recht, sie war auf eine gewisse Art unschuldig, aber ich weiß auch, sie hätte sehr schnell gelernt, ihre tödlichen Waffen einzusetzen. Ich erinnere mich noch, wie ich zu ihr gesagt habe, dass sie, wenn sie nur zwei Wochen später geboren worden wäre, nichts zu befürchten gehabt hätte. Wie viele Kinder werden zu früh oder zu spät geboren! Meine sind zwölf Wochen zu früh gekommen. Bei Maria hätten es doch zwei Wochen später auch getan. Für sie ist halt alles sehr dumm gelaufen.«
Sie hielt inne und brach eine neue Schachtel Zigaretten an. Durant hätte sie ihr am liebsten aus der Hand geschlagen, sie hätte sich am liebsten auf dieses kalte, zynische Ungeheuer gestürzt, um ihr die Hände um den Hals zu legen und langsam zuzudrücken. Aber vielleicht war es genau das, was Carmen Maibaum wollte – dass Julia Durant die Beherrschung verlor. Und eben diesen Gefallen würde die Kommissarin ihr nicht tun. Sie erinnerte sich mit einem Mal nicht nur der Worte Richters, sondern auch der psychologischen Seminare, die sie besucht und in denen man ihr beigebracht hatte, dass ge-

wisse Täter nur ein Ziel hatten – zu provozieren. Sie setzte sich wieder, zündete sich ebenfalls eine Zigarette an und versuchte sich ihre Wut nicht zu sehr anmerken zu lassen.
»Nun noch als krönenden Abschluss Jeannette Liebermann. An sie ranzukommen war die schwerste Aufgabe. Es hat mich viel Geduld und Mühe gekostet. Aber es hat sich gelohnt. Sie war ja nicht oft in Frankfurt, zum Beispiel war sie im vergangenen Jahr, als das mit Carola und Juliane passierte, gerade im Ausland. Also habe ich mich entschlossen, mir die restlichen fünf für diesen Herbst aufzusparen. Jeannette hat nicht mal gewusst, dass ich Alexanders Frau bin. Sie hat mich nie mit ihm in Verbindung gebracht. Ich habe sie vor gut anderthalb Jahren auf einem Empfang kennen gelernt. Wir haben uns unterhalten, und ich habe schnell rausgekriegt, dass sie tatsächlich ein Luder war. Sie war die verkommenste von allen. Für sie zählten nur Ruhm, Geld und Sex. Und sie war diejenige, die meinem Mann den Todesstoß versetzt hat, symbolisch natürlich. Sie war durch und durch schlecht. Sie war eine Selbstdarstellerin, wie ich noch keine zuvor kennen gelernt habe. Eine Darstellerin auf der Bühne und im Kino, und eine Darstellerin, wo immer sie sich in der Öffentlichkeit zeigte. Schaut her, da bin ich! Bin ich nicht göttlich, bin ich nicht wunderschön?! Ich bin die Beste, die Größte, die Schönste! Und ich kann euch alle kaputtmachen, wenn ich will. Mir kann keiner das Wasser reichen!« Carmen Maibaum schüttelte den Kopf und schnaubte verächtlich. »Sie war so verdammt arrogant und von sich überzeugt, diese gottverdammte Schlampe. Für sie war Ficken ein Sport. So wie andere jeden Tag ins Fitnesscenter rennen, so hat sie jeden Tag ihren Fick gebraucht. Bis sie mich kennen gelernt hat, hat sie es nur mit Männern getrieben. Aber ich habe ihr gezeigt, wie schön Sex zwischen zwei Frauen sein kann. Und da sie in diesem Bereich für alles Neue aufgeschlossen war,

hat sie es mit mir ausprobiert. Und als ich am Freitag bei ihr war, habe ich ihr eine neue Variante unseres Spiels vorgeschlagen. Sie war sofort hellauf begeistert, sie kannte mich ja und hatte ihrer Meinung nach nichts zu befürchten, vor allem, weil ich mich als Erste habe fesseln lassen. Das war's, kurz und bündig. Jetzt dürfen Sie mir Fragen stellen«, sagte sie mit herablassendem Grinsen.
Julia Durant, die mit einem Mal die Ruhe in Person war, sagte: »Wir haben in den Tagebüchern von Erika Müller die Initiale I. gefunden. Was hat es damit auf sich?«
Carmen Maibaum lachte auf. »Mein zweiter Vorname ist Ines. Ich habe mich ihr und Jeannette als Ines Majong vorgestellt, woraufhin Jeannette mich gefragt hat, ob ich mich so schreiben würde wie das Spiel. Ich habe nur gesagt, ich würde das Spiel nicht kennen.«
»Und wie haben Sie es geschafft, die Leichen unbemerkt an den jeweiligen Stellen zu deponieren?«
»Ach wissen Sie, heutzutage ist nichts einfacher, als eine Leiche zu entsorgen. Man braucht nur ein bisschen im Auto zu warten, bis die Luft rein ist, und schon ist man sie los. Haben Sie eigentlich die Sache mit Orion durchschaut?«
»Glauben Sie denn, wir sind blöd?«
»Aber Sie müssen zugeben, dass das ein geradezu genialer Einfall war. Orion, der Himmelsjäger. Was es mit Orion und Skorpion auf sich hat, wissen Sie ja sicherlich längst. Wann sind Sie draufgekommen, dass die Fundorte das Sternbild darstellen sollen? Nach dem fünften oder nach dem sechsten Mord? Aber wie ich die Polizei kenne, haben Sie's wahrscheinlich erst nach dem sechsten gemerkt. Oder haben Sie sich gar helfen lassen? Oder hatten Sie schon einen Verdacht, als Sie das mit der Nadel gesehen haben? Ich finde, ich war genial. Na ja, mein IQ liegt immerhin bei 143.«
»Ja, es war genial. Aber Wahnsinnige sind immer auf eine

gewisse Weise genial. Das müssten Sie doch eigentlich wissen, wenn Sie Psychologie studiert haben.«
»Sie können von mir denken, was Sie wollen, es geht mir … am Arsch vorbei.«
»Und Lewell haben Sie umgebracht, weil er zu viel von Ihnen wusste?«, fragte Durant.
»Nein. Aber er hat meinen Mann unter Druck gesetzt. Er hat ihm tatsächlich unterstellt, etwas mit den Morden zu tun zu haben. Mein Gott, Alexander und ein Mörder! Ich habe das Telefonat mitgehört, das Konrad und mein Mann geführt haben, als er ihn zu sich gebeten hat. Mein Mann hat mir natürlich von diesem Treffen und diesen unglaublichen Unterstellungen erzählt, und da war mir klar, dass ich handeln musste. Ich hatte ja einen Schlüssel zu seinem Haus, schließlich haben wir schon seit mehr als einem Jahr regelmäßig gevögelt, und einmal, als ich ihn wieder völlig fertig gemacht habe, hat er gemeint, ich könne kommen, wann immer ich wolle. Und dabei hat er mir den Schlüssel in die Hand gedrückt. Ich habe am Mittwoch eine ganze Weile draußen im Wagen gewartet, bin gegen Mitternacht ums Haus geschlichen und habe gesehen, wie Konrad im Sessel eingeschlafen ist, und dann bin ich rein zu ihm. Er hat mich nicht bemerkt.«
»Hat er nie die Rollläden runtergelassen?«
»Selten. Er hatte keine Angst vor Einbrechern. Jemand, der sich jeden Tag sein Horoskop erstellt, hat keine Angst. Außerdem hat er mir einmal gesagt, dass er genau wisse, wann er sterbe. Er war ein Fatalist. Vielleicht wusste er ja, dass es am Mittwoch sein würde. Schließlich hat er mit Sicherheit am Morgen noch einmal die Sterne befragt.«
»Und von ihm hatten Sie sämtliche Daten Ihrer Opfer. Hat er sie Ihnen freiwillig gegeben oder …«
»Konrad war ein Trottel. Ich sag doch, die Männer denken nur mit dem Schwanz, das wissen Sie so gut wie ich. Ich habe

seine sexuellen Wünsche befriedigt, und er hat mir alles erzählt. Drei-, viermal im Monat einen blasen, und schon war er wie eine Marionette. Ich habe die Fäden in der Hand gehalten, und er hat gemacht, was ich wollte. So einfach war das. Ich brauchte ihm die Daten gar nicht großartig aus der Nase zu ziehen, nur ein paar belanglose Fragen zu bestimmten Personen haben schon genügt, und er wurde zu einer richtigen Plaudertasche. Aber er hätte nie für möglich gehalten, dass ich zu solchen Sachen fähig wäre, ich meine, er wäre nie auf die Idee gekommen, dass ich eines Tages seine Femme fatale sein könnte. Nun, da hat er sich gewaltig getäuscht.«

»Ist Ihnen klar, dass Sie das Gefängnis nie wieder verlassen werden?«

»Das werden wir ja sehen«, erwiderte sie mit undefinierbarem Lächeln, woraufhin sich Julia Durant sofort der Worte Richters von gerade eben erinnerte.

»Hatten Sie je auch nur einen Funken Mitleid mit Ihren Opfern oder deren Angehörigen?«

»Nein, außer bei Maria, aber das habe ich Ihnen ja schon gesagt. Hätte ich früher gewusst, dass Sie auch Skorpion–Löwe sind, wer weiß, vielleicht würde Maria dann noch leben. Wie sieht es denn mit Ihrem Sexleben aus? Werden Sie jeden Tag so richtig schön durchgefickt? Es heißt doch, Skorpione brauchen es oft, sonst werden sie ungnädig.«

Julia Durant ging nicht darauf ein, sie ignorierte den Spott und den Hohn, die Provokation, die in ihren Worten lag.

»Was, glauben Sie, wird Ihr Mann jetzt tun?«

»Keine Ahnung. Vielleicht wandert er aus, das hatte er ohnehin vor. Nur wird er ohne mich fahren müssen. Er wird darüber hinwegkommen, so wie er bisher über alles hinweggekommen ist. Aber er wird wohl keine Frau mehr finden, die so zu ihm steht wie ich. Na ja, vielleicht begegnet er einer, der Sex nichts bedeutet. Solche soll es auch geben.«

Julia Durant zündete sich eine Zigarette an. Sie hatte Kopfschmerzen, dieses typische Stechen in der linken Schläfe, ein Zeichen für Überarbeitung und Nervosität.
»Wir legen jetzt eine Pause ein. Ich lasse Sie in Ihre Zelle zurückbringen. Wir machen heute Nachmittag weiter.«
»Nur noch eines«, sagte Carmen Maibaum. »Richter ist ein hervorragender Psychologe, aber er ist ein lausiger Mensch. Ich kenne nur einen einzigen Menschen, von dem ich behaupten möchte, dass er durch und durch gut ist, und das ist mein Mann. Was ich getan habe, habe ich für ihn getan.«
»Nein, Frau Maibaum«, erwiderte Durant zynisch, »was Sie getan haben, haben Sie allein für sich getan. Sie haben Ihre ganz persönliche Rache vollzogen, und Sie allein sind dafür verantwortlich. Sie ganz allein! Ihr Mann hat damit nichts zu tun …«
»Halten Sie doch den Mund! Sie wissen ja gar nicht, was wahre Liebe ist. Ich werd's Ihnen aber sagen – wahre Liebe ist, alles für den andern zu tun, wenn er sich nicht mehr helfen kann.«
»Dann hat Ihr Mann also gewollt, dass Sie die Frauen umbringen, oder? Hat er Sie gar beauftragt, es an seiner Stelle zu tun?«
Lächeln. Schweigen.
»Sehen Sie, das meine ich. Wahre Liebe ist für mich nämlich, alle Höhen und Tiefen gemeinsam durchzustehen. Dazu braucht man keinen Menschen zu töten. Sie hatten einen perfiden Plan, und Ihr ganzes Denken war nur noch darauf ausgerichtet, diesen Plan auch umzusetzen. Und leider ist es Ihnen sogar gelungen. Sie haben fast perfekt gearbeitet.«
»Soll ich das als Kompliment auffassen?«, fragte Carmen Maibaum grinsend.
»Das Letzte, was ich Ihnen machen werde, sind Komplimente. Am liebsten würde ich Ihnen ins Gesicht spucken, aber

das darf ich leider nicht. Doch ich werde dafür sorgen, dass Sie für den Rest Ihres verdammten Lebens hinter Gittern bleiben.«
Carmen Maibaum sah die Kommissarin nachdenklich an, senkte schließlich den Blick und erklärte in sanftem Ton: »Es ist mir egal, was Sie tun. Ich kann Ihnen nur eines sagen: Alexander hatte ein sehr schweres Leben. Seine Eltern sind vor mehr als zwanzig Jahren bei einem furchtbaren Unfall umgekommen, und ich glaube, er hat es bis heute nicht verkraftet. Sie sind bei lebendigem Leib im Auto verbrannt. Er ist sein Leben lang nur gedemütigt worden. Er, der niemals einer Fliege etwas hätte zuleide tun können. Er wurde ausgenutzt und ausgenutzt und … Ich liebe ihn, und ich werde ihn immer lieben. Ich habe es wirklich für ihn getan. Vielleicht auch ein bisschen für mich, ich weiß es nicht. Aber das spielt jetzt keine Rolle mehr. Ich denke, trotz aller Liebe, die wir füreinander haben oder hatten, war es eine unselige Beziehung. Wahrscheinlich hätte ich all das nicht getan, wenn wir uns nicht über den Weg gelaufen wären. Ich hoffe nur inständig, dass er jetzt sein Glück findet. Mehr habe ich nicht zu sagen.«
Die Tür ging auf, Kullmer kam herein und flüsterte Durant etwas ins Ohr. Sie nickte nur. Kullmer begab sich wieder nach draußen. Durant konnte sich ein maliziöses Lächeln nicht verkneifen, als sie auf Carmen Maibaum zuging.
»Ihr Mann war eben hier. Er hat etwas zum Anziehen für Sie gebracht.«
»Alexander war hier? Warum ist er nicht reingekommen?«
»Er wollte Sie nicht sehen. Ganz einfach. Er hatte eine Nacht und einen Morgen lang Zeit zu überlegen. Ich könnte mir vorstellen, dass er mit einer Mörderin nichts mehr zu tun haben will.«
»Nein, das kann nicht sein!«, schrie Carmen Maibaum auf, das Gesicht unnatürlich verzerrt. »Was hat er gesagt?«

»Er hat nur gesagt, er will Sie nicht mehr sehen.«
»Sie verfluchte Schlampe! Das stimmt nicht, Sie lügen mich an! Alexander liebt mich, er liebt mich mehr als sein eigenes Leben! Alexander!!!«, schrie sie. »Alexander!!!«
Sie wurde von einem Weinkrampf durchgeschüttelt, schlug ihre Stirn ein paar Mal auf die Tischplatte. »Alexander, ich habe es doch nur für dich getan! Nur für dich!! Bitte, verlass mich nicht! Bitte, bitte, bitte!«, schluchzte sie.
Julia Durant gab Hellmer ein Zeichen. Carmen Maibaum wurde in ihre Zelle geführt, Durant und die anderen Beamten gingen ins Büro.
»Sie ist eine harte Frau«, sagte Berger. »Verdammt hart.«
»Sie gibt sich nur nach außen so«, bemerkte Hellmer. »Ich habe sie die ganze Zeit beobachtet. Ich weiß nicht, was ich von ihr halten soll. Auf der einen Seite stehen diese brutalen Morde, auf der andern Seite wieder dieses Scheißleben, das sie gehabt hat. Und vor allem das, was sie zum Schluss gesagt hat …«
»Mir ist dieses angebliche Scheißleben so was von egal!«, zischte Durant verächtlich. »Jeder von uns hat sein Päckchen zu tragen, aber nicht jeder massakriert aus irgendeinem Frust heraus andere Menschen! Sie hätte zum Beispiel Maria van Dyck nur einmal richtig in die Augen blicken müssen, und sie hätte gewusst, dass dieses Mädchen keiner Fliege was zuleide hätte tun können. Diese Frau weiß überhaupt nicht, was Liebe ist. Wer wirklich liebt, bringt keinen andern um. Die soll von mir aus in einer dunklen Zelle verrecken, ich werde ihr keine Träne nachweinen. Ich mache mir viel mehr Gedanken um ihren Mann.« Durant zündete sich eine Zigarette an. »Er ist offensichtlich ziemlich labil … Aber wie sie eben zusammengeklappt ist … Wollte ihr Mann sie eigentlich sehen?«, fragte sie grinsend und mit gerunzelter Stirn Kullmer.

Kullmer zuckte die Schultern. »Er hat nur die Sachen abgegeben, sonst nichts. Und er hat gesagt, er würde sich später am Nachmittag noch mal melden.«
»Hat er sich irgendwie auffällig benommen? Ich meine, ist er Ihrer Meinung nach suizidgefährdet?«
Kullmer schüttelte den Kopf. »Nein, er hat einen völlig ruhigen Eindruck gemacht.« Er fasste sich an den Kopf und fuhr mit entschuldigendem Grinsen fort: »Moment, hier, er hat mir noch einen Umschlag für Sie persönlich gegeben.« Er griff in seine Jackentasche und reichte ihn Durant.
Sie holte den Brief heraus und las ihn.

Werte Frau Kommissarin Durant,
ich weiß, dass das, was meine Frau getan hat, durch nichts zu entschuldigen ist. Aber ich möchte Ihnen dennoch sagen, dass ich jederzeit zu ihr stehe, und zwar für den Rest meines Lebens. Sie ist meine Frau, und ich liebe sie. Ich weiß aber auch, dass Sie, Frau Durant, diese Liebe nie verstehen werden, denn es gibt Gefühle zwischen Menschen, die nur die betreffenden Personen verstehen. Und weil ich Carmen so sehr liebe, werde ich ihr die besten Anwälte besorgen, die es in Deutschland gibt. Es gibt niemanden, der das Schicksal meiner Frau besser kennt als ich (sie selbst natürlich ausgenommen), und ebenso weiß sie alles über mich.
Und vielleicht wird es Sie verwundern, wenn ich Ihnen sage, dass sogar ich nicht nur einmal mit dem Gedanken gespielt habe, zumindest Jeannette Liebermann umzubringen. Aber dazu fehlte mir einfach der Mut. Meine Frau ist mir eben in vielen Bereichen ein ganzes Stück voraus, vor allem ist sie nicht so feige wie ich. Aber wenn es überhaupt jemanden gibt, der ihre

Beweggründe nachvollziehen kann, dann bin ich es. Und auf eine gewisse Weise bewundere ich sie. Selbstverständlich steht es Ihnen nun frei, auch mich vor Gericht zu stellen, denn ich ahnte zumindest seit einiger Zeit, dass Carmen die Taten begangen hat, vielleicht wusste ich es auch, wer weiß?!
Welche Schlüsse Sie aus diesem Schreiben ziehen, überlasse ich Ihnen. Womöglich habe ich ja auch etwas damit zu tun? Wer vermag schon hinter die Stirn eines scheinbar biederen, feigen Mannes zu blicken?
Grüßen Sie Carmen ganz herzlich von mir, und richten Sie ihr aus, dass ich sie mehr liebe als alles auf der Welt. Ich werde sie besuchen, so oft es nur geht.
Mit höflichen Grüßen
Alexander Maibaum

Julia Durant gab den Brief Hellmer und setzte sich. Sie drückte die Zigarette aus, zündete sich mit zittrigen Fingern eine weitere Gauloise an und wartete, bis Hellmer und Kullmer mit dem Lesen fertig waren.
Nachdem Hellmer den Brief auf den Tisch gelegt hatte, sagte er: »Die beiden gehörten offensichtlich doch zusammen. Wer hätte das gedacht? Hat er es gewusst, oder hat er es nicht gewusst? Wenn ja, dann kriegen wir ihn wegen Mitwisserschaft dran.«
»Scheiße, nein, das schaffen wir nie. Aber ich hätte auch nicht für möglich gehalten, dass die beiden wie Kletten zusammenhängen«, erwiderte Durant. »Ich glaube, ich werde die Menschen nie verstehen.«
»Keiner versteht sie. Aber wie du vorhin die Contenance bewahrt hast, alle Achtung. Ich weiß nicht, wie ich auf diese Provokation reagiert hätte«, sagte Hellmer.

»Ich weiß nicht genau, was du meinst, es gab so viele Provokationen.«
»Na, als sie meinte, dass sie dir auch gerne die …« Er warf einen kurzen Blick auf die Bluse.
»Ach so, das. Die hat'n Rad ab, das ist alles. Die müsste schon härtere Geschütze auffahren, um mich aus der Reserve zu locken. Aber es stimmt schon, sie hat es mir nicht leicht gemacht. So, und jetzt erst mal Pause.«
»Wir treffen uns nachher wieder«, sagte Berger und zog seine Jacke über. »Ich gehe etwas essen, was Sie machen, ist mir egal.«
Durant saß noch eine Weile mit Hellmer im Büro. Sie unterhielten sich über Carmen Maibaum, diese nach außen so ruhige, scheinbar besonnene Frau, die sich als eiskalte Mörderin entpuppt hatte. Aber unter ihrer schönen Fassade war mit einem Mal eine hässliche Fratze zum Vorschein gekommen. Und Alexander Maibaum? Er würde vermutlich ein noch größeres Rätsel bleiben.
Sie beschlossen, in ein kleines italienisches Lokal zu fahren und nach dem Essen das Verhör fortzusetzen.

Dienstag, 18.00 Uhr

Julia Durant verließ das Präsidium, setzte sich in ihren Wagen und fuhr vom Hof. Sie hielt am Supermarkt und kaufte ein paar Lebensmittel und Zigaretten. Im Briefkasten waren zwei Rechnungen, die sie ungeöffnet auf den Wohnzimmertisch legte. Sie zog ihre Jacke aus und hängte sie an die Garderobe. Auf dem Anrufbeantworter war eine Nachricht, die sie später abhören wollte. Sie brauchte ein heißes Bad, sie fühlte sich schmutzig. Der Tag war nicht spurlos an ihr vorübergegangen, das Verhör am Nachmittag hatte ihren Eindruck von Carmen Maibaum noch verstärkt. Diese Frau zeigte keine Reue, kein Bedauern, kein Mitleid. Für sie war alles, was sie getan hatte, gerecht gewesen.

Nach dem Bad zog sie sich nur einen Slip und ein dünnes Trägerhemd an und hörte den Anrufbeantworter ab. Dominik Kuhn. Er bat sie, ihn zurückzurufen.

Sie nahm den Hörer, setzte sich auf die Couch, legte die Beine auf den Tisch und wählte seine Nummer.

»Hier Durant. Ich sollte Sie zurückrufen?«, sagte sie.

»Hallo, Frau Kommissarin. Schön, dass Sie anrufen. Ich wollte eigentlich nur hören, wie Ihr Tag war.«

»Wollen Sie hören, wie mein Tag war, oder wollen Sie wissen, was die Täterin gesagt hat?«

»Denken Sie nicht immer so schlecht über Journalisten. Mich interessiert eigentlich nur, wie es einer Polizistin geht, die eine Serienmörderin überführt hat. Ehrlich.«

»Danke, es geht inzwischen wieder. Ihr Bericht war übrigens gut. Nur die Schlagzeile hätte etwas dezenter ausfallen dürfen.«

»Wir sind nicht bei der *Rundschau* oder der *Allgemeinen*. Sie kennen doch unseren Stil. Und unsere Leser würden etwas anderes gar nicht akzeptieren. Hätten Sie vielleicht Lust, morgen mit mir essen zu gehen? Oder haben Sie im Augenblick keine Zeit?«

»Wann und wo?«

»Ich kenne da ein sehr lauschiges Lokal. Wenn Sie wollen, hole ich Sie ab. Sagen wir um halb neun?«

Julia Durant grinste. »Sind Sie immer so schnell?«

»Das bringt mein Job mit sich. Wir müssen stets auf Ballhöhe bleiben. Eine vertane Gelegenheit kommt nicht wieder.«

»Von was für einer Gelegenheit sprechen Sie?«

»Zum Beispiel mit einer sympathischen Kommissarin essen zu gehen. Ich würde gerne mehr über Sie erfahren.«
»Über mich gibt es nicht viel zu berichten. Aber gut, holen Sie mich um halb neun ab. Muss ich mir etwas Besonderes anziehen oder …«
»Egal, das überlasse ich Ihnen. Ich werde jedenfalls keine Krawatte tragen, falls Sie das wissen wollen.«
»Fein. Dann bis morgen Abend.«
Sie drückte den Aus-Knopf, legte den Kopf zurück, lächelte. So beschissen der Tag auch verlaufen war, so versöhnlich endete er. Sie rief noch kurz bei ihrem Vater an und teilte ihm mit, dass sie die Mörderin gefasst hatten. Dann aß sie eine Kleinigkeit, legte sich auf die Couch, schaltete den Fernseher an. Irgendwann fielen ihr die Augen zu. Sie wachte erst am nächsten Morgen auf.

Mittwoch, 8.00 Uhr

Julia Durant kam als eine der Letzten ins Büro. Berger sah kurz auf, brummte ein »Guten Morgen«. Hellmer saß bei Kullmer, sie unterhielten sich und lachten dabei.
Die Kommissarin hängte ihre Tasche über den Stuhl, holte eine Zigarette heraus, setzte sich, schlug die Beine übereinander und sagte nach einem kurzen Moment: »Ich werde für eine Weile Urlaub machen.«
Berger sah auf und schüttelte den Kopf. »Wie denken Sie sich das? Sie waren im Sommer fünf Wochen weg. Sie können jetzt keinen Urlaub nehmen.«
»Doch, ich kann. Und zwar unbezahlten. Ich weiß nicht, wie lange, ein halbes Jahr, ein Jahr, vielleicht auch länger. Ich muss etwas Abstand gewinnen, ich gehe sonst noch kaputt.«
»Aber Sie sind mein bester Mann, Entschuldigung, meine

beste Frau! Wie soll der Laden hier ohne Sie laufen? Wie stellen Sie sich das vor?«
»Ich bin keine Alleinunterhalterin. Hellmer und Kullmer und auch einige andere sind sehr fähige Beamte. Und ich werde Ihnen auch bestimmt regelmäßig eine Ansichtskarte schicken. Aus Südfrankreich.«
»Was in aller Welt wollen Sie in Südfrankreich?«
»Meine beste Freundin wohnt dort, falls Sie das vergessen haben sollten. Ich komme zurück, wenn mir danach ist. Am besten, wenn das neue Präsidium im Herbst 2001 fertig ist. Ich kann den Muff in diesen Räumen sowieso nicht mehr ertragen.«
»Sie meinen es also tatsächlich ernst. Und Sie lassen sich durch nichts von diesem Entschluss abbringen?«
»Nein. Ich sag doch, vielleicht bin ich schon in einem halben Jahr wieder hier. Betrachten Sie es einfach als eine etwas längere Kur.«
»Und Sie werden bestimmt wiederkommen?«
»Garantiert. Ich kann doch ohne diese kaputten Typen hier überhaupt nicht leben«, sagte sie grinsend.
»Was hör ich da?« Hellmer stand in der Tür, Kullmer schräg hinter ihm. »Du willst uns verlassen?«
»Nur für eine Weile. Ich komm schon wieder, keine Angst. Tja, das wollte ich nur loswerden. Ich habe den Entschluss schon seit längerem ins Auge gefasst, und gestern ist mir endgültig klar geworden, dass es sein muss. Ich bin eigentlich nur gekommen, um Ihnen das zu sagen.«
»Moment, Sie wollen doch nicht schon jetzt gehen? Wir haben noch eine Menge Arbeit vor uns«, erklärte Berger mit entsetztem Gesicht.
»Die Soko besteht aus sechzig Beamten. Da kommt es auf einen mehr oder weniger auch nicht an. Ich fahr jetzt wieder nach Hause.«

»Augenblick, Sie müssen erst einen Antrag einreichen.«
Sie zog ein Blatt Papier aus der Tasche und reichte es ihm. »Hier, der Antrag.«
»Und wovon wollen Sie in der Zeit leben?«, fragte Berger, nachdem er das Schreiben durchgelesen hatte.
»Ich habe einiges gespart. Und bei Susanne Tomlin kann ich umsonst wohnen. Machen Sie sich wegen meiner finanziellen Situation keine Gedanken. Ich komme schon über die Runden. Und nun wünsche ich allen noch einen schönen Tag und frohes Schaffen. Tschüüüss.«
Hellmer kam ihr nachgerannt. »Sag mal, bist du jetzt total übergeschnappt? Du kannst doch nicht einfach so mir nichts, dir nichts abhauen und uns im Stich lassen! Überleg's dir noch mal, bitte.«
»Es gibt nichts mehr zu überlegen. Mein Entschluss steht fest. Ihr schafft's auch ohne mich. Außerdem ist Südfrankreich nicht aus der Welt. Und bevor ich fahre, verbringen du, Nadine und ich noch einen richtig schönen Abend.«
Hellmer umarmte sie, drückte sie an sich. »Mein Gott, Julia. Das hätte ich nicht erwartet. Es wird ganz schön langweilig werden ohne dich. Aber du meldest dich, versprochen?«
»Natürlich, Blödmann. Ich werde auch ab und zu hierher kommen, um nach dem Rechten zu sehen. Und in spätestens zwei Jahren gehe ich wieder auf die Jagd. Ehrenwort.«
»Mach's gut, und halt die Ohren steif. Ich vermisse dich jetzt schon.«
Julia Durant verließ das Präsidium. Auf dem Hof drehte sie sich noch einmal um. Zu Hause würde sie aufräumen, die Wohnung putzen. Susanne Tomlin anrufen. Sich für den Abend zurechtmachen. Schön essen gehen und womöglich eine noch schönere Nacht verbringen. Vielleicht war Kuhn ja anders als die Männer, die sie bisher hatte. Sie würde es herausfinden. Und sollte er wirklich anders sein, viel-

leicht würde sie dann ihren Entschluss noch einmal überdenken. Auf der Heimfahrt stellte sie das Radio an. Bryan Adams, Summer of 69. Sie drehte die Lautstärke hoch. Sie sang laut mit … *played it til my fingers bled, was the summer of 69 …*

Andreas Franz

Mord auf Raten

Kriminalroman

Als der Arzt Jürgen Kaufung erstochen in seiner Praxis aufgefunden wird, hat seine Umgebung keine Erklärung für den Mord, denn Kaufung war allseits beliebt – vor allem bei den Frauen. Hauptkommissar Peter Brandt von der Offenbacher Kripo übernimmt die Ermittlungen und hat bald einen ersten Verdächtigen: Kaufungs besten Freund, den Galeriebesitzer Klaus Wedel. Doch Brandt kann ihm nichts beweisen. Da wird kurze Zeit später auch Klaus Wedel umgebracht. Besteht ein Zusammenhang zwischen den beiden Morden?

Knaur Taschenbuch Verlag

